天地民心

朱秀海 著

作家出版社

调寄《临江仙》

一枕野泉眠对月。从来羞说婵娟。琵琶弹断少年弦。青衫恩义在，白首仍无言。

数尽烽烟人万里。一秋飘尽朱颜。诗书读遍也潸潸。沧州身寄地，心事老天山。

目　录

第一章

重聚首祁冯同忧国　初定情真黛双换灯

1

公元 1813 年。元宵节之夜。

夜幕下的长椿街灯市仿佛是一片望不到边的灯笼之海。街道两旁鳞次栉比的商家门前，各种花色的节灯高挂低悬，流光溢彩；沿街临时搭起的灯山争奇斗巧。更有舞动的龙灯、虎灯、豹灯、象灯……穿街走巷，锣鼓喧天，笙歌震耳，一支支焰火争先恐后飞上夜空，炸出五彩缤纷的节庆之花，引得全北京城的红男绿女如醉如狂，潮水一般涌进涌出，笑语欢声，通宵达旦。

列位看官！这元宵节长椿街灯市当年乃是北京城的一景。原来北京城有个风俗，元宵之夜，无论王公贵族，还是草民百姓，亲戚邻里之间，都要相互给对方家的孩子送灯笼。元宵节夜，孩子们一人手中一只灯笼，满大街玩起"过家家"，男孩子将手中的灯笼送给女孩子，女孩子愿意收下，就是收下了男方的"聘礼"，如果她再把手中的灯笼与对方互换，彼此从这一刻就做了"夫妻"。因为是孩子们的游戏，大人们也不介意。但就有那在一年一年的"过家家"中长大的少年男女，长至彼此应当回避的年龄，仍然想着对方，到了元宵节这天夜里，仍要想方设法"逃"出家门，去一个地方与自己心中不能忘怀的人儿相会，再送一盏时兴的节灯给对方，对方若是接受了，那就是她或他接受了自己的爱慕之意；若对方不但接受，还将自己手中那盏同样买自长椿街灯市的节灯与自己互换，则等于双方已经私订终身，此时互换的节灯就不再是节灯，而是双方定情的信物，有了山盟海誓、非你不娶非我不嫁之意。

长椿街元宵节灯市所以会成为北京城最大的灯市，成了情窦初开的京城少男少女这天夜晚趋之若鹜之地，自然有它的理由。长椿街地处南城，南城历来是京城穷人聚居之处，穷人家的孩子早当家，就是在婚姻大事上，也没有达官贵人家那么多规矩。无数的穷人和他们将要长大成年的儿女多成就了长椿街灯市，而长椿街灯市则成就了无数的痴情男女的姻缘。久而久之，全北京的居民大都认为，元宵节之夜让自己进入婚嫁之龄的儿女在长椿街买一盏时兴的节灯，即使没有意中人可送可换，也可以讨一份吉利。这时的长椿街元宵节灯市，要想不名冠京师，要想不在每年的元宵节这天商家如云，游人如织，以至于肩摩踵接，挥汗成雨，已经不可能了。

长椿街灯市既然有了这样的名声，每年元宵之夜，自然成了各色人等盛装登场的舞台。痴情男女在这里悄悄相会，订下终身之约；成年人和还没到婚嫁年龄的孩子们赶来凑热闹，既是来看灯，也是来看人，因为在外人看来，每个在这天夜晚来到长椿街的少男少女似乎都有着特别的故事；谋利者来赶商机；京城之外的人赶来观国之光；当朝权贵乔装打扮，与民同乐。目的各异，却一样其喜洋洋。更有那些痴男怨女，或因关山阻隔，与意中人天各一方，元宵之夜仍不能团圆；或因父母作梗，虽与心仪的人同在一城，却咫尺天涯，不能相会。当此良夜，他们也会赶来长椿街灯市，买一盏节灯，或者带它去不远处的白云观上香，在月下老人座前祷告，求这位主管天下姻缘的神仙让有情人终成眷属，或者久久徘徊流连在街头，寄希望于万一，能与自己的意中人邂逅一面。当然也有地痞无赖，骗子扒手，江洋大盗，混迹于人群之中，匿影于灯海之内，或求隐身，或求一逞。这时就有一队队五城兵马司的官兵，如临大敌，在人群中穿梭巡查。一个兵走在前面，边走边敲响手中的大锣，高声吆喝：

"元宵佳节，严防匪类！军民人等，好自为之！"

人们看到官兵过来，纷纷躲避。人群中那几位身材健壮的汉子也急忙退到街边，隐在红男绿女之后。领头的壮汉虎背熊腰，彪悍勇武，尽管极力装出漫不经心的样子，但在他朝四外一瞥之间，眼里仍遮不住逼人的杀气。

官兵走过，又是他一个眼色，刚刚散开的众人复又聚拢，其中一个悄悄朝皇宫方向一指。领头的壮汉点头，低声说出一个"走"字，这一行人就迅速消失在熙熙攘攘的人群之中。

清嘉庆十八年元宵节的北京城，因为多了这一伙来历不明的人，突然就显出了一种意外的诡秘。

2

位于宣武门内四眼井街的祁宅书房此时却安宁得很。偶尔传来的鞭炮声，更衬出书房内的冷清。正在读书的隽藻意识到今天自己的心绪有点乱，他十六七岁年纪，身材高挑，面目清秀，眉宇之间透着一股掩饰不住的书卷气。眼前的书读不下去，他闭上眼睛，还是静不下心来，索性站起身走到窗前，朝宅后的小花园方向张望。片刻，他叹了口气，又反身去书橱里翻书。一本积尘很厚的书被他无意间随手抽了出来，隽藻心道："这什么书呀？这么多灰！"忽地他眼前一亮，惊喜出声："《唐末文选》——我还以为家里的书我都读完了呢，没想到还漏了这么一本！"他急忙捧书回到案前，忍不住又朝小花园方向瞅了一眼。

宿藻提着一盏并蒂莲花灯向书房走来，就听书房内隽藻一个人正在拍案叫好："好文章！太好了！……天之利下民，其仁至矣！未有美于味而民不知者，便于用而民不由者，厚于生而民不求者。然而暑雨亦怨之，祁寒亦怨之，己不善而祸及亦怨之，己不俭而贫及亦怨之。是民事天，其不仁至矣！"宿藻蹑手蹑脚地走到门口，停下脚步。他比隽藻小两岁，生性好动，顽皮机灵，与隽藻的性格正好相反。宿藻此时屏息静气，躲在门边站住，听隽藻继续自言自语，打算吓他一跳。书房内，隽藻又大声朗读起来："天尚如此，况于君乎？况于鬼神乎？……"忍不住再次拍案，"不错，老百姓对天都这样，对待皇上和鬼神当然也会是这样！"他继续读下去，"有帝天下、君一国者，可不慎钦！"宿藻听得迷迷糊糊，忍不住一跳进了门，叫："嘿！什么书呀，看得这么得劲儿！"隽藻吓了一跳，回转身，见是宿藻，摆摆手，道："别闹别闹，这书有趣！"宿藻好奇地凑近前来，问："五哥，到底什么书呀，让我也瞅瞅！"隽藻兴奋地把书拿给宿藻看，道："好文章啊，没想到爹还藏着这样的好书不让我们看！"宿藻扳过隽藻的手来看书，道："《唐末文选》，没听说过。这是谁的文章？皮日休，《原谤》——"隽藻这一会儿的心还在文章上，道："六弟，你听这些话，太厉害了，太大胆了，太痛快了！"他禁不住抑扬顿挫地往下诵读："呜呼！尧舜，大圣也，民且谤之；后之王天下，有不为尧舜之行者，则民扼其吭，揪其首，辱而逐之，折而族之，不为甚矣！"宿藻听得一头雾水，隽藻指着那段文章解说道："皮日休是说，就连尧舜那样的圣君，老百姓还要说他们的坏话，后代的君王如果还不如尧舜，那么老百姓掐他的喉咙，揪他的头发，羞辱他，驱逐他，将他从龙位上拉下来，甚至灭掉他的家族，就一点儿也不过分了！"宿藻大惊道："快住嘴，你要死了！"隽藻猛然意识到自己说了些什么话，不觉脸色大变。这时门外匆匆走进一位中年人，清癯消瘦，举止儒雅，浑身上下透着一股凛然之气，正是祁宅的主人、户部郎中祁韵士。兄弟俩急忙垂手而立，恭敬地唤道："爹。"祁韵士拿过隽藻放在案上的书，微微变色，重新藏进书橱，生气道："让你好好念书，你怎么乱翻，这种书也是你看的吗？"隽藻看着祁韵士，有些委屈道："爹……"外面忽然传来老四成藻的喊声："爹，隔壁冯伯伯看你来了！"祁韵士看了他们兄弟一眼，刚要迈步，又回头对隽藻道："以后让你读的书你就读，不让你读的书不要乱翻！"说完就匆匆走了出去。

宿藻对隽藻做了一个鬼脸。隽藻脸上有点儿挂不住，扬起手要打他，看到宿藻手中的灯，岔开话题道："嗬，这灯好漂亮！"宿藻一拍脑袋，道："哎哟，看我，差点儿把大事忘了。小花园冯家后门那儿有人等你！"隽藻心中一震，口中却叱道："胡说！"他半推半就地被宿藻拉出门外。这时，一个身穿重孝的姑娘用托盘端着一碗油茶正从长廊那端走来。她形容端庄，一身缟素，不知为谁穿着重孝。远远看见隽藻被宿藻拉出了书房，她忽然想到了什么，陡然站住，一颗心像是被人猛击了一拳，疼起来。

成藻提着一盏并蒂莲花灯兴冲冲地从大门外走进来，瞅见那姑娘，眼睛为之一亮，一跳站在她面前，欢喜道："玉环妹妹！"玉环一惊，下意识地避在一边，道："成藻哥，你吓了我一跳。"她不理成藻，端着油茶走回去。成藻是个实心的孩子，他喜欢玉环，今天特地从长椿街灯市为她买回了灯，她却不愿意接受。至于为什么，他不明白，因此心里也不快乐起来。

3

一团乌云不知从哪里飘来，使元宵之夜的月色暗淡下来。远处的天空焰火进放，虽转瞬即逝，却绚丽耀目。祁宅客厅前，匆匆出迎的祁韵士对来宾拱手笑道："叔阳兄大驾光临，祁韵士蜗居内马上蓬荜生辉，请请请。"年过不惑、身板却依然十分挺拔、显得健硕有力的冯叔阳哈哈一笑道："鸣皋，你我比邻而居，拆了围墙就是一家人，也来这套虚的！"冯叔阳的宅院就在祁宅的隔壁，当时二人同年中进士，同年做庶吉士，后来又同年进了国史馆做编修，闲暇时光，品茶弈棋，谈古论今，相交莫逆。后来冯叔阳被朝廷放到淮南道任道台，冯宅一直空着，只留一个老仆看管，祁韵士仍是不时地前去照看。祁韵士笑道："有道是此一时彼一时，十年不见，你一朝回京，马上成了朝廷里炙手可热的人物，眼看着就要出将入相，祁韵士区区四品户部郎中，焉敢不敬？"冯叔阳笑着摇摇头道："快别说了，都是些传言，传言！"

这当儿，紧挨着祁宅的冯家后花园小门内，丫鬟暖儿替小姐妙真提着一盏并蒂莲花灯，站在门后，不时跳一跳高，目光越过院墙，探望祁宅那边的动静。这扇小门若要是打开了，对面就是祁家后宅的小花园。听到有脚步声传来，暖儿悄悄叫了一声："小姐，来了来了！"妙真一把将她的嘴捂住。暖儿调皮地做了个鬼脸，回手又把灯交给妙真道："给你，别忘了这个，待会儿给他，今儿可是元宵节，有情人换灯的日子！"妙真白了她一眼，嗔道："去吧去吧，多嘴！"

小门那边的祁家小花园内，隽藻和宿藻一前一后走过来。宿藻将手里的灯交给隽藻，道："哥，我走了，这儿用不着我了。"然后调皮地笑着跑开。隽藻走向小门推了一下，却推不动，低声唤道："妙真，是我，我来了。"妙真在小门那一边低声道："隽藻，真的是你？"隽藻道："妙真，快开门，放我过去。"

妙真双手捂住脸道："不。我不能。"隽藻急了，连声道："妙真，快开门，你都走了十年了，今天刚回来，总得让我见见人吧！"妙真下意识地用双手去堵那门，道："不，你别过来。我爹这会儿上你们家……提我们俩的亲事去了。"隽藻高兴地跳起来，欢声道："真的，冯伯伯真是来我们家提亲了？"妙真大臊，嗔怪道："别嚷嚷，让人听见就不好了！"停了一下又道，"哎，我问你，你为什么到这会儿了还没有定亲呀，你不会是没有人要吧？"说完了自己偷偷发笑。隽藻背靠小门坐下来，道："这些年我在京城里，可有人给我提了好多次亲呢，不是富室千金，就是公侯家的小姐，我有好几次都动了心，只是——"他故意拉长了声音，不往下说。妙真果然急了，道："你……你都动心了，为什么不和人家定亲哪！"隽藻暗笑，道："嘿，我到这会儿还后悔着呢，谁让我小时候年年元宵节都在这个小门这儿，跟一个黄毛丫头换了灯呢！"妙真被隽藻的真情感动得不知说什么才好。隽藻道："我还知道，十年都过了，这个黄毛丫头已经长大了，为了我们当年的海誓山盟，她在淮南，谁家的聘也不受，她心里一直都想着我呢，我怎么能负了她呢！"妙真泪花涌出来，站起身，"哗啦"一声拉开门闩。隽藻一惊，跳起来叫道："妙真！"妙真低着头，将手里的灯递过去，道："给你，拿着！"隽藻动情地唤道："妙真——！"妙真轻声道："记住，冯妙真至死都是你的人，这一辈子你都不能负了我！那样我可不答应！"她又掏出一只同心结递给隽藻，道，"拿着，从淮南回京城的路上，想着要见你，晚上一针一针绣的。你要天天系在身上，见了它，就当是见了我。"隽藻激动地连连点头。妙真帮他把同心结系在脖子上，塞进内衣，道："好了，我走了。"隽藻急忙拉住她道："别走，都十年了，再待一会儿。"妙真回过身来，二人久久地拥抱。妙真喃喃道："隽藻，快来娶我吧，我真的已经大了。再不娶，我就老了。"言毕忽地推开他，道，"我走了。元白要醒了。"隽藻虽不舍，却也只能看着她走过小门，把门关上。后来，就连脚步声也听不见了。

这时宿藻猛地从竹丛后跳出，叫道："好一个秀才，做的好事，这回可叫我逮着了！"隽藻大羞，扬起手要打他。宿藻一笑躲开，跟隽藻转着圈子喊道："哎，你要是敢打我，我就告到爹那儿去！一个读书的宋玉，成了个和邻家女子私订终身的登徒子！"继而反身扯住隽藻道，"哥，我帮了你这么大个忙，你得陪我出去逛逛。今晚上长椿街灯市，可热闹了！对了，你将我的灯换给了妙真姐，得还我一盏灯！"隽藻道："我没钱！"祁隽藻急道："你有你有，娘给你的点心钱，你都攒着呢！"隽藻今晚再也无心读书了，说："就这一回，咱们走！"两人瞅着没人看见，从后墙上爬了出去。

小花园里发生的事情还是被一个人看见了。玉环一直站在远处灯影里朝这

006

边望着，把什么都看在眼里。隽藻和宿藻走了好久，她仍旧呆呆地原地站着，眼泪涌上来，接着，一转身飞快地跑回去。

4

夜幕下的紫禁城显得巍峨、森严和神秘。曾在长椿街灯市上出现过的几个壮汉此时人各一袭夜行衣，聚集在紫禁城外。一个黑衣人摊开一张图，打燃纸媒子照亮。对身旁那领头的壮汉道："姚大侠，这儿就是养心殿。"被称为"姚大侠"的姚一镖虎背熊腰，不怒自威。他环视众人道："诸位，看清楚了吗？"众人点点头，低声道："看清楚了！"姚一镖轻轻一挥手道："上！"众人四下散开，向宫墙摸过去。

此时祁宅客厅里，冯叔阳与祁韵士谈兴正浓。祁韵士探过头来，带着几分兴奋的神色道："叔阳兄，你说是传言，可是朝廷里都透出消息来了，说你这次任满还朝，皇上的意思，确实是要擢拔你入军机处！"冯叔阳沉吟半晌，摇头无语，脸上亦无半点儿喜色。祁韵士有些诧异道："叔阳兄，进入军机处等于是拜相，你都要当宰相了，还不高兴？"冯叔阳刚要说什么，刘氏手里端着油柿子，怀里还抱着一个锦包，走进门来："冯大哥，你来了！"她前脚刚进门，就高兴地和冯叔阳打起招呼。冯叔阳马上站起身来，道："亲家母，你还好哇！"刘氏心中一动，高兴地说："哎呀冯大哥，都十年了，你还记得有我们家这一门亲！"冯叔阳看一眼祁韵士，又回头看她，笑道："弟妹，你以为今晚我干什么来了，我是想来问问你们两口子，十年前咱们说好的事情还算不算数，隽藻和妙真的亲事，什么时候办？"刚才这话他已经跟祁韵士说过，祁韵士这时只是笑。刘氏眼角里的喜泪已经溢出来了，把手中的点心盒子放在冯叔阳面前，将锦包摊开在桌上，说："冯大哥，有你这句话，我后面的话就敢说了。瞧我给你带来了什么。"说着，她将锦包打开。——原来是一套五彩灿烂的凤冠霞帔。冯叔阳的眼睛亮了。刘氏道："冯大哥，听说你来，我就把它给找出来了。这套凤冠霞帔是祁家的传家宝。祁家的第一代翰林，隽藻的高祖，中了进士后，就是用这套凤冠霞帔娶了隽藻的高祖母。那以后他就给祁家立了规矩，后代子孙谁能中进士，娶的媳妇才能承传这套凤冠霞帔，穿戴着它成亲。"冯叔阳恍然道："弟妹，你是说，你和鸣皋公想让隽藻今年中举，明年会试中了进士，再娶我的闺女，让隽藻穿着这套凤冠霞帔进门？！"刘氏看了祁韵士一眼，笑道："冯大哥，那咱就说定了！明年隽藻中了进士，就娶妙真过门！到时候你可不能嫌我们家穷，又反悔。你知道，说是四品京官，我们家过日子却还要靠老家的孩子们接济！"冯叔阳大笑，道："亲家母，你这话说到哪里去了！要说我冯叔阳想找一门穷人嫁我的闺女，连我自己都不信。告诉你，我非要把姑娘嫁过来，一不是冲着你们这个穷家，二不是冲着我闺女将来会有你们这一对公婆，无论是你们家还是你俩，我都不稀罕。"

刘氏笑："那你稀罕什么？"冯叔阳高声地说："我稀罕我的女婿！别以为我远在淮南，我的耳朵尖着呢。隽藻的事我什么都知道。凭他的才学，今年秋天乡试，明年春天会试、殿试，他会一路过关斩将，中不了状元，至少也会名列三甲，一转眼就会出将入相，成为朝廷栋梁。到了那时，我的闺女就是宰相夫人。"他顺手从刘氏带来的点心匣子里拈起一块油柿子，尝一口，叫："好吃！让我想想这是什么。对了，这是你们山西寿阳过节时才吃的油柿子。弟妹，我没有说错吧？"他又拈起一块油柿子，一边吃一边道，"好吃！亲家母，快把你们家的传家宝包起来，这身穿戴，我闺女穿定了！"他忽然想起了什么，道，"我刚才在门前看到一个身着重孝的，莫不是——"冯叔阳这才说起注意到她，祁韵士点点头，叹了口气道："对，她就是前一阵日子被杀的衢州知府曹寿阶的女儿玉环。曹公是我的连襟，两口子被杀后，玉环被一个家人藏在柴火车里，好不容易逃出了一条活命，现在住在我们家里。"冯叔阳脸上的笑容霎时落了下来。

5

此时长椿街灯市上依旧热闹非常。隽藻和宿藻徜徉在熙熙攘攘的人群中，游兴正酣。两个人挤到一处卖灯的摊子前，挑了一盏双燕齐飞灯，高高兴兴地离开。隽藻的心中却满是妙真的影子，眼前晃悠着那盏送给妙真的并蒂莲花灯。

那盏并蒂莲花灯正挂在妙真的房间里，妙真怀抱着褓褓中的弟弟元白，眼睛望着这盏节灯出神。妙真的母亲贾氏孺人去年生元白时难产去世，从此妙真就代替母亲照顾这个生下来就没有娘的弟弟。暖儿走进来，望了望眼前的光景，放下茶杯道："小姐，把元白少爷给我吧，你好一心一意地看祁少爷换给小姐的灯。"妙真将元白交给她，要打她，又叮嘱道："小心点儿。我这个兄弟可怜，生下来就没了娘，唉！我爹还没回来吗？"暖儿把睡着的元白放进婴儿床，又取笑道："小姐的终身大事，定什么日子，要什么聘礼，陪多少嫁妆，两家还不得讨价还价，老爷哪能这么快就回来呢？"妙真被她说得满脸羞红，臊道："你是说我呢还是你自个儿大了，想找个女婿嫁出去了？"暖儿急忙求饶，道："小姐，暖儿什么也不说了，我照顾小少爷，你继续看这盏灯，可别错了眼珠儿，让喜鹊给叼了去。"妙真又要打她。

祁家客厅里，刘氏去后，冯叔阳和祁韵士的谈话的方向已经变了。冯叔阳道："鸣皋，不说我了。说说你，有句话我一直想问你。三年前，皇上突然让你一个长年坐冷板凳的史官，升任户部郎中监督宝泉局，我在淮南道任上听到这个消息，吓了一跳，还以为你要出什么事呢。"祁韵士笑道："我能出什么事？"冯叔阳认真地说："你这个人我知道，入仕二十多年，一直在国史馆里坐冷板凳，仍旧不失书生本色，不但在乾隆年间协助纪晓岚纪文达公编纂了《四库全书》，现今皇上登基，你又用八年时间写就了《蒙古回部王公表传》，将我大清立国百余年来与边疆各藩部来往的历史，记载得清清楚楚。这件事功在当今，利在万代。愚兄不是夸你，自纪文达公殁后，你可是当今大清国最大的史家了。"祁韵士连忙摆手："打住打住，你就少夸我了。"冯叔阳道："鸣皋，我可不是想夸你。我是想说，那宝泉局是朝廷替天下人铸钱的地方，每一斤铜都是钱。以前的宝泉局监督，不是朝廷权贵，就是皇帝近臣，怎么就轮到你这个寒门出身的史官了？现在好了，听说你上个月任满交差，什么事也没发生，我这颗心才放了下来。"祁韵士淡淡一笑，道："叔阳兄，这件事开头我也觉得惊奇，现在回想起来，皇上三年前让我做这么个管铸钱的官，也许是觉得祁韵士多年在朝廷里供职，多少还有一点儿清誉，至少我这个人不会贪污。不说它了。"他起身从一旁书橱里搬出一部《蒙古回部王公表传》，感叹道："瞧，就是它，耗费了我整整八年的心血。"冯叔阳如获至宝，惊喜道："哎呀，鸣皋，送给我的？太好了，有你这部信史，就是千秋万代之后，世人也会知道我大清朝廷和周边各藩部的关系了。我敬重你，就因为这个，你这个人，别看在朝廷里做的是冷官，成就的却总是了不起的大事！"

祁韵士摇摇头，坐下道："叔阳兄，说到大事，今天在我家里，也没外人，我有个大心事想跟你说说。"冯叔阳神情严肃起来，道："鸣皋……"祁韵士神情有些沉重，道："叔阳兄刚从淮南还京，熟察天下大局，告诉我，是不是当今大清国已经乱得不成样子了？前些日子我那连襟，衢州知府曹寿阶好好地在府衙里待着，竟被一帮起事的乱民一拥而进，夫妻双双被拉出去砍了头；我又听说，这些年在你那淮南府地界里，灾民造反的事也时有发生……"冯叔阳点点头，叹道："鸣皋，你是秀才不出门，哪知天下事。今日天下大势，有一个成语可以概括，叫作'危若累卵'！咳，这些事不说也罢，还是说你的大心事吧！"

祁韵士起身走去拉开门，伸出头去四下看看无人，重新关上，回头见冯叔阳一副诧异的神态，诡秘地一笑，道："叔阳兄，我这话不能让家里人知道，只能跟你说。正是在写完这部《蒙古回部王公表传》后，我觉得自己还应当再写一部《大清西域地理志》！"冯叔阳心中一震，脱口道："《大清西域地理志》？"祁韵士来回踱了两步，仰起头，看着屋顶，沉郁的语气里却带着几分激动："对！想我大清，自康熙朝以来，历经雍正、乾隆、嘉庆三朝，国威广被南北两疆，人民遍及天山内外，遍观二十四史，今日中国之疆土，唯有隋唐极盛时可以相比。四代圣主连同大小臣工以及天下军民百姓为此耗费了多少心血，又做出了多少牺牲，才建树了如此的大功业。兄弟忝列史家之位，焉能不将这一千秋万代的大功业存之竹帛！"冯叔阳道："你的意思是——"祁韵士看他，神情庄重，道："韵士不才，又担着当今大清第一史家的虚名儿，我愿在有生之年，卸去朝中的俗务，亲到新疆考察，用数年时间，将今日我大清国西域的地理疆域、物产人情、山川道路等一一入书，为今日皇上治理西域提供一部通鉴，也为后代子孙留下一部详细的西域地理志书。这样，哪怕天下大乱，疆土分割，后人也能从我的书里，找寻到复兴中国疆土的依据！"

冯叔阳猛地抓住他的手，激动道："鸣皋，太好了，你这才叫文人谋国，远在千秋之外。这件事要是做成了，又是一件了不起的大功业！"祁韵士摇摇手，笑道："先别夸我，我正要求你呢。眼下祁韵士虽然不再监督宝泉局，却还任着户部郎中，如同鸟儿被缚住了羽翼。还有，祁韵士家贫，若要辞官西去，又恐一家数口陷于饥寒。咳，我虽有此心，如果一直这样下去，这辈子很难做成此件大事。一句话，你得帮我！要是圣旨下来，你入了军机处，一定代我启奏皇上，成全我的志向！"

6

夜色微阑，长椿街依然灯火如旧。灯火深处走来两位俏丽的女子。大步流星走在前面的女子面容俊美，一身汉装，虽说有些顽皮之气，一颦一笑之间却透出一种说不出的高贵娇憨之态。跟在后面迟迟疑疑的那丫鬟乖巧里透着机敏，机敏里带些胆怯，有些担心道："格格，咱们还是回去吧，你不吭一声就跑出来了——"被称作格格的女子看她一眼，道："晴儿，你叫我什么？"晴儿忙伸了伸舌头道："啊，小姐，前面人这么多，万一出了事，大爷可饶不了我！"女子道："你怕什么？有我呢。进去看看！"一把拉着晴儿就向前面一个灯摊走去。摊主凑上前来讨好："小姐这么年轻，大约也到了出阁的年纪，元宵佳节，小姐一定要买一盏双燕齐飞灯吧？"女子兴趣盎然起来，惊奇道："为何要买双燕齐飞灯？"摊主嬉笑道："小姐是汉家女子，应当知道本城风俗。今日小姐买灯，自然是要与一位将来能考中状元的公子换灯，以结同心，将来比翼齐飞。"女子登时臊得满脸通红，生气道："你这个人，胡说什么呢，不买了！"转身就走，一旁围观的闲人们跟着起哄："臊了，走了，给她一大哄！"这位格格停住脚步，瞪了眼睛就要发火，想想又忍住，继续朝前走，一边对晴儿道："你们汉人还有这么讨厌的规矩！"晴儿低声道："小姐，这是京城汉人的规矩，赶到元宵节，如果一对男女换了节灯，那就是说，双方已经表明了心意，要结为夫妻。这灯是将来的信物，以后谁也不能反悔的。"格格甩手大步向前走去，气哼哼道："讨厌，还有这种规矩！"突然她站住身子，对晴儿道，"出门带钱了吗？""带是带了。""把那盏灯给我买回来！"晴儿惊奇地看着她："怎么啦，不是讨厌吗？"格格道："叫你去你就去！"晴儿无奈，噘着嘴反身走回去，不大一会儿，提着一盏双燕齐飞灯回来。格格接过灯，高高挑起，左看右看，满心欢喜，随手把刚买的糖葫芦递了一串给晴儿，自己一手提灯，一边吃着糖葫芦，兴高采烈地朝前面人群拥挤的地方挤过去。

刚才那群闲人看见她，又围上来，这次他们发现了她的一双大脚，七嘴八舌，指指点点，哄闹取笑："瞧她那脚！这要是嫁到婆家，要费多少鞋面布哇！"格格柳眉倒竖，杏眼圆睁，一把将手中的糖葫芦摔在地上，怒道："怎么着，姑奶奶我就是脚大，你们管得着吗？"一个闲人卷了卷袖子，又开手指凑上前，一边起哄一边作势丈量："哎哟，这妞儿不但脚大，嘴还够厉害的！来来来，我们量量她的脚到底有多长！"有人挑头，众闲人就一起围上来，往格格身上挤。晴儿拼命保护格格，急得大喊："小姐，怎么办哪？"格格心中一动，做柔弱状，大喊："救人啊，快来救命啊！"晴儿大惊失色，急道："小姐，你自小不是练了两套三脚猫的功夫吗，都到这个时候了，还不跟他们比划两下子？"格格抱着晴儿一边惊叫一边躲让，瞅冷子凑近她耳边低声道："你知道什么，戏台上老是说小姐落难，公子搭救，我就不信遇不上一个救我性命的张生！"那群闲人一时还没闹明白，慌乱中格格手中的灯一晃，灯影下飞出一脚，靠得最近的那个闲人扑通倒地。格格跟着又是一声惊喊："救命啊！"

正在人群中乱逛的隽藻和宿藻，听见呼救声远远传来，兄弟二人急忙奔了过来，一眼就瞅见一群闲人调戏两位女子。隽藻赶忙飞身上前，护在她们前面，大声喝道："青天白日，竟然做出这等事来！"说着就与闲人厮打起来。晴儿趁机连拖带拽将格格拉出人群。格格扭头看着正在人群中撕扯的隽藻，嘻嘻一笑："你松开我，我心里正想着会有一个张生，来救我这个崔莺莺，没想到张生就到了！你瞧，他是不是长得一表人才？"晴儿哭笑不得，跺脚道："小姐，这会儿你还有这心气儿！"格格呵呵笑道："真的嘛，他真是长得一表人才嘛！"隽藻一边抵挡周旋，一边低声对宿藻道："快带她们走！"宿藻正想扔掉手中的灯上前助阵，一听这话，明白过来，冲晴儿使了个眼色，二人架起格格，就向旁边一个小胡同跑去。

7

三人一口气奔进胡同深处，回头不见有人追赶，站住，各个喘个不停。格格捂着胸口，一副不堪奔跑的疲惫柔弱状，对宿藻道："哎，这位小兄弟，刚才要不是你们哥俩，奴家一定要被那些坏人玷污了，哎呀呀，刚才那救我的人是你的什么人？"晴儿喘得说不出话来，只是一直拿眼瞅她，心想："不知道她又要搞什么怪！"宿藻到底是男孩，很快缓过气来，听到被救出来的女子问隽藻是谁，胸脯不觉一下挺高起来："他是我哥。全北京城都有名的神童，姓祁名隽藻！"格格吃了一惊："什么，他就是祁隽藻？"这回轮到宿藻吃惊了，上下打量着她道："你这小门小户的女孩子，怎么会知道我哥的大名？"晴儿有点儿恼了："你——"格格暗中一扯她的衣袖，继续做娇怯状，道："小女子哪里知道，不是公子你刚才告诉我的嘛！真的吗，你哥还是神童？"

正说着，一辆马车从胡同口驶过来。赶车的是格格府上的薛管家，他一眼瞅见格格，急忙停车，赶过来又惊又喜道："格格，可找到你了！再找不到你，大爷回家一定饶不了我，这是怎么了，受惊吓了吧，快上车！"宿藻看到马车，吃了一惊，道："这么漂亮的马车，你们到底是——？"格格不理会薛管家，自顾自朝胡同口望去，终于看见隽藻匆匆跑了进来，正四处寻找他们。宿藻叫了一声："哥，在这儿呢！"隽藻松一口气，跑过来，与大家相见，落落大方地对格格拱手，道："小姐刚才受惊了。——这是你们家的马车吧，这就好了！快上车吧！"格格定定看着他，忽然觉得自己的一颗心大动起来，一时间就有点儿难以自持。那薛管家不分青红皂白，上前喝道："你们什么人，快闪开！"回头躬身对格格道，"格格，快上车。"格格不高兴地叱道："你站一边去，这位公子刚才救了我，我还没来得及道谢呢。"隽藻微微一惊，道："哦，原来是位格格，失敬了。既然府上有人来了，就请上车吧。宿藻，咱们也该回去了。"

一旦动了真情，这格格的戏也就演不下去了，就连话一时间也不会说了。晴儿扶她上了马车，格格心中对面前这个俊美的少年已经生了恋恋不舍之情，马上从车窗里伸出头来，一眼不转地望着他。隽藻感觉到了什么，拉起宿藻转身离去。晴儿注意到了格格的神态，在车上拉拉她，格格回头白晴儿一眼，捎带着就瞥见了晴儿手中的那盏双燕齐飞灯，她心中着色，不觉灵机一动，一把将这灯夺过来，"噗"一声吹灭，又用手指捣了几个窟窿，叫道："老薛，停车！"马车停下来。格格推推晴儿，低声道："快，追上去，把祁公子手里的灯换回来！"晴儿问："小姐，就用这个？"格格急道："快去呀。前面瞎灯灭火的，这灯都坏了，我们怎么走呀！"晴儿只好跳下车，格格又叫住她，吩咐道："哎——跟他换灯的时候，别忘了告诉他我是谁，叫什么名字！"晴儿下了马车，提着灯一路小跑，回头去追隽藻和宿藻，一边连声叫道："祁公子，等一等！"隽藻和宿藻听到叫声，停下来，回头一看，原来是她。晴儿跑近前来，大喘气道："祁公子，你看前面瞎灯灭火的，我们小姐说，她这灯笼坏了，求公子把手里这盏灯跟我们换换！"隽藻朝胡同深处一望，果然漆黑一片，顺手就把手中的那盏灯递给她，爽快地说："行，拿去吧。"晴儿把手中的破灯笼递过去，笑道："公子，我们不能白要你的灯，这盏灯你留着，我们一盏灯换一盏灯，谁也不欠谁的情！"隽藻笑了，不在意地接过来，说："行。就这样了。"晴儿又仔细打量他一眼，抿嘴一笑，背书似的道："祁公子，我们家小姐是旗人，名叫佛库伦，就是仙女的意思，还有个汉名叫含黛，就是眉含远山之黛的意思，你可记好了！"说罢头也不回地跑了。

隽藻和宿藻站在原地，面面相觑。隽藻想了想，皱眉道："不好！"宿藻看着他手中的破灯笼，也回过味来，叫道："哥，坏了！今天什么日子，你刚跟妙真姐换了灯，又跟这个叫含黛的旗人家的格格换了灯！你你你不会是个花心大萝卜吧？"隽藻扬起手来要打他，道："胡说什么呢，快回家！"他将破灯笼扔掉。兄弟二人往胡同口跑，互相看一眼，跑起来，又笑。

8

虽是佳节之夜，节灯高挑，一片辉煌，但幽暗的宫墙深处总有灯火照不到的地方。姚一镖伏在皇宫的屋顶上俯视整个紫禁城，指挥众黑衣人蹿房越脊，向养心殿方向迂回过去。

元宵佳节，民间灯会，是盛世一大景观。本打算与民同乐的嘉庆皇帝，却被一件洋人的事坏了兴致，此时正与领班军机大臣文孚、怡亲王载元、郑亲王瑞华以及三阿哥绵宁、御前侍卫穆彰阿等一帮大臣议论国事。嘉庆生气地将一个折子摔到地上，责问领班军机大臣文孚："上次英兵闯入黄埔港，枪杀我国百姓，朕让军机处代朕下旨给两广总督明泰，对英人严加管束，这才过去几天，又有英舰一艘闯入虎门，违犯大清法律，将一名洋人妇女带入洋行居住。这件事你刚刚知道，还是已经知道多日了？"文孚道："回皇上，奴才以为，这只是一件小事。"嘉庆喝道："胡说！什么是小事？英人私带洋人妇女进广州是小事，那不遵守我大清律法还是小事？如若外夷事事都可不遵守我大清律法，我大清的国威何在，体面何在？"文孚上前一步道："是。不过……"嘉庆打断他的话，道："代朕拟旨，此事着令明泰严查，务必将洋人妇女赶出广州。告诉英人，若敢再犯虎门，朕就下旨在广州禁商，让英人得不到他们必不可少的茶叶、瓷器和丝绸！"文孚领命，躬身退了下去。嘉庆看看其他大臣，问："谁还有别的事？"

怡亲王载元和郑亲王瑞华两兄弟是大清太祖皇帝长子代善的嫡亲子孙，各自承袭了一个铁帽子王。怡亲王载元现领管兵部，并统率乾清门侍卫，瑞华也在兵部帮着载元理事。此时见嘉庆目光朝他们望过来，载元连忙上前跪禀道："启奏皇上，皇上大喜！"嘉庆"哼"了一声，道："怡亲王，朕有何喜？"载元道："禀皇上，近日河南、湖南、甘肃、山东等地奏报，多年来流窜于桐柏、应城、天水、郓城等地的多股乱匪全被扑灭。饥民起而为匪是我朝一大祸患，自嘉庆初年便肆虐于江北各省，圣上每年都要派出大兵剿灭这些匪寇，只是这些匪寇行踪飘忽，如同流水疾风，多年来朝廷劳师靡饷，仍然没奏全功，不料今年形势一变，各地同时报捷，几大股悍匪皆被剿灭。臣贺喜圣上，乱匪一灭，我大清就将海晏河清，重现康乾盛世的景象，奴才贺喜圣上！"众大臣闻言都面现喜色，齐声道："臣等（奴才）贺喜皇上！"嘉庆叹道："乱匪之灭，是上托祖宗之福，下赖官兵用命。只是江北乱匪灭了，江南衢州府又出了乱匪，竟一下纠集了万余人冲进府衙，将知府曹寿阶及其夫人杀死。"说到这里，他摇摇头道："这真是有大清以来，没出过的事情。你们对这件事怎么看？"

还没等臣下答话，外面突然大乱，枪声四起，不知何处燃起大火，火光直冲夜空，映照得养心殿内外也红红的一片。嘉庆一下跌坐在龙椅上，失声道："这是怎么啦，怎么啦？"众人顾不上礼数，"呼啦"一声拥向殿外。一内侍太监慌慌张张地闯进来："启……启奏圣上，有一股强人，杀进……杀进宫里来了！"嘉庆大惊失色，道："什么什么？竟有这等事！载元瑞华在哪里，大内侍卫在哪里？"文孚等大臣一哄而散。载元、瑞华急忙奔出去。三阿哥绵宁倒是胆大勇猛，转身冲向嘉庆，叫道："皇阿玛别怕，儿臣在这里！"御前侍卫穆彰阿也冲过来，和绵宁紧紧守护在嘉庆身边，呼道："皇上，奴才也在这里！"

从殿门里朝外望去，火光映照下，几名黑衣人出现在养心殿对面屋顶上，那情景似乎一个飞身就能杀入养心殿。嘉庆心中大恐，失态大叫："来了，他们来了！这可怎么办？"三阿哥绵宁机警地打量着对面屋顶上的黑衣人，头也不回地对嘉庆道："皇阿玛莫惊，有儿臣在，就没人伤得了皇阿玛！"他一把抽出刀来，对穆彰阿道，"你守护皇上，我和这些匪徒拼了！""慢！"穆彰阿一把拉住绵宁，从皇上背后抽出一把火枪，递了过去，"王爷，给你这个！"这火枪做工精巧，装饰华贵，有一种王者气度。绵宁眼中一亮，平时围场打猎，各种各样的火枪都玩过，像这么精致的火枪还没见过。嘉庆哆嗦着道："对了，这是英吉利国的火枪，朕怎么忘了！"绵宁接过火枪，奋不顾身地冲出殿门。穆彰阿一边持刀紧紧护住嘉庆，一边冲绵宁大声喊道："王爷，打房顶上的乱匪！"绵宁答应一声，回头一枪，将一名刚刚跳落到养心殿院地上的黑衣人击倒，抬手又一枪，将另一个黑衣人从对面屋顶击落下来。穆彰阿看在眼里，大声叫好。嘉庆也从穆彰阿怀中探出头，连声叫道："好，打得好！"

这时载元、瑞华带着一群大内侍卫向养心殿宫门外拥过来，一起呐喊。载元问看守宫门的那个大内侍卫："匪人在哪里？快打开殿门，让本王带人进去，保卫皇上！"这名长得十分魁伟勇武的侍卫上前禀道："王爷，宫门不能打开，那样会给匪人以可乘之机！"瑞华急道："强人已经进去了，快打开宫门！"那侍卫忽然回头道："王爷，注意房顶，强盗都在房顶上！"众人一起向宫门上方的房顶看，果然发现了几个黑衣人。载元一时不知如何是好，那侍卫急忙提醒他道："王爷，快放箭呀！"载元醒悟过来，连忙叫道："啊对，快放箭，快放箭！"登时无数支箭如急雨般射向屋顶。屋顶上的黑衣人正是姚一镖和他的几位同伙，姚一镖伏下身子躲避乱箭，知道事已不可为，恨恨地朝身边众人说了一声："功败垂成，快撤！"众人得令，蹿房越脊，很快消失在夜色之中。

宫门从里面"哗啦"一声打开。绵宁提着火枪冲出来，四处张望，叫道："强贼在哪里，强贼在哪里？"载元等一惊，回身问："三阿哥，刚才是你在里面打枪？"绵宁道："两名强贼已经被我击毙。皇上这里有我，你们快去追这些乱匪，一定要生擒一个，拿回来问话！"载元略一沉思，悄悄看瑞华一眼，瑞华目光一闪，兄弟俩答应一声，对众侍卫道："走！"

众大内侍卫纷纷跟随他们而去，只有那侍卫仍在宫门前伫立不动。绵宁惊异道："你怎么不去？"那侍卫道："王爷，他们不该都走，万一中了乱匪声东击西之计，又该怎么办？你一个人保卫皇上，人太少了！"绵宁不禁上下打量了他一眼，问："你叫什么？"侍卫躬身见礼道："奴才保胜，见过王爷。"绵宁嘉许地点点头，道："保胜，你说得不错。你就在这里守着，我回殿内守着，一定不能让乱匪再次惊动了圣驾！"

保胜再次躬身回话："喳！"

第二章

遇刺宫嘉庆乱方寸　遭冤狱鸣皋海神童

1

嘉庆惊魂未定，坐回到龙椅上，看着陆续围拢过来的众大臣，怒不可遏。今夜正为洋人的事生气，载元江北乱匪被扑灭的禀报刚让他生出些快慰之心，皇宫大内居然出现了刺客，而且无声无息，一下子就逼近了养心殿。让他既胆战又无比震怒。这时载元、瑞华匆匆进殿。载元跪奏道："启奏皇上，逮住的那个人招了！"嘉庆喝道："快讲！"载元道："皇上，这伙乱匪，就是上月被朝廷大军剿灭的江北乱匪中逃匿的一股，据说是为同伙报仇而来，指使人是——"说到这里，他有些吞吞吐吐。嘉庆怒道："说呀，不管他是谁，都给朕说出来！"载元道："启奏皇上，是前任淮南道道台、现回京候旨的冯叔阳！"嘉庆大惊："什么？冯叔阳！"众臣闻言也纷纷发出惊异之声。载元扫视了众大臣一眼，点点头，道："这个冯叔阳不但是这一伙贼人的指使，还是淮南乱匪的总头领！"老臣王鼎闻言急忙出列，道："启奏圣上，臣有话要说，此话或者有诈！"盛怒中的嘉庆拍案道："有诈无诈，先将人抓起来，审一审就知道了！这个冯叔阳，朕本来还以为他官声不错——"王鼎大声道："圣上，一个乱匪的话怎么能相信？圣上一定要三思！"嘉庆正在怒中，哪里听得进去，对载元、瑞华道："你们还愣着干什么？！"载元、瑞华悄悄相视一眼，大声道："臣接旨！"王鼎跪在地上，情急之中大喊："圣上——！"嘉庆不理他，一迭声地喝令载元、瑞华快去抓人。文孚悄悄看一眼穆彰阿，发现穆彰阿不动声色地站着。载元、瑞华离去，嘉庆望一眼仍然跪在地上的老臣王鼎，道："王鼎，你起来吧，朕刚才说过，事情真假，将冯叔阳关进大牢，一审便知。你们大家还有什么事要说？"王鼎无奈，只能愤然起身归位。

文孚这时忽然睁开眼睛道："皇上累了，奴才还是改日再奏吧。"嘉庆见他那神色，像是有什么大事，不耐烦道："有事就说！"文孚上前奏道："启奏皇上，奴才现管户部，据新任宝泉局监督阿伦奏报，自上个月接任以来，清查宝泉局钱库，发现前任亏铜七十万斤！"嘉庆又是一惊，几乎不相信自己的耳朵："什么？宝泉局亏铜？"穆彰阿暗自一惊，悄悄注视了文孚一眼。文孚一脸痛惜和愤怒之色，道："回皇上，是。"嘉庆抓起龙案上的茶碗，"啪"的一声摔在地上，怒不可遏："谁，谁干的？刚才这伙乱匪想要的是朕的命，这人想要的是朕的钱！这比要朕的命还狠！这个前任是谁？"文孚奏道："回皇上话，此人就是户部郎中祁韵士。皇上一向对祁韵士恩宠有加，可他居然做出了这等大案！"嘉庆刚刚受过一场大惊吓，此时又听这个消息，兼之他又最心疼银子，一时血气上冲，就有一口热咸的东西从喉咙口涌将出来，他连呕了几声，内侍忙递上丝巾，被他一把推开，不愿将那口血吐出来让众臣看见，回身咽下去，却发觉自己的这个动作还是被站在一旁的穆彰阿看见了。穆彰阿是刚刚救过他的人，方才乱匪打进养心殿之时，留在他身边护驾的人居然只剩下两个，而穆彰阿就是其中之一。他不动声色地看了看穆彰阿，就势问道："穆彰阿，你怎么不说话？说说你的想法。"穆彰阿出列跪奏："回皇上，奴才虽与祁韵士没有私交，但一向听说此人官声不错，是朝臣中所谓的清流之首。奴才不相信他会做出如此惊天大案！"不料这话更加惹怒了嘉庆，他愤然责问："什么，他还是朝中的'清流之首'？他是'清流'，谁是'浊流'？"文孚一不做二不休，缓声阴沉沉地说道："回皇上，那自然是我们这帮老朽了。"嘉庆怒道："可恶！我一向以为祁韵士虽然有点儿自视高洁，但清廉自守，没想到他竟是这样一个巨贪！"这时又是老臣王鼎急急走出来跪下，大声道："启奏圣上，臣王鼎有话要说！"嘉庆一见又是他，"哼"了一声道："你？说吧。"王鼎眼里泪光闪闪，恳切地说："臣王鼎愿以一家六十余口保祁韵士不会犯下如此大罪，此案内中必有蹊跷！"他的话掷地有声，令众臣心头一震，都回头看他。文孚此时又阴阳怪气地说："皇上，有句话叫作'知人知面不知心'。冯叔阳官声也很好，却成了淮南乱匪的总头领。皇上要三思！"嘉庆看着脚下这位白发苍苍的老臣，心中忽有所动，道："既然你认为祁韵士一案必有内情，朕就将这个案子交给你来办，一定要给我查个水落石出。"他终于支撑不住，回身扶案把那口血吐了出来。

王鼎叩头离去，去办皇上亲口交给他办的案子。余下的众人大气不敢出。过了好大一会儿，嘉庆才安静下来，回身道："今日朕大难不死，靠的是一杆枪、两个人。枪就是这杆枪，朕特封它为'神威大将军'。"他从绵宁手中接过那杆英格兰火枪，爱惜地看了看，回头交给内侍太监，"这两个人呢，一个是三阿哥绵宁，一个是一等侍卫穆彰阿，是他们在危难中救了朕的命。朕特封绵宁为智亲王，食亲王双俸，穆彰阿晋升为内务府总管，兼镶黄旗都统，在军机处学习行走！散了吧——"说毕，他站起来，转身由内侍太监扶着离去。

众臣三呼万岁后起立。穆彰阿抑制住内心的激动，大步往外走，意识到众人都在悄悄地看他和绵宁。大清不设宰相，进入军机处就是拜相。他还这么年轻，就入了军机处，看样子皇上真要用一批新人治理天下了。只是没有谁想到第一个进入军机处的新人竟然是这位平时不显山露水的穆彰阿。绵宁也意识到了众人悄悄投射过来的突然显得极为恭敬的目光。他知道这是为什么。望着这些朝中重臣鱼贯而出，这位刚刚被封了王的阿哥的脸上没有现出喜色，相反现出了深深的忧愤之情。

大清的天下，真到了危若累卵的地步了吗？这些人中间，究竟有谁真能帮皇阿玛——将来是有可能帮他自己（现在他还不敢想这个）——平治这个已有大乱之迹的天下呢？有吗？如果没有，又该如何？

2

这是一个祁隽藻终生都难以忘怀的夜晚。从长椿街灯市赶回四眼斜街，隽藻和宿藻的眼睛一下睁大了！大批官兵拥满了这条小街。远远望去，冯家大门外，火把通明，人声嘈杂，哭声动地。他不知道发生了什么事，要闯进小街，却被站在街口的官兵凶狠地挡住。"出了什么事？"他问身边的人，没有人回答，人人眼中现出惊恐的神情。忽然，他发现原来塞满这条小街的官兵向他所在的街口涌动过来。"五哥，你快看，是冯伯伯！"宿藻一声大叫。隽藻被围观的人群推搡着，但还是在一回头间望见了那关着冯叔阳的第一辆囚车，然后是第二辆，囚车里站着的竟是怀中抱着弟弟元白、头上流着鲜血的妙真！

隽藻勃然变色，疯了一样大叫："妙真，这是怎么了？"没有人回答他。和囚车车轮的隆隆滚动声会合在一起的是冯家一家数十口主人和仆人的如惊雷般滚动的巨大的哭声。妙真的目光向前，并没有听到他的呼喊。

"妙真？妙真哪……到底出了什么事呀！"隽藻不知不觉哭起来，他大叫着，奋力向前面挤去。此时他心里只有一件事，那就是推开这厚厚的围观的人群，向妙真扑过去，把心爱的人救出来！"你往哪里挤，不要命了！"一名官兵抡起手中的刀把，猛地给了他一下。隽藻一时天旋地转，昏倒下去。"五哥——！"宿藻大叫一声，将他从人群里扶起来，他要背起隽藻走，却陷在涌动的人浪中出不去，他也哭起来。"隽藻，宿藻，你们在哪里？"一个焦急的女声传过来。宿藻回头一看，是玉环。"玉环姐！"宿藻哭叫道。玉环终于发现了他们俩，挤过来，和他一起抱起了隽藻。

三个人回到祁家时，原来塞满这条小街的朝廷兵马已经走净了。进门时隽藻醒过来，推开隽藻和玉环，疯一般地跑进了客厅，冲着父亲悲怆地大叫："爹，冯家到底出了什么事？他们为什么把冯伯伯和妙真都抓走了，他们要把冯家一家人抓到哪里去呀？"

祁宅客厅里，祁韵士正焦急地走来走去。刘氏神情不安地望着他。望着痛苦万分的儿子，祁韵士用变了调的声音痛苦地说道："有人说你冯伯伯私通江北的乱匪，还是他们的头领！"隽藻失色："什么？那怎么可能！"就在这时全家人都被一阵新起的如同闷雷滚动的声音惊住了，一起侧耳听去。一个男仆跌跌撞撞地跑进来，喊道："老爷、太太，王鼎大人……王鼎大人带人也把我们家围住了！"隽藻心中一怔，回头看父亲，他发现父亲的脸色也在这一刻突然变白了。刘氏望着自己的丈夫，颤声道："老爷，这是怎么回事呀？"话没落音，王鼎已带着五城兵马司都总管琦善等人走了进来。祁韵士张了张嘴，惊讶得说不出话来。玉环的脸色也变了，下意识地攥紧了隽藻的手。

但只是一瞬间祁韵士的神情就变了，他似乎突然恢复了镇静，走上前去给王鼎见礼："恩师，学生恭迎恩师！"刘氏急忙拉着孩子们给王鼎下跪，悲怆地问："王大人，这是怎么回事呀？"王鼎面色凝重，也不答话，展开圣旨道："祁韵士接旨。"祁韵士叩首在地："臣祁韵士接旨。"王鼎高声宣道：

奉天承运皇帝诏曰：经查，祁韵士任户部郎中监督宝泉局之时，贪墨不法，致库铜亏损七十余万斤，着即拿办。钦此。

听到这样的圣旨，全家无不惊骇，一齐回头看祁韵士。隽藻大叫一声："爹——！"就说不下去了。祁韵士自己也如在梦中，望着王鼎道："恩师，圣旨说什么？宝泉局亏铜？"王鼎面无表情，道："鸣皋，快叩谢圣恩。"祁韵士如梦方醒，叩头在地："臣祁韵士叩谢圣恩，吾皇万岁万岁万万岁！"王鼎收起圣旨，交给随从，前去扶祁韵士。祁韵士却用力推开他的手，不起身，大声道："恩师，如果学生不是在做梦，学生就是遭遇了天大的冤枉！"王鼎望着他的眼睛，点头道："鸣皋，快起来，虽然我也不相信你会做这种事，可你的后任阿伦清点宝泉局，发现库里确实亏铜七十余万斤。"站在王鼎身后的琦善提醒道："大人，时候不早了，行动着吧！"王鼎叹息一声道："鸣皋，事情总能弄清楚，不过今天你和你们全家却要先到刑部大牢里委屈一趟。"

刘氏和隽藻、宿藻、成藻、玉环一直在发怔，现在都醒悟了过来，随着玉环"哇"的一声大哭，宿藻、成藻、刘氏也都忍不住痛哭失声。到了这个时候，一向被认为是神童的隽藻相反却仍然不能明白已经发生的事，不是不明白，他是不能相信！隽藻突然膝行向前，一把抓住王鼎的衣襟，大声道："大人，你说什么？我爹他犯了贪墨大罪？"王鼎点点头，不忍看他的神情，将脸转向一边。隽藻叫道："王大人，不，这绝不可能！朝廷错了！你们都错了！事情不是真的！我不相信！"祁韵士勃然大怒，喝道："隽藻，你给我起来！"玉环和宿藻急忙上前，将隽藻拉起来。此时的祁韵士像是越来越平静，平静中带着越来越多的愤怒。他回头看了看全家，道："隽藻、宿藻，你们把自个儿的书都带上；夫人和成藻多带些蜡烛，还要带上我要读的书和未写完的文稿。咱们一家人，随王大人进天牢！"

刘氏虽然悲戚，但这时也渐显刚烈本色，颤声道："孩子们，祁家是诗礼之家，就是进了天牢，也要照旧过我们书香世家的日子，快照你爹的吩咐去做。"

祁宅大门外，众兵丁将祁家人押上囚车。玉环也被两个兵丁押着，她忽然大叫道："大人，小女子不是祁家人，也要进天牢吗？"王鼎一惊，意外地看看玉环，问："你是谁，你不是祁家人？"祁家人一起回头惊奇地望着玉环。玉环平静地答道："回大人话，小女子是前任衢州知府曹寿阶之女曹玉环。祁夫人是我姨妈。"王鼎越发惊异："你就是不久前殉职的衢州知府曹寿阶之女？"玉环点头。王鼎看看祁韵士，祁韵士也郑重地点了一下头。王鼎确认无误，命令兵丁道："把她放开。"那兵丁看了看琦善。琦善踌躇不决。王鼎道："琦善，王鼎和你奉旨拿祁韵士一家，没有说还要牵连他家的亲戚。"琦善连声道："好吧好吧，把她放了！"玉环"扑通"一下跪下，哭道："姨父姨妈去吧，别担心家里，这个家里还有玉环呢！别人不知道，玉环走进这个家几个月，就凭咱家一个四品官，过日子还要靠家里接济，玉环就知道姨父不是个贪官！宿藻到了天牢里，要听姨父姨妈的话，隽藻你是最聪明的，进了天牢要照看好姨父姨妈，咱这遭难的一家人谁也不要灰心！要记住一句话：就是世道昏黑，还有天理昭昭！"

3

含黛坐在闺房里望那盏已经被挂起来的双燕齐飞灯，心中喜不自胜。晴儿故意问："小姐，你怎么老看它呀？不会是还在想祁公子吧？"含黛笑道："傻丫头，本小姐就是在想祁公子！"看着晴儿张大的嘴巴，含黛自言自语道，"你说怎么那么巧，我换给他一盏双燕齐飞灯，他换给我的也是一盏双燕齐飞灯！我说我这个崔莺莺，说不定也能遇上个张生，我还真就遇上了！"晴儿吓了一跳，道："小姐，你不会当真了吧？"含黛心情却越来越激动，无限甜蜜地说道："什么是天意？这就是天意！"

晴儿冲口而出："小姐可是有婆家的人了。我听大爷说，出不了这个月，就要打发小姐出嫁呢！"含黛回头瞪她一眼，晴儿立即住嘴。含黛继续瞅着眼前的节灯道："今天就像戏里说的那样，小姐落难，公子相救，然后就是眉来眼去，两情相悦，私下里悄悄地就交换了信物，只可惜老薛去得太早了，我都还没来得及跟他说话，就让你们把我给弄回来了！"

晴儿突然道："祁公子再好，也是汉人，自有大清以来，满汉就不能通婚。"含黛回头，又拿眼睛瞪她。晴儿不看她，自顾自道，"小姐就是想退婚，四贝勒府那边也不会答应的。哪有下了大定的婚事，小姐说不嫁就不嫁的。"含黛忍不住叱道："你给我住嘴！你还越说越多了！我才不要嫁给那个疯子呢！"她站起身来，神情突然又委屈又愤怒。"你就没听说？我们旗人女子本来就不缠脚，可他偏说等我过门，先看我的脚，要是脚大，就把我休回来！我要是嫁过去，平白地受他那一场羞辱！"想了一想，又小声诡异地说，"哎，你明儿就去二门外，把我有一双大脚的事散播出去，让四贝勒府那边人人都知道，让他自个儿来退婚。"晴儿吓了一跳，道："小姐，满汉不能通婚，就是四贝勒府那边真的跟小姐退了婚，你也不能嫁给祁公子。"她满以为这个"坎儿"一定会让含黛垂头丧气，早早死了这条心，谁知含黛却满不在乎地说道："错，本小姐早就想过了，只要能跟四贝勒那个疯子退婚，我就能嫁给祁公子。不就是满汉不通婚吗？到时我让我哥在皇上面前说一声，给祁家抬个旗籍，祁公子不就成了旗人？"

含黛正自兴高采烈，忽然想起什么，脸色大变，急切道："哎哟不好！你们汉人定亲都早，祁公子要是定了亲，那可怎么办？"她一时没了主意，急得满屋子转圈，抓起东西要扔。晴儿看着她，有些好笑，半晌突然说道："小姐，祁公子没有定亲。"含黛惊奇地盯着她，不相信地问："他没定亲？你怎么知道的？"晴儿不情愿地道出了实情："祁公子的爹在户部当官，我哥是户部的杂役，他和祁大人很熟的。"含黛大喜过望，冲上前抱住她道："好晴儿，好丫头，太好了！只要他还没定亲，我就要嫁给他！对了，到时候我捎带着也给你找个好女婿！"晴儿对她的热情无动于衷，叹了口气，端着残茶走了出去，心里想：我是不是已经把祁公子害了？

4

天牢里的规矩，犯人与家属是不能住在一处的。不过由于隽藻苦苦哀求，王鼎还是恩准他可以住进祁韵士的囚室，以便照顾年迈体衰的父亲。王鼎还交代狱官，案情没有查明之前，祁家人在天牢里可以见面。当囚室里只剩下王鼎和祁韵士两个人的时候，王鼎开始询问案中的隐情，祁韵士"扑通"跪下道："恩师，这会儿学生终于想明白了！学生有罪，却不是贪墨之罪，而是失察之罪！"王鼎大惊："鸣皋，你说什么？"祁韵士道："恩师，现在学生明白了，学生三年前上任之时，这七十万斤铜就已经亏下了！"王鼎骇然道："你说什么？你接手宝泉局监督的时候——"祁韵士点头道："现在想来，端底是前任害怕事发，要找一个人来顶缸，适逢皇上想用我，他们就顺水推舟，让我接了这个缺。"王鼎一下子明白了个中的关节，恍然大悟道："原来如此。那你上任之初，就没查过库，没有发现前任留下的大亏空？"祁韵士懊恼道："恩师，学生就是在这里犯下了失察之罪！学生迂阔，不通庶务，上任之初，前任宝泉局监督遐龄告诉学生，历任宝泉局交接，都只是交接簿册，并不查库，查库要等皇上下旨。想学生这一生，从不怀疑人，何况是一位皇亲国戚，听是惯例，也就信了。"王鼎顿足道："你好糊涂！怎么会这样！……罢了，现在再说什么也晚了！……我这就回去，明天早朝奏明皇上！能不能保下你的一颗人头，就看皇上的意思了！"他转身出了囚室，带人匆匆离去。

祁韵士望着王鼎离去的方向，突然大叫一声，头一下下朝牢栅死命撞去。这一声大叫，穿破空宇，响彻天牢。正在帮母亲和弟弟在另一间囚室内安顿下来的隽藻神情大变，叫道："不好，是我爹！"急向囚室门外冲去，一家人也急着往外拥出。狱卒忙上来拦阻，一个老狱卒走过来，悄声道："王大人临走时嘱咐过的，他们一家人可以见面。"隽藻等人一起奔进祁韵士的囚室，祁韵士的叫喊已经变成了狂笑。隽藻大叫："爹——"祁韵士满眼是泪，道："你们不要管我，让我去死！我这个没用的人，我怎么会这么糊涂！"无论刘氏和隽藻兄弟怎么劝，祁韵士铁了心要死，拼命挣扎，要撞牢栅。

这时狱卒领进一个人来，原来是玉环。一见此情，她将那个盛饭的篮子扔下就扑了过来，扶住祁韵士大叫："姨父，听玉环一句话，姨父若是这样死了，怎么讨回一世的清白？祁家子孙将来又怎么做人！姨父想过没有！"这句话让祁韵士回过头来，怔怔地望着她，如梦方醒一般，喃喃道："怎么，你说……你说这会儿我就是想死，也不能吗？"玉环哭道："对，姨父这会儿就是想死，也不能！"隽藻吃惊地望着玉环，他们想不到玉环这句话竟比他们那么多劝解的话更能打动父亲的心。祁韵士双泪长流，向后倒下去，不再说话，终于昏昏睡去。玉环将篮子里的饭一一拿出，摆在地上。众人谁也不愿动一动。玉环悲戚道："家里遭了祸事，大家就不吃饭了吗？你们想想我，父母都死了，要是像你们这样，我也不用活了！可我不能死，我要亲眼看到朝廷发大兵为我父母报仇雪恨呢！"她忽然从篮子里拿出文房四宝，回头看着隽藻，说："隽藻，你是神童，一家子里头你的文章写得最好，快吃饭，吃了饭替姨父写一张状纸，玉环明天一大早就去午门外喊冤！"隽藻含泪看一眼刘氏，刘氏刚强地点一点头。隽藻也不吃饭，即刻铺纸磨墨，伏在地上就写将起来。

5

清晨，乾清门。朝会。王鼎跪于嘉庆御座前，刚刚说完祁韵士的案子，朝臣中一片低低的喧哗。嘉庆怒容满面，问："王鼎，你的话当真？"又问载元、瑞华："祁韵士家搜过了吗？谁去搜的？"王鼎听了此言，大吃一惊。瑞华上前奏道："回皇上，是奴才带人去搜的。这个祁韵士真是能装穷，家里就搜出了一点儿荞麦面、一点儿小米，还有四十八吊铜钱。他们家最值钱的就是书了。对了，我们还查到了一本书，据说是禁书。"嘉庆"哼"了一声道："禁书，他们家还有禁书？呈上来！"掌礼太监从瑞华手中接过那本书，回头跪呈嘉庆。嘉庆接在手里瞥了一眼，竟然是一本《唐末文选》，怒道："原来是它！"随手将书放在龙案上。瑞华有点儿吃惊："皇上也知道这本禁书？"嘉庆含糊地摆摆手，道："啊……你往下说。"瑞华道："皇上，奴才本以为祁韵士堂堂四品户部郎中，家中不至于穷成这样，所谓大奸似忠——"嘉庆不耐烦地打断他的话："你是不是怀疑他把贪污的银子藏起来了？"载元赶忙抢过话头："回皇上话，瑞华让人把他家屋里院外几乎掘了个遍，也没发现银子。奴才以为，祁韵士这人深不可测！"站在一旁的穆彰阿嘴角掠过一丝冷笑，绵宁瞟了他一眼，捕捉到这一细微的表情。

嘉庆问文孚："文孚，山西寿阳祁韵士家里，有什么发现吗？"文孚道："回皇上，奴才刚刚接到山西巡抚六百里加急送来的折子，说他们在山西寿阳平舒村祁韵士老家仔细查过，竟没有发现此人藏匿的银子！"瑞华左顾右盼，道："这就怪了，七十万斤铜，换成银子也是一大堆呢，这个祁韵士，到底能把它藏在哪里！这真应了一句话，一个人藏的东西，一千个人也找不到！"朝臣中又响起了低低的议论声。嘉庆怒冲冲地回到御座上，扶住头坐下，这一会儿，他的头彻底被这些人搞昏了。

一太监匆匆进来，跪奏道："启奏皇上，午门外有一女子，自称是前不久殉职的衢州知府曹寿阶之女，头顶状纸，替祁韵士喊冤！"嘉庆一惊。王鼎上前道："回圣上，这个女子名叫曹玉环，是不久前死于任上的曹寿阶之女，与犯官祁韵士有姨表之亲，曹寿阶只有一个女儿，祁韵士是这女子的姨父。"嘉庆颔首道："原来是这样。"想起曹寿阶，嘉庆心情有些沉痛。"朕知道这个曹寿阶，一向官声不错，竟然死于乱匪之手。文孚，你现管着礼部和吏部，你让他们详议一下，给曹寿阶一个大大的恩赏，以示朝廷追念忠臣之意。对了，这份恩荣，就让他的女儿承袭。"他接过太监呈上的状纸，匆匆看了一遍，不觉点头，道："这张状子上的话有些道理。祁韵士如果是个贪官，家中过得就不会如此清苦。"文孚急道："皇上不可信他！"嘉庆怒道："我不能信他，难道可以信你们？刚才你们不是说到处都找不到祁韵士藏的银子吗？现在我告诉你们这银子在哪里！"瑞华不解地问："皇上，银子在哪里？"嘉庆气急败坏道："这些银子在别人家里，你们当然在祁韵士家搜不到！"转身喝道："琦善在哪里？"琦善上前跪下："皇上，奴才在！""你马上带人把祁韵士之前十年内历任监督宝泉局全给我逮起来，关进天

牢！"嘉庆说。琦善登时变了脸色："这……"文孚、载元、瑞华俱各大惊，一起
出列跪奏："皇上，不可——"接着站在他们身后的一帮满大臣也都跟着他们跪了
下来，齐声道："皇上，不可呀——"绵宁此时看了一眼穆彰阿，发现他仍旧若无
其事地站着。嘉庆震怒地看着琦善："琦善，你敢抗旨吗？"琦善哆嗦了一下："回
皇上，奴才不敢，奴才领旨！"他磕一个头，跌跌撞撞地离去。嘉庆也不理跪倒
在地下的那些满大臣，"哼"了一声，说了一声："散朝！"拂袖而去。

王鼎已经明白发生了什么，昂首离去，朝中一帮清流之臣也跟着他往外走。
只有文孚、载元、瑞华等人仍旧跪在那里，似乎还没明白发生了什么事。他们
把目光转向穆彰阿，想说什么，发现绵宁在场，又闭了口。穆彰阿视而不见，
看王鼎走远，也随之大步离去。绵宁望着跪倒在文孚、载元、瑞华身后的一帮
满大臣，目光里现出怒火，众满大臣觉得事情不对，也都悄悄站起离去。绵宁
自己随后也振袖离去。殿中只剩下文孚、载元和瑞华三人。瑞华半晌才冒出一
句话来："老二、文大人，事情怎么弄成了这个样子！这把火怎么烧到了我们自
己人身上！"文孚老泪纵横地哭起来，道："两位王爷，你们……你们一定要救
救我的女婿！皇上一句旨意，把我的女婿也裹在里面了！他们不会杀了他吧！"
载元想了想，阴沉沉地说道："文大人不用着急，就是我们弟兄在皇上跟前没有
面子，咱们去找那有面子的人。""谁？"文孚问道。"穆彰阿呀！"载元道，"他
现在进了军机处，是皇上跟前的大红人。他可不是汉人，他是咱们旗人，他一
定得替这一干人出头，劝皇上回心转意！"文孚颤巍巍地从地上爬起来，道：
"事到如今，也只有这样了。两位王爷，老臣在这里给两位作揖了！"

午膳过后，嘉庆坐在养心殿龙案前，又在看玉环的状子。绵宁一旁侍立。
嘉庆不觉赞赏道："你还甭说，这状子文辞好，字也写得漂亮。这一手好字，上
承钟繇，深得王羲之王献之父子之法，朕虽做了多年皇上，可还是喜爱古往今
来的书法，看得出来，此人的字虽然仍显稚嫩，但已经是当世罕有。你知道这
是谁帮她写的吗？"这一上午，唯一让他心情稍微爽快一点儿的就是这状子的
书法了。嘉庆皇上自恃书法鉴赏力甚高，当世人的书法没有几个能入他的眼。
绵宁道："回皇阿玛话，儿臣让人去问过。写这个状子的就是犯官祁韵士的儿子
祁隽藻。"嘉庆一愣，神情陡变，站起，将状子扔到一边，怒道："朕当是谁呢，
原来是祁韵士的儿子！"

6

一点烛火在囚室里摇曳。已是深夜时分，祁韵士一边咳嗽，一边伏在一张

矮几上写着，身边堆着从家里带来的书。狱卒打开囚室的栅栏门，放隽藻走进来，他给父亲提来了热水。祁韵士的模样已经大变，仿佛一天之内就进入了暮年，头发几乎全白了。隽藻望着父亲，眼里又一次涌出了泪花，终于失声而泣。他不能理解父亲："爹呀，你都到了这种地方，怎么还能写得下去！"祁韵士不理他，继续吃力地写着，不时咳嗽一两声。隽藻意识到自己失言了，他拭去眼泪，帮父亲倒了碗热水，端了过去。

祁韵士头也不抬，平静地问："今天读书了吗？"隽藻道："没有。"祁韵士仍然不抬头，话语严厉起来："为什么不读书？昔日孔夫子周游列国，在陈蔡那个地方绝粮，眼看就要和他的弟子一起饿死，依旧弹琴赋诗，弦歌不绝。刑部大牢这么僻静的地方，又没有人打扰你，你为什么不读书？"隽藻委屈不解地叫道："爹——！"祁韵士道："你是不是觉得你爹身犯重罪，囚在天牢，马上就要死了，你就可以不读书了？"隽藻流着泪，突然大声道："爹，玉环姐刚才进来说……她白天已经把状子递进了宫里，皇上已经明白宝泉局的亏铜案与爹无涉，皇上已经把爹的四位前任全抓起来了，皇上不会……不会再杀爹了！"

祁韵士终于放下笔，闭上眼睛，道："我累了，这篇西域地理志的总目，今天我写不完了。明天……明天爹一定把它写完。"隽藻走到父亲身后，轻轻地替他揉肩解乏。祁韵士道："隽儿，有件事爹不想让别人知道，可你必须知道。爹就算没犯贪墨之罪，也还犯了渎职之罪。这次被皇上抓起来的爹的四位前任，不是天潢贵胄，就是宗室姻亲。朝廷查不清这个案子的。可就是查不清，皇上为了整肃天下贪墨之风，也会将我们五个人全部杀死！"隽藻听了，心头大震，悲声叫道："不！爹，皇上怎么会这样！那还有天理吗？还有个青红皂白吗？不会的！"祁韵士渐怒，道："你哭什么！爹一生以诗词为伴，以写书为业，像这等安静地读诗写书的日子已经不多了！你不一样，朝廷杀了我，就会放你们出去。爹在这里多读一天书是享受，你不读书，却是荒废了大好的时光。"

隽藻忽然起了逆反之心，猛地站起，要将全家进入天牢这两日盛在心里的话全对父亲说出来。他说："爹，你一生读书做官，却为别人做下的亏铜案冤枉至死，死了还要担一个贪墨的罪名，儿子这一辈子，不读书也罢！"祁韵士变了脸色："你——，住口！"隽藻索性一不做二不休，把心里话全倒出来："爹，儿子想过了，只要朝廷不能为父亲洗雪冤情，还爹一个清白，儿子至死也不会走爹这条读书做官的路了。"后面几句话他几乎是吼出来的，"爹，像这样冤狱遍地的世道，爹还让儿子读什么书？莫非爹也想让儿子像爹和冯伯伯一样，读书，做官，最后走进这有死无生的天牢！"祁韵士吃了一惊，断然喝道："给我住嘴！亏你自小读书，有神童之称，原来什么书也没读懂！"他眼中如同起了大火，怒冲冲地直视隽藻，同时这双眼睛又似乎充满了痛惜。他大声说道："正是因为今日天下冤狱遍地，你才应当读书做官！"隽藻摇头叫道："为什么？"祁韵士深深地看着儿子，突然沉沉地、一字一字地说道："你不做官，天下苍生怎么办？他们还有什么指望！"隽藻浑身一震，久久地望着父亲，叫："不，儿子不明白！儿子一个人不读书，和天下苍生有什么相干？"祁韵士转过身去，看着身旁的书卷，痛苦地闭上眼睛，道："满京城的人都说，我祁韵士有一个好儿子，十七岁就读遍了天下所有的书。"说到这里，他猛地睁开眼睛，恨铁不成钢地盯着儿子，一声声大喘起来。隽藻要去给他捶背，被他一把推开，怒道："就凭你刚才这一句话，爹就知道你的书全白念了！你什么也不懂，什么也不知道！"隽藻不禁语塞："我……"

祁韵士喘息甫定，望着远处，目光深邃而悠远，缓缓地道："像你我父子这样的人，来自民间耕读之家，我们这样的人读书做官，和皇亲国戚、世袭权贵一样吗？我们和他们不一样！正因为我们出身寒微，我们的心就是天下万民之心，只有我们读书做官，才能将天下万民之心带入朝堂，带入官场。我们这种人做官，你以为是为了锦衣玉食？宋人张熙说得好，我们来到朝廷，是要为天地立心，为生民立命，为往圣继绝学，为万世开太平！"隽藻心中涌起一股急流，道："爹，你说我们……我们是天地间的民心！"祁韵士转头深深地看着渐已长大的儿子，道："爹一生喜欢经史，负才傲物，不入俗流，一直钻在故纸堆中，自以为品行高洁，没想到终归还是为了一件俗而又俗的亏铜案遭受杀身之祸。儿子，你知道爹这一生，最对不起的是谁吗？"隽藻心中大动："爹——！"祁韵士摇了摇头："不是大清皇上，也不是你们母子。爹就这样死了，真正对不起的是天下苍生！"隽藻呆呆地望着父亲，一时间心如涌潮。祁韵士说完这些话，扭过头去，突然，隽藻发现父亲正在无声地大哭。

拂晓时分，祁韵士沉沉地睡着，隽藻却被一阵"哗啦哗啦"的铁链拖地声蓦然惊醒。睁眼一看，牢栅外，正有一个血肉模糊的人被几个兵丁拖着走过来，这是冯叔阳伯伯！一转眼他就在冯伯伯身后看见了妙真，妙真怀抱着襁褓中的弟弟，满头满脸都是血污，脚上拖着铁链，木然跟在父亲和一伙如临大敌的兵丁之后，一步一步地向前挪动。暖儿脚上没有铁链，在旁边扶着她朝前走。隽藻心中像有一个雷炸开了，大叫一声"妙真——"，翻身而起，向牢栅扑去。被惊醒的祁韵士也连滚带爬地扑过来，父子俩一起趴在牢栅上朝外望去。隽藻大叫："爹，他们这是要带冯伯伯和妙真去哪？"祁韵士牙咬得格格作响，扑通一声跪下了。隽藻忽然明白了，大叫一声："爹，他们这是要押冯伯伯和妙真去刑场，他们是要杀了他们？"两行清泪从祁韵士脸上流下来，他用悲凄和颤抖的声音高喊："孩子，来，我们爷儿俩送你冯伯伯一程！"隽藻"扑通"一声跪下，撕心裂肺地大叫："冯伯伯、妙真，我是隽藻，我是隽藻哇！"妙真这次像是被惊醒了，回头机械地看一眼隽藻，一瞬间眼波微动，但这一点表明她还活着的眼神转瞬即逝。她继续朝前走过去，目光一直望着隽藻，却神情痴呆，就像望着一个陌生的路人。祁韵士叩头在地，悲声叫道："叔阳兄，祁韵士给你送行了！你我弟兄相见之日不远，你在奈何桥前稍等一等，兄弟我很快就到！"冯叔阳被惊醒，肿胀的眼裂开一条缝，嘴角现出一丝微笑，声音微弱却依旧慷慨："鸣皋兄，真是可惜，今生今世，我们俩做不了亲家了，来世吧！"琦善冲过来，喝令官兵："快走——！"隽藻忽然觉得自己的心一块块撕裂了，他不但感受到了那种剧痛，甚至还听到了撕裂的响声。"妙真——！"他最后大叫，已经喊不出声音来了，浑身颤抖，面色惨白。祁韵士一把搂过儿子，流泪大声道："隽藻、隽藻，你……你就把妙真舍了吧！照大清律法，反叛的汉臣斩首，子女发配黑龙江给披甲人为奴。妙真她……她不会再回来了！"隽藻悲怆地回头望着父亲，突然口吐白沫，晕了过去。祁韵士急得大叫："隽儿，你怎么了？"转身向牢栅外呼唤，"快来人呀！"昨晚留在牢中没走的玉环听到声音，最先从另一间囚室冲了过来，隔着牢栅流泪大叫："隽藻、隽藻，你这是怎么啦——！"狱卒赶过来，打开牢门，让她扑进去。玉环心如刀绞，将隽藻紧紧抱在怀里，哭喊着："隽藻、隽藻、你醒一醒！"祁韵士深深地看着真情毕露的玉环，猛地站起，背转过身去，不再看他们。隽藻吐出一口气，醒转过来，睁开眼，猛地搂住玉环，大恸失声："妙真、妙真，是你吗？是你，你是妙真！我不会让你走的，你不能走！"玉环一瞬间脸色苍白。

7

穆彰阿站在自家的书房里，冷着面孔，正在沉思。面前是一本摊开了却没有写字的折子。薛管家匆匆走进来，禀道："大爷，王鼎王大人在客厅等了多时，见还是不见？"穆彰阿心中冷笑。他知道王鼎为何事而来。这老儿现在一定到处奔跑，联络满朝大臣给皇上上折子，求皇上留下祁韵士一命。这事他心中有谱，正在斟酌。他明白，祁韵士虽然官卑职小，在朝廷里却很有人望，今日要是写下这个折子，不管皇上开不开恩，都会感动满朝汉臣之心。他也知道皇上杀不了祁韵士，因为有四位前任牵扯其中。这四位前任里，两位是大清功臣之后，一位是当朝首席军机大臣文孚的女婿，剩下的一位遐龄更是动不得，他是皇上亲额娘的娘家侄子。他觉得皇上现在心里跟明镜似的，也知道祁韵士是冤枉的。在别人看来，他既然如此明白，当然应该出去见王鼎，答应为祁韵士写一个折子。但他毕竟不是别人，他之所以还没有拿定主意做还不做这件事，是因为他知道自己永远也不会做这件事情。现在他看得比任何人都清楚，现在无论是文孚、载元、瑞华还是王鼎，到处动员朝中大臣上折子，全是为了救他们自己的人，他心中感叹：这种时候，竟没有一个人想到身为朝中大臣，其实应当做的是站在皇上的角度想一想这件事该如何收场。从事情发生时他就知道自己该做什么：现在需要帮助的是皇上而不是祁韵士和他的四位前任。他想这也就是他和满朝大臣的区别。没有人也不会有人知道他现在想的是什么：不上这个折子便罢，要上也是最后，目的仅仅是为皇上解围，但眼下明摆着还不到时候。见薛管家笑吟吟地等着他发话，穆彰阿答道："去回王大人，就说我今天微恙在身，不便见他。改日痊愈了，亲自登门谢罪。"薛管家答应一声离去。

穆彰阿冷笑一声，将摊开的折子收起，刚要离开，含黛已经风风火火地闯进来，还没站定，就着急道："哥，今儿你可回家来了！"穆彰阿皱眉道："你又怎么了？"含黛不理他的不耐烦，道："哎，哥，我怎么听说，一个姓祁的户部郎中犯了罪，要砍头，这是真的吗？"穆彰阿吃了一惊，生气道："你怎么都知道？一个女孩子家，管什么朝中的闲事！"他要离开她走出去，含黛却一把抓住他的衣襟，撒娇道："哥，你一定要把这个姓祁的郎中救下来，不然你妹子的婚姻大事就毁了，这可是我一辈子的大事呀！"穆彰阿又是一惊，不觉深深看她，大声道："这事跟你有什么关系！你是不是又给我闹出乱子来了？什么你的婚姻大事！"含黛一副要哭的样子，道："哥，你是不是我一娘同胞的亲哥，阿玛和额娘死的时候是不是把我托付给了你，天底下我们俩最亲了是不是？你要不管我的事，我就去阿玛额娘坟头哭去！我这会儿就去！"她一屁股坐在椅子上，放开嗓子要哭，"哎哟我的阿玛，我的额娘——"穆彰阿对她这一套已经见怪不怪，却也不胜其烦，道："你又来这一套了。说吧，你到底想干什么？"含黛忽然又不哭了，拭泪，上前扯住他的衣袖笑着央求道："哥，事情也不大，就两件事。头一件，你帮我把和四贝勒的婚事退了；第二件，你把这个姓祁的郎中的官司给摆平，再帮他们家抬个旗籍，我要嫁到他们家去。"穆彰阿不听则已，听了勃然变色，甩开她的手，怒道："胡闹，你给我出去！"

含黛哪里怕他，反而坐下来，强词夺理地说："哥，你也甭蒙我！妹子都打听过了，你让我嫁的那个四贝勒诺敏，是天下第一邪性的男人，他们家的下人自己说的，这位贝勒爷整天不在家当爷，一天到晚混迹市井，和一帮引车卖浆的称兄道弟，身上一股地沟味儿。对了，听说他还上了折子给皇上，说要辞去爵位，当一个和大清皇上没丁点干系的平头百姓。"这些事情穆彰阿闻所未闻，吃惊地望着含黛，叱道："你胡说什么？从哪里听到的！"含黛一时又撒娇，拖着哭腔道："哥，我可告诉你，这些都是真的！哎呀，你说我的命咋这么苦？没爹没娘不说，长到了十六七岁，如花似玉的一个格格，居然要被哥哥逼着，嫁给这么个混人！哥，你妹妹不要嫁给他呢，你一定要帮我退婚……"穆彰阿不愿意再听下去了，着急地打断她的话："住嘴，胡说八道！我问你，你怎么认识这个祁韵士，还要嫁到他家去？"含黛一愣，道："谁是祁韵士？"穆彰阿松了一口气，他哭笑不得，狠狠地瞪含黛一眼，抬脚又要走。

含黛一跳起来拉住他，叫："哥，你不能走！我求你的事情你还没答应呢！"穆彰阿怒道："你连让我救的是谁都不知道，就要我去救他，还要嫁到他家去，真是岂有此理！你放手，我还有正经大事要办呢！"含黛不放手，道："你就只有我一个妹子，我的事是不是你的正经大事！对了，现在我知道祁韵士是谁了，告诉你，我求你救这个祁韵士，不是为了救他，是为了救他的儿子祁隽藻。我……我反正看上他了，我们俩元宵节那天夜里都换过灯了！"穆彰阿这时已经被她缠急了，大怒道："松手！你一个大清世代勋臣家的格格，怎么能嫁给一个汉人！再说你已经是四贝勒家的人了！"含黛杏眼圆睁，松了手，叫道："哥，你不管是不是？你要不管，我就跟这个祁隽藻私奔，我这个人你是知道，我说得出来就做得出来！只要你不后悔！"

穆彰阿看她，摇头，他知道自己这个妹妹的脾气，叹气，道："我可以上折子救祁韵士，却不是为了你要嫁给他们家的什么人。给我听好了，别忘了你是旗人，嫁给祁家的儿子，你想都甭想！"含黛想了想，笑了："那你先救祁韵士，再说我的事。"她不再拦穆彰阿。穆彰阿叹气大步走出书房。含黛没事人一样站着，笑。晴儿走过来，伸舌头道："小姐，大爷多厉害的一个人！全府上下，就你敢跟他胡闹！"含黛道："什么胡闹？我是在操办自己的终身大事！哎哟，闹过这一阵子，我的腰都酸了，快过来给我捶捶！"

第三章

上奏折储相藏玄机　断亲情贤臣别京城

1

穆彰阿好不容易摆脱了含黛，穿过长廊，走进前院，忽见载元、瑞华带着琦善已经进了大门，迎面走来，刚要闪身躲开，已被瑞华看见。穆彰阿只得迎上去，施礼道："郑王爷、怡王爷，还有你这位五城兵马司都总管，今日三位大人光临寒舍——"瑞华叫道："穆大人，你好自在，我们来问你，遐龄和增寿的事你还管不管？"穆彰阿淡淡一笑，道："王爷，我说过不管了吗？是这件事并不需要我管，增寿的老丈人是文孚文大人，他还能不去救自己的女婿？遐龄更不用说了，我敢说这会儿皇太后已经知道这事了，她老人家一定会去找皇上，替她的娘家侄子说情！"载元道："文大人回到家急火攻心，已经躺倒了，现在死活不知！"瑞华道："昨天朝会过后，皇上为了堵皇太后的嘴，自个儿先把遐龄的事给皇太后说了，皇太后听说娘家侄子犯了这么大的案子，也不好开口求情了。我们几个眼下皇上也不待见，要救增寿和遐龄，就只好来求你！"穆彰阿想了想，道："这样吧，我写个折子保祁韵士，皇上要是准了，捎带着也就把他们几个救了。"三人不解，面面相觑。还是载元悟得快，击掌赞道："老穆，不是本王夸你，现在我到底明白皇上如此赏识你，并不仅仅因为你在乱匪刺宫时护驾有功，你还是我们旗人里头的智多星，表面上看你保的是祁韵士，可皇上要是不杀祁韵士，也就不便杀遐龄和增寿四个了！"又笑道，"只是便宜了这个祁韵士。"瑞华也明白了过来，赞道："妙！"立马他就有了打算，"等遐龄和增寿出来了，我们得审审他，这钱到底是他们谁挪用了，就是分肥，也得大家一起沾光，我这二年为了修我那个园子，可是穷掉底了。"穆彰阿心中鄙夷瑞华，看他一眼，不愿多说，抱拳道："两位王爷，我还有事，不奉陪了。"转身离去。瑞华不觉变了脸色，看看琦善，道："这个老穆，以为自个儿进了军机处，就怎么着了，别以为他做的事我们一点儿也不知道！"载元悄悄拉了瑞华一把，道："你胡说什么，老穆现在确实事多。"又对琦善笑道，"皇上一直在找年轻人进军机处，现在在我们旗人里面选了老穆，选对了！"琦善一对小眼珠滴溜溜乱转，道："王爷说选对了，就一定是选对了！"

夜已经深了。祁韵士仍在天牢囚室里奋笔疾书。隽藻侍立一旁，望着父亲身边那慢慢堆高起来的一摞文稿，眼里不觉又涌出了泪花，他给父亲披上一件旧衣，然后跪在父亲面前，给父亲研墨、倒水、捶背。拂晓的时候，祁韵士终于直了腰身，扔掉笔，冲儿子宽慰地一笑："到底写完了。虽然不好，要想再好我也做不到了。"话没说完，一口血急喷而出，身子向后倒去。隽藻抢上前去，惊呼道："爹——！"祁韵士睁开眼，喘着气道："扶我起来。"他指着那摞文稿说："把它们整……整好。这就是我一直想写的《大清西域地理志》的纲目和大略。书我是完不成了，你要把它收好，将来遇上有志写一部西域地理志的人，你就交给他。不要忘了再告诉他一句话，这些都是我在国史馆的藏书和皇家档案中读到的有关记载，我凭记忆写下来的，没有实地考察过。他要接着做这件事，一定要去新疆实地考察。"

隽藻含泪点头道："爹，天就要亮了，你还是睡一会儿吧。"祁韵士道："孩子，你爹读书一生，年轻时空怀济世救民之志，入了朝廷，却只做了一名国史馆的编修，日日读书，夜夜雕虫，什么匡扶天下的大事也没有做成。要是没有这场飞来横祸，你爹就是明天不被砍头，将来也不过终老床头，其死轻于鸿毛。其实皇上是知道你爹是冤枉的。"隽藻大声道："皇上明知爹是冤枉的，为何还要杀你？"祁韵士道："皇上就是心知我是冤枉的，知道自己和我都被我的四位前任耍了，皇上在这些人家中也查不到他们犯罪的真凭实据。"他的话语忽然慷慨激昂起来，"皇上不杀我，就不可能杀其他四人！皇上不杀这四个人，又怎么给满朝文武一个说法，怎么平息由这一大案引起的天下公愤，又怎么惩治贪污，整顿朝政，让已经大乱的大清天下重新回到康乾盛世！能够以我这一条命，帮皇上和天下除掉朝中的四条大蛀虫，让皇上一清天下贪渎之风，你爹就是死也值得！皇上是个仁义之君，总有一天，他会替为父平反昭雪，你们一定能等到这一天！"说到这里，祁韵士朗声大笑起来，笑声在囚室里回荡，异常响亮。

隽藻惊骇地望着父亲，眼里如同有火光在闪，他现在终于明白父亲的心思了。父亲如今就像一位他在书中读到的古代的烈士，父亲完成了自己一生想做和能做的事情，现在又做好了准备，要以自己一条命替天下除奸！那种撕裂般的痛楚又从左胸深处升腾起来，但这一次他忍住了。祁韵士又看了他一眼，微笑道："儿子，不要怕，人这一生，白驹过隙，就像苏东坡文章里写的，'寄蜉蝣于天地，渺沧海之一粟'。你爹一生没做成大事，能用一命换四命，既能替万民除害，也为自个儿报了仇，死得其所。为父会含笑九泉。"隽藻的眼泪又下来了，扑倒在父亲面前，哽咽难言，道："爹……爹铁了心一定要为国尽忠……快告诉儿子，儿子还能为爹做些什么？"祁韵士慈爱地望着儿子，断然道："你的事情就是等！等我死了，替我收尸，陪你母亲一起回咱们的老家山西寿阳平舒村，在那里等皇上为我平反昭雪的一天。"隽藻抬头，他心痛如割，悲怆万分，大声道："不，爹，儿子也想好了。若朝廷真的杀了爹，儿子和爹一起上路！这么一个忠奸不分的朝廷，一个暗无天日的人间，儿子也不想活了！"祁韵士手指着他，一时急得说不出话，又大声咳嗽起来。

2

曙色初现，穆彰阿的轿子到了午门。他把时候拿捏得很准，估摸着这会儿一定有人在等。亲兵刚打开轿帘，果然就见载元已经迎了上来，道："本王恭迎穆相。"穆彰阿下轿，笑道："王爷，我算什么宰相？"一回头，他望见一个女子，也在午门外跪着，头顶一张状纸。穆彰阿吃了一惊，忙问："这女子是谁？"载元冷笑一声，上前附耳道："这就是祁韵士的内侄女、曹寿阶的女儿。昨天皇上让礼部打发人到祁家找到她，对她宣旨，什么'前任衢州知府曹寿阶德行素懋，为国尽忠，不能不褒以哀荣'，总之就是那些胡话，'特加封他的女儿曹玉环为衢州某县某乡某亭亭主'。没想到这女子不领情，今天又要来给皇上递呈子，要把这份皇恩退还皇上，用它换回祁韵士一条命！"穆彰阿口中说道："原来如此。"一边禁不住再三打量那女子几眼，心中忽然就有了主意。就要朝前走，载元一把拉住他道："别走，等一等我那老三。"话没落音，瑞华已经到了，下了轿，他就向载元和穆彰阿急奔过来，道："老穆，你可来了！咱们快进宫去吧，文孚大人，还有皇太后她老人家，一大堆人都等着你今天进去上那个折子呢。"穆彰阿淡淡一笑道："啊，对了，两位王爷，那件事我还要想想，今天我是为别的事来见皇上。"瑞华一怔，脸色沉下来。载元心中明白，却不愿说破，道："啊，那又另当别论，请吧。"三人一起走向宫门。

早朝之上，果然穆彰阿说的全是有关淮南黄河修堤的事情，需要民夫若干，银子若干。散朝之后，嘉庆让绵宁随他一起退往养心殿。众臣离开乾清门时，瑞华低声问载元："老穆葫芦里到底卖的是什么药？"载元道："你留个人在这儿瞅着，看他走不走。咱们先走。"瑞华点头。果然二人离去时，发现穆彰阿没有像每日退朝时那样先走。瑞华还不甘心，载元拉他一下，低声道："等着，一定会有好消息。老穆这人狡诈，可他到底是哪一边的人，想他心里还是应当清楚。"

养心殿里满地都是散落的折子。绵宁随嘉庆进来，俯伏在地，浑身打战，不敢仰视。嘉庆发火道："朕问你，这些日子追剿江北乱匪余党的事怎么样了？我将这件事交给你，是信不过他们。这伙乱匪都杀进宫内来了，这件事办不好，朕虽然身在深宫，也会天天寝食难安！"绵宁低声道："只是皇阿玛——"嘉庆气冲冲地打断他："不要再说了！朕知道你要说什么。朕将这样的大事交给你，自然要把天下的兵权交给你，你不要负了朕的重托！"绵宁俯伏地上，连连叩首："儿臣就是肝脑涂地，也要办好这件大事！"嘉庆挥手："起来吧。"

内侍太监进来奏报："启奏皇上，穆彰阿求见，"嘉庆皱了皱眉头，道："我知道他为什么来。这几天来为祁韵士和遐龄、增寿等人说情的人太多了！你出去问他，要是还为此事而来，就不用进来了！"内侍太监匆匆走出，转瞬回来奏报："回皇上，穆彰阿说，他不是为犯官遐龄、增寿和祁韵士说情而来。"嘉庆和绵宁同时心中一惊，相视一眼。嘉庆点一下头："让他进来。"

穆彰阿走进殿门，紧走几步，趋前跪倒叩头："奴才穆彰阿给皇上请安。"嘉庆淡淡地看他一眼，道："起来吧。何事见朕？"又道，"要是为亏铜案来说情，就不用说了！"穆彰阿依旧俯伏在地，奏道："回皇上，奴才今日不为亏铜案而来，奴才今日为大清的江山社稷而来！"嘉庆心中一震，脸上却毫无表情："说！"穆彰阿从袖中取出折子，高高举过头顶，道："这里有奴才的折子。为了大清的江山社稷，奴才请皇上下旨，留祁韵士一条活命！"绵宁大惊，心道："这个穆彰阿什么意思？刚才说过不谈亏铜案，现在又往枪口上撞！"果然，嘉庆闻言大怒道："你……你也要朕赦了祁韵士？"穆彰阿面无惧色，道："不，奴才不是请皇上赦祁韵士无罪，只是为了大清的江山社稷，留祁韵士一命！"

嘉庆气冲冲走到穆彰阿身前，指着满地散乱的折子道："人人都说朕杀不了遐龄、增寿和祁韵士，你是不是也这么想？"穆彰阿的话让嘉庆十分意外："回皇上，奴才今日只求皇上留祁韵士一命，不求皇上留下遐龄、增寿他们四人的性命！"嘉庆吃了一大惊，定定地看着他，想弄清他到底想说什么。穆彰阿道："皇上，奴才有些话要直说，求皇上赦奴才死罪。"嘉庆说："赦不赦你的死罪，你说了再论。"穆彰阿道："今日满朝文武，皆以为祁韵士一介书生，三年前突然被皇上钦点，做了户部郎中监督宝泉局，是皇上有意让他替前任背下亏铜大案的黑锅。若皇上下旨杀了此人，不正好坐实了他们的猜测，让天下汉人皆以为皇上为了掩饰宝泉局几任皇亲国戚闹出的亏空，要杀祁韵士灭口？！"

嘉庆心中如同起了地震，一波接着一波，脸上却仍旧不动声色。这时内侍太监又进来了，奏道："皇上，那个叫曹玉环的女子又在午门外给皇上递了一道呈子。"嘉庆皱眉道："她的事不是了了吗？"接过太监呈上的呈子，匆匆看了一眼，扔在一边，回头对穆彰阿道，"照你看来，朕该如何处置此人？"穆彰阿道："皇上，奴才方才也在午门外看到了这个女子。奴才以为，皇上可在朝会上下旨，祁韵士罪无可恕，但念及前衢州知府曹寿阶之女在午门外苦苦跪求，欲以皇上给予她的恩典换取祁韵士一命，皇上为这一烈女之心之情所感动，法外开恩，饶祁韵士不死。但是，为整肃朝中纲纪，祁韵士死罪可免，活罪不饶，着即革去功名和差事，遣戍新疆军前效力。"嘉庆不置可否，回头问绵宁："你说说，穆彰阿这个办法怎么样？"绵宁一时猜不透嘉庆的心意，道："回皇阿玛，这是朝政，儿臣是皇子，不该多言。"一边说，脑子里一边却迅速转了几个弯。嘉庆道："朕叫你讲，你就讲。"绵宁看穆彰阿一眼，沉吟道："穆彰阿这个办法好，皇阿玛若这么处置祁韵士，既平息了满朝臣工的猜忌，又成就了曹家烈女舍己救人之心，如此君慈臣孝，天下人都会被感动的。"

这话让嘉庆听了受用，连穆彰阿也不由得多看了绵宁一眼，心想那个传闻一定是真的，将来天下一定是他的。嘉庆来回走了几步，也不看二人，似乎随口问道："那遐龄、增寿他们呢，朕该拿他们怎么办？"他以为穆彰阿会顺水推舟为这四个人求情，不想穆彰阿大声道："求皇上恕罪，奴才以为遐龄诸人该杀！"嘉庆猛地停住脚，目光直逼穆彰阿，阴沉沉问道："为什么？"穆彰阿从容道："遐龄等人身为皇亲国戚，与国同命，却贪墨成性，闹出这么大乱子，摇动天下，为圣上添忧，难道不该杀？杀了遐龄、增寿他们，天下人就会知道皇上惩治贪渎的决心，天下官吏就会受到震慑，朝政就会为之一新！"嘉庆想了想，突然有点感动，道："穆彰阿，你明知遐龄是太后的亲侄子，还能说出要朕杀他的话，不容易。不过朕以孝治天下，若不杀祁韵士，只杀了遐龄、增寿他们，太后那里有个长短，朕将何以对天下？你就没想过这件事？"穆彰阿道："奴才以为圣上君临万邦，应示天下以至公。"嘉庆突然大悟，道："你的意思是让朕将他们和祁韵士一起遣戍边疆效力？"穆彰阿将头猛叩了下去，大声道："皇上圣明！"嘉庆想了想，挥手道："你跪安吧。"

望着穆彰阿退出养心殿，嘉庆来回踱着步子，越踱越慢，长时间不语，神情严峻。绵宁心中不安，半晌，小心试探道："皇阿玛——"嘉庆转身，道："穆彰阿此人，确为有用之才，但其心险恶！"绵宁顿时变了脸色，身上不觉出了一层冷汗。嘉庆冷笑："他明知朕赦了祁韵士，就杀不了遐龄和增寿他们，却还要朕杀他们，是当面欺君，其心可诛！"绵宁大惊。嘉庆看着他，道："穆彰阿这个人是你荐给朕的，有件事你看得还算准，你们这一辈满人中，像他这样机敏而有心机的不多，为了这个我也要为大清把他留下！可是有句话你要记住，"绵宁的心提到嗓子眼上，凝神听嘉庆说下去，"穆彰阿此人，刚愎阴险，又自视甚高，将来用他来对付大清天下芸芸众生，乃至于满朝文武，那是绰绰有余，但万一遇上千古不遇之奇变，必不能重用他，用他必坏国家大事！"绵宁吓了一跳，哆嗦着道："皇阿玛，什么是千古不遇之奇变？你的话吓住儿臣了！"嘉庆的语气中忽然现出了慈爱，叹息道："绵儿，你看今日，外有西方诸夷侵辱我大清，内有江南江北乱民四起，我大清可谓内忧外患一起逼来，不是千古不遇之奇变又是什么？今日有朕，局面尚可支撑，万一哪天——"他没有再说下去。

嘉庆今日把话说到此处，绵宁眼泪都要下来了，急忙膝行上前，打断嘉庆的话："皇阿玛快不要再说了，儿臣吓死了！皇阿玛天纵英明，一定会万寿无疆！"嘉庆道："说什么傻话，一个人怎么能活一万岁？好了，朕这会儿累了，办你的差去吧。"绵宁连忙磕头："皇阿玛，儿臣就此拜别，今天就带上琦善他们去追剿那股夜袭皇宫的悍匪，有奏报称他们去了东北。皇阿玛放心，哪怕是追遍大清一十三省，儿臣也要将他们一网打尽！"

3

穆彰阿今天心情很好，那么多大臣上折子都被皇上驳了回来，而他三言两语就解决了问题。更重要的是，他进一步掂量出了自己在皇上心中的分量。刚进二门，就见含黛风风火火地跑过来。穆彰阿心一沉，想起了自己这个难缠的妹子的婚事，要躲开她，却已被含黛迎头堵住。原来含黛一直在等着哥哥的消息，一见面就着急地问："哥，你怎么才回来，救下祁韵士没有？"穆彰阿瞪了她一眼，想起一件事要跟薛管家说，转身又往外走。含黛拉住他道："哥，到底怎么样，你说话呀！"穆彰阿不得已站下，痛斥她道："告诉你，皇上就是不杀祁韵士，也要将他革职，遣戍新疆十年，他们一家人就要离开京城回老家山西种地，他的儿子也成了犯官之子。你要嫁他，休想！"含黛非常失望，不由对哥哥起了疑心，故意大声道："你是个什么样的人我知道，把祁韵士遣戍新疆的主意说不定就是你替皇上出的！你就不能容忍朝中还有人比你更有人望，那就把你比下去了！"穆彰阿听她说得离谱，扬起巴掌喝道："给我住嘴！"含黛笑了："哥，你急了吧，我还以为我说出什么你都沉得住气呢！看来这人都怕别人说穿了自个儿的心事！"穆彰阿举着巴掌打不下来，气道："都是我从小把你惯的！我……我……"含黛把脸凑到穆彰阿跟前，笑道："你打，你打！我还是咱们家没出门的姑奶奶，还没听说哪一家旗人敢随便打他们家没出嫁的姑奶奶呢！你打吧！"穆彰阿放下巴掌，气不打一处来，转身大步走进二门。含黛又生起气来，冲他大声喊道："哥，你给我听着！你能把我未来的公公发配新疆，让祁家人回山西当平民百姓，你妹子就能退了婚跑到山西去找他们！今生今世，我就是要嫁给祁家，你别以为我不敢，我气死你！"

一直站在远处看热闹的晴儿跑过来低声道："小姐，别这么嚷嚷了，大爷都走远了，二门外那些混账男人都听见了。"含黛才不管呢，道："叫他们听！"她忽然想起什么来了，问道，"哎对了，上次我让你把本小姐是个大脚的事散播出去，你做了没有？"晴儿哭笑不得，悄声说："小姐，我可不敢。"含黛"哼"了一声，亮起嗓子说道："我一个女孩子，一生一世就嫁人这一件大事，还能让别人替我做了主？不能！二门外的男人都听着，我就是要嫁给户部郎中祁韵士家的神童祁隽藻！"虽然晴儿情急中一把捂住了她的嘴，可这些喊声还是传到了二门外，侍候在那里的家人小子们个个听了个真切。

不但他们听到了，跟在穆彰阿身后走进外客厅的薛管家也听见了，他看了主人一眼，正与穆彰阿回头看他的目光相遇。他急忙低下头回避。穆彰阿怒道："你，给我看好她，这些天不准她出门！打发人去催四贝勒府上，快定了日子来娶！"说罢，他气哼哼拂袖出门。

4

祁韵士坐在天牢里，正在看隽藻写的一首诗。这是昨天他交给儿子的"窗课"，要隽藻从这天起，每天写一首诗给他。自从隽藻决计随父亲去死，一颗心也定了，不再拂逆父亲的意旨。诗为心声，隽藻这天的诗自然写得悲怆凝重。祁韵士正欲评说，狱卒"哗啦"一声打开囚室的门，大声喊道："圣旨到！祁韵士接旨！"祁韵士看一眼隽藻，隽藻脸色白了，大叫一声："爹！"祁韵士平静地理了理衣衫，道："说好了到了时候不哭。我不喜欢，快扶我起来。"隽藻强忍住眼泪，将父亲扶起来。王鼎匆匆走进囚室，高声宣旨道：

> 奉天承运皇帝诏曰：查户部郎中前监督宝泉局祁韵士，职守钱谷之任，身怀贪墨之心，七十余万斤铜不翼而飞，一世清白之节荡然无存。本当处以大辟之刑，念其居官尚属勤谨，特免死罪，革去功名，发赴伊犁军前效力十年。钦此！

祁韵士本以为大限到了，已经做好了赴死的准备，一听圣旨留了他一条性命，大感意外，如在梦中。隽藻一时也没有回过神来，吃惊地望着王鼎。这时，玉环也扶着刘氏，和成藻、宿藻一起匆匆奔进来。一家人扑倒在祁韵士周围，刘氏泪流满面，大叫一声："老爷——！"成藻、宿藻哭道："爹——"一家人悲喜交集，哭成一团。

祁韵士一动不动站着，面如死灰，竟没有半点喜色，也不跪拜谢旨，神情越来越怕人。隽藻望着他，心中骤然生出一种不祥的预感。刘氏首先清醒过来，摇晃他道："老爷，快谢恩哪！"祁韵士像是突然从梦中醒过来，望着王鼎，变了脸色，大叫道："不，不，为什么皇上为什么没有杀我？"刘氏惊叫道："老爷，你是欢喜疯了吧？快叩谢王大人呀！"祁韵士猛地推开她，大声绝望地叫道："不，不，我不接旨，我不接圣旨！这不是皇上的意思！"王鼎急了："鸣皋，你怎么啦？"祁韵士悲凉地问："恩师，快告诉我出了什么事？快告诉我！祁韵士犯下如此大罪，皇上为什么不杀我？皇上杀了祁韵士，就能杀遐龄、增寿那些贪官，就能整肃朝政！恩师，皇上不杀祁韵士，是不是也要放了遐龄、增寿他们？快说呀恩师！"他"扑通"一声跪倒，膝行而前，抓住王鼎衣襟摇晃。王鼎心中一震，道："鸣皋，天道无私，皇上有旨，着遐龄、增寿等人遣戍黑龙江、热河军前效力！"祁韵士一怔，把头猛地朝地下撞去，痛哭流涕，大声道："皇上糊涂！皇上不杀遐龄、增寿这一帮贪官，大清还有什么指望，天下百姓还有什么指望！恩师，犯官祁韵士现在就给皇上上折子，求皇上杀了学生，再杀遐龄等人！"王鼎为自己的学生此时还有如此心志大为感动，却不知道怎么劝他为好。祁韵士向王鼎频频叩头，道："恩师，你没有听懂学生的心！学生读书一生，为人狷介，难入俗流，为国为民竟连一件大事也没能做成！此次遭遇这飞天横祸，倒给了学生一个做烈士、为天下除奸的机会！皇上为什么不杀我？皇上不杀我，我就连这个用性命做牺牲为天下除奸的机会也没有了！不，我不愿意！隽藻，拿纸笔！"隽藻眼里的泪终于涌出来，大叫："爹——"祁韵士猛然站起，一脚将他踢翻，疯一样吼道："快去！快拿纸笔来，我要给皇上上折子！"刘氏死死抱住他，大声泣道："老爷，你糊涂！老爷就没有想过，皇上就是杀了老爷，也不会杀遐龄大人他们！"转头对隽藻兄弟叫道，"快代你爹谢王大人，请王大人回奏皇上，犯官祁韵士一家数口，叩谢皇上不杀之恩！"隽藻、成藻、宿藻给王鼎跪下叩头。王鼎道："孩子们快请起。鸣皋、夫人，皇上旨意已下，这是皇命，决不会再更改，老夫这就回朝廷复命，你们收拾收拾，回家去吧！"刘氏强拉着祁韵士跪下，自己先磕头谢旨："祁门刘氏代我夫祁韵士谢王大人，谢皇上天高地厚之恩！"王鼎欲走，回头又看一眼祁韵士，见他仍旧跪在那里，目光痴狂，突然开口道："恩师，皇上不杀祁韵士，不是因为祁韵士无辜，而是因为他杀不了遐龄、增寿他们！祁韵士这一场牢狱之灾，是那帮身为皇亲国戚的贪官做下的，难道祁韵士一命不死，竟也是沾了这帮连皇上也杀不了的贪官的光？"王鼎道："鸣皋切不要这么想。皇上不杀你，固然有他不得已之处，但就老夫猜度，皇上一开始就不相信这桩大案是你做的。"他一眼望见玉环，目光里充满了赞许的神色，道，"啊，老夫差点忘了，皇上所以对你法外开恩，就是因为她！"他用手指玉环。众人吃惊地看着玉环。玉环急道："大人，你怎么——"王鼎道："鸣皋，玉环姑娘求过我，不让我提起这件

041

事，可老夫还是说出来了。自从鸣皋入了天牢，玉环姑娘就头顶状纸，后来又头顶圣旨，日日在午门外跪求，要拿皇上赐给她的封赏换鸣皋一条命。据我所知，皇上正是念玉环姑娘的一片赤诚之心，又念玉环姑娘的父母衢州知府曹玉阶及其夫人死得惨烈，是大清的忠臣，今天才有了这一道圣命。鸣皋、祁夫人，你们一家人，都要感谢她！"祁韵士听了，缓缓站起，望着玉环，点点头，道："好，好，曹寿阶有女如此，是祁家的福分！夫人、孩子们，既是这样，我们一家一块儿给曹姑娘磕个头，感谢她救了祁韵士一命！"玉环急得大叫："姨父，姨妈，你们要是这样！玉环在天地间就没有立足之地了……"祁韵士不理她，转身冲她跪下。刘氏也招呼孩子们道："快跪下。"成藻、隽藻、宿藻一起跪了下去。玉环急忙阻止，哭道："姨父、姨妈，你们不要——"祁韵士不管不顾地道："今天在这里的，只要还是祁家的子孙，都要记住我的话。玉环姑娘对祁家的这份恩情，祁家人一定要报！"他带头向玉环叩下头去。刘氏和隽藻兄弟跟着叩头。玉环大声哭道："姨父，你这些话玉环如何担当得起！自从玉环成了孤儿，全靠姨父、姨妈收留，是玉环今生今世报不了姨父、姨妈的大恩！"她匍匐在地，痛哭不止。刘氏、隽藻扶祁韵士站起。成藻心里早已有了玉环，上前道："起来吧，别老跪着了！"伸出手去想拉她。玉环为躲成藻，急忙站起。

祁韵士拂去身上的草屑，神情已变。王鼎看着他道："鸣皋，老夫公事已毕，要回朝复命去了！"转身缓步走去。祁韵士道："恩师慢走，祁韵士还有一句话要说！"王鼎闻言回过头。祁韵士道："恩师回去替我回禀皇上，祁韵士明天就启程，前往新疆！"众人又是一惊。宿藻失声叫："爹呀！你——"刘氏吃惊地望着他，泪水滚滚而下："老爷，你你你……说什么呢？你明天就走？"祁韵士看也不看他们，道："祁韵士自进天牢，就再没想过能活着出去，今日皇上开恩不杀我，要将我遣戍新疆，正给了祁韵士了却一生心愿的机会。大丈夫留在庙堂之上，不能为国效死，为天下除奸，我留下还有什么用？我祁韵士这一辈子，为天下人做不成一件事，我还不能为后人留下一部书吗？你们谁都不用留我，留也是留不住的，我明天一定要走！"隽藻突然明白了父亲的心，眼泪大滴大滴地落下来。祁韵士一阵剧烈的咳嗽，刘氏心中大恸，颤声道："老爷，刘氏知道这些年拖累了老爷，让你为了我们这些女人孩子，不能遂了平生之志，可是……今天老爷就是一定要舍弃我们，也不一定非得明天就走！"没想到祁韵士大怒，道："你住嘴！祁韵士说过了明天启程，明天就一定要启程！"刘氏无法，上前一步跪倒在王鼎面前，隽藻兄弟也跟着跪下去。刘氏痛哭道："王大人，你是我们家老爷的恩师，快劝劝他，他这个年龄，身子骨又不好，明天怎么能上路！"

王鼎叹息一声，道："祁夫人请起。"转脸对祁韵士道，"鸣皋，祁夫人说得对，你刚刚受了一场牢狱之灾，身子骨又不硬朗，皇上只说将你遣戍新疆，并没限令何日启程，你还是先回去将息一段日子，待身子骨硬朗些，再走不迟。"没想祁韵士连他的面子也不给，双手一拱，冷冷地道："恩师请行，学生得罪了！"王鼎知道祁韵士心意已决，再劝无益，只得说道："鸣皋，你一定要这样，老夫也拦不住你。我这就回朝复命，明天一大早，老夫在十里长亭为鸣皋送行，老夫去了。"他转身离去，不再回头，两滴老泪滚落下来。祁韵士一直等到王鼎的身影不见，才从地上站起身。对狱卒道："这位爷请便，现在祁韵士已不是天牢的囚徒，借贵处这一块宝地，我想处分些家事。"狱卒答应一声，连忙走开。祁家一家人都吃惊地望着他。

　　祁韵士虚关囚室之门，突然回头对刘氏跪下。刘氏大惊道："老爷，你又怎么了——"祁韵士道："夫人在上，请受祁韵士一拜。"刘氏急忙跪下，拦住道："老爷就是执意要走，也甭吓我呀！老爷快起来——"隽藻兄弟也随之跪下，不觉痛哭失声。祁韵士却不起身，对刘氏道："夫人，你我夫妻结缡近三十年，祁韵士不能让夫人享荣华受富贵，却让你跟着我这一介穷儒，受了三十年的贫寒。夫人、夫人，祁家对不起你，祁韵士对不起你！"刘氏伤心落泪道："老爷莫说此话，你我二人，生为夫妻，死则同命——"祁韵士道："夫人听我说完。刚才皇上的旨意夫人也听到了，皇上今日不是饶了祁韵士一命，而是帮我解开了多年被束缚的羽翼，放我弃绝尘世，一飞九万里，去做平生最快意的翱翔！我走了，这个家就交给夫人了。北京城里你们不能再待了，我走以后，夫人就带着孩子回山西寿阳老家去，过一介乡民的日子。"刘氏道："这些不需老爷嘱咐，事到如今，刘氏知道该做什么。"祁韵士道："想我祁氏一门，世代耕读传家，夫人又是有志气之人，即使没有祁韵士，也一定能替我守住这个家，把我世代书香门第的耕读家风传给后人。夫人受祁韵士一拜，一生的夫妻情分，就此一刀两断！"他一头叩了下去。刘氏大惊，连忙扶助丈夫，泣不成声："老爷……你这是什么话！你不能这样狠心——"隽藻、成藻、宿藻兄弟此时已哭成一片。宿藻道："爹，你这是不要母亲和我们了？爹，你不能这样——"祁韵士并不理会，站起，转向三个儿子，道："你们起来，我跟你们也有话说。"兄弟三人长跪不起。刘氏道："你爹要你们站起来，你们就起来吧。"玉环上前，扶隽藻兄弟站起。祁韵士冲他们三兄弟深深一揖。隽藻大惊，急忙跪下："爹，你这是怎么——"

　　刘氏预感到什么，神色大变，急叫道："孩子们都快跪下，听你爹的教训！"她自己也跪下了。成藻、宿藻连忙跪下。祁韵士看着三个儿子，硬着心肠道：

"你们硬要跪下，就再跪这一回吧。成藻、隽藻、宿藻，爹要走了，有些事情还是要跟你们交代一下。我走后，你们和你们的母亲一起回山西寿阳老家。成藻也就罢了，隽藻和宿藻是不是还要读书，爹不勉强你们。爹只求你们将来好好侍奉你们的母亲。你们起来吧，从今天起，咱们的父子情分，也就此了断了！"成藻宿藻惊叫道："爹——"隽藻心中大恸，膝行抱住祁韵士，大声地说："爹，你真的就这么绝情，不要儿子们了吗？"祁韵士脸色一变，决然道："我的话说完了，祁韵士和你们没关系了，你们都走，马上走！祁韵士今晚睡在这里，明天就从这里启程，还不快走！"他用尽力气，一脚踢开抱着他腿的隽藻，转过身去，背对众人，又吼了一声，"快走哇！"

隽藻兄弟回头伤心地看着母亲，大叫道："娘——"刘氏望着丈夫，落下泪来。玉环过来扶住她。刘氏拭去泪水，忽地大声言道："孩子们，咱不哭了！古人道，孝莫大于从父之志。你爹刚才既然说了，咱们就回家去，帮他收拾行李。明天一大早，咱们一家人，送你爹走那万里长路！"

5

穆家的书房内，穆彰阿正在给笼中的黄鸟喂食，脸上浮起一丝冷笑，问躬身侍立一旁的琦善："真的，祁韵士明天就启程？"琦善点头。穆彰阿用手去逗那黄鸟，半晌不再说话。琦善摸不透他的心思，想了想道："穆相，我还听说，案子所以会有这么个结局，全是你的功劳。对了，皇上不杀遐龄和增寿他们，皇太后的娘家人，还有文孚大人，怡王、郑王哥俩，都要来你府上谢你呢。"穆彰阿道："得工夫告诉他们，这几天我得了风寒，不能见人。他们就是来了，我也不见。以后你也少和他们扯在一起。"琦善吓了一跳，寻思了一下道："穆相是说，皇上这回虽然赦了遐龄和增寿等众人，心里并非不想杀他们。你是怕我跟他们走得太近，让皇上知道了也记恨我们？"穆彰阿看他一眼，略显责备之色，道："这些话我说了吗？"琦善"呵呵"地笑了，换了一个话头道："哎，对了，我还听说，明天京城里可是有不少人要去京郊十里长亭送祁韵士。我还奇了怪了，这些人就不怕得罪皇上，也不怕得罪皇太后、文大人和怡、郑两位王爷？"穆彰阿道："既是这样，我们也去。"琦善想了想，笑道："我明白了。明天去送祁韵士的，皆是朝中的所谓清流，祁韵士是什么京城清流之首，现在他被发配新疆，穆相明天去送祁韵士，莫不是也想一举赢得朝中清流之心，做一个清流之首？"穆彰阿正给黄鸟喂食的手停在半空，半晌，缓缓放下，回头盯着琦善，生气地说："什么清流之首？我一个堂堂朝廷大员，旗人的子孙，世代功臣之后，与国同体，做什么清流之首？你就不觉得这话荒唐吗！"琦善尴尬起来，暗责自己总是沉不住气。这时薛管家匆匆跑来，在穆彰阿耳边嘀咕了两句。穆彰阿登时生起气来，不觉出声："胡说！一个大活人，怎么会找不着？"琦善识趣地告辞道："啊，你有家事，我走了！"穆彰阿也不理他，琦善尴尬地和薛管家打了个招呼，往外就走。穆彰阿忽然叫住他："琦善！"琦善马上站住，回转身来。穆彰阿冲薛管家挥挥手，薛管家赶紧走出去。穆彰阿道："有件事我一直想问问你，冯叔阳的事情，到底是怎么回事，你知道吗？"琦善一下语塞，不知如何说才好。穆彰阿盯着他，哼了一声道："你也不知道吗？"琦善急忙道："不……不知道。不是说他是江北乱匪之首吗？"穆彰阿不想再问下去了，说："你去吧！"琦善急急离去。穆彰阿看着他的背影，脸上现出冷冷一笑。

晴儿刚从二门回来，迎面看见琦善从大爷的书房走出，急忙闪在一旁让路。琦善走过去了，晴儿却从书房里意外地听到了大爷对薛管家发火的声音，又听事情好像与含黛有关，大着胆子蹑手蹑脚地来到窗外细听。只听薛管家说："……真的，这位贝勒爷三个月没回家了，他们家的人都急死了，京城都找遍了，没找见人，不知是死是活！他们说要是再找不到，就要奏明皇上，让五城兵马司出动官兵去找！"书房内又传来穆彰阿生气的声音："哼，他是要躲婚！不行，他心里真要打这个谱，我就到皇上那里说理去！就算我们家不是什么天潢贵胄，也是世袭勋臣，我妹妹也是功臣之后，不是说不娶就可以不娶的！"晴儿一颗心哆嗦起来，屏住呼吸，把耳朵贴近窗户缝，生怕漏掉了一句。只听穆彰阿又道，"你再去贝勒府，传我的话，让他们去找，一定得把四贝勒找回来，和我妹妹完婚。对了，还不能动用五城兵马司，闹得满城风雨。把佛库伦给我看好了，没有我的话，出嫁之前，不能让她走出府门一步。要出了错，我扒你的皮！"

晴儿不敢再听，一溜小跑回去，慌慌张张地推开门，又急急地关上。含黛看她，惊问："出了什么事？"晴儿喘息稍定，悄声道："小姐，方才我走到大爷书房外面，听到管家老薛在里头跟大爷讲，四贝勒府的那位贝勒爷，就是我们家那位姑爷，不见了！"含黛一惊，道："什么，不见了？"忽然她高兴地一拍手，道，"好哇，他不见了好！他不见了我哥就不会逼着我嫁给他了！好笑，我这儿正不想嫁他，他倒不见了。太好了太好了，快说，他一个大活人，怎么会不见了？"晴儿道："不知道，我就听见老薛说了一句，这位贝勒爷都不见三个月了，他们家里人满北京城找也没找到，听老薛说，他们家人还要让五城兵马司的人去找呢！"含黛道："好好好！哎，是不是他听说我是个大脚，为了这个才逃婚出去的呀？"晴儿啼笑皆非，说："这我倒没听说。"含黛越发兴奋地在屋里走来走去，道："他不是不喜欢大脚女人吗？我正好是个大脚……"她说着，又抬起脚仔细端详起来，越看越得意，不觉手舞足蹈。"真是太好了，这位贝勒爷和本小姐想到一块儿去了，他不想娶，我不想嫁，这个婚算是退定了！……哎，那个祁什么遭戍新疆走了没有？"晴儿笑道："连人家叫什么名字也记不住，还要嫁给人家的儿子！"

含黛自己也笑了，赶紧吩咐晴儿去打听祁家的消息。晴儿跑着出了门。含黛这才坐下来，静静地想自己的心事，一回头又看见了那盏双燕齐飞灯，呆了半晌，不觉落下泪来，自言自语道："祁公子，你家里出了这么大事，这一阵子你一定受罪了。"想着心上人这时在遭罪，她猛地站起来，喊道，"来人！"张妈闻声跑过来。含黛道："张妈，快告诉外头，给本小姐套车，我要出门！"老妈子赔笑道："大爷说了，小姐就要出阁的人了，不能再到外面走动，怕人家笑话！"含黛生气道："胡说，那是你们汉人的规矩，我们旗人从来不讲究这些！"张妈不答，也不走。含黛忽然明白了："怎么，是不是我哥把我关在家里了？"张妈不回答。含黛大怒，想了想坐下，挥挥手道，"行了，你去吧！"张妈答应一声离去，她站起来，动起了脑筋。

6

翌日清晨，一辆西行的脚车停在京郊驿路上。王鼎等满朝汉臣以及穆彰阿、琦善都赶来为祁韵士送行。新任翰林院编修邓廷桢也在其中。刘氏带着隽藻三兄弟和玉环匍匐在路旁，不敢仰视，他们是怕自己会突然放声大哭。黎明前在家里为父亲收拾东西时，刘氏就叮嘱过孩子们，送行时全家人谁也不能哭。刘氏心中明白，丈夫昨天和自己及三个儿子断了骨肉亲情，那是不想让三兄弟中的任何一个和他一起走那万里长路。隽藻的几番哀求都被刘氏断然拒绝。临行时，刘氏刚强地吩咐道："要哭你们就在家里哭够，出了这个门，谁脸上也不能再有一滴眼泪！"宿藻听不下去，叫道："为什么？！"刘氏一字一字回答："因为你们的父亲！"

像他自己说的那样，祁韵士今晨是从天牢直接来到这十里长亭上的。此时他一眼也不看跪在路旁的夫人和隽藻兄弟，只向送行者一一拱手，大声道："谢谢诸位！祁韵士走了！"隽藻悄悄抬头看父亲，心中刀割般地难过，刘氏看他一眼，他又急忙伏下头去。王鼎是送行者中最年长者，又是军机大臣，排班在穆彰阿之上，这时就走出来，大声叫道："拿酒来！"家人早就做好了准备，捧酒过来。王鼎回顾一下穆彰阿："穆相请——"穆彰阿急忙拱手道："王大人，祁大人是你的学生，你是前辈，还是你请！"王鼎也不客气，道："那我就僭越了。鸣皋，请！"祁韵士高高举起酒杯，道："恩师请，各位大人请！"众人纷纷端起酒，齐声道："请！"祁韵士仰首一饮而尽，放下酒杯，对众人拱手，慷慨道："恩师，诸位大人，千里送君，终有一别，祁韵士就此别过了！"不待众人再说什么，转身就走向脚车。隽藻猛地意识到父亲真的就要去了，急抬头望着父亲，他渴望父亲这时能回头看母亲和他们弟兄一眼，为一家人留下哪怕一句话！但祁韵士却一直没有回头。眼看父亲一只脚已经踏上脚车，隽藻心疼如割，再也忍不住了，终于大叫了一声："爹——！"祁韵士伸向脚车的脚停在那里，仍然不愿回头。隽藻一不做二不休，悲怆地大叫："父亲前程万里，临行时就没有一句话留给儿子了吗？"祁韵士身子微微打战，可还是不回答，也没有回过头来。刘氏忍无可忍，大叫道："老爷，你就这么走了呀！你舍了刘氏也就罢了，可你连隽藻他们也舍了吗？孩子们将来怎么办，你就一句话也不想留下吗？"祁韵士心中一震，片刻，猛地从怀中抽出一封信，仍旧不回头，道："拿去。你们回到寿阳，隽藻还要读书，就带着这封信去见宗艾镇的张观藜先生。要是他愿意收下隽藻，什么话也不用再讲；若他不愿收下隽藻，隽藻这书不读也罢！"刘氏急看隽藻一眼，喊："还不快去！"隽藻膝行前去，双手接过信来，匍匐在地上，惨声大叫："爹，母亲和孩儿送爹远行了！"祁韵士看也不看他，当下就上了车。马车随即辘辘前行。隽藻凝望着父亲，发现他直到上车时仍旧没有回过一次头。一家人眼中含着泪水，望着祁韵士的脚车走远，方才哭出声来。

　　送行的人们分散离去。穆彰阿和琦善冷冷地看到了方才的一幕，回头上了同一辆车，向城内走去。车中，琦善偷眼打量穆彰阿，见他面无表情，紧闭双目，不发一语，忍不住道："穆相，刚才我听到了一些议论。"穆彰阿不说话，琦善自顾自道，"有人说这些天发生的事情另有隐情。有人使了些手段，一举将两个可能入军机处的汉臣清理出了朝廷。"穆彰阿蓦然睁开眼睛，道："什么意思？"琦善道："他们说，前些日子，皇上不但有意让已经被杀头的冯叔阳入军机处，就连这个祁韵士，皇上当初让他入户部监督宝泉局，也是要历练他，打算让他入军机处，将来主管户部。"穆彰阿眉毛一颤，道："胡说八道，哪有这样的事。"琦善不说话了。穆彰阿斜了他一眼，淡淡道："还听到了什么？"琦善笑了，说："有人还说皇上到底英明，虽然杀了冯叔阳，赶走了祁韵士，却也没让最想进入军机处的两个人进去，进军机处的人却是穆相你。"穆彰阿闭上眼睛，又不说话了。琦善也不再说话。穆彰阿突然睁开眼，回头道："这件事以后不要再议论了。"琦善心中凛然一动，赶忙道："知道了。"穆彰阿这时换了一个话题，道："你不是要跟智亲王爷去东北追剿乱匪吗，什么时候走？"琦善道：

"明天。"穆彰阿想了想,道:"你把保胜带上,让他好好保护智亲王爷,不能出一点差错。"琦善看他一眼,问:"保胜是谁?"穆彰阿道:"原是我家的一个包衣奴才,后来我抬举他做了大内侍卫。"琦善还要听下去,穆彰阿又不讲了,于是他又知趣地说道:"啊,我知道了。"穆彰阿不再说话,又闭上了眼睛。马车静静地向前驶去。

此时养心殿里,嘉庆皇上也听到了琦善刚刚告诉穆彰阿的传言。他背身而立,一内侍太监躬身侍立一旁。嘉庆突然开口问道:"他们说的那两个最想进军机处的皇亲贵胄是谁?"内侍太监道:"回皇上话,奴才没有听到名字,不敢胡说。"嘉庆摆摆手道:"去吧。"内侍太监急忙退出。嘉庆一瞬间全明白了,心中勃然怒起,一把将手中那只心爱的和田羊脂白玉的烟壶摔在地下。内侍太监端茶进来,看他两颊生赤,怒容满面,吓了一跳,急忙跪下:"皇上——!"嘉庆努力让自己平静下来,道:"小五子,听说过一句俗话吗?"太监害怕起来,道:"皇上要问奴才什么话?"嘉庆回身盯着他的眼睛,一字一字道:"你没听说过?朕今天告诉你,这句话是:'打了一辈子雁,反叫雁啄了眼睛!'"

这句话刚刚说完,他就"噗"地吐出了一口血!

7

祁宅大门外,两辆马车已经装好,就要启程。这座昔日曾经充满读书声和欢声笑语的官宅,一下子就变得凄清冷落了。隽藻在一间间空空的房间里走动着,向这座他生于斯长于斯读书于斯的宅第告别。只几天工夫,隽藻的举止神情和内心就完全变了样子,不再是个孩子,而是个经历了太多人世沧桑的大人。妙真当初换给他的那盏并蒂莲花灯仍挂在自己的房间里,他久久地望着这盏灯,眼睛湿润,却没有再将它取下来,一任它继续在风中摇荡。离开了这间屋子,他下意识地向小花园走去。他不知道,一个楚楚可怜的身影一直躲在远处,悄悄地跟着他,还替他取下了那盏灯笼,并且折叠起来,带在了身上。

小花园内,那扇原先一直紧闭的小门早就被打开了,门扇倒在地上。隽藻面对空空的小门站着,他又想起了妙真,想起了惨死的冯伯伯,心中难过,又止不住流泪了。那晚与妙真在这里相会和换灯的情景历历在目。他静立半晌,不知不觉还是走进了冯宅,一路从后花园走进了妙真的闺房。那盏他换给妙真的并蒂莲花灯也还在那里挂着,随风飘动。隽藻心疼欲裂,头一晕,身子摇晃了一下。一直悄悄跟着他的玉环急忙跑过来扶住他,叫道:"隽藻,你怎么了?"隽藻摆脱玉环的手,道:"我们回去吧。"他一个人率先走出去。玉环跟着往出走，却又回头看那盏并蒂莲花灯，心中说不出是什么滋味。她已经走了几步了，又回身将那盏灯也取了下来。

刘氏一直在门口等着他们，见隽藻和玉环走出大门，示意全家人上车。她最后看了一眼这座已经住了近二十年的宅第，轻声说道："虽然是座官宅，不是咱们家的，可这里曾经是咱们在京城的家。不知我们走后，谁家会把它租过去。"众人听了她的话，都黯然落下泪来。刘氏又亲手把大门关上，没在上面加锁，只用一根从地上捡起的细树枝插上，一边道："咱们走了，收房的人就会来的。好了，走吧。"成藻扶她上车坐稳，两辆马车"吱吱呀呀"地拉着一家人，向京城外走去。

这座被放弃的官宅门前只冷清了不大一会儿，一辆马车就飞一般驶过来了。晴儿下了马车，看了一眼，上前取下插在门环上的树枝，推开门走进去。她吃惊地望着空荡荡的院子，神情失望，自语道："走了，他们已经走了。"她愣愣地站了一会儿，只好重新走回来，再把大门用那根树枝插上，吩咐车夫道，"咱们回去吧！"

第四章

寿阳村祁家归平民　宗艾镇书生当马夫

1

黄昏，娘子关前的官道上，走着祁家的两辆马车。隽藻和成藻、宿藻坐在第一辆车上。转过一个山口，前方突然耸起黑乎乎的一片城墙，甚是巍峨。隽藻回头对成藻道，"四哥，前面就是娘子关了吧？"成藻大隽藻两岁，回过山西老家，走过这条路，点头道："不错。"隽藻极目远眺，望见了横亘在夕阳下云天间的太行诸峰，心中不觉激动，道："四哥，那边一定是太行山了！"成藻诧异道："你怎么都知道，你和宿藻可都是头一回回咱山西呀！"隽藻不说话，目光向娘子关关城方向望去，突然间将手朝前方一指，惊异地叫道："你们快看，那是什么？"赶车的是祁家的一位老年男仆，见过些世面，急将马车停下。第二辆车里坐着刘氏和玉环，这时她们也跟了上来，喊："前面怎么了？"男仆惊恐地用马鞭朝关城方向一指，急道："太太，各位少爷，你们快看——"众人朝前望去，只见娘子关关城城门大开，一片黑压压的影子如潮水般涌出来。宿藻叫了起来："那是些什么呀？"成藻道："不是发水了吧？怎么黑乎乎的一片！"隽藻睁大眼睛细看，道："不，那是人！"刘氏带玉环匆匆下车，赶到前面来，叫道："孩子们，不好，那是灾民！我们快走，找地方躲起来！"隽藻大惊。灾民大规模出境觅食的事情他在书上读过，却没有亲眼见过。今日一见，方知与书上写的大有不同。男仆的脸色也变了，匆匆掉转马车，拐向一条山间小径，又拼命挥鞭打那匹老马，只要它快走。三兄弟见状，急忙跳下车，跟在车后推车跑。宿藻还在喊："娘，这是怎么了呀？"没人回答他，人人脸色都变得铁青。隽藻边跑边回首，望着从娘子关那边拥出的越来越多的灾民。好在男仆机敏，在山间小道上三拐两拐，就远离了官道，将两辆马车赶进了一条僻静的山坳里躲起来。

天黑了，晚风劲吹，祁家一家人躲在一条山隙里，瑟瑟发抖。隽藻趴在山棱线上朝远方眺望。黑暗中，官道两边，被点燃的村子一处一处正在燃烧。玉环弯腰走过来，将干粮分给大家。这时被打发去打探消息的男仆气喘吁吁地赶了回来。众人"呼啦"一声围过去。隽藻急问："李大哥，外头怎么样了？"男仆道："太可怕了，我差点回不来了！我摸进了一个村子，村里的房子全烧光了，男人女人，要不被杀死，要不全跑了。好不容易见到一个八十多岁的老人家，她将自己藏在井里才没被杀死，她告诉我，这些灾民都是陕西、河南，还有晋东南过来的。整整三年了，年年大旱，到了这种青黄不接的日子，灾民们就会从娘子关出来一回，只是今年来得太多了……"隽藻诧异道："这几年只是听说各处乱民起事，从没听说过豫陕晋三省大旱呀，怎么会有这么多灾民！"刘氏叹了口气，道："那……前面的路还能走吗？"男仆道："这位老人家说，我们要么沿北路走张家口、大同府回寿阳，要么就在山里多藏几天，等这些灾民过完了再走！"众人默然无语，一齐看着刘氏。刘氏看了看孩子们，道："不能离开这里，咱们就在这里藏着等灾民过去。玉环，干粮也要算着吃，熬过这几天，过了娘子关，就入我们山西境，离寿阳老家也不远了。对了，隽藻、成藻、宿藻，明天你们三兄弟轮流出去打听灾民走完了没有，一有了实信，咱们就走。"

<h1 style="text-align:center">2</h1>

三天过后，从娘子关拥出的灾民终于过去了，一家人重新上路。入了娘子关，就是平定，再往西就是寿阳了。又走了一天，他们终于结束了这次远行，回到了自己的老家寿阳平舒村。

马车在祁家的老宅前停了下来。隽藻和宿藻扶刘氏下了马车，吃惊地望着面前这座十分破落的农家院落。宿藻一路上的新奇、激动此时都被巨大的惊诧和失望替代了，他不敢相信这就是父母常给自己提起的老家，不禁失声叫道："娘，这就是咱的家？这院子里能住人吗？"刘氏喝道："住嘴！你们祁家来到山西寿阳平舒村定居，已经七代，你父亲、你爷爷、你们家的先人，都能在这里住，你怎么就不能在这里住？"隽藻也在打量旧宅，发现它虽然破败，大门外却竖立着两根旗杆，门楣上挂着一块嘉庆皇帝御书的"进士及第"的匾额。他明白，这两根旗杆，标志着祁家已经有两代人中了进士。刘氏这时从袖笼里掏出一把钥匙，交给隽藻，望着他道："隽藻，去开门吧！"望着母亲沉着有力的目光，隽藻心中一动，想到以后他们一家就在这座旧宅里过平民百姓的日子了。他接过钥匙，费了很大的劲，才把生锈的铜锁打开。推开了院门，第一个走进去，镇静地望着院内的一切。由于很久无人居住，院子里积满了尘土和落叶，墙角边则是丛丛枯草。刘氏带众人鱼贯而入，看着这个多年没有回来过的家。玉环随着刘氏进来，眼睛却不停地望着隽藻，时刻留意着他的反应。隽藻站了一会儿，突然走到院墙边，捡起一把旧扫帚，打扫起院子来。刘氏用赞赏的目光望他一眼，回头道："大家快搬行李，然后一起收拾打扫！"

得知他们一家回来的消息，祁韵士过世的前妻生的三个儿子一起过来见礼。男仆将他们引进刚刚收拾干净的上房。三人全是农民打扮，进门就拜倒在刘氏面前："儿子们给母亲请安。"刘氏急忙让他们起身，含泪招呼成藻、隽藻和宿藻拜见三位哥哥，然后让玉环捧出一个大包袱，里面是三个小包袱。刘氏望着他们，道："你们三个人在家里终年辛苦，你爹在京城做着一个穷官，常年也难得照顾到你们。这次你爹又遭了这一场大难，远去新疆，母亲回来，没有更多的东西送给你们和你们的媳妇，这一点衣料鞋面，都是往日我从家里的费用中省出来，一点点给你们置下的。好不好的，都是一家人，想必你们也不会挑礼。"三人恭恭敬敬地上前接过包袱，向刘氏道谢。老三采藻沉稳恭谨，上前扶刘氏坐下，流泪道："母亲，爹的事我们都知道了，爹去新疆前也托人给我们三个人捎回了信，要我们等母亲带弟弟们回来后，帮着母亲维持这个家。我们三个和成藻、隽藻、宿藻是亲骨肉，以后家里有什么难处，要我们帮忙，母亲千万不要客气。"刘氏点头。采藻兄弟向刘氏告辞，说要回去拿一些生活必需的东西，给他们送过来。

刘氏吩咐宿藻把全家主仆十余人全召集到院子里，道："既是到了家，我就要处分家事了。今天咱们全家回到平舒村，就是这个村的一户平头百姓，一户草民。祁家从今天起，就要过一户草民的日子。"男女仆人眼里涌出泪花。刘氏道："今天我们回到这座老宅里来，是大喜的日子，谁也不能哭。祖宗积德，眼下这个家还有先人留下的坡田五十亩，春种秋收，只要不遭大灾，一家人的嚼谷也够了。这是家中的大事，一家人会不会饿死，就看这些地经管得好不好。成藻，日后这件大事由你经管。"成藻一惊，道："我？"想要说什么，又极力地忍住。刘氏看在眼里，道："你有话等会儿再说。"又转头继续对众人道，"其余家中一应细务，由我自己亲手操持，隽藻和宿藻念书，下人一概辞退。"她愧疚地看着男仆和女仆，这些人都是从老家带进京城的，多年来风里雨里，为祁家吃了不少苦，虽是下人，却情同亲人，只是眼下养不起他们了。刘氏的眼里闪着泪花，对男女仆人道："他李大哥，明珠，玉钏，祁家对不起你们了。"

男仆女仆相视流泪。他们虽是下人，祁家人却不似别的官宦之家，从不呵斥打骂他们。这次主人遭到如此大难，祁家并没有马上辞退他们，而是把他们一起带回老家，才让他们平平安安地回去。男仆道："夫人什么都甭说了，我们知道。好在我们也都回到老家了，能活下去。"刘氏拿出几串铜钱，道："家中就剩下了这几串铜钱，你们每人一串，分了吧。不足的工钱，等秋天地里打下粮食来，我再补给你们。"女仆明珠哭道："夫人，咱们家到了这个地步，你还想着我们这些下人。工钱我们就不要了，你就留下过日子吧。我们走了！"男仆也道："对，夫人，我们走了！"他们各自趴下给刘氏磕一个头，回到房内背上自己的行李，流泪往外走。刘氏和隽藻、宿藻、玉环含泪把他们一直送出村口，直到看不见背影才恋恋不舍地转回身来。这时刘氏才发现了一个人不在自己身边，她问玉环："成藻在哪里？"宿藻道："我刚才看见四哥一个人进他的房里去了。"刘氏想了想，道："我知道了。走，咱们回家。"

3

刘氏回到家中，见成藻住的厢房门关着，她想了想，推开门走进去，果见成藻正一个人伏在炕上抽泣。回头见母亲进来，成藻急忙起立。刘氏的心已经疼起来，她回手将门掩上，颤声道："成藻，你怎么了？"成藻猛地跪下，扑向刘氏，道："娘，你和我爹就这么瞧不上我？爹临去新疆的时候，就说过不再让成藻念书。现在回到家里，娘又说让成藻经管地里的庄稼。娘，成藻也是你生的，你让隽藻和宿藻念书，却让成藻去种地，莫非成藻生下来就是个种地的料？"刘氏不觉在炕边坐下，伸手抱住他的头，成藻顺势伏在她膝前呜呜地哭起来。刘氏心疼地落下了泪，叹道："成藻，你也是娘身上掉下的肉，我难道不知道心疼你？可你上面虽有三个哥哥，都不是娘亲生的，已经分家另过，刚才他们来过，你都看见了，他们在乡下过成了什么样子！过去你爹那一点俸禄，在京城里咱们家过日子都紧巴，对你在家的三个哥哥有点接济也不多，现在我们这样回来了，你不出面撑起家事，难道还要娘去求你的几个哥哥？在祁家，你们弟兄们排行，你是老四，可在我们这个家，你就是长子，你父亲不在了，这个家，娘不交给你来支撑，交给谁来支撑！"说着，她的泪珠子又扑簌簌落下来。成藻听到这里，拭去泪水，站起身来道："娘，你不要哭！成藻这会儿明白了。不是娘不心疼成藻，是娘有难处！成藻错了，成藻……以后就听娘的！"二人正在说话，门又一次被猛地推开，原来是隽藻，他的身后站着玉环。刘氏和成藻急忙拭泪，不想让他们看见。刘氏道："隽藻，你怎么进来了？"隽藻在刘氏面前跪下道："娘，你和我四哥的话我在外头都听见了。隽藻已经长大了，隽藻不想念书了，从今以后，隽藻要和四哥一起在家种地，侍奉娘亲！"刘氏听了这话，不觉变了颜色，怒道："胡说，给我住嘴！"

刘氏看着玉环，道："玉环，你也进来吧。"玉环走进来。刘氏道："好孩子，还有你呢。以后的日子你打算怎么过？是回平定的叔叔伯伯家，还是留在姨妈这里？"玉环一听，急忙跪倒在地，眼含泪水，道："姨妈，玉环已经没有亲爹亲娘，平定家里就是有些叔叔伯伯，也都是远房的。自从父母去世，玉环就把姨妈看成玉环的亲娘，把姨妈这里看成自个儿的家了。姨妈就可怜玉环，让玉环留下吧！"刘氏将她拉起来，搂在怀里，疼爱地说道："好孩子，不哭！可是你要留下，就要准备在祁家受苦。原来家里丫头老妈子做的事，都得由咱们自己做。这些你都愿意？"玉环又给刘氏跪下了，她紧紧抱住刘氏的双腿，道："只要姨妈不赶玉环离开这个家，让玉环做什么，玉环都愿意！"成藻望着玉环，眼里悄悄现出欢悦之色。刘氏这时直起身，看着大家，道："好了，等会儿我带你们兄弟到村里走一走，见见乡亲们，让大家知道，平舒村里又多了我们这一户人家！"这时玉环偷眼看隽藻，恰好隽藻的目光扫视过来，玉环的目光急忙躲闪开去。成藻一直注意着玉环，他的心一动，眼中那丝悦色登时黯淡下去。

村外一间草庐前，隽藻、宿藻抱着铺盖卷和书走过来。宿藻看着这间草庐，不敢相信这就是父亲中进士前读书的地方。隽藻与宿藻的感觉不同，他觉得这间茅庐恰恰就该是这个样子。站在草庐前，他又想到了蒙冤西去的父亲，想到了父亲当年在这里秉烛夜读的苦寒景象。他推开门走进去，对宿藻道："这里不只是爹当年念书的地方，也是爷爷和高祖爷爷当年念书的地方，我们家出的三代举人，两代进士，都是从这里念出去的。"宿藻一伸舌头道："哎哟，真的吗？怎么，你是不是还想着读书科举呢，也从这里念一个进士出去呢？"隽藻的手停住了，他的心再一次被刺疼了。半晌，他努力让自己复归于平静，开始埋头整理东西，一边淡淡地说："不会了，以后我会长年住在这里。以前听父亲说过，我们祁家是耕读传家。我这一辈子，就住在这间草庐里，一边读书，一边种地，不会再出去应试。可现在我还有件事要去做——"宿藻摇头道："哥，你这话我信，可就是你铁了心不去科举，走读书做官的老路，娘那一关怕你也过不去。"隽藻并不和他争辩，也不再说话，只是一味地整理东西，将两个人的行李在这里安顿下来。

他们两个人都没有注意到玉环已经在草庐前立了许久了。玉环是奉刘氏之命，来喊他们回家去的。隽藻的话玉环全听到了，一时间她脸热心跳起来，怔怔地站在那儿，竟把要来做什么忘了。宿藻一回头看见她，喊道："玉环姐，你怎么来了？"玉环被他喊醒，"哦"了一声，看了一眼隽藻，脸也红了，道："你们家的蕴藻从平定回来了，姨妈叫你们赶快回去呢。"

4

隽藻和宿藻匆匆进入祁家上房的时候，蕴藻正和母亲刘氏说话，她旁边坐着一个十一二岁的男孩，小大人一般坐在椅子上。隽藻和宿藻和玉环进门，欢喜地叫道："三姐！"蕴藻急忙回头，站起身，眼中闪出泪花，叫道："五弟、六弟！"兄弟二人忙给三姐见礼。蕴藻上前将他们扶起，一时看了隽藻，又看宿藻，对刘氏道："娘，你看，这才几年，隽藻和宿藻都长大了！"说着，眼泪就流下来。刘氏道："我见你回来了，心里这才好受点，你就不要再惹我的眼泪了。"蕴藻急忙拭泪，强作欢颜，一边转过身去唤那个正襟危坐的男孩，道，"二弟，快来见过隽藻和宿藻两位哥哥！"那男孩听了她的话，一动不动，看了隽藻，又看宿藻，道："怎么，他们就是——"蕴藻急道："哎，叫你呢，下来见人。"又不好意思地对隽藻、宿藻道："你们瞧这孩子！"那男孩仍不下来，只道："你们两个，哪个是祁隽藻，哪个是祁宿藻？"隽藻觉得他形神俊秀，态度可爱，笑道："三姐，这是谁呀？"蕴藻道："嘿，还不是我们家的老二，叫张牧。张牧，你在家时不是说，要跟嫂子来平舒村见见从小有神童之称的隽藻哥吗？他就是隽藻，还不快过来见礼。"

张牧跳下椅子，刚要行礼，忽然又止住，回头问蕴藻："嫂子，这人真是你常说的那个神童？"蕴藻道："当然了，这还能有假？"张牧的举止越发让隽藻觉得有趣，笑吟吟地看着他，听他下面说些什么。张牧上下打量了隽藻一番，却不忙着行礼，道："要说神童，我也算得上一个。听说你十七岁就读遍了天下书，有这回事吗？要不这样吧，今天咱们头一次见面，我先考考你，有部书我刚读过，你要是能将它背出来几句，我就服了你，是个货真价实的神童！"蕴藻急道："张牧，不要无理取闹！"隽藻却说无妨，走近张牧，故意逗他："哎，说吧，什么书？"张牧道："我今天要是说出一部很生僻的书，你会以为我欺负你。我就找一部再平常不过的诗文让你背一背，你若能背得出来，我就信你真是神童。"隽藻内心称奇，嘴里却说："你别，你就挑点生僻的，也难为难为我！"张牧道："大丈夫一言既出，驷马难追，我说过了是一部平常的诗文，就不会食言。知道《皮子文薮》吗？"隽藻一惊，道："《皮子文薮》？"张牧道："对。唐末有文人姓皮名日休，字袭美，又字逸少，号鹿门子，又号醉吟先生，襄阳人。唐懿宗咸通八年进士，十年官拜苏州刺史从事，后入朝廷拜为太常博士，再出为毗陵副使。唐僖宗乾符五年，黄巢入长安称帝，皮日休任翰林学士，不知所终。皮日休为唐末诗文大家，《皮子文薮》十卷，收入的是其前期作品，为唐懿宗咸通七年皮氏自编。"说罢重新爬回到椅子上，摇摇脚尖道，"怎么样，要是没有读过此书，我就再换一部。"

隽藻心中不禁大吃一惊，突然道："《皮子文薮》有十卷呢，你让我从头背起？"这回是张牧被吓了一跳，失色道："怎么，你真的知道有《皮子文薮》这部书？"隽藻道："我是神童，自然无书不读，何况皮子。我还有一个本事叫作过目成诵，想听皮子的《原谤》吗？"张牧被他蒙住了，十分意外道："怎么，你连《原谤》也能背？"隽藻笑道："张牧，你听着，我开始给你背。我要是背得不错，你今天就得给我磕头，拜我为师。怎么样？"张牧仍然不相信，上下打量他，道："你背呀，背给我听听！"隽藻开始抑扬顿挫地背起来："天之利下民，其仁至矣！未有美于味而民不知者，便于用而民不由者，厚于生而民不求者……"刚背到这里，张牧连声道："罢了罢了，今天还真遇上读书人了。"说罢，赶忙从椅子上出溜下来，趴下就给隽藻磕头："张牧拜见隽藻五哥。"满屋的人都笑了起来。

隽藻急忙把他拉起来，笑道："这算什么呢，真要拜师吗？还是就这样磕个头算了？"张牧道："张牧今年活了一十二岁，在山西境内见过不少所谓天下大儒，问他们皮子的文章，竟无一人知道，从此让我小看了天下读书人。隽藻兄今日能将《皮子文薮》里的文章脱口背出，实在让小弟泄气。"回头对蕴藻道，"嫂子，明天你一个人回去吧，我不走了。隽藻兄，从今日起，我要跟着你读书！"

蕴藻忽然在刘氏面前跪下了，流泪道："娘，我跟您说实话吧，您女婿今天没跟着我们一起来，其实是因为他……他已经被一杆烟枪弄得不中用了！娘，您和爹当年把女儿嫁到平定张家，是冲他们家也是世代书香，耕读传家……现在张家败落到这种地步，女儿只有求您和五弟了。"她又转向隽藻，"五弟，张牧是他们张家最后一颗读书的种子了，姐今天带他来，就是想让你看看他，能不能帮他改一改这份傲视天下的心性，接着念书，将来考一份功名，光宗耀祖，我和你姐夫也有个依靠。五弟，你要能留下他，让他在你身边读书，三姐这里就代他们张家的先人给你磕头！"说着，蕴藻就要磕头。

隽藻急忙将她扶起，道："姐，快不要这样，你这说的叫什么话！五弟年轻，这会子收什么学生！"说到这里，他脸上的笑容一扫而光，"还有，五弟我离京时就有了一个心愿，把母亲和全家送回寿阳以后，我就要走！"众人一惊，玉环听了，心抖起来。刘氏颤声问："走，你去哪儿？"隽藻道："娘，儿子本想陪爹去新疆，可爹不允，既然现在娘回到寿阳安顿下来了，隽藻就该走了。"玉环急道："隽藻，你要去哪？"隽藻道："我要去黑龙江找妙真。"玉环陡然间脸色变得煞白。好在众人一起回头望刘氏，没有人望她。这时刘氏的神情已变，断然道："不行！"隽藻大声道："娘，怎么不行？"

刘氏斩钉截铁道："蕴藻，不但隽藻明天不能离开家去找妙真，就是张牧留下念书的事，我也不能答应！明天一大早，隽藻就要跟我一起去宗艾镇见张观藜先生，他和宿藻从明天起，都要去张先生那里念书！今年秋天，隽藻要去应太原府的乡试！若是乡试得中，明年春天，他还要去京城应会试、殿试！日子紧迫，耽误不得的！"隽藻痛苦地流下泪来，大声道："娘，儿子不但不想再去拜师念书，就连今年秋天的乡试，明年春天的会试、殿试，儿子也不会再去考了！儿子现在只想去找妙真，活就与她一起活着，死就与她一起死去！"刘氏怒道："你说什么？你再说一遍！"隽藻在她面前跪下，道："娘，儿子心中有几句话，你一定要听儿子讲出来。爹倒是读尽了天下之书，十年寒窗，考举人，中进士，金榜题名，入朝做官，可是爹最后是个什么结果？冯伯伯一生读书，是个万民称颂的好官，又落了个什么下场？妙真清清白白的一个女子，她犯了什么罪，朝廷为什么也要把她发配到黑龙江去给披甲人为奴？"他越往下说，声音越发悲惨高亢，"娘啊，自古以来，万般皆下品，唯有读书高。无数人自幼头悬梁，锥刺股，全为了读书做官，致君尧舜，使民小康。可是今天，儿子看见的是什么？朝政败坏，冤狱遍地，饥民无数，饿殍千里，这样的世道，这样的朝廷，这样的官场，你还让儿子去中什么举，考什么进士，做什么官！"他泪如雨下，站起转身就走。

刘氏呆呆地望着他，眼圈早就红了，突然发一声喊："你给我站住！"隽藻站住，却不回头。刘氏道，"你刚才说了那么一大篇，全是不去做官的道理，却不是不去读书的道理！"隽藻吃了一惊，回过头来看母亲。玉环扶刘氏坐下。刘氏悲伤地数落他道："朝政败坏，冤狱遍地，灾民盈野，那不是读书人的过错，更不是你不读圣人书的理由。让你和宿藻回寿阳后去宗艾镇拜张观藜先生为师，是你爹临行时的交代。为娘若是不能把你送到张观藜先生那里去念书，怎么对得起你爹的托付，又怎么对得起你们祁家的先人！你读了这么多书，原来连忠孝二字也没有读懂！你给我跪下，什么时候答应跟我去见张先生，什么时候再起来！"

隽藻虽然在刘氏面前跪下了，仍倔犟地说："娘，孩儿不孝。爹临行之时，虽然留下过一封信，让娘回寿阳后带孩儿去见张观藜先生，可爹也没说一定让儿子今年秋天去太原府乡试，明年春天去朝廷会试、殿试。"刘氏一时语塞，道："你……"隽藻道："娘，儿子再说一遍，只要爹的冤狱还没昭雪，只要他老人家还没从万里之外的边疆苦寒之地回家，只要那些陷害爹的贪官还没被惩处，儿子就不会去参加科考，进朝廷做官，和害了爹和冯伯伯的仇人们同流合污！"众人面面相觑。刘氏含泪深深看着隽藻，点头道："为娘明白了，好吧，娘……答应你。明天，娘只要你和宿藻随娘去见张先生，至于今年秋天的乡试，明年春天的会试，你去不去考，娘不逼你。你起来吧。"隽藻道："娘，儿子既然再也不去应试，我还去拜什么师，念什么书？娘一定可怜可怜儿子，可怜可怜妙真，让儿子去找妙真！"他以头叩地，咚咚作响，再一次泪流满面。

刘氏眼见不说出真情，是没法打消儿子寻找妙真的念头了，只好落泪道："隽藻，你以为妙真这孩子，这会子还好好地活着吗？方才从太原府有人来看娘，她说……她说妙真这孩子已经不在了。"隽藻闻言大吃一惊，不敢相信自己的耳朵，大叫："不，不会的——"刘氏哽咽道："消息是从朝廷里传出来的，妙真刚出山海关，到了建昌县，就被一帮强人劫了，押送她的官兵都被杀了。后来有人在山后的断崖边看见了妙真被撕碎的衣裳，那孩子不堪受辱，跳崖自尽了。"隽藻怔怔地看着她，一时脸色神情都变了。刘氏大叫一声："隽藻，你怎么了？"隽藻忽然撕心裂肺地长啸一声："啊——！"猛地站起身，疯了一样推开众人，向门外冲去，边跑边痛声大叫，"不，我不相信，我不相信！……"玉环和成藻、宿藻、蕴藻急忙追了出去。

5

　　成藻、宿藻在隽藻后面紧紧追赶，一会儿便不见了隽藻的影子。玉环到底是姑娘家，哪里追得上。看那方向，约摸是村外草庐，便招呼蕴藻和宿藻，且跑且停地朝那里赶过去。三人气喘吁吁地来到草庐前，发现隽藻果然在里面。隽藻回头看他们一眼，道："你们……去吧，让我一个人待一会儿。"玉环担心隽藻，不愿离去，蕴藻却说："咱们走吧，让五弟一个人待着。他是需要一个人待一会儿。"玉环不走，道："三姐，你和宿藻走，我在门外看着他。我们总不能没有一个人守着他呀。"蕴藻要问什么，宿藻悄悄拉一把她，二人离去，把玉环留在草庐门外。

　　这天余下的时光隽藻一直是一个人待在草庐里。他流着泪，一笔一笔地画出了妙真的小像。然后他将这张亲手画的小像挂起来，焚香祭拜。再后来，他在妙真的画像前坐下来，在一只铁盆里一张张地为妙真焚纸，口中喃喃自语："妙真，妙真，你真的走了吗？我不相信，我们两个人说好的，一辈子不离不弃，同生共死，这都是我们说好的呀！你纵然遭了大难，没了亲人，可你还有我呀！你走的时候我和父亲还在天牢里，没办法出去，原来我以为自己也会随父亲去死，可父亲和我还是活下来了。这时我就想去找你，可是我还得把母亲护送回山西。妙真，妙真，就是你到了黑龙江，我也会去找你的呀！你怎么就这么走了呢！你就这么走了，留下祁隽藻一个人还怎么活呢！你要是真像他们说的那样跳了崖，就不是隽藻负了你，而是你负了我呀！"他悲痛难抑，放声大哭起来，"虽然如此，可是我仍然不信，万一你根本就没有死呢？他们不去找你的尸骨，我要去！只有找到你的尸骨，只有抱着你的尸骨大哭一场，我才能相信，你真的舍下我走了！这个世上，再没有你这个人了！……"

　　天快黑的时候，玉环终于忍不住推开草庐的门冲进来，流泪叫道："不，你不能去找她！"隽藻回过头来望她，道："为什么？"玉环道："妙真要是没死，她要是能活着逃离出劫匪的手掌，会想到的第一个投奔的地方是哪里？她会想到第一个要投奔的人是谁？"隽藻心中一震，抹去泪水，睁大了眼睛看她："你是说——！"玉环道："我还有一句话呢，万一妙真真的不在了，你又能去哪里找她？关外可是虎狼成群的地方，你找不到她的尸骨，自个儿万一也回不来了，你对得起谁？姨父远戍新疆，正在难中，姨妈一个人要支撑这个家，祁家全家上下，全看着你呢，你要是为了一个生死不明的妙真死了，就连我这个外人，也为你不值！"玉环越说越激动，望着妙真的小像，她继续说道，"妙真要是和你真是天赐的姻缘，她就不会死，你们俩总有团圆的日子；如果不是，你就是舍下命去找她，也找不回她来！"隽藻怔怔地坐在那里，玉环的这一番话如同一连串的雷声，在他心里滚动，让他从极度的执迷和悲痛中清醒过来，可他仍然难以想象自己今生今世可以没有妙真。玉环这时又道："还有一件事。就算是为了妙真，明天你也该跟姨妈一起去宗艾镇张观黎先生那里念书，让姨妈安心，让全家人安心，也让远在新疆的姨父放心！"隽藻坐在那里一动不动，眼泪又流了下来。

6

宗艾镇位于寿阳县境的中心，自明末山西商帮兴起，这里就成了晋商的集散地。数百年前，几代晋商南下两广，北上蒙古、俄罗斯，东去扬州，西去安集延，把生意做遍了天下。每次远行，晋商在家里辞别了亲人，总是先到寿阳宗艾镇聚集，然后带上银子或者货物，沿着晋商古道出发。从远方行商回来，他们第一站也要到宗艾镇，发售货品，结算账目，然后才回老家祁县、太谷、平遥见自己的亲人。

一大早，成藻赶着马车，送刘氏、隽藻和宿藻来到了宗艾镇，隽藻发现这座名满天下的商业重镇街面上竟十分冷清，很多店铺都关了门，偶尔有一支牛车队和一支驼队交错而过。刘氏打量着两边的店铺，对他和宿藻说："自古山西地瘠民贫，许多人为了活命，只能出去经商。可别小看了商人，晋商中只要有一家大商号兴起，天下就多了至少一条商路，这条商路就多养活许多商民。你们也是山西人，不要像外人一样小瞧他们。"他们已经到了镇子的中心，成藻将马车停住，下来向一位路人打听道："请问大叔，咱们宗艾镇上，有个教书的张观黎先生，他家在哪儿？"那人有些吃惊，反问道："我们这里有个做生意的商家张观黎，没听说有个教书的张观黎。"成藻有点着急，道："怎么会没有呢？

一定有的！"那人上下打量着他们，摇头道："真没听说过。要不你们再去问问别人？"刘氏和隽藻对视一眼，隽藻心中似有火光一闪，急忙跳下车，拦住那人道："大叔，我们就找这个做生意的商家张观藜，他住在哪儿？"那人用手向前一指，道："就是那儿，有一家大货栈。张先生是那里的东家。"众人向前看去，果然前面有一家货栈。刘氏想了想，道："就去那里问问看。"一家人乘车继续朝前走，不一会儿就来到这家货栈前，只见一群伙计正从一队骆驼的背上卸货，一个五十多岁年纪、掌柜模样的男人正在一边高声吆喝："快点儿快点儿，天要下雨，这是茶货，受不得潮的，都搬到库房里去。注意不要和药材靠得太近，太近味道就变了。"隽藻、宿藻扶着刘氏下了车。刘氏吩咐道："成藻，你在这儿等。隽藻、宿藻，带上给张先生的礼，跟我走。"母子三人走向那掌柜模样的商人，躬身施礼。刘氏道："这位爷，请问这里就是张观藜先生的府上吗？"那商人回头看了看她，又看了看隽藻兄弟，脱口道："不是！"接着回头继续招呼众人卸货。刘氏十分失望，隽藻却跟着那人走了一步，施礼道："老先生请留步，请问张观藜先生他住在哪儿？"刘氏和宿藻也跟着走过来。那商人这时才回头认真地看他们一眼，皱着眉头问道："你们哪儿来的？"隽藻回答道："老人家，我们是平舒的。家父祁韵士，这位是家母。在下祁隽藻，这是我弟弟宿藻。张观藜先生是家父的一位朋友，我们一家人今天是专程来拜见他的。"那商人望了他们一会儿，突然道："跟我来吧！"回头招呼一位姓殷的掌柜，"你来，看着这批茶货入库。"又回头道，"走吧！"

母子三人被引进一座空库房。隽藻吃惊地看着这个地方。那商人道："啊，好了，有话就在这里说吧。你们找张观藜有什么事？"刘氏急道："请问你就是张观藜先生吧？"那商人淡淡道："就算是吧。"他的心思还在外面的茶货上，突然冲出去对一个伙计吆喝道，"你们小心点儿！"隽藻的神情不觉冷峻起来，他发觉这个自称是张观藜的人并没有把他们母子放在心上。张观藜走回来，嘴里兀自不满地嘟哝："让他们干点活儿真不容易，你得时时刻刻盯着！"看一眼刘氏，道，"啊——说吧！"刘氏拿出祁韵士留下的信，眼里不觉涌出泪花，恭恭敬敬地说道："张先生，我们家老爷的事你恐怕也听说了。这是他远去新疆前，留给先生的信。张先生，我们家老爷虽然从来没有讲过和先生的私交，但在危难之际，想到的第一个人却是先生。"张观藜神情冷淡，匆匆看了信，脱口而出："这事儿……不行！"刘氏这时急忙拉了一把隽藻和宿藻，兄弟俩会意，母子三人急忙俯伏在地。张观藜皱了皱眉头，道："祁夫人，不要这样，起来说话。"刘氏含泪道："张先生，我们家老爷临行前写下这封信的意思你都知道了，他让刘氏从京城回来后，马上带两个犬子来见先生。先生就念在与我们家老爷早年相交甚厚的情分上，收下这两个孩子吧！刘氏在这里给你磕头了！"说着就叩头下去。张观藜正在答话，殷掌柜却忽然跑进来，看一眼刘氏母子，对张观藜道："东家，出事了。"张观藜也不理会跪在地上的刘氏母子，转身就往外走，边走边问："怎么会出事，出什么事了？"说着越走越远。刘氏抬起头来，脸上现出了失望的表情。宿藻生气道："娘，五哥，这人也太不像话了，让我们在这儿跪着，他说走就走。咱起来吧！"刘氏断然喝道："不，都给我好好跪着！"

他们当然想不到，张观藜此时正坐在另一库房内喝茶。殷掌柜侍立一旁。原来方才让殷掌柜去把他喊出来，是他为自己安排的脱身之计。张观藜吹去杯子里的浮沫，对一个伙计道："去看看，祁家的人走了没有？"那伙计跑了出去，片刻跑回来禀道："东家，他们还在那儿跪着呢！""那你觉得他们会走吗？""看样子……看样子东家不去，他们是不会起来的。"伙计回答。张观藜眉头皱紧，道："这一家人讨厌。"没奈何，他重重地放下茶杯，起身大步走回到库房里去，果然发现刘氏带着隽藻和宿藻仍然跪在那里。见张观藜走进来，宿藻要抬头，刘氏一把又将他的头按下去。张观藜道："哎呀，祁夫人、两位公子，快快请起。我这儿事情多，你们怎么还跪着，我一个商人，这可当不起，起来起来！"刘氏抬头道："张先生，今天刘氏带着我们家老爷的信来见先生，就像是我们家老爷自己来求见先生一样。先生还没有答应收留两个犬子，刘氏怎么敢起来？"张观藜就有点急，道："祁夫人，你这样就不好了，你这是在逼我。不错，张观藜多年前是和你们家鸣皋公在晋阳书院有过同窗之谊，可是自从年轻时一别，张某已经三十年没见过你们家老爷，也没再念过书了。今天你都看到了，我现在只是个商人。不是我执意不留两位公子，实在是张某多年之前就已弃儒从商，早就不是个念书的人了。你要是真想把公子留下，那他们就只能跟我在这里学做生意，当学徒，这你愿意吗？"刘氏愣了一下："这……"张观藜一下轻松起来："那就算了。你们请回吧，我就不留了。鸣皋公的信你们也带回去。"刘氏心中绝望，回头看一眼隽藻，眼里就要流出泪来，讷讷言道："这……可怎么好？"

隽藻突然大声对张观藜道："张先生，学生祁隽藻，愿意跟先生做生意，当学徒！"刘氏大惊，扭头望他，失声叫道："隽藻！"张观藜看隽藻一眼，不以为然地说："你真的愿意留在这里当商家的学徒？"隽藻重重地点点头。"为什么？"张观藜问。"世道黑暗，学生不愿意再走父亲读书做官的老路！"隽藻说。张观藜心中一惊，不再说话。隽藻的声音变得越来越大，越来越激昂："张先生，学生若要还像家父一样走科举入仕的老路，又不与满朝贪官、昏官同流合污，最后只能遭遇家父那样的下场！"说到这里，他眼中不觉又涌出泪来。

张观藜突然移开目光，望着远处，简单而干脆道："好吧，你要真是这么想的，就留下。"刘氏久久地看着儿子，眼泪大滴大滴地涌了出来，道："隽藻，你真的想好了，愿意留在这里，给张先生当学徒，做商人？"隽藻转身向着母亲跪下来，坚忍地说道："娘，自从离开京城，儿子就一直在想不走科举之路后这一辈子如何安身，如何立命，现在张先生给了我机会，我找到了。你和爹就开恩，让儿子遂了自己的心愿吧！"说着，他叩头下去。刘氏回头望了望宿藻，忽然想到什么，又向张观藜叩下头去，道："张先生既然答应了让隽藻留下，也请一起留下宿藻！"张观藜的样子像是有点后悔，又不好食言，走到门口，喊："殷掌柜，你过来。"殷掌柜跑过来了，道："东家什么吩咐？"张观藜哼了一声，喊："来了两个学徒，带他们去伙计房里去安顿一下。"他不再理会仍然跪着的刘氏和隽藻、宿藻，径自离去。

隽藻扶刘氏站起。刘氏眼里全是泪水，望着隽藻，哭起来，道："隽藻，你真要这样，娘也不能拦你了！可是祁家三代书香门第，到这儿就断了吗？……"

7

头一天做了商号的伙计，隽藻就失踪了。他留下一张纸条，纸条上写道："宿藻，我去关外建昌县找妙真的尸骨了，找到了我就回来。代我禀告张先生，隽藻只是暂时离开商号，找到妙真的尸骨后我还是要回来当学徒的。你留下等我回来。"宿藻大惊失色，急忙把纸条交给张观藜看。奇怪的是后者看完后并没有发火，只是说："来是他自己要来的，要走就走好了。你要走现在也可以走。"宿藻没有走，他要留下等自己的五哥。

一个月后隽藻回来了，让宿藻吃惊的是，他真的找到了妙真跳崖的地方，还将山民们掩埋的据称是妙真的几块骨头背了回来，悄悄地埋在祁家的坟地里。隽藻在坟前大哭了一场，回头平静地对刘氏说："娘，我这就回宗艾镇，到张先生商号里做学徒去。"回到张家货栈的第一天，殷掌柜来见张观藜，问给祁家两兄弟安排点什么活儿比较好。张观藜神情冷漠地说："让他们去马棚里喂马，将来走商路，让祁隽藻做车夫。"隽藻什么也没说就带宿藻住进了马棚。宿藻不满意，一边铺炕一边抱怨："五哥，都是你，跑了这一回，害得我和你一起到这里来喂马。"隽藻笑道："喂马怎么样，喂马我也喜欢。"殷掌柜看着他们搬进了马棚，回到大掌柜室里来见张观藜，他向后者递过一杯茶，赔笑道："东家，真让祁家两兄弟喂马，做马夫？我看祁隽藻一手字写得不错，过些日子让他去账房记账好不好？"张观藜却道："喂马怎么了，一个人学会了做马夫，就是学会了一门在乱世也能活下去的营生。想当好一个商家的学徒，出了师以后留下来做一个好伙计，就得先学会喂马、赶车。"殷掌柜不便再说什么了，跟着张观藜走出去。

日子过得飞快，转眼隽藻、宿藻已经在张家货栈待了一个月了。隽藻已经学会了喂马、骑马和赶马车。宿藻看他的样子，连这种当马夫的日子他也完全适应了，习惯了，并且乐得一直这样过下去。一天夜晚，宿藻已经在马棚里炕上躺下了，隽藻给牲口拌完草，钻进被窝，不去睡，却从哪里摸出一本书看起来。宿藻翻身爬起，道："哎我说这些天里里外外我都看过了，最苦最累最脏的活儿就是当马夫了。好歹咱爹和东家是同窗，怎么着也不能老让我们喂马呀！哥，哪天你是不是找东家说一声去！最好是去账房，每天打打算盘，喝喝茶，比天天憋在这里闻马粪味强多了！"隽藻目光没有从书上移开，笑一笑道："我觉得这儿就挺好。"宿藻不禁气闷，道："你愿意一辈子在这里做马夫，当伙计，我可不愿意。"他赌气睡下去，拉过被子蒙住脸。隽藻不理他，继续看自己的书。宿藻忍不住又翻身起来，一把将他手中的书扯走，嚷道："你都活成一个马夫了，还看什么书！"隽藻将他手中的书夺过去，边看边道："你知道什么。我现在看书，和过去看书可是不一样了！譬如这本《孟子》，过去是为了科举入仕读它，那是一种滋味；现在我把它当作一本闲书，没事的时候读一读，其中的滋味就和过去大不相同！"宿藻哼了一声，道："会有什么不同？《孟子》还是《孟子》，萝卜还是萝卜。"隽藻忽然热烈起来，道："哎，譬如这一段。孟子说，'民为贵，社稷次之，君为轻。'以前读到这里，也没觉出什么，今天再看他说的这些话，就发现孟老夫子是很认真的。真要照着他的话做君王，其实很不容易，它在道德上为天下的君王树起的标杆是很高的。"宿藻一时被他激发起了兴致，问："怎么个高法？"隽藻也不看书，闭上眼睛道："在《滕文公章句下》一章里，孟子谈到君臣之义。他说，规矩是方圆的极致，圣人是人伦的极致。君王要做个合格的君王，尽君王之道；臣子要做个好臣子，尽臣子之道。这就只能照着尧舜两位明君的样子去做。"宿藻皱了皱眉头，道："这不是两句很普通的话吗？"隽藻道："关键在下面的一句，你听。孟子说，'不以尧之所以治民治民，贼其民者也。'过去这一句话读过了也就读过了，现在再读这一句，我被它吓了一跳！孟子的意思是说，天下的君王，只要不是尧那样的明君，就是害民的贼，不是君王！"宿藻一把捂住他的嘴："你又吓着我了！做君王的只要不是尧，就是害民之贼，这话听起来不是要造反吗？我想起来了，这话简直就像皮日休在《原谤》里说的，如果你君王做得不好，老百姓揪住你的头发，将你拉下龙椅，打翻在地，就是应该的！"隽藻心中一震，笑了，拍手道："哎，你倒提醒了我，我刚才也在想，孟子这些话，好像在谁的文章里读过，原来是皮日休的《原谤》！皮日休不是圣人，他都说过，我为什么就不能说？"宿藻又急了："你还不住口，让外人听去了，你的小命还要不要！"隽藻笑道："瞧把你吓的，我刚才说过，我这是在把《孟子》当闲书来读，读闲书的时候议论几句书里的意思，有什么大不了的！"宿藻道："哥，反正你别读了，你这么读下去，我害怕！"他重新躺下去，又用手捂住耳朵。隽藻不让他睡，扯下他的手，接着背诵《孟子》："还有呢，你听下面这几句，'君之视臣如手足，则臣视君如腹心；君之视臣如犬马，则臣视君如国人；君之视臣如土芥，则臣视君如寇雠！'就是说，君王要是把天下的臣民都看成自己的四肢那样来爱惜，天下的臣民就会像你身上的五脏六腑一样与你亲密无间；相反，君王要是把天下臣民当成牲口一样奴役，天下的臣民就会恨你，与你离心离德——"宿藻急摇头道："我说过了我不听！"隽藻偏对着他的耳朵道："孟子还说，如果君王把臣民的命看得如同土末草芥一般，置他们的生死于不顾，任他们饥寒交迫，流离失所，臣民不但不会把你看成君王，反而会把你看成祸害天下的贼寇。孟子的意思，到了这儿，又和皮日休的《原谤》一样了。只不过皮日休说得更直白一些！"宿藻傻了一样瞪着眼睛看他，说："哥，你是不是疯了！"隽藻笑道："看来张牧说得对，他说天下人不读书，包括你我在内。我们虽然读书，却根本没有读懂圣人的意思。"宿藻又捂上了耳朵，道："别提张牧，我讨厌这小子。年纪还没有一个猫大，瞧他那副德性，天下人都不在他的眼里似的！"隽藻的心思还在书上，道："皮日休到底不是孟子，他没有孟子看得远。孟子虽然说，天下的君王若不做尧舜，就是天下之贼，可他也说过，让天下君王成为尧舜那样的明君，不只是君王的责任，天下的臣民，尤其是天下的读书人，都有让君王成为尧舜的责任！"

马棚的门突然"咣当"一声被推开了，张观蔾带着殷掌柜走进来，厉声喝道："什么时候了，还不睡觉！"隽藻急忙起身下炕，窘迫地说："先生，都这个时候了，您怎么又过来了？"张观蔾冷冷道："叫我东家。我来是要告诉你一声，准备一下，过两天随我和商队一起去归化城。"他已在马棚外站了多时，听到隽藻两兄弟一直在谈论《孟子》。这时他走过去，从炕上找到了那本《孟子》，道："这书我要拿走。我说过我这里只是一个商号，不是书院。你们弟兄要想留在我这里做学徒，就不要看这些杂书！"回头对殷掌柜道，"咱们走！"二人转身走出马棚，隽藻送出去，重新把马棚的栅栏门掩上。宿藻还在炕上躺着，看隽藻一眼，拍手笑道："好、好、好，书都给你拿走了，看你以后还念不念闲书！"

第五章

拒真情玉环吐深爱　走商路隽藻识大儒

1

　　暗夜沉沉，不见一点星光。张家货栈的大院子里，火把通明，数十个伙计正奋力磨着兵器。殷掌柜陪张观藜走过来。众伙计站起，恭敬地叫道："东家！"张观藜看一眼殷掌柜，问："这是怎么回事？"殷掌柜道："东家，我听人说，前些日子由娘子关东下的灾民又调头回来了，我怕万一……"张观藜猛回头，道："胡说！那些灾民都去了直隶，怎么还会回来！"殷掌柜道："东家，我也没别的意思，就是让伙计们每人都带一件兵器，主要是防备路上的盗匪，保护咱们的货。"张观藜想说什么，又变了主意，挥挥手对众伙计道："接着干吧。"天空一会儿惊雷，一会儿闪电，映照着张观藜的脸。他望着沉沉的夜空，神情悲愤。殷掌柜道："东家，夜深了，你回去歇着吧。今晚上我们不睡了，随时巡查，一定不会让雨水进了库房。"张观藜收回目光，沉思有顷，突然说道："明天一大早，你就到镇上各家干粮铺子里，给我订两千斤干粮，打好包，我们走时带上。"殷掌柜吃惊道："两千斤干粮？用不了那么多。就这么几十号人，走到哪里吃到哪里，带上两三天的干粮以备不时之需就够了。"张观藜望着远处的闪电，道："这些干粮不是给我们自己预备的。"殷掌柜大悟，不觉变了脸色，上前一步道："东家，过两天去归化，祁公子哥俩是不是就不去了？商道上太凶险，他俩是书生，手无缚鸡之力……"张观藜打断他的话，冷冷地道："留下当学徒是他自愿的。既然走了商道，那些该走的路，他就一步也不能少！"殷掌柜说不出什么来了，默默看他大步走远。张观藜又回头对他道，"哎，明天让他把马拉出来驯一驯，他学会伺候马了吗？"殷掌柜道："都会了。"

　　第二天，隽藻和宿藻就到镇外河滩上刷马、驯马。宿藻想起昨晚的话题，道："哥，你昨晚上歪批《孟子》的那些话，现在想起来，好像有些道理。可是自古道，'普天之下，莫非王土；率土之滨，莫非王臣。'你给我说说，这两句话又怎么解释？"隽藻勒住马，笑道："怎么，这会儿又不害怕我说些犯上作乱的话了？"宿藻道："这会儿不是没人听见嘛！"兄弟二人下马，坐在河滩草地上，隽藻望着流动不息的河水，沉思道："我觉得这两句话的真实意思可能和两千年来的解释大不相同。这两句话的关键在于一个'王'字，如果把孟子的话和这两句话连在一起想，君王必须成为尧舜那样的明君才能称为王，那这两句话就不再是对君王至高权力的颂扬，而是对天下君主的警示和告诫！"宿藻心中对隽藻其实是十分佩服的，五哥总是能读出一些新东西，难怪爹爹那么看重他，自己读来读去顶多读懂了字面的意思。他不言语，望着隽藻，用心地听下去。隽藻继续道："我现在觉得这两句话的真实含义是：天下的君王只有成为尧舜，普天之下的土地和臣民才会拥戴你，如果你不是尧舜，那你也就不是王了，你成了害天下的贼，既然你不再是王而是个贼，天下的臣民就都会弃你而去，无论是土地还是人民，都不再属于你所有！……其实，不做百姓而去做这个王，是挺危险的，这个王也是不容易做的。"宿藻呆了半晌，道："哥，要知道古往今来，只出过尧和舜这两位圣君。你把做君王的标准说得这么高，谁还配做这个君王！"隽藻凝神看着他，郑重道："那些视天下苍生为亲人、为赤子，甘愿为百姓过上好日子鞠躬尽瘁的人，就配做这个君王！也只有这样的人，才能做好这个君王！这不容易，但必须这样，要做君王，就只有这一条路，此外所有的路都是毒害天下万民之路，是做天下之贼而不是行君王之路！"说罢他跳上马，双腿一夹，逆着河流在河滩上奔驰起来。

2

夜里，正在熟睡的隽藻、宿藻突然被一阵杂乱的响声惊醒。隽藻霍地坐起，只听外面大雨哗哗地下起来。殷掌柜在鸣锣呼喊："库房进水了，快去堵水！"隽藻急忙下了炕，披上衣服就朝外跑，又回头招呼宿藻："快走，库房进水了！"宿藻赖在炕上不起身，道："关我啥事，我是马夫！"隽藻一把将他拉起来："胡说，快走！"说罢拉开马棚的门就冲了出去。

最早赶来的伙计们已经在库房里七手八脚忙起来，殷掌柜正招呼他们用麻袋在门前堆起一道防水墙。隽藻和宿藻则拼命用盆子将库房里进的水舀到外面去，兄弟俩干得十分投入。这时张观蓥顶着一张油布走进来，看了他们一眼，神色仍然冷峻，问殷掌柜道："货没事儿吧？"殷掌柜抹了一把头上的雨水和汗水，道："还好，底下垫得高，货没有事。"

风雨仍在肆虐，不但宗艾镇泡在雨水里，十几里外平舒村也笼罩在夜雨中。祁家老宅因多年失修，一逢大雨，便七漏八淌。刘氏和玉环不得不到处用盆盆罐罐接雨。成藻忽然披着一块蓑衣冲进上房，叫道："娘，你们这儿怎么样了？"刘氏端着一个瓦罐不停地移动，找准最大的滴漏点接雨，听着外面的雨声渐小，喘口气道："没事了。好久没有在家里用盆盆罐罐接过雨了。玉环，好了，别干了，坐下来歇会儿，听听雨声，这可是春雨呀。"玉环放下手中的瓦盆，笑道："姨妈，你真是好心情，这个时候还能想到听雨，还能想到这是春雨。"刘氏疲惫地坐下来，抹一把汗道："小时候我们家家境也不坏，我虽是个姑娘，也念过一些写春雨的诗，什么'好雨知时节，当春乃发生。随风潜入夜，润物细无声'，什么'独怜幽草涧边生，更有黄鹂深树鸣。春潮带雨晚来急，野渡无人舟自横'。"玉环笑了："姨妈，不是'更有黄鹂深树鸣'，是'上有黄鹂深树鸣'。"刘氏道："是吗？老了，都忘了。成藻，天亮去地里看看，这雨下得透不透，庄稼苗出得齐不齐。我们这会儿是农民，就得想农民该想的事情。农谚怎么说的？春雨贵似油。有了这场春雨，今年春天就不会太旱，秋天的收成也就不会太坏，明年春天，就有多少人家不用逃荒要饭！"玉环甩了甩溅到脸上的雨水，笑道："姨妈，要我说，你现在说话，还是一点儿都不像农民。农民管的是一己一家的事，谁会想到别人家明年春天会不会出去要饭！"刘氏道："你这孩子，我说的正是自己家的事。如果明年春天天下人都不出门要饭，我们寿阳地面上就不会有灾民拥进来，我们家的日子就会好过些。"成藻一边帮着接水，一边不停地用爱慕的眼神看着玉环。玉环被他看得不自在，站起欲走。刘氏看在眼里，道："成藻，这里没事了，你出门看看你那三个哥哥家的房子漏不漏雨，要不要你去帮忙。"成藻嘴里答应，却不走，刘氏瞪他一眼，这才离去，临走忍不住又回头多看一眼玉环。玉环躲开他的目光，回到刘氏身边坐下。二人一起静静地听雨。玉环道："姨妈，不知道隽藻、宿藻在张先生那里过得怎么样，今天雨下得这么大，听说他们住在马棚里，会不会让雨淋着？万一他们的衣裳都湿了，可怎么办！姨妈，要不我这会儿就替他们收拾几件换洗的衣服，明儿一大早去一趟宗艾，把衣服给他们送去，好不好？"她说着就要站起，刘氏拉住她道："不用，他们在那里挺好的。"

天亮的时候，雨完全停了，但天依然还阴着。刘氏收拾家里的旧衣箱，发现了一个纸包，里面放着家里四月八观音菩萨寿诞节做的油柿子。玉环正好跑进来，看到那包油柿子，脸忽然红了。刘氏故意说道："你这孩子，过节的东西，你怎么不吃，放在这里。"玉环道："怪油的，我不喜欢吃它。"刘氏没再说什么，把它们重新包好放回原处。玉环缓过神儿来，赔着笑脸，道："姨妈，就是不让人去看看隽藻和宿藻，也托个人把衣裳给他们捎去吧。"刘氏想了想，道："好吧。"两个人开始为隽藻和宿藻收拾衣服，再用一块大包袱皮把它们包起来。刘氏道："你喊一声成藻，让他拿到村外头路口，要是有人去宗艾，就给人家说点好话，求人家托过去。"玉环道："姨妈，我也没事儿，我去吧。"刘氏点头。玉环又说："这些油柿子放家里，我也不想吃，也给他们捎去吧。"没等刘氏回答，她已经飞快地将那包油柿子取出来，包进包袱里，抱着包袱就出了门。刘氏看她走出大门，叹一口气。

成藻一直站在自己住的厢房里，看见玉环跑出了大门，想了想，急急地跟了出去。玉环正抱着包袱站在村外大路口，等候过路的人。也许是刚刚下过大雨的缘故，大路上远远近近一个赶路的人都没有。成藻远远地站住，急切地唤道："玉环！"玉环一看是他，神情一变，掉头就要抄另一条小路走回去。成藻冲动地跑过去，拦在她面前，道："玉环妹妹，你别走！"玉环被他拦住，走也不是，不走也不是，低着头，满面通红，急道："成藻哥，你别这样，这样让人瞧见了不好！"成藻一时情急，大声道："我不管！自从回到平舒，你就一直躲着我，你当我没看出来？玉环，你你你……你就真没看出我对你的心？"玉环扭头又要走。成藻再次将她拦住，伤心道："你和我爹我娘一样，心里想的都是隽藻一个人。玉环，今儿我就是想问问你，你到底要我怎么样，才能正眼看我。我哪里就比隽藻差，让你们谁都瞧不上我？"听他说到这里，玉环不觉看他一眼，心一横道："成藻哥，你都把话说到这里了，玉环也有几句话说给你听。你的心我早看出来了，可是我……我不能！"成藻绝望地说："还是因为隽藻？"玉环道："不错，……我都给你说了吧！打小时候我住在你们京城的家里，他跟妙真姐好那会儿，我心里就都是他了！可是那会儿我也明白，玉环小时候被父亲留在平定乡下，跟着爷爷奶奶长大，没念过多少书，口笨心笨，配不上隽藻。我也想忘掉他，可这么多年过去了，我还是满心里都是他，都是他一个人！"她喘了一口气，"成藻哥，这么说吧，要是我爹我娘没有在衢州被害，要是我不从江西来到你们家，要是我在那里嫁了人，不管是谁，也就罢了，我的心也就死了，可是命运弄人，它……它又把我送回到你们家来了！"停了一会儿，她又道，"我也知道，隽藻他心里没我，从小到大，隽藻心里只有妙真，我也想过，不要再想他了，可我没办法管住我自个儿的心，让我一天、半天，哪怕一个时辰呢，忘掉隽藻！"成藻默默听着，脸色越来越难看。玉环平静一些后，诚恳地说道："成藻哥，你的心我一直都明白，这些天我不理你，躲着你，只是想再等等看。要是姨父没遭遇这场大祸，他老人家还在京城居官，冯伯伯也不出事，隽藻自然会娶妙真，那时我的心就会死掉，说不定我就会忘掉他。可现在不一样了，祁冯两家一起出了事，妙真姐也在发配黑龙江的路上跳了崖，我就觉得我说不定又……有了一点机会。成藻哥，你要是能听懂我的话，你就听着，这话我只说一遍。隽藻从小就是神童，假如日后他还去走科举之路，读书做官，将来出将入相，也不一定，他一定会在京城遇上一个有才学有家世的小姐配他，曹玉环一个平常女子，为什么要嫁给他，耽误他的前程和大好姻缘！"成藻呆呆地望着她，又不知道这一会儿她心里在想什么了。玉环的眼里闪过一丝光亮，道："可万一不是这样，隽藻真像他说的那样，一辈子只想留在张家商号里做一名学徒，做一个马夫，我曹玉环就配得上他了。"成藻到了这时终于听明白了，心痛地大叫一声："玉环——！"玉环道："成藻哥，你要是心里真有我，

071

你就等着，等到今年秋天，隽藻不去太原府应乡试，你就不用等了。那就是说他铁了心做一辈子商家的伙计了。可要是他去应了乡试，玉环也就死了心，我就……就嫁给你！"说罢，她一手捂着脸，一手抱着包袱，流泪向村里跑去。

成藻怔怔地站着，望着她跑进了村子，涨紫了面孔，大声自语道："不行，我要去找母亲，我去问她，我也是她亲生的，为什么隽藻可以娶玉环，我要娶玉环，却要等！"他也向村里跑去。

3

玉环回到家里时，脸上泪痕犹存。刘氏看她一眼，惊问："你怎么了？"玉环低头答道："姨妈，没……没事儿。我在村头等了半天，没有人去宗艾，东西没有捎出去。我做饭去了！"说着放下包袱，转身走向厨房。刘氏满腹狐疑，刚回到上房，成藻就闯了进来，回手关住门，"扑通"一声在她面前跪下，恳求道："娘，儿子求娘做主，把玉环配给儿子！"刘氏一惊，皱眉道："你说什么？快给我起来！"成藻流泪道："娘要是不答应，成藻就跪死在娘面前不起来！"刘氏心痛起来，一只手捂住胸口，慢慢地向后面的椅子上坐下去。成藻叫道："娘，你怎么了？"刘氏闭上的眼睛重新睁开，流泪道："成藻，你是不是娘的好孩子，娘的话你听不听得进去？"成藻大叫："娘，成藻是娘的好孩子，娘的话成藻句句听！"刘氏道："那好。娘心里有几句话，一直想对你说，可又怕它们放在你心里盛不住，你会把它们说给别人。儿子，娘何尝不想把玉环配给你。娘若是把玉环嫁给了你，是你一生的福气，也是她一生的福气！可是娘不能。玉环这孩子命苦，她没有这么好的福气！"成藻惊道："娘，你说什么？你的话我怎么一句也听不懂啊！"刘氏伤感道："我的儿，你的心怎么这么实！娘是说，玉环要是嫁给你，她这一辈子就有福了，你会将她贴着心供着，她这一辈子，虽不会大富大贵，却也不会担惊受怕，吃尽天下的苦！我要是她的亲娘，就一定会做主把她嫁给你，可我不是！我只是她的姨妈，我只能照你爹临行前的话行事！"成藻急问："娘，我爹临行前说什么了？"刘氏道："你怎么忘了，玉环是用皇上给她的封赏，换了你爹一条命，你爹当时就在天牢里说，我们一家人，永远也不要忘了玉环的大恩，一定要报答她！"成藻道："可是爹说过怎么报答她了吗？"刘氏拭眼，渐渐刚强起来，道："孩子，娘只能把话说到这里了。你也不小了，有些话也该能听懂了。人活一辈子，走哪条路，不走哪条路，那都是他的命。我这话是在说玉环，也是在说你、隽藻和宿藻。"成藻绝望地叫道："娘，你的话孩儿还是不懂！"刘氏也不解释，道："成藻，你爹走了，他把千斤重担交给你娘我一个女人，我要是不硬起自个儿的心肠，怎么承担得起，怎么对得起你爹的托付！成藻，娘多说一句，你们三兄弟里头，你的命最好，隽藻的命最苦，娘要不多为他想着一点，我还是个娘吗？我怎么对得起你远在天边的父亲！"这话成藻更不懂了，他只是怔怔地看着母亲，默默地跪在那里流泪。

第二天天一亮，玉环起来烧好早饭，就去给刘氏上茶。她想了一夜，才想出一个主意，见姨妈用询问的眼神看她，迟疑一下说："姨妈，前几天平定家里的一个远房叔叔，让人捎来一个口信儿，说要玉环回去见见族中的亲人。"刘氏听了一惊，忙道："哎哟，这是大事，也是应该的。自打从京城回来，我就想让你抽空回去看看，既是这样……成藻在哪里？"成藻闻声跑进来。刘氏吩咐道："成藻，今天玉环要回一趟平定家里，你套车去送她。"成藻并不因为昨天的事记恨玉环，因为玉环并没有明确拒绝他，而只是让他等着。成藻高兴地答应了一声，看一眼玉环道："好的。我去套车了。"玉环脸一红，又一次急急地避开了他的目光。

从寿阳到平定，路说远不远，说近也不近。成藻赶车出门，一直想找个话茬和玉环说话。马车出了村，他对玉环说："玉环妹妹，是不是因为我昨天跟你说了那几句话，你生气了，才要离开我们家？"玉环怀里抱着包袱，不吭声。成藻回头望了一眼低垂的车帘，道："真要是因为我，你别生气，算我错了。我向你赔不是。你要是真回去了可怎么办？那边又没有一个你至亲的亲人。我向你发誓，以后再也不对你说那些话了！"玉环一直不回答，眼神透过车窗，专注地望着远方，车到了一个三岔路口，她突然开口道："成藻哥，我们家在宗艾镇有个亲戚，我想去他家看看，再回平定。你把车掉个头，咱们先去宗艾。"成藻疑惑地看着她道："玉环，你不是想骗我，编个谎话去见隽藻吧？"玉环不答。成藻等了一会儿，摇摇头，还是把车掉一个头，赶上了去宗艾镇的大路。一路上两个人谁也没再说一句话。车到宗艾镇外，玉环叫道："停车。你就在村外等我，我去一去就回来。"成藻停下车，看着她提着包袱走向镇内，才想起来喊一句："哎，你去多大会儿？"玉环装作没听见，头也不回地朝镇内走去。

张家货栈里，隽藻正坐在马棚门口修一个马套包，不小心碰破了手。殷掌柜将玉环领了进来。马棚里的臊味让玉环不觉捂住了鼻子。冷不丁地看见玉环，隽藻高兴地站起，叫道："玉环姐，你怎么来了？就你一个人来吗？我娘怎么样？谁送你来的？"看见隽藻，玉环的心忽然慌起来，避开他的目光，结结巴巴地回答："啊，姨妈……是姨妈让我来的，前两天下大雨，姨妈让我来看看你和宿藻，给你们带来几件换洗的衣服。你们俩……你们俩在这里过得还好吧？"隽藻道："我们挺好的。你怎么样？"他一直用愉快的目光望着玉环。玉环心里却越来越慌，她走进马棚，在一张旧方桌上打开包袱，将衣服一件件拿出来。

隽藻一直高兴地望着她，那目光和心地一样，既明亮又单纯。玉环将那包油柿子取出来，放到隽藻面前，还是不敢看他，没话找话地问："宿藻呢？前几天过四月初八，姨妈做了油柿子，特意给你们留下的，快吃吧。"隽藻看见了油柿子，两眼放光，欢声叫道："哎哟，油柿子，好东西！"他伸手就去拿，玉环一眼看见他的手在流血，惊叫道："你的手怎么啦？"隽藻急忙将手躲到背后道："没事儿。刚才缝这个套包子，让针扎破了！"玉环泪花一下涌出来，情不自禁抓过那只手，心疼地用嘴去吮那伤口上的血，道："看看你这手，怎么弄成了这样！你等等！"她快步跑向院里，端来一盆清水，抓过隽藻受伤的手小心地帮他擦洗，又轻声问："疼吗？"隽藻不让她这么做，要把自己的手抽回来，一边看着她笑道："玉环姐，我自己洗。在这儿当马夫，不但要学会喂马，还要学会缝马套头，修马掌，手上破块皮那是常事，哪能这么大惊小怪！"玉环放开了他这只手，回头却从包袱里拿出一小罐东西，道："我就想着，你在这里学徒，免不了磕磕碰碰的。这是一小罐獾油，抹到伤口上比什么药都强。来，我给你抹一点儿。"隽藻不得已又把那只受伤的手伸出来，让她将獾油一点点儿小心地抹到伤口上，一边抹着一边就哭起来。隽藻笑道："你这是怎么啦？"玉环不觉抬起泪眼看他，心疼地问："疼不疼？"隽藻道："不疼。"玉环不说话了，回头麻利地从包袱皮上撕下一溜布条，帮隽藻把伤口包扎起来。隽藻渐渐地就觉得臊了，急着要抽出自己的手，道："行了。我一个学徒，哪有这么娇贵！"

二人忽然意识到门前有人看他们，猛抬头，宿藻一跳进门，高兴地叫道："姐，你来了！"他不但机灵而且知趣，不看玉环和隽藻，直奔桌上的油柿子，夸张地叫道："哎哟，油柿子！好东西，还是玉环姐知道疼我，在张家做了这么天学徒，我想它都想死了！"拿起油柿子，宿藻就大口大口吃起来。隽藻趁机急忙抽回了自己的手。

4

玉环站起身来，这时才仔细地打量了一下这间马棚，心里想的是：这地方怎么能住呀！她一刻也没有停，就走了过去，将隽藻、宿藻堆在炕角上的脏衣服拣出来，抱在怀里，走到院子水井边去洗。隽藻默默地望着她，想拦又觉得拦不住，一时间就在那儿愣愣地站着。宿藻这时才转过身来，一边吃着油柿子，一边朝外面看一眼，冲隽藻嘻嘻地笑，神秘兮兮地说："哥，你有麻烦了。告诉你，四哥也来了，他就在村外头，刚才我见到他了！玉环姐没让他进来。"忽然间他又将嘴贴上隽藻耳边，低声道，"其实让玉环姐做我嫂子也不错，只是……

只是我怕她真嫁给你，受苦的人是她。"隽藻大怒，回头喝道："胡说什么呢！住口！"他一转身走向马槽，去给槽上的马拌草，眉头也紧紧地锁紧了。

玉环洗完衣服，晾在一根绳上，擦着自己水淋淋的手走回来，忽然听到隽藻和宿藻两个人正在激烈地争吵，不觉站住了。这时只听宿藻低声说道："五哥，你要是真没看出玉环姐的心思，那你就是骗我。我说句话，你别不爱听，你要是也有这个心思，我就啥都不说了；可你要是心里还只装着妙真姐，这会儿还是不能忘不了她，一辈子只想为她守着，你就得早点跟玉环姐说明白，别害了这一个！"隽藻扔掉拌草棍就往外走，走了两步又站住，伤感道："你们这些人是怎么了？妙真这才死了几天，你们每个人都忘了她！要是这样，一个人活着还有什么意思！这些天我的心里是怎么想的，其实你们都知道。妙真死了，我的心也跟她一块儿死了。我这一辈子，只打算在这里做一个马夫。我人虽然还活着，可是心早就死了，今天的祁隽藻不过是活着的死人罢了！玉环好好的一个姑娘家，为什么要嫁给我这么一个活死人，一个商家的马夫，她应该嫁给一个能让她一生过上好日子的人！……"话没说完，玉环已经冲进来，满面通红地望着隽藻和宿藻。隽藻和宿藻吃惊地回过头去看她，一时都窘在那儿。玉环眼里涌出泪花，道："宿藻出去一会儿！"宿藻看一眼隽藻，匆匆跑出去。隽藻望着情绪激动的玉环，心中忽然升起一种不祥的预感。玉环已经顾不上羞涩，直言道："你……你们刚才的话我都听见了。要是那些话就是你的心里话，我今儿也让你听听我的心里话。隽藻，你将来要是还去朝廷里出将入相，我就配不上你，可你要是一辈子只想做一个马夫，终老在这家商号里，我就能配上你了。我小时候一直都是在乡下长大的，我能帮你料理家事，侍候姨妈，照顾弟弟，给你生儿育女。不管多苦的日子，我都不嫌！就是为你死，我也愿意！……我的话说完了。"说到这里，她也不听隽藻再说什么，流着泪转身就跑了出去。

宿藻走回来，默默看隽藻。隽藻眼里涌出泪花，悲愤地呐喊道："为什么，为什么你们都要这样？……妙真一死，其实我连自个儿这条命都看淡了，只想安安静静地在这里做一个马夫，活过这一辈子！我都已经这个样子了，你们为什么还不能忘了我，让我一个人安安生生地待下去！"他大踏步走向铡刀，对宿藻喊道："愣着干什么，铡草！"宿藻抱起草走过去。隽藻泪花晶莹，扳起刀把，一刀一刀，把草铡得四处飞迸。

5

商队上路了。

由宗艾沿着晋商古道向北，走半日就是方山。山上的方山寺是晋中一带的名刹。商队到了山下停止了脚步。张观藜对殷掌柜道："大家在这里稍作休息，我和柱儿、隽藻一起上山去，片刻就回。"殷掌柜点头，走回来吩咐隽藻道："东家要去方山寺昭化院里礼佛并拜见明月大师，要你和柱儿陪着去。要小心侍候着！"隽藻答应了一声，急忙跟过去。

方山寺昭化院坐落在半山腰间，四周丛林环翠，乱瀑流泻，自有一番化外之境的意韵。张观藜携隽藻和长随柱儿沿山前一条带子样的石阶路盘旋而上，早已听到消息的明月大师亲至山门外，请他们主仆三人客舍用茶。张观藜道："大师，用茶不忙，还是先礼佛吧。"大师将他引至大雄宝殿，张观藜在佛前拈香礼拜，大师一旁陪侍，并且亲为他击磬。礼佛毕，张观藜站起，回身。大师笑道："阿弥陀佛，张先生可是有些日子没到方山寺来了。生意真的那么忙吗？"张观藜道："大师恕罪。张观藜早就想来宝刹上香，拜见大师，只是被一批江南来的茶货拖住了手脚。隽藻，将香资奉上。"隽藻闻言，将手中的一盘银子捧出。大师双手合十，对张观藜道："阿弥陀佛。这太多了。"张观藜道："大师见笑了，实在惭愧。比起前些年，这几年天下商路受困，生意不好做，前年曾经许愿，哪年生意好了，要出资帮大师重修明光寺，今年又要食言了。请大师见谅。"明月回头示意小和尚收下香资，引张观藜客舍用茶，隽藻和柱儿随侍两厢。置身在佛院清净之地，花香鸟语，梵音竹声，隽藻的心不觉受到感染，变得肃穆空阔起来。这时就听张观藜赞道："大师，好茶！每次一到你这清净福地，我就觉得自己满身尘垢，不想再朝前走了。大师，总有一天我会买一张度牒，到你门下剃度，你可一定要收下我做个山门前扫地的个小沙弥！"大师笑道："张先生何出此言。佛家讲究因缘际会。施主能时常来方山寺走走，做一些功德，就是与我佛有缘。你们读书人讲，大隐隐于朝，中隐隐于市，小隐隐于野，你这个天下大儒不去做官，却无端地做了商人，隐身市井之间，出入商贾之队，不算大隐，只是中隐。老僧身在佛寺，心在深山，只是小隐。我比不上你呀！"张观藜呵呵一笑道："大师取笑了。张观藜终日为一点蝇头微利奔波劳碌，还乐此不疲，实在是尘俗中一碌碌不悟之人罢了。大师，在下再说一遍，说不定哪天我连商人也不做了，真要归于你的山门之下，做一名扫地的僧人，若如此，就是我有福了。"隽藻吃了一惊，深深地看张观藜，发现他的态度其实是认真的。明月大师摇头微笑，不经意地回一下头，看见了隽藻，微微一惊道："这位小施主眉清目秀，气宇不凡，以前没有见过？"隽藻正要开口，张观藜抢上来替他答道："大师有所不知，这是在下刚收的一个学徒。照大师方才的话来论，我这位学徒的父亲才是大隐。"明月大师吃了一惊："请问……"张观藜道："啊，他就是我大清第一史家祁韵士祁鸣皋的公子隽藻。"明月大师听了此言，不觉起身合掌道："阿弥陀佛！真没想到，站在老僧面前的竟是鸣皋先生的公子，幸会幸会！"隽藻急忙躬身合十回礼。大师默默看他，像是明白了什么，点头，对张观藜道："好，好，鸣皋先生久居庙堂之人，能将公子送与张先生做学徒，可敬可敬！"隽藻听他们说到父亲，心中痛楚，泪水夺眶欲出。张观藜看在眼里，站起身来，双手合十，道："大师，商队就在山下，在下不便久留，就此告别！"大师也不再留，一径送他们走出山门，站在山门前石阶高处，望着他们主仆下山，回头对知事僧道："鸣钟！"知事僧困惑，问："鸣钟，大师要方山寺为一个商人鸣钟相送？"明月大师放眼望去，悠悠道："不，你看见的是一个商人，老僧看见的却是一个隐身草野的天下大贤。这样的人能到方山寺礼佛，是我佛的荣耀。"隽藻这时已随张观藜行至半山，忽听身后古寺钟声响起，一时间停住脚步回头张望。张观藜心中感动，回头向山上合十，躬身高声道："张观藜谢大师了。"下山途中，隽藻眼里一直噙着两眼泪水，直到此时，这泪水才干涸下去。

　　商队重新启程。因为张观藜要骑马走一会儿，柱儿就爬上了隽藻赶的马车。隽藻一边赶车走，一边仍旧不停地回望万山丛中的方山寺昭化院，回头问车上的柱儿："这位明月大师是谁？怎么他也知道我父亲？"柱儿道："你问明月大师？啊，他好像是殷清越老先生的师弟，后来才入了佛门，成了方山寺昭化院的高僧。"隽藻听不明白，又问："殷清越，谁是殷清越？"柱儿看他一眼道："啊，你连殷清越老先生都不知道！殷清越老先生是当年我们山西的大儒，天下闻名。啊，就是殷掌柜的爷爷，早不在世了。"隽藻吃了一大惊，问："殷掌柜的爷爷当年也是读书人？那为什么他——"柱儿道："我知道的全告诉你了，我就知道这么多，再问我也不知道了。快赶车吧！"隽藻不再问下去，望着骑马走在前面的殷掌柜，心里却一直吃惊不已。

6

　　当天晚上，商队在一家野店里住宿，院里到处是拴着的骆驼和卸下来的茶货垛子。一堆堆篝火在燃烧，伙计们围着火吃东西。张观藜和野店店主马掌柜在一旁交谈。殷掌柜和隽藻侍立一旁。张观藜是在向见多识广的马掌柜打听灾民的消息。马掌柜道："张东家，早上过去的那帮客商说，因为山西这边的官兵堵得严，那帮灾民出了娘子关后再想回来，其实已经不能了。听他们说这帮灾民回不了山西，就掉头向北去了保定府。有人猜他们会由保定府继续向北走，过涿鹿、宣化，去张家口。"张观藜"哎呀"了一声，道："不好，过了张家口，再往北就是草原，没有吃的，灾民们就会往西走，由雁门关入山西境，那不正好截断这条晋商古道吗？"正在吃喝的众伙计神情陡然紧张起来。马掌柜道："张东家莫急，让我帮你算一下。那伙灾民们拥向直隶境内，无非是要找吃的。他们有时走得快，有时走得慢，这就要看他们所到之处，能吃的东西有多少了。穷地方他们待不住，流动得很快，到了当地人日子过得好一点的地方，不把粮食吃光，他们是不会走的。"他掐着指头算了算，道，"张东家，我看差不多，你们走快一点儿，二十五天能到包头，这伙灾民，由直隶入山西，边走边觅食，没有一个月，是到不了雁门关的。"张观藜自己也在心算，忽然，他眉梢一挑，果断地殷掌柜道："告诉大家，今儿我们在这里歇一夜，明天起就不歇了，只要骆驼能走，我们就一直朝前走。一定要在灾民入山西前赶到包头城！"

夜里，隽藻和伙计们一同睡在野店客房的大通铺上。众人都睡了，他却拿出一本《唐末文选》读起来。殷掌柜走进来查夜，看他一眼，道："还看书呢，睡吧。今天睡一夜，从明天起，就再没有觉睡了！"他随手拿过书一看，神情急变，脱口而出："这书哪儿来的？"隽藻吃了一惊，道："东家的马棚里找到的。"原来，自从张观藜从马棚里拿走了那本《孟子》，隽藻身边无书，但长年养成的夜间读一阵子书才能睡的习惯却无法改变，只能坐在炕上将过去背熟的书一部部地默诵一遍。昨天夜里他出发前最后一次和留在货栈看家的宿藻一起铡草，又去马棚墙角搬动马草时，里面居然贴墙现出一排书橱，兄弟俩吃了一惊。祁隽藻道："原来东家真是铁了心不做读书人了，这么多圣贤经典，都堆在马棚里，瞧那上头的灰，都有一尺厚了！"隽藻见了这些书，心中大喜，两眼放光，急切地在里面翻找查看，居然翻出了一本当初父亲在京城不让他们读的《唐末文选》。兄弟二人谁也没有声张，重新把马草一捆一捆地盖在书橱上，而隽藻却悄悄地带上了这本《唐末文选》上路。见殷掌柜如此神色，隽藻只好对他说了实话。殷掌柜不愿再在房里说这件事，他看看左右，用急切的低声说道："你起来，跟我出去。"二人走出客房，殷掌柜看前后无人，低声问："东家知道你看这本书吗？"隽藻道："不知道。"殷掌柜又问："知道这书谁编的吗？"隽藻摇头。殷掌柜又问："令尊祁韵士老先生从没有跟你提起过殷清越这个名字？"隽藻心中一动，摇了摇头道："没有。"殷掌柜再问："你在京城里长大，也没从别人那儿听说过这个名字？"隽藻点头。殷掌柜悄悄松了一口气，这个细节被隽藻注意到了。殷掌柜最后又问了一句："令尊让你到东家门下求学以前，你也从没听说过张观藜这个名字吧？"隽藻点头。殷掌柜脱口说道："好。"隽藻被他这一连串的发问彻底弄得十分困惑，反问道："什么好？隽藻不懂。"殷掌柜想了想道："东家没看见你在读这本书就好。总之这书以后不要再读了。看了这样的文章，就是你一心只想做个商人也不成，它会让你重新想起天下之事、天下之人。你的胸中，会突然重新鼓荡起八万里的长风！"说最后一句话时，隽藻意识到这个中年男人的眼里像是有两团火光蓦地一闪。他更加吃惊了，深深地望着殷掌柜，诧异道："殷掌柜，原来东家不让我们看这种书，竟是为了让我们不再想天下事、天下人？"殷掌柜不再多说，将书远远地扔了出去，转身离去看他，最后说了一句："总之这样的书以后不要再看了。再看这种书，东家说不定会把你从商号里撵出去。好了，天不早了，回去睡吧。"殷掌柜走了，隽藻却仍然在原地站了很久，今晚从这个平时不言不语的男人口中听到的事情深深地震撼了他。他不知道刚才殷掌柜问他的那些人都是什么意思，所有这些话加在一起背后有一个什么样的故事，这个故事又与东家和殷掌柜弃儒为商有什么关系，但是他已经知道了，这里存在着一个他眼下还不知底细的故事，而这个故事是和一本名为《唐末文选》的书联系在一起的。当初父亲不让他读这书本，今天殷掌柜也不让他读这本书。殷掌柜已经走回自己住的客房里去了，隽藻看了看左右，没有人发现自己，他走过去，将那本已被扔掉的书重新捡了回来，悄悄揣进怀里。回到客房，隽藻躺下，只过了一会儿就又悄悄欠起身，见众人都睡着，又拿出那本书来读，只见书的扉页上赫然写着"山西太原府后学殷清越编"几个墨色疏淡的小字。他久久地盯着这个名字，心潮起伏："殷清越……原来这本书是殷清越老先生编的！"

7

天还不亮，商队已经重新上了路。张观藜骑马在前面走，隽藻的车上只有他和柱儿。隽藻一路上一直不大说话。柱儿看他道："祁少爷，你整天都像是在想心事，你们念过书的人就是心事多。"隽藻笑了一笑问道："哎，告诉我，东家和殷清越是什么关系？还有，殷掌柜到底什么来历？"柱儿脱口说道："你连这些也不知道？殷掌柜也是自幼读书，到东家这里学生意前，已经高中了举人！"隽藻又吃了一惊，故意道："我不信。殷掌柜既然中了举，为什么不去考进士，不去做官，却到东家的商号里做了掌柜？"柱儿道："这有什么奇怪的。你为什么好好的书不念，要来商号里做学徒，和我们混在一起？"隽藻心中一动，道："你是说，殷掌柜家也像我们家一样，突遭大难，于是他也像我一样，决心弃儒为商？他的这些事情东家都知道？"柱儿"嗤"了一声，道："你以为东家是谁？当年在太原府晋阳书院念书，东家就是殷清越老先生的学生。听人家说，东家当年还被人称作山西第一才子呢！殷老先生遭难以后他才改了心性，就此做了商人。"隽藻心中大动，急道："快说，殷清越老先生当年遭了什么难？"柱儿想了想道："听说是编了一本什么书，送到朝廷里，乾隆皇上说是禁书，把老先生下了天牢，抬出来时已经死了。从那以后，无论是东家，还是殷掌柜，就不再念书了。"隽藻此时心中似响起了一声炸雷，这才明白自己长到这么大为什么没有听说过殷清越这个名字，也大致明白父亲当初为什么不让他看这本书了。原来这本《唐末文选》，竟是一本早在乾隆年间就被禁绝，其编纂者一代大儒殷清越老先生也为它瘐死狱中的书！

当天夜里，商队停在一片开阔的河滩地里打尖，牲口在吃草饮水，人也在吃干粮、喝水。隽藻一边喂马，一边不由自主地回头望着自己的东家张观藜。不远处，柱儿刚刚给东家铺下了一条毯子，让张观藜坐下，转眼又被殷掌柜叫过去了。隽藻心中如有大潮翻滚，见四下无人，心一横大步向张观藜走了过去。张观藜看他一眼，有点诧异，道："隽藻，你怎么了？"隽藻突然问道："东家，殷清越老先生是你的先生，也是我父亲的先生，对吗？"张观藜警觉地看他一眼，脸色慢慢变了，半晌才道："怎么问起了这个？"隽藻道："殷清越老先生因为编了一本《唐末文选》，被朝廷投入天牢，死在里面，东家由此决意弃绝仕途，只做一名商人，隽藻说得对吗？"张观藜用淡然的目光看了看他，示意在自己身边坐下，然后说道："你好像什么都知道了，既是这样，这些事情也就不需要瞒你了。"他停了一下，重新开口道，"要是你父亲直到今天还对我和殷老先生心怀愧疚，还认为若不是他将那本《唐末文选》推荐给纪晓岚纪文达公，意在将它编入《四库全书》，呈送给乾隆皇帝御览，达成让朝廷居安思危的本意，那本书也不会被乾隆皇上视为犯上作乱之书，将我们俩共同的恩师殷清越老先生逮入天牢，那就不必了。"隽藻霎时脸色苍白，因为这样一件大事其实他是不知道的，而东家却以为他已经知道了。更让他震惊的是多少年过后，东家再说起这件事时竟然一点儿也不再激动。张观藜接着说下去："殷清越老先生临终前对我讲，书虽是你父亲和纪文达公呈送给乾隆皇帝的，可是将天下正论视作洪水猛兽的是乾隆皇上本人！还有，我今天想让你知道，这件事和我弃儒经商并无太大关系。"隽藻不相信他的话，他的内心激动，一时大声道："如果东家弃儒为商和这件事没关系，东家为何不继续去走科举之路，致君尧舜，使民小康，经国济世，这不是一代代读书人永远的志向和责任吗？"张观藜站起，看着远处，神情肃然，久久不再说话。突然，不远处有一头骆驼离开商队，跑向了远处。于是他站起来，自己也向骆驼跑走的方向赶过去。"那是谁的骆驼没拴好，"他大发脾气，怒道，"快去追回来！"

隽藻仍旧在那儿站着，东家没有回答他最后那个问题，但是他急切地想知道这个问题的答案。今天他的心已经被自己一路上刚刚听到的所有这些秘密激动起来了，他一定要知道所有的答案。殷掌柜走过来，惊讶地看他一眼，道："祁公子，准备走了，快帮柱儿收拾一下。"隽藻一动不动，蓦然开口问道："东家刚才说他弃儒为商不全是因为殷老先生和那本《唐末文选》，隽藻求殷掌柜告诉我，他为什么要置天下安危于不顾，一心只想隐身市井，做一名商人？"殷掌柜吃惊地看了他一眼，迟疑了一会儿回答："祁公子，这话你只能去问东家本人。快收拾东西走吧！"柱儿跑回来收拾东西。隽藻还是没有得到自己要找的答案，他满腹狐疑，拉马套车。

第六章

张观蔾颠沛说大难　冯妙真流落现林海

1

长长的晋商古道上，尘土飞扬，商队在前行。张观藜策马走在前面，突然警觉起来，勒马站住，手搭凉篷，朝远方眺望。前方先是像是起了沙暴，半边天都昏黄了起来，接着，众人看见昏黄的烟尘之下，潮水般涌起着什么，滚滚地向商队所在的方向而来。隽藻此时站在马车上，也看到了这个景象，顿时惊出一身冷汗，原来他曾在娘子关外看到这一幕景象，急道："东家，好像是灾民！"这时带人走在前面为商队探路的殷掌柜飞马赶回，向张观藜禀报："东家，灾民，陕西过来的灾民，快避一避！"张观藜大惊，回头对众人道："快把骆驼都拉到那边林子里去！"众人手忙脚乱地拉骆驼赶车下路，向山边树林子里拥去。他们在这片树林子里躲了一整天，虽侥幸躲过了顺晋商古道南下的陕西难民，却再也不能回到这条路上了。殷掌柜和众伙计都望着张观藜。张观藜想了想道："晋商古道不能走，咱们往西走，那里有一道大山谷，山谷里有条路不大有人知道，咱们就从那里走！"商队趁着天黑下来，悄悄地离了这片林子，爬过一座山，进了这道大山谷。到了这里，商队所有的人都走不动了。张观藜不得已下令不走了，让人和牲口就在这条山谷歇一夜，天亮了查清前方谷口没有灾民了再走。全队都在山路旁安顿下来后，张观藜仍不放心，又带着殷掌柜、隽藻和柱儿到了山的高处，向前后两个方向眺望。没有听到动静，才回头交代殷掌柜："夜里安排人充作斥候，前探十里，一有事情，飞马来报！"殷掌柜答应一声，转身去安排。张观藜又叫住他，"还有，把我们带来的两千斤干粮准备好，真和灾民碰上了，就用得上了！"

夜凉如水。一堆将熄未熄的篝火旁，柱儿和衣睡在张观藜身边，怀里仍旧抱着兵刃。远处山里响起了狼嗥。隽藻喂完了马走回来，发现张观藜还坐着，面前的干粮和水一点儿也没动。隽藻道："东家，你还是吃点儿东西吧。"张观藜突然问道："你路上一直都在读《唐末文选》，是不是？"隽藻心中一惊："啊，东家，我就是随便——"张观藜打断了他的话："从《唐末文选》中，读出什么了吗？"隽藻的心忽然热起来，急忙坐下，道："东家，学生从这本书里读出了《孟子》！"张观藜也不看他，眼睛仍然望着不测的远方，似乎漫不经心地说了一句："说说看。"隽藻不知道他是不是真的想听自己讲，简短地说："学生以为，《唐末文选》中的文章和《孟子》一书的主旨，一脉相承。"张观藜收回了目光，开始自顾自地喝水，嚼干粮，说出话仍旧漫不经心："何以见得？"隽藻望着那丛篝火，沉思有顷，才把几年来心里想的东西讲出来："《唐末文选》的文章和《孟子》一书的主旨所以相同，学生以为，是因为唐末诸子和孟子一样置身末世。孟子置身周朝末世，唐末诸子置身唐朝末世，末世就是乱世，礼坏乐崩，民不聊生，干戈四起，天下之人不为盗贼，即为鱼肉。"张观藜静静地听着，隽藻感觉到他在用心地听着自己的见解，不觉受到了鼓励，继续展开自己的思想道："无论孟子还是唐末诸子，他们身当乱世，看到和想到的自然不能不与天下的治乱有关，也正因为他们置身乱世，才都看出了天下治乱的关键。"张观藜回头看身边的驼队，顺口道："天下治乱的关键？"隽藻渐渐激烈起来，道："对。君王、臣子、人民，他们如何做他们自己，这就是治乱的关键！"张观藜脸上现出不以为然的神情，道："你不是又要说'水可以载舟，亦可以覆舟'那套老话吧。"隽藻认真起来，道："孟子和唐末诸子都认为，只有君王成为尧舜之君，臣子成为尧舜之臣，君臣一起努力，让天下百姓过上小康的日子，直到实现天下大同，才能达到圣人所说的大治之境。而要达到大治之境，孟子和唐末诸子都认为，首要的责任在于君王。君王必须做尧舜，一定要做尧舜。"张观藜明显是听进去了，道："为什么？"隽藻道："世上有了尧舜之君，才会简拔尧舜之臣。尧舜之君，尧舜之臣，必以天下人之心为心，以百姓之命为命，这就叫作以天下为公。相反，君王若不是尧舜之君，自然不能简拔尧舜之臣，天下既无尧舜之君，又无尧舜之臣，百姓怎么能过上好日子？对于百姓来说，这样的君王就是桀纣！"

张观藜突然又朝山谷尽头眺望，听远处有没有异样的响动，微微激愤起来："即便如此，你一个读书人，手无缚鸡之力，又能怎样！"隽藻起身望着他，道："先生，学生这些天把《孟子》《唐末文选》当作闲书来读，还明白了一个道理！孔子曰，'学而优则仕'。天下人都以为这句话的意思是读书人念书就是为了做官。学生以为这是天下人都理解错了！"张观藜不觉诧异，上下打量他一眼，道："错了？"隽藻道："学生现在觉得，天下人都没理解孔子这句话的本意。学而优则仕，学生以为孔子的本意是，身为读书人，你首先是要好好学，也就是苦读圣贤经典，真正弄懂圣人之论、圣人之心，不但要学，而且还要达到优的标准，至少要明白什么是官，一个读书人应当怎样去做官，这才可以去应试，去做官，才能做一个好官……"说到这里忽然停下了。张观藜又看了他一眼，道："怎么不说了？坐下来说。"隽藻重新坐下来，望着远处的夜空，缓缓道："先生，天下设官，本意是要佐助尧舜之君施行尧舜之政，使民小康直至天下大同。既然如此，孟子和唐末诸子都认为，读书人一旦立志做官，就至少要肩负起两个使命。第一，他必须以自己的德行、学识和作为帮助君王成为尧舜之君；第二，他必须用尽一生之力帮助君王让天下百姓过上小康的日子。这两个使命加起来，就是孟子说的那八个字——致君尧舜，使民小康。这才是天下官员的职责。孟子还认为，一个人若读了书，明白了什么是官、如何做官的道理，却不去入朝做官，那就是忘记了自己的职责，置天下人于不顾；更坏的情况是，他虽然入朝做了官，却忘掉了自己的责任，明知君王是桀纣而不去改变，明知百姓生活得水深火热而不去拯救，而是助纣为虐，鱼肉苍生，那他就不是官了，而是盗天下之贼！"

　　一匹快马就在这时由山谷北方飞奔而来，风一般跃上山冈。殷掌柜跳下马背，急叫："东家，不好，北方谷口出现了大批灾民！"又一匹快马从山谷南方飞奔而来，一个伙计下马，大声禀报道："东家，南面谷口灾民……灾民也拥进来了！"张观藜大声道："胡说，怎么会南北两个谷口都有灾民！"又问，"你看见他们有多少人？"伙计喘息未定，道："前不见头，后不见尾！"殷掌柜紧张地望着张观藜，道："东家，咱们被堵在这条山谷里，出不去了，怎么办？"柱儿已经被弄醒了，在一旁大叫："就是跟他们拼了，也要保住咱们的茶货！"张观藜临乱不慌，道："慌什么？快把我们带的两千斤干粮全扔下，拉骆驼和茶货上山！实在不行，茶货和骆驼也不要了，大家保命要紧！"众人迅速分开，将伙计们吆喝起来，将干粮从一峰峰骆驼身上卸下，扔到地下，然后拉马和骆驼分散上山。张观藜却站着不走，回头望已经从南北两个谷口潮水般涌来的灾民，眼含热泪，长叹道："天地不仁，以万物为刍狗……老天，难道你连一条商路也不留给张观藜吗？"一群灾民看到了商队，拥过来。隽藻急道："柱儿，快扶东家上马！"那两匹马还站在原地悠闲地吃草，隽藻打了一个呼哨，两匹马猛地抬起头跟上来。隽藻抓住一匹马二人扶张观藜上了马，又共同上了另一匹马，两匹马夺路狂奔。后面的灾民看见了他们，狂追不止。突然一道断崖出现在他们前面，两匹马扬起前蹄，猛地停住，发出一阵嘶鸣。柱儿大叫一声："完了，没路了！"隽藻回头看看越来越近的灾民，果断地帮张观藜拨转马头，两匹马一起回头，要从灾民中间冲过去。灾民们大喊："截住他们！他们身上有吃的，有银子，截住马吃马肉！"隽藻扬起鞭在张观藜的马臀上狠狠一抽，那马一声长嘶，奋起四蹄向那些扑近了的灾民猛扑过去。灾民见两匹马来势凶猛，急忙闪开一条路，口中犹在狂呼："截住他们，截住他们！"隽藻又是一鞭子，一前一后两匹马从灾民群中穿过，向前驰去。张观藜紧紧抓住缰绳，绝望地闭上眼睛。隽藻扬鞭催马，两匹马沿谷底奋力冲出谷口，把后面狂喊紧追的灾民远远地抛在了身后。

2

这个夜晚，隽藻和柱儿护着张观藜摆脱灾民的围追堵截，走了很远的路，直到再也听不见灾民的声息，才在一处平坦一点儿的荒原上停下。二人扶张观藜下马，在地上铺了一块马衣，让他坐下歇息，又把马放开，让它们自由地啃草休息，然后一左一右守护在张观藜身边。张观藜在马衣上躺下，望着满天的星斗，倾听着四野的声响，突然开口道："这儿真安静。"柱儿惊魂未定，心有余悸，听了他的话，吃了一惊。隽藻回望那条大山谷所在的方向，道："就是不知道殷掌柜和咱们的人，还有茶货，怎么样了？"张观藜叹道："原来我以为带上两千斤干粮，遇上灾民，就能救了咱们的茶货，今天想来，真是可笑！"柱儿痛惜道："茶货没了，带在路上花费的银子也让他们抢了，再加上驼队也没了，东家三十年辛辛苦苦挣下的本钱，全赔光了！以后咱们怎么办？"张观藜望着广袤的夜空，没有说话。柱儿道："东家，天亮以后，我就去报官！"张观藜摇头道："报官又怎么样？如果天下人都成了灾民，你还能把他们全杀了？天下苍生，天下苍生，这些人也是天下苍生！"隽藻听了，猛回头深深地望着张观藜，心中似有一波一波的热浪往上涌。柱儿流泪，又生气道："东家，到了这时候你还替他们说话！"张观藜一言不发。

夜在加深，仍然没有商队的消息，三个人只好就地露宿在这片荒原上。柱儿小声哭了一阵，很快就睡着了。隽藻和张观藜一起躺着，他注意到张观藜一直在向上仰望着晴朗的星空。过了许久许久，张观藜道："你瞧今夜的星星，这么大，这么亮。告诉我，你有多长时间没这样看过天上的星星了？"隽藻想不到他会说出这个来，他的心仍在远方的商队、骆驼和茶货上。张观藜道："不要再想商队和茶货，回我的话。"隽藻望着夜空，想了想，不觉笑道："好像自打五岁发蒙念书，就再没有这样看过星星了。""像这样看星星，什么也不想，没有功名利禄，没有天下苍生，也没有商队茶货，好不好？"张观藜说。隽藻不觉又扭过头去看他一眼，内心的紧张情绪因为这个话题突然获得了释放。"能这样陪着先生躺在山野里看星星，什么事也不想，当然好。"他说。"孟子，还有唐末那些文人，罗隐、皮日休、牛希济、程晏，等等，列名《唐末文选》的那些人，他们在世的时候，有没有像我们今天这样看过星星？他们喜不喜欢这样躺着，什么也不做，什么也不想，只看星星？"张观藜又问了一句。隽藻不禁再看了张观藜一眼，他头一次发觉东家今晚并非像他原来想的那样心静如水。张观藜没有听到他的回答，自顾自地说下去，"他们一定想，越是身处乱世，他们越是想像我们今天这样安安静静地躺在这荒原之上，如同置身化外之境，什么也不想，什么也不做，只看这天上又大又亮的星星！"隽藻心中又有汹涌的热浪翻滚起来，他意识到，此刻东家的心似乎已经穿越千古，到了那些古人的身边。"可是他们一定看不到这些又大又亮的星星，"张观藜接着说下去，"自从他们心中有了天下，就再也想不起看星星的事情，要不就是没有了看星星的心情！"隽藻试图将自己的思绪紧紧跟上东家的思绪，但他发觉在今天这是异常困难的，于是他就不说话，只静静地紧张地听下去。张观藜又道，"今晚你说自己读懂了《孟子》，明白了天下读书人该做什么，不该做什么。不，自古以来，除了你说的那种以天下为己任的读书人，还有另一种不以天下为己任的读书人，这是你不知道的！"隽藻悚然一惊，脱口问道："先生，世上还有不以天下为己任的读书人？"张观藜迟疑了一会儿，道："当然有，我就是一个。"隽藻大吃一惊："先生……"张观藜道："听说你向殷掌柜打听过，是什么原因让我放弃了读书人不做，却做了一名商人？"隽藻坐起，他想解释，道："东家，不，先生，我只是想知道——"张观藜示意他躺下，道："还是叫我东家吧。我问你，如果你遇上的是一个连《唐末文选》这样的资治救世之书都读不懂的朝廷，一个把天下读书人的性命看得不值一钱的朝廷，你还要去做官吗？如果我还去这样的朝廷里做官，我怎么对得起自己死去的恩师，我会连我自个儿也瞧不起！"隽藻依然坐着，不觉出声叫道："先生……"张观藜的眼睛仍然望着夜空中的星星，道："从年轻的时候起，我就仰慕一些古人，正是从这些古人身上，我明白了一个道理。一旦我听信了孔孟的话，学而优则仕，承担起所谓天下之任，我就不能再做我自己，不能再过我想过的日子。比方说，我就不能像今天这样，来到这荒野之上，安安静静地躺在夜空下，看这满天又大又亮的星星！"隽藻觉得自己心中的大潮涌起又落下，他急切地想说些什么，一时间却不知道从何处说起。张观藜又道："你五岁发蒙，听说十七岁就读遍了天下书，但你一定还不明白，自古以来，上天就不止给读书人准备了一条路，它还给读书人准备了另一条路。在你没听说过的那些读书人看来，人生一世，白驹过隙，生命如此短暂，其实只有两件事可做，一件是全身，一件是适意。生逢乱世，全身当然第一，适意自然其次。当年我和你父亲虽然都是恩师殷清越先生的学生，但我和你父亲不同的是，从年轻时我想做的恰恰就是这另一种读书人！"隽藻终于发觉自己听到了一直想知道的事情，身子僵直在那里，一动也不敢动，生怕打断了张观藜的思路。柱儿醒过来，不睡了，也凑过来听。

张观藜说："阮籍是西晋末年的名士，竹林七贤之一，身当乱世，不知如何做官，如何全身，有一天来到首阳山上，求教于大隐士孙登。孙登避开他的问题，问他会不会长啸。阮籍无奈，长啸一声。孙登摇头，说不是这样的，你再试试。阮籍再试，孙登还是摇头。半日过后，阮籍见孙登无意和他谈为官全身之道，于是下山。行至山腰，忽听身后一声长啸，从山顶上传来，响遏行云，满山林木为之披靡。这一刻阮籍站住，回头望去，忽然明白，孙登是想用这一声长啸告诉他，固然做官、全身都是大事，但在世间另一些人眼中，练好长啸却比那些所谓大事更大，虽然生当乱世，人也可以照自己的意愿适意地活着。"

柱儿插嘴道："东家，商队和殷掌柜没一点儿消息，你还有心思讲故事。"张观藜不理他，接着讲下去："晋末还有一个刘伶。也是竹林七贤中的一个，有感于世道黑暗，为人不易，干脆将自己关在家里，赤身裸体，从早到晚痛饮不止。有人进了他的屋，责怪他为何不穿衣服。刘伶道我将天地看作是我的屋，将我的屋看成是我的内裤，你不好好地在我屋里待着，跑到我的内裤里来做什么？"

柱儿惊奇，道："这什么人哪！"张观藜又道："刘伶还写过一篇《酒德颂》，将饮酒看成是天下最大的美德。你可以不同意他的这种活法，可他就愿意这样活着。我敬重刘伶，因为他让我很年轻时就明白了：一个置身乱世的人应当怎么活着。"隽藻突然不想再听下去了，他胸中有一种逆反的思想变得越来越强大，要冲出他的口说出来。张观藜停了一会儿又道，"你熟读《庄子》，一定记得其中的一个故事：楚王听说庄子贤明，派使臣请他去楚国做国相。庄子告诉使臣，楚国的云梦泽里生活着一只神龟，只要把它弄到庙堂上，取下龟壳占卜国家大事，那是百灵百验。神龟于是在楚国的庙堂里享受到了极高的崇敬。庄子问楚国的使臣，你们认为这只神龟是被人杀死后弄到楚国的庙堂上享受祭祀好呢，还是像原来那样，拖着尾巴整天在泥沼里走来走去更好？"柱儿又插嘴道："当然是拖着尾巴活在泥沼里好了！"张观藜道："从古至今，有孔孟那样的读书人，也有孙登、刘伶、庄子那样的读书人。《庄子》里说得好，河水虽多，鼹鼠到河边饮水，只要喝一个饱就够了；鹪鹩鸟在林子里搭窝，林子虽大，有一根树枝足矣。天下至圣至明的君王是尧，尧听说许由比自己还要贤明，就去找他，要把天下托让给他。许由听了，转身就跑，还到河边把耳朵洗了洗，天下虽然广大，做君王固然显贵，可在许由看来，那都不是他想要的，他还认为，尧的话已经把他的耳朵弄脏了！"柱儿叫起来："这人才叫怪呢！给他皇上都不当！"张观藜道："你住嘴！这就叫帝王之功业，圣人之余事，你有你要的日子，我有我要的日子。你觉得致君尧舜，使民小康是天下读书人的责任，我却觉得那不是我想要的，身当乱世，我想要的只是今天这样的日子，开一家商号，带一支商队，奔走于晋商古道之上，一年四季，用赚到的银子让商号的掌柜和伙计过上衣食无忧的日子，同时我也能像现在这样躺着，看满天闪亮的星星。"他猛然坐起，迟疑了一会儿，重新开口："只是没有想到，大清天下坍塌得这么快，一场天一样大的劫难，就要来临！少则十年，多则三五十年，大清国就要会被一场大火烧成灰烬！"隽藻大惊失色，惊叫道："先生——！"张观藜指着山下道："不是我在这里胡说，这你都看见了，我们才走了多久，还没出山西，就遇见了多少灾民！他们是什么人？他们都是天底下活不下去的百姓！"隽藻心中的那股大潮又激荡起来，急切地问："学生正要请教先生，当今天下怎么会有这么多的灾民？"柱儿插嘴："你们说了半天，我也听出来了，天下这么乱，只有一个缘故！"张观藜看他一眼："什么缘故？"柱儿笑道："刚才祁少爷说过了，天下大乱，首先是因为当今皇上不是尧舜那样的圣君！"隽藻看张观藜，等待着他的回答。张观藜道："胡说！遍观历朝历代，哪一代皇上真是尧舜，可天下并不都像当今这样危机四伏，眼看着就要血流成海，无数人头落地！"隽藻的心更急切了，膝行趋前一步问道："隽藻求先生教导，这是什么道理？"张观藜道："自古以来，中国人以农耕为业，土地是命根子。孟子讲百亩之田，五亩之宅，即可养生丧死无憾，他还说这就是王道。只是他或者是忘了，或者是不懂，或者是虽然知道却无暇顾及，天下土地和人口永远是一对矛盾，人口少了，土地不辟，野兽横行；人口太多，土地不足以养活天下人民，每到这时，中国人就要经历一场大劫难。"隽藻是第一回听到有关天下治乱的这样一种解释，内心受到了强烈的震动，惊奇地问："先生是说，大清马上就迎来一场大劫难，而这场大劫难又和土地人口有关？"张观藜道："遍观正史，这样的大劫难已出现过多次。西汉平帝元始二年，天下有人口六千万，耕地面积八亿余亩，人均耕地近十二亩，还是爆发了绿林、赤眉起义。到汉光武帝平定大乱、建立东汉时，天下人口降至两千一百万。前后五十年间，整整减少了三分之二！汉桓帝时，天下人口恢复到五千六百万，耕地面积却只恢复到近七亿亩，人均耕地又接近了十二亩这个坎，结果爆发了黄巾起义。到晋武帝太康元年，三国归一，天下人口只剩下了一千六百万。前后仅一百三十年，人口从五千六百万降到一千六百万，三分之二以上的人口死在了这场大劫难里！唐朝四百年，人口最为鼎盛的时候是天宝十四年，天下共有人口五千三百万，耕地开辟到十四亿四千万亩，人均耕地超过了二十七亩，可是一场安史之乱，五年之间，全国人口仅剩下了一千七百万，死了三千六百万，又是三分之二！"

　　隽藻听得目瞪口呆，一颗心扑通扑通大跳，长跪而请道："先生是不是要说，今日天下之乱，皆因我大清人口膨胀，土地不够耕种所致？"他从心底无比敬佩东家的博学和卓识，以前别人说自己十七岁就读遍了天下书，自己也暗自以为什么都懂，现在想来当真可笑。张观藜望着远处，道："康熙年间，我大清有人口不过一亿，雍正年间不过一亿两千万。今天我大清人口将要突破四亿大关，天下耕地却没有增加，仍是区区七亿九千万亩，每人有地不过两亩多一点儿！"柱儿也听明白了，他被吓了一跳，叫道："要是这么说，天下早该大乱了！"隽藻心中骇然，道："先生，难道一定要经过一场大难，天下人死亡大半，改变了人口与土地的比例，天下才会恢复大治？"张观藜这时突然发怒了，目光转向隽藻，上下打量他一眼，像是不认识一样："都说你是神童，你读的是什么书？看样子你不只是不读书，更不懂世事。自前朝番薯被引进栽种，由于它的产量大，天下土地足可以养活今日天下这四亿人口。之所以大乱将起，那是另有原因！"

隽藻震惊道："什么原因？先生快告诉我！"张观藜一语道破了其中的玄机："因为土地兼并，因为天下土地集中于少数皇亲国戚地主豪绅之手，需要土地活命的人成为了无地之民，不做佃民，就要流离失所，成为流民，再加上官府横征暴敛，搜刮无度，旱涝连年，百姓活不下去，天下焉能不大乱！"隽藻心中越发焦急起来，道："先生快告诉隽藻，今日我大清国，怎么才能逃脱这场大劫难！"张观藜生气道："以我大清今日疆土之广袤，让四亿人口养生丧死无憾，即使是今日，仍有可能。只是当今大清，有国无君，有君无臣，没有人能让天下人躲过这场大难！"隽藻吃惊地望着他，一颗心陡然大疼起来。张观藜忽然生起自己的气来，道："好好地看星星，怎么说起这个来了？唉，不说了，睡觉！"

3

张观藜重新躺下，立即就闭上了眼睛，不再理隽藻。隽藻被他刚才一番话惊得魂飞魄散，眼中不觉涌出泪水，久久望着星空，突然道："先生的话今天已经惊动了学生的心。大清国今日人口有四亿，如果要在这场大乱中死去三分之二，就是两亿七千万！先生既然能看到这场大乱，就一定知道如何救天下之人！"张观藜不答。隽藻等了一会儿，又道，"先生品性高洁，不入俗流，可先生如果不把救天下的办法说出来，到了大乱之年，先生就是想继续做一个商人，走这条商路，躺着这荒野之上看天上的星星，也做不到了！"张观藜猛地睁开眼睛，不耐烦地说道："什么救天下之策！大清国现有土地即可养活天下人口，只要破除兼并，让土地重新回到天下人手中，大乱就可被制止——不，这不可能！"隽藻的内心又激烈起来，不等他的话音落地就道："不，先生，有句话叫作事在人为。学生要是没猜错，除此之外，先生心中一定还有救天下之策！"张观藜闭着眼睛，过了许久才突然开口道："就是刚才说的这一策难以施行，大清仍有土地养活天下人口。它们现在还没有被开辟，只要能开辟出一部分，天下无地的流民就能得到安置，就不会再为活命而造成大乱！"隽藻心中一惊，想到了什么，急道："先生说的是不是蒙古和热河的未垦之地？"张观藜仍旧闭着眼睛，不想再说却仍然说道："不止蒙古和热河，中国还有更大一块土地没有开垦。整个吉林，以蒙古为西界，以辽河为南界，东到大海，北到外兴安岭，上亿亩肥腴之地，若是开垦出来，将会超过今日全国耕地的总和。再加上热河的围场，蒙古之地，全开垦出来，天下人不但能躲过这场大难，而且还能像孟子说的那样走向小康之境！"隽藻心中豁然开朗，如同拨云见日，却又皱眉道："吉林乃是所谓大清龙兴之地，朝廷一向严禁移民垦耕。"张观藜睁开眼，目光中已经没有一丝亮色："不只是吉林，就连热河、蒙古的荒地，朝廷也不会放关内无地之民去垦耕。所以我说，当今大清，有国无君，有君无臣。不，大清自所谓乾隆盛世的末年起，就是有国无君，有君无臣了！"

隽藻心中又是一震，问道："学生无知。乾隆高宗纯皇帝乃是位圣明天子，一生创建了多少伟业，怎么说从他开始就是有国无君，有君无臣？"张观藜终于被他闹得睡不成，重新坐起道："什么圣明天子，乾隆皇上到了晚年，好大喜功，挥霍无度，将乾隆三十六年历代国库积攒的高达七千八百九十万两白银挥霍殆尽，这还不是最可恶的，最可恶的是他在位的晚年，开了一个贪官交银子就可以免死的先例，此例一开，大清的吏治万劫难复！从那时起，天下所有的官员上任时就明白，贪赃枉法不要紧，鱼肉百姓不要紧，为非作歹也不要紧，要紧的是你一定要在事败之前弄一笔买命的银子！此风刮到今日，几至于天下无不贪之官！"他喘了一口气，再开口时语气里已经透出了极度的绝望，"当今大清人口猛增，土地兼并，流民无算，再加上无官不贪，如同在干柴之上浇油，只要一点儿火星，一场大火就会烧遍天下。你还说让天下之人避开这场大难，这不是痴人说梦吗？算了，睡觉！"隽藻心疼难抑，心旌乱摇，几乎支撑不住，用呻吟一般痛苦的声音问道："先生，难道这一切真的都没法子改变了？"张观藜又生起气来，道："怎么改变？让当今大清皇上变成尧舜之君，让全国大大小小的贪官改弦易辙，还是让朝廷下旨，在全国强令抑制兼并，还地于民，同时开放吉林垦荒之禁，安置天下流民？这些事情谁能做到，你吗？要救天下人，你就要把大清皇上变成另外一个人，把天下官场变成另外一个样子，把全天下变成另外一个样子，就是你愿意去做，做得到吗？"他说完了，重新躺下，马上闭上了眼睛，再也不开口。隽藻满眼泪水，久久地跪在那里，听张观藜酣然睡去，打起呼噜来。柱儿道："东家到了这时候还睡得着，我真佩服他！要是这一趟血本无归，他还怎么还借贷的本钱银子，接着做生意，怎么看他的星星！"隽藻心中已经有了大悲愤，不觉言道："你错了，先生连天下兴亡都不放在心上，怎么还会在意这一趟生意会不会血本无归！"

柱儿不说话了，坐了一会儿也重新躺下，沉沉睡去。隽藻再也睡不着，一会儿躺下，一会儿坐起，望着远处的夜色，心中翻腾着无边的思绪，眼睛里闪烁着痛苦的光芒。他就这样坐着，直到东方现出曙光。柱儿睡醒了，起身撒尿，朝远处望一眼，忽然喜出望外地叫起来："东家，快醒醒！祁少爷，快看——！"张观藜闻言起身，隽藻也站起来，朝远处眺望，一时间都高兴地叫喊起来。原来是失散的商队重新聚拢后正向他们走过来。殷掌柜已经飞马赶过来了。张观藜高兴道："柱儿，吹号！"柱儿从身上取下一只牛角号，吹了起来，荒野上顿时响起苍凉激越的号音，听到号角的商队加快速度向他们所在的地方奔来。隽藻望着眼前的一切，突然间，他觉得自己和东家、柱儿的激动是不一样的，刚刚过去的一夜，已经在他的生命里，注进了一种新的别样的痛苦和激动。它们是这么巨大，沉重，无边无涯，让他的心一时竟觉得承受不了了！

4

这趟商队去归化城，虽然路上遇到了灾民，但总算平安地回来了。隽藻在关键时刻保护东家冲出重围，不管是张观藜，还是商号的其他人，嘴上虽不说什么，心中还是对他格外另眼相看了几分。商队回到宗艾，张观藜特地来到马棚，给了隽藻、宿藻半个月的假，回家去看望母亲，喂马的事情暂时交给柱儿。隽藻说道："那学生就谢东家了。"张观藜仍旧面无表情，哼了一声，转身向马棚外走去。隽藻望着他的背影，突然开口道："先生留步，学生还有一句话想请教先生！"张观藜回头看他，神情淡漠，问："你还有什么事？"隽藻想了想，到底还是把心里憋了许久的话说了出来："学生想请教先生。先生置身草野，都能想到如何救天下万民，朝廷里的皇上和大臣们为什么就没有人想到？"张观藜皱了皱眉头，道："你怎么还想着这件事？事情过去就过去了，以后不要再提这些事。"他要走，却又停下道，"这很简单，因为朝廷里没有人像你这样读圣贤们的书，也就没有人真正知道治天下的道理。"隽藻并不愿意停止这场刚刚开始的谈话，张观藜的话再一次让他的心十分诧异，也十分震惊，他上前一步，接着问道："先生不会是说，朝廷里那么多人，从皇上到大臣，居然无人读书？"张观藜冷笑一声道："不仅朝廷里无人读书，在张观藜看来，今日普天下也没有人读书！"隽藻越发大惊，问道："请问先生，大清以儒教立国，三尺童子皆读圣贤之书，先生怎么说天下无人读书？"张观藜"哼"了一声道："今日天下人读书，从第一天起想的就是如何以三篇八股文章赢得座师的欢心，科场高中，然后当官做宰，光宗耀祖。天下读书人想的都是这些事，怎么还能读懂圣人之书，圣人之心？天下人读书却没有一个人读懂了圣人之心，不是天下无人读书又是什么！"隽藻笑道："可是还有皇上呢，皇上不用为科举读书，他身边又聚集着那么多饱学之士、天下大儒，他总不会不读书吧？"张观藜瞧他一眼，面露不屑，道："什么天下大儒！无非是些谋利之臣。正因为有这些人在，皇上才会成为天下第一读不懂书之人！"隽藻的心又沉下去，急道："皇上若读不懂圣贤之书，自然成不了尧舜之君。先生告诉学生，天下距离先生讲的那场大劫难，真的只有三五十年了？"张观藜道："历来正教不兴，盗贼蜂起，就是天下大乱的征兆。前几年我听说江北乱民四起，以为天下大乱之日不出五到十年；前些日子听说，朝廷已将江北各地乱民大致扫平，又觉得大清朝廷气数未尽，天下大乱，很可能在三五十年之后。"

张观藜要走，隽藻却仍然那样站着。张观藜走了两步，不由得又回头瞧了他一眼，忽然神情黯淡下来，一句话脱口而出："隽藻，你莫不是——"隽藻上前一步，冲张观藜躬身拱手道："先生，大清国要是有明君贤臣，是不是就可以利用这三五十年的时间重整山河，让亿万百姓免遭大难？"张观藜摇头道："隽藻，你想什么呢？明君贤臣？告诉我，到哪里才能找到你说的这种明君贤臣，不，找遍天下也找不到，没有！"隽藻盯着他道："只要让皇上读书，成为尧舜之君，天下就能得到一位明君！"张观藜心中越发觉得不好，惊奇地望着他道："什么，你不会是想去教化皇上吧？！"隽藻这次没有躲开他逼人的目光，答道："先生，若皇上成了尧舜之君，他就会让天下人读书，培养和任用一大批贤臣，取代今日天下的贪官，大清官场就能焕然一新。然后朝廷上下，推行新政，抑制土地兼并，奖励农桑，开垦吉林荒地，安置流民……要是能做到这些，先生说的那场大难，是不是就能够避免？"张观藜吃惊地望着他，勃然大怒道："你是想自个儿去教化皇上？你以为皇上是你教化得了的吗！"隽藻毫不退让，道："请问先生，什么样的人才能够去教化皇上？学生想知道！"张观藜大怒不止，高声怒道："想去教化皇上的人，第一，他得有救天下之心，愿意去朝廷里做官，像我这样的就不成；第二，他得懂得圣人之书，圣人之论，圣人之心；第三，他做官不能有私心，不能是为了俸禄去的，他去做官只能是为了将圣人之论、圣人之心说进皇上心里；第四，这个人从出仕之日起就得明白，入了朝廷，天下所有不读书的人都会将他视为仇雠，自己随时可能遭遇杀身之祸；第五，一个人慷慨赴死易，无论遭遇多少艰难也要把自己做的事情坚持下去做到底才难。就这五件事，谁做得到？你行吗？"隽藻想了想道："除了先生讲的这五条，学生以为这个人还必须出身草野，他的心就是天下万民之心，他一旦入了朝堂，就要让自己成为天地民心立于朝堂的代表！"张观藜突然不想再说下去了，沉沉地看他一眼，道："今天你说得太多了，快收拾收拾，回家去吧！"

5

　　那时的东北还叫关外，或者笼而统之称作吉林之地。由于地广人稀，茫茫林海深处，藏匿些来历不明的人马，是非常容易的事。一间坐落在密林中的小木屋内，妙真与暖儿坐着，身边是熟睡的元白。他们来到这里已经三个月了，至今也没弄明白劫持他们的这伙人到底是谁，想干什么。每天除了按时给他们送来吃的、用的，这伙人一点儿也不打扰他们，只远远地在木屋外面看护着他们，自然也不会让他们离去。当然，在这深山老林里，即使他们想走，也不知走往何处。这天妙真正在烦闷，就见门外拥进几个人来，领头的是一个壮汉，见了妙真，躬身就拜，身后众人也跟着行跪拜之礼。妙真一惊站起，就要阻拦，那壮汉和众人已经拜倒在地。这时又听那壮汉高声言道："大小姐在上，江北灾民会会众拜见大小姐，大小姐万福万寿！"妙真心中一震，惊愕万分，嗫嚅道："你们……你们到底是谁？"领头的壮汉站起，又躬身拱手道："回大小姐的话，在下姚一镖，乃是我江北灾民会前大头领冯叔阳驾前长老，他们是薛、吴、陈三位长老。冯大头领离开淮南之后，姚一镖护驾不力，致使大头领蒙难，我等兄弟十分悲痛。过后又听说大小姐被朝廷发配黑龙江给披甲人为奴，我等随即星夜出关，在建昌县境内等候，幸好与大小姐相遇，这才杀了朝廷解差，救出大小姐。"妙真越发大惊道："原来你们……你们是淮南的乱匪！"薛长老是一位形容清癯的中年人，这时就上前一步道："大小姐不要如此称呼我江北灾民会。眼下朝廷昏暗，贪官遍地，天下百姓想活命，只有起来造反，我会所作所为，皆是替天行道，为民立命！这也是冯大头领当年的志向。"妙真茫然道："我父亲是朝廷命官，一向为国为民，忠心不二，怎么可能做你们的大头领，我……不信！你们有什么凭据！"姚一镖恭敬道："回大小姐的话，冯大头领当年怀抱一腔义愤秘密加入灾民会，哪里会留下什么凭据。要说凭据，大小姐恐怕也知道，朝廷在元宵之夜查抄冯家的时候，据说已经抄到了证据。"妙真哪里肯信，想到父亲，她不禁流下泪来，道："那不是真的，那是有人陷害我爹！想我爹在淮南爱民如子，天下闻名，怎么会同灾民会的乱匪同流合污？我终归是个不信！"

　　这时又有一人匆匆走进来，对姚一镖道："姚长老快走，智亲王带人追过来了！"姚一镖点头道："江壮士来得正好！大小姐，你看看这是谁？"来人上前行礼，悲声唤道："小姐！"妙真大惊道："江大哥，你怎么也在这里？"江一鸣是个孤儿，从小在冯家长大，后来冯叔阳把他送到结义大哥、四川青城山青虚观的老道长李清玄处学艺，学成下山后，一直做冯叔阳的长随，此时忽然出现在这里，让妙真大感意外。江一鸣见妙真询问，忍不住哭泣起来，道："小姐，事情说起来，真是一言难尽。朝廷抄咱们家那天，老爷让江一鸣出去办事，侥幸逃脱了魔掌。回来后听说老爷、小姐和小少爷全被拿进了天牢，江一鸣几次想杀进天牢，救出老爷、小姐和小少爷，只是我一人形单影只，不能如愿。老爷过世后，小姐被押赴黑龙江，江一鸣害怕小姐在路上遇害，一个人悄悄跟在后面，暗中保护，出了山海关，恰好与我师傅相遇！"妙真又是一惊："江大哥，你说李清玄李大伯也在这里？"江一鸣点点头，道："师傅就在门外。"说着，他回头叫了一声"师傅——"门口人影一晃，一位仙风道骨的青衣老者出现在木屋内，趋前叫道："妙真！"妙真一看，果真是青虚观的老道长李清玄。她扑了过去，抱住李清玄哭道："李大伯，我爹他——"李清玄轻轻将她挽起，伤心道："妙真好侄女，别哭了！贫道知道消息太晚了，赶到北京，一切都来不及了，听说了你的事，我追出了关外，幸好与小徒一鸣相遇。好了，有我和一鸣在，你就不用害怕了！"妙真拭去眼泪，看着众人，犹疑道："那你们……怎么遇上的？"姚一镖道："这事说来话长，我等在山海关外建昌县境内劫走了大小姐，官兵就在我们身后紧追不舍。李道长和江壮士为了找到你们，一直跟在官兵后边走。为了不让官兵找到大小姐，我一边安排人将小姐和小少爷送到这里藏身，一边带人引领着官兵在这关外大地上乱走。前天晚上，我们和李道长师徒会合，一起杀退官兵，今天才特来正式与大小姐一见，求大小姐恕罪！"妙真朝江一鸣看去，江一鸣点头道："小姐，姚长老说得不错。救小姐的就是他们。江北灾民会愿意为老爷报仇，与朝廷不共戴天，你就相信了他们吧！"众人期盼地望着妙真，妙真却将头扭过去。仅仅是凭面前这几个人的一席话，她还是不能相信父亲曾经和江北灾民会的乱匪们沆瀣一气。

原来姚一镖还另有目的，这时他重新跪下，恭恭敬敬地禀道："大小姐，灾民会自从失去了冯大头领，现今群龙无首，我们众人不避万死，出关北上，一是要解救大小姐和小少爷，替冯家存一线血脉，二是想请大小姐出山，接替大头领之位，也好号令灾民会会众，重整旗鼓，向朝廷复仇！诸位，还不快拜见大头领！"妙真花容失色，急忙道："慢！诸位英雄……虽然你们救了我和我弟弟，可是我还是难以相信你们的话，我父亲不可能是江北灾民会的大头领！我冯妙真清清白白的一个人，也不会和你们这些人同流合污！"薛长老这时就上前跪下，道："大小姐这么说话，一定是对我灾民会所知甚少的原因。大小姐，多少年来，朝政腐败，河道不修，一条黄河在我淮南地面上年年决口，多少灾民无家可归，朝廷不管不顾，于是灾民们只能相互帮扶，暗中结成帮会，与朝廷为仇。冯大头领牺牲后，只有大小姐挺身而出，接任大头领，江北灾民会才有复兴之日，江北灾民也才有一条活命。大小姐，你就是不看我们这几个人的面子，只为淮南万千灾民，为了替冯大头领报仇，也该挺身而出，接替大头领之位。诸位，我们一起请大小姐就大头领之位！"众人一起拜倒，齐声道："请大小姐就任大头领之位！"妙真还是不动。姚一镖又大声道："大小姐难道还不信吗？令尊若不是我灾民会的大头领，朝廷怎么会杀了他，我们这些人又怎么会出关救大小姐和小少爷的性命？属下还要提醒大小姐一句，现在大小姐被我们这些人救出，押解的官兵也被杀死，大小姐若不就任灾民会的大头领，天下哪里还是大小姐的容身之地？大小姐就是想回头去做一名百姓，也不能了！"薛长老也再次抬头高声道："启禀大小姐，为了掩人耳目，我们在山海关外，用一具无名女尸，几件小姐的衣服，制造了一个小姐被劫后跳崖的假象。现在世上已经没有人知道大小姐还活在人间。大小姐，你就是做了本会的大头领，也不会有人知道的。"妙真听了，想到父亲，又流下泪来。暖儿急忙上前扶她坐下，回头道："各位大叔大哥，你们这会儿就不要再逼小姐了。小姐这会儿还是不能听人提起老爷。"姚一镖与众人对视一眼，面呈失望之色。

一名探子匆匆走进门来，向姚一镖禀报："姚长老，智亲王离这里只有十里了！"姚一镖瞟了李清玄一眼，心中一动，大声看众人道："诸位，就是大小姐一时不能就任本会的大头领，我们也有义务继续保护大小姐。大小姐，智亲王的追兵已经到了，咱们必须马上离开这里。诸位，咱们怎么走，快商量出个办法。"众人一时无语。妙真忽然站起说道："去山西，我想去山西！"此言一出，众人目光一起投向姚一镖。姚一镖来不及多想，匆匆说道："虽然大小姐眼下还没有接任本会的大头领，但在我们这些人心里，她就是我们的大头领。大头领要去山西，我们就去山西。李道长，你意下如何？"李清玄点头道："智亲王知道你们来自淮南，一旦回到关内，他一定会认为你们必回淮南去，现在我们偏偏不去那儿，我们就去山西，这叫出其不意！"姚一镖立即安排众人行动，李清玄道："小徒一鸣是冯家的下人，既然我们找到了妙真小姐，理应由一鸣负责贴身保护。姚大侠意下如何？"姚一镖哈哈一笑，道："也好，不过官兵众多，仅靠江壮士一人保护大小姐，未免人少力弱，我们大家既然一起走，就一起保卫大小姐和大少爷好了！"众人没有异议，于是妙真和暖儿抱起元白，随着江一鸣等人走出木屋上马。姚一镖留在最后，悄悄对陈长老道："把大头领的衣服扔下几件，让官兵知道，她还没有死。"

6

这天早朝回到府中，穆彰阿发现自己被皇上钦点了山西学差的事情合府上下已经知道了。薛管家在书房里一边接过穆彰阿脱去的大衣裳，一边可劲儿地奉承："大爷，奴才以为，皇上让大爷亲赴山西督察学政，大有深意。自古山东出将，山西出相，皇上既要依靠大爷重整朝政，一新人事，此次让大爷出任山西学政，就有让大爷为朝廷简拔人才之意。"见穆彰阿神情自若，不接他的话茬，薛管家又说，"我说大爷，如今在朝廷里，大爷只是孤家寡人可不行。奴才以为，大爷这次去山西署理学政，正好为皇上也为咱自个儿奖拔一批人才，将来这些人就是大爷的门生弟子，不出三五年，这些人到了朝廷里，大爷就能一呼百应，要风有风，要雨要雨！"穆彰阿心中"咯噔"一下，不觉大怒，回头叱道："胡说什么，你把本官看成什么人了！皇上要我去山西做学政，是要我去为天下简拔人才，岂有为我自己招罗党羽之理！"薛管家白了脸色，急忙躬身赔笑道："是是是，奴才这是以小人之心，度君子之腹了！"穆彰阿复大怒："你又胡说了，谁是君子，谁是小人，你只是个奴才！"薛管家知道自己的话又说错了，急忙自个儿掌嘴，一边道："让你胡说，让你自作聪明！"穆彰阿皱眉道："罢了，我不久就要去山西，走之前得把佛库伦的婚事给办了。这件事最近你办得怎么样了？"薛管家又上前低声道："大爷，前几天我去了好几趟贝勒府，腿都快跑细了。我和他们那儿的管家郑大爷说好了，就是找不到贝勒爷，他们那边也答应照你的意思办，择个黄道吉日，不管能不能找到贝勒爷，咱们该怎么办喜事还怎么办，只要把格格一顶花轿抬过去，四贝勒爷他就是再不想娶这门亲，我们家的人也进了他家的门，生米做成了熟饭，就是他再想赖婚也来不及了！"穆彰阿道："这成何体统！这个四贝勒，就真的找不到了吗？"薛管家凑到跟前压低声音道："爷，我跟你说实话，不是找不到，是——"他的声音越来越小。穆彰阿脸色越来越难看，半晌道："行，就这么办了。四贝勒逃婚的事不要让佛库伦知道。到了那一天，就让她上轿。"

薛管家当即就做了安排，别的事不让含黛知道，但定了出嫁的日子这件事却不能瞒她。他知道自己让张妈去讲这件事不行，回头求穆彰阿的夫人去跟含黛讲。穆彰阿的夫人对自己这位小姑子十分害怕，又怕自己把事情办砸了挨丈夫的骂，最后还是让张妈去把事情讲给含黛听。含黛一听就"炸"了"锅"，对晴儿叫道："我哥把我关在府里，不让出门，祁公子也回山西了，不知道他现在是死是活——晴儿，这件事我哥到底是要怎么办我们俩直到今儿还蒙在鼓里，你也不赶紧去找人帮我打听点儿消息！你要等到他们到了那一天用花轿把我抬进四贝勒家那个火坑你才高兴吗？"晴儿就急忙走出去，到处打听有关的消息，最后一个消息让她大吃一惊，急急跑回来低声禀告给含黛："小姐，把小姐嫁过去，既不是皇上的主意，也不是四贝勒的主意，四贝勒根本就找不着，这件事全是大爷的主意。小姐要是不赶紧想办法，到了那一天嫁过去，也见不着自个儿的女婿，只能一个人抱着贝勒爷的衣服拜天地！"含黛心中大惊，复大怒道："什么，我哥要这样把我嫁过去？"这时，丫鬟流翠端着茶杯走了进来，晴儿马上咳嗽一声，不再言语。含黛冷冷地看流翠把茶杯放下，见她站在一边不走，突然心中一动，道："流翠，我问你，谁让你来的？"流翠吓了一跳，低声道："回格格的话，是大爷让我过来伺候格格的，大爷说格格就要出嫁，在家里待不了几天了，身边只有晴儿一个贴身大丫头伺候，人太少了。"含黛眼一瞪，就要发作，晴儿在身后悄悄拉她一把。含黛醒悟，站起了又缓缓坐下，道："啊，既然这样，那你就是我的人了？"流翠低头道："是。流翠听格格的使唤。"含黛想了想道："那好，你出去，帮我买点儿胭脂回来，要上好的！对了，东城车马胡同老顾家的胭脂最好，你出去叫人套车，一定要自己去，别买了假货回来。"流翠小心应道："可是格格，管家薛大爷说过，家里有的是胭脂，格格要用，流翠马上去取。"含黛一拍桌子，道："住嘴！他是你什么大爷，不过是我们家的奴才！不行，告诉老薛，他不让你去，我就自个儿去，今儿谁想再拦我，我就不活了！"流翠慌了，连声道："好好好，小姐，流翠这就帮小姐去买胭脂！"说着急忙走了出去。

含黛生气地坐下，冷笑道："三十六计，走为上计！"晴儿担心道："薛管家看得这么严，小姐怎么走得出去？再说了，就是走出去了，我们能到哪里去？"含黛眼圈忽然湿了，道："不管如何，我都要离开这个家，不能让我哥就这样作弄了我。"晴儿叫起来："小姐莫非也要逃婚？"含黛道："事情已经到了这种地步，都是他们逼的！哎，晴儿，这件事情的成败，关乎我一辈子的日子，你一定要帮我！"晴儿哆嗦了一下，道："晴儿是小姐的人，晴儿一定帮小姐！"含黛道："第一件事，我们一定要从这个家走出去；第二件事，一旦走出了这个家，头一件要办的事，我就是要去找那个不愿娶我的四贝勒，我要当面问问他，到底他安的什么心，既然不想娶我，为何又不来退婚？我见到他，先跟他要一张退婚的文书，然后——"见晴儿迷茫地望着她，笑道，"然后我们就去山西，找祁公子！"晴儿的心又哆嗦起来："小姐要去哪里？山西在哪里呀！"含黛道："你这人真笨！山西在山西！事情你都是知道的，我和祁公子是在元宵节晚上换过灯的人，照你们汉人的规矩，我们就是已经定了亲，我就是他尚未过门的媳妇儿！事情既然这样了，我逃离了家也没地方可去，干脆一不做二不休，到山西去他家找他好了。对了，你也得去，你去了也好在我们两人之间做个证人！"晴儿睁大了眼睛，道："小姐，你糊涂了，我听说从京城到山西有上千里路呢，我们两个女孩子，怎么去？我们总不能走着去呀！"含黛一把抓住她，道："好妹妹，这件事只有靠你了。不是说你哥在户部衙门的差事丢了吗？这几天你找个由头出去见你哥，让他准备马车，再给我们弄两套男人的衣裳，等我们逃脱出了这个笼子，找到四贝勒诺敏，要到了退婚文书，咱们三个人就直奔山西！"晴儿受到含黛情绪的感染，大胆起来，想了想，笑道："要说也是。小姐去了，和祁公子结了亲，大爷他就是生气也晚了，为了他自个儿的亲妹子，大爷就得照着小姐的法儿办，给祁家抬个旗籍。说不定他再在皇上面前美言几句，还能把被发配新疆的祁韵士老爷的罪也免了，把他给放回来呢！"含黛双目放光，笑道："那时本小姐就成了他们祁家的恩人，祁公子既是读书人，就该明白滴水之恩涌泉相报的道理，他一定会一辈子都敬重我，疼爱我！"话没说完，她的脸已经腾腾地涨红起来，连忙用手捂上。晴儿有点诧异，看着她道："小姐，我现在算是明白了，天下的女子，就连小姐在内，要是心上有了人，也都是一样！"含黛啐道："什么一样，你说什么？"晴儿道："恨不得把自个儿的心都割给人家呗！"

一晃几天过去了，到了吉日，穆府张灯结彩，鼓乐喧天。穆彰阿在外客厅里一边招呼客人，一边心中纳闷：一向任性的妹子今天怎么会这么安分！他到底还是不放心，特意打发张妈告诉流翠，从头到尾一眼不眨地在含黛房里盯着，一步也不能离开，要是出了什么事，他就要"扒了她的皮"。听了这话，流翠自然不敢离开含黛一步。这时就听含黛唤她道："流翠过来。"流翠连忙走过来。含黛示意晴儿关门，回头冷冷地说道："你到我这房里来了好几天了，今儿才知道你叫流翠。"她一拍桌子，变了脸色，喝道，"过去本小姐不知道你叫流翠，也就罢了，今儿既然知道了，你的死期就到了！"流翠"扑通"一声跪下，叫道："小姐，流翠犯了什么错？"含黛一脸寒霜道："你的名字和本小姐的名字犯了冲。你叫流翠，我叫含黛，一个丫头，竟然起了这么个名字，你还活吗？说吧，你喜欢怎么个死法？"流翠被她吓坏了，连连磕头，痛哭流涕道："小姐饶命，小姐饶命。"含黛坐下道："饶命也不是不行，快告诉我实话，你是不是我哥和管家老薛派来监视我的？我这里有上吊的绳子，也有抹脖子的刀子，还有喝下去就蹬腿玩儿完的砒霜，你不说实话，就自己挑个死法吧！"流翠知道她一旦任起性来，天王老子都拦不住，胆也被吓破了，哭道："小姐，我家里还有个病得要死的老娘，要是我死了，我娘她也就活不成了……"含黛缓了口气，道："瞧你说得怪可怜的，我这人心也挺软的。你不想死是吧？不想死也行，不想死你就得变成我的人，我叫你做什么，你就做什么，叫你说什么，你就说什么！"流翠使劲点头："流翠从今儿起就只听小姐一个人的！"含黛道："那好，等会儿你坐在这里，把我的嫁衣穿上，蒙上盖头，让人把你抬到门口大花轿里，抬进贝勒府里做新娘子，你可愿意？"流翠大惊失色，道："小姐，这流翠可不敢！我……"含黛的脸"唰"地冷下来，道："那你就是想死！晴儿，把刀子、绳子还有砒霜都给她拿来，让她自个儿挑！"流翠想了想，道："小姐，装新娘子的事我不敢做，死我也不愿意，要不这样吧，你们把我打扮成新娘子，盖上盖头，再把我捆在椅子上。你和晴儿要走就走，过后大爷要怪罪，我就说是小姐把我捆在这里的——"含黛心里好笑，面上却冷冷的，道："你还挺会替自个儿打算呢。好吧，晴儿，替她打扮起来！"

第七章

斩乱麻刘氏谋远虑 娶玉环隽藻结情仇

1

京郊关帝庙前的小路上，换上了男装的含黛和晴儿一边走一边东张西望。含黛问："是这儿吗？"晴儿道："是。"走到庙门前，见门虚掩着，含黛"吱呀"一声推开门，一股酒臭扑面而来，她马上用袖子捂住了鼻子，忽然脚下被绊了一下，她吓了一跳，只见地上脸朝里躺着一个人，一动不动。晴儿吓得直往后躲，叫道："小姐，他是不是死了？"含黛凑着胆子上前踢了一脚，那人不动，却"哼"出了一声。含黛呼出一口气道："还活着呢！"那人还不睁眼，含黛不禁又上去踢了一脚。只听那人叫道："干什么干什么？踢一下就行了，再踢本大爷我可就急了！"晴儿害怕地拉着含黛道："小姐，走吧，这是个酒鬼，不像是贝勒爷。"那人仍旧闭目，道："怎么不是，本大爷就是贝勒爷！"含黛一惊，咳嗽了一声，道："你真是……诺敏？"那人睁开眼，坐起身，瞅她一眼道："你你你……是谁呀？"含黛气不打一处来："你真是诺敏？"诺敏依旧闭着眼睛道："先别问我，你们到底是谁？"含黛怒道："你要是诺敏，我就是你今天要娶的那个人。听说你根本就不在家，家里人也找不见你。好，我这会儿自个儿来了，先让你看看我这一双脚，怎么样，你觉得本小姐的脚大还是不大？要是觉得本小姐脚大，你打算怎么样？"说着把一只脚举到诺敏眼前。诺敏闪开，道："怎么着，你还真是穆家的佛库伦？不，你甭吓唬我，你不是，佛库伦她是个女的！"含黛取下帽子，冲他道："瞧我是不是女的，我打扮成这样，都是叫你们给逼的！"诺敏不听则已，听了大惊失色，爬起来就往庙门外跑，一边跑一边回头喊道："你来了我走！我早就知道你有一双大脚，我惹不起还躲不起？我走！"含黛追了几步，追不上他，对越跑越远的诺敏恨恨地喊："哎，你听好了，你跑什么！你不愿娶我，就跟我回去，亲手给我写一张退婚的文书，以后我们井水不犯河水，谁也不认识谁！"诺敏边跑边回头喊："我才不上你的当呢！回去了让你们摁着，和你拜了花堂，诺敏逃都来不及了！"他估摸含黛追不上自己了，这才站住，回头大声道，"哎，你要真是穆家的佛库伦，就给我听好了：想让我娶你，除非六月下雪，公鸡生蛋，除非你让你哥穆彰阿找人来杀了我！"喊罢，他掉头又跑，一转眼就没影了。

含黛落泪，又生气道："耳闻不如眼见，我哥要我嫁的竟是这么个主儿！……这会儿他一定疯了，正派人四处找我呢，要是叫他们找见了，我就完了！"晴儿着急道："小姐，那咱们快点儿逃吧！大爷要是找到咱们，非扒了我的皮不行！"含黛道："当然要逃，快让你哥把马车赶过来，咱们这就去山西。从这会儿起，我就是少爷，你就是我的长随小厮。我姓也改了，我夫家姓祁，我就是祁公子，你就姓李好了，我叫你李小二。李小二，快去！"说罢，自己也忍不住笑起来。

2

山西寿阳平舒村。祁家上房内，刘氏正做着针线活。隽藻走了进来，放下手中的农具，喜滋滋地道："娘，我去看了，地里的麦子长得不错。"正在内室绣花的玉环听到隽藻的声音，忙起了身轻手轻脚走过来，凝神听他们母子说话。

只听刘氏在外间说道："隽藻，你回来有十天了吧，怎么还不回去呀？"隽藻道："娘，东家说了，让我多陪娘几天。"刘氏迟疑了一下，道："隽藻，娘问你一句话，你真是铁了心在张家做学徒，将来一辈子跟着张先生经商了？"隽藻道："对。"玉环闻言心禁不住大跳起来。外间安静了片刻之后，就听隽藻又笑道："娘，你把我都吓住了，有什么事儿，你就说吧。"刘氏道："你要是真铁了心一辈子不再读书，做商家的伙计，娘就把玉环嫁给你。"玉环听了，顿时红了脸。只听刘氏道："玉环的心思你是知道的，娘以前不想提起这件事，是因为娘觉得，你这一辈子怎么过，还没拿定主意。这会子，既然你的主意定了，娘就不能不替你们做主了。"隽藻大叫一声："娘，这……不行！"玉环一时觉得自己的一颗心悬上去，又落下来。只听刘氏道："为什么不行！你不喜欢玉环，还是嫌玉环配不上你？"

隽藻急道："不……不是，娘！别人把妙真忘了，你怎么也把她忘了！"说完他转身要走。刘氏道："你给我站住！"隽藻站住了。刘氏伤感地说："我知道到了今日，事情都过去了这么久，你心里还是没有一刻能忘掉妙真！可是孩子，妙真已经走了，她再也不会回来了，你却还要活下去！难道为了一个死去的人，你就连你爹的话都忘了吗？"隽藻吃惊道："我爹的话，我爹的什么话？"刘氏叹息道："你忘了，你都忘了！玉环是谁？她是我们祁家的恩人，当初就是她头顶状纸在午门前告御状，才救下了你爹的一条命！你爹临行前说过一句话，他要我们祁家人什么时候都不要忘了报玉环的大恩！"隽藻不语，半晌突然说道："我爹是说过这句话，可他也没说过一定让儿子娶她！"刘氏怒道："儿，你知道什么！你爹当时的话就是这个意思！"隽藻声音高起来："不，我爹说的不是这个意思！"刘氏一巴掌拍在桌上，道："住口！玉环无父无母，孤苦伶仃，为了救你爹，救祁家，她命都舍得！她当时那么做，大半是为了你！"隽藻大惊道："为了我？"刘氏道："对！"隽藻一时张口结舌，说不出话。刘氏忽然流下泪来："你爹总有一天要回来的，万一哪天他回来了，我没有遵他的话，让你和玉环成亲，我怎么和他见面？玉环这孩子心里只有你，为了你，为了我们祁家，她连皇上赐的亭主的爵都不要了，你不娶她，对得起谁？"隽藻一时间又觉得如乱箭穿心一般痛楚了，他扶刘氏坐下，急急地说道："娘，可我一直觉得，妙真她有可能没有死！万一我从关外背回来的不是她的尸骨，万一她还活着，逃出了虎口，她一准会到山西来找我，万一真是这样，我却已经娶了亲，那时妙真该怎么办，我该怎么办？娘，今天我是妙真活在世上最后一个可以依靠的人，我怎么能……能娶玉环姐！"刘氏不觉大怒，道："你胡说什么！你去山海关外把她的尸骨都背回来了，怎么还要这样想！妙真一个如花似玉的官家小姐，落到一伙响马手中，哪还会有个好？她自小又那么刚烈，一旦受辱，必死无疑！事情都过去好几个月了，我以为你的心也该淡些了，谁想你还是这样！"隽藻痛苦地叫道："娘，不要再说了！我受不了，我的心受不了！"他大哭着奔了出去。

成藻和宿藻这时都站在门外听着。成藻脸色煞白，一声不吭，转身走进自己的房间。刘氏直直地站在上房里，看着隽藻离去。内室的门忽然打开了，玉环满脸是泪，扑向刘氏的怀里，叫道："娘！"刘氏一惊，心痛地喊："玉环，你叫我什么？"玉环急忙改口道："姨妈，你……你不要逼他！我听见他难受，我这颗心也碎了！"刘氏搂着她的头，说不清楚什么原因，两个人一起哭起来。

3

村外草庐内，隽藻把妙真当初送给他的那个同心结小心翼翼地取下来，供在亲手绘的妙真的小像前。宿藻陪刘氏走进来时，隽藻正蹲在地上焚化纸钱，眼泪一滴一滴地无声地滴落。刘氏望着妙真的画像，心又大痛起来，从隽藻手里拿过纸钱，一边亲自焚化，一边含泪祷祝道："妙真呀妙真，今日祁门刘氏也来送你一程。我知道你阴魂不远，一定能听到我的话。妙真，好孩子，你走了，可是隽藻我儿还要活在这个世上，他是个男人，还要在世上顶天立地。你地下有知，一定不愿意让他为你憔悴而死，一定希望他再好好活着，再娶一房好媳妇，替你一辈子心疼他，照顾他。祁家不能没有隽藻，隽藻身边也不能没有一个知冷知热的人哪！"说着，她再也忍不住，坐在地上就放声大哭起来。隽藻见母亲如此伤心，上前劝她："娘，娘，你这是怎么啦？"刘氏道："孩子，你就让娘哭一场吧，自从咱们两家遭了大难，我心里一直堵得慌。妙真自小在我跟前，就像我自个儿的亲闺女一样，自她不在了，我还没有好好地哭她一场呢！"

隽藻劝不住，只好在一旁侍立，看着她痛哭。

这时玉环抱着一床被子来到了草庐门口，听到刘氏的哭声，忍不住心中的悲痛，泪如泉涌。在门口就这样站了一会儿，见刘氏不再痛哭，才拭了泪匆匆走进来，将怀抱的被子铺在床上，然后又无言地走出去。隽藻一眼也不敢看她，望着仍然坐在地上满脸是泪的刘氏，隽藻忽然跪下了，痛苦地道："娘，你要是还有话就说吧，我……都好了。"刘氏落泪道："娘今天只说一句话。除了妙真，今天活在世上的女子有千千万，能为你去死的人只有一个，她就是玉环！娘今天执意做主把她配给你，不是她的福气，是你的福气！"隽藻一惊，抬起头来看母亲。刘氏伤心道："儿啊，娘刚才想过了，娘不逼你。你啥时候想好了，娘再去跟玉环说。有些话我也要对她讲明。听了我的话，她要是真的有福气，就决不会答应嫁给你。她要是个苦命的，心里还是非你不嫁，娘就没办法了。"隽藻心中大惊，疑惑地望着刘氏，道："娘，你是说——"刘氏站起，欲言又止。宿藻过来，扶着她站起，一步步走出草庐。

隽藻站起来，目送母亲一步步往外走，突然开口道："娘，儿子这会儿就想好了，爹娘一定要儿子娶玉环，儿子就答应母亲！"刘氏回头盯着他的眼睛，问他："隽藻，你真的想好了，不会再反悔？"隽藻眼中又扑簌簌落下泪来，变了声道："娘，妙真死了，儿子的心也死了，不管娶谁，对儿子来说都是一样的。我既然答应了，就不会反悔。"刘氏又看了看他，道："那好。既然你答应了，我这就回家跟玉环说去。"

刘氏回到家中，走进上房，玉环已经低着头从内室里迎出来，她扶刘氏坐下，顺势在刘氏身边跪下了。刘氏道："孩子，你起来坐到我身边，姨妈今天有要紧的话跟你说！"玉环心中忽然浮现出不祥的预感，浑身颤抖，仍挣扎着站起，听话地坐在了刘氏身边。刘氏道："孩子，你从小就喜欢隽藻，你的心思一直都在他身上，姨妈早就知道，可我要是你，今天就不答应嫁给他！"玉环变色，低声叫道："姨妈——"刘氏道："你会问姨妈，这是为什么？姨妈告诉你。我的儿子我知道，他要是一直都留在张先生那里做学徒，做马夫，你嫁给他，这一辈子虽没有什么荣华富贵，可也不会有大灾大祸，你们俩会一生为衣食劳碌，生儿育女，白头到老。"玉环睁大眼睛望着刘氏，吃惊道："姨妈，你是说隽藻还会——"刘氏轻轻擦去她脸上的泪痕，道："虽然隽藻告诉我，他一辈子都不打算再读书、科举了，只想在张先生家做个马夫，可我今天要告诉你，姨妈担心他这些话靠不住。"玉环叫道："姨妈——"刘氏叹息道："孩子，我担心他哪一天又反悔了，还会像天下每一个有志的读书人那样，回头去走科举入仕的老路，像他父亲当初那样，明知世事不可为而为之，再回朝廷，去为天地立心，为生民立命，为往圣继绝学，替万世开太平！"她的眼泪一滴滴落下来。玉环陡然变色，道："姨妈，隽藻不会！他说过不会回头去参加科举——"刘氏道："不要打断我的话，你这会儿静静地听着就行了。好孩子，姨妈要告诉你的是，万一哪天隽藻心里又打定了这种主意，他这一辈子的路就不好走了。他一准会像史书上讲的那些乱世里的贤臣一样，一生遭灾落难，有朝一日甚至会死无葬身之地！"玉环大叫："姨妈——！"刘氏接着说道："你铁了心要嫁隽藻，姨妈不能拦你，也不想拦你，可姨妈是你的亲姨妈，把你配给他以前，姨妈还是希望你好好想一想，万一有一天隽藻重新回去科举，你嫁给这样一个男人，将来不能享荣华受富贵，却要跟他一起受天下最大的苦，甚至跟他一起去死！玉环我儿，姨妈说了这些话，你要是还想嫁给他，我就请人挑个日子，让你们成亲；你要是一时半会儿没有想好，姨妈就让你多想几天，再给我一个回话。你可要想好哇，这是你一生的大事！"她以为自己说了这话，玉环总要想一想的，可玉环听了她的话，想也不想，就"扑通"一声跪下了，流泪说道："姨妈，从今儿开始，玉环就叫你娘，从现在起，你就是我的婆婆。娘，玉环愿意！玉环一天也不用想，一会儿也不用想，你就是这会儿说嫁了隽藻马上让我去死，我都愿意！娘，我就是这个心！"刘氏怜惜地看她，又摇头，道："为什么你明知嫁了隽藻要遭一生的罪，却还要铁了心嫁给他！"玉环抬起泪眼，大声道："娘，不因为别的，就因为娘你刚才对我说的那些话！娘啊，假若隽藻一生只在张先生那里做马夫，媳妇就和他过一生贫贱夫妇的日子，那媳妇就有福了；万一隽藻真要像我公公一样，去走科举入仕的路，像婆婆说的那样受那么多罪，我不在他身边，替他遮风挡雨，谁去做这个人，替他遮风挡雨！"刘氏听了，心中大震，猛地将玉环抱在怀里，哭道："我没看错，我的玉环才是我儿隽藻这一辈子要娶的媳妇！"两人正在痛哭，就听门外"嗵"的一声，像是有人摔了一跤，接着又是一阵急遽远去的脚步声。刘氏一怔，叫了一声："成藻！"

成藻已经跑进了自己住的厢房。他刚刚关上门，刘氏就推开门走了进来，随手又把门关严。成藻看到母亲，回头"扑通"一声跪下，痛哭失声。刘氏也流下了眼泪，道："成藻，你起来。你这个实心眼的孩子，不会懂娘的心。娘眼看着隽藻说不定有一天就要离开娘，去走那千难万险的路。做娘的我既不能拦他，又不能救他，这会儿，别说是一个玉环，就是娘自个儿的命，都恨不得一起给他！等他们的婚事办了，娘一定给我儿说一房好的！"成藻站起，拭去泪水，道："娘，儿子除了玉环，天下女子谁也不娶。既然娘一定要把她嫁给隽藻，我也不能跟隽藻争。可是娘，儿不能再留在家里了，儿子早就想过，我要是不能娶玉环，就求娘开恩，让我去新疆找我爹，到他老人家跟前尽孝！"说着，他又跪下了，道，"娘，你就成全了孩儿吧！"刘氏流泪，长久地站在那里，浑身打战。成藻害怕地上前扶住她，急道："娘，娘，你怎么了！"刘氏的神情一点点刚毅起来，颤声道："成藻，你要真这么想，那你就是个天地间至情至孝的孩子，你爹去了新疆，不要我们家一个人去伺候他，娘心里一直放不下！你要去新疆侍奉你爹，娘怎么能拦你！孩子你走吧，不过不要现在走！你等隽藻完婚后再走。对了，你一定要把自己的心事藏起来，不要让隽藻和玉环知道你是因为他们走的！"成藻虽然心中悲戚，但还是坚强地点了点头。

4

山西寿阳四面环山，西北有座黄岭墼，是进入寿阳的一个必经的孔道。孔道一侧，则是一座破败的古庙。这个夜晚，风尘仆仆的妙真、暖儿及灾民会众长老手举火把走进了这座古庙。步入大殿，妙真回头问了姚一镖一句："这是什么地方？"一路上一直和江一鸣一起贴身保卫妙真的薛长老抢上来答话道："回大头领的话，我们已经到了山西寿阳境内，这个地方叫黄岭墼，距县城五十里，距大头领要寻找的平舒村四十里。"妙真又问："官兵离我们还有多远？"薛长老道："自我们入了山海关，一直在我们后面紧追不舍的官兵分为两路，一路奔淮南去了，一路一直跟着我们进了山西。幸好我们和他们都在五台山下遇上了从陕北来的灾民，耽误了他们的行程。据属下派人打探，智亲王绵宁新接了皇上的旨意，要就地协助当地官兵剿灭这股灾民。大头领，我们可以在这里放心歇几天，做大头领想做的事情了。"听了他的话，妙真沉思起来，从关外回山西，她的心思很简单，眼下她在世上举目无亲，只有已经回到山西寿阳平舒村的祁家是她的最后投奔之地。但是真的到了寿阳，她的内心又乱了。这时江一鸣道："江一鸣有件事情要向大小姐禀报！"妙真回头看他，问："江大哥，什么事？"江一鸣道："从热河到山西，一路上我们都看见了官府贴的缉拿小姐的告示！"姚一镖听了，故作吃惊地说："怎么，朝廷居然知道大头领没死？"众人也不答话，妙真的心一时间变了，道："既如此，寿阳境内大约也到处贴着缉拿我的告示吧？"江一鸣点头。妙真的心此时反而镇静下来了："啊，诸位大侠，我到山西来，就是想见一位公子，此人就住在四十里外的寿阳平舒村，名叫祁隽藻。江大哥，眼下妙真成了朝廷要在天下捉拿的钦犯，不便自己去见他，明天就请你替我去请这位祁公子。"李清玄道："妙真侄女，明天我和一鸣一起去。"姚一镖立即对众长老示意，四人一起上前道："禀大头领，李道长，江壮士，你们且在这里陪大头领稍等，明天我们几个人四更天出发，去请这位祁公子。"妙真不愿意让他们前去，李清玄却抢上前来道："也好。那就有劳四位英雄了！"姚一镖回头道："大头领还有什么吩咐？"妙真急道："不要惊了祁公子。"姚一镖道："这个不须吩咐。"

　　大家退出，分散到两侧配殿里歇息，江一鸣和薛长老继续留在大殿门外保护妙真。这时一直睡在篮子里的元白哭了起来。暖儿将他抱起来哄，妙真走过来接过元白，对他道："好兄弟，跟着姐姐受苦了。"暖儿眼里涌出泪花，找出干粮嚼了喂到元白嘴里，元白才不哭了。妙真将他交给暖儿，坐下来，取出一本书来读，哪里读得下去，想着很快就能看到隽藻，又想到自己如今成了钦犯，心里一时片刻也不能平静。元白吃饱了又睡，暖儿将他放回大篮子里，回头给妙真倒了一碗水，悄声道："小姐，我们真的就这样入了这个什么江北灾民会，你还要当他们的大头领？"妙真沉默不语。暖儿道："半年多了，小姐一时半刻也没有忘了祁公子，就是不知道这会儿他心里头还记不记得小姐！"妙真心痛，道："冯妙真死而复生的人，就算他今天还记得我，在他心里我多半也是个死人了。"暖儿看左右没人，小声道："可小姐没有死，明天见了面，小姐何不让祁公子明白，想个法儿帮我们从这伙人里逃出去？一来小姐和祁公子可以破镜重圆，二来我们也就不会整天被这伙让朝廷追杀的人抓在掌心里，担惊受怕了，你说是不是？"妙真悄然变色，一把捂住了暖儿的嘴，低声道："祁公子一介书生，手无缚鸡之力，让他帮我们离开这些人，你是要害死他，这主意亏你想得出来！"门外忽然传来姚一镖的声音，只听江一鸣道："小姐，姚长老进来了！"妙真连忙松开捂在暖儿嘴上的手，起身回头，姚一镖已经推门进来，抱拳施礼道："大头领现在成了朝廷四处张榜通缉的要犯，我们不得不严加提防。四更天姚一镖就要带人去平舒村，这里只留下李道长和江壮士，人手太少，我想让薛长老也留下保护大头领，求大头领的示下！"江一鸣在他身后看妙真一眼，妙真道："啊，好的，谢谢姚大侠安排得这么周到。"

5

　　隽藻娶亲的吉日到了，平舒村祁家老宅里里外外张灯结彩，前来道喜的人们进进出出，煞是热闹。蕴藻带着小叔子张牧也来吃喜酒，到了大门外，张牧怀抱着一部厚厚的《皮子文薮》跳下车，道："嘀，五哥成亲，这不还挺喜庆的呢！"蕴藻叮嘱道："等会儿到了喜堂上，不要乱说话！"张牧不高兴了，说："嫂子，张牧从来都知道什么时候该说什么话，不该说什么话。张牧从来不会乱说话！"蕴藻道："好好好，你从来不会乱说话，可你总是冷不丁地来一句，让别人都说不出话来！"张牧不屑地说道："那也不该怪我，只怪天下人都不愿听真话，听圣人的话！"蕴藻道："总之你不要乱说话就好！"张牧就嘟着嘴不再说话。

两人进了大门，一路走进喜堂，蕴藻拉着张牧给刘氏行礼，又给隽藻道喜。隽藻淡淡地回礼，道："三姐同喜。"张牧一直不说话，让行礼就行礼，让站着就站着。隽藻看见，脸上现出了笑容，道："张牧，你也来了，这抱的是什么呀？嗬，《皮子文薮》！"他大喜过望，道，"怎么，你真的把你们家的宝贝抱来了？这就是你的贺礼吧？实话告诉你，皮日休的文章，我还真没有全读过。"张牧歪头看他，又点头。隽藻笑了，问蕴藻道："三姐，张牧今儿是怎么啦，一句话也不说？"蕴藻又好气又好笑，道："张牧，你又想捣乱是不是？嫂子方才不过是嘱咐你一句，不让你乱说话。你们瞧，他就绷着嘴一句话也不说了！"众人都笑起来，隽藻跟着大笑，道："张牧，你这家伙，人小鬼大，好了，从现在起，你在我们家可以随便说话，放开了说，没人管你，说吧！"张牧长长吐出一口气，拍拍胸口道："哎哟，可憋死我了！五哥大喜，五哥今日娶亲，张牧也没有别的东西做贺礼，人称'秀才人情纸半张'，这部《皮子文薮》就是我的贺礼。不过丑话说在前头，这部书可是我们张家的传家之宝，我借给你读一读可以，以后还是要还给我的！"隽藻笑道："原来你送这礼还是要收回的呀，你也太不厚道了！虽然这样，我还是要把这礼收下，我盼它盼得胡子都快白了！"他从张牧手中接过《皮子文薮》，迫不及待地翻了起来。张牧趴在蕴藻耳边悄声笑话隽藻："嫂子，说我是书呆子，他才是呢。你信不信，只要说今天让他读这书，不让他娶媳妇了他都愿意！"蕴藻道："你又胡说！"小张牧马上又嘟起了嘴，众人见状又哄笑起来。

采藻跑进来，对刘氏道："娘，迎亲的队伍该上路了，就是缺个亲戚家的男孩子压花轿。昨儿说好的那个拉肚子，来不了，你看急人不急人！"蕴藻也急了，道："这一时半会儿上哪儿找去？压花轿的男孩子一定要聪明伶俐，要不新娘子娶到家，第一胎生的孩子就不聪明！"张牧摇头叹息："愚昧！"宿藻灵机一动，叫道："哎，你们要找的压花轿的男孩子，这不就在眼前吗，还上哪儿找去？"众人的目光齐刷刷转向张牧，拍手笑道："对，就是他！"小张牧连连摆手："不不不，我才不干这种事呢！"他一看情势不对，转身就跑，众人一起拦住，宿藻和采藻上前将他抱起来，张牧一边挣扎一边长叹道："放下我，放下我！完了，今天斯文扫地了！"

6

黄岭壑古庙大殿内，妙真焦急地等待着姚一镖等人的消息。忽然，庙门外传来了急骤的马蹄声。薛长老大喜道："回来了！"妙真匆匆往外走，意识到自已失态，又重新走回来坐下。只见姚一镖、李清玄、江一鸣等人大步走进来，身后却没有隽藻。妙真不觉站起，脸色苍白。姚一镖盯着她的眼睛，道："禀大头领，我们去了平舒村，才知道今天是祁公子的大婚之期，祁家正在给他办喜事！"暖儿大惊，回头看妙真。妙真一时间不敢相信自己的耳朵，颤声惊问："什……什么？祁公子……他今天娶亲？他娶了谁？！"吴长老上前一步道："回大头领话，听说娶的是平定河底镇曹家的姑娘，名叫玉环。"妙真如同头顶响起了一个炸雷，一时间几乎立足不住，有顷才从口中挤出一句话："他……他娶了曹玉环！"说完她的身子一晃，面色惨白如纸。暖儿急忙上前将她扶住，愤然道："小姐千里迢迢到山西来见祁公子，他却忘了小姐，另娶了别人！暖儿替小姐难过！小姐，趁着他的婚事还没有办成，曹玉环还没有被他娶到家里，小姐赶快去见祁公子，向他讨个说法！"众人紧张地望着妙真，姚一镖目光清冷，并不激动。妙真背身而立，一时泪如泉涌，难以自持。暖儿急道："小姐，不能再耽搁了，再耽搁曹玉环就进了祁家了！"妙真慢慢让自己镇静下来，拭去眼泪，回头对众人道："姚长老、各位英雄，我想过了，即使祁公子已经不再是过去那个祁公子，即使他今天正在娶亲，我还是想见到他——见他最后一面！"

平定河底镇曹家，身着婚服的玉环在鼓乐声中被人扶进花轿。她忽然觉得身后有人，回头看，张牧从她身后闪出来。玉环一下没看清是他，被吓了一跳，问："你是谁呀？"张牧道："嫂子，我是张牧，新娘子不许说话！"玉环舒了一口气，说："你怎么在这里？"张牧大人似的叹气："啥都别说了，我和你一样，是被他们硬塞进轿里来的。"玉环满心欢喜地说："我可不是让他们塞进来的，我愿意。"张牧同情地看她，道："是呀，天下的女人都这样，明知道出嫁是要遭罪，可是赶上出嫁的时候，还像捡了个大便宜似的，奇怪。"玉环心中越发欢喜，道："我就是像捡了个大便宜似的！"这时外面司仪喊起来："两厢动乐，起轿！"

迎亲队伍离开曹家，吹吹打打，向平舒村走去。隽藻骑马前导，走了一个时辰，忽然一彪人马飞奔而至，拦在队伍前面。隽藻大惊道："你们，干什么的？"为首那位壮汉在马上拱手道："请问哪位是祁隽藻祁公子？"隽藻惊异地打量着这群不速之客，道："我就是，你们是谁？"那壮汉道："祁公子，委屈你同我们走一趟！"他打了一个手势，吴长老纵马过来，隽藻还没有做出反应，就被他一探手从马上抱了过去。领头的壮汉一声呼哨，旋即率众人飞马而去，转眼就不见了踪影。众人猝不及防，不禁面面相觑。宿藻忽然清醒过来，大喊："不好了，新郎官被人抢走了，快追呀！"轿里的玉环听到宿藻的喊声，立马晕了过去。被塞在轿里的张牧大喊："来人哪，新娘子晕过去了！"众人"哗啦"一声拥过来，打开了轿门看。还是采藻年长，危急时有见识，急道："快走，先把新娘子抬回去，再去找隽藻！"

7

　　隽藻被人夹在腋下，在马背上颠簸，甚是难受，一路大喊大叫，那人只是不理。不知奔了多长时间，这伙人才把隽藻放下，却又把他的双眼蒙上。隽藻被他架着向前走，一连过了好几道门槛，才停了下来。只听得那壮汉高声道："启禀大头领，祁公子请到！"隽藻脸上的眼罩被解开，眼前一片昏暗，半晌才适应古庙大殿内的光线。只见一个女子背身而立，一个丫鬟模样的女子小声道："小姐，祁少爷到了，真的是他！"妙真浑身打战，猛地转过身，望着隽藻，一时难以自持。她示意姚一镖退去，姚一镖却像是没看见一样，站立不动。

　　隽藻望着眼前的女子，一时如在梦中，愣了半天，方才大声叫道："你是谁，你怎么像一个人？……你是妙真？不，这不可能！"他揉了揉眼睛，回头看姚一镖等人，道，"你们到底是谁，为什么要把我弄到这里来，她是谁？"望着一身新郎打扮的隽藻，妙真陡然生出一种新的陌生的感情，颤声道："你……你就是祁隽藻？"隽藻怒道："我就是祁隽藻，你们到底是谁？"妙真冷冷道："祁隽藻，你今天娶了你的表姐曹玉环？"隽藻呆呆地看着她，突然大叫一声："妙真，真的是你！你还活着，我是不是在梦里？"妙真心中大痛，却冷笑道："你是不是觉得，冯妙真已经死了！冯妙真死了，你就可以心安理得地娶你的表姐曹玉环了？"隽藻这时认清了站在面前的女子真是妙真，大叫道："妙真，真的是你！你怎么在这里，这是些什么人？"他冲动地要上前，被姚一镖拦住，喝道："祁隽藻住口，今天站在你面前的是天下闻名的江北灾民会的大头领！还不赶快跪下，给大头领磕头！"他一手攥住隽藻的左腕，一手把隽藻的头朝下按，试图使他跪下。隽藻不从，死命挣扎。妙真突然厉声道："姚大侠，让他站着说话！"姚一镖答应了一个"是"字，马上放了手。隽藻回头对他怒目而视，又看妙真，心下十分狐疑，又不敢相信眼前的事情是真的了，道："你……你到底是谁？"妙真终于忍无可忍，道："姚大侠，各位请出去一会儿，我有话要跟祁公子说！"姚一镖看了看众长老，转身欲走，又回头大声嚷道："大头领一身系天下灾民之望，一定不要辜负我等！"说完单膝下跪。吴、陈二长老随之跪下，齐道："大头领，一定不要辜负天下灾民之望！"薛长老也跟着跪下。妙真看了看他们，闭上眼睛道："四位大侠请起。妙真……妙真自有道理！"姚一镖等站起，走了几步，又回头站住不走。

　　隽藻听她亲口说出自己是妙真，惊喜地大叫："妙真，你真是妙真！"妙真悲声道："对，我就是妙真，却不是原来那个妙真了！原来那个妙真在我父亲被朝廷杀死的时候就死了，在被朝廷发配去黑龙江给披甲人为奴的路上就死了！祁公子今天看到的是另外一个人了！"隽藻欢喜地流下了眼泪，喃喃道："妙真，原来你还活着，你真的没有死！"他又要冲过去，却再次被姚一镖冲上来挡住。隽藻流泪不止，道："妙真，原来你真的还活着，你没有在山海关内跳崖而死，我今天真的不是做梦！"妙真冷笑一声道："你们一家人都好吗？婶子、成藻、宿藻他们……对了，我最该问候的应当是你的表姐曹玉环，她今天就要做你的新娘子了！"她的声音渐渐激越愤慨，不觉又冷笑了一声，道，"我问你，曹玉环真的愿意嫁给你吗？"隽藻急道："妙真，这件事……我会给你讲清楚的！"妙真立即打断了他，怒道："住口！你和你的表姐结婚，和我冯妙真有什么关系？"她千里迢迢来到山西，却赶上了隽藻和别人的大婚之期，一时间她的内心发生了急剧的改变，"祁隽藻，如果冯妙真今天告诉你，从我冯家遭难那一天起，冯妙真就变了，变成一个不会再为世间任何人的婚事伤心、一心只想跟朝廷为敌的人，你信吗？"

隽藻被姚一镖拦住，不能靠近妙真，他也渐渐冷静下来，流泪道："妙真，你要真是妙真，就听我解释！隽藻今天所以答应母亲，和表姐成亲，那是因为我信了他们的话，他们说你……在发配的路上遭到强人的抢劫，已经不在了！不，就这样我也没信，我去找过你……"妙真心中一惊："什么，你去找过我？"隽藻叫道："对！我一直找到山海关外的建昌县，在那里见到了你的坟，我还将你的骨殖背回了山西！"妙真脸色煞白，一时间泪水盈眶，眼看就要立身不住。暖儿急上前将她扶稳，望着隽藻恨道："小姐，别信他，谁知道他是不是在说瞎话！"姚一镖也大声道："对，大头领，别让他的花言巧语骗了你！"妙真背转身来，佯作冷笑，道："原来是这样……你这样做了，就可以忘掉她，心安理得地去娶你的表姐了！"她惨笑一声，接着说道，"好，冯妙真死得好，她应当死！只是从今以后，冯妙真还怎么敢相信人世间的海誓山盟！"隽藻激动起来，叫道："不！妙真，你这么讲对我不公平！我的心日日夜夜时时刻刻……就是今天，奉母亲之命娶亲的时候，我也不相信你真的会死——"妙真猛然回转身，冷冷地看着他道："那我就要问了，你为什么不相信我已经死了？——说出道理来我就信了你，不然你就是还想骗我！"隽藻神情耸动，大声道："天道至公，冯伯伯的冤案还没有昭雪，你怎么能死？你要是死了，还有什么天理昭昭！"眼见事态就要控制不住，姚一镖急忙大吼一声："祁隽藻，你给我住口！"

8

危险正向黄岭墅古庙逼近。一个探子赶进大殿来禀报，智亲王绵宁带的那路军马正从大道上向黄岭墼赶来。大殿内，妙真的心态完全变了，从内心深处，她已经相信隽藻的话都是真的，但是到了这时，她也更加明白了自己的处境，即使隽藻没有娶亲，即使他愿意收留自己，由于她已经成了朝廷在全天下缉拿的钦犯，她也不能和隽藻破镜重圆、再做夫妻了。明白了这一点，妙真心中最后的一点再生的希望之火也熄灭了，她的生命里漆黑一片，冷如冰窟。隽藻这时又看看姚一镖等人，急回头问她："妙真，快告诉我，这都是些什么人？你怎么会和他们在一起？这究竟是怎么一回事！"妙真冷冷道："他们是我江北灾民会的诸位英雄。冯妙真自被遣戍边疆苦寒之地与披甲人为奴那天起，就没有想到还能活下来，是这些英雄救了我，让我死而复生，又是他们在我被救的山崖边上做了一个局，迷惑了紧追不舍的官兵，让他们以为冯妙真已经跳崖死了，我才活到了今天。"隽藻听了，大叫一声："原来是这样！"妙真一不做二不休，接着道："可现在又不一样了，冯妙真还活着的消息朝廷又知道了，我又成了一个朝廷要在天下追杀的钦犯了，就连你们寿阳城里，这会儿恐怕也贴满了缉拿冯妙真的告示。冯妙真就是活着，天下虽大，也不会再有我的容身之地了！"隽藻叫道："妙真——"姚一镖大喝一声："大胆狂徒，再敢直呼大头领的名讳，我杀了你！"隽藻大吃一惊道："妙真，他说什么？你竟然是江北灾民会的大头领？他们可是乱匪啊！"众长老大怒，齐声喝道："住口！"姚一镖手腕一抖，将冰冷的刀刃架上了隽藻的脖子，怒道："再敢称爷爷们为匪，立马宰了你！"妙真冷冷地瞥了一眼姚一镖，道："放开他！祁隽藻你听好了，我冯妙真为了替父亲报仇，今日已经成了当今江北灾民会的新任大头领！"隽藻简直不敢相信自己的耳朵。姚一镖收起刀，与众人暗暗交换了一下目光，面露不胜欢欣得意之色。暖儿吃惊地拉了拉妙真："小姐，你——"妙真不理她，径自大声说下去："江北灾民会绝不像朝廷说的那样，是一伙杀人越货的乱匪，而是一群替天行道，为天下灾民求命的英雄！"隽藻不听则已，听了勃然变色，叫道："妙真，你想说什么？你莫不是要我相信，冯伯伯生前真是江北乱匪的大头领！不，不，我不相信，这不是你的真心话！"姚一镖等人再次上前，大叫："你为什么还不信？冯大头领当初就是我会的大头领！"

眼前的妙真让隽藻觉得越来越陌生，望着这张变了样子的面容，隽藻的内心和神情也越来越冷峻严厉起来，听了妙真的话，他不由得伤心道："妙真，原来你这次来到山西，并不是要与隽藻团聚，而是另有所图，你和这些朝廷缉拿的乱匪混在一处，要与朝廷和天下人为敌！既如此，隽藻认识的那个妙真就真的不在了！"姚一镖等人一直紧张地盯着妙真，看她如何回答。妙真避开隽藻的目光，叹道："今日妙真与祁公子一见，不过是想了结最后一点儿女私情。现在这件事做完了，从今以后，妙真就和过去十七年的岁月彻底断了联系，只是江北灾民会的一员。妙真与公子自此各走各的路，今天即使有缘再见，彼此也是陌路之人了。不过分手之际，妙真还是想告诉祁公子一句话：既然朝廷不给天下人活路，天下人就有权利点起一把火，将这个世道烧成灰烬，给自己再造一个太平世界！我父亲自小以为祁公子是天下之器，但愿祁公子不忘了令尊大人的冤屈，有一天也会与妙真一样，加入本会，共同去点燃那把烧遍天下的大火！如果这样，妙真情愿让出大头领之位！"姚一镖等人大惊："大头领，你言过了！"隽藻心中大惊，本能地大叫："不！"姚一镖等人"唰"地拔出刀来，从前后左右逼住他的喉咙。隽藻面无惧色，大怒道："圣人云，大丈夫威武不能屈，富贵不能淫，贫贱不能移。你们要杀便杀好了，祁隽藻顶天立地的一个男儿，还怕了你们这帮乱匪不成！"回头望着妙真，又痛心地大叫道，"妙真，你只知道世道昏暗，今日大清遍布干柴和火种，只需一颗火星，就能燃起漫天大火，可你并不知道，这场大火一旦被点燃起来，天下将会有多少人死于一场大难！"妙真沉吟不语。隽藻继续道："一位隐身草野的大贤不久前告诉过我，这场大火若真的被人点燃起来，大清四亿人口中有整整两亿七千万人将会死于非命！你要还是过去那个妙真，就赶快醒醒，离开这些人，不要做肇祸于天下的千古罪人！"妙真大怒："祁隽藻住口！原来你我两家的遭遇还没唤醒你！世道如此黑暗，就是没有冯妙真，天下人也要造反，你说的那场大火也会被人点燃。你不和天下人一起造反，难道还要继续读书、科举、入仕做朝廷的鹰犬，帮助大清皇上荼毒天下吗？！"隽藻怔怔地望着她，突然道："妙真，今天见到你之前，我已经下定决心，今生今世，只在商家做一个马夫，再不去科举入仕。可是今天你让我看见了你，要是连你也要加入江北灾民会，成为一名乱匪，我倒不能再做如此的打算了。"妙真道："那你打算怎么样？你还要去朝廷里，重走家父和令尊的老路吗？你就不怕你有一天也被朝廷砍了头吗？"隽藻一字一字痛苦地把自己的话说出来："如果祁隽藻只有读书、科举、入朝做官，才能救得了你和天下人，祁隽藻为什么还要在乎一家一己的冤屈，在乎自个儿区区一条性命！"妙真变色道："你打算怎么样？"隽藻道："妙真，快离开他们，跟我回去见我娘，从此我们隐姓埋名，藏身草野，不管官府要对你怎么样，我们都能想办法活下去。只要你不跟他们走，不做他们的大头领，我就不再去走科举入仕之路……"姚一镖等人大喊一声："大头领，他敢蛊惑大头领放弃大头领之位，动摇我会的根本，杀了他！"妙真无动于衷，隽藻急了，再次说道："你一定要跟他们走，我就……我就一定会去科举、入仕、做官，用一生之力，阻止你和他们燃起那大火！"姚一镖给吴长老使了个眼色，两人不由分说，架起隽藻就朝外走。妙真一惊，怒道："姚长老——"姚一镖回头道："大头领，留下此人，将来必有后患，不如这会儿就杀了他！"隽藻面无惧色，回头对妙真道："你们要杀就快杀了我，不然，只要我能够活下去，就一定要入朝做官，与你们为仇到底！不，我还要用一生之力，查清是什么人陷害了冯伯伯和我爹，还给他们一个清白！"

妙真突然走过去，"啪"的一巴掌打在隽藻脸上。隽藻惊愕地看着她："你……"妙真冷笑道："祁隽藻听着，冯妙真今天本来要杀了你，可就冲你刚才这一番的话，我的主意变了，我要放了你！别以为我江北灾民会刚刚遭遇了一连串的挫败，就以为本会真被官兵扑灭了！不，灾民会并没有被剿灭，就是灾民会被剿灭了，那一粒埋藏在天下人心底的火种也是不会被扑灭的！有本会这些英雄在，有本大头领在，灾民会一定会死灰复燃，重振雄风。三年五年不算短，三十年五十年也不算长，本会一定要做成功我们想做的大事！"妙真这一番豪气干云的话让姚一镖放松了警惕，忍不住喝彩道："大头领说得好！"众长老也齐声叫好。妙真一副挑战的神情盯着隽藻，道："祁隽藻，今天我让他们放了你，不为别的，只是想让你知道，冯妙真和本会的英雄不在乎你是不是执迷不悟，去走科举之路，做朝廷的鹰犬，与本会为敌！本大头领在乎的是总有一天我们会让你明白自己错了！不管你一生做什么，怎么去做，都不能阻拦本会做成我们要做的天下大事！"说罢，她猛地背过身去，大声喝道："放他走！我们也走！"

第八章

悬节灯玉环赌命运　舍情郎妙真托禠褓

1

　　黄昏时分的黄岭壑古庙，显得苍凉而萧森。紧张的气氛弥漫在大殿中。姚一镖和吴长老仍然不愿放了隽藻，道："大头领，不能放了他！"妙真冷冷道："姚长老、吴长老，你们不是说，我们灾民会的宗旨，是要救天下人吗？祁隽藻也是天下人。如果我们连祁隽藻这样的人也救不了，我们又有什么理由说自己能救天下人！"姚一镖急道："我们放了他，万一他向官兵通风报信，我们恐怕就连山西都走不出去了！"妙真沉思有顷，道："如果是那样，我也认了！"姚一镖还不甘心，叫："大头领！"妙真沉下脸，道："如果你们不愿放他，就放我离开！"姚一镖与众长老相视一眼，不情愿地放开隽藻。妙真走到隽藻面前，二人四目相视，双方忽然都泪花晶莹。妙真转过头去，抑制住内心的汹涌波涛，平静地说道："祁隽藻，你走吧，从今天起，我们的缘分尽了。你回去和你的表姐曹玉环好好地过日子，生儿育女，我也要走我自己的路。诸位英雄，这里的事情已经办完，咱们走！"说完了她率先走出大殿。暖儿也提起装着元白的大篮子，跟着走出大殿。隽藻眼里满是泪水，要跟出去，颤声喊道："妙真，你不要走，你——"妙真猛地一回头，伤心道："我不走你怎么办，你还能娶我吗？"隽藻一惊，一时语塞："我……"妙真转身出门，隽藻心痛欲裂地大喊："妙真——"姚一镖向吴长老和陈长老使了个眼色："捆起来，扔在这儿！"二人一把将隽藻捆上，把嘴也堵上了。

　　妙真硬起心肠上马。众人跟着上马，忽然探子来报："禀大头领，五里外发现官兵！"妙真又望了一眼李清玄和江一鸣，惊道："他们怎么来得这么快！"姚一镖道："我们中了智亲王的诡计！他们可能佯装在五台山下剿灭灾民，实际上一直都在我们身后死死追赶！"妙真想了想，果断说道："我们不要走了！"众人都望着她，疑惑地问："不走？"妙真胸有成竹地指了指庙后，道："大家看这黄岭壑后面，山深林密，我们先纵马朝前方疾驰一段路，然后再转回来藏到古庙背后的林子里，等智亲王的兵马过去，咱们再走。"众人吃惊地望着妙真，又互相对视。薛长老喝彩道："大头领是读过书的人，胸中果然有韬略，我们听大头领的好了。"这些话被捆在庙内的隽藻听得一清二楚。姚一镖道："既是这样，薛长老你现在就保护大头领进庙后的山林，我们纵马向前，用马蹄印将官兵引走。"李清玄拉住马道："一鸣，我们留下保护妙真小姐。"江一鸣不动声色道："知道了。"两队人马分道而去。江一鸣回头看远处，低声道："不好，有人来了！"众人急忙保护妙真向庙后林中遁去。

采藻、成藻、宿藻、张牧和数十位村民打着火把，一路找了过来。张牧一眼瞅见古庙，手一指道："看，那里有个庙！"众人快步走来，推开庙门，一拥而入。宿藻一眼望见被捆在地下的隽藻，大叫："五哥在这儿！"隽藻挣扎着，欲喊又喊不出。众人将他身上的绳索解开，拔掉嘴里的东西，将他扶起。隽藻大口大口地喘气，一时说不出话来。采藻喜出望外，连声叫道："这就好了，这就好了！五弟没有事吧？"张牧好奇地问："五哥快说说，到底出了什么事？是谁把你这个新郎官绑了？"隽藻一直在喘，好容易才吐出一句话："没有事儿，你们这会儿……就甭问了！"采藻看了看四周，道："大家这会儿什么都甭问，绑匪也许还在附近，赶紧保护隽藻离开这里！"众人慌忙扶着隽藻出门。隽藻频频向山后望去，张牧极是机敏，问："五哥，你看什么？"隽藻不答话，随着众人走出庙门，来到大路上。这时就有一彪军马举着火把拥过来，将他们团团围住。智亲王绵宁下马，走过来看着众人道："你们都不要怕——干什么的？"采藻看他派头很大，不由紧张地问："请问你们是——？"保胜上前喝道："大胆草民，见了智亲王爷，还不下跪！"众人被他吓了一跳。绵宁拦住保胜，上前拱手道："诸位请了！在下绵宁，请问你们这么些人，又是灯笼，又是火把，在这儿干什么呢？"采藻一惊，纳头便拜："启禀王爷，草民们是本县平舒村的村民，因为弟弟新婚大喜之日，被抢匪绑了票，我们一起出来找，幸好在这里找到了。草民们给王爷见礼！"绵宁客气地摆摆手："罢了。原来你们这里也出了绑匪？"他转脸看隽藻，"瞧你这一身打扮，自然就是被绑了票的新郎？你叫什么名字？"隽藻上前施礼，不卑不亢地答道："回王爷，学生名叫祁隽藻。"绵宁觉得这名字有点儿耳熟，又一时想不起来，忽然心里一动，道："你也姓祁？山西寿阳出过一位大儒，又是史学大家，名叫祁韵士，听说过吗？"众人一惊，齐向隽藻看去。隽藻平静地回答："回王爷，你提到的那个人，就是学生的父亲。"绵宁一惊，重新打量了他一番，默然有顷，道："啊，你们大家，可以回去了。保胜，我们走！"保胜道："王爷，且慢！"他上前一步，盯住隽藻，问道："祁公子，智亲王爷正率领本官追剿一伙骑马的反贼，你今天被人绑票到这里，有没有看见他们过去？"隽藻不动声色地回答："啊，那倒没有见到。"保胜失望地走回去，上马。绵宁挥手道："走吧！"撇下隽藻等人，带着这彪军马飞驰而去。

藏在庙后林中的妙真等人一直盯着山下发生的事情，见绵宁和保胜走远，才悄悄地呼出一口气。薛长老看着妙真道："大头领，祁公子没有出卖我们。"妙真无语，透过树林远远望着古庙前那群人簇拥着隽藻，灯笼火把地离去。她注意到就在这时，隽藻仍不时回头朝她所在的林中眺望。妙真回头使一个眼色，江一鸣会意，闪身上前，一把将薛长老撂翻在地，三下两下捆成一团。薛长老大惊道："大头领，这是怎么了？"妙真不理他，向李清玄倒地就拜，流泪道："妙真求李伯伯和江大哥快带妙真离开这里。妙真今日与大清朝廷不共戴天，可就是这样，妙真也不相信我爹是灾民会的大头领。妙真相信了这个，就是承认朝廷杀父亲有理，父亲的案子不是冤案！"李清玄点点头道："妙真快起来！你离开了这些人，打算怎么办？"妙真不起，叩头在地，答道："妙真今日是朝廷缉拿的要犯，天下虽大却已无安身之处，要活下去替父报仇，只能从今日起变成另一个人。求大师带妙真回四川青城山，收妙真为徒，像江大哥一样学一身武艺，将来重出江湖，为父亲报仇！"李清玄点头道："事到如今，也只有如此了！"他转身对被捆的薛长老拱手，道："薛长老，得罪了。你也听到了，妙真姑娘不愿和你们一起走，贫道是他父亲的好友，只能带她走了。委屈你一会儿，姚长老他们很快就会回来的。烦劳你代贫道谢过诸位英雄，帮我和小徒救了妙真，但愿日后还有相会之期。走吧！"众人下山，上马，篮子里的元白忽然哭起来。妙真看看元白，皱起了眉头，狠心道："兄弟，姐姐就要远走天涯，不能带着你了，为了替冯家复仇，姐姐只能把你舍在这里。"说罢，她回头对李清玄道，"师傅，我们快走！"

2

已经入夜了，平舒村祁宅内虽然张灯结彩，洞房里却没有一丝喜气。刘氏蕴藻等都围着昏迷不醒的玉环。蕴藻着急道："娘，这可怎么办，一个生死不明，一个昏迷不醒，这都半天了！"刘氏到底经历过风浪，道："如果只是绑票，事也寻常，无非看祁家还有五十亩坡地，明日将这些地卖了，凑钱把人赎出来就是了；如果是别的事，那就只能看隽藻的造化了！"这时宿藻匆匆跑进来，大叫道："找到了，找到了！"一直昏迷不醒的玉环猛地睁开眼，挣扎着下炕，不顾一切地冲出去。蕴藻看着刘氏，拭泪笑道："娘，你看看你给隽藻娶的媳妇，隽藻这是找回来了，要是有个三长两短，这人也活不了了！"大门外，众人簇拥着隽藻下马，玉环冲上去将隽藻死死抱住，大哭失声。采藻急道："快，快把他们弄进去！"众人七手八脚地将隽藻和玉环弄进大门，送入洞房，玉环仍然死死抱住隽藻不撒手。

夜深了，一切都恢复了平静。洞房里银烛高烧，玉环蒙着盖头坐着。隽藻站在玉环面前，神情悲愤沉郁。玉环从盖头下紧张地望着他。蕴藻站在旁边，将一根秤杆递给隽藻，道："五弟，给新娘子揭盖头！"玉环的心大跳起来，久已期待的时刻终于到了，她却有一种要眩晕过去的感觉。隽藻机械地接过秤杆，面无表情地走过来为玉环揭盖头，玉环闭上眼睛，觉得那种眩晕的感觉来得更猛烈了。忽听"啪"的一声，隽藻手中的秤杆落了地。他并不去拾，却一言不发，转身走出了洞房。玉环一惊，猛地睁开眼，慢慢拉下盖头，面色惨白。蕴藻心里也大吃一惊，却过来安慰她："玉环，别生气，今儿隽藻受到了惊吓……你等着，我看看他去！"玉环强笑了一下，道："姐，没啥。我等着他。"一边说，一边眼泪已经奔涌而出。蕴藻出了洞房，看到隽藻进了上房。刘氏和采藻、宿藻正在上房坐着，说些闲话，隽藻径直走进来。众人看他神情冷漠，都吃惊地望着他。刘氏道："隽藻，你怎么出来了？"隽藻道："三哥、宿藻，你们都出去，我有话跟娘说。"采藻见他神情不对，急招呼众人走出。

隽藻关上门，回头冲刘氏双膝跪倒，泪一下涌出，哑声叫道："娘，妙真她没死，她还活着！儿子今天不能再和玉环姐成亲了，求母亲为儿子做主！"刘氏神情陡变，颤声道："你说什么？你……你今天见到她了？"隽藻点头。刘氏猛地站起，问道："她眼下在哪里？她一个弱女子，总不可能是她绑了你的票吧！"隽藻脱口欲言，又止住，道："妙真她——"刘氏急道："你倒是说呀，她这会儿在哪里？娘帮你把她找回来，让你和她成亲！"隽藻大惊道："娘，妙真这会儿成了朝廷缉拿的要犯，再说还有玉环姐……"刘氏道："这你甭管，就是不嫁给你，玉环也有人嫁！"隽藻终于把实情说了出来："她……她跟一伙贼人走了，跟江北灾民会的人走了。"刘氏更觉惊诧，问道："什么？今天将你劫走的人是江北灾民会的人，妙真这会儿在他们手里！"隽藻再也忍不住，一时大声哽咽起来，道："娘，因为朝廷错杀了冯伯伯，妙真今天入了江北灾民会，成为那伙人的大头领了！"刘氏瞪大了眼睛望着他，浑身发起抖来，说："你胡说什么呢？怎么会——这么说，你冯伯伯生前真的是江北灾民会的人！他在淮南为官十年，真的成了江北灾民会的大头领！"隽藻叫道："娘，你不要相信这个，我也不相信，可是妙真她……就信了！"刘氏头一晕，身子一晃，就要倒下。隽藻急忙扶她坐下，叫道："娘，你快醒醒！"刘氏缓缓睁开眼睛，哭道："儿啊，要是这样，你和妙真的缘分，就真的尽了呀！"

隽藻拭净了眼泪，在刘氏面前跪下："娘，儿子今天还有一件大事，要禀告母亲！"刘氏又哆嗦了一下，道："你说！"隽藻道："再过一个月，就是太原府乡试的日子，儿子要去应试！"刘氏大惊，斥道："胡闹！前些日子，娘一直担心你不会铁了心待在张家做学徒，现在好歹娘信了，你不会再去走科举之路，入朝做官，娘这才下决心把玉环给你，你怎么连媳妇的盖头还没揭，就变了卦！这又是为了什么？"隽藻满心悲愤，沉沉言道："娘，儿子今天改了主意，要回头走科举之路，是儿子今天终于明白了父亲在天牢里对儿子说过的话——我们这种草野出身的读书人要是不入仕，将置天下苍生于何地！"刘氏呆了半响，道："难道这就是他让你回到山西后，去张先生家求学的本意？"隽藻点头道："娘，儿子想好了。不过儿子还有两件事放心不下。头一件，儿子答应母亲，娶玉环为妻，那是因为儿子相信妙真已经死了，儿子一辈子只愿做一个商家的马夫，现在不是这样了，儿子不能再娶玉环了。"刘氏怒道："胡说！这种事也是可以儿戏的吗？玉环她已经进了你的房了！"隽藻不管不顾，道："娘，玉环姐是祁家的恩人，母亲将她嫁给儿子，是要代祁家还她的大恩，隽藻一旦重走科举之路，是要出入虎狼之地，生死难测，母亲要儿子娶玉环，不是害了她嘛！"

刘氏要说什么，还没说出，门"咣当"一声就被推开了，玉环冲了进来，和隽藻并肩跪到刘氏面前，一字一字地说道："娘，五爷方才的话媳妇在门外边都听见了！五爷要是因为媳妇丑，媳妇笨，媳妇没怎么念过书，配不上他，不想跟媳妇成亲，媳妇绝不难为他，可五爷若是为了刚才说的事，不愿和媳妇成亲，媳妇这会儿就可以告诉娘，媳妇今日嫁给五爷，日后就是要随着五爷上刀山，下火海，也绝不后悔！"刘氏站起，要拉她起来，说："玉环，好孩子，你今天虽然进了祁家的门，但咱们全家人都可以作证，你们既还没有拜天地，行大礼，更没有圆房。姨妈这会儿一定要告诉你一句话，隽藻不去科举也就罢了，科举不得志也罢了，若他一旦科举得志，入朝做官，你这一辈子，就再也不能舒心地过日子了，你要一辈子跟着他受苦受难，他的心还没有死，你的心可能就先为他疼死了！这样的男人，你也要嫁他？"玉环跪着不起，道："娘，媳妇要嫁！"隽藻看她，大叫道："不，我不想这样！"刘氏回头坐下，对隽藻道："你媳妇的话你都听见了。说吧，你还有什么话说？"隽藻想了一想，道："儿子还有一件事，一件大事——儿子去太原府乡试之前，请母亲以忤逆不孝为由，将儿子从祁家出籍！"刘氏默默地看他，突然站起来，回头冲着身后墙上丈夫的画像跪下。玉环吃惊地叫一声："娘！"刘氏一揖到地，含泪道："老爷，你都听到了，你的儿子隽藻又要冒死去走科举之路了！想不到我祁门刘氏，今生今世竟这么有福气，嫁了一个有忠心有傲骨又有文采的丈夫，又生养了一个愿为天下人舍生取义的儿子！"她转过脸来看玉环，问道，"隽藻想在科举前，为了一家人将来不受他的连累而出籍，你同意吗？"玉环急忙跪下，朗声道："娘，媳妇愿意和丈夫一起出籍！"隽藻着急地望着刘氏，道："娘，我不能——"刘氏不看他，站起来道："好，明天母亲就去请族长，让你们出籍。"玉环急忙叩头在地："媳妇和儿子谢母亲大恩大德！"她转过脸去扶隽藻起身。刘氏又道："慢，娘还有话说！"隽藻和玉环回头望她，刘氏再一次滴下泪来，道："隽藻呀隽藻，娘现在要给你说几句话，这些话你要记一辈子！娘今天给你娶的是一个祁家的恩人，一个和你一样出生在草野薄宦家的姑娘。有了这样的媳妇，将来你科举不中也就罢了，一旦科场高中，这个媳妇就能替我儿守住一个清贫之家，一颗清贫之心。将来去了官场，你就不会被那花花绿绿的世界迷惑，也不会忘了你父亲讲过的天地民心！你今天娶了她，可万万不能负了她！"隽藻痛心彻骨地叫道："娘啊——"刘氏喝道："你住口，听娘说完！妙真走了，她走上的那是一条再也回不来的路！我儿就是心里再舍不下她，就是再想救她，让她重新回到人间，和她再做夫妻，都不能够了！我儿既是要为救天下万民出仕，妙真一个人和天下人相比，孰重孰轻，不会掂量不清吧！从今日以后，你这颗想着妙真念着妙真的心，就死了吧！"玉环听了，眼睛猛地睁大，颤声叫道："娘，你说……妙真她还活着？"刘氏猛地站起："好了，回你们的房里去吧！"

3

玉环和隽藻刚回到洞房，曹家陪送过来的一台自鸣钟当当地响起来，夫妻二人同时看去，表针已指向子时。玉环回头看隽藻一眼，见他抱起一床被子就往外走。玉环大惊，扑过去抱住被子，道："你到哪里去？"隽藻道："我……我……今天我觉得不好，想出村外草庐里去睡。"玉环将手丢开，眼泪流下来，气道："既然你又反悔了，为什么刚才不跟母亲说清楚，连这个洞房也不进，这会儿连夜就把曹玉环休回娘家去！"隽藻心中一震，站住，他又想起了妙真，泪水忽然又在眼眶里打转。玉环心一下又软了，抱住他道："五爷娶了玉环，心里有什么委屈，就说出来！说出来玉环就是不能和五爷做夫妻，也落个明白！"隽藻不知如何说出那件事情："玉环姐，今天我……"玉环打断他的话："谁是你姐，我是你新过门的媳妇！"隽藻又不说话了。玉环流泪道："五爷，你说吧，今天到底出了什么事？是谁绑走了你又放了你，你在黄岭壑到底见到了谁？"隽藻此时心如刀绞，如何开得了口，只道："你就……就甭问了！"玉环自责道："从今天起，曹玉环就是五爷的妻，我丈夫心里有难事却不愿意告诉我，那不是他的错，是我不配待在这间屋子里。"她丢开隽藻，回过头去，默默流了一会儿泪，道，"我这就去见娘，让她老人家做主，给我一张休书，然后……然后……你再把那个你今天见的人娶回来！"

隽藻突然心中一痛，一句话从口冲出："我今天见到了妙真！"玉环脸色刹那间变得惨白，叫道："你……你今天见了谁？"她被隽藻说出的话吓住了，浑身打战，"不，不，她死了，你胡说什么！你怎么……会见到她？"隽藻把脸扭开去，说："我说什么了？没有……我说错话了！"他让自己平静，把怀中的被子放下道："好了，我不去外面睡了，今晚上我就在家里睡，行了吧？"玉环一直用惊恐的目光盯着他："不，不，你见过她了，妙真没死！对了，现在满世界贴的都是缉拿她的告示，别当我不知道！今天那伙强人在迎亲的路上把你抢走，就是让你去见她！"她叫道，呆立半晌，"哇"的一声哭起来。隽藻神情陡变，背过身去，眼泪又要滴下来。半晌，玉环才平静了一些，回头道："五爷，说吧，你们怎么见的，她怎么又活了，那些帮她来抢你的人是谁，你和她都说了些啥？她是找你来了，要和你破镜重圆，可你已经娶了我，你心中难受，就是因为这个人，是不是？"隽藻被她说中了心事，一时泪如雨下。玉环心情已变，走过去，拿出一块毛巾帮他拭泪，道："好兄弟，甭哭了！既然妙真活着，姐就成全你们！告诉姐，妙真在哪里，我去找她！"隽藻痛声道："你去哪儿找她？妙真走了，再也不会回来了！"玉环固执地说："你不说我也有办法，她今天既然来了，就不会那么容易走的——只要她没走，只要今晚她舍不得离开祁家太远，我就能替你把她找回来，你等着！"隽藻吃惊地望着她，不知道她要干什么。玉环打开自己的嫁妆箱，取出了两盏折叠在一起的并蒂莲花灯。隽藻吃惊地睁大了眼睛，道："这是什么？从哪来的？它们……怎么在你的嫁妆里！"玉环惨然一笑道："你认出来了，认出来了就好。这就是今年元宵节，你和妙真两个人互换的灯。离开京城时，我看你哭得伤心，就多了把手，把它们带回来了。"说着，她眼泪忍不住往下淌，又拼命忍住，"本想留下它们，日后给你留个念想，没想到它们却要在我曹玉环的新婚之夜重新派上用场！"

　　玉环把两盏灯笼撑起，点上蜡烛，提着就往外走。隽藻一直吃惊地看着她，觉得今晚发生的一切都是那么不可思议，这时见她认了真，急忙上前拦住，叫道："你要干什么呀？"玉环道："我去把宿藻找来，让他把这两盏灯高高挂到咱们家门口的旗杆上，妙真今晚要是还能来到平舒，就能远远地望见它。她就会觉得是你在召唤她，求她回来，跟你成亲。那时，曹玉环就把这新婚的洞房让给你们。"说罢，她拉开门，朝外面喊，"宿藻、张牧！"宿藻和张牧闻言一溜烟跑过来。宿藻笑道："嫂子，怎么了？都这会儿了，洞房花烛夜，一刻值千金。还不歇着，有啥事儿？"忽然他看见玉环手中的两盏节灯，神情凛然一变，道，"嫂子，这是——"玉环微微一笑道："宿藻、张牧，嫂子求你们俩一件事，帮嫂子把它们挂到咱们家大门外面的旗杆上去！"宿藻什么也不明白，接过灯笼，笑道："嫂子，其实新婚大喜，在家门口挂上两盏红灯笼，也是咱寿阳的风俗。嫂子和五哥今天终成眷属，心里高兴……我一定把它们挂得高高的，让三乡五里的人都能望见！你就瞧好吧！"隽藻出门，要去拦他，宿藻和张牧已经挑着灯笼跑出了大门。玉环回身将他推回房内，"哗"一声关上门，紧紧抱住他，泪如雨下，道："来，五爷，咱们坐下，在这里等妙真。只要妙真今晚上能够进到这个家里来，玉环就能让你们成亲！"

隽藻大为惊骇地看着她，不敢相信自己的眼睛。玉环眼里放出疯狂的和热烈的光，道："五爷，你今天娶的不是冯妙真，你娶的是曹玉环。可曹玉环只有咱家的人和不多的几个本家能认出来。等会儿妙真要是来了，你们俩今夜做了夫妻，明天只要家里人不说，谁敢说她就不是曹玉环——你新娶的妻！"隽藻被她这个大胆的设想震惊了，连声道："你……不不不，这不行，她要是真来了，你怎么办？"玉环道："你不用担心我，有个人一直在等着我。今天夜里，只要妙真进了这间洞房，曹玉环就和这个人远走高飞，一辈子隐姓埋名，不再叫曹玉环，也永远不再回这个家，妙真她就能一直顶着曹玉环的名字活着，在这个家活一辈子！"隽藻突然觉得她一定是疯了，心中大惊，猛地摇晃着她道："你怎么了，不是疯了吧！别说妙真不会来，就是她真来了，也不会答应的，因为……因为这对你不公平！就是我也不会答应的！"玉环看着他，像是从疯狂中醒悟过来了，猛地扑进隽藻怀里，泪水长流，一边呜咽道："五爷，有你刚才这句话姐就知足了。姐知道，你就算不喜欢和姐成亲，可你心里还是有姐这个苦命的女人的！好了，夜已经深了，我侍候你睡下。然后我……我坐下替你等妙真。"隽藻久久地望着她，眼泪终于又一次流出来，道："我说过了，妙真是不会回来了，她……已经走了，不但今晚不会回来，一辈子都不会回来了！"玉环却坚持要照着自己的主意做，道："回不回来是她的事，等不等是你我的事！我要等，我知道你也会等！隽藻，虽然姐刚才说了那么多仁义的话，可玉环还有一句话想说出来，你可愿意听？"隽藻道："你说！"玉环突然又哭起来，过了一会儿拭干净了泪水，才道："五爷，今天我不是在等妙真，我是在等自个儿的命！五爷你要记住，今夜为了让你和妙真破镜重圆，玉环把一个女人能做的、不能做的事全都做了！天亮以前妙真走进这个家，玉环二话不说，抬脚就走人，可万一天亮后她没来，玉环的好事就做完了，你就得还我的情，一辈子生生死死，认曹玉环是你的妻，再也不能想着妙真，你这个人，从头到脚都是我的，只是我一个人的！因为不是我没给她机会，是她自己不愿意跟你做夫妻。你那时要是再想着她，我就跟你拼了这条命！"

4

下半夜光景，平舒村外的高冈上，妙真、李清玄、江一鸣等人策马而来。

忽听暖儿惊叫一声："小姐，你看！"众人一起勒住马，朝村里望去，只见祁宅门前那两根高高的旗杆上，并排悬挂着两盏灯笼，红光四射，在黑夜间异常醒目。它们像是一双大睁的眼睛，在这个无边的黑夜里焦急地、无限期待地张望着，寻觅着自己的亲人；又像是什么人发出的一个长长的无声的响亮的呼喊，余音袅袅，热切地召唤着一个亲人自己走回到被灯笼照亮的那个家门里去。妙真的心陡然激动起来，她在望见这两盏并蒂莲花灯的第一瞬间就明白了它们的含义。这时江一鸣也想到了什么，急回头道："小姐，那里一定是祁家。祁家是书香世家，只有他们家门前才立着两根这么高的旗杆。"妙真一时心旌乱摇，几乎不能自持。暖儿突然大声道："小姐，暖儿陪小姐千里迢迢，冒死来到山西，不就是为了这一天吗？这么晚了，祁公子在家门前挂出两盏并蒂莲花灯，那是他知道小姐还会来这里找他，祁公子想让小姐知道，他还在等小姐，他的心没有变！"妙真叫道："住嘴！"她的激烈让众人一时无人再敢说出什么话来。

　　就这么过了半晌，还是李清玄打破了沉寂道："妙真，暖儿的话没错。是跟贫道回青城山，还是去见祁公子，你可要想好！你这一去，再想回头就不能了！"妙真突然呜咽起来，又急忙止住，抬头望着远方的两盏红灯笼，泪花闪闪地说道："师傅，妙真现在只是朝廷通缉的重犯，妙真哪里也不去，只想把元白托付给这里的一户人家，跟你回青城山！"暖儿不甘心，叫道："小姐，你可不要糊涂！"妙真伤心地喝道："别说了！我去了祁家，曹玉环怎么办，祁公子怎么办？我现在是个钦犯，你要我去连累他，去毁了他的一生，毁了他们这个家？不！"她又大叫一声，"我要是成了祁家的人，还怎么能报得了父亲的血海深仇！父亲的大仇不报，我就是能活在世上，又有何益！"众人听了这话，一时再也无语。妙真狠了狠心道："江大哥——"江一鸣应声催马上前。妙真道："你带上暖儿进村，把元白放在祁家门口，马上回来！"江一鸣下马，从暖儿手中接过篮子，一手扶暖儿下马，二人向村里走去。只一会儿工夫，江一鸣和暖儿就回来了。暖儿心下难舍元白，一边走一边不住地回头张望，见到妙真，忽然呜咽起来。妙真不看她，只道："快上马，姚一镖这伙人眼下一定就离我们不远！"两人上马，大家纵马而去，暖儿看着妙真，发现她再也没有回过一次头。

　　他们刚走片刻，姚一镖等人就纵马赶了过来。吴长老道："大哥，要不要追上去，把冯妙真劫下来！"薛长老道："诸位，我看算了，让他们去吧！我们这几个人加起来，也不一定是李清玄的对手。妙真小姐此去，是要隐身青城山习武，将来一定会下山替父报仇。她就是不愿做我会的大头领，我们也犯不着和她为仇。"陈长老狡黠地言道："我有一计，不管冯妙真愿不愿意，她将来都会是本会的新任大头领！"姚一镖看他一眼，道："怎么讲？"陈长老从怀里掏出一张告示，道："这是官府缉拿冯妙真的告示，现在天下人谁都知道这张告示，认识告示上画的冯妙真的画像。我们回到淮南后，就比葫芦画瓢地画出无数张同样的画像，在江北灾民中广设香坛，奉妙真小姐为我们的新任大头领。这样，即使她不是我会的大头领，天下人连同朝廷也都会认定她就是我会的大头领。那时，我们想以她的名义做什么事都可以！"吴长老皱皱眉头，道："不好。她还活着，随时都可能戳穿你这套把戏！"陈长老笑道："你错了，只要我们在江北灾民中将画像上的妙真供奉起来，天下人就不会再认另一个活着的妙真，这个活着的妙真也不敢站出来澄清自己才是妙真。因为她那样做了，只会引来朝廷的捕杀，还要冒与我江北灾民会为敌的危险。"薛长老叹道："陈长老的办法好是好，只是太狠了些！"吴长老拍手笑道："早知道可用一个假冯妙真替代真冯妙真做我会的大头领，当初就不用麻烦跑关外救她这一趟了。"他心中忽然起了一个念头，扭过脸去对姚一镖说道："大哥，要是让我说，为了根绝后患，今天咱们还是应当赶上去，把这个真的冯妙真'咔嚓'了！"说着，他做了一个刀抹脖子的动作。陈长老冷笑道，"这样当然好，可是凭你我的功夫，可能连江一鸣那一关都过不了。再说了，如果我们在这里和李清玄李道长师徒火并，那智亲王就可以坐收渔翁之利。"众人都看着姚一镖。姚一镖沉吟有顷，发恨声道："今天就暂时放她远走高飞，既然她不能为我所用，将来有了机会，还是要除掉她。对了，刚刚接到飞鸽传信，琦善前阵子带兵在淮南寻找我们，没有找到，现正带着他那支兵马赶来山西与智亲王会合。我们不妨一路向西，过黄河入陕西，向南走秦岭小道，出汉水，折回淮南去！"大家道："善！"于是姚一镖带领众人勒转马头，向西方一条官道奔去。

5

祁家洞房内，玉环正坐着假寐，她仍然在等。忽然间，她被一阵婴儿的哭声吵醒。第一个反应就是：妙真来了！伏在桌面上打瞌睡的隽藻也在这一刻猛醒过来，见玉环已经拉开门，飞奔出去，隽藻心中一惊，急忙跟了出来。他们在自家的大门口发现了一个篮子，一个婴儿正躺在篮子里大哭不止。玉环将元白从篮子里抱出，疑惑地朝四下里望，一边道："谁家的孩子，丢在我们家门前了？"刘氏和蕴藻听到了孩子的哭声，都披着衣裳走出来，元白的哭声更响了。刘氏道："这是怎么了，谁家的孩子在哭？"她抬头看见旗杆上的红灯笼，心里陡然想到了什么，眉头一皱。紧跟着宿藻和张牧也跑了出来。宿藻一边跑一边问："什么事什么事？"玉环抱着元白给刘氏看："娘，你瞧我和隽藻在这里捡了个孩子！"蕴藻揭开襁褓看了看，发喜声道："娘，是一个男孩子！"刘氏脸上却没有笑容，急道："外头天凉，别冻着孩子，快抱屋里去！"

玉环抱着孩子进了洞房，众人跟了进来。元白还在哭，蕴藻将他接过去，背身过去喂奶，元白立马就不哭了。宿藻道："哎，今天咱们家出的事可是太不平常了，白天五哥娶亲，让绑匪劫了票，没要钱又给放了回来！这会儿三更半夜的，又有人往我们家门口放了一个孩子！娘，五哥，你们不觉得怪吗？"刘氏自进了屋就一直闭着眼睛，这时睁开眼睛道："胡说！天下灾民这么多，在门口捡个孩子，有什么大惊小怪的！"一时大家都不再说话。忽然，只听张牧大叫一声："快看，篮子里有张纸条！"隽藻急忙抢过去念道："元白。"刘氏接过纸条仔细看了看，道："不错，这是特意写好了放在里面的。他叫元白。"张牧道："大娘，可是他没有姓，他姓什么呀？"刘氏站起身来，道："三天之内，要是没人来找他，他就姓祁！"蕴藻看了他一眼："娘，瞧他多乖，一吃饱就睡着了。"刘氏道："把他抱到上房里去。"说完了抬脚就走，又回头对宿藻："你到上房里来一下。隽藻，玉环，你们关了门歇着吧。"蕴藻抱着元白走回上房，刘氏让她带孩子先睡，单单留下宿藻问话："门外旗杆上那两盏灯笼是谁挂上去的？""是五嫂让我挂上去的。"宿藻回答，"怎么了娘？"刘氏一语双关地吩咐道："天快亮了，事情都过去了，把灯取下来吧。"

这边洞房内，众人一走，隽藻刚刚关上门，玉环就猛地扑上来了，紧紧地抱住隽藻。隽藻急道："你你你……又怎么啦？"玉环颤声道："妙真来过了，可她又走了！她看到了我为她挂的两盏红灯笼，可她还是走了！"隽藻明白她的话是真的，心中突然又大疼起来，嘴里却道："说什么呢，没有的事！"玉环也不理他，仍然痴痴地流着喜泪，望着隽藻的脸道："五爷，该为她做的事我都做了，她没有来和你团圆，不是我的错。曹玉环今天夜里做的事一辈子只做一次，不会再做第二次，这会儿她就是再想回来，我也不会把你让给她了！"隽藻明白，妙真这一去，是再也不会回来了！他想转身走，玉环却抱紧他不撒手，流泪道："五爷，玉环为五爷，为妙真，该做的事情都做了，现在五爷该报答玉环，为玉环做点儿事情了！"隽藻看她："你要我做什么？"玉环道："认下玉环做媳妇，这会儿就把玉环抱到婚床上去！"

窗外传来第一声鸡鸣，玉环就醒了。看着沉沉睡在身边的隽藻，她的眼里又一次溢出了爱怜和满足的泪花。隽藻一翻身，系在脖子里的同心结露了出来。玉环心中一阵妒忌，她悄悄将同心结解下，然后披衣下床，将它藏到一个旧箱子底下，并将自己缝的一个同心结照旧给隽藻戴上。天亮后，隽藻醒来，玉环侍候他穿衣。隽藻忽然道："哎，我的东西哪儿去了？这是什么？"玉环装作不知，问道："什么东西？那是我给你做的同心结！"隽藻深深看了她一眼，明白发生了什么事，不愿再说。玉环赶忙换了个话题，说："五爷，昨天的那个孩子是谁？"隽藻心里一惊："捡来的孩子，我知道他是谁？"玉环道："他就是妙真的弟弟，妙真没有回到这个家里和你破镜重圆，可她远走高飞前还是把她家的元白送到了我们家抚养——"隽藻急了，一把捂住她的嘴，道："你胡说什么，元白就是元白，他的来历，我们谁都不知道，记好了！"玉环点头，哆嗦了一下，道："玉环知道了……"

第九章

典乡试穆相起杀心　诉痴情格格惊事变

1

这天早上，一家人坐下吃饭，蕴藻看了看大家，对刘氏道："娘，从昨晚上到这会儿，我怎么总觉得少了个人呀！"宿藻听了她的话，看看大家，叫道："是我四哥还没来！"刘氏听了，脸色一变，对宿藻道："快去看看！"宿藻跑出去，转眼又跑回来，叫道："娘，不好了，四哥走了，留下了一封信！"刘氏接过信来看，一家人都紧张地望着他。刘氏满眼含泪，半日不语。隽藻问她："娘，出什么事啦？"刘氏拭泪道："你四哥走了，去新疆侍候你爹去了。"隽藻大惊失色，道："为什么，这事我怎么不知道？"玉环一脚进门，听了这话，脸色骤然一变，端在手中的盘子落地。众人又回头看她，玉环急忙蹲下去收拾，避开大家尤其是隽藻的目光。刘氏急忙说道："你们大家都甭乱想。这事你四哥早就跟我说过，这也是他的一片孝心，感天动地，娘怎么能不答应！娘是让他等隽藻和玉环的喜事办了再走。现在喜事办了，他果然走了！好了，都坐下吃饭！"隽藻想到了什么，心疼起来，他猛地站起，叫道："娘，我四哥一定没走多远，我去把他追回来！"他起身大步出门，一口气赶到村外路口，哪里还能见到成藻的人影儿？望着长长的官道，隽藻不由得落下泪来，撕心裂肺地大叫："成藻——！四哥——！"玉环随后赶到，上前扶住他，和他一起望着远方流泪。隽藻猛然回头，冲她说道："快告诉我，昨晚上你说的那个一直在等你的人，是不是成藻？四哥他是为了成全我和你才走的，是不是？"玉环这时心中十分平静，她知道成藻为什么要走，只是流泪，并不答话，只在心里默默地替成藻向上天祷祝道："成藻哥，你走了，你是为你妹子走的，玉环这一辈子，都忘不了你的恩情！"隽藻望着她的形容态度，忽然间什么都明白了，一口血急喷而出。玉环大惊，叫道："快来人哪，五爷吐血了！"跟上来的蕴藻和宿藻急忙上前，扶住隽藻往家走。隽藻一把将他们推开，回头望着通往西方的大路，痛心地说道："这是为什么呀……你们为什么都这样待我……我这个人，值得大家这样待我吗？"他又呕了两声，到底号啕大哭起来。

几天之后，隽藻回到了宗艾镇张家货栈。张观藜见他回来，十分高兴，难得地问候了隽藻母亲和一家的安好，然后说："有件事等会儿殷掌柜会和你交代。你不去马棚干活了，账房里缺人手，这次回来你到那里做学徒吧。"说完就要离开。隽藻急道："先生留步，学生有一句要紧的话要禀告先生。"张观藜回头看他一眼，隽藻已经跪倒在地上。张观藜觉得不好，眉头一颤，面色一下冷峻下来，急道："你这是怎么啦？"隽藻匍匐在地，大声道："学生请先生恕罪，回家这些天，学生反复思量，还是改了主意。先生，学生想辞别先生，过些日子去赴太原府的乡试——"他的话还没说完，张观藜已经勃然大怒道："祁隽藻，你……你真的要回头去走那科举之路？"隽藻点头："回先生的话。学生正是这么想的。""为什么？"张观藜大怒不息，问道，"你真以为你今天回头去乡试，就一准能够得中？"隽藻来前对此时发生的事情已有心理准备，于是就平心静气地回答："得不得中，学生不知，但当为不为，就是学生的大错了。"张观藜又急又怒，道："我明白了，是我当初那一席话害了你，让你迷了本心。其实当初我讲那些话，只是想让你知道，天下读书人不一定非要走兼济天下之路，自取杀身之祸。没想到你居然会错了老夫的一番深意！"隽藻心中仍然波澜不惊，跪禀道："先生且怒，学生今日一来辞师，二来是要面谢恩师，没有先生当日的那番话，隽藻至今还是一只井底之蛙，或者是蓬蒿中的燕雀，看不清大鹏双翅下九万里的世界。学生今日方知家父西去新疆之时，为何要让学生来先生这儿念书了！虽在先生身边的日子不多，可先生还是帮学生打开了心扉，如同帮学生拨开了眼前的云翳，看到了万里长空。学生为此终生不忘先生的大恩！"说着，他又叩头下去。张观藜久久地望着他，道："你觉得凭你一人之力，就能挽狂澜于既倒，救大清亿万百姓不死于那场大难？你就不怕你会一事无成，却又重蹈了你父亲的老路？！"隽藻伏地不起，也不抬头，道："恩师，学生现在只知道应当有人去救天下人，没想过天下是否可救！"张观藜呆了半晌，突然大怒道："既然你已经想好了要重走科举之路，那你就走吧！马上走，立刻走，不要让我再看到你！"隽藻又冲张观藜磕了一个头，道："学生谢恩师，学生一生都不会忘记恩师的教诲！"他爬起来，转身欲走，却听到了张观藜的一声断喝："慢着！"隽藻回头看他，张观藜道："祁隽藻，老夫还有一句话，你要记好了：今天离开我这里，日后你无论走到哪里，都不能说你是我的学生！我张观藜一生清白自守，不入俗流，没有你这个心怀天下一意仕途的学生！"隽藻大惊，不觉叫出声来："恩师！"张观藜转身，不再看他，怒道："你走吧。我再说一句，你就是说我也不会承认！以后我们各奔前程，永不见面！来人！"殷掌柜和柱儿跑了进来，喊："东家！""他的铺盖卷呢？"张观藜问。"东家，在马棚里呢。"柱儿说。"扔出去！等这个人走了，再打水来把那儿好好冲洗，别让他脏了我的地方！"说完，他看也不看隽藻一眼，转身离去。隽藻又跪下来，叩首在地，大声地："恩师——"张观藜头也不回，已经走远。隽藻不觉流泪，大声道："恩师，即使恩师不愿认隽藻这个学生，学生一辈子也还是不会忘了恩师！恩师保重！学生去了！学生和学生的父亲，在这里再一次叩谢恩师了！……"

2

京城穆家书房内，穆彰阿正躺在榻上，头上贴着膏药，张妈在侍候他喝药。一碗药喝下，穆彰阿"哇"地吐了出来。张妈急忙收拾。薛管家跑进来道："大爷，郑王爷、怡王爷来了，要见大爷！"穆彰阿皱着眉头道："我不是说了嘛，这些日子我旧病发作，不能见人！对了，最近有没有佛库伦的消息？"薛管家嗫嚅道："回大爷，没……没有。"穆彰阿怒道："这件事我不让声张，可我听说，你还是惊动了五城兵马司的人？"薛管家小心翼翼道："奴才也是没办法，又怕时间久了，格格一个未出阁的女孩儿家，万一有个闪失——"穆彰阿吃力地要起身，薛管家连忙上前搀扶。穆彰阿无奈，叹道："惊动就惊动了，让他们帮着找，也没有一点儿头绪？"薛管家"嗯"了一声。穆彰阿道："贝勒府那边呢？他们也没有打发人过来……兴师问罪？"薛管家道："这倒没有。花轿上了门，小姐却不见了，要在别人家，说不定会来咱家闹翻天，可他们那边压根儿就没什么动静。爷，一场大事就这么过去了，想起来我都替爷念佛！"穆彰阿恼羞成怒，道："念什么佛！好事不出门，恶名传千里。穆家出了这桩子事，丑大发了，不但满北京城的皇亲国戚达官贵人，就连皇上，听说也知道了！"薛管家赔笑道："所以大爷才称病不起，既不上朝，也不见客。不过奴才以为——"穆彰阿怒气未息，道："你想说什么？"薛管家凑上去道："奴才是想说，大喜之日公然逃婚，格格自己也知道这乱子惹大发了，爷你想一想，这北京城哪里还会有她藏身的地方。"穆彰阿怔了怔，一拍脑门，大叫一声："不好！"回头对薛管家吩咐道，"这两天好好派人在家盯着，看是不是有山西那里来的急信！……对了，等会儿我要拟一道折子，明早朝会上奏明皇上，即刻去山西督察学政！"薛管家躬身笑道："奴才知道了。爷，怡王爷、郑王爷还在客厅里等着呢。我差点儿忘了，他们还带来了六爷肃顺。还没多大一点儿呢，说是来给爷你问安。"穆彰阿面露厌恶之色，想了想，道："罢了，我还是去见见他们吧！"

客厅里，肃顺已经等得极不耐烦了，他有些生气道："老二、老三，这位穆相的架子也太大了，让两个王爷加我一个乾清门一等侍卫等了这半天，也不见个人回话儿！"载元漫不经心道："你急什么？知道为什么让你跟穆彰阿去山西？就是想杀杀你这脾气！像你这种什么人都瞧不上的脾性，将来能成什么大器？"肃顺心中不屑，却不再言语。这时，薛管家陪穆彰阿走了进来。穆彰阿拱手道："两位铁帽子王爷，还有六爷，穆彰阿近日薄恙在身，怠慢了，见谅见谅！"载元兄弟连忙站起，拱手还礼："穆相，打搅了！"肃顺随着起身，却不跟着施礼，只冷眼看着。众人分宾主落座，流翠捧上茶来。

瑞华、肃顺不约而同去看载元。载元道："穆相这些日子身子骨不大康泰，我们三兄弟本不该来打扰你的清养，只是我们家这个老六，今年也十七八了，打算让他在皇上跟前当差，可他还从未出门历练过。"瑞华跟着附和道："是啊！这不，知道穆相就要去山西督察学政，我们哥俩觉得是个机会，想求穆相带了他去见见世面。"穆彰阿连忙道："哎呀王爷，这穆彰阿可不敢。六爷是龙子龙孙，大清的嫡系血脉，穆彰阿什么人，哪能让六爷跟着穆彰阿去办差，不能不能！"瑞华笑道："老穆，你这个人又酸了不是？咱们自己人的事儿，推脱什么？肃顺还是个毛孩子，皇上和我们哥俩的意思，就是让他跟着你长长见识，累积点儿资历，日后万一有了机会，也好让皇上赏点儿差事给他做，说透了就是这么个事儿，老穆你就不要推辞了！"肃顺斜了他一眼，不满道："三哥，什么事到了你嘴里，怎么就这么俗呢！"瑞华嬉笑道："你瞧，我说了实话，他还不高兴了！"穆彰阿沉吟有顷，道："既是皇上有旨意，穆彰阿自然不敢推辞。"他转脸看着肃顺，道，"六爷，山西那个地方，地瘠民贫，你真愿意跟我去受苦？"肃顺面无表情，道："穆相若是不弃，肃顺自然不敢辞其劳苦！"穆彰阿笑容骤落，不再看肃顺，淡淡道："六爷，明日早朝穆某就要陛辞，过午就要上路，咱们崇文门外见吧！"说罢，他起身拱手道，"诸位爷，我也不虚留了！"三人只得起身告辞。

穆彰阿把他们送出门外，转身往回走。薛管家跟在后面问道："爷，真要带这个刚愎的肃顺去山西呀？"穆彰阿站住，回头看他一眼，叹气道："说到底，他们代善家才是大清朝的正根儿。两位世袭铁帽子王都出面了，我怎好不给他们一个面子！"薛管家半是恭维半是试探地问："爷看人一向入木三分，你看这位六爷，将来长大了宦情如何？"穆彰阿"哼"了一声，道："面相骄横，目露凶光，看样子有的是能耐，恐怕将来大清天下不足他为。"他又站住身子，问，"对了，佛库伦离家多少天了？"薛管家屈指一算，道："整整一个月了。"穆彰阿望了望院外，自语道："她要是真去了山西，要说那边的信也该到了。"这时，就见一名家人飞跑进来禀报："大爷，山西来的急信！"穆彰阿接过信，拆开一看，大怒道："这个天不怕地不怕的丫头，她真的逃到山西去了！打发人告诉肃顺，启程的时间提前，早朝后就走！"

3

穆彰阿的马车刚刚风尘仆仆地停在山西巡抚衙门前，乌鲁阿就连忙迎了上去，道："山西巡抚乌鲁阿恭迎穆相。"穆彰阿下车，指着他笑道："姑父，你这老家伙，还给我玩这套虚把式，我姑妈她怎么样！"乌鲁阿笑道："她不怎么样。你再不来，她都要急坏了。从佛库伦来到太原府头一天起，我就让你姑妈把她圈禁起来了。"穆彰阿停下脚步，悄声问："没让她去见那个犯官之子？"乌鲁阿道："当然没有。好了，你进后宅吧，我不进去了，我外面还有公事。等见过你姑妈后，我再给你接风洗尘！"穆彰阿也不客气，进了大门，一径向内宅走去。内客厅里，乌鲁阿的福晋正等在那里。穆彰阿向自己的这位亲姑妈见过礼后，坐下来大口地喝茶。

乌妻就在一旁数落起来："瞧你这个哥哥当的，把个妹妹生生逼到了山西！佛库伦可是我看着长大的，从小是个多乖巧的孩子。哎呀，你就不知道，这孩子一进门，扑在我怀里就哭开了。想想吧，从北京到山西，这么远的路，又到处都是闹乱子的灾民，万一出个差错，你就后悔吧你！"穆彰阿也不跟她理论，放下茶碗，问："姑妈，她人这会儿在你这儿吧？今晚让她收拾收拾，明天一大早就让我府上的管家送她回去！"乌妻瞪他一眼，道："干吗？你一来就要把她送回去，她又不是逃犯！不行！"穆彰阿诉苦道："姑妈，你不知道，她现在是人家的人了，四贝勒府那边立等着要人呢！她不回去，我在皇上那儿交不了差！"乌妻道："那也不行。佛库伦说了，四贝勒爷自个儿也不想结这门亲，咱们旗人可不像汉人，姑奶奶出嫁，父母之命，媒妁之言，不管对方是瞎是瘸是秃是麻。这个四贝勒，听佛库伦说，竟然整日出入市井，混迹下流，根本就不像那金枝玉叶。我们穆家的丫头，如花似玉，千金之体，哪能嫁给这样的人！别说佛库伦，就是我，也不答应！"穆彰阿有些不高兴，冲着乌妻就是一揖："姑妈，你侄儿虽然年轻，眼下也是内务府大臣、军机处学习行走了，佛库伦是我的妹妹，父母不在，她的事就是我的事。姑妈你要是想替我这个哥哥管她的事，我今天就把她交给你，以后她的事再也不用找我了！"他说完站起就走。乌妻也来了气，道："你给我站住！好好好，我不管她的事了。可是我要再说一句，你刚才那个法子不妥。你这个妹子，脾气有点儿像年轻时候的我，你真将她捆绑起来押解回京，万一她又在路上跑了，你就是再想找，也找不回来了！"穆彰阿想了想，回头道："姑妈教训得也对，不过我还是不能让她留在你这儿。这样吧，今天夜里就让她跟我去山西学政衙门。把她圈禁在你府上，我不放心。等太原府乡试完毕，我自己押着她回去。"

乌妻叹一口气，也无可奈何，笑道："你们这一对兄妹，哪里是亲人，简直就是仇人！哎，你过来，我告诉你一件事。"穆彰阿将耳朵伸了过来，乌妻道，"有件事佛库伦还不知道呢。她千里迢迢要寻的那个祁隽藻，刚刚娶了亲！"穆彰阿一惊，道："什么，祁隽藻成过亲了？"乌妻点头："对。这下你放心了吧！"穆彰阿神情不变，心却一下放轻松了，叮嘱道："姑妈，家丑不可外扬。这件事情你知我知，我姑父知，其他人，一概都不能让他们知道！我出去应酬，你让佛库伦准备好了跟我走！"乌妻笑道："去吧去吧，我知道外头山西的大小官员都等着给你这个军机处的新官接风呢！杏花村酒是好喝，不过也要少喝一点儿！对了，酒宴完毕，我让他们给你们送醒酒汤去。"

　　穆彰阿走出去，果然山西的大小官员都在那里恭候。他是当今皇上的宠臣，好不容易莅临山西，这些人谁肯放过这个结识逢迎的机会。直闹到夜深，穆彰阿才得脱身，由乌鲁阿陪着回到了姑妈的内客厅。乌妻早已准备好了醒酒汤，穆彰阿喝完，道："谢姑妈的好汤！佛库伦收拾好了吗？"乌妻道："都收拾好了，她不愿意走，是我劝了她，她不得已才答应的。到了你那儿，你可要好好待她，别委屈了她！"穆彰阿也不答话。这时就见乌鲁阿在一边悄悄示意，乌妻知机，便唤了丫头们走出去。穆彰阿站起来道："姑父，我也走了！"乌鲁阿道："且慢。来人，上好茶！"穆彰阿只好再坐下来。乌鲁阿笑道："你喝了我们山西人的酒，不能这么就走哇，好歹也得给我透点儿……啊那个什么呀。哎，皇上这次放你这个钦差来到山西督察学政，陛辞的时候，就没有一些特别的旨意？"穆彰阿摇头道："没有。皇上让穆彰阿来山西主持太原府乡试，无非是要为我大清简拔人才。"乌鲁阿"嘿嘿"一笑："这里可是本官的内客厅，只有你我爷儿俩。你就不能说点儿实话？你这次来，到底是为大清简拔人才，还是要为你自个儿将来成为首相网罗羽翼？"穆彰阿正色道："姑父，你既然把话说到这里来了，那我问你，穆彰阿此次来山西，是为大清简拔人才，还是为我自个儿网罗羽翼，真的有什么不同？姑父身在官场，历任封疆，自然看得清楚，大清国如今内忧外患，积重难返，没有人才，如何了得！"乌鲁阿神情也严肃起来，半真半假道："明白了。早知道我夫人娘家这位内侄，自幼就以天下为己任，乃当今大清国我旗人中第一人才，虽然你今天还在军机处排名垫底，天下人却皆知你不久就是首相之选。"他又"嘿嘿"笑了一阵，道，"不过你不该到山西来，山西哪有什么人才！"穆彰阿看他一眼，道："不对吧。你又来假的了。山西虽地瘠民贫，历史上却是读书之乡，第一出晋商，第二出宰相。"乌鲁阿欲擒故纵，继续兜圈子道："你说的那史上做宰相的山西人，可都是汉人，并不是我们旗人。"穆彰阿不觉心情沉重，道："姑父，我大清入主中原近二百年，精华消磨殆尽，天下汉人有万万之多，朝廷不重用汉臣，则无法治理天下。穆彰阿以为，要收汉人之心，必要先收汉人中的读书人之心，让汉人替旗人治理天下，才是正途。姑父在皇上那儿，也是个能臣，居然还能说出这种满汉之辨的话来，穆彰阿实实地有些吃惊！"

　　乌鲁阿这才露出本相，一拍茶几道："好。你能说出这些话，姑父佩服你。哎，要说人才，就这次太原府乡试的生员里，我倒想起一个。"穆彰阿问："谁？"乌鲁阿道："寿阳县的生员，名叫祁隽藻。"穆彰阿心中一惊，问："姑父，这山西太原府的生员中，到底有几个祁隽藻？"乌鲁阿认真地看了看穆彰阿，道："他就是你妹子佛库伦千里迢迢逃到山西来找的那个祁隽藻。"穆彰阿心中"沉"，一股怒气悄然冲上来，他"哦"了一声，不动声色道："本学政知道这个祁隽藻的来历。他并不是皇上让穆彰阿来山西简拔的那一类人才。"乌鲁阿不觉吹了一声口哨，回头看他，问："还有一件事……你来山西之前，皇上有没有跟你提起过一个人？""谁？"穆彰阿问。"张观藜。"乌鲁阿回答，"我刚刚听说，祁隽藻自京城回到山西后，一直跟张观藜读书。"穆彰阿心中一惊，故作糊涂道："张观藜是谁？"乌鲁阿略微有点儿失望，道："原来皇上没有跟你提过张观藜。啊，他不是什么人，张观藜就是一个商人。"穆彰阿佯作大笑道："原来是一个商人，听姑父你的口气，我还以为他是一位了不起的天下大儒呢。姑父，没别的事，穆彰阿就告辞了。"乌鲁阿沉沉地望他一眼，唤道："来人，送穆大人！"

穆彰阿向外走，这一瞬间，一直维持在乌鲁阿脸上的假面落下。他在心里冷笑："跟我装糊涂，哼！"

4

穆彰阿回到山西学政衙门，肃顺还候在那里。穆彰阿也不让他坐，自己坐下，头也不抬地问："六爷，太原府乡试，还有三天是吗？"肃顺因为穆彰阿去会全山西的官员，将他一人撇在学政衙门，心中不满，却不愿发作，于是面无表情地回答："是。"流翠送上茶来，穆彰阿呷了一口，问道："各县应试的生员名册送来了吗？"肃顺将手边的名册放到穆彰阿面前，道："送到了，穆相请过目。"穆彰阿并不看那些名册，仍旧只是喝茶，一边问："今年寿阳县的生员里，有一个祁隽藻，六爷盯着他，他的卷子我每张都要看。"肃顺不明白穆彰阿为何单单对此人如此眷顾，他一向心高气傲，胸襟又甚狭窄，看不起天下人，立马就对这个祁隽藻起了妒忌之心，不屑地言道："大人，这位祁隽藻是谁，让大人如此关注？"穆彰阿对肃顺的一颗心看得透亮透亮，故意淡淡言道："六爷，据说这位祁隽藻是当今山西青年才俊中的第一人。我还听说，他是张观藜的学生。"肃顺茫然不知张观藜是谁，复道："这张观藜又是何人？"穆彰阿听出他是真不知道，不想多说，只道："啊，张观藜过去是个读书人，现在做了商人。"肃顺"嗤"的一声冷笑，道："皇上让大人前来山西督察学政，为国求才，大人是不是过于求贤若渴了，就连一个商人的学生，你都这么关注！"肃顺如此小视天下，让穆彰阿心中顿生厌恶，要给他一点儿小小的钉子碰，也不正眼瞧他，只是说："六爷，你听说过自愿弃绝天下、连周游列国欲行仁政的孔子都看不起的人吗？张观藜就是这样的人，据我所知，朝廷几次要起用他，他都不肯出山。我还听说，他多年不收学生，祁隽藻自京城回到山西，马上能够出入他的门下，此人还可以小觑吗？"肃顺受此奚落，心中暗自大怒，当即道："大人，肃顺也常听人说一句话，叫作'盛名之下，其实难副'！有些人谎称自己意在山水，不愿做官，可后来证明都是假的，他们并没有平治天下之才，不过是靠这个沽名钓誉、欺蒙天下罢了！"穆彰阿不愿再和他说，起身道："六爷，天太晚了，歇着去吧！"肃顺却意犹未尽，上前一步，杀气腾腾地说道："大人，像张观藜这样的汉人，身在大清皇舆之内，却以清高自命，宁可混迹商路，也不屑于入朝为官，如果朝廷和各地官府任由这种人招摇在世，'普天之下，莫非王土；率土之滨，莫非王臣'不就成了一句空话！肃顺以为，江南乱民该杀，像张观藜这样的人也该杀！杀一个张观藜，天下读书的汉人就不敢再小瞧朝廷！"穆彰阿沉着脸不说话。肃顺失望道："大人以为如何？"穆彰阿望了他一眼，道："六爷此话，只可当着穆彰阿的面讲。出了这个屋，就不要说了！天太晚了，请吧！"

薛管家走进来，看着穆彰阿。穆彰阿沉吟不语。薛管家望了望刚刚走出的肃顺，笑道："爷，刚才这位六爷的话奴才都听见了。皇上真要是有心栽培这位爷，将来大清国万万千千读书的汉人，可要遭殃了！"穆彰阿正在沉思，被他打扰，回头勃然大怒，道："你一个奴才，知道什么！杀一个张观藜，则天下读书的汉人自然会倾心朝廷，朝廷也才能兼用汉人治天下而不失其权柄。肃顺一个蠢才，只知道杀人，却不知道杀人是为了让天下汉人归心于朝廷！"薛管家一向喜欢揣摩主子的心思，不想今日却揣摩错了，急忙赔笑道："爷，是奴才胡说八道。"穆彰阿不再和他说这件事，问道："都安排好了？""照爷的吩咐，格格的事情都安排好了。"薛管家道。穆彰阿深深地看着他，道："我再说一遍，派专人看着佛库伦。我们离开山西之前，不能让她出这座衙门，我也不见她。再出了岔子，仔细我剥你的皮！"薛管家心中打了个寒噤，答应一声，躬身退出。穆彰阿这才拿起那份生员名册翻起来。

他看到了祁隽藻的名字，想了想，拿起朱笔，一笔将其抹去。

5

离太原府乡试还有三天，新婚还没满月的玉环连夜帮丈夫收拾行装。天亮的时候，隽藻上路，全家人都到大门口相送。隽藻叩拜刘氏，道："母亲，儿子走了！"刘氏望着儿子，一时间竟觉得如同万箭穿心一般，不觉滴下泪来。隽藻笑道："母亲，天下父母皆盼着子孙十年寒窗，一朝科举得中，儿子不过是去应试罢了，你不必这么担心。"刘氏也不与他多话，只是猛地闭上眼睛，颤声道："执意要这样，你就走吧！娘今儿把你……舍了！"玉环扶着刘氏，听婆婆说出这样的话来，眼泪就要流出，却也只能强力忍着，送隽藻上车。隽藻上了车回头道："好好照顾母亲。"玉环点头，一时泪眼婆娑。隽藻不再看她，回头对宿藻道："走着吧！"宿藻吆喝了一声，马车缓缓前行。众人直望到马车出了村子，还未散去。这时刘氏身子忽然摇晃一下，玉环忙把她扶住，惊叫一声："娘，你怎么了？"刘氏把眼睛睁开，满是泪水，急急对身后也赶来送行的采藻说："快去追他们，我方才忘了一句话，隽藻此去太原府，不管出了什么事，都要让宿藻马上回来报个信！"采藻答应一声要走，玉环急道："娘，这话媳妇昨天晚上已经交代过宿藻了！"

　　黄昏时分，隽藻和宿藻到了太原府。宿藻赶着车在熙熙攘攘的街市上行走，隽藻躺在车内假寐。一客店小二迎上来拦住殷勤说道："两位客官，是来赶考的吧？住我们店里吧，我们这店里干净。"隽藻探出头来，问："你怎么知道我是赶考的？"小二谄笑道："秀才公，眼下满太原城，不是来赶考的秀才，就是陪秀才的帮闲，就他，我一看就知道是你的马夫！"宿藻生气道："你……"隽藻笑道："你说得对，他就是马夫。马夫，咱们就住这儿了。"小二去拉马缰，宿藻不理他，自己将马车赶进店去。

　　含黛此时正在山西学政衙门后花园自己的临时住处思念隽藻。昨晚被哥哥从巡抚衙门弄到这里来，虽然她十分不情愿，却也无计可施。晴儿是含黛出逃的同谋，自知犯下了大罪，时刻担心穆彰阿会想起此事，真让人"剥"了她的皮。于是每次看见薛管家带人走近这后花园，她都会紧张一回。这天她忽然又看到薛管家领着穆彰阿的贴身小厮虫子走近园子，指着含黛住的小楼对虫子指指点点，又害怕起来，忙对含黛道："小姐快看，这是又怎么了？"含黛走过来看了一眼，回到一只摇椅上躺下，对她说："你紧张什么，我哥真要剥你的皮，不是还有我嘛！你就是害怕，他要是真想剥你的皮，你也没有办法，算了，别看了！"晴儿心中不服，想："你说得轻巧，我就是个下人，就是命不值钱，也不能让大爷轻易就剥了我的皮。"她悄悄下楼，穿花拂柳，隔着一道院墙，走近墙外的薛管家和虫子，听他们说些什么。这时就听薛管家对虫子道："都看见了吗？那里就是格格的卧房，园子前后左右我都放了人，就是格格想爬墙出去，她也跑不掉。就这样我还是不放心。虫子，我把你放在这里，你就一天到晚死守住这园子的门，只要大爷在山西公干这些天格格没走出这个园子，回到京城里大爷赏了你，我还要赏你。可要是出了事，让格格再悄没声儿地跑了，就是大爷不剥你的皮，我也要剥你的皮！"虫子吓得一哆嗦，连忙应道："虫子知道了！"这些话晴儿听得仔细，看着薛管家把虫子留在园门那里，一个人离去，松了一口气，悄悄回到了小楼里。含黛正躺在那里伤心落泪，晴儿端茶过去，劝她道："小姐，你别难过了，反正祁公子也娶了亲了，你就是再哭也没用了。"含黛道："你又在外头看到了什么？"晴儿迟了半晌才道："小姐，管家老薛又在园门口添了个人，咱们两个这回真是被关死在这里了。"含黛不语，半晌后又自语道："就是不知道他这次来不来太原府应乡试。"晴儿忽然明白她还在想隽藻，不由得可怜起她来，脱口道："小姐要想知道这个也好办。"她俯身对含黛耳语了一番。含黛看看她道："怎么，这会儿你又胆大了，敢给我出主意了，你不怕我哥剥你的皮了？"晴儿道："这会子我也想通了，大爷要是想剥晴儿的皮，晴儿就是怕也跑不掉。要是万一碰巧他忘了这件事，晴儿就还是晴儿，晴儿反正就这一张皮，早晚因为小姐，让大爷给剥了！"含黛笑起来，道："好，你不怕了就好，咱们走！"晴儿嘟哝道："都是跟着小姐，晴儿胆子也变大了。"

二人笑着走下小楼，站在楼前花间，含黛吩咐道："去吧！"一会儿，虫子跟着晴儿走过来，趴下就磕头："奴才给格格请安。"含黛正背身看花，此时猛一回头，"哎呀"惊叫一声，变色道："大胆！你是谁，你是怎么进来的？来人——"虫子吓得趴在地下不敢抬头，道："格格，是……这位姐姐让我进来的呀！"含黛瞪眼道："胡说！大胆晴儿，是你让他进来的吗？"晴儿一脸的无辜："没有呀，小姐，我没让他进来！"虫子完全晕了，连连磕头哀求："格格饶命，刚才真是这位姐姐让我进来的，说格格……"说到这里，他猛然醒悟，赶忙打自己的嘴巴，道，"格格，是奴才一时昏了头，自个儿闯进来的。格格，你就说实话吧，你想让奴才干什么？"含黛道："事情也不大。你要是成了我的人，我就饶了你，不但饶了你，将来还给你配一门好亲事！我问你，大爷现在在衙门里吗？"虫子道："没有。听管家薛大爷说，大爷今天要到山西巡抚衙门里去回拜山西的官吏，早早地就出门走了。"含黛抬脚就往园子外面走。虫子急忙上前拦住，低声下气道："格格别出去。虫子要是让格格出去了，不但大爷要剥了我的皮，府里的管家薛大爷也要再剥虫子一层皮！"含黛又生气又好笑，道："你还有两层皮呀。本小姐今天一定不能出去？"虫子很干脆地答道："一定不能！"

含黛回头找了个阴凉地方坐下，气哼哼地发脾气："晴儿，给我拿茶来，我要喝茶！"虫子想了想，抬头道："格格，虫子虽说不让格格出去，可也没说不让格格出这个园子，格格要是嫌这里头闷得慌，出来在前头院子里逛逛也不碍事，反正大爷和薛管家都不在。"含黛一听这话，抬腿就往园子外面走。虫子刚刚说了大话，此时又急了，紧紧跟在后面，看她要往哪里走。含黛走了几步又停住了，回头问道："大爷平时办公事的地方在哪？"虫子一惊，道："在书房。""前面领路，带本小姐去书房。"虫子到了这里，不敢不去，一路引她和晴儿来到穆彰阿的书房门前。"就这儿？"含黛问。"对，就这儿。"虫子回答。"好，你在这儿看着，别让人进来。"虫子只好站在那里守着。含黛进了书房，回头示意晴儿关门，一眼就在书案上看到了那本太原府各县应试生员的名册，拿起来一阵乱翻，叫道，"晴儿，你看，他的名字在里头！"忽然间她停下了，满目泪花晶莹，道，"我含黛千金之体，千里迢迢来到山西，受了多少惊吓和委屈，就是为了他这个人。我姑妈和我哥都说他已经娶了亲，可是我不信，那都是他们骗我！我和祁公子在京城元宵节灯市上相遇，我对他一见钟情，我们两个人换过灯的，没有等到我来和他相会，他怎么可能娶了别的女子！"不等晴儿开口说话，她已经满心欢喜，急急拭泪，出门对虫子道，"快替我去打听打听，寿阳县的秀才祁隽藻到了太原府没有，住在哪家客栈？"虫子又吃了一惊，道："格格，这可不成……你不会是想走出这个衙门吧？"含黛瞪他一眼，厉声道："你怕什么！我又没说要出去。这位祁公子是本小姐的一个至亲，我就是想知道他来了没有，住在哪里，得空了让晴儿去看看他。"虫子长长呼出一口气，连声道："那是那是，奴才这里走不开，不过我马上找人帮格格打听。"说着，便忙不迭地跑了出去。

含黛又回头看那名册，忽然皱眉道："我哥怎么用朱笔把他的名字抹去了？不好，我哥一定是要为我的事难为祁公子！晴儿，快想办法让我出去！"晴儿想了想道："小姐真要出去？"含黛眼泪又落下来："我不出去见祁公子，他怎么知道我已经为他做了什么，怎么知道我已经千里迢迢来到了山西？"晴儿道："小姐刚才的话也有道理，祁公子成没成亲，只有小姐和他当面一见，问个究竟，才能知道底细。哎，小姐，我有办法了。"

6

虫子匆匆走来，告诉等在后花园园门口的晴儿："晴儿姐姐，我找人打听过了，寿阳县秀才祁隽藻到了，在太原府衙门里点过了卯，下处在汾河街马家客店。这是地址。"晴儿接过那张纸条，道："没你的事儿了，你去给大门上的爷们儿说一声，小姐过会儿让我出去买点儿胭脂粉，别让他们拦我！"虫子点头道："我马上去。"说着跑走。

晴儿回到楼上，对含黛道："小姐，万事俱备，只是这回晴儿不能陪小姐去了。"一边说，她一边脱下自己的衣裳，接过含黛的衣裳，侍候含黛打扮，又忍不住说："小姐，等会儿你可得回来，不然晴儿这回真的就没命了！就是祁公子成亲的事是假的，你也不能跟他私奔！你一定要回来救晴儿！"含黛心中一震，大喜道："私奔？……对，这个主意好，我见了我那心上的人，干脆跟他私奔了吧！"晴儿急了，立马跪下了："小姐你可别……小姐一定要救晴儿的命！"含黛笑道："哎，我帮你出个主意。等会儿你把我送走，回来就喝酒，把自己喝得烂醉如泥。事发之后，我哥要是审你，你就说是我把你灌醉了，后来的事给他来个一问三不知！"晴儿嘬着嘴道："那……也只好这样了。小姐，你这一去，真的就嫁给祁公子了？"含黛道："别大惊小怪的。后面的事情我都想好了，我见了他，把事情一五一十讲出来，我是为他千辛万苦跑到山西来的，还为这个受了两次圈禁，他知道了这些事，但凡他还是个男人，还有一颗心，就不能不认下我这个媳妇，然后……然后……"晴儿追问道："然后怎么着？"含黛一张脸忽然就红了，道："然后有情人就终成了眷属，生米就做成了熟饭，我就成了祁家的媳妇。到了那时，这锅饭不管多难吃，我哥他都得伸长脖子咽下去。我有爹娘留给我的江南三百亩水田和一座庄园做嫁妆，再求我哥在皇上面前求个情，给祁家抬个旗籍，……剩下的就是男恩女爱，相敬如宾，子孙满堂，福寿双全，白头偕老。你没看过戏吗？就像戏里说的那样！走吧，送我出门！"晴儿已经像含黛平日那样穿戴好了，却又哆嗦起来，道："小姐，我害怕。"含黛竖起了眉毛，道："你怕什么，将来我到了祁家，把你也从这里要了去，我们还在一块儿，那时你出了虎口，我哥还能拿你怎么样！"

含黛打扮成晴儿的样子，大模大样地坐上马车，出了学政衙门，靠车夫一路打听，顺顺当当地就来到了汾河街马家客店，问清楚了隽藻和宿藻租住的客房。虽然大考在即，隽藻却仍旧独自在客房内读《皮子文薮》。小二引含黛走到客房门外，道："这位姑娘，你找的客人就住在这儿。"他又敲了敲门，朝里面喊，"祁公子，有客人。"说完了转身离去。隽藻一惊，抬起头，门已经被人推开，一个丫环打扮的女子站在门外，定睛望着他。隽藻看着她，诧异地问道："请问这位姑娘，你是……你找谁？"含黛不说话，只用眼睛盯着他，她已经认出了面前这个俊秀的男子就是隽藻，忽然想起自己为他经受的一切，不觉流下泪来。隽藻越发吃惊，道："姑娘这是怎么了？你到底是谁？……啊不，你进来说话。"含黛进门，回手将那门掩上，一腔怜爱涌上心头，就有一点儿支持不住，哭将起来。隽藻越发诧异，道："这位小姐，你到底是来——"含黛这时才明白隽藻没有认出自己，心头的热情冷了许多，匆匆拭去眼泪，无限伤情地说道："祁公子，你真的认不出我来了？"隽藻还是一头雾水，道："怎么，我和小姐见过面？"含黛含羞带怯说道："祁公子，我们岂止是见过！你和奴家还……还交换过一件信物！"隽藻神色一变，惊异道："小姐，你肯定是认错人了！在下是山西寿阳生员祁隽藻，不是你要找的祁公子！"含黛心中陡然生出无限失望，望着隽藻道："祁公子，你就是我吃尽了千般苦才来到山西要找的那个祁公子！你好好想想，元宵节，你是不是在京城长椿街灯市上，见义勇为，打抱不平，救过一个叫含黛的女子，后来又照京城的风俗，和她交换了手中的节灯！"隽藻盯着她看，突然神色大变，什么都想起来了，急道："原来姑娘是……只可惜在下想不起姑娘的名字了！"含黛又是高兴又是难过，高兴的是他想起了自己，难过的是自己为他受了那么多苦，他却忘了自己的名字，于是点点头道："祁公子，你总算想起来了！那天晚上我们离开时，我曾让丫环晴儿告诉过公子，我的名字叫佛库伦，汉名含黛，公子怎么就能忘掉了呢！"说着，那委屈的眼泪又流了下来。

隽藻已经明白发生了什么事情，虽然内心极为震惊，面上反倒平静下来，恭恭敬敬地说道："隽藻想起来了，只是隽藻仍然不知道格格到底是谁？"含黛到此只好一五一十讲出了自己的家世。她说："事到如今，含黛也不想瞒公子了，奴家是大清世袭一等子、满洲镶蓝旗都统、前内阁学士兼右翼总兵广泰之女，今总理内务府大臣、军机处学习行走、督察山西学政穆彰阿之妹。自从元宵节在长椿街灯市上与公子一见，心生爱慕，以为和公子互换了节灯，彼此就订了终身，因为兄长逼含黛嫁给一个含黛不喜欢的人，含黛想着与公子有约，就千里迢迢，带着丫环来到了山西，寻找公子，要与公子履行前约，做一对恩爱夫妻……没想到公子已经回到山西，竟然忘了与含黛之约，辜负了含黛的这一片痴心！"说到这里，她到底忍不住，坐下来呜呜地哭了起来。隽藻听着，心胆俱裂，定了定神，才将涌出口边的话说了出来："格格恕罪，格格一定是误会了……隽藻记得，元宵节那天夜晚，生员所以要将一盏节灯换给格格，是因为格格的丫环告诉生员，说格格的一盏灯坏了，前面道路漆黑，不能行走，隽藻听了这话，才欣然把节灯送给了格格照路，并没有彼此换灯的意思呀！"含黛听到这里，心中大急，霍的一下站起，眼泪直流，大声叫道："公子你怎么这么说话？元宵节换灯，不是你们汉人的规矩吗？少男少女，既是换了灯，就是两情相悦，彼此爱慕，订了终身……自那日与公子一见，含黛窃以为在人世间遇到了终生的知己，又以为公子已经许婚，你怎么能变了卦呢？不，含黛已经千里迢迢地来了，你不能不认下这门亲事！公子要是不认下奴家，奴家就是想回头也不能了！……"说到这里，她不觉哭出声来。

客房外，宿藻拿着一张纸走过来，兴高采烈。店小二急忙拦住他，做了一个手势，指了指那间客房的门，不让他声张。宿藻吃了一惊，蹑手蹑脚走过去，将耳朵贴上客房的门。只听屋里一个姑娘用又急又羞的哭腔说道："何况含黛为了公子，不惜抛弃了与他人的婚约，离家出走，现在怎么回得家去！"这时就听屋里传来隽藻越发惊诧的声音："怎么，小姐竟是逃婚出来的？"宿藻听到这里，低声对小二叫道："不好！""咣当"一声推开门，故意大声嚷道："哥，瞧我买到了什么？"含黛急忙止住哭声，背身过去，拭去眼泪。宿藻装作这才看到她的样子，装傻道："哥，原来你有客人，这位是……"隽藻不愿多说，宿藻这时再看含黛一眼，却心中一亮，想起来了，叫道："啊，这不是……这不是……"隽藻到了这时，不得不说出实情："宿藻，快来给此次太原府乡试的主考官穆大人之妹含黛格格见礼。格格，这是舍弟宿藻。你也是见过他的！"含黛匆匆收泪，回头面对宿藻还礼。宿藻看看这个，看看那个，没话找话地说："哥，我说大街上真有公开卖试题的，你还不信，你瞧我都给买回来了！"说着，将手中那张纸递过来。隽藻皱眉头道："什么，真有这样的事？"他接过宿藻手中的纸看了看，马上将它揉成一团扔掉，怒道："假的！我不信！太原府乡试，三年才有一次，这是为国取才的大典，谁这么胆大，早早地就将皇上拟就的试题偷出来，在大街上公开叫卖！"回头看含黛一眼，心中大怒，对宿藻道，"你先出去，我有话要跟格格说！"宿藻一边往外走，一边机警地说道："哥，来前我嫂子可是嘱咐过，你要按时吃饭，不能饥一顿饱一顿的，弄坏了身子！"

宿藻不说这话还罢，此话一出，含黛的神色立马大变。宿藻这话也点醒了隽藻，他对含黛深深一揖，道："格格恕罪，隽藻实在是得罪了！格格方才讲了那么多事情，隽藻竟全然不知。如果真如格格所言，隽藻现在就要为自己给格格带来的误会向小姐请罪。小姐出身名门，自然知道自古以来婚姻大事，要靠父母之命，媒妁之言。京城元宵节男女换灯定亲之说，即使民间实有这种风俗，一对男女要定亲，还是要靠媒人说定，彼此父母应允，才能成真。至于隽藻，前不久已承母亲之命娶了妻子，有了家室。格格的美意隽藻先前并不知道，自然也没有应允过，今日既然已经成亲，自然更不敢领受。这里是客舍，男女授受不亲，格格待下去多有不便！格格快说现在住于何处，隽藻这就让舍弟套车，送格格回去！"含黛心中大恸，流泪望着隽藻，痴痴地道："怎么，你真的已经娶了亲？"说完这话，身体一晃，向后倒去。

7

含黛再度出走的消息，在她离开后不久就被从山西巡抚衙门赶回来的穆彰阿发现了。他怒不可遏，大发雷霆："把看她的人都给我捆起来，扔马棚里去，每人打四十鞭子！剩下的人都给我出去找，找不到就不用回来了！"薛管家吓得心惊肉跳，连忙安排人出去找。穆彰阿气得头晕，叫道："这个丫头，恨死我了！"肃顺站在一旁，冷眼旁观，暗暗发笑。

直闹了一个时辰，薛管家才把含黛找了回来。含黛是被他们七手八脚抬进学政衙门里来的。见了穆彰阿，含黛醒过来，流着泪道："哥，你这回称了心了，祁隽藻真的成了亲！想不到含黛的命这么苦！这件事还没完，我不能答应！我一定要他把刚娶的媳妇休了，回头娶我！"穆彰阿不答她的话，急问："跟她的人在哪里，还不扶她进去！"薛管家突然想起来，道："晴儿已让大爷捆起来扔马房里了，正等着大爷发落呢！"穆彰阿急急地道："赶紧把她弄出来，和这一个关在一块儿，谁要是再放她出来，我就——"薛管家不等他说完，忙示意众人和自己一起退下，肃顺兀自站在那里不走。含黛依旧拉着穆彰阿的衣袖不松手，大哭不止道："哥，你一定要替妹子做主，我来都来了，嫁不了祁隽藻，我还有什么脸回京城！"穆彰阿怒道："你撒开手，这个样子，成何体统！"一时又回头看肃顺，喊道，"六爷，你可以下去了。"肃顺离去，眼角眉梢都挂着讥笑。这时流翠张妈带着晴儿跑进来，穆彰阿急忙让她们把含黛弄回到后花园她原来住的小楼上去。含黛还是不走，抽咽着问他："哥，你说话，你给不给妹子做主？！"穆彰阿看着她，气不打一处来，恨恨地说道："佛库伦，你闹得也够了，哥哥为了你，把人也丢尽了！从今天起，你给我老老实实地在学政衙门里待着，等我把这里的差事办完，就带你一起回去！"说完一挥手，"抬走！"三个女人不容分说，将含黛弄了出去。这时一直等在外头不敢离开的薛管家又走进来。穆彰阿背身问道："她真的去见了祁隽藻？"薛管家哆嗦了一下道："爷，奴才刚才又派人打听了，格格确实是与祁隽藻见了一面，可奴才以为，今天这件坏事说不定还能变成好事，格格见了祁隽藻，没想到祁隽藻是个正人君子，当面告诉她自己已经成亲了。至于当初他们俩换灯定亲的事，人家根本就不承认。"穆彰阿想了想，忽然明白他讲的"坏事变好事"什么意思了，气消了大半，道："既是这样，以后这些天里我也不用老关着她了，太原府好玩的地方让她都去玩一玩，山西的面食她想尝的都去尝一尝。你去吧！"薛管家答应一声，躬身离去。

第二天就是乡试初场。天还没亮，众生员就鱼贯走进了太原府贡院龙门。穆彰阿和肃顺站在龙门外看着，见人进去得差不多了，穆彰阿回头问肃顺："寿阳生员祁隽藻进去没有？"肃顺道："进去了。"穆彰阿点点头，道："是时候了，关龙门吧。"隽藻此时已和众生员进了号子，闭目端坐，让自己的心定下来。突然一兵士骑马在号子外驰过，一遍遍高声喊道："皇上有旨，今科太原府乡试初场试题：'王道之始'。"隽藻不觉大怒，心想："王道之始，王道之始，果然真是这个题目！那考前试题泄露的事竟是真的了！"想了一想，余怒不息，站起又坐下，自语道："今日天下，已是大乱之始，就是这个众所周知的题目，也值得写一篇绝好的文章！"他摊开卷纸，愤然提笔，写将起来。

这张卷子当晚就由肃顺专门挑出来，送到穆彰阿案前。穆彰阿看着看着，突然拍案而起，大怒道："一派胡言，全是大逆不道之辞！"肃顺闻言，匆匆走过来，从地下捡起这张卷子来看，尚没读完就骇然道："反了，真要反了！想我大清国河晏海清，皇上圣明，正赶上五千年不遇的盛世，这个祁隽藻，竟说什么我大清有国无君，有君无臣，少则三十年，多则五十年，天下就要大乱，万万人头就要落地！"穆彰阿余怒未息，用手指了指，道："往下读！"肃顺看他一眼，继续往下读，不觉出声："当今天下，人口暴涨，土地兼并，富且贵者田连阡陌，贫复贱者无尺寸之地，耕者无其田，哀鸿遍于野，饥寒号于五湖，流民遍及四海。兼之朝政昏暗，吏治腐败，天下几无不贪之官，亦几无不反之民，大清立国以来，天下之危，莫过于今朝……大人，这分明就是一篇要唤起天下人造反的檄文！这个祁隽藻，真是大逆不道，属下这就带人将他拿下！"穆彰阿伫立不动，过了好久才摆手道："慢！"肃顺不解地看着他。穆彰阿冷笑道："我倒还想看看，下面两场他还能再写些什么？"肃顺道："肃顺这就派人盯住他，不能让他跑了！"

第十章

祁寯藻入狱中解元　张观藜弃商投佛门

1

一连三天，每一场考完，肃顺都会马上将隽藻的卷子专门挑出，送到穆彰阿学政衙门里来，让穆彰阿过目。这天晚上，肃顺将最后一张卷子放到穆彰阿的案头，穆彰阿看完，神情冷峻，过了好久才吐出了一句话："危言耸听，可恶至极！此人万万不可进入朝廷，一旦让他接近皇上，就会乱了皇上的心志！"肃顺道："大人，这可是祁隽藻的最后一张卷子了。"穆彰阿站起，背身思考。肃顺催促道："大人，是下手的时候了！"穆彰阿转身看他，仍在犹豫。肃顺又道："今日乡试已毕，大人再不下决断——"穆彰阿仍然沉浸在隽藻的文章之中，盯着肃顺，久久才道："不杀此人，就挡不住他出仕；他一旦出仕，就有机会接近皇上，蛊惑圣听！"肃顺见状，不觉有点儿好笑，道："大人，祁隽藻的这三张乡试文章，属下也看了，头一篇诋毁圣朝之治，第二篇诋毁天下吏治，这第三篇更是变本加厉，直接指斥乘舆！属下以为，此人这最后一张卷子，连皇上也骂上了，此人一定是个疯子！这样的人抓来杀了也就杀了，大人为何还如此踌躇，莫非害怕他有一天会进入朝廷，接近皇上？"穆彰阿看他一眼，道："六爷难道没看出来，祁隽藻的文章句句都有来历？"肃顺道："来历？那倒没看出来。"穆彰阿沉沉地看他一眼，道："六爷没看出来，穆彰阿也要告诉六爷，此人的文章，句句都出自圣人之书，圣人之论！"肃顺心中大怒，面上却冷笑道："这属下倒要请教了！"穆彰阿道："六爷从小进上书房陪皇子读书，自然应当知道，祁隽藻文章中的每一句话，几乎都来自《孟子》。一个能用孟子的话写文章的人，一旦进入朝廷，接近皇上，还不可怕？还等什么，快去抓人！"肃顺答应一声，转身欲走。穆彰阿又道："回来！一定要秘密行事，不要声张，闹得满城风雨！"肃顺回头道："属下明白。大人，还有一件事，……张观藜怎么办？"穆彰阿分明早有成竹在胸，道："张观藜绝不能留，但一定要由祁隽藻一案，查出张观藜不肯出仕、蔑视朝廷、鼓动造反的证据，将来杀他时，也让天下读书人心服！"肃顺心中觉得好笑，嘴上却在奉承："大人高瞻远瞩。属下明白了，今天抓祁隽藻，竟是杀张观藜这个不臣之人、为朝廷除害的由头！属下办差去了！"

汾河街马家客店内，自第三场考完，隽藻回到客房，就坐在那里，像是在等待什么。天黑下来时，宿藻端晚饭过来，看见隽藻床头，已经收拾起了一个包袱，心里觉得奇怪，随口问道："哥，那是什么？"隽藻道："没什么，你不要动它。"兄弟俩草草吃了晚饭，宿藻看着隽藻，笑了一笑，也不说话。隽藻道："你笑什么？"宿藻道："也没什么。"他不说，隽藻也不再问，但宿藻还是忍不住，早早地就躺到床上，对隽藻说："哥，你不知道，咱们离家的头天夜里，嫂子把我叫到你们房里，好好地嘱咐了我一场，说你这次来太原府应试，万一出了大事，要我赶紧跑回去报信！看她和母亲的意思，我还以为你会在这儿闯下大祸呢，现在三场考完，你还好好地在这儿坐着，心里就为她们替你那么担心好笑！"一语未了，就听客店门外响起人马喧哗之声，接着就有人闯进了院子，他们住的这间客房的门，也"咣"的一声被踢开了。肃顺带着兵丁闯将进来，望着隽藻和宿藻喝问："哪一个是寿阳生员祁隽藻？"隽藻缓缓起身，和肃顺对视一眼，忽然大笑不止。宿藻吃惊地瞪大了眼睛，望着眼前发生的一切。肃顺上前一步，打量了一下隽藻，冷笑道："你就是祁隽藻？"隽藻止住笑声，点头答道："在下正是寿阳生员祁隽藻！"肃顺一挥手："拿下！"两兵丁上前架起隽藻，就往外走。隽藻不仅不惧，相反却放声大笑。宿藻这时才明白过来，冲过去拉住隽藻，不让他们走，一边对肃顺等哭叫道："干什么抓人，他犯什么罪了？"肃顺一脚把他踢开，冷笑道："他犯了什么罪？到了牢里就知道了！"听着隽藻大笑，他十分恼怒，也十分不解，回头对隽藻大喝："祁隽藻，你是个疯子，为何如此发笑！"隽藻仍旧大笑不止，笑得泪花也从眼角溢出，回头望着肃顺，大声道："天下事真是难出智者之所料。祁隽藻进出考场都三天了，还没有被拿进去，我还以为天下文网百密一疏，这次漏掉了祁隽藻。没想到我还是错了！"他猛地摔开兵丁的手，道，"慢，既是坐牢，就让我把坐牢的东西带上！"他将床头那个早已准备好的布包背起，又将那本《皮子文薮》也揣在怀中，回头对肃顺点一下头，说道，"好了，可以走了。"肃顺吃了一惊，喊："走！"众兵丁押起隽藻就朝外走。宿藻大哭起来，道："哥，原来你早就知道这回要坐牢！"他追了出去，却被跟随在后面的兵丁猛力推倒在地上。

2

太原府大牢内，一间死囚室的门哗啦啦被打开，隽藻被扔了进去。看了看周围的一切，隽藻笑道："这里居然不比京城的天牢更差。"他坐下来，借着壁上的一捻灯火，打开带来的那个包袱，从中取出蜡烛、书和文房四宝。接着又将一支蜡烛点上，囚室内立马就亮堂了许多。他舒舒服服地坐好，打开《皮子文薮》，就要开始读，一抬头看见肃顺并没有离开，正透过牢栅望着他。隽藻道:"这位小爷,你的差事已经办完了。请回去告诉派你来抓我的人,他已经把天下最后一个说真话、能救大清国和天下万民的人抓进来了!你为何还不走?大好的时光,你为何不让祁隽藻安静地读一会子书!"自从读过隽藻的头一篇乡试文章,肃顺就认定了他是个疯子,今日又亲眼看到了他被捕和入狱后的种种行迹,更坚定了自己的判断。听了这话,不觉冷笑,暗自想道:"我说他是个疯子,穆相还说不是!"他"哼"了一声,转身就走。众兵丁望着隽藻,目光中满是惊讶。肃顺生气地骂道:"一个疯子,文疯子,看什么看!走!"出了太原府大牢,他快马赶回学政衙门,向穆彰阿复命。穆彰阿没有马上放他走,沉吟有顷,问道:"你去抓这个祁隽藻,他是什么样的形状?"肃顺笑道:"大人,我原先就说过,此人是个疯子。祁隽藻三场考完之后,就早早地做好了坐牢的准备,进了太原府大牢,立马将那里改做了自己的书斋,摆上文房四宝,念起书来,还要属下赶快走,说是大好时光,不要我影响他念书。以属下看来,这个人就不像是来乡试的,而竟是利用乡试考场到太原府坐牢来了!"穆彰阿听了,勃然变色,半晌复又大怒,道:"原来他竟不是来乡试,竟是坐牢来了!如此看来,本官竟还是小瞧他了!"肃顺疑惑地看着他,道:"大人,杀一个不知天高地厚的书呆子、疯子,如同踩死一只蚂蚁,何必如此动怒?"穆彰阿愈发大怒道:"六爷以为我为祁隽藻这个人动怒?不!大清入关二百年了,本以为这一类宁肯杀身也要与朝廷分庭抗礼的汉人早就被灭净了,没想到还留下了这么一个,不,是两个!"肃顺道:"大人既如此深恨此人,属下这次就把事情办简单点儿,反正抓他也没有声张,今夜悄悄地一刀杀了他算了。明天我就带人直奔寿阳,去抓张观藜。"穆彰阿道:"从本官出山为朝廷效力那天起,就反对用这样的办法对待读书人……可这一回,我倒有点儿拿不定主意了,这个祁隽藻是我从没见过的汉人。现在杀他已经不是因为他的文章,而是因为他的心志。六爷,杀了他!"肃顺眼睛一亮:"知道了!"他转身欲走。穆彰阿又道:"慢!"肃顺回头看他,穆彰阿却长久地沉思起来。二人谁也没想到此时含黛和晴儿就站在窗外,含黛原是为自己的事来的,她想问问穆彰阿,到底愿不愿意替自己做主,逼祁隽藻休妻,回头再娶自己。二人来到书房前,恰好听到穆彰阿和肃顺正在说隽藻,不觉大惊失色,主仆二人匆匆回到后花园小楼上,含黛对晴儿道:"原来我哥要杀祁公子!可我并不是这个意思,我只是想让他替我做主,让祁公子休了他娶的媳妇,回头再来娶我。杀了祁公子,我将来还怎么和他做一对如花美眷?不行,这个人杀不得!我虽然恨他,可这些天我的心还一直都在他身上,我得救他!"晴儿也上前撺掇:"小姐,祁公子就是瞒着小姐,在家另娶了媳妇,那也不至于是个死罪!"含黛一时急得团团乱转,居然也想不出个主意。晴儿也急了，道："小姐，你可快点儿把主意想出来呀，说不定过不了今晚，祁公子的脑袋就搬家了！"含黛道："甭催，我这不是正在想嘛。有了，叫他们套车，我要去山西巡抚府见我姑妈！"

山西巡抚衙门与山西学政衙门比邻而居，由于穆彰阿发话不再圈禁含黛，虽是深夜，含黛要去山西巡抚衙门也没有再遭到阻拦。穆彰阿跟踪的当儿，含黛已经进了巡抚衙门。穆彰阿让肃顺密捕隽藻的消息让山西巡抚乌鲁阿又惊又怒，他让含黛进内宅去见自己的姑妈，又嘱咐她此事一句也不要再对别人提起。含黛一走，乌鲁阿立马让人把衙门里的王师爷喊进来。王师爷已经睡下，听到巡抚大人传唤，匆匆赶来，一边跑还一边提鞋。乌鲁阿见了他，黑着脸道："你，拿着我的令牌，赶紧带人到太原府大牢里去查，里面是不是关着一个名叫祁隽藻的秀才！告诉太原知府，没我的手令，今天夜里就是天王老子也不能带走此人！这个人今天夜里不管什么原因死了，我就要他抵命！还有，今晚上他就别睡了，就在牢里给我盯着！"王师爷也不敢多问，匆匆请了令牌离去。乌鲁阿余怒不息，独自在书房里发作："好你个穆彰阿，老夫要是让你在山西杀了应乡试的秀才，一世的英名就毁了！以后世世代代的山西读书人都会记住我的恶名……还说来山西求才，我看你是来山西杀人，哼！"乌妻走进来，道："老爷这是跟谁发这么大的脾气？"乌鲁阿道："跟谁？我跟……我跟我自己！含黛走了吗？"乌妻道："走了，她深更半夜来告他哥哥的状，我不敢留她。"乌鲁阿叹气道："走了好。这丫头好，闹是闹点儿，可是不糊涂！来人，鞴马，去学政衙门！"

已经是深夜子时，山西学政衙门里，穆彰阿仍在沉思，肃顺侍立一旁，早已等得不耐烦了，开口道："大人还在想什么，事情要做就要快！"穆彰阿终于回头，要说什么，一仆人忽然进来通报："山西巡抚乌大人到！"穆彰阿吃了一惊，那句"去吧"就没有说出口。乌鲁阿已经走进来，朗声笑道："原来两位大人都在。这位一定是六爷，当年在宫里读书，下官和令尊老郑王爷可是同窗。连当今圣上也和我们一块儿念过书。小时候我和你们家老郑王爷可是最淘了，有一回，他竟然鼓动我跑进坤宁宫，藏到皇太后也就是当今太皇太后的床底下去，结果让高宗纯皇帝给掐着耳朵掐出来了，还罚我们工笔正楷抄了三天的《心经》！"说着，他不等主人让座，就大咧咧地坐下，看着穆彰阿，道："穆大人，下官来到你衙门里，怎么不把皇上赏给你的好茶弄一点儿让下官尝尝！"肃顺明显瞧不起这位见人就打哈哈的巡抚，不理他的茬，看看穆彰阿，道："大人，属下办差去了！"乌鲁阿一把拉住肃顺，笑道："六爷，你也不能走，老夫刚来，你就要走，明摆着不给我面子嘛！我是山西巡抚，山西地面上的事没有我不知

155

道的，凡是我不知道的那肯定不是要紧的差事！来来来，六爷你也坐，咱们一起尝尝穆大人的好茶！"肃顺走不脱，只得远远地坐下。穆彰阿只好回头唤道："来人，给姑老爷上茶。"又道，"姑父，今晚上我这儿真有事儿，你喝了茶就请回！"乌鲁阿道："你想撵我，那可不成，我得先品品你这茶是真是假，要是拿假的贡茶糊弄我，我可不走！"薛管家捧上茶来，乌鲁阿端起来一口口细品。肃顺和穆彰阿心中焦躁，却也只好陪他坐着。乌鲁阿品了半晌，方才抬起头来，赞道："果然好茶。有点儿像福建武夷山的云雾茶，又有点儿像淮南老君峰的四季春。你们说是不是？"穆彰阿和肃顺坐着看他，也不说话。乌鲁阿笑道："你们俩怎么这么看着我？这么看着我这茶喝着还有什么味儿。对了，我说两位大人，三场乡试已毕，你们这时候还有什么忙的，都这会儿还不消停？"肃顺看一眼穆彰阿，穆彰阿道："姑父，我们哪能像你那么有福，我们这些人，总之是一些俗务罢了。"乌鲁阿忽然想起了什么似的，站起身来，悠闲地踱了几步，回头漫不经心地问道："对了，穆大人此次奉旨来山西督察学政，主持太原府乡试，这三场都考完了，有没有在众山西秀才中发现宰相之才呀？"穆彰阿心中着急，又不想让他看出破绽，道："惭愧，没发现什么不世之才。"乌鲁阿回身，不看他，却单刀直入，道："那……张观藜的学生祁隽藻呢？"穆彰阿神情一变，急与肃顺对视了一眼，被乌鲁阿回头瞧在眼里。穆彰阿何等聪明之人，忽然明白乌鲁阿深夜来到学政衙门所为何事了，心中不觉大吃了一惊，想了一想，索性把隽藻的三张卷子全拿了出来，冷笑道："啊，姑父，就是此人的文章我还没有细看，想请你老人家过过目。不知道写出这种文章的人，在你老心中，还是不是天下之才？"乌鲁阿并不理会他的脸色，将卷子接过去，道："是嘛，那我可得看看！"

这时，一名护卫进门急报："启禀诸位大人，智亲王驾到！"穆彰阿、肃顺、乌鲁阿相视大惊。乌鲁阿道："智亲王怎么说到就到了！"三人急忙出迎，绵宁已带着保胜走了进来。乌鲁阿上前施大礼道："山西巡抚乌鲁阿见过王爷！没想到王爷这么快就到了太原，有失远迎，请王爷治罪！"绵宁抓住他的手，将他拉起，道："乌大人，论辈分你是我的十八叔，本王这次一路追剿江北乱匪，匆匆路过山西，原来没想来太原府打扰，没想到昨日接到密报，这伙乱匪已从山西潜回淮南。琦善在半路上与他们遭遇，大杀了一通，已经将他们基本剿灭，剩余的几个首领窜伏草野，想也闹不出大动静了。"穆彰阿和肃顺也来请安，绵宁又道，"听说穆大人在这里主持太原府乡试，为国求才，这是大事，如今大清内忧外患，最缺的就是人才了。本王想了想，就过来看看。"乌鲁阿听了这话，急道："王爷来了好，王爷是圣人，你来了，就一定能帮穆大人在我们山西发现经国治世之才！"肃顺看一眼穆彰阿，暗暗生气，智亲王来了，他就更不好脱身了。绵宁果然道："穆彰阿，本王听说三场乡试已毕，有没有特别让你中意的好卷子呀？"穆彰阿正要说话，乌鲁阿早已赶在他前头，将隽藻的卷子递上去道："有有有，王爷，这里就有寿阳生员祁隽藻的三场墨卷，穆大人刚要推荐给奴才看，奴才还没看，王爷就到了，还是请王爷先过目！"穆彰阿脸色微变，急道："姑父，这个王爷看不得！"乌鲁阿装傻，回头道："哎，怎么我来了就看得，王爷来了就看不得了？"穆彰阿一时语塞："这个……"肃顺急忙上前帮腔道："王爷，穆大人说得对，这卷子满篇犯上作乱大逆不道之语，王爷实在是看不得！"绵宁见他们说得邪乎，来了兴趣，道："要是这样，我倒是想看一看了。"乌鲁阿迫不及待地将卷子递给他，绵宁坐下，也不喝穆彰阿让人送上来的茶，展开卷子就读了起来。三张卷子没有读完，他的眉头拧成了结，一丝怒气在脸上显现出来。穆彰阿看一眼乌鲁阿，嘴角满是冷笑。乌鲁阿却坐在那儿，闭上眼睛，像是快要睡着了。有顷，就听"啪"一声响，绵宁把卷子拍在书案上，大怒道："这个秀才大胆！公然亵渎当今圣上和天下官员，这样的乱臣贼子不杀，留他何用！"穆彰阿目视肃顺，肃顺"喳"了一声，转身就走。乌鲁阿急忙上前一步，叫道："慢！六爷，杀人急什么？"说着，他急趋几步，走到绵宁跟前，低声道："王爷可知此人的来历？"绵宁冷冷地看他，不知他要说什么。乌鲁阿更压低了声音道："奴才是说，王爷可知这个祁隽藻是谁的学生？"绵宁道："他是谁的学生？"乌鲁阿道："张观藜！"绵宁一惊，道："什么，他是张观藜的学生？"乌鲁阿点头。绵宁想了想，坐下重新拿起隽藻的文章来读，读完一篇，乌鲁阿忙将第二篇递给他看。穆彰阿看着，虽然心中大怒，却也束手无策。肃顺则越来越气闷，一眼一眼直瞅穆彰阿。穆彰阿无奈，猛地将脸扭开，避开他的注视。

3

后花园小楼里，含黛正在催促晴儿："快去，接着听他们说什么，如果他们还要杀祁公子的头，赶紧回来告我！"晴儿答应一声，悄悄跑回穆彰阿书房外面，潜到窗下偷听。书房内，绵宁放下了最后一张卷子，半晌无语。乌鲁阿注视着他的脸色，小心问道："王爷你看，这人还要不要杀？"绵宁沉吟道："给诸位讲实话，本王现在也拿不准此人的文章，是否都是大逆不道之论了。"乌鲁阿故作惊讶道："王爷此话怎讲？"绵宁若有所思，道："因为……因为这几篇文章中的话，怎么看都像是出自圣人之论，尤其是《孟子》。"穆彰阿听了此话，急道："虽然王爷说得不错，然而奴才统观祁隽藻的三篇文章，仍然认为此人其心可诛！"绵宁看他一眼，摇头道："不，既然他是张观藜的学生，写出这种文章来，又当别论。啊，听说这位张观藜先生不大好见，本王今天倒想见见他的这位学生！"这时，侍立在绵宁身后的保胜暗暗向穆彰阿眨了一下眼，穆彰阿陡然会意，上前笑道："王爷要见此人，只怕一时半会儿见不着，听说三场考完，这个叫祁隽藻的生员就失踪了，不知去向。"绵宁听了，生气道："他是个生员，来考举人，怎么会不见发榜就走？此事恐怕不确，去找！"保胜突然插话道："王爷，此人自知文章有犯上作乱之嫌，三场考完就跑了，也在情理之中。"穆彰阿悄悄松一口气。绵宁无奈，站起欲走。乌鲁阿本来闭着眼睛，这时却一下睁开，急道："王爷等一等。奴才来的时候可是听说，太原府大牢里关着一个人，也叫祁隽藻，不知是不是王爷想见的人！"绵宁一惊，脸色一沉，道："真的？谁把他关在那里的！我明白了，一定是因为这几篇文章！"他的目光扫过穆彰阿、肃顺，二人不语，又看乌鲁阿，后者也不说话。绵宁心中不悦，道："乌鲁阿，太原府大牢在你的管辖之下，你陪我去牢里看看！"回头看一眼穆彰阿和肃顺，又说，"到太原府应试的生员出了这么大的事，你们也一起去跟本王看看！"穆彰阿和肃顺知道事情已不可为，泄气地相视一眼，道："嗻！"

　　众人簇拥着绵宁来到太原府大牢。知府早就奉乌鲁阿之命守在这里，此刻急忙迎上来，给王爷和众大人们请安。走进牢门，绵宁忽然又想到了什么，回首对众人道："啊，离开京城的时候，皇阿玛并没有下旨让本王过问太原府乡试。本王此次来见寿阳生员祁隽藻，是因为一向私心倾慕张观藜先生的学问人品。你们都不要进去了，穆大人、保胜，你们两个人随我进去。"乌鲁阿有些泄气，却也无奈，只好守在外面等着。穆彰阿和保胜陪绵宁往大牢深处走。太原府知府亲自在前面引路。走着走着，他先站住了，低声道："王爷，你朝前面看！"绵宁朝前方一间囚室望去，透过牢栅，他看到此刻仍在一根烛火之下读书的隽藻。深夜太原府大牢里一片岑寂，这个腿上拴了铁链的书生读书读得那么沉迷，连方才狱道里响起的脚步声也没有将他惊动。绵宁远远地站住，默默地望着，不觉赞道："果然不错，是个真正的读书人！"穆彰阿和保胜看他，绵宁又道，"就到这儿好了。本王已经看到他了，这会儿又不想见他了。"说完，他转过身去就往大牢外面走。穆彰阿也回头看了一眼祁隽藻，悄悄地呼出一口气。保胜将一切都看在眼中。

　　走出太原府大牢，绵宁头也不回地说："快把此人放了！"太原知府一惊："放了？"乌鲁阿马上道："王爷说放了就放了！王爷，放了以后怎么处置？"绵宁道："祁隽藻的三篇乡试文章本王带走。我要再看一看这些文章。至于此人，穆大人可以让他中一个举。"肃顺忍不住道："王爷，这种心怀不轨、大逆不道

158

的秀才，不杀他就是皇恩浩荡，还让他中举？"绵宁回头看着他，道："让他中一个举算什么？让他中一个举，就能安这个秀才之心，安天下大儒张观藜之心，安天下读书人之心！我们若是连一个在考场上写了几篇文章的秀才都要杀，天下读书人还有谁会相信朝廷真的求贤若渴！各位，散了吧！"说完，保胜已经牵过马，绵宁上马，和保胜一起离去。众人也上了马，各自离去。

4

穆彰阿回到学政衙门，已经是后半夜了。薛管家进来，把明天要出的榜文底单拿给他过目，穆彰阿看了看，提笔将隽藻的名字添在末尾。薛管家一惊道："爷，这个祁隽藻，你还真的让他中了呀？"穆彰阿冷笑道："你知道什么！智亲王明天一早就要启程回京，皇上一定会看到祁隽藻的卷子。……万一皇上也想要他的命，剩下的事情，就不用本官操心了！"

后花园小楼里，含黛还在焦急地等待。晴儿喘着气跑进来道："小姐，这下好了，他们不杀祁公子了，把他放了！"含黛听了，默默地站起来，走到窗前站着。晴儿吃惊道："小姐，他们不杀祁公子了，你为什么又不高兴了？"含黛眼泪忽然落下来，道："我为什么救他？我是他的什么人？我凭什么要救他？……我为他做的事也太多了，我救了他的命，可是他却娶了别人！"晴儿想了想道："小姐，还有一件事呢，他们不但不杀祁公子了，还要让他中举呢！"含黛听了，心中怒起，也不说话，转身就朝楼外走。晴儿急跟上去，见她粉面生威，也不敢问她去哪。——原来她又到穆彰阿的书房，此时这里面已空无一人。含黛让晴儿打火，点着了一支蜡烛，在书案上找到了那张被穆彰阿添上了隽藻名字的榜文底单。看到这张榜单，含黛生气道："这上头果然有他的名字！本小姐已经救了他的命，再让他中举，也让他太得意了！"她拿起一支笔，将隽藻的名字一笔划掉，将笔扔在地上，头也不回地走了出去。

再说隽藻被肃顺抓起之后，宿藻放声大哭，店家赶来，悄声劝他："不要哭了，现在哪是哭的时候，还是想办法救人要紧！"宿藻哭道："事到如今，我该到哪里救人哪！"店家问："要是有银子，事情还好办些，没有银子可就没办法了！"宿藻这时心中一亮，想起离家前玉环交代给他的话，一骨碌爬起来，将手中的几吊钱交到店主手中，求他帮忙打听隽藻到底被抓到哪里去了，一边从马棚里牵出马，骑上就朝城外跑。也是赶上了太原府乡试，城门到了此时还没关，让他能顺利出城，一路急驰，赶在后半夜时回到了平舒村。这天夜里，玉环一直心神不宁，好不容易睡着，又噩梦连篇，睡到半夜，梦见隽藻被一条蛇缠住，大叫一声，猛醒过来，此时就觉浑身冷汗涔涔。这时大门外响起敲门声。玉环心惊肉跳，悄悄下床，打开大门，却是宿藻。一见玉环，宿藻就要大哭，道："嫂子……我哥……我哥在太原府被官兵捉走了，我没有办法救他，就跑回来报信了！嫂子，你快拿个主意，天亮前我一定要赶回太原府，要是去晚了，我就不知道还能不能见上我哥了！"玉环听了，如同头顶响起了晴天霹雳，眼前一晕，就要倒下去。宿藻赶紧扶住她，急得乱叫："玉环姐，嫂子，这个节骨眼上，你可要挺住呀！"玉环睁开眼，一声没哭出来，自己又用手捂住，道："咱们快走！先不要惊动母亲，这是你哥走的时候嘱咐过的！"说罢，她急急地跑回自己房中，将所有的首饰包起来就走。

拂晓时分，叔嫂二人赶到了太原府。马家客店的店主告诉他们，已经打听到消息了，祁公子是被逮去了太原府大牢，据说是犯了大逆不道之罪，说不定连天亮都等不到，可能就没有这个人了。玉环又要哭，宿藻拦住她，道："现在还不是哭的时候，快去太原府，看你能不能和我五哥再见上一面！"二人赶到太原府大牢，值夜的狱卒看看玉环，要了银子，问道："罪囚是你什么人？"玉环心痛如割，哽咽道："是小女子的丈夫。"狱卒翻看了一下底册，引他们朝牢里走。到了一间囚室前，狱卒手一指，道："就是这儿，祁隽藻，有人来……咦，人呢，怎么没有了？"玉环大惊失色，头一晕，身子就软软地倒了下去。宿藻急忙将她扶起来，手掐人中穴，叫道："嫂子，咱可说好了要挺住的！"玉环睁开眼，"哇"的一声大哭起来。她一把抓住狱卒，叫道："你们到底把我的丈夫弄哪里去了？"狱卒一拍脑袋，道："我想起来了，昨晚不是我当值，今儿五更有几个出红差的，不知道里头有没有你们家的人？"玉环听了，放声大哭，叫道："你说什么，你们把他杀了？"宿藻上前抱住她，忍不住流泪叫道："嫂子，我哥已经不在了！"玉环抓住狱卒，哭喊道："你快说，他们去了哪里？"狱卒掰开她的手，退后一步道："啊，你们去南校场看看，一般杀了人，都会在那里停尸，让家属认领！"

玉环一把拉住宿藻，哭道："快走！"两人踉踉跄跄地走到大牢门外，玉环摇晃一下，又要晕倒。宿藻扶住她，担心道："嫂子，你可一定要挺住！"玉环哭道："宿藻，咱们先去给你哥买一口好棺材，再去南校场寻他的尸身，咱们总不能让他就这么回去！"宿藻强抑着悲痛道："咱们还得回一趟客店，拿几件我哥的换洗衣服，总不能让他穿着血衣入殓吧！"二人驾车回到马家客店，一路上哭哭啼啼。进了客店，宿藻扶玉环走到客房门前，道："嫂子，就是这一间，你先进去给我哥找衣裳，我找掌柜的问问哪里有棺材店！"玉环强撑着走进丈夫住过的客房，进了门却见一个人正躺在床上酣睡。玉环大惊，扑过来大哭：

"五爷，真的是你？你知道我来了，就在这里等我，让我再见你一面，是吗？我知道你屈，你不该死，你今天就是变成了鬼，我也不害怕。五爷，我和宿藻办你的后事来了，等找到了你的尸身，我们就带你回家，为妻自此以后，守着你的坟，守着咱娘，过一辈子。你来太原府前交代给我的话，我一句一句都记在心里了！"隽藻听了，索性闭上眼一声不吭。玉环哭了一阵，拭泪道："王爷，曹玉环这就给你找干净衣服，帮你换上！"忽然，她看到这个隽藻脸上干干净净的，鼻翼耸动，不觉大骇，叫道，"五爷，你脸上怎么没有血？他们杀了你，你的头怎么还在脖子上，你到底是人还是鬼？"宿藻"咣当"推开门，看见玉环，吓了一跳，道："嫂子，你干什么呢？我哥他活着，他没有死！哥，你甭躺着了，你把我嫂子吓死了！"隽藻睁开眼睛，坐起来道："你们也真是的，我好好地在这儿躺着，她进来就说我死了，我还真以为自个儿死了呢！"玉环昏倒在地，半晌才悠悠地醒转过来，望着隽藻，大叫一声："你……真的没死？"说着，突然扑上来，狠狠地在隽藻的肩膀上咬了一口。

5

天刚亮，保胜就匆匆走进了山西学政衙门，对穆彰阿施礼道："主子请了。"穆彰阿以为绵宁驾到，衣衫不整迎出来，看到保胜，问道："王爷呢？"保胜道："主子，王爷不来了。王爷让奴才来见主子，问这次太原府乡试中举的榜文是不是还没有贴出去。"穆彰阿回头问薛管家，薛管家赶忙上前回答："榜单方才奴才已经拿去让外头的师爷们抄去了，马上就得。"保胜道："主子，不是奴才要看榜单，是王爷说，昨晚一夜未眠，再三看祁隽藻的文章，心有所动。有意让这个祁隽藻中一个解元。"穆彰阿变了脸色，道："祁隽藻写出这等文章，王爷也让他中解元？"保胜道："王爷说，皇上为我大清的天下日日焦虑，这次特意简拔主子来主持太原府乡试，实因为山西历来出宰相，指望主子能为朝廷简拔出一批栋梁之材。王爷又说，所谓栋梁之材，本王以为，其出仕之初，必有惊天动地、与众不同之论；出仕之后，必有惊天动地、不同凡俗之举。祁隽藻的文章，本王再三看去，其意竟真有些惊天动地，文字又全出于圣人之论。不就是一个解元吗？如果别人的文章比他的更为犀利，更为惊天动地，有什么舍不得的！王爷还说，这样回到京城，皇上问主子点了一个什么样的人做解元，主子也有话可说！"穆彰阿心情大变，想真是不出自己的所料，只要杀不了祁隽藻，就挡不住他出仕，但到了这时，他也无可奈何了，只得道："王爷说得是，本官马上将祁隽藻改为解元。"听他讲完，保胜并不走，穆彰阿忽然明白了，急令薛管家将抄好的榜文拿进来，让保胜和他一起过目。看来看去，居然没有隽藻的名字，穆彰阿大惊道："怎么回事，祁隽藻的名字怎么不见了？"薛管家也是一头雾水，道："这个奴才也不知道。"保胜站在一旁，也不说话。穆彰阿登时心中大怒，对薛管家道："重新抄写这张榜文，祁隽藻是解元，快写好了拿过来给保胜大人过目！"薛管家答应一声，拿着榜单飞跑出去。保胜急忙跪倒在地，道："主子，奴才告辞了，王爷那边还等着奴才回去复命呢。主子多多保重，奴才只有等主子回到京城，再回府上给主子磕头了！"穆彰阿冷冷地看着他，道："也好。"保胜就磕了头，转身离去。薛管家这时又转回来了，小心翼翼道："爷，榜单让他们重抄去了，照爷的吩咐，祁隽藻是今科太原府乡试的解元。……爷，奴才有话，不知道该不该讲。"穆彰阿没好气地道："讲！"薛管家道："爷，奴才以为，祁隽藻今天中了举，爷就是他的座师，爷一直讲要为大清广收汉人中的青年才俊，如果他真是个人物，既然除不了他，为何不趁机将他纳入爷的门下？将来他到了朝中，爷不是也可多一副臂膀！"穆彰阿恨恨地瞅了他一眼，怒道："你一个奴才，知道什么！此人心中只有'为民立命'四个字，既无皇上，也无大清朝廷，更不会有我这个座师！"他坐下来，忍不住将心中的话全说了出来，"此人尚未出仕，内心就如此强势，来太原府乡试之前，他分明就将生死置之度外了，将来到了朝廷里，别说本官，就连皇上，也不一定真能将他纳入门下！"薛管家不知说什么好了。穆彰阿道："可惜了，这次本来是个机会，本官竟不能杀他！……对了，你帮我查查，昨天晚上，到底是谁走漏了风声，让乌鲁阿这个老家伙知道了消息。找出这个人来，我剥了他的皮！"

到了辰时，榜文贴出来，山西贡院门外人山人海，大家都争着看榜上的名字。一位秀才好不容易挤进去，大声嚷嚷道："让我看看，让我看看，今年的解元公是谁？祁隽藻，这个祁隽藻是谁？"含黛在园子里待着无聊，听说贴出了榜文，也带着晴儿出来看这三年一回的热闹。就有一个刚刚从人群中挤出来的秀才看到了她，一边避让，一边取笑道："哎，大姑娘家的挤什么，看你的女婿中没中呀？"含黛哪里怕他，道："这位爷还说对了，本姑娘就是想看我女婿中了没有！"说着就拉着晴儿，拼命往里面挤过去，众人忙给她让路。含黛挤到榜文跟前，一眼就看到了祁隽藻三个字，比别人的字都大一号，列于解元之位。含黛一惊，立马大怒。拉着晴儿就挤出了人群。晴儿被她拽得一串跟头，在后面叫道："小姐，到底出了什么事？"含黛挤出了人群，眼泪快下来了，道："气死我了，祁隽藻他……他不但中了，还中了解元！昨晚上我不是把他的名字划掉了吗，这是怎么回事？"

一辆马车就在这时驶来，停在她们身后。宿藻在前面赶车，隽藻和玉环坐在车里。宿藻一眼看见这么多人都在看榜，回头对车里说道："五哥，咱们不能就这么走了，咱也看了榜再走。"隽藻闭着眼睛，道："不用看了，走吧。"宿藻道："天下的事总也说不定，瞎猫有时候还逮个死耗子呢。你不去我去看看！"一群看了榜的秀才挤出来道："我说看也是白看，今科的解元是祁隽藻。"玉环听了大惊，不相信自己的耳朵，一把扒开车帘，向秀才们喊道："这几位爷，你们说……祁隽藻中了解元？"众秀才笑道："不错，你问这个干吗？他又不是你女婿！"隽藻在车中听得明白，大叫一声，拉开车帘就朝车下跳。他很快在人群中找到了宿藻，兄弟二人拼命向里面挤去，到了榜前，隽藻一眼就看到了自己的名字，惊叫道："祁隽藻。什么，真是祁隽藻？宿藻，我真的中了第一名！"众人围上来，惊奇道："瞧，他就是祁隽藻！今科的解元！"

由隽藻引起的哄闹惊动了晴儿，她和含黛本来要回去了，这时回头瞅了一眼，不觉惊叫道："小姐！"含黛看她，一回头也看见了人群中被人高高举起的隽藻。隽藻被众人从人群里举到外面，一回头也看见了立在不远处的含黛。他吃了一惊，叫了一声："不好！"一把拉起宿藻，就朝自己家的马车跑去，二人上了马车，隽藻急道："快走！"马车立马飞奔起来。头一眼看见隽藻，含黛的心又像被什么锋利的东西一下刺疼了，一时爱恨交加，说不出什么滋味。突然间她觉得自己不能就这样放走了隽藻，她要上前见他，她还有很多话要跟他讲，但也就在这时，她突然发现隽藻也认出了她，并且立马就拉着他的弟弟跑走了。含黛顿时大怒，一双眼泪花闪闪，对晴儿道："可恶！要不是本小姐，祁隽藻早死在太原府大牢里了！可他看见了本小姐在这里，不但一句感恩的话不说，还……还转身就走！"一边说着，她已经身不由己地追了过去。晴儿一把没拉住她，喊道："小姐，你要干什么？这时候就是能撵上他，你又说什么呀！"含黛眼望着隽藻和宿藻上了马车，马车跑起来，道："我……就是想见见他，告诉他是我救了他的命！这个祁隽藻，跑得可真快！"说着，她哭起来。

隽藻亲自赶车，马车一路狂奔出了太原城，走上了官道，才慢了下来。玉环不知道发生了什么事情，从车里探出头来问："刚才你们俩是怎么了，瞧这一阵子猛跑！"宿藻看一眼隽藻，忙回头把话题岔开，道："嫂子，天大的喜事，我哥中了，而且中了解元！"玉环听了，果然把刚才的事忘了，心头一热，眼泪就止不住地流了出来。

马车入了寿阳境，在一个三岔路口停下来。隽藻回头对玉环和宿藻道："你们俩从这里回平舒，我想就从这里下车，回宗艾镇去。"玉环不愿让他走，又不好公然拦阻，就道："五爷中了举，却不回家，我们回去了怎么跟娘说？"隽藻道："啊，你就告诉母亲，我去宗艾，再给恩师喂几天马就回去，娘会明白的。"

玉环回头看宿藻，两人一起无奈地望着他下了车，顺着那条西北向的大路越走越远。

黄昏时分，隽藻终于来在了宗艾镇，匍匐在张家客栈门外。殷掌柜匆匆赶出来见他，道："原来是祁公子，快快请起！"隽藻长跪不起，道："殷掌柜，祁隽藻乡试已毕，请殷掌柜禀告恩师，学生想叩谢恩师，谢恩师的大恩大德！"殷掌柜面色凝重，半晌无语。隽藻诧异，抬起头来问道："殷掌柜，怎么啦，出什么事了？"殷掌柜久久不说话。隽藻爬起来，急道："到底怎么啦，莫非是恩师出了什么事？"殷掌柜看了看他，神情冷淡而悲凄，道："祁公子，实不相瞒，东家今日已将商号交给在下，自己去方山寺剃度为僧了！"隽藻心中如同陡然起了万丈波澜，大惊道："怎么，恩师为什么要这样？"殷掌柜冷冷地看他，道："祁公子，这件事你早该明白，想你已经在太原府中了举人，东家还不该落发为僧吗？"说完这句话，他转身就走。隽藻呆呆地站在那里，心中一时波翻浪涌，突然，他重新跪在地上，大声悲泣道："原来是这样！是隽藻害了恩师。隽藻明天就去方山寺见恩师，请恩师回来。隽藻这次回到宗艾，原本是想接着给恩师当马夫，陪他老人家走一辈子商路的！……"

6

天色微明，方山寺昭化院大殿内就传出了一阵阵的诵经声。张观藜闭目坐在众僧之间诵经，神态虔敬，新剃的头和头顶新鲜的戒疤十分醒目。晨诵已毕，他随众僧走出，正欲转向左侧僧寮，明月大师喊住他道："清风留步。"张观藜尚不习惯这种称呼，走了两步才站住，回头对大师躬身合十道："大师。"大师看着他道："清风，太原府乡试解元祁隽藻要见你，四更天就到了，在山门外一直跪到此刻，你见还是不见？"张观藜面无表情，道："清风承大师剃度之后，尘缘已了，一切故人，皆不愿再见。"说完，他低头合十走开。大师看着他走远，默默点头，想了一想，向山门外走去，双手合十，对仍然跪在那里的隽藻道："施主请起。老衲已将施主之意向清风再三讲明，无奈清风已入佛门，尘缘已断，不愿再与施主相见，施主还是请回吧！"说罢，也不再多言，转身返回寺中，寺门也在他身后关上了。隽藻满眼失望，泪水汩汩而下。

黄昏时分，张家客栈门前，隽藻下了车，又一次跪倒在地，痛哭不已。殷掌柜走出来，将他扶起，伤心劝道："东家既然铁心入佛，我等众人也只好听从。只是不知祁公子今后有何打算。"隽藻重新伏地，恳请道："恩师虽然去了，客栈还在，隽藻恳请掌柜的允许在下继续留在商号里喂马。"殷掌柜将他扶起，沉吟有顷，道："好吧。祁公子，三天后殷某就要带众人前往扬州贩盐，不知你愿不愿意一同前去？"隽藻喜出望外，道："太好了，隽藻明天回家安置一下，三天后就随殷掌柜出发！"当夜，隽藻仍然住在马棚，一身马夫打扮，帮柱儿喂马，直到深夜，仍在马棚灯下读那本《皮子文薮》。马在吃夜草，声音响亮，气氛安谧。殷掌柜走过来，手里拿着一本书，道："祁公子，我这里有本《黄河变迁史》，你可以读一读。咱们此去扬州，要顺着黄河走很长一段水路。看一看黄河的变迁，就知道这盐路该如何走了。"隽藻道了谢，收下了那本厚重的书。

虽然隽藻不在家中，但平舒村祁家连日仍然热闹非凡。祁宅里外披红挂彩，锣鼓喧天。从早到晚，不断有前来贺喜的人。玉环扶着刘氏，和采藻、宿藻站在大门口应酬。乡亲们知道隽藻高中解元后家都没回，就去了宗艾镇向自己的先生报喜，都交口称誉他不愧世代书香之家出身，又都夸刘氏教子有方。只有玉环老是忍不住朝村外张望，盼着隽藻会突然从宗艾回到家里来。

这天她又扶着刘氏站在大门口，迎送客人，忽见村外官道上，一队正在行驶的车马停了下来。接着就见一辆装饰豪华的马车离了大路，向村内驶来，接着一个衣饰华丽的管家模样的人也催马追了过来。玉环看着这辆突然驶近了祁家的马车，心里忽然不安起来，悄悄对刘氏耳语道："娘，你看，他们是什么人？"刘氏正与前来贺喜的乡亲寒暄，这时也陡然把目光转向越驰越近的马车，安慰玉环道："隽藻中了解元，来贺喜的什么人都会有，连知县大人都来过了。可能又是哪里来的贵客吧！"

第十一章

怒狂文嘉庆下密旨　走黄河隽藻听民声

1

离开太原府前穆彰阿接到密报，得知隽藻乡试一毕，就又回到了宗艾镇，做张家的马夫。穆彰阿心中叫了一声："可恶！"越发猜疑隽藻赴太原府乡试并写出那样三篇文章，很可能就是出自张观藜的一个密谋。但他又想不明白，觉得张观藜犯不着以这样的方式惊动天下，后者若要出山，本来可以名正言顺地接受朝廷的征召，从草野走上庙堂。他深知如果张观藜这样做了，一直对他期望甚殷的皇上一定会大喜过望，不惜对他委以大政。身为大清的子民，不做大清的臣子，却蛰藏民间，以清高自居，在穆彰阿看来这已经可杀，何况突然间又打发自己的学生利用参加乡试之机，写出三篇诋毁时政尤其是皇上的文章，试图一鸣惊人，耸动天下，在穆彰阿看来，这同举旗放炮檄令天下百姓造反没什么两样。他知道此事没完，但他能做的却是带领自己的人马速速返京，听候皇上的旨意。出发前他唯一担心的还是自己的妹子，他怕她继续在要嫁隽藻的事情上不依不饶，让他接着在肃顺和山西大小官员面前丢脸。没想到含黛只向他提出一个要求，那就是她一定要亲到寿阳县的平舒村走一趟，再与隽藻见一面，和他做个了断。同时她还特别想亲眼看一看祁隽藻新娶的媳妇，她说只有这样，自己才会乖乖地跟穆彰阿回京去。穆彰阿想了想，知道若不答应她，含黛的心还是不会死，何况他又知道她即使去了平舒村，也见不着隽藻，就破例答应了。

现在含黛已经来到了她日思夜想的平舒村，掀开车帘一角，她远远望见了祁家，她知道那就是她日思夜想的祁家的门楣，因为那里张灯结彩，人们进进出出，一派喜气。她知道一户草民家中了举人，一定会是这个样子的。当初她就是冲着走进这个普通的门楣才离了京城，千里迢迢逃到了山西，但现在她却与它咫尺天涯，想到这里，含黛眼里不觉溢出了泪水。但这一突然涌上来的一阵伤感很快被另一种情感替代了。她已经注意到了祁家门前站立着的那几个男人和女人，不，她死死盯上的还是那个一副新婚打扮的年轻女子，虽然还不知道她是谁，可含黛还是想到了她有可能就是那个从她手里夺走了隽藻的女人。含黛的嘴唇颤了一下，一句话已经出口："晴儿，快去问问，那个女人是谁？"晴儿答道："小姐，要是晴儿猜得不错，她一定就是祁公子新娶的媳妇。"含黛心中陡然涌出一种冲动，她要下车，她要走进祁家门楣，她不知道她为什么要这样做，可她就是想要这么做。她拉开前面的车门，就要下车，已经赶上来侍候着的薛管家急从外面挡住，道："格格不能下车。"含黛问道："为什么？我要见祁隽藻，不下车怎么见他？"薛管家犹豫了一下才道："格格，我方才已经提前让人过来打听了，祁家的人说，祁公子离了太原府就回他的先生那里去了，不在家中……"含黛的心一瞬间又转向了玉环，道："晴儿，你快去问一问，那个女人是谁？"她望着晴儿下车，望着她走近那个站在一位老年妇女身旁的年轻女子，听不见她们之间说了些什么，却见那女子猛抬头朝车中的她望过来，目光中全是警惕。接着晴儿就回来了，上车对含黛道："小姐，我问过了，祁公子真的不在家中，那个人真的就是祁公子新娶的媳妇。"含黛的眼泪一下涌满了眼窝，道："她叫什么名字，她有名字吗？"晴儿还没说话，薛管家在外面插上话来，道："格格，祁公子新娶的媳妇名叫曹玉环。"含黛心中一惊，明白其实他们什么都不知道。她"唰"的一声摔下车帘，对车夫伤心叫道："咱们走！"

祁家大门外，刘氏和玉环一直注意地盯着含黛的马车。玉环对刘氏道："娘，你看他们又走了！"宿藻从大门里走出，一眼看见了含黛的马车和跟在后面的薛管家，不觉惊叫了一声："怎么是他们……"玉环和刘氏急回头看他，刘氏道："他们是谁，你认识他们？"宿藻自知失言，急忙否认道："不不不，我眼花了，看错人了。"玉环的心扑通扑通地跳起来，她仍然不知道他们是谁，车里坐的那个美丽的女子是谁，但这颗心已经大为不安起来，眼睛仍旧紧张地盯着远去的马车。

村外官道上，穆彰阿已经等得不耐烦了，见薛管家引着含黛的马车出了村子，立即喝道："走！"肃顺冷笑着看他一眼，率先催马前行。车队上了官道，辘辘前行，含黛的眼泪一直没有停止流淌，从北京到山西，遭遇了那么多挫折，都没有灰了她的心，可偏偏刚才一眼看到那个新婚打扮站在祁家门首的年轻女子，她的心就彻底地碎掉了。晴儿想把她的心思引开，故意道："薛大爷说，往东再走一天半，我们就能出山西了！"含黛喝道："住嘴，从今往后，不准你再提山西！大清国一十三省里边，就没有山西这个让人伤心的地方！"她一边说着，一边伏下身去大哭。马车飞快跑起来，晴儿随意朝车外望一眼，忽然叫道："小姐，祁公子！"含黛一惊，向车外一望，果见隽藻独自赶着一辆马车，迎面驰来，转眼就过去了。含黛喊道："停车，给我停车！"马车却继续飞奔不停。含黛明白是自己的哥哥不再让停车，大怒："再不停车，我要跳了！"马车仍然在飞奔。含黛起身就要往车下跳，被晴儿一把死死抱住，叫道："小姐，你不能……你都看见了，祁公子他已经娶了媳妇了！"穆彰阿骑马赶上来，顺手给车夫一鞭子，喝道："快赶！"马车加快速度，跑得更急了。含黛像是忽然什么都明白了似的，伏在晴儿身上，撕心裂肺地大哭起来。

2

自白天看到那辆豪华马车和车内的那个漂亮女子，玉环的心就没有安定过。夜里，她从床上坐起，看着酣睡的丈夫，忍不住推了推他。隽藻"哼"了一声，翻个身子，又沉沉睡去。玉环的心里被猫抓一般难受，再三用力推他。隽藻终于睁开眼来道："你怎么了？"玉环又怒又伤心，道："祁隽藻，你跟我说实话，你骗了曹玉环没有？除了一个冯妙真，你在外头是不是还有自己喜欢的女子？"隽藻睡意未消，含混道："你说什么呢？三更半夜的，有什么事明天再说行不行？"玉环不依："不行，你今天夜里就得跟我讲清楚！"隽藻睁大眼睛，完全醒了："你说什么呀，什么女子？"玉环气道："什么女子你还不知道？今天人家都找到咱家来了！坐着豪华马车，又是管家又是丫头，人长得又漂亮，还没上头，一看就知道是富贵人家待嫁的小姐。到了咱家门口，还打发人来问你在不在家，我一看就知道是找你来的！"隽藻忽然明白发生了什么事，脸色微变，道："后来呢？"玉环一把揪住他，气道："你都认账了，果然有这么个女子！你快说实话，她到底是谁？祁隽藻，我每天在家里为你提心吊胆，你却在外头……"隽藻将她的手扯开，故意变色道："别胡闹！什么女子，你说清楚了，后来呢？"玉环更加生气了，叫道："什么后来？后来听说你不在家，车也没下，调头就走了！"隽藻暗暗松了一口气，倒头睡下。玉环哪里会放过他，又把他挠起来，得理不让人地哭道："你快说她是谁，我今儿一定要知道！"隽藻明白她对此事知道得并不多，随口编了一个谎："啊，我想起来了，是我在太原府乡试时结识的一个文友，此人姓……姓郑名文渊，他有一个妹子，早年没有母亲，想来咱们家认母亲做干娘，以后也好有个走动。可能是见我不在，事情一时说不明白，就掉头走了。瞧你，想到哪儿去了？"隽藻随口编来，信誓旦旦，让玉环不由得不信："真的？"隽藻道："我发誓，祁隽藻若有半句虚言，就让老天罚我明年春天考不中进士，回到宗艾张家货栈里接着喂马！"玉环到底放心了，却又不好意思，羞红了脸，笑起来。隽藻趁机岔开话题道："哎，有件事我要告诉你，后天我就要跟殷掌柜一起去扬州贩盐，明天你帮我收拾收拾！"玉环心中又是一跳，道："真的？"隽藻道："当然是真的。"玉环眼泪又下来了，隽藻道："怎么好好的，又哭起来了！"玉环拭泪，回头，认真地望着他，恨恨说道："祁隽藻，你给我记好了，曹玉环这一辈子可以陪你受苦受难，上刀山下火海，可你要是背着我和别的女人好，我可不答应！玉环小时候也念过一些书，当年唐太宗听说宰相房玄龄的夫人妒忌，不准房玄龄纳妾，非要送给他两个宫女不行，还把房玄龄的夫人弄到宫中，亲口问她，是不妒忌而活，还是妒忌而死？房玄龄的夫人道：'臣妾宁妒忌而死！'我曹玉环虽比不上古人，可谁要敢夺走我的丈夫，我就先杀了她，再自杀！"隽藻心中吃惊，急道："我说过了，真没有别的女人，我这一辈子，就你这一个女人！"玉环展开眉头一笑，道："真心话？"隽藻道："当然！""那……冯妙真呢？"隽藻听了此言，脸色顿时黑下来。玉环知道说错话了，急忙上前抱住他，道："我说错了，我该死，五爷你别生我的气！"隽藻叹一口气，将她抱在怀里，心却被玉环方才的话惊动了，他此时想的是："我竟有些日子没有想到妙真了，我也把她忘了！"玉环甜蜜地闭上眼睛，反身抱紧隽藻，柔声道："五爷，你们男人多好，想走到哪里就走到哪里，曹玉环也想跟五爷一起走商路，看天上的星星。五爷，你要是真心待我好，今夜就带我去看天上的星星！"隽藻的心一时又飘回到她身上，叹一口气，道："行，去哪儿看？"玉环环抱着隽藻的脖子不松手，轻声道："你抱我去屋顶平台上。"

山西民居，屋顶处常有平台，除用于晒粮食，还用于夏日纳凉。隽藻抱着玉环，走上平台，仰头望去，但见夜空清朗，星斗璀璨，一条银河横天而过。隽藻道："好看吗？"玉环眼里涌出幸福的泪花，偎在隽藻怀里，轻声道："好看。"隽藻又问："知道我为什么要跟殷掌柜一起去走商路吗？"玉环不答。突然，她反身紧紧抱住隽藻，含泪道："五爷，咱不去走商路了行不行？既不去京城参加会试，也不去走商路，就咱们俩，就这样待在家里，男耕女织，过一辈子，闲下来就坐在这里看天上的星星，你天天晚上老这么抱着我，那我曹玉环这一生，可就是掉到蜜罐里了……你快说话，行不行啊？"隽藻的心一沉，不再说话。玉环也不再开口，只是把隽藻抱得越来越紧了，似乎怕自己稍一松手，就会彻底失掉他。

3

紫禁城中养心殿内，嘉庆皇上圣躬违和，正躺在龙榻上由御医诊治。绵宁进殿，跪下请安，奏道："启奏皇阿玛，儿臣自今年元月奉旨带兵出京，一路追剿江北会匪余孽……"嘉庆打断他的话道："罢了，这些事情朕已经在你的折子上看到了。绵儿，你带兵一路追杀乱匪，途中又分出琦善一支，提前潜入淮南会匪旧巢，张网以待。短短九个月工夫，已将该匪大股悉数剪灭，剩余零星漏网者已不足为患，你能办成这件大事，是为我大清立了一桩大功，朕心甚慰。"绵宁叩首道："儿臣托祖宗和皇阿玛洪福。"嘉庆点点头，看着他道："你起来，这件事你就不要讲了，朕听说你回京之前，顺道去看了山西太原府的乡试，有什么事，要给朕讲一讲吗？"绵宁爬起来，瞅一眼他的神色，心中不安，踌躇道："这个……"嘉庆大咳了一阵，叹息道："朕的身子真是一年不如一年了，可恨偏偏天下多事！你看看这些告急的文书，不是黄河决口，就是外人肇事，逼我大清开口岸通商，还有就是遍地的乱民，竟没有一天无事……罢了，你就说说，穆彰阿这次在山西，有没有简拔出能替朕分忧的人才？"绵宁突然又跪下叩头，道："皇阿玛，儿臣有罪，罪不容诛！"他取出隽藻的卷子，双手战战兢兢地捧过头顶，道："皇阿玛，儿臣这次不该从山西学政衙门带回寿阳生员祁隽藻的三篇乡试墨卷，此人的文章十分荒唐，其中虽不乏圣人之论，却又有诋毁圣朝、指斥乘舆之嫌。皇阿玛不看也罢！儿臣做出这种事，实在罪不可恕，请皇阿玛治儿臣的罪！"嘉庆面上的一点儿欣慰之色顿落，道："不就是几篇文章嘛，还能动摇了我大清的江山？呈上来给朕看一看。你起来！"随侍太监扶嘉庆下床，又从绵宁手中接过卷子，呈给嘉庆。绵宁爬起，恭侍一旁，紧张地观察着嘉庆的反应。

嘉庆一张张看隽藻的卷子，脸色越来越难看，绵宁额头上开始有冷汗沁出。嘉庆看完三张卷子，已是满脸怒容，背过身去，一言不发。绵宁"扑通"跪在地上，叫道："皇阿玛，儿臣该死！"嘉庆回头看他一眼，怒道："这就是你和穆彰阿在山西发现的好文章？这个祁隽藻，就是你们给朕简拔的好人才？！"绵宁不敢抬头，浑身战栗不已。嘉庆激愤道："朕承继祖宗基业，临御天下二十余年，宵衣旰食，如履薄冰，虽不敢说有尧舜之德，却也不信自己就是桀纣之君！"绵宁不住地叩头，叫道："儿臣该死！"嘉庆回头盯着他，沉沉问道："朕问你，此事是你一人所为，还是和穆彰阿串通好的？"绵宁忙叩头在地，答道："回皇阿玛话，此事系儿臣一人所为，与穆彰阿无涉！"嘉庆听了一怔，默默点头，半晌摆摆手，道："行了，狂野之士，狂野之言，无代无之！朕要是因此杀人，天下不知该有多少人头落地！去吧，朕免了这个秀才的死罪就是了！"绵宁叩首欲退。嘉庆突然道："等等，这个祁隽藻，籍贯山西寿阳平舒村，此人的父亲莫不就是祁韵士？"绵宁的心一下子就悬起来，道："正是！"嘉庆沉吟，背过身去，突然道："年初亏铜案案发突然。直至今日，你是不是也和朝野内外许多人一样，认为朕当初冤屈了祁韵士？"绵宁大惊道："皇阿玛，儿臣不敢！"嘉庆仍不回头，道："你在山西，不但从太原府大牢里救了这个祁隽藻的命，还让穆彰阿点了他一个解元，你就觉得，这个祁隽藻真是个经天纬地之才？"绵宁心中又是一震，浑身战栗，不敢仰视，道："皇阿码，儿臣——！"嘉庆转过身来，看着他道："祁隽藻的文章没给更多的人看吧？"绵宁急道："这样的文字，儿臣怎么敢——"嘉庆挥挥手道："去吧，对别人不要再提起这件事。"绵宁不知他心中到底是怎么想的，答应一声，起身退出，将满头的汗拭去，心中却仍旧惴惴不安。嘉庆沉思良久，猛转身道："来人，传军机处王鼎来见朕！"

王鼎不知出了何事，进了养心殿，跪拜在地，口称："老臣王鼎，叩见圣上。"嘉庆道："王鼎，智亲王从山西给朕带回几篇奇文，朕今日也想让你看看！"王鼎爬起，从随侍太监手中接过文章，方才看了一篇，急忙跪下，双手将卷子呈还给嘉庆，大惊失色道："皇上，这是谁的文章，如此大胆！臣不敢再看！"嘉庆冷冷言道："祁韵士的儿子祁寯藻。这是他的太原府乡试墨卷！"王鼎吓得变了脸色，急道："圣上息怒。据臣所知，祁韵士的儿子祁寯藻还是个孩子，不可能写出这种文字，皇上千万恕罪！"嘉庆"哼"了一声："想你王鼎，当年也是有名的神童，十二岁中秀才，十九岁中举人，二十岁进士及第。这个祁寯藻，小时据说也有神童之誉，他今年也是十九岁，怎么就写不出这样的文字！"王鼎语塞："这个……"嘉庆又道："王鼎，你给朕讲实话，朕固然不是什么尧舜之君，但朕真像他文中所言，是什么桀纣之君吗？"王鼎叩首在地："圣上千万息怒！圣上乃我大清的一代仁君，天下皆知，一个小孩子读书不通，胡乱写的文章，圣上切不可为此生气！"嘉庆回头，语气缓和起来，道："王鼎，你起来。"王鼎道："谢圣上。"他爬起来。嘉庆眼中忽然溢出泪花，道："王鼎，你是朝中的老臣，朕自去年以来，精神越来越差，眼看着就要有弃世的光景，你跟朕说实话，千秋万代之后，朕真能称得上一个仁字吗？"王鼎听了，又急忙趴下，叩头在下，也流下泪来，道："圣上吓死老臣了，古人讲尧舜之德，仁义二字而已。圣上承乾隆朝盛极而衰之世，从临御天下那天开始，铲除贪官和珅，平定西南之乱，巩固新疆之地，整顿漕务，疏通海运，做了多少千古流芳的大事。臣侍奉圣上近二十年，深知皇上之心没有一日不在大清社稷，天下臣民。千秋万代之后，若圣上称不得一个仁字，还有何人称得上一个仁字！"嘉庆怒意稍解，道："起来吧，朕刚才让你看这几篇文章，并非是要治祁寯藻的罪。朕昨日刚刚接到山西巡抚乌鲁阿密札，说这个祁寯藻，竟是张观藜的学生！"王鼎吃惊地睁大了眼睛："怎么，张观藜现在开课授徒了？……皇上以为这几篇祁寯藻的文字，其实就是张观藜的文字？"嘉庆摇头道："张观藜并没有开课授徒，祁寯藻中举之前，只是他家的马夫。这个张观藜，先前弃儒为商，前几日祁寯藻中了太原府乡试解元，他怕连累到他，干脆弃商归佛，做了山西寿阳方山寺的僧人，誓死不与祁寯藻再见一面。"王鼎松了口气，道："原来是这样！"嘉庆突然回头，道："王鼎，朕让你一个人进来，是要你代朕拟两道密旨，一道给伊犁将军那彦成，将祁韵士遣戍新疆十年的刑期改为三年，另一道给山西巡抚乌鲁阿，明年三月，一定要让祁韵士之子祁寯藻来京城会试！朕等了张观藜四十年，也没有等到此人出山，现在他的学生违背师训，重走科举之路，一定是张观藜本人有话要对朕言！"王鼎大惊："圣上，臣替祁韵士一家谢皇上天高地厚之恩！"嘉庆回头道："朕知道你和祁韵士有师生之谊，所以让你去办这两件事，是因为你素来老成谋国，办事谨慎，既不会拿朕的大事做儿戏，也不会因你与祁韵士的师生之谊徇私情。前一件事，是朕不想让祁韵士老死新疆；后一件事，是朕读了祁隽藻的这几篇骂朕的文章，实在心有不甘，若它们真与张观藜无关，明年春天在京城的科场上，朕一定要亲自试一试这个敢说我大清有国无君有君无臣的祁隽藻是个什么样的年轻人，他的话只是鹦鹉学舌从故纸堆中抄来的呢，还是我大清国真出了经天纬地之才！"

4

穆彰阿回到京城，没进府门，当即前往宫中向嘉庆复命，得到的消息是皇上在畅春园召见他和肃顺，二人急忙赶到畅春园，匍匐在嘉庆面前，口称："奴才穆彰阿、肃顺见过皇上！"偷眼一觑，发现智亲王也在皇上身边，穆彰阿心中就立马有了主意。嘉庆见了他们，微现一缕笑容，道："起来吧，穆彰阿说说，你这趟差事办得怎么样？"穆彰阿并不起身，朗声答道："回皇上话，奴才此次和肃顺一起赴山西督察学政，主持太原府乡试，为朝廷取才，共取得举人一百一十一名，第一名乃是山西寿阳生员祁隽藻。"他故意将"祁隽藻"三个字念得十分响亮，并不抬头看嘉庆的反应。绵宁一听，脊梁背上又出了一层冷汗。嘉庆的笑容遽然落去，半晌突然道："穆彰阿，朕有一事问你，智亲王将祁隽藻的卷子带回来给朕看，这事你知道吗？"穆彰阿一刻也未犹豫，大声答道："奴才知道此事，不只如此，祁隽藻的乡试墨卷，正是奴才向智亲王爷荐举的！"绵宁不敢抬头，却悄悄地松了一口气。嘉庆有点儿诧异，看一眼绵宁，又回头不动声色道："你也认为这个祁隽藻有经天纬地之才，值得你在山西点他一个解元，连他的文章，也要带回来给朕看？"穆彰阿仍不抬头，大声回答："回皇上话。奴才愚钝，开初还以为祁隽藻的文章满篇都是大逆不道之言，曾令肃顺将其拿下太原府大狱，后来反复体会圣上广揽天下贤才之意，又受智亲王爷启发，终于觉悟，于是一力向王爷举荐此人，蒙王爷允准，将其从狱中放出，还点了他为此次太原府乡试的第一名。穆彰阿还要奏明皇上，虽然祁隽藻的这几篇文字是智亲王爷带回京城呈送御览的，可这件事情本身却是奴才的主意！如有不妥，请皇上治奴才死罪！"他再次俯伏在地。

嘉庆看了他良久，突然道："穆彰阿，你虽然刚从山西回京，朕却不能让你歇着。前些日子河南奏报，黄河又在兰封、考城一带决口，冲入贾鲁河，该省河督糊涂，不堪任事，朕要你前去督办河工。今冬明春，一定要把口子堵上！"穆彰阿心中一怔，面上却声色不动，朗声答道："奴才领旨。奴才今日回去收拾，三日内即启程赴河南！"嘉庆满意地点点头，说了一个"好"字，忽然想起了什么，又道："对了，琦善回来了，这些日子载元身子骨不大好，瑞华骑马又崴了脚，这乾清门侍卫大臣的差事，叫琦善兼着好了，载元和瑞华，就让他们在家好好歇着。散了吧。"众人心中暗暗大惊，各自叩头告退。出了园门，绵宁悄悄拭了拭一脸一身的汗，见穆彰阿目不斜视走出来上轿，不禁心存感激。保胜这时也在后面跟上来，道："王爷，咱们也回府吧。"绵宁仍然望着穆彰阿，道："穆彰阿这个人不错！听说你年轻时曾是他们家的包衣奴才？"保胜答道："回王爷话，奴才蒙主子提携，才来到王爷跟前效力。"绵宁不再说什么，上轿而去。

5

怡亲王府后花园里，载元、瑞华、肃顺相对默立，神情沮丧。载元长长呼出一口气，道："算了，他不让我们守乾清门，我们就不守。"瑞华丧气道："就这么算了？这等于是当着满朝文武的面，冷不丁给我们弟兄脸上来了一耳光！"载元冷笑道："什么冷不丁，自从元宵节江北乱匪夜袭皇宫，他心里就藏下这个主意了，只是前段日子他还没有看好替代我们的人罢了。"瑞华心犹不甘地说道："老二，只是我们败得也太惨了。我们费尽心机，把好处全部捞走的却是穆彰阿和琦善！"载元"哼"了一声道："老三，既然皇上说我和你身体不适，需要卸下差事来养病，我们就要给皇上这个面子，最近这段日子里，我们要做出个养病的样子，轻易不要出自己的园子！"瑞华不解，道："老二，你……我做不到！我骑马崴伤的脚早好了！"载元加重语气道："做不到也要做到。皇上眼下已经对我们起了疑心，你还不万事小心？"说着，他把脸转向肃顺，"我们这个皇上，疑心很重，又记仇，一旦他不信任我们，我和老三再起来的机会就不多了。老六，你刚刚在皇上跟前当差，眼下还没有受到我们的连累，你该做什么，还做什么。今天你就有一件事可做，附耳过来。"肃顺附耳过去，载元对他耳语一番，冷笑道："明日快去告诉穆彰阿！"肃顺听了，转身就走。载元又叫住他，叮嘱道："不要让他觉得你是专门去说这件事情的。"瑞华凑上前问："我说老二，你跟老六说什么呢？"载元皱皱眉，道："你什么事也弄不明白，就甭问了。"又对肃顺道，"老六，以后就是你，轻易也不要到我们两个人这里来了！"

次日肃顺赶往穆府，在大门口正好与琦善相遇。肃顺瞧不起这个琦善，琦善却低三下四有意逢迎。薛管家进去禀报，道："爷，琦善大人和肃顺六爷到。"穆彰阿坐在书房里，看着张妈和虫子帮他收拾东西，皱眉道："他们两个人怎么一起来了？"薛管家低声道："他们不是一起来的，在大门口碰上了。"穆彰阿道:"好吧,这儿太乱,外客厅见吧。"薛管家转身出去,领琦善和肃顺走进外客厅,到了门口,琦善有意给肃顺让道:"六爷先请。"肃顺并不逊让,昂然前行。穆彰阿从内室走出,面无表情道:"二位,这么早。"肃顺想说什么,看看琦善,不觉起了厌恶之心,语带讥讽道:"琦善,我要恭贺你呀,你现在不但是五城兵马司都总管,还兼了乾清门侍卫大臣,你现在真是圣眷隆重哇。"琦善怕穆彰阿误会,巴不得肃顺来这么两句,立刻做卑躬屈膝状:"六爷言过了。琦善在皇上面前,在六爷面前,都是奴才,不过是怡王爷、郑王爷两位贵体欠安,皇上多给琦善一个差事罢了。"转脸又对穆彰阿道,"两位大人有话要说,我外面园子里待候着。老薛,待会儿大人有空了叫我。"不待穆彰阿发话,就转身退了出去。

穆彰阿面色沉郁,看肃顺,淡淡言道:"六爷这么早来,一定是有事。"肃顺做出一脸的气愤,高声道:"大人,我就是气不过。山西的事情,就这么着了吗?从山西回京城时大人说,祁隽藻该杀,但杀祁隽藻者不必是大人。可昨日见了皇上,皇上并没有杀祁隽藻的意思。"穆彰阿绝不会与此人讨论这样的话题,冷冷说道:"圣上所以是圣上,想法自然与我辈不同!"肃顺好像忽然想起什么似的,道:"对了穆相,属下刚刚听说,皇上不但不让人杀祁隽藻,还让王鼎那个老家伙……"他凑过身去,声音也低了下去。穆彰阿听了,神情大变,又不愿意让肃顺看出破绽,于是就去喂窗前笼中的黄鸟,不动声色道:"如果是那样,真可以称得上皇恩浩荡了。"肃顺一直盯着他的眼睛,又道:"大人,为祁韵士减刑,明年春天又要祁隽藻来京会试,大人就再不担心祁隽藻来了,真有可能接近皇上、蛊惑圣听吗?"穆彰阿已经明白了肃顺的来意,也猜到了消息的来源,不禁冷笑一声道:"六爷,你我都是大清的臣子、皇上的奴才,皇上要做什么,一定有他的道理。我们就不要再说这件事了。哎,六爷,后日我就要去河南督察河工,家里正忙着收拾东西,我就不陪了!"肃顺悻悻,告辞而去。

琦善这才走回来,看穆彰阿一眼,笑道:"六傻子走了?"穆彰阿不觉变了颜色道:"王鼎代皇上拟密旨给那彦成和乌鲁阿,这么大的事情,我怎么不知道?"琦善笑了:"大人,奴才这么早赶来,就是要说这件事,不是被刚才那个六傻子挡住了吗!"穆彰阿盯着他道:"皇上不杀祁隽藻,一定还有原因!"琦善斜着眼睛做不解状,道:"这琦善就不知道了。哎大人,祁隽藻在文章里把皇上骂了个狗血喷头,要说咱们这位皇上,这口气怎么就忍下来了呢!"穆彰阿明白他真的不知道,断然言道:"这件事就到此了。皇上派我去河南督察河工,是件大事。我走以后,你有机会一定提醒皇上,让他早点儿把我弄回来。明年春天会试之前,我一定要回到京城里来!"琦善点头,道:"奴才知道了。"穆彰阿想了想又道:"还有,我在山西的时候,一直觉得皇上在那里另有耳目,这个人早在智亲王回京以前，就用六百里加急，把那里的事一一奏明了皇上。智亲王还没回京，山西的事情，我们的事情，皇上就什么都知道了！"琦善大惊道："大人，此人是谁？是不是肃顺？"穆彰阿沉吟道："不会。我提起这件事是想说，我们刚和祁隽藻张观藜之流交了一次手，本以为胜券在握，结果却发觉自己先就败了一局！从今往后，我们再也不能小瞧天下人。天下人之命在朝廷，朝廷之命在皇上。我马上要去河南，你在京城，朝中大小事情，一定多加留意，不可有一丝疏漏！"琦善神情恭谨起来，小心道："琦善一定事事照着大人说的办！朝中一有事就派快马给大人送密报，绝不会误事！"

穆彰阿放松了下来，忽然想起一件事，问："保胜怎么样，这次你和他一起陪伴智亲王爷，觉得他靠得住吗？"琦善一愣："保胜？啊靠得住！跟智亲王爷出了一趟差，王爷对他十分器重，万一将来皇上有个好歹，智亲王做了皇上，这小子一定会发迹！"穆彰阿瞪了他一眼，琦善马上道："我说秃噜嘴了，该死！"穆彰阿又去喂黄鸟，随口问道："啊，保胜今年多大了，娶亲了吗？"琦善琢磨他的意思，一时也不明白，道："好像不大，二十八九岁吧，娶过一门亲，媳妇前年出天花死了。大人怎么问起这事来了？"穆彰阿放下手中的鸟食匣子，随意道："也没别的意思，这次我想让他跟我一起去河南，我身边需要一个靠得住的人！"琦善放下心来，道："保胜本来就是大人的奴才，是大人当年栽培他，他才成了内廷护卫，有了今天。大人要用他，是给他往上巴结的机会。大人，要不我这就派人去告诉他，让他到你府上来道谢。"穆彰阿道："那倒不必。你去吧！"

琦善正欲转身离去，穆彰阿忽然笑起来，道："你现在成了乾清门侍卫大臣，我该恭贺你。……明白皇上的意思吗？"琦善笑了："大人，难道你觉得琦善连……啊，自然和元宵节江北乱匪夜袭养心殿一案有关。"穆彰阿不语。琦善忽然想起了什么，大惊道："大人，不会还与冯叔阳祁韵士两案有关吧？"穆彰阿神情一变，道："胡说，这事怎么会和冯叔阳、祁韵士两案有关！去吧，小心当你的差！"

6

从山西到扬州的盐路，到了河南开封，再往前就是水路了。黄河从这里改道，与淮河争道，夺淮入海，两河之水汇为一流，于是由河南到淮南，水势盛大，浩浩荡荡，所经之处，无数田园与村庄都变成了无边的泽国。殷掌柜带隽藻等人乘一条大船顺流东下，隽藻是第一次见到这样的黄河，不觉站在船头，对殷掌柜叹道："怪不得《黄河变迁史》上说，黄河之患不在北而在南。今日一见，方才懂得这话说得惨伤！"殷掌柜道："自周定王五年以来，黄河河道共有五次大迁徙，不是南下夺淮入海，就是北上夺大清河等北方河道入海。金元之交，黄河再次夺淮南下，到今天已经几百年了，如今黄河北流全断，全河之水与淮河合流，淮河两岸地势低洼，江北各省上亿亩膏腴之田，全成了黄水泛滥之区，此地的千万百姓，就全成了灾民！"

一条官船从旁边驶过，船上官兵耀武扬威，众人都望着这条官船。船家道："各位，看见没有，这就是江北河督的官船。为治理这条河，朝廷年年费去无数银子，可这河还是年年溃堤，年年闹灾。知道为什么老也治不好吗？"隽藻回头望他，问："为什么？请老人家指教。"船家一边转舵一边笑道："那是因为河督自个儿不想把它治好。一旦治理好了，朝廷就不再往这儿拨银子了。那时不但河督和他手下的那帮官员、师爷，就连这些以河为生的河兵，也都没有银子挣了，他们还怎么活呀！"隽藻大惊道："老人家，怎么会这样？"船家道："这位小哥，你还年轻，自然觉得奇怪，其实这种事天下皆有。治河的不能将河治好，剿匪的也不能把匪剿净。等会儿你们到了运河上，就会看见那帮漕运官员，他们的差事是把江南的米运往北方，可他们也不能把漕运的事办好了，只有办不好，才能从朝廷和地方上多弄银子，这和治河的事是一个理儿！"隽藻心中越来越吃惊，大声道："老人家说下去，我爱听！"船家于是来了兴致，干脆将舵交给儿子，回头坐下，对他道："你爱听我就多说几句。告诉你一件事，去年这条河上本来无灾，可河兵们为了银子，自个儿扒开了一个口子，黄水冲出去，一下子淹没了安徽、江苏两省的六府十一县，受灾的老百姓达五百多万！"隽藻陡然变色，道："老人家，你这是道听途说的吧？这怎么可能！"老船家有些不高兴了，道："我就知道你不信，可你要是像我这样在这条河上走久了，就见怪不怪了！"隽藻不觉怒道："出了这么大事，当地官员干什么去了，朝廷负责监察的官员干什么去了？"

殷掌柜上前拦住，笑道："罢了罢了，船家，我们只是些商人，说这些干什么。快告诉我们，前面运河上盐船还走得通吗？"老船家笑道："小老儿看出来了，你们是去扬州贩盐的，只要东家手里有银子，莫说盐船，你就是大批大批地从海边往内地走私鸦片烟，也会一路通畅，世情就是这样！"隽藻猛回头道："怎么，连鸦片烟也能随意运进内地？"船家看他一眼，冷冷言道："小哥，你是第一次出远门吧？"殷掌柜急忙打岔道："老人家，再往前就是淮南府吧？"船家尚未回答，隽藻望着前方忽然道："老人家，听说淮南这个地方有个江北灾民会，是不是？"不想老船家一下就慌乱起来，连声叫道："没有没有。那是乱匪，都叫朝廷剿没了。"殷掌柜连忙拉着隽藻走向船舱。忽然，远方一条逆向驶过的船上，响起了一支苍凉悲愤的歌：

贪吏不可为者，当时有污名，而可为者，子孙以家成；

廉吏而可为者，当时有清名，而不可为者，子孙困穷被褐而负薪。

贪吏常苦富，廉吏常苦贫。独不见楚相孙叔敖，廉洁不受钱。

　　殷掌柜和隽藻走回船舱。隽藻忽然站住，道："殷掌柜，你听，这是古楚国的《忺慷歌》！"殷掌柜道："来来，咱们坐下喝茶。"隽藻却仍然站着，一声声听完了船家所唱的这首歌，情绪激动。殷掌柜看他一眼，只听隽藻说道："殷掌柜，听出来没有，这就是民间的声音，他们知道清白自守的好官是不好做的，贪官却是好做的，但他们还是希望天下的官吏都是楚相孙叔敖那样的人，廉洁不爱钱，哪怕为此困穷……你怎么不说话？"殷掌柜却道："淮南一向产好茶，不知道我们现在才来，还能不能买到好茶。"隽藻听了，不再说话，可他的心，却仍然沉浸在方才听到的歌声中。

　　夜里，殷掌柜他们都睡了，隽藻躺在船板上看天上的星星。坐在他旁边的柱儿有一搭没一搭地跟他说话："有句话我一路上都想问你，你都成举人老爷了，听说明年还要去北京赶考，干吗还要跟我们来贩盐？"隽藻不说话。柱儿推了推他："说话呀你，想你那新娶的媳妇的吧！"隽藻突然道："柱儿，你说恩师……就是咱们东家，这会儿在方山寺里，是不是也像你们一样，在看这满天的星星！"柱儿惊奇地看着他，道："哎，我说你不会就为了看这满天的星星，才要跟我们来贩盐吧？"

7

　　淮南府街市上，呈现出乱世中才会有的畸形的繁华与混乱：大白天站在门前拉客的妓女，沿街卖唱的歌女，拖儿带女的灾民，头插草标卖子的贫妇，一群群横着膀子走路的地痞……殷掌柜带隽藻等人在大街上走着，突见一队官兵匆匆跑过来，他们急忙躲到街边的房檐下避让，隽藻的眼睛忽然被墙上的一张告示吸引住了，那上面画着的要缉拿的钦犯居然是妙真！一个街边妓女突然跑过来，拉住他就朝身后的妓院里走。隽藻大声反抗，道："干什么？放手！"他用尽气力才将她甩脱，向前赶上殷掌柜他们。柱儿回头看着他笑，隽藻的心情却全被破坏了，不住地回头看那张告示。

　　一个灾民突然扑倒在他面前，抱住他的腿喊道："可怜可怜穷人吧，黄水把我们家全冲了！"殷掌柜见状，急道："快走！"隽藻还没甩掉腿上抱的这一个，其他灾民又纷纷聚拢过来，越聚越多。隽藻一时大急："你们想怎么样？"殷掌柜此时站住了，走回来对众灾民道："你们放开他，我给你们一块银子，你们自己分！"他掏出一块银子，用尽气力朝远处扔去。灾民们果然松开隽藻，一起奔去抢银子。殷掌柜拉起隽藻就跑，大家跟着跑起来。隽藻边跑边回头，惊魂甫定，他说："怎么会这样，这里的灾民怎么这样！"正说着，一辆马车不觉从他身边驶过去。隽藻无意间一转头，心中大吃了一惊，叫道："是不是暖儿？！"车上的暖儿回头，一眼看到隽藻，急回头对身边的妙真道："小姐快看，祁公子！"妙真不信，道："胡说！"却也扒开车帘朝后面望去，与隽藻的目光陡然相撞。隽藻愣在那儿，一时间眼睛也直了。妙真"啪"摔下车帘，对车夫急道："快走！"马车飞快地驶走。隽藻大叫一声："妙真——！"就急急地追了上去。殷掌柜对柱儿道："快跟上去，他这是要去哪儿！"柱儿迟疑一下，叫了一声："祁少爷！"追了上去，哪里还有隽藻的影子！

妙真的马车拐进一条小巷，在一所宅院前停下来。妙真和暖儿下车，匆匆走进宅院。李清玄带众徒弟迎出来，看二人变了颜色，急问："你们回来了，出了什么事？"妙真道："师傅，有人追我们！"李清玄一惊："官兵吗？"妙真道："不是。是……祁隽藻！"李清玄越发吃惊，皱眉道："怎么会是他？"这时，外面已经响起"砰砰"的打门声。李清玄看着妙真，道："你怎么想的，见还是不见？"妙真一时走来走去，拿不定主意，神情却越来越激动。李清玄回身对一个徒弟道："出去把那个人打发了。"徒弟应声欲走，妙真猛回头，泪光闪闪道："师傅，我想见他！"李清玄深深地望着妙真，想了想道："好吧。不过祁公子要受点儿委屈。"他向徒弟使个眼色，众人会意，转身而去。

李清玄带妙真走进院中一处密室，看她道："妙真，你可要想好了！"妙真强令自己内心乍起的波澜平息，答道："师傅放心。"一语未了，隽藻已被人蒙着眼罩抬了进来。李清玄亲自上前替他摘下眼罩，随即招呼众人退出。隽藻的眼睛半天才适应室内的光线，一眼望见站在窗前的那个熟悉的身影，不由得大叫起来："妙真，真的是你！"此时的妙真却已心静如水，她回过头来，冷冷言道："祁隽藻，你认错人了！"隽藻急上前道："妙真，我没有认错，你是妙真！"妙真面无表情，淡淡言道："我是不是妙真，以后再说，先说说你。祁公子，你怎么来到了淮南府？"隽藻大声道："不，不，你就是妙真！你先告诉我，自从那日在寿阳老家分别，你真的来到了这淮南府，做了江北灾民会的大头领？"侍立一旁的暖儿刚要说什么，妙真急道："对，我们上次分手以后，我就随本会的诸位英雄回到淮南府，做了本会的大头领！"隽藻两眼湿润，大叫一声："妙真，你不能啊！"他冲动地上前一步，要抓她的手，妙真一闪向后躲开，声音中就多了愤慨："祁隽藻，你有什么理由让冯妙真不能这样！自从上次见面，冯妙真就告诉过你，那个已经成了朝廷要犯的她已经死了，现在活在天地间的，只是一个一意要向朝廷复仇的人！"隽藻让自己冷静一些，道："妙真，你方才问我为什么到了淮南府，我现在就告诉你，我是随恩师张观藜的商队到扬州贩盐来了，也是到这淮南府寻你来了！……"妙真吃了一惊："什么？你现在还在做商家的学徒和马夫，你不是亲口对我说过，要重走科举之路，用一生之力救天下万民于大难，还要替我们冯祁两家昭雪冤案吗？你现在又改了主意了？"隽藻道："不，自从你我分手之后，隽藻已经离开了恩师办的商号，去太原府应了乡试，中了解元。至于这次随商队去扬州贩盐的原因，我刚才已经说过了！其中的一个原因就是想在路过淮南府的时候在这里找你，我没想过真能在这里找到你，也不想在这里真能找到你，因为找不到你，那就是说，妙真到底还是没有和江北灾民会的乱匪同流合污……"妙真突然打断了他的话，道："原来你已经应了乡试，中了举，那么这次从扬州贩盐回去，明年三月春闱之期，你真的要去京城参加会试、殿试了，去中一个进士了！"隽藻道："对。"妙真怒道："祁隽藻，原来你真的还要去做朝廷的鹰犬！你可真让我失望！你难道不明白，冯妙真所以还活在世上，就是为了与朝廷为敌，今天在我看来，无论是皇上，还是天下所有的官吏，都是我的仇敌，你放下父亲的大仇不报，却还要回到朝廷里做大清皇上的鹰犬，你就不怕像我这样的人把你也杀了吗？"隽藻大声伤心言道："妙真，今天你我能在淮南府一见，一定是上天不让我们分离。我知道你一定不理解我为什么一定还要重回科举做官的老路，但是隽藻心中，确实有许多话要对你说，可一时又难说个清楚……不，你还是快离开了江北灾民会，跟我回山西吧！为了我已经看到的那场天下大劫难，为了我在天下每一条商路上看到的所有流离失所的灾民，你快回头，不要再去点燃那场烧遍天下的大火，只要你这样做了，你就是救了天下的人！"妙真突然被他这番话触怒了，道："祁隽藻，你以为你是谁？事到如今，你就是真能救得了天下的人，也救不了我冯妙真……冯妙真今天就是成了朝廷在天下缉拿的钦犯，就是全天下再没有我可走的路，我也不相信你真能救得了天下人，你也不可能从朝廷那儿为我们冯祁两家讨回清白，替我父亲和你父亲报仇！来人，把他关起来，一直关到明年三月，看他还去不去京城会试、殿试，做朝廷的鹰犬！"众人进门，上前抓起隽藻，并且再次给他戴上眼罩，向外面推去。隽藻拼命挣扎，怒道："你们放开我！《孟子》上说，三军可夺帅，匹夫不可夺志！别说明年三月，就是后年、大后年、一辈子，你只要不杀我，我就要走我自己要走的路，你改变不了我的心志！"妙真跺脚流泪大声道："还不带走！祁隽藻，你这一辈子，也改变不了我的心志！"众人将隽藻强行带走。

李清玄走进来道："妙真，上次一定是灾民会的人向官府通报了你随我回青城山的消息，让我们只好逃到这里来隐居，现在这里也住不得了，咱们得赶快离开这里去另一个地方。"说着回头吩咐一个徒弟，"你带两个人留下，过两天我们走远了，你们把祁公子放了，然后再去追赶我们。"

8

殷掌柜在商队投宿的客店内站着，面色焦急而冷峻。众伙计陆续走进来，神情沮丧。殷掌柜问："有祁公子的消息吗？"伙计们摇头。殷掌柜发怒道："白天满城都是官兵，他们是干什么吃的！"柱儿丧气道："衙门里的师爷说了，满城的官兵只能去保护官衙和漕运，哪有闲人帮你们商家找人？"殷掌柜冷静下来，沉思有顷，自语道："看样子，只能走别的道了。柱儿拿上东家的名帖，咱们去运河码头见一个叫裴三的漕帮大哥，他要是还不能帮我们打听到祁公子的下落，咱们要想找回他，也就难了！"柱儿被他的话吓了一跳，道："大掌柜，真的要去蹚漕帮这趟浑水？"殷掌柜叹道："天下有道，求诸圣人，天下无道，求诸草莽，这也是人间正道。走！"

夜里，一艘小船悄然划近运河码头。被蒙汗药麻翻的隽藻由几个黑衣人从船上抬下，放到那家客店门外。须臾，小船就消失在夜幕下的运河上。早上，店主起来开门，柱儿第一个走出来，一眼就看到了躺在地上的隽藻，回头大叫："是祁公子！大掌柜，有人把祁公子送回来了！"隽藻慢慢睁开眼睛，怔怔地想着过去三天发生的事情，自语道："原来我没有死，昨晚上他们说要在酒里放毒药，原来是吓唬我。"殷掌柜赶出来，扶起他来，喜出望外，道："祁公子，你可回来了，太好了！咱们也不在这儿买茶了，今天就走，现在就走，赶往扬州！"

十几天过后，这支商队已经带着十数只盐船，从扬州返回。为了避开淮南府的官民和灾民，殷掌柜决定盐船不走黄河，而是顺长江一路西去，走汉水到襄阳府，从那里上岸，过太行山回山西。又是一个夜晚，隽藻坐在船头上，望天上的繁星。殷掌柜拎着茶壶走过来，坐在他身边，静静地看他一眼。隽藻回头冲他一笑，继续看天穹上的星星。殷掌柜笑道："江南的星星和我们山西相比，哪里的更漂亮？"隽藻道："只要你有一颗静下来看星星的心，天上的星星都一样漂亮。不过今天，在长江上看到的星星尤其高，尤其亮。"殷掌柜让他喝茶。隽藻道，"恩师不愿见我，回去以后，请你代我向他老人家请罪。是祁隽藻一意孤行害了他，不能像你我一样来看这万里长江上的星星。"殷掌柜笑道："祁公子，其实你错了，如果恩师执意要看这万里长江上的星星，那也是没有什么人能拦得住他的。"隽藻听了，心中一震。

第十二章

太原府墨卷流京都　多情女铁心救书生

1

转眼到了来年三月初一，隽藻进京赶考的日子。这天清晨，隽藻早早地梳洗了，来到上房，向祖宗牌位和刘氏恭恭敬敬地磕了头。一家人像往常吃过了早饭，由刘氏带领，朝大门外走，为隽藻和陪他进京的宿藻、张牧送行。张牧从没有到过京城，十分兴奋，回头乐颠颠地看着玉环，道："嫂子，你真的不去？"玉环道："不是我不去，是你哥不让我去。"蕴藻走上去帮张牧理理衣裳，叮嘱道："这次是让你去京城见见世面。要听你五哥和六哥的话，到了天子脚下，最要紧的是不能乱说！"张牧早就不把自个儿当孩子了，叫道："嫂子，你又来了！行，我把嘴闭上就是了！"果然又把嘴噘上了，大家忍不住又笑起来。

距离山西数千里之遥的一处海滨，山间一座不起眼的草堂内，也有一个人惦念着这个日子。从淮南府躲到这里，妙真化身农妇，白日耕作，夜晚和闲时由李清玄指导着练功夫，功夫一天天见长。这天晚上，夜色浓重，没有一点儿星光，妙真又随李清玄练了一套阴阳八卦剑法，刚刚收了势，就见暖儿引着一个人走进来，原来是奉她和李清玄之命出外打探消息的江一鸣。妙真脸上露出急切的神色，道："江大哥，你回来了！快说说，你去了这么久，都打听到了什么！"江一鸣向她和李清玄行礼，道："师傅，小姐，这一趟出去，一鸣都打听清楚了。姚一镖一伙人从去年与我们分开之后，就将小姐的画像在江北灾民中张贴，奉为大头领，让会众们顶礼膜拜，又将此画像一直北去贴进京城。眼下全国上下，各地官府，都认定小姐是江北灾民会的新任大头领，据说连皇上都被惊动了！"妙真默然，回头看一眼李清玄，李清玄道："这个我已经知道了，别的呢？"江一鸣看了看妙真，道："小姐，祁公子由扬州贩盐回到山西后，一直都在张观藜先生开的那家商号里做马夫，不过眼下会试之期已到，算来这会儿应该起程赴京了。"妙真久久地站立，心情渐渐激动起来，回头对李清玄道："师傅，妙真想走一趟京城。祁公子执迷不悟，一定要回头走科举入仕之路，妙真担心他凶多吉少。"李清玄看着她，默默点头，道："也好，我们一起去京城走一遭。我们已经在这里待了半年多，消息大概不走漏给官府，也会走漏给姚一镖等人。京郊恰好有一处地方，可以让我们立足。"当下他们计议已定，收拾了行囊，套好了车马，连夜启程。

2

　　隽藻带着宿藻、张牧，自三月初一离了家门，一路晓行夜宿，饥餐渴饮，并没有遇上太多的麻烦，就于三月十日来到了京城。隽藻、宿藻是北京城内长大的，对这块天子脚下的地面并不陌生，张牧却是第一次来到这里，观国之光，煞是新奇，走在人来人往熙熙攘攘的大街上，一双眼睛，竟看个不够。适值大比之年，全国各地进京赶考的举子络绎不绝，车水马龙，填街塞巷。张牧看得眼晕，就指了街上那些举子模样的人，对隽藻道："五哥，这些都是和你一样来京城求官的读书人？"隽藻回到京城，心中欢喜，道："你这么说好像也没什么错。"张牧喟然叹道："山西不读书的冒牌读书人就够多了，没想到北京城里，不读书还一心想做官的冒牌读书人比山西还多！"宿藻一边赶车，一边回头笑他："张牧，你个小学究，出门时你不是说你不说话了吗，怎么刚到京城，你这话篓子又开了口了？"张牧道："你也不读书，知道什么？天生万物，只要是有口的，都是为了让它发声。别说是人，就是个山洞，就是个树窍，就是最普通的一根竹管，大风吹来，它们也都会呜呜作声！"他忽然不想搭理宿藻了，回头对隽藻道，"五哥，玉环嫂子跟张牧说过，上回你在太原府乡试，就让人家关了大牢，这次到京城里会试、殿试，万一你又进了大牢，她让我想办法尽快让她知道，她也好马上赶来，给你往牢里送饭。"宿藻回头骂道："张牧，你这张乌鸦嘴，就不会说点儿好的！"又冲隽藻道，"五哥，这回你可想好啊，该写的就写，不该写的就不写，别乱写。"隽藻并不在意，道："给你们说实话，我也不想进大牢，那里头的味道实在也不好。"一边说，一边拿手去摸张牧的头。张牧用力将他的手拉开，怒道："五哥，我说过了，本秀才最讨厌有人摸我的头，你又摸本秀才的头了！"隽藻看他那一副小大人的样子，笑道："行，张秀才，五哥尊重你这颗脑袋，以后不摸了！"马车在张家老店门前停下。宿藻叫道："到了到了，这就是张家老店。"

　　黄昏时分，又有一辆马车悄然停在了京城副都御史何用光家门外。从车上走下来的居然是玉环，驾车的车夫则是采藻。玉环抱着包袱对采藻道："大哥，你今晚先找个客店住下，明天再回山西。"采藻道："我知道，弟妹多保重。"玉环点点头，看着采藻赶车走远了，这才随出门迎接的老妈子和丫鬟走进何府的大门。进了内客厅，玉环就给急急迎出来的何妻磕下头去，眼中滴泪道："女儿见过干娘。"何妻泪眼模糊，回头连声吩咐老妈子："快出去告老爷一声，就说我的干女儿来了。"老妈子去了，何妻拉起玉环来，道："来，玉环儿，快随我坐下，跟我说说你的事情，还有祁家的事情。隽藻这孩子这次他也来京城参加会试吗？"玉环附耳说了几句什么，脸红红的。何妻大悟，道："我明白了，好，这些天你就住在干娘家里。自从你那干姐姐出嫁后，我身边一个说话的人都没有，你来了就陪我多住些日子。"说着，何用光走来，玉环急忙跪下磕头，道："女儿玉环叩见父亲。"何用光吓了一跳，道："你不是玉环吗？快起来快起来。你你你怎么来了？去年你不是随祁家回山西了吗？"何妻拉玉环起来，附耳对何用光说了几句。何用光点点头，道："原来是这样，好吧好吧，来了就住几天吧。我外头还有事，得出去了！"说着抬脚就往外走。玉环拭泪笑道："干娘，我干爹还是老样子。"何妻道："可不是，一辈子胆小如鼠，树叶掉了都怕砸头上！"

夜里，何妻被何用光叫到书房里，何用光正牙疼，一脸的苦相。何妻道："老爷，有什么话不能进去说，还要我出来。说吧。"何用光走到门外左右看看，回头关上门，才埋怨道："我说你怎么把玉环给留下了！"何妻叫道："怎么啦？她是我的干闺女，当初你和她父亲曹寿阶是同年进士，又……"何用光瞪了她一眼："打住，快别提这些陈谷子烂芝麻的事情了。"何妻并不怕他，道："你可别惹我，我这儿正难受呢。我的干女儿出嫁，我竟一点儿也不知道！"何用光低声着急道："你这个人净给我惹祸吧啊！玉环嫁的是祁韵士的儿子祁隽藻。皇上已经发了密旨，要祁隽藻今年春天来京会试，起因是去年太原府乡试，他的几张卷子诋毁朝政，指斥皇上。我听说这个祁隽藻还真的来了，已经到了京城，你让玉环住在我们家，万一——"何妻干脆坐下来，道："你一辈子就是这样，胆量小得还没个针鼻儿大！皇上既然对隽藻的文章生气，为何不抓了他，一刀杀了，为何还要特地打发人要他来赴会试、殿试，要是皇上想杀他，还会这样？你这话一听就不通！对了，玉环这孩子所以会偷偷来到京城，是因为隽藻不愿让她和他一起来，还因为外面那客店里就没法儿住，她又惦念隽藻，也惦念我这个干娘，这才禀明了她婆婆来了。你要是因为这个担心，我不把她住在我们家的消息说出去就是了。"何用光道："不只是不能说出去，这几天也不能让她出外见人。一旦这次祁隽藻又因文章获罪，你得赶紧把她给我打发走，免得让老夫跟着惹火上身！"何妻听了，只说："反正我心里有数就是了！"

3

按照从康熙年间开始形成的规矩，朝廷三年一次的大比初场定在三月十五。王鼎又一次被皇上点了学差，充任会试的主考官，赴河南督察河工的穆彰阿被钦点为副主考。这天早朝上宣旨之后，王鼎回到家中，把管家叫过来叮嘱道："老规矩，你把大门锁了，一家人从后面厨房小门出入。无论哪来的举子，一个不见。"他要出门了，忽然又走回来，对管家道，"对了，你还得派一个人在大门外守着，别地来的举子我一概不见，山西寿阳举子祁隽藻来了，悄悄将他从后门引进书房来，我有话和他说！"

穆彰阿在河南接到圣旨，带保胜日夜兼程地回到京城。刚到家门，薛管家就迎上来，说："大爷你可到家了，琦善大人已经在书房里等你一天了。"穆彰阿匆匆向里走，薛管家趁机将家中一应大小事项向他回禀，其中也包括含黛的病情："爷去年走后，格格大病了一场，眼看着都过不了冬了。不过随着春暖花开，这病倒是有了起色，竟是大好了。"穆彰阿回头看保胜还跟着，道："啊，保胜，我这里不用你侍候了，你也出去半年了，回家看看吧。"保胜听了，道："谢谢主子，那奴才就告辞了。"穆彰阿匆匆走进书房，琦善早已迎上来请安。穆彰阿坐下喝茶，开口问道："他来了吗？"琦善道："祁隽藻还真来了，下处就在西河沿张家老店。"穆彰阿也不看他，只是喝茶，一边问："张观藜那里有什么消息？"琦善道："祁隽藻中举后，在方山寺昭化院见不到张观藜，随张家商号的掌柜去扬州贩了一趟盐，这一去就是几个月。他和商队回到山西的前一天，张观藜又离开了方山寺，去南方各地云游。自祁隽藻中举之后，直到今日，这两个人还根本没有见过面。"穆彰阿听了，冷笑道："世人皆说张观藜乃当今天下第一大儒，我看未必。不过他这个人还算知趣。皇上那边呢？"琦善突然低声道："那边倒是有点儿奇怪，会试就没几天了，皇上好像把祁隽藻的事忘了，一个字也没有提起过他。"他忽然愤愤起来，道，"哎，有件事琦善要为大人抱不平，照我大清的规矩，会试主考官应由满大臣充任，副主考才会配一个汉臣。王鼎一个汉臣，何德何能，这次竟然越过大人你，被皇上钦点了主考官，而让大人你屈尊做了副主考！"穆彰阿笑了笑道："王鼎乃是皇上信任的老臣，本官年轻，皇上这么做也是为了安抚天下汉人之心。"琦善笑道："大人这么一说我也明白了，虽然让他做主考官，可左右大局的人，自然仍是我们旗人。不然皇上就不会特地将大人从河南急调入京，充任副主考了。"

穆彰阿想了想，道："京城这几日的治安如何？有没有江北灾民会会匪的消息？会试期间，不会出乱子吧？"琦善道："大人离京这几个月，北京城内风平浪静，会试期间江北乱匪来捣乱，那不会吧？"穆彰阿站起，沉吟道："听说江北乱匪里又出了一个冯妙真，据说她就是去年被杀的那个原淮南道道台冯叔阳的女儿，这件事你有什么消息？"琦善眉头皱起来，道："大人，要说这也真是一件奇事。这冯叔阳的女儿怎么就成了江北灾民会的头领了吗？"穆彰阿听了，猛回头看他一眼，目光严厉而且猜疑，琦善急忙低下眼睛接着说下去，"奴才在北京城里是见到有人贴出的冯妙真的画像。至于江北乱匪到京城里活动，还没有发现。"他偷偷看穆彰阿的神色，穆彰阿似乎松了一口气，道："没有乱子就好。大戏就要开锣了。你是我的人这件事连皇上也知道，你现在做了乾清门侍卫大臣，又是五城兵马司的都总管，第一朝廷大比之年，不能再发生去年元宵节江北乱匪夜袭内宫惊动圣驾的乱子；这第二嘛，这一回我们不能再让祁隽藻成了漏网之鱼！"琦善点头，忽然笑起来，问道："大人，这件事琦善不是很懂，祁隽藻一个乡下举子，连皇上这会儿都记不得他了，大人为何还把他看得这么重？"穆彰阿盯着他，恨恨言道："你懂什么！祁隽藻不是一个人，而是新的一代人，一代汉人中读书人的翘楚与领袖，当年高宗纯皇帝杀了一个殷清越，一代汉人如张观藜者就终生不敢出山。今日再杀一个祁隽藻，焉知天下会不会有更多如祁隽藻者闻风潜踪，不敢过问天下之事。这件事根本不是私仇，本官不是载元、瑞华，也不是文孚，与祁家没有私仇，一定要这么做，那是因为这是国之大事！"琦善两眼放出光来，道："大人，奴才懂了，大人要除掉祁隽藻，是为我大清千秋万代的江山社稷着想！奴才想知道，大人要奴才用什么样的手段去做这件事？"穆彰阿道："天下是我们旗人的天下，无论用什么手段，都要达成我们的初衷——杀一祁隽藻而天下定！"

4

阳春三月，风和日丽，正是出外踏青的好时光，含黛却足不出户，每日头上捂着一块湿毛巾，躺在榻上看一本散发着油墨香气的新书。晴儿走进来，把鲜花插进花瓶，看着她道："小姐，花园里花都开了，你病了这几个月，这不好点儿了嘛，别老躺着了，我扶你去花园走走。"含黛道："晴儿，我问你，这一本《山西太原府乡试墨卷》真是你在街市上买到的？"晴儿摆弄着花，头也不回地答道："是呀。小姐病着，要我去街上买些新刻的书，书坊里人告诉我，这本书现在风靡京城，卖得特别好，我就给小姐买回来了。"含黛沉默。晴儿听不到她说话，回头看她，见她一双眼怔怔地，忽然说道："不好！"晴儿吓了一跳，道："小姐，你怎么了，哪儿不好？"含黛道："我现在明白我哥去年在太原府为什么要杀祁隽藻了！"晴儿站在一旁，半晌没有言语，后来还是忍不住，道："小姐，怎么又提起他来了。这个祁公子差点儿把小姐害死了。算了算了，这书让小姐想起了祁公子，那小姐就甭看了。"她上前抢过书来，扔到一边，回头笑道，"哎，好在咱们去年从山西回来，小姐一直病着，大爷也去了河南督察河工，大奶奶怕小姐，不敢再跟小姐提出嫁的事儿，咱们倒是过了几个月清静日子。"

说到这里，晴儿忽然又想起一件事，道："小姐，大爷昨晚上回来了，皇上点了他做今年会试的副主考！"含黛心中一惊，差点儿跳起来，一把抓住晴儿道：
"晴儿，快告诉我，祁公子这次来没来京城参加会试？马上去打听，一定要打听
清楚！"晴儿被她的神情吓坏了，呆呆地望着她，说："小姐，你怎么又……"含
黛叹道："我本不该再去救他，可这次我若不去救他，天底下就真没人能救他了！
你说说，我这叫什么命！"一边说，一边气喘起来。晴儿上前帮她揉着，不解地
说："行，我去……可是晴儿没听懂小姐的话。"含黛道："这个你不会明白。我哥
去年没能杀掉祁隽藻，是因为我把消息连夜透给了我姑父山西巡抚乌鲁阿，祁公
子不但没死，还被智亲王爷亲点了一个太原府乡试第一名。这也罢了，我以为这
件事就此了结了，没承想眼看着到了会试的日子口，京城大街上又出现了这样一
本书，说是《太原府乡试墨卷》，其实刻书的人卖的就是祁公子去年乡试的三篇文
章！这几篇文章在京城到处流传，祁公子一准死定了！"晴儿还是不懂，诧异道：
"小姐，是祁公子写的文章不好？"含黛看了她一眼，生气道："岂止不好，简直
就是不要命！你又不懂，还老要问，愣着干什么？别人不知道我哥，我还不知道
他？他若是执意要杀一个人，这人就一准得死，何况又多了这本书，快去呀你！"

　　晴儿朝门外走了几步，又回头犹疑道："小姐，晴儿去打听，万一打听到祁
公子这次真的来了，你不会又去找他吧，人家已经……"含黛摇头道："自从去
年回京，我病了那一场，差点儿死了，已经在自个儿心里认命了。现在我也看
透了，祁公子这种人，你就是杀了他的头，也不一定能让他休妻另娶。你以为
这些天我在家里躺着是要等谁？我是在等我哥回来，若是四贝勒府那边还要我，
就让他们来花轿抬我，我……我就嫁过去！"晴儿不觉大叫一声，道："小姐，
你真的能……"含黛泪水一点点儿滴出来，道："你说得对，今生今世我是不能
忘了祁公子，可是我忘不了他又怎么样！……我即便是嫁不了他，可我还是想
在他要遭难的时候救救他，这个你能懂吗？"晴儿终于懂了，感动得落了泪，
道："既然小姐铁了心要救祁公子，晴儿就敢说了。祁公子自山西来京前托人带
信给我哥，请他帮着租一间客店。前天祁公子已经到了京城，现在就住在西河
沿张家老店里。"含黛匆匆拭泪，起身下地，道："那好，咱们走！"晴儿惊道：
"小姐，你还要去见他？"含黛含泪道："我不去见他，有些话怎么讲得清楚？
他怎么会信？他要是不信，我怎么能救得了他！"

5

　　张家老店马棚内，新雇来的伙计江一鸣正在帮客人们喂马。隽藻带张牧走
过来，见了江一鸣，总觉得有些眼熟，不禁随口问："江大哥，我们是不是见

过？"江一鸣不愿和他们兜搭，一笑道："不会吧？"他转身就去拌草，不再理他们。张牧就对隽藻道："五哥，这人不爱说话，咱们走吧。"二人走回客房，隽藻又忍不住去摸张牧的头，道："哎，张秀才，你小小年纪这么聪明，脑袋瓜到底和别人有什么不一样？这也不能打开了瞧瞧。"张牧又生气了，大声抗议道："住手，你又摸本秀才的脑袋了！"宿藻忽然一溜烟跑进来，道："哥，坏了，快躲起来吧！她又来了！"张牧奇怪道："谁又来了？把你吓成这样！"话没说完，含黛和晴儿已经进来了。含黛一眼望见隽藻，不觉动情。张牧见情形不对，拉了拉宿藻道："走吧，咱们出去。这儿好像没咱什么事儿。"二人走出，含黛也对晴儿道："晴儿，你也出去。"隽藻已经从最初的一惊中迅速清醒过来，道："不，这位姑娘就不用出去了！格格，有什么事，你就说吧！"

含黛幽怨地望他一眼，道："祁公子，含黛来到这里，虽是不速之客，但总也是客，公子难道连让含黛坐下也不肯吗？"隽藻自去年九月见过她两面，今日又一见，觉得她清瘦多了，说话的语气也不像当初那么咄咄逼人，但他却也不好留她坐下，急道："格格是相府千金，有什么话就请快说，祁隽藻这里是客店，还是不便请格格坐下。"晴儿看不下去，插嘴道："祁公子，我们小姐今日是为救你来的，你怎么能这样待她！"隽藻心中吃惊，望着晴儿道："什么？隽藻没听懂姑娘的话！"含黛对晴儿摇了摇头，不让她再说，自己也没有坐下，就从袖中取出那本《太原府乡试墨卷》，交给晴儿，递给隽藻，一边说道："祁公子见过这本书吗？要是没见过，就请看一看，里面可是有祁公子的文章呢！"隽藻初见含黛，心中着慌，以为她又是来取闹，没想到见到面，她说出的话居然像换了一个人似的，心中不免吃惊，此时接过书来，随手一翻，就看到了自己的文章，不觉大吃一惊，抬眼望着含黛，急道："请问格格，这书是从哪儿得的？"含黛听了这话，心里明白，道："公子来京之后，一定闭门读书，足不出户，竟然不知道今日京城内，满大街都是公子的乡试文章！"隽藻把书放下，坦然一笑，道："格格，隽藻不是很明白，这不过是几篇应试的文章罢了，即使被好事者刻了书到处去卖，又能怎样？"晴儿看着含黛，急道："小姐，你看他并不明白！"含黛深深地看着隽藻，心中不觉又是一阵波翻浪涌，禁不住提高了一点儿声调道："公子想必已经听说，今年朝廷会试的主考官虽是汉大臣王鼎，副主考却仍是含黛的兄长，满大臣穆彰阿。照大清旧例，虽然汉大臣可做主考，但满大臣对于取士一事，却有向皇上密奏之权。也就是说，虽然含黛的哥哥穆彰阿是副主考，可是祁公子若想今科高中，得不到他的首肯，也是万万不能的！"

隽藻本来就对这位格格的到来充满戒心，此时听了此话，心中顿生反感，冷冷言道："格格今日来见隽藻，如果只是想让在下知道这件事，格格的话隽藻已经听了。隽藻此次来京，只为一试，其意并不全在功名利禄。遇与不遇，不在隽藻，格格也不必太为隽藻的成败担心！"这话强硬而且暗含讥讽，连晴儿都听不下去了，含黛自然不会不明白，她只能将话说得越发直白："也许祁公子以为含黛是在多管别人的闲事，但是如果含黛认为，公子不该来参加今春的会试，公子应该马上收拾行李回山西老家，以避大难，公子会不会仍然认为含黛是多此一举、危言耸听呢？"这话仍旧婉转，却透出了阵阵寒意，让隽藻不觉暗暗大惊，口中却道："格格要我放弃会试，立马回乡？"含黛一时忘情，竟直言道："公子难道忘了去年太原府那场牢狱之灾吗？"她还要再说下去，隽藻却已经什么都明白了。一时间两人都没有再说下去，待了一会儿，隽藻猛然抬头，内心多了一种感动，对含黛道："多谢格格，格格的来意祁隽藻全明白了！格格是说，去年祁隽藻已经因几篇应试的文章，在太原府惹下了杀身之祸，又因为隽藻去年的乡试文章流传京城，祁隽藻今年若执意留在京城参加会试，一定会大祸临头，死于非命……格格是这个意思吗？"

含黛心中忽然涌出一个想法，这个想法如此吸引自己，让她无论如何也不能不讲出来给眼前这个她一直挚爱的人听。"祁公子，如果公子执意要考，含黛也有一个办法！公子愿意考前去拜见一下你乡试的座师、本次会试的副主考吗？"隽藻听了，心中一怔，方才对含黛生出的那点儿感动立马荡然无存，忍不住揶揄道："格格是让祁隽藻考前去拜见穆彰阿穆大人，说不定格格还要祁隽藻给穆大人带上一些土物银两，以表倾慕之心？"含黛听出了他的意思，不觉怒从中起，却仍旧耐住性子道："公子读遍了天下书，自然豪气干云，不愿做这等有辱斯文的事情，但若是这样能让朝中的一个贵人改变对你的印象，认下你做他的学生，帮你免除了这场大难，你也不愿为此折一下腰吗？"这番话让隽藻感受到了更大的侮辱，心中大怒，却不好对一个女子发作，冷淡地看她，半晌，突然转过身去，道："如果这就是格格今日的来意，格格可以请回了！宿藻、张牧，送客！"含黛气喘起来："你你你……"晴儿上前扶住她，道："祁公子，我们小姐今天来，是为了救你，你却误会了小姐的好意！小姐，你把该说的话都说了，他不听我们也没办法，咱们走！"宿藻和张牧进了门，看着他们三个，要说什么，尚没出口，隽藻却又忍不住，转过脸来对含黛道："格格，既然刚才格格说了那些话，祁隽藻还是把自己的心里话说出来的好！格格，穆大人是朝廷重臣，隽藻太原府乡试的座师，是他取了隽藻为去年太原府乡试的第一名，此次来京，本欲去府上拜见恩师，但因为恩师又被皇上钦点了此次会试的副主考，隽藻才不敢前去。——隽藻就是不怕玷污了自己的名字，也怕玷污穆大人之名，更怕玷污朝廷取士唯公之名！学生之心，想穆大人一定明白，不会计较祁隽藻不去登门请安。至于去年太原府乡试期间，祁隽藻被抓进大牢，差一点儿没了性命，但从后来隽藻的遭遇看，穆大人知道抓错人之后，不但放了隽藻，还亲点了隽藻做了解元，因此，隽藻以为，穆大人绝不是那种心胸狭窄、嫉贤妒能、有可能因为学生不去拜见座师而置隽藻于死地之人！"含黛知道自己的一片好心又被他误会了，不觉流下泪来，道："祁公子，你对去年太原府发生的事情就那么自信，难道其中就没有一些你不知道的曲折？"隽藻不想再听她说下去，他要把自己想说的话完全说出来："——隽藻还以为，今天格格来见隽藻，也是自己的主意，并没有穆大人指使，格格刚才的话也与穆大人无涉。至于你看到的这本书上的隽藻的文章，一是为应试而作，二是本着圣人之心、圣人之论，想有补于圣朝之治，有助于四海苍生。今日这些文章流传天下，并不是隽藻的本意。朝廷若要以这些文章杀人，那是朝廷无道，不容天下之正论；若是穆大人因这些文章杀人，那就是穆大人无德，不容天下士人。穆大人一身系天下之望，自然满腔忠义，不会做出令天下士人和天下百姓失望的事情！"

　　晴儿听到这里，失望地看了看含黛，道："小姐，这人就是个傻子，他听不进小姐的话。咱们走吧！"含黛满眼泪花，不知道还该说什么，该做什么，见隽藻正站在那儿，等着她离去，——几乎就是在又一次往外撵她，——只得由晴儿扶住她往外走。走了几步，终于忍不住，又回头道："祁公子，过去有人说你是神童，本小姐也以神童看你，没想到你如此不通世务，将来死无葬身之地，不要怪含黛今日没有提醒过你！晴儿，走吧！"二人刚出屋门，隽藻就气哼哼地拿起了那本《太原府乡试墨卷》，大声念道："《太原府乡试墨卷》，端木采编纂。这个端木采是谁？他是从哪里得到我的乡试墨卷的？"宿藻和张牧面面相觑，说不出话来。

6

　　王鼎在自家的书房里急得团团乱转，主考官入闱的日子就要到了，隽藻却连个影子也没见到。他心里暗生闷气，不觉自语："这些天不该来的人挤破门，该来的人却反倒不来，真是怪了！老夫不怕坏了一世的清名，一直在等他，他却要避嫌。"想了想，他将一封写好的信拿给管家，吩咐他快去西河沿张家老店，将信交给祁隽藻看，等他看完以后，盯着他烧掉再回来。管家匆匆赶到张家老店，见了隽藻，隽藻看完信后神色大动，按照王鼎的叮嘱当面将信烧了，猛抬头对管家道："回去代隽藻向王大人叩头，就说隽藻谢大人了！"

　　管家走后，宿藻和张牧用询问的目光看着他。隽藻道："王大人也让我别考了，回山西！"宿藻想起含黛昨天来说过的话，不由得担心起来，道："哥，要不咱们回去吧，不考了！"张牧看着隽藻，也着急道："五哥这会儿一定是在走与考之间犹豫，不好做出决断。其实这有何难！圣人说，君有道则仕，君无道则隐。我们读书人和朝廷、和皇上的关系在圣人那里是平等的。既是这样，咱就回山西好了！"隽藻深思良久，忽地一掌击在案上，大笑道："宿藻、张牧，我不走！无论是昨天来的这位穆家的格格，还是王鼎王大人，他们都错了！"张牧和宿藻大惊："你——"隽藻道："皇上不是无道之君！皇上去年看了我的乡试文章，发密旨给山西巡抚乌鲁阿大人，今春一定要我来京城会试，绝对不会是要在北京取我的人头！要是那样，干脆让乌大人在山西把我抓起来杀了多省事！"宿藻道："哥，我还是害怕，连穆大人的妹子都说他有可能不利于你！"隽藻想了想，道："这件事我昨晚想了一夜，最后终于想通了！穆大人国之重臣，与我祁隽藻并无私仇，就算他去年太原府乡试时差一点儿杀了我，也是因为我的文章，现在是皇上下旨要我来参加会试，穆大人纵然仍旧看不上我的文章，但也不至于就一定会夺祁隽藻的命！"宿藻哪里肯信："万一他不是你想的那种人，一心要趁此次会试之机设计杀你，那时候你哭也晚了！"隽藻沉吟道："即使是这样，祁隽藻也不能走。五哥我此次来京会试，本不是为了得中进士，而是想利用这个机会，将胸中想说的话说给朝廷，说给皇上，若朝廷中人和皇上听不懂祁隽藻的逆耳忠言，大清再过三五十年，就一定要灭亡，天下万民就一定会死于那场大难，祁隽藻一家，那时不死于乱兵，必死于饥馑，就是我能活到那一天，这颗心也会因天下瓦解、万民死亡而惭愧至死！如果祁隽藻一定要死，今年死还是三五十年后再死，又有什么不同！"

张牧忽然道："五哥，你的话不对！"隽藻一愣："为什么不对？"张牧道："天下兴亡，匹夫有责，这是读书人自己的志向，可若是朝廷无道，容不得读书人，读书人就该自己容得下自己，像五哥的恩师张观藜老先生那样，遁世隐居，吐纳星云，呼吸山川，不一定非为一个该死的朝廷殉葬！"隽藻道："不，你说得不全对！恩师有恩师的志向，祁隽藻有祁隽藻的心思。中国历史上是有过许多乱世，读书人躲进深山，沉沦市井，以求苟活，可总也有一批人不愿这样，他们宁愿挺身而出，以一己之身，挽狂澜于既倒，粉身碎骨亦所甘心。与前者比起来，祁隽藻更敬重后者！"张牧说不出话来了，半晌对宿藻叹道："六哥，五哥这辈子，没救了！"

7

三月十三日拂晓，是会试初场前的最后一个乾清门朝会。嘉庆登上龙床，众臣山呼万岁已毕，嘉庆唤出王鼎、穆彰阿问道："后天就是会试的日子了，你们两个是主考官，明天要先入闱，还有什么事要奏吗？"王鼎伏地奏道："启奏圣上，会试之事，臣等俱已准备停当，只等后日寅时龙门大开之际，皇上为天下举子亲赐试题。"嘉庆道："朕今日想起一个人来，山西寿阳举子祁隽藻来了吗？"众臣一惊，绵宁低头不语，肃顺、载元、瑞华、琦善则偷偷看一眼穆彰阿。穆彰阿气定神闲，朗声答道："回皇上话，山西寿阳举子祁隽藻也到了。"嘉庆道："这就好。王鼎、穆彰阿，三年一次会试，为国举才，乃是朝廷第一等大事。你们一定要替朕把这个差事办好了。"王鼎和穆彰阿齐声道："臣（奴才）谨遵圣谕。"嘉庆又对琦善道："琦善，会试之日，京城防卫要处处当心，不要让什么人搅了朝廷这三年才有一回的盛事！"琦善恭敬地前列，叩头下去："喳！"嘉庆道："众卿还有何事要奏？没事就散了吧。绵宁，你留下。"

众臣躬身鱼贯退出，大殿内只剩下嘉庆和绵宁父子二人。嘉庆的目光转向绵宁，绵宁急忙低下头去。嘉庆从袖中拿出一本书，沉沉言道："绵儿，见过这本书吗？"绵宁接过书翻了一下，大惊失色，急忙跪下道："皇阿玛，怎么出了这种事，儿臣实在不知。"嘉庆生气道："这样的文章就在京城，在朕眼皮子底下，堆得满大街都是。这会儿恐怕天下人都知道有人骂朕是桀纣之君了！"绵宁冷汗涔涔，颤声道："儿臣该死，竟然没想到防微杜渐。儿臣马上令琦善带人查抄京城内外所有书肆，将这本书全部收缴，一把火烧了！"嘉庆严厉地逼视着他，道："这种文章怎么流传出去的，你真的不知道？"绵宁脸色苍白，叩头道："皇阿玛，此事儿臣确实不知。不过祁隽藻的卷子是儿臣从山西带回来的，就是不知，也脱不了干系，请皇阿玛治儿臣死罪！"嘉庆气极，道："后天就是会试之期，天下举子齐聚京城，此时出动兵马满城去搜缴一本书，朝廷颜面何在！"绵宁一时不知如何是好，道："儿臣思虑不周。事情该怎么办，请皇阿玛圣裁！"嘉庆想了想，道："事情怎么办，会试后朕自有道理。去吧！"

这天清晨，下朝后的穆彰阿也在自家书房里看那本《太原府乡试墨卷》，不觉吃惊，问身边的琦善："这书你从哪里得到的？"琦善掩饰不住内心的兴奋，急忙答道："大街上凡卖书的地方都有。"穆彰阿沉思半晌，道："好！端木采编纂，这人是谁？要想得到祁隽藻的这三篇文章，他得从宫中取出祁隽藻去年乡试的卷子，谁有这么大的能耐？"琦善道："奴才也在寻思，谁有这么大胆量，还有这么大能耐，能从皇上那里把卷子偷出来！"穆彰阿不想再说此事，道："好了，陪我吃饭去吧。"

还是这一天，隽藻打发张牧去街上买纸张，张牧匆匆回来，带给隽藻一样东西，原来是被人在大街上公开叫卖的今科会试的试题。隽藻看了大惊失色：

"什么？朝廷会试的试题也有卖的？！"宿藻道："五哥，别信张牧的，他一个小孩子，一定是在外头受了骗，买的是假题目。"张牧不高兴了，道："是假的就好了，这题目是真的。告诉你们，眼下不但有人在大街上卖考题，还有人卖写好的文章呢！据说不少穷翰林为了养家糊口也充当枪手，从牙行那里得了题目，写好文章再交给牙行，到全城举子们住的客栈里兜售。"隽藻盯着他道："你也买了他们的文章？"张牧笑道："你说什么呢！文章我哪买得起，文章要三百两银子一篇呢，还说如果买了文章不中，他们保管退银子。我口袋里只有五十文买纸的钱，人家说要一两才卖这试题，我说就五十文，爱卖不卖，他就卖给我了。"隽藻看那试题，头一场竟与去年九月太原府乡试初场的题目相同，还是"王道之始"，不觉大怒，道："这不可能是真的！科考乃国家取士的根本，如果连三年一次会试的题目都能买到，这朝廷的科举取士制度不成了儿戏？真是如此，草根之士就不能进身朝廷，有钱买文章的庸碌之才就能混迹上流，天下百姓还有什么指望！"宿藻却不那么想，道："哥，如果是真的，你怎么办？"隽藻一把将那试题扔在地下，道："什么怎么办？这不可能，我不相信！"张牧见了，却又把那张写有试题的纸捡起，折叠好了放在一旁，道："五哥不信，张牧也不愿相信，可万一它是真的怎么办？"

8

眼看着会试初场之期就到，穆府门前，反而越发热闹起来，各省的举子一拨拨走进走出，穆彰阿并不像王鼎那样对上门的举子避而不见，相反倒是公开地坐在外客厅里接见他们，记下他们的姓名籍贯，大家坐下谈些天南海北的奇闻逸事，土物风情，文章诗词，唯独绝口不提科场之事。即使如此，能见到当今大清朝廷中第一炙手可热的权臣，仍令各地的举子深感幸运，出了门人人皆夸穆彰阿胸怀磊落，礼贤下士。最后他的开门纳客和王鼎的闭门谢客竟然有了异曲同工的结果。这天穆彰阿一连接见了好几拨客人，也乏了，走回书房歇着，薛管家匆匆走进来，悄声对他说了几句什么。穆彰阿大怒道："什么？她又去见他了！这件事我正要问你呢，从山西回来，一转眼都半年了，我让你快点儿把她的婚事筹备好了，等我从河南回来就把这件事办了，现在怎么样了呢？"薛管家哭丧着脸道："爷，咱们家格格这边，我看倒没有什么了，是贝勒府那边……"穆彰阿眼一瞪："那边又怎么样了？"薛管家低声道："爷，有件事你还不知道吧，他们那边管事的大爷告诉我，咱们那位贝勒爷近来闹得越发大了，从宫中传出来的消息，说他前些天向皇上递了折子，铁了心要辞掉世袭的爵位，去做个市井百姓。"穆彰阿闻言大惊道："有这等事？"薛管家凑前一步，小声道："消息是他们家管家大爷亲口对奴才说的，绝对没错。他还说，皇上虽然骂这位贝勒爷胡闹，却也不胜其烦，有答应他的意思。"穆彰阿满脸惊诧，半晌说不出话来。薛管家迟疑了半晌，问道："那……格格的事还办不办？"穆彰阿满面怒容，走来走去，气急败坏。薛管家大气也不敢出，弓着腰站在一旁。过了好大一阵，穆彰阿才站住了，突然回头道："啊，这事我反复想过了，不管对方还是不是贝勒爷，婚事都要办！"

含黛此时正站在闺房内沉思，身边放着一本《孟子》。因为那本《太原府乡试墨卷》，她从隽藻的文章里重新发现了《孟子》，现在又从这本《孟子》里，渐渐读懂了隽藻的墨卷。含黛的心本来就绝顶灵慧，这两本最初供她拿来解闷的书竟让这颗心受到了巨大的震撼。与此同时她对隽藻的印象也大大地发生了变化，先前隽藻只是一个她一直怀着一颗少女的缠绵之心去想、去爱、直到要将之据为己有的一个男性的对象，现在隽藻已经和他写过的那些文章、和这本《孟子》一起，在她心中化身为了一个忧国伤时、胸怀天下，如同屈原、杜甫一样的大贤。虽然隽藻再一次严厉地拒绝了她的好意，但她心中并不恨他，但这同时，她也明白自己的生活与他不可能再有任何走到一起的可能。这天下午她正在这么想着，晴儿匆匆跑了进来，道："小姐，不好了，大爷进来了！"含黛刚要起身，穆彰阿已经走了进来，挥手对晴儿张妈流翠道："你们都出去。"三人走出去之后，含黛方才有了机会起身，淡淡对穆彰阿道："哥，听说你回来两天了，妹子也没见着你人，今儿怎么有工夫了，来看看你妹子？"穆彰阿见她瘦得变了一个人似的，胸中的怒气不觉消去了许多，随手拿起含黛身边的《孟子》道："想不到你也做起学问来了。"含黛不答。穆彰阿道："啊，佛库伦，哥刚从河南回来两天，明天晚上就要去礼部贡院，做今科会试的副主考官，哥今儿要说的还是你的终身大事。贝勒府那边我让他们说去了，你……"含黛打断他，轻声道："哥，你甭说了，我愿意，他们什么时候过来抬人都行。"她的话大出穆彰阿之所料，一时间竟然有些不敢相信。"佛库伦，你……真的答应了？"含黛面无表情，点点头道："嗯。"穆彰阿不相信地看着她，突然说道："不过有件事我要告诉你，四贝勒诺敏已经给皇上上了折子，要辞去世袭的爵位，去做市井百姓，——若是这样，你也愿意？"含黛无动于衷地说："哥，要是这样，妹子就看你的意思，你要是还让我嫁给他，我也愿意。"穆彰阿本以为又要大费口舌，不料这回含黛答应得出奇的干脆，让他不禁追问了一句："真的愿意，以后不反悔？"含黛的声音仍旧平静如水，她道："哥，你是我一母同胞的亲哥，你无论如何都要我嫁给这位贝勒爷，一定不是要把你亲妹子往火坑里推。是不是？所以，我愿意！"穆彰阿心中忽然难受起来，毕竟父母死后，这个妹妹是自己一手带大的。他静了静心，道："那好吧，你准备一下，过些天可能就要嫁过去了。"说到这里，他转身就朝外走。含黛不觉叫了一声："哥，你等等！"穆彰阿的眉头又皱起来了，以为她又要在出嫁的事情上反悔，不料含黛忽然流下泪来，道："哥，今天妹子这么痛快就答应了你要我做的事，你是不是也能痛痛快快地答应我一件事？"穆彰阿心里一动，道："你还有什么事？"含黛拭泪，安静地道："哥，你为了你自个儿和皇上家攀亲，可以把妹子嫁给一个疯子、一个怪人，这你妹子都认了，可你要想让妹子乖乖地嫁过去，也要答应妹子一件事，别杀祁隽藻！"穆彰阿猝不及防，有些狼狈，又惊又怒道："你说什么呢？什么祁隽藻？我为什么要杀他？莫名其妙！"含黛道："以前你妹子喜欢他，只知道他是神童，又因为他在元宵节灯市上见义勇为，救了你妹子。含黛实在不知道，此人除了一表人才，还有一副侠义心肠，满腹圣人之论、一腔救天下之志！你杀了他，就是杀了一个天下之才！"穆彰阿回头恨恨地看她一眼，大叫一声："别说了！"他也不再停留，大步走了出去。

含黛恨恨地望着他，一直噙在眼窝的泪水到底还是滚落下来。晴儿端茶进来，惊慌地看他，问道："小姐，你刚才是不是又对大爷说起祁公子了？他一连几次辜负你的心，你还是要救他的命，不要大爷杀他！"含黛痴呆呆站在那里，像是说给晴儿听，又像是自语，道："他这么好，这么优秀，就是当今满大清国找去，也不见得能再找到这么一位。真实的他比我想的还要好一千倍。……我这辈子即便不能嫁给他，我的心也会留在他身上，不会再给第二个人了！含黛的病，是不会好的了！"一边说着，她一边"呜呜"地哭了起来。晴儿怔在那里，半晌道："晴儿明白了，就是小姐嫁了别人，也还是铁了心要救祁公子，是不是？"含黛抬起泪眼，道："你怎么还不明白？这会子我嫁给谁，都不要紧了，要紧的是他必须活着，他要是死了，我知道我也活不成。就是为了这个，我也要铁了心救他！"

1

　　京郊黄叶村，村子不大，因地处交通要道，倒也热闹。这是四贝勒诺敏经常光顾的地方。这里的人虽呼他为贝勒爷，其实没人真当他是贝勒爷，不过是一句寻开心的调侃话而已。店家不知道这位假贝勒从何处来，到何处去，反正他常来喝酒，从不赊账，也乐得当财神爷供着。这一日诺敏又喝得大醉，直挺挺躺在炕席之上，鼾声如雷。忽然店家就引着含黛和晴儿走进来，喊道："贝勒爷，贝勒爷，看谁找你来了！"诺敏被吵醒，睁开眼看清是含黛，吓了一跳，酒醒了大半，叫一声："呀，你怎么又来了！"说着，跳下炕就朝门外跑。含黛生气地大叫："给我站住，你跑什么！"诺敏远远地回头道："你们怎么这样，我连世袭的爵位都不要了，就是想躲开你们这些人，怎么你们还今天一群明天一伙地来打搅我，你们要我怎么样才能放过我，让我过安生日子呀！"他越跑越远。含黛顿足气道："晴儿，你看，我就是想认命嫁给他都不成！"说着眼泪又滚落下来。一群闲人凑过来看热闹，指指点点，七嘴八舌道："怎么的，她自个儿说是那个什么贝勒爷的媳妇？""这是位豪门大户家的小姐，怎么会呢？""诺敏还真是贝勒爷呀！"含黛把随身带来的一本《太原府乡试墨卷》扔在诺敏睡过的炕上，大声对众人道："你们听着，待会儿他回来了，把这个给他看！告诉他，等他看完了，我还要来的！"说完，头也不回，出了门上车就走，一边泪落如雨。晴儿替她难过，劝道："小姐别哭了，贝勒爷这个人，虽说邋遢点儿，可我这两回见了他，怎么觉得，他也不像是个很坏的人呢！"含黛心里只有自己的委屈，突然抬头，拭去眼泪道："不行，我还得要祁隽藻娶我，不然我这一辈子该怎么过！"晴儿瞪大了眼睛看她，觉得一定是自己的耳朵出了毛病。

　　含黛满心都是隽藻，隽藻心中一直难以忘怀的却是妙真。由于明日就要下场，这天隽藻带着张牧走出客店，到前门楼子底下一家九城闻名的文房四宝店买几支必用的湖笔。这一带都是他小时常来游玩的所在，不觉又想起了妙真，不禁伤感。刚刚走到府右街，就见一辆马车从他们身边飞驶而过。隽藻一回头，那个刚刚还浮现在脑际的熟悉的面容从他眼前一掠而逝。隽藻心中大惊，暗道："怎么可能？难道真是妙真？妙真她到京城来干什么！"有了上次在淮南府的经验，他没有再大喊大叫，就急急地追了上去。张牧见了，急得在后面大喊，隽藻只是不答，奋力猛追。车上的暖儿道："小姐，我看见祁公子了！"妙真一惊："胡说！"暖儿道："不信你看！"妙真回头一看，果见隽藻在后面向马车追来。妙真急道："快走！"马车飞奔起来，隽藻追赶不上，只好气喘吁吁地站住。张牧赶上来，看他，问："五哥，你刚才看见谁了？"隽藻仍然想着妙真，脱口言道："她怎么要在这个时候来到京城？不好！"张牧见他神情大异，也不好多问。

妙真摆脱了隽藻的追赶，带暖儿匆匆走进一家客栈。江一鸣见她们的形容，忙问："小姐，没出什么事吧？"暖儿道："刚才祁公子在街上看见小姐了！"江一鸣吃惊，妙真坐下来，摆摆手道："不说这个了。江大哥，事情怎么样了？"江一鸣道："小姐真是神机妙算，进城来这几天，我悄悄打听，真有人私下里讲，祁公子这次凶多吉少！"妙真心中一震，不觉站起。江一鸣从怀里掏出一本《太原府乡试墨卷》递给她，道："小姐，人说都因为这本书！"妙真翻开书看了几眼，不觉拍案，痛心道："隽藻糊涂！居然认为大清的天下可救！"江一鸣道："小姐，就是因为这几篇文章，皇上一定要山西巡抚乌鲁阿令祁公子来京城参加会试。有人说，皇上这次是要在天下读书人面前杀一儆百！"妙真沉吟有顷，果断言道："此次进京，我本不想见他，可这次我不救他，天下还有谁救他！"江一鸣提醒她道："小姐，现而今满北京城都贴满了小姐的画像。小姐只要出门，三尺孩童都能认出小姐……"妙真打断他道："一定得让他活下来！天下虽大，只有隽藻一个人和我想的一样，只有他坚信我父亲不是江北灾民会的大头领，我一定不能让人杀了他！"江一鸣道："小姐一定要见祁公子，也有办法，小姐不须出门，夜里我将他请到这里来，和小姐一见！"妙真想了想道："江大哥和他在一个客店里待了这些天，他一直没有认出来你，你最好还是不要出面，我让别人帮我把他请来！"

2

玉环在何用光府上已经待了好几天了，一直得不到隽藻的消息，心里七上八下，坐立不安。眼看明天就要开考，玉环见左右无人，悄悄取下一只手镯送给府上的丫环秋露，托她去西河沿张家老店里给张牧递信。秋露到了张家老店，寻了个机会将张牧叫到门外僻静处，将一张纸条交给他。张牧看后吃了一惊，暗道："哎哟，原来五嫂早就到了京城。"他大人似的对秋露道："回去告诉我五嫂，五哥这边有张牧呢，有事了我会马上去找她！"

已经是会试初场前的最后一个下午，按照惯例，主考官必须在天黑后入闱，直到三场试毕，方得出闱。眼看着天就要黑下来，门外的车已经套好，王鼎还在自己家书房里坐着不走。管家走进来道："大人，时候差不多了！"王鼎却不动，焦急地问管家："祁隽藻真的还没离开京城？"管家道："没有。虽然接到了老爷的信，祁公子却没有放弃这次会试。"王鼎恨恨道："祁家的人怎么都这样，父一代子一代，全是不见棺材不落泪的主儿！……唉，但愿他命大！走吧！"

隽藻这天夜里过得惊心动魄。由于明天拂晓就要入场，隽藻早早地就和宿藻、张牧睡了。只睡了一个时辰，隽藻忽然醒了，此时就觉窗外有人，还没有做出反应，一股奇香扑面而来，接着他就什么也不知道了。几个黑衣人进门，将他囫囵背起，离了客房，蹿上房脊，转眼已没有了影踪。隽藻自己只觉一觉好睡，醒来时，发现自己已经到了一家不知名的客栈，眼前站的竟是妙真。他惊讶又激动，大叫："妙真，这……这是在哪里？我是不是在梦中！"妙真示意众人退出，生气道："你的事情我都知道了，已经安排好了，今晚上你就跟我出京城，离开这虎狼之地！"隽藻神情一变，道："你要带我去哪里？我说过了不跟你去点燃那场烧遍天下的大火，我不做那荼毒天下的千古罪人！"妙真看着他，"啪"一声将那本《太原府乡试墨卷》摔在他面前，发恨声道："你骂皇上是桀纣之君，说今日大清有国无君，有君无臣，贪官遍地，天下人皆不读书，三五十年内就将有一场大乱……写了这样的文章，你还想活命吗？"隽藻松了一口气，不觉笑道："原来你说的是这个！"妙真不由他分说，道："你现在回头，为时未晚，至于你出了城去哪里，那是你的事！"隽藻这时完全明白了，抱拳道："原来妙真，不，冯大头领今天将隽藻弄到这里来，竟是为了不让皇上明天杀了隽藻！隽藻谢了，不过今晚出城的事就不必了！皇上要借此次京城会试之机，杀祁隽藻以警戒天下读书人，此事早有人赶在冯大头领之前告知了祁隽藻，祁隽藻要是害怕这个，早就走了，不会拖到今日。祁隽藻直到今日还没走，那就是说他已经想好了，不会再走了！隽藻倒是想再劝一劝妙真小姐，不，冯大头领，现而今全北京城到处都贴着缉拿你的告示，更何况从明天直到四月十五，是朝廷三年一次会试、殿试的日子，天下的举子十年寒窗，为的都是这一日，国家在这一日取的才，关乎其后天下的兴亡，所以隽藻以为，如果妙真小姐心中真的还有天下万民，就请带领你的人马速速离开京城，一可以免杀人之祸，二可以让今科的会试、殿试得以顺顺当当地举行。隽藻还是那句话，今生今世，只要能够扑灭那场三五十年后就要燃起的烧遍天下的大火，隽藻就是粉身碎骨，人为刀俎，我为鱼肉，也不会退后一步。妙真小姐，不，冯大头领，你的心意隽藻领了，你我道不同不相为谋，请让你的手下送我回去！"妙真内心惨伤，走到隽藻面前，望着他道："明天你真的还要去参加会试？你真的以为自己能躲过这场大难，一举得中？"隽藻神情骤然冷峻，怅然道："祁隽藻一介书生，眼下能为天下做的，就是要参加这次会试，向皇上和朝廷写出我的救天下之言。至于能不能得中，甚至于会不会像众人所讲的那样，投身饲虎，身首分离，那已经不是自己所虑之事。古往今来，为天下人舍生取义者多矣，祁隽藻不过是仰慕先贤，步他们的后尘罢了！"妙真沉吟："万一你今科得中，要做什么？"隽藻道："就是隽藻今科得中，也不一定就能入朝做官，我想好了，还回张家商号做我的马夫。如万一侥幸入朝做官，那时将会秉一腔正气，做圣人认为天下读书人当为之事！"妙真深深地盯着他，忽然转身，流下泪来，摆手示意："既然他执迷不悟，一意孤行，那就放他走！"暖儿大叫一声："小姐，你不能——"隽藻拱手："祁隽藻告辞，冯大头领好自为之，但愿你我后会有期！"妙真眼泪直流，不愿回头，只是连连摆手示意暖儿速让人送隽藻走！暖儿带隽藻出门，回头看她，大叫："小姐，你真的要送祁公子去死？"妙真回身，已经是泪流满面，欲言又止。暖儿心中一惊，悄声道："小姐是不是也觉得祁公子这一次不一定就会死，小姐其实也一直盼着祁公子能科举入仕，进入朝廷，用一生之力，为老爷和我们全家洗雪冤屈？"妙真听了，勃然变色，拭泪怒道："我这么说了吗？来人！"一黑衣人进门。妙真道："出城禀告师傅，妙真这几日可能不出城了。"黑衣人看了看她，点头道："我明白了，我马上出城禀告师傅，再做安排！"

3

拂晓时分，京城礼部贡院，龙门大开。众兵丁戒备森严，如临大敌。各省举子排成一个长长的队伍，等待搜身，然后鱼贯进入龙门。隽藻进得龙门，发觉旁边有几双眼睛盯着他，并未介意。刚刚在号子内坐定，一名官兵一路催马过去，反复喊道："圣上有旨，今科会试初场题目：'王道之始'！"众举子悄然议论："不错，果然是'王道之始'！"隽藻心中如同雷震，呆呆地站在那里，大怒道："不，这怎么可能！"此时一监考官走来，望着他笑道："这一位怎么啦，是不是还没考就要疯掉？"隽藻一时间就觉得五内俱焚，仰天悲愤大叫道："不，我没有疯，你们疯了！大清朝廷疯了，天下人都疯了！"监考官怒冲冲回转身看他，喝道："科场重地，不得喧哗！"隽藻大叫连声："大人，今科初场试题已经泄露，求大人赶快禀明两位主考官大人，停下这场会试！"监考官震怒地望着他道："嘿，你说什么呢，朝廷大考，三年一回，京城戒严，天下人关注，你说停止就停止？你不是真疯了吧！"隽藻越发急切，拱手恳求道："大人，在下是山西举子祁隽藻，在下求大人了，正因为朝廷三年一次的大考是为国取才的根本，今天这头一场会试才不能继续下去！大人一定要禀报主考官大人，请皇上另赐题目给天下举子，并要彻查泄题之人，不然哪里还有什么天下至公！"

早有人将此事报了出去，王鼎听了大惊，带人匆匆赶到，大声喝道："谁在这里喧哗？"隽藻见是王鼎，连忙跪下见礼："山西寿阳举子祁隽藻给大人见礼！"王鼎厉声道："祁隽藻，科场试题泄露乃是国之大忌，犯此罪者满门抄斩，株连九族，谎称试题泄露者同罪，你有什么凭据，敢说今科试题已经泄露？"隽藻毫不胆怯地答道："大人，学生有真凭实据，学生住的客店前，前日就有奸人向学生的家人兜售今科试题。大人如果不信，这就可以派员去客店里查问！"王鼎大惊道："祁隽藻，本官再问你一遍，此事当真？"隽藻正色道："如果有假，学生甘愿领满门抄斩之罪！"王鼎转身欲走，又回头道："祁隽藻，本官这就派员去查，查实之前，没有皇上旨意，天下无人敢停止此场科考。"他气极，又道，"'王道之始'，'王道之始'，不管这个试题是否泄露，这都是个好题目，即便它已经泄露，你一个太原府乡试第一名的举人，也该写出一篇惊世骇俗的文章！"隽藻心中一动，望着王鼎的背影，大声道："学生领命！"他努力让自己平静下来，自语道："'王道之始'，'王道之始'，照孟子的话说，其实也不玄妙，天下百姓，家有十亩之宅，百亩之田，就可以养生丧死无憾，就是王道之始！若要天下百姓养生丧死无憾，必须君清臣廉，政治清明。科举乃大清取士的根本，今日竟闹到试题公开出卖、枪手遍地的程度，此事之责首在皇上！皇上不是尧舜之君，任事的自然不是伊尹、皋陶这样的贤臣……今日大清要行王道，就应从查办这次科场试题泄密一案开始！"想到这里，他心中手到，挥笔疾书："……天下四行，士农工商，士子为国家栋梁，如此考风败坏，将使天下士子无进身之阶而统统归于岩穴，如此朝廷将不能与贤人共治天下，与之共治之人皆为钻穴觅缝无知无良之辈，这样的国家不亡，怎么可能！……"写毕，他一把将笔摔到地下！

4

　　贡院内，王鼎正焦急不安地等待着。一名随从匆匆赶来，将那张张牧从街上买回的试题呈了上来。王鼎匆匆看过，急道："不好，要出大事！传我的令，科场戒严，所有的人都不准随便进出！"随即匆匆离了自己在贡院的居停处，来见穆彰阿。穆彰阿正与琦善闲话，见王鼎神色大变，知道不好，急忙站起。王鼎颤声急道："穆大人，出大事了！今科会试三场试题已泄，王鼎和大人必须马上面见皇上，求皇上下旨，将会试停下来，重新命题再试！"穆彰阿闻言大惊，猛地站起道："王大人，这种事情不是小事，乃是塌天的大事！你还记得吗？当年雍正爷就曾为了科场泄题一事，一怒杀了当时的主考官和副主考官！"

琦善凑上来问："王大人的消息哪来的，说试题泄露的人是谁，王大人有没有从他那里拿到真凭实据？"王鼎取出那张写有试题的纸，给穆彰阿和琦善看，道："此事千真万确，这里有山西寿阳举子祁隽藻的家人在大街上买到的试题，这还不算真凭实据，什么算是真凭实据！"穆彰阿和琦善一起脱口而出："祁隽藻！"王鼎惊魂未定，道："对！祁隽藻的这个家人，据说是山西平定的一个秀才，名叫张牧。据此人讲，这份试题是他前日在大街上用五十文钱买到的，还说写好的文章也有，三百两银子就能买到一篇，而且确保能够得中！"穆彰阿心中一动，回头道："王大人，快带人把山西寿阳举子祁隽藻抓起来，还有为他购买假试题的山西平定秀才，也一并抓起来！"王鼎变了脸色："抓他们，为什么？"穆彰阿道："大人方才说过，今科会试试题已泄，你我必须马上进宫面圣。你我身为正副主考官，负有替皇上监管试题之责，皇上若问试题是从哪里泄露出去的，大人将如何回答？不将祁隽藻和为他购买假试题的人一并抓起来，皇上一旦令你我彻查这个案子，王大人将从何处查起？"王鼎一时发怔，道："穆大人是要老夫把揭发此事的人抓起来？"穆彰阿道："试题泄与未泄，王大人不过听信了祁隽藻一人之言。朝廷三年一次大比，天下人无不关心，皇上更是日日盯着，只等你我的捷报。下官以为为了大局，此事你我暗中查办即可，无须停下大考，闹得惊天动地，更不能在没查出结果前奏明皇上！"王鼎心中顿生反感，道："如果大人顾虑你我的官声，要捂住此案，王鼎宁死不愿胁从！王鼎宁可让皇上因办差不力杀了王鼎全家，也不想犯下欺君之罪，遗臭千古！"穆彰阿没想到王鼎如此固执迂腐，一点儿不知变通，心中冷笑，变色道："王大人既这么说，穆彰阿就没什么好说的了！琦善，穆彰阿和王大人身为正副主考官，已是涉案之人，不得离开这礼部贡院半步。奏明皇上的事，就交给你去办吧！"王鼎生气道："你这又是何意，难道是老夫泄露了试题不成！"琦善急忙上前言道："两位大人，以下官之见，此事说大可大，说小可小，到底该怎么办，要看皇上的圣意。王大人若觉得心中不安，琦善这就回宫，先在皇上耳边吹一吹风，如果龙颜大怒，下令停下大考彻查此案，你们二位自然脱不了干系，只能在这里待罪，让别人来查；如果皇上不想把这件事闹成一桩特大丑闻，让天下人笑话，二位大人最好也不要大张旗鼓，把此事闹得天下尽知。你们说呢？"穆彰阿"哼"了一声，看看王鼎。王鼎正色道："琦大人，那就有劳了！请奏明皇上，从此刻起，王鼎就在这里待罪！"说罢，大步离去。

穆彰阿回头看琦善，不满道："琦大人，你葫芦里卖的什么药！莫非今科试题真的早就闹到满大街叫卖的地步了？"琦善竖起手指在唇上，走去关门，回身道："大人怎么这么天真！眼下皇上身边还有什么密可保？"他压低声音道，

"据说今科的试题，皇上去年秋天就拟好了，锁在柜子里。你想柜子门上那一道锁，能挡住……"他的声音越来越小，小得都快听不见了。穆彰阿生气道："你真的打算这就回宫奏明皇上？"琦善笑道："那不是骗他的嘛！如果大人你不是此次会试的主考官之一，出了这样的大事，我巴不得马上回去禀明皇上呢！"穆彰阿暗中松一口气，道："那皇上以后要是知道了呢？不会责罚你瞒情不报？"琦善笑道："大人放心，只要大人想办法不让肃顺三兄弟知道此事，这件事皇上是不会知道的！"穆彰阿道："你就这么有把握？"琦善笑道："大人，你怎么忘了，现在是琦善在做乾清门侍卫大臣！"穆彰阿想了想道："你去交代一下，让他们盯紧了祁隽藻，清号之后马上把他的卷子找来给我看。等他出了贡院，立即带人将他和那个帮他买了假试题的山西秀才，叫个什么张牧的，一起抓起来，关进天牢！"琦善摩拳擦掌道："大人要抓祁隽藻，干吗要等到清号之后，现在动手不行吗？"穆彰阿道："糊涂，现在抓会闹得科场大乱，天下尽知！"琦善点头道："奴才知道了。大人要抓祁隽藻，总得有个罪名吧？"穆彰阿冷笑道："天大的罪名！朝廷三年一次大考，他居然谎称在街上提前买到了试题，扰乱天下举子之心，破坏吾皇以才取士的圣典！居心叵测，这样的乱臣贼子，不杀留着何用！"

5

当日午时，贡院龙门大开，放考完了初场的举子出场。早就等在外面的宿藻和张牧一眼瞅见隽藻，急跳脚向他招手。三人回到张家老店，隽藻面壁而坐，不发一语。张牧急道："五哥，今天拂晓你进去以后，出了一件大事。一伙官兵闯进我们住的客房里来，说是奉王鼎王大人之命，来取我帮你从大街上买的试题。"隽藻平静地看他一眼，问："你给他们了？"张牧道："不是我给他们的，是他们搜到的。五哥，你要是觉得不好，咱们这会儿就快逃吧！"隽藻回头不看他，道："没事的，这件事我知道了。"宿藻见他仍然闭着眼睛面壁，就觉得他心中有事，急道："哥，要是你真闯下了什么塌天大祸，咱们就别干坐在这里了，赶快跑吧！我这就去套车！"隽藻闻言大怒："站住！大丈夫读圣人之书，得天地之正，养浩然之气，发忧国之论，我为什么要跑？事实俱在，铁证如山，我为什么要跑！"宿藻又气又急，道："你你你这个书呆子脾气又上来了！"张牧将宿藻拉到屋外，将一张字条交给他，道："这是五嫂现在住的地方，等会儿要是五哥和我真被抓进了天牢，你赶紧去这儿找她，让五嫂想办法往外捞我们俩。"宿藻大惊失色："怎么，你也会被抓进去？"张牧道："这个自然。试题是我买的，我怎么脱得了干系！"宿藻要说什么，还没出口，一群官兵已气势汹汹闯进店门。张牧一见，急忙低声催促宿藻："快跑，别让他们把你也逮了去！"宿藻脸色大变，哆嗦道："这为什么？"正说着，那群如狼如虎的官兵已经扑过来，一把抓住宿藻，大声喝问："你是什么人，山西寿阳举子祁隽藻住在哪里？"宿藻急中生智，结结巴巴道："我……我是这店里的伙计。"张牧也急道："你们抓错了！"一个官兵头目上前看看宿藻，道："听他口音，是北京城长大的，不是山西人，让他走！"接着一把揪住张牧："这个一口山西话，抓了再说！"又冲张牧喝道，"快带我们去找祁隽藻！"江一鸣听到动静，从马棚里急走出来。一名官兵将他推到一边，喊："回去，抓反贼呢，你看什么！"

礼部贡院内，穆彰阿刚刚看完隽藻的卷子，大怒不已。琦善走进门来，问："大人怎么啦？"穆彰阿气得脸色大变，高声言道："此人不死，再无天理！指斥我辈也就罢了，竟然又一次大胆指斥乘舆，说什么'科举乃大清取士的根本，今日竟闹到试题公开出卖、枪手遍地的地步，此事之责首在皇上'！"琦善骇然道："这个人的胆子谁借给他的，他是真不想活了！"穆彰阿冷笑道："这样也好，不需要再查假试题一案，就凭这些有天无日的文字，就是杀他三回也不冤枉他了！"琦善禀报道："启禀大人，祁隽藻和那个张牧已经抓进了刑部大牢，两个人都被关进了死牢。没想到张牧那么小，只有十二岁。"穆彰阿一时沉吟不语。琦善低声道："大人一定是在想如何将此事奏明皇上，求皇上下旨杀掉这个祁隽藻，可是大人，这样一来，保不定皇上要看祁隽藻的卷子，那卷子上说的试题泄露之事，大人真要让皇上知道吗？"穆彰阿回头看他，半晌才问："你有什么好主意？"琦善笑道："这件事不那么难办吧？大人刚才还说，就凭祁隽藻试卷上这些有天无日的话，杀他也不冤枉他。既然如此，大人一时出于义愤，没有请旨就杀了一个小小的山西举子，也不是什么大事吧？"穆彰阿仍是不语。琦善知道他的心已被说动，又凑近了一步，悄悄笑道："人已经进了天牢，杀就杀了，这事奴才就办了，不用大人费心！"穆彰阿叹气道："本来是堂堂正正之举，为什么每次都要办成这样？也罢，这件事本官就交给你办了，以后皇上问起来，本官替你担着不是就是了！"琦善忙躬身笑道："谢大人。有了大人这句话，别说一个祁隽藻，就是十个……"

他的话没有说完就打住了。王鼎没经通报便匆匆进门，怒容满面，大声问穆彰阿道："山西举子祁隽藻和他的一位家人被抓进天牢，穆大人知道此事吗？"穆彰阿不为所动，淡淡言道："知道。"王鼎听了，越发诧异，大怒道："为什么？本官是此次会试的主考官，就是要抓此人和他的家人，穆大人也该让本官知道！"穆彰阿冷冷地瞧他一眼，道："王大人，穆彰阿令人逮捕山西寿阳举子祁寯藻，并非专为假试题一案。王大人请看，此人写出这样的文章，该不该抓，该不该杀？"王鼎接过那卷子，碍于眼花，一时竟看不清楚。琦善心中得意，帮王鼎搬过一把椅子，道："大人请坐，有话慢慢讲。"王鼎坐下，看了那文章，抬头放缓语气道："穆大人，祁寯藻写出这等文章，自是一派胡言，不过老夫以为，此人一者年幼无知，不知轻重，二者也是出于义愤。既然大人一定要治他的罪，本官也保他不得了。本官这就进宫，奏明皇上，请皇上下旨，革去祁寯藻举人功名，撵出考场，放归田里，终生不得入仕！老夫这样重责此人，穆大人以为如何？"穆彰阿冷笑道："大人，祁寯藻已被我送入天牢，就要论死，这会儿我要和你一起保他，那就是欺君了！"王鼎慢慢站起，摇头绝望道："穆大人一定要奏明皇上，杀了祁寯藻？"穆彰阿心中渐渐大怒，陡然回头反问道："大人以为，此等乱臣贼子，还不该杀吗？"王鼎不再言语，慢慢走出。穆彰阿回头看着琦善，生气道："贡院门禁森严，此事王鼎怎么知道的？"琦善嗫嚅道："这个……奴才也觉得奇怪。"穆彰阿忽然叫了一声"不好"，对琦善道："王鼎此去，一定会进宫面见皇上，求皇上免祁寯藻一死，如此我们要做的事怕就做不成了！"琦善眼珠转了转，道："大人别怕，下官还有办法。皇上近几日大咳不止，连今天的早朝都歇了。现在守卫宫门的是保胜，我马上打发人去嘱咐他，无论何人要见皇上，一律不得奏明，我们把王鼎这个老儿，拦在宫门之外。等我们杀了祁寯藻，他就是想救，也不能了！"

6

这天午后，玉环在何府接到宿藻报的信儿，立时觉得天旋地转，就要晕过去，被人救过来后，放声就要大哭。宿藻急道："嫂子，现在哪是哭的时候！"何妻也道："玉环，指望你干爹去救寯藻，万万不能，你还得再想别的办法。"玉环心里清亮过来，急起身就朝外走。照着来京前刘氏的嘱咐，她和宿藻直奔王鼎府上，见了王鼎夫人，趴下就磕头，玉环哭道："求夫人和大人速救奴家的丈夫寯藻！"王鼎夫人认得他们，忙说："快快起来，说说到底是什么个事情！"玉环和宿藻跪地不起，哭着将事情大略说了一遍。夫人急道："我那老头子已经入了闱，一时半会儿没人进得去报这个信，可怎么办？"这时就有王鼎的贴身小厮进来，听了此事，悄悄对夫人道："此事要让老爷知道，倒也不难，交给奴才办吧。"原来虽然贡院门禁森严，可是各位主考官的小厮出入，守门的兵士还是睁一只眼闭一只眼的。当下夫人急道："那你就快去，有机会把消息传回来！"那王鼎听了小厮的密报，才有了当面向穆彰阿查问此事之举。见穆彰阿执意要不利于隽藻，王鼎无奈，只得横下一条心，打破主考官会试期间不得出闱的常例，走出贡院去见皇上。晚间王鼎回到府内，见玉环和宿藻仍在家中长跪不起，不觉叹道："你们……还是起来吧，这回别说是我，就是神仙，也救不了他了。隽藻这孩子，这次也太过了！"听了他的话，玉环大惊失色道："大人是说，我夫犯下了大逆不道之罪，已经……已经死定了？"王鼎不觉垂泪道："老夫这里有句话说给你听，隽藻既然进了天牢，他们就是出于杀人灭口的目的，也不会让他活太久的。你若是去得早，你们夫妻还能见上一面，要是去得晚，就……就说不得了。"玉环心中绝望，慢慢站起，愤然道："大人，玉环是个女子，今天所以抛头露面，来见大人，一是深知我夫熟读圣人之论，一腔为天下生民立命之心，不是那大逆不道之人；二是以为大人刚正不阿，是非分明，不畏权贵，天下尽知……既然连大人都不能为我夫做主，曹玉环今天就不求大人了。我这就去天牢，与我那屈死的丈夫最后一别，然后自个儿披麻戴孝，去午门外喊冤！宿藻，咱们走吧！"二人朝外就走。王鼎猛然回转身来，道："罢了，你们再等等老夫！老夫这就再去闯宫，面见圣上，为隽藻求命！"

养心殿外，王鼎取下顶戴，望着宫门长跪不起。保胜再次走过来相劝："王大人，保胜说过了，皇上这几日圣躬违和，什么人都不见！"王鼎闭上眼睛道："皇上不见也可，但求大人代王鼎奏明一句话给皇上！"保胜问："什么话？"王鼎道："王鼎求皇上下旨给刑部大牢，不杀山西寿阳举子祁隽藻！大人若不代老夫将此言奏明皇上，王鼎今日就跪在这里不走！"保胜道："大人让在下为难了。皇上刚刚交代过，就是天塌下来，也不能去惊动他！"王鼎明白这是穆彰阿、琦善在捣鬼，一时气怒交加，轰然倒地。保胜急回头喊道："快来人，将王大人送回府里去！"王鼎回到家中，睁开眼来，又要挣扎着起身。夫人拦住道："你都这样子了，还要出门？"王鼎突然"哎哟"叫了一声，道："天无绝人之路，隽藻还有救！我忘了一个人，别人救不了隽藻，他一定救得了！"王妻忙问："他是谁？"王鼎道："智亲王爷！我这就去见他。据说上次在山西，就是他从穆彰阿的刀口下救了隽藻。"

绵宁在自己家的花园子里接见了王鼎，听到消息，十分吃惊，却又十分踌躇。王鼎跪着不起，声泪俱下道："王鼎所以来求王爷，是因为王鼎此刻不能入宫，不能奏明圣上。王爷若不能在此时出面力挽狂澜，恐怕不只是山西举子祁隽藻人命不保，今科试题泄露一案也无从查起，其中作奸犯科之人也将逍遥于法外。将来皇上知道今天王鼎来见过王爷，王爷却置之不理，王爷将何言应对皇上的责问？"王鼎把话说到这里，绵宁就是不想过问此事，也不能了。当下他就上了马，直奔礼部贡院，到达时天已经黑下来。穆彰阿听到禀报，吃了一惊，心中大恶，却也不能不急急出来迎接。绵宁在贡院门外下马，携了穆彰阿的手，直接就进了议事厅，这才回头说道："究竟是怎么回事，说吧！"

从贡院门口走回来的路上，穆彰阿心中已经飞快地拿定了主意。上次在山西，也是这位王爷冷不丁地出现，坏了他的大事，今日他决计一开头就亮出自己的旗帜，用"恶人先告状"之法，逼这位王爷就范，至少不能再让他敢于插手此事。此时他一眼也不看王鼎，面上故作激愤之色，将隽藻的文章亲手呈给绵宁，道："王爷来得正好，这是山西寿阳举子祁隽藻的会试文章，请王爷裁定！若是这样的文章还算不上大逆不道，奴才就不懂得天下还有何人的文章称得上大逆不道了！"绵宁听了，心中一震，坐下看隽藻的文章，尚未看完，脸色已变，看了一眼王鼎，"哼"了一声，放下卷子，起身就走。穆彰阿见此，也不去送，心中不觉大快。

王鼎见绵宁如此举止，大为吃惊，急忙追上前去道："王爷留步！"绵宁站住，回头看他不觉怒道："王鼎，去年在山西，是本王爷识见浅陋，没有看出祁隽藻竟是如此荒唐毒恶之人。今日看了此人的会试文章，本王对他真是失望！"说罢又要走。王鼎一时来了气，竟顾不得礼节，上前一步拦住绵宁，破釜沉舟道："王爷留步！王爷方才在府里还说过，圣上虽在病中，仍惦记着祁隽藻来没来会试，还说要取他的文章御览。王鼎不才，此刻仍是会试的主考官，恳请王爷将祁隽藻的文章带进宫去，祁隽藻该杀该剐，求皇上圣裁！"他让人取来隽藻的文章，双手高举，跪在绵宁面前。琦善觉得事情要坏，急忙前去阻拦，穆彰阿早在他之前"扑通"一声跪倒在绵宁面前，慷慨言道："王爷，身为今科会试的副主考官，穆彰阿有罪，请王爷奏明皇上，治穆彰阿死罪！"绵宁吃了一惊，问道："你这话从何说起，你有何罪？"穆彰阿道："皇上圣躬违和，穆彰阿身为朝廷重臣，主持大考，不能为君分忧，反而闹出这么大的乱子，让皇上和王爷不胜其扰，这是一罪；放纵山西举子祁隽藻，写出如此大逆不道的文字，还要呈送御览，万一皇上读罢，龙颜大怒，病情加重，穆彰阿就是死一千次，也是罪有应得！"琦善心中明镜一般，也赶忙上前禀道："王爷，皇上这次病得不轻，要是再因为一个小小的山西举子动了大怒——"绵宁没有听完，转身就大步走了出去，将众人扔在那里不管。

王鼎望着他走远，不禁失声大叫："王爷慢走，王鼎还有一句话要说，王爷听完了再走！我皇是古往今来难遇的圣君，今日若为一篇应试的文章杀了祁隽藻，本朝就开了科场杀举子之例，在史上留下了恶名，后世会如何看待我朝，如何看待我皇？"绵宁听了这句，一时又没了主意，回头看王鼎手中高举的卷子，欲接却又不敢贸然伸过手来。琦善一看情形不妙，急忙上前跪倒言道："王爷，奴才以为，这里头本来就没有王爷什么事儿，都是王大人多此一举，将王爷拉扯了进来。王大人、穆大人，照下官看来，你们就是不为别人想，也不能不为王爷想吧？以王爷眼下的处境，明摆着不能替你们去做这样的事，让皇上发怒。王爷，两位大人，难道祁隽藻的一条小命，就比皇上的龙体康泰更要紧？如果你们中间有哪一位这么想，你们还算是大清的臣子吗？！"王鼎心中大惊，脸色苍白。绵宁气急败坏，看了王鼎一眼，转身就走。王鼎怔怔地站起，望着绵宁在贡院龙门外上马，疾驰而去，不觉放声大哭："王爷……"琦善得意地看了穆彰阿一眼，扶他起来，二人走回议事厅，穆彰阿道："快去刑部，交代他们办祁隽藻的案子，越快越好！一定要拿到口供，还要他画押，承认谎称试题泄露搅扰科场借此诋毁朝廷诅咒皇上之罪。只要有了口供，杀了此人，就是将来皇上知道了，最多只能责备我们一个办事粗糙！"琦善躬身道："奴才知道了，奴才这就让他们快办，争取两天结案，三天内让祁隽藻人头落地！"

王鼎回到自己在贡院的下处，默默坐着流泪，一眼看见当初进来报信的小厮，将他唤住道："你要是还能出得去，就回去告诉祁家的人，说是我说的，让他们给祁隽藻买棺材，谁也救不了他了！告诉玉环姑娘，她就是再去午门外喊冤，这一回也不灵了，等不到宫里有人出来接她的状纸，隽藻的死期就到了！……对了，你还告诉她，我已经跟刑部的人打过招呼了，她还是去天牢里和隽藻最后见一面吧！"

7

当天夜里，玉环来到天牢，夫妻二人隔着牢栅相见。玉环哭道："五爷，是我！"隽藻忍着伤痛爬过来，吃惊道："你怎么来了，什么时候到的京城？"玉环看隽藻满身伤痕，不禁悲从中来，抓住他的手半晌不放。隽藻看她一身雪白的孝衣，点头道："我明白了，一定是我走以后，母亲担心我会走到今天这一步，让你跟着来了！……好，你来了好！有你陪我走完最后的路，我就不孤单了！"玉环道："现在玉环明白了，为什么五爷进京会试之日，母亲会在家里换上了素净的衣服，可是母亲还是让五爷来了！她老人家打发玉环随后来到京城，竟是让我能与我夫再见最后一面！"隽藻抹去玉环脸上的泪，笑道："玉环，我还是叫你玉环姐吧，玉环姐，祁隽藻虽然不愿意，但还是把你的终身误了！"玉环哭叫道："五爷，玉环一个平常女子，才不惊人，貌不出众，今生今世能嫁给五爷这样顶天立地的丈夫，还能给这样的丈夫送行，玉环这一辈子没有什么遗憾！玉环今日从王鼎王大人家里出来，就把该办的事都办了，我为五爷买了棺材和敛衣，为我自己买了孝衣。到了那一天，我就这样一身雪白，给五爷送行！"说着，她将带来的酒菜从篮子里取出，一件件递了进去。隽藻睁大眼睛问道："怎么，你去见过王大人了？"玉环点头："王大人为了留下你的一条命，去宫中求过皇上，还去求过智亲王爷，就连玉环进天牢与五爷相见，也是王大人帮的忙。"隽藻松开玉环的手，双手抓住牢栅，吃力地站起，仰天大笑："原来皇上已经读到了祁隽藻的文章！哈哈哈哈……原来竟不是穆彰阿错，也不是皇上错，是我错了！"玉环伤心叫道："五爷不要这样！是我没用，母亲当初让我嫁给你，是要我一辈子护着你，帮你渡过一生的所有大灾大难，可你今天还没入仕，就遭遇了杀头之祸，我却保不了你！这会儿我才知道，你该娶的不是我！这会儿我……情愿代五爷去死！"隽藻到了此时，心情反而轻松下来，坐下来帮她拭泪，笑道："说什么傻话，祁隽藻若死在今日，不是祁隽藻不幸，是大清朝廷不幸，大清皇上不幸，天下万民不幸！我死之后，天下读书人救国救民之念可以休矣！"玉环满眼是泪，叫道："说不定这就是为妻给五爷送的最后一顿饭了，你就用点儿吧！"

隽藻放下了生命中最大的负担，形神一下变得轻松起来。他用颤抖的手亲自斟了两杯酒，一杯递给玉环，一杯自己举起，不觉笑道："从此没什么事了。玉环姐，我们夫妻一场，借你带来的酒，祁隽藻敬你一杯，咱们来世再见。"玉环眼中又滴下泪来。隽藻伸过一只手，帮她拭泪，道："活到今天，祁隽藻只后悔一件事，以后不能再带你去咱家的房顶上看满天的星星了。"玉环放下酒杯，双手抓住他的手哭道："不，五爷带玉环去看过星星了。一生有过这么一回就够了，玉环知足！"远处传来狱卒的喊声："曹玉环，走吧！"隽藻和玉环的手再次猛地抓紧，生离死别之际，四目相视，玉环伤心欲绝，惨声道："五爷，玉环想留下陪你死，可这里不会让为妻留下的。今晚我先回去，明天一大早就来。不能和我夫相守百年，这最后的日子，我们要在一起度过！"隽藻脑中忽然浮现出一件事来，急道："差点儿忘了！你离开这里前一定要见到张牧，告诉他把所有的罪名都推到我身上来。万不可因为祁隽藻一个人不听恩师的劝告，一意孤行，一定要重走科举之路，连累了张家最后一颗读书的种子。祁隽藻死了，只要张牧还活着，天下就至少还有一个真正的读书人！"

8

没有人知道，就在这个夜晚，京城某家客店的一间密室中，妙真正与前来报信的江一鸣商讨如何搭救隽藻。妙真含泪言道："江大哥，隽藻此刻一定明白了，他当初要走的路只是一条死路。我们不能让他这么死！"江一鸣道："小姐，我们的人手不多，刑部大牢戒备森严，想劫狱恐怕不能。"妙真抬起头道："你是说……"江一鸣点头道："劫法场！"妙真沉吟有顷，点头道："就这么办！一旦救出隽藻，我们马上出城，兵分两路，请师傅带隽藻直奔海滨，我和江大哥去山西！"江一鸣诧异道："小姐还要去山西？"妙真目光一下变得极远："元白还在山西，祁家一家人还在山西，若我们在京城里劫走了隽藻，祁家一家人和元白定会受害，我们要赶在官兵之前把他们一起接走！"

这天晚上，还有一个人知道了隽藻入狱的消息，登时着急起来。自从明白自己的哥哥铁了心要杀隽藻，含黛就不时打发晴儿出门，悄悄打探隽藻参加会试的消息。这天傍晚晴儿一到家眼圈就红了，哽咽道："祁公子这回死定了！连智亲王爷都撒手不管了！……"含黛问清了前因后果，也发了急道："连智亲王爷都救不了他，那就是说，北京城里已经没人能救得他了！他家里人不行，朝廷里的文武百官不行，他那个新娶的媳妇更不行，能救他的人，只剩下含黛一个了！祁隽藻不知道，就是天底下的人都没办法了，还有一个含黛想着他，要救他，而且一定要保住他的活命！"晴儿吃惊地看她，道："小姐，刀都架到祁公子脖儿梗上了，你还有什么办法？！"含黛道："你糊涂，你以为我们上次出城去见四贝勒，只是为了让他赶快回来娶我？"晴儿听了，心头一亮，叫道："对了，现在能救祁公子的只有皇上，而恰恰咱们这个四贝勒爷，他说不定能见到皇上！"

第二天天色未明，含黛已经带着晴儿来到了天牢外，下了车就直往里闯。狱官急忙拦住："哎哎哎，你什么人哪，怎么连声招呼都不打，就朝里头闯？"含黛气势逼人地喝道："总管内务府大臣、军机处行走穆彰阿之妹，你们牢里新关的山西寿阳举子祁隽藻之妻含黛，来见自己的女婿，要给他送牢饭，你想挡住吗？快让开！"狱官打量她一番，道："你说什么，你是穆彰阿穆大人的妹子？有人认识她没有？"晴儿一把推开他："你也不看看这是谁家的马车，谁家的灯笼！快让开，让格格进去！"狱官望望马车，又望望车前的灯笼，果然马上换了脸色："哎哟，不知格格驾临，多有得罪，只是奴才职责在身，不能随意让格格进去，不过格格要是有穆大人写的关凭，奴才自然不会再为难小姐！"含黛灵机一动，回头冲晴儿道："我哥不是说先到吗？怎么我都到了，他还没到？还不快去看看！"晴儿会意，答应一声，将手中的饭篮子交给含黛，自己掉头跑了回去。狱官神情一变，赔笑道："既是穆大人要来……格格就请吧！来人，给格格带路！"

含黛刚走进去，宿藻就陪着一身孝衣的玉环到了。狱官呵斥道："哎，你们什么人？"玉环道："大人，小女子山西举子祁隽藻之妻，给我夫送饭来了！"狱官大吃一惊："怎么又一个祁隽藻之妻！告诉你，刚进去一个祁隽藻之妻，已经把饭送进去了……你们到底哪个是真的？"玉环被吓了一跳，望着狱官道："大人一定是搞错了，小女子曹玉环才是山西举子祁隽藻之妻，怎么还会有一个祁隽藻之妻！……不能！"狱官说："你甭问我，你站在这儿候着，等会儿她出来了，你一见就知道了！"

第十四章

让亲夫玉环痛画押　救痴爱含黛跪求人

1

　　狱卒引含黛走入天牢深处，越往前走，含黛的心就越往下沉。以前她只听人说过天牢，从未到过这里，现在真实地置身于这个阴森可怖的环境，才体会到什么叫暗无天日。前面就是隽藻的囚室，只见隽藻遍体鳞伤，躺在地上，沉睡不醒。含黛眼睛猛然湿润。狱卒喊道："祁隽藻快醒醒，你媳妇看你来了！"隽藻惊醒，吃力地坐起，爬到牢栅边，与含黛四目对视，吃惊道："怎么是你？"含黛不忍看他："祁公子，你……你受苦了！"隽藻不觉冷冷言道："没有想到，就连格格你也知道祁隽藻死期将至，也要来天牢里与祁隽藻一见！格格，祁公子一待死之人，承蒙格格前来相看，实实地深感意外。"他猛地打住，有顷才冷冷言道："说吧，你来干什么？是想对在下说，你早就料到祁隽藻有今天？"含黛两眼含泪，也不答话，将带来的酒菜一一取出，递进牢栅，这才回头言道："祁公子落难，含黛来天牢里看看你，就让公子这么吃惊吗？"隽藻心中突然释然，大笑起来，抓起一块肉放进嘴里，不无嘲讽地道："穆大人要杀祁隽藻，格格却在祁隽藻将死之时为我送行，祁隽藻真是感慨万端，感激涕零！"说着，他"噗"的一声将口中的肉吐到地上，笑道，"格格，你这肉的味道怎么这么苦？祁隽藻一个要死的人，你还不想放过他吗？"接着，他端起一盘菜，"啪"地摔在地上，挣扎着手扶牢栅站起。含黛也随之站起，强抑着泪水道："祁隽藻，你就是一定要死，怪得了满北京城的人，也怪不着我含黛！"

　　隽藻心中一惊，忽然大笑，道："那么请问格格，今日到这天牢里来，到底为了何事？"含黛生气道："祁隽藻，本小姐今天不顾廉耻，谎称是你的媳妇，来到这死牢里见你，是想告诉你一件事，即使全北京城里再没有一个人可以救你，含黛也要救你！"隽藻不觉失笑道："格格，祁隽藻怎么就不明白了呢！祁隽藻何德何能，让小姐屡次三番地找到我，要对祁隽藻表达如此深重的美意？"含黛拭去眼泪，恨恨地望着他道："祁公子，就算你今天仍然不理含黛，瞧不起含黛这样上赶着来追你的女子，含黛也要救公子。含黛若救不了公子，含黛就和你一起去死！"隽藻心中一震，摇头佯作冷笑道："这在下就不懂了！"含黛伤心欲绝，直视着他，一字一字道："那含黛就告诉你。含黛这么做，既是为了救你，也是为了救含黛自己，救含黛这颗被公子劫走揉碎又踩在地上的心！"她转身就走。隽藻望着她走，突然真情毕现，大叫道："不，不要！"含黛回头，怒道："为什么不？"隽藻大声道："祁隽藻虽过去对穆大人知之甚少，但以自己的遭遇来看，今日害祁隽藻，明日害大清天下万民的，一定是他。祁隽藻死就死了，决不愿意让格格靠裙带关系，从这个人手中求生！"含黛怒道："你住口！我哥哥穆彰阿，世代勋臣之子，皇上爱敬之臣，即便他此次一心要杀你，也与私仇无关！含黛走了，公子保重！"隽藻勃然大怒，望着她去的方向，大喊："不，祁隽藻不要，是因为祁隽藻本来就无罪！……"

<h1 style="text-align:center">2</h1>

含黛走出狱门，正要上车，蓦然回头，正与玉环四目相对，两个人互相认出了对方，一时间都怔在那里了。待含黛上车，玉环才猛然醒来，叫道："宿藻快看，她是谁，你见过她吗？"狱官走过来道："哪位还是祁隽藻的媳妇，进去吧！"玉环不动，仍在望含黛的马车。这边含黛在车中坐定，回头望着玉环，对晴儿道："你下去，就在狱门外等她。待她从牢里出来，你就告诉她，要想救她丈夫的命，今天就到东官房穆府花园来见我。她要是答应了，你就在花园后门那里等她。"晴儿心里虽然不明白，但还是答应了一声下车。含黛喊了一声"走！"马车走动。玉环仍然目不转睛地望着含黛和她的车，这时又回头问宿藻："你知道她是谁，你一定知道，快告诉我她是谁！"宿藻流泪道："嫂子，事到如今，我也不瞒着你了。她叫含黛，是把我五哥送进大牢的穆彰阿穆大人的妹子，自从去年元宵节我哥在京城灯市和她换过一盏节灯，她就一直缠着要嫁给我哥！"玉环如在梦中一般，叫道："你说什么？上次她在山西，去我们家找你哥，就是为了此事？"宿藻道："嫂子，你可千万别为这事怪我哥，我哥和她什么事都没有，是她一厢情愿要嫁给我哥，总是缠着我哥不放。前几天她还去过我们住的张家老店呢！"玉环一把抓住宿藻，道："快说，要是你哥答应娶她，她是不是能救了你哥的命？她是穆大人的亲妹子，她当然能救你哥的命！"宿藻大惊："嫂子，你说什么呢？"玉环急道："我要去找她，我去求她救了你哥，哪怕……"她捂住嘴，不让自己哭出声来。宿藻张大嘴巴，一时惊得说不出话来。

含黛从天牢回来后，就在自家的花园水榭里坐等。面前石桌上，放着一张写好的文书。虽然这件事在任何一个外人看来都会觉得十分荒唐，但她却觉得事情一准能够如自己所愿。果然辰时刚过，花园开向后街的角门打开，晴儿远远地引着一个一身缟素的女人走了过来。含黛见了，心中不免大喜。角门前，晴儿站住，对玉环朝水榭的方向一指，道："祁少奶奶，你去吧，那就是我们家格格。"玉环朝远处看了一眼,谢过晴儿,快步朝水榭走来。含黛虽然任性刁蛮,但真的到了这个时候,一颗心也"扑通扑通"大跳起来。一时间她生起自己的气来,在心中叫道:"是她来求我,我为什么要这样?"这时玉环已经来到,没敢走上水榭,就在外面台阶下恭敬地跪倒,磕下头去,口称:"民妇曹玉环,见过格格!"含黛见状,淡淡看她一眼,道:"罢了。起来说话。"玉环伏地不起,流泪叫道:"民妇曹玉环,今日来求格格,救了我夫祁隽藻性命,民妇愿意当牛做马,报答格格。"此时含黛内心越来越平静,也越来越觉得胜券在握,索性直言道:"曹玉环,这里有一件东西,你要是认得字,就近前来看一看,那是你我之间的一份文书,你要是答应,就在上面签字画押,咱们今天要谈的事,就算是成交了。"说罢,她起身走向水边,往湖中投起了鱼食。玉环听了,爬起来走进水榭,捧起石桌上那一纸文书来看,不觉脸色苍白,神情大变,半响才颤声道:"格格要救民妇的男人,要民妇做的就是这些?"含黛也不回头,道:"对。要是答应,你就签字,不然就算了。"玉环急忙跪下,再一次追问:"民妇若是签了,从我夫那里讨到一张休书,格格就一定能救他不死?"含黛望着湖中抢食的鱼,淡然道:"这个自然。"玉环不觉双泪交流,迟疑片刻,咬咬牙,颤声道:"那……我签!"她猛地站起,两手打战,拿起石桌上的笔,就要在文书上签下自己的名字,突然又扔下了那支笔,"扑通"一声冲含黛跪下,泪流满面,颤声道:"不,格格,民妇还有话说!"含黛回头,她觉得自己也快要支撑不住了,叫道:"你怎么了,你要是不签,耽搁下去,就是再想救祁公子,也不能了!"玉环泪眼蒙眬地望着含黛哭道:"格格,今日民妇为救我夫的命,不得不应下格格的话,可是民妇签下这张文书前,有几句心里话想问格格。格格今日要救我夫,是真的敬他,爱他,要一生一世用自己的心、自己的命护着他,还是为了跟我夫赌气,跟民妇赌气,将我夫当作一个自己一心想要得到的物件,得不到时一定要得到,得到以后就扔到一边,不再珍惜,相反还要踩躏他,作践他……要是那样,民妇就不签这一张文书!"含黛猛地背过身去,努力不让自己的声音颤抖:"曹玉环,你真的以为除了你,世上就再没有一个女子真心喜欢、敬爱祁公子吗?你既然知道祁公子学富五车,有天下之志,就不该嫁他,耽误他。你嫁给了他,自以为是爱他,敬他,其实却害了他!"玉环一时不能领会其意,道:"我?害他?为什么?"含黛骤然激动起来,道:"因为你只是一个平民女子,祁公子有经天纬地之才,若想大展胸中之志,在朝中就要有大人物护着他,举荐他,在皇上面前为他说话,国家有了大事以后给他机会。祁家在朝廷里没有这样的大人物做靠山,祁公子要想得到这样的保护和机会,只有通过联姻。可怜他今天娶的是你,若他娶的是含黛,自然在我嫁入祁家之前,祁公子一家就被抬了旗籍，这时他进入朝廷，旗人对汉臣的猜忌之心也消了，飞黄腾达的道路自此畅通，那时祁公子若真想为天下万民成就一番事业，也有就了可能。现在他娶了你，虽然才华盖世，却仍是一个草野寒士，只要碰到一点儿小事，就会像今天这样遭遇杀头之祸！曹玉环，你好好为祁公子想想，今生今世他该不该娶你？你该不该在这张文书上签字画押！"

玉环此时早已哭成泪人，道："格格不要说下去了，民妇现在什么都明白了！虽然丈夫是玉环的天，是玉环的命，可一旦救不出丈夫，玉环早晚也还是个死！既然玉环一生一世都不能给我夫带来好运，民妇就将他舍了吧！"她起身又去拿笔，只觉得那笔有千钧之重，却没有再犹豫下去。她用尽平生之力在文书上签字画押，回头看了含黛一眼，口中说道："格格，我把我夫的命交给你了，也把玉环的命交给你了……"话未说完，一口血就喷了出来。

含黛大惊，叫道："晴儿快来！"晴儿跑来，扶起玉环。玉环嘴角流着血，惨笑道："不，格格，你们不要扶我，我要走了，救我夫去吧！"她扶着身边的柱子，挣扎着站直了身子，慢慢地向下了台榭，向角门外走去。含黛呆呆地望着她，心中突然为这个女人难受起来，对晴儿道："快去送送她，我现在知道祁隽藻为什么当初会娶她了！……"

3

身为会试的副主考，会试结束之前，穆彰阿照规矩也不能离开礼部贡院，但是因为河南河工上的一件事情，这天他还是破例回到了穆府。刚刚走进书房，还没等坐定，含黛就一阵风似的冲进来，"扑通"一声冲他跪下，叩头在地，流泪叫道："哥，你可回来了！妹子求你了！"穆彰阿这几日心情不好，不知道她这样做又为何事，生气道："你又有什么事？"含黛抬头看他，道："哥，听说是你做主抓了山西举子祁隽藻，又是你做主一定要杀他。妹子这次求你饶祁隽藻一命，你救了他的命，就是救了妹子的命！"穆彰阿闻言大怒，道："你，胡说什么！你还没有忘了他，胡闹得还不够吗？"含黛拿出一份文书，道："哥，你看看这张文书，只要哥你答应了妹子，妹子就能嫁给祁公子，含黛一生一世的心愿就了了！哥，看在含黛从小没爹没娘的份上，你就帮妹子这一回，含黛这一生一世，都忘不了哥的大恩大德！"穆彰阿接过那文书，一目十行地看完，一把将文书摔在地上，大怒道："这是什么东西！胡闹也要有个边儿，来人——"晴儿流翠张妈一起跑进来。穆彰阿看着她们，气不打一处来，喊道："快快，把她弄回她自个儿房里去！"三人上前扶起含黛离开，穆彰阿又大喝了一声，"等等！"三人停下，扶含黛站在那儿。穆彰阿在客厅里来回走动，回身指着含黛大声喝道："你给我记住了！这个祁隽藻虽然年轻，却有叛逆之心，留在世上，必乱我大清的天下！我穆彰阿堂堂大清贵胄，身负家国之任，不杀他何以对得起皇上对我的恩宠，何以面对大清和我穆家的列祖列宗！你对此人的那一点儿痴心，就死了吧！"回头一眼看见那张文书，气恨恨三把两把撕个粉碎，最后大喝一声，"走，以后再这么荒唐，我决不饶你！"含黛此时已经不哭了，抬头怔怔地望着他，道："哥，祁隽藻你还是要杀？"穆彰阿瞪着她吼道："杀！"含黛突然冷笑道："哥，妹子现在明白了，说什么你忠勤为国，夙夜在公，全是狗屁！别人不知道你为啥要赶走祁韵士，杀死祁公子，你妹子我知道！你就是不能容朝廷里有比你更强的人活着，让你将来做不了首相，不能独揽朝政！"这一席话猛击到穆彰阿的痛处，他登时暴怒，又从墙上抽出一口剑来，向含黛扑去，大叫道："我杀了你！"薛管家早已赶来，见势不对，急忙从后面抱住他，哀求道："爷，你不能——！"穆彰阿冷静下来，对众人大吼，"你们都是死人吗？还不赶快把她弄走？"张妈等人架起含黛往外走，含黛却推开了他们，平静地转身，又突然回头道："哥，不用你撵，妹子自个儿会走！我倒要看看，你到底杀得了杀不了我的丈夫祁隽藻！"穆彰阿被她气疯了，手指着她，一句话都说不出来，眼睁睁看着她大步走出去。

当日下午，京郊黄叶村的鸡毛小店内，四贝勒诺敏正躺在炕上看含黛丢下的那本《太原府乡试墨卷》，看到精彩处，不觉击节叫好："说得痛快！二百年间，大清国没出过这么痛快犀利的文章了。我原以为只是本大爷一个人知道大清要完了，没想到世上还有一个人像我一样聪明！"店小二忽然跑进来，挤眉弄眼道："爷，不好了，爷的那个没过门的媳妇又来了！"诺敏吃了一惊，赶紧将书扔下，慌道："她怎么还没完没了！我还得跑！"就要下炕，含黛已带晴儿堵住了屋门。诺敏双手抱住头，绝望地叫了一声："我的天哪，怎么又是你！"含黛双眼含泪，"扑通"一声跪下，道："贝勒爷，你要救含黛的性命！"诺敏吓得跳起来，急道："你这是怎么了，还是要逼我回去娶你？"含黛流泪道："含黛今天来求贝勒爷，是为了救一个举子的命，也是要救含黛自个儿的命！含黛想来想去，除了贝勒爷你，天下没人能救他和我的命了！"诺敏听到这里，放松下来道："你快起来说话！"晴儿去扶含黛，含黛不起，道："我夫祁隽藻……"诺敏听了大喜道："原来你已经嫁了人？好，好！说吧，好好说，我愿意听，你夫祁隽藻怎么着了？祁隽藻，就是这本书上说大清要亡的祁隽藻？"含黛点点头。诺敏也不走了，重新在炕上盘腿坐好，道："好，只要这事和我没关系，本贝勒爷今天就升一回堂，理理你们这家务之事！"

4

天牢内，隽藻满身是伤，死一样昏睡着。玉环提着饭篮子走来，看到隽藻，不禁悲从中起。半晌，她让自己的心静下来，才轻轻喊道："五爷，我来了！"隽藻醒来，吃力地爬向牢栅，强忍伤痛，笑道："你来了！"玉环努力做出冷淡的样子，拿出饭菜，道："五爷，你快吃吧，吃完了饭，玉环有要紧的话跟五爷说！"隽藻见她的神情有异，吃了两口饭就停下了，问道："今天你怎么啦？有什么心事就说出来。"玉环道："五爷，我……我有身孕了！"隽藻先是一惊，接着大喜："什么，你有身孕了？……好，好，不管是男是女，这都是上天不绝义人之后！快说说，多大工夫了，他怎么样，你怎么样？"玉环低头道："五爷，没有这个孩子，玉环一心想的都是跟五爷去死！可是有了他以后，玉环就不能那样做了！玉环……"隽藻激动道："对对，你想得对！我祁隽藻也有后人了，为了这个孩子，你一定要活下去，要好好活下去，把他平平安安地生下来，平平安安地养大，让他好好念书，知道他爹祁隽藻是怎么一个人，是怎么死的，为了什么死的！"

玉环起身跪下，叩头在地，悲泣道："五爷，为妻心中的话要是说出来，你可……可不要怪为妻绝情！五爷，为了我肚里的孩子，你就……你就给为妻一张休书吧！"隽藻脸色立时变得煞白，还以为自己听错了。玉环伏地不起，放声大哭。隽藻愣了半晌，默默点头道："我明白了，你还年轻，你不想让孩子长大以后知道他父亲是一个被朝廷砍了头的罪囚。"玉环猛然抬头，抓住牢栅疯一般哭喊："五爷就要死了，人死不能复生，我的孩子还没有出生，我当然要先顾我的孩子！你什么也不要多说了，你要是可怜我，可怜自个儿的孩子，就快给我写一张休书吧！"隽藻快要气疯了，手指着她颤声道："你你……连你也不懂我为何而死？"玉环不顾一切地叫道："全北京城，全大清国，没有一个人认为五爷聪明，没人认为你是为天下万民而死，他们认为你就是一个不识时务的书呆子，一个疯子！"隽藻再想不到玉环会说出这番话来，气得浑身发抖，道："罢了，曹玉环，什么话也不用说了，你不是要一张休书吗？我写给你！"玉环闻听，匆匆将带来的笔墨纸砚拿将出来，一刻也没有停，就研起墨来。隽藻三笔两笔就将休书写就，朝牢栅外一扔，大叫道："拿去吧，从今以后，我们成了路人，你也不用再来看我了！"玉环也不说话，将休书小心地叠起来，塞进衣袖，突然冲隽藻跪倒磕头，大哭道："五爷，你的妻曹玉环走了！曹玉环对不起五爷，半道上把你扔下，可是曹玉环不能不这样做！五爷，曹玉环无论有多少不是，今生今世，五爷都原谅我是一个女人吧！以后的路，没有了曹玉环朝朝暮暮在身边，五爷一定要走好！"隽藻哪里知道玉环的话中之意，怒道："还不给我快走！"玉环忍住泪，收拾起东西，踉踉跄跄地跑了出去。隽藻呆呆地望着她跑远，忽然心中一动，大叫一声："你……你回来——"

穆府花园水榭中，玉环跪着，将休书举上头顶，悲怆道："格格，隽藻给玉环的休书在这里了！民妇曹玉环兑现了自己的诺言，格格也一定要兑现自己的诺言，救出我夫祁隽藻！"晴儿将休书取过来，递给含黛。含黛匆匆看了一眼就不敢再看下去了，急忙放下，硬着心肠冷冷言道："曹玉环，现在祁公子已经不是你丈夫了，他的生死祸福，全在含黛一人身上，你走吧！"玉环要挣扎着爬起，无奈两腿发软，爬了几下，又跌倒在地。晴儿见状，急忙上前将她扶起。玉环走了几步，回头看着含黛，突然大声悲泣道："格格，曹玉环把我夫舍给了你，就是把我自个儿的命也给了你，你要是救不下我夫祁隽藻……"含黛眼泪涌出，背身喝道："住口！救不了祁隽藻，你还没死，含黛就会先死，为我的人心疼而死！"玉环呆呆地望着她，突然用力推开晴儿，转身跌跌撞撞地跑走。含黛望着玉环走远，突然觉得耗尽了力气，浑身软软地坐下，心中竟一点儿也不觉得快意。

穆家花园角门外，宿藻扶浑身瘫软的玉环上车。玉环昏昏沉沉，死过去一般。宿藻大声问道："嫂子，到底出了什么事？你到这里来了两趟，到底做什么来了？快告诉宿藻！"玉环微微睁开眼，无力地说了一句："宿藻，好兄弟，咱们回去吧，你哥是死是活，都看他的命了。"

5

又是乾清宫朝会的日子。众臣跪拜，山呼万岁已毕，列队站班。嘉庆高坐龙床，开目问道："王鼎、穆彰阿在哪里？"二人出列叩拜，言道："臣王鼎（奴才穆彰阿）叩见皇上。"嘉庆道："朕问你们，会试进行得如何？"穆彰阿抢先奏报："恭喜皇上，贺喜皇上，此次会试，天下群贤毕至，三场试毕，参加殿试的名单奴才和王鼎已经拟出来了，正要呈与皇上御览。"他从袖中取出一个折子，双手高举过顶。瑞华心中不怿，悄悄对载元私语："有点儿怪呀，怎么是他？王鼎才是主考官。"载元悄悄地看王鼎，见他跪着，低头不发一语。

这边太监接过穆彰阿的折子，呈给嘉庆。嘉庆随手翻了一番，"啪"一声摔在龙案上。众臣大惊。嘉庆沉沉言道："听说有一个山西举子被你们逮起来，关进了死牢，要杀了以后再奏明与朕？绵宁，据说此事你也知道？"绵宁急忙跪下，惶恐地奏道："回皇阿玛话，确有……确有此事。此人大逆不道，只是因为皇阿玛圣躬违和，不敢惊扰圣驾，儿臣才……才没有奏明皇阿玛。"嘉庆又愤怒又伤心，不觉言道："大清开国二百年，还没有一个举子因科考文章而被砍头，这个山西寿阳举子祁隽藻，他在科场上写的文章真的就不能让朕一观？"穆彰阿见状，知道躲不过去，不得已膝行而前，叩头在地，高声道："启奏皇上，山西寿阳举子祁隽藻，无君无父，在科场上胡言乱语，仇视朝廷，诋毁皇上，是可忍孰不可忍！对这样一个反贼，奴才以为由奴才辈处置就行了，他写的那些文字，不敢亵渎天听！"嘉庆站起身，望着众臣道："大家知道吗？这个祁隽藻，就是前户部郎中、当今我大清第一史家祁韵士的儿子。这个祁隽藻，他的乡试文章朕也看过，不过是一些狂野之论、慷慨之辞，这会试的文字还能比去年那些文章更不堪？拿来朕看！"绵宁和穆彰阿急道："皇阿玛（皇上）看不得！"

嘉庆沉郁地看着王鼎，道："王鼎，你是会试的主考官，今日早朝，你为何不发一言？你也认为祁隽藻的文章朕看不得？"王鼎跪拜道："回圣上，臣以为祁隽藻年幼无知，写了一篇不知天高地厚的文章，不过这篇文章是在朝廷的科场上写的，且事出有因，并非有意诋毁君王，王鼎求圣上不看那篇文章，下旨革去他的功名，放归田野，以示皇上包容养育天下士子之心！"说完他叩头在地，久久不起。嘉庆不悦，看着他道："连你也不让朕看那篇文字，看样子祁隽藻的文章，朕真是看不得了。穆彰阿，祁隽藻的文章在哪儿？"穆彰阿无奈，只好将隽藻的卷子从袖里抽出，双手呈上："皇上，奴才以为，这样的文章，皇上不看也罢！"

嘉庆接过隽藻的卷子，回到龙案前坐下，打开来读，尚没看完，脸色陡变，大叫一声，口中吐出血来，昏倒下去。朝堂上顿时一片混乱，众臣大呼小叫："皇上，皇上！"穆彰阿十分镇静，叫道："都不要慌乱，智亲王爷在这里，都听王爷的！"绵宁的心已经乱了，穆彰阿的提醒让他的头脑清醒下来，急叫："内侍在哪里？快请皇上回内宫！传御医！诸位大人，原地侍候！琦善在哪里？保胜，关闭宫门！"众内侍抬起嘉庆，向内宫奔去。绵宁回头感激地看了一眼穆彰阿。穆彰阿大声喊道："琦善，将祁隽藻速速提出，绑赴刑场问斩！"

6

这日中午，隽藻被琦善带一队官兵押赴刑场，绑到杀人桩上，只等午时三刻，开刀问斩。张牧也被绑在一旁陪斩。围观者闻讯赶来，不住地朝里拥，官兵拼命阻拦，维持着杀场的秩序。宿藻在路边听到此讯，大哭着奔进张家老店，喊道："嫂子，嫂子，我哥他……他被押赴刑场，就要开刀问斩了！"玉环死一样躺在床上，听到宿藻的喊叫，一下子就昏了过去。宿藻猛烈摇晃她："嫂子，你快醒醒！咱们快去刑场，去晚了就见不到我五哥最后一面了！"玉环睁眼看他，突然发一声喊，疯一样下炕，冲出屋去。宿藻拿起丧衣，哭着急追出去。

此时刑场四周，围的人越来越多。隽藻放眼望去，不觉仰天大笑。张牧睁开眼惊奇道："五哥，都这个时候了，你笑什么？"隽藻道："我笑大清国无人！"张牧不解："此话怎讲？"隽藻慷慨言道："圣人讲忠君死于社稷，历朝历代，国家将亡，必有皇上的近臣、朝廷里的大僚为之死难尽节。大清国将亡，为之死难的竟是你和我两个草野寒士，这不是大清无人吗？"张牧重新闭上了眼睛，道："五哥，就这样死了，你真的就没有一丁点儿的后悔之意？"隽藻痛惜道："有。我唯一后悔的是不该把你带进京城来，让你也跟着我去死。至于祁隽藻自己，忠于所信，死于所事，又有何憾！"张牧摇头，突然大声言道："张牧以为五哥不值得为天下人而死！张牧遭此一难，从此视天下人为粪土！"隽藻喝道："住口，你可以糟践五哥，却不可以糟践天下人！"张牧不觉流下泪来，发悲声道："五哥，张牧若还有来世，断然不会再来京城应试，也不会为天下万民而死！张牧只会为生我养我的父母兄嫂而活，为天地山川日月星辰而活，为开天辟地以来我敬我爱的世代先贤和人中俊杰而活！张牧要只为自己活，以天地为屋宇，以百年为行旅，一辈子潇洒自在，无拘无束，再不做孔教中的囚徒！"

玉环和宿藻各穿了一身孝衣，拨开人群朝里面挤进来。众兵丁拦住二人，喝道："干什么，干什么，站住！"玉环隔着兵丁看见绑在杀人桩上的隽藻，一口血吐出来。众人惊叫。宿藻上前扶住她。玉环闭上眼又睁开，放声哭喊道："五爷，我来了，为妻为你送行来了！为妻把所有的事都做了，没想到还是没能救得了你的命！"她忽然挺直身子，一头向拦住她的兵丁撞去，大叫："我后悔呀！让我跟你一起去死！"宿藻大叫："嫂子——"众兵丁上前，死死挡住玉环，不让她靠近隽藻。

混在人群中的江一鸣见场面混乱，又见已是午时二刻，将两个指头放在口中，打了个呼哨，原来挤在人群中的一些壮汉突然拔出兵刃，发一声喊："杀——！"向刑场杀来。围观的人们一见有人要劫法场，立马炸了营，四散而逃。官兵们早有防备，急忙拔刀，要挡住这些劫法场的人。一时法场内外，刀刃相击，杀声震耳。江一鸣将手中的刀舞成一个光团，直奔杀人桩而去。

这时人群之外，又有几个人闪身过来，原来是姚一镖和他手下的薛、吴、陈三位长老。望着里面杀声震天，吴长老对姚一镖道："里边已经打起来了。"姚一镖拔刀在手，悄声道："看里面有没有冯妙真，上！"四人飞身跃入场中，见人就砍，勇猛异常，兵丁们方才已经抵挡不住，现在又来了生力军，顿时狼狈后退。监斩台上，琦善冷笑一声："果然不出我所料，发令！"身旁一发令兵举起一支火绳枪，点燃火绳，"砰——"地朝天开了一枪。埋伏在四周的官兵一拥而出，杀向江一鸣、姚一镖等人。江一鸣见状，急回身舞刀抵挡，回头一眼望见姚一镖，心中暗叫一声："坏了！"示意众人："小姐在哪里？祁公子救不得了，快杀出去保护小姐要紧！"众人听了，一起反身向外杀去。

绑在杀人桩的张牧原来闭着眼睛，此时突然睁开，激愤地大叫道："好，杀得好！"隽藻睁开眼睛，看着眼前的一片混乱，冲小张牧大叫："你叫什么？他们是谁？"张牧依然在大声叫好，一边喊道："看不出来？他们都是来救你的！"隽藻突然从相互格斗的人群中发现了姚一镖，神情一变，道："不好！"小张牧白了他一眼，大叫道："他们来救你，你还说不好！"

这边姚一镖带人杀进核心，也没有见到妙真，回头叫道："原来冯妙真不在这里，咱们走！"回头向外杀去。陈长老回头朝杀人桩上看了一眼隽藻，道："大哥，让我去杀了祁隽藻！杀了祁隽藻，天下就少了一个与我灾民会为敌之人！"姚一镖冷冷一笑："不，我们不杀，朝廷也要杀，这不正在杀他嘛，咱们留给朝廷来杀！"果然琦善见午时三刻已到，令传令兵将手中红旗一举，发出了开刀问斩的信号。刽子手得令，举起手中大刀，口中说道："祁公子，在下不过是靠这个吃饭罢了，到了阴间，不要怪罪。"眼看那屠刀就要落下，玉环看得真切，发一声喊，趁乱不要命地冲向杀人桩，扑向隽藻，死死地抱住他，一边大叫："你们要杀他，就先杀了我吧！"刽子手还要举刀，只是"当"的一声，一支飞镖打在刀刃之上。刽子手大惊，丢了刀，身子软软地向后倒去。姚一镖远远望见了这一镖，颜色陡变，对众人叫道："不好，李清玄在此，快走！"四人急忙奋力杀出重围，转眼上了房脊，不见踪影。这边江一鸣也带领众人杀出刑场，急转了几道街，入了一家酒楼，对正在其中等待的妙真道："小姐快走，琦善有埋伏！"妙真来不及问隽藻是不是救出，就匆匆下楼，上了马车，向城门外飞驰而去。

正在这时，就有一匹快马飞奔进了刑场。马上的传旨太监高声大叫："圣旨到——！"琦善脸色一变，叫道："坏了菜了！"太监下马，急急宣道："皇上有旨，着琦善刀下留人，不要杀了祁隽藻！"

7

养心殿内，绵宁带众大臣跪在嘉庆龙榻之前。嘉庆睁开眼睛问道："朕赦祁隽藻不死的旨意传给琦善了吗？祁隽藻现在何处？"绵宁上前回奏："回皇阿玛话，罪囚祁隽藻已蒙圣恩不杀，现已解回刑部大牢候旨！"王鼎膝行向前，叩头在地，流泪奏道："圣上不杀祁隽藻，真是千古圣君！千秋万代之后，天下百姓都会感念皇上今日的雅量，天下的读书人也会为祁隽藻生在我嘉庆一朝羡慕不已！"穆彰阿听了大怒，急上前跪倒，大声道："奴才请皇上治王鼎死罪！"嘉庆看他，道："为什么？"穆彰阿道："奴才是祁隽藻太原府乡试时的座师，又是此次会试的副主考，深知此人无君无父，皇上今日若不杀祁隽藻，天下那些无君无父的读书人就会群起效尤，大清朝野就将充满无君无父之论，那时朝廷颜面何在！王鼎身为大臣，包藏祸心，迷惑皇上，留下祁隽藻，遗祸天下，这样的奸臣，请皇上治他的死罪！"他说得沉痛悲愤，说完之后，又伏地放声大哭。肃顺看一眼载元、瑞华，载元点头。肃顺急上前跪下道："启奏皇上，肃顺去年奉旨随穆大人去山西督察学政，当时穆大人就看出祁隽藻有不臣之心，奴才以为此人非杀不可！"众满臣也跟着上前一起跪下，齐声言道："奴才们也以为此人该杀！"嘉庆听了，不觉大怒："住口！朕今日若听了你们的，朕在天下读书人眼中，就真成了桀纣之君！穆彰阿、王鼎，朕问你们，祁隽藻文章中所说的科场试题泄露一事，是不是真有此事？绵宁，这件事你也知道？"绵宁看一眼穆彰阿和王鼎，口中支吾起来："这个……"王鼎大声奏道："回圣上话，这件事是真的！"穆彰阿跟着叩头，正要辩解，嘉庆摆摆手道："你们以为朕每日深居九重，外头的事什么也不知道？这些年朕被天下事闹得身心俱疲，对眼皮底下的事管得少了，你们就把个科场弄得乌烟瘴气！今天在这里，你们中哪一个敢以自己的人头作保，说这件事是假的？"众人心中一震，伏地不敢抬头。穆彰阿仍是不服，大声道："可是皇上，这件事至今也没查出就是真的！"

话没说完，琦善急急入内，叩头道："圣上，奴才有要事回奏！方才江北乱匪余党在京城里劫了法场！"嘉庆大惊："当真？莫非这个祁隽藻和江北乱匪还是一党？"王鼎急道："圣上，臣以为绝不可能！天下人尽知，江北乱匪已被智亲王带兵剿平，举国之内，哪里还有什么江北乱匪？！"琦善张口要说什么，看看绵宁，又不好说出。穆彰阿这时抢上来奏道："皇上，即使祁隽藻与江北乱匪余党毫无瓜葛，这个人也一定要杀！若皇上今日留下一个祁隽藻，奴才以为将来天下读书的汉人会尽是祁隽藻。此人万万不可留下！"

嘉庆哪里还能听得进这些，他的心此时全被京城又出现了劫法场的江北乱匪这档子事吓住了，回头直视着琦善，颤声问道："琦善，劫……劫法场的贼寇有没有拿下？"琦善急忙回道："没有，这伙贼寇劫法场前，将一切安排得滴水不漏，奴才虽然满城清剿，竟没能拿住他们一个！"看一眼绵宁，他知道方才的话说错了，又急忙替自己圆场，"对了皇上，奴才也以为这些人不像是江北乱匪的余党！"嘉庆怒道："胡说！刚才你说他们是，现在又说不是，出尔反尔！"虽然这么说，可琦善这话还是让他陡然悬起的一颗心落了下来，道："都下去吧，朕要歇息片刻！"

琦善和穆彰阿一起走到殿外，见众臣四散而去，穆彰阿大怒道："琦善大人，说什么你让保胜把宫门看得那么紧，连一只苍蝇都飞不进来，可皇上还是什么都知道了。你能不能告诉本官，瞒住你我将事情捅到皇上那里的这个人到底是谁？"琦善笑容骤落，无话可答。

当夜穆彰阿就去了刑部大牢，查问祁隽藻入狱这几日，来看过他的人都是谁，有谁可能把消息捅到皇上那儿去，没想到却问出了含黛冒充祁隽藻之妻去探监的事。穆彰阿听了不敢相信，怒不可遏地回到家中，责问薛管家："佛库伦这些天都干了些什么，去了哪些地方，跟谁见了面？你都知道吗？"薛管家支吾道："这个……"穆彰阿大怒，叫道："你不知道，可是你该知道！马上把跟她出去的车夫捆了，连夜给我问个清楚，这几天佛库伦都去了什么地方，见了什么人！我要知道，是谁有这么大的面子，能随便出入深宫，见到皇上！"忽然间他觉得不妥，又道，"算了，还是不要打草惊蛇，这两天你打发人……不，你自己去，只要她出门，你就悄悄地盯着，看她常去哪里，和谁见面，这一切我都要知道！"薛管家小声地禀告："爷，奴才正要禀告爷呢，这两天格格去见了……"他的声音小了下去。穆彰阿大惊："原来是他！"

8

京城之外，有一片密林，其间有一处茅舍，隐在重重绿树之中。这个夜晚，妙真和李清玄江一鸣等人在这座茅舍中聚集，江一鸣对妙真拱手道："小姐，是江一鸣和众师弟有负小姐重托，没能把祁公子救回到小姐身边！"妙真回身言道："江大哥，诸位师兄，你们辛苦了，是妙真连累了大家！"江一鸣回头望着李清玄，道："不是师傅发了那一镖，祁公子今天性命休矣，今日姚一镖等人也出现在法场上，竟是何意？"李清玄皱眉道："妙真，姚一镖等人非常可能是为你而来！这里也不能留了，我们还是远走高飞吧！"他又抬头看了一眼江一鸣，道："一鸣，我们和姚一镖两家一起劫了法场，朝廷一定不会善罢甘休，我现在就带妙真和大家远离京城，再寻一个地方暂时安身。你还去张家客店喂马，有了消息马上设法传信给我们。"他又回头看了一眼妙真，道，"此次皇上既然亲自下旨刀下留人，祁公子就必能不死！咱们还是走吧！"妙真听了，突然冲江一鸣一拜，泪水晶莹，道："江大哥，拜托了！"

夜已经深了，养心殿里，嘉庆仍然没有歇息。绵宁俯伏在地，道："皇阿玛，天这么晚了，儿臣请皇阿玛歇了吧！"嘉庆不语。绵宁知道他刚才又看了祁隽藻的卷子，叩头不止道："祁隽藻草野狂徒，死有余辜，皇阿玛一定不要再想他写下的那些话！儿臣以为，皇阿玛是尧舜以来，我大清列祖列宗之后的又一位圣君！"嘉庆突然回头道："朕想见一见这个祁隽藻！"绵宁一惊道："皇阿玛不可！皇阿玛今天饶他不死，已是天高地厚的恩典，再要见他，万一他又说出些没天理的话，又该如何是好？儿臣已经受不了白天那样的惊吓了！"嘉庆摇头道："朕虽然年迈体衰，但也不至于见不得一个举子！朕就是想不通，他在科场上公然写出这样的文章，就一点儿也没想过朕可能杀了他的头？还有，为什么今天会有一帮贼寇劫法场救他！他若真与这伙贼寇一党，为何还要来参加会试，写出这种愤世嫉俗、有天无日的文章？"绵宁吃惊地看着嘉庆，道："皇阿玛，你说祁隽藻的文章只是愤世嫉俗？"嘉庆道："如果此人对大清朝廷已彻底绝望，像他的先生张观藜那样，恐怕连科场都不会来了。这个祁隽藻，他父亲发配新疆，举家沦落还乡，但他还是回到朝廷的科场上来了，他居然还想做朝廷里的官！对了，他所以写出这样的文章，起因竟是因为痛感科场试题泄露，朝廷取士之途充满黑幕……哎，科场试题泄露一事，你查清了吗？是不是真的？"绵宁迟疑起来："这个……儿臣不敢说。"嘉庆沉沉地望着他，道："朕明白了，祁隽藻文章中说的事是真的！朕贵为天子，竟然连科举取士这一件事都做不好，不是桀纣之君又是什么！"说着，他又咳出血来。绵宁急忙上前扶住，慌道："皇阿玛！"嘉庆推开他，气道："快去，把祁隽藻连夜给朕带来！如果祁隽藻文章中讲的事情不假，他就非但不是乱臣贼子，还是天下最有骨气、最敢于直言的读书人。朕杀了他一个人，就堵塞了全天下的言路！天下无人敢言，就剩下朕自己一个人治理天下，天下焉能不乱！"绵宁不觉变色，道："皇阿玛——"嘉庆怒道："快去，朕这一条命算得了什么？朕也不在乎天下任何一个人包括祁隽藻的命，可朕在乎祖宗留下的江山社稷！在乎千秋万代之后，世人会不会真的骂朕是一个桀纣之君！"

第十五章

发宏论深宫旋圣意　中进士客栈弃仕途

1

夜过三更，隽藻尚不明白是怎么一回事，便被一群兵丁弄出天牢，塞进一辆马车，七弯八绕，到得一个去处。隽藻被人带下车，走进一所富丽堂皇的便殿。一个身穿黄袍的人背身而立，听到有人进来，慢慢地回身看他。领他进来的保胜喝道："祁隽藻，这儿就是养心殿，见了圣上，还不磕头！"隽藻大吃一惊，方知自己已经入了宫，连忙跪下："山西寿阳举子祁隽藻，见过圣上。吾皇万岁万岁万万岁！"嘉庆示意保胜退出，回头怒道："祁隽藻，现在这里只有朕与你两人，你抬起头来，看朕像不像一个桀纣之君？！"隽藻从震惊中迅速恢复了镇静，抬头望嘉庆，想了一想，心中拿定了一个主意，大声说道："圣上想听真话还是假话？"嘉庆愈怒，道："自然是真话，你不说真话，就是欺君！朕让人带你深夜入宫，就是想听你的真话！"隽藻一不做二不休道："圣上要听真话，那么祁隽藻以为，白天在刑场之上，将死之际，隽藻已经认定皇上就是桀纣之君！"嘉庆不动声色："现在呢？这一会儿呢？"隽藻亢声道："圣上恕罪，山西举子祁隽藻不能因皇上这会儿还没有杀我，就说皇上不是桀纣之君！"嘉庆怒起，欲待发作，又尽力忍住，半晌才回头道："为什么，祁隽藻，你为什么一定认为朕就是那千秋万代遭人唾骂的桀纣？你有什么道理？能讲出来你就是个生，讲不出来你就是个死！"

隽藻回忆这几日的遭际，心想真是说不完的奇遇呀。他已经死过一次了，早将生死置之度外，无论是深宫还是天牢，无论是草民还是皇上，现在在他眼中都不再有了区别。他迎着嘉庆的目光，高声回奏道："圣上，道理十分简单，而且只有一个，因为圣上不是尧舜之君！"嘉庆深深地望着他，道："尧舜之君如何，桀纣之君又如何？"隽藻朗声回答："尧舜之君行尧舜之政，以一人为天下，爱民如子，视民若伤，倾毕生心血使民小康，养生丧死无憾；桀纣之君败乱天下，荼毒生灵，天下万民流离死亡不知拯救，反而倒行逆施，残杀忠良，以天下养一人，死到临头还不知醒悟。圣上，这就是山西举子祁隽藻知道的尧舜之君与桀纣之君的区别！"嘉庆怒极，颤声道："祁隽藻，知道朕白天为什么没有杀你吗？"隽藻心中平静，坦然答道："圣上要杀祁隽藻，早就杀了；可祁隽藻此时还活着，并且今夜得见龙颜，令祁隽藻大出意外，由此祁隽藻可知，是圣上不想杀我！"嘉庆走到隽藻面前，怒道："祁隽藻，你错了！没有一个皇上受得了有人在科举文章中骂他是桀纣之君！看了你的文章，第一个想杀你的人就是朕！"隽藻不觉哑然失笑："就是圣上此时要杀隽藻，听了圣上的话，祁隽藻也无憾了。祁隽藻能为大清、为天下万民做的事已经做了。"嘉庆心中生疑，走了几步又回头望他："你为大清、为天下万民做了什么事情？"隽藻从容答道："隽藻奉旨进京会试，在科场上遭遇试题泄露之变，义愤填膺，将所思之事，欲吐之言，发而为不平之鸣，全都写进了文章，告知了皇上。祁隽藻现在得知，圣上已经见到了祁隽藻的文章，祁隽藻一介书生，已将一腔忧愤，上达天听，此事已成，此心已了，死与不死，都不算什么了。祁隽藻只是替皇上担忧，大清天下将危，所谓巨厦将倾，一木难支，圣上要杀隽藻，无须费弹丸之力，但圣上今日杀了一个祁隽藻，天下便不会再有第二个祁隽藻，天下读书人再也不会有谁向圣上讲我文章中那些真话，圣上日后将要以一人独对一个万马齐喑的天下！"隽藻的话击中了嘉庆的心病，令其不觉神魂大震，一时竟说不出话来。

一直站在殿门外的绵宁听得心惊魂动，冷汗大出。保胜悄悄道："王爷，这个人是不是不要命了，敢这么跟皇上讲话！"绵宁道："不要说话，现在本王知道世上还有祁隽藻这一种人了！"

大殿之内，嘉庆背身而立，良久不语。隽藻抬头偷觑，发现嘉庆忽然从龙案上取过一本书，"啪"地扔到自己面前，道："祁隽藻，认得这本书吗？"隽藻大惊道："《唐末文选》！圣上怎么会有这本禁书？"嘉庆激愤道："祁隽藻，你小小年纪，自以为聪明盖世，刚才朕让你猜朕今日为何刀下留人，你说了许多，可全都不对！你现在就让朕小看你了！"隽藻越发吃惊，道："圣上，祁隽藻还是不懂，圣上这里怎么会有这样一本禁书？"嘉庆越发激愤道："你也知道这是禁书！你文章里那些指斥朕躬、大逆不道的话，别人皆以为是你说出来的，只有朕知道，第一个说出身为皇上不做尧舜便为桀纣的话并不是你，你还没这么聪明！第一个说出此话的人是皮日休，而将皮日休的文章与他同时的一批唐末文人的文章编集成这本《唐末文选》的，是你父亲祁韵士和你先生张观藜的恩师殷清越！"隽藻大惊。嘉庆一口气说下来，"这本书刻印出来之后发生的事情你一定都知道，所以你一定还知道，将一代大儒殷清越老先生送进天牢的人第一个人是你的恩师张观藜，第二个是你的父亲。张观藜将这本书送给了你父亲，你父亲则又把它送给了第三个人。"隽藻脱口而出："还有第三个人！"嘉庆道："你一定不知道这件事里面还有第三个人，没有这个人，《唐末文选》就到不了朕的父皇高宗乾隆皇帝那里。替你父亲将这本书呈送给先皇御览的不是别人，此人就是朕！所以说到将殷清越先生送入死地的人，除了你的恩师和你父亲，朕也算是一个！"隽藻闻言大叫："皇上——！"听皇上说到父亲，他的眼泪流将下来。嘉庆道："朕今天让你知道这件事，是因为此事虽过去了三十年，朕却仍然没能忘记。朕那时还是个皇子，像你的恩师和你父亲一样，真心钦佩书中的文章，敬慕殷老先生编集此书的深意，朕这才将此书呈送给了先皇，不想却把殷老先生送进了死牢！"隽藻伏地，大声地说："皇上恕罪，隽藻无知，原来皇上不杀祁隽藻，竟是因为皇上早年就读过这本《唐末文选》！"

嘉庆冷笑道："你在乡试文章里讲道，天下昏乱，国将不国，其因就在于无人读书，皇上就是那天下第一不读书之人！现在朕要你明白，你读过的书朕年轻时也读过，朕比别人更懂得你文章中的意思，所以朕才下密旨一定要让你来京会试，今天又从刑场上救回了你的命，可是，朕却也不会因此赏你！朕做皇上二十余年，甘苦自知。皮日休，还有你的父亲祁韵士，你的恩师张观藜，他们都没有做过皇上，哪里知道时移势迁，今日天下早就不是尧舜时的天下。一个皇上就是心存尧舜之仁，也做不了尧舜之事；就是做了尧舜之事，也立不了尧舜之功；立了尧舜之功，也成不了尧舜之名！"

隽藻心中渐渐生出逆反之心，不觉抬头，亢声道："圣上，隽藻以为，所谓尧舜之心，无非是一心为生民立命；所谓尧舜之政，不过是兴天下之大利，除天下之大害！皇上若真有尧舜之心，就一定能立尧舜之功，成尧舜之名！"嘉庆回头怒道："那你就告诉朕，何为今日天下之大利，何为今日天下大害？！"隽藻朗声道："今日天下大害有三，一是天下无人读书，二是天下无官，三是天下无君！"嘉庆大怒："祁隽藻，你大胆！"隽藻不为所动，继续高声言道："圣上不要发怒。隽藻说天下人皆不读书，自有道理！"嘉庆打断他道："不要说了！你要说的道理朕从你的乡试文章里都看到了。无非是自唐宋科举取士以来，天下人读书，不再是为了知圣人之心，而是为了做官，圣人文章成了谋取高官厚禄的工具，科举文字变成了八股文章，而圣人立官，为天下万民求命的真意也再无人理会。这就是你说的天下无人读书！"隽藻又道："对。可那天下无官——"嘉庆道："天下无官，无非是说尧舜禹汤之时，有皋陶、伊尹、姜尚、周公这样的贤臣，以佐助君王治理天下为己任，进亦忧，退亦忧，想的都是助天顺民，让君王成为尧舜，让百姓过上小康的日子，反观今日朝廷之臣，十年寒窗之士，全是奔一己私利而来，千里做官之人，皆是鱼肉百姓之徒，应当怎么做官，全然不知……"隽藻心中激愤，没容他说完，即抢上去道："更有甚者，我大清自顺治一朝以来，就开了以财捐官之例，开始只是行于非常之时，乾隆一朝以后，卖官鬻爵竟成通例，以至于到了今日，遍观天下，无官不贪，上官盘剥下官，大官盘剥小官，朝廷盘剥地方，下官、小官、地方自然盘剥百姓。天下设官，本欲令其为民父母，代天子抚养万民，现在这些官吏，却全都成了民之盗贼！皇上想一想，这难道不是天下无官，只有盗贼吗？"嘉庆怒道：
"祁隽藻住口！这第三条天下无君你就不用说了，朕替你说！君之要务在于顺
天应人，为天下万民简拔百官，行尧舜之政，使天下大治，百姓小康。今天下
官吏皆成民之盗贼，难道不是天下无君？你是这个意思吗？"隽藻高声道："圣
上，隽藻说天下无君，还不止这个意思！隽藻是想说，短则十年，长则三五十
年，天下必有大难，亿万人将会死于战乱，大清国将不国，圣上居然一无所察，
难道不是天下无君？"嘉庆心中大怒道："祁隽藻，你竟敢诅咒我大清国将不国，
你你你你大胆！"隽藻道："圣上，且让隽藻把话说完！今日天下有生民四万万
之众，耕地却只有八万万亩多一点儿，人均不过二亩，加上无官不贪，豪强
兼并，天下之民失地者十占其三，虽有少量土地却不得活命者十占其三，虽有
土地勉强可以活命但不能保证明天就将失地不能过活的又十占其一，十年之外，
三五十年之内，天下百姓无地的十占其八，圣上以为不会有陈胜吴广之辈揭竿而
起，在天下点燃一场大火？圣上，以为隽藻的话只是危言耸听吗！"他的话句句
掷地有声，令殿门外的绵宁心头如撞沉钟，一阵阵轰鸣不已。

　　嘉庆已经不想和隽藻谈这些话题了，沉默之中，他突然回过头，目光严厉，
问道："祁隽藻，朕问你，你跟江北乱匪余党有没有勾连？"隽藻大惊道："皇上，
这个没有！"嘉庆声音高亢起来："你说没有，今日为何会有两伙贼寇一起去劫
法场救你？这个怎么解释！"隽藻哑然，大致猜出是妙真所为，但他虽然心地
坦荡，却不能将此事和盘托出，想了一想，胸中突然升起一腔义愤，慷慨开言
道："圣上一定要问隽藻，今日劫法场的是些什么人，隽藻只可用下面的话回奏
圣上。《孟子》说，国君视臣下如腹心，臣下视国君如手足；国君视臣下如粪土，
臣下视国君为寇雠！隽藻一个举子，不过写了一篇揭露朝廷科场黑幕的文章，
朝廷就欲杀隽藻而杜天下之口，朝廷能够以如此无道之行残杀隽藻一个士子，
天下就不会无人想出手搭救隽藻，隽藻又怎么知道今天要救我的人是谁！今日
大清天下已堆满干柴，只要一点火星，就将燃起大火，烧遍天下。圣上，谁又
知道，今日劫法场的不是那些想借隽藻之事点燃大火的人！"

　　嘉庆久久背身而立，不再回头，隽藻最后的话有力地击痛了他的心。半晌，
他才用虚弱的声音说道："祁隽藻，你先生张观藜让你入朝对朕讲的话，你都讲
完了？"隽藻心中一惊，急辩白道："启奏圣上，无论是祁隽藻方才说的话，还
是隽藻写的文章，都是隽藻一人所为，与恩师张观藜无涉！"嘉庆不觉"哼"
了一声，回头默默看他，要说什么，又没有出口，突然道："你走吧。来人！"
绵宁立马带保胜进殿，躬身叉手道："皇阿玛有何旨意！"嘉庆道："保胜，你送
山西举子祁隽藻出宫。……不要把他送回刑部大牢，让他回客店里候旨。"保

胜看一眼隽藻："走吧。"隽藻再次叩头在地："山西举子祁隽藻叩谢圣上。祁隽藻还有一句话要奏明圣上，张观藜并不只是举子的恩师，还是举子在商号做马夫时的东家，东家一听举子要回头重走科举之路，即刻将举子赶出了商号，并且告诉举子，自那日起永远不要自称是张观藜的学生，就是举子自称如此，他也不会认下举子是他的学生！"嘉庆复大怒，道："为什么？难道你重新回到朝廷的科场之上，不是他要你代他走出草野，来到庙堂，向朕讲出他要对朕讲的话？"隽藻大声道："圣上错了。圣上一定以为天下读书人都像隽藻一般，除了科举做官，谋一份俸禄，或者心忧天下，慷慨报国，就没有别的人了。我师张观藜秉性高洁，视圣人之事如同草芥，身处草野，心在江湖，超然化外，悠游尘世，他的心胸志趣，岂是区区祁隽藻所能宗仰追慕。时至今日，祁隽藻出仕未果，已两次遭遇杀身之祸，方知恩师当初教诲举子不要入仕之言多么语重心长！祁隽藻与恩师相比，譬如一抔之土之望高山，一线之泉之慕汪洋。圣上以为隽藻所为皆是恩师所使，实在是不知恩师之心，亦不知隽藻之心！"嘉庆听了，不觉满面通红，叫道："快走！"保胜见此，一把将隽藻拉起，扯出门外。嘉庆心中波涛，久久难平。绵宁小心劝道："方才祁隽藻的话，儿臣都听到了，儿臣窃以为祁隽藻说的是实话，父亲等了张观藜二十余年，其实张观藜并不愿入仕。"嘉庆余怒不息，突然回头对绵宁道："连夜传旨王鼎和穆彰阿，明日会试重开，为防再次泄露试题，朕明日要亲临科场宣布试题！"绵宁答应一声，心中却吃惊不小。会试重开，必然惊动天下，刚刚离去的这个山西举子，几乎靠一己之力，做成了一件差不多等于倒转乾坤的大事。他领旨欲走，嘉庆又把他叫住，道："派可靠的人暗中保护祁隽藻，朝廷会试和殿试结束前，不要让人杀了他！"

2

张家老店里，宿藻抱住满身伤痕的隽藻，悲喜交加，不禁放声大哭。一同被释放的张牧不理他们，进了屋倒头就睡，再也不醒。隽藻止住宿藻道："哭什么呢，你嫂子呢？"宿藻道："哥，我还想问你呢。我嫂子刚才听说你被朝廷释放了，一句话没留下就撇下我走了，住回她干爹都察院副都御史何用光家里去了。哥，你和我嫂子到底怎么了？"隽藻猛地想起那张令他大大生疑的休书，刚要说什么，宿藻"噗"的一声吹灭了灯，低声道："哥，你听，上面有动静！"这一刻，睡在马棚内的江一鸣也被来自对面隽藻客房上方的动静惊醒了，他翻身下炕，透过门缝朝外面一觑，但见夜色之中，对面房顶上出现了一个黑影。他立刻拔刀在手，正要闪身出门上房，又见对面房顶上出现了另一个黑影，转眼间两个黑影就在房顶上交起手来。江一鸣正在迷惑，店内忽然响起锣声，店主引众人打着火把拥出，大喊道："各位客官小心，有强盗！"房顶上一黑衣人见情形不对，不敢恋战，纵身一闪就不见了，剩下那一个稍稍迟疑了一下，也飞身而去。江一鸣暗中运一口气，纵身上房，尾随那第一个黑衣人而去。

拂晓时分，一直在书房里焦急等待的穆彰阿终于等到了黑衣人回来复命。黑衣人道："大人，事情办得不顺。有人暗中保护祁隽藻！"穆彰阿切齿恨道："谁？又是江北乱匪？"黑衣人摇头，凑近穆彰阿，低声言道："不像。奴才看出来了，对方是大内侍卫的手段！"穆彰阿大悟复大惊，心中不禁又怒又怕，不觉言道："竟然是……"回头看窗外天色微明，不敢再说下去，急忙打发了黑衣人，上轿重回礼部贡院点卯。次日，会试重开。是日拂晓，龙门大开，听说皇上要亲临试场，文武百官早早齐聚龙门之外站班。穆彰阿面色严峻，王鼎神情庄严，肃顺三兄弟也随班侍奉，冷眼旁观，心中幸灾乐祸。天下举子重新列队进入龙门，有人发出怨声："这怎么搞的，又要重试，我的银子算白花了！"一举子突然高声称颂："皇上英明！皇上明察秋毫！"满汉重臣中的清流之士则神清气爽，意气高扬。

这时，保胜飞马而至，高声宣唱："皇上驾到——"众臣伏地，山呼万岁。嘉庆的銮驾落地，王鼎和穆彰阿趋前跪下，高声道："请圣旨——！"嘉庆离了銮驾，环顾四周，神情肃然，道："众卿平身。此次重开会试，朕亲自携带试题而来。琦善，贡院四周插棘了吗？"琦善上前急奏："回皇上话，贡院四周不但插了棘，还布下重重禁兵，现在天下举子皆已入号，请皇上宣示试题！"嘉庆道："看样子这回谁想提前泄露试题，也不能了，朕没有把它写在纸上，朕今日要口授于汝等。王鼎，穆彰阿，此次会试与殿试合二为一，只要举子们为朕作一篇策论，朕出的试题是：'何以为君'！"众大臣哗然："怎么是这么个题目……"保胜抽响净鞭喝道："肃静！"王鼎和穆彰阿一起叩拜："臣王鼎（穆彰阿）领旨，代天下举子谢恩！"二人起身，相互间自始至终不看一眼，也不说一句话。

一排排号子内坐定了重新应试的举子，隽藻也在其间，神态平静。一传旨官骑马驰过，大声宣唱："圣上有旨，今科试题为'何以为君'——"众举子大哗："'何以为君'，这算什么题目……"隽藻默默点头，道："'何以为君'，这个题目好！"他突然想起皇上为何会出这样一个题目，不觉为之感动，大声自语道："山西举子祁隽藻，一定为圣上写好这篇大文章！"他沉思有顷，才奋笔疾书起来。

天色大亮，贡院龙门之外，众臣跪送嘉庆起驾回宫，随之各自散去。载元见穆彰阿仍旧原地站着，一脸铁青，悄悄示意瑞华、肃顺，向穆彰阿走过去。穆彰阿见是这三位，转身欲走，瑞华急忙上前拦住，道："老穆，甭走哇！哎，你说说，这事儿怎么弄成这个样子？"穆彰阿满心的怒气，一句都不想说，还是要走，载元和肃顺也急急上前，挡住他的去路。载元道："穆相，都是自己人，心中有话，为何不讲？"穆彰阿明白三人话中有话，心中一动。皇上一夜之间释放祁隽藻，下旨重开会试，且派了大内侍卫暗中保护这位山西寿阳的举子，凸显了对他的不满与戒备，令他十分震惊与慌乱。但他并没有也不会承认失败，他看得明白：眼下自己虽然受到了皇上的冷遇，却也因此得到了朝廷内外旗人贵族的同情与信赖。但皇上重开会试之举确使他一时间觉得在朝廷里十分孤立，心想既然这三个人自己凑上来，何不顺水推舟，将他们拉过来为己所用？想到此处，穆彰阿眼中怒火闪烁，拱手道："三位爷，穆彰阿正有事要求你们。为了我大清的天下，一定不能让祁隽藻入了朝廷！当初本官就担心一旦让他靠近皇上，就会乱了皇上的心志，现在看来本官的担心没有错！"说完这些话，不待三兄弟回答，他即转身离去。载元看着他一步步走回贡院龙门，不禁对他肃然起敬，道："这个老穆，若论私，我对他没有一点儿好感，可是若论出以公心，我还真要佩服他了。他的话没错！这个祁隽藻不但现在是他的大敌，将来也是我们的大敌！在这件事上，我们有机会时帮帮穆彰阿！"瑞华和肃顺点头。

当日清晨，宿藻送隽藻入了科场，回到张家老店，张牧正在等他。经历了一场牢狱之灾，张牧骤然间换了个人似的，不再像以前那样是个话篓子了。他拿出一封信递给宿藻，道："六哥，五嫂走了，何家早上送来的。"宿藻听了大惊道："胡说！我哥现在没事了，连皇上都夸了他的文章，五嫂她为什么还要走？不行，我去把她追回来！"他一边说，一边出门套车，急急赶出城外。

城外通往山西的驿路上，一辆长行的马车正在不紧不慢地行走。玉环坐在车中，眼泪忍不住一串串地往下落。隽藻活下来了，隽藻出了天牢，又重进了科场，这就是说，穆府那个一心倾慕自己丈夫的格格真的履行了自己的诺言。按照两个人之间的约定，她却从此失去了自己的丈夫。可她实在不能想象自己没有了隽藻会怎么活。马车行至远郊，途经一片密林，玉环忽然觉得不如就此了结了一生还干脆些。她让何家的车夫停车，手提一只脚凳，下车走向密林深处。车夫不知她提着这只脚凳做什么，却也不好问她，只能在路上等待。玉环走到一棵树前，踩着脚凳，将一条薄纱挂在树上，打结成环，回头远远望一眼京城，流泪道："五爷、五爷，玉环从此去了，但愿你能遇上一个真心待你的贵人，与你共度此生，以后再不会有大灾大难，夫贵妻荣，乐享天年。"说完了，毅然将头伸进面前的那个套子里去。就在这时，她突然觉得腹中一动，心一下就抖起来：孩子，自己要是死了，腹中的孩子怎么办？想到这时，她双手捂住小腹，泪如雨下。一个声音在她身后大喊起来："五嫂，你怎么了！"这是宿藻，看到玉环要做什么，他一声大喊，冲将上来，将她死死抱住。玉环身子一软，倒将下来。宿藻大哭，道："五嫂，你这是怎么了，为什么要这样！我哥他到底对你做了什么！"玉环什么也不说，只是大哭。宿藻道："你就是不说，我也明白了，我哥一定做了什么对不得你的事情！我不能让你一个人这么回去，我不回城里去了，我陪你回去！不然我放心不下！"他扶着玉环走出林子，上了自家的马车，回头对何家的车夫道："你回城去吧，我送我五嫂回寿阳！"

3

夜里，养心殿内灯火通明。嘉庆面前放着隽藻的卷子，神情冷峻而悲凉。绵宁、穆彰阿、肃顺三兄弟俯伏在地。嘉庆叹道："大清天下到了今日，是该有一篇《隆中对》了！"穆彰阿想说什么，又忍住了。嘉庆道："祁隽藻说，要救大清，首在收拾民心。而要收拾民心，朝廷一要正学风，让天下人读书，明白圣人之道，首先朕和天下官吏就要读书，明白何以为君何以为臣的道理；其二是要正考风，不正考风，则科举之路不通，不止堵塞天下读书人进身之阶，也堵塞了天下民心立于朝堂之路！"穆彰阿忍无可忍，道："皇上，奴才有话要说！"嘉庆看他，道："朕知道你有话要说，但你要忍一忍，让朕讲完。三要正官风，包括杜绝捐纳，禁止买官，重用出身草根、知晓民之疾苦的士人，以使上下相通，朝野混同，朕心与万民合一。还有这个第四条最要紧，大清二百年以来，土地兼并带来流民无数，若要平息大乱，最要紧的是给这些无地之民以活命之地。他认为朕的当务之急，首先就是要抑制兼并，还地于民，其次吉林之地广袤万里，可以广纳天下流民，朝廷应不失时机，开放吉林垦荒之禁！"说到这里，他停下来，一个一个望着面前的众人，看他们的反应。

载元始终听不出嘉庆的意思，不敢开口。穆彰阿一直隐忍不语。瑞华、肃顺不知道他葫芦里卖的什么药，也不愿开口。绵宁身为皇子，对于国家大政，不唯不便发言，即使此时嘉庆让他畅言所思所想，揣摩不透父皇的心思，他也不敢启齿。冷了半天的场，嘉庆怒道："今日将你们几个唤来，因为你们都是朕自己的家人，与国同体，穆彰阿虽不是，朕也没将你当成外人，为什么都不说话！"穆彰阿突然放声大哭。嘉庆怒道："穆彰阿，你这是干什么？"穆彰阿叩首在地，哭道："皇上，奴才以为皇上万不可受祁隽藻蛊惑！祁隽藻文章中所提各事皆不可行！"瑞华见状，膝行一步，也道："皇上，奴才也以为祁隽藻居心叵测，危言耸听，我大清哪至于就到了国将不国的地步。奴才以为，这个祁隽藻，还是杀了好，免得他到处煽动人心，扰乱天下！"嘉庆又看看载元。载元一脸肃然，道："皇上，奴才以为吉林乃我大清龙兴之地，若放汉人垦耕，动了龙脉，大清才会国将不国，万万不可！圣祖仁皇帝和高宗纯皇帝在世的时候，就有汉臣居心不良，提出此事，皆被两位先皇断然拒绝。为了大清万年基业，皇上切不可听信祁隽藻之言！"嘉庆回望穆彰阿，道："穆彰阿，你怎么又不说话了！说话呀你！"穆彰阿止住哭声，突然道："皇上，奴才有话，只能向皇上独奏！"肃顺三兄弟不知他又要搞什么鬼，心中不满。嘉庆摆了摆手道："你们先出去吧。"众人一起退到殿外候着。瑞华先开口道："这个老穆，有什么话不能当着大家讲，这么鬼鬼祟祟，显得天下只有他一个人聪明似的！本王还不侍候了呢！"他一甩袖子，转身就走。载元低声喝道："站住！回来！皇上没要你走，你怎么敢擅自离去！"这时随侍太监走出来唤道："诸位王爷、六爷，皇上请你们进去呢。"众人相互看了看，一齐走进殿内。只见穆彰阿跪在殿里，涕泗交并，伏地不起。嘉庆背身而立，脸色非常难看。绵宁马上领众人跪下。嘉庆突然回头道："你们都跪安吧，绵宁留下。今天说的这些事，朕自有处分！"

众人退出大殿，穆彰阿不理众人，竟自大步走去。载元向瑞华使了个眼色，瑞华上前几步，一把拉住他道："老穆，方才你对皇上说了什么，说出来让我们也听听！再有皇上到底怎么想的，真要抑制兼并，开放吉林垦荒？"穆彰阿看着肃顺三兄弟，淡然言道："诸位爷，穆彰阿与皇上有约，方才的话非到了大清危如累卵之时，决不对第三个人讲出来，你们不要逼我犯了欺君之罪！"说罢昂然走过去上轿。肃顺一直冷眼旁观，此刻突然高声言道："大人，祁隽藻怎么办？只要大人开口，属下就打发人杀了他！"穆彰阿猛地站住，回头轻蔑地瞧他一眼，道："六爷真能这么做，那是为我大清除掉了最大的一个奸佞！只是恐怕你和我一样，做不了这件事！"肃顺不知这是他故意以言相激，果然心中大忿，大声道："大人为何如此小瞧肃顺？"穆彰阿到了轿前又不上去，不看他，冷冷言道："不是本官小瞧六爷，是皇上不会让任何人杀掉祁隽藻！"说完此话，不等肃顺回答，就上轿而去。肃顺望着穆彰阿的大轿远去，品味着他的话，半晌不语。瑞华问他："哎，老六，他刚才的话什么意思？"肃顺冷笑道："什么意思？他是告诉我，我最好能制造一场误杀！"载元道："老六，这件事你也不要去干，让琦善去安排。"瑞华、琦善回头望他，瑞华道："我就是不服气这个穆彰阿，他是什么人，不过是我们爱新觉罗家的奴才罢了！不就是从小号称念了些书，中了一个进士吗？如今拿本王也不放在眼中！"载元沉吟道："老六，老三的话你要记在心上。我看将来，你老在宫中当一个一等侍卫，想有大出息是难了。你要有志气，就也要回去读书，像穆彰阿一样考个进士给皇上看看。也许到了那时，我们三兄弟，才有可能重新扬眉吐气！"肃顺生气道："老二，你这是激我！不就是三年后入一次科场吗，到时候他们这些题目，还真不定难得住我！"他不再理载元和瑞华，大步走去。

4

养心殿内，绵宁躬身侍立。嘉庆一直沉吟，有顷，突然回头问道："绵儿，你有自己信得过的人吗？"绵宁听了，如雷殛顶，心胆俱裂，急忙跪倒，大声叫道："皇阿玛，儿臣怎么敢——"大清祖制，严防阿哥暗通大臣，结党营私，图谋不轨，一旦发觉，即使父子骨肉，也要屠戮净尽，毫不宽恕。正因为如此，听到嘉庆突然问他这话，绵宁才登时惊惶失措，魂飞天外。嘉庆道："你不要怕，这些天朕一直让你随侍在朕的左右，是想让大臣们早一点儿明白朕的心思。看朕的光景，把这祖宗的基业交给你，也不是很远的事情了！"绵宁松了一口气，自觉浑身冷汗涔涔而下，一转念却又悲从中来，哭道："皇阿玛怎么说这样的话！皇阿玛吓住儿臣了！儿臣回皇阿玛话，儿臣讲的话句句是实。祖宗有家法，没有皇上特许，儿臣不敢接近大臣，培植私恩。所以儿臣至今没有自己信得过的人！"

嘉庆点点头道："这样就好，不，也不好。既如此，朕今天要告诉你，一旦朕百年之后，一个祁寯藻，一个穆彰阿，你一定要保住这两个人！你能保住这两个人，重用这两个人，大清的天或许就不会塌！当务之急，你要保住祁寯藻，不让任何人以任何手段杀了他！"绵宁惊骇道："皇阿玛真以为有人要杀祁寯藻？"嘉庆道："祁寯藻是天下之才，这样的人连上天都会嫉妒，何况世间的凡人！不止今天，只要将来他在朝中为官，就一直会有人要除掉他！朕今天到底想明白了，为什么朕杀不了祁寯藻，因为他的所思所想就是天地民心！朝廷只有留住天地间的民心，才能留住天下！"绵宁不解，伏地不起："儿臣实在不懂，难道我大清的天下，会系于祁寯藻一人身上？儿臣既不懂，也不服！"嘉庆不觉走到他面前，说道："糊涂！大清的天下不会系于祁寯藻一人之身，但这个祁寯藻，却在两次科考中，道出了天下万民的心声！这样的人，你就是想将他弃置草野，也不能了！朕继承大统已经二十二年，二十二年来，朕一直在等待祁寯藻的恩师张观藜，张观藜却一直拒绝入朝为官。从张观藜决计一生一世绝不入朝为官时起，他对我大清就是个无用之人了。一个无用之人，如此蔑视朝廷，朕所以仍然忍了他二十余年不杀他，是朕喜欢他吗？"绵宁大悟："皇阿玛，儿臣明白了！"嘉庆摇头叹道："你不明白。朕所以要用二十二年的时间包容张观藜，是因为像张观藜这样的天下大儒，一辈子可以不入仕，但决不会在天下要出大事时还沉得住气，不发一语！他要是一直不说话，那就是告诉朕天下无事。朕老了，原以为再也等不到他说出什么了，可是朕错了，朕还是等到他开口说话的一天，虽然代他说话的人是他的学生祁隽藻！"绵宁点头，大声道："皇阿玛，儿臣懂了！"

嘉庆深深地看着绵宁，道："可你也要保护好穆彰阿，重用穆彰阿。穆彰阿虽不是天下大才，而且野心勃勃，可他到底读过些书，有些见识。更要紧的是，他是旗人，与我皇家血肉相连，休戚一体，忠心耿耿。要保住我大清的天下，你不能不保住祁隽藻，可要保住我大清朝廷，保住我爱新觉罗一家一姓的江山，就一定要用穆彰阿！"绵宁体会到了这话的分量，涕泣叩首道："谢皇阿玛教诲！儿臣至死不忘皇阿玛今日对儿臣的训示！……儿臣只是有一事不明，若祁隽藻和穆彰阿二人将来面对天下大事时各执一词，针锋相对，儿臣一时也拿不定主意，儿臣该去找谁？谁能帮儿臣解除疑难？"嘉庆想了想道："王鼎。王鼎忠清亮直，大节不屈，虽不能倚仗他治国，却可倚仗他辨别是非，理清曲直。"绵宁点头道："儿臣记下了……皇阿玛，外间盛传皇阿玛要点祁隽藻为今科殿试的状元，这是真的吗？"嘉庆突然怒道："不。一甲仍照旧例，状元和探花点我们满人，留一个榜眼给江南的汉人。至于祁隽藻，给他个二甲靠前的位置就够了！"

5

发榜之日，一阵鼓乐声从外面传来，张家老店店主奔进客房，大声叫道："祁公子，不，祁大人，恭喜祁大人高中本科二甲第十八名进士出身！报喜的人都到了门外了，快出去接喜报吧！"隽藻默然在客房里端坐，脸上竟看不出一丝喜色。张牧回头看他道："五哥今天不去接这个喜报，一生都会平安；五哥今天接了这个喜报，一生的日子全将变为刀丛剑树！"隽藻回头看他，无言，但还是起身大步向外走去。出门接了喜报，打发了喜钱。隽藻回到客房，发现张牧正在愤愤地收拾自己的行李，一边道："五哥中了进士，以后好生在朝廷里做官。张牧要走了！"隽藻正要说什么，店主叫道："祁大人，外头有三位大人来拜！"

隽藻吃了一惊，急急走出，只见三位官员已经来到门前，虽身着便服，但器宇轩昂，一看就知是天下之器。隽藻急忙上前见礼，道："三位大人，不知三位大人光临，有失远迎，隽藻是客居，不嫌地方龌龊，里面请！"三人走进客房，其中的一位，面容清瘦，颔下飘着三绺胡须、一脸的书卷气，闻言看了看客店，道："祁公子住的地方，果然简陋！祁公子，我来介绍——"隽藻已经认出了他，道："大人不用介绍，大人是前任翰林院编修、现署理杭嘉湖道的林则徐林大人，家父被遣戍新疆，大人和这位邓大人一起去十里长亭相送，隽藻曾瞻仰过两位大人的风采。"说着，转过身去对他身后那位年过半百、满脸风霜的官员说道，"隽藻也知邓廷桢大人新任延安府知府，两位大人学问人品、政绩官声，轰动天下。——只是这一位大人，学生还不知道尊姓大名！"林则徐大笑，回头指着那位身着朴素、沉稳蕴藉的中年人笑道："祁公子既然认识我和邓公，我们也就不用再自我介绍了，这位黄爵滋先生，虽官居八品，却也是学富五车，现任江西泸溪县学训导，是江西宜黄县的大才子。"隽藻急道："久仰了！"林则徐这边道出了三人的来意："祁公子高中，我等三人今日特来向祁公子道贺！"隽藻一躬到地，道："三位前辈驾临，隽藻不胜荣幸。"林则徐道："祁公子不用客气，我们三人中，邓大人年岁稍长，和你父亲一般，也是乾隆末年中的进士，像我，嘉庆十八年进士，这位大才子黄爵滋，今年与你同科，却又一次名落孙山，算起来，我们都是同一代人呢，不过是稍长你几岁罢了！今日我们同来，一是贺喜，二是想与公子深相结交，以图大事。朝廷已将我和邓大人外放，现在我们俩一个东南，一个西北，爵滋老弟也要马上还乡，三年后方能入京再考。今日一聚，不知何时还能再见。祁公子，我们给你看一样东西！"他从袖中掏出一本《太原府乡试墨卷》，邓廷桢和黄爵滋也从袖中各掏出一本。隽藻有些惊讶，心道："这东西怎么人人都有？"不待说话，林则徐又道，"我等近日不但拜读了公子的几篇乡试文章，就是公子今科写下的两篇惊动朝野的宏文，也都听说了个大概。祁公子，我们三人今日就是冲公子的这些文章而来！"隽藻连忙道："各位大人，隽藻是后生晚辈，文章粗陋，三位都是文章大家，且都是忠心为国、激昂慷慨之士，隽藻私心万分景仰。请大人们多多指教！"邓廷桢摆手道："大家都不必客气了。当今大清天下，危机四伏，外有强夷之患，内有肘腋之忧，我辈忝为读书之人，有忧天下之心，救天下之志，只是眼下在官场中人少势微，难成大事。祁公子的文章如同空谷足音，令我三人十分兴奋。我等有意与祁公子结为同志，彼此同心一气，共谋救天下之策，共做救天下之事。祁公子意下如何？"

这番话说得突然，大出隽藻的意外，他一时沉默起来。三人见他踌躇，互视一眼，林则徐坐下又起身，拱手道："两位，我们今天来得不巧，交浅言深，话说得唐突，让祁公子为难了。咱们告辞吧！"隽藻忙道："三位前辈且慢。前辈有所不知，隽藻此次来京会试，虽然中了一个进士，但论及真意，却不是为了入仕而来！有句话要禀告前辈，晚辈到此为止，来京要做的大事已经做完了！"此言一出，三人都十分诧异。林则徐问："祁公子，此话怎讲？"隽藻道："此话不足以为外人道，但是在三位大人面前，晚辈倒是可以一说。隽藻此来，原本也有意入仕为官，追随诸位先贤，致君尧舜，使民小康，但有过近日在京的经历和见闻，隽藻的主意变了。不过隽藻此次来京，也非一事无成，眼下隽

241

藻在科场上先后写就的两篇文章已经上达天听，若圣上以隽藻之言为是，没有隽藻，圣上也能拨乱反正，兴利除害，重造山河，救万民于水火；若圣上视隽藻之言为粪土，隽藻即使入仕，也无力补天。隽藻原在恩师张观藜的商号里做一名马夫，现在大事已毕，择日就要还乡，仍去做一名马夫。"见眼前的三个人面露失望之色，又道，"——不过三位前辈刚才的话还是令晚辈心热。隽藻重新走进科场已经半年，着实感到寂寞，今日听了三位前辈的慷慨之言，才知天下之大，有志之士之众。虽然圣人讲君子不党，坦坦荡荡，但隽藻即使身在草野，仍不会忘天下之事，只要天下事可为，隽藻日后一定唯三位的马首是瞻，肝脑涂地也在所不辞！"林则徐听了，一把抓住他的手道："祁公子，太好了！早就知道祁公子和我们会一见如故！只是你中了进士又不愿入仕，可惜了！"三位告辞，隽藻躬身拱手道："晚辈恭送三位前辈！"

将林则徐等送走，隽藻回到客房。张牧见了，纳头就拜，口称："山西平定秀才张牧拜五哥为师。张牧从今日起，对五哥五体投地！这次京城天牢，五哥没有白坐！"隽藻笑道："你又捣什么鬼？不是急着要走吗，起来，咱们一起走，今天就走！"张牧不起，道："五哥，张牧还有一句话想知道，是五哥早就有了中了进士就弃绝天下之念，还是坐了天牢后突然生出了这种念头。"隽藻沉吟，半晌答非所问道："现在我觉得，自个儿还是最想回到张家商号里，做一名马夫，行走商路，天天晚上去看星星！"张牧听得似懂非懂，道："你是新科进士，明天要去赴琼林宴的，那可是皇上请客，你这样一走了之，万一有人给你扣上一个藐视君王的罪名，将你抓回来砍头，你冤不冤，你想过没有！"隽藻笑道："皇上既是请客，又不是抓客，不去不行，我就可以去，也可以不去。咱们不去！"张牧拍手笑道："这才是张牧敬慕的五哥，不，是先生！"

一言未了，一个人突然闯进门来，一身重孝，抱住隽藻大哭道："五弟，我到底找到你了，父亲……父亲殁了！母亲让我来告诉你，让你和我，还有采藻，去保定府奔丧！"隽藻头脑"嗡——"地响了一声，两行泪眼看着就下来了，一边急问："什么，父亲怎么会在保定府？"成藻大声泣道："五弟，你不知道，父亲三个月前就跟随伊犁将军那彦成大人一同离开新疆，来到了保定府，那大人现任直隶总督，父亲就殁在那大人的任所里了！"

6

养心殿内，嘉庆看着跪在面前的王鼎、穆彰阿和琦善，大吃一惊道："什么，祁隽藻走了？"穆彰阿道："奴才听人说，其实祁隽藻在得报其父祁韵士病死保定府之前，就已经决意离开京城，不赴琼林宴，也不做皇上的官了！"嘉庆越发吃惊道："那是为何？若他不愿入仕，为何还要来京城参加会试？"琦善上前言道："奴才听说，祁隽藻是对皇上没让他入一甲心怀怨望，故意弃官不做！此人如此藐视朝廷，奴才以为应当治罪，至少该将他从新科进士中除名，以为天下藐视皇上者戒！"王鼎大声奏道："圣上，祁隽藻是个事亲至孝的孩子，冷不丁听到父亲病故，把什么都忘了，立马就赶往了父亲的丧所。请皇上念他年轻，又有大丧在身，恕他的大不敬之罪！"嘉庆默立良久，眼中忽然涌出泪光，道："祁韵士死了，朕亏了他了！"穆彰阿和王鼎闻言一震，抬头看他。嘉庆背身道："祁隽藻不辞而别，出于大孝，朕可以不究。王鼎代朕拟旨，令山西巡抚乌鲁阿代朕去山西寿阳平舒村宣旨，朕允准隽藻丁父忧二十七个月后回朝任职，不得以任何借口推脱不至！"穆彰阿还要阻拦，嘉庆已愤然离去，将三人撇在那里跪着。

花开两朵，各表一枝。这天从早上到中午，含黛也一直焦急地等待着隽藻的消息。直到午后，晴儿才一阵风似的跑进来，神情大变。含黛急道："晴儿，你怎么回事，怎么到这个时候才回来！祁公子他到底中了没中！"晴儿道："小姐，祁公子中了，可他也走了！他没有来得及去赴琼林宴，就往保定府奔丧去了！他父亲祁大人病死在保定府了！"含黛听到前面一句，不觉欢喜，听到后面，登时僵在那里，转瞬就大滴大滴落下泪来。晴儿吃惊道："小姐，你怎么啦？你就是为祁公子难过，也别这么哭呀！"含黛坐下哭道："我是为祁公子哭，更是为自个儿哭！"晴儿替她着急，道："小姐，事情往下到底该怎么办呀！"含黛哭道："我也不知道往下该怎么办了。就是祁公子写了休书给那个曹玉环，就是我和曹玉环立下了让夫的文书，又费了这么大劲儿救了他的命，可这会儿我才想起来，一旦我请媒人或者自个儿找上门去，要他娶我，祁公子还是不会答应！"晴儿跺脚道："小姐当初救他之前，就该到天牢里对他把事情讲明，现在人家都出了天牢了，你才想起这件事，黄花菜都凉了！再说了，祁公子的父亲这一去世，照理说他还要守三年的丧，不能婚娶！你说说这事该怎么办！"她越是这么说，含黛心中越是绝望，竟觉得这件当初以为就要成功的大事忽然间又变得没一点儿指望了！晴儿无奈地坐下来，看着她，道："那……这件事就算了不成？"含黛毕竟是含黛，哭了许久，又不哭了，将脸上的泪拭去，毅然道："不行！无论怎么样，我都要再去山西一趟！我的一颗心全在他身上，他就是知道我救了他也还是不愿意娶我，我也要再去见他一面，亲口听他把那句话说出来！要不，我怎么能死了这颗心！……"说到这里，她的眼泪又扑簌簌地落下来了！

第十六章

还休书含黛绝痴念　听圣谕穆相惊异音

1

夕阳为山西寿阳平舒村外的一座新坟平添了几分凄凉。坟墓旁一座新搭的草庐前，隽藻一身重孝跪着，一边为父亲焚纸，一边默默流泪。玉环悄悄走来，将一个饭篮子放进草庐，回头伤心地看隽藻一眼，眼中流泪，却又一声不发，急急地跑去。隽藻沉浸在自己的哀痛里，一点儿也没有发觉身后有人来过。过了不久，成藻从村里走来，在隽藻身边跪下，将一个包袱交给他，道："这是爹去世前半个月交给我的，爹那时已经知道自己不行了，听说你在京会试，不让我把我们到了保定府的消息告诉你，想让你安心会试。爹只是吩咐，万一他有个三长两短，就把这部《大清西域地理志》的未定稿交给你。你的事情父亲都知道。"隽藻双手接过包袱，回头一惊，又落下泪来："原来我的事情父亲都知道！"成藻不愿多说，起身离去。隽藻回到草庐，迫不及待地打开包袱，取出文稿，看着父亲多年的心血，犹如又看见了父亲，不觉悲声大放。

玉环一阵风似的跑回来，没有进正院，却进了正院旁的一处小小的别院，关了门，扑到炕上就无声地哭起来。这时，蕴藻扶刘氏进了过来，玉环听到外面的脚步声，急忙拭去泪水，起来开门迎接："母亲，你来了！"刘氏也在病中，祁韵士的死对她打击极大，她没有想到京城一别，竟成永诀，但她此时仍然显得十分刚强，看着玉环，爱怜地问："你刚才去你爹坟上看了隽藻，他怎么样？"玉环心慌慌地答道："他……回母亲的话，他说他要一直住在那里，像古人一样庐墓三年。"刘氏责怪道："我是问你他身上可好。自打从京城回来，你就执意要搬到这小跨院里来住，说是为了你肚里的孩子，我也就答应了。可是隽藻回来后，我看你对他冷冷的……是不是在京城里出了什么事，你们俩怎么啦？"玉环急忙做出笑脸道："娘，你这是怎么啦？媳妇就是怀了孩子后，身上不好，这孩子闹腾得厉害，看见什么都烦，都想吐，怕五爷看着生气，才搬到这里来住一段日子……五爷回来后一直在爹坟上，他没能在父亲床前尽孝，心里惨伤，不愿意理人，这才让娘觉得我们俩……我们什么事儿也没有！"刘氏点头道："没事儿就好。蕴藻，扶我回去吧！"玉环将刘氏和蕴藻送到门外，回身关上门，无力地靠在门后，捂着嘴哭起来。

她不知道自己哭了多久，忽听外面又有一个人走了进来，连忙拭净泪痕，转身开门。门外站着的是成藻，玉环的心颤起来，道："四哥，是你？进来吧。"

成藻也不进门，也不敢抬头看她，只看着地，道："不，我就站在门外好了。玉环妹妹，这些天虽然我没有来见你，可我还是看出来了，你嫁给隽藻，日子过得不快乐。"玉环眼泪又要涌出，急忙掩饰道："四哥，你说什么呢，我们俩……挺好的！听说你过这几天还要回新疆去？"成藻道："啊。跟父亲在新疆待了这么久，我真的觉得那里挺适合我。"二人沉默下来。半晌，玉环道："成藻哥，你走吧……这院里只有我一个人，你待在这里……隽藻他待我挺好。"成藻这时才失望地看她一眼道："玉环妹妹，四哥来看你，没别的意思，回来这些天，一直觉得你有心事，你不能跟别人讲，就跟我说说，行吗？"玉环强抑着泪水道："四哥，你去吧，你的心我明白了，玉环要是……要是真有在这个家里过不下去的时候，我就去……就去新疆找你！"

2

走回上房，蕴藻扶刘氏坐下，悄悄问道："娘，他们俩到底怎么了？"刘氏闭着眼睛不语。蕴藻道："我觉得，隽藻和玉环两个人中间要是出了事，一定不是小事。"刘氏眼睛猛然睁开，大声道："胡说！他们两口子中间能出什么大事？算了，解铃自有系铃人，我们就当什么也不知道好了！"蕴藻待要说什么，看看刘氏，不敢再讲。刘氏道："有空你去跟隽藻说一声。玉环有了身子，就是他要在你爹坟上庐墓三年，不能回家和玉环一起住，也该抽空回来瞅瞅她，别冷了玉环的心！"这时，元白一阵风似的跑过来，扑到刘氏怀里撒娇。刘氏叹道："这一阵子，你爹去世，隽藻和玉环又别别扭扭的，也就是这个孩子，时常能宽宽娘的心。"说着，捧起元白红扑扑的脸蛋亲着，道，"元白，好孩子，你知道你是从哪来的？"元白奶声奶气地答道："元白是娘亲生的！"刘氏笑道："你说得对，你是娘亲生的，他们都不是！来，娘教你认字！"蕴藻见状，悄悄走出村外父亲坟地上来见隽藻，将刘氏的话告诉他知道。隽藻倒是心中一惊，道："啊，我知道了。"又道，"这些天回来，心里想的都是父亲，就把她忘了。"蕴藻还站着，等着再说些什么，可是隽藻却什么也没有再说。

夜色落下帷幕，祁家别院宁静得很，玉环在收拾屋子。突然，她的手颤了一下，心中一震，身子跟着就像风中之叶一样抖起来。从院门外，她终于远远地又听到隽藻那熟悉得令人心碎的脚步声。玉环急忙跑到门前，"哗啦"一声打开门。隽藻已走到门前，她愣了片刻，突然想到了什么，一下又关上了门，无力地靠在门上！隽藻一惊，在门外叫道："你怎么了？快开门，让我进去，我有话问你！"玉环咬着牙，不让眼泪流出来，道："五爷……你我已经不是夫妻了，你不能再进来了！"隽藻叫道："你说什么呢，我正想问你那天的事呢，你快开门让我进去！"玉环此时反倒镇定下来，断然道："没什么好说的，那天就是曹玉环觉得你要死了，为了肚里的孩子，也为了我自个儿，曹玉环不想跟你过了！"隽藻满心疑窦道："你要是因为这些，那天才跟我要了那张休书，我不计较，现在我活着回来了，你还一定要离开我吗？"玉环浑身打战，从牙缝里拼命挤出一个字："对！"隽藻一愣，道："你到底是怎么想的，为什么？"玉环一不做二不休道："总而言之，曹玉环就是不想跟你过了！你一会儿冯妙真，一会儿又是京城里的含黛格格，我早就受够了！你要是想这会儿就赶我走，就……把我这话跟娘说去吧！……"隽藻大吃一惊，怒道："什么含黛格格，你真是疯了！"他再三推门不开，叹一口气，转身离开，走回村外的草庐为父亲守墓。玉环听他一步步走远，回身扑倒在炕上，牙咬着被角大哭出声道："天哪，为什么要这样折磨曹玉环！我……我再也受不了了！"

3

京城穆家账房里，穆彰阿正在看几个账房先生计算田庄收益。去年他在山东德州收进来的十几个庄子进账翻了一番，今年在江南新收进来的那两千顷地收成也不错，东北的山林和猎场收入也不错，不过还没有算出细账。这时薛管家进门，悄悄地跟他说了句话，穆彰阿立时变了脸色，出了账房朝书房走去。含黛一身长行的打扮，在书房里站着等他。穆彰阿见到她气就不打一处来，劈头盖脸又是一阵怒斥："你你你还要去山西？你也闹得太不像话了！"含黛早有准备，平静地坐下，道："哥，妹子这回没有先斩后奏，我是正正经经地来求你，你要是一定拦着不让我去，那也行，到时候我再自个儿偷着跑去，那不怪我，是你逼的！"穆彰阿气得脸色发紫，指着含黛的鼻子道："佛库伦，你到底想怎么样？不说祁隽藻已经成亲，不能再娶你，就是祁隽藻没娶亲，愿意娶你，诺敏这边怎么办？"含黛不慌不忙地从袖子里取出一张文书，朝穆彰阿面前一送："哥，你看看这个！"穆彰阿看了一眼文书，大惊失色，道："什么，这个诺敏已经给了你退婚的文书？原来你们两个私底下已经谈好了，你怎么不告诉我？"他勃然大怒，道，"不行！他就是写了这样一纸文书，也不算数！"含黛仍然不急，道："为什么？"穆彰阿一时找不出说不上合适的托词，只得把皇上拿出来搪塞一阵："因为皇上没点头！而且……皇上是不会点头的！"含黛站起，静静地望了她一眼，突然落下泪来，道："哥，事到如今，四贝勒对这桩亲事什么态度，你应当清楚了。为了巴结皇家，你还是不能绝了将你妹子推入火坑的念头，妹子也就顾不得哥哥的脸面了！"她一边说着，一边站起，就朝外走去。穆彰阿看她出了门，待了半晌，回头无力地坐到一张太师椅上，生气不止，突然道："她就是去了山西，见了祁寯藻，人家也不会娶她！"薛管家不解道："爷，为什么？真的放格格去山西？"穆彰阿道："因为人家是祁寯藻！给我看好佛库伦，不能让她去了山西！万一她去了，你就跟她一起去，一定不能让这件事传出去！有人要问，就说佛库伦到山西看我姑妈去了！"薛管家忽然心有所悟，道："奴才明白了，只是……爷就不怕有万一？"穆彰阿冷笑道："没有万一。只有一种可能，祁寯藻才会愿意娶我的妹子，那就是他决心改弦易辙，为了高官厚禄，荣华富贵，心甘情愿地做一个供朝廷和本官驱使的奴才！他要是愿意这样做，我倒宁愿把妹子嫁给他，还给他抬个旗籍！"

　　自从下了决心为父亲庐墓三年，寯藻就把父亲墓前那个草庐当成了自己的家和书斋。事实上，他自己非常喜欢这种两耳不闻窗外事一心守孝的日子。除了每日三次在父亲墓前致祭，剩余的时间，他就坐在草庐里，静下心来研读父亲留下的那部《大清西域地理志》遗稿。这段日子里，张牧一边住在草庐里陪他，一边读自己的书。一天，寯藻到父亲墓前致祭完毕，回到草庐里，发现张牧正聚精会神地趴在地上短几上看父亲的遗稿，寯藻笑道："怎么了，莫非也对研读天下地理有了兴趣？"张牧抬头道："五哥，这些天趁着你睡觉的工夫，我已经把祁伯伯留下的遗稿读完了！"寯藻大惊："什么，我还没读完，你就读完了？"张牧道："张牧不但读完了，而且心中着实喜欢。张牧想从今天开始，用一生的时间整理、完成祁伯伯的这部大书，让它流传千古，造福后世。怎么样？"寯藻笑道："你们张家可是指望着你功成名就，重振家风呢。你要用一生的时间做这样一件又寂寞又吃苦的事，首先我三姐那一关就通过不了！"张牧道："这件事我仔细想过了……五哥，要是张牧这一辈子真做成了这一件大事，一来可让祁伯伯的遗著得见天日，二来也可让张牧一生的才学有了用武之地，将来本秀才的名字也会附在祁伯伯的大名之后，和这部书一起流传千秋万代，与日月同光，岂不美哉！"寯藻不禁心生感动，看着他说道："张牧，张牧，你小小年纪，竟有这么大的志向！不过这么好的事情已经轮不到你了，等我把三年热孝守完，就去新疆，将父亲遗稿里不清楚的地方再做一次实地考察！父亲的遗愿，一定要实现，父亲走了，我来替他圆这个梦！"张牧一蹦而起，要说什么，却又笑道："我不信。你要是真的不再回朝廷做官，我就信了你！"寯藻道："你爱信不信。"他不再理他，坐下来继续研读遗稿。张牧忽然凑过来央求道："哎，五哥，不，师傅，你如果真的下定了决心，一辈子不再入朝做官，我就更喜欢你了！这样行不行，将来你去新疆时带我一起去！"寯藻看着他笑，道："不行！"张牧噘嘴道："你别怕我大哥大嫂，他们一定要张牧科举，张牧也没办法，但要是我一考再考，老是考不上，他们就会死了心，张牧也就自由了！"隽藻听了这话，担心道："你这家伙，这么小就打定了这样的主意，你大哥和我三姐还有什么指望！罢了，整理我父亲的遗稿，五哥一个人就够了，没必要再误了你的一生！"张牧还要再说什么，笑容忽地凝住，悄声道："五哥，外头有人！"

隽藻这时也听到了外面的动静，急忙走出草庐来看，只见一个女子浑身缟素，正在父亲墓前焚纸祭拜。从背影望去，他竟不熟悉，急忙快步走过去，向那女子跪下道："孝子祁隽藻还礼了！请问——"一句话还没说完，他已经看清了那拜祭之人竟是含黛，"唰"地就变了颜色，叫道："是你？"一时含黛回过头来，痴痴地望着他，不觉两眼润湿，道："祁公子，含黛这次没有吓住你吧。"隽藻心中已是大惊，急道："含黛格格一定是路过山西寿阳，听说了家父亡故，顺道来坟前一祭，隽藻代全家给格格磕头还礼了。"说着又要磕下头去。含黛伸手拦住他，道："祁公子且慢。如果含黛告诉公子，含黛千里迢迢从北京来到山西，不唯是要亲至令尊坟上致祭，也是为了公子，公子相信吗？"隽藻听了，不觉站起，道："含黛格格千里迢迢来到山西，如果是来为家父致祭，隽藻十分感激，只是祁家门第低微，这个有些承受不起；格格若不是为家父致祭而来，祁家刚刚遭遇大丧，举家含悲，祁隽藻席苫枕块，为家父守墓……格格若还要谈别的事情，隽藻就不知道格格到底要置隽藻于何地了！"说着，就要转身回草庐里去。含黛听他说得激烈悲怆，怒形于色，心里不觉一片冰凉，回头望着他叹道："祁公子，看来含黛到底还是不该来了！"隽藻站住，想想还是要给她一点儿体面，让她下台阶，顺利地离开，转身又道："含黛格格千里迢迢来为我父吊丧，祁隽藻代祁家一门上下再一次谢格格！平舒地荒村野，不是格格久留之地，还是请格格车马早日还京！"说着，他翻身再拜，以孝子之礼向含黛三叩首，然后起身，望着含黛，等她离去。

含黛见事情绝无可转圜之地，知道自己的一番心意又将空掷，不由心中悲痛至极，眼中涌出泪珠，又不能大哭，只能强忍住无限伤心，哽咽道："其实含黛自己也知道不该走这一遭。公子即便已与你妻曹玉环离异，目今孑然一身，将来也是不愿娶含黛的了！既如此，这个东西留它无用，今天含黛就把它还给公子！"她从袖中取出隽藻写给玉环的休书，放在祭台上，就要起身。隽藻望着休书，一时皱起眉头道："格格，这是什么？"含黛神色黯然："公子看了，就知道了！"隽藻几步上前，取过那休书来看，抬头惊道："这个东西……怎么会在格格手里？"含黛心中一惊，凄然道："祁公子居然还不知道我与令夫人有过私约，若含黛能将公子从天牢里救出，令夫人情愿从公子那里讨到一张休书，将公子让与含黛。到了今日，公子已经平安出狱，令夫人不会尚不将此事讲给公子听吧！"隽藻神情陡变，一时竟说不出话来："怎么，竟然还有这样的事情！……原来祁隽藻没有死在天牢里，不是皇上的恩典，而是格格与我妻做了交易！"他心里一时间什么都明白了，觉得天下事真是荒唐无比，最荒唐者无过于眼前这个富室千金，不由哈哈大笑，对含黛道："格格既然能千里迢迢来到山西，将此事告知隽藻，隽藻想此事大约就是真的。格格说吧，此次来山西的目的何在，你要隽藻怎么做，你和我和我妻之间，才能了结了此事！"含黛心中大动，道："公子不要误会。自去年元宵节一见，含黛一直深爱着公子，即使没有那一张与令夫人的密约，含黛见公子身陷天牢，也会舍生忘死地去搭救。所以会有那一张密约，含黛并非要乘人之危，只是一来含黛真心实意倾慕公子的人品才学，心里实在舍不得公子，愿意一生一世侍奉公子，二来含黛觉得，哪怕公子为了实现一生的宏愿，也该娶了含黛。只有含黛，才能助公子救天下百姓不死！"张牧站在草庐前听到这里，早猛一拍脑袋，转身快步向村里跑去。

4

隽藻此时终于什么都明白了，不但明白了在他、玉环和含黛三人之间已经发生的事情，也明白了面前这位如花似玉的贵族千金说的话句句是实。他想这就是他这种草野读书人与对方这种豪门少女的不同了，就是她一心想为你好，她还是极深地伤害了你和你的亲人，但他现在不想发作，只想尽快地了结此事，于是抑制住内心的激愤，平静地说道："含黛格格，即便你刚才说的每一句话都是真的，祁隽藻也会让格格失望了！原因很简单，那天我写给我妻的休书是假的！"这句话一出口，他就看到了它的作用，含黛的脸色刹那间变得煞白，不觉轻声叫道："假的？怎么可能是假的！"隽藻道："虽然我妻糊涂，为了救祁隽藻的命，竟要和格格签下那样一份文书，但祁隽藻并不糊涂。格格现在再把这张休书读一遍就明白了！"含黛急忙拿起休书来读："立休书人祁隽藻，因与发妻曹氏玉镯不相和睦，曹氏自愿离异，索要休书，不得已……不对，怎么是玉镯，这里写错了！应当是玉环！怎么写成了曹玉镯！"隽藻道："格格，所以这份休书不过是一张废纸。格格想一想，如果你是祁隽藻，你的发妻突然向你要一张休书，你会贸然写给她吗？"含黛沉默半晌，心彻底冷成了冰窖，起身拭去泪痕，冷笑道："现在含黛明白了，公子写这张休书就想好了，如果你不能活命，这张休书就成了真的；如果你大难不死，这张休书就是假的，因为你给了她一张与她无关的休书！"

　　已被张牧拉来的玉环和宿藻躲在草庐后面，望着坟前的景象。隽藻的话一字不漏地传入了玉环的耳朵，她心情激动，双手捂住脸，泪水不住地涌出。她不想再听下去，转身要走，宿藻却一把拉住了她，低声叫道："嫂子，别走，听他们下面还说什么！没有事，有我在这儿呢！"玉环只好回头站住。祁韵士墓前，含黛知道一切都已结束，泪流满面，转身离去。隽藻望着她的背影，突然觉得这个曾经两次千里迢迢为了他来到山西的相府千金其实也十分柔弱，不觉感动和可怜起她来，叫道："格格等一等！"含黛站住，头也不回，哽咽道："含黛知道自己来错了，不过我这一趟没有白来，从此知道祁公子的心，是铁打的了！公子既不愿意承认那张休书是真，含黛这一刻就成了天下人口中的笑柄，公子还有什么话说？"说罢又要走。隽藻急道："格格，祁隽藻只有一句话要说，格格不想再听吗？！"含黛慢慢回过头来，眼里又现出了一丝希望。隽藻道："格格今天一去，隽藻草野之人，今生今世难得再与格格见上一面，祁隽藻还是想说几句心里话！格格出身豪门，千金之体，行事虽略显荒唐，却有一颗纯正良善、冰清玉洁之心。据山西巡抚乌鲁阿大人讲，上次在太原府，不是格格，祁隽藻早成了刀下之鬼；这次在京城，又是格格心存恻隐，不避大难，救了隽藻……祁隽藻一介书生，与格格再见无期，救命之恩今生不敢言报，只能等待来世！小姐临行之际，请受祁隽藻一拜！"他冲含黛深深拜倒。含黛转身欲阻止，却又伸不出手，只感动地叫了一声："祁公子——"隽藻站起，不再看她，目光投向远方的官道，神情肃然，口气也冷淡下来，说："格格可以请了！"含黛欲走不舍，颤声道："祁公子，你我真的再没有见面的日子了？"隽藻断然言道："格格请行！祁隽藻自从在京城会试完毕，心性就变了，不再想以一己之力救天下之人！这一生一世，隽藻只会留在乡间，做一介农夫！"含黛再也无话，急步跟踉着跑走，回到官道上，上了马车，泪如雨下！祁家草庐后面，玉环欲待奔出去见她，马车已经飞奔而去。

　　夜里，祁家别院里，玉环坐在炕前，心情紧张而又激动。突然，她听见院外响起了脚步声，急忙下炕，风一样跑过去开门。隽藻已到了门前，四目相视。玉环猛一转身，跑回屋里。隽藻跟了进来，一把将她抱住。玉环扑进隽藻怀里，一时百感交集，大哭起来。隽藻急道："你小声点儿，让家里人听见了！"等玉环将头埋进他胸前，无声地哭够了，隽藻才道："我热孝在身，晚上还得回草庐去。"玉环从身后取出一个包袱，打开，拿出那套凤冠霞帔，道："五爷，玉环现在又是你的媳妇了！五爷今年中了进士，就是以后不去做官，我也是进士娘子了。五爷，今晚我要你侍候我穿戴上它。"

　　隽藻动手帮玉环穿上那套凤冠霞帔，玉环又拉他与自己并肩坐在炕上，她伏身在隽藻怀里，半晌才起身道："五爷，玉环好了，你回吧。"隽藻站起，玉环忽然又喊住了他，道，"五爷，有件事我要让你知道。从今天起，我要为我们祁家、也是我曹玉环一个人的恩人含黛格格立一个长生牌位，天天焚香祷告，求菩萨保佑她一生平安，好人好报，嫁一个好女婿，一生大富大贵！"说着，她又流下泪来。

5

　　含黛在回京的路上一病不起，回到京中，穆彰阿一边请太医诊治，一边向薛管家询问去山西的情形。薛管家带回的消息让他的心情轻松下来：祁隽藻确实在为父亲守墓，而且决意不再来朝做官。据太医禀报，含黛的病不过是伤心所致，吃两剂药就好了，穆彰阿也就不太放在心上，心里又想："这回你总该死心了吧！"看着病榻上花容惨淡的亲妹子，也舍不得再去骂她，只是一日几次关切地来问："佛库伦，你这会儿有没有觉得好点儿了？你想吃点儿什么？"含黛微微睁开眼，对他虚弱地说了一句："哥，你给我找个婆家，我马上就嫁！含黛这回什么都听你的！"穆彰阿正在说话，薛管家忽然急急打发张妈来请他。穆彰阿进了书房，薛管家禀报："大爷，天塌下来了！宫里来的消息，皇上病笃！"穆彰阿头一晕，几乎跌倒。薛管家急忙上前扶他，却被他一把推开，大喊一声："备车！我要进宫！"

　　养心殿内，嘉庆躺在病榻上，微微睁开双眼，虚弱地吩咐道："绵宁、穆彰阿留下，其余都出去。"众皇子和大臣起身出门。绵宁、穆彰阿膝行上前。绵宁大哭叫："皇阿玛，你这是怎么了，吓死儿臣了！"嘉庆问："祁隽藻呢？"绵宁和穆彰阿俱是一惊："皇阿玛（皇上）说的是谁？"嘉庆似乎回过神来了："啊，想起来了，祁隽藻在山西寿阳老家为祁韵士守墓三年，以尽孝心……这好，只要朕还活着，你们就不要打扰他尽孝！"穆彰阿悄悄松了一口气。嘉庆疲惫地闭上眼睛，道："去吧。一时半会儿的，朕还死不了……朕这会儿真想……真想像张观藜那样，一辈子待在乡下，走走商路，天南海北地看看风景，夜里躺在荒原上，看天上的星星……可是朕生在皇家，这一辈子给耽误了！"绵宁看了穆彰阿一眼，发现他此时沉默无语。嘉庆沉沉睡去，突然又一惊，睁眼大声道："绵儿，祁隽藻还活着吧？"穆彰阿心中不觉大怒，偷眼看病榻上的嘉庆。绵宁也惊诧不已，道："回皇阿玛话，祁隽藻京城会试之后，奔丧还乡，现一直为他父亲守墓。他活得好好的！"嘉庆点点头，道："那就好。"说罢，又沉沉睡去。

穆彰阿忘了此时身处何地，神情渐渐变得狞厉起来。绵宁悄悄起身，穆彰阿也跟着他出了养心殿，来到一所偏殿里静候。绵宁将其他人都赶走，偏殿里只剩下他们二人，才神情凝重道："穆彰阿，本王请你过来，有事要与你商量！"穆彰阿头一低道："奴才不敢！王爷有什么事，吩咐奴才就是了！"绵宁道："穆彰阿，本王问你，从现在起，你能保证留下祁寯藻不杀，将他留给本王日后处置吗？"穆彰阿心中大震，讶异道："王爷何出此言！"绵宁道："你不要多心。本王不过捕风捉影，听到一些消息。眼下皇阿玛病势沉重，国家以安定为大计。本王视你为心腹重臣，朝廷栋梁，今日才剖肝沥胆，冒天下之大不韪，说出这些话来……你能答应本王这件事吗？"穆彰阿做惊诧状，道："王爷，此事从何说起？"绵宁逼视着他，道："穆彰阿，本王再说一句，今天的话，若是本王代皇阿玛问你呢？"穆彰阿"扑通"一声跪下，泪流满面道："穆彰阿让皇上和王爷怀疑自己有杀祁寯藻之心，就是并无此事，也是有罪，请求自裁！"绵宁深深地望着他道："你起来。没有此事更好！穆彰阿，你还没回父皇和本王问你的话呢！"穆彰阿刚刚站起又急忙俯伏在地，道："回皇上和王爷，穆彰阿领旨！"绵宁道："那好！还有，今日本王与你说的话，永世不得泄露于人！"

三日后，嘉庆的病情居然又一次奇迹般地稳定了下来，穆彰阿这才从宫中回到家中，可他心中的愤怒情绪再也平静不下来。琦善随他一起来到穆府，看着他在书房内走来走去，开口问道："大人，智亲王爷在宫中到底跟大人说了什么事情，才让大人心情这么不快？"穆彰阿站住，突然说道："这个祁寯藻，还是要杀！"琦善心中一惊，顿时明白了，低声道："大人，要说这事，眼下正是时候！"穆彰阿又摇头道："不行！本官现在就敢断定，皇上和智亲王已经在祁寯藻身边安排了人，你的人就是去了，也杀不了他！……可祁寯藻一定得死，但是也罢，让他多活些日子！你去吧！"琦善想了想道："我的人怎么办？"穆彰阿闭上眼睛道："养着他！"琦善点点头道："我明白了！奴才告辞！"穆彰阿也不理他，任他转身离去。

穆彰阿忽然间想起了一件事，回身叫人。薛管家赶紧走进来侍候。穆彰阿问："佛库伦怎么样，好一点儿了吗？"薛管家道："吃了几剂药，也不见大好。"见穆彰阿沉吟不语，上前低声道："格格实在不愿嫁给四贝勒爷也就算了，近日奴才又听他说出些话来，实在吓人！"穆彰阿猛地看他："你想说什么？"薛管家哆嗦了一下道："这位四贝勒爷说，大清气数已尽，早晚要落个'呼啦啦似大厦倾'的结局！所谓覆巢之下，焉有完卵，将来这满朝权贵，皇亲国戚，尤其是像他这样的皇家子孙，不是被人杀光，沟死沟埋，路死路葬，就是沉入下流，沦为贱民。还说他是皇族中第一个看清天下大势的人，既然将来所有爱新觉罗的子孙都会死无葬身之地，他不如这会儿就自己辞去爵位，做一个市井中的贱民，他说这叫有先见之明……"穆彰阿一拍桌子，喝道："住口！滚出去！"薛管家吓得连忙向外走，一个趔趄，差点儿摔倒。又听穆彰阿厉声喝道："回来！"薛管家腿一软，又赶忙走回来。穆彰阿喝问："刚才我叫你进来，要问你什么事？"薛管家结结巴巴道："奴才……奴才一下想不起来了！"穆彰阿静了一会儿，薛管家倒想起来了："爷，对了，是格格和诺敏贝勒爷的事，看样子这事一天黄不了，格格的病就一天不会好！"穆彰阿又怒起来："我说过多少次了，佛库伦和诺敏的婚事是皇上赐的，现在皇上病着，我怎么能为这种事去惊动圣驾？"薛管家没了主意，惶恐道："那……这事眼下就只能拖着了？可万一皇上的病有个山高水低，皇室子孙三年不得谈及婚嫁，难道格格就……"穆彰阿喝道："住口！皇上这些年一直多病，怎么这回就……即使如此，眼下我也不能为这种小事去惊动圣驾！"薛管家还要说什么，穆彰阿早看出了他的意思，大声怒道，"她的婚事真要因此被耽搁三年，那也是她的命！"

6

三年后的一天，山西寿阳祁家门前，孝期已满，已脱去孝衣换上吉服的隽藻正与家人话别。玉环抱着两岁多的世长，陪刘氏出门送隽藻上车。元白也长到了四岁，跟着跑出。张牧也长成半大小伙子了。今天隽藻是要去方山寺昭化院拜见恩师张观藜，也就是现在的清风大师。刘氏道："这三年你有孝在身，不能前去，这次去了，见到大师，替我带个好！"玉环也上前理理衣服，叮嘱道："记住早点儿回来。"隽藻一一答应，又抱一抱世长，逗道："儿子，爹去一两天，看了恩师就回来，你在家要乖。"世长懂事地点点头。元白扑上来，抱住隽藻的腿叫道："五哥，带元白去吧。"隽藻抚着他的头道："太远了，等你长大了，我再带你去！"元白撒娇道："不！"隽藻故意鼓起两腮，瞪起眼睛，道："好好在家念书，看你张牧哥哥，六岁就背完了《千家诗》。你和他一样聪明，一定也能！"元白不怕，却大笑起来，回头对刘氏道："娘，我是亲生的，他不是！"众人大笑，隽藻这才上车，和宿藻一起走动起来。

马车在官道上行驶，隽藻贪婪地看着车窗外的风景，感叹道："都三年了！"宿藻道："哥，不知道为什么，我还是觉得你这一趟要白跑，张先生，不，清风大师这次还是不会见你！"隽藻默然，半晌才道："事在人为，即使不见，我也要去走这一趟，不然心中不安。"二人正说着，忽见一匹快马迎面驰来，信使一身缟素，从车边一掠而过。隽藻大惊，转头追着快马望去，宿藻问道："哥，怎么了？"隽藻道："这是六百里加急，京城派往山西巡抚衙门的信使！朝廷里一定出了大事！"宿藻随口道："不会是皇上驾崩了吧！"隽藻叱道："胡说！"宿藻不敢再说话，隽藻却已神情大变，一路上心事沉沉，不再多讲一句话。宿藻知他心中有事，也不敢多问。

嘉庆皇帝确已驾崩，京城一片缟素。穆家书房里，穆彰阿身戴重孝，背身而立。琦善站在身后，提醒道："大人，皇上驾崩，你三年前说的事情可以办了！"穆彰阿不语，亦不回头。琦善道："大人不能心怀妇人之仁。大人说过，祁隽藻不除，早晚是大清天下的一个祸患，大人还犹豫什么？"穆彰阿沉沉言道："大行皇帝尸骨未寒，新皇三年前特别对我讲过，要我留下祁隽藻，由他处置……"琦善低声道："大人，时不我待，新皇已经下旨，令祁隽藻来京，一旦让他入了朝廷，每日侍奉在皇上身边，我们的麻烦就大了！"穆彰阿想了想道："琦善，你的人真的已经养了三年？此人靠得住吗？"琦善道："他原先是一个流民，后被店家收养，做了马夫，再后来就成了我的人，却不在衙门里当差。此人不显山不露水，看样子靠得住！"穆彰阿仍旧沉吟不语。琦善笑道："大人，你就放心好了，我一定会做得让大人满意！大人，再告诉你一件事！"他上前附耳低语了几句，穆彰阿心中一惊，嘴上却轻描淡写："啊，原来真是保胜！"琦善吃惊道："大人，这件事你听说过？"穆彰阿冷笑道："他原是我家奴才，后来又成了你的人，于是本官也就觉得他还该是你我的人，但是没想到他却成了大行皇上的人！"琦善一时没理会这段绕口令似的话："那大人的意思……"穆彰阿沉吟良久，突然道："啊，你去吧。我还有事。"

琦善一走，等在外面的薛管家就进来了，小心翼翼地问："爷，这两天外头都说，大行皇帝驾崩前，还是留下了遗旨，答应四贝勒爷诺敏的请求，将他从皇族中除籍，同时取消他的爵位，让他如愿以偿地做一个平民。有这事吗？"穆彰阿点了一下头。薛管家道："爷，真有这事，格格就苦了！不过……哎，爷，不过这件事对我们家说不定还是好事！先头大行皇帝病着，爷不能去求他准许格格和诺敏贝勒爷退婚，这一拖就是三年！现在先皇驾崩，诺敏贝勒爷要是没有从皇族中革除，格格的婚事还要因为这位爷再耽搁三年，一里一外就是六年。格格那时多大了？这位贝勒爷眼下成了平头百姓，朝廷不禁民间婚嫁，如果爷还是要格格嫁给他，奴才啥话都不说了，要是爷替格格做主和他退婚，事情倒好办了。爷一句话，奴才马上办去，这位爷好像是答应过和格格退婚的！"穆彰阿坐下，内心充满了失望，叹道："好吧……不过这件事不要声张，直接找到诺敏去办！办完了马上替我办另一件事！"薛管家望着他道："爷，什么事？"穆彰阿道："啊，这两天你替我找个合适的人，见见保胜。听说他几年前死了福晋，一直没娶。就说是我的意思，想把佛库伦嫁给他，你让这个人试试他有没有答应的意思。"薛管家心中大吃了一惊，却不敢多问，只回了一个字："喳！"

7

隽藻在方山寺昭化院外等了两天，也没有见到张观藜。第三日清晨，隽藻依然来到院外跪等。宿藻道："哥，这都两天了，说是清风大师一直没回来，看样子他是真不想见你。咱们别在这儿等了，还是回去吧！"隽藻望着满目青山，心中忽然一动，道："恩师不在寺院中，我现在知道他在哪里了！跟我去见恩师！"说完了站起，拉着宿藻，就朝山上走去。

山顶密林深处，一座简陋的草庵内，张观藜正端坐饮茶。一小和尚忽然进门禀报："大师，祁隽藻找到这里来了！"张观藜猛地站起，道："他来了，我们走！"拾起药篓和药锄就要出门。隽藻已经来到庵前，拜倒在地，口称："学生祁隽藻，拜见恩师！"宿藻跟着拜倒。由于多年不见，隽藻眼中流下泪来。张观藜视若无睹，径自朝前走去。隽藻回身绝望地大叫："恩师等一等！学生已在山门外苦等了两天，佛家以慈悲为怀，讲求普度众生，恩师就是不愿认隽藻这个学生，就是以为学生遍体污垢，俗不可耐，想来也不至于刻意回避一个俗物，连和这个俗物说句话也不愿意吧！"张观藜站住，回头道："阿弥陀佛。老衲已入佛门，不认父母，何论师生。再说你也不曾做过老衲的学生。今日一意要见老衲，有何见教？讲完了快下山，今天山里有雨！"隽藻大声道："一是学生多年不见恩师，心中想念；二是学生有话要禀明恩师，学生三年前科考已毕，回乡为父亲守墓，现大孝已过，接下来想去新疆，将父亲没完成的《大清西域地理志》整理完成，然后还回恩师的商号里做马夫。学生希望有一天，仍能蒙恩师不弃，来追随恩师，一生一世，在这青山绿水之间，陪恩师优游岁月，看天上的星星！"张观藜大怒，喝道："住口！你已经不能了！"

张观藜如此盛怒，出乎隽藻的意料。他吃惊地叫道："恩师快告诉学生，这是为何？"张观藜昂首望去，在密林之间，依稀可望见山巅高处飞渡的乱云。他痛惜道："离开老衲之后，你不听老衲的劝告，一意孤行，去科场上写了那些不知天高地厚的文章，已经惊动了天下，你以为你还能像老衲一样遁迹深山吗？《易经》上说潜龙勿用，可你现在已经鱼跃于渊，飞龙在天，想回头都不能了！快走！皇上已经驾崩，新皇的旨意就要到了！你就是能忘掉自己，天下人包括新皇也不会忘掉了你！"隽藻一脸惊骇之色："学生求恩师指教，学生要如何做，才能摆脱尘网，回归到恩师身边？——"话没说完，就被张观藜喝住："住口！祁寯藻，你已经把老衲逼到了这里，还要把我逼向何方？你这不识天下大势、以卵击石之人，不要再称我为恩师，也不要再来，打扰了我的清修！"他不再理寯藻，带着小和尚，径直走向白云深处。

寯藻丧魂落魄地从地上爬起，呆呆地站着不动。密林深处忽然传来张观藜的大笑，那声音穿林透木，响遏行云："寯藻，老衲就再给你留下八个字，你可记好了！出生入死，有去无回。好了，你我缘分已尽，走你的路去吧！"寯藻满眼是泪，冲着山林中高喊："恩师，别说是新皇的圣旨，就是天下万民一起来逼我，我也不去！我说过，我为天下人做的事情已经做完了，现在我只想过自己的日子，做我自己，谁也别想挡住我！"

京郊密林中，那处隐在万顷绿色波涛中的茅屋内，江一鸣又见到了刚刚赶来的妙真和李清玄。妙真道："江大哥，接到你的飞鸽传信，我和师傅马上就赶过来了，快说说什么事情！"江一鸣道："小姐，师傅，三年前江一鸣奉命潜藏京师，因为一个偶然的机会，为琦善暗中收用，目的是做刺客，去山西寿阳平舒村刺杀祁公子。只是因为皇上警告了穆彰阿，又派人暗中保护，琦善让我去刺杀祁公子的事才暂时作罢。不料日前嘉庆皇上驾崩，琦善又找到我，让我即刻去山西，杀掉祁公子！就是因为这件事，我才用飞鸽传信给你们，没想到你们这么快就到了！"妙真沉吟道："江大哥，我和师傅原来以为科考之后，朝廷三年不用祁公子，以后也不会再让他当官了，现在看来，新皇上还是要让他去朝廷里做官，不然琦善也不会还要杀他！"江一鸣点头："正是！"妙真转眼望着李清玄，道："师傅，寯藻又要遭遇杀身之祸，我们该怎么办？"李清玄看出她心中甚急，道："一鸣，你马上出发，去山西！"江一鸣吃惊道："师傅——"李清玄道："即使你不想杀祁公子，焉知没有其他人想杀祁公子！"妙真吃惊道："师傅，你是说除了江大哥，朝廷里还会派人刺杀寯藻？"李清玄点头道："上次姚一镖等人突然出现在京城刑场之上，当时我们还只是想到，他们是为了寻找妙真而来，今天想来，他们未必不是为了杀掉祁公子。妙真，我现在觉得，你一日不答应入灾民会，祁公子就会一日处在危险之中！"妙真一惊，脸色煞白，道："师傅你是说他们有可能猜透了我的心思，以为杀了寯藻，也就绝了我等待寯藻入朝为官，为冯祁两家洗雪沉冤的念想？"李清玄点头道："一鸣，事情紧急，你必须连夜赶往山西！再者，祁公子一旦入朝，此后就将日日置身虎狼之地，一鸣你应当想方设法，既保持琦善对你的信任，又能时时贴近保护祁公子，只有这样，祁公子才能不死，冯祁两家的沉冤有一天才能洗雪！"江一鸣道："师傅，徒儿明白了。小姐，师傅，我去了！"

第十七章

劝读书诤臣谏新帝　施恩宠亲妹嫁家奴

1

嘉庆二十五年七月，六十一岁的嘉庆从圆明园启程到热河秋猎，智亲王绵宁随驾。到达热河行宫后，嘉庆即感头疼发热，圣躬不豫。当天到城隍庙拈香，又到永佑宫行礼。二十五日，嘉庆自知不好，立即召穆彰阿、王鼎等大臣入室，宣布传位于绵宁，当夕崩逝。绵宁于悲痛之中继位，史称道光皇帝。道光虽大孝在身，仍是不敢疏忽任何一个细节，当下首要的就是有辅国之才。他没有忘记三年前父皇的嘱咐，一回到北京，立即下旨召祁寯藻进京，随后又密召保胜来见，道："这几年，祁寯藻的事，一向朕都是交给你办的，朕已下旨召祁寯藻进京。朕知道你一身武艺，人也忠厚，所以格外重用你。现在朕要你自己亲往山西，暗中保护祁寯藻到京。"保胜叩头道："皇上，一个祁寯藻……"他只说了半句，立时想到这不是他该说的话，随即道："奴才接旨！"道光神情凝重，道："去吧，也许朕多此一举，但朕宁可多此一举，也比一时疏忽让人杀了祁寯藻好得多！"

此时道光的圣旨已经到达山西寿阳平舒村。祁家门外，鼓乐喧天。山西巡抚乌鲁阿亲宣圣旨，刘氏携家人俯伏在地。乌鲁阿朗声宣诏：

> 奉天承运皇帝诏曰：庚申年二甲十八名进士祁寯藻德行素懋，才品端方，有可资用于圣治者，着于本年八月十五日前赴阙候用，朕有望焉，钦此。

宣罢，乌鲁阿道："祁老夫人，祁公子不在，请你代他接旨！"刘氏叩头接旨，起身将乌鲁阿请入家中。围观的乡民七嘴八舌地议论："我说嘛，寯藻总归还是要做官的！"张牧心中大怒，不觉冷笑。

寯藻听到采藻打发人飞马来报新皇下旨的消息，刚从方山寺一路来到宗艾镇。他并未多言，只让来人回去，自己则带着宿藻走向张家货栈。货栈内，柱儿身背褡裢，正要出门。一伙计进来禀报："大掌柜，祁公子进来了！"殷掌柜一惊，对柱儿道："你快躲一躲。"柱儿刚要闪身回去，寯藻已经进门，笑道："干吗我来了，就有人要走？"说着即对殷掌柜深施一礼，"寯藻给大掌柜见礼！"殷掌柜冷冷地看着他道："啊，是祁公子来了。"大家都冷冷地看着寯藻，也不说话。

寯藻吃了一惊，道："怎么了，诸位！柱儿，你这是要去哪儿？"柱儿将脸扭到一边，也不说话。隽藻越发吃惊，望着殷掌柜道："这是怎么回事？我没有得罪大家吧？怎么三年不见，谁也不愿理我了！"殷掌柜道："三年不见，祁公子有何见教，请讲！"隽藻见他话讲得十分见外，笑容顿落，躬身拱手道："大掌柜，各位师兄，到底是隽藻出了什么错，让大家这么待我！"殷掌柜尚未开言，柱儿抢上来气哼哼道："祁隽藻，都是你，先把东家逼上了方山寺，这一回又要逼东家离开山西逃命！"隽藻心中大惊，看着殷掌柜，急道："殷掌柜，柱儿在说什么！"殷掌柜道："祁公子，在下问你一句话，你真的已经下决心不再入朝为官了？"隽藻点点头："正是！"殷掌柜道："祁公子能不能给我们一个解释，当初东家不让公子重走科举之路，公子却一意孤行，惊动天下，人人以为公子一旦出山，大清的江山必能得保，万民必能得救，今天公子为何又突然决定隐身草野了呢？"隽藻深深地望着他："殷掌柜，你先告诉我，柱儿今天是不是去见恩师？方才他说恩师要去逃命，恩师为什么又要离开方山寺去逃命？！"柱儿叫道："祁隽藻，你装什么糊涂！先头你不去科举，不去逞那个能，东家好好地待在商号里，领着我们做商人，走商路，逍遥自在，多好！现在天下人包括皇上都知道你是他的学生，你只有去做官，为朝廷效力，东家的命才保得住；你不去做官，给大清没脸，朝廷留下师傅的命还有什么用！"隽藻勃然色变，哑然，半响方说出话来："对不起，我疏忽了！"说罢，他转身出门，对宿藻道，"快走！"货栈内，一伙计埋怨柱儿："都是你，把什么都说出来了！"殷掌柜沉思有顷，道："说出来就说出来吧！"

2

当日黄昏，隽藻回到家中，见过母亲，看了圣旨，一句话也不说，吃过晚饭，回到自己房中坐着，沉思不语。玉环见状，问他是不是有心事，隽藻平静答道："有些事情我要好好想一想，你自个儿先睡吧。"玉环哪里肯睡，哄世长睡着，刘氏过来将孙子抱去上房，玉环回头一看，已是三更时分，打水过来，要侍候他脱鞋洗脚，忽然就听到房顶上有动静，一怔，急回身将灯吹熄，向隽藻猛扑过来，将他死死抱住，低声叫道："五爷，听，这是怎么回事！"隽藻仰头听去，屋顶上已经响起刃锋相击的声音，转瞬那声音已响到门外院地中。他猛地站起，将玉环护在身后，从窗纸处捅开一个小洞，朝外面望，月色微明中，但见几条黑衣大汉，彼此也不言语，正在院地里捉对儿厮杀。隽藻见了，回身坐下，猛地闭上眼睛。玉环低声大惊道："五爷，他们一定是来杀你的！你怎么还坐得住！"隽藻要说什么，玉环又一把捂住他的嘴，惊慌叫道，"别吭声！"

那在院地和屋顶上厮杀的不是别人，一边是灾民会姚一镖和薛、吴、陈三位长老，一边是保胜和他率领的几位大内高手。几个回合下来，姚一镖自知力不能敌，一个鹞子翻身，跳出圈外，低声叫道："这里早有防备，快走！"薛、吴、陈三人闻言，各自虚晃一刀，纵身重上屋顶，转眼间四个人已不见踪迹。保胜见状，跃上屋顶看了看，也不追赶，手指弯在口中，轻轻打了一个呼哨，几名大内侍卫随他遁去。江一鸣躲在暗中，看得明白，知道此处一直有人保护隽藻，于是放下心来，悄然离去。

玉环在房内一直紧紧抱住隽藻，打算一旦外面的刺客杀进来，以自己的身体替隽藻挡住刀锋，即使不能救出丈夫，也要替隽藻先死。但是忽然之间，外面什么声音也听不见了。又过了好一会儿，再听不见动静，玉环才陡然瘫软下去，道："走了！他们走了！"隽藻走到窗前看去，院内果然只剩下松风阵阵，花影幢幢，方才的一切仿佛只是一场梦。玉环转身过来，又紧紧抱住了他，浑身颤抖，道："五爷，他们是什么人？为什么要来杀你？那些暗中杀退贼人的人又是谁？"隽藻回头看她，道："有件事我必须告诉你，我的主意变了，我不能西去新疆，替父亲完成《大清西域地理志》，也不能再回张家商号做马夫了，我要去朝廷里做官！"玉环大惊："为了什么？就为了今晚这些要杀你的人？"隽藻道："是为了他们，也是为了别人，我只能这样做！"玉环呆呆地看着他，眼泪直流。她知道他这一去，此生和她自己的一生，就再也别想安宁了！

3

养心殿内，隽藻俯伏在地，口称："大清嘉庆十九年进士祁隽藻叩见圣上，吾皇万岁万岁万万岁！"道光看到他，又想到自己的父皇，心中难过，言道："祁隽藻，你知道吗？下旨将你重新唤回朝廷里来的人不是朕，而是先皇！"隽藻大惊道："圣上——"道光继续说道："朕近日等你来京，又看了你三年前会试时写的那两篇文章。朕跟你明言，朕其实不喜欢你的文章，口无遮拦，视天下如无物，不仅指斥朝廷和天下官吏，而且指斥先皇，是可忍孰不可忍！"隽藻听了急道："既如此，臣请圣上现在就把臣打发回乡，臣本来就不是为了利禄而来！"道光一怔，道："胡说！"见隽藻长久不语，他才接着说下去，"朕虽然不喜欢你，可既做了皇上，就有平治天下之心，要做你说的尧舜之君，不做桀纣，所以不能以人废言，杀了你一人堵塞天下言路。祁隽藻，朕今天再问你，天下积患已久，必欲平大乱于未萌，你以为最要紧的是什么？"隽藻想了一想道："圣上，祁隽藻认为圣上的第一要务是读书！"道光不禁大怒，道："胡说！

祁寯藻，你在你的文章中说，天下无人读书，难道认为朕也不曾读书？朕五岁入上书房读书，七岁学诗，十三岁诵读四书五经，十七岁通读二十二史，至于今日。朕三十九岁始登大宝，不敢说天下无书不读，也大致差不太多，你今年才多大年岁，就敢说朕不读书！"寯藻从怀中取出一本《唐末文选》，双手举过头顶，大声言道："圣上也许读遍了天下书，却一定没读过这本书！"道光一惊："这是什么？"寯藻道："臣为圣上准备的必读之书！"道光不动。寯藻又道："请圣上接过此书，圣上若欲平治天下，救大乱于未萌，臣以为必读此书！"道光不得已，接过书来翻了一翻，随手丢在龙案上，回头看他，良久说道："祁寯藻，今天是你入朝的第一日，也是我们君臣相处的第一日，朕以为有几句话还是先说出来为好。现在想来，朕与你既是君臣，也算旧交，几年前点你做太原府乡试的解元，就是朕的意思。但在那以后，朕对你这个人还是多有了解。朕以为这次将你唤回朝廷，无论是对于大清，还是对于朕与你两个人，是不是好事，朕眼下还不敢断言。咱们君臣之间既然要相处，就一定要互相容忍。朕有句话你一定要记着，朕可以对你保证，非到忍无可忍之时，朕不会杀你，或者让你离开朕！可是你——"寯藻仍不抬头，突然打断了他，大声道："启奏圣上，今日祁寯藻也有几句话奏明圣上！如圣上觉得臣言荒谬，就请圣上立马将祁寯藻赶出朝廷，弃置草野！"道光心中一惊，道："你说！"寯藻道："回圣上，祁寯藻的第一句话是，入朝为官，不是臣的本心。圣上既然让祁寯藻入朝，祁寯藻就不能不听圣人之言，做天下读书人入仕后应当做的大事！""什么大事？"道光问道。寯藻道："只有两件事，不，其实是一件事：致君尧舜，使民小康！"道光眼皮也不抬，哼了一声道："你以为朕连这两句话也不知道吗？它们出自《孟子》！"寯藻听了，马上又拿出一本《孟子》，高举头顶道："圣上，这正是祁寯藻今日呈给皇上读的第二本书！"道光见了，不觉怒起，不接这本《孟子》，厉声道："祁寯藻，你不会以为朕连《孟子》都没有读过吗！"寯藻不语。道光道："朕让你说话，你怎么又不说了？"寯藻亢声道："圣上，祁寯藻不敢说圣上没读过《孟子》，但敢说圣上不一定真正读懂了《孟子》！"道光大怒，却极力隐忍着："祁寯藻，你是不是以为，你用这种办法就能激怒朕，朕就会立马打发你回乡？告诉你，朕生来并不就是尧舜之君，也有忍无可忍之时！"寯藻抬头看他，大声道："圣上不会因为一句话就杀了祁寯藻，因为圣上杀祁寯藻容易，可有此一举，圣上就成了桀纣之君！"道光一掌击在龙案之上，怒喝一声："住口！"站在殿门外的保胜和随侍太监偷听着里面的对话，面面相觑。随侍太监道："不好，怎么吵起来了？"保胜摇头冷笑道："这个祁寯藻，当初和先皇是这样说话，今天见到当今皇上，还是这样一副腔调，这样的人，我真不知道他是不是真不想活了！"

殿内，道光久久伫立，叹道："自古以来，天下人读书都是为了做官，所谓高其官而厚其禄，光其宗而耀其祖，这就是天下读书人心中想的，朕开始以为你祁隽藻也不能例外，但今天看来，你还是成了一个例外。祁隽藻，你说自己不是为了干禄而来，朕姑且信了你，索性就不以干禄之臣待你。如何？"隽藻道："谢圣上！《孟子》说，君视臣如手足，则臣视君如腹心。圣上如果能不以干禄之臣待臣，臣就可以不以路人那样待圣上。隽藻既然不能不入朝为官，在朝一日，必为大清和天下万民谋一日之福，不然则宁可请皇上放臣还乡！"道光又生起气来："怎么，你是朕的臣子，朕若不以手足之臣待你，你还要将朕看成路人？"隽藻道："回圣上话，方才这话不是臣杜撰的，是孟子说的。孟子说，君视臣为犬马，则臣视君为路人！"道光内心渐怒，道："你是不是下面还有话呢？"隽藻点头高声道："孟子还说，君视臣如土芥，则臣视君如寇雠！"道光不理他，沉吟半晌，道："说吧，为什么今天一见朕，就送朕这样两本书？"隽藻听了道："臣方才听圣上讲，圣上既君临天下，就有平治天下之心，愿做尧舜，不愿做桀纣，臣代天下万民谢圣上！祁隽藻来京时，所以要给圣上带一本《唐末文选》，是想请圣上明白大清天下已有末世之兆，想请圣上从这本书中听取警世之言；所以还要向圣上呈上一本《孟子》，是因为这本书可使圣上明白如何做尧舜之君，不做桀纣！"

道光突然不想将这次见面继续下去了。从此次君臣见面开始，他就暗自嘱咐自己不要动怒，但他知道这会儿自己内心里还是怒了，而且是大怒。他想这就是父皇说的为君不易吧！道光强压怒火，回头说道："祁隽藻，照朝廷的规矩，新进士一旦被挑出来留在朝中，先要去翰林院做庶吉士，再去翰林院或国史馆任职，你回乡为你父亲庐墓三年，这庶吉士就免了。此次还朝，你也不用再去翰林院坐冷板凳，就留在朕身边，以翰林院编修充任朕的侍读。不过这本《孟子》，你还是带回去吧。"他虽然强压火气，声音还是高起来，"你以为朕这儿连一本《孟子》都没有吗？朕要读《孟子》，宫里有的是！"隽藻伏地不起，双手继续高举《孟子》，大声言道："臣祁隽藻谢皇上恩宠！圣上既然留臣在身边侍读，臣就有侍读之责，臣再次请圣上接受臣敬呈的这本《孟子》！"道光心中大恶，就是不接他手中的《孟子》，一边挥手道："好了，祁隽藻，朕日理万机，你走吧。赶哪天朕有了闲工夫，你就进来，给朕讲讲这两本书。"隽藻见他要走，急道："圣上等一下！圣上还没有答应臣，若圣上觉得臣在朝中不能有补于圣治，就请圣上一定要放臣还乡！"道光哼了一声道："这如果就是你要的，朕就算答应你了！好了，下去吧！"隽藻仍然不依不饶，道："圣上说自己没有时间听臣讲一讲《孟子》，其实臣方才听说，圣上等下不过是打算去围场打猎。臣以为，圣上今日其实就有工夫听臣讲一讲《孟子》！"道光勃然变色，忍无可忍，怒道："祁寯藻，你走不走？你若不走，朕走！"他拂袖而起，盛怒而去。

道光当天就启驾离开了紫禁城，出城秋猎。离开时他还是让人带上了寯藻呈送的那本《唐末文选》。晚上，他在皇家围场行宫内随手把这本书翻了一番，第一篇就是皮日休的《原谤》，不禁大怒，将书扔在地上。但毕竟忍不住，又捡起来看，看了又扔，扔了又看。待把这本薄薄的书大致翻完，突然之间，他明白了寯藻请他读这本书的深意。

4

九月深秋，天高气爽，京郊皇家围场上，道光在众武臣和大内侍卫簇拥下飞马驰骋，张弓射猎。肃顺也贴身跟随左右，保卫圣驾，深得道光青睐。几个时辰后，道光下马，把丝缰扔给侍卫，一边拭汗，一边走进行宫，忽然想起了寯藻，对随侍太监道："哎，对了，把那个祁寯藻唤来，朕有话与他说！"随侍太监答应一声："喳！"道光坐下饮茶，打猎收获甚大，又刚出了一身透汗，通体都觉得爽快，他的心情好极了。

天黑前寯藻果然就被带进了围场，见了道光，伏地而拜。道光令他平身，道："朕今日唤你进来，不是想听你为朕讲《孟子》，而是想听你讲讲，在你看来，朕如欲平治天下，当从何处着手！"不料寯藻又拿出了一本《孟子》，高举过顶，道："臣以为如欲平治天下，圣上必须从重读《孟子》开始！"道光面色大变，好兴致被坏了大半，生气道："祁寯藻，好，朕今天就不以你的话为戏言。可要证明不是戏言，你要讲出道理！"寯藻道："圣上，如果一个君王的厨房里放着吃不完的肥肉，马厩里养满了膘肥体壮的马，老百姓却一个个面黄肌瘦，野地里到处躺着饿死的人，这叫作什么？"道光冷冷道："这段话《孟子》里有，在《梁惠王章句上》这一章里。这也难不住朕！"寯藻问："臣不问这段话出自何处，是问这样一种情景，被孟子称作什么？"道光不看他，轻蔑地答道："孟子说这叫'率兽而食人'。"寯藻又道："圣上说得不错。孟子说，野兽相互撕咬，吃掉，人见了也十分痛恨，何况为民父母的君王，'率兽而吃人'，这样的君王能称作民之父母吗？"道光心中渐渐不悦，道："祁寯藻，你今天讲这话，什么意思？"寯藻打开那本《孟子》，继续说下去："圣上，还是这一章里，梁襄王问孟子：列国纷争，战祸连绵，寡人要怎么做，天下才能安定？孟子说：必须归于一。襄王听了大喜，问如何才能让天下归于一？孟子回答：这事好做得很。不喜欢杀人的人就能让天下归于一。襄王问：谁能做到这个？孟子答：天下人都能做到这个。大王知道地里的庄稼吗？七八月间大旱，田里的苗快要枯死了，这时天上油然而云，霈然而雨，庄稼苗得了水，很快就能活过来。当今之世，天下的君王没有不喜欢杀人的，要是有一个不这样，老百姓就会引颈而望，如地里快旱死的庄稼苗盼望大雨一样盼着这个人，像水从高处流向低处一样去投奔这样一个人，这样天下就会归于一！"说到这里，他抬起头来，望着神情严肃的道光道，"圣上昨天说过，既做了皇上，就有平治天下之心，愿做尧舜，不做桀纣。臣以为今日大清，虽然貌似天下一统，但是民心分崩离析，大难将至，而要民心归一，圣上就一定要从今日起，改行王道！"道光心中不觉怒起，坐下来说道："祁隽藻，你知道'空言误国'四个字吗？尧舜乃是上古的圣君，以今日之世，朕就是想做尧舜，做得了吗？朕今日让你来，是想听你谈一点儿救世之术，你老是在这里空谈《孟子》，于朕何益？于天下何益？"隽藻迎着道光的目光倔强道："圣上之言差矣，世人皆认为君王做桀纣易，做尧舜难，臣以为不然！孔子说，尧舜之道，仁义而已。孟子说，桀纣所以失天下，原因在于失了民心。一个君王如何得民心呢？很简单，'己所不欲，勿施于人'，老百姓要的给他，不要的不要给他，这就是'仁'，这就是尧舜之道。圣上想一想，还有什么比这个更简单更容易做的事情呢！"

　　道光渐渐开始听了进去："祁隽藻，你的开场白可以到此为止了。告诉朕，今日天下百姓想要的是什么，朕能给予他们的又是什么？"隽藻简洁地答道："王道。"道光怒道："王道？你以为现在朕给予天下百姓的不是王道？"隽藻道："圣上，所谓王道，孔子说过：十亩之田，农不失其时，数口之家可以无饥馑；五亩之宅，用来种桑树，五十岁的老者就可以穿上丝的衣服。鸡豚狗彘之畜，无失其时，七十岁的老人就会有肉吃。把天下的学校办好，让百姓都懂得孝悌二字，两鬓斑白的老人就不会自己扛着东西走在路上。今日天下百姓的需要的只有一个，那就是土地，有土地他们就可以种粮食，就可以植桑养蚕织丝，就可以多养家畜。然后你再好好地教育他们懂得仁义，懂得'老吾老以及人之老，幼吾幼以及人之幼'。天下无有饥寒，孩子可以长大，老人死了可以安葬，这就是王道！"道光沉吟不语，听他继续说下去，"圣上方才问臣今日欲平治天下，当从哪里开始。臣以为当从收拾天下民心始，而要收拾民心，则要从解决天下万民的生计始。臣说过，今日天下大患不在于人口，而在于土地兼并，天下人中十有七八成了无地之民，没有土地则民不聊生，民不聊生则天下人无不想揭竿而起。圣上，今日大清天下，已到了生死存亡之际，圣上若想做尧舜，必从给天下流民以土地做起！"听到这里，道光猛地打断了他的话，道："下面不要说了，朕知道你的意思，又是想让朕开放吉林垦荒之禁！"隽藻叩头道：

"圣上英明！不只是开垦吉林之地，而且一定要在天下抑制土地兼并，让天下人重新得到土地！"道光不觉激动道："天下土地兼并之势非一朝一夕形成，现在就是朕要还地于民，哪里是轻易做得到的！一旦去做，必然天下骚然，这一点你为朕想过吗？"隽藻不为所动，急道："臣以为当今已经天下骚然，一旦皇上下旨抑制土地兼并，纵然会遭遇豪强抵制，却会受到天下百姓拥戴，是圣上既为大清天下免除了大难，又替朝廷收拾了民心。圣上，此事不是不可做，而在于圣上是不是要做！"

道光沉吟起来，半晌方道："如果这件事朕不能做，做不了，我大清也没有吉林之地可以垦荒，朕仍想收拾民心，平治天下，你还有什么主意！"隽藻不觉失望，想了想道："孟子还说过，天下不患寡而患不均。目今天下败乱至此，究其原因，臣以为首推吏治腐败，无官不贪。圣上要想收拾民心，必须整治吏治，替天下之民除去这些盗贼，将官吏全部变成民之父母！"道光叹了口气，又生起气来，道："祁隽藻，你这话说得容易！既然天下无官不贪，难道你要朕杀尽天下的官？杀了他们，朕又跟谁一起治天下？难道要朕一个人去面对大清国的广土众民？"隽藻不觉急起来，道："圣上，臣以为整顿吏治，既要惩办贪官，更要用一大批清官廉吏，替代天下贪官！用廉吏首先必须有廉吏，臣以为圣上必须从今天起，着手为天下造就一大批这样的人才！"道光摇摇头道："祁隽藻，你一介书生，哪里知道，天下最难就是造就不贪的官！你有什么主意，能保证这些新人入朝后不会又成了贪官？"隽藻大声答道："圣上如欲造就一大批廉吏，首先必正考风，杜绝卖官鬻爵、裙带之风，把科场取士视为录用官吏的唯一门径；其次，臣以为要从科场上简拔更多的草野寒士，这些人一定要真正明白圣人之论，知道什么是官，如何做官。"道光不解地问道："为什么朕一定要用草野寒士？"隽藻道："圣上要收拾的是天地间的民心，这些草野寒士来自民间，他们自己的心就是天地民心。让更多这种人立于庙堂之上，朝廷和圣上就更容易以天下百姓之心为心！"

道光的心已经激动起来，隽藻的话突然间打开了他的心扉，他示意隽藻继续往下讲。隽藻道："为了造就一代廉吏，圣上还必须正学风，兴学校，让天下人从小读书，明白尧舜之道，圣人之心！"道光不觉叫道："好！"隽藻又说："不过臣仍然以为，今天最要紧的事情仍是废除兼并，还地于民，并为天下流民解除吉林垦荒之禁！"

道光陡然变色，道："打住！无论是废除土地兼并，还是开放吉林垦荒之禁，这两件事今天都不要再提了！就是朕有心在天下废除土地兼并，也要有人去做，若天下官吏皆对朕阳奉阴违，这件事又怎么做得下去！"隽藻心头一震，叩头在地，道："臣代天下万民谢圣上答应废除土地兼并，还地于民！"道光怒道："住口，朕今天什么也没答应你！不过你方才说的整顿吏治从造就廉吏始，造就廉吏从简拔寒士始，朕以为可行！"他沉吟起来，突然道，"本朝惯例，新皇登基，必要开恩科取士，这次朕就让你充任道光元年恩科会试的副主考，和军机大臣、协办大学士穆彰阿一起，为朕简拔天下寒士，你做得了这件事吗！"隽藻听了心中一震，大声道："臣祁隽藻领旨！不过圣上，臣仍以为废除兼并，还地于民，并且开吉林垦荒之禁，才是天下第一等的大事！圣上万万不可将臣的话置之不理！"道光望着他，突然大怒道："祁隽藻，你要是觉得朕不立马废除土地兼并并且开放吉林垦荒之禁，你就不愿在朝为官，你现在就可以回山西了！"隽藻一惊，有顷，叩头，大声道："谢圣上放臣回乡！"他站起，转身离去。道光默默看他，心中气愤，不禁大声道："祁隽藻，你算什么天下之士！如果大清没有吉林这块荒地，如果朕不能答应马上在天下废除土地兼并，你就不为天下人立命了吗？！"隽藻听了，心中一震，回头看道光，竟发觉这位皇上眼中泪光晶莹，突然受到了感动，想了一想，重新回头跪下，大声道："圣上，臣也可以不走！可是臣仍然要提醒圣上，只要臣在朝中一日，只要圣上还没有下旨废除天下土地兼并，开放吉林垦荒之禁，臣就不会停止提请圣上为天下人做这两件大事！"道光摆了摆手道："你……可以下去了！"

5

京城外的穆家别院，是一座很大的山庄。这一日，穆彰阿和保胜一前一后，在山庄中的花园小径上走着。尽管保胜现在的身份已是乾清门侍卫大臣，皇帝跟前炙手可热的近臣，但在穆彰阿面前，他仍然有点儿内不自在，口称奴才，拘谨小心。穆彰阿一直沉默不语，走了一段路，停下脚步，回头道："保胜，新皇登基，你现在顶替琦善，做了乾清门侍卫大臣，眼看着又要做本官的妹夫，以后在我面前，不要自称奴才了！"保胜惶恐道："奴才不敢。奴才何等样人，没有大人的栽培，奴才怎么会有今天！"穆彰阿道："等你成了我的妹夫，我做了你的大舅爷，你我就是一刀割不掉的骨肉之亲了，那时我们就是一损俱损，一荣俱荣，休戚相关！"保胜急道："奴才明白！"穆彰阿突然道："皇上和祁隽藻的事，你还知道多少？"保胜心中一惊，含糊道："奴才知道的不多……"穆彰阿看他一眼，做漫不经心状，继续朝前走，一边问道："我怎么听说，祁隽藻所以能活着从山西来到京城，是因为你一路上暗中保护，有这事吗？"保胜震惊地抬头看他，欲说还休。穆彰阿又回头道："你不用解释，我知道这事与皇上有关，我就是想知道皇上以后对这个人有什么打算？"保胜支吾起来："大人……这个……"

穆彰阿知道他不愿意多言，马上转移了话题："啊，我知道你家里不宽裕，看见这座大园子了吗？你和佛库伦成亲之日，我就把它送给你们，佛库伦自个儿还有一些田庄、森林、矿产和奴才做嫁妆。"保胜听了，突然赶到他面前跪下道："奴才谢大人！大人对保胜有再造之恩，保胜今生就是肝脑涂地，也不足以报答大人！保胜跟你实说了吧。大人若是仍旧一心要杀祁隽藻，恐怕……"穆彰阿期待地望着他。保胜横下心来道，"皇上今天在皇家围场密见祁隽藻，说了很长一段时间话，后来就有了恩科副主考的任命。大人，保胜私心揣度皇上之意，是要用祁隽藻平治天下，皇上此次没有直接任命大人为武英殿大学士、领班军机大臣，可能就因为有了这个祁隽藻……"穆彰阿不觉变了脸色。保胜继续道，"奴才是说……大人日后若想荣升武英殿大学士兼领班军机大臣，就要能在朝廷里容得下这个祁隽藻！"穆彰阿心中早已大怒，极端失望而又不便发作，久久伫立，道："这么说，在皇上心里，我能不能做首相，为大清尽忠，竟与这个祁隽藻是不是活着、在不在朝廷里做官连在一块儿了？是这个意思吗？"保胜哆嗦了一下，道："奴才……奴才不过是私心揣度，不敢说就一定是皇上的意思。"穆彰阿让自己恢复常态："啊，我知道了，你可以回宫去了！"保胜急着离开，磕了头转身离去。穆彰阿直视着远方，忽然怒喝一声："来人！把眼前这片林子给我砍了！"

冬至前一天，穆府里里外外张灯结彩，一片喜庆气氛。在薛管家一手操办下，含黛出嫁的一切准备都做好了。穆彰阿起先还担心这个任性的妹子又临时反悔，再闹出什么乱子来，但含黛这次还好，一直安安稳稳、不哭不闹地等着嫁人。冬至这一天是正日，正午时分，花轿落地，鼓乐喧天，含黛任人摆布，穿戴起来，扶入花轿，脸上却没有一丝笑容。坐在轿中，她拿出一封信来读，读完不禁泪流满面。这是上轿时晴儿偷偷塞给她的，写信的人是诺敏，他在信中说，原以为大清天下没有救了，当日他才坚持要求从皇族中脱籍，沉沦市井，做一介草野平民，以备将来大乱之日，不受皇族之害。他十分感谢含黛数年前去见他时丢下的那本《太原府乡试墨卷》，正是看了上面刻印的祁隽藻的文章，他才突然发现其实大清还有人才，天下说不定还有救。他是一个废人，做不了别的，下决心远去吉林，勘察那里的荒地，一旦朝廷解除吉林垦荒之禁，他就可以在那里迎接关内流民，替他们做吉林之地的向导，告诉他们哪里可做耕地，哪里可做牧场，哪里可以渔猎。诺敏在信中说，含黛看到信时，他已经走了，去了吉林之地，今生今世可能与含黛再也无法见面，所以才写了这封信，一是向她道别，二是表示感谢，因为是含黛让他这具行尸走肉又找到了生活的意义和方向。诺敏还说，含黛看过这封信后，不要回信，因为以后他一旦到了吉林之地，也不会再给含黛来信了。含黛至此才知道，她一生中遇到过的两个男人，一个愿意嫁的，一个不愿嫁的，竟然都有救天下之心，是自己没有福气，嫁不了这一个，又放走了那一个，只能去嫁哥哥要她嫁的奴才保胜！想到这里，她不由得伏身在轿里，悲声大放。

保胜对于这桩婚姻也没有多少喜悦，送走了一众宾客，已经很晚了。他才走进新房，在含黛面前跪下去，道："奴才保胜，见过格格！"含黛看他如此，心中反感，自己一把扯下盖头，冷冷言道："你起来吧。你今天娶了本小姐，就是本小姐的丈夫，不是奴才，为什么还要跪着？"保胜低头不敢仰视，道："奴才今天把格格娶到家里，是穆大人的意思，奴才其实不敢亵渎格格！就当是格格落了难，要到奴才家里住几天，奴才一定好好侍候着！"含黛听了，对这个丈夫的最后一点儿期待也落了空，大怒道："你……给我滚出去！"保胜"喳"了一声，如蒙大赦，起身就走。含黛含泪望着他走，突然又起了逆反之心，道："你……给我回来！"保胜听了，只得答应一声，转身回来跪下。晴儿看看这个，又看看那个，心里为含黛叫苦，又说不出口。含黛索性一不做二不休，把话全挑明了道："你可能也知道，嫁给你非我所愿，我也听说了，娶我也非你所想。你是因为我是我哥的妹子才娶了我，我却是因为想嫁的人嫁不了才嫁给了你！我知道你早在大老婆没死的时候就娶了一大堆小老婆，所以你一点儿也不缺女人。我呢，虽然不能不嫁过来，却仍想为我自己想嫁的人守身如玉！要是你不反对，咱们之间就立一个君子协定，从今以后，你我只做名分上的夫妻，各住各的房子，井水不犯河水。"保胜虽然心中愿意，却又不敢真的答应，于是欲语又止。含黛越发气大，道："你若是敢逼迫含黛，含黛就自杀！"保胜仍旧不敢言语。含黛冷笑道："保胜，别以为本小姐说出来做不出来。我也是将门之后，死对我不算什么！你娶含黛为的是攀我哥的高枝儿，含黛要是死了，你想攀的高枝儿就折了，我哥是个什么人我比你清楚，表面上看他心胸宽广，其实量小心狭，睚眦必报，他将来能让你位居一品，也能让你死无葬身之地。要是这样，你就划不来了！"

保胜听到这里，方知含黛的话都是真的，一直高悬着的心放下来一点儿道："格格，奴才保胜刚才说了，无论什么时候，保胜都是穆家的奴才，格格说什么奴才都会听从，不就是一个君子协定吗？我看也甭写了，保胜也是个男人，格格的话我认下了！"含黛听了，又道："从明天起，你要改口叫我夫人，我也改口称你老爷。家里的大事小情，该我管的，让管事的老妈子都来回我，大小库房的钥匙，也让他们交给我掌管！"保胜支吾道："这个……好的！"含黛接着说下去："你前头的福晋给你生了个女儿，明天让她来认认我这个额娘！"保胜道："行，格格。"含黛冷冷地纠正道："夫人！"保胜连忙改口道："对，夫人。夫人刚才交代的事情，奴才一切照办。从今天起，你就是这个家的主子。不过这些事情，都是夫人让奴才做的，穆大人一旦追究起来，请夫人给奴才开脱！"含黛气又涌上来了，手朝外一指，喝道："你给我出去！"保胜巴不得听到这一声，站起转身就走。含黛又生气了，喝道："回来！你……你就这么急着走，哪个小老婆在等着你！"保胜又回来答道："夫人要是不让保胜走，保胜就留下！"含黛突然觉得自己被他看透了内心，又发怒道："你……快给我走！"

6

位于宣武门内四眼井街的祁家官宅，自祁家去后，并没有租给别人，隽藻回京之后，朝廷又将它重新租给祁家住用。玉环这日正坐在家中洗衣，宿藻突然走进来道："嫂子还记得穆彰阿大人的妹子含黛吗？昨天她出嫁了！"玉环心中一惊，站起急问："她……她出嫁了？嫁给了谁？"宿藻道："含黛格格嫁给了当今皇上的宠臣、乾清门侍卫大臣保胜保大人！"玉环站在那里哭起来，一会儿又笑，进内室换了身干净衣服，怀里揣了一个蓝底白花的包袱，急急地就向外走。宿藻道："嫂子，你这是去哪？"玉环回头道："六弟，含黛格格是你哥和我的救命恩人，自从上次她去过咱们家以后，嫂子就一直想当面见她，向她叩头致谢……哎哟坏了，我不知道保大人府上在哪里，要不你去套车，送嫂子去给含黛格格道喜，顺道也好去给她磕一个头，谢谢他对我们祁家的大恩！对了，这件事情千万不要让你哥知道！"宿藻想了想，笑道："行，咱瞒着他。"

玉环的马车来到保府时，含黛正坐在内宅的大厅里生气。刚才几个老妈子送来了库房的钥匙，连同所有田产房屋内外铺面一年收支各类账本，还有家中上下大小用人并一应分派差事的名册，含黛让晴儿一一收下。正在这时，保胜前房福晋生的女儿菊花，两三岁的光景，被丫鬟引来，见新额娘。含黛原本要好好待她，没想这小丫头对这位新来的额娘充满敌意，冷不丁地在含黛手上咬了一口，含黛疼得大叫一声，下人们急急把小丫头拉走。这时流翠又赶进来禀报，说外头有不少王公大臣家的福晋格格要进来给夫人贺喜，姑爷请小姐示下。含黛心情不好，一概回绝。流翠刚要走，又回头低声说了一句什么。含黛听了，呆了半晌，道："请！"流翠迟疑道："小姐，真要见她呀？"含黛已经等不得了，站起来道："我说过了快请！"

不一会儿，流翠就引着玉环来到内宅客厅。玉环远远地望见含黛珠环翠绕，高高地端坐在堂上，急忙紧走几步上前拜倒在含黛面前，口称："民女曹玉环，拜见格格！"含黛望见玉环，心中一时五味杂陈，竟说不出那真正的味道来，也不叫她起身，问道："曹玉环，怎么是你？"玉环道："格格新婚大喜，惊动了全北京城的人，民妇知道得太晚，来迟了！民妇曹玉环给格格来道喜！格格万千大喜，将来夫妻和睦，子孙满堂，大福大贵！"含黛听到这里，不禁伤心之至，站起来背过身去，一时强忍泪水，半晌无语。玉环见她不说话，急忙双手将怀中的一个包袱高高呈上，道："三年前格格到山西见过民妇的丈夫以后，民妇当时量下了格格的脚印，发誓不管今生今世能不能再见到格格，每年都要为格格你做一双鞋。三年过去了，民妇一共做了三双鞋，粗针大麻线的，没想到还有来到京城见到格格的一天，更没想到恰好赶上了格格的新婚大喜。格格要是不嫌民妇的针线活儿不济，就请收下。不是真要格格穿它，格格是我夫祁隽藻的救命恩人，也是民妇的救命恩人，民妇就是想用它表一点儿感恩和想亲近格格的心！这样的贺礼，格格千万别嫌轻薄！"含黛听了，心中又是一震，泪水几乎夺眶而出，回头颤声叫道："晴儿，把祁夫人请起来，贺礼收下，看座！"

晴儿接过包袱，扶玉环起身落座，将包袱打开。含黛走过去，开始只是看，过后觉得三双鞋确实做得好看，拿起来一双双细细地瞧，忽然又放下，不觉心中感动，眼中涌出泪花。玉环紧张地望着她道："格格要是觉得太丑，玉环……"含黛为她的真情所感动，伸手制止她，道："不，这是含黛新婚期间收到的最好的礼物！含黛喜欢！晴儿，怎么不给祁夫人上茶？"晴儿答应一声，连忙给玉环上茶。含黛拿起一双鞋，紧紧贴在胸前，轻声问："祁夫人，听说你丈夫祁隽藻已经回到朝中做官，他……怎么样？还好吗？"玉环心中一动，不觉又起了戒心，小心答道："啊，他还好。"含黛等待她再说点什么，玉环却什么也不说了。含黛心中明白，她想了一想，突然开口道："啊，祁夫人，含黛小时就没了爹娘，除了一个长兄，也再没有一个姐姐妹妹，现在嫁到这一家，什么人也不认识，更觉得寂寞。祁夫人要是不嫌含黛轻薄，我们俩像你们汉人一样结个干姐妹怎么样？"玉环吃了一惊，急忙站起道："格格，这可使不得，玉环什么人，敢和格格姐妹相称！"含黛不高兴了："怎么，你不愿意，还是觉得含黛不配？"玉环一时心更慌了，道："哪里！玉环就是觉得……"含黛道："含黛是个直性子，我今天所以想和你结拜个干姐妹，是看中了你为我做的鞋，我喜欢，以后有了这么个姐妹名分，含黛就好向你要鞋穿了。怎么，你真的不愿答应？"玉环听了，心中不愿，却也不敢拒绝，急忙伏地拜倒道："格格如此高抬玉环，玉环谢格格。格格若是真的喜欢玉环做的鞋，以后玉环每年多为格格做几双鞋就是了！"含黛心中一时悲喜交并，道："好，从今天起，你我就是干姐妹了。以后要常来这里看看我，我们一起说说话。"玉环感动道："谢格格。只要格格不嫌玉环粗笨丑陋，玉环就一定常来。"

晴儿送走玉环，回来见含黛将案上的三双鞋抱起来，用脸去亲，又去嗅上面的气息，忙问："小姐，你怎么了？"含黛含泪道："祁隽藻和曹玉环朝夕相处，这上面也有他的气息，对吗？"晴儿听了，睁大了眼睛，落下泪来，道："小姐，你要是这样，这一辈子可就……可就……出不来了！"

7

这天夜晚，玉环偶然因为一件事情，走到书房后面的小花园里，突然从通冯家旧宅的那扇小门的门缝里，看到了几个人影一闪。自冯家出事之后，这座官宅被认为是凶宅，一直荒着，玉环心想这会不会是贼，凑过去仔细看了一眼，立时被吓了一跳，急忙揉揉眼睛再看，又看不见什么人了。她心跳得厉害，回头背靠小门，好久也没让自己的心平静下来。

在冯家旧宅出现的人正是妙真、暖儿和江一鸣。原来自从隽藻回到北京，江一鸣一直潜身冯宅，暗中保护。今日一见妙真，江一鸣马上就明白了她的来意，上前禀道："小姐，这些天我天天守在这里，发现在山西见过的那几名大内侍卫，夜夜在祁家的后园里出现。"妙真听了，不觉生疑，想道："这就是说，皇上也一直在保护他！"想到这里，不禁生起气来："江大哥，他到底做了什么事，让皇上这么器重他！他不会真忘了冯祁两家的大仇，认贼做父，和大清朝廷沆瀣一气了吧！真要是那样，我们一直保护着他又有何用！"江一鸣劝道："小姐别这么说，据一鸣后来在山西打听得知，祁公子所以入朝做官，另有原因！"说着，他向妙真低声了耳语几句。妙真听了，胸中怒气稍平，却又生出了新的担心，道："江大哥，要这么说，隽藻日后在朝廷里还是凶多吉少！"江一鸣拱手道："小姐放心，一鸣上次虽没有替琦善杀掉祁公子，但在琦善那里却越发受到信任。我现在可以以这种身份待在京城，一旦事情有变，自然会挺身而出！"

无论是玉环白天去见了含黛并结为了干姐妹，还是她晚上在冯家旧宅里看到妙真，隽藻都一无所知。夜静更深之后，隽藻还在房中坐着，一边泡脚，一边看一本新刻印的书。玉环走进来，看着他，想说什么，又忍住了。隽藻大叫道："好文章！真是好文章！"一时竟激动得手舞足蹈起来，把脚下的热水盆也踢翻了。玉环上来收拾，嗔道："你怎么啦？像个孩子！"隽藻喜不自胜，一时忘情，把她抱着高举起来，欢喜说道："知道吗？我看到了天下最有才华的士子写的惊天动地的好文章！"玉环急赤白脸道："快放我下来，让人看见！"隽藻将她放下，回头又看起书来。玉环回头望着丈夫，忽然笑起来，道："到底是谁写的文章，还能让你喜欢成这样！"隽藻兴致勃勃答道："天下四杰，李翁彭黄！直隶高阳李鸿藻，江苏常熟翁心存，江苏长州彭蕴章，江西宜黄黄爵滋……有心胸，有志向，有节操，有抱负，果然都是经天纬地之才，祁隽藻孤陋寡闻，大清国有这些出类拔萃的人物，皇上还愁什么没有人才，天下不治！"玉环想起方才从冯宅看到的事情，刚要开口，隽藻沉浸在自己的思绪里，又大声道，"不知道天下四杰眼下都在何处，要是他们都能来参与明年春天的恩科会试，我一定要不遗余力向皇上举荐他们！前面有林则徐、邓廷桢诸公，后面有天下四杰，再加上一个祁隽藻，天下事不足虑也！"玉环不觉起了妒忌心，道："瞧你，发现了几篇好文章，比我生了世长还高兴！"隽藻笑道："你说什么？这是两回事！你生世长，只是我一家之喜；天生四杰，那是国家之喜，天下大喜！好了好了，我今天要早点儿睡，明天要早早起来去赴早朝！"他三下两下把脚擦干，滚到炕上去。

玉环端起脚盆待要往外走，隽藻突然抬头道："哎，有件事情，你想不想知道。"玉环心中一惊，回头问道："什么事？"隽藻有点儿担心地看着她，笑着说："含黛格格，就是穆彰阿穆大人的妹子，这两天出嫁了，嫁给了乾清门侍卫大臣保胜保大人。"玉环不觉心中一疼，站在那里，呆呆地不说话。隽藻道："听说保大人是奴才出身，不像那些公子王孙，世家子弟，含黛格格嫁给他，嫁对了。"玉环已经不自在起来，道："怎么着，你还想去给人家送份贺礼呀？"隽藻笑道："我是想过，可咱家这么穷，也拿不出像样的贺礼，不行我就写一幅字给她？听说皇上让阿哥们在宫里把我的字当帖来临呢！"玉环听到这里，心中的妒意不觉腾腾升起，红了脸叫道："祁隽藻，你和她的事都过去三年了，你还没有忘了她呀！你想怎么着！"说着放下脚盆，张开两手，向隽藻扑过去，又道，"你心里要是还有她，我跟你没完！"隽藻吓了一跳，连忙在炕上跳起招架，喊道："哎呀，你干什么，我心里哪里还会有她呀，不送就不送，你急什么呀！"玉环停下来，背过身子拭泪。隽藻又过来安慰她道，"行了行了，都说咱山西人爱吃醋，你这醋吃的，太大发了吧。"玉环一把将他推翻在炕上，端起脚盆里的残水就往外走。隽藻叹气道，"我现在才知道——"玉环回头恨恨地瞪他一眼："你才知道什么？"隽藻急忙赔笑道："我说什么了吗？我什么也没说呀。好了好了，你刚才要跟我说什么？"玉环想了想，突然不想再说刚才从冯家看到的人了。她想：谁知道呢，也许她方才是眼花了，看错了，冯宅那边什么人也没有！

第十八章

称祖制满臣逼新主　更试题汉官入囚笼

1

　　拂晓，乾清门外，上早朝的大臣们云集一处。穆彰阿刚下轿，琦善就凑了过来："大人！都炸锅了。今日早朝，礼部尚书阿鲁图要首先发难，大家都说，一定要皇上收回成命！"穆彰阿不动声色，问："怡亲王、郑亲王和肃顺他们呢？"琦善道："好像也和别人一样，义愤填膺！"穆彰阿不语，琦善奇怪地看他一眼。时间一到，众臣鱼贯进入乾清门。道光高坐龙床，众臣参拜："吾皇万岁万岁万万岁！"道光威严地扫视众臣，道："平身吧。"众臣起身，分班站立。道光道："今日早朝，议一议恩科的事。穆彰阿、祁寯藻来了没有？"穆彰阿、寯藻出列叩见。众臣悄悄议论："就是他？他就是祁寯藻？"道光道："肃静！自古圣人治天下，首在用人，圣人用人，首在选才，朕此次令你二人代朕主持恩科考试，一来是要表达朝廷与民更始之心，让天下人知我大清君臣将有大作为；二来是要你们秉持天下为公之心，为朝廷简拔济世之才。朕的这个意思，你们俩都明白吗？"穆彰阿、祁寯藻齐声道："奴才（臣）明白！"

　　一个老迈不堪的满臣匆匆上前，俯伏在地，大声道："皇上，奴才阿鲁图有话要讲！"道光手一抬，问道："阿鲁图，你有什么话说？"阿鲁图颤颤巍巍地答道："奴才昨日闻听皇上旨意，让祁寯藻出任恩科副主考，臣以为自己耳背，听错了！臣请皇上收回成命！"道光反问："阿鲁图，祁寯藻为何就不能出任朕的恩科副主考？"阿鲁图举起清瘦的双手，连连摇摆，活像两根鸡爪在空中抓挠："皇上，此次恩科取士，乃是皇上登基以来做的第一件大事，科举取士，事关国家根本，不可不慎。祖宗旧制，做主考副主考的必须是朝中德高望重的大臣，祁寯藻一七品蕞尔小官，德鲜才薄，怎能当如此大任！朝廷让一个七品小官做副主考，天下人都笑我大清无人，朝廷做事不成体统！皇上，万万不可！"众满臣纷纷出列跪下："皇上，奴才们也求皇上收回成命，万万不可用祁寯藻做恩科副主考！"

　　道光看看穆彰阿和肃顺三兄弟，问："你们呢，也这么看吗？"载元、瑞华出列，跪于众满臣之前，大声言道："回皇上的话，我堂堂大清朝廷，文武百官，能任大事的人众多，为何皇上一定要用一个名不见经传的七品小官呢？这么做，只会惊动天下，引起物议！"道光耐住性子，又看王鼎等一帮汉臣，问："你们呢？"汉臣中不少人也陆续出列，跪倒在众满臣之后，但声音低微："臣等附议。"王鼎站立不动。道光问："王鼎，你怎么不说话？"王鼎出列跪拜道：

"回圣上话，臣王鼎也以为圣上不该用祁寯藻做恩科的副主考官！祁寯藻一七品小官，蒙圣上恩宠，刚刚奉旨入朝，圣上就让他与穆大人一起负担国家之重、天下之望，祁寯藻不遭毁谤，谁遭毁谤？臣以为圣上如此用他，不是要保护和养育他，而是将他置于刀丛剑树之中，让他死无葬身之地！"众满臣勃然变色，议论纷起。阿鲁图大声道："皇上，王鼎大胆，公然在朝堂上诋毁皇上，请皇上治他的罪！"道光想不到一向敦厚持重的王鼎也会说出如此话来，生气道："肃静！穆彰阿，你为什么不说话？"穆彰阿跪着，仍旧一言不发。道光"哼"了一声，走向祁寯藻，沉着脸问："祁寯藻，你呢？你觉得自己有资格出任此次恩科会试的副主考吗？"寯藻似乎根本没有听到殿内关于他的一片喧闹，大声言道："臣祁寯藻回皇上话，臣以为自己有资格！臣蒙圣上差遣，和穆大人一同主持此次恩科会试，可以还天下以公！"众满臣又炸了营，都吃惊地望他。阿鲁图气得直发抖，道："皇上，奴才请皇上治祁寯藻大逆不道之罪！祁寯藻诋毁先皇！"道光脸一沉，问道："你说什么？祁寯藻诋毁先皇？"阿鲁图气愤道："蕞尔小臣祁寯藻方才说道，皇上这次让他和穆彰阿穆大人一同主持恩科会试，将会还天下以公，是说先皇在世时，待天下不公！这不是诋毁先皇吗？"道光生气，厉声问："阿鲁图，你这是什么意思！祁寯藻他是这个意思吗？"众满臣又一起伏地叩头，齐声道："皇上，千万不可因为区区一个祁寯藻，违背了祖宗旧制！"

道光走回到龙床坐下，道："原来说来说去，你们并不是对着祁寯藻，你们今天上朝，都是对着朕来的，都认为朕不该用一个七品官做副主考，说朕做事有违祖制，不成体统！那朕问你们，朕怎么做才不会有违祖制？照朝廷旧制，最低哪一品官才可以做这个副主考？"阿鲁图回道："回皇上话，最小的官也该是正五品，祁寯藻他不够资格！"道光怒道："那也好办，朕就恩外加恩，赏给祁寯藻一个正五品官。军机处即刻拟旨，祁寯藻由翰林院编修改授翰林院侍读，正五品！"此言一出，众皆愕然。阿鲁图带头放声大哭："皇上不可！皇上不能这样！"众满臣也跟着哭起来："皇上……"道光大怒："都给朕打住！大清的天塌下来了吗？你们就这样痛哭？！不让朕重用一个汉人，非要朕把这次恩科取士的大事交给你们，再闹出一个科场外公开出卖试题的大丑闻？不让朕用祁寯藻，你们这些人，连同你们的子孙，又有几个人真正读过书，懂得圣人治天下之道，真能为朕分忧？！今天你们在朕面前哭，要是大清的天真地塌下来，那时哭的就是朕了！"见道光真的动了怒，殿内哭声戛然而止。道光怒起，喝道："退朝！"众满臣面面相觑，无计可施。肃顺突然跪奏："皇上，奴才肃顺有本要奏！"道光回头："肃顺，你还有什么话要说！"肃顺道："奴才求皇上恩准，赐奴才一个举人出身，去应此次恩科会试！"道光听了此言，态度马上温和下来，道："今天早朝，就你这句话让朕听了舒服。我满人中也该有人好好像穆彰阿那样，读读书了！怎么，你想去参加此次恩科会试？"肃顺道："奴才回皇上话，正是！"道光道："肃顺，你是朕身边的一等侍卫，皇室宗室，为什么还要去考一个进士出身？"肃顺叩头在地，不觉失声痛哭道："奴才肃顺方才听圣上言道，我满人子孙中无人读书，无人可与皇上分忧，奴才不觉心酸，奴才虽读书不多，却也愿意参与此次恩科会试，万一得中，将来立于朝堂，为皇上分忧！"道光被他感动，点头道："好，好！你有这样的胸怀，朕今天格外欣慰。朕就特赐你一个举人出身！肃顺，你要好好考，真能写出好文章，给我们爱新觉罗家——不，给我们大清长脸，朕就……朕就点你一个状元！"隽藻听了，脱口而出："圣上不可！"载元忍无可忍，膝行一步，大声急道："祁隽藻，此事有何不可！天下者皇上之天下，天下读书人的功名都是皇上所赐，别说此次肃顺去考，就是不去考，圣上要赐肃顺一个状元，也是皇上对奴才的恩宠，哪有你一个七品小吏插嘴的地方！"众满臣听了解气，又一起起哄道："王爷说得好！就是皇上把状元赐给了六爷，谁也不能说什么！"隽藻置之不理，待众声平息，依旧亢声对道光道："臣祁隽藻再次请圣上收回刚才的话，不然传出去，天下学子将不会认为圣上此次要还他们一个天下至公！"瑞华急捅了肃顺一下。肃顺醒悟，急忙向前叩头，大声地说："奴才肃顺领旨，谢皇上圣恩！"道光头又大了，自知失言，却也不便收回，转身就去。随侍太监趁机响鞭："皇上有旨，退朝！"祁隽藻心中大急，猛然跪起，取下顶戴，大声喊道："圣上留步！臣祁隽藻再请皇上收回刚才的话，如圣上不愿收回，就请皇上收回赐给臣的顶戴，让臣还乡！"道光心中一震，不得已回过头来。阿鲁图见状，大声喊道："祁隽藻大胆，敢这样逼迫皇上！"肃顺霍地站起，怒道："皇上，奴才让祁隽藻如此逼迫皇上，奴才罪该万死！请皇上允许奴才杀了这个山西醋坛子！"他一边说，一边"嗖"的一声，从身后一侍卫腰中拔出刀来。众满臣见状大喊："对，六爷杀了他！杀了他！"道光变色，喝道："住手！大胆！"肃顺急忙把刀扔掉，跪下。众满臣也跟着全跪下，不敢仰视。

道光满眼泪光，看着祁隽藻道："祁隽藻，朕方才确实是失言了，朕为你收回方才的话。朕方才的意思是，肃顺若是文章写得好，朕就点他一个状元，可要是他的文章写得不好，朕是不会点他做状元的！这下，你和你的天下学子，该满意了吗？"隽藻将顶戴重新戴上，叩头在地，流泪道："臣祁隽藻谢圣上还天下以大公！"

2

下朝之后，阿鲁图领着一帮满大臣来到穆府，求见穆彰阿。对于穆彰阿在早朝的沉默，他们一是不满，二是不解。载元、瑞华随后也走了进来。薛管家急迎上去道："两位王爷也来了！"载元看阿鲁图等人，道："你们都来老穆这里闹什么？"众人齐声高叫："穆相必须说话！皇上一定要收回成命！两位王爷，你们也要出头说话！"瑞华顺水推舟道："诸位，这个自然，我们也正为此事而来！"众人回头冲薛管家吵嚷："穆大人为什么不出来？我们要见穆相！"

穆彰阿此时正在书房里端坐，琦善一旁侍立。薛管家再次走进来道："爷，你看怎么办？连怡王和郑王都来了，他们说，爷不给他们一个痛快话就不走！"穆彰阿神情冷漠，仍旧不说话。琦善故作气愤道："这些人不像话！在朝会上吵闹了皇上还不够，又吵到大人家里来了！他们想让大人给他们说什么痛快话？带他们一起去跟皇上闹？……大人，你见他们不见？"穆彰阿不理他，猛抬头对薛管家道："告诉他们所有的人，我病了，已经躺下了，不见人！"薛管家问："两位王爷呢？"穆彰阿喝道："我说过的话，还要再重复一遍吗？"薛管家看一眼他的脸色，转身往外走，穆彰阿又道："回来，安排车，我要去城外庄子上养疴！"

现在书房里又只剩下了穆彰阿和琦善两个人。琦善悄悄注意着穆彰阿的神情，亲自给他端过茶来，试探道："大人，今天在朝会上，你是不是投鼠忌器，才没有开口？皇上如此器重祁寯藻，甚至为了他收回要点肃顺为恩科状元的成命，这可是有我大清以来从没听说过的事情，大人不觉得有点儿意外吗？"穆彰阿依旧闭目不语，神情却愈来愈愤怒狞厉。琦善继续用言语激他，又道："大人真要一言不发，任祁寯藻从此在朝廷里翻云覆雨，将大清的天下变一个颜色？！"穆彰阿突然睁开眼睛，忍不住冷笑一声，怒道："大清的天下变不了颜色！"琦善趁势道："大人，奴才的意思，要不就'咔嚓'……还是那样痛快！"穆彰阿心中一惊，突然爆发，大声道："不！"琦善吓了一跳："为什么？大人多少大事都做了，今天怎么变得一点儿魄力都没有了！那我的人……"穆彰阿回头直视着他道："你给我听着，从现在起，只要皇上还让祁寯藻在朝廷里为官，你的人就不能动手！但要天天盯着他，祁寯藻的一举一动，我都要知道！"琦善笑了，低声道："大人，这个奴才已经做了，祁寯藻一言一行，一举一动，都不会逃过奴才的眼睛！我让我的人天天盯着人呢！就连皇上派大内侍卫天天夜里去祁家暗中保护的事我都知道！"说罢，不看穆彰阿的反应，起身就走。穆彰阿心中又大大地吃了一惊，吩咐道："琦善，出去让大家都知道我真的病了，病得不轻，就连这次恩科会试都不一定能主持了！"

穆彰阿出城养疴的消息很快就传到了怡王府。密室之中，载元对瑞华、肃顺冷笑："这个老穆不是假病，而是真病！"肃顺诧异道："真病？"载元道："可不是真病！今日在朝会上，皇上逼他表态，他都咬紧牙关一言不发，不是真病了，会是那样！"瑞华不满地看了看载元道："你说话别老是暗藏玄机好不好。不过你的意思我还是明白了，穆彰阿在朝会上不是不想说话，而是无话可说，恼怒至极，于是干脆给皇上来一个徐庶进曹营——一言不发。"肃顺气冲冲道："这哪是他恼怒至极，肃顺以为这正是他的奸诈所在！他一言不发，反给了皇上面子，也给了自己折冲回旋的余地。到了最后，皇上还是得用他！"瑞华感觉到了肃顺的变化，惊奇地看着他道："哎，我说老六，你年纪不大，这一阵子跟着皇上和穆彰阿，还真有长进。不过我得到的消息和你们不同，穆彰阿是愤怒至极，却也是真病，皇上都打发御医去看过了！"肃顺冷冷一笑道："你们知道什么？这是所谓败军之计，全军而退，以退为进，用不了多久，他的病就好了，还会赶回来继续主持这次恩科会试！"他从心底里看不上这个老三，认为还是老二载元有城府，有智计。瑞华讨了一个没趣，换了个话题道："嘿，不说他了，还是说说你的事情吧。可恨祁隽藻，皇上今天早朝上一高兴，脱口就赏给你一个状元，若是往常，主持大考的两位主考心照不宣，这件事也就成了，没想到让这个山西醋坛子一闹，皇上又把话收回去了！老六，看这个样子，你还真得找人好好替你准备几篇应试的文章了！"肃顺听了，觉得他文不对题，也不答话，转过脸去看载元。

载元一直在沉思，此时突然有所醒悟，脱口道："穆彰阿此人，是个大奸！"瑞华被他吓了一跳："老二，你说什么呢？"载元不理他，对肃顺低声道："闹还是要闹，不然真让祁隽藻做了副主考，将来你做状元的事情就悬了！只是闹法要有所变化，快让人捎信给阿鲁图他们，让他们也一个个得病，住到乡下去！再不然就让他们都上折子辞官！"瑞华一时还没绕过弯来："老二，你这是——"载元沉沉道："以今日穆彰阿的行为看，想让他出头带领阿鲁图他们请皇上收回成命，已经不成了。不是他不愿为，是他知道就是他这样做了，皇上也不会妥协，闹不好反会把他自己也折进去。老六方才猜得对，穆彰阿称病下乡养疴，其实是以退为进，向皇上施压，同时也是向满朝的大臣们做样子，打招呼，让大家和他一样称病不朝！"肃顺不觉眉飞色舞，道："好！大家一起称病，朝廷就要停转，看他皇上还怎么做！"瑞华还是不大清醒，看了肃顺一眼，问道："那老六这一科还去不去考了？"载元道："当然要去考，虽然皇上今天早上又把话收回去了，可在我看来，皇上心中仍然巴不得肃顺中个状元。皇上重用祁隽藻，是他不得不用，其实他真正想用的还是我们旗人，是我们爱新觉罗家的人！"肃顺道："我马上就去乡下见老穆，将这个信息变个法儿让他知道！"载元突然对肃顺拱手道："六弟，两个哥哥无能，被皇上弃置在家，无所作为，不遇上大的事变，很难死灰复燃。今天早朝最让二哥高兴的事情是，在我们三兄弟中，皇上似乎只对你一个人还心存宗族亲情，他还没想到提防你，你要好好地利用这一点，我们一家人的将来，你两个哥哥的将来，都在你身上了！"

3

穆家的乡下田庄，虽然也有亭台楼榭，但比起周围王公大臣们的庄园，并不奢华。此日穆彰阿正躺在病榻上看书。薛管家走进来，悄悄地掩上门，凑到穆彰阿的身前低声道："爷，保胜姑爷的信！"穆彰阿放下书，接过信，迅速拆看，叫道："不好！"薛管家惊诧地望着他："什么不好？"穆彰阿道："这几天，军机大臣钮柱、邱必逢，礼部尚书阿鲁图，吏部尚书阿满，刑部尚书安出虎，还有……朝中大小二十余名三品以上大员，一起向皇上上折子称病！……套车，我要马上回城！"一言未了，就见虫子进来禀报："爷，肃顺六爷来了！"穆彰阿怒从中起，道："他这会儿来干什么？"虫子道："说是听说爷病了，特来探爷的病！"穆彰阿冷笑一声，想了想，道："请六爷！"

肃顺已经等在门外了，听到一个"请"字，立即就走了进来。一进门，穆彰阿便故作热情道："六爷，你怎么大老远地找到我这儿来了？你晚来一会儿，就碰不上我了，我正要回城呢！"肃顺一惊："怎么，大人的病这么快就好了？"穆彰阿道："啊，前几日偶感风寒，吃了几服药，出了场透汗，好了。赶着庄子上有点儿事，我留下来处理，这不事情已经完了，我正说着要回城呢！"肃顺见状，心想穆彰阿果真是聪明绝顶，老二费了那么大劲儿才想出来的一个法子，被老穆一眼就看透了，只要他一回城，见到皇上，老二他们想的这一招就不灵了。他有自己的心事，不想再绕弯子，干脆直言道："既然大人身体康复，肃顺今日来，就是有事求大人了。前几日早朝上，肃顺出于不平，毅然求皇上恩赐了一个举人出身，要去参与恩科会试。蒙皇上爱戴，当场就下旨道，如果肃顺考得好，就赏肃顺一个状元，这话大人想必也是听到了的。"穆彰阿点头道："对，我听到了。"肃顺道："大人是此次恩科的主考，肃顺来见大人，是想求大人点拨一二，肃顺到时该如何做，才能不负皇上厚望！"

穆彰阿心想：这个肃顺，以前他多少可能还是小瞧他了！譬如那日在早朝上，他突然提出要参加恩科会试，考一个进士出身，就一下感动了皇上；今天他本来是探听消息来的，但被他识破后，竟然变成了求教。穆彰阿在心里笑道："可他还是个孩子，既然是孩子，那就戏耍他一下。"他突然站起，向肃顺躬身一揖："六爷，请受穆彰阿一拜！"肃顺急忙起身，大惊道："大人，你这是——"穆彰阿动了感情，道："多年以来，穆彰阿在我旗人中见过太多不思进取、得过且过之辈！六爷是什么人？在穆某心中，只有六爷、怡王、郑王，才和皇上一样，是我大清的主人！今日大清到了存亡危急之秋，六爷挺身而出，参加科考，与天下读书人一争高下，这是为我旗人中的一代青年做了表率。六爷一旦科举高中，将来定是朝廷栋梁，大清有望，天下有望！六爷，穆彰阿这一拜是应当的！"肃顺不觉被他忽悠住了，感动道："大人过奖，大人才是今日大清的栋梁，肃顺眼下是一心应试，但是做不做得了状元，还靠大人栽培！"穆彰阿满脸激昂慷慨的样子："此次恩科，皇上有旨在先，要点六爷做状元，穆彰阿何许人，敢不照着皇上的意思去做！只是……只是……"肃顺道："大人有什么顾虑，不妨讲出来，肃顺也好有个主意！"穆彰阿叹道："六爷，穆彰阿怕的是六爷过得了我这一关，却过不了祁隽藻那一关！"肃顺脸色"唰"的一下白了，怔了半晌，方才言道："肃顺明白了，肃顺谢大人，肃顺告辞！"

　　肃顺一走，穆彰阿立即启程回城，也不回府，直接进宫面见皇上。道光此刻正坐在养心殿里，面对案上一堆高高的折子生气。穆彰阿跪伏在地，口称："奴才穆彰阿，见过皇上。"道光冷冷地看着他道："穆彰阿，不是听说你病了吗？不但病了，还去了乡下。他们都说你是因为朕用了祁隽藻做副主考，心中愤懑难平，决心离开朕，离开朝廷，以此与朕抗争。今天你要是再不回来，朕这儿就打算再换一个恩科的主考了！"穆彰阿叩首道："奴才死罪。奴才前几日偶感风寒，住到乡下去，是想让那里的一个大夫用土方子帮奴才治一治，没想到还真灵，三两天就痊愈了，这不奴才马上就回来了。方才皇上讲的那些事情，皆是流言，皇上明鉴！"道光的气略平，道："你回来就好。看到了吗？就因为你这一病，朝中这些大臣，都上折子称病，他们还真以为朕离不开他们呢！"他将那一堆折子推倒在地，怒道："出去告诉他们，谁还想在朝中当差，就自己上折子，求朕让他们收回这些折子。要是不想当这个差，他们也可以不干。想逼朕出尔反尔，收回让祁隽藻做副主考的任命，不行！"

　　消息传到怡王府，肃顺三兄弟再次聚首，瑞华此时已经明白了其中的曲折，气恨恨地嚷道："这个老穆，到底还是把我们都耍了！最恨祁隽藻入朝的是他，可是将满朝老臣带沟里去的也是他，这会儿在皇上那儿做好人捞恩宠的还是他！我就纳闷了，皇上的心思他怎么就琢磨得那么清楚，那么分毫不差呢！"载元道："老三，虽然你整天说话不着边际，这回却说到了点子上。穆彰阿玩弄皇上和满朝大臣于股掌之间，是因为皇上身边的两个人，一个琦善，一个保胜，尤其是保胜，一天到晚和皇上在一起，都是他的人！"瑞华一拍脑袋，叫道："哎哟我明白了，前些天我还坐在这儿纳闷呢！穆彰阿怎么无端地就将自己的妹子嫁给了他家原来的奴才。这人太奸，每一步棋都比别人想得早，虑得远，下手狠！"肃顺冷笑一声，坐在一旁不说话。载元怕他们泄气，连忙道："也不要把穆彰阿说得那么神。其实连穆彰阿在内，还有我们大家，这回都有点儿弄巧成拙。穆彰阿以为他带头这么一闹，满朝大臣闻风而动，皇上迫于压力，就会撤掉祁隽藻，可他没想到，我们也没想到，皇上也是一个有脾气的人，他登基伊始，第一次拿主意做的一件事，就遭到这样的抵制。你我兄弟要是他，就是为了给自己立威，他也绝对不会屈服，只会一条道走到黑！"瑞华点点头："这话透彻。不过老六这状元还考不考了？"肃顺猛然起身道："当然要考，不但要考，还要过得了祁隽藻这一关，让他也无话可说！"

4

隽藻、玉环回京城时，只带了宿藻和张牧两个人来。这是刘氏的主意，虽没明说为什么，但隽藻和玉环心中都明白，母亲并不知道他这官会做多久，而且他一个七品官的俸禄，和一个县官相等，每年只有四十五两银子，要租官宅，要开销车马，还要吃饭买书，打发时常来京的亲友故交，日子会过得十分拮据。到了京城，虽然住回了旧宅，玉环却也没有再请用人，什么事都是自己一个人做。吃饭还是山西老家的规矩，一天两顿饭，早上一顿小米稀饭，半后晌一顿小米稠饭。一连过了几个月，直到了第二年的三月，家里天天吃这个，宿藻就有点儿撑不住了，这天早上，一看端上来的又是小米稠饭加咸菜，不满道："哥，怎么还是咸菜就小米稠饭。你这个官真是白做了！"隽藻笑道："你听说过吗？尧舜做天子的时候，当官的和做皇上的都是没有俸禄的，就是尧和舜住的房子，也和大家一样，屋顶上的茅草不剪，门前的台阶也不会铺上石头，就是土台阶，和老百姓的一样。你现在吃的和在家里一样，你哥这官做的就像尧舜时的官了，你哥成了尧舜时的官你还不高兴？难道你想让我不做尧舜之臣，去做桀纣之臣？"宿藻没好气道："好了好了，我不说了。"回头看张牧吃得很香，生气道："你瞧这人，吃得真香啊，怎么着，我们家的小米饭就比你们家的好吃？"张牧头也不抬，道："五嫂做的小米饭就比我大嫂做得好吃。五嫂，张牧夸你了，你可记住我的好处，我也不是光在你们家吃闲饭。"说得玉环也笑了。隽藻就拨拉着他的头说："张秀才，别老记着拍五嫂子的马屁，我问你，我交代给你办的事，你办了没有？"张牧怒道："五哥，你又拨拉本秀才的头了！你交代给我什么事了？我又不是你衙门里的听差！"隽藻并不把手拿开，一边笑道："你就是我衙门里的小听差，还不拿赏银！当年尧舜手下的听差，都不拿赏银！"张牧并不着急，将碗里的饭粒扒拉干净，摇摇头摆脱了他的手，半晌才道："帮你打听了，天下四杰，徒有虚名，这次都来了，他们住的地方，我也都替你打探到了！"隽藻高兴道："太好了！你怎么知道人家徒有虚名？"张牧道："本秀才当然知道他们徒有虚名。五哥也说过，宁做马夫，不做朝廷里的官，可你还是来了！这四位也一样，身在草野时说自己多有志气，要做陶渊明，不为五斗米折腰，可是皇上一说开恩科取士，马上屁颠屁颠地就都来了，四个人一个也没落下。这一下，更要让张牧说嘴了，毕竟天下无人！"隽藻看着玉环和宿藻，笑道："你瞧这个东西，这是吃饱了，连我也捎带着骂上了！你这个东西，小小年纪，真是无可救药！哎，我去拜访天下四杰，你跟不跟我走？"张牧道："我才不去呢，这些满脑子功名利禄的家伙，我不喜欢！"宿藻闻听四人的名字，却眉开眼笑，道："哥，我就不能跟你去吗？"隽藻想了想笑道："行，你跟我去，让张秀才一个人在家痛骂天下无人！"

又是三月，京城柳明花开，风和日丽，因为新皇开恩科会试，各地举子再次蜂拥而至，酒肆茶楼，客店会馆，到处车马喧阗，人声鼎沸。照着张牧打听到的地址，宿藻陪隽藻出了家门，一路行来，不多一时，到得一处酒肆，名唤添金酒楼。据说这里酒好，价钱也公道，南来北往的举子都喜欢聚于此间以文会友，谈天说地。时未至午，三个江南学子就相继走进了店门，他们就是隽藻想见的天下四杰中的三个：一名翁心存，字二铭，号邃庵，江苏常熟人，早负才名，文章风流，享誉四海；彭蕴章，字泳莪，又字琮达，江苏长洲人，少年苦读，弱冠中举，为江南才俊之一。黄爵滋此前已由林则徐、邓廷桢介绍，与隽藻有过一面之识，此处不再赘述。这时先到的翁心存朝彭、黄二人拱手道："在下翁心存，久闻两位大名，特来相见。"彭蕴章还礼道："在下彭蕴章，这一位是江西黄爵滋。翁兄诗名遍天下，我和黄兄真是久仰，今日得见，大慰平生，请入席吧。"三人入席，果然一见倾心，有相见恨晚之意。

不说翁、彭、黄三人，且说隽藻由宿藻引领，走进这添金酒楼，只见楼上楼下，熙熙攘攘，全是一桌一席的各地举子，宿藻不觉言道："这么多人，张牧也没来，哪几位是天下四杰，我们也不认识呀！"店小二见来了客人，急迎上去，道："两位爷，楼上有雅座，请。"隽藻看看满店宾客，问道："小二哥，这么多人，都是来应恩科的举子吗？"小二道："客官还真说对了。你看我们这楼上楼下，不是全国各地的举子，就是来与全国各地举子以文会友的文章名士。这么说吧，只是今年的恩科会试不完，就是有别的客人，见这里已经成了文人相会之所，也都不敢进来了。有件事客官还不知道，当初山西寿阳举子祁隽藻祁大人来京会试，就时常来我们小店里吃酒！后来他高中了，眼下又做了此次恩科会试的副主考官哪！"隽藻看一眼宿藻，不禁哑然一笑，对小二低声问了一句。小二就用手悄悄向翁心存等人一指。隽藻道："哎，那我们就在这里坐了，这里热闹。"他先不去和翁、彭、黄三人相认，拉着宿藻，就在他们身旁的一张桌前坐下，想先听听他们三人说些什么。

邻桌几个举子突然高声谈论起来，吸引了隽藻的目光，也惊动翁心存等人回头来看。只见一个举子高声愤然言道："诸位听说没有，皇上为此次恩科会试拟定的试题，街上又有卖的了！"众人大哗："怎么，你买到了？""买到了，头一场的试题是……对了，告诉诸位，不止如此，就连这一科的状元据说也已经有主儿了！"那举子道，神情越发激动。众人不觉又是一惊，乱纷纷叫道："真的吗？这一科的状元内定了谁？"那举子坐下来饮了一杯酒，才安静言道："大清嫡派子孙，怡亲王载元的六弟，乾清门一等侍卫肃顺！"众人"轰"的一声惊呼，七嘴八舌叫道："若是这样，我们这些人，还来考些什么？！"

此时没有人注意到隽藻身边的客座上，一个中年举子孤零零坐着，无人相陪，一直安静地听着别人讲话，并不急着发言。此人正是天下四杰之首，直隶高阳举子李鸿藻。听了方才那举子的一番谈话，翁心存不觉站起，走过去冲那举子一拱手言道："这位爷，你刚才说的事是真的？"那举子并不起身，盯着翁心存道："请问你是——"翁心存道："在下江苏常熟翁心存。"那举子一听，急忙起身还礼，道："原来是江南名士翁公子。公子自然也是奔此次恩科来的了？"翁心存道："正是。这位爷快讲，难道新皇登基，恩科未开，试题就再次泄露，一甲第一名也有了归宿？"那举子信誓旦旦言道："翁公子，此处是天下举子荟萃之地，在下敢胡说乱道？试题确实有卖，至于状元已有归属，却是道听途说，不到发榜，哪能辨出真假？"

翁心存闻言，不觉变色，向四周的举子一一拱手，愤然言道："诸位爷，不瞒大家，此次翁某所以欣然来京，乃是冲着新朝新皇新科场而来，为着这一甲第一名进士而来。本以为朝代更替，科场之风会为之一变，没想到还是如此！既是这样，在下不考了，今天就离开这污浊之地，回我水秀山清的江南去，从此悠游田间，终老乡里！"说着，愤然回头对彭、黄二位道，"彭兄、黄兄，翁心存就此拜别！"彭蕴章、黄爵滋连忙上前劝阻，黄爵滋大声言道："翁公子不要走，听说此次恩科会试，做了副主考的就是三年前在科场上揭发试题泄露一案的山西寿阳举子祁隽藻。在下曾与此人有过一面之缘，深知此人对种种科场弊端深恶痛绝，皇上让他做这一科的副主考，也许就有一新科场的初衷在内。翁公子千里迢迢来到京城，为何不能多留几日，看事态如何再定行止？"翁心存连连摇手："不不不。此事翁某也有耳闻，不过此一时彼一时也，三年前的祁隽藻还是一介寒儒，今天此人据说已成了皇上的宠臣，翁心存这颗心多年来被科场不公伤得鲜血淋漓，不想被人再伤一次！诸位，翁心存告辞，后会有期！"他拱拱手，就朝店门外走去。

隽藻正要起身阻拦，身旁客座上，李鸿藻突然仰天大笑，将壶中酒一饮而尽，狂态毕现，一边叫道："可笑，太可笑了！我们这些人，出身寒微，十年寒窗，自以为一登科场，便能一鸣惊人，跻身庙堂，致君尧舜，匡世救民……可笑，太可笑了！什么先天下之忧而忧，后天下之乐而乐，什么君子所怀，天下为公，谁要我们这样？这一切都是假的！新皇下诏求贤是假的，恩科取士是假的！天下名士翁心存受够了，我也受够了！翁公子等一等，李鸿藻同你一起走！"他突然止住笑声，气冲冲站起，就往外走。

隽藻站起，大声对两位言道："鸿藻先生、翁公子，两位且请留步！"众人一惊，不约而同回头看他。李、翁二人也站住了，互视一眼，李鸿藻回头望着隽藻，开口问道："这位爷，你是谁？"隽藻拱手道："在下就是山西寿阳祁隽藻。今日有幸在这里见到天下四杰，还有这么多有志之士，祁隽藻真是三生有幸！祁隽藻这里有礼了！"说着，他向众人深深一躬到地。众人吃惊地看着他。黄爵滋叫道："对，我认出来了，你真的是祁……"隽藻道："对，我就是祁隽藻。黄兄，我们是见过的。三年了，想不到今日在此一会！"

李鸿藻拨开众人，借着酒意，冲隽藻略一拱手，道："原来你就是祁隽藻。不，你是此次恩科的副主考官，应当称你为祁大人。李某就要弃考离开京城之际，想请大人给我们这些不远千里来京赴试的寒门士子一个解释：为什么要骗我们，骗全天下的士子？如果朝廷不需要与读书人共治天下，为什么不干脆废了这科举，像元朝初年那样？为什么要这样戏弄天下人，让天下书生跟着朝廷一起蒙羞！"他讲得激昂慷慨，泪花晶莹。众举子附和道："对，祁大人，你现在是朝中重臣，给我们一个解释！"

隽藻拱手，朗声道："诸位，刚才大家所言之事，祁隽藻已经听到！祁隽藻马上就进宫面圣，查清此事真伪，然后还天下士子一个干净的科场，一次至公至平的会试！"他的话讲得激昂慷慨，众人听罢，心中大震。李鸿藻酒也醒了，怔怔地看了隽藻半日，朝着众人道："诸位，我们没有理由不相信祁大人这番话！祁大人，既然如此，我们这些人就等！但是恩科开考之时，会试殿试之后，我等众人若发觉事情竟与今日的传说相符，李某就将联络在京的举子，书写檄文，布告天下，让全天下的士人和我辈一起，效仿山西大儒张观藜先生，从此终生抵制科举，再不入朝赴试！"众人异口同声道："对，如果发现朝廷又在欺骗我们，我们就终生抵制科举，再也不受朝廷的愚弄！"翁心存突然举手，高声言道："且慢！"众人回头看他。翁心存道："祁大人，若我们这样做了，大人将如何？"祁隽藻听了，不觉神情严肃，拱手，大声言道："诸位，若事情成真，祁隽藻将和诸位一起离开京城，终生不再回朝廷做官！祁隽藻告辞！"

5

出了添金酒楼，隽藻怒不可遏，当即赶往宫中，面见道光。道光简直不敢相信自己的耳朵，怒道："那些事情是怎么传出去的，恩科的试题怎么又会泄露？"隽藻已知试题泄露是真，伏地不起，大声言道："圣上，后天就是恩科初场，臣请圣上当机立断，今日就还天下举子一个公道！"到了这时，道光也只好言道："祁隽藻，你说吧，此事该如何补救？"进宫的路上，隽藻已经想好了一个主意，此时言道："臣以为眼下最急莫过于以至公至平之举，挽回天下士子之心，不然此事一旦传播开去，科场未开，到京的天下士子就已风流云散，恩科取才就成了一句空话。臣认为圣上要做的事情有二，一是重新拟定试题，并将其交付给一个圣上信任之人，后天科场开试之时，由此人将试题对天下举子公示，如果试题再有泄露，就拿此人是问！二是将此事公告于众，让天下士子知道皇上一经察觉试题被泄，马上进行了补救！至于内定状元一事，亦属子虚乌有！"道光摇头道："祁隽藻，你让朕重拟试题，这不算什么，可是要朕把新拟的试题交给一个人掌管，直到开考之日，并且保证他不会再将试题泄露出去，这个人是谁？你吗？"隽藻想了一想，道："如果圣上以为臣堪当此任，臣自然当仁不让！"道光怒冲冲道："祁隽藻，朕真要这样做了，就是向天下人表明，朕已经信不过满朝大臣，只信任你一个！告诉朕，朕为什么谁都不能相信，偏偏要相信你？朕为什么就不能怀疑你也会将试题泄露出去？！"隽藻一点儿也不知道进退，亢声言道："臣所以认为圣上一定信得过臣，是因为臣今天还置身庙堂之上！如果圣上认为臣不可信，臣也就没必要再留在朝廷里了，臣请圣上即刻准臣辞官还乡！"道光忍无可忍，却又不能不忍，愤而言道："祁隽藻，你若是这样说，大清朝里没有你一个人也不是不行！"隽藻一愣，叩头在地："谢圣上！祁隽藻就此拜别皇上，吾皇万岁万岁万万岁！"他爬起来，转身就走。

道光一时气塞胸臆，背过身去，竟不理不顾，任他往外走。走到殿门口，隽藻忽然站住，回望了道光一眼。道光意识到隽藻停了下来，大声怒道："祁隽藻，你不是要走吗？为什么不走？你快走！"隽藻也不觉提高了嗓门，道："圣上，祁隽藻就是走，有一句话也一定要奏明皇上。祁隽藻今日见了不少来京赴试的举子，他们说，若朝廷不能就试题泄露和内定状元之事给他们一个解释，还他们一个公道，他们就将发出檄文，与天下士子约定，从此再不来京赴试，子子孙孙，也再不读书！"道光心中震动，半晌不语，慢慢转过身来，问道："祁隽藻，朕若是将重拟的试题交付给你，你用什么办法能保证它绝不泄露，替朝廷挽回天下士子之心？"隽藻略一思索，道："回圣上话，为了示天下以公，臣自接受试题时起，就请皇上令人将臣圈禁于囚笼之内，由皇上派出大内侍卫押往贡院，锁于斗室之中，日夜监守，不得与任何外人见面。臣同时请皇上下旨，在臣圈禁贡院期间，无论军民人等、文武百官、王公大臣，均不得去见臣，违者以死罪论！"道光犹豫不决。隽藻大声道："圣上，非常之时，必行非常之事。祁隽藻替天下士子求圣上了！"他转身跪下，叩头在地。道光想了想，终于下了决心，道："祁隽藻，将你关进囚笼，押赴贡院圈禁起来，这可是你自己提出来的！朕准了！"

隽藻眼里射出欣悦之光，再次言道："圣上，臣在被关进囚笼之前，还有一个请求！臣请圣上下旨，令兵士将臣与囚笼置于大车之上，由臣手捧皇上为此次会试亲拟的试题，走遍京师内外九城，让万民皆知皇上还天下以公的诚意！臣再请圣上下旨，令人书写文告，贴遍全城，向天下举子讲明，圣上绝对不会允许再有科场试题泄露以及内定状元之事出现！"道光深深地看他一眼，道："祁隽藻，你知道吗？今天你给朕出了难题。朕若是答应了这些事，就是承认此前确有试题泄露以及内定状元之事！这些天朕一直在重读《孟子》，也读过了皮日休的《原谤》，你想知道朕的感受吗？"隽藻一惊："圣上——"道光抬手制止他："朕告诉你，天下人皆以为天子乃万民之主，无上荣光，朕过去也这么想，可是读了几天的书，突然发觉，天下最不该去做的事情就是当这个皇上！一个人做了父亲，就要替一家人含垢忍辱；一个人要是做了皇上，他就得替天下人含垢忍辱。"他沉默了一会儿，又接着说道，"今天这件事，朕虽然一定要含垢忍辱，但还是要答应你！当今天下士子之中，至少有一个人知道出现这样的事，不是朕的本意，更不是朕的过错，这个人就是你！朕登基以来头一次办科举，真的想要一次干净的恩科会试。来人！"保胜应声进殿。道光下旨，"你带人跟祁隽藻一起去办差，所有的事情，都听祁隽藻的，他要你怎么办，你就怎么办！"隽藻心中感动，叩首在地，大声言道："臣代天下士子谢圣上隆恩！"

6

当日黄昏之前，京城内各大街道，都贴上了朝廷的告示。添金酒楼前，不少士子也在围看一张新贴的告示。一士子大声将上面的文字念出声来："为恩科会试事。查此次恩科会试日期已近，有居心叵测之徒谎称试题泄露，乃至于状元之荣位也被内定为某某，此事纯属荒谬。圣上为示天下以至公，特发严旨，重出试题，交由翰林院侍读、道光元年恩科会试副主考官祁隽藻一人监管，直至开考之日。此外再有自称试题已泄且状元内定者，以诋毁朝廷论处……"李鸿藻等四人也挤进来看。黄爵滋道："各位，原来皇上为这次恩科重新拟定了试题！"彭蕴章道："这下好了！我辈可以在科场上为自己讨一个公平了！"翁心存正在说话，忽然把手往街头一指："诸位请看，那不是祁大人吗？这是怎么了——！"

　　众人都朝长街那边望去，只见保胜带兵，押着一辆囚车缓缓行来。囚车上立着囚笼，囚笼里立着隽藻，隽藻手中捧着圣旨。前面有兵丁鸣锣开道。路边的人们纷纷围观上来。一个老人家揉揉眼睛问："这怎么回事呀？这是谁呀？"那揭发试题泄露和状元内定的举子也在围观者中，此人显然消息灵通，此时又说出了自己刚得到的最新消息："祁大人为了保证皇上新拟的试题不会再被泄露，亲自奏明皇上，将试题交由他一人掌管，并求皇上将自己关进囚笼，圈禁到贡院里去，直到开考那天才得出来！"一挎着篮子的妇人感叹："祁大人，好样儿的，就是委屈这样的好官了！"一士子也在一旁叫道："要是这样，这一科我也去应试！"李鸿藻等四人听着众人的议论，也挤到路边来看。翁心存眼中闪出泪光，道："祁大人已经给了我们公道，他没让我们失望，我们也不能让他失望！"黄爵滋和一干举子都同声响应道："对，我们都留下来，不走了，好好地考！"

　　正在这时，一抬大轿迎着隽藻和保胜的游行队伍而来。穆彰阿坐在轿中，听见前面人声鼎沸，急问长随虫子："前面出了什么事？"虫子跑向前去，很快就跑回来，对他低声讲了几句。穆彰阿脸色大变，怒道："胡闹！"虫子道："大人，听说这些事是皇上恩准的！"穆彰阿气急败坏，喝道："去宫里，我要马上面见皇上！"

　　养心殿内，穆彰阿跪在道光面前大声道："皇上，奴才身为此次恩科的主考官，不得不冒死上言。奴才以为此事被祁隽藻闹得太过，万万不可行！"道光一看到他来，就知道是为了何事，已经有了心理准备，问道："穆彰阿，怎么不可行？"穆彰阿一脸悲愤，言道："皇上初登大宝，天下人心未安，就听祁隽藻一面之词，以恩科试题泄露为由更换试题，并专信祁隽藻一人，任其将自己置于囚笼里，走遍京师九城，令天下士子围观，等于皇上自己也承认恩科试题泄露以及状元内定的传闻是实！如此一来，朝廷颜面何在？皇上颜面何在？"道光被他说中了心事，不觉怒起。穆彰阿道："天下者大清之天下，百姓者皇上之百姓，无论生杀予夺，都是皇上之权，何况一场恩科会试。祁隽藻这么做，表面看是要代皇上消灭谣言，一新科场之风，而在明白人眼中，此人如此行事，其实包藏祸心！"这话道光就不爱听了，沉下脸反问："你说祁隽藻包藏祸心？"穆彰阿振振有词，道："皇上，祁隽藻此举，是要将天下士子之怨归于朝廷，归于皇上，而将感恩戴德之心归于他自己！皇上如果不以霹雳手段，立即结束祁隽藻制造的这场闹剧，奴才以为自此以后，读书人将只会记得天下有祁隽藻，不会记得天下有皇上！"这句话让道光心中猛然一震，穆彰阿纵有万千说辞他不以为然，但这一句却一下就碰疼了他的心。"那……你认为事情该怎么办？"他问。穆彰阿趁热打铁道："奴才请皇上下旨，将祁隽藻革职问罪，发往边疆军中效力，以示严惩。对于外间的种种谣传，也不能置之不理，马上令人在京师九城缉查造谣生事之人，以大逆罪问斩，然后用一个皇上信得过的人充任恩科副主考，与奴才一同主持恩科会试，为朝廷简拔有用之才！"道光沉思起来，半晌，突然回头道："穆彰阿，你这些办法都很好，既让朕除去了祁隽藻这个麻烦，也堵住了天下士子的嘴，可你忘了一件事！"穆彰阿惊讶地望着道光："皇上——"道光道："你忘了这次恩科试题确实已经泄露！朕要是为顾全自己的颜面，明知如此仍不更换试题，此次开恩科取士将又会成为一场笑话！你和那位新的副主考就会给朕取一批不学无术之徒，而将天下大才弃置于草野！真要那样，就应了祁隽藻的话，朕将不能与天下贤人共治，而要与一批鼠窃狗偷、庸碌无能之辈一起治理大清天下！这样下去，朕的颜面也许保住了，却有可能保不住大清的天下！"

穆彰阿没有能够说动道光制止祁隽藻，内心愤愤不已，离了养心殿，回到家中，愈想愈怒，眼看祁隽藻在朝中风头日劲，竟起了下野远去之心。琦善站在一旁看着他，发现他的神情十分可怕。"大人，你怎么啦？"他问。穆彰阿也不回答，坐下来就写了一封信，打发虫子马上送交到肃顺手中，这才回过头来看看琦善，道："琦大人，本官这次真的要下野了。你怎么办？"琦善吃了一惊："大人，你说什么？你吓住奴才了！"穆彰阿坐下，闭上眼睛，摇头道："这次恩科会试之后，本官要给皇上上折子，就是不能辞去一切差事去乡下庄子里赋闲，也要求皇上给我一个边远的省份当差，这朝廷里面的差事，我干不下去了！"琦善心中不落底，试探道："大人要是去了，奴才在朝中就没有人可以依靠了，奴才……奴才干脆也离开朝廷吧？"穆彰阿引而不发道："那就是你的事情了！不过在本官看来，你也该走！朝中所有满人大员都该走，因为以后大清的天下就是祁隽藻、王鼎等汉人的天下了！"琦善忽然明白了，笑道："奴才知道了。大人什么时候上折子，奴才也就什么时候上折子，这五城兵马都总管的差事我还真干腻了呢！大人，你说我该给皇上要个什么差事？"穆彰阿听到这话吃了一惊，道："你这话倒提醒了我！琦善，你最好跟皇上要直隶总督的差事！我们跟祁隽藻的争斗不会只有一天半天，让他去务虚名好了，我们去处实地！"琦善大喜，道："喳！只是皇上那儿——"穆彰阿道："你放心，就是我一定要离开朝廷，也要替你将直隶总督的差事说下来，现在的直隶总督那彦成是祁韵士的恩人，我信不过他！"琦善喜形于色，趴下要磕头，道："奴才谢大人栽培！"穆彰阿道："有件事我还要问你，这次试题外泄的事，跟你是不是又有关系？肃顺为了找枪手写什么取状元的文章，是不是去求了你？"琦善死不认账，道："大人，这个奴才确实不知道！哎，这一阵子皇上跟前的宠臣是保胜，会不会肃顺去求了他？"穆彰阿盯着他看，并不信他的话，"哼"了一声，不再理会。

肃顺正在自家府邸的花厅里冲找来的几位枪手发火："状元的文章将来是要刻印出来，传遍天下的，你们过去也是状元，怎么写出这样的文章？这样的文章怎么能拿出去蒙事儿？"一男仆匆匆走进来，呈给肃顺一封信："爷，穆大人差人送来的！"肃顺看完信，霍地一下站起，怒道："祁隽藻！这个老西儿！坏了本官的大事！"一位枪手壮着胆子问道："六爷，出什么事了？"肃顺恨恨言道："祁隽藻求皇上，把试题换了！"那人立马不觉松了一口气，又掩饰："六爷，要不你老再差人去打听一下新试题是什么，我们大家赶一赶，也许来得及！"肃顺没好气道："打听什么？皇上将新试题拟出后，直接交给了祁隽藻，宫里再没有第二个知道！"众人立刻完全放松下来。肃顺见状大怒，吼道："走！都给我走！……养了你们这些东西，又有何用！"

第十九章

囚贡院儒臣护科举　下天牢钦犯荐大贤

1

　　肃顺怒冲冲来到怡王府时，瑞华已经在那儿了，他和载元两个人都知道了发生的事情。瑞华道："我说老六，你宅子里养了那么多死士，天天吃你的喝你的，到了这个时候，还不让他们出手？恩科可以不考，状元可以不要，这口气不能不出。把祁隽藻宰了算了！"载元急道："不可！"瑞华道："为什么？祁隽藻是个什么东西？不是皇上宠着他，他就是一个随手可以捻死的毛毛虫！杀了他，就是皇上追查，我们也不至于是个死罪！"载元最看不得他这种骄横浮躁的脾气，道："你给我住口！"瑞华听了，心中气闷，转身要走。载元道："你哪里去，回来，我有话说！"瑞华无奈，只得回来。载元望着他们二人道："我刚才在想，穆彰阿这时候在想什么？"肃顺道："你说老穆？对了，我知道这件事，还是他专门写了信巴巴地打发人来告诉我的呢！"载元一拍脑袋道："这就对了！我都听说了，知道此事后第一个跑去要皇上治祁隽藻罪的就是这个老穆！就因为这件事，还有人说穆彰阿甚至起了退出朝廷之心！"肃顺道："好哇，他要退出朝廷，老二、老三你们就有机会了！"载元摇头道："没有那么简单，老穆虽这么讲，但他是不是真的会退出朝廷，我们还要看。不过这件事倒是提醒了我。总有一天我们要除掉祁隽藻，但不是现在。现在让祁隽藻活着，才能帮我们将穆彰阿赶出朝廷，那时候，才是我们除掉祁隽藻之时！"瑞华深深地看载元一眼，道："你这么说，原来穆彰阿写信给老六，竟是要我们为他火中取栗！"载元不答。肃顺已经激动起来："那现在呢，我们就什么也不做？"载元冷笑道："不，我们这就去见皇上，哭！"瑞华狐疑地看着他："哭？"载元道："对！我们去哭，名义上是替老六喊冤，实则是在皇上面前示弱，让他解除对我们的戒备之心。有一天老穆离开了朝廷，皇上必不能独用祁隽藻，那时我们快刀斩乱麻，将这个老西儿一刀咔嚓了，大清的天下就是我们的。皇上听我们的，他就是皇上，皇上不听我们的——"这话犯忌，肃顺叫道："住口，别说了，咱们走吧！"

　　三人出了怡王府，入宫进了养心殿，一齐跪倒在道光面前，放声大哭，道："奴才请皇上还奴才兄弟肃顺一个清白！"道光生气道："说什么呢，谁玷污了肃顺的清白！"肃顺眼泪汪汪道："皇上，此次恩科未开，京师九城就已闹得沸沸扬扬，说什么试题又泄露了，皇上将钦点肃顺为状元。这种消息传也就传了，皇上只要置之不理，天下有识之士谁会信它是真的？可恨内阁侍读祁隽藻蒙蔽皇上视听，逼皇上出告示辟谣言，重拟大考的试题，并将试题付予祁隽藻一人。奴才揣摩皇上的用心，无非是要平息浮言，稳定天下士子之心，可在外间那帮无耻小人眼中，皇上这么做就等于承认肃顺卷入此事，肃顺无论去不去参与恩科会试，一世的清白都完了！"道光听了，一时无话可说。载元、瑞华又大哭："皇上一定要给奴才兄弟做主！"道光不胜其烦道："那你们以为，朕该如何办呢？"肃顺拭泪道："奴才恭请皇上在明天的朝会上为奴才洗清身上的污名，不然……不然奴才就是想为旗人和皇上争气，也不屑于再去参与这次恩科会试了！奴才只能远离科场，才能让天下人知道奴才跟那些谣言无关！"说着，又大哭起来。道光越听越失望，看着他们，不觉厉声言道："都给我住声！朕与你们，是一家兄弟！朕的天下江山，也是你们的天下江山！朕御临天下以来，一直对你们恩宠有加。可你们今天为了这一丁点儿事，就来朕这儿哭闹，实在让朕失望……肃顺，这么着吧，你要是觉得自己有那个能耐，凭自己的才学考得上进士或者状元，朕绝对不会因为外间的浮言埋没你；可你要是觉得自己没这个本事，就不用再转这个念头，跟天下士子争一个进士的名位！"这番话说得肃顺十分尴尬，他面红耳赤，叩头在地，只好道："奴才肃顺谢皇上教训，奴才只是心中不平！"载元连忙给他搭梯子："老六，皇上让你好好想想，你就回去好好想想，想好了再决定参不参与恩科会试！"

三兄弟叩首告退。道光突然言道："站住！"三人回头。道光低声道："穆彰阿把他的妹子嫁给朕这里的保胜，你们知道吗？"三兄弟吓了一跳，彼此会意，重新跪倒在地。载元道："奴才也是刚刚听说。怎么，皇上身边的近臣娶亲，皇上居然不知道？"道光的声音不无愠怒："朕知道，只是不知道保胜原先竟是穆彰阿家的奴才！"瑞华正要说什么，被载元暗中携手拦住。载元道："奴才……奴才们也不知道。"道光失望，沉思有顷，道："好了，你们去吧。"三兄弟起身告退。道光看着他们，又道："肃顺，你若是不去参加恩科会试，或者去了不中，就回来见朕，朕这里用得着你！"三兄弟闻言又惊又喜。肃顺反应很快，当即回头趴下叩头："奴才知道了！奴才谢恩！"

2

出了养心殿，三兄弟十分兴奋。这次进宫痛哭，最重要的还不是摸清了皇上对肃顺的真实态度，而是皇上突然在他们三人面前暴露出了对穆彰阿的猜忌。载元对瑞华和肃顺道："如果所料不差，保胜这个乾清门侍卫大臣已经做不长了。

老穆为了笼络保胜，不惜把亲妹子嫁给一个当年的奴才，可也就是这件事，让皇上看出了破绽。这天下事真是说不清，有时你什么也不做，就在那等着，天下就会掉下一个大大的馅饼来！"

听完载元这番分析，瑞华道："不错，就是这个意思，谁想到老穆这个人，也会聪明反被聪明误！老六，你那个进士不考算了，皇上今天已经讲明了，保胜一去，将来的乾清门侍卫大臣，就一定是你的了！"肃顺并不领情，断然道："不，肃顺想过了，肃顺不去给皇上看守宫门！"瑞华十分诧异，道："你还想怎么着？只有皇上最信得过的人才能做乾清门侍卫大臣，一旦当过这个差，终生都是皇上最亲近的人，以后出将入相，那是自然的。你还嫌不够啊！"肃顺道："老二、老三，你们和皇上一样，都小瞧肃顺了。你们两个想想，自康熙朝以来，有哪个乾清门侍卫大臣做过首相？"载元瑞华俱是一惊："怎么，你……想做首相？"肃顺道："此次恩科会试，肃顺一定要考！肃顺并不把祁隽藻放在眼里，今天大清朝廷中，能在肃顺眼里的人只有一个，那就是穆彰阿！穆彰阿所以能得到先皇和当今皇上的宠幸，原因只有一个，这个原因还是老二当初对我讲过的，就是他比你们和我多一个名分，他中过二甲第七名进士！肃顺要是不能从科举中讨一个进士出身，即便将来就是入了军机处，也不可能做首相和武英殿大学士，就是侥幸做了首相和武英殿大学士，将天下握在手中，也还是会被那帮科举入仕的汉大臣和满大臣瞧不起。你们想一想当初的和珅就知道了。所以这个进士，我不但要考，还要考中！"瑞华觉得好笑，道："说什么大话呢你，要论真才学，你考得上吗？"肃顺冷笑道："老三，你忘了，我们今天已经知道，穆彰阿如今在朝廷里势单力薄，是他需要我们和我们身后的那帮满大臣的时候。只要他仍然是主考官，就一定不会不让肃顺中一个进士！"载元和瑞华相视一眼，载元吃了一惊道："老六说得有点儿道理，这一层我居然没想到！"

午门外传来一阵喧闹声。瑞华道："哎，我方才打发人让阿鲁图他们也来闹皇上，这会儿他们都在外头等着呢，还让不让他们接着闹了？"载元想了想道："闹呀，怎么不闹！"三人走出午门，只见阿鲁图带领一帮满大臣跪在地上，齐声喊道："我们要见皇上，我们要见皇上！"一内侍太监走出，将折子一一收起来，抱回宫门外。

养心殿内，道光将这一大堆折子扔到地上，一脚踩上去，骂道："混账奴才！为着这一件小事，都来逼朕！朕要是听了你们的，这皇上就由你们做得了！"保胜进殿跪奏："祁大人已经奉旨入了贡院，自闭于斗室之内。奴才奉祁大人所请，已经派了重兵，将祁大人所居之处团团围住。没有皇上的旨意，任何人都不得靠近！"道光看着他，突然问："保胜，朕为此次恩科会试重拟的试题，只告诉了祁隽藻一人，你想知道吗？"保胜大骇，叩头在地："皇上吓死奴才了！这样的事情，奴才怎敢知道！"道光半晌不语，突然又道："这次朕答应祁隽藻所请，出告示辟谣，又让他自囚于牢笼之中，走遍京师内外九城，以示朝廷之公，你在外面，有没有听到什么议论？"保胜小心翼翼地答道："回皇上话，奴才……奴才没听到什么议论。"道光不觉大怒："不，你听到了！朝廷上下，前朝的那些老臣，都说朕此事办得荒唐，祁隽藻置身囚笼，在京师游街，让朕和大清朝廷颜面扫地，天下人都会将此事传为笑谈，就是史官，也会记下此事，作为道光元年的一大丑闻，流传千秋万代！"保胜战战兢兢，不敢言语。道光发泄完了，慢慢地消了气，回头看他还跪着，随口问道："啊，对了，你和你新娶的媳妇，过得还和睦吧？"保胜心中又是一惊，急忙回道："谢皇上关心奴才的家事。这个……还算好吧。"道光冷冷地一挥手："下去吧。"保胜急忙叩头告退，出了养心殿，立即抹了一把头上的冷汗。

3

夜幕笼罩下的礼部贡院，被官兵里三层外三层围了个水泄不通。贡院内一间斗室内，隽藻靠窗坐于囚笼之中。一个兵丁打开窗板，隔着窗栅问："大人，喝水吗？"隽藻不说话，只点头。兵丁提起水壶倒了一碗水，隔着窗子递过来。隽藻喝完，兵丁接过碗，重新关上窗板。

贡院龙门外，玉环、宿藻和张牧提着饭篮子下车，慌慌地朝里走。门前的兵丁上前将三人拦住。一军校拱手道："一定是祁夫人，得罪了。祁大人有话，从现在起，直到科场开考之时，他和任何人都不能相见，包括亲属。夫人请回吧。"玉环递过篮子，眼泪汪汪道："那……那劳你驾，把这饭拿进去给他。"军校道："祁大人为了避嫌，传令给我等，饭食也不让家人送，由我们去铺子里当面看着大师傅做好了，再由众人押着取回来，送进去交给祁大人。这饭夫人还是请带回去吧。"玉环听了，回头无奈地看了看宿藻和张牧，落下泪来。宿藻道："嫂子，既是我哥嘱咐的，那也没法子，咱们回去吧。"玉环一路走回车上，坐下哭道："早先只知道他做了这个官，要遭多少大难，没想到还没怎么着，饭也不让吃了。这个官，我们做它作甚！"

此时贡院对面，就有一家面食馆。馆内后厨，一名小校正寸步不离地看着大师傅揉面、做饼、烙熟，然后放进一个盛饭食的篮子，又将几碟小菜放进篮子。小校一点头，身后两个兵丁马上将饭篮子提走。刚刚出门，站在门上的那几名带刀的卫兵就跟上去，紧紧护着这个篮子，不让任何人靠近。一行人回到贡院外，小校向军校双手一拱，军校随即示意守门的兵丁，将那饭篮子接过去，把篮子里的饼一一掰开来查看，又在小菜里搜检，没有发现夹带，这才点了一下头，让守在门内的兵丁一个传一个，将饭菜直传进贡院斗室，交给守在斗室窗外的最后一个兵丁。兵丁将窗板打开，从篮子里取出那饼和小菜，对祁隽藻道："祁大人，饭来了！"说着分几次将饼和菜递了进去。隽藻一一接过，掰开饼来吃，忽然一惊，饼里居然出现了一张小小的捻成了细纸卷的纸条。隽藻用指头将它捻开读道："试题除皇上外只有你一人知道，将它告知窗外人，可得黄金十万两，终生富贵。"隽藻一把将纸条攥在手中，心中一动，高声喊道："来人！"守在龙门外的军校急急跑来，叫道："大人，什么事？"隽藻下令道："把窗外这个人抓起来！"军校大惊，回头道："来人，把他抓起来！"又回头对隽藻，"大人，出了什么事？"隽藻道："此人大胆，在饼里私藏夹带，贿买试题！"兵丁被几个人上前抓住，按倒在地，大呼："大人，冤枉！"

琦善匆匆赶到，故作吃惊地问："怎么了，出了什么事？"军校急忙躬身回道："大人，祁大人在刚才送进来的饼里发现了夹带！"琦善又是一惊，走近斗室，道："真有这样的事？祁大人，你有何证据？"隽藻隔着窗子向他展示那张纸条："琦大人，这就是证据！"琦善隔窗看了看，要把纸条接过去，隽藻却又缩手将纸条收回来，攥在手心里。琦善作态回头喝道："谁这么大胆？带走审问！"窗外的兵丁被带走，一路呼喊："大人，小人实在冤枉！"隽藻忽然放声大笑。琦善吃了一惊，回头道："祁大人为何如此发笑？！"隽藻道："出了这种事情，下官不能不笑！"琦善心中有鬼，做生气状，道："你……什么意思？"隽藻突然不再笑了，大怒道："下官是在笑做出此事的可笑之人！十万两黄金加终生富贵，怎能买得走天下之大公！本官已经把自己关进了囚笼，以为至少就会避开这等污浊可憎之事，没想到天下没有任何丑事是可以避开的！它还是要来玷污下官！琦大人，下官请大人将此事速速报于圣上，请圣上下旨严查！"琦善哆嗦了一下，道："这个……这个本官自然会做的！"他转身带人匆匆离去。

4

养心殿内，道光怒气冲冲，看着跪在地上的琦善，大声问道："审出结果来了没有？谁敢如此大胆！"琦善镇定地回奏："奴才刚刚审了嫌疑人，此人说他并不知情！看守的兵士一个没注意，他就自个儿撞了墙，死了！""死了？"道光大叫起来，指着他一时说不出话来，直道："好……好……好！这就是你们给朕办得好差！"琦善心里一块石头落了底，膝行上前一步哭道："奴才死罪！皇上不要生气，皇上不要因这件事气坏了龙体！奴才这就去贡院，把与此事有关的人全都抓起来再审，连同给祁隽藻做饭的那个饭馆的厨子！"道光叹了一声道："罢了！这种事情跟饭馆的厨子有什么干系！朕要是答应了你，恩科没开，京城里就要先起了大狱，不知又要株连多少无辜！传朕的旨意给祁隽藻，此事暂且不用查了，日后再论！还不给朕出去！"琦善急忙退下，道光兀自怒声言道："说什么要朕做尧舜之君，说什么有国无君，有君无臣！说大清有国无君，朕心不服！大清今天是有君无臣！有君无臣！"

两日后的拂晓，天下举子熙熙攘攘，聚于礼部贡院龙门之前。一时龙门大开，举子们鱼贯走过去接受搜检，江南四杰李翁彭黄皆在其内。穆彰阿偕琦善站立龙门之外，神情不怿。忽见数匹快马飞驰而来，直到龙门外方才勒住。穆彰阿怒道："龙门重地，谁这么大胆！"琦善冷笑道："大人，一定是肃顺六爷。"穆彰阿心中暗惊，冷冷道："他还真来了，走，这一位还真需要迎迎。"二人迎上前去，肃顺下马，也不理琦善，对穆彰阿拱手道："穆大人请了。"穆彰阿换了一副神情，微笑道："六爷请，我还以为出了那一干事情之后，六爷不会来应试了呢。"肃顺笑道："穆大人小瞧肃顺了，肃顺出身皇家，不在乎区区这点子功名，可肃顺在乎皇上的厚望，世人的口碑。皇上既在朝会上表明，希望肃顺参与本次恩科会试，肃顺怎敢抗旨不来。"穆彰阿明白他的意思，朗声笑道："穆某佩服，六爷你请。"肃顺道："大人请。"三人一同走向龙门。

正在龙门外等待搜检的举子们都扭过头来，望着这位由穆彰阿陪同走过来的青年显贵。就有那认得的人低声言道："瞧，那就是肃顺六爷。"众人轰然响应，低声喧哗道："说今科皇上内定的状元就是此人？""这消息真的假的？不是朝廷出告示辟过谣了吗？""真的假的，总是无风不起浪。若是假的，这位六爷今日就不该还出现在这龙门之外……"李、翁、彭、黄听着这些议论，眼睛也被肃顺和陪着他走过来的穆彰阿吸引住了，神情中渐渐现出惊诧和愤怒。肃顺没有像每一个举子那样去排队，穆彰阿陪他一直走至龙门口，对看守龙门的军校言道："给六爷清道，请六爷先进去。"军校为难道："大人，奉圣旨，入此龙门者皆是举子，一概都要搜检。"琦善从后面颠过来，喝道："混账！肃顺六爷是奉旨应试，他是何等样人，怎么会有夹带？"穆彰阿想要肃顺的好看，拦住琦善道："六爷既是奉旨前来会试，就与天下举子无异。为了示天下以公，六爷不妨也委屈一次。六爷，你说呢？"肃顺听了，心中不觉大怒，面上却不好表现，"唰"一声将外衣扯开，冲军校道："请吧！"军校哪里敢认真地查，急示意两兵丁草草上下摸了几把，单膝一跪，道："六爷请！"肃顺系好衣扣，回头冲穆彰阿冷笑，双手一拱："大人，搜也搜过了，肃顺没有夹带，进去了！"

穆彰阿不为所动，还了他一拱："六爷请。穆彰阿在此恭候六爷奏凯而还。"肃顺不想示弱，笑道："肃顺借大人的吉言。"说罢，傲然走了进去。

龙门外的举子一片哗然。翁心存对李、彭、黄三位道："这哪是搜检，明摆着在天下士人面前舞弊！诸位爷，我不考了！"李鸿藻一把拉住他："翁公子别走。你我寒门士子，今日好不容易来到这龙门之外，距离那一鸣惊人、进士及第只有咫尺之遥。即便前面这位爷怀中真有夹带，我辈也不该退缩。他怀里有夹带，我们腹中有才学。只要祁大人此时还在囚笼中坐着，只要试题还没有泄露，我们就不怕他夹带。"彭蕴章、黄爵滋也劝道："李兄说得对！祁大人此时还在囚笼中坐着，我们怕他什么夹带。"翁心存心犹未平，勉强答应道："好吧，在下就再听诸位一次。"兵丁跑过来喊道："肃静！肃静！"李鸿藻等四人一起走向龙门，接受搜检。

过了整整一个时辰，贡院外的喧闹才渐渐平息，举子们全都入了龙门，找到了各自的号房。穆彰阿也带琦善步入龙门，开言道："关龙门吧。"军校大声发令："关龙门——！"守门的兵士一起用力，将那两扇龙门"吱呀呀"地关上，军校走进去，亲手加了锁。穆彰阿道："请圣旨！"琦善大声传令："请圣旨——！"军校带一队兵士迅速奔向斗室，将门打开，放祁隽藻手捧圣旨，走出囚笼，在香案前立住，恭恭敬敬地将手中圣旨交给穆彰阿。穆彰阿转手将圣旨放于大成至圣先师文宣王孔子祭台前的圣旨架之上，带领众人焚香叩拜，再上前取下圣旨打开一看，神情陡然为之一变。

一匹快马转瞬又在号子间奔跑起来，马上的兵士高声宣道："圣旨下，恩科初场试题：'何以为臣'——！"举子们骚动起来。彭蕴章点头自语道："上一科的题目是'何以为君'，这一科的题目是'何以为臣'，皇上真有从头收拾天下之心了！"肃顺此时也坐在号子里，不禁心生烦恼，嘀咕道："何以为臣，何以为臣，什么题目都想到了，怎么就没想到'何以为臣'这种题目？也难怪，六爷我还从没想过自己何以为臣呢！"他从内衣里掏出一篇篇写好的文章，挑出其中一篇摊在面前，冷冷一笑："大清太祖皇帝长子代善嫡亲子孙、世袭铁帽子王之后、一等御前侍卫肃顺既然来到这科场之上，就没有谁敢不让我中一个进士！这一篇是'君子远庖厨'，意思离得不是太远，就是它了！"

5

发生在道光元年的这场恩科会试，全部过程进行得惊心动魄。初场考毕，隽藻再次去宫中请旨，将二场试题请出去，又将自己关进了囚笼，三场亦然。

三场过后，选了一百三十五名中试的举子，来到保和殿内，道光亲临，进行了殿试。殿试甫毕，养心殿内，隽藻又为取谁为一甲前三名与穆彰阿发生了激烈冲突。道光首先问隽藻："祁隽藻，朕看了你上的折子，为什么你认为，本次恩科殿试的前三名一定要在李鸿藻、翁心存、彭蕴章、黄爵滋四人中间选择？"隽藻道："此四人的会试、殿试文章已经圣上御览。臣以为李、翁、彭、黄四人皆是天下大才，深知何以为臣，可以负天下之重！"道光道："何以见得？"隽藻道："圣上登基之初，曾以做尧舜之君自诩，此次以'何以为臣'作为会试策论的题目，自然是要为朝廷求尧舜之臣。孟子说，'责难于君谓之恭，陈善闭邪谓之敬，吾君不能谓之贼。'臣下对于君王，一味逢迎、卑躬屈膝，说什么我的皇上不是尧舜，这些事情他做不到，这样的人就是奸臣，就是'贼'！所谓尧舜之臣，就是要能用尧舜之道要求君王，纠正君王的过错，每天都向君王陈述仁义之道，这才叫作恭敬，叫作致君尧舜。李、翁、彭、黄四人，分别在自己的会试、殿试文章中向皇上直陈天下之病，正是孟子说的陈善闭邪，责难于君，是真正的尧舜之臣！"道光不答，回头问穆彰阿："穆彰阿，你怎么看？"穆彰阿道："此四人的文章奴才也看过，尽是浮夸之辞，纸上谈兵之论，这样的人怎么能成为殿试的一甲之选？再说此次参与恩科会试、殿试的汉人举子尽管不少，但旗人举子也不在少数，难道后者之中，就没有可入一甲的天下之才了吗？"隽藻不服，大声言道："圣上，穆大人此言，臣切切不能苟同！将李、翁、彭、黄四人中的三人入选一甲，不是臣一人的主意，而是此次皇上亲点的众多阅卷官的公议！我大清太宗皇帝入主中原二百余年，天下混一，汉人举子中状元之事早已不是稀罕之事，穆大人再提满汉之别，臣心不服！其次，臣请圣上留意，今日大清朝廷之中，官场之内，不缺衣锦食肉之人，缺的就是草野之士、熟知民间疾苦之人……"穆彰阿见他说得激昂慷慨，不觉大怒，打断他的话道："皇上，奴才以为，祁隽藻一介村夫，此次得蒙皇上恩宠，得任恩科副主考官，本应忠心报效朝廷，可此人竟然置天下公义于不顾，会试之初就放出话来，要多取草野之士，今日又把李鸿藻、翁心存、彭蕴章、黄爵滋四人全部列入一甲待选之列，一心要将这些与他同声合气之辈拉入朝廷。奴才身为主考官，恳请皇上谨防祁隽藻借科举之名行结党营私之实！"隽藻听了，大怒道："圣上，这是污蔑，臣为国求贤之心，苍天可鉴！"

道光已经不胜其烦，皱眉道："好了，祁隽藻，你这么看重李、翁、彭、黄，那么肃顺呢？肃顺的文章就写得那么不好？"隽藻迟疑片刻，慷慨言道："回皇上的话，臣以为肃顺的文章也还通顺，只是文不对题，不知所云！"道光不悦道："穆彰阿，你看呢？"穆彰阿道："回皇上，奴才以为与李、翁、彭、黄相比，肃顺的文章才是满篇宏论，字字珠玑，肃顺才是状元之才！"道光吃惊道："原来你认为肃顺是状元之才！"肃顺的文章他已经看过，心中有数，不至于如此。隽藻大声道："圣上，万万不能！圣上若让肃顺中了状元，天下人心难平！"道光本来并无取肃顺为状元之意，是隽藻的态度激怒了他，一时生气道："为什么？朕曾经说过，只要肃顺的文章做得好，就不会在乎外间的物议，一定要点他个状元！肃顺的文章就那么糟？朕若点他做了状元，天下就会不服？"隽藻看了看他，不觉怒道："如果圣上点了肃顺做状元，他的文章就要被刻印出来，一旦这种文不对题不知所云的文章广布天下，肃顺，还有圣上，在天下人面前将颜面扫地！臣请圣上三思！"穆彰阿见状大怒，喝道："皇上，祁隽藻如此无状！竟然当面指斥皇上，皇上可忍，臣心不可忍，请皇上下旨，治祁隽藻死罪！"道光这时反倒冷静下来，举手道："罢了。你们俩都下去。朕要好好想一想。"

二人退出养心殿，穆彰阿突然又折了回去，跪地不起。道光诧异道："穆彰阿，你怎么——"穆彰阿从袖中取出一个折子，高举过顶，流泪道："皇上，这是奴才的折子，穆彰阿求皇上放奴才离开朝廷。"道光大吃一惊，怒道："穆彰阿，你在说什么？现在什么时候，恩科的事没完，朝廷里每天都有许多的大事，你要撇下朕，离开朝廷？"穆彰阿大声泣道："回皇上话，不是奴才不愿留在朝廷里替皇上分忧，是奴才无法再留在朝廷里。奴才不愿眼看着一个祁隽藻，将大清朝廷弄得乌烟瘴气，让皇上和奴才跟着他一起蒙羞。"道光默默看着他，沉吟起来，半晌方道："你真的要走？"穆彰阿叩头在地，大声道："皇上，奴才心意已决。请皇上成全了奴才。皇上一定留住奴才不放，万一因为一个祁隽藻，奴才与皇上势同水火，皇上就是想保住奴才，也难了。"道光心中大为震动，示意随侍太监收下穆彰阿的折子，道："你……你先下去吧，朕要好好想想。"穆彰阿再次叩头在地，含泪道："奴才告退。吾皇保重。"道光看着他退走，一时心乱如麻。随侍太监奉茶上前，道光一脚将他踢翻，怒道："谁让你进来的？滚出去！"

紫禁城内，有一座专门陈列清廷历代皇帝御容的大殿，名唤寿皇殿。自登基之后，道光一旦遇到了难事，拿不定主意，心中烦乱不堪，都会来到这寿皇殿内，跪于父皇嘉庆的御容之前，做一番默祷、沉思甚至是哭诉，让自己的心平静下来，想想父皇若要在世，会怎么处理此事，从而对这件让他五内俱焚的事做出决断。这天穆彰阿和隽藻出宫之后，道光又想去寿皇殿里去见一见父皇了。他不让保胜知道，也没让摆驾，一个人带上几名随侍太监，走路来到寿皇殿内，亲自燃香，在嘉庆御容前长时间伏地不起，想到父皇在世之日，自己做不了皇上，今日做了皇上，才真切地体会到了父皇升天之际对自己说过的话，这一生恨不能像山西大儒张观藜一样一辈子沉沦草野，悠游商路。道光趴在嘉庆御容前哭道："皇阿玛将一满一汉两个大臣留给儿臣，没想到此二人水火不容，每事龃龉。譬如此次恩科取士，为了一甲三名取谁，二人又各执一词，穆彰阿甚至上折子求去！皇阿玛，你是天下最睿智的君王，你告诉儿臣，儿臣该如何决断……"哭诉到这里，道光的耳边果然响起了嘉庆的遗言："如果你在穆彰阿和祁寯藻之间无法取舍，就请第三个人帮你做决断，此人就是王鼎……"道光抬头，两眼含泪，望着嘉庆御容，情绪慢慢平静下来。有顷，他起身退出寿皇殿，对随侍太监道："传朕口谕，让王鼎畅春园陛见！"

王鼎接到旨意，一刻也不耽误，坐上大轿，一径赶到畅春园见驾。君臣二人在春柳堂相见，王鼎跪拜如仪，口称"万岁"。道光道："王鼎平身。赐座。王鼎，朕请你来到这畅春园相见，不在宫中，你知道朕的意思吗？"王鼎惊道："老臣也自诧异，不敢妄猜圣意。"道光道："这次恩科待取进士的文章，你都看过了？"王鼎一时喜形于色，道："老臣恭喜圣上，贺喜圣上！道光元年恩科取士，果然人才济济，像外间传说的天下四杰，李、翁、彭、黄，都是状元之才，毕在其中，这是大清之喜，圣上之喜，天下之喜！更可贵者，此次待取的进士中，多有出身寒门、饱读诗书之士，这些人久在草野，懂得天下疾苦，朝廷从这些人中取士，将来充任各级官吏，必能体察民心和朝廷为政利弊，拨乱反正，将圣上爱民之心变为爱民之政，为我大清再造一个万年的太平！"道光不觉感动，道："肃顺的文章呢，你看了没有？"王鼎答道："六爷的几篇文章，老臣也拜读了。"说到这里，便不再说下去。道光知道他的意思，接着说道："朕请你来到畅春园相见，不是宫内，是朕遇到难事了。一个穆彰阿，一力要朕点肃顺为状元；一个祁寯藻，一力要朕从李鸿藻、翁心存二人中选一个做状元，另一个做榜眼，再从彭蕴章和黄爵滋二人中取一个探花。以你之见，朕该听谁的才是？"王鼎脸色陡然严峻起来，站起，躬身道："老臣以为圣上谁的话也不要听，圣上此时应乾纲独断，示天下以公！"道光久久地看着他，沉吟有顷，道："接着说！"王鼎道："圣上初登大宝，即开恩科取士，并力排众议，用祁寯藻为副主考，为了示天下之公，重拟试题，告示万民，这些事情已经耸动了天下视听，臣虽在局外，也不禁为圣上所行之事欢欣鼓舞。臣以为圣上已以此举，向天下显示了排除万难为国家选求英才的决心。现在朝野上下，都在看皇上点谁做道光元年恩科的状元，圣上可以让一个人失望，却不要让天下人失望！"道光心中大震，不觉言道："王鼎，你的意思是朕还是不能点肃顺为状元？"王鼎匆匆跪下，道："老臣回皇上话，臣以为我大清君临天下已经二百余年，四海之内，无论满汉，皆是大清子民。虽然如此，历朝科考取士，旗人中状元的仍比比皆是，汉人中状元者则寥若晨星，臣不敢说其中不公，但敢说至少天下有识之士不平久矣。皇上初登大宝，若能一改旧风，点一名出身寒门的汉人举子为状元，则天下万民必会明白圣上视满汉为一家、唯贤是举之心！皇上不管点了李鸿藻还是翁心存做状元，不仅都会得到一名宰相之才，还能一举收天下人之心！"

道光虽心中震动，却还是有些不大甘心，道："朕看过肃顺的文章，也不是一无可取。"王鼎恳切奏道："臣再次冒死奏明圣上，圣上即使不点天下四杰李、翁、彭、黄中任何一人为状元，也万万不能点肃顺六爷为状元！别说肃顺的文章文不对题，不知所云，就是他真的有状元之才，圣上也不能点他做本科的状元。因为肃顺是圣上之亲，皇上可以推私恩与肃顺，但状元却是天下公器，事关天下士子之心！"道光沉默，半晌才言道："原来你也认为朕点肃顺为状元是出于私心。"王鼎急道："老臣不敢妄猜圣意，但圣上如这样做，必堵不住天下士子之口。皇上动摇了天下士子之心，也就动摇天下万民之心，圣上就是想与贤人共治，重新收拾天下民心，恐怕也难了。"道光听了，默然良久，道："朕明白你的意思了。你下去吧。"

6

夜已经很深了，道光还在养心殿批阅各地来的奏章。保胜又抱着一摞折子走进来，放在龙案之侧。道光皱眉问："什么人上的折子，怎么这么多？"保胜道："回皇上话，除了穆彰阿大人，上次上过折子告病的大臣们又全都上了折子。就连——"说着偷觑了道光一眼，不敢再说下去。道光不耐烦了："说呀！"保胜道："就连各省的督抚、长芦和两淮的盐政、漕运总督、伊犁将军、黑龙江将军、吉林将军、奉天将军，还有蒙古的王爷，都上了折子。有称病告假的，有要解甲还乡的，还有……"道光忍住怒，道："说。"保胜小心道："这些皇亲国戚、朝中大员、封疆大吏，都上折子指斥祁隽藻为祸国乱政之源，皇上对他言听计从，不仅有违祖制，而且有伤国本，令天下旗人夺气。皇上若继续将此人留在朝廷里，忠勤爱国之士将会纷纷求去，朝廷解体，国将不国。"道光不觉大怒："胡说！他们还说了什么？"保胜斟酌着词句道："有折子上说，如果皇上这次让祁隽藻中意的一批汉人中了进士，进入朝廷，将来朝廷里就会出现一个以祁隽藻为首的祁党，一旦这批人在朝中扎下根，就有倾覆大清的危险。"道光听不下去，大怒道："胡说八道！"保胜见他动怒，也不敢退去。道光突然回头，看他一眼道："保胜，以你的意思，朕该如何处置此事？"保胜急忙跪下，惶恐言道："回圣上话，这是朝廷大政，保胜一个奴才，不敢胡说。"道光道："就因为你置身局外，不敢议论朝廷大政，朕才想听你讲一讲。你说吧，无论是说出什么，朕都恕你无罪。"保胜看他一眼，还是不敢开言。道光不觉大怒道："保胜，你是穆彰阿家的奴才，可你现在是朕的乾清门侍卫大臣。朕一定要你讲，你也不敢讲吗？"保胜心中震恐，急叩头言道："奴才……奴才保胜以为，穆大人和祁隽藻二人，皇上都要保全。但皇上要保全此两个人，皇上倒要动些心思。"说到这里，他浑身又哆嗦起来，叩头在地，大声道："奴才胡说八道，奴才该死，请皇上治罪！"

道光没有想到，竟是保胜这一席话，让他心中豁然开朗。沉思有顷，他突然回头看仍旧趴在地下的保胜："朕问你，你上次是不是说过，琦善曾告诉你，朝廷恩科会试之前，祁隽藻和这什么天下四杰，李、翁、彭、黄，私下里有过交结？有这事吗？"保胜听了，心中一颤，大惊道："琦善大人是对奴才说过此事，让奴才奏明皇上。"道光道："你去查一查，倘若真有此事，速将祁隽藻拿下。"保胜心中大震，口中却急忙言道："奴才接旨。"

这天夜里，仍没有奉旨离开礼部贡院的隽藻正在灯下看书，琦善突然带人闯了进来，冷冷一笑道："祁隽藻接旨！"隽藻一惊，起身跪下，口称："臣祁隽藻接旨。"琦善高声宣旨：

奉天承运皇帝诏曰：祁隽藻身为恩科会试副主考官，无视朝廷法度，考前与直隶举子李鸿藻、江苏举子翁心存、江苏举子彭蕴章、江西举子黄爵滋私会于酒肆之内，着即革去翰林院侍读、恩科副主考之职，押赴刑部大牢待勘。钦此。

一言未了，众兵丁已经冲过来，将祁隽藻拿下。隽藻面色苍白，大声道："怎么会是这样？我要去见圣上，有话要说！"琦善得意地一笑，道："祁大人，此一时彼一时也，现在不是皇上对你言听计从的时候了，还是乖乖地跟我走吧。"隽藻站起，想了一想，忽然大笑。琦善惊奇道："祁大人，你笑什么？"隽藻目光居高临下望着他道："琦大人，你瞧，祁隽藻今天又要进天牢了，不知道要在里头待多少天，也许这一去就出不来了，你能让我收拾几本书带上吗？"琦善心中冷笑，面上却显得异常和气，劝道："祁大人，你进了天牢，死活不知，还读什么书？不带也罢。"隽藻摇头正色道："大人错了。祁隽藻就是有罪，今晚上进去，明早上拉到菜市口一刀砍了，这书也不能不读。再说到了天牢里，除了读书，祁隽藻也无事可做了。"琦善想了一想，道："如果这样……请便吧。"他示意众兵丁放开祁隽藻，让他回头将那部正在读却一直没读完的《黄河变迁史》包上，抱在怀里，回头说道："走吧。"

隽藻被皇上亲自下旨抓进天牢的消息当晚就传到了祁家。玉环一声没有哭出来，就昏了过去。宿藻和张牧半晌才将她重新唤醒，玉环哭出了声，立马要挣扎着起身，去天牢里与隽藻相见。宿藻和张牧哭着劝她道："你正在病着，这会儿已经半夜了，你就是去了，也进不了天牢，还是我们俩，现在就去那里看看五哥，顺便把消息打听清楚了回来。"玉环无奈，只好点头，又大哭着交代："打听到了这次他又犯了什么大罪，赶快回来报个信儿，不然我在家一定会急死。"二人点头，离家奔天牢而去，玉环却在家里大放悲声。她的哭声早惊动了潜伏在隔壁冯宅的江一鸣。江一鸣越墙而入，听了一个仔细，急忙连夜出城，在郊外林中茅舍内见到妙真，将事情讲给她听。妙真听了，眼里涌出泪花，急道："江大哥，师傅不在我身边，我身边只有暖儿一个，什么事也做不成。你快回去接着打听，隽藻究竟何事得罪了皇上，被皇上亲自下旨投向了天牢。江大哥，我们虽然只有三个人，也要救他。如果让皇上杀了他，将来我们冯祁两家的冤情，就再也不会有水落石出的日子了。"江一鸣安慰她道："小姐，这些天江一鸣从琦善那里隐约得知，新皇上眼下在朝廷内最依赖的人只有两个，一个是祁公子，一个就是穆彰阿，穆彰阿想独揽朝纲，才鼓动满朝皇亲国戚、文武大臣，逼皇上除掉祁公子。皇上今天突将祁公子下狱，要治他的死罪，一定是受了穆彰阿的陷害。江一鸣心粗，可事到如今，倒是有个主意，今夜我也不去天牢救祁公子，那里戒备森严，就是我们三人同去，也是进不去的，不如江一鸣暗中潜往穆府，杀了穆彰阿。穆彰阿死了，皇上要治理天下，就会重新回头倚仗祁大人，这是围魏救赵之计。只要祁公子活着，那时我们两家的冤情，就一定会有查清的一天。"妙真此时也顾不得许多，道："也好，只是你要小心。"

当天夜晚，听到皇上突然下旨将祁隽藻下狱，穆彰阿也震惊不已，但他随后就镇静下来了，一个人端坐在书房里等待。在他看来，皇上突然做出这种举动，无疑是要向以他为首的满大臣们表明，归根到底他还是要倚重旗人中的权贵来治理大清天下。穆彰阿还认为，今夜无论等到多晚，他都要等，因为皇上办了祁隽藻，今夜一定会宣他进宫，请他收回求去的折子，甚至于还有可能做出更震动朝野的决断，免除军机处几位排位在前的满大臣的职务，宣布由他来做武英殿大学士兼领班军机大臣，也就是首相。想到这里，穆彰阿不觉激动起来。仿佛是为了呼应他的内心，偌大的穆府此刻在暗夜里也显得格外宁静，一丝风吹草动之声都能传入他的耳中。突然，穆彰阿听到窗外响起一点儿异样的声音，少年时曾经习过武的他反应极其灵敏，"噗"的一口吹灭了灯，大叫一声："来人，有刺客！"跟着身子一闪，向一侧的屏风后面滚去。这时就听"噗"

的一声，一支镖打来，穆彰阿"啊"地叫了一声，又噤了声。院子里，薛管家已闻声带着虫子和众家奴亲兵护卫打着火把跑过来，大喊："抓刺客！刺客在哪里？……"窗外，江一鸣知道并没有击中穆彰阿的要害，却也只能一闪身上了房顶，转瞬间离开穆府远去。

7

已是深夜子时，道光还没有睡，仍在养心殿内看着穆彰阿和琦善的折子沉思。保胜匆匆进殿，悄悄对他说了一句。道光大惊道："什么！穆彰阿现在怎么样了？"保胜道："幸好穆大人自小练武，闪得快，这一镖只打在胳膊上，不过是擦伤了一层皮，要不人就——"道光面色苍白，随即道："快派人告诉琦善，悄悄打开城门，凡是要连夜出门的人，一律不要盘查，放他出去！"保胜不解，道："皇上，这个时候打开城门？"道光说："不是只有一个刺客吗？不打开城门让他走，还让他像嘉庆二十二年元宵节那样杀进宫来？"保胜道："奴才明白，奴才这就去传旨。"道光喝住他："别说传旨，说是你的意思。"保胜点头，立马转身离去。道光心情大坏，沉思有顷，又叫道："来人，传旨，让穆彰阿、王鼎进宫候见。"随侍太监应声跑进来，应了一声又要跑走。道光又道，"保胜回来了没有？回来了让他马上进来，陪朕出宫。"

就在这个深夜，天牢内，一个值夜的八品狱官正坐着打哈欠，在全北京城鼎鼎大名的乾清门侍卫大臣保胜突然陪着一个人走了进来。狱官虽然官卑职小，却是旗人，自幼见过道光，此时他冲来人一看，吓得脸色都变了，急忙跪下："奴才给皇上……皇上请安。"道光板着脸问："祁隽藻关在哪里？"狱官惶恐言道："这个……奴才这就把他提过来。"道光一摆手，道："不，你引朕进去看他。"

狱官不敢怠慢，在前面引路，没过多久，就把皇上引到了祁隽藻的囚室之外，远远地站住。道光朝前面望去，透过牢栅，看到尽管夜深，隽藻仍就着微弱的灯火在看一本厚厚的书。道光心中油然涌起一股异样的激流，他微微回头，对保胜道："这是朕第二次看到祁隽藻在大牢里念书了。"保胜不知道该说什么，也不接话。道光吩咐那个两腿一直在打战的狱官道："把门打开。"狱官急忙走过去打开囚室的门，刚要冲隽藻喊什么，被道光举手制止，慌忙退后。隽藻听到响动，头也不抬地问道："什么事？"保胜低声道："祁隽藻，还不快起来接驾。"隽藻抬眼一看，大惊，急忙将书放下，匍匐在地，口称："罪臣祁隽藻，叩见圣上。"道光挥手让保胜和狱官退出，回头看着隽藻道，恨恨言道："祁隽藻，你也知道自己有罪？"此时隽藻满腔激愤，此时见了皇上，不觉大声言道：

"臣有罪！臣在恩科开考之前，发现了试题泄露之事，求圣上重拟了试题，并且公告天下并无内定状元之事，闹得天下哗然，朝中重臣皆以为祁隽藻所作所为令朝廷和皇上蒙羞，无不切齿痛恨臣，必欲置臣于死地，为朝廷和皇上挽回颜面。这就是臣犯的大罪！"道光怒声道："不对，你身为考官，私自与举子交结，有通同作弊之嫌，朕将你关到这里来，没有错！"隽藻听了，举首亢声道："圣上若以此事定臣的罪，臣有话说。"道光逼视着他，声音不觉也高了起来："祁隽藻，你罪证确凿，还有什么话说？"隽藻不为所动，大声言道："臣以为臣在恩科开考之前与李鸿藻等人相会，事出有因。臣与天下四杰见面，只是想留住他们，参与此次恩科会试，不想就听到了内定状元的传言，以及试题泄露之事，这才叩请皇上，及时拨乱反正，救了道光元年的恩科取士，替皇上挽回了天下士子之心。臣不但没有罪，还有大功。"道光低声喝道："住口！祁隽藻，你不但有罪，而且罪不可恕！你以你的所为，搅乱了朕的朝廷，将朕置于众叛亲离的境地，还敢说你无罪！"

隽藻听了，吃了一惊，待要分辩，道光再次喝道："朕要你住口！"隽藻只好沉默。道光看着他问："祁隽藻，你想知道朕这次点了谁做状元吗？"隽藻一脸失望，言道："圣上将臣投入天牢，今科状元自是肃顺无疑。"道光"哼"了一声，道："你错了！朕点的今科状元，是江苏举子翁心存！"隽藻一惊，不觉大喜道："圣上英明！"道光道："朕不但点了翁心存为今科状元，还点了直隶举子李鸿藻为榜眼，江苏举子彭蕴章为探花，就连江西举子黄爵滋，朕也点了他二甲第一名。"隽藻内心欢悦，泪花晶莹，给道光频频叩头："臣给皇上道喜！臣为天下万民谢皇上！"道光道："朕还要告诉你，朕明天就让这四人进宫陛见。朕现在认为，这四个人，无论是他们的文采操守，都不亚于你；论起脾气秉性，更胜你一筹。朕现在觉得李鸿藻和翁心存，比你更适合留在朕身边做侍读。"隽藻抬头道："皇上英明，皇上此次能选中天下四杰进入朝廷，大清有望，天下百姓有望！皇上既然另选了侍读，就可以开恩让祁隽藻还乡了吧？""住口！"道光道，"祁隽藻，自从你来到朕的身边，做了多少令天下侧目的事情，此次朕又要隆重推恩于你一力举荐的所谓天下四杰，朕若不抓你一个错，把你投进天牢，将如何安抚满朝大臣，朕又如何能保住你一条命？"隽藻这时方知自己再入天牢的原因，不觉大惊道："圣上——！"

道光此时怜惜地看他一眼，又道："朕知道你不想留在朝廷里，其实朕也不想留你在身边。可是你想过没有，朕今日如果将你放归田园，你就可以平平安安地做你的农夫了吗？"隽藻正想说什么，道光抬手制止他，"祁隽藻，朕这两天一直在想，你和朕这一对君臣，非以利合，而以义聚，这样的君臣，古往今来，有过吗？"隽藻心中感动，大声道："有过！"道光一愣："何朝何代有过？他是谁？"隽藻道："尧舜之时有过，他们是尧舜和他们的臣子。"道光叹了一声，生气道："祁隽藻，你又来了。朕想过了，你这个人，朕不能杀你，杀了你朕在天下人眼中就成了桀纣之君；让你一直待在朕的身边，非你之福，也非朝廷之福。可朕又不能把你放归田里，想来想去，朕只能给你选一条生路。"隽藻道："圣上打算让祁隽藻去做什么？"道光此时已经深思熟虑，道："你入朝后见朕头一面时就说，救天下必自整饬吏治始，自从头造就一批不贪之官始。第一是正考风，选拔天下寒士进入朝廷，这件事你已经替朕做了。第二是兴学校，改变天下无人读书的局面，所谓正考风正官风必从正学风始。朕打算放你出去做一任地方上的学政，这样你就不会留在朝廷里，天天口无遮拦，处在风口浪尖之上，却又能为朕造就人才，朕也可以保住你的一条命。"隽藻闻言，心中大震，叫道："圣上——"道光满怀期望道："江西一省历代人才辈出，可近些年竟然无人显名科场，朕就让你去做江西学政，你要从整顿当地学风起，帮朕教导养育士子，重开读书之风，为天下做个表率。"隽藻心中越来越感动，不觉出涕，道："臣谢皇上，臣既然将一身许天下，自然不会半途而废！不过臣离开京城之时，有些话还要再说一遍。"道光点点头："你说。"隽藻旧事重提，道："圣上，臣仍然以为今日天下大患，仍在于无地之民太多，皇上若想开万世之太平，一定要……"道光勃然作色："如果你还是要朕抑制土地兼并，开放吉林垦荒之禁，就不要讲了！"隽藻又认真起来，亢声言道："圣上若杀臣，就请现在动手，不然只要臣还在朝中做官，见圣上一次，就会讲一次，一直讲到圣上答应为止。"道光不想再听他说下去了，转身就走，没走几步又回头道："祁隽藻，朕也有忍不住的时候。朕走以后，你就离开这儿，回去打点一下，速速去江西上任，不要再在京城停留。临行之际，朕特授你有专折密奏之权，无论地方上有什么不法之事，都给朕密折奏来。"说完，他不再听隽藻讲什么，转身就走。隽藻叩头在地，叫道："臣江西学政祁隽藻，恭送圣上！"

第二十章

穆彰阿得势揽权柄　祁寯藻放任下江西

1

　　道光走出，没行几步，突然想起了几件大事，回身又进了那间囚室，问道：
"祁隽藻，你就要离开朕了，朕还有些话要问你。"隽藻不抬头道："圣上请讲。"
道光看他，目光炯炯："自今日始，朝中真会出现一个以你为首的祁党吗？"隽藻
一惊："圣上——！"道光不给他从容思考的机会，厉声言道："快回答朕！"隽
藻立即大声回道："圣上，朝中今日没有祁党，将来也不会有祁党，但是一定会有
君子之党。"道光大吃一惊，怒道："什么，君子之党？"隽藻坦然言道："宋代欧
阳修写过一篇《朋党论》，讲的是世上唯君子有党，小人无党。有道是物以类聚，
人以群分。君子有党，是说他们都有致君尧舜之心，使民小康以至于天下大同之
志；小人无党，则是因为他们只以利聚，不以义合。"道光反驳道："可圣人说的
却是'君子无党，王道荡荡'。"隽藻道："圣上讲得好。所谓君子无党，正在于
他们无结党利己之心，有相携救天下之志。君子无党，不妨碍他们在朝中同声相
应，同气相求。《易经》上讲，君子道长，小人道消。圣上，一旦朝中有小人之
臣告诉圣上说君子之臣结党，那恰恰就是王道荡荡之时。"

　　道光从心里认同他这种说法，但如何辨别君子和小人却是做一个君王最大
的难题。他久久地看着隽藻，突然开口问："祁隽藻，你今天说到了君子之臣和
和小人之臣，那你告诉朕，朝中谁是小人之臣，谁是君子之臣？"隽藻想也不
想，脱口而出："圣上，臣以为朝中第一君子之臣，是汉臣王鼎，此人忠清亮
直，有天地浩然之气，松柏不凋之节，一遇大事，臣叩请皇上听取王鼎之言！"
道光点点头，叹道："只是王鼎已经老了，除他之外，我大清竟真的无人可大用
吗？"隽藻朗声道："有，臣以为前杭嘉湖道现丁父忧在家的林则徐、湖北按察
使邓廷桢等人，皆是忧国忧民、以天下为己任之人，尤其是林则徐，悲歌慷慨，
有古烈士之风，皇上若能着意养育提携，将来天下有事，能大用者必是此人。"
道光沉默，未置可否，又问："新科进士李鸿藻、翁心存、彭蕴章、黄爵滋四人
中，将来哪个可堪大任？"隽藻关注天下四杰已久，对他们非常了解，急道：
"此四人皆是圣上亲自简拔之士，胸有大志，腹有良谋，更有忧国愤时之心，
皆是将来皇上救天下可用之人。四人之中，李、翁、彭言行缜密，谋虑深长，
皇上将来可用为帷幄之臣；黄爵滋嫉恶如仇，敢于任事，临难不苟，有以身死
国之志，皇上可用来抨击大奸，惩办邪恶，一清朝中弊政。"

道光皱眉道:"你说的都是汉臣,满臣中就没有可大用的人才?"隽藻不假思索,脱口而出:"有。山西巡抚乌鲁阿,陕甘总督那彦成,皆是老成谋国之人,皇上可以大用!"道光点点头,又是一叹:"他们老了,年轻一些的满人中,就没有一二可用之人?"隽藻不语。道光生气地看他一眼,道:"朕也看出来了,除了几个汉臣如林则徐等,天下满臣竟没有一个在你眼中!"隽藻道:"圣上一定说有,臣也不敢说没有。臣向圣上荐举新科进士裕谦、文祥,二人虽无大才,但因出身贫苦,知民艰难,将来皇上遇事一定要用旗人,这二人勉强可以一用,但一定不可用于大事!"道光心中勃然怒起,厉声言道:"祁隽藻,你口口声声说什么示天下以大公,可竟不能在天下旗人中为朕荐举一个可大用的人才,算什么示天下以大公?难道我们旗人中真的就无一人可用了吗?"隽藻跪直了身子,亢声道:"圣上要祁隽藻讲的是可大用于天下之人,至少臣眼下还没有自结识的满人中发现这种人,臣如果硬说有这么一位,那就是欺君!"道光默然,过了一会儿,平静了些,又问:"宗室之中呢?"隽藻直截了当地回答:"宗室之中无人可用。"道光胸中的怒气又忍不上升上来,道:"祁隽藻,这就是朕不能留你的原因。大清宗室乃我太祖皇帝的子孙,难道就没有一两个可用的人?"隽藻大声道:"圣上以天下为天下,不是以宗室为天下。圣上问的是宗室中可用于治天下之人,不是宗室中可用之人。"道光极力地克制怒气,叹一口气道:"祁隽藻,朕不能将你留在身边,就因为你这人性情刚直,说话从来不会拐弯抹角。朕走了,到了江西学政任上,你好自为之吧。"隽藻伏地叩首:"臣祁隽藻叩送圣上!"

道光欲走,又忽然停住,忍不住道:"还有一个人,朕也问问你,穆彰阿如何?"隽藻不语。道光问:"你怎么又不说话了?"隽藻道:"臣在想该怎么说。"道光生气道:"你怎么想的就怎么说。"隽藻立马言道:"大奸似忠,志大才疏。"道光怒喝:"放肆,住口!"隽藻并不住口:"臣知道臣就是说了,圣上仍一定会大用此人,可将来败坏大清天下,荼毒万民者,定是此人。"道光气极,手指着他直打战,声音都变了调:"你……好好好,朕明白了,其实在你心里,大清朝廷仍是有国无君,有君无臣,天下就你祁隽藻一个人可用!"他转身就走,再不回头。隽藻站起,看着道光怒冲冲远去。

道光气哼哼地走到天牢外,刚欲升舆,又停下,回头走回去。保胜和狱官都吃惊地看着他。隽藻在囚室里见皇上又走回来,非常诧异,急忙再次跪倒,口称:"皇上——!"道光望着他,目光凌厉,道:"祁隽藻,你要放外任了,朕还有一句话要问你。"隽藻急道:"圣上请问。"道光问:"昨天深夜,有刺客刺杀穆彰阿,你知道这件事吗?"隽藻大惊道:"什么?有人要杀穆大人!皇上,臣被皇上关进天牢,哪里会知道外头的事情。"道光省悟道:"对。是朕被弄糊涂了。这件事不会和你有关系，可朕为什么老是觉得，这刺客说不定就和你有关系。"隽藻思索，突然抬头道："圣上，我想起来了，这刺客是和臣有关系。"道光变色，叫道："祁隽藻，什么关系？"隽藻道："圣上所以觉得这个刺客和臣有关系，是因为圣上读了臣进呈的《唐末文选》，那上面有一篇文章说，皇上不做尧舜之君，不为天下生民立命，则天下人必揭竿而起，这不能说是什么意外的事情。"道光缓一口气，闭上眼睛又睁开，道："还有一句话，朕要问你。你几次三番在文章中写道，今日大清天下，无官不贪。你现在也是官了，你能保证自己以后不做一个贪官吗？"隽藻急忙道："圣上既然这样问臣，臣也有话奏明圣上。有我大清以来，臣最景仰的大臣是乾隆一朝的刘统勋刘大人。刘大人就任军机大臣前，乾隆爷也像圣上问臣一样问过刘大人。刘大人的回答是：圣上，臣自出仕之日起，就给自己立下了一个誓言，无论臣在朝多少年，家里的三间草屋顶上都不会多一片瓦。刘大人去世之日，家中仍然只有出仕前的三间草屋，屋顶上没有一片瓦。他做到了他想做的事情。臣虽不才，也想学刘大人。"道光看他，半晌才道："好吧，朕就等着你，做天下官员的表率。"他转身离开，不再回头。

2

隽藻平安离了天牢，又被皇上放了江西学政，让玉环转悲为喜，又听说皇上令隽藻速速离京，她也愿意让丈夫早点儿离开这龙潭虎穴，就拭去了连日来流在脸上的泪痕，急急地收拾起来。自出了牢狱，隽藻也似改了脾气，不再出门去与一干新科进士包括李、翁、彭、黄等人见面，却将大门从外面锁死，一心在家帮玉环收拾行李，和宿藻一起修理马车，准备南行。玉环看了，心中越发喜欢，忍不住道："这人进了一回天牢，还长进了。"隽藻听了，也不理她。

张牧却一个人呆呆地坐着，不去帮忙。隽藻觉得惊奇，走进书房看他，道："张秀才，你又不是和尚，在这儿参什么禅？"张牧看他一眼，突然开口道："五哥，张牧想过了，张牧这次不想去江西，也不想让五哥再去江西。"隽藻看着他，忽然有点儿伤心，道："怎么，张牧，这几年你和五哥朝夕相处，五哥都习惯了，有点儿离不开你了，你想离开五哥？"张牧起身，一躬到地："五哥，张牧今天请五哥辞了这官，和我一起回山西。以前五哥认为天下大难将至，你不出山，再也没人能登高一呼，唤醒天下人；现在这件大事你做到了，也做完了，你中了进士，入了朝廷，帮皇上开了恩科，为天下人网罗了一大批寒门士子、有为之士，五哥不趁此机会辞官还乡，做一个江湖散人，带我去新疆考察，完成祁伯伯的遗著，还等什么？"这几句话打动了隽藻的心，让他脸上的笑容骤落，站在那里，竟久久地发起了怔。张牧又道："五哥，张牧知道你离开天牢之时，皇上去看了你，我甚至都能想到皇上对你说了什么。他一定会告诉你，他力排众议，点了你一力简拔的天下四杰中的人做状元，甚至还会告诉你，他将你投入天牢，是不得已而为之，他并不是不想让你返回故乡，而是害怕有人会惦记着你，不让你好好地在家乡做一个草民，所以他才要你远去江西，为朝廷养育士子……"隽藻越来越惊讶，看他道："张牧，你可够神的，往下说，皇上还对我说了什么？"张牧道："张牧能想到的大致就是这些。五哥，皇上所以要留你在大清朝廷里做官，并说出那些话，张牧以为并不是他全部的真心话，他知道你现在名满天下，为了大清朝廷，为了收拾天下民心，他也不能不留你。如果五哥被皇上那些话吓住了，五哥就错了。在张牧看来，五哥如果离开朝廷，铁了心对天下事不闻不问，今日朝中这些必欲置五哥于死地的人，恰好不会再杀你。相反，如果五哥继续待在官场上，倒是早晚会遭遇杀身之祸！"

隽藻听了不悦道："你是说，今天朝中有人一心要害五哥，是因为五哥要救天下，五哥不救天下，他们就不会再害我，是不是？"张牧迎着他的目光，点头道："不错，现在朝中有了李、翁、彭、黄，穆彰阿他们就有了新的政敌，五哥若将一切甩下，和张牧远走新疆，年深日长，不问世事，朝中还会有谁记得五哥，他们为什么要害五哥？"隽藻的心中狂涛骤起，他久久地站住，突然回头望着张牧，大声道："张牧，你的话是有道理，可惜正因为如此，五哥才不能听你的！五哥将李、翁、彭、黄等一批寒门士子引入朝廷，难道是为了自己趁机逃脱救天下的责任，让别人替我去死？你说出这样的话来，难道不觉得脸红？"张牧知道无法劝阻他，摇头叹道："五哥，张牧今天的话说多了。五哥既然一心要为天下人去死，张牧也无法阻拦！张牧只求五哥一件事，让张牧带祁伯伯的遗稿还乡，反正你去了江西，一定会忙于公事，哪里还有时间研读、修订祁伯伯的遗稿。张牧想将祁伯伯的遗稿带回去，一来可以继续研读，二来也可以保护它，避免这部遗稿随着你遭遇不测之祸而散失掉。我们兄弟，就此分手吧。"隽藻知他一定要走，无法阻拦，伤感道："既是如此，我也留不住你。行，父亲遗稿的事，我答应你了。"张牧跪下叩首："谢五哥多年养育张牧之恩，五哥此去江西，一路平安。"隽藻心中感伤，将他扶起，忍不住又去摸他的头，强作笑颜："你这个家伙，跟了我几年，倒真的长成大人了。"张牧不觉大怒，叫道："五哥，张牧要走了，你还要摸张牧的头！"

3

一切都收拾停当了，明天就将再次离开这座自己出生并且住过多年的旧宅，隽藻忽然有点儿伤感。傍晚走在旧宅里，望着隔壁的冯宅，他再次想到妙真，不知不觉来到了书房后小花园内，站在那扇关着的小门前。到了这里，隽藻才省悟，原来自己牵挂的不只是这座旧宅，还有这个曾经让自己幸福不已的地方。他下意识地伸出手推了一下那扇小门，小门居然无声地开了。隽藻不觉一惊，双脚不觉就过了门洞。他随手掩上那门，目光越过荒废的花园，朝前方一望。妙真昔日的闺房里，竟亮着一点灯火！他大吃一惊，呼吸顿时急促起来，匆匆向前跑去。

　　妙真的确就在自己的旧闺房里。江一鸣一闪进门，急道："小姐，祁大人来了。"妙真一愣，马上道："咱们走。"江一鸣道："来不及了。"妙真想了想道："江大哥，你不要见他。暖儿，迎客。"江一鸣闪身躲开，暖儿走过去将门悄悄虚掩上，静候在门后。隽藻来到近前，站住脚，咳嗽一声，轻轻敲门，道："屋里有人吗？"暖儿无声地把门打开。隽藻越过暖儿，一眼就看到了妙真，大惊道："妙真，真的是你！你怎么在这里？"妙真示意暖儿走开。隽藻进了房，激动道："妙真，真的是你，你太大胆了，怎么敢到这个地方来？你……"妙真背过身去，努力抑制住自己的激动，突然道："我在这里等你。"隽藻又是一惊，道："你在等我？"妙真猛地转身过来，高声道："对！祁隽藻，你进了朝廷这么多日，把你当初许给我的事情忘了！"隽藻不解，叫道："妙真，你……在说什么？"妙真愤然道："你当初告诉我，只要你进了朝廷，就要做一件事，你要查清祁冯两家的冤情，还我父亲和祁叔叔一个清白，可这件事你直到今天，仍然没有做。"隽藻努力从最初的极端震惊中让自己平静下来，轻声言道："妙真，你听我说——"妙真用激愤掩饰心中的激动："我听你说什么？你进了朝廷，心就变了，把祁家的冤仇，冯家的冤仇，你都忘了！你为了高官厚禄，心甘情愿做了皇上的鹰犬，你太让我失望了！"隽藻神情陡然严厉起来，问："妙真，有件事我也正要问你，前天夜里有人刺杀穆彰阿，这件事你知道吗？"妙真心中一惊道："我不知道。穆彰阿是朝中的大奸，就是杀了他，又有什么？可惜没能杀得了他。"隽藻心中一沉道："那就是说，这件事确实是你的手下干的了？"妙真仍是不承认，道："我说过了，不是。"她不让隽藻继续这个话题，又道，"祁隽藻，你还没回我的话呢，你入朝这么久，为什么还没有帮我们两家查清冤情，你真的把我们两家先人的冤屈给忘了？你是不是入了朝廷，做了官，心就变了。"说着，她的眼睛里骤然蒙上了一层明亮的泪花。隽藻听她问到这些，一时不知如何跟她讲才好，又因为妙真提到了两家的冤情，不觉心中大痛，久久地望她，突然转过头去，眼里也涌出了泪花。

　　藏在内室的江一鸣听着外面的声音，对暖儿道："暖儿，快出去，再让他们这样下去，小姐就危险了。"暖儿急忙走到外间，看着妙真和隽藻。二人见她走来，立即分别让自己平静下来。暖儿道："小姐，天不早了，我们该走了。"妙真要走，心中却又恋恋不舍，她回头看隽藻一眼，等待着他对刚才自己最后一句话的回答。隽藻一下明白她还在等什么，数年不见，他也有许多话要问她，一时急道："妙真，等一下。暖儿，我有几句话要问你们小姐，你能等一下吗？……妙真，隽藻与你好几年不见，今日见了，我有好多话想跟你说，也有好多话要问你，可你这会儿急着要走，我知道你现在身不由己，可我只想知道一件事，你现在到底是怎么生活的，还是不是那个江北灾民会的大头领，你还一心要点燃那场烧遍天下的大火吗？"妙真以为他要问别的事，听他问的居然还是这件事，内心的激情顿时冷落下来，愤然道："原来祁大人想知道的只是这个。如果你真想知道今天妙真的处境，看看满街贴的缉拿妙真的告示就明白了，哪里还需多问！暖儿，咱们走。"隽藻追了几步，大声道："妙真，我知道我现在还没有力量让你重回人间，过正常的生活，可我还是要说一句，请你给朝廷、也给天下有志之士一个机会，让他们试着重造一个天下，救一救天下人。"妙真站住，眼泪又要涌出来，回头道："我给你们机会救天下人，可又有谁救我？我也是天下人中的一个。你不能查清冯祁两家的冤案，还我一个清白，冯妙真就不能重回人间，我也不可能不继续视朝廷为仇敌。"说了又要走，隽藻又跟上了一步，急道："妙真等一等。隽藻既然答应了要查清冯大人和我父亲的冤情，为他们平反昭雪，还妙真一个清白，让你重新回到人间过正常的日子，今生今世就一定要做到。妙真要是相信隽藻，就请在点燃那场天下大火之前等一等我。"妙真听了，怦然心动。暖儿急道："小姐快走。"妙真无奈，快步随她走出。隽藻低声叫道："妙真保重。祁隽藻所以铁了心要救天下人，正是因为隽藻知道，不能救天下人，就不能救你，隽藻不避千难万险，不惜被人碎尸万段，还要入仕，正是因为要救妙真。"已到了门外的妙真一怔，内心顿时百味杂陈，波涛涌动，却不能再回头，暖儿急急为她披上长行的斗篷，几个黑衣人从两侧房中走出，簇拥着妙真向后门走去。隽藻待要冲出来，被一黑衣人用刀逼住："祁大人请委屈一下，等一会儿再走。"隽藻满眼是泪，望着妙真消失在后门外，叫道："妙真一定要有耐心，一定要等我！"

祁宅后花园小门前，玉环和宿藻一路找来。宿藻道："刚才我看见他到这儿来了，怎么不见了？"小门忽地无声地打开，隽藻出现在他们面前，三人同时一惊。玉环吃惊地望了望隽藻，陡然想到了什么，一把推开他，穿过小门向冯家跑去。宿藻不解地望着她，问隽藻："哥，我嫂子这是怎么了？"隽藻不答，回头望去，过了许久，才见玉环两眼是泪，一言不发地走回来，一把推开隽藻，穿过小门走回去。宿藻喊她，她也不答应。隽藻随她回了屋，玉环"哗"一声闩上门闩，回头一把将隽藻推倒在炕上，低声哭闹起来："你见了冯妙真，刚才你见了冯妙真，她真的没死！你们俩刚才瞒着我见了面！你这个没良心的，你娶了曹玉环还要和冯妙真见面，你……"隽藻任她发泄，半晌见她平静了一些，才开口言道："不错，刚才我是在冯家旧宅见到了人，可我见到的不是妙真。"玉环不信，抬头道："那他是谁？"隽藻道："我见了妙真派来的人。"玉环慌忙抓住他的手，紧张地问："什么？你见了妙真派来的人，妙真让他跟你说什么？"隽藻一时间目光悠远，泪水盈眶，道："妙真打发人来责问我，为什么我入了朝廷这么多天，还没有帮祁冯两家查清冤案，替她父亲和我参报了仇。她让人来问我是不是进了朝廷，就变了心。她让人警告我，要是这样，就派人杀了我。"玉环听了，立马抹去眼泪，替他担心起来，叫道："隽藻，五爷，你别难受。妙真她知道什么？五爷为了谁进朝廷当这个官，别人不知道，我还能不知道。她在哪里，还要对你做什么？你告诉我，我去见她，替你分辩。她要杀你，先杀了曹玉环吧！"隽藻的眼泪终于落下来，道："她是不会见你的。妙真糊涂，她现在淮南府，成了江北灾民会的人了。"玉环越发吃惊，大声叫道："什么？她成了江北灾民会……"隽藻一把捂住她的嘴，道："甭说了。拿纸笔来，我现在就给皇上写折子，请朝廷从头彻查冯祁两家的冤案。这件事，也不能再拖了……"

4

天刚放亮，折腾了大半夜的玉环仍旧一早就起来做饭，见宿藻起来了，又悄悄将他拉到一边，拿出一个包袱和一封信，悄声道："六弟，咱们要走了，嫂子行前本想去一下保大人府上，与保夫人告个别，可是我走不开，我也不想让你哥知道这件事。你就悄悄地替嫂子把这封信送给保夫人，还有我为她新做的这两双鞋。我们一去江西，不知几年才能回来，我就是想再给保夫人做鞋穿，千里迢迢的也不容易了。"宿藻点头，答应着去了。

日上三竿的时候，祁家门外，已经有两辆车停在那里，准备分道出发。张牧要上车了，又走回来把玉环拉到一边，趴下磕一个头，道："五嫂，张牧要走了，有句话说给嫂子听。"玉环含泪笑道："我就知道张牧兄弟不会就这么走了，一定有话嘱咐嫂子。"张牧轻声言道："嫂子，记住张牧的话，这一辈子，都不要离开我五哥。"玉环脸色急变："张牧——"张牧道："五哥此去江西，前程险恶，看来将来能救五哥的人，只有嫂子。"玉环不觉颤声道："张牧好兄弟，你吓着嫂子了。我……"张牧道："张牧不向嫂子求别的，只要嫂子一天不离开五哥，五哥就是自己找死，也会先回头看看嫂子，看看世长。"玉环虽不完全明白，但也明白了一个大概，感动道："张牧，嫂子明白了。嫂子这一辈子，无论是生是死，都不离开你五哥。他就是撵我，我也不走。嫂子谢谢你的金玉良言。"

隽藻看他们俩嘀咕，走过来道："你们俩说什么呢？张牧，天不早了，启程吧。"张牧回头又向隽藻磕一下头，道："五哥珍重，张牧走了。"说罢上车，自己赶车走，头也不回。一家人看着他，玉环突然想起什么，大声喊道："张牧兄弟，停一停！嫂子再问你一句，你能不能跟我们一起去江西。万一遇到了什么大事，你走了，嫂子就没有主心骨了！"张牧听了，心中一惊，不禁停下了马车。玉环见他心动，继续大声道："你跟着嫂子去江西，嫂子就不怕了，你不去，嫂子心里害怕。"她说的是真话，这几年，随着张牧越长越大，他也越来越聪明，越来越料事如神。张牧听了，回头看过来。隽藻一见，急忙走上去，一把拉住他道："张牧，听你嫂子的话，还是跟我们一起去江西吧。别说你嫂子，连我也觉得离不了你。"张牧还在迟疑。玉环跺脚道："张牧，你就不能答应嫂子吗？"张牧长吁一口气道："嫂子、五哥，张牧要是改了主意，那也是因为一件小事。"玉环问他："什么小事？"张牧道："这几年待在五哥和嫂子家里，说是读书，其实是乞食。我们家的日子你们都知道，我也正在担心，回去了没地方吃饭。"隽藻高兴起来，一把将他从车下扯下来道："行了行了，你答应了！"他习惯地伸手去弄他的头，张牧一把推开他的手，怒道："祁隽藻，我去江西可以，但有一件事你要答应，我要去，就算入了你的幕，我不要幕银，也不要师爷的名分，管饭就行。但是不准你再弄本秀才的头！"隽藻开心地大笑起来，连声应允："行行行，只要你跟着五哥走，说什么都答应你。"

终于留住了张牧，一家人准备开开心心地上路。忽然，一个三十岁上下、衣衫破旧的男人背着包袱走过来，上前冲隽藻一揖道："小人见过祁大人。祁大人还记得小人吗？"隽藻仔细看他半天，突然认出来了："哎哟，是你！三年前在张家老店里，我们见过……你怎么……"那人又对玉环作揖，道："大人、夫人，小人江一鸣，听说祁大人要远赴江西上任，特来投奔，求大人和夫人留下江一鸣做个车夫，赏小人一碗饭吃！"隽藻看了看玉环，回头冲他笑道："这位大哥，原来你是投奔我来了。你怎么知道我要……"江一鸣道："祁大人当年的几篇科举文章，惊天动地，这次回到朝廷里来，主持恩科取士，一力简拔天下人才，江一鸣虽是个马夫，对大人的所作所为也略知一二。大人，小人孑然一身，没有负担，十分敬仰大人，今日来投大人，只是想追随大人左右，有口饭吃就行，不要工钱。"隽藻有些为难，回头再看玉环，笑道："你说怎么办？咱们家要说还真缺这么一个人，要不……"玉环心中一动，走上前来，对江一鸣道："这位江大哥，只是我们家粗茶淡饭的，就怕委屈了你。"江一鸣躬身道："夫人，江一鸣活了半辈子，吃的都是粗茶淡饭。谢大人和夫人收留。"隽藻笑道："江大哥，你真心实意要留下，我们一家子就没什么说的了，只是实话讲我们家很穷，这工钱的事你说个数……"江一鸣诚恳道："大人、夫人，小人说过了，小人一人一身，并无家口，只要大人和夫人收留，江一鸣不要工钱。"隽藻与玉环相视一眼，叹了一口气，玉环急道："老爷，我看这位大哥，是真心实意的。这样吧江大哥，你就留下，以后这工钱，我们家多，我就多给一点儿，少，我就少给一点儿，咱们就当是一家人，行不行？"江一鸣趴下就磕头，道："谢夫人。小人就是冲着祁家一定会待小人如家人，才冒昧来投的。大人请上车，从今天起，这车就由小人来赶。"隽藻叹一口气，将手中的鞭子交给他。

两辆马车出了城，上了官道，向运河码头上驶去。隽藻抬头望去，吃了一惊，急令江一鸣停车。原来是新科状元翁心存和新科榜眼李鸿藻、新科探花彭蕴章和二甲第一人黄爵滋候于道旁，见马车来近，四人急忙拜倒道旁。隽藻匆匆下车，上前将四人扶起，道："哎哟，你们怎么来了，这可是当不起！"李鸿藻道："恩师走得机密，我们刚刚得到消息，赶来送一送，请恩师喝一杯薄酒，一路平安到达江西！"隽藻看四人眼中皆含着泪花，笑道："你们怎么啦，说起天下大事，个个激昂慷慨，今日来为祁某人送行，一个个做起儿女态来了？来来来，这酒我喝。喝了你们的酒，祁隽藻还有话说呢。"李、翁、彭、黄依次给隽藻敬酒，隽藻一一喝下，把碗一摔，道："酒也喝完了，祁隽藻临行之际，只有一句话相送。今后你们在朝廷里当差，千万不要忘了入仕的初衷。"翁心存急忙上前道："谢恩师。恩师要走，学生们也有一句话送给恩师：恩师留下的事情，就由学生们来做。"隽藻听了高兴，拱手道："好，我就喜欢听这种话。诸位，送君千里，终有一别，咱们就此别过。"众人也不再拦，看他上车离去。望着马车走远，四人仍在招手，眼中含泪。翁心存道："大清朝有了祁隽藻，亡不了！"

5

畅春园内，穆彰阿俯伏在地。道光问："穆彰阿，你现在还想请旨外放吗？"穆彰阿道："回皇上话，奴才上次上折子请求外放，是因为……"道光伸手止住他的话头："穆彰阿，此次恩科取士，你知道朕最高兴的是什么吗？"穆彰阿抬起头看他，他不知皇上此话何意，所以不敢贸然答话，道光道："朕最高兴的，是为后世子孙简拔了几位宰相。朕虽不敢说有知人之明，可无论是李鸿藻、翁心存，还是彭蕴章，将来好好培养，都是宰相之才。"穆彰阿心中大惊，口中却急道："奴才恭喜皇上！"道光道："军机处里几位排在你前头的满大臣都老了，已经做不成事了。朕所以没有答应让他们致仕，是因为朕还没有在年轻一代的满大臣中发现一位马上就胜任领班军机大臣的人。"穆彰阿心中大跳，不敢抬头。道光看着他道："有人为朕推荐了山西巡抚乌鲁阿、陕甘总督那彦成，可朕以为，他们也老了。"穆彰阿越来越紧张，汗涔涔而下。道光又道："也有人荐举王鼎。他们以为朕为了收拾天下人心，将今年的恩科状元给了一个汉人。这领班军机大臣之位，也可以给王鼎。但他们错了。"穆彰阿伏地不起，流泪道："皇上不要再说了，奴才什么都明白了。自今以后，只要皇上不让臣离开朝廷，奴才就是粉身碎骨，也不离开皇上。"道光看他半晌，突然道："穆彰阿，你知道有人怎么论你吗？志大才疏、大奸似忠，将来坏天下者，必是你穆彰阿。你觉得这话有道理吗？"穆彰阿汗流浃背，大惊道："皇上，奴才该死！"道光道："虽然他们这么说，可朕不这样看你，朕倒以为你的不足之处是气量狭小，不能容天下之众。"穆彰阿大汗淋漓，不敢言语。

道光见敲打得差不多了，方才言道："既然你不走了，就继续在军机处当差。琦善嘛也上了折子，想去做直隶总督，朕就将直隶交给他，反正保定府离京师也不远，朕要用他时，随时可以唤回来。"穆彰阿一颗心稍微定了定，道："皇上圣明。"道光道："还有一件事，你去替朕办。保胜跟朕好几年了，出生入死，忠心可嘉，朕不能老让他为我看守乾清门，朕想过了，这次也赏他一个地方官去做。你回去替朕想想，该放他去哪里。"穆彰阿心中暗惊，伏地道："奴才替琦善、保胜谢皇上。只是这乾清门侍卫大臣……"道光道："这个人朕已经选好了，肃顺写文章不行，替朕看守乾清门总行吧！"穆彰阿心中越发吃惊，他深知肃顺三兄弟一旦重新接近皇上，那也将成为他的大敌，但他一时却也找不出理由反对。道光拿出一份名单道："这上面有几个人，你斟酌一下，能把他们用到哪里。"穆彰阿接过名单看过，吃惊道："林则徐此人，眼中无物，好大喜功，据说三年前就与祁隽藻有过勾连。还有这个邓廷桢，也是林则徐一党。"

道光听了不悦，道："穆彰阿，听说你读书甚多，不知是不是读过宋人欧阳修的《朋党论》？"穆彰阿不知他要说什么，口中含糊："这个……"道光看着他道："朕刚刚读了这篇文章，欧阳修说，世上唯君子有党，小人无党。"穆彰阿刚想替自己申辩一下，道光已经抬手挡住了他，道："什么都别说了。林则徐可放江苏布政使，邓廷桢可放陕西布政使。"穆彰阿无奈，只得领命。道光又道："把这个单子上的裕谦、文祥都用起来，还有僧格林沁，给朕从蒙古草原弄进京城来，接替琦善，任京师步兵统领、五城兵马司都总管，为朕看守京师五城。"穆彰阿伏地受命，道："喳！"道光又道："新科状元翁心存，留在朕身边以庶吉士身份任侍读，顶替离去的祁隽藻。李鸿藻、彭蕴章以庶吉士身份留在内阁见习章奏。至于黄爵滋，让他以庶吉士身份去都察院，见习御史，观天下之风，弹天下之弊。"穆彰阿心有不甘，奏道："圣上，翁、李、彭三人今年才蒙圣上恩赐进士及第，黄爵滋进士出身，按照朝廷旧制，他们应当先去翰林院做三年的庶吉士……"道光不等他说完，即道："让他们留在朕身边，或者直接去衙门里见习当差，还不如在翰林院坐冷板凳更能尽快为朝廷所用？"穆彰阿语塞："这个……奴才愚钝，奴才遵旨！"见道光今日处处要与自己不对付，而穆彰阿也不敢再言，叩头告退。

当日从军机处回到家中，穆彰阿发现琦善正在他的书房里等候。穆彰阿心中大怒，道："穆彰阿为官多年，在皇上面前从没有受过如此大辱！走了一个祁隽藻，又来了什么李、翁、彭、黄，还有林则徐、邓廷桢，将来都是朝廷的心腹大患！"琦善察言观色，小心道："大人，奴才以为，虽然今日皇上对大人讲的话难听些，可他还是不得不赶走了祁隽藻，留下了大人，实际上已经把朝政交给了大人。大人现在虽然不在领班军机大臣之位，却有领班军机大臣之权。至于放保胜一个外任，让肃顺侍卫乾清门，僧格林沁做京城步兵统领，又给林则徐、邓廷桢升官，这都不过是区区小事。皇上给了大人这么多，总得从大人手中拿回一点儿去。奴才恭喜大人！"穆彰阿听了，心情好转过来，点头道："嗯。在你看来，本官该做些什么？"琦善一点点露出真面目，阴阴地挤出四个字："结党营私。"穆彰阿被他吓了一跳，怒喝道："放肆！"琦善知道自己说得太直白，连忙赔笑道："大人不要以为皇上今日将朝政交于大人，天下事就定了。皇上今日能将朝政交给大人，明日也能再拿回去。奴才以为，无论是汉臣王鼎，还是我满人中的乌鲁阿、那彦成，以及皇上此次越级提升的林则徐、邓廷桢，都是皇上为自己预备的将来接替大人的人。奴才为大人筹划，从现在起就应在朝中结纳同党，养育私人，占据要津，盘根错节，使皇上将来就是想动摇大人的位置也办不到。大人别误会，琦善刚才说结党营私，不是营大人一己之私，而是营我旗人之私，大清朝廷之私。琦善要走了，今天说出这些大胆的话来，大人不要怪罪。"穆彰阿虽讨厌他说话的方式，却不能不承认他说得有理，停了停，不动声色道："啊，赴任之前，本官要备酒为你送行。"琦善道："奴才不敢当。大人，奴才还有一句话。祁隽藻虽然被皇上发配江西做了个小小的学政，但奴才以为，大人不要因为朝中有了李、翁、彭、黄，就把他忘掉了。大人仍要时刻盯紧此人。"见穆彰阿沉吟不语，琦善又道，"祁隽藻南去之时，奴才已让我的人跟着一起去了。此刻就在祁隽藻身边，要杀他随时都可以动手。"穆彰阿想了想，含混道："不要。一个被皇上撵出朝廷的人，看在皇上的面子上，我们就暂时留他一条生路。"

6

琦善走后，穆彰阿想着琦善方才的话，独自沉吟。薛管家走进来禀报："老爷，江西布政使富察安、江西按察使肖廷贵，在外头等了好久，要拜见大人。"穆彰阿问："你知道他们的来意吗？"薛管家笑道："这不江西巡抚的位子刚空出来吗？"穆彰阿忽然想起一件事来，冷笑道："那他们就白来了。外客厅见。"说着就随薛管家走向了外客厅。外客厅内，富察安和肖廷贵已经等了半日，一见穆彰阿走进来，急忙起身下拜，口称："下官富察安（肖廷贵）见过大人！"穆彰阿满脸含笑，亲自躬身上前，做出要扶起的动作，却没有真的去扶，一边热情言道："你们两个人来了，什么时候进京的，住在哪里？"富察安磕了一个头爬起来，献媚道："奴才虽进京之日不多，可全北京城的王公大臣们都夸大人，都说大人现在是我大清皇上第一爱重的大臣，大清的大半个江山都由大人扛着呢！下官恭喜大人，贺喜大人！"穆彰阿坐下，哈哈笑着言道："富察安，甭跟本官来这一套。本官问你，在江西这么些年，贪赃枉法的事干了不少吧？都有人告到我这儿来了。"富察安又要跪下，却没有跪下，只是做了一个跪下的款儿，急道："大人说哪里话？奴才就是在下头贪赃枉法，也是为了皇上和大人。大人，这是礼单。"边说边双手将礼单呈过来。穆彰阿接过来草草看了一眼，随手交给薛管家，回头对肖廷贵半真半假道："肖廷贵，本官也听人说了，你还是很能干的，只是有些胡闹，据说已经娶了第十房姨太太。有人可是也告到朝廷里来了，说你一大把年纪，强娶民女，那可是不小的罪过。"肖廷贵急忙跪下道："大人，下官冤枉。下官所以娶了几个姨太太，那也是因为圣人有云，不孝有三，无后为大，想生个儿子接续香火。至于强娶民女，那是没有的事。"正说得热闹，虫子跑进门来禀报："爷，姑爷和姑奶奶回来了。"穆彰阿趁机站起，略一拱手道："啊，两位，我们家的姑爷和姑奶奶到了，我得去周旋一下，剩下的事你们跟老薛说。老薛，中午留两位在府里吃饭，替我陪一陪。"薛管家答应着，富察安和肖廷贵连忙起身相送："大人请便。"穆彰阿走到门外，皱了一下眉头，对跟出来的张妈道："让佛库伦进去歇着，我有话要先跟保胜一个人谈。"张妈答应一声，看着他走进了书房。

黄昏时分，含黛才从穆府回到保胜的府上——现在这里也是她的家了。一帮丫头老妈子上前迎接，管家也凑过来问："老爷哪里去了？奴才们到处找他不着。"含黛随口回了一句:"都不要找了,保胜被皇上召到宫里去了。"走回自己房间,含黛一眼看见桌上放着一个家织家染蓝底白花土布的包袱,打开一看,包袱里是一封信和两双新布鞋,急道:"这是什么时候送来的,怎么没有回我?"流翠回道:"小姐,这包东西,一大早祁家的人就送来了,小姐还没起床,下面的人不敢回,就放在这儿了。后来小姐又出了门……"含黛也不再问,急着打开信来看。忽然看完,神情怅然,自语道:"祁家的人走了,去江西了。"晴儿端茶上来,看她痴痴地站在那里,眼中竟流出泪来。晴儿叫道:"小姐,你……"含黛兀自流泪,喃喃言道:"要不是有个她,现在和祁隽藻一起去江西的就是本小姐。"晴儿又被她吓了一跳,不知道发生了什么事,也不敢言语。

晚上含黛独自一个人坐着吃饭,晴儿和流翠一旁侍候。含黛吃完了,漱了口,突然问道:"老爷回来没有?"晴儿流翠心中一惊,想今天是怎么了,往日她是从不问这种话的,急答:"好像还没有。"含黛发怒:"他怎么还没回来!他不回来,也不打发人捎个信儿来,他眼里还有没有这个家!他娶了含黛,把本小姐当成什么了!我是他们家的一个摆设吗?"晴儿听这些话说得奇怪,也不知道如何回答。就在这时,保胜忽然带醉闯了进来。含黛猛地站起,吃惊地望着他,一时脸竟然大红起来,道:"你……不是进宫去了吗?怎么这样了,在哪里喝了酒。"保胜哈哈大笑,走上前去,一把将含黛抱起,道:"你是谁,你不是我保胜的夫人吗?"往常保胜见了含黛,总是奴颜婢膝,今日竟如此大胆,一下竟把含黛吓到了,厉声叫道:"保胜,你要做什么!快把我放下!"保胜借着酒力,张狂言道:"夫人,你让我把你放下,我偏不放!保胜做了半辈子奴才,现在不做了!保胜从现在起,就是江西的巡抚,朝廷的封疆大吏了!将来保胜要是在江西干得好,那就是两广总督,就是军机大臣!"含黛气极,"啪"一巴掌打在他脸上。保胜仍旧紧紧抱着她不放,道:"格格,你打吧,从明天开始,你就不能再打我了。我说过了,从现在起,保胜不再是你们穆家的奴才了!"一边说,一边抱着她向内室走去。含黛拼命挣扎,叫道:"快放下我!"保胜哪里肯放,竟将她抱进内室,一脚把门踹上。

深夜,保胜已经沉沉睡去。含黛衣衫凌乱,满眼是泪,爬坐起来,一巴掌一巴掌打在保胜脸上。保胜的酒到此才一点点儿醒过来,茫然地看着她。含黛哭道:"你刚才对我做了什么事情?"保胜道:"奴才对格格做了什么事情?"含黛不想再问下去,换了一个话题:"刚才你说皇上要你到江西做巡抚,真的假的?"保胜的头脑更清醒了,道:"真的。"忽然,他的酒全醒过来,一眼发现自己睡在哪里,吓了一跳,恢复了奴才的本相,急忙下床,"扑通"一声跪在含黛面前,连声流泪道:"格格,奴才方才灌多了黄汤……奴才该死!奴才该死!"

一边说着，一边自己打自己的耳光。含黛眼里闪出光来，大喝一声："干什么你，住手！"保胜住了口，害怕地望着她。含黛道："咱们什么时候走？"保胜不知她指什么，问："去哪里？"含黛又恼起来，道："江西呀。"保胜想起来了："啊，收拾收拾，过几天就走。"含黛眼中忽然涌出泪来，道："不，明天就走。"

不说保胜和含黛，自此糊里糊涂地就做了真夫妻，却说这天夜里，道光就要就寝之时，忽然发现了一个新呈上来的折子。看过之后，他急忙打发人将王鼎召进宫来，道："王鼎，这里有一个折子，你看一看。"王鼎从地上爬起，接过折子飞快地看了一遍，吃惊道："皇上——！"道光道："这是祁隽藻临行前留给朕的。嘉庆二十二年朝廷处理祁韵士亏铜一案的人是你，至于冯叔阳一案，你也知其事。现在祁隽藻说这两个案子均有大冤情，此事涉及当年处理此案的先皇和朝中众多大臣，说大不大，说小可也不小。我还将这件事交给你悄悄去办，有了什么线索，只回来奏与朕一人。"王鼎听了，叩头言道："臣接旨！"

7

两个月后，隽藻雇的客船到江西南昌府，停靠在码头之上。隽藻下了船，举目四望，只见码头前店铺林立，人头攒动。一群群流民涌来荡去，填街塞巷。对面一家饭馆刚刚将一锅泔水泼出来，众多流民们就扑了过去，疯抢成一团。隽藻皱着眉头道："江西本是鱼米之乡，怎么也成了这个样子？"说话间，衙役们抬着轿子赶到。领头的是一个四十多岁的中年男人，他边四处打量边发问："哪位是新来的学政大人？"江一鸣上前一步，指着隽藻道："这位就是新来的江西学政祁大人。"这中年人看隽藻衣着简朴，虽然不大相信的样子，却也赶上来施礼，叫道："小人江西学政衙门主簿沈存幸，参见祁大老爷！"隽藻和气言道："沈主簿，在下就是祁隽藻。"想了想又道，"你可送夫人和行李先进衙门，留下一个人给我们引路，我们几个人走着进城，顺便也看看这南昌府的市容。"沈主簿看他一眼，也不分辩，道："小人遵命。"转身对一个年过半百的衙役道，"刘不够，你地儿熟，留下陪大人走着去衙门！"名叫刘不够的衙役听了，不服气道："知道了！你叫唤什么！这样的差事，总交给老子，是觉得老子的头好剃是不是？"沈主簿闻言，脸上就起了怒，举鞭要打，被隽藻拦住，道："不要打人。"沈主簿躬身道："大人不知道，这人皮子贱，三天不打，上房揭瓦。"他回头对众衙役道，"都听好了，大人有令，请夫人上轿，剩下的人搬行李。"说着，又冲众衙役举起了鞭子。张牧默默地看着，一言不发。宿藻失望道："怎么这样啊！"

玉环坐在轿子里，隽藻看着她在一群衙役的簇拥下先走，回头看了看坐在地上的刘不够，道："老人家，就委屈你，陪我们在城中走一遭？"刘不够也不起身，道："大人，走是可以，只是大人赏不赏酒钱？"宿藻越来越生气，道："你这个人，怎么还没当差，就要酒钱，你这是想勒索我们，欺负我们初来乍到？若是你的老上司，你敢这样？"刘不够打量着他道："在江西这个地方，就连巡抚大人，用我们衙役，他也得按规矩办事。现而今，各行各业，都是这个规矩。"宿藻不解，道："什么规矩？"刘不够也不回答。隽藻想了想，从口袋里掏出十几个大钱递过去，道："老人家，看样子本学政也要入乡随俗了。不瞒你说，本学政是个穷官，口袋里只有这些铜板，不嫌少你就拿着。"刘不够大模大样地接过去，站起道："大人，这确实少点儿，不过大人刚到任，没有钱也是常情。小人就替大人记着，过些日子等大人有了银子，别忘了再赏给小人。"隽藻望了他半晌，不觉笑道："老刘，你这人有趣。走吧。"

那刘不够就引着隽藻等向前走去。隽藻边走边笑着问："哎，说一说，你怎么叫刘不够？"刘不够坦然答道："老爷，这也不是秘密，我的命就是不够，生下来吃的不够，穿的不够，长大了投亲靠友在衙门里混个差事，挣这点儿差银给一家人过日子，还是不够，不是不够吃饭，就是不够穿衣，再不就是不够老娘害病请大夫吃药。既然老是不够，我就改了名，叫刘不够了。"众人"哄"的一声都笑起来，宿藻也忍俊不禁，道："怪不得你见了新官也要钱，原来是不够。"

说着大家就走上了闹市。隽藻一边走，一边观看沿街景物，一时又想起了方才的话头，问道："哎，老刘，你刚才说现而今，各行各业都是这个规矩，什么意思？本官初来乍到的，这些事情都不懂，你跟我讲讲。"刘不够叹气道："老爷，你这么年轻，又听说是初次外放，那小人就告诉你，像我们这些在衙门里当差的人，哪个靠差银能够度日？差银多少，还是康熙爷那时候定下来的，你想想那年月一斗米多少银子，现在多少银子？别说我们，也别说巡抚衙门、按察使衙门，就连这赣江上的运丁——他们都是旗人，还是世袭，靠当初那点儿丁银，别说养活老婆孩子，他们连自个儿都养不活！"宿藻急道："那怎么办？"刘不够道："差银不足，那就得靠山吃山。就像老爷，从北京大老远地来我们江西做学政，自然也得吃这个学政。"隽藻听了，脸上的笑容骤然敛去，道："这就明白了。"

再往前走，拐进一条卖瓷器店的小街，就见一家店铺前，横躺着一具尸体，一个十六七岁的少年，头插草标，跪在那里，面前放着一张纸，上写"卖身葬父"四个大字。张牧远远地看见，叫道："那又是怎么回事？"话音没落，就见少年身后那瓷器店里的掌柜冲了出来，举起鸡毛掸子，一下一下朝那少年打来，一边大声咒骂。少年抱头忍着，却伏在父亲尸身上不肯离去。掌柜继续打个不止，边打边喊道："叫你不走，叫你不走！你在这里，我们还做不做生意！"围观的人越来越多，却只是有人看，没人阻止，还有人嬉笑。隽藻早已变了脸色，拼命挤进去大声道："怎么了怎么了，怎么这么打人？"江一鸣也赶到前面，一把夺过那掌柜手中的鸡毛掸子，摔在地上。那掌柜的上下打量他和隽藻，气愤道："你们什么人？管老子的闲事！"隽藻不理他，蹲下去问那少年："这是怎么了？"少年泪落如雨，却强忍着不哭出声，抬头看隽藻一眼，又将头埋在臂弯里，一时浑身颤抖。瓷器店掌柜越发躁起来，道："你们想管这闲事吗？这闲事你们管得了吗？这孩子他爹带他来南昌县考秀才，得急病死了，不死在别人门口，倒死在我这店门口，弄得我两天做不成生意。我让他赶快把他爹的尸首弄走，他还不动，我……还要打他！"说着又捡起了那鸡毛掸子，扬起来要打。隽藻大怒，站起来喝道："住手！一个念书的孩子，为了葬父自卖自身，你不肯帮他也就罢了，居然还要打他！你们这些人，还在这里看热闹！这哪里是大清的天下，这是禽兽之国，桀纣之国！"

　　巡街的官兵听到吵嚷，赶了过来。一个小头目瞪着眼睛望着隽藻，喝道："你说什么？大胆！敢在这里骂大清国，抓起来！"刘不够站在一边袖手旁观，不住地冷笑。江一鸣大喝一声："住手！大胆，这是新到任的江西学政祁大人！"那小头目哪里肯信："祁大人？祁大人的轿子刚才我们看到了，已经过去了，这里怎么又有一个祁大人？"刘不够这才挤过来，道："哎，诸位，认识我吗？刘不够，这位真是我们学政衙门新到的祁大人，不过你们今天在祁大人这儿讨不到酒钱。"他拿出那十几枚铜板颠着，道，"祁大人身上统共就这么十几个铜钱，全在老刘这儿了。你们还是别处撞大运去吧，去吧去吧！"小头目听了，立即换了脸色，道："原来真是祁大人，小的们失敬了！"回头赶紧往外走，嘴里一边还在嘟哝，"以为逮住条大鱼，结果……好了，咱们走吧。"隽藻叫道："慢着！"小头目和众兵丁回头。隽藻一时放缓和了语气，道："麻烦几位替我去赊一口棺材，帮这孩子把他父亲葬了，花多少银子，让老刘以后到本官那里支取。"小头目看看刘不够，犹疑不决。刘不够道："哎，怎么还愣着？祁大人既然说了，还会荒了你们的银子？别看祁大人刚到，可在老刘看来，这是个信得过的老爷。快去哇！"众兵丁听了，都道："老刘，要是没有银子，我们可要拿你是问！"说着，一径去了。

第二十一章

痛大灾访贫惊贿考　轻薄宦送鱼戏穷官

1

　　南昌府大街的瓷器店前，众兵丁听了刘不够的话，登时欢天喜地忙活去了。隽藻扶起少年，和气地问道："你叫什么名字？"不料这少年抬头看他一眼，转身就跑。张牧弯下腰，捡起一个蓝布包袱，打开一看，里面是几本书。掌柜的凑过来，看着地下的死尸嘲笑道："这死鬼也够搞怪的，什么年头，还让孩子念书，考什么秀才。如此世道，那秀才难道是你穷鬼人家考得了的吗？真有银子，你就请人替考，十个秀才也考上了。"隽藻听他言语古怪，忙问："这位商家，你方才讲什么，请人替考？"掌柜的看他一眼，想起刚才有人说他是学政老爷，连忙道："哎呀大人，我可什么也没说呀。"说着，转身赶紧回店里去了。

　　到了当天夜里，隽藻一家已经在学政衙门里安顿下来。张牧、宿藻一边帮隽藻收拾书房，一边和他议论白天瓷器店门前的事。隽藻打开少年遗下的蓝布包袱，发现里面包裹着几本《论语》《孟子》之类的儒家经典，还有一本《鬼谷子》。宿藻凑过来，从书里又翻出了一篇诗文，道："你们看，这孩子年龄不大，还会写诗！"隽藻接过来看了一遍，吃惊道："江西去年遭了大灾！"宿藻不解地看着他。隽藻捧着诗稿念出声来："时至庚辰年，赣省民大饥。夫妇相顾亡，弃却抱中儿。老者死路傍，白骨荒离离！……这里还说，一两银子才能买到一领芦席裹尸，这样的大灾荒，无论是朝廷，还是天下人，居然一点儿也不知道！"宿藻恍然："我说咱们一上码头，怎么看见那么多流民呢！"隽藻不觉怒道："江西发生这么大灾荒，江西的官府居然没有上报朝廷，拨银赈灾，任老百姓流离死亡！"宿藻道："这件事皇上一定不知道。"隽藻被他提醒，道："离京前皇上特别下旨给我，授我有密折专奏之权，江西出了这么大的事，地方官隐瞒不报，万一灾民活不下去，起而造反，一粒火星就能点燃起一场烧遍天下的大火。六弟，快去找刘不够打听一下底细详情，别说是我让你去的。对了，找你嫂子，把没花完的盘缠拿出来一点儿送给老刘，他大概就会说了。"宿藻答应着去了。张牧走过来看了看那首诗，一言不发，转身走开。张牧自到了南昌府就一言不发，隽藻看着他生气道："你这个人，这会儿又没人不让你说话，你倒自个儿不说话了！"

　　过了一顿饭光景，隽藻还在书房里等着，宿藻到底走回来了。隽藻着急地问："怎么样？"宿藻道："是真的。刘不够开头不愿说，后来我给了他酒钱，他才说了实话。老刘说，地方官如果将灾情如实报给朝廷，朝廷就会下旨，蠲免当地的赋税，这样一来，各级官员就不能再从中盘剥。老刘还说，就是朝廷发赈，地方官员也是可以趁机中饱私囊的，但那些油水，比起正常年份征收赋税，从中大把大把地捞银子，就差得多了，所以他们宁可瞒灾不报。"隽藻听了怒极，拍案而起，道："混账！瞒着灾情不报，让老百姓得不到赈济，竟是为了和常年一样征收赋税！这不是把一省百姓往死里逼吗？""哥，老刘还说……"宿藻见隽藻发怒，欲说还休。隽藻问："老刘还说什么？"宿藻看他一眼道："这事儿有点儿大。"隽藻叫道："大更要说了！"宿藻道："老刘说，地方官员和各地豪绅相互勾结，瞒灾不报，继续追讨赋税，还不止是为了中饱私囊，还有更大的盘算。你想啊，大灾之年还要按过去的年景征收赋税，老百姓当然交不起，只好典卖地产，这些官员和豪绅正好大片大片买地。"隽藻听了，猛然惊醒，痛声道："我明白了，我明白了！过去祁隽藻孤陋寡闻，一直不知道土地兼并是怎么进行的，现在懂了。张牧，拿笔来，我这就要给圣上写密折。"张牧看他一眼，转身就往外走。隽藻看他，突然道："张牧，你给我站住！……你是不是有话要说？"

张牧转身回来，沉沉说道："五哥，张牧自从跟五哥五嫂南下那天起，就决心不对五哥发一言，进一策，因为眼下这样的日子不是张牧想要的，在张牧眼里，五哥已经走上迷途。可到了这会儿，张牧还是忍不住：第一，你不是江西的地方官，你是学官，是这里的学政，当地的民政，不在你的职责范围之内，你要管这里的民政，是越俎代庖，管别人的闲事；第二，你这个学政，今天可是刚到任，下车伊始，你就要向皇上弹劾当地官员，这里山高皇帝远，你惹了别人，先杀了你再说你死于盗杀，还查不到凶手，你又能怎么样？五哥如果执意要管这里的闲事，张牧只好离开五哥，回山西去。"隽藻听了心中大怒，又不好发作，望着张牧，终于还是忍不住，道："张牧，你走吧！"张牧本要劝他，听他这么讲，陡然间也来了气，涨红了脸道："走就走，可是……你得给了我盘缠我才能走。张牧好好的一个读书人，为什么要受你的连累，陪着你遭遇杀头之祸！"隽藻也越发来了气，道："好，好，好，你走，明天我让你嫂子给你准备盘缠！宿藻，研墨！"

张牧出了门，怒冲冲地向自己房间走去。玉环走过来，见他的神情不对，连忙拦住，问道："怎么了张牧兄弟，和你五哥又吵架了？"张牧道："嫂子，快去阻止我五哥给皇上上这个密折。他不上这个密折，你们大家在江西的日子就能过得平平安安；他要是上了这个密折，你们的好日子就完了，五哥也性命难保！"玉环听他说得蹊跷，颤声道："张牧，什么你们我们，你五哥要做什么？"张牧也不再言语，撇下她走进自己房间。玉环站了半晌，面色煞白，急急向书

331

房走去。

　　书房里，隽藻一边坐下写奏折，一边又对宿藻说起白天那个卖身葬父的孩子："今天咱们离开瓷器店时我问了，这孩子的名字叫顾挺之，是南昌县的童生。诗写得这么好，对民间疾苦、天下之痛体悟得这么深切，可到了这个岁数，居然连个秀才也没考上，不知什么缘故。"宿藻低声道："哥，这我也帮你打听清楚了，可我不想再说了。我刚才只说了几句，你就要给皇上上折子，再说了这事，你不定又要干什么呢。"隽藻生气地把笔一放，道："我能干什么？我就是不能看着天下的百姓受苦，不能看着好好的人间被一帮贪官污吏弄得乌烟瘴气。快说！"宿藻不言。隽藻急了，大声道："到底什么事？说啊！"宿藻不得已大声道："哥，说了你可甭急，这里的秀才哪用自己考，自己考哪里能考上？"隽藻索性不写那折子了，道："这倒也奇了，秀才不是自己考，还能由人帮着考不成？"宿藻道："哥你还说对了，据说这儿的秀才就不是自个儿考的，全是花银子请人替考的。有银子的人家，拿银子把衙门内外都打通了，到时候请人替考，没有银子，你自个儿就是有学问，也别想考中秀才。"他也不研墨了，索性竹筒倒豆子般全说出来，"哥，老刘还说，这江西境内，不论道府州县，科考和功名都已成了各级主持学政事务的大小衙门的敛财工具。考秀才要花银子，考举人更要花银子，只要花银子，就算一本书也没读过，主考的人也能帮你寻枪手替考，照旧拿到功名。"隽藻不解，问道："这我就奇怪了，不念书也就罢了，为何要花银子骗一个举人、秀才的空名，这样的人毕竟不能登大雅之堂，去京师参与会试和殿试，也中不了进士，做不了官呀，他们花这银子又有何用？"宿藻道："这就是你这书呆子不明白的地方了。江西这里，号称鱼米之乡，可是土地兼并得也最厉害，许多人家花银子让儿子考一个秀才，并不是指望他们去做官，是想让他们在官府里补一份廪食。只要中一个秀才，哪怕是灾荒之年，县学里也会发给他一份活命的口粮，有时候这份口粮，就能让一家人活命。"隽藻怔怔地坐在那里，心情沉重，道："刚刚结束的南昌县考也是这样？"宿藻道："可不是这样。要不像顾挺之这样的童生，诗写得这么好，怎么考不上一个秀才！"

　　隽藻久久地坐在那里，眼睛直直地望着前方，也不说话，宿藻知道他心中已经大怒，担心道："哥，你怎么了？"隽藻道："明天我就要去参见新任江西巡抚保胜保大人，你就不要去了。你在南昌县帮我找这个顾挺之，一天找不到两天，两天找不到三天，一定要找到。我现在觉得，这孩子是个可造之才。"说到这里，玉环推门进来，二话不说，伸手就去抓起案上的折子。隽藻见她进门时气色不对，早有防备，急忙挡住，怒道："干什么你！"玉环眼中流出泪来，道："老爷可以不珍惜自个儿的命，玉环的命也不值得老爷珍惜，可是万一老爷有个三长两短，母亲怎么办？世长这么小，他还怎么长大？"隽藻知道她一定是从张牧那里听到了什么，叫道："你知道什么？我问你，如果我这个折子，是为江西一省百姓求命呢，你还不让我上这个折子？"玉环一惊："你说什么，江西百姓怎么啦？要你一个刚来的学政为他们求命？"宿藻急忙上前，挡在二人中间，道："嫂子，你不知道，江西去年遭了大灾，这会儿有人瞒灾不报，还继续向老百姓横征暴敛，趁机兼并小农的田地，五哥上折子，真是要救这一省百姓的命。"玉环不觉大惊，道："这是真的？"隽藻大怒，背过身去，道："快走！以后这间屋子，不准你进来！"玉环默然无语，拭泪，欲走又回头："可是，老爷上了这个折子，真会要了老爷的命！"隽藻怒不可遏，还要吼出什么，宿藻悄悄拉了他一下。隽藻想了想，语气和缓下来，道："没事儿，你瞎操什么心哪，不会的。走吧，谁敢要我的命！"玉环看看他们，要走，又心神不宁，哭道："老爷，你要做什么事，我就是想拦，肯定也拦不住。但你们心里一定要明白，你来到这个地方，可不比京城里。这里是什么地方，我们不知道，这里的人性如何，我们也不知道，一定要格外小心！"隽藻巴不得她赶紧走，简单地说："知道了，你快走吧。"玉环无奈，只好担着一颗心离去。宿藻回头看隽藻，隽藻生气道："这个张牧，眼看着留他不得了！"

2

隽藻一家来到南昌府之日，保胜和含黛已经赶在他们前面到了。这天一大早，含黛正坐在巡抚衙门后花园中赏荷，流翠匆匆来报："夫人，老爷进来了。"含黛示意晴儿和流翠退下。保胜很小心地走来，含黛也不起身，问："你怎么进来了，今儿不是在外头等候省城的大小官员来给你磕头吗？"保胜躬身恭敬地答道："啊，人太多，我也烦了，进来松散松散。哎，对了夫人，祁隽藻昨天也到了。"含黛心中一动，却不回头，只淡淡地言道："他怎么走得这么慢？"保胜矜持地笑了笑道："这就是官大官小的差别了。我们的船大，他的船小，自然我们先到。"含黛站起身，看着他道："那我问你一句，离开京城前，我哥是怎么交代你的？他有没有说过，到了江西，让你想办法对付祁隽藻？"保胜猝不及防，嘴里就支吾道："这个……没有没有。"含黛道："保胜，事到如今，本小姐已经成了你的人，不管怎么说也要踏踏实实地和你做一世的夫妻。我今天问你这话，是想帮你。你不说实话，我可就帮不了你了。"保胜尴尬地笑笑，道："这个保胜明白。"含黛见他不再说话，也不再说下去了，只顾看鱼。外面忽然有人喊了一声："请老爷！"保胜趁机匆匆走了出去。含黛对流翠道："还不出去替我瞅着点儿？"流翠听了，急忙跟了出去。

外客厅里，江西布政使富察安、江西按察使肖廷贵已经等在那里了。一见保胜进来，二人连忙拜倒在地，口称："属下参见巡抚大人。"保胜称惯了奴才，一下做了主子，那感觉真叫一个好，摆摆手道："罢了。请坐。"富察安、肖廷贵请保胜落座，方才小心侧身坐下。保胜看他们道："新任江西学政祁隽藻祁大人昨天也到了，今天要来我这里参见。从此我们和祁大人就是同僚了，本官请你们二位一起来见见。"肖廷贵听了，悄悄看了一眼富察安。富察安会意，悄声对保胜道："保大人，属下离京之时，穆大人家的管家老薛可是有过些私下的交代。"见保胜望着别处，没什么反应，他又道，"事情可由小的们去办，只是要听大人的示下。"保胜听了，故意端起茶碗喝茶，眼睛不看他们，拖着官腔道："既然是穆大人的意思，那就看你们的本事了。能让祁隽藻折在这里，你们就算是为大清朝廷立了一功。将来我们家那位大舅爷一定会论功行赏的。"二人听了，急忙站起，受宠若惊道："这不须吩咐，不须吩咐。"保胜待他们坐下，放下茶碗，又道："可是本官还要提醒二位，祁隽藻不是一般的学政，他在皇上身边待过，据本官所知，临行之时，皇上赐予了他密折专奏之权。两位以后做事，一定要知道收敛。"富察安、肖廷贵听了，觉得有些刺耳，有些弦外之音，又说不出来。这时，门吏进来禀报："大人，新任江西学政祁大人到。"保胜笑了笑道："你们看，说曹操，曹操就到了。请！"

话音刚落，隽藻已经走了进来，向保胜行大礼参拜："卑职祁隽藻，参见巡抚大人。"保胜赶紧上前扶起隽藻，笑着为他引见富、肖二人。各自见过之后，送上茶来。隽藻道："大人，下官今日一是来参见大人，二是有大事要回禀大人。"保胜微微一惊，笑道："祁大人，昨日刚到南昌，今日就有公务了，真是为皇上办差，只争朝夕呀。"隽藻不理他的调侃，目光转向富察安和肖廷贵，说道："保大人，下官想请问一下富大人和肖大人，去年江西是不是遭了大灾？"富察安、肖廷贵各自心中一惊，富察安就勃然变了脸色，道："祁大人此话从何说起？"隽藻从袖中取出顾挺之的诗作向保胜递过去："保大人，下官这里有一篇描述去年江西大灾的诗。江西去年到底遭没遭灾，大人看了便知。"保胜接过那诗，略略一读，先是沉吟不语，后又冷笑，匆匆看完之后，将那诗作置之座旁，看着富察安和肖廷贵笑道："两位大人，看这诗中说的情景，去年江西好像还真是遭了灾。"富察安和肖廷贵听了，"扑通"一声跪下。富察安道："大人初来乍到，不要听信外面的流言。卑职身为江西布政使，敢以人头担保，去年本省除赣南几县遭到一点儿洪灾外，其余地方全都风调雨顺。肖大人与卑职一起在江西任职多年，可以为卑职作证。"肖廷贵忙不迭地接上来道："对对对，卑职可以作证。"保胜心里明镜一般,故意轻描淡写地说道:"两位大人起来吧。怎么如此认真?"又回头望隽藻,讥讽道,"祁大人,你真是忠心谋国,刚到江西一天,就从这样一篇街头流传的无名诗中,得出了江西去年遭了大灾的结论,这未免有一点儿……那个轻率吧。祁大人职在学政,这件事就交给本官吧,本官会查清的。"富察安和肖廷贵明白保胜已在袒护自己,悄悄拭汗,爬起来,暗中交换了一下放心的眼色。隽藻听了保胜的话,心中不觉起了躁,起身拱手激烈言道:"大人方才所言差矣。今日大人只要出了这个衙门,向长街上任何一个老百姓打听一下,就会知道事情真假。下官恳请大人赶快派人查清此事,请朝廷发赈济银子救灾,同时蠲免江西全省去年和今年的赋税,给一省百姓活命之机。"保胜见他纠缠不已,已经不悦,不觉闭目敷衍道:"这个……本官自然会有道理。"隽藻言犹未已,又急急道:"大人,下官还没说完。下官风闻,江西有些地方官员,所以要瞒报灾情,继续按往常的份额向百姓征收赋税,正是为了趁机兼并小农的田产。大人,下官在京时曾奏明皇上,天下土地兼并愈烈,天下无地之民就愈多;天下无地之民愈多,距离一场大乱的日子就愈近。下官以为,皇上也深以此事为忧。下官恳请大人,除迅速上奏朝廷,停征今明两年江西赋税,发赈救助灾民之外,还要下令全省官民,大灾之年,一律禁止土地买卖,以绝兼并之风,给万千小民留下一条生路。"保胜早听得不耐烦,脸上不觉显出了不悦之色,冷冷言道:"祁大人,你说的这些事情是真是假,本官还要查明,也只有查清属实,才能一一办理。好了,这两件事我都知道了,不要再讲了。大人还有事吗?"

隽藻看着富察安和肖廷贵坐立不安的样子,心中有气,却也只好忍着,道:"啊,下官还有一事,是职责内的事情,一定要禀明大人。"保胜烦躁地站起身来,背过身去,道:"你讲。"隽藻道:"下官虽才到江西一天,却得知江西从上到下,各级学校考试乃至于一省的乡试全要花银子疏通,不学无术者有银子可以找人替考而高中,贫寒子弟无银子打点虽学富五车也中不了一个秀才。下官职在学政,想从清查此次南昌县考开始,整顿江西考风,进而整肃学风,不负圣上让下官在江西为朝廷养育人才的厚望。"此话一出,不只是富察安和肖廷贵,就连保胜也急转身回头望他,面露惊讶之色。保胜道:"祁大人,关于南昌县考,你都听到了什么?"隽藻道:"这次南昌县考,有内外上下通同作弊欺蒙上官和朝廷之嫌,下官以为,若要查清事情,定要推倒重考。"富察安方才听他说及此事,已经大惊,此时不觉脱口而出,道:"你还要推倒重考?"隽藻点点头道:"不但此次南昌县考要推倒重来,下官还要在全省各道府州县对府学县学内享受朝廷廪食的生员举人逐一重考,剔除庸才,将空额留出来,为国家养育英才。"此话掷地有声,令富察安、肖廷贵心头大震。二人不由回头看保胜一眼,急道:"大人,你瞧……"保胜早已满脸不悦,背身而立,久久不语。隽藻明人不做暗事,对三人拱手道:"隽藻还有一事要禀告三位大人,下官已将去年江西大灾和要在江西整肃考风及学风之事专折奏于圣上。虽然下官有密折专奏之权,可下官做事,向来光明磊落,心胸坦荡,不需要对三位大人保密。还望三位大人对下官所行之政,多加指教,下官感激不尽。如三位大人没有别的指教,下官就告辞了。"保胜听了,努力按捺住心中之火,转身回头道:"祁大人做官真是雷厉风行,下官领教了!指教二字不敢当!"隽藻看出了他的不快,却也心地坦荡,无所畏惧,笑道:"各位大人,下官告退。"说着躬身拱手而去。

望着隽藻走远,富察安突然大声沮丧地言道:"我就知道,这个人来到江西,我们江西的官就不会再有安生日子过了!"肖廷贵却不以为然,诡谲地一笑道:"我看未必。千里做官,为的吃穿。也许他就是想做个样子,给我们瞧。"保胜冷冷瞧他们一眼,不动声色道:"你们两个有何打算?"肖廷贵急忙上前言道:"大人,下官方才已经想过,我就不信天下有不吃腥的鱼。这边的事情,我和富大人一力支撑,不过朝廷那边的事,就要请大人用六百里加急递信给穆大人,要大人早点儿知道此事,在皇上面前替卑职们掩饰一二。"保胜想了想道:"这个自然。祁隽藻已经动手了,你们动手是不是也要快?"富察安瞅他一眼道:"依着我的脾气,我就找个人,一刀将他办了,替天下官员除了这一大害。"保胜听了急道:"这可不行。"富察安是个武夫出身,说话粗率,回头叫道:"为什么?"保胜二目直盯着他们,道:"虽然我知道原因,但是不能告诉你们。"肖廷贵看了富察安一眼,又回头看保胜,想了一想道:"皇……皇上的意思?"保胜不愿和他们再说下去,断然道:"不要多问。除了用刀杀人,你们难道想不出别的办法了吗?"二人一惊,急忙道:"这个……奴才们明白了。"

3

次日隽藻即让祁宿藻和学政衙门里的沈主簿相陪,来到南昌县学,在县学前贴出一张告示,告示上言道:前次县学考试因有违朝廷法度,本官决定推倒重考,所取秀才资格也一体取消,待重考后再行厘定并张榜公布。告示贴出,南昌县学内外,上至已取中的秀才,下至市井百姓,皆是一片怨声。众人道:"什么重考,都是骗人,学政大人是新来的,自然要重新搜刮一番了。"也有人幸灾乐祸,道:"想去官府吃皇粮的人,赶紧准备银子吧。"……隽藻从宿藻和刘不够口中听到这些议论,担心那些真正的士子为这些浮议冷了心,不肯前来应考，于是决定下乡去和贫寒人家的童生接触接触，将自己改正考风的初衷说给大家听，鼓励这些人到了日子积极前来应考。而在所有这些贫寒士子中，他首先想到的就是顾挺之。贴出重考告示的第二天，他就让宿藻赶车，带着刘不够，出城去寻访这位少年学子。

南昌城近郊的一片田野里，顾挺之身戴重孝，正在干着田里的农活。不远处就是他家的草屋，摇摇欲坠，一个衣衫褴褛的老妇正在屋里屋外忙活。刘不够陪着隽藻、宿藻远远走来。宿藻一指田里的顾挺之道："哥，你看！"隽藻喜道："果然是他！"顾挺之听到声音，回头看见他们，大吃一惊，丢掉手中的农具，转身就跑，一眨眼就不见了踪影。隽藻见状，不觉大声喊道："顾挺之，不要跑！"祁宿藻和刘不够也帮他喊："顾挺之，你回来！"说话间他们已经来到了草屋之外。那老妇听到喊声，惊慌地抬起头，问："你们是谁呀？"刘不够急走几步上前，指着隽藻对那老妇道："老人家，他就是出银子在南昌城里埋葬了你男人的祁大人。"老妇一听，吃了一惊，趴下去就给隽藻磕头："哎呀谢谢老爷，你是一位菩萨！"这时顾挺之忽然从篱笆墙后面露出头来，大叫："娘，别跪他！当官的没一个好人！他们找到家里来，是来讨要爹的棺材银子！"顾母疑惑地看着隽藻，哭道："大大大……大人饶了我们吧，你们去家里看看，真是什么都没有了，要是有一点儿办法，我们也不能不把他爹的坟迁回来呀！呜呜呜……"隽藻上前扶起顾母，道："老人家，我们是来拜访你儿子的，不是来要棺材银子的。"抬头去看那顾挺之，顾挺之从篱笆墙后一闪又消失。宿藻又好气又好笑，道："这人，我们这么老远地来了……"隽藻示意他住口，向茅屋里走进去。顾挺之一时又从篱笆后面露出头来，喊道："娘，还不快跑，小心把你也抓进城里去坐大牢！"顾母舍不了家，一屁股坐下，哀哀地哭了起来。

隽藻走进茅屋，果见是家徒四壁。墙上的泥巴东一块西一块往下掉，屋顶透着光。破床上放着两个破盆，显然是下雨天接雨用的。隽藻揭开锅盖，里面只有半锅没煮熟的野菜汤。他失望地将锅盖重新盖上，回头却从墙上看到了一张孔夫子的画像。望着这张孔夫子像，隽藻的眼睛突然有点儿湿润。他在孔夫子像前躬身合掌默祷一番，转身走了出来。顾母仍在凄凄惨惨地哭泣，隽藻扶起顾母，朝篱笆外望去，顾挺之的脑袋再次一闪而逝。隽藻笑着大声道："顾挺之，你听着，本官今天是专程来找你的！本官看了你写的诗，觉得你是个做秀才的料，特意来告诉你一个消息，上次你去南昌县参加县考，没有银子打通关节，也没银子请人替考，所以没有考中，那不公平！本官就是来告诉你，上次县考不算数了，本官要亲自主持，再考一场，你是个人才，一定要去参加县考！"篱笆后面，顾挺之慢慢露出脑袋，大声道："别骗我了，我都听说了，是你这个新来的学政,想借这次县考,搜刮百姓,我们家没银子,我才不会再去呢!顾挺之从现在起,不念书了!"说罢,他的脑袋又不见了。宿藻生气道:"哥,你看这小子,他胡说甚呢!"隽藻笑,大声道:"顾挺之,咱们俩今天就立个口头之约,到了日子,你去南昌县考一次试试,若那里还有人找你要银子,你就去找我,我给你打点上下关节的银子!"顾挺之的脑袋从另一个地方冒出来,喊:"你……还在骗我!"隽藻假装转身要走,又回头道:"顾挺之,本官该说的都说了,你要是不信,那本官也没办法。好了,本官走了。"顾母一直吃惊地望着隽藻,突然止住哭声跪下,拉住隽藻的衣襟道:"大人不要走,大人的话当真?"刘不够道:"老人家,认得我吗?我是南昌城里无人不识的刘不够。我也刚认识祁大人几天,和他说不上熟,可我今儿要为大人说句话,祁大人今天确实是为找你儿子让他重新去考秀才来的。"顾母连连磕头,痛哭不已,越发显得无比悲伤。隽藻双手去搀扶她,她只是不起,不得已自己单膝跪在她面前,道:"老人家,你要是不起,我也给你跪下了。"顾母一见,惊慌道:"大人——"隽藻诚恳道:"老人家,我这么说吧,你和挺之就是受了一万次骗,也再相信我一次。到了时候,一定要你的儿子去考。祁隽藻不为别的,只为你的儿子是一个可造之才,不能埋没了他。"顾母感动得连连抹泪,道:"大人,我相信你的话。"

　　直到他们离开顾家,顾挺之也没有再露上一面。回城的路上,隽藻坐在车里,心情十分不好,不觉叹息道:"江西向来是钟灵毓秀之地,这南昌城外,一座赣江书院,为天下六大书院之一,声名远扬,曾经养育了多少文人志士,怎么到了今天,江西的学风,就成了这样!"刘不够道:"大人,赣江书院中也有真正的读书人,你信不信?"隽藻忙问:"真的,谁?"刘不够道:"大人听说过钱无庸这个名字吗?"隽藻一惊:"钱无庸?他眼下就在南昌,就在赣江书院?"刘不够点头。隽藻大喜过望:"咱们现在就去见他!"宿藻勒转马头,按照刘不够指的路,打马飞奔起来,一边回头问道:"钱无庸是谁,我怎么没听说过?"隽藻道:"世人说起当今在世的大儒,有北张南钱之说,北张说的是你我的恩师张观藜,南钱就是这位钱无庸先生。他也是中了进士后就再没有做官,一心在民间授业讲学。你不好好念书,怎么会知道他?这次见了钱先生,你就拜他为师,跟着他念书,不要在衙门里虚度光阴。"宿藻笑道:"那我也得看看他的言行,做不做得了我祁宿藻的先生。"

　　赣江书院面江依山而建,茂林修竹,碧水环绕,景色宜人。当世大儒钱无庸正坐在室内闭目养神,就有弟子胡沅浦进门禀报:"恩师,门外有新任江西学政祁隽藻求见。"钱无庸睁开眼,静静言道:"他真的来了?历任江西学政上任后,哪怕做做样子,也要到我赣江书院走一遭,他到了三天才来,算是晚的。"

胡沅浦看他一眼，问道："恩师还是不见？"钱无庸吩咐道："开中门迎客。"胡沅浦吃了一惊："恩师主持赣江书院已有数载，历任江西学政来，恩师一概不见，为何祁隽藻来了，恩师却要开中门相迎？"钱无庸不答，故意让他去猜。胡沅浦沉思有顷，悄然道："恩师一定读了他的乡试墨卷，认为此人的文章有点儿意思。"钱无庸不愿与他多言，道："开门去吧。"

不大一会儿，胡沅浦引着隽藻进了客堂。钱无庸见隽藻进门，也不起身。隽藻看见一位白发苍苍的老者端坐在堂，知道是他，急忙拉宿藻一起跪下道："学生祁隽藻，拜见大师！"一边说着，一边叩头如仪。钱无庸也不叫他起来，直言道："祁隽藻，你那几篇天下传颂的科举文章，是你的先生张观藜授意你写的吗？"隽藻变色，急忙抬头答道："回大师的话，大师有所不知，学生与恩师张观藜先生并非真正的师生，学生只是走投无路之时，在恩师的商号里做了几个月的马夫。至于学生的那几篇科举文章，是学生自己所为，与恩师无涉。"钱无庸闭目沉思，半晌才睁眼道："这就对了。"隽藻不解，忙道："大师，什么对了？请大师明示。"钱无庸也不回答，只道："祁隽藻，今日你来赣江书院，所为何事？"隽藻叩头在地，道："学生今日去乡下见一位读书的童子，回程时方知大师在书院做山长已有多年。学生今天来见大师，其意有三：一是久闻先生大名，高山仰止，想一瞻先生的风采；二是学生奉圣命来江西做学政，负有为天下养育人才之责，大师身为天下大儒，德高望重，目今又亲自主持书院，开课授徒，学生有意请大师出山，重振我江西一省的读书之风，为天下人养育天下之才；三是学生还有一个不情之请，想请大师收下学生的六弟宿藻为徒，以使他在学业上有所长进。大师，学生给大师叩头了！"钱无庸仍然不让他们起来，回头一边翻书，一边若无其事地言道："祁隽藻，你以为今日之世，让你的六弟跟老朽念书还有用吗？"隽藻一惊，抬头道："大师何出此言？读书人是天下之望，今日天下虽乱得不成样子，却不可一日无人读书。一日无人读书，则百年无可用之才；百年无可用之才，则天下不治，人或为禽兽，或为鱼肉，国将不国，人民受倒悬之苦。大师何出此言？"钱无庸闻言不觉站起，望着他道："你真的以为今日劝人读书，还能救得了大清的天下？"隽藻急忙言道："大师，天下者天下人之天下也，天下人不读书，一定救不了天下，可天下若有人读书，说不定就救得了天下！"钱无庸哼了一声，道："听说你上次去见张观藜先生，他只送给了你八个字——出生入死，有去无回！有这回子事吗？"隽藻心中又是一惊，想了一想，从容言道："大师，直到今日，学生没有一刻忘记恩师的教诲，可是学生以为，正是从恩师身上，隽藻还读到了另外八个字——身在草野，心忧天下！"钱无庸默然有顷，回身坐下，又问："祁隽藻，你以为今天的朝廷，真能接纳天下有为之士与之共治吗？"隽藻朗声道："学生以为事在人为。天与其时，人不可不为；天不与其时，人亦不可不为！"钱无庸心中悦服，点点头道："好吧，你说，要老朽做什么？"隽藻见大师松了口，喜出望外道："求大师大开赣江书院之门，收江西乃至江南各省有才之士而教养之，将来天下有事，可以当之。"钱无庸脸上露出微笑，道："好吧，你的六弟老朽收下了。沅浦，带他出去，安排他住下，先去伙房里挑水……祁隽藻，你说的事情，老朽可以照办。"

<h1 style="text-align:center">4</h1>

　　江西布政使司衙门的密室里，富察安、肖廷贵正与南昌知县李文学聚在一起，商议如何应付眼前的麻烦。李文学此时已急得团团乱转，口称："两位大人，祁隽藻可是把重考的告示贴出去了，他是朝廷派来的学政，不受两位大人的管辖，等于是皇上的钦差……江西人刁滑，要是重考，又不让替考，那些刚刚花了银子的人肯定不干，难道真要下官替大人们还给他们银子？"肖廷贵听了这些话，不满道："老李，你着什么急呀？你急我们也急，这不我们也在想办法嘛！"富察安从一开头就不像他们，从没真把一个祁隽藻看在眼里，此时开口道："本官还是觉得没什么大不了的。咱们收的银子，也没有全落在自个儿腰包里，上次我们刚给穆大人送去了一份田契，那可是一份两千顷膏腴之地的大礼。他既然收了，出了事就得替我们扛着。至于江西本省，那就只有一件事儿，想法子先把这个祁隽藻弄臭，再弄倒。那些出了银子的人要是想闹，就给他们来个枪打出头鸟，抓几个扔进大牢里去，杀鸡给猴瞧，看他们谁还敢要他们的银子！"李文学心里还是不踏实："大人，那新来的巡抚大人呢？"肖廷贵听了冷笑："你这个人，新来的巡抚大人是穆大人的妹夫！"李文学顿时安心了许多，抹去冷汗，笑道："下官到底官卑职小，不知道还有这一层关系，要是这样说，那就真没什么了不得的大事了。哎，大人，怎么对付这个祁大人？"富察安看看肖廷贵，肖廷贵点头，富察安回头对李文学阴阴一笑，道："本官方才和肖大人商议过了，原来想着此人一个山西老抠儿，从来没见过银子，一把给他个大个的，弄不好他就晕了。这会儿想想，对付这么个穷官儿，不值当的，干脆这样，咱们先调戏调戏他，也是个乐子。"他低声说出一些话来。李文学惊道："大人以为这样行吗？"富察安道："怎么不行。"李文学咧开嘴笑道："那卑职就试试。"

　　当天夜里，学政衙门内，张牧正坐在自己房间里读书，宿藻突然走了进来。

张牧也不看他，问："你不陪着学政大人微服私访，与天下贪官作吏作对，到张牧这里来干什么？"宿藻笑道："张秀才，我来你这儿，是瞧得起你。有件事要瞒着五哥，向你请教。"张牧放下书来，也不客气，道："讲！"宿藻就把这几天来的事情向他讲了一通。张牧怫然而怒，拍案道："不好！真是迂腐，这样的人能做成什么大事！五哥就是一定要找死，也要悄悄地干，不要让这里的地方官知道，可他却把他做的事情包括给皇上上折子的事全告诉了自己的对手……这下他就等死吧！"隽藻恰在这时从门外走过，听见二人在说话，走了进来，看见宿藻，皱眉道："哎，你怎么跑回来了？"宿藻道："是钱先生放了我一天假，让我回来拿些用的东西。"隽藻叮嘱道："拿了东西，过了今天这一夜，明天早上赶快回去。"宿藻虽然心中不忿，但还是答应了一声。看着张牧一脸怒意，不说话坐在那里，隽藻笑道："张秀才，又在这里胡说什么呢。让谁等死？"一边说着，一边索性坐下来，要听他究竟在说什么。张牧忽然对他痛心疾首大声言道："五哥，你读书真是读傻了！俗话说，夺妻之怨可消，夺利之恨难平。我警告你，从现在起，你的脑袋在脖子上待不了几天了！"隽藻笑道："为什么？"张牧道："你也读过太史公《史记》中的《货殖列传》，就不记得那几句话了？所谓'天下熙熙，皆为利来；天下攘攘，皆为利往'。又常言说得好：'人为财死，鸟为食亡。'这些江西的官员，所以会连心合气，做出所有这些令人发指之事，后面必有大利存焉！你向皇上上折子，不但是告了人家的状，而且是要断了人家的大利，要人家的人头。既然你又要夺人家的大利，又要人家的人头，人家怎么会坐以待毙，所以不等朝廷那边下旨来查，人家一定会先要你的人头！张牧遍观二十二史，方才大悟，即使是好事，也要暗中去做，而且越是轰动天下的大事、好事，越是要以阴谋行之！自古做大事者，谁像你这样，不行阴谋，但行阳谋！"隽藻欲擒故纵，道："那你说说，我现在该怎么办，才能保住我的脑袋。"张牧以为他认真了，道："我这里有上中下三策。上策，仿效晋朝的张季鹰，秋风一起，想起家乡的鲈鱼堪脍，挂冠而去，不侍候了。这几天你悄悄地安排嫂子和六哥收拾东西回山西老家，咱们俩走赣江，入长江，过三峡，入四川，再从那里走当年秦兵入蜀的古栈道，入陕西，进甘肃，西出玉门，直到新疆，让天下任何人包括皇上都找不到咱们，咱们却可以走遍新疆，去完成祁伯伯的遗著。"隽藻听了，不觉大声叫道："好！可是不行，说说中策。"张牧道："中策不好。再写一个折子给皇上，追回前面那个折子，并向皇上奏明前一个折子写的事情皆不是事实，请皇上责罚。皇上要是还让你留任，以后你就一心做你的学政，在江西为朝廷养育人才，人如槁木，心如死灰，就是大门外面有人大白天持刀杀人，也不再过问。皇上若免了你的官，咱们就回山西老家读书种地，再不出来做官。"隽藻听了不悦，问："那下策呢？"张牧冷冷看他，开口言道："什么也不做，或者变本加厉，继续做令江西一省和他们背后的朝廷大员深恶痛绝之事，自己不好过，更不让别人好过，坐等别人来杀你的头，捎带着把张牧的头也杀掉。"隽藻腾地起身，想了一想，忽然冲他大声笑道："张秀才，你知道你现在是谁吗？你就是我的诸葛孔明。我是不会让你走的！"说罢，头也不回地走了出去。

5

江西学政衙门与别省不同，衙门后面，没有学政可用于安置家眷的后宅。历任学政到任之后，都要自己出银子租赁附近的一所官宅居住。第二天早上，这所官宅大门的门环上，不知什么时候被人挂上了两条鱼，引得不少路人纷纷过来观看。吃过早饭，宿藻要回赣江书院，最先出来开了大门，要往外走，一眼看见门上挂的鱼，不觉高兴起来，摘下鱼就往里走。这时江一鸣陪隽藻迎面走过来，隽藻看着他乐颠颠的样子，吃惊道："那是什么？"宿藻高举起手中的鱼，喜道："哥，我刚出来，鱼就挂在大门上。是不是你的什么熟人朋友送来的？"隽藻心中一动，想了一想，也不言语，从宿藻手中接过鱼，走出来将它们重新挂在门环上，然后让江一鸣套好了车在门外等着，自己走回书房，写了一张"招领启事"，再走出来，亲手将这张"启事"贴在门上，大声对围观者道："大家都听着，有哪位乡亲，把这鱼忘这儿了！我这儿写了一张招领的帖子，谁的鱼谁来提走！瞧这两条鱼，还挺大的，大家互相传一传，别让它们臭在这儿，就不能吃了！"围观者一时议论纷纷："这怎么了，谁的鱼呀，又不是送银子，两条鱼也算是礼呀？"隽藻笑着对江一鸣道："江大哥，走，南昌县衙！"他原定今天要去南昌县衙与知县李文学商讨重开县考之事。宿藻怔怔地看着他上车走远，站着不动，忽然变色，狠狠拍了下自己的脑门。

直到这天黄昏，那两条鱼还挂在原处。招领启事被刮起了一半，随风呼啦啦作响。隽藻从南昌县衙回来，下车看到鱼还在那儿挂着，诧异道："怎么还在这儿？"回头冲远处吆喝，"谁的鱼呀？再挂下去就烂了！"没人回答他。玉环听到叫声，出来开门，元白一下就扑上来，抱住隽藻，叫道："五哥！"隽藻又惊又喜："元白，你怎么来了？"他一抬头，发现刘氏和采藻都站在前面看他，大叫一声："哎呀，原来你们到了！"他急忙上前给刘氏磕头，道："隽藻拜见母亲和三哥，你们什么时候到的？这么快！"刘氏喜盈盈道："起来吧。我们什么时候到的，问问你媳妇。"玉环作欢声道："老爷早上走了以后，母亲和三哥就到了，怕搅了你的公事，就没有去告诉老爷。"刘氏不高兴了，道："怎么你们的称呼都改了，什么老爷，他是什么老爷？我听不惯！"隽藻道："娘，这你可冤枉儿子了。到了江西以后，她老是这么叫，儿子从来没有应过。"刘氏嗔怪道："她的错也是你的错。好了，以后不许这么叫。我还怕他听惯了，以后不当官了，还不习惯了呢！"

隽藻这才想起儿子来，问："世长在哪里，他也来了吗？"元白一跳三尺高："五哥，世长在屋里睡觉呢，他都会走路了！"说着拉起隽藻就往屋里走。一家人欢天喜地地走回内室，没有人注意到江一鸣远远地站着，悄悄地盯着元白，看了一个仔细。隽藻一路小跑进到内室，抱起正在熟睡的世长，兴高采烈地大叫："儿子！好儿子！爹想死你了！"世长被惊醒，迷迷糊糊地看着隽藻，道："你是谁呀？"隽藻不回答，抱着世长走出到外间，来见刘氏，眉开眼笑地问道："娘，我还真就纳闷了，你们怎么来得这么快！"采藻道："五弟，你的信到家以后，当天我们收拾收拾，第二天就上了路。"隽藻心中感动，对采藻道："三哥，又累着你了。"采藻不好意思地抽回手，道："五弟，瞧你说的，这不是应该的嘛！"刘氏对玉环道："你带着孩子们出去，我还有点儿正经事跟隽藻说呢。"玉环答应一声，带元白和世长走出。隽藻道："娘，什么事呀，看你要这么正正经经地说话，我可有点儿怕了。"

刘氏看了一眼采藻，道："采藻，你说吧。"采藻道："五弟，你离开家快一年了，不知道家里的事。咱们家乡今年遭大灾了，先是旱，接着又是雹灾，还有地震，咱家的房子，都震裂了。娘所以急着要我送她到江西来见你，就是想跟你说说这件事。"隽藻大惊，道："这我可一点儿消息也没听到！"刘氏道："这场地震，村里倒了不少老房子，你三个哥哥家的房子还好些，咱家的房子太旧了，已经不能住人了。离开家以前，我和元白世长一直住在你三哥家。"采藻道："娘的意思，今年旱得这么厉害，好多没有积蓄的人家都断了顿，咱家也差不多绝收了，虽说有去年的收成，不至于逃荒要饭，可是要再把家里的房子盖起来，就只能指靠你了。"隽藻想了想，点头道："我全明白了。娘，三哥，我现在也是五品官了，每年有俸银八十两，禄米八十斛。除了我们几个人吃喝开销，还剩一多半呢。娘你既然来了，就甭走了，三哥也多住些天，见识见识这江南的风物景色，什么时候走，我给你银子。回去后要是你有工夫，就帮我把老屋修一修，没有工夫，就等我在这里四年任满，再回去修。"见他说得诚恳，采藻看了一眼刘氏，道："娘，这就好了。那我就住几天再回去。"

张牧早就进来了，一直不说话，等他们说完了，才开口问道："伯母，我嫂子和我哥他们怎么样？"刘氏回头看着他，叹气道："别说他们了，这回地震，你们平定县河底镇，就你们家的房子倒得厉害。你哥又是个只会说不会做的人，靠卖宅子卖地大概还能撑些年，你嫂子眼下就指望你将来科举成功，能谋个一官半职的，也好帮助她养你们那个家。"张牧眼圈红起来，转身慢慢走出去。刘氏看着隽藻，问："张牧他怎么啦？"隽藻忙赔笑道："娘，没啥，他就这样。你和我三哥先歇着，我让人去街上买鱼去，这里是江南，鱼便宜，在咱们老家山西，吃鱼可没有这儿方便。"说着就要出去张罗。

刘氏忽然想起来，道："哎，你站住。说到鱼，我倒要问你一句了，大门口挂的鱼，还有一张你写的招帖，怎么回事？"隽藻笑道："娘，没事儿，儿子是想，说不定是哪个同僚，在跟儿子开一个玩笑。"刘氏叮嘱道："你初来乍到，有人来送鱼，若是朋友们之间来往，那也不是什么大事，可这送鱼的不送进门，却挂在人家门上，就有点儿不好了。儿子，照你说来，送两条鱼在这里不算什么重礼，可是小洞不补，大洞尺五，你现在拿着朝廷的俸禄，到这里居官，无论是鱼，还是一草一木，都不能再伸手。"隽藻笑道："娘，儿子也是这么想的，所以才写了那个招领启事。只是贴了一天，也没见人来领回自个儿的鱼。"刘氏想了想道："儿，娘有个办法。听玉环说，你最近日日都去南昌县衙，要重考秀才，明天你就把这鱼提过去，挂在县衙的大门上，再把你那张招帖也贴到那儿。县衙门口人多，说不定就有人来领他的鱼了。"隽藻心中一动，猛醒道："娘，这个办法好！这么一来，全南昌城的人都知道有人丢了鱼，也都知道儿子从不吃鱼啦！"

6

夜色浓重，祁家官宅的马房内，江一鸣从一只信鸽身上悄悄取出一张纸条，看毕，见左右无人，一跃上了屋顶，转眼消逝。

南昌城内一所民居里，妙真正在星光下的院地里练剑，暖儿、李清玄立在旁边观看。但见妙真一身短打，手中一把剑，矫若游龙，满院游走。舞到酣处，妙真遽然收势，卓然而立。暖儿、李清玄齐声叫好。这时就听屋顶上传来一声细响，三人同时一惊，李清玄侧耳听去，道："是一鸣来了。"说着，江一鸣已经飘然落地，拱身施礼道："师傅，小姐！"妙真松了口气，道："江大哥，你来得好快！"

江一鸣就讲了隽藻离京前后的事情，妙真听了，不觉激动，道："江大哥是说，竟然是穆彰阿交代琦善，眼下不让你杀掉隽藻，而是让你长期潜伏在他身边？"江一鸣点头。妙真生气地看李清玄，道："师傅，连穆彰阿、琦善这样的大奸都要留下祁隽藻，他是不是已经辜负了我对他的期望，和那些人同流合污了？若是这样，我还有什么指望。这个人，连我都想杀他了。"李清玄想了一想，道："妙真，切勿莽撞。你让一鸣说完，大清朝廷派祁公子到江西来，是何用意，祁公子到底有没有与他们同流合污？"江一鸣道："小姐，就一鸣所知，皇上所以让祁公子来到江西做学政，一是要保护祁公子，不让他被穆彰阿之流所害，二是要他在江西为朝廷整顿学政，重兴读书之风，养育人才，祁公子并没有和穆彰阿等人同流合污。"妙真眉头舒展了一些，道："祁隽藻来到江西，都做了些什么？"江一鸣把知道的详细说了一遍，妙真听了，一颗心不觉又高悬起来，脱口说道："要是这样，他在这里也还是随时都可能遭遇杀身之祸。"

江一鸣这时才有工夫询问他们为何也到了江西。李清玄道："你和祁公子离京之后，穆彰阿让人在京城到处搜查刺杀他的人，我们虽然待在京郊，也不安全，就离开了。本来要回海滨，可是听说姚一镖他们到过那里，寻找妙真，我们就干脆尾随着你们到了这里。"他这时看了一眼妙真，"啊，这也是妙真的意思。"妙真脸上一热，转过身去。江一鸣看着她，忽然想起一件事来，对妙真道："小姐，有件事不知该不该让你知道。今天祁老太太带着元白少爷到了南昌。"妙真大吃一惊道："你说……元白他真的也到了南昌？"江一鸣点头。妙真心中大为激动，急切地问道："你看到他了吗，他长大了吗，他怎么样？"江一鸣道："元白少爷长高了，祁家一家人从老太太到每个人都很宠他。小姐放心，只要江一鸣在，少爷在祁家就不会有危险。"妙真忽然落泪，对李清玄道："师傅，妙真……想去看一看元白。"江一鸣看李清玄一眼，回头道："小姐，现在这个时候，元白少爷一定睡了，就是一定要见，也要等到明天。"妙真不再说话，站在那里，泪落如雨。

妙真还有一个担心没说出来。她担心灾民会的人依然不会放过隽藻。她的担心一点儿没有错。此时姚一镖与薛、吴、陈三人也到了南昌，正在城外湖中一条船上密会。就听姚一镖对三人道："各位，祁隽藻已经把去年江西瞒报灾情的事告知了朝廷，一旦皇上拨银子赈济灾民，灾民人心一散，咱们很可能就不能在这里按原先的计划起事了。祁隽藻死心塌地为朝廷效命，已经危害到本会的大事，现在是动手除掉他的时候了。"吴长老道："姚大哥，杀一个祁隽藻，用不了那么多人，明晚上我和陈长老两个人去就行了。"姚一镖立掌做个了砍劈的手势，道："好，要做得干净利索！"

第二十二章

联手栽赃贼喊捉贼　勾心斗角奸思用奸

1

　　天一大亮，隽藻就到了南昌县衙外，看着江一鸣将两条鱼挂在大门上，再贴上一张招领启事。立时有闲人围过来看稀奇："这怎么回事呀？"隽藻对众人道："有人丢了东西，这里招领呢！"他笑着走进衙门。围观的人越来越多，议论纷纷，说什么的都有："哎，诸位，这是怎么一档子事呀？""这还不明白吗？祁大人新到，有人给他送鱼，想试探他，这位大人要不就是嫌礼送得太轻，要不就是真像别人说的，两袖清风，要以这种方式告诉送鱼的人，这法子不行！""祁大人此举，一定还有深意！祁大人已让人贴出告示，说前次县里考的秀才不算数，要推倒重来，这次不要银子，只要才学，说不定是真的！"……

　　隽藻这一招"县衙挂鱼"，让做贼心虚的南昌知县李文学十分惊恐。他转眼就来到布政使司衙门，哭丧着脸对富察安诉苦："虽不能说这个祁隽藻就知道事情是咱们做的故意要戏弄他，但他这么顺水推舟，将两条臭鱼往下官那衙门前一挂，全县官民却就此认为他真的不要银子，那重开县考的事也要玩真的了。咱们这不是弄巧成拙，给他做了一顿好饭嘛！"富察安听了他的话生气，道："你送鱼他不要，送银子呢？来历不明的银子他不敢收，来历正当的银子难道他还不收？"肖廷贵知道他有了主意，转脸看他："大人的意思是……"富察安道："大清自雍正爷那时候起，体谅外放的官员俸禄微薄，答应各省官员可以自己裁夺，在正俸外加添一笔养廉银子，这一笔银子比正俸还多，你我年年领取。祁隽藻以前是京官，京官是没有养廉银子的，现在他做了江西学政，就让他先尝尝这个甜头。"肖廷贵听了，道："好，好。他要是收了这笔银子，他的心思咱也就摸准了，李县台，到时你再给他弄个大的，咱们给他来个人赃俱获！"当下富察安就让人包了一包银子，打发了一个心腹的亲兵出门，嘱咐他道："送给学政衙门的那个沈主簿，如此如此，让他今天就送到学政祁大人手中。"

　　当日午后，隽藻在衙门里办完了公事，就要出门归寓。沈主簿手托一包银子走进来，道："大人留步，这是本省布政使司衙门按例给大人发放的养廉银子，一共四百两，请大人收下，再在文书上画个花字，让小人去布政使司那里销账。"隽藻看着这么多银子，吃了一惊，皱眉道："本官现有年俸银子八十两，为什么到了省里又要加四百两？"沈主簿笑道："大人不会没听说过养廉银这样一档子事吧？也难怪，大人过去只在京城做官，不知道做地方官的情景。做地方官比做京官辛苦，所以从雍正爷那时起，就特意加恩给地方官一项养廉银子，或多或少，各省不等。我们江西素称鱼米之乡，自然养廉银子比别处要丰厚些。"隽藻听这了话，心中来气，道："本官来到江西，看到的是天灾人祸，饥民遍地，老百姓活命的口粮都没有，地方官除了正俸之外还要拿养廉银子！这些银子不从民间来的，又从何处来？沈主簿，这样的银子，本官不要！你给布政使司退回去吧，文书上的花字我也不画！"说着站起就走。沈主簿上前一步劝道："可是大人，这是规矩，你一人不收这笔银子，会让全省的官员难堪。再说了，全省官员都像大人这样正俸之外一笔外财也不收，咱们这些衙门里的下人日子就难过了，我们除了差银，也就不好照例收取各样使费了。"

隽藻见他说到这里，想了一想，重新坐下来，郑重地和他讲起了道理："沈主簿，这也正是本官不能收这笔银子的原因。本官到江西的日子不多，看到的各个官府衙门的陋规却不少。就连我们学政衙门，本官要办点儿正经公务，不给使费众人也不愿去干，要不就把这笔使费转向府县来衙门公干的童生、秀才或者差役收取，推而广之，就有了今天这样的咄咄怪事，童生不花银子不能进学，秀才不花银子不能中举。"沈主簿一时无从反驳，道："这个……"隽藻道："既然一切都要看银子的面子，于是枪手替考等花样也就跟着来了，层出不穷！本官初来江西，第一件事就是要革新学政，把银子从各级官学里请出去，把真正的读书人请进来，让他们脱颖而出。要做成这件事，必从本官这里开始。从今日起，本官不收这笔所谓养廉银子，学政衙门以及全省各道府州县在学政上任职的上下人等，也一律不准再收各种使费。这件事你今天就代本官晓谕下去，如果有人胆敢以身试法，本官不但要将他清出各级学政衙门和府学县学，让他丢掉饭碗，还要以贪渎之罪治他的罪！"说到这里，他站起身来往外走，"就这样，这笔银子你现在就替我还到布政使司衙门去。"沈主簿面色苍白，还要说什么，隽藻已经走远。

2

江西巡抚衙门后花园里，含黛依然在观看池中新开的荷花。她记得宋人周敦颐也曾来过江西，他的《爱莲说》就是在江西的濂溪书院写成。虽然置身深宅大院，但隽藻来到江西做的事情，件件都通过她自己的耳报神灌进她的耳中。这一日保胜进来，她又不觉开口问道："祁隽藻写了折子，参江西一省的官员瞒报灾情，还要废了南昌县考的秀才，又重开县考，这些事已在外头闹得沸沸扬扬，将江西一省都惊动了，有没有此事？"保胜含糊笑道："夫人要知道这些做什么？夫人既然随奴才来到江西，就尽管由着性儿，好好地享受这里的美食，游览此地的名山大川，享自己的清福，干吗管这等官场的闲事。"含黛见他不答，越发替隽藻悬着一颗心，又问："你在这些事里头是个什么心思，我能知道吗？"保胜心中一颤，笑道："奴才的心思，夫人一定知道，第一皇上什么旨意，奴才就什么办；第二穆大人要奴才怎么办事，奴才就怎么办事。"含黛瞪他一眼。保胜急忙赔笑道："还有，夫人什么旨意，奴才就怎么去办。"含黛劝他道："这件事一定会酿成轩然大波，我为祁隽藻担心，他现在刚到江西，就成了激流和旋涡中的人。你是巡抚，不做他这种人也就罢了，却也不要掉进江西这些贪官里头才好，他们沆瀣一气，一起害祁大人。他们做的事情，天理不容，本该有祁隽藻这样一个人去参倒他们，替万民出气。"保胜听了，急忙回答："夫人虑的是。奴才刚到这里，所有这些人都与奴才无干，奴才干吗要和这些江西的官沆瀣一气，受他们的连累，辜负皇上的厚望。保胜虽然不聪明，却也不会糊涂至此！"

虽然保胜如此回答，但含黛仍然觉得心中不踏实。这天中午，人站在池边，望着那一朵朵一片片出淤泥而不染濯清涟而不妖的荷花，心中想的却是隽藻。这时流翠就走来禀报："夫人，大门外有人求见。"含黛漫不经心地问："谁？这地方我谁也不认识，谁会来看我？"流翠道："是祁夫人。"含黛心中一惊，猛然激动起来，却尽力克制住自己，淡淡言道："让她进来吧，就在这里见。"

不大一会儿，流翠就引玉环来到了后园。玉环见了含黛，远远就急赶过来磕头，口称："保夫人在上，曹玉环给恩人请安。"含黛并不回头，居高临下言道："我以为是谁呢，原来是祁夫人。祁夫人，你我是拜过干姊妹的人，你我的丈夫又一同来到江西这块地方为官，算是同僚，本该多些来往。今天你来了就好，怎么还这么客气。晴儿，替我扶起来，坐着说话。"玉环不起身，道："保夫人如今是堂堂一品大员的夫人，曹玉环怎敢再与夫人姐妹相称。知道夫人也到了南昌府，曹玉环早就想来拜见恩人，给恩人请安，只是……"含黛听她话中有话，这才回头看她一眼，问道："只是什么？"玉环道："只是曹玉环新给夫人做了一双鞋，一直没有做好，所以不好前来。"含黛听她说到这里，心中一热，回头道："啊，我都忘了。你瞧瞧我这脚上，穿的是谁做的鞋？"玉环一看，惊喜道："夫人真的穿上了玉环为恩人做的鞋，玉环太高兴了！"晴儿搬来一个凳子，道："祁夫人请起。坐吧。"玉环起身，双手将怀里的一个包袱捧给晴儿，对含黛说道："夫人，玉环自从来到南昌府，听人讲夫人也到了南昌，当日就想来拜见夫人，可是偏巧我婆婆带着我儿子来了，我要侍奉老人，照顾孩子……这是曹玉环赶了两日，给夫人赶出的一双新鞋，不知道夫人喜不喜欢。"含黛待看不看地瞅了她一眼，道："啊，放下吧。曹玉环，你看怪不怪，我家里这么多丫头老妈子，可我还真就离不开你做的鞋了。"说到这里，却又站起，一个人走向池边喂鱼。玉环见她对自己待理不理的，将包袱交给晴儿，只好拘谨地坐着。含黛喂了一会儿鱼，仍不回头，道："啊，曹玉环，你从来都是无事不登三宝殿，今天来也一定有事，那就说吧。"

自从来到南昌，从张牧口中听到了那些话，玉环心中一直担心隽藻的安危，想来想去，总是放不下这块心病，也是女人的见识，忽然就想到了含黛，想到要来见一见这位贵人。一来在玉环看来，含黛是隽藻和她的恩人，既然已经到南昌，自然应当来拜望一下，即使以后不常来往，这一趟总是该来的；二来也正好从她这里，打听一下丈夫的安危。于是就连赶了几个半夜，特意为含黛做了一双鞋，来见含黛。但是一见含黛对她的态度，又不好把自己想问的话说出口来了。……于是玉环站起，道："夫人真没什么事，就是想来看看夫人。夫人喜欢玉环做的鞋，玉环听了比什么都高兴。"含黛不答，听她继续往下讲，玉环却没有再讲下去。含黛心中明镜一般，等了一会儿，见她还不开口，就故意道："祁夫人，要是果真没什么事，我就不留了。我这里还有些事情。"话说到这里，已是逐客，玉环就是想再说什么，也不好说出，只好低下头言道："既是夫人事忙，玉环也就……就告辞了。夫人保重！"说着，她趴下磕了一个头，起身离去。刚刚转身，内心的屈辱感已让她觉得再也忍不住眼中的泪水，她强忍着不让它们涌出，于是就急急地向外走去。

这时就听含黛叫道："祁夫人留步！"玉环不觉站住，回头看去。发现含黛已冲她转过身来，微微一笑道："瞧你这个人，我不过是开了个玩笑，你就真走哇！好了，说吧，今天到底是为什么事来见我？"玉环眼泪急欲涌出，回头跪下，叩头在地，终于把心中的话说了出来："夫人，有人告诉玉环，因为我夫祁隽藻向皇上密奏江西去年大灾，地方官隐瞒不报，有人会杀了他，你觉得这会是真的吗？"含黛心中一疼，脸色骤变，急急地回过头去。这一刻，玉环竟在她眼中看到了突然溢出的泪花，心中不由一震。含黛有意避开她的视线，缓声言道："曹玉环，原来你是为这件事来见我，行了，这件事含黛知道了，含黛心里有数，你去吧。"玉环怔怔地看着她，不明白她为什么这样回答，更不明白这样的回答算是个什么回答。这至少不是她这次来见含黛想要得到的回答。可她也明白含黛再也不会再说什么了，站起身，转身一步步走出去，边走边回头，发觉含黛一次也没有再回头看她。

晴儿将玉环送出，走回来，发现含黛还在那里倚栏站着。看到晴儿回来，含黛突然回手把玉环送来的那双新鞋拿起来，一把摔到地上，含泪言道："你现在是他的亲人！……就想靠这一双鞋，让别人替你保护你丈夫一辈子吗？我含黛一辈子就这么贱？他现在是我的什么人！我欠你们祁家的什么！"一边说着，眼里一时涌满晶莹的泪花。晴儿心中害怕，叫道："小姐……"含黛却又冲她喝道："愣着干什么，还不把鞋给我捡起来！"

<h1 style="text-align:center">3</h1>

玉环回到家门前，踉踉跄跄地下车，不知道因为什么，她觉得今天不但含黛待她的态度是冷淡的，而且从这种冷淡中，她还觉得丈夫的处境真的是凶险的、可怕的。刚才去巡抚衙门，她的心里还有隐隐约约的幻想，以为她担心害怕的事情也许并不存在，即便是存在，她也能在含黛那里得到一个可以让她放心的回答。但是现在她忽然觉得她今天这件事是做错了。是的，这个含黛，这个朝中显贵家的格格，巡抚大人的福晋，她干吗一定要关心隽藻旦夕之间有没有杀身之祸？就是有杀身之祸，又和她有什么关系。一时间她心中涌出一个念头：到了今日，能救她的丈夫的人只剩下了她自己。而且，她要做什么，还必须马上去做，今天就去做！

玉环进了家门，没有回内宅，就直奔隽藻的书房。隽藻已经回来了，正坐在案前，面前放着一个摊开的折子，似乎在沉思该如何下笔。玉环进了屋，猛扑过来，两手抱住他就跪下了，一时竟然泣不成声！隽藻被她的样子吓了一跳，叫道："你怎么啦，刚才去哪里了？世长醒了，一直找你呢！"玉环大声哭泣，疯一样摇晃隽藻："你你你快给皇上写折子，咱们不干了！这个地方，这个官，谁想干谁干去，我们祁家人再也不干了！你快给我写！"她拿着隽藻的手逼他往折子上写："快写，今天你一定要答应我！"隽藻不明白什么事情让她成了这副样子，生气道："哎，你发什么疯！我正在拟南昌县考的新章程，再过三天就要重新考秀才，你捣什么乱！"玉环满脸是泪，脱口说道："我刚才去过巡抚衙门了，我去见了保夫人，我……"忽然觉得自己说漏了嘴，急忙打住。隽藻想了想，盯着她道："这么说我猜对了，你私下里一直跟保夫人有来往，对不对？"玉环又跪下哭道："老爷，你为了玉环，为了世长，为了咱娘，今天赶快写辞官的折子！自从你科举入仕，朝廷的大牢进去两回了，两次都是皇上救了你，可这会儿咱们是在江西，离皇上十万八千里，你已经给皇上上密折得罪了你的同僚，他们要是合伙找个理由把你投入死牢，就是皇上他也救不了你了！老爷，你要是让他们害死了，曹玉环第一个就活不了！"她边说边觉得浑身发软，双手顺着隽藻的身体滑下去，终于瘫倒在地上。隽藻用力将她抱起，放到椅子上，叹了一口气，道："好了，我都明白了，你一定是被什么人的话给吓住了。你先进去好好躺一会儿，这件事情我答应你，我一定要好好想一想，再决定怎么写这个折子，行不行？"玉环听他的口气有些松动，这才放下心来，起身慢慢地走了出去。

送走玉环，隽藻站在书案前，看着没着一字的折子，一股怒气冲了上来。张牧进门，看他一眼，默默地走过来帮他研墨。隽藻诧异道："你怎么来了？"张牧道："我听说江西学政祁大人终于幡然悔悟，要写折子辞官还乡，心中高兴，特来帮祁大人研墨。"隽藻知道玉环出了门就将他刚才的话说给了张牧，心中愈怒，道："张秀才，如果我写的不是辞官的折子，而是责备皇上的折子呢？"张牧一惊，丢下手中的墨，上下打量他一眼，也不说话，转身就走。隽藻大声叫道："你回来我有事请教你！"张牧回头看他，道："说吧，张牧愿意教导祁大人。"隽藻不觉被他怄笑了，道："你不要太高兴，我就是要上折子辞官，现在也不行。上次我写的密折，要求朝廷赶快派员查明江西的灾情，发银子赈灾。这会儿皇上那边还没有下文，我怎么能走？还有，我刚刚开头在江西整肃考风、学风，请钱无庸大师大开赣江书院的山门，为江西一省养育人才，这些事情都刚刚开头，我走了怎么办？"张牧闻言，脸色一变。隽藻又道："祁隽藻出仕之初，发誓要以天下为己任，现在的江西，一片水深火热，百姓成千上万流离死亡，官员们却依旧横征暴敛，大批大批地兼并小农的田产，就连衙门里的差役，也成了时时事事向百姓搜刮脂膏的'刮役'！大清国一省之政竟到了这种地步，皇上却在那里犹豫不决，不能痛下杀手拨乱反正，我怎么能走！"玉环回去了又不放心，端着一碗汤走回来，听他说到这里，手一软，那碗汤"哗啦"一声摔在地上。张牧失望至极，转身就走。隽藻的怒气一发而不可收，大声叫道："张牧，你给我站住！我还没说完呢！我想告诉你们我要在这折子上写什么。我要问问皇上，我上次写的密折他接到了没有，江西一省的百姓是不是大清国的子民，为什么这么多天过去了，朝廷对江西的灾情依然默不作声？如果是这样，他哪里是什么尧舜之君，他是置江西万民生死于不顾的桀纣！皇上送我出京的时候曾经说过，我们这对君臣，非以利合，而以义合。祁隽藻为皇上、也为江西一省百姓留下来，最多不过是一死，可我要是走了，死的就是万万千千江西的百姓。那时我倒是活下来了，可是我这一生，如何面对死去的百姓，又如何面对自己的一颗为民请命的心？我还告诉你们一句话，若真有人杀死了祁隽藻，皇上就一定不会再沉默，他一定就派人来彻查这个案子，江西一省的贪官，就会得到惩处，灾民就会得到赈济，千千万万的人就可以活命！祁隽藻一介书生，若能以一死做成如此大事，我有何憾！"说到这里，他不再理他们，坐下去就笔走龙蛇，飞快地写起来。

当天下午，在布政使司衙门的一间密室里，富察安、肖廷贵、李文学又聚在了一起。富察安脸色铁青，对二人道："正道来的养廉银子不要，那就只能给他来邪的了！……照咱们商量好的办吧！"

<h1 style="text-align:center">4</h1>

自从刘氏带着元白、世长来到南昌，隽藻每天晚上就多了一件事情，那就是抽出时间来教元白念书。也只有到了每天的这个时候，和元白待在一起，他的心情才会重新变得单纯而又愉快。元白也非常喜欢这个比他大了很多的五哥。只要见他回到内宅，马上就会迎上来缠住他，嘴里絮絮叨叨地说个不停，而对于宿藻或者张牧，他是不大理会的。这天晚上，简单的晚饭过后，隽藻看到元白，马上又现出了笑脸，道："元白过来，让五哥考一考你，这些日子有没有长进！"元白回头对刘氏道："娘，我给五哥背白居易的《观刈麦》吧。"隽藻高兴地拍了拍元白的小脑瓜，夸道："好家伙，连白居易的诗都会背了。背吧，我闭上眼睛听，背错了我可不答应！"他们不知道，一个一身夜行衣的人刚刚在江一鸣的掩护下，悄然从房顶落地。他伏身在窗外黑暗中，用手指无声地捅破窗纸，朝屋内望了过来。此人不是别人，就是已经和自己唯一的亲弟弟元白已经离散了多年的妙真。

虽然分别时元白还在襁褓之中，现在已经长成了六七岁的小孩子，但她还是一眼就在众人中认出了元白。元白正站在隽藻面前，在祁家一家人的注视下，摇头晃脑背诵白居易的《观刈麦》，一边背还一边解释："……'复有贫妇人，抱子在其旁，左手秉遗穗，右臂悬敝筐。'五哥，这是个穷人，她正在拾麦穗。'听其相顾言，闻者为悲伤。'为什么悲伤呢？这是因为'家田输税尽，拾此充饥肠'。她家的田地都因交纳赋税卖光了，农民没有地，只能流离失所，赶上别人家收麦，她就去捡麦穗。娘说，这样的女人和孩子早晚都是要被饿死的！"窗外的妙真听到这里，心中顿时又温暖又伤感，眼中不觉溢出了泪水。这就是她离别后日日思念的亲骨肉，一母同胞的弟弟，她在世间剩下的最后一个亲人，元白正在长大！

这时就听隽藻在室内故作吃惊地说道："元白，你小小年纪，居然还知道农民疾苦？"元白一本正经地教训起这个五哥来："元白当然知道！'今我何功德，从不事农桑。吏禄三百石，岁晏有余粮。'你既不种地又不养蚕，当这个官，一年到头都有饭吃，到了年末家里还有余粮，所以你这种做官的人，一定要经常想想农民，要感到愧疚，要好好做这个官！"隽藻看着刘氏和众人，大喜道：
"娘，元白还真行，你没白教导他，这孩子不糊涂！"窗外的妙真听着隽藻夸
元白，恨不能立即冲进屋中，将元白抱起来亲上几口，马上与他相认！

　　这时就听身后忽然一个瓦片落地。这是江一鸣发出的警示。妙真猛一回头，
一眼瞥见对面柴房屋顶上出现了两个人影。她一闪身，迅速和江一鸣并肩退至
墙角暗影深处，两双眼睛紧紧盯住新来的刺客，手也马上攥紧了剑柄，随时准
备出鞘。却见那两个黑衣人一左一右，抬着一个黑乎乎的东西飞身下地，原来
是一只箱子，看看无人，迅速将那只箱子藏进柴房。妙真和江一鸣刚要上前弄
个究竟，采藻突然不知从哪里走了出来，大声喝道："谁？什么人？"隽藻带一
家人闻声冲了出来，喊："三哥，怎么了？"采藻道："隽藻，柴房里有贼！"隽
藻迅速反身回屋抽出一把刀冲出来，对刘氏、玉环和元白道，"你们都进去！
江大哥在哪里？"江一鸣从暗影中闪身而出："大人，江一鸣来了！""江大哥，
在这门口守着，不要让贼人伤了母亲和孩子们！"隽藻大声喊道。"知道了！"
江一鸣道，提刀站在屋门前，将刘氏等一干人护在身后。妙真则趁机向后退离
众人，隐身在一洞月亮门之后。

　　这时柴房里却静悄悄的，一点儿声息也没有。隽藻、采藻拿着家伙慢慢逼
上去，喝道："有人没有，出来！"柴房里依然没有一丝响动。隽藻望着采藻道：
"三哥，你真的看到贼了？"只一分神，只听里面有人急道："快走！"两条黑
影刹那间夺门而出，两把刀闪着寒光直扑隽藻和采藻的面门。江一鸣见状，飞
身上前，将二人的刀架在半空中，左手一掌推开隽藻，右肩一抖，已将采藻撞
到一边。两个黑衣人见状大骇，相视一眼，虚晃一刀，纵身上房，向前院退去。
江一鸣怎肯让其脱身，一纵身跟上房顶，与二贼缠在一起，那两个黑衣贼此时
只想脱身，边招架边退，从房顶又退到前院，依旧不能脱身。隽藻再想不到江
一鸣会有这般身手，和采藻等人不觉追至前院，要助他一臂之力。刘氏和玉环
在房里紧张地抱着元白和世长，不放他们出去。元白胆大，侧耳听听，叫道：
"娘，嫂子，他们打到前院去了，我去看看！"刘氏一把拉住他，喝道："你一
个小孩子，去了顶什么用？好好待着！"玉环担心隽藻，将世长交给刘氏，道：
"娘，我心里慌，我得去看看，不能让他们伤了隽藻！"没等到刘氏答应，她
已经拉开门冲了出去，跑向前院。刘氏一急，抱着世长就追了出去，一边喊道：
"你……给我回来！你疯了！"玉环跑向前院，刘氏不觉也追向了前院。一时
间，屋里只剩下了元白一个人。元白大叫一声："娘，我也要去！"一边喊，一
边也冲出门去。

　　一直躲在矮墙月亮门后面的妙真大吃一惊，因心中急切，不觉就出了声：

"元白！"元白听到这一声喊，侧目一看，妙真见后院无人，猛地从黑暗中闪身过来，一把将他抱住，亲了起来。元白拼命挣脱，推开她站住，并不走，面对面看着妙真，一点儿也不害怕，问道："你……你要杀我吗？"妙真眼泪直流，道："小声点儿，你真是元白？"元白已经感觉出这是个女子，对他好像并无恶意，点点头道："我就是元白，祁元白！"妙真心中一急，道："不，你不姓祁，你姓……"元白警觉地看她一眼，道："这位姐姐，你说什么？元白不姓祁？那元白姓什么？"妙真又将他抱住，泪光闪闪道："你姓……你姓……反正你不姓祁，你姓……姓元！你在世上还有一个苦命的姐姐！她现在还在难中，还有没了的大事，不能带你走！"元白瞪大了眼睛。这时一串脚步声响起，是有人回后院来了。元白怔怔地望着泪流满面的妙真，突然小声道："你是不是我姐姐，你要是我姐姐，就快走！"他一推妙真，妙真心中一惊，万分依恋地看他一眼，闪身向后躲进矮墙之后。一转眼采藻和张牧就跑了过来，看见元白痴痴地站着，一动不动，吓了一跳，宿藻上前来抱住他，长嘘了一口气，回头朝身后叫道："娘，元白没有事！"说着刘氏已经抱着世长跑了回来，看到元白没事，大喘了一口气道："没事就好，快进屋！"采藻和张牧听了，急拉元白进屋。元白要走了，突然回头朝矮墙后面的黑暗中看了一眼。妙真觉得，元白这一眼充满了凄凉。

前院的酣战此时已经接近尾声。江一鸣越战越勇，两个黑衣人已经渐渐不支。隽藻提着刀，左顾右盼，连声呐喊，要上前助阵。那两个黑衣人急着脱身，相互使了一个眼色，撇下江一鸣，两把刀直冲隽藻而来。江一鸣一时大急，大喝一声，回身推开隽藻，再回头应敌。两个黑衣人已急退丈余，跃上房顶，急奔离去。江一鸣哪里肯舍，跟着上房，一路追杀过去。

哪知螳螂扑蝉，黄雀在后。另一侧屋顶上，已经潜伏多时的吴长老向陈长老使了一个眼色，二人飞身而下。隽藻只觉得两条黑影"嗖"地从天上下来，落在身后。还没反应过来，冷飕飕的刀锋已经指向他的后背，吴长老低声叫道："祁隽藻，不要动！"隽藻心知不好，回头大声问道："你们是谁？"陈长老道："让你死个明白，我们就是那些一心想在天下点起一场大火的人！今天你的死期到了！"隽藻目眦尽裂，喊："你们要干什么？"吴长老正要一刀刺入，忽听到一声怒喝——"住手"，只觉手腕一麻，手中那把刀"当啷"一声就落了地，陈长老暗叫一声"不好"，急退三尺。此时就见一个黑衣人飞身杀至中间，杏眼怒睁，手持一柄长剑向他杀来。陈长老大惊，用力将刀一架，挡住了这一次绝杀。他已经认出了对方是谁，急对吴长老叫道："快动手！"妙真舍了他，回身一个"紫燕倒穿帘"，一剑向吴长老刺去。陈长老见有了机会，持刀就向她杀来。刚要得手，一粒石子飞来，力道奇大，恰好打在陈长老持刀的右手合谷穴上。

陈长老大惊，刀虽没有落地，却已经两臂无力，急呼吴长老："此处有高人，快走！"二人撇下妙真，跃上房顶，转眼不见。隽藻惊魂未定，回头再看方才救他的那黑衣人，发现那黑衣人也正在望他。隽藻大惊，问道："你是谁？你是妙真？"妙真正要答话，只见李清玄现身屋顶，道："还不快走！"妙真听了，飞身上房，转眼隐身不见。采藻、张牧这时从后院冲了过来，采藻见隽藻痴呆呆的，急问："五弟，你怎么啦？"隽藻不答，突然心中一亮，不觉大声喊出声来："我知道了，原来你……和他们不是一伙！"采藻还要问他，隽藻却什么也不说了。

此时院里院外，已经火把通明，听到后宅里来了刺客，住在前面的衙役和亲兵也都拥了进来。隽藻正欲走向后院，江一鸣突然从房顶上飘然落地，对隽藻道："大人，江一鸣无能，让他们跑了！"隽藻看他一眼，道："江大哥，你好身手，哪儿学的？"江一鸣淡淡言道："小时候在家，跟父亲学的。大人，还是快到柴房里看看，他们在里面放了什么！"众人打着火把拥进柴房，却见一口大箱子放在角落里，外面锁着一把大铜锁，还贴着官府的封条。隽藻见了，眉头一皱，对江一鸣喊道："撬开！"江一鸣拿刀一撬，箱盖打开，里面竟是大锭大锭的银子！众人惊呼道："这么多银子！"隽藻拿起一锭银子看了看，底下有"江西京饷"四个字，大惊道："不好！要是我没猜错，这是本省每年贡给朝廷的银子，怎么来到了这里！"江一鸣道："大人，小人亲眼看见这两个贼人将这箱银子搬进了大人的柴房，这是要给大人栽赃！"张牧见状，也急道："五哥，朝廷律有明条，无论是盗窃还是以其他手段占有各省贡往京城的饷银，不但本人要凌迟处死，九族都要问斩！"刘氏听到此事，也急急地赶过来，惶恐地看着隽藻，道："儿，谁这么狠，要这样害你！"隽藻略一沉思，当机立断，对众人道："一刻也不能耽搁，这事要马上报与巡抚衙门知道。走，咱们这一干人都是证人，立即押上这箱银子，去江西巡抚衙门！"

5

保胜半夜里被惊醒，很不自在，起来与隽藻等一干人证相见，竟是一桩京饷银子被盗的大案，不觉心中大惊。南昌县是南昌府和江西一省的首县，这笔京饷银子一向是南昌县代为监管，竟然有一箱到了江西学政祁隽藻柴房里，这李文学怎么也脱不了干系！他二话没说，立即下令抓了李文学，让人连夜审问，自己则在巡抚衙门外书房里焦急地等待着结果，脑子里各种念头一时上上下下，急速翻滚不息。其实这时他心中已猜出个大概，只是难以相信这江西的地方官居然会用如此的办法对付新来的学政。一顿饭工夫，王师爷走进门来。保胜看他一眼道："问完了吗？"王师爷躬身回道："大人，这个李文学什么也不说，怎么办？"保胜生气道："一个小小的知县，怎么敢拿京饷银子……刚才祁大人在场吗？"王师爷道："大人刚才准了祁大人之请，让祁大人陪同审问，所以……"保胜立即道："马上传我的令，先把这个李文学押起来，关进死牢，没有本官的命令，任何人不得见他。"王师爷领命诺诺而退。

保胜刚要思考事情该怎么办，一名男仆进来禀报："大人，祁大人求见。"保胜摆摆手道："你让他在外面等一会儿。"男仆刚刚走出，又回来禀道："大人，富察安大人和肖廷贵大人正在客厅里候见。"保胜想了想道："去告诉祁大人先回去，这个案子本官会查清楚的。你等一等，等祁大人走了，再让富大人和肖大人进来。"男仆应声而去。

不一会儿，富察安和肖廷贵战战兢兢地走进来，给保胜请安。保胜背身而立，不睬他们，也不让座。二人面面相觑，只好站着等。半晌，保胜才回过头来，望着他们，淡淡言道："这么晚了请二位大人过来，事情恐怕你们也都知道了。长话短说吧，二位现在就回答本官，你们与此案有涉还是无涉？"富察安、肖廷贵刚要自己坐下，又马上站起，争先恐后道："哎呀大人，我们和这个案子可是一点儿牵扯也没有！"保胜见状，哈哈大笑，道："坐坐坐，那就好那就好。"二人胆战心惊地坐下，肖廷贵试探地问："大人，卑职说个想法。那一箱京饷银子既是在祁隽藻家里查出来的，首先他就脱不了干系，怎么大人倒先把南昌县李文学抓起来了？"保胜故意沉吟，想知道他们还会说出什么。一时富察安也附和道："大人，肖大人的话有道理，赃银既是在祁隽藻家里发现的，大人首先要抓起来的该是他。"保胜听了，脸色一变，厉声言道："两位大人不是来为李文学求情来了吧？李文学作为南昌首县，负有监管京饷银子的责任，这一箱京饷银子竟被人趁夜送进了祁大人的柴房，你们说，他怎么能脱得了干系！"肖廷贵又有些摸不着保胜的路数了，惶惑地看一眼富察安。富察安道："大人，卑职以为，李文学就是看管京饷银子不力，让人盗了去，也不过是个监守不力的罪过，可是京饷银子出现在祁隽藻家里，他首先就是窝主，大人该先把他抓起来审问！"保胜面无表情道："那不行！祁大人有证人，能证明这银子是两个贼夜里送进他家柴房里的！"肖廷贵急道："大人真是菩萨心肠，祁隽藻说这银子是贼送到他家的，为什么这贼偏要送进他家？我还想要银子呢，贼为什么不送到我家去？"保胜背身不语。富察安这时倒看出了些苗头来，这话非得从他们嘴里说出去不可，便道："大人，他那些证人我都让人问过了，都是他自家的人，不是他的兄弟，就是他的用人，这些人怎么做得了此案的证人？"

保胜听了，沉吟半晌，突然大声喊道："来人！"王师爷闻声跑进来，道："大人——"保胜道："传令南昌绿营管带，即刻带兵捉拿江西学政祁隽藻！"王师爷迟疑了一下：看他："大人，这个……"保胜道："快去！"王师爷连忙转身跑出。富察安和肖廷贵相视一笑，暗暗地松了一口气。肖廷贵看了富察安一眼，得寸又想进尺，对保胜道："大人，既然大人明察秋毫，看出真正的罪犯是祁隽藻，南昌知县李文学就可以放出来了吧？"保胜脸色一沉道："那怎么可以。富大人刚才也说过，李文学作为南昌首县，负有监管京饷的责任，就是监管不力，让人盗走了朝廷的银子，也是个不小的罪过。现在连是不是他监守自盗，栽赃祁大人，也没搞清楚，本官怎能放他。"富察安猜度他的心理，是不是还要自己把话说出来，便躬身言道："大人，要说李文学监守自盗，栽赃祁隽藻，本官可以为他担保，他就是有那个心，也没那个胆。本官奇怪的是祁隽藻，既然盗走了银子，为何又要贼喊捉贼，把银子送还到了大人这里，会不会其中另有隐情？"保胜心中好笑，脸上却佯作困惑，道："本官也正为这件事不解呢，祁隽藻家境贫寒，听说南昌县存着大量的京饷银子，生了贪婪之心，派人去偷盗，现在银子已经到了手，为何还要贼喊捉贼，自己把这个案子捅出来？这不好理解。"富察安道："大人，这样的事情以前卑职也遇到过，只有一种解释。参与盗窃京饷银子的人和祁隽藻分赃不均，起了内讧，祁隽藻担心事发，干脆恶人先告状，谎称有人栽赃，以图蒙混过关。"保胜听了他的话，顺水推舟道："也有道理。那富大人的意思是——"富察安道："卑职请大人下令，把祁隽藻的家人马夫全部抓起来，一个个严刑拷问，一定能问出个水落石出。"保胜做出一副刚刚领会其中玄妙的样子，道："大人的意思本官明白了。你是说要从祁隽藻家人和马夫那儿打开个口子，查清案情。"肖廷贵看看富察安，富察安暗中拉一下他，两人齐声道："大人明断。"见事情已经说到这里，两人觉得可以撤了，起身道："大人这里要审案子，下官就不便在此打扰了，告辞。"保胜也不留，二人施礼，匆匆离去。

当下离了巡抚衙门，肖廷贵并没有马上回家，却和富察安一起到了布政使司衙门。下了轿，二人匆匆走进内室。肖廷贵急道："大人，李文学怎么办？这人可是没骨头，这样老待在保大人的死牢里，有一天撑不住了，会把我们也捎带进去的。"富察安想了想，目光一下变得阴狠起来，道："李文学没有用了，干掉他灭口。"

6

富察安肖廷贵离去之后，保胜一个人整整在书房里坐了两个时辰，京饷被盗历来是大案，他要想好自己在这件突然爆发的案子如何行事，才好向皇上写出奏折，同时也要向穆彰阿及时通报此事。就他的阅历而论，这种案子并不出奇，也不复杂，他几乎可以像看到一盆清水下的石头一样一眼就能看出其中的原委。但让他踌躇不安、不敢立即做出决断的原因却是复杂的。一方面，祁隽藻这个人连养廉银都不受，怎么可能会去盗南昌县监管的京饷银子，这事不唯不可能，甚至连想一想都是疯狂；另一方面，这件事情不唯和李文学有关系，就是富察安和肖廷贵也脱不了干系，他甚至能大致猜出后面两个人才是真正的主谋。他唯一猜不到也不敢贸然猜测的是：这件事的背后是不是也有穆彰阿的影子。他想：如果是这样，事情就难办了。穆彰阿是他当年的主子，自己有今天，和穆彰阿的栽培提携不能说没有关系，这个穆彰阿可以说是他保胜的恩人，何况现在他又成了这个人的妹夫，就是恰恰是现在，他对穆彰阿这个人充满了莫名的恐惧。他心里明白，他这个妹夫在穆彰阿心中的地位其实是打折扣的，但他同时也明白，在全天下的人眼里，首先是皇上眼里，无论实际上怎么回事，他都是穆彰阿的人。皇上放他来江西任巡抚，在外人看来那是极大的恩宠，但在保胜心里，却明白这不能不与皇上对穆彰阿的猜忌与戒备大有关系。在保胜看来，无论是皇上还是穆彰阿，都是他得罪不起的人，尤其是穆彰阿，他甚至觉得他比皇上还要可怕。皇上虽然握有对他保胜的生杀大权，但皇上的心思至少是可以猜度的，但穆彰阿不是，跟了穆彰阿多年，保胜始终觉得自己无法把握对方的心思，——有时你觉得把握到了，可他马上就会用一种你根本意想不到、因而就显得格外恐怖的方式让你明白自己错了，他的心可能比你所能想到的最深的井还要阴深可怕。

何况他自己也还有野心。一个奴才出身的人，无论是出于怎样的机缘，他都已经做了封疆大吏，一省的巡抚，成了天下尽知的皇上的宠臣，大清事实上的首相的妹夫，他自己也还想利用这种种真实的或者虚假的关系向上爬。他还想做总督，甚至还想进军机处拜相。他都已经走到了这一步，还有什么是他不敢想的呢？他无力也不想以自己的一步不慎毁掉了穆彰阿眼下显然还持续存在着的对他的某种程度的信任，虽然他觉得，这种信任其实也是很薄弱的，随时可能改变成敌意。

但是让他利用这个案件投穆彰阿所好，将祁隽藻置于死地，虽然一定会让他的大舅爷满意，强化穆彰阿对他的信任，但他却又同样没有这样的勇气。原因是只有他一个人知道皇上和祁隽藻的关系。皇上将祁隽藻关进天牢又和自己前去天牢与祁隽藻谈话之事深深震撼了保胜的心。让他认为，即使是穆彰阿，在皇上心目中或许也没有这样的地位。他明明知道，皇上放他来江西做巡抚，实际上是要将他和穆彰阿分开，那种对他和穆彰阿是一家人的忌讳还在，他一旦在江西杀了祁隽藻，那首先就会坐实皇上对他的忌讳，甚至将他视为仇雠。一想到这种前景，保胜的后背就不由得一阵阵发凉。

两个时辰后保胜终于想明白了自己该怎么干，那也是以他目前的处境所唯一能做的事情，同时也解决了一个他上任以来——事实上是被穆彰阿强逼着娶了含黛以来——一直在思考的问题：在皇上、穆彰阿和他这个不知不觉就形成的相互充满犯忌的三角关系中，自己应当采取什么行动自救。过去他一直对此束手无策，没想到祁隽藻这个案子却突然给了他一个机会。他想道：现在他要做的事情就是原封不动地将原始的案情奏于皇上，请皇上下旨，他不做决断者，只是做一个执行者。这样虽然不会让穆彰阿满意，但至少也不会让他们不满意，因为即使要杀祁隽藻，他也是一定要奏明皇上的。穆彰阿就是想挑理，至少也说不出他的错。而一旦皇上对此案有了批奏，他既可以从中察觉皇上的真实意思，又可以顺水推舟，以皇上的旨意了结此案。如果皇上闻听此事大怒，要他严查，并不顾惜祁隽藻是死是活，他当然可以暗中依照穆彰阿等人的意思，置祁隽藻于死地，他现在觉得这种结局最好；如果发觉皇上并不是这么想的，而是有保祁隽藻之意，那他就遵旨办案，穆彰阿就是不满意也不好责难于他。保胜想到这里，觉也不敢睡，连夜唤来师爷，赶写奏折，天不亮就用六百里加急立即送往京城。他当然也没有忘亲自写了一封密札，同时由六百里加急送交穆彰阿。信使出发前，他又特别交代："给皇上的折子一定直接递到养心殿去，不要先交与军机处。"一切办妥之后，已是五更天了。他心中一动，又把同样一夜没睡的王师爷叫进来，低声吩咐道："悄悄地嘱咐牢里的人，不要太委屈了祁家人，但要给我看好了，一个也不能让他们逃走，尤其是要看好那个马夫。还有那个李文学，你更得给我看好喽，任何人都不得去见他，无论是饭菜，还是书信，一概都不能让他得见。"王师爷诧异道："大人是担心——"保胜道："万一案中有案，有人为了自保要杀人灭口，李文学就死定了，这么做是要保住他的命。"

保胜的奏折以最快的速度送到道光手上。道光看完之后果然大怒，一把将折子摔到地上，道："岂有此理！"侍立一旁的肃顺吃了一惊。道光道："把它捡起来，连同祁隽藻上次奏来的两道密折，一起送去给穆彰阿看，看完了让他来见朕。"肃顺答应一声，捡起那折子，又拣出隽藻的两封奏折，匆匆离去。

穆彰阿匆匆看罢肃顺送来的折子，眉头纠结在一起。肃顺离开后，他独自沉思片刻，便看透了保胜的心，同时也就拿定了自己的主意。在这个可以置祁隽藻于死地的案子里，无论是富察安和肖廷贵，还是作为案子被告一方的祁隽藻，都已经表白了态度，唯一没有表明自己态度的只有保胜。他一定要这个保胜对此案表态。他心里明白，保胜虽然此次没表这个态，但他最终不敢不表这个态，而保胜表态之日，就是祁隽藻被灭杀之时！想到这里，穆彰阿一刻也没耽误，就匆忙赶往了养心殿。参拜过后，道光依旧怒容不衰，大声问他道："穆彰阿，祁隽藻和保胜的折子，你看过了？"穆彰阿一时没有开口。道光看着他道："朕想起来了，保胜是你的妹夫，富察安、肖廷贵皆是你的门人，你有些不好开口说话，是不是？"穆彰阿叩头言道："奴才以为，这件案子既不能以祁隽藻的一面之词为准，也不能以富察安、肖廷贵一干江西地方官纯属猜度的话为准。在江西的几名大员中，只有新任巡抚保胜眼下还没有对此案表明态度，皇上若能下旨命保胜代皇上主审这个案子，一定就能真相大白。"道光想了想道："你说得也有道理。对了，祁隽藻上次折子上说江西省去年大灾，地方官隐瞒灾情，这件事你是怎么看？"穆彰阿滴水不漏地答道："皇上一定以为奴才一向与祁隽藻水火不容，此案既是祁隽藻向皇上密奏，奴才本当回避，但奴才不这么想，皇上既要奴才在军机处待罪，这种事情奴才就不能不替皇上分忧。奴才以为，此事和上一个案子一样，皇上也可以交给保胜去办。如果案情属实，就请皇上治富察安、肖廷贵以及前任江西巡抚之罪；如果案情不实，奴才则要请皇上治祁隽藻危言耸听、陷害同僚之罪。"道光沉思片刻，道："好，朕听你的。这个祁隽藻，走到哪里，都是无风三尺浪！代朕拟旨，让保胜主审这两个案子，朕等着他的折子。"

当夜，穆彰阿在书房里将一封信交给薛管家，吩咐道："六百里加急，和圣旨一同送往江西，交给保胜。"薛管家又想自作聪明，凑上前道："爷，奴才有句话想说。"穆彰阿怒容毕现，厉声道："什么也不要说了，快把信送走！不但皇上想知道，我也想知道，他到底是谁的人？"

7

南昌府大牢内，隽藻愤怒地摇晃着牢栅，喊道："你们这样不分青红皂白，将本官关在这里，真是岂有此理！快放我出去！我要见巡抚保大人！"他愤怒的叫喊一声一声地在牢里回荡。远处一间囚室里，祁家一家人全关在这里。张牧面无表情，在读一本书。采藻趴在牢栅上，道："娘、弟妹，你们听，是我五弟，是我五弟在喊。"玉环也听到了喊声，道："娘，是五爷在喊。"刘氏一手搂着元白，一手抱着世长，闭着眼睛，平静道："你们，都给我回来坐着。"玉环扑到她面前，哭道："娘，五爷他会怎么样啊？"刘氏不觉潸然泪下。玉环又扑向张牧，哭着问道："张牧兄弟，你是神童，你快说，你五哥他这回会怎么样？

他不会有事吧？"张牧看她一眼，心中痛苦，闭目不语。玉环绝望，哭道："张牧，你也不说话，嫂子知道了，你五哥他这回一定没指望了。"

隽藻一家连同江一鸣一同被抓进南昌城大牢的消息，第二天妙真就知道了。妙真急得泪花闪闪，问一位刚刚打探消息回来的师兄："何师兄，你是不是说，隽藻这一次一定要死？"这位师兄言道："师妹，师兄听了解内情的人讲，祁大人眼下还不一定会死，可是等朝廷的奏批下来，祁大人一定得死。这事的起因不是那一箱京饷银子，是他上任之初，就向皇上揭发了江西地方官员瞒报去年的大灾，继续搜刮民脂民膏，并大量兼并小民土地的事情。这里的官员恨死他了，他们和朝廷里的大官联手，一定要置祁大人于死地。"妙真愤然道："照何师兄的说法，这次无论如何隽藻都得死？"这位师兄点头，叹了口气。妙真回头望着李清玄，含泪言道："师傅，那天在祁家前院要杀隽藻的两个人，我认出来了，一个是江北灾民会的吴长老，另一个是陈长老。"李清玄点点头："不错，老夫也认出他们来了，所以才没有出手，害他们的性命。"妙真道："隽藻来到江西做的所有事情，都是为天下求才、为灾民求命的好事，朝廷和这里的官员们却容不下他，一定要害他的性命。师傅，如果天下真的成了这样，妙真真想回头加入灾民会，与他们一起去点燃一场烧遍天下的大火。"李清玄道："妙真，师傅懂得你的心。祁公子一定不能死，为了你，更是为了天下人。"妙真第一次听他说出这样的话，震惊地看着他："师傅——"李清玄道："自从你和祁公子分手，老夫一直没有说话。那并非因为老夫无话可说，而是因为老夫还没有看清祁公子到底是个什么样的人，想做一个什么样的官。现在老夫终于看清楚了，祁公子活着，天下就还有一个为民求命的官；祁公子死了，天下就不知道还会不会有这样一个官了。姚一镖他们，就真能让天下玉石俱焚。"

妙真泪花闪闪，"扑通"一声跪在李清玄面前，激动地哭泣道："师傅，为了妙真，快救救祁公子！"李清玄道："妙真快起来。来人！"徒弟们一下全走进来。李清玄吩咐道："那天夜里，我让你们一直尾随那两个黑衣人，查清他们的住处，你们查清了吗？"一位徒弟上前禀道："查清了。"李清玄道："祁公子现在最缺的就是证人。将这两个人抓回来，要他们供出案情真相，签字画押。"妙真目光一亮，敬佩地看着李清玄，叫道："师傅，原来你已经——"话没说完，那位姓何的师兄已带领众人走出去了。李清玄闭目而坐，不再言语。

个把时辰过后，何师兄果然回来了，妙真急忙迎上去。李清玄睁开眼，问道："事情办完了？"何师兄手拿着几页写了字的纸，道："这是他们签了字画了押的口供，照师傅的嘱咐，一共写了三份。"李清玄立即起身言道："好。你们现在就出发，日夜兼程，将其中一份带往京城，送到王鼎王大人府上。剩下的两份，一份今夜就送到巡抚衙门，让保胜知道有人已掌握了此案的真相，并有真凭实据在手；另一份妙真留下，作为证据握在我们手中。老夫一生与世无争，可这次不同，万一事有不测，我们救不出祁公子，师傅和你一起去见姚一镖，这最后一份口供，那时就是一份号召天下人起事的檄文。"

8

皇上的批奏到达江西巡抚衙门，已经是夜里了。保胜一直在等皇上的旨意，看了批奏，又读了穆彰阿写给他的密信，知道他想躲过此事的打算已经落空了。无论他想不想在这个案子里充当一个主角，他都必须充当这个主角。一时间他心中大急，在书房里走来走去。王师爷不安地看着他。保胜看他一眼道："老王，你也不是外人了……你也看看皇上在我的折子上批了些什么，还有穆大人的信。本官从京城到了江西，只想清静，没想到上任伊始，就碰上了这档子事。看样子，置身事外是不能了。"王师爷看罢那批奏和穆彰阿的信，吃了一惊，道："原来大人在这个案子中竟然也有难处的地方。"保胜道："天下人都知道我是穆大人的妹夫，皇上也知道；天下人也都知道富察安肖廷贵是穆大人的门人，皇上也知道。李文学是谁的人，你我心里也都知道。本官将这个案子奏明皇上，请旨定夺，正是想避开这件麻烦事，皇上却还是指定我来办这个案子。穆大人也不体谅我的难处，竟然提议由我来办这个案子。我该怎么办？"王师爷笑道："大人，其实这个案子也没什么难办的。小人奉大人之命，已去死牢里悄悄审过了南昌知县李文学，案情底细和大人想的差不多。李文学的背后果然是富大人和肖大人，再往上他还攀扯上了大人你……"保胜猛转身喝道："胡说！"王师爷一哆嗦，随即改口道："李文学当然是胡说。这里头当然没有大人的事，可是大人也明白，富察安和肖廷贵两位大人的背后是穆彰阿穆大人。即便这两人真有大罪，大人难道不怕投鼠忌器，牵连到穆大人？就小人所知，富大人和肖大人两人刚刚给穆大人在江西收了两千顷上好的水田。"保胜诧异道："什么？"王师爷低声道："大人，小人是说，万一穆大人在朝中力保富、肖两位大人，大人将何以自处？"

保胜越发烦躁起来："那你说，这个案子本官该如何审？"王师爷旁敲侧击地暗示道："大人，现在这案子就好比两个人角力，一边是穆大人、富大人、肖大人，再加上一个南昌知县李文学，另一边是一个孤零零的祁隽藻祁大人。小人听说这位祁大人在朝中并无强援，他能到江西做学政，完全是出于皇上对他一时的恩宠。"保胜道："你是说，事情完全可以翻过来，给祁隽藻定一个勾结匪类，盗取京饷，因分赃不均，担心事发，贼喊捉贼，谎称有人栽赃，试图蒙混过关的罪名。至于南昌知县李文学……"王师爷巧妙地提示道："大人，南昌知县李文学深知京饷银子失盗，他罪责难逃，每日都可能在牢里自杀身亡。"保胜道："你真觉得应当这样？"王师爷急道："大人圣明。用这种办法干脆利索地结案，小人想都没想到。"保胜盯着他问："可皇上那里怎么办？"王师爷哑然一笑，道："大人难道忘了山高皇帝远这句老话？大人一旦给祁隽藻定了罪，就要奏明皇上，又是六百里加急，又是皇上的批复，这案子来来回回也要一些时日，万一祁隽藻也像李文学一样在牢里畏罪自杀，皇上就是怪罪，也力不能及。大人三思。"保胜来回走了几步，突然问："王师爷，给本官说实话，在这个案子上，你拿了他们多少银子？"王师爷没想到他会问到这个，吓得心胆俱裂，急忙跪下："大人——"保胜没有再问下去，摆了摆手，示意他退下。

王师爷刚出了门，抬脚要走，只听"砰"的一声，一支飞镖打在门框之上。他登时吓得惊叫起来："有刺客——！"保胜毕竟武人出身，急走过来，朝外看去，只见四外房上房下，一片夜色，哪里有什么刺客！回头看那镖尖上插着一件物事，登时心中就明白了，一把扯下那镖，将镖尖上的一纸文书取下，走回书房，在灯下展开一看，神情不觉大变。王师爷见了，不知是何东西，保胜将那文书递给他看，王师爷看了，大惊失色："大大大……大人，这该怎么办？"保胜冷笑道："慌什么？快替我想想，在这件案子上，还会出什么乱子？"王师爷答道："大大大人，小人方寸已乱，已经给大人想不出主意了！"保胜渐渐冷静下来，道："就凭这份口供和这支飞镖，我现在就能定祁隽藻的死罪。"王师爷呆呆地看他，张开口说不出话来。保胜道："祁隽藻如果没有勾结匪类，怎么会有人替他去查清案情，弄出这一份口供来。祁隽藻让他们用这种办法把本案的证据送给本官，这就是恐吓本官！罪上加罪！"王师爷渐渐缓过劲儿来了，说道："小人还有一点小小的疑虑。"保胜道："说。"王师爷担忧道："大人想过没有，这些人既然今晚能给大人送来一份口供，他们也就能给别人送去同样的口供。就是大人让皇上相信了祁隽藻确实盗取了京饷银子，下旨杀了他，天下还是会有人知道银子不是他偷的，真正的罪犯是李文学、富察安、肖廷贵还有大人你。"保胜听了，立即变了神色，脸上的冷汗涔涔沁出，半晌才道："有理。"

第二十三章

格格多情重施援手　学政重才再揽英贤

1

夜已经很深了，保胜毫无睡意，独自坐在内书房中沉思。含黛带晴儿突然走进来。保胜一惊，连忙站起："夫人，这么晚了，你怎么出来了？"含黛面带怒容，讥讽道："老爷还没睡，夫人怎么敢睡！老爷这几天忙祁隽藻的案子，这会儿大约快要下令，将祁隽藻押赴刑场，开刀问斩了吧？"保胜心中一惊，连忙赔笑道："夫人说哪里话，奴才为何要去整治一个对我无害的祁隽藻？"含黛缓下口气，苦心劝道："今天夜里以前，老爷还可以说自己不知事情真相，但今晚既然有人让老爷完全明白了事情的内幕，老爷仍然要执迷不悟，错杀祁隽藻，含黛就不能不担心老爷的下场了。如果你和我哥这次错杀了祁隽藻，不但祁隽藻和他过得好好的一家人完了，你还有我哥，都将陷于万劫不复之地！"保胜大惊："夫人，此话怎讲？"含黛道："老爷，在含黛看来，这个案子是怎么回事，从一开始你就明白，你所以要装糊涂，是因为作案之人是我哥的两个门人加上一个南昌知县。可是你投鼠忌器，不敢得罪我哥，只能顺水推舟，将案子交给皇上。你这么做，第一可以不得罪我哥和他的亲信；第二可以不与他们同流合污，因为冤杀了祁隽藻而永远弄脏了自己的手……"

保胜被说中心思，背转身去，默默无言。含黛继续道："你这么做还有别的原因。在外人看来，皇上将你放外任到江西，是重用你，可在你心里却明白皇上是在疏远你，原因仅仅是你成了我们穆家的女婿，皇上不敢让我哥做事实上的领班军机大臣，又让他的妹夫守卫乾清门，你想让皇上明白你其实并不真是穆家的人，所以才在给皇上上折子的时候，嘱咐人把它和你写给我哥的信分开呈送，以免你的折子在我哥那儿就被扣下了。我说得对吗？"保胜深深地看着她，感到她把自己什么都看透了，在她面前已经用不着再掩饰自己，索性直言道："夫人对奴才的心事明察秋毫，那么请夫人告诉奴才，保胜如果对这个案子秉公而断，朝廷就不但要重办富察安、肖廷贵和李文学，就连穆大人也脱不了干系。穆大人在朝中的势力盘根错节，保胜和祁隽藻加在一起，也一定赢不了。你说，到了那时，在整个大清国的土地上，还会有我保胜的活路吗？"

含黛的目光紧紧逼视着他，句句话像针刺一样直击要害："祁隽藻是何人？这是一个在科场上多次写下文章，公然诋毁两位皇上，说我大清有国无君，有君无臣的人，多少人想杀他都没有杀得了他。一个天下人都杀不了的人，让你保胜保大人在江西一刀杀了，你保大人马上就会成为天下名人，不过是一个敢冒天下之大不韪的名人，一个令天下清流绝望、朝野共愤的名人，一个千夫所指、天怒神怨、连皇上也不敢保住你的人头的名人！你杀了祁隽藻，自己的死期也就到了！"保胜面无人色，犟嘴道："我保胜武人出身，上过沙场，喝过马血，刀剑之中拼杀出来的，我不怕死！你不要拿死来吓唬我！"含黛早看到他的骨子里去了，大声喝道："你在沙场上不怕死，那是因为在皇上和天下人眼里，你是为国捐躯，可你因为冤杀祁隽藻，回头再让我哥甚至皇上为平息众怒而杀了你，死了以后还会替那些真凶背上所有的骂名，这样的死，你也不怕吗？"

保胜再也撑不住，"扑通"一声跪下："我……夫人，快教教奴才，我该怎么办？"含黛暗暗松了一口气，道："你起来。办法很简单，为了保护你自己，保护我，你只有一条路可走，那就是和祁隽藻站在一起，这个案子本来是怎么回事，就是怎么回事，而且你一定要把它办成一个铁案。"保胜担心道："穆大人那里怎么办？他会怎么看我？"含黛伤感道："你这么做也是为了不让他陷入万劫不复之地。我哥虽然为人阴鸷，可他仍然是我一母同胞的亲哥哥，你虽然待我不亲，但你今天也成了我的丈夫，你们两是含黛在世上最亲的人。现在已经有人握有真凭实据，那就距离本案真相大白的一天不远了。到了那时，我哥和你都逃脱不了身首异处的下场。相反，如果你今天违背他的意愿，办了富察安和肖廷贵等一批江西的贪官，从公而论你是为国除奸、为民除害，从私而论你是保护我、我哥和你自己。就是皇上，也会对你刮目相看。"

保胜迷惑起来，微微有些振奋，爬起道："皇上……皇上为什么会对我刮目相看？"含黛道："如果你真能秉公办理这个案子，在皇上眼里，你就是大义灭亲，刚正清直，报国以忠。皇上对你有了这种看法，日后就不会再把你和我哥捆到一块儿去提防，从长远而论，这对你就是一件天大的好事。你以为皇上答应让你主持查办这桩大案，真的是让你杀了祁隽藻吗？"保胜站起身，沉默良久，毅然道："夫人请回后宅。这件案子，保胜知道如何办了！……不，还有一件事，保胜有些疑虑。一旦我下手将富察安、肖廷贵治罪，他们一定会攀扯上穆大人，甚至还会攀扯上我，万一皇上震怒，于我和穆大人不是极为不利吗？"含黛冷笑一声，道："老爷过虑了。这些事情含黛都想过了，皇上也是人，他也要按人的思路去想事情。甭说我哥和老爷你与这个案子没有牵扯，就是有，现在这个案子是老爷你亲手办的，不但皇上不再怀疑你，就连我哥在皇上心里也是清白的。"保胜豁然开朗，道："保胜给夫人磕头，谢夫人！"

含黛松了一口气，忽然神情有了一点儿异样，转过脸去道："老爷，祁隽藻的夫人给祁隽藻生了一个儿子，都两岁半了，我们是不是也该要个儿子呀？"

保胜惊喜地看着她，心中猛地就动了感情，道："啊，奴才知道了……夫人，奴才保胜过去一直以为夫人是穆大人安置在保胜身边监视奴才的，今天才知道，夫人真是保胜的夫人！"含黛听了，不禁感动起来，颤声道："你知道就好。"转身离去。保胜站起来，马上变得刚毅果决，喊道："来人！"王师爷跑进来："大人。"保胜取过那份口供命令道："马上拿这个去死牢里见李文学，告诉他，我已经抓到了他派去给祁隽藻送赃银的人，他们已经招供了，让他看看这份签过字画过押的口供，他要是不想替别人背黑锅，就如实招来。对了，要他在口供上签字画押，一定要做成铁案。还有，不要马上释放祁大人一家，要待拿到了李文学的口供，才放祁大人一家人出大牢。"王师爷大惊，吓出一身冷汗，答应道："是。"保胜盯着他道："是不是马上要去给富大人肖大人通风报信呀？"王师爷吓得浑身打战，扑通一声跪下，道："大人，小人不敢！"保胜厉声道："知道就好！去吧，不，让我的亲兵与你一起去！"

含黛所以会对正在发生的事情了解得一清二楚，竟与玉环当日来见她大有关系。虽然含黛与保胜已经做了夫妻，但是一则出于保胜的胆怯畏惧，二则含黛心中另有所爱，二人日常并不同寝一室。但是这个夜晚，含黛一个人睡下，想起玉环给隽藻生下了儿子，一家人其乐融融，自己与保胜虽做了夫妻，却依旧孑然一身，没有子息，十分寂寞，忽然就恨起保胜来，打发晴儿去前面请保胜进来，她有话说。不想晴儿去了书房，就撞上了隽藻遭遇京饷银栽赃一案。晴儿急急回来报知含黛，含黛一笑，说且不要理他，看老爷如何决断。接连几日，含黛对此事都佯装不知，保胜当然也不想让她知道，但含黛却安置晴儿和流翠，将事情的发展一点儿一点儿打探得十分清楚。这天深夜，晴儿在窗外听到王师爷给保胜出的主意，吓了一身冷汗，急忙跑回去禀告含黛，才有了含黛挺身而出，再救隽藻的一幕。不想有了这一幕，倒让保胜看透了含黛的心，二人的夫妻感情，竟由冷淡和猜疑变得亲热和投缘起来。

2

保胜的第二封奏折很快就到了道光手上。道光将军机处众大臣召到养心殿，让他们看这个折子。穆彰阿心中大惊，面上却依旧平静如水。过后穆彰阿被单独留下，道光拿出一封信给他看。穆彰阿匆匆览毕，又是一惊道："皇上，这是江西一案重要证人的口供，怎么到了皇上这儿？""想不到吧？"道光不觉大怒，恨道："可它就到了朕这儿！"穆彰阿一直伏地不起，此时身姿就更低了，心中大怒，却不敢言语。道光让自己平静了一点儿，道："我告诉你，这封信是有人从江西带到京城，直接送到王鼎书案上的。你告诉朕，什么人会为救祁隽藻一命，从几千里外来到京城，做这样的事？还有，这种人既然能潜入王鼎的内宅，如入无人之境，他就不能随时潜入你的内宅，潜入朕的深宫吗？"穆彰阿一听，心思急转，道："皇上，奴才不敢妄猜王鼎与反贼——"道光猛然举手制止，道："住口！王鼎是先皇留给朕的肱股大臣，对朕、对大清社稷忠心耿耿！朕知道此事之后，虽然震怒，但今日仔细想来，这送信给王鼎的人，一定不是反贼，他们对我大清朝廷仍然寄有期望，不然就不会万里迢迢将这份口供送到京城。他们虽然行事不明，但却是朕得以辨明天下是非的侠义子民。"穆彰阿心头波澜迭起，伏在地上，一句话也说不出来。道光看他不言，久久道："看到这封信，朕就知道祁隽藻是被冤枉的了。不错，你说得对，祁隽藻心中只有天下，没有朕躬，但他的天下，就是朕的天下！"他越说越气，又甩给穆彰阿一份密奏："穆彰阿，你看看这个，这是保胜刚刚用六百里加急送来的，去年江西大旱，地方官瞒报灾情是真！"穆彰阿大惊失色，伏地不敢仰视。道光怒道："穆彰阿，江西去年瞒灾不报，前任巡抚文桂之罪首当其冲，朕已查明，京中不少王公贵族，也都和文桂、富察安、肖廷贵相勾结，趁着江西大灾，在那里大批大批侵夺小农的田产，这叫什么？这是逼迫天下百姓造反！……你能不能告诉我，这里面有没有你？"穆彰阿两股战栗，冷汗尽出，急道："皇上，这样的事奴才绝不敢做！"

道光说到这里，语气终于缓和下来，坐下道："好了，铁案如山，你说说吧，该怎么处置文桂富察安这一干人？"穆彰阿镇静下来，鼓起勇气言道："回皇上话，今日朝会上，已有众大臣奏称，即使祁隽藻所言是实，也要保文桂和富察安不死，奴才也是这个意思。"道光又来了气，怒道："为什么？他们让朕的一个省上百万百姓流离失所，饿死的人达几十万之多，这样的人还不该杀！"穆彰阿坚持道："文桂和富察安都是功臣之子，文桂历任边将，有守疆卫土之功，皇上不能因一时之愤，杀了这样的人。皇上杀了文桂，将来还有谁替皇上守边？"道光望着他问："那你是要朕将文桂留下，杀了富察安？"穆彰阿仍不甘心，道："富察安罪不可恕，皇上一定要杀一儆百，奴才也不敢为他求命。可他毕竟是我旗人功臣之后，上天有好生之德，皇上可以法外开恩，饶他一条狗命，然后将他贬窜新疆，老死边陲，不能回京，也算是给了天下旗人功臣之后一个脸面。"道光怒道："这个……不能！"穆彰阿道："皇上，大清入关以来，从没有在汉人面前将满大臣砍头的先例，皇上一定要治富察安死罪，可以下旨让他自裁。"道光深深望着他，半晌才道："你知道朕这会儿怎么想的吗？"穆彰阿抬头看他一眼，又尽快低下头去。道光道："既然你能说出这样的话，就是说，朕如果这么办了，还是不会出我天下旗人尤其是这些功臣之后的意外。不，朕这次一定要做一件让他们人心震动的事，从此再也不敢沆瀣一气，祸害祖宗留下的这份江山！"穆彰阿心中大惊，不觉流泪，喊出声来："皇上还是要杀他们？"道光道："不错。"穆彰阿不觉绝望，大喊："皇上不能！"道光大声恨恨言道："不要为他们叫屈！这两个人罪恶滔天，朕不杀他们，天下旗人怎么会受到震动，天下官员怎么会受到震动，又怎么能为我大清留住天地民心！"穆彰阿心惊，急问："皇上是在说谁？"道光大声道："祁隽藻！"穆彰阿听了，心中如同起了地震，不觉大叫出声："祁隽藻？皇上要为留住祁隽藻一人之心杀了两位满大臣？"道光冷冷看他一眼，道："你以为只有满朝的大臣在看朕如何处置此案吗？天下的官员都在看，祁隽藻也在看，而且千秋万代之后的人也在看！祁隽藻说得对，朕若不能在江西一省惩办首恶，救灾民于水火，朕就是……就是桀纣！"穆彰阿急急上前，流泪喊道："皇上千万不要受祁隽藻蛊惑，这个人说出这样的话来，不仅是大不敬，而且居心叵测！皇上——"道光仿佛没听见穆彰阿的这番话，内心巨大的激愤让他一时间泪光闪闪。"当初祁隽藻入朝，当面骂朕不行尧舜之道，就是桀纣之君，朕勃然而怒。现在想起来，他的话也不是没有一点儿道理。朕一直说要收拾天下人心，今天终于明白了，祁隽藻的心其实就是天地间的民心，他的话就是天下人的话，只不过他替天下人说出来了！天下人真就是这么想的！朕今天做的这件事若不能让祁隽藻心服，他一定会弃朕而去，朕不能为天下人留住祁隽藻的心，失去的就将是天地间民心！来人！"翁心存立马跑进来，看一眼穆彰阿，回头躬身侍立："皇上。"道光道："代朕拟旨：着文桂、富察安各就地自裁，勿用回京；肖廷贵、李文学凌迟处死。着江苏布政使林则徐暂时署理江西布政使，火速赶往南昌办理一切赈灾事务，同时禁止江西一省土地买卖一年，已买卖者官为贷银原价赎回。保胜办案得力，着加双俸一年。"想了一想，又道，"传旨江西学政祁隽藻：以后江西的地方事务，包括这次赈灾的事务，一律不得参与，好好地在那里当好他的学政就够了。"翁心存道："臣领旨。"

3

　　京郊穆家别业中，穆彰阿一人坐在一面有数十亩之大的湖边垂钓。薛管家远远地站着，不敢随便近前。意识到身后有人，穆彰阿回头一顾，薛管家急忙快步走过来，小心赔着笑脸道："爷，肃顺六爷来了，在外头等着呢。"穆彰阿冷笑一声："他现在是皇上身边的人，怎么还来见我？"薛管家小声附耳说了一句什么。穆彰阿冷冷道："你告诉他，漕运总督的人选他就不用操心了。这个人已经有了。"薛管家惊讶道："爷，谁呀？"穆彰阿阴沉着脸道："我们家的那位姑爷，这次他在江西秉公办案，替皇上除了大害，稳定了江西一省的局面，可算立了大功一件……穆彰阿从来没为自己家的人谋过肥缺，这一次，本官也要学学古人，举贤不避亲。对了，把上次富察安、肖廷贵送来的那两千顷水田的田契，给我烧了。记住，从来没有过这两千顷水田的事。"薛管家听了，一时又猜不透他的心思了，只好答应一声，匆匆离去。

不说穆彰阿，再说此时的南昌城内，已经空前热闹起来。城中的南门外、大校场内、南昌县学前的空场上，搭起了三座粥厂，一只只大锅从早到晚都在沸腾。灾民们排着一支支长队，到大锅前领粥。与此同时，奉旨前来江西署理布政使的林则徐则每日由隽藻陪同，巡视各处的粥厂，了解民情。这日夜晚，隽藻又陪同林则徐来到了一处粥厂，看到一位瘦骨嶙峋的老者正蹲在别人屋檐下喝粥，林则徐走了过去，躬身和气问道："老人家，江西遭灾，已经过去一年了，你老人家还流落在南昌城里，也是失了田吗？"老者听了，大哭起来："大人说的是，为了让一家十几口不饿死，我那田卖的……"林则徐心中恻然，接着问道："现在朝廷下旨，要贷银子原价给你赎回自己的田，大约一亩要多少银子？"老者道："大人，皇上的恩典好是好，却行不通。去年大灾的时候，小人无奈将田卖给别人时，一亩地才一担谷，现在要用一担谷赎回来，谁也不会答应。"林则徐笑了一笑，安慰他道："那没有关系，老人家，谁要是敢不答应，你告到官府里去，官府替你撑腰，把田帮你要回来！"老者感激涕零，放下粥碗就趴下叩头，道："青天大老爷，那可太好了！小人家是穷人，十几口人只有二亩二分水田，碰上丰年，加上米糠和野菜，凑合着能活命；遇上去年的大灾，只好卖了这田，全家人要不饿死，要不就跟着人去造反……"林则徐一惊："老人家，你说什么？"老者自觉失言，连忙道："没……没说什么。"他也不再要那碗了，急急走进人群，转身就不见了。

隽藻一直在一旁听着，这时愀然道："林大人，果然不错，真有人鼓动灾民造反。"林则徐想了想道："不用着急，这也有办法。"他立马回头对一名亲兵言道，"立即传令各道府州县，让这些知府道台县太爷全都给我下乡，把豪强地主去年趁火打劫的田一块一块查清，全部还给小农，先还了再说。至于银子，官府先欠着他们的，等到秋后，从他们要缴的赋税里扣除。"亲兵问："大人，这些买田的都是各地最有势力的人，他们抗旨不遵怎么办？"林则徐道："哪一个抗旨不遵，就是对皇上大不敬，各道府州县的大牢，难道是专为穷人开的吗？"亲兵听了，不觉大喜，领命离去。隽藻听了，心中大悦道："世人都说林大人遇事果断，善理繁剧，今日一见，果然名不虚传。今日妖人在江西一省煽动灾民造反，无非以土地兼并为借口，大人下令各地将归还小民田地为第一要务，立即执行，一来堵住了妖人煽动造反之口，二来将万民之心归于田园，那些居心叵测的人就是想将灾民集结起来造反，也不能了！大人高明，隽藻佩服！"说着一揖到地。林则徐笑道："祁大人，不，我还是称你隽藻吧，不是你来到江西，挺身而出，揭发恶政，差一点儿让人家栽赃陷害，死于大牢，林某怎么能来到这江西，做一点儿救民于水火的事。你常在文章里写，要救民于水火，林某眼下做的正是这等事，救民于水火，焉能不十万火急？"二人不觉大笑。隽藻放心道："大人来江西之前，隽藻还在担心，皇上固然让文桂、富察安自裁，处死了肖廷贵和南昌知县李文学，但江西一省的烂摊子如何收拾。不想大人到了之后，三拳两脚，就理出了头绪，局势安定，万民归心，这样看来，就是天下之事，让大人收拾起来，也不会如隽藻想的那么难。大人，隽藻见识了，将来一旦能见到皇上，隽藻一准奏举大人肩负天下之重，也用救江西万民的这个速度，救天下百姓于水火。"林则徐大笑，道："隽藻，你过奖了。不过若真有这种救天下百姓的机会，林则徐纵然粉身碎骨，也会当仁不让！"

正说着，就有一位官员匆匆跑来，对林则徐行礼道："大人，出了怪事了，卑职境内有两千顷上好的水田，突然找不到主家了。"林则徐向隽藻介绍道："这位就是新任南昌知县。来，贵县，见过江西学政祁大人。"此人听了，急忙向隽藻行礼。林则徐这时皱起了眉头，道："怎么，两千顷上好的田，突然找不到主人了？"南昌知县点头："正是。"林则徐看看隽藻，二人心中一动，忽然相对哈哈大笑。林则徐回头吩咐："这些田原先是谁家的，让原主自己认回去。至于田契，官府重新发给他们。"南昌知县一时也恍然大悟，道："卑职明白了，卑职这就办去。"说完行礼离去。隽藻想了一想，对林则徐拱手道："对了大人，有件事隽藻还要求你。都说你在这里署理江西布政使时间不会长，救灾的事情办完就会走的。哪天稍有闲暇，一定请到赣江书院给那些尚未出仕的读书人训一次话。"林则徐点头道："这没什么，我答应你。林某平生最喜欢和读书的学子见面了，训话就不敢了。"

南昌城外，姚一镖正在一条船上焦急地等待。薛、吴、陈三位长老相继来到。姚一镖问："怎么样？"三人互看一眼，低下头去。薛长老道："姚大哥，这次就算了吧，人心散了。"姚一镖极为郁闷，端起案上的酒来，一饮而尽。吴长老猛抬头道："姚大哥，我们辛辛苦苦一场，不能败得这么干净。冯妙真住的地方属下已经查明，今晚我们几个人一起出手，先去灭了她和李清玄，再去杀了林则徐和祁隽藻，不然难消我等心头之恨！"薛长老听了，急忙阻止道："姚大哥，不能！据属下所知，林则徐已经知道有人暗中策划灾民造反之事，密令城内城外的官兵暗中预备，我等虽然此次没有成功，各位大侠却也平安，切切不可莽撞行事！"姚一镖想了一想，强压住心头怒火，道："薛长老言之有理。千不该，万不该，当初在山西，我们不该因为畏惧李清玄的武艺，放过了冯妙真和祁隽藻，现在这两个人均成了我灾民会的大敌。不过我们这次也并非一无所获，我们到底查清了，冯妙真一直都暗中保护祁隽藻，她还把李清玄的大徒弟江一鸣派到祁隽藻身边，贴身保护他。"其余三人听了，不觉点头道："不错。"姚一镖又道："天下人包括皇上，皆视冯妙真为我江北灾民会的大头领，她现在却一直在暗中保护祁隽藻，这样一件大事，日后我们一定要想法子让朝廷也知道。"三人听了，相视一眼，都道："有理。"姚一镖又道："我们还知道了一件事，以后要找冯妙真，只要知道祁隽藻在哪里就行了。她会一直跟着祁隽藻，离不了他太远的。"三人听了又道："不错。"姚一镖又饮下一碗酒，放声大哭。众人大惊，急忙问道："大侠今日为何如此？"姚一镖拭泪，又笑道："姚一镖为我灾民会大业不成一大哭！大丈夫纵横天下，不在乎一时一事的成败。前些日子我们一直想找到冯妙真，将她杀死，然后嫁祸给朝廷，以此号令天下灾民会会众起而造反，现在看来，我们的计划要变，因为冯妙真一心保护祁隽藻，留下她来对我们除掉祁隽藻有利。至于祁隽藻和林则徐，两人皆可杀，但他们今天已赢得了江西一省百姓的民心，杀了他们，一旦传播出去，我江北灾民会将万劫不复……咱们走。"

4

　　一向清静的赣江书院忽然张灯结彩，一派喜庆气氛。宿藻挑着一串鞭炮在大门外炸响。书院则大开中门，迎接林则徐在江西学政祁隽藻陪同下莅临书院。书院之内，众学生面向一庭院中摆的香案分队肃立。香案后是孔子的画像，案上红烛高烧，香烟缭绕。一时钱无庸与林则徐、隽藻见了面，来到香案前站定，钱无庸居中，林则徐、隽藻左右相陪，对着大成至圣先师文宣王孔子之像匍匐跪拜。众学子也随之三叩九拜，行礼如仪。

　　礼毕站起，钱无庸对林则徐道："林大人，老朽承祁大人之请，重开山门，为国育才，今日大人能够拨冗亲临赣江书院，实是书院之幸，就请大人在这些学生面前讲几句吧！"林则徐向钱无庸拱手，转身面向众学子，满面春风，朗声言道："诸位，林则徐今天来到天下闻名的赣江书院，见到各位，非常高兴，就是钱老先生和祁大人不请林某讲话，林某也要说几句呢！"隽藻带头鼓掌，众学子跟着鼓掌。林则徐示意大家安静，神情渐渐严肃起来。"诸位今天能走进赣江书院，自然都是江西一省千里挑一的有才之士，今天你们拜了钱老先生为师，将来一入科场，必会金榜题名，日后就是我大清的各级官吏，出将入相，也是可以预期的。祁大人今天让我到这里来，给大家讲讲什么是官，怎么做官，我想了两天，发觉道理非常简单，圣人的书上都写了，宋人张熙将它总结成四句话，叫作'为天地立心，为生民立命，为往圣继绝学，为万世开太平'！祁大人还要本官给大家讲一讲'学而优则仕'这句话。这句话里最要紧的一个字是'优'。有人说，这个'优'的意思是你既然做了读书人，最好的出路就是去做官，做了官就可以光宗耀祖，鱼肉乡里，做人上之人。可是这种解释错了，大错！这个'优'字，说的是你首先要把书读好，懂得圣人之论，懂得做官的道理和职责，下定决心，这辈子是去做官，不是去做贼，刀架到脖子上，银子堆到面前，美人坐到怀里也不改初衷，这才叫作'学而优'，在这之后，你才能去出仕做官。这才叫作'则仕'！"听到这里，隽藻不觉再次鼓起掌来。全场掌声雷动，连一直微笑而立的钱无庸也不禁拍起手来。

林则徐摆摆双手，示意大家安静，大声道："林某在官场多年，深知一个好官，能给多少百姓造福，可是一个贼官，那将会给百姓带来多少苦难，让多少人死无葬身之地！同样是一个官，好官是天下大利，坏官那就是天下大害！如果我们读了书，做了官，不能为生民立命，却去祸害他们，那我们就不是官，而是装扮成官的强盗，是一个个害民的贼，要真是这样，我们就不要再读书了，我们干脆直接做贼去多好！"说到激烈之处，他眼中闪烁出泪花。全场再次响起热烈的掌声。

众学子之中，也有一个人一直平静地望着眼前的场景，听着林则徐的讲话。此人就是胡沅浦。当别人开始鼓掌时，他也鼓掌；当别人仍在鼓掌时，他却悄悄地放下了手。当林则徐的讲话结束，全场学子仍激动得难以自已时，他心中曾经涌起的一股激动之情已经平息下来。

5

一个月过后，隽藻在码头上送走了林则徐，迎来了新任巡抚。回到衙门里忙了半日，回到家中，差不多到了子夜时分。隽藻进门，发现刘氏、玉环都在等他，十分诧异，就道："你们怎么还没睡，怎么了？"玉环看看刘氏，回头叹气道："老爷，张牧要走了，三哥也要走了。"隽藻吃惊地问："为什么？"玉环看看刘氏。刘氏道："你三哥来送我们，因为你遭了一场祸事，就耽搁了，今天他跟娘说，你这边也没事了，他想回去了。还有张牧，你也让他走吧，这孩子待在你这里不开心。再说我也觉得让他回去好，他们张家，可就只剩下这一点儿指望了，回到家里，不跟着你担惊受怕，他的书也许能念得好些。"隽藻沉默半晌，点头道："我明白了。儿子在这里做官，整天出生入死，是不能让他再受儿子的牵连了。可是他回去了，三姐怎么办？不是又要添一个人的嚼谷？"玉环道："母亲和三哥都商量了，咱们家里的五十亩地，就由三哥种着，每年打下粮食，给三姐家送去一份，怎么着也不能让张牧饿着，还是得让他继续读书。"

隽藻听了高兴，就道："既然你和娘把家里的事都替我安排好了，我就省心了。娘，儿子有一件事要同娘商量。"玉环警觉起来，回头看刘氏："娘——"刘氏道："什么事，你说吧。"隽藻道："娘还记得儿子跟你说过的那个顾挺之吧？"刘氏道："记得呀，他现在中了秀才，就可以每个月在官府里拿到二两廪食银子，和他母亲两个人吃饭的钱就有了，就能一心读书了。"隽藻的神情悲伤起来，道："娘，儿子原先也以为会如此，可这孩子还是没来县学里念书。原来最近他母亲也死了，这孩子拿不出银子，就以八两银子将自己卖身为奴，这才将母亲葬了。"刘氏一听，眼圈登时就红了，看看玉环。玉环惊慌起来，叫道："娘，除了留给三哥带回去帮我们家修房子的四十两银子，媳妇手里总共只剩下十二两过日子的银子了。要是再拿出八两来……媳妇不知道一家人今年冬天怎么过。"刘氏听了，也不看她，只是闭目坐在那里不语。玉环心中"咯噔"一声，突然明白了，哽咽了一声，飞快地跑进里屋，抱回一个小小银包，拭去了泪痕，强颜欢笑道："娘，银子全在这儿，隽藻要救人，就都拿去吧。"隽藻看看她，又回头苦笑着看刘氏。刘氏这才睁开眼睛道："我们祁家人，不一定能救得了天下人，但可以救下这样一个卖身葬母的孝子，让他继续读书，为什么不做。玉环，你觉得是我们一家人吃点儿苦好呢，还是让这个孩子就这样完了？"玉环听了急忙跪下道："娘，媳妇知道错了。这个冬天，无论吃糠咽菜，媳妇都随着娘，就是要委屈娘了。"说着她眼里的泪又滴了下来。刘氏一把将她拉起，笑道："好了，起来吧。隽藻，还不替顾挺之谢谢你媳妇？"隽藻望着玉环，用玩笑的口吻道："好，我听娘的，替顾挺之谢谢你！"玉环也不看他，忽然想起什么，"哎哟"一声，回头又跑进了里屋。隽藻一见，忽然变了脸色，就说道："娘，我要出去，儿子还有点儿事儿……"

他话没说完，玉环已经从里屋跑出来，"扑通"一声跪在刘氏面前，满脸惊慌道："娘，不好了，娘让媳妇给三哥留下带回去修房子的四十两银子，不见了！"隽藻就还要走，玉环一把拉住他，气愤地说道，"你说，是不是你拿走了？"隽藻支吾起来，道："我怎么能……"刘氏也吃了一惊，望着隽藻道："你

说实话！"隽藻一时口吃起来，道："娘，我也是没……"刘氏听了大怒，怒喝
道："跪下！"隽藻听了，只得跪下。刘氏眼里溢出泪花："说吧，拿这银子干什
么去了，家里的房子都塌了，急着要修，你不知道？"隽藻夸张地拍一下自己
的脑袋，大叫一声："呀！我想起来了！娘，前一阵子南昌县学重修，从林大人
到各衙门的官员，都出了银子，儿子大小在江西也是个官，总不能一毛不拔吧，
所以我就……"玉环急得直跺脚："娘，你看……三哥明天就要走，让他拿什么
回去呀？"刘氏慢慢坐下来，看着隽藻问道："真是拿这银子修了县学了？"隽
藻跪着不敢抬头，点了点头。刘氏叹一口气，回头替玉环拭去脸上的泪水，道：
"咳，银子反正已经让他拿走了，没办法，剩下的事情，我去和你三哥说吧。"
隽藻听了，急忙叩头在地，大叫道："隽藻谢母亲！"

　　月色清凉如水，江一鸣正在马棚喂马，忽然一个人影出现在他身后。江一
鸣心中一惊，猛然回头，定睛看去，却是张牧，不觉悄悄地松了一口气。张牧
看着他，突然趴下磕了一个头，道："江大哥，张牧将五哥一家的性命托付给你
了！"江一鸣心中一震，急忙上前将他扶起。张牧也不待他回答，拱了拱手，
转身离去。江一鸣久久地望着他，心一下就热起来，想：怎么这一家子人，连
同这位寄人篱下的亲戚，都有这样一颗金子般的心哪！可叹！可敬！这孩子虽
然还没长大，将来也绝对错不了！一定又是一个天下之才！

6

　　翌日清晨，采藻、张牧启程，隽藻赶到赣江码头为他们送行。他满怀歉意
地对采藻拱手道："三哥，谢谢你帮我把母亲送来，就这样让你空着手回去，连
你和张牧回去的盘缠，还要你自个儿掏，兄弟实在不好意思。"采藻急忙拉住他
的手，笑道："五弟，三哥在你这里住了这些天，知道五弟就是做了官，也出不
了大事，这样哥就放心。这些天三哥也看了，你虽说是个五品官，日子过得却
不易。这样吧，你家里那五十亩地，我回去替你收了秋，打下粮食后再来一趟，
或者把粮食换成银子给你送来，或者干脆就给你送粮食来。有三哥在家里，我
绝不能让母亲和五弟一家人饿着。"隽藻感动得无以言表，趴下就给采藻磕头，
道："有三哥这句话，兄弟这官就做得踏实了。实话跟三哥说，我这个官要是一
直做下去，还真得指望家里那五十亩地的收成呢！"采藻急忙将他扶起来，把
张牧让到面前来。张牧上前施礼道："五哥，张牧要走了，送五哥一句话。"隽
藻笑道："说。"张牧道："五哥以后只要继续待在江西，就没什么可让张牧操心
的了。这也是张牧可以放心离开五哥的原因。"隽藻问："为什么？"张牧道：

"有过这次的急风暴雨，新来江西的官员只要不想像富察安、肖廷贵那样被砍头，就没人再敢大张旗鼓地胡作非为。"隽藻听了，心里却难受起来，又不好说出来，只好又笑着言道："张牧，你就这么狠心，把五哥撇在这里。你走了还会回来吗？"张牧目光里也流露出不舍之情，道："什么时候五哥离开江西，张牧就回五哥身边来。"隽藻又笑："为什么？"张牧直言道："那时你说不定又要遭遇杀身之祸。张牧不回来，你怎么办？"

码头后方街头，几辆马车停在路旁。隐身在车中的妙真不舍地望着码头上的隽藻，不觉眼中含泪。立在车旁的李清玄悄声言道："妙真，我都打听了，姚一镖他们已经走了，又有一鸣在，祁公子这里不会再有事。咱们也该走了。此次你我师徒果断出手，救了祁公子，已将我们的行踪暴露给江北灾民会诸人，为防不测，我们只能离开。"妙真拭去眼中泪花，回头道："师傅，妙真知道。走吧。"李清玄等上马，随马车急驰而去。

张牧料想的一点儿不错，此后隽藻待在江西多年，暂时就没了危险。虽然做了直隶总督，琦善仍常常回京，他曾多次向穆彰阿进言，动用他安置在隽藻身边的那个人，结果了隽藻，穆彰阿不点头，说多了就生气，最后终于说出了实情："本官已经打听清楚了，先皇临终时，不但把本官留给了皇上，也把祁隽藻留给了皇上。皇上一向猜忌本官有杀祁隽藻之心。今天江西的事情余波方平，祁隽藻万一死了，就算不是本官指使人杀的，皇上也会以为是本官指使人杀的。本官若不能给皇上留下祁隽藻，皇上怎么会在朝廷里留下本官。还有你，他怎么会继续让你做这个直隶总督？"琦善听了，不禁有些沮丧，自语道："这么说，一时半会儿的我还杀不了这个老西儿了。"

再说隽藻。一天晚上从衙门里回来，玉环见他站在那儿发呆，问他心里是不是有事，隽藻道："保大人转任漕运总督，明天就要去江宁赴任。这一次要不是他秉公断案，我的命也就完了。现在想来，他还真是一位我没有想到的好官。旗人官员里头，像保大人这样的我还真是少见。"玉环听了，心中激动，沉默半晌道："老爷明天该去送一送保大人，只是咱家穷成了这样，就是在乡下老家，要送人远行，也总要带份礼去吧？"隽藻笑了笑："这个不难。我祁隽藻送人，没有银子，却是深情。秀才人情纸半张，我写一幅字送给他，勉励他到了江苏漕督任上，仍然做一个好官。来来来，你来帮我研墨，我来写。"玉环当下给他研墨，看隽藻提起笔来，淋淋洒洒写下了"民之父母"四个斗大的字。写完，自己叫了一声："好字！"

隽藻不知道，第二天玉环早早地就到了巡抚衙门，还在第一次见到含黛的后园，再次拜倒在含黛面前，口称："曹玉环听说夫人和保大人要赴江宁任上，特来为保夫人送行。"含黛想起刚刚发生的事情,心中激动,脸上却平静如水,道:"曹玉环,你真是来给我送行的?"玉环匍匐不起,含泪言道:"夫人是玉环的恩人,也是祁家的恩人,夫人要离开南昌远行,玉环怎能不来为夫人送行。只是仓促之间,玉环连双鞋也来不及给夫人做了。等夫人走了,我做了鞋,一定托人给夫人送去。"含黛心中感动,回头看她道:"好了,你来也来了,情我领了,你请回吧,我们也要启程了。"玉环想到含黛当日的好处,泪水不觉流下来,叩头言道:"玉环以后能给夫人磕头的日子少了,请夫人保重。玉环会每日在菩萨面前燃一炉香,保佑夫人一辈子顺心顺意,福寿安康!"含黛的心被她的话搅得好乱,说出的话里却仍然听不出一丝被感动的色彩:"好了,你这拜年的话说得不少了。流翠,送祁夫人。"此言一出,她再没有回过头去看玉环。流翠过来扶起玉环离去。晴儿看着玉环走远,心中不平,回头望着含黛道:"夫人,这次若没有夫人,祁大人的一条命又要完了,这是第二回了。夫人救了祁大人的性命,就是救了他们一家子人的性命,怎么也不让人对她说一声,看样子她和祁大人还什么都不知道呢。"含黛并不回头,冷冷言道:"把这件事永远埋在心里,不要让任何人知道,尤其是她!"晴儿不服,大声问道:"为什么?"含黛心中一酸,落下泪来,道:"我是个女人,她也是个女人,要是让她知道这次又是我救了她丈夫,她就会想我心里还有祁大人,她不但不会感激我,还会恨我,戒备我,以后就是我再想闻闻她做的鞋上的味道,也不能了。"说完这话,转身走出去上车。晴儿呆呆地站在那里,望着她的背影,好一会儿才叹一口气,自语道:"这件事……还真是没有完了。"

7

隽藻再次来到南昌城外顾家门前,顾挺之正一身重孝在母亲坟前跪着。刘不够陪着隽藻一路向他走来,刘不够远远喊道:"顾挺之,你看看谁来了!"顾挺之一动不动地跪着,满脸是泪,像没听见似的。隽藻走到顾挺之身旁,从袖口里掏出一张文书,递到他面前,道:"顾挺之,看看这是什么?"顾挺之看看他,又看看那文书,仍旧一言不发。刘不够道:"还不快给祁大人磕头?他帮你赎了身,还要带你回县学里念书呢!"顾挺之回转身来,冲隽藻叩头道:"顾挺之谢大人,可即便大人为顾挺之赎了身,顾挺之也不能再回县学里念书。"隽藻有些意外,惊问:"为什么?"顾挺之道:"顾挺之因为读书,先是急死了父亲,后又穷死了母亲。顾挺之恨死了这读书!过去顾挺之读书,全是为了让父母欢喜,现在父母都死了,顾挺之还要读什么书!大人请回吧,这卖身契顾挺之也不能收。"隽藻听了，叹一口气，蹲下来耐心地问："那你自己呢，你自己就不想读书了？"顾挺之口气一点儿不像个少年，道："世人读书，皆是为了做官，过呼奴唤婢、锦衣玉食的日子，可在顾挺之眼中，在这些人锦衣玉食的背后，就是天下官府对我们这样的小户人家的盘剥和鱼肉。顾挺之一想到自己将来也会变成这样一种人，就觉得还不如给人家为奴，或者置身草野，了此一生，才不会玷污了这一生的清白。"隽藻站起来想了想，问："顾挺之，本官若是告诉你，今天本官可以答应你只读书不做官，你愿意去读书吗？"顾挺之吃了一惊，望着隽藻道："大人，还是不行，顾挺之现在没有家，每月二两廪食银子不能糊口，我还是不能随你去县学里念书。"隽藻想了想又道："顾挺之，你看这样行不行？我家里有一个弟弟，名叫元白，也到了念书的年纪，只是无人教导，你到我家做塾师怎么样？你吃住在我家，平时去县学里念书，有了工夫就教教元白。只是我们家穷，饭食不好，也给不了你束脩。"顾挺之突然转身过来，久久望着隽藻，突然磕下头去，泪水涌出，哽咽道："大人说到这里，顾挺之心里也有一言，要告诉大人。大人，顾挺之今生不想科举做官，如果大人不弃，顾挺之倒是想一辈子追随大人，不知大人能否答应？"隽藻听了，上前把他扶起来，道："好兄弟，快起来。只要你去读书，你说什么，我都答应你。"他一边说，一边用手为顾挺之拭去脸上的泪，笑道："不过你要是进了我们家，你我就是兄弟，你就叫我五哥吧。"顾挺之不答。隽藻回头对刘不够道："好了，咱们回去吧。"当日顾挺之就随他进了祁家，见过刘氏和玉环。刘氏见了顾挺之，反而难过起来，拉着他的手道："进了家你和隽藻就是兄弟，不要再叫大人。"顾挺之不从，趴下磕头，仍口称："太夫人！"仍称隽藻为"大人"，见了玉环，开口称呼她为"夫人"，后来慢慢地就变了，像元白一样称她为"嫂子"。众人拿他没办法，也只有随他各样叫去。

此后数年，隽藻在江西的日子，果然过得平静。隽藻一力整顿了全省各级府学县学的考风和学风，杜绝了贿考和衙门勒索士子之风，然后潜下心来养育人才。他常做的一件事就是四处寻访，将人们口口相传的优秀学子一个个举荐到赣江书院去。一时江西境内学风鼎盛，胜于别省。闲暇之余，隽藻也静心著书立说，写了不少流传后世的文章和诗歌。忽忽数年过去，隽藻的唇上多了短髭，样子变得老成，顾挺之也长成了一名青年。

这一日，隽藻带着顾挺之来到赣江书院，钱无庸陪着他四处巡视，发现学子们都在埋头读书，没有人注意到他们的出现。隽藻笑道："大师重开山门已有数年，眼看着离此次京城会试的日子不远，一批江西的有才之士将要走出书院，进入大清的科场和官场，为天下生民立命。祁隽藻恭喜大师！"钱无庸虽然苍老了许多，但依然精神矍铄，笑道："祁大人这话说早了，这些孩子，在老夫这里是读了一些书，学问见识也都有些长进，只是读书长见识是一回事，去京城会试能不能中试又是一回事。"他们走向高处，眺望江上帆影。但见长空辽阔，江水滔滔，点点小舟，从流漂荡，任意东西，顿觉心旷神怡。隽藻突然回头，真诚道："大师，学生要不是与皇上有约，职责在身，真想留在你这里，做个扫地的书童，终日听这朗朗的读书声，闻着这墨香，终老一生。"钱无庸笑道："大人若有此意，将来有一日卸了官，不妨来这里与老夫相聚。"隽藻听了，翻身便拜。钱无庸吃了一惊："大人，你这是——"隽藻道："大师，想我祁隽藻，当年有幸拜在恩师张观藜门下，却因一意孤行，要科举入仕，被恩师赶了出来，不能日日陪伴一位天下大儒，度过此生，是隽藻一辈子的憾事，今日大师答应将来收隽藻为徒，隽藻怎能不拜。"钱无庸将他拉起，道："好了好了，老夫不过是戏言。祁大人，你将来是不会来到我这山门前扫地的。你没有这个福气。"隽藻惊奇地望着他："大师何出此言——"

钱无庸不想说破，道："大人今日到书院来，不是只为此事吧？"隽藻笑道："啊，见了大师，不觉勾起了心底的旧病，差点儿把大事忘了。大师，学生这半年里来书院，怎么一次也没有看见你的高足胡沅浦啊。他去哪儿了？"钱无庸淡然道："啊，沅浦回乡下老家了。"隽藻问："怎么一去就是大半年，不会是家里出什么事了吧？"钱无庸道："自从数年前老夫重开山门，招收众举人、秀才来书院读书，沅浦就想离开书院。所以一直未走，是老夫一力挽留的结果。可是到了去年秋末，眼看着书院内的众举子们要为今春进京应会试做准备，人人摩拳擦掌，跃跃欲试，沅浦就说此处已不能安静读书，执意求老夫放他回去了。"隽藻震惊道："怎么，胡沅浦不愿意参加今春的京城会试？"钱无庸道："祁大人有所不知。沅浦十六岁起就去京城参加会试，至今已历四届，每次都因朝廷中无人提携，名落孙山。三年前落榜归来，他就回到老夫这里，发誓从此只读书，不科举。这个人……可惜了！"隽藻想了一想，道："不能，天下最稀缺的不是珍宝美玉，而是人才。胡沅浦是个人才，学生忝为江西学政，如果让沅浦这样的人才埋没山间，那是一愧朝廷，二愧大师，三愧万民。大师，明天学生就亲去沅浦的老家，去请他再去京城会试。"

第二日，隽藻果然让江一鸣赶车，带着顾挺之，赶往胡沅浦的老家。越往前走，山路渐渐变得狭窄，江一鸣停下车，回头道："大人，车只能走到这里了。"隽藻和顾挺之下车，朝前方的山野舒目远望，只见景色清丽，一线瀑布从天而降，直泻深谷。隽藻道："有好山就有好水，真是神仙待的地方！"他的目光盯上了远处的一座草庐。草庐在一个山坡上，草庐外是一个菜园。胡沅浦一副菜农打扮，正在浇园。隽藻对顾挺之喊了一声："走！"二人一路走来，顾挺之还没有见过胡沅浦，远远地就开始打量着这位被祁大人和钱老先生极为推重的人。直到二人走近，胡沅浦仍一心浇园，毫无觉察。来到园前，隽藻突然大声道："胡沅浦，你好安乐！把天下大事都忘到脑后了吗？"胡沅浦这才一惊，回头一看，道："大人，是你？"隽藻哈哈大笑，道："沅浦，没想到我会找到这里来，是你愚钝不明！"胡沅浦笑道："大人，其实胡沅浦想到了，大人一定会来，只是没想到来得这么快。大人请。这位是——"隽藻道："这位也是你们江西的名士，名叫顾挺之，眼下住在我家，是我的兄弟。"胡沅浦点点头，道："我想起来了，就是他的一首诗，惊动了大人，才有了后来江西一省惊天动地的许多大事。没想到这么年轻。"顾挺之拱手道："沅浦兄，你也很年轻嘛，顾挺之对沅浦兄早有耳闻，高山仰止呀！"隽藻道："大家就别客气了。沅浦，还不请我们进去？"胡沅浦大笑，忙去开园门："大人请，挺之请！"

1

隽藻、顾挺之走进草庐里，不等主人延请，就已随意坐下。来到这青山绿水之处，他们的身心也放松了许多。胡沅浦笑道："胡沅浦家贫如洗，茶也让你们喝不上一碗，好在这山间清泉，甘冽清甜，志存高远，一可解渴，二可解燥。大人请用！挺之请用！"二人接过他倒来的水，各饮一口，只觉一股清凉注入心头，立时神清气爽起来。隽藻赞道："果然不错！"顾挺之问："沅浦兄，这泉水是好，甘冽清甜也不假，只是这志存高远，又从何说起？"胡沅浦指向窗外飞泉，笑道："想这泉水，从云峰间而降，其志可谓高，一经流泻，入于凡世，即流荡激射，奔涌万里，其志可谓远，不是志存高远吗？"隽藻大笑，站起来道："本以为到了这里，要费许多口舌，才能请沅浦出山，去京城应试，听了沅浦方才的话，我什么也不用说了。挺之，快帮沅浦收拾行李，咱们一起回去！"胡沅浦急止住他道："大人，怎么了学生就跟大人回去？大人错了，胡沅浦不会跟大人回去，更不会委屈自己，再去京城会试。大人今日若是为此事而来，胡沅浦只好请大人恕罪，大人请行，胡沅浦不能从命。"顾挺之着急道："大人，你瞧这……"隽藻示意他少安毋躁，对胡沅浦笑道："沅浦，你一定不愿再去科举，那就算了，强扭的瓜不甜。也罢，你也过来坐下，咱说点儿别的。对了，沅浦，昨晚上我读了你在赣江书院时写的几篇文章，有些地方不大明白，今日我和挺之来你这里一趟也不容易，你帮我解解惑怎么样？"

胡沅浦不觉入了隽藻彀中，过来坐下，问道："大人说的是哪一篇？大人请讲。"隽藻道："就是那一篇，什么题目来着？反正其中有一段话，说当今天下大患，并非只有土地兼并，流民无算，贪官遍地，横征暴敛，逼天下良民皆变为叛贼，其实在这些大患之上，还有一患，已经迫在眉睫。"胡沅浦沉吟道："不错，此一迫在眉睫的大患就是鸦片。大人难道对此真的一无所知？"隽藻神情渐渐严肃起来，道："不。新任江苏巡抚林则徐林大人最近来过书信，提到过这个鸦片之患。只是我一直忙着本省的学政事务，对此尚没来得及深究。沅浦快给我讲讲，鸦片之祸真的已经到了何种程度。"胡沅浦不觉叹一口气，道："大人多年来一心在江西养育士子，常常足不出户，看来对天下之事隔绝已深。大人，学生多年在赣江书院侍奉恩师，接待来往的士人，听他们议论，自己也曾奉恩师之命，去过江北江南各大都市，所见所闻，真是一言难尽。大人，今日我大清，从南到北，从通都大邑到穷乡僻壤，鸦片无处不在，上至皇亲国戚，下至升斗小民，皆有大量吸食鸦片之人。"顾挺之皱眉道："沅浦兄，好像我大清开国时就有了鸦片烟，从康熙爷那会儿就有了禁烟的诏令，怎么到了今天，就成了天下大患？"胡沅浦看他一眼，耐心解释道："今日鸦片烟所以会成为天下第一大患，是因为嘉庆末年以来，有那外国奸商，怀着不可测之贪心，将它一船一船从外洋贩来我国，输往沿海内地，引诱国人吸食成癖，不唯这些吸食者成了烟鬼病夫，为此倾家荡产、卖儿卖女，更令我国大量白银和有用之货，输往外国。长久下去，我泱泱华夏之国，将因为这个小小的鸦片，一变而为烟鬼之国、病夫之国。大人，等不到你说的三五十年后那场大劫难来临，中国就会陷入万劫不复之地！"

　　隽藻本对鸦片不甚了了，昨晚读了胡沅浦的文章已经深受震动，此时听胡沅浦一说，不觉站起，神情严峻，久久望着远山。胡沅浦和顾挺之也跟着站起。隽藻回头，急切言道："沅浦既然将鸦片之患看得如何真切，为何还要拒绝赴京会试？当年祁隽藻也不愿科举出仕，但为了利用去京城会试之机，将恩师张观藜先生天下大乱将至的警世之言告于朝廷，告于天下，祁隽藻还是去了。今日你既然将天下之事看得如此清楚，为何就不能像祁隽藻当年一样，去到京城，将方才这一番警世之言告于朝廷，告于天下？"胡沅浦动容，沉吟半晌，道："大人，你和挺之先回去，大人的话容学生三思。"

　　当日深夜，已是三更时分，万籁俱寂，唯有风动竹叶之声。南昌城外的赣江书院内，钱无庸仍在灯下批阅众学子的文章。就听那门响了一下，一个身披蓑衣、头戴竹笠的男子推门而入，待老人朝前面一看，此人已经长跪在他的面前。钱无庸一惊言道："沅浦，是你！你怎么打扮成这个样子？"胡沅浦道："学生天黑前就到了，怕有人认出来，所以穿了这一身行头，在外面躲到此时才进来。"钱无庸点点头道："祁大人去找过你？"胡沅浦道："学生正是为此事而来。"钱无庸道："你不想让别人，更不想让他知道你今晚来见我？"胡沅浦道："学生的心思恩师自然明白。"钱无庸想了想道："有什么话，起来说吧。"胡沅浦不起，道："学生今晚来恩师这里，只想问一件事。恩师，天下事真的可为？"钱无庸道："天下事原不可为，但是……但老夫观近几年林则徐祁隽藻等人之所为，又以为天下事在可为与不可为之间。且明知不可为而为之，也是我读书人的一种境界。"胡沅浦有点儿意外，抬头看他，道："恩师是说，学生应当出山？"钱无庸不置可否，却问："沅浦，你以为自己出山之后，能为天下人做些什么？"胡沅浦道："学生冷眼观察近几年的朝廷和官场，以为大清虽然有林则徐、祁隽藻这样的臣子，但仍然可说是天下无官。"钱无庸心中一惊道："此话怎讲？"

胡沅浦道："祁大人出仕以来的所为，不过是屡发惊世之言，让皇上和天下人看清大清天下会有大麻烦，从而有了一些警惕革新之心；皇上让祁大人来到江西，也是希望他能于大乱之前为朝廷养育人才，改变天下无官的局面；林大人生于末世，以天下为己任，明知不可为而为之，国家一旦有大事，朝廷无人可用，必用此人，此人也将因此而遭遇不测之祸，重则杀身，轻则流放，将来那场大乱来临，朝廷再想靠他弭平大乱，已经不能。"钱无庸不觉从书案后站起，探过身来问道："你以为那场大乱绝对不可避免？"胡沅浦道："对，恩师，这才是学生不愿出山的原因。在学生看来，无论是祁大人还是林大人，他们都没有想过，一旦那场大乱不能制止，天下将如何收拾，又由谁去收拾！"钱无庸震惊道："沅浦，你是想说，将来在林则徐和祁隽藻之后，收拾这场大乱的人只能是你？"胡沅浦道："恩师，学生本不想出山，但学生一旦出山，必做惊天动地之事。将来万一大乱来临，平治天下者，非我而谁！"

钱无庸听了，半晌方才言道："沅浦，老夫明白了，原来你也是一个林则徐，一个祁隽藻！既然这样，你去吧！今夜你来见老夫的事，老夫至死也不会对祁大人讲的。这就算是我们师生间一个永远的秘密好了。"胡沅浦磕头在地，道："谢恩师，恩师保重，学生去了。"钱无庸看他离去，突然道："沅浦也要保重，大清天下有几万万人，可是到了需要平定大乱恢复华夏的时候，可用的却只有那么几个人，甚至一个人！沅浦好自为之，老夫为你送行。"他突然走出书案，在胡沅浦身后跪下。胡沅浦见状，急忙回身跪下，要扶他起来，道："恩师，这怎么使得，学生该死！"钱无庸不起，也不看他，道："你快走！老夫今天不是送自己的学生，老夫是送一位将来会在林则徐祁隽藻之后平定天下大乱的英雄！大清亡不亡我不关心，可是中国五千年文明礼仪之邦，不能亡，沅浦好自为之！"胡沅浦听了此话，五体投地，不觉流泪道："恩师，学生一生，就是粉身碎骨，也不会忘了恩师的这番教诲！学生去了！"

2

这是道光八年之初，京城午门外彩旗招展，鼙鼓声动，号角齐鸣，得胜之师列队如仪。午门之上，道光朝服而立，身旁是满朝文武大臣。午门献俘大典正在进行。自乾隆年间清军平定新疆大小和卓叛乱、统一天山南北，大和卓之孙张格尔在英人的支持下，于嘉庆二十五年率数百人潜入南疆，再度煽动叛乱，为祸一方。道光继位后，立即派得力大将前往平叛，历时八年，终于消灭叛军，并于大年三十晚上计俘张格尔。这对道光来说，是一次载入史册的不世功勋，所以此时他的心情比谁都振奋。

被擒获的张格尔立在囚车中，被拉至午门下。道光不觉从龙床上站起，看着这个在大西北与朝廷较量了八个年头的叛贼。礼仪官高喊："启奏圣上，叛贼张格尔解到，请皇上给予斧钺之诛！"午门下得胜之师高呼："吾皇万岁万岁万万岁！"道光心满意足，回头看了看穆彰阿，高兴道："今天的献俘大典，你觉得能不能赶上当年高宗纯皇帝打败大小和卓后举行的那一次呀？"穆彰阿跪下道贺，众人纷纷跪下："奴才们（臣等）恭喜皇上！"道光心满意足地笑道："好了好了，起来看献俘。"众臣起身。

午门下，几个兵丁将张格尔从囚车中押出来，按着他跪下。道光忽然想起来，转脸对穆彰阿道："过些日子京城会试，还是你做主考，祁寯藻做副主考！赶快拟旨，让他回京！"穆彰阿一怔，要说什么，又不觉止住。道光看他一眼，穆彰阿急忙开口应道："喳！"道光的注意力又转向午门之下，开口道："将张格尔押往太庙，将西北之捷，告于列祖列宗。"礼仪官马上向午门宣旨道："皇上有旨，张格尔押往太庙，告捷列祖列宗！"

几日之后，道光的旨意就到了南昌。知道举家又要迁回北京，玉环的心情沉重起来。在江西这几年，虽然清贫，一家人却过得平平安安、和和美美，这一回到京城，她不知道寯藻又要遇到什么风波。寯藻接到圣旨，做的第一件事却是专程去了一趟赣江书院，在钱无庸面前跪下恳求道："大师，祁寯藻离开江西之前，有一个人要托付给大师。这人就是我的义弟顾挺之。学生今日来，就是想请大师将他收留在赣江书院，做一个书童。"钱无庸沉吟不语。寯藻道："我知道大师在想什么。大师在想，祁寯藻举家回京，为何不能带上挺之。大师，寯藻是这么想的，挺之乃是难得的一颗读书的种子，跟学生这几年，心志已定，只愿读书，不愿科举，若跟学生回京，进了那烟柳繁华之地，也许就会误了他；若是能留他在大师身边，天天读书，耳濡目染，也许将来就能承继赣江书院的薪火，使我中华五千年文明，不至于因若干年后的不测之祸中道断绝。"钱无庸听了，心头大震，感动道："祁大人快起来，顾挺之老朽收下了。"

从赣江书院回来，寯藻并没有把这件事告知顾挺之。相处多年，顾挺之和他，早已情同骨肉，前者听说他要回京，也做好了准备，要随他一同进京，并没想过寯藻已经为他做了安排。寯藻也不声张，离开南昌府之前，他还想就鸦片之患做些了解，于是这一天，他就仍旧带上顾挺之，前往城里有名的大烟街查访。在大烟街街头，为他们俩赶车和引路的刘不够下车道："大人，这就是南昌城中有名的大烟街了，又称逍遥街。原来这条街名叫东观街，商人们做的多是正经生意，粮油盐铁丝茶。两三年间，一家一家竟全改成了大烟馆。"寯藻皱眉看去，只见街道两旁烟馆林立，烟鬼们进进出出，打扮得花枝招展的女人站在门外，拼命招徕过往行人。顾挺之被吓了一跳，问："刘大叔，这些女人不会是妓女吧？"刘不够道："她们是大烟女，专门侍候来抽大烟的人的。"话音刚落，一个大烟女已经走上前来，一把拉住隽藻的衣袖，道："这位大爷，长得这么清秀，快来我们店里快活！"隽藻厌恶地拂开她的手，却在她之前走进了离自己最近的一家烟馆。掌柜的见来了客人，急迎过来，谄笑道："大爷，这边请！"隽藻也不理他，径直向烟馆深处走去，一边就放眼察看内里的景象。掌柜的看他不像是来抽烟的，跟着后面急叫道："哎这位大爷，你这是——"顾挺之回头挡住他道："啊，我们爷是头一次到你这种地方来，他想先看看，开开眼。"掌柜的听了，不觉释然道："啊，好好好，请吧，尽管看好了，我这座逍遥津烟馆，是这条逍遥街上最大最好的烟馆了。楼下是散榻，招待的是散客，这位爷要是觉得不好，可以去楼上，楼上全是雅间，可以嗑烟，可以食宿，还有姑娘侍候。"隽藻已经进了所谓"散榻"，但见一间极大的厅堂内，密密麻麻摆着一排排烟榻；烟榻之上，一个个瘦骨伶仃、面孔黧黑的男人各自躺着抽烟，形态丑陋，面目狰狞。隽藻看了一会儿，从楼下走往楼上。掌柜的又不放心地跟了上来，道："这位爷，上去往里边请！"隽藻仍不理他，到得楼上，猛地推开一扇门，就朝里面看去。所谓"雅间"之内，一个花枝招展的女人，正侍候一位富商嗑烟，富商与她打闹，女人半推半就，嬉闹尖叫。见门被推开，女人回头朝隽藻翻了一下白眼，道："讨厌！"富商也很生气，喝道："什么人！掌柜的，怎么回事？"掌柜的急忙赔礼："这位爷，对不住！"边说边忙将门关上，回头对隽藻急道，"这位爷，你不能这样，你要是来吃烟的，里边有好地方受用，要不是来吃烟的，就请自便！"隽藻继续朝前走，一间间拉开那些"雅间"的门，任房间里一次次传出女人的惊叫和男人的怒吼。这时的他已经不是在看那些房间里的景象，而是在发泄怒火。掌柜的看傻了，要冲过来："哎哎这位爷——"顾挺之一把将他拉住，喝道："别叫他爷，他就是当今江西学政祁隽藻祁大人！"

3

这天晚上，顾挺之一直忙着和隽藻在书房里收拾东西。自从知道要去京城，他的心就一直兴奋着，时不时地要向从已经从赣江书院回来的宿藻打听京城里的风俗人情。见他这样，隽藻竟一直不知道该怎么跟他开口说留下的事。明天就要启程，今天是最后的一个晚上，他就是不忍心说，也不能了。于是就停下手中的活儿道："挺之，你过来坐下，哥有话跟你说。"顾挺之敏感地看他一眼，笑道："大人，明天你和咱们一家人就要走了，你这会儿不是要跟我说，你不能带我走吧？！"隽藻听了，心中陡然一痛，脸上仍旧笑着，眼睛却顿时湿润了。顾挺之本是说了句玩笑话，此时一见，脸色大变，竟呆呆地站在那里，说不出话来。隽藻背过脸去，硬着心肠道："挺之你听我说，我想来想去，觉得你还是应当留在江西，留在赣江书院念书——"顾挺之不等他说完，就什么都明白了，眼泪就流下来，大声问道："不！大人，挺之问你，宿藻回不回去，元白留不留下来？"隽藻继续硬着心肠道："他们不留。母亲要宿藻今年回原籍应童子试，元白还小，也要跟母亲回山西寿阳老家，他们都跟我走。"顾挺之听了，背过身去，半晌泣道："大人是不是认为顾挺之在这个家的身份不如元白？"隽藻听了，回头不悦道："挺之，你怎么这么说话！"顾挺之于是大声哭道："大人，元白跟我说过，他也不是这个家的人，他的身份，和我一样！"隽藻一惊，他是第一次听到这种话，脸色一变，急问："什么？元白怎么能这么说！他还跟你说了什么？"顾挺之落泪大声道："元白比挺之还要强些，他说他还有个姐姐，只是这个姐姐眼下还在难中，不能来和他团聚。挺之在世间孑然一身，没有一个亲人！"他激动异常，一边流泪，一边要走出屋去。

隽藻不觉大怒，叫道："元白，元白在哪里？叫他来见我！"玉环听到声音不对，急忙闯进来，挡住了顾挺之。看着他们俩的样子，玉环急问："你们俩怎么啦？老爷，你怎么了？"隽藻不再说话，却站在那里，激动不已。顾挺之悲泣道："嫂子，大人他不要挺之了！"玉环听了，心中一酸，一下把挺之抱住，眼里闪出泪光，看着隽藻道："老爷，要不就让挺之跟我们——"隽藻再次硬了心肠，大声道："你打住！顾挺之，你既然下定了决心，终生读书，不去做官，为什么还要跟我走？今年朝廷会试，胡沅浦要去，钱无庸先生的学生都要去，你要是再走了，谁来帮钱先生照管书院？钱先生百年之后，谁能替他主持赣江书院，做天下一代文宗？我让你留下，是让你做一件大事：中华五千年文明的薪火一定要在民间一代代传承下去，就是将来大清一定要经历一场大难，天下人死亡殆尽，这把精神之火也不能熄灭！天下还有什么事比这件事更大？你一个读书人生在天地之间，不去匡世救民，难道连这件事也不想做吗？"顾挺之惊讶地看着隽藻："大人，原来你是要挺之——"隽藻一时激动异常，继续言道："中华五千年，迭遭大难，多少城阙楼台，胜地风物，擅一时之盛，像秦时的阿房宫、唐时的洛阳城，都没有经得住这些大难，所谓楚人一炬，可怜焦土。只有一种东西是烧不尽的，那就是华夏的文明、华夏的精神、华夏的文化，不管将来还会有多少场大难，只要民间还有张观黎、钱无庸这样的大师不死，这个国家就仍能一次次像凤凰涅槃一样从大火中重生！挺之，当年哥引你进家门，是让你一生像个影子一样陪伴我？读书人以天下为己任，不是说你一定要去做官，你留下来读书，做传承华夏文明的大事，同样是以天下为己任，难道你要浑浑噩噩地过一生？你真让我失望！"他一边说着，一边走过来，拉住顾挺之的手，动情地言道："兄弟，你哥是不能，要不我就留下来，我做梦都想一辈子留在恩师张观藜先生身边读书，什么事也不用去做，这一辈子就是成不了他们那样的天下大儒，至少也要努力随伴他左右，传承他的衣钵！人生一世，如果这还不是最值得你去做的事，最值得你去做的人，什么才是？！"

顾挺之听了，突然跪下，流泪道："挺之明白了，挺之听大人的！"隽藻、玉环听了，各自拭去脸上的泪水，又帮挺之拭泪，现出了欢喜的笑容，隽藻道："这就对了！这才是我喜欢的挺之，也是我希望看到的挺之！"他要拉顾挺之起来，顾挺之不起，认真地道："大人、嫂子，方才挺之只是以为大人让挺之离开大人一家，挺之自然不愿。现在不一样了，大人已经给了挺之一生的使命，挺之就不能走了！"他深深地磕下头去。隽藻一把将他搀起，紧紧搂在怀里，禁不住潸然落泪。

第二天清晨，隽藻一家上船，启程还京，一帮地方官及钱无庸等人都到赣江码头为他送行。隽藻告别众人，吩咐起航，船慢慢地开行。顾挺之两眼都是泪水，在岸上跟着船跑，大声喊："大人、嫂子、太夫人、宿藻、元白，你们一路平安！挺之给你们送行了，别忘了挺之！"他深深地跪拜下去，又拼命地向船上人招手。隽藻一家人都站在船头看他，向他挥手，人人眼中都是泪花。玉环"哇"一声哭了，趴进刘氏怀里，大声道："娘，我觉得我们对不起挺之！让他一个人留下来，将来还能见着他吗？"刘氏眼里也全是泪水，道："能。人不死，总是能见面的。我就不知道了，可是你们一定能。"

隽藻的官船沿赣江一路北上，入了长江，向东顺流而行。一路上隽藻的船停靠过好几座沿江的通都大邑，对鸦片之害的感受日甚一日。这一日到了扬州，隽藻吩咐靠岸，他要再次下船，实地看一看名闻天下的扬州城被鸦片烟糟蹋祸害的情景，因为有人对他说过，全国鸦片之害，最重莫过于江南，江南鸦片之害，最重莫过于扬州。也是巧得很，他带着宿藻甫一登岸，就见岸边一群人正围成一圈，看着什么。隽藻和宿藻走过人群中去看，只见地上躺着一个衣不蔽体的女人，身边是一男一女两个孩子，浑身水淋淋的，都已经死了。围观的人正在议论："原来多好的人家，说败就败了，鸦片烟真是害人的东西！"隽藻听了，急忙问道："怎么回事这是？"一位老人看看他，叹息道："这是我们扬州城中有名的白翰林家的少奶奶，自打她男人抽上大烟，不到十年，偌大一份家私全变卖了，听说为了吃一次烟，昨天又把这位少奶奶和一双儿女也卖给了人家，少奶奶听说后，就带着两个孩子投了这瘦西湖。这不刚刚捞上来，还没人来收敛呢。"众人连声叹息。隽藻皱眉道："她男人呢？她男人怎么不来收尸？"老人道："你说白少爷？你们瞧，他这会儿还在那边那个叫十里烟柳的烟馆门口呢，他媳妇和儿女们死了，人家不要死人，不给他烟吃了，他这会儿还在那儿跟人家烂缠呢！"一边说着，一边用手朝不远处的烟馆一指。隽藻回头看去，果见一个瘦骨嶙峋的男人，正在一家烟馆门外用头撞墙，接着口吐白沫，倒在地上打滚。看到这人间惨剧，隽藻痛苦地闭上了眼睛。

当天夜里下起了大雨，隽藻的船入了运河北行。隽藻神情悲愤，辗转难眠，从南昌到扬州沿途看到的景象一幕幕在眼前闪现。他忍不住披衣坐起，奋笔疾书，给皇上写下了一封奏折。折上言道：

> 启奏圣上：臣祁隽藻奉旨还京，一路上所见鸦片之害，遍于国中，名都大邑，穷乡僻壤，官人学士，贩夫走卒，乃至于妇人孺子，皆视鸦片烟为逍遥膏、忘忧丹，食之如癫如狂，官者不官，学者不学，耕者不耕，商者不商。以今日之事论，天下已无鸦片烟害之净地，有产者破产，无产者身死，妻子不毙命于沟壑，即沦落为贱奴。家家哀号，村村悲啼。鸦片烟膏产自外洋，夷人怀不测之心，远途贩来，以世上最无用之物牟取暴利，荼毒天下。鸦片之害，古往今来从未有之，天下大患，莫如此甚。臣诚恐诚惶，俯伏在地，泣血恳求圣上以天下苍生为念，迅发严旨，禁绝鸦片，俾使天下万民得以存命，华夏之国不至于败亡……

船过淮南府时，隽藻上岸，将折子付于当地官府，由其以六百里加急火速送往京城，呈给皇上。又过了半个月，祁家的船终于在京东通州码头靠岸。隽藻下了船，抬头朝久违的京城方向望去，不觉心情沉重。玉环也扶刘氏下船，众人眼中都现出兴奋的神色。元白最为高兴，欢声叫道："五哥，这就是北京城啊！"

4

乾清门朝会上，文武大臣分班而立。道光生气地将手中几份折子拿起又放下，从中抽出一份，对众人问："黄爵滋来了没有？"黄爵滋出班跪下，道："臣黄爵滋在。"道光并不理他，站起看着众臣，高声言道："鸿胪寺卿黄爵滋给朕上奏折，求朕以重治吸食的办法来禁绝鸦片。还认为无人吸食，自然不会有人兴贩运之心；无人贩运，则外夷之烟自然不来中国。朕将此折子发下去让你们评议，你们都看了吗？"众臣面面相觑，不敢作答。道光问："你们怎么不回答？你们这些人里面，是不是也有人离不了鸦片烟？"众人中仍无人应声。载元旁边的两位王公却恰在这时打起哈欠来。道光见了，气不打一处来，厉声喝道："庄亲王奕夫、辅国公溥喜，就朝会这一会儿工夫，你们就撑不住了？朝廷一直禁止吸食鸦片，你们禁了吗？你们偷偷地跑到尼姑庵里去吸食，当朕不知道吗？来人，拉出去，每人先大棍子打四十！"殿中侍卫闻言，急忙过来扯起二人，就朝殿外拖。溥喜登时一把鼻涕一把泪地大喊："皇上冤枉！奴才有奸人要告发！"道光听了，挥手道："停下，让他说！"溥喜匍匐在地，叫道："奴才所以吸食鸦片，全因为皇上身边的内侍李五儿，奴才原先并不知鸦片为何物，是李五儿挑唆引诱奴才，所以才犯了禁，求皇上开恩！"道光大怒，回头看身边的随侍太监："李五儿！"李五儿慌忙跪倒，不停地磕头叫道："皇上饶命！皇上饶命！"道光心中又气又恨又不忍，背过身去道："李五儿，你一向在朕身边，朕看你老成，怎么做出这等事来！来人，将李五儿推出去，打一百大棍，发配黑龙江充军！溥喜不该受人挑唆，也拉出去重责二十！"几个侍卫过来，将李五儿和溥喜分别拖走，两人大声求饶。穆彰阿见了，闭目不言。肃顺与载元、端华相互交换了一个疑问的目光，悄悄看道光一眼，又各自急急低下头去。

道光忽然打了一个哈欠，急忙转身掩饰，回过头努力地自持着，举起几份奏折，道："穆彰阿，你说说，鸦片的事情，该怎么办？朕已经平定了西北边疆之患，就平定不了这鸦片之患吗？"穆彰阿急上前道："奴才回皇上的话，奴才以为，鸦片禁与不禁，众说纷纭，虽然前朝一直严禁此物，可此物并没有在中国绝迹，可见禁之不易。"道光一惊，道："你说什么？"穆彰阿道："奴才以为，前广东按察使现太常寺卿许广济的《鸦片禁愈严流弊愈大亟请变通摺》也值得一议。"众人回头看他，一时低低的议论声蜂起。因为这个许广济的折子不是要禁烟，反而是要放任鸦片在国内流通，不加禁止。穆彰阿竟认为此折可议，令人震惊。道光见状，喝了一声："肃静！"议论声稍息。穆彰阿并不为朝中的议论所动，接着言道："此折认为，所谓鸦片之患，其实是被人夸大了，并没这么严重，从康熙一朝开始，历经雍正、乾隆、嘉庆三朝，朝廷禁烟的法令不可谓不严苛，但严禁鸦片的结果是什么呢？不过是使各地奸猾逐利之徒将鸦片看成是奇货，不但没有停止走私，反而变本加厉。鸦片既然禁绝不了，不如弛禁，将鸦片贸易合法，照药材之例纳税。"此话一出口，一直跪在皇上面前没有开口的黄爵滋不由义愤填膺，大声叫道："圣上不可！"穆彰阿不理他，继续讲下去："皇上，臣以为许广济的折子上讲的办法可以一试。鸦片既然禁绝不了，不如想些办法，因势利导，趋利避害。"道光听到这里，"嗯"了一声道："这朕倒要听听了。"穆彰阿接着言道："朝廷里许多人上折子给皇上，要求禁绝鸦片，原因无非是说鸦片烟无用之物，却换走了大清无数的银子，其次是让人成瘾，使天下人尽成烟鬼。奴才以为这些话虽然有些夸大其词，却也不无一二可采之处。朝廷可以下旨，以后洋人贩来鸦片，只准和我大清商人以货易货，各地烟商不得用银子购买鸦片，这样即可以杜绝白银外流；对于吸食者，朝廷可以区别对待，文武官员、士子兵丁一律不得吸食，至于民间吸食者，那就不要管了，因为你管也管不住。况且，大清天下有四万万之众，朝廷根本不用担心这样做就会灭耗户口。今天大清，不患人口太少，而恰恰患在人口太多。"黄爵滋听到这里，再也无法忍耐，脱口大声叫道，"皇上万万不可！臣请皇上先斩许广济之首，以为误国误民奸臣之戒！"道光不觉大怒，道："黄爵滋，你想说什么？"黄爵滋道："方才穆大人讲，许广济认为，中国人口太多，不用担心人民会因为朝廷开鸦片之禁而减少，臣以为这是亡国之论！"穆彰阿闻言，心中大怒，冷冷道："黄爵滋，你此话何意？"黄爵滋毫不畏惧，大声言道："圣上登基以来，以收拾天下民心为急务，如果朝廷听从穆大人之议，任由鸦片烟荼毒百姓，民心如何收拾，天下如何大治？"这时王鼎早在一旁听不下去了，急忙上前奏道："圣上，方才穆大人说，朝廷若担心外人用鸦片烟换走银子，可以下旨烟商，只准以货易货，这其实是掩耳盗铃。以货易货，也是用有用之物换来无用又害人的鸦片，臣以为鸦片一定要禁，许广济该杀，穆大人的办法一定不能用！"朝会这时突然沉默下来。肃顺要说什么，被载元一眼拦住。道光见不大有人发言，默然良久，突然回头道："穆彰阿，鸦片烟还是要禁，而且要严禁！军机处替朕拟旨，着两广总督李鸿宾、两江总督陶澍、闽浙总督程祖洛，大力整饬海防，查拿私运鸦片的洋人，有国人私与外人交接贩运，一律严惩不贷！"穆彰阿心中气恼，沉默不语。道光看着他，厉声道："穆彰阿！"穆彰阿一惊，急回道："喳！"

道光坐回到御座上，道："这件事就这样了。祁隽藻来了没有？"通政使司一副使闻言，急忙上前答道："奴才回皇上话，祁隽藻已经回京，但他不是朝廷之臣，圣上无旨，通政使司不敢让他参与朝会。"载元三兄弟听了这话，悄悄看一眼穆彰阿，发现穆彰阿闭着眼睛站着，一动不动。道光听了方才那话，生气道："朕下旨任命他为今科的副主考，怎么就不是朝廷之臣？"这位通政使司的副使下意识地看一眼穆彰阿，急忙回道："皇上恕罪，是奴才的过失。"道光想了想，挥了挥手道："罢了。退朝吧。"

众臣走出宫门，载元看着穆彰阿上轿而去，对瑞华、肃顺沉沉言道："祁隽藻又回来了，等着吧，又有好戏瞧了。有些事情，咱们要找个地方合计合计。"瑞华道："去我那儿吧，正好给你们看样东西。"三兄弟各自上轿，一起来到郑王府，走进花厅坐下。瑞华拿出一封信，一句话也不说，就推给了载元和肃顺。载元先看了信，神情为之一变，交给肃顺。肃顺看罢大惊。载元神情严峻，望着瑞华道："老三，这信是哪来的？"瑞华卖个关子："你们甭问哪来的，等会儿让肃顺把信带回去给皇上看，祁隽藻这下就完了。"肃顺闻言兴奋道："祁隽藻和朝廷缉拿的江北灾民会大头领冯妙真有勾连，这可是天下奇闻。一旦真有其事，祁隽藻就死定了。"载元却没有那么高兴，他站起来踱了几步，沉思有顷，猛回头道："这件事是假的。"肃顺听了一惊，回头疑惑地看他，问道："你怎么知道是假的？"载元道："我还不知道这信是谁写的，可我一定知道这件事本身是假的。祁隽藻心中没有大清朝廷，也不把我们这些龙子龙孙放在眼里，这是真的，但要说他和江北灾民会的人暗中勾连，打死我也不信！……你们信吗？"瑞华想了想道："我当然也不信，虽然不信，但有了这样一封信，咱们干吗不趁此机会，除掉祁隽藻？"

载元心思缜密，不肯放过任何一个疑点，问："老三，说，这信是怎么到了你手上的？"瑞华道："有人天不亮从大门的门缝里塞进来的。奴才们拾到，就呈上来了呗。"载元点头道："我们三人一天到晚想的是如何搞掉老穆，而穆彰阿一天到晚想的是如何搞掉祁隽藻。老六，你上次告诉我，皇上有旨给老穆，不准他杀祁隽藻——"肃顺一下子明白了载元的用意，惊道："老二，你说这信是穆彰阿的人搞的鬼？是他要借我们的手，替他除掉祁隽藻？"载元冷笑一声道："如果说今天皇上心里有一个念念不忘的人，那就是祁隽藻。一旦我们中了计，老穆的这封信就有了一箭双雕的功效。一旦我们把这封信交到皇上手里，皇上一时大怒，将祁隽藻抓起来杀了，老穆他就借我们的手替他除掉了祁隽藻；万一皇上杀了祁隽藻之后又回过味儿来，觉得自个儿杀错了人，或者他看到这封信后根本就不相信，根本不杀祁隽藻，老穆也没什么损失，他也用这个手段让皇上对我们三兄弟心生猜忌，那时不仅我和瑞华再无出头之日，就是老六，也有可能被皇上从宫里撵出去，像保胜一样放个外任，永世不能回京。更有甚者，皇上要是认定我们在对他使心眼，扰乱朝中的大政，我们三个将来说不定还会死无葬身之地！"瑞华打了个冷战，叫起来："哎哟，你这一说，吓了我一头的冷汗，这个老穆，实在可恶！可是这有可能吗？"载元又沉思了一会儿，冷笑道："虽然我们不愿意帮穆彰阿，但要是真能利用这封信除掉祁隽藻，未必不是一件好事。老六，这样行不行，你把信带走，回头想个法儿，让侍卫们捡到，呈给皇上……这种办法比较拙劣，皇上对这种无头帖子不会太在意——"

肃顺听了却道:"那倒未必。我们这个皇上,虽然优柔寡断,却疑心很重,见了这封信,虽然不见得会相信,马上治祁隽藻的罪,可祁隽藻在他心里是否可信也就打了折扣,就像一只景德镇新出的时新花样的釉下彩梅瓶,摔了一下,虽然没摔破,但只要上面有了裂纹,皇上也就不会再珍惜它了。"三兄弟说到这里,不觉哈哈大笑起来。

5

隽藻没有想到,回京不几日,还没有见到皇上,就有三位不速之客来访,此三人不是别人,竟是当年曾在他初中进士到张家老店里拜访他的那三个人:林则徐、邓廷桢和黄爵滋。听说是这三位天下名臣来访,隽藻不觉大喜过望,连忙走到门外,将三人迎进客厅。林则徐自进了院中,就不停地四处观看,及至走进客城,见祁宅里里外外甚是清寒,忍不住对邓廷桢道:"虽然君子以简素为美,可这也太——"邓廷桢叹道:"祁家世代书香,祖孙三代进士,父子两代翰林,仍不失寒士本色,让邓廷桢敬佩!"隽藻听了,在一旁笑道:"三位大人这是在夸奖一个穷官,行了,请坐。"

众人一时分宾主坐下。隽藻首先对黄爵滋拱手笑道:"隽藻先要恭喜黄大人,还记得当年隽藻科举之年,黄大人与林大人、邓大人一同去张家老店看我,这才十一二年工夫,黄兄就已官至鸿胪寺卿,参与朝中大政的讨论,可喜可贺!"黄爵滋谦逊道:"祁大人过奖了。祁大人在江西多年,惩处贪官,革新学政,奖拔人才,和林大人一同赈救灾民,做了多少善政,黄某也是知道的。"隽藻回过头来,又热切地对林则徐和邓廷桢言道:"隽藻只知道两位大人一位在江苏做巡抚,一位在陕西做巡抚,怎么一起到了京城,真是让隽藻喜出望外!"邓廷桢看看林则徐,笑道:"我们两个人,都是奉旨来京述职,接受吏部的考评,来前还不知道是一批,到了京才知道的。"林则徐依然豪气干云,大声笑道:"隽藻,这有什么稀奇,天下仁人志士,在国难当头之际总是要相聚的。好了,闲言少叙,我们来说正事。隽藻,黄大人近日写了一个折子,奏请皇上严禁鸦片,朝野震动,你听说了没有?"隽藻道:"刚刚听到消息,隽藻还听说,圣上已经下旨,重申鸦片之禁。"黄爵滋却摇头,忧心忡忡道:"虽然如此,可我对圣上的禁烟之令是不是真能施行,并不敢抱有多大信心。鸦片所以会成为当今天下第一大患,不在于朝廷没有禁烟之令,而在于有令不行,有禁不止。究其原因,还是朝野内外,有一批奸人正用它牟取天下大利。"邓廷桢点头,愤慨道:"说得不错,据愚兄时下在广州任职的旧同僚讲,广东年年禁烟,禁烟之令却形同虚设，不只民间的奸商，就连官府也与外夷的鸦片贩子通同勾结，明目张胆地私放鸦片入境，牟取重利。"林则徐神色严峻起来："不止广东，福建、浙江还有江苏等地，鸦片走私也是日甚一日。更有甚者，在浙江沿海一带，当地官商合伙诱导农民弃粮种烟，于是当地除了洋烟，还生产出了烟土，大片良田，成了生长罂粟之地。"黄爵滋道："还有东南的海防，形同虚设，既然禁烟不能获利，当地兵勇尤其是领兵的将军、都统，干脆与当地烟贩子合作，暗中大放洋烟上岸。"

听三人说出这些话，隽藻的心情也随着沉重起来，而且也大致上明白了他们的来意，于是拱手言道："三位大人要隽藻做什么，就请说话。"邓廷桢道："祁大人真是爽快。林大人，还是你说吧。"林则徐看看隽藻道："隽藻，在黄大人之后，我和邓大人也都分别向皇上上了折子，力主禁烟，我们还联络此次来京述职的各地大员中的有识之士，一同向皇上上书，请求以前所未有的霹雳手段，一举铲除鸦片之害，不然不出十年，大清不唯无可用之兵，亦无可用于筹饷之银！万一天下有事，国将不国！"隽藻神情不觉为之悚动，道："大人所言极是。隽藻这一趟由南而北，所到之处，目睹的鸦片之害，真是不胜言说！"林则徐担心道："虽然如此，我们几个人仍觉得没把握，今日禁烟，仅靠朝廷发一纸禁令给沿海各省是不行的，必须有一个为皇上所信服的人，亲自面见皇上，用天下正论打动皇上，让皇上痛下决心，以切实手段禁绝鸦片，这件大事才能办成。"隽藻终于听明白了他们的心思，点点头道："隽藻知道了，隽藻明日见了圣上，一定面陈鸦片之害，促使圣上痛下决心，为天下人铲除这一大害。"

林则徐、邓廷桢和黄爵滋三人高高兴兴地走了，隽藻送完客刚要反身往回走，却见翁心存、李鸿藻和彭蕴章三人也来拜见。隽藻非常兴奋，把他们请进客厅坐下。三人倒地就拜，隽藻急忙拉起，笑道："说起来我们是一代人，不论学生师傅。"宿藻上完茶，一旁侍立。翁心存笑道："恩师可以那么说，但我们三人毕竟是学生，学生多年不见恩师，见了磕一个头，也是该着的。恩师，方才我们三人到了门首，远远看到林则徐大人等来见恩师，不知所说何事。"隽藻笑道："天下之事，朝中之事，也是你们的大事。"翁心存回头对李、彭二人道："果然如此。"又回头笑道，"恩师要是以为我们三人今天来，也是要鼓动恩师上折子劝皇上禁烟，可就错了。"隽藻一惊："那是为什么？"翁心存走过去，将门关严，悄声道："因为皇上自己也吃烟。皇上如果发令禁烟，广东的官员自然不能抗旨，皇上的烟从来都是由广东的官员贡献，若他们停止了贡献，皇上就没了烟吃，这事情该怎么办？"停了一停，忍不住又说，"还有皇长子奕纬，那是皇上心仪的储君，鸦片烟瘾比皇上要大十倍，他要是没有烟抽，一天也撑不下去。"隽藻听了，不觉站起，惊问："此事当真？"翁心存道："恩师，千真万确！"李鸿藻跟着站起来，拱手道："恩师，天下百姓皆称鸦片为大害，不知朝中却有人占据要津之人认为鸦片乃天下之大利，为此而不择手段！朝中私下流传，当政者中不少人多多少少都与沿海走私鸦片之事有牵连，他们每年获取的重利，甚至超过了他们广占的田产的收益。有如此的重利，你要禁烟，他们岂能甘心！"隽藻吃惊地看着他们，点头道："这就是你们三个来到我这里想说的话？"彭蕴章笑着站起来，向翁、李二人使个眼色，道："恩师，他们两个说完了，该我一言以蔽之了。我们三个人今天来，除了拜见恩师，给恩师请安，只有一句话，那就是，明天陛下召见时，禁烟的事一个字都不要提！"隽藻生气道："你们这三个人——"不待隽藻说完，三人已经一起站起，就朝外面走，出了门才一起胡乱回头拱手道："恩师，学生们告辞了。"隽藻喊道："哎，你们怎么说走就走了，事情还没说完呢？"三个人也不理他，笑着径自出了大门离去。

隽藻回到客厅，气哼哼地坐下来。宿藻却冲他"扑哧"一笑。隽藻看他一眼，说："你笑什么？"忽然心中一动，大悟，笑骂道，"这三个东西！他们不是来劝我的，他们是来激将的，呸！"又看着宿藻道，"你也坏，方才都看出来了，还不提醒我。"宿藻笑道："你这不是已经明白过来了吗？"隽藻收敛了笑容，道："好了，帮我想想主意，明天该怎么去见皇上？"宿藻道："哥，我一不是张牧，二不是顾挺之，能给你出什么主意？我这会儿就是有点儿奇怪，我们的船还在运河上的时候，你求皇上禁烟的密折就通过淮南府用六百里加急呈送给皇上了，可我们回到京城，朝野上下说的却不是你的奏折，而是黄爵滋黄大人的奏折，你不觉得有点儿怪吗？"隽藻听了，不觉沉思起来。这时就听外面传来了一个女人的哭声，宿藻一惊，道："三姐，好像是三姐！"隽藻大惊道："她怎么来了？！"二人急急赶了出去。

6

满身尘土的蕴藻在玉环的搀扶下哭着走进来，后面跟着形容憔悴的张牧。隽藻急忙迎上前，看看这个，又看看那个，急道："三姐，真的是你！张牧！"蕴藻凄然地叫了一声："五弟。"张牧几年不见，已经长成了大人，却没有了当年的灵秀之气，木呆呆地走过来，趴下给隽藻磕头。隽藻越发惊讶地看着他，喊道："张牧，你怎么啦？快起来。"张牧起身，也不说话，站在一旁，望着别处。刘氏叫喊着赶出来，道："蕴藻，怎么是你？"蕴藻扑进母亲怀中，放声大哭道："娘，你闺女家……过不下去了！自打那年我们家的房子被震坏后，你闺女和你那个害病的女婿，就一直在别人家栖身，后来张牧回去，也是这样。你知道，我们家的地早卖光了，年年靠亲戚接济，才过到如今……这会儿你女婿病得躺在床上起不来，眼看着就要不中用了，女儿只好带着张牧，到京城里借银子来了。"张牧背身过去，不让眼泪流出。刘氏着急道："那……你女婿他现在怎么样，真的不中用了吗？"蕴藻哭道："大夫说了，要是有银子治，还能撑几年，要是没银子，他就过不去今年冬天了！"张牧忽然回头大声道："五哥，嫂子，你们不要借给他们银子，我大哥他……他的病是抽鸦片烟害的！你们给他们银子，就是让他接着抽鸦片烟！"众人都没想到这个，听了十分惊诧。隽藻大声问："三姐，这鸦片烟害，竟也传到咱山西了吗？"蕴藻抽咽着道："可不是吗，如今就连我们平定，也到处都是大烟馆了。"刘氏颤声问："蕴藻，真是这样？"蕴藻"扑通"一声跪下，道："娘、五弟、弟妹……他抽鸦片已经多年，就是他没出息，可我也不能看着他死呀！我求你们了！"她一边哭着，一边不停地磕头。张牧看不过去，眼泪溢出，大声道："嫂子，你甭这样！让他死好了！他死了，张家的祸害就死了，你也不用跟着他受罪了！"蕴藻回手给他一巴掌，道："住嘴，他是你哥！"张牧流了泪，怒道："嫂子，他现在抽上了鸦片烟，就不是我哥，他是个要我们命的烟鬼！"隽藻悲愤交加，突然大吼一声："这鸦片烟，真是非禁不可了！"

当晚玉环把家中的所有积蓄都拿出来，这些银子是她这几年省吃俭用攒下来，准备等采藻来了，让他带回山西老家把那塌了多年的老房子重新盖起来用的。在江西这几年虽说日子过得还算平静，但每年隽藻总是有事，不是捐助县学，就是救助家贫的秀才，这次南昌县的几个举子来京会试，隽藻一下子就要走了一百多两……现在就剩下六十多两银子。玉环将这包银子交给刘氏，道："娘，都在这里了，全都让三姐拿走吧。"刘氏还没说话，蕴藻早一把将银子抱在怀里，跪下就给刘氏和玉环磕头，道："娘、玉环，我给你们磕头了！"这天夜里，她一直抱着这包银子不撒手，像是怕它再飞跑了一样。隽藻和玉环见她这样，吃饭时都把眼睛闪开不看她。蕴藻说好只住一个晚上就走，临睡前又红着脸对隽藻、刘氏和玉环道："这次带张牧来，我就……我就不想带他回去了，家里已经这样了，多一个人，就多一个人的开销。娘、五弟、弟妹，你们就当收留一个穷亲戚，一个无处可去的下人，让他留下吧。"隽藻很干脆地说道："三姐，行。"蕴藻又吞吞吐吐说道："只是……只是我这兄弟越来越古怪，我这次是骗了他来的，说我一路上要人照顾，没说要他留下，万一等会儿他一听我的话就急了，我可——"隽藻想了想，道："三姐，我去跟张牧说，就说我这里需要人手，不会让他知道是你让他留下的。"

张牧当晚睡在旧日睡过的房间里，听到隽藻走进来，他脸朝里躺着，不作一声。隽藻知道他没睡着，笑道："张牧，你睡什么，起来跟五哥说说话。"张牧翻身起来，就要趴下给隽藻磕头，一边口称："大人，张牧给大人——"隽藻生气了，一把拦住他道："住口，再叫大人，你给我滚出去！"张牧并不改口，仍道："大人，张牧当年离开大人，说是要回去乡试，其实却是因为不喜欢大人置身的官场，只想回山西老家，安安静静地研读祁伯伯的遗稿，没想到今天又回到了大人身边，形同乞丐。张牧惭愧！"隽藻心中惨伤，一把抱住他道："兄弟，你这是什么话，我这里是哪里，我难道是外人？"他把张牧松开，又道，"告诉你，我这儿还正缺你这么个又机灵又能干的人帮忙呢，刚才我求我三姐了，你来了就不能走了，你得留下来帮我！"张牧闻言，就在炕上对隽藻磕起头来，道："张牧谢大人收留！大人，其实张牧来时就知道，嫂子这次是带张牧到大人家里就食！可怜张牧，也是读书人，却落到如此地步！"隽藻想不到他如今竟变成了这个样子，将他扶起，在炕上坐好，痛心地问："兄弟，我知道你心性高洁，不入俗流，可我是你五哥！这样吧，你说，我要怎么待你，才能让你觉得在这个家里待得自在些？"张牧的眼里空得像一口井，道："大人能说出这种话，就是可怜张牧了。张牧留在大人家里的目的既是为了就食，大人若要宽待张牧，就请大人将张牧只看做一个食客，大人一应官场之事，张牧皆不愿与闻。"说着，又深深地拜了下去。隽藻无奈地放开手，默默看他，半晌才道："张牧，我听你的。只是你也给我一点儿面子，以后还叫我五哥，别叫我大人。你能答应我，我就答应你。不然，我就天天对你说官场上的事，烦你。"张牧抬起头，泪水莹莹道："大人，不，五哥，张牧答应，张牧谢五哥。"他又深深地拜下去，隽藻见了，止不住热泪滚滚而下。

第二十五章

君臣再见生死叵测　师生初晤泾渭难分

1

　　深夜，月色昏暗。祁宅大门外，一辆马车悄悄驶来，车帘蓦然揭开，一个女子的面容闪现了一下，急速地朝祁家望了一眼，又迅疾隐去。马车绕过小巷，径自驶进了冯家后门，车上下来的是妙真和暖儿。江一鸣从黑暗处闪身出来迎接："小姐，你怎么这时候来了？"妙真道："我说过的，只要隽藻离开江西，我就会回来。我离开江西八年，也等了他八年，可他这八年，只想到做他的好官，把答应我的事都给忘了！"江一鸣沉吟有顷，道："小姐，一鸣觉得，祁大人这次回京，不但过不了安稳日子，搞不好性命也难保。"妙真微微一惊，盯着江一鸣道："此话怎讲？"江一鸣道："小姐，祁大人刚刚到京，今天就有两拨朝廷内外的重臣来找过他了，没有大事，不会是这样的。若有大事，就祁大人那种当仁不让的性情，我真担心他又要遭遇杀身之祸。"妙真听了怒道："那也是他自个儿糊涂！总之我要见他我想知道他是不是一直在骗我。他要是存了这个心，也骗了我十几年了我要当面问他，他到底还能不能帮我查清我父亲的冤情，他要是不能，我就只能去找别人了，我就是去帮那些人点燃一把大火，烧掉这个朝廷，也要报杀父之仇！"江一鸣劝道："小姐请耐心点儿，有了机会，我一定安排小姐和祁大人见面。"妙真转过身去，让自己的心平静一些，又回头道："不用，我自有见他的办法。"江一鸣依言告辞，悄悄潜回祁宅。

　　祁宅内，虽然夜深，张牧却仍在看书。听到门外响起脚步声，他急忙扔下书做熟睡状。隽藻推开门，看了他一眼，上前一把将他揪起来。张牧睁开眼道："干什么干什么，人家都睡了。"隽藻笑道："别装了，你就是听见我来了，才装成这副样子。起来起来，我到这会儿还没睡呢，你也不能睡。"张牧睁开的眼睛又闭上，道："五哥，我可说过的，张牧在你这儿，就是一个食客，任什么事都不管的。你那些俗事也不要讲给我听，张牧怕污了自己的耳朵。"隽藻坐下来，笑着说："哎，五哥还真有点儿俗事，要弄脏你的耳朵。我要给皇上写一个折子，可是写不下去。你听着，不管你爱不爱理这种事，你都要给我出个主意，就这一次，下不为例。怎么样？"张牧闭目不答，又用两手捂住耳朵。隽藻神情严肃起来，道："明天我就要去见皇上。据我所知，为了严禁鸦片还是弛禁鸦片，朝中现已分成了两大派，严禁一派的声势甚大，弛禁一边的力量也不小。就在还京的路上，路过淮南府，我就写了折子，让当地用六百里加急送往京城，呈皇上御览，可今天听翁心存讲，在昨天的朝会上，皇上竟一句话也没有提到我的这个折子。你帮我猜猜，这是为什么？"张牧睁开一只眼瞅他一下，又闭上，还是不语。隽藻上去扯下他捂在耳朵上的手，笑道："你真要徐庶进曹营——一言不发？我告诉你，没有你我也想到这是为什么了。皇上这么做，是要保护我。他用这样的办法告诉穆彰阿，也告诉满朝的文武大臣，我祁隽藻这次并没有卷入鸦片禁弛之争。皇上也想用这个办法告诉我，他这次下旨召我还京，只是想让我和穆彰阿穆大人一起帮他主持此次礼部会试，简拔天下人才，不想让我加入朝廷中的这场争论。"说到这里，他望着张牧，等待他对自己话的评判。张牧却哼了一声，重新倒头睡下。隽藻笑道："你就是一言不发，我的目的也达到的。皇上其实已经明白我心所向，可是他也更明白，只要我一卷进去，就必然会再次成为那些反对皇上召我回朝的那些人的全力抨击的目标。皇上一定以为，他这样做就保护了我，不要让我刚刚回到朝廷，就再次成为众矢之的。"张牧躺在那里，眼睛睁开，没有再闭上，却还是不说话。隽藻却激动起来，道："但是禁烟之议事关乎天下兴亡，万千百姓生死，为了救天下万民，你五哥明知道有可能粉身碎骨，也不能退缩。"他停下来，看张牧。张牧却又把眼睛闭上了。隽藻迟疑了一会儿，终于说出了自己真正的心事："只有一件事我拿不准，那就是，皇上自己也抽鸦片，还有皇长子奕纬，一天到晚没有鸦片就不能活命。五哥担忧的不是皇上不号令天下禁烟，五哥担忧的是，只要皇上自己不禁烟，只要皇长子奕纬仍在靠鸦片为生，天下人就不可能禁烟，而那帮靠走私鸦片牟利的人就会认定朝廷禁烟不过是儿戏，而禁烟之事也一定要失败。"

见隽藻停下来望着他，张牧坐起来，打了一个哈欠，问："五哥，说完了吗？说完了就走吧，我困了。"隽藻生气道："好好好，你睡吧，你就在这里饿吃饱睡，至于大门外头正发生什么事，大清国是不是要因为鸦片烟亡国，天下百姓会不会因为鸦片烟流离死亡，你都甭管！你睡吧，睡死你！"他转身要走，又回头看张牧。张牧冷笑一声，还是不说话。隽藻气极，两只手上前拿住他的脑袋，一起用力，大声说："你说不说？你不说话，我就不放开你的脑袋！"张牧大叫起来，道："五哥，你又弄张牧的头了！其实你什么都想到了，什么都清楚，还要张牧说什么？明天你见到皇上，就告诉他，如果他自个儿不禁烟，皇长子奕纬不禁烟，大清国一定亡，天下百姓却不会和大清国一起亡，等不到天下百姓因为鸦片烟死亡殆尽，他们就会揭竿而起，把大清朝廷推翻。你就问他，是要鸦片，还是要大清的江山。这种事情，有什么难的？亏你还号称神童，夸口说读遍了天下书呢！"隽藻终于放开了自己的手，张牧道，"你走吧，些许小事，耽误山西平定秀才张牧睡觉。"他扯过被子，躺下来蒙头大睡。隽藻看着他笑道："张牧，原来事情这么简单，什么禁烟是天下第一难事，原来根子在这里！我怎么就没想到！"

隽藻帮张牧带上门，兴冲冲地走回书房里。月亮钻到云层里去了，夜色昏暗，刚到书房门前小院，几个黑衣人悄无声息地从房顶上落下，一把堵住了他的嘴。隽藻吃了一惊，已是一句话也叫不出，只能极力挣扎。黑暗中，耳边响起妙真的声音："别动，是我！"隽藻吃惊地回头看去，却只看见她的背影。

2

众黑衣人将隽藻簇拥进冯家后园，又将其带进冯家旧宅。妙真亲手关上屋门，示意众人放开隽藻离开。隽藻揉揉眼睛看着妙真叫道："妙真，果然是你！我们好多年不见了！"妙真脸上罩着一层寒霜，冷冷道："不错，站在你眼前的正是冯妙真！祁隽藻，距离上次我们在江西见面已经八年了，这八年里，我一直等待着你履行当年的承诺，可是你没有，你食言了。冯妙真为着你那一句话，已经等了这么多年，如果你根本就不能，或者是不想履行你的承诺，我也就不愿意再等了。你要记住，是因为你当年这句话，冯妙真才没有去点燃那一场烧遍天下的大火。我今天来见你，只想告诉你一句话，冯妙真也有忍不住的时候！"说到这里，她回头对暖儿看了一眼，道，"咱们走！"隽藻听了她的话，心中一时风起云涌，就有无数的话要说，眼见她要走，急忙说道："妙真，你等一等！我们这些年不见，你刚才说了你想说的话，我也有几句话要对你说。第一句，虽然事情已经过去多年，但祁隽藻从来没有忘记过我们两家蒙受的冤屈，没有忘记我对你做过的承诺。只是因为这些年我身在江西，不在京城，这个案子朝廷虽然一直在悄悄地查，却至今还没有结果。"妙真站住，听他说下去。隽藻道："这第二句是，记得当年我是这么对你说的，'哪怕用尽我的一生，我也要查清这两个案子。'今天我要再对你说一遍，我的话仍然有效。当初所以要这么讲，是因为从那时起我就明白，要查清这两个大案，一定不会容易，因为它们既涉及嘉庆皇上，还涉及办案的一干大臣，以及潜藏在案件表象下面的隐情和秘密。今天既然你专门就这件事来见我，我就还要说几句话请你牢牢记在心里。第一，我今天已经回到京城，这件事我会立马接着去做；第二，但是就我眼下的感觉，能不能尽快取得进展，我还是不能知道。我今天唯一能知道的是，无论是你，还是我，都要比今天的我们更有耐心，甚至要比那些制造了这两起冤案的人更有耐心。我眼下觉得，这两个案子的事实真相都不会十分复杂，但它们却埋得太深，无论是我还是朝廷里负责秘密查案的人——我不知道他是谁——至今也还没找到一个知情人，或者一条线索，能够带我或者他走向真相，最终揭露出整个的黑幕。"听到这里，一直萦绕在妙真心头的绝望又涌上来，她回头激愤道："如果你二十年、三十年都找不到一个知情人，你就让我，也让你自己一直这么等下去吗？"隽藻听了，久久地望着他，坚定言道："对，无论多少年，至少祁隽藻都会等下去的。不只是等，我还会去找。一直找下去，直到找到那个知情人，或者一条线索。我就不相信，世间还会有永远不能大白于天下的真相。"他缓了一口气，继续说道，"不只是我，还有你，也要等下去，需要等多久，就等多久，直到等我查明真相，为我们冯祁两家报了血海深仇。为了这一天，无论多久，你都不能退缩，不能去加入江北灾民会，去点燃那场烧遍天下的大火。"

妙真听了，心中一震，不愿再回头，只道："你说完了吗？我要走了。"说着又朝屋外走。隽藻道："你等等。我还有一件事要说。八年前，你不该去见元白，你还让他知道了那么多事，你扰乱了他的心。"妙真心中骤然一痛，如同刀割，猛地站住，一时泪如泉涌。有顷，她心潮稍平，慢慢回头，盯着隽藻道："怎么，你早就知道他是我弟弟？"隽藻点头道："从你让人把元白放在我们家门前那天夜里，我就知道了。"妙真眼泪流个不止，半晌才平静一些，轻声问道："元白近些年……好吗？八年不见，他一定都长大了。"隽藻不觉动了深情，道："元白是个读书的种子，以前在江西跟顾挺之读书，现在我让张牧教他，这孩子将来错不了。他现在已长大成一个十四五岁的小伙子了。"妙真极力克制住与元白相见的冲动，低声道："祁隽藻，我可以再等你一段日子，你现在回到京城来了，离皇上这么近，离那个真相也更近了。你要是不能履行那个承诺，或者一直都在骗我，有一天我就杀了你，然后就号令天下流民，点燃那场大火，烧遍大清的天下。冯妙真能说到的，就能做到。暖儿，走！"说完了她再次举步要走，隽藻被她的话惊动了，急忙叫道："妙真站住，回答我一句话，这些人和你根本就没有加入江北灾民会，你根本就不是他们的人，是不是？"妙真听了心中大震，回头看了看他道："胡说，我就是江北灾民会的人！你若不能履行你的誓言，我就号令天下灾民造反，将大清朝廷烧一个白茫茫大地真干净。"隽藻知道她说的不是实话，大叫道："你不是，你还在骗我！"妙真回过头来，恨恨地盯着他，言道："祁隽藻，冯妙真是不是江北灾民会的人有那么要紧吗？只要朝廷不能为我父亲洗雪冤屈，冯妙真今日不加入江北灾民会，明天就会加入！说不定，我现在真的就是江北灾民会的大头领了呢！"说完这话，她再没有停留，立即大步流星走了出去，暖儿看隽藻一眼，也随她而去。隽藻心中还有许多话要说，却只能站在原地，眼睁睁地望着她离去。

玉环睡了一觉，仍不见隽藻回房，看看将近三更，披衣下床一径去书房里找，到了之后却发现只有一盏灯亮着，人却不见。她朝对面冯宅一望，登时心里一慌，就喊了起来："老爷——！宿藻、张牧、江大哥，你们快起来，老爷不见了！"正在这时，一个人影忽然走近她，一把捂住她的嘴，低声道："别喊，三更半夜的。"听到是丈夫的声音，玉环的身子一下就软了。隽藻扶住她走回书房。这时宿藻、张牧都跑了过来，江一鸣接着也出现在书房门外。隽藻看着他们，摆摆手道："都回去吧，没有事了。"三人相互看一看，不明白发生了什么事情，却也不好再问，又相继走了回去。隽藻回头埋怨玉环："都是你闹的，什么事也没有，你乱喊什么！"

玉环见他心情明显不好，眼角里还有没有拭净的泪痕在闪光，忽然就明白发生了什么事。一时也没有和他理论，见他仍不愿回去，自己就先回房里坐着。直等到三更过后，隽藻才回房。玉环关上门，转身就像一只发怒的母猫，睁圆了眼睛冲他扑过来，一边就流泪叫道："你方才去哪儿了？"隽藻一边招架，一边怒道："放手，干什么，你又来了！"玉环抓住他不放，声音里还带出了哭腔："我都猜出来了，你刚才又去隔壁见她了！都这些年了，我还以为你忘了她，可你还是没有忘，刚回到京里来，她又来找你了！你娶了曹玉环这些年，心里一天都没有我，你心里想的还是她！……不行，今天这件事不能这么完！你得告诉我，你们这些年还瞒我做了什么事？你还得告诉我，她这会儿去了哪儿？我要见她，我要当面问问这个狐狸精，她想把你怎么着，想把我们这个家怎么着！"隽藻听不下去，怒道："想知道我就告诉你。八年前在江西，那天夜里有刺客杀我，就是她和她的人救了我！"玉环一惊，道："什么？她……她救了你，她为什么救你？你又不是她的丈夫！"隽藻神情悲痛，低声道："我告诉你，你一定要相信我的话。这是千真万确的实话。这些年每到祁隽藻危难之际，都是妙真派人来救了我，那是因为我当初对她许下了誓言，要用一生在朝廷里帮她查清我们冯祁两家的冤案，让朝廷能够给她父亲平反昭雪，让她有一天也能像我们这样正大光明地活在人间。"听了这些，玉环终于冷静下来了，含泪道："你要是一辈子都查不清她父亲的冤情，莫不成她还要杀了你？"隽藻怒道："不能！只要祁隽藻不死，就一定能查清我们祁冯两家的冤案，不然还称得上什么天日昭昭！……"

3

次日隽藻早早地上朝。早朝过后，道光让人将他引进了久违的养心殿。隽藻心情激动，伏地跪拜，口称："吾皇万岁万岁万万岁！"又道，"圣上，臣多年不见圣上，圣上见老了，这才几年，鬓发都白了。"道光听了这话，心头一热，望着他道："祁隽藻，还是你，走了这么些年，回到京城，头一眼就看见朕的头发白了。祁寯藻，你也老了些，不是老，是老成。来人，给祁寯藻看座！"翁心存走过来，给祁寯藻搬来一个凳子，又悄悄冲他一笑，眨了一下眼，转身退出。寯藻爬起，躬身言道："臣谢圣上赐座。"道光也坐了下来，望着他道："你来了，朕的心情就好一些了。跟朕讲讲，朕把你放到江西这些年，此次回来重任会试的副主考，有没有要为朕举荐的人才？"寯藻从袖口里摸出一个折子，双手高举过去道："回圣上话，这是今年江西来京会试的举子名录，其中就有一批人才，请圣上留下御览。"道光接过来翻了一下，放在案上，道："很好。放在朕这里，朕回头好好看一看。你先告诉朕，这些人都是赣江书院钱无庸老先生的学生吗？有没有将来可大用的人？"寯藻答道："回圣上话，这些人全是钱老先生的高足。依臣看来，其中至少有一个人将来可以大用。"道光听了，不觉高兴起来，站起问道："快告诉朕，此人是谁？"寯藻也起身道："臣要向皇上举荐南昌府举子胡沅浦。此人读书无数，胸有大志，目光寥廓，宠辱不惊，是为臣在江西发现的人才之首。"道光点点头道："物以类聚，人以群分，祁寯藻自己就是天下之器，赏识的自然也是天下之才。这个胡沅浦，来参与此次会试吗？"寯藻回答："胡沅浦本不欲来参加这次会试，臣离开江西前曾登门拜访，一力邀他来京会试。臣看他的意思，并没有完全弃绝为天下出仕之心。"道光听了，松一口气，道："这就好。"

翁心存抱一沓折子进来，放下，转身欲走。道光微怒道："又是谁的折子，讲些什么？"翁心存回头躬身道："回圣上话，军机大臣王鼎以及李鸿藻、彭蕴章等上书圣上，支持黄爵滋的禁烟之议，恳请皇上大力禁烟。"道光心情立即变得恶劣起来，回头望着寯藻道："祁寯藻，朕本想和你叙叙旧，也不能了……总之长话短说，今科朝廷会试，你和穆彰阿还是要主持公道，为朕，不，为天下人简拔出一批人才。"寯藻起身，再次跪拜叩头，口称："圣上，臣领旨告退。"然后起身就往外走。

道光久久地望着他，突然开口言道："祁寯藻站住。"寯藻站住，回头。道光道："祁寯藻，朕今日见你，本以为你也要为禁烟的事向朕大声疾呼，没想到你一句话也没有提起。怎么，你就一点儿也不想像他们那样，逼朕在天下彻底禁绝鸦片吗？"寯藻听了，低头沉吟不语。道光默默看他，又道："祁寯藻，这次回京，你可是大变了。虽然朕不喜欢当年那个动不动就骂朕是桀纣的祁寯藻，可也不喜欢你像今天这样，见了朕吞吞吐吐，有话不讲，与朕虚与委蛇。"寯藻听了，重新疾步走回来，俯伏在地，奏道："圣上圣明，臣所以不想再提禁烟之事，是因为臣以为，这鸦片是禁不了的，既然禁不了，臣就不愿说它了。"

道光勃然变色，失望言道："祁寯藻，你在回京途中写的密折朕已看过，所以没在朝会上提起，朕的苦心恐怕你也能够领悟。鸦片乃国之大害，朝廷内外许多人皆说可禁，也一定要禁，不禁不得了，你却说它禁不了，怎么解释？连你也不相信朕真有禁绝鸦片之心吗？"隽藻闻言，叩头不起道："臣不敢怀疑圣上有禁绝鸦片之心。只是臣以为，对天下万民而论，鸦片固然是一大祸患，但对于朝廷，对于圣上，乃至于朝廷内外与鸦片进口有涉的官员和商人，却是一桩大利，朝中一力主张禁烟的人只看到大害，没看到大利，所以他们不懂，这鸦片是禁不了的。"此话大出道光意料，不觉怒道："祁隽藻，此话怎讲？难道朕也像那些贪官，要靠鸦片发财吗？"隽藻听了急道："圣上若在天下禁绝鸦片，圣上和皇长子必做天下人的表率；圣上和皇长子一定不能这么做，因为皇上自己也抽鸦片，尤其是皇长子奕纬，据说一天都离不开鸦片，此事天下尽知。皇上和皇长子自己不禁鸦片，天下人必认定圣上禁绝鸦片之心是假，于是上行下效，无人遵旨，圣上还会被天下人认为是一言行不一的皇上。如此不但禁烟之事不成，皇上的威望也会受损。所以臣以为还是不禁烟对圣上有大利。"道光不听这话则已，一听遽然大怒，脱口言道："祁隽藻，住口！"隽藻住口，不再多言。道光气得发抖，道："朕还以为把你放到江西历练了这些年，你的性情改了呢，没想到你还是如此！祁隽藻，你以为朕宠着你，就能任你胡为，不治你的罪吗？"隽藻叩头镇定言道："回圣上的话，臣在回京的路上就想好了，臣回到京城，一定还会再进天牢，所以臣今天来见圣上的时候，已经把该带的东西都带出来了。"

道光极力让自己平静下来，过了一会儿才开口道："好吧，朕也明白了。你说，朕该怎么做，才能禁绝天下的鸦片？"隽藻声调虽然平缓，却句句击中要害："臣的话很简单。因为天下之事其实都非常简单。今日朝廷上下，议论严禁还是弛禁，总在利害二字上兜圈子，臣以为大错！鸦片不禁，大清国可以不等洋人用此等有害之物换走天下的银两，就要亡国！"道光一听又大怒起来，道："祁隽藻，你你你……说出道理！说不出道理，你就是诅咒，朕要治你的罪！"隽藻仍然十分平静，道："圣上不禁鸦片，鸦片必将加倍荼毒天下百姓，天下百姓不胜荼毒，必将不会坐以待毙，一旦忍无可忍，揭竿而起，大清不亡，岂有此理！圣上想想，这难道不是很简单的道理？"道光心中大震，久久伫立，不能言语。隽藻道："臣祁隽藻告退。圣上，臣是不是现在就去天牢？"道光怒意不减，不看他，冲他摆了摆手，道："下去吧。"隽藻听了，急忙站起，躬身退出。

肃顺就在这时走了进来，看一眼道光，似有话说。隽藻朝门外走了几步，想到了什么，又匆匆回来，重新跪下叩头。肃顺吃惊地看他，道："祁隽藻，皇上没有唤你，你怎么又回来了？"道光也回过头，不胜其怒地望着隽藻。隽藻道："圣上，臣祁隽藻还有一件事，差点儿忘了，回来叩问圣上。"道光叹一口气，尽力让自己平静，说出话来却依然带着火气："祁隽藻，你还有什么事？"隽藻突然大声流泪言道："回圣上话。臣当年去江西时，曾给圣上上过一个折子，其中说到嘉庆二十二年臣的父亲祁韵士的宝泉局亏铜案，以及前淮南道冯叔阳私通江北灾民会一案，臣以为这两案皆是奸人陷害忠良，求皇上以待天下至公之心，派员重新查清真相，使沉冤得雪，受害之人得以重见天日。这么些年过去了，臣斗胆叩问圣上，此事有没有一点儿眉目？"肃顺心中一动，飞快地看了道光一眼。道光听了，忽然想起了此事，沉默良久，方才沉沉答道："祁隽藻，这两个案子朕多年前就让王鼎重新查过了，没有证据说明它们就是冤案。"隽藻听了抬头，高声言道："圣上，臣以为——"道光不让他说下去，喝道："祁隽藻住口！朕也不相信你父亲祁韵士当年贪污了宝泉局七十万斤铜，就连先皇也不相信，可是你父亲卸任之后，他的继任人就是发现库里亏了七十万斤铜，这如何解释？还有冯叔阳一案，当时既有人证，又有物证，这你又怎么解释？……好了，朕知道你还想说什么，朕和你一样，也希望这两个案子是冤案，可它们不是！"隽藻心中激动不已，再次叩头在地，亢声道："圣上，臣再次叩请圣上下旨，重新彻查此案，一定能查个水落石出！查不清此案，臣死也不肯瞑目！因为此两案冤情不得昭雪，不止死去的人将继续蒙冤九泉，就是活着的人也会因此不能重见天日——"

道光已经忍无可忍，猛然打断了他的话，道："祁隽藻，今天我们君臣相见，朕本不想提到此事，可是你既然说到了这个活着的人，朕就让你看一样东西！"只见他走过去，从壁上一把撕下一片纸，原来那是一张妙真的画像。隽藻看毕，大惊失色。道光冷冷言道："祁隽藻，你认识此人吗？"隽藻一时张开口说不出话来。道光盯看着他道："此人名唤冯妙真，她就是当年被处死的前淮南道道台冯叔阳的女儿，现如今成了江北灾民会的大头领！你刚才说有人因为冯叔阳一案至今不能重见天日，讲的是不是她？"隽藻尽量让自己的心平静，亢声言道："圣上，臣认识此人。臣刚才讲的正是此人，而且臣还要奏明皇上，冯妙真并不是江北灾民会的人，更不是江北灾民会的大头领。时至今日，虽然朝廷一直在天下行文缉拿她，但她却仍然认定圣上能让人查清她父亲的冤案，也能让她自己走出黑暗，重见天日！"道光大感意外地盯着他，又惊又怒道："祁隽藻，有人告你和冯妙真、和当年夜袭皇宫刺杀先皇的江北灾民会有勾连，朕不相信，你不会自己承认这是真的吧？"隽藻猛地抬起头来，用异常坚定的声音说道："圣上，冯妙真确实不是江北灾民会的人，臣可以身家性命为她作证！"道光大怒："来人！"肃顺一旁急忙答道："奴才在。"道光一挥手道："把祁隽藻押进……天牢！"

4

　　隽藻再入天牢的消息当晚就传到了妙真耳中。京郊密林间的那处茅舍内，妙真对李清玄流泪道："师傅，这次皇上要是真杀了隽藻，我心里的最后一线光亮就要熄灭了，就是姚一镖他们不来找我，我自个儿也要去投灾民会，举旗造反了！"李清玄沉吟一下，吩咐两个弟子道："连夜进城，找到你大师兄，把事情的来龙去脉打听清楚了，马上回来报我！"

　　当天深夜，已经进了天牢的隽藻正在囚室中假寐，道光由肃顺相陪，再一次突然走了进来。听到响动，隽藻抬起头，急忙翻身拜倒在地，口称："臣祁隽藻叩见圣上，吾皇万岁万岁万万岁！"道光示意肃顺退出，也不看隽藻，厉声问道："祁隽藻，朕这次把你关进刑部大牢，你知罪吗？"隽藻道："臣不知罪。"道光道："你勾连江北灾民会匪首冯妙真，图谋造反，还敢说你不知罪！"隽藻道："圣上其实明白，臣并没有犯下圣上讲的这些罪！"道光"哼"了一声，道："说吧，今天朕不让别人审你，朕亲自审你，你怎么知道冯妙真不是江北灾民会的人，还能以身家性命为她作证？"隽藻本不想说，到了这时，也不得不说了，想了半晌，他开口言道："因为臣在江西时，有一天夜里江北灾民会的两位长老要来杀臣，是冯妙真及时赶来相助，才救了臣不死，于是臣知道，江北灾民会声称冯妙真是该会的大头领之事是假。"道光不觉吃了一大惊，变色道："朕问你，你到江西做学政，不理民政，江北灾民会的人为什么要杀你？还有，冯妙真为什么又要救你？说出道理，朕就饶你不死，说不出来，你就是犯下了大罪，还要花言巧语，欺蒙朕躬，是可忍，孰不可忍！"隽藻道："圣上，此事说来话长。江北灾民会的人所以要杀臣，是因为臣到江西之后，揭发江西一省官员瞒报旱灾，借机鱼肉百姓，兼并土地。江北灾民会的人知道之后，认为如果圣上准了臣的折子，拨乱反正，惩办贪官，赈济百姓，还地于民，他们鼓动江西数十件灾民起而造反的事就要落空。"道光听了此话，沉吟半晌，又道："那冯妙真为何又要救你？"隽藻叩头在地，不觉流泪，大声叫道："臣回圣上的话！圣上，冯妙真之所以要救臣，是因为臣在臣的父亲蒙受天下奇冤、被发配新疆之后，已下定了决心，今生今世，再不科举入仕为官，一生只在恩师张观藜的商号里做一名马夫！可就在这时，江北灾民会一伙人在北去黑龙江的路上抢走了妙真，裹挟她到了臣的家乡，逼她做该会的大头领，又将臣也劫走与妙真相见，要臣也加入灾民会，鼓动天下人造反。是臣当日在妙真面前发下誓言，为了阻止这些人点燃一场烧遍天下的大火，臣一定要回头重走科举之路，入朝为官，一是致君尧舜，救天下苍生免于那场大难，二要查清冯祁两家的冤案，让死者瞑目，生者重见天日。后来是妙真设计让臣脱了身，她自己也就此记住了臣的话，终与灾民会分道扬镳，并且自从那天之后，一直在悄悄地保护臣，臣能活到今日，全是妙真之力。圣上，妙真所以至今没有加入江北灾民会，与朝廷为敌，是在等待臣履行自己的誓言，求皇上重新查清冯祁两家的冤案，让死者重见天日，让活者重回人间。"说到这里，他再也忍不住内心的悲痛，呜呜地哭将起来。

道光久久地站在那里，突然回头道："祁隽藻，今晚你这些话如果都是真的，朕也就明白了一件过去一直想不明白的事情，你这样一个人，为什么还要来到朝廷里做官。原来除了要做天地民心，你也有自己的原因……好了，你收拾收拾，可以离开这里回去了。"隽藻心中一震，抬起头惊讶地看着道光，又问："圣上，可我们冯祁两家的案子……"道光道："这件事你就不用再说了。"隽藻知道他是答应了自己的请求，叩下头去，大声言道："臣谢圣上！圣上若能尽快查清此案，还生的和死的一个公道，不唯冯妙真，天下还有许多人都会感动于圣上待天下以公的心，不再跟随江北灾民会造反！"道光不想再听他说下去，转身要走，又回头说："好了，什么也甭说了。朕走了，你等会儿也悄悄地出去。你这次进刑部大牢的事，除了朕身边的几个人，没人知道，朕也不会说出去。出去了你要继续好好给朕当差。"边说着边往外走，走了几步又回头，欲说又止。隽藻用询问的眼神望着他。道光想了想道："祁隽藻，告诉朕，如果朕查清冯叔阳一案确是冤案，冯妙真她真能不再与大清为敌，回头做朕治下的良民？"隽藻叩头在地，道："圣上英明！冯妙真直到今天也没有下定决心和大清为敌，她只是在等待朝廷为她父亲洗雪冤屈！臣担心的是她是不是能够一直等下去！"道光愤慨道："祁隽藻，他们一直都告诉朕，灾民会已经绝迹，朕今天从你这里才知道，原来他们还在。告诉朕，这些贼人现在何处？！"隽藻高声道："圣上何必问这些人现在何处！臣请问圣上，如果圣上做尧舜之君，天下小康，根本没有灾民，哪里会有灾民会？圣上若不做尧舜之君，天下人尽成灾民，就连京城之内也会有灾民会！"道光听了，转身离去，再不回头。

回到养心殿，道光久久伫立，神情严峻。肃顺站着，不敢离去。道光发觉他还在身边，回头问道："你怎么还没有走？"肃顺道："皇上没让奴才走，奴才不敢。"道光想了一想，道："肃顺接旨。"肃顺急忙跪下，道："奴才肃顺接旨！"道光道："这是一道密旨。此事朕只交给你一个人悄悄地去办——重新去查冯叔阳和祁韵士的两桩旧案，不要惊动任何人。查不出真相也就罢了，万一查出真有黑幕，也只准你回来奏明朕躬一人。"肃顺听了，心头一颤，急道："奴才领旨！"

5

怡王府密室里，肃顺三兄弟连夜重新聚首。载元听了肃顺的话道："这两个案子，你不要查了。事情过去了这么久，你查不出什么来的。我们当时都参与了办案，真正下决心惩办祁韵士和冯叔阳的人不是我们，而是先皇。"肃顺吃了一惊，道："先皇？"载元道："我还告诉你一件事。皇上其实并不希望你查出什么真相，就是查出什么真相，事涉先皇，他也不会真为祁冯两家昭雪。皇上让你去做这件事，无非是想用这个办法留祁隽藻在朝廷里当差。"肃顺想了想道："不止如此，皇上虽说只给我一人下了密旨，但我知道，这事总会泄露出去，让祁隽藻知道。皇上这么做，也是为了让祁隽藻将此事传到江湖上去，羁縻某个人的心，不让此人率众造反。不过老二老三，你们都是当事人，此两案要是有什么真相，你们一定知道，如果知道，就一定告诉我。日后万一皇上问起来，我也好有话说。对了，你们这里我也不能多待，皇上疑心很重，焉知他没有派人盯着我。"说到这里，他不敢多待，匆匆离去。瑞华看他走远了，回头对载元道："老二，你说皇上将来真会查出什么来吗？"载元闻言大怒："说什么呢你！事情都过去了这些年，你把什么都忘掉，不就什么事也没有了吗？！"瑞华瞪了载元一眼，赌气拂袖而去。

道光一夜难眠。次日早上，就在养心殿里召见了穆彰阿和王鼎。二人跪了许久，见皇上仍久久背身而立，不发一言，不觉悄悄地抬起头来看他。此时道光突然转过身来，大声对二人道："穆彰阿、王鼎，代朕拟旨，江苏巡抚林则徐任湖广总督，陕西巡抚邓廷桢任两广总督！"穆彰阿听了，心中大惊，不觉叫道："皇上——"道光没有让他说出去，一口气说下去："着林、邓二人到任后即会同两江总督陶澍、闽浙总督程祖洛，考察沿海及江南内地各省鸦片之害详情，并就如何禁绝鸦片，给朕上折子，朕想知道一举禁绝天下鸦片之法。"王鼎听了，大出意外，又大喜过望，急抢在穆彰阿之前开口道："臣领旨！臣告退！"穆彰阿仍然伏地不起。道光问："穆彰阿，你还有什么话说？"穆彰阿道："皇上，奴才请皇上即刻收回成命。林则徐好大喜功，天下尽知，若让他与邓廷桢、陶澍诸人共议禁烟大计，奴才以为天下纷扰，从此而始。"道光默默看着他半晌方道："穆彰阿，你以为是让林则徐等人讨论禁烟引起朝野上下议论纷纷好呢，还是让天下人忍无可忍，揭竿而起，夺了祖宗留下的江山好呢？"穆彰阿脸色登时一变，一时张口结舌。道光怒转身，低声道："去吧，想个法子让天下人尽知，朕，还有皇长子奕纬，从今天起，戒烟了。"穆彰阿听了，更是惊讶得半天说不出话。道光缓了一口气道："好了，如果你不愿插手此事，这件事就由王鼎去办。眼看着会试之期已到，你就好好地会同祁隽藻，为朕办好那件大事吧。"说完不再看他，径自离去。

6

距离会试之日尚有数日，来京应试的江西举子已经一拨拨地出现在祁家。隽藻一一查点，却发现少了一个人，惊道："怎么没有看到沅浦，他到底还是没来吗？"一名叫刘仕达的举子代大家回道："大人，学生们并不是一起来的，我们这些人也是到了京城，住进了江西会馆，才聚在一起，沅浦兄没有和我们住在一起，至于他是不是来了，学生不知。"隽藻不觉现出失望之色，却仍旧笑道："你们都准备好了吗？"众举子抢着回答："大人，准备好了不敢说，不过都说了，这次一定要好好考，尽平生所学，多中进士，给大人争光！"隽藻又大为高兴起来，道："你们哪里是给我争光。你们是要给你们的爹娘争光，给江西的父老乡亲争光，给赣江书院和钱老先生争光！——对了，你们回去后，哪个见到沅浦，一定要他来见我。我有话要跟他说。"

让隽藻如此挂念的胡沅浦此时早已到京，没有去江西会馆和他赣江书院的同窗会合，却单独住进了一家冷僻的客栈，自此不出客栈大门，一应杂事只打发陪他一起来的兄弟胡叔纯出去办理。这日晚上，胡叔纯回到客栈，看一眼胡沅浦，道："大哥，刚才我在路上见到了刘仕达他们。"胡沅浦听了不悦，道："怎么这么巧，就遇上了他们？"胡叔纯道："刘仕达说，他们今天去了祁大人家，他问大哥既然到了京城，为何不住江西会馆，又说祁大人回京后一直在等大哥，让你到了以后一定去见他，他有话要说。"胡沅浦心中早已打定了主意，突然道："叔纯，明天我要去拜见此次会试的主考官穆彰阿穆大人。"胡叔纯听了，心中一惊，凑上前去压低声音道："哥，你怎么去见他？穆大人和祁大人水火不容，天下尽知。有人说，祁大人早些年几次险遭暗杀，背后都有穆大人的影子。"胡沅浦继续坐着，不发一语。胡叔纯又道："哥，你是江西的举子，祁大人是江西的学政，穆大人自然视你为祁大人的学生，你去见他，岂不是自讨没趣？还有，这件事让祁大人知道了，会怎么看你？"胡沅浦不看他，微微一笑道："这个你不用担心，如果因为我到了京城先去拜见穆大人，祁大人就对我另眼相看，而这事又让穆大人知道了，我就从此洗刷掉了祁大人一党的嫌疑，有一天入朝为官，就是一个没有被打上标记的人了。"胡叔纯听了，越发吃惊，半晌又担心："大哥，我可是听说这位穆彰阿穆大人是位极豪奢的权臣，想进他的门，手里没有真金白银，连他的管家你都见不着。"胡沅浦冷笑一声，胸有成竹道："四弟，我们是穷人，没有银子。穆大人要是因为我没有银子不见我，这人也就不值得我在意了，那时我就带你去见祁大人。"胡叔纯听到这里，猛然大致猜透了他的心，不觉眨巴着聪明的眼睛笑道："哥，你这个人平常不显山不露水的，怎么一到了京城，你就有了这么多的花花肠子。古代有个故事叫作二桃杀三士，你明天去看一次穆大人，就把今科两位主考官的底都摸透了。"胡沅浦听了，脸上并没有现出得意之色，沉默有顷，才把想好的话说出来："别给你哥戴高帽子，你哥无非是在试探着怎么走这条入仕之路。也许明天一试，世间依然无路可走，那咱们就不考了，回江西种菜去。"胡叔纯听了，果然松一口气，道："这话我听着喜欢。不考就不考，只要在乡下饿不死，也不一定比在京城里担惊受怕做官差到哪儿去。好了，我给你打水去，洗了就睡吧。"

次日，这胡沅浦果然带着兄弟叔纯，来到穆府，拜见穆彰阿。此时穆彰阿正为皇上起用林则徐、邓廷桢分任湖广总督和两广总督，又要沿海各省的督抚详议禁烟之法而生气，一早就赶来伺候着的琦善又在一旁鼓噪不休地发问："大人，奴才还有件事不明白，皇上既对祁隽藻言听计从，连禁烟这样的大事都听他的，这次林则徐升官，邓廷桢升官，连后起的黄爵滋都升了四品，为什么没给祁隽藻升官？"穆彰阿回头看他，终于开口道："我也在想这件事呢。"琦善压低嗓门道："大人，有件事你听说没有？前两天，皇上把祁隽藻关进了天牢。"穆彰阿一惊："当真？我怎么不知道！"琦善小声言道："这件事很蹊跷。奴才也在这里纳闷呢。据说白天抓进去，晚上就放了出来，还封锁了消息，谁也不让知道。"穆彰阿越想越吃惊，道："这怎么可能！"琦善见他真不知道，于是也道："奴才也觉得不可能。但万一是真的呢？"穆彰阿久久沉思，忽然开怀大笑。琦善急问："大人，你笑什么？"穆彰阿道："如果这件事是真的，本官现在就可以断定，这次会试之后，皇上还会送祁隽藻出京。皇上受不了祁隽藻，只要他还想保住祁隽藻的脑袋，不让自己一怒之下下旨砍了祁隽藻的头，他就不能让祁隽藻留在身边。"琦善听到这话神秘兮兮地笑了，道："这倒是奇了，皇上不让我们杀祁隽藻，他自己倒要杀祁隽藻？既如此，大人何不上折子求皇上将祁隽藻留在朝廷里，让皇上有一天受不了他，杀了他。"穆彰阿长长地呼出了一口气，看着琦善道："你小看皇上了。我警告你，皇上比你想象的聪明，别跟他玩这样的花招。"

说到这里，薛管家走进来，对穆彰阿耳语了几句。穆彰阿一愣："怎么会是他？祁隽藻回京后给皇上举荐了一批江西士子，这个胡沅浦名列第一，他是祁隽藻的得意门生，怎么拜到本官门上来了？不见！"薛管家看他一眼，道："爷，奴才觉得……"穆彰阿立马大悟，哈哈一笑，道："那就请进来，让我看看这个祁隽藻眼中的天下之才！"薛管家听了，急急走出，带胡沅浦穿花度柳，向穆彰阿的书房走来，边走边道："请请请！看到没有？前面就是大人的书房。大人在书房见你，这可是特殊的恩典！"胡沅浦在书房前站住，对这侯门内院深望一眼，暗吸了一口气，大步向穆家书房走去。薛管家在前面引路，进了书房门，胡沅浦随即跪下叩拜，口称："江西南昌举子胡沅浦，特来拜见今科会试主考官、恩师穆大人！"薛管家也不拦他，退到一旁，看穆彰阿和这位新来的举子如何演这场戏。穆彰阿正与琦善对坐饮茶，回头看了一眼，急忙起身，做礼贤下士状，快步上前，去搀扶胡沅浦，一边说道："原来是胡沅浦，快快请起！……你可是贵客！管家，快给沅浦看座，上茶！"胡沅浦伏地不起，叩头道："启禀大人，学生刚刚在大人的门上，听守门的大爷讲，没有银子，见不到大人，胡沅浦一贫如洗，来时备不起一份厚礼，请大人见谅！"穆彰阿一怔，心中一沉，旋即哈哈大笑，道："胡沅浦，你这年纪轻轻的举子，说话怎么如此厉害！你来见本官，本官马上让你进来见我，连直隶总督琦善琦大人都让本官晾在了一旁。你还说什么银子？本官没要你的银子，不也让你进来了吗？这就是琦大人，还不快来相见？"胡沅浦这才急趋几步，转向琦善叩头："江西举子胡沅浦，叩见直隶总督琦大人！"——到了此时，琦善不觉附和着穆彰阿做态，且不理会胡沅浦，只对穆彰阿道："大人，你看这个胡沅浦，是不是和大人有缘哪，大人方才还说到他，他就来了！胡沅浦，你起来！"胡沅浦听了，从容地爬起来，躬身立在一旁。

穆彰阿就越发显出了耐心和高兴，道："请坐请坐，这一套俗礼儿也完了，你坐下喝茶，咱们谈谈。"胡沅浦立着不坐，恭敬言道："学生今天能见到大人，三生有幸，不敢再耽搁大人的公事。"穆彰阿故作一惊道："怎么，你还要到别处去？对对对，你是祁大人的门生，要是着急，你就先走，改天再来，和本官好好叙谈叙谈。"琦善知道穆彰阿的心思，这时就故作亲热，道："你这个胡沅浦，糊涂！怎么急着要走？你就一点儿也不想知道穆大人刚才和本官说了些什么？"胡沅浦神情自若，从容答道："穆大人、琦大人，学生方才只是觉得自己来得唐突，怕打搅两位大人公务，所以才要告辞，并不是有什么别的地方要去。学生久闻穆大人大名，高山仰止，今日与穆大人一见，大人待学生如此亲切，学生如沐春风，巴不得留下侍奉二位大人。"穆彰阿闻言大笑，道："琦大人，你瞧，这个胡沅浦，是不是和本官有缘？——沅浦，既是如此，你就坐下。本官待人从不客气，你来了，就把自己当成这里的主人，你看看琦大人，他从来就是这样的。"胡沅浦听了又道："学生一直听人说穆大人温文尔雅，礼贤下士，今日一见，果然不是虚传。大人，胡沅浦谢座。"甫一落座，薛管家马上给胡沅浦送上茶来，回头却悄悄冲琦善一笑。胡沅浦见状又立马站起，对穆彰阿躬身拱手言道："胡沅浦谢大人赐茶。"

穆彰阿回头看琦善一眼，——琦善点头——，于是回头满面春风，对胡沅浦道："沅浦呀，你坐。刚才琦大人的话没错，我们俩方才说的正是你。今日上朝，见到皇上，皇上也提到了你，让本官关注你的文章。"胡沅浦刚刚坐下，复又急忙站起，再次躬身道："胡沅浦谢皇上、谢大人提携！"穆彰阿坐下，微笑道："我要不说明白，你一定也不知道事情的来龙去脉。前几日江西学政祁隽藻还朝，讲到过你，才学出众，胸有大志，是一位可用之才，本官和琦大人听了，十分高兴。实话告诉你，就是你今天不来，本官也要打发人去请来一见呢！是不是呀琦大人？"琦善听了急道："穆大人还说，江西学政祁隽藻这几年在江西养育了多少人才，胡沅浦就是其中的佼佼者。当今天下，正是多事之秋，朝廷急需人才，穆大人又是朝中有名的爱才之人，听说江西出了你这么个出类拔萃的人才，喜欢得什么似的，赶不上会试那一天，就想见你呢！"胡沅浦已经听出弦外之音，立即站起，拱手道："两位大人在上，胡沅浦虽远在江西，也久仰穆大人尊贤爱士、奖拔后学之名，这不，昨日到京，今日第一个来拜见的就是大人。也没想过真能亲蒙大人接见，只不过想跻身众举子中间，远远地瞻仰一番大人的风采，心愿也就足了。学生今日有此际遇，真是三生有幸！"

穆彰阿心中一动，不觉笑道："怎么，胡沅浦，祁大人是多年的江西学政，是你的恩师，到了京城，你不头一个去见他，却来见本官，你就不怕你的恩师吃本官的醋吗？哈哈哈哈……"琦善也跟着笑起来，气氛一时显得十分轻松。胡沅浦并没有跟着他们笑，仍拱手恭敬言道："学生回大人的话，祁大人虽然久在江西，养育士子，算是学生的恩师，但学生中举，却是在祁大人到江西之前。祁大人那里，学生当然也还是会去的，不过要等江西的同乡来了，一起去看，以尽师生之谊！"穆彰阿听了，心中又是一动，脸上的笑容就悄然落了下来。薛管家见状，知道他的戏要落幕了，急道："大人——"穆彰阿听了，没让他说下去，就站起来言道："啊，沅浦，今日你能来，本官十分高兴，只是本官身不由己，马上要出门去办公务，咱们今天只能谈到这里。好在你我已经见了面，你就算是认了我这个门，以后经常来我这儿坐坐，千万不要把自己当成外人，好不好？"胡沅浦听了站起，拱手道："谢大人！胡沅浦今日有幸见到大人，已经心满意足，万一今科胡沅浦侥幸得中，大人就是学生的座师，如蒙大人不弃，答应让学生时常来尽师生之礼，学生将感激不尽！"说罢，又叩头在地，跟在薛管家后面走了出去。看着他走远，穆彰阿不觉自语："胡沅浦这个人，有点儿意思！"

第二十六章

仰山景行沅浦作画　伤子别友道光访邻

1

转眼就到了朝廷会试初场那一天的拂晓，礼部贡院，龙门大开，三千名各省应试的举子列队进入。作为此次会试的主考和副主考官，穆彰阿和隽藻并肩立于龙门，望着这一队一时显得前不见首后不见尾的队伍。自那日胡沅浦到自己家中拜见过一次之后，穆彰阿就再没有忘掉这个人。此时一眼又在队伍中瞧见他，忍不住语带机锋对身边的隽藻开口言道："祁大人，听说你在江西学政任上，栽培下一位高足，名叫胡沅浦，有这么回事吗？"隽藻觉得此话有些刺耳，笑了一下答道："下官回大人话，下官奉旨在江西为皇上和天下人养育士子，不是为自己栽培高足。至于胡沅浦，此人是江南大儒钱无庸老先生的高足，并不是下官的高足。"穆彰阿听了，心中暗笑，目光仍望着前面的队伍，口中却道："这样就好，要不然本官会觉得此人人品有问题呢。就这个胡沅浦，前日刚到京城，不去看望你这位恩师，却巴巴地先跑到本官府上，要认本官做他的恩师。本官当时就没有理他，让人赶了出去……"隽藻心中一惊，想了想又觉得没有什么，他本来就是个心胸磊落之人，并不在意此事，于是就心无芥蒂地笑起来，望着穆彰阿道："大人，下官所以居官在朝，一为致君尧舜，二为使民小康，于自己则一无所求。至于为天下人而非为你我养育人才，更是做臣子的本分。胡沅浦到京后去拜见大人，下官虽然不知，却也以为不是什么大过。不过是仰慕大人罢了。大人以为是这样吗？"这话隽藻说得从容淡定，穆彰阿听来却字字刺心，难以忍受。但他虽然心中愤怒，面上却半点也不显现出来，却回头笑道："祁大人，本官方才只是想打听一下，这个胡沅浦是不是一个投机钻营的势利之徒，大人就说出这些话来，是不是太多心了？哈哈哈哈……"隽藻听了拱手道："大人说到胡沅浦，下官正好要禀告大人，胡沅浦虽不能算是下官的学生，但下官仍要向大人特别举荐此人，请大人注意此人的文章。下官以为，胡沅浦是今科江西举子中的翘楚，哪怕朝廷只从江西人中取一人，也该是他。"穆彰阿心中早已大怒，脸上却一直冷笑，打着官腔道："这个嘛，那就要看他科场上三篇文章做得好不好了。"一张脸一旦转过别处，神情便马上阴鸷起来。

他仍然没能忘记这个胡沅浦。几天过后，三场会试已毕，穆彰阿坐在贡院主考官的居停处喝茶，薛管家匆匆走来，看左右无人，低声回道："大人，奴才查过了，胡沅浦头天去给大人磕过头以后，第二天才会同了一批江西举子，去见了祁隽藻，从头到尾，都没和祁隽藻说上几句话。奴才以为，他和祁隽藻之间，可能真没有太多的交情。"穆彰阿放下茶杯，道："哪里是没有交情，只怕是就是有交情，到了京城，也顾不得了。"薛管家听了，急忙笑道："大人所言极是。"穆彰阿一直紧绷着的表情突然变得轻松起来，想了想，突然道："来人，查查胡沅浦会试的卷子，本官今晚就要看。"

　　隽藻也关注着胡沅浦的卷子。此时这三张卷子正在隽藻手里，看罢他却皱起了眉头。王鼎这时突然闯进来。隽藻一见吃了一惊，急忙站起道："大人怎么进来了？"王鼎哈哈一笑道："贡院重地，又是会试之期，老夫无圣上旨意，当然不敢进来。隽藻，胡沅浦的卷子在哪里，你看过了吗？皇上迫切想知道此人会试的结果。"隽藻将几张卷子递过去给他看，一边皱眉道："大人，胡沅浦此次的策论文章写得不好。"王鼎吃了一惊，道："是吗？"他接过那三张卷子，特别取出那篇策论，仔细看了一遍，也失望道："文章还是不错，四平八稳，中规中矩，只是不像老夫期望得那么好罢了。穆大人看了吗？"隽藻摇头道："还没有。"王鼎沉思有顷，欲走又未走，突然转身低声道："隽藻，老夫刚听到一个消息，说这个胡沅浦，一到京城，没去看望你这个恩师，却到穆彰阿府上攀交情，过后才和别人一起到你府上应付了一趟差事。有没有此事？"隽藻听了，沉吟一下，替胡沅浦辩解道："大人，这件事可能——"王鼎举手示意他不要说下去了，郑重言道："不是老夫一定想知道这个，是有人想知道这个！"隽藻知道他说的是皇上，急言道："大人，胡沅浦乃是江西学子中第一顶天立地光明磊落之人，即使确有此事，学生也认为他绝无去穆大人那里投机钻营之意，请大人回宫奏明圣上，不要听外面的人居心叵测，胡乱猜忌！"王鼎本是正人君子，见他如此认真急切，点点头道："这也罢了。不过老夫还要再问一句，这个胡沅浦，他前几科的策论文章你看过吗？"隽藻道："学生到江西后，他前后赴京考过两科，落第的文章隽藻都在江西读过，指点山河，抨击时弊，文辞锋利，皆与这一次的文章不同。"王鼎想了想又道："此次胡沅浦赴京之前，还有意于仕途吗？"隽藻道："胡沅浦经两次会试不利，此次原本并不想再次出仕，是学生专门去到山里，请他来京城应试的。"说到此处，心中陡然一亮，不觉叫了一声道，"大人，这个胡沅浦，他是不是有意要将文章写成——"话没说完，就见一位差官进门，见王鼎也在，急忙施礼："王大人、祁大人，穆大人传话，他想调看江西举子胡沅浦的试卷。"王鼎冲隽藻示意，隽藻回头就在案上翻检起来，一边道："啊，你等等，我找一找。"他胡乱翻了一阵子，才恍然大悟似的道："你看，胡沅浦的卷子就在这里，我倒没看见，卷子太多，头都看大了……拿去给穆大人看吧。"

　　差官走后，王鼎坐下，忧心忡忡地望着隽藻，道："虽然如此，但皇上毕竟

421

要看卷子的，你觉得胡沅浦凭这样的文章，此次也能得中吗？"隽藻叹道："大人，现在想来，还是学生害了他。沅浦肯定听说过穆大人在朝中视学生为寇雠，学生还京之后，恰恰计虑不周，一力向圣上举荐沅浦，引得满朝上下人人侧目。现在我明白了，沅浦进京后先去拜见穆大人，不是要去钻营，而仅仅是要去避免不测之祸。现在又将文章写成这样，那也是事出有因。"此话说得王鼎心中也亮堂起来，道："我明白了，这小子进京后做的头一件事，就是要把水搅浑，努力抹掉他身上的祁隽藻色彩。现在又故意把文章写得酸腐可笑，说不定是故意要自己落第。"隽藻想了想又道："大人试想，如果沅浦将文章写得锋芒毕露，语惊四座，像当初那样，会是个什么结果？"王鼎不觉"啊"了一声，叫道："如果那样，这个胡沅浦，一定会惊动穆彰阿，引起他的妒忌之心，不但不能得中，这一生再也不能得到安宁。"隽藻站起，一躬到地，道："大人圣明！学生请大人禀明圣上，胡沅浦乃旷世奇才，这次无论他的文章写得如何，一定要取！即使圣上不取，隽藻和大人也一定要一力说服圣上，一定要取，不要将他放归田园。"王鼎点头道："如果只论文章，也不是不在可取之列，要论心机，你这个学生更胜过你。老夫去了。"

此时穆彰阿刚刚看完胡沅浦的卷子，大出意料，沉思半晌，忽然放声大笑。薛管家一直在一旁侍立，不觉惊异地望他，道："爷，你这是——"穆彰阿的笑容凝固在脸上，瞬间转为怒容，道："可恶！这个胡沅浦，自以为聪明，从进京第一天，就要在本官面前遮掩他和祁隽藻的关系，到了科场上又故意写出这等酸腐文章，欺蒙本官，以为这样做本官就会被他蒙蔽过去！"薛管家听了，上前赔笑道："要是这样，这小子也太小瞧爷了。不过也可笑得紧！"穆彰阿自语道："祁隽藻认为此人可用，看来并非虚言，不过……本官还是不能断定他是不是祁隽藻的人。"薛管家道："爷，以奴才愚见，此人不见得就是祁隽藻的人。"穆彰阿道："何以见得？"薛管家道："奴才忽然觉得，这个胡沅浦进京之后，一心要把水搅浑，说不定已经得罪了祁隽藻；现在又把文章写成这样，铁定了不可能被取中。老爷想过没有，他为什么要不遗余力地这么做。"穆彰阿回头看了他一眼，道："你是说，他不但不想让我以为他是祁隽藻的人，也不想让本官认为他是祁隽藻一类的人？还有，他这么做，仅仅是害怕本官会因为他是祁隽藻的学生而加害于他？他耍了这么些花招，其实不过是设法自保，想落第还乡，从此归于草野？"薛管家满脸堆起笑容，道："爷圣明。奴才以为，爷现在有两条路，一条是顺其自然，让胡沅浦落第还乡，老死山野。还有一条路，爷要是觉得他确实是个人才，就取他中进士。"穆彰阿道："这样的文章，怎么能中进士？"薛管家道："恰恰因为是这样的文章，爷才要在皇上面前对这个胡沅浦大加褒奖，力举他中进士，还要让朝廷上下皆知，爷这个主考官取士并不以祁隽藻划线，而是有才必用，举贤不避仇。只要皇上给爷你这个面子，胡沅浦就会明白，此次真正让他入仕的是爷您而不是祁隽藻，你才是他的恩师。像他这样的乡下土包子，你给他滴水之恩，他都会感激涕零，想着如何涌泉相报。爷，奴才还是觉得这是个机会，爷可以从入仕之初就将他变成我们家的人。"穆彰阿沉思有顷，道："老薛，你这个人现在有点儿意思了。好吧，本官要好好想想。"薛管家听了，谄笑道："跟爷比，奴才这一点儿心思，还差得远哪！要不奴才也做了领班军机大臣了。"穆彰阿马上不笑了，正色道："不是领班军机大臣，眼下本官只是署理。"薛管家笑道："爷如此礼贤下士，为国取才，距离去掉'署理'那两个字，也不远了。"穆彰阿挥手让他走开，一个人站着，突然不觉又将心里话说出了唇："胡沅浦心机如此之深，仅仅为了避害，也算是个奇人了！……这个老薛，也不能让他待在我身边了。过些日子，得给他放个知县，让他远走。"

2

养心殿里，道光将手中的几篇会试、殿试文章恨恨一扔，望着和众军机大臣一起跪在面前的隽藻，怒道："祁隽藻，这就是你向朕举荐的江西举子胡沅浦写的文章？要是写出这样文章的人也能中进士，我大清天下还有人吗？你几次三番地向朕举荐这个胡沅浦，说他有经天纬地之才，平定四海之志，岂不是欺君！"隽藻听了，叩头在地，大声言道："回圣上话，臣以为胡沅浦所以会在会试、殿试时写出这样的文章，其原因在于朝廷，在于圣上！"道光听了，"哼"了一声，越发恼怒，大声道："祁隽藻，这倒奇了，你举荐的人写出这样的文章，你居然指斥朝廷，指斥朕躬！……说吧，说出道理来朕就放过你，说不出来，朕要治你的欺君之罪！"众臣见他震怒，皆闭目不言。隽藻并不惊慌，上前奏道："圣上，臣对胡沅浦写出这等文章，也百思不得其解，但是今天臣终于想明白了。胡沅浦所以在科场上写出这样的文章，首先因为此前他两次到京城会试，每次都写出了惊天动地的文章，但每次却都因这些文章名落孙山，于是他便以为，在科场上只有写出这种四平八稳的文章才能得中。"军机大臣、礼部尚书阿鲁图立即抓住他的话不放，叫道："皇上，祁隽藻这是公然诋毁朝廷历年科考不公，他不只是在诋毁皇上，也是在诋毁先皇！皇上一定要治他的罪！"隽藻不理他，又言道："其次，臣以为胡沅浦故意写出这种文章，是不想入仕。"道光听了诧异道："为什么？不想入仕，他为何又来京会试？"隽藻道："臣回圣上的话，胡沅浦此次并不想来京会试，是臣一力勉励，他才鼓起了勇气，来到京城。臣现在认为，他到了这里，忽然又萌生了退意，以为无论他是不是写出了惊天动地之论，朝廷都是不可能容下他这样一个人的。臣再次叩请圣上，胡沅浦确有经天纬地之才，圣上此次一定不能放其归于田野！"

道光沉思有顷，回头望着穆彰阿，问道："穆彰阿，你是主考官，你以为祁隽藻的话有理吗？"穆彰阿上前跪奏："回皇上话，奴才一向以祁隽藻之言之行为非，但今天奴才却不能不说祁隽藻方才的话讲得有理。胡沅浦确有大才可用，此次他所以写出这样的文章，实是与他历次科考不中有关。朝廷开科为了取士，像胡沅浦这样的天下之士，皇上应当让他得中！不能因这样几篇故意写得平庸的文章，让他遂了自己的心愿，自此悠游乡里，不出来为朝廷效力。"听他说出此言，不但军机处的众满大臣，就连隽藻和王鼎也扭过头吃惊地看他。道光也深深地望着他，半晌才道："穆彰阿，你真的也认为胡沅浦历年科考不中，是朕躬之过？"穆彰阿伏地不起，道："奴才至死不认为胡沅浦写出这样的文章是先皇和皇上之过，胡沅浦今日写出这样的文章，是历任主考官之过。"

道光迷惑而又愤怒，转向王鼎："王鼎，你说，你也觉得朕应当赏给胡沅浦一个进士？"王鼎出列跪奏，道："回圣上话，老臣也认为，圣上应当赏给江西举子胡沅浦一个进士，让他入朝，听圣上教导，由圣上亲自养育，将来或可成为天下之器。"到了这时，道光已经没了脾气，站在那里，依次望着隽藻、穆彰阿、王鼎三人，道："你们三个人，谋事向来不协，今日在这个胡沅浦身上，竟然众口一词！看来朕就是不欲让这个胡沅浦得中，也不能了！可是……朕若就凭他这样的文章，让他在今科得中的众进士中名列前茅，那也一定会被天下人耻笑！朕……朕就答应你们，赏他一个三甲第五十八名同进士出身！散了吧。"

3

殿试放榜的日子到了。胡沅浦和胡叔纯站在客栈大门外，望着京城大街上突然热闹起来。一个个报子骑马从他们面前飞驰而去，一路大叫："湖南湘乡刘明举大老爷，高中二甲第七名！""湖南醴陵周伯庸大老爷，高中三甲第三十七名！"……胡叔纯看了半晌，不见报子在他们住的这家客栈前停下，回头对胡沅浦道："哥，咱们也在这里站了半天了，回去吧。"胡沅浦想了一想，道："叔纯，不要这么早泄气，虽说此次大哥文章写得不好，却不一定不能得中。"胡叔纯看着他发愣，半晌道："你这话就奇了。为什么会这样，当年你文章写得好不中，这次写得不好就中？"胡沅浦摇头道："其实我也不愿意这样。总之你要是不愿意再在这里等，就回去收拾，万一出了我之所料，胡沅浦今科仍然不中，那就是愚兄算得不准，还不能入仕。咱们明天就回家乡，一边种菜，一边继续读书。"他刚刚说到这里，却见一名报子飞马赶到，大声叫道："江西南昌府胡沅浦大老爷，高中三甲第五十八名进士及第！"胡叔纯听了一惊，大喜道："哥，你中了！"他一边说，一边朝胡沅浦脸上看去，发觉他并没有兴高采烈的意思，反而久久站在那里，如同听到了一桩噩耗。店主听到外面喧闹，急忙赶出来道喜，胡沅浦也不理他。胡叔纯一边替他接过喜报，一边掏银子打发了报子，又回头看他，道："哥，你怎么了，咱都中了你怎么还不高兴？这一回咱真的中了！明天咱们不用回江西了！"这时一街两巷，已有越来越多的人拥过来向胡沅浦道喜。胡沅浦不得已向众人拱手道："谢诸位！胡沅浦读书二十余年，两番来京城会试，皆不能中。近年本已养成山野之性，不愿再入囚笼，却被一个人的一番话感染，第三次来到京城，蒙朝廷怜悯，赏给在下一个进士，从此不羁之性不得尽施，高蹈之志不得尽遂，且将出入生死未卜之地，这个进士切切不值得诸位恭贺！"说到这里，他向大家一躬到地，转身走回客栈。众人不解，悄悄议论："这位爷怎么了？"

这一日穆彰阿府上，可谓门庭若市。新科进士进进出出，都来拜谢。穆彰阿是今科的主考官，按照俗例，也就是所有新中进士的座师。胡沅浦回到客房坐下，胡叔纯看着他道："哥，新科进士都去拜见座师，我们去不去呢？"胡沅浦道："自然要去。"叔纯道："这次与上次不同，上次你还没中，一介寒士，两袖清风，去见穆大人也还使得，现在中了，没有一份谢礼，是不是就……"胡沅浦淡淡一笑道："胡沅浦自然有谢礼。"果然中午时分，他就带着谢礼，由叔纯作陪，又一次来到穆府。这一次穆彰阿是在外客厅里与他相见，胡沅浦进了门，望见穆彰阿，倒地便拜，口称："学生胡沅浦，给恩师请安。恩师提携之意，胡沅浦没齿不忘。胡沅浦家贫，叩谢师恩拿不出财帛之礼，为恩师作了一幅画，今天带来呈送给恩师，请恩师赐教！"穆彰阿从早上到此时，一直都在想着他，见他到了，十分高兴，让人将一干新科进士带去别处，只留下胡沅浦和自己单独相见。听完胡沅浦趴在地上说的那一番话，穆彰阿笑着责备道："沅浦，你来就来了，还送什么礼？起来起来……怎么，你送的礼是自己亲自作的画？好好好，来人，将沅浦的画接过来，挂在这里，本官要好好地鉴赏一番！"薛管家走过来，将胡沅浦的画接过去挂起，请穆彰阿上前欣赏。原来画上是一座突兀而起的高山，有直冲霄汉之势，山脚下极低处则是半湖静水，波澜不惊。穆彰阿端详半响，回头道："沅浦，你画的这是什么？怎么连个题款也没有？"胡沅浦躬身拱手道："恩师乃今日我大清第一鉴赏家，沅浦胡乱涂鸦，无非是表达对恩师的一番景仰之意，所谓佛祖面前，哪里有小鬼的座位，沅浦焉敢题款！大人若有雅兴，沅浦敢请大人题款！"穆彰阿已经看出他的意思来了，哈哈一笑，回头对薛管家道："快出去，请大家都来看看沅浦的大作，也帮本官想一想，该给它题个什么款？"

薛管家出门将琦善、载元、瑞华、肃顺一干人都请了进来。穆彰阿道："沅浦，我来为你引荐，这是怡王、郑王两位王爷，这位是乾清门侍卫大臣肃顺大人，这位直隶总督琦善琦大人，沅浦是见过的。"胡沅浦一一大礼参拜，口称："胡沅浦给两位王爷和两位大人请安！"几人微笑道："罢了。"只听穆彰阿道："两位王爷，两位大人，你们请看，这是沅浦今日送给本官的一幅画，要本官帮他题款，等于是给本官出了个难题。本官一时看不出这幅画的微言大义，还请诸位帮本官想想，应当帮他题个什么款？"众人向前看画，人人一看即明白，却不愿一语道破，只有瑞华一向粗鲁耿直，又好卖弄，道："老穆，这有什么难懂？你瞧，整幅画就是一座高山，只在山脚下才有一片湖水，以湖水看高山，从极低处看极高处，这不就是一句古语，高山仰止嘛！胡沅浦姓胡，就是这湖，你就是他景仰的高山！"穆彰阿故作一惊，笑道："哎呀王爷，你这么一解，本官还真看出来了！沅浦，你捣什么鬼，什么高山仰止，本官哪里配得上这个？"胡沅浦一脸恭敬道："大人，学生作此画呈送恩师，其中自有原委。胡沅浦深知此次京城会试，如没有恩师一力提携，胡沅浦便不能得中。学生出身寒微，与恩师也没有私谊，恩师能在群贤之中着意擢拔学生，实在大出学生意外。恩师为国求才之心，非但令学生感佩，就是那些没有中的举子，也都说恩师代朝廷取士，出于大公，没有私念。恩师如此盛德，还不该令学生生出高山仰止、景行行止之心？"众人拍手道："说得对！说得好！"穆彰阿哈哈大笑，满面春风，道："沅浦，虽然本官不该受你这份重礼，但还是要谢谢你，这幅画本官留下了，不是为了自我陶醉，而是要时时用这幅画砥砺自己的忠君爱国之心。诸位，时候也不早了，本官为诸位大人设有家宴，请吧！"

众人都跟着穆彰阿往外走，唯有胡沅浦独自站着。穆彰阿已经走到门口，又回头看他，用自己人的口吻责备道："沅浦，还愣着干什么？快陪我去，多敬两位王爷和两位大人几杯酒。本官今日就认了你这个学生，以后到了本官府上，该做什么就做什么，不要拘束，本官真拿你当个学生，你也要真拿本官当恩师。如何？"胡沅浦听了，深鞠一躬道："大人待学生恩重如山，从此以后，大人在学生心里就永远只是恩师，不是大人！"穆彰阿听了，开心大笑道："好了，走吧走吧。"载元琦善等人回头看着这一幕，相互会心而笑，个个都在想："今日这个老穆，有点儿过了。"

4

　　与穆府的热闹相比，新搬到东华门外一处居所的祁家却十分安静。所以要从四眼井街的旧宅搬到新宅，主要原因是刘氏提出，旧宅地方空阔，租金太重，家中的房子一直塌着盖不起来，还是换一个小一点儿的官宅去住为好，每年可以省下不少银子。其次一个原因，也是为了避开会试、殿试后新科进士上门拜谢座师的烦扰。由于搬家时没有惊动别人，一家人住进新家后果然门前不见车马。虽然如此，发榜之日，隽藻还是让江一鸣锁上了大门，一家大小从小门出入，以防一旦有人知道了这个新住处，仍会找过来。

　　但是当天晚上，江一鸣还是听到了敲门声。他开始不想理它，但敲门声一直没有停止，他就觉得奇怪，打着灯笼朝大门走去，忍不住大声问了一句："谁呀？"门外的人不回答，敲门声却更响亮了。这时隽藻也听到了，走出来站了一会，道："江大哥，不用管他，快进来吃饭！"敲门声再次不屈不挠地响起，大有不达目的不罢休的劲头。隽藻自语道："谁呀，没谁知道我新搬到了这里呀！"说到这里，他的心突然一动，急忙走了过去，拉开大门。

　　门外站着胡沅浦，他一头撞进来，回头自己关上门，倒头便拜，口称："恩师！"隽藻大惊，道："沅浦，真的是你！"胡沅浦爬起来，也不等隽藻，自己率先走进了书房。隽藻跟着他走进来。胡沅浦重新伏地叩头，道："恩师在上，请受学生一拜！学生此次能够得中，全靠恩师一力提携！"宿藻听到书房里的喧闹，走进来，一见胡沅浦，不觉怒起，讥讽道："胡沅浦，你刚才这话我怎么听着这么耳熟呢？现在全北京城都知道，你今儿白天在穆彰阿穆大人家，说的也是这样的话！"隽藻听了，急回头瞪了他一眼，喝道："胡说什么呢你！"宿藻道："哥，你甭拦我！胡沅浦，你新中了进士，要是真心拜谢我哥这个座师，也该像去见穆彰阿那样，大白天来。你这么晚来到我们家，看上去不像来拜谢恩师，倒像是来做贼。你也是个读书人，也太不光明磊落了吧！"胡沅浦听了，神情平静，既不语亦不怒。这时玉环给隽藻端饭过来，一眼看见他，叫了一声道："哎呀，这不是——"胡沅浦急忙前去施礼，道上："师母，学生胡沅浦，给师母见礼！"玉环急忙要拦，哪里拦得住？倒是隽藻，急忙上前将他拉起，道："罢了罢了。哎对了，沅浦，你吃饭了吗？"胡沅浦一笑，看着玉环道："师母，忙了一天，我还真没怎么吃饭！"隽藻急看玉环一眼，玉环脸上不觉有点儿尴尬。胡沅浦忽然明白了："哎呀恩师，师母，学生唐突了！我知道恩师家里一向节俭，今天晚上一定没准备沅浦的饭，学生这会儿师也谢了，我走了。"

宿藻还是不愿放过他："胡沅浦，你不能这么走，听说你今儿白天去见穆大人，还送了他一幅画，今天晚上来拜谢我哥，连一幅画的礼也没带吗？"隽藻大怒道："宿藻，你出去，今天晚上怎么了你！"胡沅浦不惊反笑，道："宿藻兄要是不说，我还真忘了，胡沅浦来前，还真的也给恩师带来了一幅画！"众人惊奇地看着他。隽藻笑了，道："沅浦，你在别人家里捣鬼，怎么，也想在我这里捣鬼？"胡沅浦也不说话，将画从怀里取出，打开，对宿藻道："宿藻兄，快过来帮个忙。"宿藻"哼"了一声，不动。玉环放下碗，过来帮他挂好。众人一看，原来和白天送到穆府里去的那幅一样。宿藻也走过来看，冷嘲热讽道："胡沅浦，你白天送给了穆彰阿一幅这样的画，意思是高山仰止，景行行止，晚上你又送给我哥同样一幅画，你能说说什么意思吗？"胡沅浦不理宿藻，向隽藻望去。隽藻对着画端详半天，突然哈哈一笑，大声道："好！"胡沅浦听了这话，眼睛立马湿润起来，躬身拱手言道："谢大人看懂了胡沅浦的画！"隽藻继续望着这幅画大笑，正是从这幅画里，他突然猜透了胡沅浦的心，理解了他到京后的行止。胡沅浦看他大笑，道："恩师既然已经看懂了这幅画，学生也就无须多言，告辞了！"隽藻默默看他，笑道："那好，我也就不留了，我送你走。"

二人走出书房，一径来到大门前，隽藻亲自为他开门。胡沅浦突然又躬身拱手道："恩师，今日胡沅浦来过，以后就不一定会来了。天下大事将起，学生请恩师为天下万民珍重！"隽藻听他说出这个，神情顿时严肃起来，道："沅浦也要为天下珍重！"胡沅浦转身走出大门，上了停在胡同不远处的一辆马车。

宿藻跟着走过来，望着顺着胡同渐渐远去的胡沅浦，道："哥，这个胡沅浦，刚才又跟你说了什么？"隽藻也在望着胡沅浦的马车远去，默然不语。宿藻转身要走回去，却发现身后站着张牧，吃了一惊道："你现在怎么这样，走路一点儿声音也没有。你吓住我了！"张牧也不说话，转身离去。宿藻望了他半晌，道："哥，张牧是不是越来越古怪了？他什么事都不问，却又好像什么都看在眼里，什么都知道似的。"隽藻听了，心中一动，要说什么，却又咽回到了肚里。

5

这个夜晚，祁家的日子过得并不平静。胡沅浦走后不久，大门外又传来了一阵敲门声。玉环看了看隽藻，道："哎呀，不会是沅浦又回来吧？刚才没吃饭就让他走了，快看看是不是他，我刚刚又专为他做了一碗小米稠饭，让他吃了再走。"隽藻听了，急急出了书房。江一鸣早已打开院门，却见门外立着三个人，虽然身着便装，但他还是一眼就看出来者一身皇家气度，不是王爷，大概也是贝勒。只见立在前面的一位中年人看着他道："这里是祁寯藻的家吗？……你是谁？"江一鸣心知家中来了贵人，急躬身拱手言道："我是祁家的下人，你老是……"寯藻赶过来，一眼看见微服的道光立于门外，身后站着肃顺和翁心存，心中大震，急忙俯伏在地，叫道："原来是圣上！臣祁寯藻恭迎圣驾！"跟着他走出来的祁家人大惊，一起随他跪倒，刘氏毕竟见过世面，带一家人山呼万岁。道光上前，亲手搀扶刘氏，道："老人家，你就是祁寯藻的母亲？"刘氏点头道："回圣上话，老身就是祁寯藻的母亲。"道光扶起她，又问着众人问道："祁寯藻，这几位呢？"寯藻跪着，一一介绍道："这是舍弟宿藻，这是拙荆。这是舍弟元白，这是我的义兄江一鸣，在江西任上，就是他屡次舍身相救，寯藻今天才能回到京城见驾。"道光认真地看了江一鸣一眼，道："啊，是位壮士。你们也都平身吧。"众人谢恩，随寯藻站起。刘氏急道："寯藻，还不请圣上去客厅里去！"

寯藻躬身引道光等走进客厅，再次跪倒，给皇上请安，请皇上坐。刘氏和其他人则一起跪在门外。道光没有马上坐下，反倒回头看屋内的光景，不觉感叹："祁寯藻，你平身。也请太夫人平身。……朕来问你，这就是你的家？看看你的家，让朕想起了一句话。"寯藻被翁心存搀起来，笑道："圣上，臣知道圣上想说什么。要说臣家徒四壁，那不是真的。臣是因为做了今科的副主考，想到大考过后，必有新科进士来拜座师，又想省下一点儿租房子的钱，将来回家去修塌了的老宅，才搬到了这里，臣家的东西还没规整呢。圣上想一想，臣官居五品，家里还有五十亩薄地，要说家徒四壁，普天下的人又会是什么光景？"道光点头道："你要是这么说，也有点儿道理。祁寯藻，你知道吗？你搬到这里，倒是和朕成了邻居。"寯藻赶紧移过一把椅子，道："圣上请坐。"道光不坐，继续在屋里走动，看到了寯藻没吃完的饭，问道："祁寯藻，这是什么？这就是你吃的饭？"寯藻回答："回圣上的话，圣上说的不错，圣上来时，臣家正在吃饭。"道光看那饭，拿起筷子，要尝那饭。寯藻急忙拦阻，道："圣上，万万不可！"道光看他："为什么？朕为什么就不能尝尝你们家的饭？"寯藻又跪下，道："臣不知圣驾光临，不曾为圣上备膳，圣上若一定要在臣家用膳，臣马上请臣的母亲与妻子为圣上备膳。"道光道："不，朕就想尝一口你们家的家常饭。"这时只听屋门一响，玉环急奔进来，跪下叫道："圣上等一等！"道光一惊，把筷子放下，看一眼她，又看寯藻："怎么……"玉环已经转身跑出去，很快又端来了一碗饭，回到门外，捧给刘氏。刘氏会意，进门上前跪下，双手将那碗饭高高举起，道："圣上，老身这里有一碗饭，还没有人动过，圣上一定要尝尝我们家的饭，请尝尝这个！这个干净！"道光看了感动，道："老人家，朕看你们家寒素，不像有多余饭食的人家。这碗饭原本是给谁吃的？"刘氏不觉笑道：
"圣上，祁家虽然贫寒，但是用一碗家常饭待客，还是有的。圣上也不要小看
我们。"道光听了高兴，道："谢谢老人家。你这话说得好！这叫什么饭？我为
什么没有吃过？"刘氏笑道："圣上没尝过我们山西人的家常饭，这不稀奇。这
叫小米稠饭，在我们家乡，只有出力受苦的男人才能吃上它，妇女和孩子每天
只能吃一顿，早晚两顿只能吃小米稀饭。"道光听了笑道："老人家，朕也是个
出力受苦的男人，所以朕有资格吃这碗稠饭。"听皇上说出此话，屋门内外的人
都笑起来。道光果然尝了一口那饭，半晌才咽了下去。隽藻一直担心地望着他，
此时急道："圣上不要吃了，这不是圣上吃的饭！"道光却推开他道："哎，你怎
么能这么说话？你们家能吃的饭，朕为什么就不能吃？"刘氏听了，心中一动，
拉着隽藻跪下。站在门外的祁家人见刘氏跪下，也都跟着跪下。道光见了，再
次被感动，道："老人家，快平身，你这又是为何？"刘氏道："圣上，老身要为
圣上方才说的话谢圣上。圣上能说出这种话，就是尧舜之君，天下生民有望！"
道光听了，吃惊地望着她，道："老人家，你也读过书？知道尧舜之君，知道天
下生民之望？"刘氏笑道："圣上，老身从小虽说读书不多，却是乾隆进士祁韵
士之妻，嘉庆进士祁隽藻之母，尧舜之事，天下大义，还是知道一点儿的！"
道光亲手将她搀起，感动地言道："老人家，那就请你讲讲，朕只是尝了你们家
一口饭，为什么就成了尧舜之君，天下生民因此有望？"刘氏笑道："老身听先
夫讲过，尧舜为君，以民食为食，以民心为心。圣上愿意尝老身家的饭食，就
是以民食为食，自然会以民心为心。圣上不是尧舜之君，谁是尧舜之君！"道
光被她的话深深感动了，沉吟半晌，才回头道："老人家，请你和你的家人回避。
朕已经尝过了你们家的饭，现在要与祁隽藻单独说几句话。"刘氏叩头道："老
身领旨。"她说着起了身，回头退出，并顺手将屋门掩上。

　　道光久久背身而立，神情激动。隽藻跪在地上望他，问道："圣上，如果臣
的母亲方才唐突了圣上，请圣上责罚臣——"道光回头，泪花晶莹道："祁隽藻，
你有一位好母亲。"隽藻听了，立即叩头在地，道："臣代母亲谢圣上！"道光
又道："你也有一位好夫人。"隽藻再次叩头，道："臣也代拙荆谢圣上！"道光
眼中泪光晶莹，又道："今天朕来到了你们家，亲眼看到你有一个好家，虽然布
衣菽食，却和和美美，一门忠义，朕喜欢你这样的家！"隽藻伏地不起，口称：
"臣谢圣上。臣敢问圣上，深夜驾临臣家——"道光半晌不语，后来才凄然言
道："祁隽藻，你知道吗？朕的长子，大阿哥奕纬，今日巳时三刻，薨了！"隽
藻大惊道："圣上……大阿哥他……臣请圣上节哀，保重龙体！"一边说着，一
边叩头在地。道光悲伤道："大阿哥聪明伶俐，宅心仁厚，如果能够长大成人，

430

将来朕肩上的这副江山，是可以交给他的，可是他……好了，不说他了，说你。祁隽藻，今年京城科考已毕，你下一步有什么打算吗？"隽藻想了一想，老老实实回答："圣上，臣还没来得及想这件事。"道光回头望着他道："朕已经替你想了。你也知道，大考的事一毕，朕就是想留你，也不能了……与其留你在朝中，令众臣侧目，终日在朕面前吵闹不休，不如朕还派你出去做个学政，继续替朕养育人才。你不会觉得朕这么做，是有意冷落你吧？"隽藻伏地不起，急道："圣上，臣所以搬了新家，却没有急着打开箱笼，布置新居，就是在等待圣命。臣领旨，臣明日就启程回江西！"道光摇摇头道："不，江西你别去了，晋室南渡之后，天下斯文久在江左，朕这次让你去做江苏学政，为朕培育江东士子。"隽藻听了，急忙言道："臣……领旨！"

　　道光似乎说完了自己要说的话，举足欲行，想了想还是再次回头问道："祁隽藻，有人刚刚在朕那里奏了你一本，说你回京之后，时常与朝廷内外的汉臣一起悲歌慷慨，议论国事，诋毁朝政和朕躬，有这事吗？"隽藻吃了一惊，急忙答道："圣上，臣回京以后，因与朝廷内外的故人分别已久，大家聚一聚，叙叙旧谊，也是有的。相见之后，有时也不免感叹国事，悲歌慷慨。至于是不是诋毁了朝政乃至于圣上，臣以为圣上不该问臣！"道光听出他的话有弦外之音，不觉反感道："那你让朕去问谁？"隽藻想了一想，毅然言道："皇长子今日薨逝，臣本来不该再说下面这些话，可既然皇上问到，臣还是冒死将臣的心里话再向圣上讲一遍，因为臣一旦离开了京城，就是想向圣上进言，也不能了。"道光道："你到底想说什么？"隽藻道："臣以为如果圣上有尧舜之心，行尧舜之政，就不会在意大小臣工私下的议论；如果圣上不做尧舜之君，圣上就是能堵塞大小臣工私下的议论，又怎么能堵住天下人之口！"道光听了不觉怒起，道："祁隽藻，朕警告你，你的牛脾气又上来了！天下有谁敢这样跟朕讲话！"隽藻直言："圣上要臣回圣上的话，臣只知讲真话，臣想到什么，就说什么，臣若不说心里话，就是欺君！"道光极力忍耐着："祁隽藻，这就是朕不能留你在京城的原因之一了。我大清自太宗皇帝率八旗兵入关以来，最不能容忍的就是朝廷内外臣工私下聚集，议论国事，诋毁朝廷。这样的事情查出一件，严惩一件！方才朕问你是否和别人时常私聚，议论国事，你没有否认，若不是朕深知你这个人的脾气秉性，按前朝旧制，朕就可以杀了你的头！"隽藻不语。道光道："你怎么又不说话了？"隽藻道："臣祁隽藻奉旨说话。圣上，臣以为圣上杀不了臣，也不会杀臣！"道光喝道："住口！朕知道你又要讲什么，你想说朕若是杀了你，千秋万代之后，朕就是那桀纣之君！祁隽藻，别以为朕真害怕这个，朕遍观二十四史，史上那些桀纣之君，他要做什么事，做了也就做了，后世的骂名又算个什么！就是小民百姓，无端遭人辱骂，也会勃然大怒，朕也是一个人，也有忍不住的时候！"他不想再说下去了，转身欲走。隽藻却仍觉意犹未尽，赌气道："圣上留步！臣还有话讲！"道光回身，望着隽藻，叹一口气道："朕做皇上，能遇上你这样的臣子，不知是朕的福气，还是朕的霉气！你眼看着要走了，有什么放不下的事，要跟朕讲，朕就给你个机会，讲吧。"隽藻道："圣臣心中一直有两件事，临行之际一定要奏明圣上，第一件事臣已写了折子，上奏天听，臣以为当今天下，禁绝鸦片乃是第一大事，朝廷既已痛发严旨，禁绝此物，一定要言出行随，不能再半途而废。"道光点点头："这个朕已经知道了，说第二件事。"隽藻旧话重提，叩头在地，道："圣上，臣不到南方，不知南方人口之稠，土地之少，比之北方，有过之而无不及。土地乃生民之本，臣虽身在学政，不理民政，也深知若不未雨绸缪，将来天下大乱，必从南方始！"道光心中大恶，喝道："祁隽藻！朕与你言过，不再提开放吉林之地垦荒和抑制土地兼并这两件事！"隽藻不觉跪直了身子，大声言道："圣上，孟子有言，'责难于君谓之忠，吾君不能谓之贼！'臣以为，朝廷并不是没有办法防患于未然。臣就是不懂，为何这为天下生民立命的大事、好事，朝廷就不愿去做！"道光不愿再听下去，自己走去拉开屋门，大怒而去。隽藻心中也不觉大怒，爬起来跟出去，叫道："圣上慢走，臣还有话，一定要讲！圣上今日不听臣言，将来大乱之起，必不可免！圣上因此让天下人死于非命，圣上就是不杀臣，也是桀纣之君！"道光听了站住，浑身发抖，转身喝道："来人，把祁隽藻抓起来，关到天牢里去！"肃顺听了一怔，道光瞪他一眼，大声道："还愣着干什么！"肃顺转过神来，朝大门外一挥手，一群侍卫立马拥进来，将隽藻架起，就朝大门外走。

玉环和刘氏方才一直在客厅之外候着，里面皇上和隽藻到底说了什么，他们并不知道，突然之间见屋门大开，皇上怒冲冲走出来，隽藻也跟着追出，大声向皇上说了那些话，皇上一转身就让人架起了隽藻，玉环首先反应过来，惊恐地冲过去，紧紧抱住隽藻，大声哭泣道："老爷，这是怎么啦？皇上——"刘氏见了，也扑过来抱住他，大叫："儿子，你不能走！"隽藻此时正在大怒之中，哪里止得住，大声激情地对玉环喊道："你放手！……娘，你们起来！儿子入朝为官，为的是天下苍生免于饥寒死亡，连这件事也做不到，这个官我还做它干什么，让皇上再把我抓到天牢里去吧！"道光站在那里怒气冲天，连声催促："快弄走！"刘氏见了，急忙丢下儿子，膝行上前，向道光叩头在地，道："圣上是尧舜之君，请圣上饶老身儿子一命！"翁心存眼见事急，也赶忙跪于道光面前道："圣上，祁大人虽有冒犯圣上之罪，可念他一家上下今日迎驾尚显恭谨，臣恳请圣上，赦祁隽藻之罪！"道光怒视着他，突然大喝："翁心存，你也是祁隽藻一党吗？"翁心存变了脸色，道："圣上——"道光谁也不理，转身往外就走。肃顺一旁冷笑，示意众侍卫将隽藻架出。玉环心中一时大急，对刘氏哭叫："娘，这可怎么办呀？"刘氏到了这时反而刚强起来，慢慢站起，开口大声言道："我儿隽藻说得对，若他遇上了桀纣之君，天下百姓都会死，我儿死了算什么！若皇上不是桀纣之君，就不会杀一个为民请命之臣！"已经走到大门口的道光听到这话，不觉停了下来，呼出一口气，头也不回道："把祁隽藻放了！起驾！"肃顺失望，示意众侍卫放了隽藻。道光上了龙舆。刘氏急拉隽藻赶出大门，俯伏在地，高声道："祁家一门忠义，恭送尧舜之君！"

道光的车驾远去，众人慢慢站起。宿藻拭着头上的汗，惊魂未定，道："好险，哥，你差一点儿又进了天牢！"张牧早就赶了出来，看到这里，想说什么，又忍住。隽藻从地上爬起，回头看张牧一眼。张牧急转身走了回去。隽藻皱眉道："不好，到了这会儿，我才想起来，皇上今天这么晚了来到咱们家，一定不是为了告诉我让我去江苏任学政的事情！"大家听了，都回过头去看他。

隽藻就站起，一个人走回去。进了张牧的房间，他回手将门关死，坐下道："说吧，把心里想的都说出来，今晚五哥一定要听听你要说些什么。"张牧道："张牧什么也不想说。"隽藻正色道："别时可以，今晚不行。你不说我就一直坐在这儿。"张牧道："既是这样，我就破一回例。五哥以为今晚皇上微服造访咱们家，是为了什么？"隽藻道："我不就是因为这件事没想明白，才想听你的高论的吗？"张牧道："皇上一不是来亲自下旨，让五哥去江苏任学政；二更不是想来看看咱们家的新居，尝一尝咱们家的小米稠饭；三不是想来听你讲什么禁绝鸦片，抑制土地兼并，开放吉林垦荒之禁！"隽藻惊道："那皇上……"张牧道："今天我突然明白了，原来皇上也是一个人，他也需要朋友，这个朋友就是你！皇上所以到了今天还没有杀你，那是因为他不但把你看成是他的臣子，而且私心里还把你看成自己的一个可以相互说真话的朋友！"隽藻心中一时大悟，道："我明白了，你是想说，皇上今晚来到咱们家，仅仅是因为一件事！"张牧道："对，皇上也是个父亲，一个普通的父亲，皇长子奕纬是他最钟爱的儿子，但皇上今天却失去了这个儿子，今晚皇上非常可能仅仅是想到咱们家，和五哥说说自己失去的这个儿子！今天皇上可能仅仅想从你这个可以在一起说些真话的朋友这儿得到些安慰，可你却仍要对他讲什么禁绝鸦片，开放吉林垦荒之禁，抵制天下土地兼并，皇上怎么听得进去！"隽藻听到这里，叫了一声"哎呀"，一掌拍在自己脑门子上，流泪道："五哥糊涂！早知如此——"张牧说道："还想听听我对胡沅浦的想法吗？"隽藻看着他道："说！"张牧道："五哥，张牧以为，胡沅浦心机太重，将来不是治世之能臣，即是乱世之奸雄！"隽藻大惊道："住口！沅浦哪至于如此，五哥至今仍然认为，沅浦是天下奇才，但凡天下奇才，其为人行事，必有非同常人之处——你说的那是曹操！"张牧道："五哥不信，也就罢了。不过五哥，从今日起，天下人就已经知道，胡沅浦不再是五哥的门生，而是穆彰阿穆大人的门生了。"隽藻道："五哥是为国荐才，至于他现在和将来成为谁的门生，五哥并不计较。"张牧道："五哥能说到这里，张牧为五哥叫好。虽然今日胡沅浦一连送出了两幅同样的高山仰止图，但张牧以为，胡沅浦真心在道德上仰望的人只有五哥一个。将来万一天下大乱，朝野上下能在道德人伦上对胡沅浦有所抑止的人也只有五哥一个，连皇上也做不到这个。"隽藻皱眉道："你这是什么话，越说越远了。说正经的。"张牧道："五哥，今日皇上死了皇长子，对皇家来说是一件坏事，可是对天下人来说，却可能是一件好事。"隽藻道："此话怎讲？"张牧冷笑道："五哥的脑袋今天一定是被驴踢了！试想皇上家因为鸦片刚刚死了皇长子，皇上自己难道还会不痛戒鸦片吗？张牧以为，皇上这一次说不定是要真的下定决心禁烟了。"隽藻听了，心中一动，不觉叫出声来："此话有理！……张牧，你这个人，真是五哥的卧龙先生。五哥代天下人，谢谢先生！"说着站起，冲张牧深深一揖。

第二十七章

祁隽藻还朝举英豪　林则徐受命膺大任

1

　　江宁府江苏巡抚衙门后园里，含黛形容消瘦，闷闷不乐地坐着观鱼。流翠给她端来了药："夫人，药煎好了。"含黛无力道："我不喝这东西了，太苦！"不是药苦，而是她的心苦。随保胜来到江宁这些年，她连一个朋友也没有。更让她伤心的是，自己好不容易怀上的一个孩子，一生下来也夭折了，还是个少爷。这个打击让含黛像被霜打过的叶子一样萎靡下去，一病多日不起。晴儿在一旁劝道："夫人，你不能天天这样。"含黛听了，还是接过了药碗，瞅了一眼却又不喝，望着远方的天空道："不知道祁隽藻一家过得怎么样，他们的儿子长多高了！"流翠担心地看晴儿一眼。晴儿无奈，只好走过去，将药碗从她手里拿开，暂时放在案上。含黛眼里透着忧伤，道："曹玉环这么多年也把我忘了，还说我是她的救命恩人！"晴儿忽然想起一件事来，笑道："对了夫人，听老爷说，祁大人要来江苏做学政了。"含黛听了一惊，尽力抑制住内心骤起的激动，回头问道："真的？"晴儿信誓旦旦地言道："今日一大早老爷就接到圣旨了。"含黛听了，也不说话，那精气神儿眼见着就不一样了，脸上也渐渐有了颜色，一时就道："药拿来我喝。"流翠急走几步将药碗递过去，她接过来，一气儿将药汤喝光。晴儿连忙端上漱口水来，笑着小声道："夫人，这就好了。晴儿有句话，这么多年都过去了，夫人不会还想着祁大人吧？"含黛的脸登时就红了，啐道："放屁！这几天我心里是想着一个人，却不是他！这么多年过去了，不知道那个人是死是活。"晴儿和流翠相视一眼，不知她说的是谁。含黛道："含黛从小生在官宦人家，认识的人那么少，认识的男人尤其少，除了祁隽藻，就剩下他了！十几年前他去了吉林，从此杳无音信。含黛活到今天，想让祁隽藻来看看我那是不能了，可要是他能来看看我，我这心里也好受些！……只是不知道他在东北，是不是已经让老虎吃掉了。"晴儿忽然明白她说的是谁，碍着流翠在，却不好言语。

　　隽藻的官船此时正在运河上行驶。船进了苏北，岸边田野里，出现了一片片盛开的花朵，妖艳无比。在船头上玩耍的元白最先望见，眼睛一亮，回头大声叫道："五哥，你瞧，那是什么花，多漂亮！"玉环也带着世长出舱来看，不觉赞叹道："好漂亮的花！"一时吸引了隽藻、宿藻和张牧也离了舱来看，脸上无不现出笑容。江一鸣听见人声，从船尾走过来，一眼望见那花，却神情大变。

一时众人都被出现在眼前的奇景惊呆了，痴痴地站在那里看。那花也随着船的前行，由最初的一小片一小片连成了大片大片的花海，蔚为壮观。隽藻回头问艄公："老人家，这是什么花，种了这么多？"艄公吃惊地看他一眼，道："这叫罂粟花，又叫阿芙蓉，就是鸦片！"隽藻闻言，笑容陡然凝固，大惊道："怎么？这就是鸦片？怎么，这大片大片的田里，种的都是鸦片？"艄公叹息道："大人没来过江苏吗？我们这里，早十年起，就有官府与烟商勾结，逼迫老百姓改种大烟了。这会儿，村村户户都在种这种害人的东西。"隽藻不觉大声道："怎么会这样！朝廷明令禁止鸦片进口，这些人竟敢逼迫老百姓弃粮种烟，真是罪大恶极！"艄公道："大人，这算什么？大人看前面的官船，只要派人上去查，哪一条上面没有走私进口的鸦片烟！"隽藻听了，怒从中起，忽然道："老人家，到前面镇子上靠一下岸，我要上去看看。"

那船一转眼就靠了岸，隽藻带着宿藻、张牧、元白和江一鸣上岸，走进街巷。只见烟馆林立，路边走着的、架着的，全是瘦骨嶙峋的烟鬼。几个濒死的烟鬼躺在地上，看样子是活不成了。隽藻正在诧异，一队出殡的行列又吸引了他的目光。一般而言，送葬的队伍哀乐凄凄，哭声不绝。但这家却也奇怪，只有一支唢呐虚应场面似的响着，无论是孝子，还是送葬的人，没有一个人哭泣。隽藻心中奇怪，拉着一个路人问道："这家好奇怪，怎么没人哭丧？"那路人口中呼出一口难闻的死气来，看他一眼道："有什么好哭的！租了官地，让种鸦片付租子，付了租子一家人没有饭吃，大人孩子又都学会了抽鸦片，当家人觉得对不起祖宗，就吞鸦片死了。"旁边一个路人也插上话来，道："他是死了，可活着的人怎么办，不还是一条死路？不种鸦片不能活命，种鸦片更是一条死路，反正都是个死，不过早晚的事儿，谁还会哭哇。"刚刚说到这里，送殡队伍已经来到他们面前，那走在前面引灵的孝子忽然烟瘾大发，竟丢下手中的幡，一屁股坐将下来。一个一身重孝的女人急忙从后面赶上来，给他拿来烟具，伺候他大口大口地抽起来。一时间棺材落地，抬棺的人中也有几个坐下抽起大烟来。隽藻悲愤交加，不忍再看，闭上眼睛，回头对众人道："走！"没走两步，前面又来了一队送殡的人。隽藻站住，痛心道："这哪里是人间，这是鬼域、阴曹地府！"他猛然省悟，回头对张牧道："张牧，你那天晚上说得虽然都对，但现在我才明白，皇上那天深夜来到我们家，并且特意派我来江苏做这个学政，还是别有深意。"张牧看着他不语。宿藻挤上前去，问："五哥，皇上什么深意？"隽藻道："鸦片之害，连皇长子也不能幸免，皇上特意让我到江苏来，一大原因是他想知道这里的鸦片烟害究竟到了怎么个程度。"张牧这次终于开口道："五哥想得不错。"隽藻不觉仰天悲号："江浙之地是天下的粮仓，若这里也成了鸦

437

片烟国，天下等不到恩师张观藜先生说的那场大难来临，就已经完了！鸦片不禁，国将不国，人将不人！"

2

不一日，隽藻的船到了江宁，稍作安顿，他马上来到江苏巡抚衙门，拜见保胜。保胜换上一张笑脸，主动迎上前来，道："山不转水转，水不转磨转，你我江西一别，已有多年，不想今日又转到一处来了。"隽藻神色黯然，坐下就道："大人，应当这么说，你我又一起转到一个遍地鬼城的地方来了。"保胜听了一惊，顿时变了脸色，问道："祁大人此话怎讲？"隽藻站起，愤然拱手道："大人，下官由京师顺运河南下，刚至江苏境内，便见遍地罂粟花开，运河两岸，良田尽成烟田，百姓皆一变而为烟鬼。祁隽藻今日一来拜见巡抚大人，二来请大人下令，速查是哪里的官员如此大胆，竟置朝廷禁烟的诏令于不顾，驱使良民大量弃粮种烟，将一个锦绣江南，变成了一片鬼域！"保胜心中大震，含混说道："真有此事？大人不会是道听途说吧？"隽藻一脸的冷峻之色，道："大人，下官所言，都是亲眼所见。朝廷刚刚重申了鸦片之禁，下官就在大人职责所在之地发现了大批私种的罂粟，大人一定不能置之不理！"保胜听了，背过身后，略一思索，突然拍案，怒道："怎么会有这种事！他们也太大胆了！来人！"李师爷进门候命。保胜道："祁大人说，他在运河两岸发现了大片鸦片烟田，你让人马上去查，若真有此事，一定严办，绝不轻贷！"

回到学政衙门，隽藻悲愤不已，立即铺纸研墨，奋笔疾书道：

> 臣江苏学政祁隽藻，冒死上奏圣上，臣出京以后，沿运河南下，甫入江苏境内，即见遍地皆是种植鸦片之田，村村皆是吸食鸦片之鬼……臣还风闻，不唯江苏境内如此，即如浙江福建两省，亦是如此……臣诚恐诚惶，叩请皇上痛下严旨：一、令各省督抚严查鸦片进口；二、派遣大员，前往江南各省，查办各地官员与烟商勾结，逼迫良民私种土烟一案。臣以今日之事论，禁止鸦片进口是为攘外，铲除内地私种鸦片是为安内，只有攘外安内并举，禁绝鸦片之事方能奏效，万民之难方能纾解，不然天下事有臣不敢言者……臣涕泣上言，五内如焚，不知所云……

隽藻写完密折，喊道："来人！"一中年男子走进来道："大人有何吩咐？"

隽藻抬头一看，见此人文质彬彬，一身书卷气，先自有了几分欢喜，问道："你是谁？请问怎么称呼？"那人答道："学生是这里的书办，名叫端木采。"隽藻心中一怔，疑道："端木采，怎么这个名字这么熟？……"忽然他大叫一声，道："对了，我想起来了，江南有一位选书家也叫端木采，不会这么巧，就是阁下吧？"端木采微微一笑，躬身拱手道："大人，正是小人。大人当年在太原府乡试时写的墨卷，天下读书人尽知，学生选的一本太原府乡试墨卷里，头三篇全是大人的文章。小人与大人有缘。"隽藻闻言大笑，又盯着他的眼睛看了半晌，感叹道："你选印的这本书，可把我害苦了。你让天下人读到了我的文章，我就是不出来做官也不能了。哎，我到这会儿也不明白，那些文章你是怎么得到的？"端木采笑了："大人不知道，小人当时就在山西学政衙门做书办，每当大人的卷子到了小人那里，小人就偷偷地誊录下来，后来就编了那本书。后来也是因为那本书，小人在山西待不成，就回到了老家，在江苏学政衙门里谋了这么个差事。不瞒大人说，小人既编了那本书，一辈子也就只能在这里隐姓埋名，做一个书办了。倒也好，不会像大人这样，刀架在脖子上，也要为天下万民做事。"隽藻笑道："端木先生，我们真是有缘。既然是这样，以后你我也就不用客气了。这里有一个密折，我已经封好了，麻烦你星夜发往北京，送给皇上御览。这江南的鸦片之害，实在到了不能不下狠手痛治的地步了！"端木采道："学生马上去办。"

原来这江苏久无学政，衙门里堆积的案牍无数。隽藻到任之后，一边处理这些积牍，一边还要去江宁乡下，暗查鸦片走私及私种之事，同时焦急地等待着皇上对他那封密折的回应。这一日正在衙门里披阅案牍，忽听外面传来串串爽朗的笑声，只听一个熟悉的声音叫道："祁大人在吗？还不出来迎客！"隽藻闻言站起，刚要出门，林则徐偕黄爵滋已走了进来。隽藻大喜过望，连忙上前躬身见礼，道："这是怎么回事，两位大人一个武昌，一个北京，怎么一起来到我这个小地方？"不等回答，又急忙大声让座，吩咐道，"快，给两位大人上茶！"端木采闻言，送上茶来。黄爵滋坐下，冲隽藻微微一笑，道："祁大人，林大人此次来江宁，是因为湖广总督衙门与两江总督衙门之间的公事。黄某来到江宁，却是奉皇上之命，以到江浙一带巡查积案为名，实地察看江南走私尤其是私植鸦片的情势。祁大人，朝廷里都在盛传，前日有人向皇上密奏，江浙一带不唯走私鸦片严重，其废弃粮田私种烟土之事更为猖獗。这个人是谁，皇上口风极严，我和林大人也不得而知，不会是祁大人你吧？"隽藻心中一震，急忙站起，拱手笑道："原来大人就是那个奉了皇上之命来严查此事的钦差。这真是太好了！大人你就下力查案好了，管他是谁给皇上上的密奏呢。林大人，你说是不是？"林则徐不愿把话说破，对黄爵滋道："皇上这次让黄大人来江浙一带巡查走私及私种鸦片一案，林某觉得是一个信号，我等切盼的大事，也许真要开始了。"黄爵滋信心满满，高声说道："黄某已经在江浙一带巡查完毕，果然事态比料想的还要严重十倍。黄某今日就要回京复命，我将再次上折子给皇上，揭发江浙闽三省走私及私种鸦片的情形，痛陈必须立即禁绝鸦片的情由。按照朝中旧例，皇上必将黄某的折子发给各地封疆大吏和朝中大小臣工详议，届时林大人、邓大人及朝廷内外的忠义之臣会一起上折子，争取一举促成皇上下定禁烟的决心，以前所未有的手段，使我大清永绝鸦片之害！"说到这里，他把目光转向隽藻，双手一拱，"祁大人，天下人皆知祁大人是皇上近臣，也知祁大人是我禁烟一派的同志，黄某今日和林大人一同前来，就是想请祁大人和我们一起做这件大事，不知祁大人意下如何？"隽藻大笑道："两位大人的话令人鼓舞。禁烟之事关系到天下万民的生死存亡，祁隽藻责无旁贷，只要两位大人差遣，祁隽藻赴汤蹈火，在所不辞！"

3

穆彰阿天没亮就收到保胜六百里加急送来的密信，看罢，面无表情地扔在一边，对一旁睡眼惺忪侍立的薛管家道："老薛，前次本官让吏部为你补了一个陕西知县的缺，你怎么不去呀？"薛管家吃了一惊，残存的睡意全消，急躬身道："老爷，不是奴才不识抬举，只是奴才这些年跟着老爷，也算是长了见识，多了些心胸。奴才以为，区区一个知县，不是奴才干的。"穆彰阿看他一眼，道："怎么，这个知县还小了？"薛管家道："老爷今天是署理领班军机大臣，奴才怎么说也是老爷的奴才，奴才就是出去，至少也得放个道台什么的吧？何况奴才这会儿还不想离开老爷。"穆彰阿盯着他看，道："为什么？"薛管家想了一想，还是把话说了出来："奴才斗胆说一句话，不是奴才离不开老爷，是老爷在找到一个人接替奴才以前，老爷离不开奴才。"穆彰阿沉吟半晌才道："你不会是想继续留在本官身边，做一辈子奴才吧？"薛管家急趋前一步，双膝跪下道："奴才是想一辈子侍奉老爷，但老爷不会让奴才一辈子都做奴才。"穆彰阿点点头："我明白了，你想再过几年，让本官放你到江南，做一个封疆大吏，那边的油水厚些。"薛管家连忙岔开话题："大人，姑老爷信上说什么了？"穆彰阿皱眉道："保胜糊涂！事到如今，他还写这样的信来问我该怎么办！哼！保胜这几年，就这一桩生意，他捞了不少吧？"薛管家一时不知他的用意，不敢说下去："这个……"穆彰阿站起来，走到窗前，望着天空，道："说出来吧，我

440

知道他的事情你最清楚。"薛管家小心诣笑道:"奴才也是和他们家的管家老戴
比较熟，老爷，这些年奴才觉得姑老爷的脾气真是变了，记得当初他在咱们家
当奴才的时候，并不贪财，可是自打到了江苏，老爷让他结识了温州知府马连
升、台州知府赵秉利，他像变了一个人似的。原本奴才只是要他照顾一下马赵
二人的生意，可他却学着这两个人，在江苏境内大种起鸦片来了。奴才听说，
这三四年间，光远处州县的田地，他都置了不下几万亩了。"穆彰阿听了，并不
惊讶，只淡淡地问:"咱们家那位姑奶奶，知道这些事吗?"薛管家道:"老爷，
据奴才所知，姑老爷这些事情，并不让我们家姑奶奶知道。"穆彰阿又想了想
道:"我们这边，没什么把柄在他手里吧?"薛管家心中吃了一惊，脸上却没有
挂出来，急道:"那没有。我给赵秉利马连升说得清清楚楚，他们和我们的事是
一回事，和姑老爷是另一回事，彼此井水不犯河水。老爷，你的话我到这会儿
还记得牢牢的，不会有只字片纸的证据落在姑老爷手里。"穆彰阿轻轻呼出一口
气，吩咐道:"你代我捎个口信给保胜派来的人，就说我没空儿写信。至于禁不
禁烟，只有皇上才能定夺。好了，本官也该上朝了。"

　　穆彰阿赶到乾清门，果然就听肃顺悄悄告诉他，皇上要在今天的早朝上再
度令大臣们讨论禁烟之事:"皇上前些日子让黄爵滋去了一趟江浙，回来此人就
向皇上上了一道密折，据说路过江宁时，他与林则徐、祁隽藻见过面。"穆彰阿
听了，也不答话，因为皇上已将黄爵滋的折子下至军机处，令众臣观看。不出
肃顺之所料，早朝伊始，道光开宗明义，即令众臣就禁烟之事各抒己见。此议
立即引起了激烈辩论。穆彰阿一反常态，率先出列，大声奏道:"皇上，自从鸿
胪寺卿黄爵滋第二次上折要求禁烟，朝野上下，关于禁烟与否，纷纷扰扰，莫
衷一是。奴才以为此事非同小可，禁绝鸦片非只是大清之事，一旦朝廷禁绝鸦
片入口，必与夷商发生冲突，自嘉庆朝以来，中国与夷人因贸易发生冲突，从
没占过便宜，万一因此而引发战争，其间是否会有不测之祸，奴才不可轻言。
这是其一。"道光听了不高兴，回头看他:"你说什么? 朕若下旨彻底禁绝鸦片，
洋人会跟我们打仗?"穆彰阿接着说下去:"还有其二。奴才以为黄爵滋所言鸦
片之害，未免夸大其词。上天不枉生一物，生一物必有其利人之处。朝野内外
一些人要求禁绝鸦片，无非是说它来自海外，洋人以无用之物使我国银两流失，
其实在奴才看来，此事也未必一定如此。臣方才刚刚接到浙江温州知府马连升
的一个折子，折子上说，洋人可以拿鸦片来中国谋利，中国为何就不能用鸦片
谋利? 洋人所以能用鸦片换到中国的银子，正因为大清境内没有鸦片，若朝廷
开放鸦片种植之禁，令各省官民自产自销，洋人的鸦片在中国就不会再有销路，
也就再也不能换走我们的银子。国内多年来已形成了万千鸦片人口，一日不吸

食鸦片便无以活命，朝廷现在就是禁绝鸦片，也是难事，你越禁绝，鸦片就越是紧俏，洋人就越会大量贩运进来。再者，朝廷所谓禁绝鸦片，不过是禁绝鸦片从广州一个通商口岸进入，大清海岸从南到北，万里之遥，洋人与奸商勾结，从海上走私，你如何能禁绝得了！"听了这话，禁烟一派顿时哗然。道光怒起，道："肃静！穆彰阿，你的意思是，这鸦片不但不能禁，而是根本禁绝不了？"穆彰阿叩头在地，道："皇上，浙江温州知府马连升认为，朝廷若要禁绝天下人不吸食鸦片，那绝对行不通，但可用自产之货替代洋人之货，从而将大清的银子留在国内，办法就是公开下诏，允许天下百姓种植鸦片。这样做的好处有三，第一，大清可以取代洋人坐享鸦片之利；第二，朝廷并没公开禁绝鸦片贸易却抵制了洋人的鸦片，洋人就是做不成鸦片生意，也没有理由与我大起战端；第三，洋人的鸦片不能进口，我天朝的银两也就不会再流出国门。请皇上三思！"王鼎听了，急忙上前跪奏，大声道："圣上，穆彰阿此言，误国害民，万不可听！臣王鼎奏请皇上马上下旨，立即解拿温州知府马连升进京问罪！臣久闻温州是中国最早违禁私种鸦片之地，马连升身为一州知府，不但不能禁绝此物，反鼓动朝廷开放天下种植鸦片之禁，朝廷若听了他的，大清将一变而为鸦片之国，像湖广总督林则徐讲的那样，大清将来不唯无可用之兵，也无可用之筹饷之银！"道光听了反感道："王鼎，朕要听的是道理，不是凭空加上的罪名！"王鼎叩头在地，道："圣上，臣自幼读圣人之书，思圣人之论，所谓天下者，非指山川草木之属，天下百姓之谓也！大清之有天下，是有天下百姓，若朝廷开放种烟之禁，天下人翕然响应，大清将成为鸦片之国，天下之民将举国成为鸦片之民，一不能务农，二不能做工，无人务农做工则无粮无赋，天下万民何以为命？国家又焉得不亡！"道光心头大震，不愿再听下去，冲众臣一摆手，道："退朝！"

离开乾清门，道光没回养心殿，而是去了寿皇殿。他又一次在嘉庆皇帝的御容前焚香叩拜，流泪道："皇阿玛，儿臣今日又遇到大事了，这禁烟之举，能做不能做？一旦做了，会有什么样的风险？真的会有战事？儿臣实在不知道。儿臣犹豫……皇阿玛升遐之际，曾对儿臣言过，将来若遇天下大事，必用祁隽藻。这些年儿臣一直都在保护他，不让他在儿臣身边，今天看来，这个人我要用了……"

4

于是几日之后，远在江宁府的隽藻突然接到了皇上的诏书。诏书写得简短，只道：

奉天承运皇帝诏曰：查祁隽藻人品淳厚，学识精粹，着即还京，在通政使司副使任上当差。钦此！

接过诏书，隽藻久久地站立，回头一看，发现张牧站在身后。隽藻回头道："张牧，皇上放我到这里当学政，刚刚四十天，又突然召我回京，此是何意？"张牧望着他道："五哥，马上称病辞官，不然从今日你，你将大难不已。与今日之祸相比，你过去在朝中遭遇的所有事情都算不了什么了。"隽藻默默地看着他，忽然仰天大笑道："五哥明白了。你的话也说完了，收拾行李，咱们回京。"隽藻要还京的消息也马上传到了江苏巡抚衙门。保胜面色惊惶，在书房内急得走来走去，猛然抬头，对站在一旁的李师爷下令道："你，快去，告诉运河沿线各府道州县，前次让他们把两岸的罂粟全给我平了，一棵也不要留，如果他们还拖延着没办，要赶在后天祁隽藻回京之前马上办完！还有，运河沿岸各地的烟馆，这几日也一律给我关张！"李师爷见他内心十分紧张，知道事态严重，急急应声离去。

保胜刚刚松了一口气，忽见晴儿、流翠扶着含黛走了进来，诧异道："夫人，你怎么出来了？"含黛病恹恹地坐下，用虚弱的声音言道："祁隽藻一家到了江宁，我还没能见到一眼，怎么又听说他们要回京了，有这回事吗？"保胜心情沉重，不觉点头答道："有。祁大人是要回京任通政使司副使，参与朝中机务。"含黛听了，半晌不语，又问："祁家人什么时候走，走之前真的不能让我见他们一面？"保胜灵机一动道："啊，来不及了，他们今天就走，现在都去了码头了。"含黛听了，也不再言语，手扶着晴儿站起，转身慢慢离去。

书房内又只剩下了保胜。他沉思半晌，突然猛拍了一下自己的脑门，正要叫人，李师爷已经一脚跨进来，叉手禀道："大人，事情小人已经交代下去了。"保胜想了想道："老李，你是本官从京城带出来的老人了，有件大事我想让你替我去办。你愿意吗？"李师爷听他说得沉重，急忙跪下道："大人待小人恩重如山——"保胜举手止住了他的话："老李，本官想让你悄悄回到北京城里待着，替本官时时打听一下朝廷里的动静，有了消息，马上派人报来。"李师爷吃惊地看着他道："大人，咱们朝中有穆大人，还要小人……"他忽然意识到了什么，急道："啊，小人遵命！"保胜想了想又道："你不要胡思乱想。本官是想，虽然我们在京城里有穆大人，但京城太大，毕竟也有穆大人听不到的消息。……你回京以后，什么人也不要让他们知道，更不要见穆家的人。"李师爷全都懂了，叩头离去。

转眼又是两天，隽藻一家如期启程，保胜带着一帮地方官到码头上送行。岸边一座酒楼上，妙真、李清玄也居高临下地望着正在登船的隽藻和家人。一眼瞧见隽藻身后长成大小伙子的元白，妙真眼睛骤然湿润，不忍再看。暖儿和李清玄回头看她，妙真道："没想到我们刚到江宁，他这么快又走了。师傅，我想马上随他进京。"李清玄想了想道："也好。祁大人此次还京，必有大事，我们悄悄地和他一起回京。"妙真听了，就要下楼，向对面一座酒楼上一瞅，神情陡然一变，低声叫道："师傅快看，原来他们也到了这里。"李清玄抬头看去，果见对面楼上，姚一镖带着薛、吴、陈三位长老，也正隐在窗后，盯着码头上的隽藻一家，点头道："他们果然在这里，这就对了，哪里民不聊生，贪官遍地，万民欲反，他们就一定会在哪里。妙真，快想法子告诉一鸣，江北灾民会的人又盯上了祁公子，要他回京途中一定小心。妙真，眼下姚一镖他们还没有发现我们，我们不妨悄悄地跟在他们身后，看他们要去哪里，要做什么。"妙真点头。

此刻对面那座挂有"长天一色"匾额的酒楼上，一扇半开的窗棂后面，吴长老对姚一镖发恨声道："姚大哥，我们就这样让祁隽藻走了？"姚一镖沉着脸不说话。薛长老道："姚大哥，诸位，天下人皆在传说，这次皇上下旨让祁隽藻回京，就与禁烟有关。离开江西以来，我们一直在江苏活动，并没有很多成就，唯有江苏巡抚保胜逼令百姓种烟一事，可以作为我们的借口，鼓动造反。可现在皇上又把祁隽藻派到了这里，据说各地的烟田，已被铲除。此人号称天地民心，一旦他回到京城，说服皇上在天下禁绝鸦片，我们的大事，就又要被他坏了。"陈长老道："那也好办，这次我们就在他回京的途上杀了他，再栽赃给官府。"姚一镖摇头道："不，李清玄和冯妙真就在对面楼上，他们已经看到了我们。再说皇上这些年一直让大内高手暗中保护祁隽藻，此次令他还京，焉能没有安排，我们要得手其实很难。"吴长老泄气道："大哥，难道我们就此罢手了？"姚一镖道："不然，江苏鸦片烟害虽重，却重不过浙闽两地。此两地一是地方官员和奸商勾结，大肆从海上走私鸦片；二是强迫农民弃农种烟，从中牟取暴利。要说民怨沸腾，皆欲造反，浙闽二地比江苏更甚。我们且放过祁隽藻到那里去，积蓄力量，早举大事。"众人听了，皆道："好吧，咱们听大哥的，去浙江和福建。"

这日含黛正在后花园静坐，流翠抱着一个包袱匆匆跑进来。含黛见她慌里慌张的样子，从病榻上坐起身，问道："流翠，抱的什么东西？"流翠上前回道："夫人，是祁夫人让人送来的。"含黛一惊："今天送来的？"流翠道："早上刚刚送来的。"含黛奇怪道："他们不是前天就走了吗？"流翠不语。含黛怒道："怎么不早点儿进来禀报我，祁大人的船这会儿到底走了没有？”流翠嗫嚅道："都这时候了，一定走了。"含黛生气，接过包袱打开来看，里面果然是鞋，数一数正好九双，里面还有一封玉环的信。她看了那信，又一双双地数起了鞋，早落下泪来道："我们离开江西九年，她没有食言，果然每年都记得给我做一双鞋。"一边说着，一边又将那些鞋抱在胸前，贪婪地嗅吸着它们的气味，那泪珠子就一直淌个不止。

两日过后，隽藻的官船已行进到赴任时经过的那段运河上。站在船头朝岸上张望的宿藻忽然"咦"了一声，回头对隽藻道："怪了！"隽藻看他，问道："什么事？"宿藻手指岸上急道："五哥你看，这才几天，岸上那么多罂粟，都不见了！"舲公听了，在一旁插嘴道："大人还不知道，这两日官府严令运河两岸的烟田全部铲平，违抗者要坐牢。"隽藻心中一惊，回头问道："老人家，官府真的下了这样的令，运河两岸的烟田都铲平了？"舲公道："官府不但让人铲了烟田，两岸城乡的烟馆也一律关了张。"隽藻高兴道："太好了，保大人果然是位能吏，这才几天，江苏一省的禁烟就做出了如此的成绩！本官一定要回京禀告皇上，请皇上褒奖这样雷厉风行的大吏！"众人听了皆说："好！"只有张牧，站着看了一会儿，就转身回舱去了。隽藻疑问地看着他的背影，回头问宿藻："张牧今天又怎么啦？"宿藻摇了摇头，道："他的心思你都猜不准，我哪里还会知道？"

5

禁烟之事已经在京城闹得沸沸扬扬，满朝文武，无论品级，皆纷纷上书皇上，表明态度。这一日，胡沅浦独自在自己租住的官舍闷坐良久，忽然对其弟胡叔纯道："四弟，我也要给皇上上折子，支持禁烟。"叔纯笑道："哥，你一个七品小官，禁烟与否乃朝廷大政，哪里容得上你一个蕞尔小官置喙。再说天下尽知，穆彰阿大人是反对禁烟的。"胡沅浦也不理他，写了折子交给他道："送到穆大人府上去，请大人代我呈送皇上。"

当日晚间，穆彰阿回到家中，见到胡沅浦的折子，打开来看。没看几行，就发起怒来，一把摔到地上。薛管家端茶上来，见了笑道："老爷，奴才也看了胡沅浦的折子，觉得可笑。天下人皆知老爷反对禁烟，他自认为是老爷的学生，却写了这样一个支持禁烟的折子，还要老爷亲自转呈皇上，你说这人是不是有点儿……啊，脑袋有点儿毛病？"穆彰阿听了，猛地一拍脑门，慢慢拾起折子，冷笑道："行，我明天就帮他呈上去！"薛管家还想再问什么，又没有开口。穆彰阿知道他要说什么，道："你这么聪明，怎么看不明白？这个胡沅浦，他在虚应故事，又在跟本官打哑谜。"薛管家点头笑道："老爷，胡沅浦自知眼下在朝中人微言轻，皇上也不待见他，老爷明天就是将他的折子代呈皇上，也影响不了大局，可是皇上会觉得，老爷虽反对禁烟，但对于朝中不同的政见，也一概能够包容。皇上一定会因此欣赏老爷的胸襟与气度。"这几句倒勾起穆彰阿的心事来，突然道："胡沅浦这个人，不可小觑。以后不要慢待了他。"薛管家忽然想起一件事来，急道："爷，祁隽藻回来了，已经去宫中见皇上了。"穆彰阿听了，回头看他，眉头急皱起来。

祁隽藻此时正在养心殿叩见道光，口称："臣祁隽藻奉旨回京，叩见圣上！"道光见他回朝，心头一热，道："祁隽藻，你回来了？"隽藻道："臣回皇上，臣回来了。"道光沉吟半晌，突然道："祁隽藻，你是不是还记得，朕当年说过，朕所以让你离开京城，到地方上做学政，是要你远灾避祸，一旦天下有事，朕就会将你召唤回朝。"隽藻心中感动，叩头道："圣上一片爱臣之心，臣感激涕零！"道光道："禁绝鸦片之事，已在朝野内外闹成了轩然大波，朝廷里大小臣工，从署理领班军机大臣穆彰阿起，差不多每个人都卷入了这场纷争。你虽然也写过几个密奏，朕却没将它们拿出来交军机处和朝廷内外的大臣们评议，朕的意思，你明白吗？"隽藻叩头道："圣上的深意，是一直让臣隐身事外，不让臣一开始就处在风口浪尖之上。"道光点头，道："祁隽藻，朕急着让你回京，是想首先问你一句话：一旦朕因禁绝鸦片与洋人起了战争，天下百姓会不会与朕同仇敌忾，打赢这一仗，守住祖宗的江山？或者他们会趁着这场外患，起而为乱，让朕的天下一发不可收拾？"隽藻听了急亢声言道："圣上，今日天下万民都在仰望圣上，倾一国之力禁绝鸦片，救他们于水火之中！圣上若能顺应民心，一力禁绝鸦片，则天下民心必重归于朝廷，归于圣上，圣上担心的内乱就必不会起；相反如圣上听任人言，拒绝禁绝鸦片，则天下民心必将又一次大失望，圣上担心的内乱就必不可免！"道光沉吟道："除了民心，还有天意。朕要举大事，却不知道天意。上天愿意让朕办成这一件大事吗？"隽藻听了又急道："圣上，孟子云，'天听自我民听，天视自我民视'，天心就是民心！若天下民心皆盼圣上一力禁绝鸦片，天意怎么会与民心有违？圣上明察！"

道光沉默片刻，断然言道："朕若一切禁绝鸦片进口，必从广州始。告诉朕，何人能当此大任？"隽藻急道："臣进京途中，就为圣上想好了一个人，此人就是湖广总督林则徐。"道光摇头道："有人说林则徐轻率急进，好大喜功，将来乱朕天下者，必是此人。"隽藻听了，不觉大声言道："圣上切切不要听信此言！林则徐以天下为己任，学问精粹，识虑深广，又历任四方，是今日我大清处理巨乱的第一能臣。圣上若命他担此大任，臣担保他一定会成一代之功，上不负圣上，下不负万民！"道光沉默有顷，终于说出了他的最大隐忧："朕问你，万一林则徐与洋人轻启战端，不法之民又乘机而起，那时又该如何？"隽藻听了，挺直身子，倔强言道："圣上，今日鸦片之患，禁与不禁，已不是可讨论之事，虽有险难也非做不可。臣以为圣上不避万难，决然行之，必得天下万民拥戴，纵有外患内乱，也不足惧。"道光仍在犹豫，忽然回头道："祁隽藻，朝廷内外重臣如此之多，你为什么一意举荐林则徐？"隽藻沉默了一瞬，方才郑重答道："圣上，因为林公不贪。"道光听了又惊又怒，道："什么？不贪也能成为你举荐林则徐任此大事的理由？"隽藻心中也渐渐火起，亢声答道："不贪之人，谋国必公；贪墨之人，谋国必私！谋国以公，天下可救；谋国以私，国破家亡！"道光明显地被他的话深深震撼了，毅然道："好，你就在这里代朕拟旨，宣林则徐进京，朕要授他钦差大臣，赴广州全权处理禁烟之事！"隽藻听了，一时热泪盈眶，叩头下去，大声言道："臣替天下万民谢圣上！"

这里隽藻急急起身，就要出门去办差。不想道光又叫住了他："你等一等。朕这次让你回朝，想长久留你在朕身边当差，不想看到你与大臣们每日冲突。从今日起，朕要你做一个哑巴，有什么话都只来告诉朕，在别人面前什么也不说。你在朕这里说过的话，朕也绝不会让别人知道。这样过些日子，别人就会认为你心性变了，现在只是朕身边的一个陪臣。祁隽藻，朕要你这样做，你明白朕的意思吗？"隽藻重新伏地叩头，感动道："臣祁隽藻谢圣上苦心。臣领旨，进了朝廷，非为天下大事不得不言，臣绝不多言。"道光也一时泪光闪闪，道："这朕就放心了。办差去吧。"

6

林则徐接到圣旨，即刻进京，来到养心殿叩见皇上。道光让他跪在那里，久久不语，林则徐等了半晌，不知道皇上在想什么，悄悄抬起头来看道光一眼。道光沉沉言道："林则徐，朕自登基以来，兴学校，正科考，平定张格尔之乱，惩办贪官，从来都是雷厉风行，没有哪件事像做眼下这件大事一般犹豫，你知道为什么吗？"林则徐高声答道："臣林则徐斗胆猜度圣意，鸦片本来自海外，夷人为了谋利，远涉重洋，蹈凶历险，几十年来，获利不小，今日一旦断绝其贸易，两方必争执成仇。万一战事大起，我大清也许会形成举国迎敌的局面。圣上今日是将一国的安危荣辱交付给了臣。"道光点头道："林则徐，既然你什么都明白，朕就不多说了。你这个差事，可要给朕当仔细了。"林则徐复叩头在地，大声言道："臣受命之日，诚恐诚惶，如履薄冰。为禁绝鸦片，臣肝脑涂地，在所不辞！一旦禁烟令下，臣不敢担保夷人必不与我开战，臣能保证者，是战端一开，臣必率两广之众与敌做生死之斗，至死不令我泱泱华夏失去尊严和一寸土地！臣临行之际，恳请圣上未雨绸缪，厉兵秣马，严阵以待，以众志成城之心，与敌决一死战之志，以备万一，以争必胜！"道光听了道："林则徐，朕知道该做什么。你去吧，朕等着你的捷报。"林则徐再次叩头在地，道："臣林则徐告退，圣上为天下万民多多珍重！"道光心潮澎湃，望着他离去，直到他的身影消逝不见。

办完这件大事，道光刚欲转身，就见肃顺来奏："皇上，穆彰阿急着要见皇上，已在宫外候旨多时。"道光道："让他进来吧。"肃顺转身走出，穆彰阿马上就进了殿门，匍匐在地，放声大哭，道光不理他，道："穆彰阿，朕想到你今日一定会来，果然来了。"穆彰阿止住哭声，道："奴才穆彰阿今日已上折子给皇上，恳请皇上开了奴才署理领班军机大臣的差事，放臣回乡下的庄子上养病。"道光冷冷地看他半日，道："穆彰阿，你是真病了，还是因为朕任命林则徐为钦差大臣去广东禁烟，抑或是因为朕近来召祁寯藻回朝，做通政使司副使，你才病了？"穆彰阿大声言道："奴才也不敢欺瞒皇上，奴才以为今日朝中所行之政，所为之事，皆非穆彰阿所愿为愿见，与其留在朝中，眼见大清国基础动摇，天下汹汹，国将不国，奴才不如请皇上开恩，放奴才到乡下去，从此闭目塞听，对一切不闻不问。日后天下有事，奴才也可以不辞其咎。"道光久久看他，不觉发恨声道："穆彰阿，你太让朕失望了！"穆彰阿听了此言，一惊道："皇上——"道光眼睛望着别处，沉沉言道："这些年来，朕知道你一直在等什么，可你却不知道朕在等什么。"穆彰阿心中又是一震，抬头叫道："皇上——"道光道："这些年你一直在等朕拿掉你署理领班军机大臣前的署理二字。方才朕已经让人拟旨，任命你为武英殿大学士、领班军机大臣。可你却要在天下大事将至之时，抛开朕回乡下去了！"穆彰阿闻言，大叫一声，流泪道："皇上！原来皇上心里还有奴才！皇上在这种时候，还要奖拔奴才！"道光痛心道："穆彰阿，天下人皆知你是朕的宠臣，朕登基以来，你没建尺寸之功，就由一个普通军机处行走之臣，做到了署理领班军机大臣。别人都以为大清的天下是朕一个人的，可是朕知道，大清天下是所有在朝旗人的，朕只不过替你们白当着这个差罢了。可是你，你们这许多人，都不懂朕的心！领班军机大臣是什么人？那是朝廷的中流砥柱，是朕随时可以应付天下大变的人！天下无事，朕不能轻易将它给你，现在天下将有大事，最后收拾局面的人，朕怎么知道不是你穆彰阿！可是你也要记住，朕今天可以将这个差事给你，明天也可以把它拿走。为了大清的天下，你要好自为之！"穆彰阿泣不成声，叫道："奴才穆彰阿辜负了皇上，奴才罪该万死！奴才从今天起，愿为我大清的天下，不，为了皇上，粉身碎骨！"他不住地磕头，泪如雨下。这一刻道光也同样泪水盈眶。

穆彰阿离开养心殿，人刚刚进家，早就守候着的琦善就匆匆迎上前来，道："恭喜大人，贺喜大人。大人荣升首相，是我大清万民之福！"穆彰阿哼了一声，心想这个消息怎么这么快就传出去了？一边口中言道："罢了，你怎么来了？什么时候回的京？"琦善道："大人天大的喜事，奴才当然要第一个赶来讨一杯喜酒喝！"穆彰阿想了想道："本官可能要让你失望了，本官在此国难当头之时，做了领班军机大臣，何喜之有？你来了正好，天下将有大事，本官正要和朝中诸位满大臣私下里一会。此时由我出面联络众人太招摇，你来了正好帮我办这件事。"琦善心中一动，道："奴才知道了，奴才这就办去。"

当天夜里，道光睡不着，突然想起一件事来，急叫："让肃顺进来！"随侍太监急忙出门，将肃顺领进寝殿，肃顺伏地叩头道："皇上，奴才来了。"道光久久盯着他，一直没有说话。肃顺不解，抬头看他："皇上——"道光突然将那件事说了出来："肃顺，有人说不久前上折子要朕开放鸦片种植之禁的温州知府马连升，自己就在温州地面上逼农民弃粮种烟，还与洋人合伙从海上走私鸦片。这个马连升，是穆彰阿的门人，你知道吗？"肃顺吃了一惊："这个……奴才不知。"道光又道："还有穆彰阿的妹夫，江苏巡抚保胜，有人说，江苏的鸦片都是他让下面的官员逼老百姓种的。"肃顺心中又是一惊，道："皇上，真有此事？"道光道："肃顺，你这几天就出京，什么人也甭告诉，再去苏浙闽一带，代朕密查当地官民私种鸦片以及走私鸦片的实情。你的差事和黄爵滋不同，朕现在想知道的是，穆彰阿拼命阻止朕禁绝鸦片，还力主开放鸦片种植之禁，和这些事有没有关系。"肃顺心中激动不已，急叩头道："奴才领旨！奴才这两日就起程。"道光一挥手道："去吧。"肃顺走了两步，又回身道："奴才斗胆请问皇上，保胜在江苏私种鸦片的事，是不是祁隽藻做江苏学政时查出来的？"道光神情陡然狞厉起来，道："此事和祁隽藻毫无关系，你日后不要卷入穆彰阿和祁隽藻的争斗。你是你，他们是他们。去吧！"肃顺听了，心中又是一惊，急忙答应着去了。

虽然当夜他就急着要见载元，但还是忍住了，只到第二天当完值回到府中，犹豫再三，才对一男仆道："快去请两位王爷，就说我有大事相告。不要惊动外人，放他们从后门进来。"载元、瑞华接到这个信儿，不知出了什么大事，急急赶到肃顺府上。肃顺将昨晚上道光交给他办的差事讲完，不觉心情激动，大声言道："老二老三，皇上到底想起我们兄弟了！穆彰阿身为首相，竟然勾结马连升这样的匪类，走私鸦片，私开种植鸦片之禁，皇上若认真追究起来，不是死罪，也是流放充军！穆彰阿这个官，做到头了！"载元沉吟良久，道："老六，我看事情没这么简单，皇上眼下只是让你去查，不是让你去查办。虽一字之差，皇上就为自己留下了多少后路。对了，你没接到琦善的帖子，让我们明日去他在城外的私园看戏？"肃顺道："接到了，不就是看戏吗？我这会儿哪有工夫去看他的戏！"瑞华摇头道："刚才老二说了，我们一定要去，因为演这出戏的不是眼下红遍京城的一捧雪。"肃顺起了疑，问道："那是谁？"载元道："琦善是穆彰阿的死党，由他出面请我们看戏，到时候出场的人一定是穆彰阿……我若猜得不错，现在是穆彰阿遇上了大事，要转回头求我们兄弟帮他了。"肃顺想了一想，拍手道："我明白了！"

第二十八章

钦差总督海滨备战　首相王爷密室磨刀

1

　　京城郊外，十里长亭，王鼎、隽藻和李鸿藻、翁心存、彭蕴章、黄爵滋等一干朝廷重臣，来为钦差大臣林则徐送行。王鼎须发皆白，身体已非常虚弱，但还是不顾劝阻，非来不可。此时他举起杯来，对林则徐言道："少穆，此去广州，千里万里，一定为国珍重。老夫老了，不能随你前去，为国效死，只能用这一杯水酒，为你壮行！愿少穆一去南国，旗开得胜，马到功成，上不负天子，下不负万民，你走之后，老夫和皇上、满朝文武，日夜悬望你的消息，盼着南来的捷报！"林则徐听了，心中感动，高高举起手中酒杯，躬身谢道："恩师在上，喝了恩师这杯酒，林则徐此去南方，不能成功，一定成仁！诸位仁兄，干了！"众人一起陪他干了一杯酒，林则徐又走向了隽藻，谆谆言道："隽藻兄，林则徐承蒙圣上错爱，将这千斤重担交给林某担承，林某此去，唯有以死报君，不计其他。此时林某心中一不忧广州地方鸦片不能禁绝，二不忧因禁绝鸦片会同洋人开战，三不忧开战之后大清不能获胜，林则徐忧的是一旦事起，圣上之心会有反复，不容林某将大事做到底。隽藻兄，你现在是圣上身边的近臣，林某诸多心事，今日都要全部托付给你。"隽藻听了，明白他的心事，拱手庄重道："林大人放心，祁隽藻在朝一日，大人就不用担心圣上会让禁烟的大事半途而废。"林则徐听了，松一口气，回头对众人道："诸位大人，林则徐临行之际，收到了恩师两江总督陶澍陶大人寄来的一联绝对，陶大人病体沉重，仍不能忘怀国事。这一联绝对也可表达林则徐此时的心情。来人，展开！"仆人上前，将对联展开，众人上前看去，只见那字铁画银钩，激扬飞舞，于无声处，宁有怒涛拍云、悲歌慷慨之音。王鼎不禁吟咏出声："苟利国家生死以，岂因祸福避趋之。"他的声音虽低沉苍老，颤颤巍巍，却似惊雷滚动，激荡人心。林则徐于是向大家拱手道："林某就此去了。祁大人，请将这一联绝对呈送圣上，借陶公之意，表林某之心。"隽藻拱手道："大人放心，祁隽藻一定将它呈送给圣上！"说着将那对联接了过来。林则徐转身欲走。只听黄爵滋叫道："林大人且慢！今日黄某请来一位琴师，弹一支《出塞曲》，黄某自己舞剑，为大人壮行！"琴师抱琵琶上前，轻轻一拨，众弦一齐铮铮发声，登时满场静寂。黄爵滋"唰"一声抽出宝剑，眼随剑势，身随步走，但见银蛇盘旋，蛟龙翻飞，舞出一片寒光。琴师拨动琴弦，指缝间砰然訇然，流出一段苍凉悲壮的旋律，一时似如荆轲刺秦，易水送别；一时又如班超出塞，玉关醉饮；霎时又见乱云飞渡，萧萧风起，大漠孤烟，长城烽火，就有一腔豪气，直冲斗牛。一曲弹罢，黄爵滋戛然收势，众人神情肃穆，壮怀激烈。林则徐大笑拱手道："谢诸位大人相送，林则徐去了！"众人不再阻拦，眼望着他登车远行，犹久久不愿离去。

这个时候，京城西北玉泉山下，一处不显山不露水的私园内，琦善正引着载元、瑞华、肃顺走进一间位于丛林中的密室。肃顺冷笑道："琦大人，这是什么地方，你不是说让我们来看戏吗？"一言未了，穆彰阿从内室转出，对三人深鞠一躬，道："两位王爷，六爷，穆彰阿有礼！"三兄弟互看一眼，急忙还礼："原来穆大人在此！"载元就故作惊讶之态，道："我等兄弟就要去府上恭贺大人荣升首相，大人怎么在这里？"穆彰阿让出道来，对三人道："王爷、六爷，此处不便说话，里面请，穆彰阿今日有要紧的话和三位说。"他将三人让进内室，翻身倒地就拜。载元真的吃了一惊，急去搀扶他，道："老穆，你这是何意？如此大礼，我们三个哪里承受得起。"穆彰阿爬起身来，道："穆彰阿先给三位爷磕了头，话就好说了。请坐。今日请三位爷到此，虽是私议，所谈却是公事。"肃顺心中越来越吃惊，却不便言语。众人落座，穆彰阿道："我大清朝廷到了生死存亡之际，两位王爷和六爷是大清的中流砥柱，穆彰阿今日请琦善约三位前来，没有什么戏可看，倒是有一些话，此时非讲不可。"瑞华受不了他这一套严词峻色，道："老穆，有事你就说，别搞得这么紧张兮兮的，你都吓着我了。到底出了什么事？"穆彰阿一脸沉痛道："三位一定听说了，皇上昨天已经下旨，令林则徐为钦差大臣，前往广州禁绝鸦片。此事穆彰阿虽一力阻止，无奈圣心已定，天下大变无法避免。今日请三位爷来，就是想与三位爷合计一下，此事该如何应对？"载元凝神沉思有顷，故意装糊涂，道："穆大人，难道鸦片烟真的不该禁，或是不能禁？"穆彰阿道："自从黄爵滋再次上书朝廷，重起禁烟之议，王鼎、林则徐之流群起响应，天下人心汹汹，皆曰鸦片该禁。到了今天，事情的重心已不是鸦片该不该禁，而是应当由谁去禁？"肃顺心中一动，接过话茬道："大人是不是说，天下人皆可以去禁烟，唯独不该差林则徐前去？"穆彰阿点头道："六爷果然明白。林则徐何许人也？王鼎之后，林则徐已隐然成为朝廷内外所谓清流的领袖，若禁烟事成，洋人退走，南方太平无事，则天下民心尽归于林则徐；若林则徐禁烟不成，朝廷与洋人间战事大起，必会经年累月，劳师靡饷，以我大清今日之军备，战不能胜，和又必不由我，外乱未了，内乱再起，朝廷将内外受困，纵是此时皇上生出后悔之心，将林则徐碎尸万段，也未必能挽狂澜于既倒。届时天下大乱，奸人四起，塌天之祸，有穆彰阿不敢言者！"这番话说得众人内心震动，面面相觑。

肃顺想了又想，突然开口言道："穆大人既然说到此处，肃顺斗胆问大人一句：若两害相权取其轻，你愿林则徐禁烟事成，还是禁烟事败？"穆彰阿干脆利索地答道："我愿林则徐禁烟事败。"瑞华问："这又是为什么？林则徐虽是汉臣，但也是我大清之臣，林则徐胜，洋人就会败，洋人败了，外患就没有了，内乱也不会起，这有什么不好？"穆彰阿摇头道："王爷只知其一，不知其二。若林则徐禁烟成功，洋人束手，太平无事，皇上欢喜，万民拥戴，将来大清朝政必归于林则徐、王鼎、祁隽藻一党，大清朝廷就将不再是我等旗人的朝廷，久而久之，大清天下也不再会是我等旗人子孙的天下！"载元、肃顺听了，心中又是一震。瑞华不以为然，道："怎么，老穆，这个林则徐还有反心？"穆彰阿道："我旗人入关二百余年，天下汉人并没忘记亡国之痛。因此我等无论何时也不能忘了这满汉之防乃天下第一大防！"载元一直不说话，此时已经大约领悟了穆彰阿的用意，直截了当道："老穆，你是不是想说，为了大清朝廷和大清的天下，我们应当合起手来，有所作为，让林则徐禁烟失败？"穆彰阿立即点头道："王爷果然是今日大清第一圣明之人！只要林则徐禁烟不成，海疆大乱，洋人入侵，皇上一定会生出后悔动摇之心，将主张禁烟的林则徐等人撤职问罪，由我等出面收拾残局。那时朝廷虽有战败之名，但承担战败之责的必是林则徐、王鼎、祁隽藻一流，皇上必不敢再用他们，必将朝中权柄归于我们旗人，首当其冲者，一定是三位爷。这样一个结局，岂不是我满人之利？"

　　众人直到此刻，才都领悟了穆彰阿的意图，载元之外，各自悄悄松了一口气。就听穆彰阿又道："只要皇上心生动摇，林则徐就失去了倚仗，禁烟之事，不败也要败。我们从现在起，就要物色一批可用的自己人，到时去为皇上收拾残局。打败了罪不在我，万一侥幸打胜了，则大清必会呈现中兴之局，我等众人将来就是死了，在地下见到太祖皇帝，也不会羞愧无颜了。"一边说着，他一边竟滴下泪来。载元听他说到让自己荐人，立即开口言道："穆大人，我倒真有几个人要向你举荐。我们皇族中，有些人可以带兵打仗，有些人可以掌管地方大政。我这里有一个单子，大人可以一看。"他从袖中掏出一个单子，交给穆彰阿。这时不只是琦善，连瑞华和肃顺也都吃惊地看着他。穆彰阿内心也吃惊不小，却故作高兴道："好，现在是用人之际，王爷看中的人，一定错不了！将来一定要用！"

2

　　道光十九年（1839）一月，钦差大臣林则徐到达广州，在两广总督邓廷桢的协助下，开始下达禁烟令并勒令英商交出鸦片。四、五两月，林则徐在虎门公开销毁鸦片二百三十余万斤，禁烟斗争初战告捷。消息传到北京，道光皇帝兴奋异常，以为大事已定，下旨嘉奖林则徐。同年九月，英舰在虎门外穿鼻洋挑衅，水师提督关天培率师抵抗，敌不能得逞。十一月，道光皇帝下旨禁绝中英贸易。十二月，任命林则徐为两广总督，调邓廷桢为闽浙总督，准备坚持长期禁烟。道光二十年（1840）六月，英国舰队到达广州沿海，鸦片战争爆发。

不说广州战事，一触即发。且说这天夜里，京城怡王府大门外，就见几匹健马飞驰而来。肃顺下马，将缰绳扔给随从，左右看一眼，发现没人注意，匆匆走进大门。载元闻报，急忙披衣走进内书房迎接，看到肃顺，急切地问："怎么样？"肃顺点头道："皇上所言，果然不假！"载元击掌道："好！老六，说说，你下一步怎么想的？"肃顺早已有了考虑，道："眼下穆彰阿虽是领班军机大臣，但皇上言听计从的却是祁隽藻。穆彰阿想要借用我们，我们也正要借用他，将自己人布满要津，而且看皇上的意思，一旦禁烟失利，还要靠他稳定天下。我都想过了，若是明日见了皇上，将一切实话说出，万一皇上龙颜大怒，将穆彰阿革职下狱，对我们也大大不利呢！……还有一件事，我明天所以不能对皇上说实话，还因为一件难事。此次去江南，并没有查到穆彰阿参与鸦片走私和私种鸦片的真凭实据。老穆这个人鬼得很，现在所有的事情，看上去都像是保胜及他掌控的那些穆彰阿的门人干的。"载元点点头道："我明白了，老穆比我们想的还要狡猾。行，照你想的去办，将来穆彰阿若知道了此事，一定会对你感激不尽。"肃顺诧异道："什么？穆彰阿已经知道我去了江南？"载元道："穆彰阿何许人也！永远不要以为你做的事情他不知道！记住哥哥这句话，将来你和他打交道，才会永远立于不败之地！"

第二天一大早，肃顺就去了养心殿，匍匐在地。道光看他一眼，问道："肃顺，朕让你去办的差，怎么样了？苏浙闽一带私种鸦片，真的如传说的那么严重吗？"肃顺稍作沉吟，奏道："奴才回皇上，浙江温州知府马连升、福建台州知府赵秉利私种鸦片，皆有其事。至于新任江苏巡抚保胜是否与江苏境内私种鸦片一案有关，奴才没有查到真凭实据。"道光道："穆彰阿呢？他跟这些事有没有牵连？"肃顺犹豫了一下，道："这个……奴才暂时没有查到真凭实据，不敢乱说。"道光看他，突然大怒道："肃顺，你是不是也对朕留了一手？"肃顺吓了一跳，急忙叩头在地，叫道："皇上恕罪，奴才无能，没能查清这个案子，辜负了皇上对奴才的期望。"道光听了，久久不看他，后来才回头说道："还有一件事，朕让你悄悄地替朕查嘉庆二十二年元宵节的冯叔阳一案和祁韵士一案，你直到今天，也没给朕一个回话。你真让朕失望！"肃顺一时浑身打战，伏在地上，不敢仰视。道光这时才道："好了，这件事你要接着查，不要因为载元、瑞华都会牵扯到案子中就停下来了。朕切切想知道实情。"肃顺头上大汗淋漓，急道："嗻！"道光冷冷言道："好，你下去吧。"肃顺听了，如蒙大赦，急急退出。道光见他走远，一把将手边的一只茶碗摔到地上，悲愤道："什么叫没有真凭实据，他们做的事，以为朕什么也不知道？……林则徐家无余财，祁隽藻居家吃的是小米饭就咸菜！现而今天下都是我们的，你们为什么还要这么贪？多少才是个够！……"

<h1 style="text-align:center">3</h1>

乾清门朝会上，满朝文武齐集，气氛十分紧张。道光急急拆开林则徐八百里加急送来的奏折。只见上面写道：

> 臣两广总督林则徐启奏圣上：自英夷军舰侵入我广州近海以来，我军官兵上下用命，严阵以待，不避死亡与敌血战，英夷虽然船坚炮利，积日累月，仍不能得逞所愿。我军连日大胜，士气高涨，民众亦热心助军，现英夷迭遭重挫，不得已退出我方近海，撤至远海休整补充，以图再逞。臣林则徐唯再接再厉，与敌周旋，必求完胜。臣唯一忧虑之事，乃是敌酋狡诈，如在广州不能成功，或者转向苏浙闽一带沿海袭扰，以求一逞。臣于万里之外恳请皇上敕令沿海各省，早日厉兵秣马，严阵以待，以使英夷在广州不能战而获利，移师别处亦不能得逞。臣伏唯顿首，吾皇万岁万岁万万岁……

道光读罢，放下折子，高兴道："众位臣工，林则徐在广州抵御英夷，又获大胜！朕要再次褒奖林则徐及参战官兵！林则徐讲，英人在广州不能胜我天朝之兵，可能转向苏浙闽一带，此事该如何应对，谁有话说？"隽藻出列奏道："圣上，臣祁隽藻以为，圣上应即刻下旨，令闽浙总督邓廷桢、两江总督陶澍整顿军马，严阵以待！"穆彰阿亦出列道："启奏皇上，奴才以为，英夷乃万里之外一蕞尔小邦，唯靠贩卖鸦片烟来大清换取衣食，方能过活。今日林则徐已在广州禁绝其鸦片入口，皇上又于去年十一月下旨全部禁绝中英贸易，想它尚有多大力量，在与林则徐久战之后，还能转向苏浙闽一带骚扰。去年黄河又发大水，淹没了豫、皖、苏一十八府五十六县，朝廷救灾之银，还没有着落，若令苏浙闽三省再兴大兵，臣恐这军费银子，无处措置。"王鼎听了，亦急忙出列奏道："圣上，臣以为事有缓急，理有先后。去年黄河大水，灾民大体已经安置，而苏浙闽一带的海防，则是当务之急。臣以为不唯苏浙闽三省，中国从南到北沿海各省，都要努力备战，尤其是天津外海，乃是京城门户，一定要早做打算。英人不来，自然很好，万一英人来了，也好从容应对，不使其有得逞之机！"穆彰阿见状，目光急向载元看去，载元却正望着别处。倒是礼部尚书阿鲁图颤巍巍出列奏道："皇上，奴才有话要说……"道光已经不胜其烦，怒道："好了，不要吵了，朕意已决！穆彰阿，你下去替朕拟旨，着闽浙总督邓廷桢坐镇厦门，筹备海防，严阵以待，不得有误；着江苏巡抚保胜出任两江总督，坐镇泰州，沿海组织防御，准备与英人一战。朕刚接到两江总督陶澍家报哀的奏折，陶澍数日前已经薨逝，不能为朕效力了。对了，还要下旨给山东总督那颜、直隶总督琦善，令他们也在山东沿海、天津沿海筹备海防，准备迎敌！"穆彰阿迟疑了一下，无奈叩头言道："奴才领旨！"

这时又有黄爵滋跪奏："启奏圣上，据臣所知，天下走私鸦片最烈的地方是广东，而天下既走私鸦片又私开鸦片种植之禁最烈的地方却是苏浙闽三省，此事天下尽知。圣上若要在天下禁绝鸦片，不唯要在广州禁绝鸦片入口，还要在苏浙闽一带严查走私鸦片和私种鸦片之事，唯有如此，鸦片才能彻底禁绝，大清中兴始可有望！"众臣的目光又转向他，载元兄弟悄悄观察穆彰阿，穆彰阿却在这一刻痛苦地闭上了眼睛。道光的目光扫过众臣，落到祁隽藻身上。隽藻见了急道："圣上，臣祁隽藻以为，黄爵滋所言极是。当今鸦片之祸，已经遍及全国，论起源头，一是广东，二是苏浙闽三省，臣请皇上速发严旨，查办苏浙闽三省走私及私种鸦片之事，从源头上杜绝鸦片之患！"载元兄弟又看穆彰阿，穆彰阿还是闭目不语。又是阿鲁图哆哆嗦嗦地出列奏道："圣上，奴才也早就听人讲，什么苏浙闽一省私种鸦片，传得神乎其神，可直至今日，奴才也没见谁拿出真凭实据，这样的事，要是没有真凭实据，怎么能凭空乱说？"众人一时又纷纷议论起来，有人附和道："皇上，不要听信这些人随意诬陷东南三省的大员。"

穆彰阿似乎突然想到了什么，睁开眼急急言道："皇上，奴才有话要说。方才林则徐奏请皇上下旨，整饬东南数省的防务，以备洋人挑衅，现在黄爵滋又讲苏浙闽三省私种鸦片之风甚为猖狂，奴才请皇上简选一名钦差大臣，前往东南三省，既可查办此案，又可督察三省沿海的防务，岂不一举两得？"道光心中一震，高兴道："穆彰阿，此议甚好，你以为谁可以为朕去办这一趟差呢？"穆彰阿道："通政司副使祁隽藻可担此任。"众臣听了，都惊诧地望着他，连道光一时间也发起呆来。但他很快回过神儿来，点头道："穆彰阿，你今天能举荐祁隽藻出任苏浙闽三省禁烟的钦差大臣，朕心甚慰。祁隽藻，你敢担此大任吗？"隽藻还没答言，王鼎已经急忙上前言道："圣上，老臣以为，祁隽藻现在是通政使司副使，责任重大，不能须臾离开朝廷。臣举荐一人，可代祁隽藻，任此大事。"道光回头问道："谁？"王鼎道："鸿胪寺卿黄爵滋可任此事。"众人一下又把视线全转向黄爵滋。道光犹豫起来。穆彰阿听了急道："圣上，臣还有话。"道光道："讲！"穆彰阿道："王鼎所言极是。奴才也举荐黄爵滋，与祁隽藻一同前往苏浙闽三省，查办私种鸦片大案，并监察沿海防务。"

道光目光扫过众臣，又到隽藻身上。隽藻依然低头不语。道光忽然醒悟，道："祁隽藻，你想说什么？"隽藻开口言道："回圣上话，圣上若派臣前往东南三省，禁绝鸦片，督察海防，臣不胜荣幸！只是臣离开之后，不能确信圣上会不会听信人言，在禁烟的大事上半途而废。"道光心中一震，点头道："原来如此。你这样想就多虑了。禁烟之事，现今已一变成为我大清与洋人的战争，朕就是想半途而废，也不能了。朕只有一条路，也只有一颗心，一定要把这件大事做到底，不能全胜，就是失败！我泱泱天朝，焉能败在一个万里之外的蕞尔小邦手中！"隽藻听了，伏地叩头，大声言道："圣上若真能如此，臣祁隽藻愿肝脑涂地，前往东南三省，整饬海防，为天下万民除鸦片之害！"道光尚未回答，穆彰阿已经急急上前奏道："皇上，奴才听说，东南三省鸦片之患，与地方大员违抗圣意、贪赃枉法有极大关系，这些人已经不是一般的作奸犯科，而是在动摇我大清立国之根本！奴才为祁大人黄大人向皇上请旨，一旦拿获这等祸国殃民的地方官员和奸商，两位钦差可以先斩后奏，朝廷一概不许这些人拿银子赎命！"此言一出，满朝文武无不吃惊。道光一时间也感动地言道："穆彰阿，你今天的话，出于公心，朕很高兴！祁隽藻，你听到了吗？在禁绝鸦片这件大事上，穆彰阿与朕以及你们是一条心。你们放心去吧，到了江南，一旦拿获这样的官员和奸商，查实了罪名，可以先斩后奏，查实一个给朕杀一个！朕这次一个也不宽贷！"

4

早朝散后，瑞华和肃顺一起来到怡王府。瑞华一头雾水道："不明白，我被他彻底搞糊涂了。"载元看了看肃顺，道："老六，你这会儿在想什么？"肃顺迟疑了半晌才道："我是想到了一些事情，可是老穆真要是这么想的，那他也太狠了。难道他就——"瑞华听不明白，道："你们打什么哑谜呢？"载元对肃顺点头，道："彰阿此次举荐祁隽藻黄爵滋去东南三省查办鸦片烟案，其意大约有三。第一，他大概已经察觉到皇上让你去了江南，那里的事情他就是想瞒也瞒不住了，既然瞒不住，他就不妨主动出手，舍车保帅，为自己争取一个主动。第二，可将祁隽藻赶出朝廷，远离皇上，以便他抓住这段时间翻云覆雨，动摇皇上的禁烟之心，将来万一事情有变，他就能回头借皇上的刀，以力主禁烟、轻启战端、祸国殃民的罪名，将林则徐、祁隽藻、黄爵滋一网打尽。第三，你已经想到了，他这么做，可能真是要借祁隽藻这把刀，杀了保胜和他的那些门人。"瑞华大致上听明白了，却不相信，道："若是这样，老穆这个人果然太狠了，一石三鸟！万一保胜真的被祁隽藻杀了，他的妹妹怎么办？"载元沉沉道："今日我们才知道，谁是大清朝廷内外最狠最辣最毒的人。将来我等一旦得到天下权柄，第一个不能留的就是此人。可是现在，我等无论说话做事，都要小心，不能让他对我们生出半点儿杀心。"

隽藻这次奉旨下江南办差，正赶上刘氏要带宿藻回老家去应乡试，带元白回县里考秀才，蕴藻也来信要张牧回去应乡试，万一中举，明年进京考一个进士，谋个一官半职，全家的日子也就有了依靠。刘氏见众人都要走，就提出把世长也带走，留下玉环一个人在京照顾隽藻。于是隽藻启程之日，就带了江一鸣一个人走，将玉环留在家里。这样走的好处就是身无羁绊，轻车简从，和黄爵滋两个人很快就到了江宁。已由江苏巡抚升任两江总督的保胜仍没有搬出巡抚衙门，见他们二人到来，立即满面春风地出来迎接，道："两位钦差大人，保胜这里有礼了！"隽藻、黄爵滋也向保胜道喜："保大人荣升两江总督，恭喜了！"保胜将他们迎进客厅，大笑道："保胜这里还要谢祁大人呢，若不是祁大人上次回京后面奏皇上，说本官在江苏禁烟雷厉风行，皇上也不会龙心大悦，将两江总督的差事赏给我。今天本官要请两位钦差大人游玄武湖，吃风干鸭，那可是江宁府的特产，天下闻名，别处可是吃不到的。"

没有人注意，此时就隔着一道半开的门，已经多年不见隽藻的含黛也正悄悄地从内向外望着他，眼里不觉湿润，回头含笑悄声对晴儿道："他也不那么年轻了，你看好不好笑，他怎么也留了胡子了！"晴儿低声提醒她道："夫人，看一眼就行了，祁大人现在是钦差，万一叫他瞧见了，男女授受不亲，就不好了。"含黛心中不舍，回头道："有什么不好？我都快十好几年没见过他了。其实他也没怎么变，只是比我当年第一次在京城元宵节灯市上见他那时更老成了一些。"

客厅里，隽藻正对保胜言道："保大人的美意下官和黄大人心领了。下官和黄大人此次奉旨出使东南三省，要办的事情大人也都知道。皇上要我们在这里与大人见上一面，马上赶往福建厦门，与闽浙总督邓廷桢邓大人相会，商议海疆防御之事。大人的风干鸭，就吃不到了。告辞！"保胜觉得他们不给面子，神情冷淡下来，道："两位大人不让保胜尽地主之谊，真是憾事。既如此，保胜也就不留了，至于在江苏禁烟以及加强海防等事，乃是保胜职内之责，必不敢懈怠！恭送两位钦差大人！"三人一同朝门外走去。隽藻忽然站住，回头笑道："保大人，下官还有点儿私事。大人一定知道，大人的夫人和拙荆私下交往，已非一日，只瞒着我们两个。这次下官南下，拙荆一定要下官替她向保夫人转达问候之意。"保胜听了，不觉一笑道："这个事情我知道。祁大人何时回京，也一定代我，啊不，代本官的夫人，向祁夫人致意，哪天祁夫人和大人一起来江宁，一定让她和本官的夫人见个面，叙叙旧情。"隽藻道："好的。下官告辞。"说到这里，三人才一起走了出去。

含黛仍在内室站着未走。听到隽藻的话后，心中忽然感动起来，缓缓转身往内宅走，没走几步就又站住，取下腕上的一只玉镯，交给流翠道："快把它包上，打发二门外的小子赶上祁大人，就说这是我送给祁夫人的谢礼。上次她一下给我做了那么多鞋，我还没表示一下谢意呢。"流翠接过玉镯，赶紧去找男仆倪二。倪二飞马赶到码头上，隽藻和黄爵滋的官船已经开行。倪二叹了口气道："还是晚了。"回到巡抚衙门将此事说了，含黛听了生气道："你真没用！"晴儿要从倪二手中收回玉镯，含黛拦住问道："不。倪二，你去过京城吗？"倪二道："去过。小人其实就是京城人，后来才流落到这里。"含黛道："那就好。拿上这只玉镯，去京城见祁夫人，直接将玉镯交给她，代我表达谢意。"

5

厦门海滩上，一座用众多圆木加固的炮台雄峙在那儿。浙闽总督邓廷桢引着隽藻和黄爵滋围着炮台查看。黄爵滋见炮台四周的圆木上绑着不少包包，好奇地问道："邓大人，这些包包里面是什么？"邓廷桢耐心地向两位钦差解说："我军没有英夷那么大的火炮，不能对这些用圆木加固过的炮台进行实弹轰击测试，我就让他们捆了些炸药，爆炸力大致与敌舰炮弹的爆炸力相当，待会儿让他们接上火捻，点着了，用来测试这样加固炮台行不行！"隽藻点头道："好，大人，那就开始吧？"邓廷桢对身边的军校道："传我的令，让他们开始！两位大人，这边请！"三人向一边走，隐身在远处一处安全的掩体里，邓廷桢一回手，有亲兵给隽藻和黄爵滋各递过一只单筒望远镜，让二人用它向海滩上的炮台上瞭望。隽藻将望远镜指向炮台，就见几名兵士手持火媒，飞快地将那些炸药包上的火捻一一点燃，迅速隐身。那些火捻于是就"嗤嗤"地燃烧起来，接着就是一连串巨响，加捆在炮台圆木上的炸药依次炸响，炮台四周腾起团团火光浓烟，直冲蓝天。黄爵滋不觉叫道："好！"

最后一声爆炸响过，不待硝烟散尽，方才那军校就跑了过来，向邓廷桢禀报："禀大帅，末将查看过了，炸药全部爆炸，请大帅和两位钦差大人查看！"邓廷桢听了，马上起身，对隽藻和黄爵滋道："两位大人，请！"三人随军校向炮台走去。爆炸后的炮台，层层圆木被炸得七零八落，炮台本身也受到了重大损伤。邓廷桢脸上现出失望表情，叹气道："两位大人，走吧。这样还是不行。"隽藻听了，就要离开，却一眼注意到了炮台有一处被加固的地方没有被炸坏，不由得就站住了，回头唤道："邓大人、黄大人，不要走，二位快看，这里为什么没有被炸坏？"邓廷桢、黄爵滋走过来，只见那没有炸坏的圆木中间塞着沙包。邓廷桢回头对军校生气，道："这里怎么回事？谁这么大胆，偷工减料，欺瞒本官，该当何罪？"军校赶紧道："回大帅，末将所以让人在这里的两层圆木中间填上了沙包，是觉得沙子性软，木头性硬，英人的炮弹打在圆木上，一定爆炸，可它打在沙子上，就不一定能爆炸，就是爆炸，也不会造成很大破坏。末将不过想试一试，没想过要偷工减料，欺瞒大帅。"隽藻听了，心中一动，目光一下就明亮起来，道："大人你看，在两层圆木之间填满沙包，反倒可以让炮台受到保护，其他地方只用圆木，反而不能保护炮台，这个办法可以再试。英人炮弹打过来，可以炸坏外面的圆木，遇到里面的沙子，它就无能为力了！沙子海滩上到处都是，是又省工又省财的防御材料！"邓廷桢听了，也高兴起来，道："大人的话提醒了我！要是这样，我方甚至连圆木也可以不用，只用沙袋，装上沙子，沿炮台四周又高又厚地垒起来，让敌舰的炮弹全都打在沙袋上，或者不爆炸，就是爆炸了，也不过炸飞几包沙土！一旦敌舰靠近我方海岸，我炮台推开沙袋，就能开炮，敌炮反击，我方再将沙袋垒起来，敌舰能奈我何？"黄爵滋拍手道："妙！邓大人，这个办法要是能成，还可马上推广给各省所有炮台，又顶用又省钱，你和祁大人功劳不小！"邓廷桢马上对军校道："传我的令，立即缝制沙袋，灌满沙子，垒在炮台四周，面海的方向要厚，明天寅时，我就和两位大人一同再来看你们测试。"军校高兴道："末将听令！"

　　隽藻这时又和黄爵滋相视一眼，黄爵滋点头，隽藻于是又回头对邓廷桢道："大人，看过了炮台，下官还想看看大人为大战准备的兵马。"邓廷桢听了，不觉对亲兵眨了一下眼睛，道："两位大人要看我们的兵马，快发令！"亲兵答应一声，举起火铳，"砰——"地冲天放了一铳。海滩后面的山野，顿时竖起了一片战旗，不知有多少人马。隽藻又惊又喜，对邓廷桢道："原来大人的兵马就在这里！"邓廷桢笑道："这还只是一线的兵马。英人上岸，我就用这些兵马就地在一线阵地上全部投入抗击。"亲兵又"砰砰"放了两铳。一队模拟英军的人马从两翼迅速出现在沙滩上，并从那里向上发起了冲击，方才闻铳出现的军马立即从山上杀将下来，与"英人"在海滩上展开厮杀。邓廷桢带隽藻和黄爵滋登上高台观看，又对军校道："后备军马投入反击！"军校举起令旗，左右摇摆，打起旗语。原本伏于山间丛林的兵马一支支跃出，杀向海滩。令旗向左，军马杀向左。令旗向右，军马杀向右。邓廷桢道："两位大人，炮台之后，我还为英夷准备了三道防线，三支兵马，只要他们敢来，福建军民一定将他们全部消灭！"隽藻激动得热泪盈眶，叫道："好！邓大人，福建海防有你率兵守卫，敌军必败，我军必胜！"

6

当天夜里，邓廷桢又在海滩上进行了一次新的用沙包加固炮台的试验。黄爵滋再次前往海滩观看，隽藻则留在厦门府衙内查看台州知府赵秉利的案卷。过了两个时辰，黄爵滋兴冲冲地走回来，一见面就道："祁大人，邓大人用沙袋加固炮台，又试了一回！成功了！不过只用沙袋也不行，邓大人用一层沙袋，一层旧渔船，在渔船里面也填上沙子，然后在外层引爆炸药，结果只炸飞了一些沙包和破渔船，炮台岿然不动！"隽藻大喜道："太好了，马上写折子给皇上，让朝廷下旨，把邓大人这个办法遍告沿海各省！"黄爵滋道："好，这件事我来做。怎么，这些案卷上怎么说？"隽藻听了，笑容顿落，不觉怒道："这个赵秉利，不但参与海上鸦片走私，还公然在台州境内大种鸦片！朝廷让这样的人做知府，鸦片怎能禁绝！我就不懂了，像他这种寡廉鲜耻之徒怎么也成了朝廷命官！"黄爵滋道："赵秉利已经解到，什么时候审？！"隽藻想了想道："事不宜迟，现在就审！"

赵秉利连夜被押上了厦门府衙大堂。隽藻和黄爵滋高坐堂上。看着这个祸国殃民的贪官，隽藻强压心头怒火，质问道："赵秉利，你勾结鸦片贩子、奸商李二狗、马加明、孙得财，常年在海上与英人进行鸦片走私买卖，致使大批鸦片入口，毒害国家；又逼迫本府农民，私种鸦片，牟取暴利，使台州一地，成为东南三省中鸦片之害最重之地。你知罪吗？"赵秉利的脸上居然没有丝毫惶恐之色，反而大大咧咧言道："祁大人、黄大人，两位弄错了，下官是个好官！都是他们诬陷下官！"黄爵滋大怒，拍案怒道："赵秉利，你死到临头，还想抵赖！"转头对师爷道，"把这些证据口供拿给他看。赵秉利，祁大人和本官此次是奉王命而来，你就是不说实话，凭这些证据，也可将你立决！"师爷听了，果然将那些证人的口供拿给赵秉利看。见到这些，赵秉利才有点儿慌了，急道："大人，下官说实话，不过不能当着这么多人说。"黄爵滋心中大恶，道："赵秉利，你胆大妄为，罪不可赦，还有什么话不能当着众人说！"隽藻示意黄爵滋息怒，对众衙役道："你们先下去。"众衙役离去。隽藻冷冷地看着他道："赵秉利，现在没有别人了，你说吧。"

赵秉利忽然自如起来，想要起身，悄声道："两位大人，你们知道本官是谁的人？"黄爵滋怒道："赵秉利，好好跪着！到了这种时候，你谁的人也不是，你只是个罪囚！"赵秉利只得重新跪好，不以为然道："两位大人，这案子你们也甭审了，审也不会审出个结果来。下官对你们说实话，下官是当今大清朝廷万人之上一人之下的领班军机大臣穆彰阿穆大人的门人，还是他的干儿子；这些年又在新任两江总督保胜保大人门下走动，本官在台州府做的事，都与保胜保大人有关，要说走私及私种鸦片，保大人才是主子，我和温州知府马连升一样，都是替保大人做事。"隽藻吃了一惊，急道："赵秉利，你胡说！这怎么可能？"赵秉利有恃无恐道："反正我说了，你们爱信不信。"黄爵滋心中也着实吃惊，喝道："赵秉利，你不要以为死到临头，胡乱拉扯穆大人、保大人，就可以蒙混过关。方才那些话，你要是敢写下来，签字画押，本官就信了你！"赵秉利口带威胁道："这有何难？真要下官写下来，你们就不怕烫手？"黄爵滋怒道："你写！"赵秉利一副死猪不怕开水烫的架势，道："那好，拿笔墨来！就是皇上把这件事当了真，他也要先杀我们的主子，不能先杀我和马连升这两个奴才。两位大人，你们要是杀不了保胜保大人，你们也就杀不了我和马连升。所以下官以为，你们还是别这么认真地弄了，大家都有好处。"黄爵滋心头火起，不觉起身，隽藻拉了他一把，让他重新坐下，拿起纸笔扔下去，道："你写吧。"赵秉利摇摇头，冷笑道："写就写。我怕什么！"他趴在地上拿笔就写，写好了还在上面吹了吹，并没有忘记签名画押，然后双手捧起，语带讥讽道："两位大人真不怕烫手，就拿过去吧。"

黄爵滋取过口供，看了一遍，递给隽藻。隽藻匆匆一览，霎时变了脸色，怒道："来人，将犯官赵秉利押入死牢！"几名衙役进来，将赵秉利往外拖。赵秉利此时才变了颜色，大喊道："哎我说两位大人，什么事情我都说了，你们还不放了我呀，你们就真的以为能把案子办下去？无论江苏，还是浙江、福建，所有和鸦片相关的生意都与保大人有关，你真能查得了他吗？"

赵秉利喊叫着被拖走了，隽藻和黄爵滋四目相视，怒形于色。黄爵滋道："祁大人，没想到案情会如此复杂！怎么办？"隽藻亦大怒，道："没想到会是这样！不过只有赵秉利一个人的口供不能定案。事不宜迟，我们马上北上温州，拿办马连升，要是他与赵秉利同出一词，事情就是真的，你我应当马上密奏皇上，赶回江宁府，拿获保胜！"黄爵滋想了想又问："万一案情是真，拿获了保胜，又该如何？"隽藻神情严峻，摇头道："假如保胜真是苏浙闽三省走私及私种鸦片的主谋及头号罪犯，他就是大清国第一大毒枭，天下人的公敌。此人不杀，祁隽藻和黄大人对不起天下人，也对不起皇上！大人，事不宜迟，咱们连夜出发！"

两人正欲出门，师爷进来禀报："两位大人，有人求见。"黄爵滋道："这么晚了，谁呀？"师爷回道："此人是祁大人的同乡，也是山西人，刚刚任满尚未回籍的原漳州道道台徐继畲。他天黑前就来了，一直在外面等。两位大人见还是不见？"隽藻道："我和黄大人有急事要走，他有什么事？"师爷笑道："这位徐老爷，在我们福建一省官员中，怎么说呢，是个怪人。他在漳州做了几年道台，常与洋人打交道，结果就中了洋人的毒，认为我泱泱天朝并非天下之中，像英吉利、法兰西、俄罗斯诸国也不是蛮夷，他自己还写了一本书，自己花银子刻印，题名《瀛环志略》，到处送人，也不管别人爱读不爱读。两位大人，就连小人，他也送过一本呢。"隽藻想了想对师爷道："徐大人的来意是什么，你知道吗？"师爷道："可能还是要送他的书给两位大人。"隽藻道："这样吧，见面是来不及了，你出去把他的书接过来，我们路上一定拜读。"

深夜，一队车马在山路上疾行，隽藻、黄爵滋坐在车里。江一鸣前面赶车。邓廷桢害怕他们路上遭遇不测，特派了一支马队护卫前后。前面一个山垭口上方的林中，姚一镖等人正埋伏在那里，朝下面山路上窥视。忽然吴长老急匆匆起来禀报："姚大哥，他们来了！"姚一镖沉沉道："诸位，祁隽藻眼下是朝廷重臣，杀了他，朝廷必会为此事兴大兵来福建。我们在这里经营多年，但还是需要一个事变。杀了祁隽藻，就能激起这次事变。上！"众人拔刀跃起，就要杀向山下。

妙真恰在此时忽然出现在他们面前，高叫道："诸位，且慢动手！"众人一惊，朝她看去。姚一镖首先认出了她，不觉大怒，道："冯妙真，原来是你！"妙真一身短打，英气逼人，抱拳道："诸位英雄，妙真今日来，不是要与众位结仇。只想求列位为妙真一人，留下钦差大臣祁隽藻的性命。"吴长老冷笑一声道："冯妙真，祁隽藻是朝廷的鹰犬，当年在江西坏了本会的大事，现在又来到福建，又要坏本会的大事，我们正在拿他的人头祭旗，带领天下灾民造反，岂能饶他！"妙真"唰"的一声亮出长剑，挡住众人的去路，清楚地叫道："诸位一定要杀祁隽藻，就请先从我的尸体上过去！"姚一镖使一个眼色，吴长老二话不说，一招"独劈华山"，向妙真砍杀过去。妙真一个"风中飘萍"，已经避开他手中的大刀，长剑直指对方咽喉。吴长老本来轻敌，再想变招已来不及，心中叫了一声："我命休矣！"妙真毕竟心软，不想杀他，剑锋一转，贴着吴长老的脖子直刺过去，剑柄刹那间已直击吴长老前胸。吴长老轰然倒地。姚一镖心中大怒，抢起大刀，就向妙真斜刺里劈杀过来。突然，一个青衣老者衣影一闪，跟着一众剑士一字排开，拦住了他的去路，定睛看去，正是青城山道长李清玄和他的徒弟。李清玄双手一拱，对姚一镖言道："姚长老，贫道本不想管天下之事，但却敬重为天下生民立命之人。来吧，让贫道见识一下你近来的武功有没有长进。"姚一镖知道他们早已跟踪了自己很久，此次劫杀隽藻的行动又要落空，不觉大怒，吼了一声，舞刀冲将上去，与李清玄杀在一处。薛、陈二人也与李清玄众徒弟杀成一团。

此时隽藻和黄爵滋的马车已驶近了山垭口。江一鸣叫了一声："大人坐好了！"他直起身，一手抖起马缰，一手扣紧暗器，策马飞驰。马车飞快地驶过垭口，向前飞奔而去。马车前后，众兵士纵马紧随而去。妙真在山上看得清楚，见马车走得看不见了，口中打了一声呼哨，李清玄一剑将姚一镖撩开一丈之外，收势道："姚大侠，今日你还赢不了贫道，各自分道扬镳吧！"

7

紫禁城养心殿内，道光看罢隽藻和黄爵滋的奏折，不禁叫出声来："好！邓廷桢果然是个帅才，朕无忧矣！"翁心存匆匆走进来，躬声道："圣上，这里还有祁大人刚刚发来的一道密折。"道光道："快拿来给朕看，祁隽藻那里又有了什么好消息！"翁心存递上奏折，退到一旁侍立。道光看毕大怒，道："唤穆彰阿来见朕！"翁心存答应一声，匆匆走出。

穆彰阿接到道光的口谕，不知何事，心里七上八下，匆匆赶到养心殿，匍匐在地。道光将折子扔到他面前，怒道："穆彰阿，保胜在苏浙闽三省走私鸦片，还令温州、台州二州知府在境内大种鸦片，祸国殃民，这些事你知情吗？"穆彰阿心中一动，平静言道："回皇上的话，奴才多少知道一点儿。"道光又惊又怒："你……你还知道一点儿？！"穆彰阿点头道："皇上有所不知，正是因为奴才前些日子听到了一些风声，才在那日的早朝上特意举荐祁隽藻做钦差大臣，与黄爵滋一起去苏浙闽三省查办走私及私种鸦片的大案。"道光不觉吃惊道："怎么，保胜不是你的妹夫吗？……看来朕还是小看你了，你竟是一位大义灭亲之臣！"穆彰阿叩头流泪道："皇上千万不要这样褒奖奴才。奴才只有一个妹妹，嫁给了保胜，虽然先前听到了一些风声，却也不敢相信它们就是真的，奴才举荐祁隽藻去查，也是为了帮保胜洗清流言，不想竟真的出了这样的大事！皇上若以此事褒奖奴才，奴才以后何以面对奴才的妹妹！"说到这里，不觉放声大哭。

　　道光久久地看着他，终于长叹了一口气，道："朕问你，若案情属实，你以为朕该如何处置保胜？"穆彰阿叩头道："奴才死也不相信此案会被查实。臣以为此案查下去，保胜一定无罪。若保胜有罪，任由皇上处置。"道光痛心道："保胜不只是你的妹夫，他也是朕亲自简拔并放出去的人。可他真要做出了此等惊天大案，就是天下第一祸国殃民之臣，朕就是想保他，也不能了……穆彰阿，你今天真的不想在朕这里为保胜求一个人情？！"听了这话，穆彰阿心中一惊，他本来已经不哭了，此时又猛地伏地不起，大声哭道："皇上，奴才还是那句话，奴才认为保胜一定不会做出此等大案，将来祁隽藻一定能还给他一个清白，若保胜做出此等大案，奴才任皇上处置他，以为天下大臣贪渎之戒！"道光本想从他口中听到另外的话，这时不觉失望道："啊，你去吧。告诉你，保胜这个案子已经查实了，他就是苏浙闽三省的头号大毒枭！今日祁隽藻黄爵滋的折子已到，要将其在江宁府就地斩首。你快告诉朕，朕该答应他们，还是不答应？"穆彰阿做出一副大惊失色的样子，猛地抬起头来，难以置信地叫道："什么，案子已经查实了？这个保胜，辜负了皇上的栽培之恩，也辜负了臣，更辜负了臣的妹妹，他该死！"道光此时对他已彻底绝望，摇摇手道："好了，你去吧！"他本来还以为穆彰阿会不走，会留下给自己的妹夫再求一个情，但穆彰阿没有这样做，穆彰阿听了他的话，立即抹了一把泪，什么也没有再说，就匆匆退出了养心殿！

　　道光久久站立，心猛地坚硬起来，回头对翁心存道："代朕拟旨给祁隽藻和黄爵滋，若杀一保胜可得天下风气之正，则保胜可就地在江宁府正法！"翁心存急上前奏道："圣上，保胜乃是一品大员，照朝廷旧例，即使有罪，也应解回京城问刑。"道光摇摇头，果决地言道："不必了。若让保胜回京，朕要杀他就难了！这次事出非常，连穆彰阿都以为该杀，朕怎么还能留他？杀！"

第二十九章

结仇怨深爱转深恨　为身谋大奸救大忠

1

深夜的江宁府大牢外，李师爷匆匆走来，递给狱卒一块银子。狱卒点头，悄悄帮他开门，引他走进关押含黛和晴儿的囚室。李师爷一见含黛，即刻下拜，道：“夫人，小人来晚了，让夫人受惊了！”含黛含泪道：“李师爷，快带我去见老爷！”李师爷爬起，看狱卒一眼。狱卒点头，引含黛匆匆走来，顺着狱路一直往深牢里走，走了半晌，在一间孤零零的囚室门前，站住，将门打开，道：“夫人，这就是死牢了。你一个人进去。待的时候不能太长，小人担待不起。”说完，悄悄离去，又把李师爷和晴儿领开。含黛进了死牢，一眼就看见了保胜，急叫了一声：“老爷！”保胜一见，大叫一声，爬过来跪下叩着头，大叫：“夫人！不，格格，快救救奴才！”含黛忍住内心的惊惶，上前安慰他道：“老爷不要惊慌，含黛入狱后，已经写信让人带出去给我哥，让他在皇上面前替你求情。据李师爷讲，送信的人已经去了。”保胜叩头在地，叫道：“谢夫人！”含黛回头看门外无人，急急说道：“这会儿没有别人，快告诉含黛，事情是怎么回事，怎么会闹到如此地步？”保胜道：“夫人，有些话奴才不敢说，可又不能不对夫人说，不说奴才可能就真没命了。”含黛急道：“老爷快说！说了含黛才能想办法救你。”听她说到这里，保胜倒坐了下来，道：“奴才回头仔细想来，今天所以走到这步田地，与穆大人关系非常大。”含黛吃了一惊，道：“你说什么，我哥他怎么你了？含黛不懂！”保胜道：“记得格格初嫁之时，曾对保胜说过，穆大人此人，表面上看胸襟开阔，能容天下之人，实则心胸狭窄，对人睚眦必报，保胜还不相信，可是今天，保胜信了。”含黛看着他道：“老爷此话，含黛还是不懂。”保胜道：“格格，保胜自幼跟随穆大人，死心塌地，虽有不愿做不愿行之事，仍然做了行了，求的只是要得到穆大人的欢心。后来保胜跟了皇上，穆大人见保胜圣宠日重，就让保胜娶了格格，保胜虽然觉得此事不好，可为了让穆大人高兴，还是违心地答应了。奴才说出这话，求格格不要生气。”含黛道：“我不生气，你快接着讲！”保胜道：“格格嫁给保胜这些年，保胜一心伏低做小，格格爱的，保胜一定弄来给格格；格格恨的，保胜一准让他远去，求的只是让格格高兴穆大人高兴。可是格格，奴才还是有件事办错了，让穆大人记在心里，引来了今日的杀身之祸。奴才说的是在江西巡抚任上奉旨查办的那富察安、肖廷贵一案。奴才明知富察安、肖廷贵乃是穆大人心爱之人，那时的江西学政祁隽藻是穆大人必欲除掉之人，奴才却听了格格的劝告，没有顺势助穆大人除掉祁隽藻，却秉公处置了富察安、肖廷贵，还让穆大人失去了两千顷上好的水田。从那时起，奴才就知道把穆大人得罪下了。虽然如此，奴才也不会想到穆大人会为报这一睚眦之仇，竟为奴才设下了这么深的一个陷阱！"含黛道："你说什么，什么陷阱，含黛还是不懂！"保胜一时渐现癫狂之态，叫道："格格不懂不要紧，重要的是保胜今日懂了！富察安、肖廷贵一案过后，穆大人让保胜到江苏来做漕运总督，后来转任江苏巡抚，并让浙江温州知府马连升、福建台州知府赵秉利与奴才相识，渐渐地奴才就被扯进了走私鸦片与私种鸦片之事。这些年来，奴才所以和马赵二人一同贩卖鸦片、私开种植鸦片之禁，牟取重利，还大片大片地买下江南江北的田地，其实都是想补救当年对穆大人犯下的那个错，重获穆大人的欢心，就连这些田地，也是为穆大人买的，指望有一天穆大人能收下这些田地，不再为当年的事记恨奴才。奴才没有想到，奴才这样做的时候，就已经将自个儿的脖子伸进了穆大人为奴才设计好的绳套，而穆大人当初为奴才做出这些安排，就是为了今天。"含黛大声道："不，不可能！老爷你糊涂了，我哥就是为人不好，也不至于这么绝情！"保胜摇头道："夫人，但愿奴才想错了，穆大人不会对奴才这样。皇上已经对奴才翻了脸，今天除了你和穆大人，在世上再无人可以依靠，奴才求夫人看这些年夫妻的份上，救保胜这条狗命。"说到这里，他又伏地叩头不止。含黛的眼泪不觉又涌出来，道："老爷不要这样。虽然当年你不愿意娶我，我也不愿意嫁你，可是这些年间，老爷和含黛还是做了夫妻，你还是成了含黛今生今世相依为命的那个人。老爷不要怕，不管我哥怎么想的，他和我都是亲兄妹，我和你的事情，他不能不管。再说了，就是你真的有罪，自乾隆朝以来，朝廷还没有杀过一个一品大员呢，不是可以拿银子赎命吗？咱们现在被抄了家，没有银子了，可救老爷的这笔银子，含黛还有！阿玛和额娘去世前还给含黛留下了一份嫁妆，这份嫁妆我并没有带过来，它们还在京城，有房子有田产，我托人把它们卖了，来赎老爷的命。"说完，也不待保胜答话，就转身走出了囚室。保胜在后面伏地不起，大声叫道："谢夫人——！"

含黛回到自己的囚室，将一封给穆彰阿的求救信写好，由李师爷带出。从这一日起，就在江宁府大牢里翘首以盼。昏头涨脑地过了十几天，算着这天就该是李师爷从京城打个来回的日子，果然天还没亮，狱卒就匆匆引李师爷走了进来。含黛激动地起身，着急地问道："快说，我哥他怎么说的，能不能救我们家老爷出去？"李师爷突然蹲下去，泪落如雨，一时说不出话来。含黛变了脸色，道："怎么啦，我哥……他总不会见死不救吧？"李师爷这才跪下，抬起头，绝望地哭道："夫人，这次小人连穆大人府上都没进得去！穆大人只让一个人出来，把夫人的信接进去，以后让管家在大门外见了见我。这位管家老爷说，皇上已经下旨，保大人肯定是保不住了。他让我急着回来告诉夫人，让夫人心里有个准备。"含黛头一晕，直往后倒去。晴儿和流翠惊叫一声，上前扶她躺下，半日才将她唤醒。

含黛睁开眼睛，滴下泪来，道："保胜原来是对的。这个人……才是真要杀我丈夫的人。"晴儿哭道："夫人，老爷要是保不住，咱们可怎么办呢？"含黛突然想起了一个人，挣扎着坐起，激动地言道："不，我还要去求别人！含黛这一辈子，不止一次救过这个人，老爷也救过他，正是因为当年要救他，保胜才得罪了我哥，种下了今日的祸根。含黛要写信给他，要他以命还命！晴儿，拿纸笔来！"李师爷道："夫人，有件事忘了禀报夫人。"含黛道："什么事？"李师爷道："皇上派到江苏查办老爷一案的钦差大臣祁隽藻祁大人的夫人在京里听到了老爷和夫人的消息，也从京城赶过来了，小人和祁夫人回江宁时坐的是一条船。"含黛不觉冷笑一声，道："曹玉环也来了，这太好了！老李，等会儿我写一封信，你带出去送到钦差大臣祁隽藻官衙，交给祁夫人，让她来牢里见我。"

2

江苏学政衙门后宅，玉环焦急地坐着等待。隽藻风尘仆仆地走进来。玉环急忙起身相迎。隽藻猛地看到玉环，吓了一跳，惊奇地问："你怎么来了？"玉环道："老爷，我昨天就到了。到了这里才知道，老爷和黄大人一同下乡查烟去了。"她亲手给隽藻捧过茶。隽藻坐下来，一边喝茶一边笑道："你这么突然来了，吓了我一跳，不是家里出什么事了吧？"玉环道："那倒没有。娘前一阵子写信来说，元白在县里考中了秀才，宿藻和张牧再过两个月，就要去乡试了。"隽藻松了一口气，笑道："好，元白挺争气的。张牧真的愿意去应乡试？"玉环道："说是三姐为了让他去乡试，给张牧下了跪。"隽藻听到这里，心情沉重，半晌才道："知道吗，这里出了大事。"玉环眼泪涌出，又不敢大声地哭。隽藻望着她道："你怎么了？"玉环憋不住，突然哭出声来，道："老爷，我就是为这件事来的。"她"扑通"一声跪下，叩头在地，道："求老爷救救保大人，救救保夫人！"隽藻急忙去扶她，急道："你这是干什么？我是你的什么老爷！"玉环不起，继续大哭道："这个案子在京城传得沸沸扬扬，无人不知。老爷，我知道我妇道人家不该过问老爷的公务，可保大人和保夫人都不是别人，他们都是老爷和玉环的恩人。"说着，她从袖子里抽出一封信，双手高举过顶："老爷，昨天玉环刚到，保夫人就从狱中托人送来了这封信。老爷看看这封信就明白了。

曹玉环求老爷，就是一时半会儿不能救出保大人，可是保夫人无罪，求老爷看在曹玉环的薄面上，先将她从牢里放出来，不要再让她在里面受苦。"隽藻接过信仔细一看，面色大变，一时无语。玉环哭道："老爷，直到今天，玉环才知道保大人不但在江西时救了你一条命，早在先皇在世，你还没有出仕的时候，就曾带大内侍卫到山西保住过你的命。他对你、对我们全家恩重如山，没有他，老爷你早就不在人世了，老爷死了，曹玉环也一定死了，这个世上，就再没有我们这一家人了！"说到这里，玉环又叩下头去，泪如雨下，道："保夫人还说，这次你要是杀了保大人，你就是她有生以来见过的最忘恩负义的人！你杀了保大人，她就没了丈夫，没了家，你就成了她的仇人！她发誓，只要她不死，就要报这个仇，要你，还有我以命还命！"

隽藻神情凝重，久久不语，突然大声道："来人！"一亲兵跑进来应承："大人。"隽藻吩咐道："备轿！"亲兵领命跑出。玉环膝行上前，抱住隽藻的腿："老爷，你到底怎么想的，给玉环一句话！"隽藻皱眉，怒道："你闪开，我现在有公务！"玉环哭叫："老爷不能走！老爷今天要是不答应玉环刀下留人，玉环就再也不跟老爷做夫妻！你就……就给玉环一张休书！"隽藻大怒道："你们这些女人，真能胡闹！这是天下大事，不是儿女私情，我要是让这样的大毒枭活下来，朝廷就将失去天下民心，禁烟大事就将毁于一旦！快闪开！"他用力甩开玉环，大步朝外走。玉环赶出来，哭道："老爷，你去哪？"隽藻大声道："去江宁府大牢！"见他怒不可遏地大步走出，玉环瘫倒在地，不甘心地大叫："老爷，保夫人信上说了，只要能让她的丈夫活下来，哪怕削职为民，哪怕去充军，她都会谢你的大恩大德！"隽藻已经走了出去。

3

保胜趴在江宁府大牢死囚室的牢栅上，朝外面望着，一声声绝望地喊叫："我是两江总督，我是乾清门侍卫大臣，快把我放了！……穆彰阿你这个王八蛋，不就是因为我这一辈子，只有那一回没听你的话吗！……"随着在死牢里的日子一天天延长，无论是含黛还是能给他带来获救消息的人一个都没有出现，他心中那点一直在摇曳闪烁的生命之火越来越黯淡，精神开始崩溃，开始出现幻觉，开始声嘶力竭地哭泣和号叫……见无人理他，保胜一屁股坐到地上，无力地嘟哝："水……"正在这时，就听一阵沉重的脚步声响过，囚室门打开，一名狱官出现在他面前，大声喊道："钦差大臣到——！"保胜听了，急忙抬起头来看一眼，没看清来者是谁，就已俯伏在地，大叫道："大人，保胜冤枉！"隽藻走进囚室，展开诏书，道："保胜接旨！"保胜浑身哆嗦起来，叫道："罪臣保胜接旨。吾皇万岁万岁万万岁！"隽藻高声宣旨道：

奉天承运皇帝诏曰：查两江总督保胜，生为卑贱，面目工于逢迎；资性贪鄙，腹心实为蛇蝎。名膺封疆之任，身为毒贩之酋。天心慈悲，不救盗跖之贼；今生已矣，君臣从此两绝。着钦差大臣通政司副使祁隽藻、钦差大臣鸿胪寺卿黄爵滋将其就地正法，家产抄没入官。钦此。

保胜听完，浑身发软，连连以头触地，痛哭道："皇上，奴才冤枉！……"隽藻合上诏书，屏退亲兵，上前一步，用力将保胜扶起，道："保大人，祁隽藻今天的公事已了，大人在上，请受祁隽藻一拜！"他一边说着，一边已经跪倒在地。保胜大惊，望着他大声道："祁大人，你你你……这是为何？"隽藻道："祁隽藻今日跪的是多年前在先皇和皇上身边做侍卫大臣时的保大人，是做江西巡抚时的保大人！祁隽藻谢大人当年的救命之恩！"他深深磕下头去，然后从容起身。保胜惊讶之余，勃然大怒，道："祁隽藻，你这个忘恩负义的东西，你还知道过去保胜救过你的命？你还知道谢恩！……不不不，你要杀保胜，杀就是了！本官不用你谢！"事到如今，他倒一下变得勇敢起来，流泪哈哈大笑道："想我保胜，虽出身寒微，早年也是英雄，大丈夫死就死了！你走！我不想再看到你，不想再看到任何人，就是皇上来了，我也不想见他！"隽藻正色道："保大人，问刑的日子就是今日午时三刻。今日我给保大人带来了一壶好酒，算是本官自己为大人送行。只是祁隽藻王命在身，不能与保大人同饮。保大人，祁隽藻当年屡蒙大人保护性命，心中感激，都在这酒中了。来人！"亲兵闻声将一个食盒提起来，放下。隽藻道："保大人请，祁隽藻告辞。"保胜愈发大怒，道："祁隽藻，你给我滚！谁要喝你的酒！"隽藻退出，狱官将囚室门重新锁上。望着隽藻离去，保胜手攀牢栅，继续一声声叫道："祁隽藻，你听着，本大人不喝你的酒！你和穆彰阿都是我的仇人！明日午时三刻，就是我保胜上路的日子！哈哈！到了时候，保胜一定不会让你看到一个尿包，我要让你、让穆彰阿、让皇上，看到一个刀架到脖子上也不会变色的旗人，一个汉子！"他一边喊叫，一边泪如雨下，直到骂累了，才昏昏沉沉睡去。

不知过了多少时间，保胜又被开牢门的声音惊醒，睁开眼已是深夜。狱卒引含黛和晴儿提着食盒进来。保胜看见含黛，眼睛立马一亮，扑上前跪地大叫："格格，你到底来了！他们放你们出去了？"含黛含泪点一下头，看晴儿和狱卒一眼，二人退去。含黛也不看保胜，只蹲下去，从食盒里将各种食物一一取出，放在保胜的面前，眼泪却忍不住一串串往下急落。见她如此，保胜立马就明白了，恐怖地大叫："我知道了，我知道了！你这是给我送的什么饭？你这是给我送行来了！皇上、祁隽藻、穆彰阿，你们到底还是杀了保胜！"他全身倒地，痛哭起来。含黛默默坐着，心如死灰，也不激动，只是一滴一滴地落泪。

过了很久，含黛一直那样坐着，听保胜的哭声渐息，才回过头来，悲怆言道："老爷，含黛要走了。老爷犯了事，含黛也就成了犯官之妻，朝廷下旨，看在穆家父祖几代忠心为国的份上，只将含黛革出旗籍，变成庶民。天大的事情都会有一个完结的日子，明天这边的事情完了，含黛就雇一条船，带着老爷的灵柩回咱们的北京城。含黛自小就不喜欢做旗人，这下终于可以不做旗人了。以后三年，我会一直像汉人那样为你守丧。每逢寒食清明，都会去你的坟前上祭。嫁给你这些年，含黛没能给你生下一儿半女，你的闺女今年十六岁了，我也把她带回北京去。"保胜伏在地上一动不动。含黛的声音忽然肃杀起来："老爷，分手的时候到了。含黛还想告诉你一句话，让你知道我的心！你死了，我哥他就不是我哥了，我和他的兄妹之情，也就一刀两断了。从明天起，含黛有了两个不共戴天的仇人！只要含黛还活在世上，就要向这两个人复仇！"

4

夜已经很深了，含黛带去的酒和食物仍在地上摆着，没有人动过。保胜一动不动地在地上躺着，他有一会儿睡熟了，却马上做起了梦，这梦做得非常不安稳，以至于猛然就在狱中那一片巨大深厚到能听到灯芯爆裂声的寂静中睁开了眼睛。他怔了一会儿，突然畅声大叫："来人，快来人！"狱卒马上跑了进来，隔着牢栅小心地问："大人，什么事？"保胜满脸惊慌地大喊："快，快去找祁大人！我有要紧的话跟祁大人说，一定要快！"狱卒被吓傻了，站着不动。保胜大怒，抄起面前的菜碟向他投去。狱卒一边躲闪，一边转身往外跑去。

隽藻得到消息，带亲兵匆匆赶到江宁府大牢，天就快亮了。狱卒将他引进保胜的囚室。只见保胜盘腿而坐，一手持壶，一手持杯，自斟自饮，神情平静。看到隽藻进来，他居然微笑起来，对狱卒和跟在后面的亲兵摆手道："你们都出去，我和祁大人有天大的事情要谈。"狱卒和亲兵看看隽藻，隽藻想了想，点了一下头，二人急忙退了出去。隽藻回头看着保胜，道："保胜，还有什么话，你就说吧。"保胜越发神情泰然，道："祁大人，你也坐下。"隽藻不坐。保胜道："祁大人，还记得嘉庆二十二年元宵节，江北灾民会袭击皇宫，刺杀先皇的事吗？"隽藻一惊，不觉激动，道："此事已经过去多少年了，你今天怎么重新——"保胜道："祁大人少安毋躁。保胜原本也忘了这件事，可是今天夜里，保胜在睡梦之中，又忽然想起了它，明白了一个一直没想明白的事情，为什么穆彰阿会因为当年保胜在江西办的一件案子不顺他的心，他就要置保胜于死地！"隽藻听他的话里大有深意，索性坐下来，道："保胜，你到底想说什么？"保胜无声地一笑，道："大人，今日保胜之死，并不是因为保胜做了那些祸国殃民的事情，而是因为在穆大人看来，保胜对他过去做的事情知道得太多了。……要是没有江西那个案子，他也许不会想到保胜也会不可靠；有了那个案子，他就认为自己错了，而一旦他确认保胜并不那么可靠，他就想到了，必须杀人灭口！"隽藻冲口而出："杀人灭口！杀什么人，灭什么口？"保胜看他一眼，平静道："杀保胜这个人，灭保胜的口。"

隽藻呆呆地望着他，一时还是不甚明白他到底想说什么。保胜情绪突然激烈起来，冷笑一声道："祁大人，你还什么也不知道，冯叔阳当初之所以被害，完全是因为他在淮南地方爱民如子，施政有方。正因为有了他，江北灾民会那些人在当地经营多年，也没有闹成大乱子，于是他在朝廷中人望极高，而灾民会那些人则对他恨之入骨。先皇也知道这些，当时他任满还京，确实打算让他进入军机处，参与大政。穆彰阿野心勃勃，一向忌讳汉人有大才者被用于朝廷，他先是将先皇要用冯叔阳为军机大臣的消息透露给了怡亲王载元、郑亲王瑞华，后二人此时正想进入军机处，垄断朝政。为了阻止冯大人入军机处，二人先是利用审讯被抓的灾民会刺客的机会，将其人打死，然后虚拟了辞状，栽赃了证物，诬陷冯叔阳为灾民会大头领，借皇上之手杀了冯叔阳。二人自以为得计，并没想到，穆彰阿才是幕后真正的杀人者，他借载元、瑞华之手杀了冯叔阳。但很快先皇就醒悟了，不但没让载元、瑞华进入军机处，反而对他们起了疑心，找了个借口不再让他们守卫乾清门，最后进入军机处的人是谁，大人一定记得！"这些话在隽藻听来，如同晴天霹雳，在他心中引起一连串的震响，听保胜说到这里，他脱口答道："穆彰阿！——保胜，此事当真？"保胜冷笑一声道："祁大人，至于令尊祁韵士大人的宝泉局亏铜案，也是载元、瑞华与前几任宝泉局监督相互勾结，设下的局，借先皇要用祁大人治贪，反而替这些蛀虫背上了黑锅，唯一值得庆幸的是先皇素知祁大人清廉，不然照载元瑞华的本意，也是要砍头的。穆彰阿貌似置身事外，其实什么都清楚，他知道先皇已经决定不杀祁大人，而且知道先皇当初也有过让祁大人卸任宝泉局监督后入军机处的打算，于是才向先皇上折子，力主将祁大人遣戍万里之外的新疆。"

隽藻浑身打战，道："保胜，我问你，这些事情，你是怎么知道的？"保胜哈哈大笑："祁大人，今天戴罪在江宁府大牢里的死囚保胜，先是穆家的家奴，然后成了五城兵马司都总管琦善的亲兵，再后来成了皇上的乾清门侍卫大臣，他们策划、操弄所有这些事情，从没有瞒过我，有些事情还是我参与做的，我怎么会不知道！"隽藻不觉仰天长叹，道："果然家父当初的话是对的，当时他老人家就说过，冯叔阳的案子是个冤案。可恨这些奸贼，为了垄断朝中权柄，竟然用这么卑鄙下流的手段杀戮了天下良臣……"他心中猛地一惊，看保胜道，"保胜，你今天将这些事情讲给本官听，又是为了什么？"保胜愤然道："为了让更多的人知道真相，为了有一天让这些真相能大白于天下！……不止如此，保胜还想求大人，有朝一日，向天下人将保胜被杀的前因后果讲出来，保胜就是死了，也要求一个清白，因为所有的事情，都是穆彰阿、载元、瑞华他们要我干的。可是明天祁大人要杀的，却是保胜！"隽藻泪花晶莹，恨道："保胜，当年的冯祁两案，害得我们两家家破人亡，多少年了，沉冤至今难雪！你今天讲的这些事情关乎许多人的生死，你敢把它们作为证词写出来吗？"

保胜仰天大笑，道："保胜将死之人，有何不敢？不过大人，保胜就是写了，今天你也告不倒穆彰阿、载元、瑞华这些人！"隽藻急问："为什么？"保胜道："皇上就是知道保胜的话千真万确，也不会去惩治穆彰阿等人。祁大人，保胜再告诉你一个惊天的秘密吧。先皇驾崩前曾对皇上说过，有两个人是他终生不能舍去的，一个是穆彰阿，另一个就是大人你！"隽藻是第一次听到这个秘密，变色道："为什么？"保胜道："先皇说了，皇上要保住天下，就要留你在朝；要保住爱新觉罗的江山，就要倚仗穆彰阿！"隽藻心里忽然闪出妙真的影子，眼泪不觉流了出来，道："保胜，我再尊你一声保大人，你来写！祁隽藻现在就可以答应你，不管将来会多么难，我都会将你的证词奏明皇上，为死去的冤魂平反昭雪，也让至今仍然蒙冤活着的人能够重见天日！为了等这两个案子的真相，祁隽藻已经等了很多年，今天终于等到了！"保胜忽然跪下，大声哽咽道："这才是天日昭昭！穆彰阿想杀保胜灭口，可是天可怜保胜，让保胜死前和祁大人还有这样一席长谈！保胜的仇，有人替保胜报；保胜的口，穆彰阿到底没有封住！保胜就是明天死了，也可以瞑目了！保胜谢大人！"他深深地叩下头去，泪流满面。

5

这日午时三刻，保胜被押上刑场，由黄爵滋监斩。临死时的保胜异常平静，没有哭泣，只有冷笑。同一天被斩首的还有原台州知府赵秉利、原温州知府马连升及一干参与私运与私种鸦片的府道州县官吏和走私鸦片的奸商共二百余名。这一场规模空前的大整肃，不唯令苏浙闽三省走私及私种鸦片之风大息，就连全国各地与走私与私种鸦片有涉的官员和商人也都受到了极大的震慑。在林则徐于广州虎门销烟之后，这是禁烟派在鸦片战争初期取得的又一个重大胜利。办完这桩惊天大案，隽藻就回到了北京，向皇上交差。这一日道光正在高兴，看到隽藻，越发喜欢，道："祁隽藻，你回来得好，朕方才收到了闽浙总督邓廷桢报捷的奏折，果如林则徐所言，英人在广州讨不到便宜，真的转向了福建，此次厦门一役，我军大捷，邓廷桢就是用你们一起商议加固的炮台，挡住了英舰炮火的轰击，将英人击垮在海岸线以外，仓皇逃遁！朕多日来一直等待的好消息，终于到了！"隽藻听了，也十分兴奋，道："臣恭喜圣上！臣以为，朝廷不但要嘉奖福建前线将士，更要再次下旨给沿海各省，将此次厦门大捷的消息通报各地，再次督促各地像福建前线那样加固炮台，训练军马，严阵以待，提防英人在福建不胜，又转向他处！"道光点头道："你的话有道理。翁心存，快去拟旨！"翁心存领旨而去。

　　隽藻这时就从袖中掏出一份案卷，双手呈上，道："圣上，臣这里有一份证词，请圣上过目。"道光心情正好，不想被别的事打扰，道："放下吧，朕明天看。"隽藻伏地不起，大声道："圣上，这份证词关系着多年前的两大冤案，臣请圣上即刻御览！"道光虽然不高兴，但还是接了过来，口中却道："也就是你祁隽藻，敢逼着朕看你的东西。这是什么？"他一目十行地浏览了一遍，大惊，"祁隽藻，这些东西，你从哪里得到的？"隽藻道："臣先是从罪臣保胜那里亲耳听到了这些事情，后来保胜又亲手在狱中写下了这份证词。"道光心中已是大惊，急急来回走了几步，思虑有顷，转身道："这些东西朕留下了，你去吧。"隽藻不愿走，眼泪涌出，继续大声道："圣上，二十年前的这两桩冤案，不仅使前淮南道冯叔阳大人家和臣家家破人亡，还使许多与之牵连的人蒙冤至今。臣请圣上秉天地之大公，即刻差人查办这两个案子，使死者得以昭雪，活者得以重生！就是臣一家人，也会感激圣上不尽！"道光勃然怒道："祁隽藻，就凭保胜临死前写的这些东西，朕怎么能认定他的话都是真的！朕知道这是怎么回事！他是怨恨穆彰阿见死不救，才写下了这些栽赃的话！你如今也是朝廷大臣了，如果你与此事没有牵连，朕将这个案子交给你去办，你能仅凭一个已经死去的罪臣的一面之词，就认定当今朝廷的领班军机大臣及两位王爷做下了这种惊天大案吗？你给朕退下！"隽藻哪里愿走，大声叫道："圣上不答应彻查此案，臣就跪死在这里不走！"道光越发气恼，喝道："来人，将他给朕拉出去！"肃顺带两个侍卫进来，架起隽藻就走。隽藻挣扎着大喊："等等！圣上，圣上如不彻查这两个案子，臣就只能以为，大清的天下暗无天日！臣请圣上开恩，放臣还乡，臣终生再不提为冯祁两家翻案之事！"肃顺示意侍卫稍等，回头望着道光。道光脸色发青，大声道："祁隽藻，你以为朕一直宠着你，朕就真的离不开你了吗？你真以为除了你，朕的天下就再也无人了吗？"隽藻高声道："圣上没有让人彻查此案，怎么会知道保胜的话不是真的？明知如此却坚决不去做，圣上不是尧舜之君，圣上是桀纣之君！"道光听了，立马脸色苍白，大叫："肃顺，将祁隽藻拉出去！"肃顺一挥手，两侍卫将隽藻架出。隽藻亦大怒，口中还在大喊："圣上不是尧舜，是桀纣！"此时连肃顺也忍不住，回头看看道光，道："皇上，该如何处置祁隽藻？"道光不理他，回头叫："翁心存！"翁心存急忙进殿："臣在！"道光道："替朕拟旨，令黄爵滋到刑部侍郎任上当差，彻查天下所有走私鸦片及私种鸦片的案子！"肃顺吃了一惊。

道光怒气稍平以后，传旨召见黄爵滋，并把肃顺等人全都屏退出去。他两眼全是泪光，道："黄爵滋，祁隽藻今天又骂朕是桀纣。"黄爵滋大惊道："圣上，祁大人为人耿介，对皇上忠心耿耿，天下尽知，今日一时口误，求圣上宽恕他的大不敬之罪！"道光道："黄爵滋，你看朕是桀纣之君吗？"黄爵滋伏地，大声言道："圣上近日所为，惩治贪官，禁绝鸦片，万民拥戴，圣上是尧舜之君！"道光平静了一些，把保胜的证词交给他，低声道："悄悄地查。这两个案子朕曾先后让两个人查过，后来都不了了之，现在朕知道是怎么回事了。"黄爵滋忽然看一眼证词，大吃一惊，急道："臣接旨！"道光又道："一定还会有人关心这个案子。你现在的职责是彻查天下所有的走私和私种鸦片的案子，一定要为朕重重地办几个贪官。外人若要问起这个案子，你就说朕已经将它按下不查了。"黄爵滋心中一动，道："臣明白。臣退下了。"道光却没有让他马上走，想了想又道："也许事情根本不像保胜说的这样。……不过就是查出了真相，也只能奏给朕一个人知道。此事关乎天下大局，朝廷大政，懂吗？"黄爵滋马上叩头在地，道："臣懂了。"

6

京郊穆家别业客厅内，穆彰阿神情焦急地站着。载元、瑞华、肃顺一起走进来，看他道："穆大人，我们来了。"瑞华没容穆彰阿寒暄，就抢上来气哼哼道："没想到这个保胜，临死居然还咬了我们一口！"穆彰阿掩饰着内心的不安，摆一下手道："死了的人就不要计较了，他说的话虽净是胡扯，没有根据，但是现在祁隽藻逼着皇上重新彻查此两件案子，于两位王爷和本官总是不便。大家商议一下怎么办。"载元想了一想，看了一眼肃顺，问道："老六，皇上这几日是什么心气儿？"肃顺想了想道："肃顺以为，皇上多半会把这个案子压下去。"瑞华听了，松一口气道："这不就结了。只要皇上不下决心抓我们的小辫子，一个祁寯藻，又能怎么着我等？"载元摇头道："错！皇上今天不理会此事，并不能保证明天不理会此事，他明里不理会，不能保证暗中不理会。老穆，我的话对吗？"穆彰阿点头道："王爷说得对，六爷说得也没错。皇上眼下一心应付的是鸦片之战，没有心思对付我们，随着战事扩大，他心里会越来越没底，不知道林则徐、邓廷桢能不能给他一个天下太平。我们在朝廷里要对付的仍然只有祁寯藻一个人。"瑞华看着他问："老穆你是不是又有主意了？"穆彰阿想了想道："邓廷桢从福建报捷，说厦门我军大胜，本官却从别处得到消息，说他所报不实，以大败为大胜，欺瞒圣听。"瑞华睁大了眼睛："真有此事？"穆彰阿看他一眼，不答。载元猛然反应过来，笑道："妙！老穆，说下去！"穆彰阿道："现在皇上最关注的就是前方的战事。听到这种消息，一定忧心如焚。本官想马上进宫，将此事奏明皇上，并请皇上下旨，从朝廷里简拔能臣，去福建彻查此事。"瑞华忽然笑起来，道："我明白了，你是想——"穆彰阿没容他说下去，就道："不错，本官打算再次举荐祁寯藻为钦差大臣，前往福建。"瑞华一时凶相毕现，道："先把这个人撵出朝廷，不让他再逼着皇上查什么案子，然后在半路上，一刀结果了此人，从此大清朝廷里再不会有一个祁寯藻，更不会有人再逼着皇上查冯叔阳、祁韵士的案子了。"穆彰阿听了，也不再掩饰，叮嘱道："不过要远一点儿，最好等他到了苏浙闽三省后再干，万一失手，也好嫁祸给被他诛杀的鸦片贩子的后人。"载元点头道："死了祁寯藻，皇上就是想查这个案子也难了。"瑞华又不明白了，看着他道："现在是祁寯藻逼皇上重查这个案子，祁寯藻死了，皇上为什么还要查这个案子？"载元听了，不再回答。

穆彰阿的阴谋很快就实行起来。寯藻回到京城的第二天，又一纸圣旨就到了。只听随侍太监高声宣旨道：

奉天承运皇帝诏曰：祁寯德忠勤为国，朕心甚慰，国家多事，四海纷扰，特着祁寯藻在兵部尚书任上当差，即赴福建查明厦门大捷真伪，不用陛辞。钦此。

寯藻愣了一下，跪下接旨，口称："吾皇万岁万岁万万岁！"双手接过圣旨，送太监离去，寯藻还站在原地发怔。玉环赶出来，看他问："老爷，你又升官了？"寯藻愤然道："什么升官，邓廷桢大人受人诬陷，皇上给我一个兵部尚书的职衔，不过是让我好去福建厦门查明胜败真伪！"玉环道："刚回来几天，又要走，什么时候走？"隽藻立马回头急道："事情紧急，明天就走，你好好看家，告诉江大哥，准备启程！"

夜色笼罩。祁家马棚里，江一鸣悄悄地放飞一只信鸽。京郊密林茅舍中，妙真看完了信使带来的纸条，将它递给李清玄，双手捂住脸，突然喜极而泣，道："师傅，隽藻他到底没有食言，我等了二十年，没有白等，也没有一次次白救他的性命，他终于查到了冯祁两家冤案的真相！"李清玄看完了那张纸条，沉思有顷，突然说道："妙真，不好！"妙真心中一惊，抬起头看他："师傅——"李清玄道："这纸条上说，祁大人已将保胜的口供呈送皇上，可这只是一个死囚的一面之词。皇上不会据此就为你父亲和祁韵士大人翻案，相反，倒是那些真正的罪犯，听到了此事，一定不会善罢甘休，祁大人近日又要去福建办差，路上说不定就有性命之忧。"妙真想了一想，立马明白了他的意思，急道："师傅，要是这样，我们怎么办？"李清玄道："赶快收拾收拾，跟上去！"

7

黄昏，夕阳照在运河上，粼粼波光中泛起大片大片金黄。隽藻的官船在行进。艄公告诉他，前面就要到扬州城了。隽藻此行，心情沉重，此时朝前方望去，只见一带河岸之上，现出一片青翠欲滴的竹林，竹林中半掩着一座茅屋。他并不知道，自他出京之日起，不只是载元三兄弟派了人一直跟着他，单等他到了江南之地，一举将他击杀，就连江北灾民会的姚一镖等人，也正在他望见的这座茅舍里等着他，发誓此次必将他结果在运河之上。远远看见隽藻的船来近，姚一镖道："诸位，不是祁隽藻上次和那个什么黄爵滋以钦差大臣的身份到苏浙闽三省查办鸦片大案，杀了保胜等一干贪官，我们在福建要做的大事也许已经成功。此人已经先后在江西、江苏和福建三次毁掉我们眼看就要成功的大事，如果还要留他，灾民会只好散伙！各位，他到了，准备动手吧！"众人听了，皆掣刀在手，霍然而起。

转眼之间，隽藻的官船所要经过的河面上，出现了一条小船，船上几个渔民打扮的人，一点点儿将船划近了河道中心。官船上，江一鸣抱刀在怀，注意地观察着四周河上和岸上的动静，那条小渔船此时已经引起了他的警觉。离京之际，他已经分别接到了琦善和妙真及师傅李清玄的密令，前者要他击杀隽藻，后者却要他一路上小心保护。船行一路，他一直都在想怎么制造一场虚假的行刺案，既让琦善相信他确实执行了他的密令，又保护了隽藻的平安。忽然，一只信鸽飞来，江一鸣一惊，悄悄接过鸽子，从鸽子身上取出密信，看了一遍，惊骇之余，禁不住暗自好笑起来。

原来自那日见过载元三兄弟，穆彰阿一直觉得有点儿什么事情不对头。今天早上猛然醒悟，自己拍了一下脑门，脱口道："错了！"薛管家连忙上前问道："大人，什么事？"穆彰阿道："我一时计虑不周，让载元兄弟装进了口袋！快去把琦善喊来！"薛管家出了门，不到一顿饭工夫，琦善已经来到，急问："大人，什么事？"穆彰阿将薛管家打发出门，回头道："保胜的事你已经知道了。据说皇上已经派了一个人在暗中查办此案，具体是谁我还不很清楚。几日前载元兄弟撺掇我，趁祁隽藻南下福建，在路上将他击杀，我一时糊涂，居然点了头。琦善，你真的已经给你的人发了令，让他趁着肃顺兄弟派的人下手的机会，击杀祁隽藻？"琦善答道："不错。大人是想——？"穆彰阿沉思有顷道："琦善，你替本官想想，我们那位皇上，接到了保胜的证词，他会怎么想？"琦善看他一眼，道："大人，想不想听实话？"穆彰阿看他一眼，琦善急笑道："奴才以为，皇上其实已经信了。"穆彰阿变色，道："我担心的就是这个。快说，我要怎么办，才能让皇上不再相信保胜证词上关于我的那些混话。"琦善想了想笑道："大人，现在祁隽藻大约已经到了扬州，你就是现在想阻止这件事，救祁隽藻的命，都可能来不及了。祁隽藻一死，皇上马上就会明白，保胜死前写的东西，包括你那件事情，全是真的。"穆彰阿不回头："快说，有什么补救的办法？"琦善只望着他，却不回答。穆彰阿冷笑一声道："你一定有办法传信儿给你的人，让他帮祁隽藻躲过这次暗杀。只要祁隽藻不死，皇上就不能百分之百地肯定本官和冯祁两案有牵连。去吧，要快！"琦善答应一声离去。穆彰阿松了一口气，继而心中大怒，不觉出声道："祁隽藻，没想到这次竟然是本官救了你！"

此时江一鸣接到的密信正是琦善早上用信鸽发给他的。琦善在密信上言道：前次密令上的事情取消，有人要在江南击杀祁隽藻，你要一力保护，一定不能让其得逞。江一鸣将鸽子放走，把纸条吞下，心中已知小船上那几个人一定是朝廷里有人派出来的刺客，不过眼下天色尚亮，这些人是不会动手的，他们不过是想就近看看官船，等到夜里再动手罢了。

夜幕降临。官船继续前行，舱外空无一人。忽然，在官船的左右两舷，分别有一条小船迅速驶近过来。由于夜色浓厚，中间又被官船挡住了视线，向左舷靠过来的小船居然没有发现向右舷靠过来的小船。向左舷边靠过来的小船的船头上站着的正是姚一镖，见两船靠近，他回头对薛、吴、陈三位长老悄悄叫了一声，道："上！"听到这一声并不是很大的喊叫，向官船右舷靠近的小船的速度也突然加快起来。妙真在船头对身后众人急道："快！"一时间，三条船居然同时在船尾处聚拢在一起，两条小船上的人马几乎同时跃上官船，就在船尾一隅之地厮杀起来。这时又见船头方向，借着夜色掩护，又一条小船疾划过来，三名黑衣人悄悄跃上船头，直接杀向进舱内。领头的那人一刀刺进面灯而坐的隽藻后背，转头叫了一声。另两人听到声音不对，急问："怎么了？"那领头的黑衣人低声说道："我们中计了！一定是走漏了消息，快走！"三人不管那船尾的厮杀，回头出了船舱，跳上小船，转瞬已经不见。

拂晓前的大江上，江一鸣划动双桨，驾驶着一叶轻舟，载着化装成渔夫的隽藻过江而去。十几日之后，隽藻安全抵达福建，很快就查清了厦门大捷，向皇上写出了奏折：

> ……臣兵部尚书祁隽藻，诚惶诚恐启奏圣上：臣奉旨离京已有数月之余，现已查明厦门大捷确是事实。今英人在厦门不胜，已转向北方。臣恳请圣上，火速敕令浙江、江苏、山东各省，加紧备战，不使敌有可乘之机。大敌当前，战火未熄，臣叩请圣上一定不改初衷，抗战到底，则天朝必胜，英人必败，臣不胜激切渴望之至……

8

道光二十年（1840）七月，英军攻击厦门不胜，转向浙江沿海，攻陷定海，八月转至天津白河口，向清政府投递照会，提出鸦片贸易合法、赔款、割地等要求。

养心殿内，穆彰阿、载元、瑞华、琦善、阿鲁图等人跪在道光面前，放声大哭。道光又愤怒又沮丧，望着他们，大声问："英人的炮船已经打到了天津？"穆彰阿满眼是泪，道："皇上，英人船坚炮利，已经到了天津，发出照会，若不议和，他们就要像在定海那样万炮齐发，击毁我们的炮台，登陆上岸，杀向京城！"道光方寸已乱，禁不住叫喊起来："怎么会这样？朕养着你们这些人，让你们帮朕练兵、备战，怎么到了时候，就不如一个林则徐、一个邓廷桢！"穆彰阿和琦善伏首不语。道光转向载元，大声问道："载元，今天朕问问你，事情该怎么办？"载元急道："皇上，奴才以为今日祖宗留下的基业危在旦夕，皇上一定要当机立断，答应议和！"道光变色道："你也要朕与英人议和？"穆彰阿膝行上前道："皇上，奴才穆彰阿冒死上奏，奴才以为天下之祸，有肘腋之患，有腹心之患！"道光急回头看他："什么是肘腋之患，什么是腹心之患？"穆彰阿大声言道："皇上有没有想过，一旦英人打进京城，坐了龙廷，用汉人治天下，这天下就不会是我大清的天下了！与鸦片之患比起来，这才是腹心之患，皇上一定要清醒！"他说完了又放声大哭，不停地叩头。道光心中震动，手里的茶碗不觉落地。众满臣跟着号啕大哭："皇上一定要先为我大清江山着想，为我旗人着想啊！"道光被他们闹得没有了主意，痛心道："那……你们说，朕该如何做，英人才不会打到京城，朕才不会丢了祖宗留下的江山？"穆彰阿道："奴才以为皇上只要答应议和，事情就仍有可为。"道光陷入思考之中，他的心还在挣扎。众人又一起放声大哭，哀告道："皇上，你要当机立断啊！"穆彰阿也大声道："皇上，此是天下大机，皇上要救大清，就不能再犹豫了！"

道光终于坐了下来，怒道："朕就是听你们的话，答应英人到广州议和，也要找到一个人，可以代朕去广州议和，既不失大清土地，又不失朝廷威严，还能帮朕退去英兵。这样一个人，你们能找出来吗？"穆彰阿急忙叩头在地，大声道："直隶总督琦善，机警有智谋，此次与英人在天津周旋，差事就办得很好，皇上若任他为钦差大臣，去广州应付此事，琦善一定能为皇上把差事办好！"道光看着他们，叹息道："事到如今，朕就是不想信你的话，也不能不信了。琦善，朕今日不为天下人，就只为你们这些人，为祖宗的江山，命你为钦差大臣，去广州全权办理与英人议和之事。"琦善马上爬过来，大声道："奴才领旨。不过……"道光回头逼视他，大怒："你还想说什么？"琦善不答，转过脸去看穆彰阿。穆彰阿急奏道："皇上，奴才以为若不将力主禁烟、轻启兵衅的林则徐、邓廷桢革职，英人必不信朝廷议和的诚意。"道光怒道："林则徐、邓廷桢抗击英人有功，为什么要革他们的职？"众臣不语。道光看着琦善喝道："琦善，你怎么还不走？"琦善不答，也不走。道光气极，指着他们道："你们……你们这是逼朕，你们一定要朕将林则徐、邓廷桢革职吗？"众臣依然以沉默相对抗。载元突然大声道："奴才敢问皇上是以祖宗的基业为重，还是以两个轻启兵衅的汉臣为重？"穆彰阿也跟着大声言道："皇上与英人议和，不革林则徐、邓廷桢的职，不唯不能服英人之心，也难服天下人之心！"道光心中一颤，猛然回身，半响，终于支撑不住，抖着声音道："好……好吧，穆彰阿，你下去拟旨，将林则徐、邓廷桢革职！"想了想又加上一句，"原地……原地戴罪！"听了此话，载元、琦善一起朝穆彰阿看去，穆彰阿却不看他们，道："奴才领旨！"众人这才跟着道："奴才领旨！"接着，没等道光再说什么，就随着穆彰阿一起退了出去。

道光心中屈辱无比，一回头看见林则徐送给他的那副绝对，眼泪涌出，指着这副对联，颤声对随侍太监道："把……它们收起来，拿走。"随侍太监答应一声，忙去取下对联，正要走开去，只听道光又大声道："慢！出去传旨给琦善，到了广州，好生待林则徐，若林则徐有个三长两短，朕要他拿命来偿！"

9

　　朝中发生的这些大事，由于隽藻此时在还京的路上，一概不知。在通州上岸时，京城初冬逼人的寒气立即让他大大地打了一个冷战。早在码头上迎候的李鸿藻、彭蕴章急上前拜倒在地，大声哭道："恩师，你可回来了，朝廷里出了大事了！"隽藻吃了一惊问："怎么了，什么大事？"李鸿藻拭泪道："恩师来去福建半年光景，英舰占了定海，北上天津，皇上听信穆彰阿等人的谗言，决心议和。大人回程的时候，皇上已经下令将林则徐林大人、邓廷桢邓大人革职，另外又与英人议妥，在广州开启谈判讲和！"隽藻心中一时大急，"哇"的一声吐出血来。江一鸣急上前扶住他，惊叫道："大人，你吐血了！"隽藻哪里还顾得这些，急急含泪言道："快进城，我要马上进宫面见圣上！林大人、邓大人是国之栋梁，革了他们的职，国门还靠谁来守，天下还靠谁来支撑！中国与英人此时只能战，绝不能和！王鼎王大人在哪里，他为什么不说话？"彭蕴章哭道："王大人已经病入膏肓，近日听说皇上一意议和，气恼交加，已经朝不保夕了！"隽藻心中又是一惊，来不及说别的，匆匆上了马车。马车马上就飞奔起来。

　　赶到城中，已是中午。隽藻在午门外下了马车，急急奔向宫门侍卫，又吐出一口血，叫道："快去奏明圣上，臣兵部尚书祁隽藻马上要面见圣上！"侍卫急忙跑进宫门，报与肃顺，肃顺急报道光得知。道光听了，半日不语。肃顺看他，小心道："皇上有何旨意？"道光怒道："你们逼着朕把事情办成了这样，朕还有何面目见他！不见！"肃顺急令侍卫跑出午门，见到隽藻，深施一礼道："皇上有旨，着祁隽藻回府歇息，今日不见！"隽藻听了，"扑通"一声就在宫门外跪下，大怒道："回去奏明圣上，祁隽藻今日一定要面见圣上！圣上若不见祁隽藻，祁隽藻今日就跪在这里不走了！"他一口水没喝，一口饭没吃，一直从中午跪到日落西山。午门口的侍卫已经换过了一批人，他仍在那里跪着。养心殿里，道光闻报，回头看着肃顺，吃惊道："什么，祁隽藻还在宫门外跪着？"肃顺道："对。"道光想了一想，吩咐道："你去，让翁心存进来。"不一会儿，翁心存进殿，道："臣翁心存见驾。"道光头也不回道："翁心存，祁隽藻是你的座师，你出去劝劝他，并传旨给他，朕今天不想见他，这些日子也不想见，让他好好地等着，朕要见他，自会打发人让他来见朕。"翁心存不语。道光回头，气急败坏道："翁心存，你也想劝朕不与英人议和吗？"翁心存还是不语。道光摆了摆手，声音忽然低了下去，道："快去办差。"翁心存无奈，起身退了出去。

　　隽藻仍在午门外跪着，身子四周地上，是他一口一口吐出的血。翁心存急走出来，在他面前跪下，含泪叫道："恩师！"隽藻看他一眼，心痛如割，道："心存，王鼎王大人病入膏肓，不能理事，我不能再见不到圣上！林大人、邓大人不能革职，大清和英人只能战，不能和！此是天下大机！"翁心存流泪道："大人，圣上已经派直隶总督琦善去广州同英人议和。学生以为，在议和成功或失败以前，圣上是不会见大人的。大人还是请起吧。圣上方才让学生传旨给恩师，说他不但今日不会见恩师，就是这一阵子，也不会见恩师，恩师即使跪死在这里，也是无用的。"隽藻听了，心情绝望，却仍不肯起身，望着宫门，大放悲声道："心存，圣上这是怎么了？我们打得本来好好的，为什么一定要议和？就是议和，也要派得力的人去与英人周旋，为什么舍弃林大人和邓大人不用？圣上难道不知道，鸦片之战，不唯关系到国家之兴亡，而且关系到天下民心的聚散！议和开始之日，就是天下瓦解之时！"翁心存看左右无人，悄声道："学生请恩师放宽心，朝廷用琦善这种市侩小人，对付必欲打开大清国门的英人，前者必用欺骗之法，而英人必不会受欺骗，因此议和之事必不能成。议和之事不成，战事必再起，那时皇上就一定会重新起用林大人和邓大人。大人一定要忍耐，我们需要等待时机。"隽藻心中一惊，回头看他，道："心存，你真的这么认为？"翁心存点点头："恩师还不知道，圣上不得已下令将林大人、邓大人革职之后，紧跟着又下了一道密旨，让琦善好生待林大人，并让林大人就在广州戴罪。"隽藻久久地望着翁心存，哭道："天下万民对朝廷失望已久，如果这次与英人战不能胜，如果朝廷不能通过这一战聚拢民心，天下分崩离析指日可待，恩师张观藜讲的那场大劫难，不知哪一天就一定会到来！"他突然又吐起血来。翁心存急忙大喊："来人，把大人送回去！"

第三十章

儒臣遇刺反躬责己　庸君听谗丧权辱国

1

　　冬日的北京，格外寒冷。祁家书房里没有生火，隽藻一边呵着手，一边奋笔疾书。玉环端着药碗走进来，道："老爷，吃药吧。这又是写什么呢？"隽藻问："李鸿藻、彭蕴章在哪里？"一直守在客厅里的李、彭二人急忙走进来道："恩师！"隽藻道："我的手抖得厉害，写不成字，你们俩过来替我修书给林大人和邓大人，告诉他们二人，天下人都仰望着他们，我们在朝中也仰望着他们，一定不能灰心！要等待圣意回转的一天！"李、彭二人道："恩师，明白了！"玉环看他虚弱到连字都写不成的样子，难过得落下泪来。

　　此时城外的一座坟地里，含黛一身孝衣，在保胜的新坟前焚化纸钱。寒风吹过，坟地周遭的草木瑟瑟作响，声同呜咽。晴儿忍不住抽泣起来。含黛也不流泪，她的泪已经流尽了，一张一张地烧尽了带来的纸钱，她慢慢地站起身来，目光随意朝远处的山野一望，眼角眉梢藏的都是冷漠、决绝与仇恨。

　　刚刚从郊外回到自己新搬的住处，就在此时唯一的车夫与男仆倪二赶来禀报："夫人，祁夫人已经在门外候了半天了，说是特来拜见夫人。"含黛想了想道："让她进来吧。"不一会儿，倪二果然引玉环进了客厅。玉环看了一眼含黛，急忙上前拜倒，口称："曹玉环特来拜见夫人！"含黛也不回头，冷冷道："曹玉环，你还来干什么？"玉环见她如今的形容居处，竟与往日大不相同，不觉哽咽道："曹玉环听说夫人回京，一直想来拜见夫人，只是这些天来一直没打听到夫人的住处。玉环来晚了！"含黛道："曹玉环，你去吧，你丈夫祁隽藻杀了我丈夫，让含黛成了一个未亡之人，从此在世上茕茕孑立，形影相吊，你以为到了现在，含黛还愿意见你吗？"玉环抬头急道："夫人，请听玉环解释，不是玉环的丈夫祁隽藻要杀保大人，是皇上——"含黛猛地打断她，发恨声道："别说了！曹玉环，你是个女人，含黛也是个女人，当年祁隽藻被关进大牢、随时可能被杀头，你来求我救他，那时你想的不是他身犯重罪，理应受刑，而是你心中的丧夫之痛！现在含黛和你那时一样，含黛也不记得我丈夫犯的罪，含黛今天记得的只是自己的丧夫之痛。你快起来走！晴儿，送客！"她一边说着，一边背过身去，不让泪水落下来。玉环听她这些话，句句里头，都藏着切齿的仇恨，不觉面色苍白，慢慢站起，将怀里的包袱放下，望着含黛道："保夫人，曹玉环今天来这里，一是想看望一下恩人，求恩人保重身体，二也是为我夫祁隽藻来的。我夫杀了夫人的丈夫，也是杀他自个儿的恩人，可是夫人，保大人说到底是他自个儿杀了自个儿。夫人就是一定要恨，也只恨曹玉环吧，别恨我的丈夫，他也是王命在身，身不由己！夫人保重，曹玉环走了！"含黛闻言大怒，转身叫道："慢着，曹玉环，把你的东西拿走，你的丈夫杀了我的丈夫以后，你难道以为，含黛还会像过去那样，和自个儿的仇人来往吗？快拿走，不然我就把你的东西扔出去！"

玉环心中渐渐逆反，一赌气抱起包袱往外走，想了想，又回头把包袱放下，生气地望着含黛道："夫人，这几双鞋是我近日为夫人做的，夫人就是不喜欢，就是一定要恨玉环和我们家老爷，玉环还要给夫人你留下，夫人想扔就扔吧！"说着，又把腕上的玉镯取下，"这个也是夫人赠送给玉环的，玉环一直将它视如珍宝，天天戴在身上，夫人既不愿再和玉环来往，玉环就将它还给夫人。夫人保重，玉环去了！"说罢，她转身快步走了出去。含黛看着那个包袱，觉得心头大堵，急对晴儿道："你……你还不给我扔出去，这种事也还要我做吗？"晴儿害怕地看着含黛的脸色，答应一声，抱起包袱就往外走。含黛还不解怒，大声道："给我远远地扔大街上去！"她余怒不息，伤心的眼泪终于奔涌而出。

玉环回到家中，走进书房，发现李鸿藻、彭蕴章已经去了，隽藻却还在写信，面前写好的信已经堆了高高一摞。隽藻见玉环神情激动，诧异地抬起头来问："你去哪儿了？这是怎么了？"玉环不说话，坐下来，泪水流个不止。隽藻见了生疑，又问，"你到底怎么了？从哪儿回来的？谁欺负你了？"玉环努力让自己平静下来，拭泪道："没有……我没事儿。"隽藻摇摇头，继续写信，头也不回地问："保夫人怎么样了？她的日子要是过不下去，我们是不是能想办法帮帮她。"玉环走到门口，听到这话，回头看着隽藻，一股怒火腾地又蹿了上来，猛转身冲过来，抓住他摇晃，叫道："祁隽藻，都到这会儿了，你还是忘不了她！我今天跟你没完！"隽藻连忙抓住她的手，生气道："你今天到底怎么了？不是你常常念叨，说保夫人是我们家的恩人，现在她丈夫死了，家产入官，她自个儿也落了难，让朝廷下旨革了旗籍，贬为庶民。现在我明白了，你一定去看她了，你能去看她，我就连问一句都不成了？行了，她过得怎么样？"玉环一把甩开他的手，回头就走，边走边发恨声道："她过得怎么样，她照旧深宅大院，呼奴唤婢，比你们家过得还好呢！"

隽藻摇了摇头，不再想这件事，接着写信，一直写到这天的深夜，才放下笔来喊道："来人！"一名亲兵闻声进来，道："大人。"隽藻指指案上的信道："把它们都拿走，交给信使发走。"亲兵答应一声，走上来抱起那些信往外走，又回头看他。隽藻道："你看我干什么？我一个人的力量不足，一定要动员大清一十三省的大员都向皇上上书，反对议和，今日中国，一定要战！"

2

　　过了冬至，京城天天下起鹅毛大雪。一天早上，玉环出门进香，回来时已是黄昏，江一鸣把车在家门口停下，玉环下车，朝大门前雪地里一望，发现那里团着一个人。她吃了一惊，连忙走上去问道："你是谁？怎么待在这里？"那女孩看上去也就是十五六岁光景，模样倒也清秀，只是衣衫单薄，手脸脏兮兮的，分明就是个女叫花子。见玉环问她，翻翻眼皮，也不说话。江一鸣道："夫人，这孩子待在咱们这条胡同里有些日子了，说是没爹没妈，只有后娘，后娘又把她赶了出来。大冷的天，不知道她是怎么活过来的。"玉环就是听不得有人受苦，心里就是一热，躬身和善地问道："你叫什么名字？多大了？"女孩原来一直不开口，这时却突然开口道："我叫菊花，十六。"玉环道："那你是大姑娘了，再这样乱跑，遇上坏人就不好了。你们家还有什么人吗？"菊花冷冷道："就一个后娘。你甭管我，你们都甭管我！"玉环蹲下去道："你看，这里就是我的家，要不你先到我们家住些日子，等有了空儿，我带你找你后娘去，她一定得管你，不能让你流落街头。你觉得怎么样？"菊花听了，看她一眼道："夫人，我可是从小过惯了好日子的，到了你们家，你不能让我受委屈。"玉环听了，不觉笑了一笑，道："那是自然，你进了我们家，就是我们家的客人，决不会让你受一点儿委屈。"菊花这才答道："那好。那走吧。"这次她没让人拉她，就自个儿站起来，反客为主，向祁家大门走去。玉环见了，和江一鸣对视了一眼，心中都觉得惊奇。

　　隽藻正在病中，自从回到京城那天，闻听朝廷大政大变，在午门后吐了那么多血，加上忧国伤时，他一向还算结实的身体一下就垮了，一入冬天，这病竟越来越凶险。玉环被吓坏了，急忙让人请来了御医。那御医号了脉，出来对玉环道："夫人，大人的病一则是怒，二则是忧，怒则伤肝，忧则伤心，肝属木，心属火，木火相交，大火焚烧。不怕你生气，大人这病还是有凶险的。就是从此一心养病，寸言不入耳，也怕到了来年春天才能好呢。"玉环听了，更是惊慌，让翁心存代隽藻悄悄告了病，道光正不要见他，于是下旨："特许祁隽藻在家静养，勿庸上朝。"这个冬天，其实不止隽藻，就连满朝文武，也无朝可上。为避免与众主战之臣见面，道光以患了哮喘之疾为由，下旨停止了每日的朝会。隽藻听了，气怒交加，病势愈重。玉环急得每天只是个哭，一边写信回山西告诉刘氏，一边病重乱投医，今天就去了白云观上香，求各路神仙保佑隽藻早日病愈。不想就在门外，捡回来了菊花。当下她把菊花带进家中，洗了脸，吃了饭，又换了一身自己的干净衣服，这才带着菊花走进书房，来见隽藻——自病重之后，隽藻就一直住在这里。菊花进门，隽藻正躺在病榻上，床头是一碗还没喝下去的药。他一抬头，恰好与菊花四目相视，二人几乎同时问道："他（她）是谁？"玉环听了，高兴起来："看你们两个，挺有缘分的。菊花，这就是咱们家老爷。老爷，这是菊花，爹娘都没了，剩了一个后娘，这么冷的天，又把她从家里赶出来了。我看她怪可怜的，就从咱家门口，把她领回来了。"菊花望着隽藻，默默咬着嘴唇站着。隽藻艰难地微笑了一下，道："啊，你叫菊花。待到秋来九月八，我花开后百花杀。冲天香气透长安，满城尽是黄金甲。菊花，好名字！"菊花不语，仍旧咬住嘴唇打量着他。隽藻看着玉环道："带她吃饭了吗？"玉环笑道："瞧你说的，让她进了咱家的门，我还能饿着她？"听了这话，隽藻冲菊花道："你过来，让我好好看看你。多大了？念过书吗？"菊花迟迟疑疑地走过去，看着隽藻，半晌突然道："小时候念过。"隽藻点头："你还念过书，好。到了这儿，就当成自个儿的家，这个家里也没有太多的人。"他指了指玉环道，"前些日子，她已经从大门外捡回来一个怜儿了，也是没爹没娘的孩子，和你一样。现在你来了，这个家倒是越来越兴旺了。"菊花直盯着他看，还是不说话。正说着，那个叫怜儿的女孩子走进来。玉环喜道："怜儿，你过来见见菊花。"二人见了，怜儿冲菊花点头，菊花只看了她一眼，又回头去看隽藻。隽藻已经闭上了眼睛，道："好了，你们都去吧，我也累了，要睡一会儿。"

这菊花来了两天，不但很少说话，也不做事。那怜儿就看她越来越不顺眼，瞅着玉环不在，不时就冷嘲热讽一句。这天傍晚，玉环在厨房里做饭，怜儿在一旁打下手。菊花只顾坐在一旁吃东西，看也不看她们。玉环从锅里盛出一碗汤来，递给怜儿，道："给老爷送去。"怜儿看看菊花，生气道："哎，进了这个家，就甭当自个儿是小姐，这个家里可没有闲人，你看夫人还要亲自做饭呢。去，把这碗汤端去给老爷吃。"菊花不动。怜儿提高了声调："哎，怎么叫不动你呀？"菊花突然不吃了，站起来，接过汤放在托盘上，端着就朝门外走去。玉环担心地叫道："哎，外头下雪呢，路滑，小心点儿！"

这个女孩子的出现也引起了江一鸣的注意。此时他正在马棚里给牲口拌草，回头看到从院中端汤走过的菊花，下意识地停下了手中的活，回头悄悄地盯着她。自从前天菊花走进祁家大门，他就隐隐地觉得这个姑娘有些奇怪。到底哪里奇怪，却也说不出。一直看着她端汤进了书房，江一鸣才回过头来，不禁为自己的多疑发笑。隽藻正在病榻上沉沉地睡着，这菊花端着汤，一步一回头地走进来。看四处无人，她大胆地走近了床边，望着隽藻，小声试探道："哎！喂！"床上的隽藻没有一点儿反应。她的神情中忽然现出深仇大恨，迅速将手中的托盘放到一旁，从怀里抽出一把刀，一步步走了过去。

马棚内的江一鸣忽然就不安起来，扔下拌草棍朝书房奔来。书房里，菊花已经走近了隽藻，望着他，举刀的手不住地颤抖。屋子里静得怕人。睡梦中隽藻忽然睁开了眼睛，看到她手中的刀，一怔，骇然道："你……菊花？"江一鸣一步跨进来，大喝道："住手！"菊花闭着眼，不顾一切地扎下去。隽藻本能地一躲，大叫一声，刀刃刺进左肋，鲜血迸出。江一鸣飞步上前，一把将菊花提起，摔倒在地上。菊花手中的刀没有丢，上面还滴着鲜血，她一边流泪，一边激愤地大叫："祁隽藻，我要杀你！我要报仇！"

玉环和怜儿听到喊声，急忙跑了过来，进门一看，大叫起来："老爷——！"江一鸣一手按住地上的菊花，一手捂住隽藻的伤口，道："夫人，快来捂住老爷的伤口！怜儿，快去对面喊大夫！"玉环和怜儿慌乱地答应着。怜儿跑出去，玉环扑向隽藻，双手捂住隽藻的伤口，大叫道："老爷，你醒一醒！"隽藻已经昏了过去。菊花疯狂地大笑起来，喊道："祁隽藻，你也有今天！哈哈哈哈……"玉环回头盯着她，恨恨地问："你……你到底是谁？"菊花讥笑道："想知道我是谁？我可以告诉你，可我就是不告诉你！哈哈哈哈……"玉环脸色煞白，浑身颤抖："你……"江一鸣将菊花提出去，绑起来扔到马棚里，又赶忙回来，找出金创药，给隽藻敷在伤口上。

不大一会儿工夫，怜儿就气喘吁吁地将大夫请来了。隽藻依然昏迷，大夫验过伤口，又在上面敷了药，开了一个方子递给玉环，道："夫人，幸亏刺客是个女孩子，手上没力气，也没有刺中要害。祁大人的伤不深，没伤了筋骨。不过这是红伤，怎么着也得两个月才能好利索。这几服药让祁大人先吃着，明天我再来，给祁大人换伤口上的药。"

3

一直忙到后半夜，看隽藻服了药，渐渐睡去，玉环才腾出身来，和江一鸣一起去到马棚，来看菊花。五花大绑的菊花被扔在一堆马草中。江一鸣上前，一把将堵在她嘴上的破布扯下，菊花透出一口气，大喘起来。怜儿搬一把凳子进来，请玉环坐下。玉环看着菊花，颤声道："说吧，为什么要刺杀我们家老爷？你到底是谁？安的到底是什么心？"菊花翻着白眼看她，道："那你们得先告诉我，祁隽藻死了没有？"怜儿上前给她一个嘴巴，菊花却哈哈笑起来。玉环道："怜儿，别打她！"怜儿跺脚道："夫人，都到这会儿了，你还可怜她！"又回头对菊花道，"我告诉你，老爷好着呢！你想一刀杀了他，没门儿！"一边说着，她也哭起来，又道："你这个不要脸的东西，夫人看你可怜，收留了你，你却是个害人的妖精！天一亮就把你送到五城兵马司去，让人千刀万剐了你！"菊花刚才还在大笑，听了她的话，脸色一变，大哭起来。怜儿又恨道："你个不要脸的东西，你伤了人，你哭什么！"菊花一边挣扎，一边大哭，喊道："我就是哭，就是哭！我哭我没能杀死祁隽藻！"怜儿看玉环一眼，道："算了，夫人，我看她是不会说实话了，明天送她去五城兵马司。到了那里，她就会开口了！"菊花听了又大叫："不！你们不能把我送那儿去！我不去！"江一鸣一直在旁边观察着她，此时插上话来，道："你谋杀大臣，又不说实话，去不去五城兵马司，由不得你！"菊花哭喊的声音越发大起来："我哪儿也不去！你们在这儿把我杀了吧！"玉环渐渐冷静下来，心中忽然想到了什么，站起来就往外走。江一鸣和怜儿一惊，跟着她走出去。菊花见他们都走了，又哭叫起来："我冷！我冷！你们不能这么待我！"玉环这时已经走到了马棚外，又停下，对怜儿吩咐道："去，给她拿两条被子裹上！"怜儿气得直跺脚："嘿！这什么人哪，伤了主人，还要被子！"

夜里，大雪纷飞。打发怜儿去睡后，玉环独自坐在床边，守护着不时在梦中呻吟一下的隽藻。拂晓时分，隽藻终于醒了，睁开了眼睛，呻吟了一声。玉环这一夜眼泪就没有干过，此时一见。惊喜拭泪道："老爷，你醒了，疼得厉害吗？要不要喝水？"隽藻摇头，左右看去，问道："菊花那孩子在哪里？你们把她怎么样了？"玉环道："你还问她！她啥都不说，江大哥把她绑起来扔马棚了，等天亮后送五城兵马司，看她到那儿说不说！"隽藻听了急起来，叫道："不！不能这么办！送她去那里，这孩子就完了！"玉环激愤道："老爷，她差一点儿没杀死你！""不行！不能这么办！"隽藻说着，一边竟伤心地自责起来，"我祁隽藻到底做了什么，连这么小的一个女孩子都来杀我！……天明后你把她带来，我自己问她。"玉环忍无可忍，叫道："老爷——！"隽藻大声道："别说了，这事只能这么办！把绳子给她解开，让她回屋里去睡。还有，告诉江大哥和怜儿，这事不能传了出去。"玉环道："解开？她要是跑了呢？"隽藻道："她要是跑，就让她跑。"玉环叫道："老爷——"隽藻急道："你……还没听懂我的话吗？"玉环不得已，走了出去。

天亮后，菊花被江一鸣带到隽藻床前，脸上竟也毫无惧色。隽藻平静地看她，道："你怎么还没走？"菊花道："他们把我锁在屋里，我怎么走？再说昨天夜里下了这么大雪，我走了，能去哪儿？还不冻死了。"隽藻看一眼玉环，玉环生气地将头扭向一旁。隽藻又问："说说吧，你是谁？为什么要杀我？"菊花恨恨地看他，还是不说话。隽藻笑道："这么着吧，你要杀祁隽藻，一定有祁隽藻该杀的理由，你能讲出道理，这事儿就算完了，我让他们放你走。"菊花盯着他的眼睛看了半天，突然道："我什么也不会说的！要杀要剐，随你们的便！"怜儿在一旁气道："老爷，甭跟她废话了，送五城兵马司得了！"隽藻像是没有听见她的话，他仍在久久地望着菊花，突然对玉环道："放了她，让她走。"众人一怔，齐声喊道："老爷！"隽藻怒道："我说放了他！你们没听见吗？"江一鸣看一眼玉环。玉环道："老爷叫放，那就放了。"菊花看了看他们大家，正色道："祁隽藻，你不是骗我吧？我可真走！"隽藻不再看她，闭着眼睛道："走，快走！"菊花试探着朝门外走去，见真的没人拦她，就大步流星地跑出了书房。玉环看一眼江一鸣，江一鸣马上跟出去，帮她打开院门，看着她一溜烟地跑走，这才关上院门，走回书房。

隽藻的眼睛仍然闭着。自从菊花走后，他的眼睛就再没有睁开，一脸的怒气，过了一会儿，院门外突然响起了敲门声。隽藻的眼睛猛在睁开，大声道："快去！一定是菊花！"玉环生气地叫起来："老爷……"隽藻道："我真是糊涂了，方才又犯了错！这么冷的天，我让她走，让她到哪去？她要不是被逼得走投无路，怎么会来杀我？快去把她找回来！"江一鸣和怜儿向玉环看去，玉环眼中遽然涌出泪花，身子一软，无力地坐下来，吩咐道："去吧，听老爷的，去开门。"怜儿走出去，不情愿地打开院门一看，果然门外站着菊花。怜儿挡着她的道说："你……你怎么又回来了？让你走了你怎么还不走？！"菊花也不说话，一把推开怜儿，径直走了回来。进了书房，她心慌意乱地看了隽藻和玉环一眼，不自在地咳嗽了一声，道："你们是让菊花走了，可我没地方去！"玉环猛地站起，对隽藻怒目而视，大声言道："老爷，你快告诉她，我们家不能留她！"菊花抬头看隽藻一眼，发现隽藻正盯着她看。菊花失望地哭了一声，转身朝外跑走。隽藻大叫起来："回来！快，把她追回来！"众人都不动。隽藻气道："你们……你们不去，那我……我去！这样让她走了，万一出了事，你们心里愧不愧？"玉环听了，猛然醒悟过来，大叫："怜儿，快把她追回来！快！"

4

含黛又搬了新家，这是一座不大的四合院。上房内，新郎新娘打扮的倪二和晴儿正给含黛磕头。今天他们由含黛成全，结为夫妻，一应用度都是含黛的花销。含黛道："西边小跨院有三间小房，我让人给你们收拾好了，以后你们就住那儿。"倪二、晴儿叩头不起，道："谢夫人天高地厚的大恩。"含黛见他们新婚燕尔，虽不敢张扬，眼角眉梢却都是甜蜜，心中不觉泛起了酸楚，扭过头去，道："去吧。"这时大门外就响起了敲门声，含黛一惊，对倪二道："去看看，我都住到这种地方来了，哪里还会有人来看我。"倪二跑了出去，一会儿又跑回来禀道："夫人，兵部尚书祁隽藻大人的夫人求见。"含黛听了，心中登时大恶，对倪二道："出去告诉曹玉环，她走错门了，我不见她！"倪二答应一声，转身欲走，含黛的主意又变了，道："站住，让她进来。"

玉环随倪二进了上房，满脸带着怒气。含黛示意晴儿和倪二离去，回头看着玉环，冷冷言道："曹玉环，今日见了你的恩人，为何不拜？"玉环回头看晴儿和倪二走远，眼里忽然溢出愤怒的泪花，低声道："保夫人，曹玉环今天不是来见恩人的。曹玉环今天来，有别的事情要问夫人。请保夫人如实回答。"含黛冷笑道："曹玉环，你今天一脸怒气来见我，到底有什么事？"玉环道："请问保夫人，保大人生前是否有过一个女儿，名叫菊花，现在她在哪里，能不能让曹玉环一见？"含黛听了，并没感到惊奇，却语带讥讽道："原来你对我们保家的事知道得这么清楚！不错，保胜前妻是给她留下一个女儿叫菊花，要是活着，今年也满十六岁了，可惜她没有亲眼看到她父亲被人杀死，就早早地死了。"玉环一惊："死了？"含黛奇怪地望着她道："保胜还在江宁做漕运总督时就死了，已经死了十年了。祁夫人今天突然来到我这里，问起菊花的事，到底是怎么了？"玉环盯着她的眼睛，直言道："保夫人，曹玉环家里最近收留了一个无家可归的女孩子，名字也叫菊花。是我看她可怜，将她带进了家，可也就是她，差一点儿杀死了我们家老爷！"含黛心中一颤，回过头去，半晌才转回来看着她，开心地笑道："真的？有这样的事？……你丈夫死了吗？"玉环听了，心中大怒，不觉话中也带了刺："保夫人难道不知，我们家老爷向来福大命大造化大，他没有死，现在活得好好的，可是刺客却让我们抓住了，就要送往五城兵马司问罪！隐姓埋名，刺杀大臣，最后会判她个什么罪，夫人一定知道！"含黛一时哈哈大笑，笑得泪花涌出，仍然大笑不止。玉环心中十分失望，不觉怒道："保夫人听了这话，就觉得这么高兴，这么愉快、这么解恨吗！"含黛仍在大笑，回头道："含黛原先以为，只有含黛一个人恨你的丈夫祁隽藻，现在居然还有一个人和我一样恨他！真是可惜，她没能替含黛也报了这个仇！不过含黛有件事不明白，有人要杀你的男人，你为何来见我？你以为这个叫菊花的刺客，就是保胜那个已经死去多年的闺女吗？"她一边说着，一边又哈哈大笑起来，又道，"我倒愿意保胜的闺女没死，此刻能替我、替她父亲去杀你的丈夫！"玉环听她说到这里，自己也不禁疑惑起来："怎么，她真的不是你们家那个菊花？"含黛知道此时自己完全占了上风，哂笑道："祁夫人，回家去吧，从此看好你的男人，寸步不离地守着他，天下这么大，谁知道还有没有另一个人也要取他的命呢，到了那时候，你就和含黛一样，没有丈夫了！"玉环一口气堵在喉咙，半晌才呼出来，怒道："你……"含黛哈哈大笑，喊道："送客！"玉环转身就走，一边抹泪。

气走玉环后，含黛回身，挥手在桌上一扫，几只茶碗"骨碌碌"全滚落在地下，摔得粉碎。倪二、晴儿闻声跑进来，害怕地望着她。晴儿试探着问道："夫人，方才祁夫人来，说了什么，让夫人这么生气！"含黛回过神来，平静地吩咐："啊，没什么。过会儿倪二出去打听打听，混进祁隽藻家里，要刺杀他的那个叫菊花的女孩子，他们真的把她送到五城兵马司去了吗？"晴儿听了，不觉大吃一惊："夫人，有人要刺杀祁大人？"含黛坐下来道："对。我也想杀他，还没动手，就有人替我做了。倪二要是打听到了消息，替我进五城兵马司看看她，给这孩子送点儿东西吃。她刺杀朝廷大臣不遂，这条命怕是保不住了。朝廷要真是杀了她，咱们帮她收尸。"

玉环回到家中，发现隽藻在床上躺着，闭着眼睛想事儿。玉环让自己的心平静，走过来侍候隽藻吃药。隽藻喝了药，平静言道："我想过了，不管菊花这孩子哪里来的，只要她不愿意离开咱们家，就不能让她走了。咱们养着她吧。"玉环生气地看他一眼，道："要养你养，我不养！"隽藻伸出手来，轻轻地握住她的手道："她不想说明自己的来历，一定有自己的难处。一个十六七岁的女孩子，不是被逼上了绝路，怎么会只身一人进入仇家，拼死为亲人报仇？我刚跟菊花说过，如果她真以为我欠了他父亲一条命，我们就养着她，不能再让她流离失所。这样做，就算是我们家还她家一条命。"玉环木然坐着，半晌流泪道："万一她是想留下来，瞅准了机会再杀老爷，那时该怎么办？"隽藻沉吟，有顷又道："这个我也想过了，我想让江大哥把她先送回山西老家去，请母亲帮着照顾她。只是不知道，她过不过得惯咱们家那种苦日子。"玉环久久坐着，默默地流泪。隽藻看她，又问，"你又怎么了？"玉环心中为丈夫难过，站起来，甩掉他的手道："老爷一定要这样做，我也不能阻拦，我这会儿就去见她，问她愿不愿意。"

祁家决定收留菊花的消息当晚就传到了含黛的耳中。倪二告诉含黛说："小人都打听清楚了，祁大人没把那个叫菊花的女孩子送官，相反把她收留在家里了，听说明天就要送她回山西呢。"含黛心中一惊，不动声色道："怎么，祁家没把这个女孩子送官？为什么？"倪二道："这就是祁大人的仁义了吧。"含黛迟疑了半晌，又问："她……就是这个也叫菊花的女孩子，答应了吗？"倪二看看她道："好像是答应了，明天就要走呢。"含黛听了，慢慢坐下去，突然道："要是来得及，明天一大早你就去祁家，想办法把这个叫菊花的女孩子约出来……你不要想很多，我就是可怜她，想见见她。"倪二听了，道："好的，我去安排。"

5

　　乾清门朝会上，众臣全都跪着，一言也不敢发。道光气不打一处来，怒道："琦善来了折子，说英人要的不只是一点儿赔款，而是要朕开放更多口岸通商，还要割让我大清领土。朕不答应，他们就不宣而战，攻陷沙角、大角炮台。正月初四，英人竟然出兵强占了我们的香港！英人这么猖獗，我天朝颜面何在？！当初你们说林则徐邓廷桢轻启兵衅，祸国殃民，换了琦善能把事情办好，现在怎么解释？"载元见状，急忙上前奏道："奴才启奏圣上，琦善无能，丧权辱国，人神共愤。奴才请圣上将琦善革职拿问，另派能员，与英人一战！"穆彰阿吃惊地看他一眼。道光愤然道："英人这么欺负朕，朕必倾一国之力与之一战！你们说，朕此次可派何人领兵去粤、闽、浙、苏四省，与英人决一死战！"李鸿藻上前奏道："若圣上一定要与英人一战，则两广必用林则徐，苏浙闽必用邓廷桢！臣请圣上重新起用林则徐、邓廷桢！"穆彰阿听了，急忙大声奏道："奴才以为不可！"道光冷冷看他，道："穆彰阿，为何不可？"穆彰阿大声言道："此次鸦片之战，就是由林则徐、邓廷桢不谙时局，轻举妄动而起！皇上前次既已将二人革职，以为天下臣工之戒，若再起用此二人，皇上和我大清朝廷将会颜面扫地，天下人都会耻笑我大清无人！"道光心中震动，道："不用林则徐、邓廷桢，朝中还有何人可用！"穆彰阿神情激昂，越发张大声音奏道："皇上，大清乃我皇的大清，天下乃我皇的天下！我大清宗室中人才济济，后生可畏，焉知没有可用之才，可用之将！譬如宗室奕山、奕经，皆在平定张格尔之乱中立有战功，怡亲王、郑亲王两位王爷曾多次向奴才举荐他们。英人所要攻击的，无非是两广和东南两处，奴才以为，皇上可派奕山为钦差大臣，总督两广战事，可派奕经为钦差大臣，总督苏浙闽战事，其次再简派宗室及我旗人中的才俊随军辅佐，则大事可成，大功可建！"道光一时踌躇起来，看载元道："奕山和奕经……载元，他们两个真能担此大任？"见穆彰阿正于暗中盯着自己，载元急忙大声奏道："奴才回皇上，奕山、奕经都是我爱新觉罗家后起之秀，皇上若任用，一准能平定英夷，建不世之功，为我皇家争光！"道光至此第一已不能不战，第二又不甘心因为重新起用林则徐和邓廷桢而受天下耻笑，终于下定决心，看着穆彰阿和载元道："好吧，朕现在一切都听你们的，下去拟旨，就着奕山和奕经替朕统兵去打这一仗！"穆彰阿急忙答道："奴才领旨！"

　　这天早上隽藻没有上朝，因为他的病和伤，道光已明令他不用上朝。但是早朝上决定的事情他还是很快就听到了，一时心中大急，忘了伤痛，匆匆赶往养心殿叩见皇上，恳切言道："圣上，臣以为圣上一定要与英人一战，必用林则徐、邓廷桢，舍此二人，我军必败！"道光自决定再战之后，这时最怕的一是有人动摇他一战而胜的信心，二是怀疑他选定的领兵大帅不如林则徐、邓廷桢，一听隽藻说到这里，不觉火起，道："祁隽藻，你是不是也像很多人一样，以为除了林则徐、邓廷桢，我大清再无一人？……朕这次就是要看一看，不用林则徐、邓廷桢，我大清的天会不会塌下来，朕是不是就会丢了我爱新觉罗家的江山社稷？"隽藻不觉跪直了身子，皱了眉头道："圣上此言不妥，天下者不是圣上一人一家之天下，乃是天下万民之天下！尧舜之时，也没有说过天下是谁一人一家的天下！"道光听了变色，喝道："祁隽藻，你想谋反吗？今日大清的天下，不是朕的天下，是谁的天下？你说！"隽藻并不退让，道："圣上，天地生人，所以立君长，是为了去纷争，明是非，为天下人谋利避害，不是让他任意作为，荼毒生民。尧舜治天下，不说有天下，而说为天下。尧舜治天下，必用尧舜之臣。今日天下皆曰林则徐、邓廷桢是天下大贤，皇上不用他们而用宗室之人，并称天下是圣上一人一家之天下，臣以为此非尧舜之君所为！如此行事，大清即使再战，也必败无疑！"道光愈怒，道："祁隽藻，今天你好大胆！你、你、你到底把心里话说出来了！接下去你是不是还要说，朕若不用林则徐、邓廷桢，不但会战败，而且天下生民就会揭竿而起，像皮日休的文章中讲的那样，揪住朕的头发，把朕拉下龙位？"隽藻心中不禁也大怒起来，亢声道："圣上今日不用林则徐邓廷桢，将来一旦战败，洋人必得寸进尺，鸦片不但不能得到禁绝，反而会在天下畅行无阻。大清之人，不死于鸦片之害，必揭竿而起，圣上有一天必不免被人拉下龙位！"道光气急，忍无可忍，道："祁隽藻，朕今天要是还能容下你，朕这个皇上不做也罢！来人，把祁隽藻拉出去！"肃顺马上带人进殿，将隽藻架起往外拖。隽藻不屈，大声喊道："圣上今日若不听臣言，将来必有后悔之时！"两侍卫急忙将他架出去。

肃顺面无表情地站着，看道光一眼，问："皇上，怎么处置？！"道光浑身发抖，满眼是泪，说出了一个字："杀！"肃顺不待他再想，立即叉手应道："奴才领旨！"转身就要出殿，心中一时喜不自胜。翁心存在殿外听得真切，急忙飞奔进来，匍匐在地，喊道："慢！圣上不能杀祁大人！"道光回头瞪着他喝道："翁心存，你想阻拦朕杀祁隽藻？！"翁心存道："圣上今日不能杀祁大人！"道光怒道："翁心存，就是魏征，唐太宗也有忍不了要杀他的时候！朕为什么就不能杀一个祁隽藻？！"翁心存跪倒在地，大声流泪道："圣上今日若杀了祁大人，日后就会杀林则徐、邓廷桢，圣上难道想从今日起，杀尽天下良臣？！"道光听了，浑身又哆嗦起来，话不成句："你……朕想起来了，你也是他们一党！你也想到菜市口陪祁隽藻去死吗？"翁心存将头抬起，变了颜色，道："翁心存若能陪祁大人去死，是翁心存的大幸！圣上今日一定要杀祁大人，臣请圣上一定让翁心存陪死！"道光再也支持不住，手扶着龙案坐下来，手指着翁心存对肃顺道："你……也给我把他拉出去！"肃顺听了，又一挥手，两名侍卫进来，架起翁心存。翁心存大笑，回头道："圣上杀了臣，臣就是比干，圣上就是桀纣！"肃顺怒道："翁心存大胆！皇上，杀了他！除了一个祁隽藻，他也敢骂皇上是桀纣！"道光气得浑身打战，喘了半晌，不回头，发恨声道："将他……还有祁隽藻，统统给朕赶出宫去，从此不准进宫门一步！"

6

从养心殿回到家里，隽藻就进了书房。玉环觉得他今天神情有异，急忙走进来看他。隽藻一个人坐着，什么也没做，见她进来，抬头看她一眼，道："我知道你一直都不想让我再做这个官，你的愿望要实现了。你来研墨，我要写折子辞官还乡。"玉环听了，眼泪立马就涌了出来，高兴道："好！太好了！谢天谢地，曹玉环可等到这一天了！老爷，我来研墨，你这就写，完了我就去收拾，咱们什么时候走？最好明天就走！"隽藻像是没有听到她的话，仍一动不动地坐着，半晌才说出了一句话："大清……要完了，我没能救得了天下人！"说罢，突然号啕大哭起来。玉环一下就明白了发生的事情，紧紧抱住他，陪着流泪，道："老爷，你怎么了？你不要这样哭，你这样哭我害怕……"

第二天隽藻的折子就被送进了养心殿，道光看了，将它摔在地上，叫道："翁心存！"翁心存进殿应道："臣在！"道光怒道："传旨祁隽藻，自朕认识他那天起，他就口口声声地说，天下者乃天下人之天下，眼下天下未靖，战火四起，他就想辞官不做，把天下丢给朕一个人吗？把他的折子给朕退回去！"翁心存应道："臣领旨！"他退出后，道光又把肃顺喊了进来，道："传朕口谕，从今天起，朕再不准祁隽藻踏进养心殿一步！——给朕记好了！"肃顺不走，迷惑地望着他。道光看着他，恨道："怎么，难道你还想像昨天那样，朕一怒之下，差一点儿杀了祁隽藻吗？"肃顺心头一哆嗦，躬身答道："奴才不敢。奴才领旨！"一边说着，一边退出。

一个月过后，一辆长行的囚车进了京城。由穆彰阿一力举荐去广州谈和的琦善因办事不力，被道光下令革职查办，关进天牢。三天过后，夜深人静，琦善正惊慌恐惧地坐在囚室里，忽然囚室门大开，穆彰阿裹着一袭黑色长披风走了进来。琦善一见，急忙趴下来叩头不止，流泪叫道："大人，你到底来看奴才了！奴才还以为大人把奴才给忘了。"穆彰阿皱眉道："你起来，在坐牢这种事上，我们都要学学祁隽藻，不要皇上还没要杀你，就做出这样一副脓包样子。"琦善听了，马上爬起，换成一副快活的模样，道："总之大人快救琦善出了这个地方。"穆彰阿想了想问："琦善，你以为载元、瑞华举荐的那两个人，跟英人打仗，能对付几个回合？"琦善咧开嘴笑道："一个回合下来，无论奕山还是奕经，都将大败！"穆彰阿脱口而出："好！"琦善惊讶地望他一眼，道："大人——"穆彰阿伸出手不让他说出来，道："他们大败之时，就是你琦善出狱之日！"琦善立时省悟，急道："奴才明白了！……大人大获全胜之日就要到了，奕山、奕经大败之日，皇上必迁怒于林则徐、邓廷桢、祁隽藻，大人除了将他们一网打尽，还可借力将载元、瑞华、肃顺三兄弟一起打下去，令他们永世不得翻身！"穆彰阿脸上毫无表情，道："好好待着吧，也许就这一会儿，奕山在广州，奕经在浙江，已经败了。"一边说着，一边转身往外走。

穆彰阿走出天牢，刚要上车，旁边树丛中突然窜出一个黑衣人，面上也蒙了黑纱，挺着短刀向他疾速杀来。狱官骇然大叫："有刺客！"穆彰阿下意识地一闪，短刀刺了空。等众护卫反应过来，一起上前，已经晚了。那黑衣人一击不中，立即闪身而去，一跃上了屋顶，转瞬就不见了踪影。穆彰阿面色苍白，声嘶力竭地叫道："抓住他，一定要抓住他！……怎么让他跑了？！传令关闭城门，给我搜！就是把全城搜遍，也要抓到！"众侍卫答应着，一阵乱追。

穆彰阿遇刺的消息当晚就经肃顺报知了道光。道光大惊，叫道："什么？穆彰阿今晚遇上了刺客！刺客抓到了吗？"肃顺道："全城都搜遍了，没有抓到刺客。"道光不觉害怕得发抖："再去搜！会不会又是江北灾民会的人？如果北京城也成了刺客的世界，朕这个皇上就不要做了！"他连日处在焦虑激动恐惧之中，早就觉得支撑不住，此时身子一晃，就向后倒了下去。肃顺、翁心存见状大惊，急忙上前扶住，大声叫起来："皇上！"道光清醒过来，坐回龙床，半晌低声言道："别声张。"肃顺、翁心存急忙点头，翁心存一时间流下泪来。

京城一处私宅里，倪二敲敲含黛居室的窗户，低声道："夫人，那件事发了。眼下全城都在搜查，小人原来安排的地方，不中用了。"含黛答道："让他到我这儿来，过几天风声不太紧了，你再想法子把他送出京城——我虽然不是格格，也不是旗人了，到底是穆彰阿的妹子，看他们谁敢来搜我的私宅！"

拂晓时分，穆彰阿仍坐在穆家书房灯下看书。薛管家匆匆领肃顺进来。穆彰阿见了，放下书站起问道："怎么样，刺客找到了吗？"肃顺道："回大人，肃顺奉旨又带人将全京城搜了一遍，还是没有搜到刺客。"穆彰阿沉思片刻，问道："皇上一定知道了，对吗？"肃顺道："对。皇上怀疑会不会又是江北灾民会的人，说不定他们还会像嘉庆那年一样杀进宫里去。"穆彰阿心中一动，道："六爷，皇上想得不错，很可能又是江北灾民会的人进了北京。你赶紧回去，仔细守卫内宫，一定不能出半点儿差错。快去！"肃顺不觉大惊，急道："是，肃顺马上就去！"他转身就走。薛管家送他出了大门，又转进来，看了一眼穆彰阿，低声道："老爷，家里里里外外都安置好了，纵是一只鸟，也甭想飞进来！"穆彰阿"哼"了一声，道："错了，明天出去说给外面的人知道，刺客本不是冲我来的，是冲着朝廷、冲着皇上来的，他们是江北灾民会的人。"薛管家急忙应道："喳，奴才天明就这样说去。"

7

这日清晨，胡沇浦又在官寓的后院空地上晨练。自从南方战事大起，他就开始每天这个时候起来练剑。胡叔纯站在一边看，笑道："哥，朝廷派琦善去广州与英人议和必不可，战端必再开，这些事情都被你不幸言中，现在皇上又派奕山、奕经在广东和苏闽浙三省抗击英人，你觉得如何？"胡沇浦继续舞剑，也不回答。胡叔纯又道："外头有人说，只要奕山、奕经不能得胜，林则徐、邓廷桢两位大人就将被重新起用。"胡沇浦这时收了势，轻轻吐出一口气，才道："错了。如果奕山、奕经侥幸获胜，皇上或许会重新起用林大邓大人于别处；若是奕山奕经战败，林大人、邓大人必以轻启兵衅的罪名，成为天下罪人。"胡叔纯听了一脸惊讶，道："怎么会是这样！那以后呢？"胡沇浦道："皇上派人与英人缔结城下之盟，大清丧权辱国，民心丧尽，天下大乱，国将不国，祁大人多年前大声疾呼要防备的那场天下大乱，就会到来。"一边说着，一边放下剑，又练起拳来。胡叔纯被他的话吓住了，半晌才道："哥，你可是怀着救天下之志来北京的，现在天下已经到了危急存亡之秋，你就什么事也不做吗？"胡沇浦直到打完了这套拳，收了势，才远远望着南方的天宇，缓缓言道："一定会有胡沇浦做事的时候，却不是现在。"胡叔纯急问："那是什么时候？"胡沇浦道："恩师祁大人说的那场大劫难到来的时候，大清国将不国的时候，朝廷里必欲有人来收拾破碎山河的时候。"胡叔纯诧异道："哥，林则徐大人救不了天下，祁隽藻大人也救不了天下？"胡沇浦点点头："对，也不对。祁大人虽然不能阻拦那场大难，可他已经为平定天下大难，简拔了人才。"胡叔纯道："你说的是李、翁、彭、黄？"胡沇浦冷笑一声道："不，那个人就是我。"胡叔纯惊讶地看着他，好大一会儿说不出话来。胡沇浦道："叔纯，以后你也甭念书了。将来的大清，必是武人的天下，你要随我为国靖难，重新平定天下，必从现在起，让自已变成一名武夫。"胡叔纯正要说什么，目光忽然越过院墙，看到又有一名信使从墙外的官道上飞驰而过，不觉又惊叫道："哥，又是江南的信使到了，一准又是南方战事的消息。"

胡叔纯猜得不错，这名信使果然从江南而来，带来的却是一个令道光无法承受的消息。道光此时正与众多大臣在养心殿议论大政，看罢那道由信使和太监急速呈送进宫的折子，"啊——"地叫了一声，向后倒去。内侍急忙上前，将他扶至龙床上。众臣乱嚷起来："皇上怎么啦？快传太医！"此时只有穆彰阿一人，仍旧不动声色地跪着。载元、瑞华的心怦怦乱跳，偷眼看穆彰阿，不明白他到了现在，为何还能如此镇静。皇上醒来，无力地抬起手，指着那折子哭道："奕山、奕经大败，前些日子来的捷报都是假的！英人的军舰已经驶进长江，打到了江宁府！"穆彰阿听了，急急膝行向前，对道光叩头在地，大声言道："皇上，事已至此，奴才有一句话要说！"道光看他，道："穆彰阿，你是首相，你说。"穆彰阿道："奴才以为战不能胜，唯有委曲求全一途，方可救大清的江山社稷！"道光闻言怒起，随手抓起身边的东西就向他头上砸去，厉声叫道："你说什么？议和？先前你也举荐琦善与英人议过和，英人要我割地、赔款……大清的颜面何在？朕要是听了你的，就将成为我大清开国二百年来第一位丧权失地的皇上！"穆彰阿也不躲闪，强硬地回答："奴才以为即使皇上受些委屈，也要以祖宗基业为重！现在英人要的不过是和我们通商，割去几个海滨的弹丸小岛，赔一点儿银子，朝廷伤的不过是一点儿脸面，万一不答应议和，让英人的兵舰打回天津，让英兵进了京城，皇上丢的就不是区区香港一弹丸之地，而是祖宗的万里锦绣江山！孰轻孰重，奴才请皇上仔细思量！"道光听得心惊胆战，颤声言道："就是议和，也得找到一个能够和英人谈的人，你们有这样一个人吗？"穆彰阿道："回皇上的话，奴才已经找好了去江宁府与英人议和的人，琦善可以算一个，伊里布是另一个，还有——"道光又怒："琦善不成，琦善误朕、误国，大清就是一定要亡，朕也不用琦善！"载元急上前为穆彰阿帮腔，道："皇上圣明，奴才向皇上举荐一可用之人。宗室耆英，现为广州将军，此人机警有智谋，可与伊里布一同前去江宁，与英人议和。"道光一时又没了主意，回头看穆彰阿道："你呢，觉得耆英如何？"穆彰阿想了想道："奴才以为皇上若让耆英迎战，一定不可，若是议和，差强人意。"道光不再看众人，流泪道："那就是他吧。你们还有何事？"

穆彰阿依旧用强硬的语气奏道："圣上，大清有此一败，让我泱泱天朝不得已受制于洋人，此乃奇耻大辱，不能不追究始作俑者的罪责。奴才以为，王鼎、祁隽藻、林则徐、邓廷桢四人，当初一力主战，终于令大清丧权辱国，奴才请皇上下旨，杀此四人，以平天下之愤！"道光惊讶道："你说什么？王鼎已经病得不成了，你还要杀他？鸦片之战从开始到今天，只有林则徐、邓廷桢为朕打过胜仗，其余凡是你们荐举的人皆是大败，你现在却要朕杀他们！还有祁隽藻，不过是朕的陪臣，你也不愿意放过？"穆彰阿的口气越来越盛气凌人，道："奴才回皇上的话，皇上若不杀此四人，天下人怎么知道这次鸦片之战的失败不是皇上措置有误？皇上若留下这四个人，我大清皇上的体面何在，朝廷的体面何在？皇上不杀此四人，奴才等不敢奉旨办差！"道光听了大怒，手指着他颤声道："穆彰阿，你就是逼朕，朕也要想一想，此事能不能办。要是朕不下旨杀这四个人，你就不愿为朕办差了，那你的差事，也可以不办。"阿鲁图听了，急忙上前碰一碰载元，示意他上前为穆彰阿讲话。载元装着没看见，动也不动。阿鲁图不得已上前奏道："奴才启奏皇上，虽然穆大人方才的话说得急了一些，却是忠心体国，大清已经战败，总要有臣子替皇上承担战败之责。皇上若要斟酌，奴才等可以等候旨意。穆大人，皇上今天太累了，咱们还是赶快办差去吧。"穆彰阿趁机下台，叩头在地，大声道："奴才穆彰阿告退！"众臣一起道："奴才告退。"道光转过身去不看他们，待这些人全部退出养心殿，才突然对一旁侍立的翁心存言道："让祁隽藻进宫，朕要见他。"

隽藻接到旨意，立即从家中匆匆忙忙进宫，叩见道光。道光看着他道："祁隽藻，英人已经打到了江宁府，朕已经派人议和，这些事情，你听说了吗？"隽藻闻言大惊，不觉爬起来，大叫："怎么，圣上又要议和？"道光不回头，道："朕不但要议和，还要割让香港，赔英商的鸦片银子，还要恢复与英人的贸易！"隽藻变色，大叫道："皇上，万万不可！"道光喝道："你跪下！"隽藻重新跪下。道光又道："不仅如此，有朝中大臣提议，还要朕诛杀王鼎、林则徐、邓廷桢和你，以为天下臣工误朕误国之戒！"隽藻听了朝廷又要议和，已经五内俱焚，听了这话，不觉义愤填膺，大声言道："圣上，臣不懂圣上的话。我军战败，英人打进长江，圣上不于此时调兵遣将，倾一国之力与英人力战，却在这里受人蛊惑，要与英人签城下之盟，还要诛杀国之忠臣！……圣上真要这么做，大清必亡，圣上就是千秋万代之后也要遭人唾骂的桀纣之君！"道光到了此时，心反倒一点点儿硬了下来，道："祁隽藻，你现在说什么都晚了，王鼎病入膏肓，朕不杀他，你是个书呆子，只知一味骂朕是桀纣，朕也不理你，可是林则徐、邓廷桢两个人，轻启战端，给大清带来了今日之辱，朕却不能饶了他们！朕一定要杀了他们，以谢国人，以谢祖宗！"隽藻再次猛地站起，怒声道："圣上一定要诛杀林大人和邓大人，就一定要杀祁隽藻，从禁烟之议初起到今天，祁隽藻一直都是此事的主谋之一！不，圣上要追究此事，仅仅诛杀林大人、邓大人、祁隽藻还不够，还要杀尽天下人，堵住天下人之口，才能不让人骂圣上是桀纣之君！"

道光怒道："祁隽藻，朕今天唤你来，本不想和你生气，可是你太过分了！来人，将祁隽藻拉出去，打二十板子！"他最后的一句话已经是在吼。肃顺带人冲进来，架住隽藻。隽藻叫道："慢，圣上，孟子说，君视臣为土芥，臣视君为寇雠。圣上今日如此对臣，圣上就不再是臣的圣上，而是臣的仇敌！仇敌当前，臣宁死不受辱，臣只有一死！"他回头斜视着殿中的柱子，就要撞过去。道光急道："快拉紧他，拉出去！"两侍卫架起隽藻就往外走。隽藻挣扎，放声痛哭，一边大骂："桀纣之君！丧权辱国！"肃顺出殿又回来，望着道光大叫："皇上，杀了他！"

道光久久背身而立，突然回头，泪光闪闪，道："传朕的旨意，林则徐、邓廷桢充军新疆，永世不得复职。祁隽藻着解兵部尚书，去户部尚书任上当差，并着在军机处行走。"肃顺大惊："皇上不杀祁隽藻，还要让他任军机大臣？"道光突然冲他咆哮起来："你们把林则徐、邓廷桢都赶走了，朕身边就剩下一个祁隽藻，也非要朕杀了他吗？"肃顺还从没见过道光发这么大的火，登时吓得脸色煞白，急忙应声往外走出。道光又厉声道："回来！传旨穆彰阿，江宁议和，如果一定要割地赔款，也不要让祁隽藻知道。若他一定要看和约，就……就给他弄张假的。"肃顺迟疑道："皇上？"道光气道："怎么还不明白？你们还嫌这个人骂朕骂得不够吗？！"

第三十一章

怒和议吐血辞帝阙　候天变呕心著农书

1

　　山西寿阳宗艾镇外，驿路长亭，云暗天低。隽藻在这里为林则徐、邓廷桢送行。故人相见，感慨万端。隽藻举起酒碗，含泪道："两位大人，祁隽藻此次专门从皇上那里讨了一个赈灾的差事，回到山西，家也没回，就在这里等候两位大人，为的是能用一碗水酒，送两位大人远行。此去西域，万里迢迢，祁隽藻请两位大人一定为国珍重！"林则徐、邓廷桢二人端起酒碗，三人一饮而尽。邓廷桢看林则徐一眼，林则徐点头，邓廷桢让人重新将酒碗斟满，望望隽藻道："祁大人，今天林大人和邓某借祁大人的酒，也敬祁大人一碗！"隽藻听了急道："大人，这个使不得！"林则徐慨然言道："隽藻兄，喝了这碗酒，我们两个还有话说！"隽藻不再说什么，三人又一饮而尽。邓廷桢道："自从林大人和邓某被革职流放，我们就听到天下人都在传说，祁大人几次上折子给皇上，要求辞官。祁大人，林大人和邓某以为，祁大人虽然有一千个理由辞官，可在我等二人看来，此事都断不可行！"隽藻要说什么，被邓廷桢举手拦住，继续言道，"祁大人，今日大清外患未了，内乱已萌。我和林大人身为罪因，已经不能再为天下人做什么了，只要祁大人还在朝廷，说不定天下就还有救，万民就还有依靠！"林则徐接着言道："祁大人，邓大人说得好！事到如今，你我个人的进退荣辱算得了什么？只要国难可免，我泱泱中华之国，数千年文明不至于毁于一旦，天下万民不至于死于一场大难，就是让我辈死一千回，林某和两位大人也会无怨无悔。此去新疆，大人别以为林则徐、邓廷桢会灰心，不，大人的信我们都收到了，我们不会灰心，因为我们生逢其时，赶上了一个让天下读书人粉身碎骨也不敢灰心的年代。天下苍生不容许我们灰心，教给我们圣人之论的人也不允许我们灰心，祁大人自己也一定不能灰心！"隽藻眼中滚出泪水，要说什么，林则徐又止住他道："虽然林某和邓大人已不在庙堂，可我们还是想知道，圣上对议和是个什么态度？大清真的像路人口口相传的那样，要赔款、割地，而鸦片贸易，也要让它合法化？"隽藻神情顿时严肃起来，道："两位大人放心，出京前下官又去见了皇上，皇上亲口对祁隽藻说过，赔点儿银子可以商量，但割地事关大清国土的完整，绝不答应。至于让鸦片贸易合法化，任由英商将大批鸦片输入中国，则断断不可！"林则徐看一眼邓廷桢，道："皇上能坚守这个态度，我们俩就是囚死新疆，终生不见中原的杨柳，也无憾了！邓大人，上马！新疆也是大清的国土，哪里不是天下之士的埋骨之处！"林则徐、邓廷桢翻身上马，抱拳道："祁大人，回吧，天下之事，拜托了！"隽藻久久地望着二人远去，泪流满面。

这时就见宿藻和元白从后面赶车过来，下车急叫道："哥！"隽藻回头看他们："你们怎么来了？"宿藻道："听说五哥回到了寿阳，我们俩就急急地赶来了。五哥，这里离家不远，顺路回去看看吧。"隽藻看二人神色不对，问道："是母亲让你们来的？"宿藻再也忍不住，泪水涌出，道："五哥，不是。五哥此次回到山西，却没有打发人给家里报信，母亲就说，你五哥一定身负皇命，不能回家。可是五哥……你一定得回去看看，因为……因为母亲病了！"隽藻闻言又惊又急，道："母亲她老人家病了？病了多久了？都吃了什么药？你们为什么不早点儿写信告诉我？"宿藻眼泪直流，背过身去："国难当头，母亲不让我们惊扰你。"隽藻跺脚道："母亲的病不要紧吧？"宿藻道："眼下看着还不要紧，就怕过不了这个冬天。"隽藻急道："快走！"

正在这时，一名差役飞马而至，望见隽藻，滚鞍下马，叩拜道："小人叩见军机大臣户部尚书祁大人！"隽藻停下脚步看他，问："你是——"那差役道："小人是山西巡抚衙门的差役，特奉巡抚大人之命，传皇上口谕，祁隽藻奉旨办差，十分辛劳，着给假一月还乡与亲人团聚。钦此！"宿藻和元白互视一眼，高兴起来。隽藻却站在那里，疑心大起，突然，对江一鸣道："不好！江大哥，马上回京！"江一鸣扶他上车，他急急回头对宿藻和元白道，"回去代我禀告母亲，朝中有大事发生，我不能回去了。江大哥，走！"说罢，江一鸣一抖缰绳，马车沿着通往京城的驿路飞奔而去。宿藻和元白站在原地，又流下泪来。

2

这天清晨，隽藻和江一鸣风尘仆仆地赶到京城崇文门外，忽见两匹快马从城门内冲出，马背上竟然是身穿重孝的李鸿藻和彭蕴章。隽藻急忙从车内探出头来，大声喊道："兰孙、琼达！"李鸿藻、彭蕴章一惊，急忙勒住缰绳，跳下马，倒地便拜，放声大哭。隽藻下车，着急地问："你们怎么了？这是给谁戴孝？"李鸿藻泣道："恩师，我们是给王鼎王大人戴孝！大人，出大事了，我们正要去山西见恩师！"隽藻头一晕，立身不稳，二人急忙上前扶住。隽藻睁开眼来急问："什么大事，快说！"彭蕴章悲愤言道："皇上派伊里布和耆英去江宁与英人议和，先前他们给大人看的那个条约文本是假的，现在条约已经签了，不但要赔款两千一百万银元，还要割让香港，开放五口通商，准其自由进口鸦片。鸦片战争，大清败了！"隽藻浑身颤抖。李鸿藻怒道："还不止这些，《江宁条约》一签，西方各国都派来了使臣，逼迫我大清与其签署与英人同样的条约！"隽藻极力控制着自己的情绪，问："皇上呢，这事皇上知道吗？"彭蕴章道："大人被皇上蒙在鼓里了，皇上什么都知道，皇上就是要军机处的大臣们瞒住大人你一个。"隽藻怔了一怔，忽然间觉得什么都明白了，皇上准其去山西赈灾，又要下旨给他一个月假回乡探亲，勿庸还京，都是为了不让他与闻此事。不觉大怒，此时又不便多说，再问李、彭二人："你们刚才说，王鼎大人殁了？"李鸿藻、彭蕴章忍不住痛哭流涕，点头。李鸿藻哭道："大人，朝廷里说王大人暴病而死，其实王大人是因为朝廷与英人签了这么个丧权辱国的条约，自杀身亡，王大人要以此对皇上行尸谏！"隽藻听着，就觉喉头又是一热，一口血早喷了出来。江一鸣见了大惊："大人，你又吐血了！"隽藻一把推开他，用的劲道出奇的大，一边大声言道："我要进宫面圣，一定要皇上收回成命！"三人扶他上车，江一鸣赶车，马车即刻穿越崇文门，直向宫中驰去。李鸿藻看了，急对彭蕴章道："快，我们跟上去！"二人翻身上马，尾随而去。隽藻的马车奔到午门外，没等车停稳，他就自己跳了下来，"扑通"一声跪下，一声声地大喊："臣军机处行走、户部尚书祁隽藻求见皇上！"侍卫急忙进宫回奏。

此时养心殿里，道光面色惨白，正在大口吐血。十四岁的皇四子奕詝正在一旁侍候。见道光吐血，奕詝吓得大叫："皇阿玛！你怎么了？你怎么了？"翁心存急急走进来，看道光在吐血，惊叫道："皇上——！"道光抬起头，有气无力地问："翁心存，什么事？"翁心存迟疑了一下，还是大声禀报道："祁隽藻祁大人在宫门外求见！"道光一惊，推开奕詝，脸色变得更加难看，叹道："他到底还是知道了。生米已经做成了熟饭……他要来见朕，就让他来，他要骂朕，就让他骂好了。"翁心存领旨欲去，道光又叫住他："站住！出去传朕口谕，近日朕一直胸口疼，头昏，吐血，不见！"翁心存大为失望，叫道："皇上！"道光止住他道："不，你也不要去了，去了也没用，祁隽藻一时半会儿是不会走的。"说到这里，他又大咳起来，趴在龙案吐血。奕詝大叫："快传御医！"

宫门外，隽藻直挺挺地跪着。李鸿藻、彭蕴章、黄爵滋快步走来，看了他一眼，也在他身后一一跪下。接着，闻讯赶来的朝廷百官也纷纷跪在他们身后，再后来，无数京城的百姓们也赶过来了，一起跪在午门之外。隽藻大哭，高声喊道："圣上，你签了这样误国误民的和约，就成了大清的罪人！鸦片不禁，从此国将不国，天下大乱指日可待！你不要糊涂呀！"黄爵滋膝行上前劝道："大人别哭了！就是再哭，皇上的主意已经定了，再哭也无益！"隽藻怒发冲冠，高声言道："你们以为我是为皇上哭？……不，祁隽藻今天是为天下苍生哭！皇上他不能这么做，皇上这么做了，天下百姓就只有一条死路！忍心让天下百姓走上一条死路，皇上哪里还是皇上，皇上就是桀纣，就是独夫，就是荼毒天下生民的贼！"一边喊着，一边禁不住悲从中来，大哭不止。身后跪着的百官和百姓也随着他放声大哭，一时哭声惊天动地。

天黑下来了，养心殿里，道光喝了药，疲惫地躺下，刚闭上眼，肃顺又轻手轻脚地走进来。道光觉得有人走近自己，睁开眼，见是肃顺，问道："祁寯藻走了没有？"肃顺跪下道："回皇上话，祁寯藻不但没走，还引来了朝中许多官员和无数的百姓，黑压压地跪在午门外，口口声声要皇上废除《江宁条约》，与英人再战！"道光猛地睁开眼，道："他都跪了一天了，还没走？"肃顺道："看祁寯藻的意思，皇上要是不见他，他一定会一直跪下去。"道光想了一想，突然叫道："让……让他进来。"肃顺心中一惊，看他一眼，道光怒道："快去！"肃顺这次不再敢怠慢，急道："喳！"

不一会儿，肃顺就引寯藻进了养心殿。道光已让内侍扶着坐上龙椅，冷眼以待。寯藻跪下，看他一眼，高声言道："臣在宫外，闻听人言，皇上龙体违和，不能见臣，此时看来，皇上不是好好的吗？"道光也不申辩，道："听说你在宫外跪了一天，定要见朕，有什么话，你就说吧。"寯藻单刀直入，道："臣请圣上收回成命，废除《江宁和约》，重起大兵，与英人决一死战，败局庶几可以挽回，人心庶几可以挽回，天下之乱庶几可以避免，大清庶几可以不亡，皇上庶几可以不被天下后世视作桀纣之君、亡国之君！"道光不理他的话茬，径直问道："祁寯藻，若朕不照你的话去做，你是不是就要离开朝廷？"寯藻听了，神情陡变，跪直身子正色道："祁寯藻无能，上不能致君尧舜，下不能救百姓免遭天下大难，祁寯藻还有什么面目立于朝堂之上？……不，如果皇上不能收回成命，祁寯藻留在朝廷里，就是为虎作伥！"道光看他，冷冷道："祁寯藻，朕就是虎？你这句话，也是圣人说过的？"寯藻此时身心如焚，张目大声言道："孔子说，'苛政猛于虎'。圣上今日用一纸《江宁条约》给天下的，岂止是一般的苛政，烟禁一开，英人的鸦片大举进入中国，国内大批土地将变成罂粟种植之地，是种粮之地越来越少而鸦片人口越来越多，十年之内，大清民将不民，国将不国！圣上是要让大清四万万百姓走上一条万劫不复之路，让我泱泱五千年中华走上一条万劫不复之路！如果这还不算苛政，什么叫作苛政！圣上要施如此的苛政于天下，圣上不是虎，谁人是虎！"

道光默默地看他，忽然泪花涌出，用虚弱的声音道："祁寯藻，朕知道今日是你我君臣最后一次见面，我们的缘分已尽。朕想到这里，内心惨伤。"寯藻心中一惊，忽然就明白了他的意思，不觉叫了一声："圣上——"道光努力抑制着自己心中的感情，道："祁隽藻，你知道吗？从先皇在位，到朕临御天下二十余年来，先皇和朕一直都在保你这条命！"隽藻听了，心中一热，跪头在地，流泪道："臣知道。正是因为臣知道，臣今日才——"道光打断他的话，道："先皇去世时，曾留下遗言，要朕为了大清的天下，一定要留住你在朝廷里。多年以来，朕也一直都是这样做的，你知道吗？"隽藻叩头在地，道："臣知道。可是臣以为，先皇和皇上要保住臣的命不是为了让臣做桀纣之臣，助纣为虐！"道光道："可你却要走了，明知《江宁条约》签订之后，大清危机日重，也许不出十年，你说的那场大难就要来临，朕身边无人可用，你却要撇下朕，不，是撇下你口口声声要救的天下苍生，回山西去种地。祁隽藻，你这样做，对得起先皇，对得起朕，对得起天下人吗？"隽藻听了，忍不住又抬起头来，与他争辩道："圣上，二十年前，祁隽藻正是为了让天下苍生免遭一场大劫难，才有违初心，毅然出仕。从那天起，臣就没有再想过离开朝廷。是圣上今日所行之政，让臣失望，觉得不能再留在朝廷里为臣。圣上实在要留臣在朝廷里效力，那也容易，只要听臣之言，废除《江宁条约》，重新起用林则徐、邓廷桢两位大人，重开鸦片之战。以中国之大，人口之众，民心所向，一旦战而胜之，鸦片之害得除，天下民心必重归于朝廷。圣上再重用贤臣，抑制土地兼并，开放吉林垦荒之禁，让天下人都可以活命。然后重农桑，兴学校，教化万民，富国强兵，大清就可以中兴，天下就可以大治，皇上仍可成为一位千古传颂的圣君！"道光不觉抬高了声音，怒道："可若是战不能胜呢，那时又会怎样？朕将成为亡国之君，祖宗二百年的基业，就会毁在朕的手里，朕怎么对得起列祖列宗？这些事情你都为朕想过吗？"隽藻摇头道："圣上又错了。臣以为只要圣上举正义之师，竭力抗战，大清未必不能胜。即便战不能胜，民心仍在朝廷，天下仍可收拾！圣上也会因力战不屈，成为天下万民世代传颂的圣君！"道光已经不愿再和他谈下去，断然道："祁隽藻，你是想让朕拿祖宗的江山社稷去和英人的坚船利炮去赌，朕什么都能听你的，可是这个，不行！"隽藻听到这里，心中最后一点儿希望也完全失去，深深看着道光言道："圣上，现在臣明白圣上为何要和英人签下那个丧权辱国的和约了。圣上为了爱新觉罗一家之私，置天下人死活于不顾，圣上仍是一个桀纣之君！"道光勃然怒起，道："祁隽藻，难道朕不是天下的主人，而是天下苍生的奴仆？你难道要朕为了天下人舍去祖宗的基业？！"隽藻此时早已忘却了生死，且又怒气冲天，不觉言道："圣上又错了。自古圣君，从来都不是天下的主人，而是天下苍生的奴仆！神农氏为天下百姓树五谷，尝百草，中毒而死；大禹治水，十又九年，三过家门而不入；尧舜之君，以生民之心为心，以生民之命为命。他们从来都不会将天下看成一家一己之私，而是视天下为天下人的天下，先天下之忧而忧，后天下之乐而乐。圣上将天下视作一家的私产，哪里还是什么明君！圣上不是明君，臣为何还要留下侍候圣上！"他猛地趴下叩头，"臣谢两代皇上保住了臣的命不死。臣去了！"说完，也不待道光回答，立即爬起身来，转身就走。

道光眼中溢出泪花，站起，突然道："祁寯藻，朕知道你入朝后一直想为你父祁韵士和前淮南道台冯叔阳翻案。朕要是这么做了，你能留下吗？"寯藻听了，心头一颤，流泪道："圣上，天下人就要遭遇大难，大清就要国之不国，与之相比，祁家和冯家人的冤情还算什么。圣上要是能听臣之言，废《江宁条约》，坚持禁绝鸦片，使天下苍生得救，就是不为臣的父亲平反，不为蒙冤而死的冯叔阳大人昭雪，臣也会留下！"道光长叹道："朕知道留不住你，你执意要走，就走吧。"他背转身去。寯藻闻言站起，双泪长流，脚步踉跄，向外走去。道光回头看着他远去，突然言道："祁寯藻，我们君臣一场，临别之际，你就没一句话留给朕吗？"寯藻回转身，远远望着道光道："圣上，臣临行之时，有一句话奏明圣上。为了天下苍生，也为了圣上的江山社稷，圣上一定要善待林则徐、邓廷桢、黄爵滋等一干贤臣。十年之内，天下一旦有事，只要这些人还在，圣上仍可用他们重新收拾民心和天下。圣上保重，臣去了。"说罢，不由得心中惨伤，放声大哭，蹒跚而去。道光站在那里，也禁不住泪流满面。

肃顺随后就进了殿，看着越走越远的祁寯藻，对道光说："皇上真的让祁寯藻走了？"道光站在那里，一句话不说。肃顺又道："皇上不能让他走。既然不能用他，就不能留他，留下他只会蛊惑天下人心。让奴才把他除了！"道光闻言大怒："胡说！谁敢杀祁寯藻，朕就灭他九族！把穆彰阿给朕找来！"肃顺吓得浑身哆嗦，变了脸色，急忙起身应道："喳！"道光又大声道："传旨伊犁将军布彦泰，善待林则徐、邓廷桢，要是林邓二人死在新疆，朕将他碎身万段！"

3

穆彰阿接到旨意，立刻赶进宫来，跪倒在道光面前。道光看着他，半晌才道："穆彰阿，你多年的心愿实现了，祁寯藻走了。"穆彰阿心中一震，欲言又止。道光冷冷道："朕今天唤你来，不为别事，只想交代给你一句话，既然朕已经不是天下人的皇上，只是我们自己人的皇上，朕连这么一个皇上也无心做了。从今天起，朕将天下事交给你们替朕经管。"穆彰阿五体伏地，不敢仰视，大叫道："皇上——！"道光道："可是有一件事，朕要先告诉你，免得到时候你犯了错，让朕对你起了杀心。"穆彰阿心中一惊，急道："皇上有什么事吩咐奴才，奴才一定谨记不忘！"道光道："为朕留住祁寯藻，不要再指使人杀他，朕要你为朕，也为大清朝廷留下最后一点儿体面！"穆彰阿浑身发抖，不敢言语。道光不再看他，仰首向天，半晌又道："天下贤人，朕不能用，只有弃之田野，可即使弃之田野，只要他活着，天下民心就仍不会对朝廷完全绝望。朝廷杀祁隽藻之日，就是天下民心叛离朝廷之时！祁隽藻虽不在庙堂，仍替朕负载着天下安危！在这种事情上，你不行，朕也不行，可是他、林则徐、邓廷桢行！"看穆彰阿无语，道光又道："你虽然不说话，可朕也知道，你一定不同意朕的话，那也算了，朕不会逼你，朕今天只是求你，为朕、为大清留住这个人的命！你做得到吗？"穆彰阿连连叩头，大声言道："奴才领旨！"道光仍不放心，又背过身去，沉沉言道："先皇驾崩之际，曾经说过，穆彰阿和祁隽藻，大清一个都不能少。这话朕也可以反过来听，这就是，一旦少了其中一个，另外一个也就不是不能少的人了！"穆彰阿冷汗涔涔而下，叩头流泪道："皇上，奴才……奴才明白了，奴才领旨！"道光看着他，又道："还有一件事，虽然你的人都对朕讲，那个刺杀你的人是江北灾民会的人，还和祁隽藻有关系。朕今天要告诉你，朕不信！在这件事上，朕信得过祁隽藻的人品！"穆彰阿脸色苍白，俯首不语。道光想了想又道："穆彰阿，你知道我现在是什么样的君王，你是什么样的君王之臣吗？"穆彰阿一惊，抬头看他。道光流下泪来，道："你不知道。朕现在告诉你，当朕为了我们这些人的一家之私弃绝天下人的时候，朕就成了桀纣之君，而你们，从今天起，就成了桀纣之臣！"

4

山西寿阳平舒村外，隽藻在刘氏墓前长跪不起。玉环、世长、宿藻和采藻等人也在一旁含泪跪着。菊花站在一边觑着，默默无语。隽藻是在与道光诀别的当天接到宿藻报的噩耗，当下飞马赶回故乡来的，但还是晚了，母亲还是没能再看到他最后一眼，就溘然长逝了。此事给隽藻的心带来了极大的悲痛，此时菊花就听他跪在母亲坟前痛哭道："母亲去世时儿子不能回来，最后和您老人家一见，现在我不是官了，有时间陪母亲了，以后三年，儿子就能在这里陪伴母亲和父亲！"玉环听了，知道他决心已定，无声地站起，回头对菊花道："咱们回去，帮老爷把铺盖搬到这里来。"菊花点了一下头，扶着她一步一回头地走回村里去。这天，隽藻因为心中过于悲痛，又一次大口吐血，昏倒在母亲的坟前。众人七手八脚将他抬进草庐，放在一张草席上，忙了半日，才将他救醒回来。玉环闻讯赶来，看他病势沉重，急忙打发世长去请医生来看，安排菊花回到家中去熬药，自己则一直坐在一旁守着，眼中泪流不止。

翌日清晨，菊花又将一碗药从家里端过来，放在隽藻身旁，仍然回到一旁默默站着。玉环回头看她一眼，那是表示感谢的意思，菊花点点头，眼里忽然也涌出了泪花，跟着就急急地走了出去。玉环此时的身体也大不如前了，她将药碗端起，手却一直在颤抖，只好重新放下。这时宿藻正在隽藻身边低声说话："五哥，翁心存来了信，说自你辞官还乡后，黄爵滋大人也愤而辞官，李鸿藻、彭蕴章和翁心存也要辞官还乡了。"隽藻闭目不语，似乎对这些轰动朝野的新闻充耳不闻。宿藻难过地看着他，迟疑了一会儿，还是把后面的话说了出口："哥，我还听人说，方山寺的清风大师，就是五哥的恩师张观藜先生，怕也没有几天了。"隽藻猛地睁开眼睛，悲声叫道："你说什么？恩师他怎么了？"宿藻落泪，不再说话。

隽藻闻听清风大师病危，不顾病重和一身重孝，也不顾全家人的阻拦，坚持一定去方山寺拜见恩师。玉环担心，跪下去求他，等病好些再去，隽藻哭道："母亲去了，恩师再走了，祁隽藻也在世上活不了几天了，你们不要拦我。"众人无法，只好答应他。玉环在车内铺了几床被子，让他躺下去，宿藻亲自赶车，张牧也一起前去，一路照顾。马车当天就出发了，一路颠簸，午后才来到方山寺脚下。隽藻吃力地下了车，宿藻和张牧扶着他拾级而上，来到昭化院山门前，隽藻就跪下了，然后又从那里一步一跪地行至清风大师静室外，泪水涌出，大声言道："学生祁隽藻，叩见大师！"

静室内，跏趺而坐的清风已经很虚弱了，眼睛一直闭着，闻讯赶来的殷掌柜和做了和尚的柱儿在一旁侍立。听到隽藻的喊声，殷掌柜俯身在清风耳边道："大师，前军机大臣、户部尚书祁隽藻在外面给大师磕头。"清风已经多日无语，不进米食，听了此言，却突然激动起来，睁开眼道："什么，隽藻来了？"殷掌柜大声道："大师，祁大人有重孝在身，不敢进门，就在外面给大师磕头了！"清风急喘起来，怒道："世道如此，还这么拘泥于礼节，这些年读书，他没什么长进哪！唤他进来，老衲有几句话要……问他。"殷掌柜答应一声，连忙走出，引隽藻和张牧、宿藻三人进门。一眼瞅见清风，隽藻马上叩头在地，含泪唤道："恩师，祁隽藻来了，祁隽藻叩见恩师！"清风闭着眼睛，声虚音弱，道："祁隽藻，当年你出仕之初，曾来见过老衲，老衲送过你两句话，还记得吗？"隽藻一惊："恩师——"清风道："你不记得了，可老衲还记得，这八个字是，出生入死，有去无回！"隽藻急道："恩师，学生想起来了。"清风的声调忽然添了些激动和愤懑："当初老衲以为你既慷慨入仕，就不会再活着回来；当初你口口声声要救天下生民免于一场大难，可你要救的泱泱华夏之国，不久就要成为一片焦土和瓦砾！既然如此，你当初何必又要出仕？你既然没有死，今天为什么还要回来？"隽藻闻言心头大震，道："恩师，只是学生——"清风的语气虽细若游丝，却仍然异常激烈："你早年不听劝阻，读书不通，悟性不高，却口出大言，一定要以天下人之心为心，以天下人之命为命，以为用一己之心、一己之力、一己之智便可救天下，不但将自己一生置于那有去无回之地，还连累了老衲，不得不藏身于这深山老林之中、古寺深院之内……祁隽藻，既然今日要来，当日你又何必要走？"隽藻听了，心中大愧，流泪道："学生惭愧，学生有负恩师之望，有负天下之望。"清风"哼"了一声，又道："天下人皆以为老衲一世不去出仕，是为乾隆时期的《唐末文选》一案，其实他们错了。老衲明白自己心中没有天下，更不屑于以身许天下，即使身处庙堂之高，心也会在江湖之远。你心中只有天下，就是今天弃官回乡，也依然如同身在庙堂。天下生民忘不了你，朝廷中那些人怎能忘了你？既如此，你置身草野又与身居庙堂有什么不同！老衲一生弃绝天下，为的就是让天下弃绝老衲。你一生不能弃绝天下，天下怎么能弃绝你？你当初既选择了这条有去无回之路，就是想半途而废，也不能了！你今天可以置天下生民于不顾，但你能置你的心于不顾？"隽藻如醍醐灌顶，大声言道："恩师，学生明白了！学生请恩师教诲，学生该怎么做，才能一世有成？"清风正要回答，却又没有回答。柱儿看他，突然大叫："大师！"清风仍然坐着，却再也没了声音。殷掌柜伏地悲声大叫："大师圆寂了！"众人伏地痛哭，隽藻悲声大放。殷掌柜忽然明白了，哭道："原来大师一直不去，就是在等待今日与祁大人一见！"

夕阳残照，万山红遍。方山寺各寺院，一时钟声齐鸣，为一代大儒张观藜送行，也似为正在离开方山寺的隽藻送行。山风劲吹，林涛雷鸣。已回到山下的隽藻重新回头冲方山寺昭化院跪下，深深叩下头去。宿藻和张牧也跟着跪下叩头。隽藻满眼泪水，大声悲痛言道："恩师去了，世上又少了一位大儒。恩师直到弃世之日，仍然没躲开自己的一颗忧天下之心。恩师直到临终之时，也没有忘记给隽藻以教诲。有了恩师的这最后一番启迪，祁隽藻已经知道下半生该怎么度过了。恩师就在你喜欢的这青山绿水、日月星辰之间安息吧……"马车已经辘辘前行，车上的隽藻仍然频频向方山寺回首。夕阳终于沉没，天地间一片灰暗苍凉，方山寺上下各寺院的钟声仍在鸣响，一时间，隽藻就觉得，这茫茫宇宙之间，就只剩下了这震撼着天地和人心的钟声了。

5

清晨，琦善由薛管家引领，走进穆家书房，拜倒在地，放声哭道："奴才谢大人。不是大人一力主张，琦善今日仍在天牢里头关着呢。大人是奴才的再生父母！"穆彰阿转过身看着他，淡淡言道："你出来了就好。先给你一个正黄旗副都统的官衔，在家待一阵子，等天下有了大事，本官再奏明皇上，把你重新用起来。"琦善再三叩头，抹去脸上的鼻涕眼泪，喜道："奴才谢大人！"他爬起来，又恢复了往日的形容，谄笑道："大人，听说祁隽藻辞官回乡了，这个人还要留吗？"穆彰阿转身去拨弄笼中的黄鸟，哼了一声，回头言道："有些话本官可以告诉你，从现在起，只要有刺客杀了祁隽藻，不管是不是本官指使，皇上都会把罪名安在本官身上。虽然如此，本官今天却不怕这个了。今天的大清朝廷，已经与过去不一样了。今天皇上就是想除掉本官，也没那么容易了。"琦善听了，不敢言语。过了半晌，穆彰阿又道："不过，虽说皇上败了，本官总还要给他留点儿面子。暂时留下祁隽藻不杀，就是我穆彰阿给了他面子。但这不是没有条件的。皇上在位期间，不能再起用祁隽藻！这件事虽没说破，但本官心中明白，皇上心中也明白。"琦善击掌赞道："妙！让祁隽藻活着，却是为了不让皇上再起用他，大人的手段，奴才越发佩服得紧了！"穆彰阿盯着他道："可我们也不能对这个祁隽藻掉以轻心，最近山西地面上出了好几个缺，本官已经派了几个人去。祁隽藻安分守己地做草民便罢，若发现他哪怕有半点儿死灰复燃的情状，皇上的那点儿面子，本官也就不给了……对了，有件事你可能听说了，你在天牢里的时候，本官去看你，出来后遇上了刺客。多亏众人保护，本官还活着。这件事我让五城兵马司的人查到今天，也没有抓到刺客，更没有查到背后指使的人。"琦善奇怪道："大人，不是说那是江北灾民会的人干的吗？"穆彰阿冷冷一笑。琦善一拍脑门道："奴才明白了！这件事交给奴才去办，奴才办这种案子，最拿手了！"穆彰阿看了，叮嘱道："事情要做得机密，有了消息，先告知本官。我想知道，到底是谁，想要我的命。"

从方山寺回来，隽藻就住进了村外的草庐，为母亲守墓。江一鸣一直陪他住在这里。这一天，江一鸣正在草庐外闲坐，忽见一只信鸽飞来，落在自己面前，心中一惊，看左右无人，急忙将信鸽抱至草庐之后，从信筒内取出密信，看了一遍，面色急变，浑身不觉颤抖起来，原来这封密信上，只写了这样一行小字："江大哥，师傅被人设下毒计暗杀，快来救妙真！"江一鸣知道，此事一定是江北灾民会所为。自从上次在扬州城外运河之上再次成功地阻拦了他们行刺隽藻，江湖上就传说姚一镖诸人痛定思痛，认为二十年来不能令妙真就范，且历次击杀祁隽藻不成，根子就在妙真身边有一个天下无人能敌的李清玄，而隽藻身边则一直有一个由李清玄及众多徒弟保护的妙真。灾民会若要杀隽藻除妙真举大事，必首先除掉李清玄。这个黄昏，江一鸣看过妙真求救的密信，放走信鸽，极力抑制住自己的悲痛。正在思索如何告知隽藻，去救妙真，忽就听到草庐内隽藻正在唤他。江一鸣不知何事，定了定神，走进草庐，躬身侍立。隽藻并不看他，目光遥遥望向草庐外的远天，缓缓言道："江大哥，多年来你我朝夕相伴，隽藻从来也没有问过你从哪里来，过去与什么人相识，今天也不想问。我只想求你一件事，哪怕走遍天下，也要找到妙真，替我告诉她，祁隽藻已经离开朝廷，就是想接着为她也为我们祁家查清冯祁两家的冤案，暂时也做不到了。"江一鸣心中一动，默然无语。隽藻停了停又道："但是祁隽藻要请她一定不要灰心。祁隽藻既然能在天下找到第一个证人，就能找到第二个证人，那时保胜死前留下的证词就不再是孤证。以后的日子里，我要等，她也要等。一定要等到真相大白的那一天！"

江一鸣心情激动，道："大人莫非是要江一鸣离开大人？"他正担心不知如何辞行，此事正好让他有了机会。隽藻道："江大哥，见了妙真，一定替我谢她多年相救之恩。祁隽藻早就知道，她一直没有加入江北灾民会，去点燃那场烧遍天下的大火。祁隽藻希望她也能在隽藻弃官还乡之后仍然这样做。江大哥，只要祁隽藻不死，天下就未必不能救。"江一鸣点了点头道："大人所言极是。"又担心道，"大人，江一鸣去了，万一再有人要来加害于大人——"隽藻阻止了他的话，摇头道："江大哥放心，祁隽藻如今已是一介草民，这条命已经不值得那些人杀了。以后的日子里，我知道该怎么做。"江一鸣心急如焚，立马站起拱手道："大人的心意，江一鸣明白了。大人保重，江一鸣去了！"隽藻翻身跪下，叩头在地："江大哥临行之际，祁隽藻也给你磕一个头，谢你多年的救护之恩！"江一鸣急忙含泪上前，将他扶起，最后一次躬身拱手道："大人多多保重。江一鸣去了，没有意外之事，一定早早赶回。"

6

这是黎明前最黑暗的时刻，在皖南深山区一座茅舍外，妙真及李清玄众徒弟都身戴重孝，环护在李清玄的灵车周围，人人神情仓皇。妙真心中悲戚，大声言道："各位师兄师弟，今夜咱们就在此稍作歇息，等待与江大哥会合。"自师傅李清玄在一家野店被姚一镖用毒酒害死之后，他们已经在这片山区内为躲避灾民会的追杀急奔了三天三夜，人困马乏，再也走不动了。众人听了这话，当下将李清玄的灵柩移至茅舍之内，各自就地歇息。妙真在周围放了斥候，也在茅舍内师傅灵柩旁昏昏睡去。

姚一镖已带灾民会众人在山上林中潜伏多时。望着谷中的茅舍，姚一镖不觉冷笑一声。吴长老道："冯妙真也有山穷水尽的一天。大哥，动手吧！"众人看姚一镖，姚一镖摇头道："等一等，诸位少安毋躁！"话没落音，就听一串马蹄声从山下小路上响起。众人朝山下望去，但见一人飞马驰来，直奔谷中茅舍而去，由于是长行，人马尽湿。姚一镖此时方道："江一鸣果然来了。咱们兵分两路，薛、吴二位长老，你们带自己的人马下山，围住草舍，不要让冯妙真跑了。陈长老跟我带自己的人下去对付江一鸣，今天务必了结我会与这伙人的恩怨！"吴长老这才大悟："原来姚大哥这几日留下冯妙真不取，就是要借她的手引江一鸣前来就死！"姚一镖不再说话，提刀在手，就往下走。众人立刻跃起身，分成两股，杀下山去。

山上响起的脚步声早已惊动了谷中茅舍里的妙真，她一下惊醒，大叫一声："不好，准备迎敌！"吴长老、薛长老转眼已带人杀至茅舍门外，李清玄众徒弟被惊醒，与来敌杀成一处。这同时姚一镖和陈长老也在山谷小路上截住了江一鸣。姚一镖的手一抖，一支镖划破暗黑的夜色，直向江一鸣心窝处飞去。江一鸣听到声音，心知不妙，立时一踩马镫，一个"鲤鱼倒穿波"，瞬间飞离马背，电光火石之间，打出一枚暗器，与飞镖撞在一起，那飞镖登时变了方向，"砰"一声打在一棵大树上。与此同时，那马长嘶一声，趵起后蹄，耸身接住江一鸣。江一鸣怒喝一声"卑鄙"，一刀劈向逼近的姚一镖。姚一镖急忙横刀向上挡住。江一鸣的心不在这里，撤回刀，纵马向前面杀去，试图冲出重围，奔向草舍，去救妙真。

草舍外，吴长老、薛长老带人正步步进逼，李清玄众徒弟且战且退，渐渐不支。灾民会众人趁机大喊："不要放走了冯妙真！"薛长老也大声喊道："姚大哥有令，不要伤了冯妙真，要拿活的！"一个喽啰喊道："长老，杀了算了，为什么还要留下她？"薛长老怒道："杀了冯妙真，如何向天下灾民交代？一定要抓活的，将她控制在我们手里，听我们的号令！"草舍内，妙真持剑在手，听到外面的喊杀声，脸色一变，对暖儿言道："不好，是我害了江大哥！"暖儿道："小姐，姚一镖怎么会知道这个地方？一定是出了奸细，咱们快走！"妙真道："不行，我们走了，江大哥怎么办？这些师兄师弟怎么办？"暖儿急道："小姐怎么还不明白，师傅一死，众人的心早就散了，有人一直私下串联，要投奔灾民会。小姐现在不走，就来不及了！"妙真流泪，愤然道："就是走，我们又能走到哪里去？天下虽大，哪里是我冯妙真的立足之处！"她回头向李清玄的灵柩一拜，哭道，"师傅，徒儿今天跟他们拼了这条命，为师傅报仇！"说完这番话，一把拉开屋门，杀将出去，暖儿见了，也急急忙忙拔剑在手，紧随其后，去保护妙真。

那边山谷中，姚一镖、陈长老数人紧紧缠住江一鸣，不让他靠近草舍。江一鸣以一敌众，不落下风，却也无法靠近茅舍。陈长老起了爱才之心，脱口赞叹："果然好武艺！姚大哥，李清玄已死，若是能将江一鸣收服，将来一旦举事，可济大用！"姚一镖点头道："有理！"手下刀不觉一缓，江一鸣看得明白，立马虚晃一招，口中一个呼哨，那马扬起四蹄，冲出重围，直向草舍而去。

草舍前，妙真和暖儿正奋力拼杀，但见剑光闪处，鲜血飞溅。江一鸣飞马杀来，下马大叫："小姐，今天非同寻常，江一鸣留下，小姐快走！"灾民会的人慑于江一鸣骁勇异常，一时不敢上前。妙真流泪大叫："不，要死我们死在一起！"这时，姚一镖等人已经追了上来，江一鸣将马缰交给暖儿，迎住姚一镖厮杀，头也不回道："小姐快上马，不然来不及了！祁大人要小姐一定要不改初心！"妙真流泪上马，道："我走了，你们怎么办？"江一鸣一刀逼退姚一镖等人，一手将暖儿托上马背，猛地一掌击在马臀上，那马疼得长嘶一声，冲向身后一条窄窄的山道，飞奔而去。姚一镖见状大叫："快拦住冯妙真！"众人正要追赶，江一鸣飞身一跃，挡在路中间，撕下上衣，做出一夫当关的架势，目眦尽裂，叫道："来吧，杀了江一鸣，你们才过得去！"灾民会众人一时被他镇住，愣在那里，不敢上前。抬头再看，那马已经驮着妙真和暖儿，消逝在莽莽苍苍的山林之中。

7

平舒村外，祁家草庐内，隽藻身体已经恢复了些，独自坐着。宿藻和张牧抱着许多书走进来。隽藻抬头看见，生气道："谁让你们把书抱过来的？"宿藻一惊，看他道："五哥既要在这里为母亲守孝，我和张牧想着……"隽藻举手打断他的话，道："从现在起，我不再是一个读书人了，我只想做山西寿阳平舒村的一个农夫。要是有种地的书，拿来给我看看无妨。这些科举入仕的人念的书，都给我拿走，以后别叫我再看见它们！"宿藻不知道出了什么事，回头看张牧。张牧闭了眼睛道："五哥既然这么说，咱们就抱回去吧！"

从此隽藻就一心一意地当起农夫来，每天一身农民的打扮，在草庐外的农田里学做当地人都要会做的农活。这日歇晌时，隽藻请乡亲们在自己家的草庐前坐下来，从水罐里倒水，一一端过去给大家喝。众乡亲连忙道："祁大人，这可使不得，我们自己来。"隽藻笑道："谁还是大人？你们别骂我了！今天请你们来，是想请教今年这地该怎么种。你们知道，我们家人口不少，全靠这五十亩坡地的收成，我又是个半路出家的庄稼人，你们得好好教教我农活，有什么窍门都说出来。另外我还想把咱们寿阳本地的耕作经验写一本书，既留给自个儿，将来有钱了刻出来，还能留给后人，让他们知道怎么种地。你们说，这件事怎么样？"乡亲们都惊喜道："哎哟隽藻，你要是做了这件事，可是功德无量啊！"一位老农言道："隽藻，今天听了你这番话，我才相信你是真的下决心不想去朝廷里做官了。"隽藻摇摇头道："不去了不去了，再也不去了！哎，说说吧，先说咱这寿阳县，古往今来最适合种什么庄稼。"他一边说，一边取出纸笔记录。

也就从这天开始，无论是家里人还是全村人，都知道隽藻在做一件大事。白天，他一边干农活，一边去请教老农，到了晚间，为母亲烧过纸钱之后，他就坐在草庐里，把白天记录下的零星资料一条条整理出来，贴在壁上。日子久了，那壁上贴的耕作经验和农谚越来越多，一层贴满，上面又贴一层。他已经给这本书取了一个名字，叫作《马首农言》。玉环不懂，问他为什么起这个书名。隽藻笑道："这你就不懂了，寿阳古称马首，我写的就是一本寿阳当地的农书，所以叫这个名字。"刘氏去世之后，玉环又要操劳家事，又要照顾一家大小，身体一天不如一天，老是咳嗽，渐渐地菊花就成了她每日离不了的帮手。这天玉环和菊花又来到茅舍，隽藻以回家取纸为由将菊花支开，对玉环道："怜儿已经嫁了。菊花跟张牧的事，我一直没来得及问，你又跟三姐说了吗？"玉环叹气道："说是说过，三姐还是不愿意痛快地答应。她还是想等张牧后年中了举，大后年去参加京城的会试，会试完了再说。"隽藻道："我明白三姐的心思。她现在把张家的全部希望都寄托在张牧身上了，她还是想等张牧中了进士，在京城结一门好亲事。张牧是怎么想的呢？"玉环道："张牧这孩子是个正人君子，他对菊花一眼都不看呢。"隽藻想了一想又问："菊花呢，菊花是怎么想的？"玉环道："她怎么想的？她说母亲在世时已经认下了她这个女儿，母亲去世了，她也要守孝三年，不论婚嫁。"隽藻断然道："这可不行！她已经不小了，不能总留在咱们家里。张家这门亲事若是不成，就托媒人另外去为她寻一个好人家。"二人刚刚说到这里，冷不防菊花就走了进来，将纸放下，生气道："我就知道，把我支走，你们俩又说我的事！菊花再说一遍，你们是母亲的亲人，我也是！你们要守孝，菊花也要！要菊花嫁也可以，三年大孝过后，菊花就……嫁给老爷！"

隽藻和玉环大惊失色，这太出乎他们的意料，两个人一时愣在那里。菊花表情却十分平静，转身就走开了去。隽藻醒过神来，站起身喝道："菊花，你回来！"菊花站住，却不回头，隽藻怒道："你刚才胡说什么！这种话也是能随便乱说的吗？"回头看看玉环，"你看看这闺女，她一定疯了！"玉环却死死地盯住他看，面色苍白。隽藻大惊道："你又怎么啦？"玉环浑身打战，说不出话来：

"你……"菊花道:"哎,你们要是没事,我就走了。"她像个没事人一样走掉了。玉环憋了半天,才把话说出来:"祁寯藻,你和她到底怎么了?她那么小,你都能做她的父亲了!"寯藻急上前一步,抓住她的手,叫道:"哎呀你又胡猜些什么!祁寯藻这辈子是什么人你还不知道?"说到这里,他的眼泪忽然淌下来,喃喃自语:"我这辈子就是不能做天下古今的完人,我连个正人君子都做不到吗?"玉环猛醒,后悔起来,闭上眼睛,将脸伏在寯藻怀里哭泣道:"老爷别生气,是我……是我被这丫头气糊涂了!"寯藻气还是不平,道:"不行,一定得赶快给她找个好人家,马上嫁出去!"玉环抬头流泪道:"她一个连来历都不清楚的人,这一时半会儿的,到哪里能给她找到个好婆家?又有哪一户好人家愿意娶一个像她这样连来历都不明白的媳妇。"寯藻听了,坐下叹道:"这就难了。菊花这丫头命苦,总不会一直养在我们家吧?"玉环叹道:"张牧不娶她,宿藻的媳妇早下了定,连咱家的人都不能娶她,还有哪一家人愿意娶她?再说了,菊花这丫头,别看她来历不明,眼界却十分的高,她说不定真是大户人家长大的小姐呢。咱乡下的小门小户,她还正眼也不瞧呢。你就是帮她找到一户愿意娶她的,她要是不答应,你还能把她捆着塞进花轿?"寯藻听了,皱着眉头,不再说话。

转眼就是三年。寯藻走遍寿阳全境,寻访了上千位经验丰富的老农,终于写成了《马首农言》。这部书还未刻印,早被人传抄了去,流散开来。这本书也惊动了那些一直盯着他的人。穆彰阿的书房里就放着一本《马首农言》的手抄本。这天他特意把琦善叫来问:"这本书拿去让人看了吗?他们怎么说?真是一本农书?"琦善道:"奴才拿去让翰林院的人看了,那帮穷酸都说,这是一部地地道道的农书,都赞叹写得好呢!"穆彰阿听了,沉吟不语。这时薛管家来报:"大人,新任礼部郎中胡沅浦来了。"穆彰阿心中一动,道:"好,他来得好,让他进来。"琦善起身道:"奴才眼下这个嘴脸,还是不与他相见吧?"穆彰阿道:"也好。"

琦善闪身躲进内室。胡沅浦身着新官服,进了门就趴下磕头道:"学生给恩师请安。"穆彰阿换了一副面孔,笑道:"起来吧。沅浦,本官这次特意向皇上举荐你,让你去山西督察学政,你可要好自为之呀。"胡沅浦爬起,躬身拱手道:"恩师奖拔之恩,学生没齿不忘。"穆彰阿看着他,满脸笑意没有掩盖住深沉的目光:"你是我的学生,又满腹经纶,是个治国的人才,将来本官奖拔你的日子有的是呢。对了,今天叫你来,是有件事托付给你。到山西后,你代皇上和本官去寿阳县走一遭,看望看望朝中的老臣祁寯藻。本官记得不是太清楚,当年你进京会试,他好像也是你的座师?"胡沅浦听了,急忙回答道:"学生回恩师的话，学生当年进京会试，恩师是正主考官，祁大人是副主考官。"

　　穆彰阿"啊"了一声，道："哎呀，这事我竟然忘了。说得不错。"一边说着，一边回转身来，将《马首农言》拿起，道："沅浦，读过这本书吗？虽然只是手抄本，可听说近来流传甚广，连皇上那里也有一本呢。"胡沅浦接过书看了一眼，急忙双手高举，还了回去，大声答道："回恩师的话，这本书学生读过。"穆彰阿故做吃惊状，道："原来你也读过！真没想到，祁大人回到寿阳，竟成了一个种庄稼的行家。沅浦，听说你出身农家，人都说这是一部了不起的农书，你怎么看？"胡沅浦做不卑不亢、极其诚恳状，道："恩师，学生以为，《马首农言》是近百年来大清出的最好的一部农书、奇书，若朝廷出银子刻印这部书，让它在北半个中国流传，千万农家都将因这部书受益。"穆彰阿听了，不置可否，将那本书扔在案上，回头盯着胡沅浦，突然道："沅浦，你读书甚多，自然懂得'韬光养晦'这四个字的意思吧？"胡沅浦并不吃惊，也不回避，急忙拱手道："恩师，学生以为，恩师若是读过这本书，一定会发现，祁大人一心农学，不是假话，你看这本书里，举凡山西寿阳的地理、气候、农器、农谚、五谷、病害、粮价、物价、水利、畜牧、耕作技术……林林总总，凡与农事有关的学问，应有尽有。恩师以为什么样的人才能写出这样一本农书？"穆彰阿笑道："沅浦，你这是考我呢。你说，什么样的人才能写出这样一本农书？"胡沅浦也笑了，道："恩师，一心一意钻研农学、整天想着怎么种好庄稼的人才能写出这样一本书，三心二意的人一定写不出这样的农书。祁大人虽然辞官还乡，但还是没有忘记教导天下人如何种田。所以学生以为，用'韬光养晦'四个字形容祁大人并不准确，倒是可以用一句古诗描述他今日忧国忧民的心境。"穆彰阿看着他："哪句古诗？本官却要领教！"胡沅浦道："'中心存之，何日忘之！'"穆彰阿默默地望他，突然大笑起来，道："啊，沅浦，你认真了，本官刚才说那句话，不过是想开个玩笑。见了祁大人，代皇上和本官致意。三年了，本官并没有忘记他。还有，告诉他本官也读了他的《马首农言》，以为写得好，还有他为明朝时山西寿阳知县蓝尚质写的《蓝公教织歌》，歌颂这位知县体恤百姓，让寿阳人学会了种棉和纺织，也写得好。本官打算请皇上下旨，将它们刻印出来，颁行天下。"胡沅浦又趴下去磕头，道："学生领命，学生去了。"穆彰阿摆手，道："你去吧。"胡沅浦起身告退。

　　穆彰阿想了想，又把他叫住了，道："自从祁隽藻辞官回乡后，朝中他的那些门生和同党之人，譬如黄爵滋、李鸿藻、翁心存、彭蕴章，不是相继辞官，就是自请外放，全离开了朝廷，你也算是祁隽藻的门生，为何就没有上折子离开朝廷？"胡沅浦似乎吃了一惊，重新趴了下来，道："恩师，学生可以直言吗？"穆彰阿道："自然。你是祁隽藻的门生，更是本官的门生，为何不能直言？"胡沅浦道："学生狂妄，以为天下有事，大人必用天下之器。学生没有离开朝廷，因为学生自认为是天下之器！"穆彰阿心头一震，默默看了他半晌，方道："好。本官明白了，你去吧。"

胡沅浦走了，琦善也从内室走出，发现穆彰阿仍默默地望着胡沅浦走去的方向。他看了穆彰阿一眼，冷笑一声道："大人，这个人倒是直言不讳。"穆彰阿一惊，回过头来，皱眉不语。琦善又道："大人，胡沅浦在外面自称是大人的门生，却对祁隽藻心有戚戚焉，大人告诉奴才，他到底是谁的人？"他没想到，他这句话竟让穆彰阿勃然大怒，道："你问我，我问谁去！"琦善被他吓了一跳："那……"穆彰阿让自己平静下来，道："他也许是我的人，也许不是，更大的可能是他谁的人都不是，他只是他自己。"琦善道："这个奴才就不懂了，既然大人怀疑他不是咱们的人，何不趁着他如今官卑职小，将他废了，万一将来他羽翼丰满，成了气候——"他没有说完，穆彰阿复又大怒，道："你以为本官真能一手遮住天吗？我杀得了一个胡沅浦，杀得了天下的胡沅浦吗？你怎么就知道，万一将来天下有事，胡沅浦不是本官能用来平治天下的那个人。你们这些人，本官也用过，行吗？"琦善听了，默默无语。

第三十二章

弃仕途张牧走西域　遇故人含黛感挚言

1

　　隽藻为母亲守孝三年，鬓发斑白。孝满当日，隽藻带一家人给刘氏上祭。玉环身体愈发显得虚弱，手扶着隽藻站起，吩咐菊花把隽藻的铺盖搬回家去。隽藻离开草庐，又下意识地向远方望去，讷讷言道："江大哥走三年了，还没回来。"这时的隽藻，从头到脚已彻底农夫化了，日出而作，日落而息，看不出半点天下大儒的味道。但是有一天，他的心又一次被扰乱了。那天中午，他躺在田间一瓜棚内假寐，宿藻抱着一摞书走进来。隽藻爬起，一本本拿起来看，道："《孟子》，不看！《论语》……我说过找本闲书来看，不是说要看这些书，我说过再也不看这样的书了，干吗还给我拿来？……咦，《瀛环志略》，这什么书？过去没读过啊。"忽然一拍脑门，"对，想起来了。这是前漳州道道台徐继畬的书。这本据说是胡说八道的闲书留下，别的书都搬回家。"说罢，躺到床上去看那本书。

　　不想就看进去了。等到午后张牧为他提水过来，隽藻正在瓜棚里生气。张牧见了惊奇，道："五哥，你这是跟谁生气呢？"隽藻手指那本被他扔到地下的书，怒道："跟这本书！这个徐继畬，写了什么东西！他居然说宇宙不是天圆地方，世界是个球形，就像个西瓜，中国也不是世界的中心，英格兰、法兰西、俄罗斯也不是环绕在中国四周的蛮夷，他还说英格兰这个国家，比中国还要文明！"张牧望着他，突然道："万一他说的没错呢？"隽藻生气道："你知道什么，跟着胡说！"张牧把手中的水壶放下，索性坐下，道："五哥，就说你们平舒村后面的那座大墓，有人说是赵简子的墓，也有人说不是，还有那座东郭先生墓，也有人说不是。这些眼前的东西我们还搞不清楚呢，英格兰、法兰西、俄罗斯的事情就一定知道得那么清楚？既然不知道，怎么能说人家书里写得不真？"隽藻一怔，要反驳却又找不出词儿来。张牧意味深长地看他道，"五哥，你就从没有想过，几年前那场鸦片战争的失败，除了你知道的原因，是不是还有你不知道的原因？"隽藻不禁反问道："什么原因？"张牧道："这部《瀛环志略》张牧读过了，虽然我还不能断定书里讲的都是真的，可还是大开眼界。五哥，张牧现在只问你一句话，万一徐继畬在书里写的事情都是真的，我们中国人祖祖辈辈认定的那个天圆地方的世界就是假的！这就说明，可能我们连自己住在一个什么样的世界里都不知道，你不觉得这太可怕了吗？"隽藻听了，脸色登时一变。张牧也不理他，转身站起，走了回去。

当天夜里，早已睡着的玉环突然被隽藻的声音吵醒了。睁开眼看，发现他手里还捧着那本《瀛环志略》，一脸的焦急，大声言道："不行！这件事情太大，皇上一定要看这部书！朝廷里大大小小官员，都要看这部书，天下人都该看看这部书！"

半个月后的一天上午，隽藻正在上房内枯坐。世长一溜烟地跑进来道："爹，爹，朝廷里来人了！"隽藻不动，也不惊讶，道："谁来了？"世长道："新任礼部郎中、督察山西学政胡沅浦胡大人，这会儿在咱们村外面下了轿，步行朝咱们家来了。"隽藻闻言，高兴地站起来："好好好，沅浦来了，太好了！快去找你娘，让她把那部《瀛环志略》包好，我这里正想托一个合适的人，把这部书送给皇上一读呢。"世长听了，就要离去，隽藻忽然想起了什么，脸上的笑容陡然敛去，道："不好。世长，你你你快出去迎一下沅……胡大人，就说祁隽藻现在是一介农夫，所有朝廷来的官员一概不见！"世长醒悟，答应一声，急忙跑出去。赶到村口，胡沅浦已经大步走了过来，后面有寿阳知县王朝一相陪。世长匆匆迎上前去，跪拜在地，道："草民祁世长，拜见胡大人！"胡沅浦一惊，站住问道："你是谁？"世长回答："草民是祁隽藻之子祁世长。"胡沅浦惊喜地看着他："世长，原来是你？你都长这么大了！还认得我吗？"世长一脸肃穆，答道："回大人的话，草民奉父亲之命禀明大人，大人若是去草民家里见草民的父亲，草民的父亲说就不必了。大人请回。"胡沅浦一惊，失望地回头看了看王朝一。王朝一上前言道："启禀大人，据下官所知，祁大人回乡多年，一心务农，朝廷大小官员来拜见者一概不见，就连下官想来见他一次也不易呢。"胡沅浦心中明白隽藻不愿见他的原因，一时就做出万分遗憾之相，对世长道："既然恩师不见，胡某恭敬不如从命。世长，回头奏明恩师，学生来山西之前，穆彰阿穆大人特意要学生代皇上和他向恩师致意，说皇上和他都没有忘了恩师。恩师写的《马首农言》，皇上和穆大人都拜读过了，觉得好，马上要刻印出来推广到全国呢。"世长仍然跪着，磕头道："草民祁世长代父亲谢皇上、穆大人和胡大人！"胡沅浦一时流出了眼泪，叹道："胡沅浦既然不能面见恩师，就在这里给恩师磕个头吧。"说着，他跪倒在地，恭恭敬敬地冲着祁宅所在的方向磕了一个头，起身掸掸官衣上的尘土，回头对王朝一道，"恩师执意不见，那咱们就走吧。"王朝一也无语，与众亲兵衙役簇拥着他又朝村外走去。

世长见胡沅浦一群人走得远了，一溜烟回到家里，见隽藻仍旧闭目坐着，眉开眼笑道："爹，胡大人叫我给糊弄走了。"隽藻眉头紧皱，也不睁眼，突然道："世长，上次我让你托人去咱们山西五台县打听那个写《瀛环志略》的徐继龠，你打听到了吗？"世长被他提醒，道："打听了。徐大人当年千里迢迢去福建做官，任满后因为没有银子还乡，又想等朝廷起用，一直滞留在当地，这不一眨眼三四年过去了，因为没银子补不了官，只好带着家眷回了五台老家。爹，他们都说徐大人可惨了，没有官做，家里又没有地种，只好干起了沿街卖卦的营生。"隽藻指着桌上的一个包袱道："赶快去五台县找他，找到以后，把这部书还给他，让他现在就去太原府，求见并且将这部书送给署理山西学政胡沅浦胡大人，让胡大人主持完太原府的乡试，帮他带回京城，呈送皇上。"世长答应一声，要走又回头："爹，他要是问我是谁，怎么办？"隽藻道："这部书怎么到了你手里，你是谁，这些你一个字都不能说。"

2

胡沅浦在山西寿阳平舒村吃了祁隽藻闭门羹的消息，由一封来自山西的密信传到穆彰阿耳朵里，穆彰阿半晌不语。薛管家走进来道："大人，这里有一个单子，是吏部送来的，江南数省这次出缺了不少位子，他们拉了一个单子给老爷过目。"穆彰阿也不看，接过去丢在案上，问："都是我们的人吗？"薛管家道："当然。"穆彰阿坐下来喝茶，道："江南鱼米之乡，这些人到了那里，一定如狼似虎。他们懂得规矩吗？"薛管家笑道："这个他们自然知道。"穆彰阿望着窗外的风景，道："我们家也没有多少亲眷，就是银子在家里堆成山，也花不了几个。要的就是个规矩。"薛管家谄笑道："知道，给他们说过。"穆彰阿摆摆手道："那好，拿去让吏部办吧。"薛管家喜笑颜开，拿起单子就朝外走。

穆彰阿又叫住他，问："佛库伦怎么样？最近你去见过她吗？"薛管家道："啊，姑奶奶回京城后，一直住在宣武门外一所民宅，奴才去了几回，都让她骂回来了，说没咱们这一家亲戚。"穆彰阿想了想道："我问的不是这个……琦善怎么说？"薛管家低声言道："啊，老爷，琦善来过，他没查出什么。我说老爷，有句话不知当说不当说。"穆彰阿道："说吧。"薛管家的声音更低了："老爷要是怀疑当年刺杀老爷的人是姑奶奶指派的，这也太……"穆彰阿涨红了脸，回头瞪着他，怒斥道："我只是让琦善去查查，谁说刺客是佛库伦指派的了？这话本官说了吗？"薛管家一时面如土色，急躬身道："老爷息怒，奴才失言了！"穆彰阿恨道："滚！"薛管家急忙退出，穆彰阿又一瞪眼："回来！"薛管家走回来，战战兢兢道："是，老爷！"穆彰阿道："有一个人，要用起来！"

薛管家改不了自作聪明的毛病，忍不住接口道："老爷说的一定是胡沅浦。"穆彰阿这次倒是没有呵斥他，沉吟有顷，反问道："你怎么知道我说的会是胡沅浦？"薛管家笑道："奴才也是瞎猜。既然祁隽藻不愿意见这个胡沅浦，老爷何不干脆以假当真，将生米做成熟饭，那时祁隽藻对他不生疑也要生疑，不疏远也要疏远。连老爷都说，胡沅浦是个人才，就是他不想做老爷的人，老爷也让他做老爷的人。"穆彰阿听了，半晌言道："胡沅浦现在只是个五品官，刑部缺个侍郎，正二品，等他从山西回来，让他连升三级，去做这个刑部侍郎。"

3

转眼又是早春，又到了朝廷大考之年，此前数年间，宿藻和元白先后都中了举，这时二人私下商量好了，一起来见隽藻。隽藻正在上房里面壁默坐，二人进来，也不回头。宿藻和元白相视片刻，宿藻还是鼓起了勇气道："哥，有件事……今年我们俩想一起去京城试一试。"隽藻听了一惊，头也不回，断然道："不，你们不能去！"元白不服，问道："为什么？"隽藻不想说出内心的真实想法，只道："你们……你们考不上。"宿藻听了生气，道："你怎么知道我们考不上？就是考不上，我们也想去试一试！"隽藻猛然回头，动怒来道："不让你们去，你们就甭去！"宿藻听了，明白他心里想的是什么，大声道："五哥，你也甭把我们都看小了！天下兴亡，不是五哥你一个人的责任！宿藻想去科举，是也想像五哥那样，为天下生民立命！"隽藻喝道："住口！你知道什么？如今大清朝廷里贤人远去，奸人当国，满朝文武，尽是民之盗贼，你们去了，就是侥幸得中，也不过是与他们同流合污。是去做贼，不是去做官。为生民立命，说得容易，你们不行，还是待在家里和我一样做个干干净净的农夫吧。"

等了一会儿，见两个人都不说话，元白突然大声道："五哥，元白去科举，不是为天下人，是为自己！"隽藻和宿藻俱吃了一惊，回头看他。这时两行泪水从元白脸上流下来，二人听他高声说道："五哥、六哥，元白知道，五哥、六哥也知道，元白不姓祁，元白是个弃儿，是母亲和哥嫂收养了元白，元白虽然感激母亲和哥嫂的养育之恩，可元白心中也忘不了另外一个亲人！"隽藻浑身一震，那颗心就刀割似的疼了起来。元白接着哭道："五哥当年做学政时，元白曾与这个失散的姐姐见过一面。从那天起，元白心里就再没忘记这个可怜的姐姐！"宿藻并不知道此事，瞪大了眼睛望着隽藻，要问什么却没有问出来。隽藻坐在那里一动也不动。元白一时声泪俱下："从小到大，元白一直等着姐姐，盼着姐姐，可是她没来！元白一直以为她是觉得元白身在祁家，不好前来相认。元白多年用功读书，就是为了有一天能金榜题名。只要元白做了官，天下人就都会知道元白的名字，那时我那苦命的姐姐，就一定能找到元白，和元白团聚，不再流落江湖。"宿藻看着隽藻，大声叫起来："哥，这到底是怎么回事？"隽藻沉默半响，突然大声回头对元白怒道："就是你真有个姐姐，可你怎么知道她就愿意让你入仕做官，不，是让你去做一个害民的贼？"元白决心已定，拭去泪水，叫道："五哥，元白就是去做官，也一定会做一个好官，决不做一个贼！"

隽藻终于转过身来，伤心地望着他们道："这么说，我今天怎么拦也是拦不住你们了？"宿藻和元白一起道："是！"隽藻问："张牧呢？去年太原府乡试，张牧也中了举人，这次他也和你们一起去京城会试？"宿藻道："五哥还不知道？为了张牧去乡试和会试的事，三姐都上过两回吊了。"隽藻听了这话，一颗心又剧痛起来，怒道："走，还不快走！别让我再看见你们！从此以后，你们去科举，去做官，做害民的贼，我做我的农夫，井水不犯河水，你们也不要再认我这个五哥！"

村外草庐旁，张牧独自吹箫，音调凄切悲凉。隽藻走来，默默地看着他。张牧听到了背后有脚步声，将箫声停下，并不回头。隽藻走过来，在他身旁坐下，眺望远方，眼中突然涌出泪花。张牧也不说话，又拿起箫来吹。一直隐身在草庐后面的蕴藻闪身出来，站在二人身后，紧张地盯着他们。隽藻来时有一肚子话要说，这时也无法说出来了。张牧从唇边取下那支箫，突然言道："五哥请回，张牧就是一心想做张观藜，也要先给大哥大嫂留下一碗饭吃。"隽藻听了站起，也无话，转身走回村去。那涌满蕴藻眼眶里的泪水这时却大串大串滚落下来。

夜晚，隽藻独自坐在内室，神情悲愤。玉环和菊花拿着洗净晒干的衣被走进来，菊花放下东西，看隽藻一眼，转身走出。隽藻伤心地对玉环道："张牧也要去京城会试了。"玉环看着他，没说话。隽藻问："他和菊花的事情，你又跟三姐说过吗？以前菊花不愿谈这件事，是因为母亲生前认下她做女儿，她要给母亲守孝，现在三年孝期早就满了，这件事该办了。"玉环无力地坐下，半响道："以我的意思，这件事眼下就别再提了。好在会试的日子也不远了，一旦张牧中不了进士，我再跟三姐提这件事，那时她怕就不会不答应了。可万一张牧中了，事情就难办了。"隽藻张口要说什么，又止住了。这时世长走进来，隽藻伤心地看着他，道："他们都去科举，去做贼，为什么不随着他们一起去？"世长笑道："爹不去，世长也不去。"隽藻道："你就不想金榜题名，为官做宰，光宗耀祖，做人上之人吗？"世长道："爹不想，儿子就不想。儿子愿意一辈子陪爹在家里读书种田。"听了这话，隽藻突然泪流满面。看他心中悲愤，世长又道，"爹，你甭担心，六叔他们中不了的。"隽藻一惊道："你怎么知道？"世长道："他们中不了，因为他们是爹的兄弟和亲戚。"隽藻深深地望世长一眼，勃然大怒："中不了……你小小年纪，怎么知道天下罗网之重，陷阱之深，怎么知道他们就中不了？他们只要去应试，就因为我，说不定也能得中！"他一边说，一边气愤地将手边一件东西扔到地上。

4

去年冬天从山西回到京城，胡沅浦料到穆彰阿一定会传见他，没想到这个日子竟拖到开春之后。到了穆府，胡沅浦进门就趴下去磕头，高声言道："学生胡沅浦叩见恩师！"穆彰阿也不让他起来，指着案上那本《瀛环志略》道："胡沅浦，你长能耐了，这就是去年冬天你从山西回来，偷偷地送给皇上看的书？事先为何不让本官知道？"胡沅浦十分平静，高声言道："恩师息怒！这本《瀛环志略》，是前漳州道道台徐继畬在太原府送给学生，让学生转呈皇上的。学生本想先呈送给大人一读，但学生粗粗地看了一遍，发现其中多有悖逆圣人之论之处。恩师日理万机，一来学生不敢以这种小事打扰恩师；二来学生还有一点儿顾虑，万一学生帮徐继畬求恩师将此书呈送皇上，皇上看了大发雷霆之怒，学生就是让恩师代学生和徐继畬受过了，所以——"穆彰阿听他说得有理，心中的火气登时小了不少，转嗔为喜道："原来是这样。虽然你的心是好的，可皇上还是发了火，认为这书胡说八道。这个徐继畬，竟敢说我泱泱华夏之国不是位于世界之中，还让英格兰、法兰西、俄罗斯这等四夷之国与我平起平坐。皇上说了，虽然大清国在鸦片之战中打了败仗，可我们到底是天朝，天不变道亦不变，写这种书的人，就该杀头！"胡沅浦做出一副猛然醒悟大为吃惊的样子道："哎呀，这学生倒没想到。恩师，学生疏忽了！"穆彰阿缓和了一下语气，神情却依旧凝重，道："皇上说了，谬种不可流传。这种书看似无稽之谈，实则诋毁名教，移人心志，将来乱天下者，必是这一类书。胡沅浦，你现在是刑部侍郎，我把这个案子交给你办。这个徐继畬，听说近来就在京城以打卦测字为生，你马上带人去，将此人抓起来审问，看他是不是英格兰人的奸细。皇上和本官最恨的就是这种替英人张目的中国人了。"胡沅浦听了，急叉手道："学生领旨！"

从穆府出来，胡沅浦一径回到刑部衙门，立即坐堂："来人！"一差役进门应道："大人！"胡沅浦大声言道："听说有个人叫徐继畬，常在北京街头摆摊算命，马上派人去查，查清了此人常住的地方，回来禀报！"差役离去，胡叔纯进门，看一眼胡沅浦。胡沅浦瞅着左右无人，低声问："人走了没有？"胡叔纯低声回了一句。胡沅浦声音忽然又大了起来："叔纯，等会儿你就带着差役们去抓这个徐继畲！"胡叔纯也故意大声响应："知道了，大人！"原来今晨听到穆彰阿唤他，就知道不好，急令胡叔纯早早地赶到前门外找到徐继畲，令他速速逃走。那徐继畲去年秋天将一部《瀛环志略》送给胡沅浦，随后就来到京城，指望皇上读过这部书后能够有所醒悟，重新在朝廷里补他一个官。这天听了胡叔纯的话，早吓得魂飞魄散，骑上自己的小毛驴，卦摊也不收拾，客店也不回，急急地逃出了北京城。又想到皇上既然要拿他，这家乡也不能回了，于是就一路隐姓埋名，只道自己是"铁嘴李"，排得一手好卦，善算人间吉凶祸福，每日胡乱骗得一口吃食，也不走通都大邑，一路南下，竟逃到湖广地面上去了。又过了多年，才敢回到山西老家，不过那已是后话了。

三月十五日，会试初考的日子到了。拂晓时分，京城礼部贡院门外，早站满了等着应试的各地举子。一应景象过程，也不需细述。穆彰阿再次作为主考官立于贡院之外，由琦善陪着，望众举子列队鱼贯走向龙门，接受搜检。琦善忽然想起一事，低声道："大人，奴才查过了，今年山西寿阳来了三个举子，三个都与祁隽藻有亲，一个是他的同胞亲弟，一个是他的养弟，另外一个是他的姻弟。"穆彰阿冷笑道："这倒让本官吃惊了，本官原来以为祁隽藻这一辈子再也不会让他家的子弟科举入仕了呢！……"宿藻和元白此时正挤在等待搜检的队伍之中，宿藻一回头，发现还是看不到张牧，急了，问道："张牧哪儿去了，怎么到这会儿了还不见他的人影儿？"元白也四处张望，忽然叫了一声："六哥，你看，他来了！"祁隽藻回头一望，果见张牧从围观的人群中穿过，一个人摇摇晃晃，也不排队，直向龙门方向走去。宿藻急叫道："张牧，在这儿呢！"张牧扭头看见他们，愣在那里，像是忘了自己要做什么事情，这时就有一个兵丁，赶上来一把将他推向举子的队伍。元白一惊，上前抱住他，才没让他跌倒在地下，却又一惊，叫道："你喝酒了？"张牧醉醺醺笑道："没有。"宿藻不觉埋怨道："张牧，这个时候你怎么还能去喝酒？"张牧借着酒劲，狂放地大笑，道："今天不就是写一篇八股文章吗？让张牧来做这样的文章，等于逼着张牧吃屎。张牧要是不喝几口酒，进了考场，怎么能一手捏住鼻子，一手把那臭气熏天的文章写出来？"一边说，一边又从怀中掏出酒壶，仰面饮了一口。宿藻上去夺他的酒壶，道："张牧，你不能带它进去。"张牧拨开他的手笑道："怕什么，像张牧这样的人也来科举入仕，不是他们给张牧一个大面子，是张牧给了他们一个天大的面子。今天不让张牧考这个进士行，不让张牧喝酒，不能！"元白看宿藻一眼，着急道："六哥，他已经醉了，这可怎么办？"后面的人在喊："朝前走朝前走！"三人已经来到龙门前。宿藻又要夺张牧手中的酒壶，张牧不让，塞进怀中。几名官兵上前喊道："干什么干什么？肃静！"宿藻只好松开张牧的

手，却又让他站到了自己和元白身后。兵丁上前搜了宿藻和元白的身，二人过
了龙门，回头担心地看着张牧。就见一兵丁去搜张牧的身，先在他身上嗅一嗅，
大声叫道："这个举子喝酒了！"另一兵丁这时也从他怀里搜出了酒壶，嘲弄地
笑道："嘿，夹带了酒壶！"张牧大叫："还给我！"上前与他争夺，一时间龙门
前乱成一团。

穆彰阿和琦善在远处看见，走过来问："出了什么事？"军校禀报："大人，
这个举子夹带酒壶进场！"张牧乜斜着眼看穆彰阿，醉笑道："你是……"穆
彰阿冷冷地打量他，问道："你叫什么？哪里人氏？"张牧狂放地一笑："大丈
夫行不更名，坐不改姓。本人乃天下闻名的山西平定举子张牧！"穆彰阿冷笑
道："张牧？还天下闻名？本官怎么不知道？"张牧哈哈笑道："天地之大，众
生之广，你这位大人身居京城一隅之地，譬如燕雀不知鸿鹄，夏虫不可与之言
冰，你不知张牧，这又有何奇怪？"穆彰阿听了，脸上挂不住，登时大怒道：
"你……大胆！"众兵丁也一齐大喝："大胆举子，知道这位大人是谁吗？"远
处就有围观的人喊了一声："他就是当朝首相穆彰阿大人！"琦善盯着张牧，忽
然想起来了，对穆彰阿耳语道："大人，祁隽藻的姻弟就是这个山西平定举子张
牧。"穆彰阿闻言心头大恶起来，厉声道："贡院乃朝廷取士重地，照朝廷的律
条，入龙门者一律不准有任何夹带，这个山西举子明知故犯，你们这些人，还
不知道该怎么办吗？"琦善喝道："你们怎么还愣着，快将这个举子又出去！"
几个兵丁听了，急忙上前，将张牧举起。张牧哈哈大笑，道："原来你是穆大人，
穆大人，今天不让张牧进这个门，日后就是求张牧进来，张牧也不会来了。张
牧天下大才，本不愿来此科举，今天破天荒给了大清朝廷一个机会，你们却没
有抓住，以后再后悔可来不及了。哈哈哈哈……"穆彰阿怒极，大喝一声道：
"大胆狂徒，远远地扔出去！"众兵丁举着张牧离去。张牧一直在大笑，直到
笑出眼泪。宿藻和元白见了，又从龙门内往外挤，一边焦急地大喊："张牧——"
穆彰阿回头，满面怒容，冲他们喝道："你们又是谁？也不想考了吗？"元白赶
紧一拉宿藻，道："六哥，快走！"

贡院外，众兵丁将张牧举出人群，"轰"一声扔在地上，又将他的酒壶摔到
地上，一脚踩破。张牧这时仍没有忘记自己的酒壶，疯一样趴在地上寻找，一
边乱喊："我的酒壶呢，我的酒壶呢？"他终于找到了摔破的酒壶，双手捧起，
将剩余的酒淋入口中，边咂嘴边流出了眼泪，大声叫道："五哥，张牧还是错了，
张牧明知自己为人狷介，入不了这等浊流，可为了大嫂还是来了！来了又被他
们拒之门外，是张牧的奇耻大辱！"他将破酒壶中最后一滴酒咽下去，用力将
其摔到地上，摇摇晃晃站起，对围观的人大吼道，"你们看什么？听着，从今日

起，天下闻名的山西平定举子张牧，戒酒了！"他的酒忽然全醒了似的，推开众人，大步走出。围观的闲人看着他走远，纷纷议论起来："哎，你说他到底醉了没有？""刚才看着像是醉了，这会儿又像是没醉！"……

闲人们纷纷散去，其中一个刚要走，脚下却被绊了一个跟跄，骂道："谁这么缺德，睡在这里，绊了我一个跟斗！"众闲人又回头蹲下看，惊叫起来："哟，这不是诺敏贝勒爷吗？他怎么喝醉了，睡在这里？""哎，他醉得够深的。贝勒爷，贝勒爷，你醒醒！"……他们用手推他，又用脚踢他，诺敏仍是不醒。一闲人忽发奇想，笑道："咱们把这位也送进去科举怎么样？"众人高兴起来，齐声道："好主意，动手！"一时大家七手八脚，抬起诺敏，兴高采烈地向龙门前走去。

龙门外，举子们已经进完。穆彰阿刚要走，却见一群闲人抬着一个人浩浩荡荡走来，一边乱嚷："闪开闪开，贝勒爷来了！贝勒爷要进考场了，快闪开！"穆彰阿怒不可遏："怎么回事？快拦住他们！"几个兵丁上前拦阻，闲人将醉醺醺的诺敏扔到地上，一哄而散。诺敏这才被吵醒，睁开眼来，醉醺醺地站起，推开众人，趔趄着朝前走，一边喊："闪开！这是哪儿？让爷进去！"几个兵丁将他拿下，诺敏瞪眼大叫："谁敢拿我？快放手！我是贝勒爷！"众兵丁不知道他到底是谁，都没有主意，回头去看穆彰阿。穆彰阿一时间也认不出他是谁，只道又是一个醉鬼，喝道："这样的醉鬼，还不给我抓起来！"众兵丁将诺敏抓走。诺敏边走边大呼小叫："快放开我！你们吃了虎心豹子胆了，敢抓我！"穆彰阿一个拂晓遇上两个醉酒的人闹场，怒气陡然涌上来，走进龙门，回头喝道："还不快关龙门！"众兵丁忙拉长声音喊道："关龙门——！"随着一阵"吱吱呀呀"的响声，龙门被关上，门外马上站满了兵丁。

穆彰阿气哼哼地走回主考官居处，刚刚坐下，琦善就跑进来禀报："大人，出了一点儿事——"穆彰阿闭着眼睛，没好气地道："又出了什么事？"琦善道："就是刚才那个醉汉，奴才方才跟着去看了，竟是……竟是多年不见的四贝勒诺敏。"穆彰阿睁眼大惊道："是他？不可能！不是说他流浪在外，早死了吗？"琦善道："奴才看过了，真的像是他！"穆彰阿怒从中起，叫道："胡说！……扔出去！"琦善有点儿迟疑，提醒他道："大人，刚才大人已经让人把他抓起来了。"穆彰阿回头怒道："你说什么？……这个人什么贝勒爷也不是。就是一个乱闯龙门的醉汉，扔出去！"琦善心中略有所悟，又有些不甘，道："奴才明白，奴才这就去办。不过大人，万一他真是诺敏，难道就这样把他放了，大人当初可是寻他寻了多年。"穆彰阿听了又大怒，道："我说过了，扔出去！"琦善今天早上被他骂得昏了头，一时结巴起来："大大大人，扔哪儿去？"穆彰阿一跺脚，手朝远方一指："城外头，哪儿远往哪儿扔！"琦善还不走："大人，万一他真是诺敏贝勒呢？"这回已经是穆彰阿没脾气了，道："琦善，你真以为本官做了首相，什么人都可以让你去杀吗？"

5

这日正值清明节前后，倪二和晴儿送含黛出城，来到保胜坟前烧化纸钱。到了坟前，晴儿让倪二守在含黛身边，自己去左边一处苇滩里方便，转眼就见她慌慌张张地跑回来，脸色也变了，叫道："夫……夫人，那边苇滩里，有……有一个死人！还特别……特别像一个人！"含黛听她口气不对，忙问："谁？"晴儿道："夫人去看看就知道了。"含黛一向胆大，带倪二走进苇滩，发现苇丛中果然一个死人躺着。含黛看了半晌，忽然认出他竟是诺敏，惊叫道："怎么会是他！"一边就流下了眼泪，不忍再看。倪二上前试试鼻息，道："夫人，他还活着，就是喝醉了。"含黛激动起来，道："快，搬到车上去！"

诺敏醒来时，已经在含黛家里了。含黛正由晴儿陪着，坐在一旁默默地守着他。诺敏久久地望着含黛，突然微微一笑，道："原来是你。"含黛也不觉一笑，点头。诺敏挣扎着坐起，坚持要到外面的花厅里去坐。含黛只好由他。二人重新分宾主坐下，晴儿捧上茶点，含黛不觉含泪而笑："贝勒爷与含黛一别就是多少年，今日重逢，不想对含黛说点儿什么吗？"诺敏感慨道："你我一别，转眼就是二十年。沧海桑田，物是人非，说来说去不过是些伤心之话、感慨之辞，不说也罢，还是喝茶吧。你这茶原来不错。"含黛心中酸楚，又道："要是含黛想知道贝勒爷这些年的遭遇，也想让贝勒爷知道含黛这些年的遭遇呢？"诺敏放下茶杯，神情平静，看着她道："夫人这些年的人生遭际，诺敏都知道了。至于诺敏的遭际，夫人不知道也罢。"含黛不觉站起，悲从中来，心潮汹涌，背过脸去，道："贝勒爷已知含黛的遭际，含黛却不知贝勒爷这些年的遭际，含黛不是吃亏了吗？"诺敏笑了笑道："你这人经历了多少变故，还是这么要强，性情就几乎没变。"含黛回过头，盯着他看，一时间就似有万语千言欲向他说，却又开不得口。诺敏站起，走向池中之鱼，道："想当年诺敏因为读了夫人扔下的一本书，啊，就是那本山西举子祁隽藻的乡试墨卷，读过之后，觉得大清还有人，中兴可望，又觉得皇上一旦听从祁隽藻之言，抑制土地兼并，开放吉林垦荒之禁，我大清就可起死回生，再现康乾盛世。诺敏虽无德无才，读了那书，也不能无动于衷，于是离开京城，前往吉林未垦之地。"含黛听他开始说起来，一时心驰神往，关切地问："那么远的路，不好走吧？"诺敏哈哈一笑道："我用了一年之久，才走到那里，后来又用了整整五年，走遍吉林万万亩未垦之地。那可真是一片上天赐给大清万民的乐土，油黑的土地，随便丢颗种子就能长出庄稼。我隐姓埋名，定居在长白山外的大海之滨，和渔夫猎户为邻；我甚至都学会了打鱼、狩猎；我还学着种地，让自己首先做了一个来自关内的垦荒之民，想为后来者摸索出一点儿在当地垦种的经验来……可我在那里等了一年，又等了一年，一直等到第七年，终于等不下去了，我不明白为什么一直没有关内的流民前来。我想闹明白这件事，我只能回来。不巧这个时候我却病倒了，靠一个猎户人家收留，帮我用草药治病，九死一生，过了三年，我的身子才慢慢康复，能够重新走回关内来。"

含黛眼中溢出了泪花，她没想过这么多年来，诺敏竟经历了那么多的挫折、苦楚与生死考验。诺敏又笑了一声，接着说道："我断断续续走了五年，其间的遭际曲折，我就不细述了，总之我终于又看到了就是在梦里也忘不了的北京城！……不过我也不是一无所获，回京之前，我将这些年所到之处，哪里可以垦荒，哪里可以做牧场，哪里出木材草药，画了一张图，本欲献给皇上。可是我刚进京城，就听到朝廷与英人签订《江宁条约》的消息，王鼎尸谏，林则徐、邓廷桢遭戍新疆，祁隽藻被迫辞官，众贤臣请退……算了，北京城里发生的事你都知道，我就不说了。"含黛抑制住内心的激动，问："你去见了皇上？"诺敏摇摇头道："回到京城那天我就明白了，皇上根本就不愿意开放吉林垦荒之禁。既然如此，我为什么还要去见他？"含黛还是百思不得其解，问道："贝勒爷，开放吉林垦荒之禁有那么多好处，既利国又利民，皇上为什么就不愿意开放吉林垦荒之禁？"诺敏不觉愤然道："因为今日朝廷里豺狼当道！这些人心中只有私利，是他们挡住了天下流民前往吉林的道路。祖宗二百年的基业，天下四万万生民的性命，没有指望了！"

听到这里，含黛不觉含泪道："于是你就又回到了过去的日子里，喝酒、隐身下流，自暴自弃，也不愿意来见我这个苦命的女人！"诺敏回头看她，正色道："你错了。诺敏回京后虽然隐身市井，却不是隐身下流。下流者，无德无才者是也，祸国殃民者是也，这些人都与诺敏无关。下流者不是诺敏，而是今天立于庙堂之上的恶狼。"含黛知道他说的是谁，颤声道："你是指穆彰阿？"诺敏道："穆彰阿是你的亲哥哥，在天下人眼中，他是当朝首相，赫赫扬扬，不可一世，可在诺敏眼中，他却只是一头挡在大清复兴路上的恶狼。"这话一出口，他忽然觉得自己不能在这个家里再待下去了，深施一礼，就要告辞："谢谢夫人相救，谢谢赐茶，诺敏告辞！"含黛不想让他离开，立即站起身言道："你走可以，有句话我却要告诉你，穆彰阿他不再是我哥了，他是含黛的仇人！"诺敏欲走又回头，略显吃惊地望着她，道："这又是为何？"

含黛道："贝勒爷留步，请贝勒爷告诉含黛，离开含黛这里，贝勒爷将前往何处安身？贝勒爷的一颗心，又想发放到何处安置？"诺敏看她一眼，想了想道："天下为家，诺敏自有去处。不劳挂念。"含黛滴下泪来，喊道："贝勒爷，站住！含黛还有一句要紧的话要问你。"诺敏听她的声音悲凄，只好站住。含黛发悲声问："贝勒爷，大清真的要完了吗？"诺敏不回头，道："除非祁隽藻、林则徐一干贤臣重回朝廷。"含黛听了，一时悲愤交集，道："祁隽藻离开朝廷已经多年，可含黛无论走到何处，听人讲到的仍然是他。含黛就不明白了，堂堂大清国，真会因为少了他就亡了天下？贝勒爷，大清不是还有你吗？天下兴亡，匹夫有责，贝勒爷身为皇家子孙，就不愿意振衣而起，拯救大清的天下？"诺敏摇摇头一笑道："夫人真是抬举我。在天下贤人面前，诺敏算个什么？何况大厦将倾，一木难支，诺敏连一木也不是，我只是个废人罢了。"含黛突然流下泪来，不看他，回头一挥手道："既是如此，那贝勒爷请便吧。"诺敏走了两步又忽然停下，回头道："夫人，诺敏想起来了。请问夫人，你这会儿还恨着祁隽藻祁大人吗？"含黛心中一时大痛，道："不错！"诺敏变色，默默看她半晌，道："原来这样。既如此，诺敏告辞。"他匆匆离去。含黛心中实在舍不得放他走，又不好公然拦他，看他越来越远，不觉大声问道："你……到底要去哪里？"诺敏走了两步，又忍不住回头望她，直言道："夫人，诺敏知道你恨祁大人，可你并不知道，如果当初没有祁隽藻，没有林则徐，大清或者已经亡了，你我连今天这样的日子，也不会有了。"含黛听了，不觉心中又是一阵剧痛，道："贝勒爷，你看看含黛，再看看你自己，你我现在过的这还叫好日子？"诺敏认真地看着她，道："夫人，诺敏要走了，就再说一句，忘了那个天下第一大毒枭保胜，不要再恨祁大人。只要大清不亡，咱们现在过的每一天都是好日子。祁隽藻、林则徐这些人虽不在朝廷之上，但只要他们活着，还是大清的臣民，天下百姓之心就没有彻底绝望，他们就仍然替朝廷维系着天地间的民心。无论他们做不做官，都是我们这些大清子孙的恩人。告辞了！"含黛再要拦他，他已经疾步走出了院门。含黛站着，泪水又长江大河般地涌流出来……

6

又是一个京城之夜，礼部贡院主考官居停处，穆彰阿放下手中的卷子，站起身来。琦善急上前媚笑道："这样的人，一定写不出像样的文章，刷去了吧。"穆彰阿一直在皱眉思考，突然道："不，让他们中！"琦善吃了一惊："什么？祁宿藻和祁元白，两个都让他们中？"穆彰阿道："对！本官不但要让他们中，还要将此事奏明皇上，让皇上知道，祁隽藻其实并非没有贪恋官位和俸禄之心，不然他就不会让他的两个弟弟又来科考。"琦善愣了一瞬，立马拍手言道："大人这一招，可谓一石二鸟，既在皇上心里毁了祁隽藻的形象，又让皇上知道大人宰相肚里能撑船，不和祁隽藻一般见识。"穆彰阿想了想，回头看他一眼，冷笑道："有些事情你还不懂。"琦善有些发愣，道："难道大人还有别的意思？"穆彰阿"哼"了一声，不愿再多说，道："虽然如此，到底也不能让祁家的人过于得意。告诉下面的人，将祁宿藻祁元白名列三甲最后两名。"琦善揣猜他的内心，一时又赔笑道："祁宿藻和祁元白，一个名列孙山之前，一个名列孙山之位。妙！大人给了祁隽藻面子，也没有忘记给他一个脸色。奴才办差去了。"他随后出门，穆彰阿一人站着，突然冷笑，自语道："祁隽藻，原来你也有犯糊涂的时候。无论是你让他们来考的，还是他们自己违背你的意愿来考，你都失手了。"

这一夜，隽藻正在家中灯下修订《马首农言》，心中想的却是进京赶考的宿藻、元白和张牧。玉环走进来，看他，心疼道："老爷，天太晚了，该歇着了。"隽藻却摇头道："不忙。县太爷前天到家来了，说要拿出自己的俸禄，再在晋商间募捐一些银子，将这本书刻印出来，现在银子已经募捐到了，我得抓紧时间再过细地校一遍，这是农书，不能出错。"玉环道："什么募捐，这些商家，都想得到你的字，那些银子说是募捐来的，其实是你卖字得来的。"隽藻道："虽然如此，也是知县有心为百姓办一件好事，商家愿意慷慨出资，助成这一件善举。"夫妻二人正在说话，世长忽然进来禀报："爹，张牧叔叔回来了。"隽藻心中一惊，脱口言道："他怎么这么快就回来了？"话音没落，张牧已经进了门，匍匐在地。隽藻心知不好，急忙站起，大声问道："张牧，怎么你一个人回来了，宿藻和元白呢？"张牧道："五嫂、世长，你们出去一下，有些话我要和五哥一个人说。"玉环听了，看隽藻一眼，隽藻点头，二人急忙离去，玉环又回头掩上了屋门。

隽藻这里就看着张牧道："张牧，到底是怎么回事？快说，宿藻和元白没有出事吧？"张牧道："他们没事。只是张牧不才，没能进得了科场。今天张牧有大事相求。"隽藻急道："快说！"张牧不觉流泪道："张牧自幼跟五哥读书，五哥自然知道张牧的心性。这次张牧本不愿去进京参与会试，但是不能违抗大嫂之命。张牧去京城前就想过了，即使为了报答大嫂的养育之恩，张牧也只能去考这一次。现在张牧去过了，不能如意，就不是张牧的错了。"隽藻一时不知如何劝慰他，又想起自己的三姐蕴藻，一直盼着张牧出人头地，把张家最后的希望都寄托在他身上……竟不知如何开口。张牧又道："五哥，张牧自幼仰慕祁韵士伯伯，一直都在等五哥哪一天不做官了，我们俩重去新疆，将祁伯伯的遗著《大清西域地理志》这本大书完成。现在上天不让张牧因科举入仕而荒废一生，焉知不是要给张牧一个成就大事的机会？"隽藻听了，心中大动，这些年他弃官不做，岂是不想前往新疆，将父亲没做完的大事做完。只是自那日最后见了恩师张观藜一面，听了后者的一番教诲，他觉得自己的肩头，重新压上千钧重担，这件事与之相比反而显得小了。现在张牧提出要替自己做这件事，他的心一下就激动起来，问道："张牧快起来，你是想一个人去新疆？"张牧仍然跪着不起，点头道："五哥，张牧这些年冷眼相看，虽然五哥身在草野，仍然心怀天下，指望你完成祁伯伯的书是不能了。张牧想今夜就此一别，连夜启程，独自去承担这件大事。只是有一件心事未了，要托付给五哥。"隽藻心中越来越激动，原来张牧从他弃官还乡拜见过恩师张观藜后，就看透了他的心，早就想到了要替他完成这件大事……他又要去扶张牧，急道："张牧，不管有什么事，你都快起来说！"张牧流泪道："五哥，张牧读书多年，不能谋得一官半职，以俸禄养亲，如今又要弃家远行，今生不知还能不能回来，家中大嫂大哥的生计，只能拜托给五哥了。张牧给五哥磕头。"他趴下连连给隽藻磕头。隽藻拦住他，含泪道："兄弟，你大嫂是我三姐，你大哥是我姐夫，你去新疆，是要代我完成先人的遗愿，有功于当代，造福于后人，不是你该谢我，是五哥要谢你。兄弟，五哥给你磕头！"他也要跪下，却被张牧死死拉住。二人泪眼相向，忽然又相视大笑。张牧道："五哥，果然只有你，对张牧之心之志，了然于胸！张牧到了今日，也没有辜负五哥的栽培养育。张牧不才，认为大丈夫活一生一世，无论穷达，首先都要活得畅心快意。夜长梦多，张牧就不久留了，今晚就上路。一旦明日与大嫂见面，张牧怕就走不了了。张牧有负于五哥的事情太多，别的事情做不了，就帮五哥做了这件事，算是报恩吧。"

玉环忽然推门进来，流泪道："张牧兄弟，嫂子在外面听了半天了，你不能走。"张牧诧异地看她一眼："嫂子，你不会——"玉环看一眼隽藻，隽藻忽然醒悟，道："对了，还有一件事。你要走了，你和菊花的事怎么办？"张牧苦笑一笑道："五哥、五嫂，菊花是个好姑娘，张牧对她也并非无意，只是张牧一介寒士，又要远去新疆，做一件名垂青史的大事，怎么还能娶亲？请五哥五嫂代张牧向菊花转达歉意。张牧完不成《大清西域地理志》，不会还乡，这件事就不要再说了。张牧辞行！"他一躬到地，转身就要走。隽藻一把拉住他，对玉环道："快让菊花拿酒。"玉环会意，大声喊道："菊花，拿酒来！"菊花听到喊声，果然很快端着酒走过来，恰与张牧四目相视。隽藻道："慢着！菊花，张牧要走，你们两个的事情，最好现在能说下一句话。菊花，你说句话吧。"菊花一听，神情一变，转身就跑出了门去。隽藻喊道："菊花，你给我回来。"张牧大笑，拱手道："五哥、嫂子，张牧去了。"玉环跟了出去，喊道："张牧，你也要给菊花留下一句话呀！"张牧不得已回头，道："嫂子一定要我留下句话，我就留下一句。张牧此去新疆，生死不知，菊花小姐不用等张牧了。我走了。"说罢，大步向院门外走去。

隽藻大叫一声："兄弟，你慢走！"他要赶出去送张牧，一时间猛然心疼如割，竟迈不动步子。玉环见他神情大变，急忙回身抱住他，大叫："老爷你怎么了？"隽藻闭上眼睛，双手抓住胸中的衣服，强忍剧痛，半晌才让眼泪流了下来。菊花听到玉环的声音不对，也从自己房中跑出来，帮她照顾隽藻。隽藻睁开眼，推开她们，道："我要去送送张牧。"玉环回头看张牧已经不见，扶他坐下，道："你到哪里送他，张牧兄弟已经走远了。"隽藻回头看着菊花，要说什么，菊花转身又走，隽藻怒道："你给我站住！你要是心里没有张牧，明天我就请媒人来，给你说婆家，你不能再留在咱们家了！"菊花吃了一惊，回头望着他，想了一想，突然流下泪来，说道："老爷夫人一定让菊花说话，菊花也就不用瞒着你们了，就这一会儿，菊花的心已经随着张公子去了。"玉环惊讶看着她道："原来你心里有张牧，怎么不早说？他要是一辈子都不回来了呢？"菊花拭泪，重新恢复了往时的平静，道："那我就在你们家里等他，等他一辈子。"玉环神情一变，不禁大声道："菊花，你不是要拿张牧搪塞我和老爷，心里头还守着要嫁给老爷那个傻念头吧？"菊花听了不答，又要往外走。隽藻激愤言道："菊花，你给我站住！刚才的话是你自个儿说出来的，我马上就写信，让人捎去新疆，让张牧知道，你们俩的亲事已经定下来了！张牧是天下大才，无论三年五载，十年八载，他总是会回来的。你要是真心实意留在家中等他回来，我和你嫂子就留你等着。你要是还有别的想法，从今天起，就不要再想了，这个家也不能留你了！"菊花忽然流下眼泪，还是不语。隽藻气极，大声道："你说话呀！"菊花回头含泪看他一眼，道："老爷，我都答应你了，还不行吗？"说着双手捂住脸，大哭着跑了出去。

7

自那日见了含黛，诺敏死掉的心又活了。这日他一个人走到午门外，直挺挺地跪下，大声喊道："爱新觉罗子孙、前贝勒诺敏，求见皇上！"当值的肃顺闻报，吃了一惊，急急走出来看他半天才道："四爷，果真是你？这些年不见，你到底去了哪儿？"诺敏道："吉林，去查看了大清吉林万万亩可开垦的膏腴之地。"肃顺盯着他看，脸色一点点儿严峻起来，道："四爷你等着，肃顺这就去奏明皇上。"他匆匆跑进宫门，不去养心殿，却一径进了军机处。

军机处里，穆彰阿正在看一大摞折子，见肃顺走来，一脸焦急的神色，欲说还休的样子，心中微微一惊，站起，带肃顺走进别室。肃顺附耳过去，低声说了一遍。穆彰阿大惊，变色道："六爷，这个人说他过去那些年去了吉林之地，要向皇上奏明开垦那里的膏腴之地？"肃顺点头。穆彰阿想了想，突然大笑起来，道："六爷，本官想起来了，前些天本官在礼部贡院龙门口，也见过这个人，冒充早些年就没了音信的诺敏贝勒，要进贡院去参加会试。今天你真看清楚了，他就是那个不知死了多少年的诺敏？"肃顺吃惊地看着他，忽然明白了他的心思，顺着他的话道："大人，肃顺……怕是看得不真，所以特来请大人的示下。"穆彰阿吩咐道："这个流浪汉太可恶了，居然骗到宫里来了。六爷是乾清门侍卫大臣，这样的事情，你总知道该怎么办吧？"肃顺听了，心中一震，答应一声，急忙离去。

载元瑞华接到肃顺的口信，急急赶到午门外。兄弟三人进了一间斗室。瑞华见肃顺神情焦灼，急问："出了什么事？"肃顺悄悄向他们耳语一番。载元看着肃顺，断然道："不好，此人不能杀！"肃顺一惊："不能杀？"载元道："既然这个诺敏是真的，那他就是我爱新觉罗的子孙，再说他还有先皇给他的免死铁券，别说无罪，就是有罪，也不能杀。"又道，"现在穆彰阿权倾一时，连皇上都被他攥在手心里。诺敏当初执意不娶他的妹子，让他丢了大人，二十年不见，你以为他会忘了这事？穆彰阿此人，睚眦必报，不会的。"肃顺摇头道："不对，如果他一定要杀诺敏，前次在贡院龙门前发现了是他，为何又不杀？其中必然还有原因。"载元想了想道："你倒提醒我了，那次穆彰阿所以不杀诺敏，毕竟因为他知道诺敏是真的，就是一个出籍的诺敏，也是皇上的亲兄弟，他为了一件过去二十年的旧怨，还不至于敢下手杀他。今天不一样，这个诺敏说他刚刚去了吉林，口口声声要见皇上，要劝皇上开放吉林垦荒之禁，安置天下流民。老穆最讨厌的就是有人说抑制土地兼并、开放吉林垦荒之禁这两档子事。再加上他二十年的那桩旧怨，他才横下一条心，让你去杀了诺敏。"瑞华大悟，道："诺敏果然不能杀！我说老六，赶紧打发个人，让诺敏悄悄逃出京城，再找一个死囚替他。回头告诉穆彰阿，他交代的事情已经办了，不就结了？"肃顺担心道："穆彰阿耳目众多，特别是那个琦善，像只猎狗……"载元又道："老六，我再说一句，天下人谁都能杀，就是这个诺敏不能杀。第一，杀了诺敏，我们的把柄就攥到穆彰阿手里，他现在已经除去了林则徐、祁隽藻一干人，朝中能威胁到他独揽权柄的就是我们弟兄了。此次他让老六去杀诺敏，焉知他不是要使借刀杀人之计，趁机在皇上面前反咬一口，捎带着把我们也给灭了。"肃顺叫道："说得不错！"瑞华吓出一身冷汗，说："要是这么说，我们悄悄留下诺敏，就不一样了，将来有机会扳倒穆彰阿时，他就可以为我们所用。"载元又嘱咐道："事情紧急，要办得细密，找的替身要能鱼目混珠，穆彰阿可是天下第一精细之人。"肃顺点头道："知道了。可这个诺敏怎么安置？"载元略一沉思，道："虽然不能杀，但还是要抓，关起来，养着他，不让人知道，这就叫作奇货可居。什么时候皇上开始厌恶穆彰阿，再让他出来见光。"肃顺长出了一口气，笑道："好，我这就替穆大人办差去了。"

第三十三章

访大贤诺敏哭社稷　遵遗旨咸丰囚奸相

1

含黛自意外地救了诺敏之后就一直记挂着他，诺敏走后，她的一颗心就没有安定过，总觉得会有什么大事发生。一天夜晚，含黛正在佛堂礼佛，倪二忽然匆匆进来道："夫人，外面有人敲门，很急。小人从门缝里往外瞧，好像是诺敏贝勒爷。"含黛心中一惊，急道："快请！……放他进来时，看看后面有没有人盯着。"

不一会儿，诺敏果然跟着倪二走进来。见了含黛，诺敏拱手笑道："夫人，没想到这么快又见面了。诺敏又来打扰你了。"含黛眼睛盯着他，也不寒暄，直言道："贝勒爷遇上了什么事，如何这么晚了到了含黛这里？"诺敏心中一动，坐下言道："来杯茶喝，诺敏渴坏了。"含黛示意晴儿端上茶来，诺敏一饮而尽，看了一眼晴儿和倪二，含黛会意，令倪二和晴儿退下，道："快说，究竟出了什么大事，让贝勒爷如此狼狈？"诺敏抬头笑道："也没出什么特别的大事，就是诺敏不能继续留在北京城里了，诺敏身无分文，想远走高飞，求夫人帮一点儿盘缠。"含黛突然想到了一种可能，索性单刀直入道："是不是有人要杀你？"诺敏笑道："夫人玩笑了，诺敏一个天地间的废人，与世无涉，谁会杀我？"含黛道："贝勒爷隐身市井，与世无争，又身无长物，不会与人发生金钱势利之争；贝勒爷心性高傲，蔑视下流，自然也不会与小人结仇，惹出杀身之祸。含黛想来，只有一件事可让贝勒爷今天如此狼狈。自从贝勒爷离却北京，走向吉林之地，贝勒爷就是一个心系天下的贝勒爷了……贝勒爷一定是为了救天下，救大清，要去求皇上开放吉林垦荒之禁，让皇上——不，一定是让一个独揽当今朝政的权贵听到了你的名字，此人最厌恶别人靠近和影响皇上，于是旧恨新仇合在一起，对贝勒爷起了杀心，贝勒爷只能三十六计，走为上计。含黛猜得对吗？"诺敏脸色一变，笑容落去，站起道："错了错了，诺敏虽不是皇子了，身上却还有先皇赐给的免死铁券，就是皇上，也杀不了诺敏。夫人，诺敏不过是想找你借几两银子做盘缠，你要是有难处，就直说，诺敏告辞。"一边说着，他一边转身要走。

含黛看着他，突然道："贝勒爷如果愿意，也可以不走。"她的表情毅然决然起来，"今天那个要杀贝勒爷的人，也是含黛的仇人。而在外人看来，这座宅子里，住的仍然是当今领班军机大臣穆彰阿的妹子，只要这位大人不倒，贝勒爷就尽可以把这里当作自己的藏身之地。"诺敏心中感动，却不愿连累于她，道："多谢夫人厚爱，诺敏这大半生，养成了一种浪迹天涯的心性，今日只想远走高飞。告辞了！"含黛焦急起来，直白道："穆彰阿耳目众多，天下虽大，除了含黛这里，哪里会是贝勒爷的藏身之处？"诺敏哑然一笑，道："夫人，天下极大，就是遍布网罗，诺敏一人一身，也能走遍天涯，何况诺敏说过，我身上还带有一块先皇赐予的免死铁券。夫人替诺敏多操心了，告辞！"含黛冷笑一声，道："贝勒爷，先皇赐给你的免死铁券，在别人那里，是贝勒爷的护身符，唯独在穆彰阿那里，却是一块废铁。不要再瞒含黛了，贝勒爷执意要走，一定有别的原因，并且不只是逃亡。"诺敏心中越来越吃惊，面上却还要保持一种轻松自然的神态，笑道："难道夫人还知道诺敏出京以后的去向？"含黛心中一痛，脱口言道："贝勒爷今日心系天下，如果去见皇上不成，必然会千里迢迢，去到山西见一个人。当年就是此人，在自己的乡试墨卷里，首倡抑制土地兼并，开放吉林垦荒之禁。"

诺敏深深地望着她，觉得没必要再隐瞒下去了，道："夫人真是冰雪聪明，诺敏领教了。既然什么都瞒不住夫人，诺敏今日就说实话了。诺敏要逃，不仅因为穆大人，也因为在他之外，还有人欲将我圈禁起来，成为他们想要囤积的奇货。诺敏所以要去山西，是想知道，天底下是否还有最后一个人能救大清的天下。诺敏在吉林十五年，一心想的都是大清中兴，是不是又做了一场春梦？"含黛听他果真是要去山西见隽藻，心中又剧痛起来，转身愤然言道："来人，给贝勒爷打发盘缠，让他走！"诺敏听了，脸色一变，久久地望着她，突然道："如果夫人因为诺敏要去见的是一个夫人不喜欢的人，就不情愿借这盘缠给诺敏，诺敏也可以不借。夫人珍重，诺敏告辞！"说完头也不回，转身离去。含黛心中一动，回头大声道："诺敏站住！"

诺敏听她急切之中喊出他的名字，不觉停步，回过头来看她。见她一时激动不语，摇头道："夫人，诺敏今天无论借不借得到盘缠，总之是要走。离开之前，还有一句话要说出来。夫人不该被一己之痛蒙住了眼睛。诺敏记得，夫人当初执意要从诺敏手中得到一张休书，正是要嫁给祁大人，只因人家不愿趋炎附势、抛弃结发之妻与你成亲，夫人无奈之下才同意你哥哥穆彰阿的安排，下嫁给保胜。今日天下人皆认为保胜死有余辜，只有夫人一人为他的死恨祁大人入骨。诺敏今日要问夫人，保胜真的不该死吗？夫人今日无时无刻不在恨祁大人，表面上看是他杀了你的丈夫，但说到心里面，夫人是不是将自己的不幸，一股脑儿都算到了祁大人头上了呢？夫人今日真能忘情于祁大人吗？如果夫人仅仅是因为自己的日子过得凄清荒凉，因为自己没有得到这个人，就回头恨他一生，夫人觉得这公平吗？"含黛被他击中了心中最隐秘的痛处，一时脸色苍白，道："你……胡说……来人！"晴儿闻声走进来。含黛道："给贝勒爷准备车马衣服银两，天亮时我亲自送他出城，去见我的……仇人。"诺敏听了，微微一怔。

次日清晨，倪二驾车，含黛坐进车内，亲将诺敏送出城去。守城门的兵士果然知道她是谁，没有盘查就放了行。到了城门之外，含黛下车，并不与诺敏讲话，只将倪二唤下车来，交代他一路把诺敏送到郊外的驿路之上再回来。当晚倪二回到家里，她又单独将他叫进房来。看她久久不语。倪二不安地问道："夫人，怎么了？"含黛回头，神情冷峻，道："我下面对你说的话，连晴儿也没说过。你要对天发誓，这件事至死也不会让第二个人知道。"倪二急忙跪下道："夫人对倪二有天高地厚之恩，倪二对天盟誓！"含黛坐下言道："老爷生前有一个女儿，名叫菊花，她没有死，她今天还在山西寿阳平舒村祁隽藻家里。"倪二大惊，不觉叫道："夫人——！"含黛不看他，一径说下去："我嫁过来的时候，因为菊花不喜欢我，我也不喜欢菊花，保胜怕她惹我发怒，瞒着我将她送到一个远房亲戚家，多年来一直没有来往，后来又谎称菊花死了，有几年连我也信了。可是菊花没有死，她长大了，老爷被杀后，我和你们扶着老爷的灵柩回京城，下葬的第二天，她就赶回来了，我和她见了一面。"倪二的心怦怦乱跳："夫人，后来呢？"含黛慢慢站起，道："菊花虽然是个女孩子，可她身上流淌的毕竟是我们旗人先辈的血。她让我告诉她杀老爷的人是谁，她要为自个儿的父亲报仇。一开始我不答应，因为她是一个女孩子。可是菊花说，正因为她是个女孩子，才容易接近要杀的人，而且，她有办法接近这个人。"倪二紧张地看着她，大气也不敢透出一口。含黛继续说下去，"那时我也正要物色一个人去报仇，菊花既然要代我去做这件事，我就答应了。"倪二差一点儿喊起来，道："夫人，小人现在明白了，后来到祁大人家里行刺的那个菊花，就是咱们家的大小姐！"含黛点头，道："但是她没能杀得了祁隽藻，却跟着祁隽藻回了山西寿阳。你记得在她离开京城之时，我曾让你想办法约她出来，与我一见，那时我告诉你，我只是可怜她，想给她一点儿接济，其实我那时是想：祁隽藻遭遇了那次暗杀，一定是要她离开自己身边，才让她随自己的家人去了山西。我告诉菊花，虽然现在没有了二次刺杀仇人的机会，但既然祁家没有将她从家中赶出去，相反还要把她带回山西老家养着，就一定要抓住这个机会，争取在祁家留下来，直到有了机会，再一次动手。我不明白的是，菊花去山西已经有好几年了，祁隽藻离开朝廷回山西老家也有了好几个年头，我既没有听说她因为被人识破而逃离祁家，更没有听说她再次对祁隽藻下手。我这会儿一点儿也不明白，她那里到底发生了什么事？她为什么没有动手，杀掉她和我的仇人，为她的父亲也为含黛一生遭遇的不公，报了这个仇？"

听到这里，倪二已经什么都明白了，叩头在地，问道："夫人是不是想让小人去一趟山西，见一见我们家大小姐？"含黛背过身去，禁不住泪花闪烁，道："倪二，我知道你和江湖上的义士有些勾连，不然你当年就不会那么容易替我找到刺杀穆彰阿的人。今天你送诺敏去山西见祁隽藻，如果不出我之所料，他那里一定会有不少穆彰阿安排来监视他一举一动的人，诺敏贝勒爷出了城我才想起这些事情，他如果真去到了那里，就无疑是自投罗网。我想请你——"倪二急忙拦住她的话头，道："夫人不要这么说，倪二是下人。"含黛道："不，含黛今天也不是贵人了。倪二，今天含黛请你帮我做两件事。第一，去请你的朋友，前往山西，保护贝勒爷，一定不要让他落到穆彰阿的手里；第二……"说到这里，她突然不知道该把下面的话如何说出口了。倪二机灵得很，忙道："夫人不要说了，夫人是想让小人去见小姐，告诉她，夫人的心思已经变了，夫人已经不想让她刺杀祁大人了。"含黛长嘘一口气，坐下言道："不，你说的不全对，事到如今，她既没有杀掉祁隽藻，也没有离开祁家，我猜她的心也一定早就变了。含黛只是不知道，到了今日，她要是真的不想再杀祁隽藻，她还一年一年地留在那里，到底在想什么？祁隽藻可以不杀，保胜的仇可以不报，但这里才是她的家，她为什么一直没有回到这个家里来？我虽是后妈，可也是她的娘。她一个女孩子家，既然不再想不惜身死，为父报仇，就该早早地回到这个家里来。她也早到了该出嫁的年龄了。"倪二心中不觉感动起来，看着含黛道："夫人的意思倪二已经清楚了，夫人是想让小人去山西一趟，见一见我们家大小姐。如果她早就决心不再杀祁大人了，就请她早点儿离开那里，回到咱们这个家里来，好让夫人为她寻一门亲事，早早打发她出嫁。"含黛点点头，流泪不止，半晌才道："谁种的瓜谁收，谁欠的债谁还。这事是我做下的，我就要承当。贝勒爷说得不错，若让大清不亡，天地民心不死，祁隽藻就一定不能死。明天就走吧！"倪二磕了头起身退下，含黛一直没有回头。倪二走了，晴儿端水进来，要侍奉她卸妆睡觉，含黛也轻轻一摆手，将她打发出去，关上了屋门。直到此时，她那一直被抑制着的眼泪才痛痛快快地流将出来。她又想到了隽藻，那位她还是少女时就疯狂地爱上的人，虽历尽劫波，但她的内心深处，她对他的爱仍然没有消逝。那像冰壳一样结在心里的仇恨一旦融化，对他的爱和担忧又立刻潮水一样充盈了自己的心头。

2

山西寿阳平舒村外，麦子已经熟了，再有几个亮晴天，就可以动镰刀收割了。隽藻一身农夫的打扮，立在草庐门外，望着自家地里大片大片将要收获的庄稼。这时顺着田埂，就有一个四十多岁的男子走过来，远远地站住，对隽藻拱手道："先生请了，敢问先生就是祁隽藻祁大人了？"隽藻淡淡一笑，道："不敢。草民祁隽藻，敢问先生尊姓大名？听来好像不是山西人氏。"诺敏朗声笑道："天下人中的一个罢了，大人何必问名。"隽藻心中一动，微笑道："敢问先生，来见祁隽藻，有什么事吗？"诺敏一路走过来，在草庐前坐下，道："祁公身在难中，特来相救。"隽藻听了，不为所动，眼睛望着别处，淡淡笑道："先生玩笑了，祁隽藻活得好好的，何难之有？"诺敏道："不然，天下之难，就是大人之难。先生，有客人远路到此，连一碗水也不让喝吗？"隽藻听了，回头从身边一只瓦罐中给诺敏倒了一碗水，双手奉上，道："先生很有意思，这水是刚从井里打的，十分清凉，请！"诺敏接起那水，一饮而尽，笑道："果然不差。大人请坐。在下孑然一身，行走江湖有日，为了糊口，学了些许薄技在身，可以为大人看相。"隽藻不坐，看着他笑道："原来先生是一位相士。请吧。"诺敏站起，煞有介事地望他半日，摇头道："在下相人多年，今日看大人之相，却有点儿不知所以。"隽藻大笑，道："请问这是为何？"诺敏神情冷峻起来，道："见到大人之前，听天下人说到大人，皆称大人为天下之士，为救天下万民，也曾赴汤蹈火，出生入死，即便弃官归隐，自然也会心忧天下，不忘庙堂。在下心想，大人一旦离开朝廷，不能再为天下苍生立命，不知会怎么烦恼，怎么郁闷，面相一定抑郁阴沉，目光必定焦灼烦忧。不料今日一见，先生身居乡野，恬淡自若，仿佛天下之事，全不在意中。大人不做国之重臣，反做了一介农夫，过这样的日子，还这么快乐，这就是在下看不懂的地方了。"隽藻听了，复又淡然一笑，道："先生今日来见老夫，一定是想对老夫有所指教。不过先生若是想说天下之事，那就不必了。祁隽藻现在只是一介农人，先生要谈天下之事，最好是到京城里，跟朝廷里的大员说去。"诺敏不但不走，反而重新坐下，笑道："这在下就要请教大人了，若大人这样的天下之士都不再想为生民立命的事，天下人还有什么指望？在下还有一点不懂，若大人不想做天下之士，大人的后半生，又想做一个什么人呢？"隽藻听了，也不答话，忽然转身走开，去扶田埂边几株被前几日的暴雨冲倒的麦子。诺敏先是原地坐着，等他回来，等了许久，见他一直滞留在那里，不觉站起，神情里就有了些烦躁。隽藻这时终于把那几株麦子重新扶起，又在根上培了土，这才站起身来，拍了拍手上的泥土，大声对诺敏道："祁隽藻乡野村夫，只知自己的庄稼收成，一家人的温饱饥寒。就是天下有难，今天也不在我心中了，先生去吧，天下之事，自有身居庙堂者谋之！"说着，他扛起身边的锄头，一径朝前方的庄稼地里走去。

诺敏看着他的背影，心中失望至极，不觉大声言道："二十多年前，大人为了替天下人解除大难，不惜与恩师张观藜先生分道扬镳，挺身出仕，那时大人是何等胸怀，何等志向，今日大人又是如何？大人今日的胸怀，真令天下人失望！"隽藻听了，回头道："先生只知其一，不知其二。先生要是想知道祁隽藻心中的改变，草民就有话告诉先生了。祁隽藻回乡这些年，夜夜读书，终于悟出一点儿道理，直恨过去多少年走错了路，决心改弦易辙，重新做人。"诺敏心中越发失望，大声道："在下要请教大人，大人不做天下之士，还能做何等样人？"隽藻言道："先生要知道这个，倒也不难，自辞官归农，祁隽藻就立下了一个志向，要做世外之人。"诺敏脸色苍白："世外之人？"隽藻从肩上放下锄头，挂在手中，道："先生，难道没听古代的圣人说过一句话，叫作'帝王之功业，圣人之余事'。自古以来，真正的圣人，不是心怀天下，而是弃绝天下！《庄子》上还有两句话，叫作'鼹鼠饮河，不过一饱；鹪鹩巢林，不过一枝'。是说鹪鹩鸟在树林子里筑巢，占有一根树枝就够了；鼹鼠去河边饮水，要的不过是一个肚儿饱。既然如此，天下与我何干？天下人又与我何干？《庄子》中还说过，人活一世，如同白驹过隙，今日我是祁隽藻，明日我或者化作鼠肝，或者化作蚁翅。又道人生一世，如同一梦，不知一己一身，是庄周还是蝴蝶，既然我一身是谁都不知道，又何谈什么天下，哪里有什么天下……哎对了，说到这里，我倒想问你一句话了，你是谁？到底想来干什么？为什么要用你说的什么天下事来扰乱草民的心志？不但天下事于我如浮云，就是我自己的一生一世，草民今日看来，也不过是镜中之花、水中之月，如蜉蝣寄身于无穷，粒沙暂存于沧海。你的什么天下，今日究竟又与我有何相干？……"诺敏听他说到这里，内心完全绝望，打断他的话说："在下是一个多年来对大人一直心存感激的旗人，一个真心希望大清江山千秋万代长存不朽的旗人。正是因为大清天下危在旦夕，在下将大人看成是救大清天下的最后一线希望，才来到这里，没想到在下今天见到的却是一个心中已没有天下生民的大人。既然如此，在下千里迢迢去往吉林，亲手画出的这张图，也就不值得给大人一看了。"他从怀中一把掏出那张他一笔一笔手绘在土布上的吉林垦荒图，激动地展开，"大人请看，这是什么？"隽藻远远地瞥了一眼，哈哈一笑，无动于衷道："那好像是一张什么图，这又与祁隽藻何干？"诺敏快要被他气疯了，道："大人二十年前说过，要救天下大难，要紧的两件大事，一是抑制土地兼并，二是开放吉林垦荒之禁！即使抑制土地兼并难以施行，后一件事朝廷若能果断推而行之，仍可以安置天下流民，救天下大难！在下正是读了大人的文章，才用了十五年之久，走遍吉林，画出这张吉林垦荒图，本想献给朝廷，却不能如愿。今日从千里之外来见大人，是想献上这张图，请大人一旦有机会出山，不要忘了这件大事。现在看来，是在下多情了。"他一边说着，一边将那张图团成一团，扔在地上，又用脚踩，痛心道："好！这不是大人的错，是在下错了！祁大人，你就好好地守住自己的这几十亩地，过好自己的日子，做自己的世外之人吧！"说完这话，诺敏再不愿停留，转身离去，脚下被水碗绊了一个踉跄，爬起来仰天大痛道："我真傻！当今连大清朝廷都不愿意救大清的天下，怎么还能相信世上真会有人愿意救大清的天下！"他一脚深一脚浅地朝前走，不断被田埂边的草绊倒又爬起，满眼是泪，疯一样连声大笑。走到官道上回头一看，发现隽藻已经扛起锄头，远远地走到另一块麦地里去了。诺敏不再回头，一路跌跌撞撞地哭着远去。

夜深人静之时，隽藻听草庐外夜声深远，万籁俱寂，披衣走出，查看了一周，又回到了草庐之内，将门掩上，又挂上帘布，遮住可能泄出的灯光，这才用火镰将纸媒子打燃，悄悄点亮灯火，将那幅被诺敏撕成两半的吉林垦荒图拼在一起，趴到上面去看，激动得流下泪来，一声声自语道："这是大海，这是黑龙江……天哪，这就是吉林之地！……原来吉林之地真有万万亩可耕之田，天下万万生民真的还有救！"他就在那张图上冲诺敏离去的方向双膝跪下，道："先生，祁隽藻谢你了！你今天给祁隽藻送来的不是一张图，而是天下万万生民活命的希望！祁隽藻给你磕头！"他泪流满面，深深地磕下头去，久久不起。

转眼又是一个阳光普照的日子，田里的小麦已经开始收割，祁家大人孩子都在地里忙活。菊花在家中做好了饭，手提着饭篮子走出村子，沿着村外的一条土路，向草庐方向走去。倪二忽然从一棵大树后面跳出，趴下就磕头，叫道："小人见过大小姐！"菊花吓了一跳，看左右无人，警觉地问道："你是谁？"倪二抬起头来看她，笑道："大小姐怎么忘了小人？小人是咱们府上的倪二，当初大小姐没有离开京城时，小人曾去祁家约了大小姐出来，和夫人相见。"菊花此时已经想起他来了，浑身打了一个寒战，后退一步，问道："你……干什么来了？你要怎样？"倪二又叩头道："回禀大小姐得知，小人是夫人专门从京城打发来见大小姐的。大小姐别怕，小人也不想做什么，只是夫人让小人来问一声大小姐，这么多年大小姐待在祁家，既没有动手又没有离开，心里究竟是怎么打算的？夫人还要小人传一句话给大小姐，夫人说，如果小姐心意已变，祁隽藻也可以不杀。"菊花听了心中一惊，又不知含黛的话是何意思，一时不知该如何回答，只道："你快走吧，让别人看见了就不好了，我的事不用她管。"倪二道："大小姐不要误会，夫人是说，大小姐年岁也不小了，若是不想再留在祁家，今日就随小人悄悄回京。夫人说，大小姐的终身大事也该打算了。"菊花想了想，眼中一时涌满了泪花，道："倪二，你是叫倪二吧？你回去替我谢谢她。原来这好几年了，她还没有忘了我。你就这么说，菊花一生的心愿未了，怎么能回去？总之她也不要再等我回去了，我这一辈子，做不成我想做成的大事，是不会离开祁家的。你也快走，别让村里人看见。"倪二听了倒抽一口凉气，大惊道："大小姐还要留下来杀祁大人？"菊花终于听出了别的意思，道："到了这会儿我才有点儿明白了，原来是她自个儿的心思变了，不想让我做她原先让我做的事情了。是不是？"倪二叩头在地，说实话道："原来大小姐都猜到了，夫人这次让小人来见大小姐，就是两件事，一件事求大小姐一定答应，不要再因为一己之仇误杀了天下万民仰望的祁大人，二是大小姐若愿意回，就随小人一起走，这会儿就走。"菊花一时心旌乱摇，但还是重新让自己的心沉了下来："倪二，你回去后告诉她，她的话我可以答应，但我是不会回去的，菊花自己的大事，也不劳她挂念。好了，你起来，快走吧！"倪二跪着不动，菊花早抹了一把泪，离开他快步跑走了。

隽藻却正在草庐里看一封信。见菊花提饭进来，抬头看着她道："啊，你来得正好，看看这封信，张牧刚从新疆写来的。他已经到了成藻那儿，说成藻答应以后会好好帮助他，完成这次去新疆要实现的心愿。"菊花并不看那封信，只道："老爷，吃饭吧。我去喊夫人、世长他们也来吃饭。"隽藻见她神色异常，问道："你怎么了？"菊花忽然觉得忍不住想哭，急忙转过身去，拿话将隽藻的注意力岔开，道："对了老爷，太原府和祁太平三县的商家又来人了，还是求你的字。他们说，咱们家的房子还有一大半塌在那儿，他们愿意出银子帮咱们修起来，只要你帮他们写几个匾额。"隽藻仍然盯着她不说话。菊花有点儿急了，道，"老爷既然认为自己眼下是个草民，那草民卖字为自家修房子也算不得什么丑事。这种事传到朝廷里去，你祁大人都过到卖字为生的份儿上了，谁还会担心你要重新出山？"隽藻从没想过自己的心思会被这个女孩子看穿，愣了一下，急忙掩饰道："好好好，我答应你，明儿我也不在家种地了，我就到太原府去摆个字摊，卖字挣银子，将咱们家的房子修起来。"菊花知道他的注意力到底被自己岔开，高兴起来，回头冲着他笑："快吃吧，我去喊夫人他们来吃饭。"隽藻坐下吃饭，想了想又道："你站住。还有一件事，回头告诉你嫂子，宿藻现在朝中做编修，元白到了甘肃保安县当知县，这都有了准地方了，等粮食打下去，就请人帮他们送去。"菊花看他，叹气道："老爷，六爷和元白都做了官了，也还要家里给他们送粮食？"隽藻已经开始吃饭，被一口窝头噎了半天，好不容易咽下去才道："一定得送。他们现在官小，光靠那点儿俸禄银子，不够吃用，家里不接济他们，他们急了只能去祸害老百姓。让他们在这个年月去做官，就是不能指望他们为老百姓办什么好事，可也不能让他们变成那祸害百姓的贼呀！"菊花又叹了一口气，道："知道了。"

3

穆彰阿在京郊的穆家别业接见琦善。琦善将一幅字展开给穆彰阿看。穆彰阿看了赞道："要是认真论起来，这字还正经不错。"琦善谄笑道："大人居然夸起祁隽藻来了。"穆彰阿道："收起来吧。怎么，祁隽藻真到了卖字为生的地步了？"琦善点头笑道："一点儿都不假。这一张就是奴才让人在祁隽藻家里买来的。"穆彰阿舒舒服服地坐下去，想起了一件事，冷冷一笑，道："祁隽藻不是老对人说，他家里有五十亩地，一家人可以糊口，不至于遭遇饥寒吗？怎么卖起字来了？"琦善凑上去言道："大人有所不知。山西这几年旱涝不定，祁隽藻家的收成没那么好。奴才还听说，自从道光元年山西地震，震塌了祁隽藻家的房子，直到现在，他家的老院子还有一半没有修起来呢。祁隽藻卖字，一大半竟是为了把老院子重新盖起来。"穆彰阿长长地吐出一口气，道："他一个穷书生，能想到卖字修房子，已经长进了。既是这样，你安排的人可以撤回来了。"琦善见左右一时无人，低声道："大人，奴才还有一件事要禀告。诺敏真的去见了祁隽藻，不过祁隽藻没理他的茬，诺敏一气之下，去了南方。"穆彰阿脸上的笑容骤落，道："你没有让你的人动手？"琦善皱眉道："这帮奴才回来讲，一直有人暗中保护诺敏，他们几次要下手，都没有机会。再后来，就不知道了诺敏的去向。"穆彰阿听了一惊，道："不会是皇上的人吧？"琦善马上道："好像不是。听他们回来说，那刀法都是江湖上的路子。大人你说，这个诺敏不见了那么多年，在外头结交了什么人咱们也不清楚，几年前那次没查清的行刺案，是不是他的人干的？"穆彰阿听了皱眉，道："是与不是，这个诺敏，都给我好好防着。"琦善忙道："喳！"

夏去秋来，转眼又是秋初。一日含黛坐车从城外回城，忽见崇文门外大路边，脸朝下趴着一个流浪汉，双手抱着一只酒壶。含黛急叫倪二停车："去看看那是谁，我怎么看着像诺敏贝勒。"倪二跳下车，一边还在说："不会吧，贝勒爷去了山西，又说他要云游天下，还说有人追杀他，怎么会回京城来。"跑过去一看，立马回来禀报，脸色声音都变了："夫人，真的……真的……是他！"含黛不知道发生了什么大事，急道："快，把他弄车上来，别让人看见！"倪二走过去背诺敏上车，诺敏仍旧沉醉不醒。晴儿看着他吃惊，对含黛道："夫人，你瞧贝勒爷身上的衣服没一件是囫囵的，简直成了个叫花子。"一边说一边就用手捂住了鼻子。含黛也受不了他身上的那股味，捂住鼻子，急对倪二道："快走！"倪二上车，一扬马鞭，马车就在凸凹不平的石头道上颠簸起来。

不想诺敏就在这时被颠醒了，睁开眼，目光浑浊，看见含黛，大叫起来："你是谁，你们是谁？快停下来！"含黛知道在他身上一定发生了大事，眼泪流下来，也不答话。倪二一边赶车一边回头道："贝勒爷你怎么了？我是倪二，这是我们夫人，你是不是糊涂了？"诺敏喝道："什么夫人，你们认错人了！快放我下来！来人哪，他们要劫人啦——"含黛从这句话中听出了决绝，转过头去，不看他的样子。诺敏又大叫起来："你们停不停，你们不停，我就跳下去！"边说边挣扎着往马车下面滚，含黛心知他不愿认她，又怕他真的滚下车去，突然言道："倪二，停车！"倪二一带缰绳，拉住马，车子停下来，诺敏一转眼就跳了下去，马上抱起酒壶饮了一口，扑通一声又趴在路边水沟里，回头看着含黛，得意地笑道："哈哈，好酒！喂，你是谁？……我知道你们是谁，你们都是大清的臣民，你们都要完了！哈哈！"含黛听了，脸色煞白。诺敏见她不走，忽然又自个儿爬起来，一路跌跌撞撞地走去，不停地饮酒大笑道："哈哈，好酒！列位，你们怎么这么瞧着我？金樽清酒斗十千，玉盘珍馐值万钱……对案不能食，拔剑击柱长叹息……欲渡黄河冰塞川，将登太行雪满山……自古圣贤皆寂寞，唯有饮者留其名……哈哈，大清要完了，你们这些人，都得死！"回头见自己离含黛的马车已远，推开围观者，一屁股坐到路边上，喝完了壶里的酒，就地躺下，昏昏睡去。

马车中，含黛的泪水终于一滴滴落下来。晴儿看她道："夫人，贝勒爷到底是怎么了？"含黛心痛欲裂："这一回他是真死了！"晴儿骇然："夫人说什么，吓死晴儿了！"含黛道："他一定去过了山西，见过他想见的那个人，那个人没有让他重新活下来，却让他的心也彻底死掉了。这个人没救了。走，快走！"晴儿忍不住回头看着远处躺在地上的诺敏，悲痛言道："以后他就这样了吗？"含黛脸色惨白，不再说话。晴儿忍不住哭起来。

从这一天起，晴儿就发现含黛变了。一天她端茶走进内室，一眼看见含黛正在学抽鸦片，不由大惊失色，叫道："夫人，你怎么了？"含黛大咳起来，不理她，继续抽。晴儿急了，动手夺她的烟枪，哭道："夫人，你这是想死！"含黛的心也已经枯萎，连悲伤都没了气力，喘着气道："我就是想死！我要亲人没亲人，要丈夫没丈夫，要孩子没孩子，连一个可以在一起谈谈的人也要死了，我为什么还要活着？我活下来，就是为了天天心疼如割吗？"晴儿情急之中，大声言道："夫人就是这样死了，祁大人也是不会知道的！"含黛心中一痛，回头看她，怒道："你这个混账丫头，你说我……我到了现在心里还想着祁隽藻？

你……"晴儿急忙跪下，流泪道："晴儿说错了话，求夫人责罚！"含黛渐渐平静下来，叹口气道："你走吧。"晴儿不动，目不转睛地盯着那烟枪，含黛终于闭上眼睛，放下了手中的烟枪，道："拿走！"

这天深夜，穆彰阿就要睡了，琦善却匆匆来到穆家，说有要事，必须马上向穆相禀报。薛管家一径将他引进书房，过了半晌，穆彰阿才重新穿了衣服走出来，生气地看着他道："有什么大事，这么三更半夜地来回？"琦善也不说话，看一眼薛管家，薛管家知趣，急忙离去。穆彰阿越发吃惊，道："什么事让你这么紧张？"琦善上前将手中的东西放下，打开包在外面的绢子，露出里面的两只金镯，低声道："大人先认认，这是谁家的东西？"穆彰阿走过去一看，大惊道："这是家母的旧物，家母临终，将它们给了佛库伦……怎么到了你手里？"琦善道："大人还记得多年前遇刺的事情吗？后来一直没有抓到刺客，大人和我还怀疑过是不是诺敏指使人干的，终于也没有查到真凭实据……"说到这里，他停了下来，望着穆彰阿。穆彰阿开始一直吃惊地望着他，忽然之间，那脸色急遽地改变，难以置信地问道："此事当真？"琦善点头道："开头奴才也不信，但是他们让奴才看到了证物，就是这对镯子。"穆彰阿激动起来，低声怒道："证人在哪里，本官要亲自审问！"琦善道："此人是一家金铺的掌柜，当年收了这对镯子，兑银子给刺客时，捎带着打听了一下镯子的来历，刺客当然没说实话。后来巧得很，那天刺客在刑部大牢外面对大人行凶，他居然赶上了，虽然刺客戴着面罩，但还是被他认了出来……这些事多年来他一直不敢说，只是因为要处分这两只镯子，让奴才的细作察觉后抓了起来。可是……可是他没有顶住奴才给他上的大刑，讲到这里就死了。"穆彰阿气不打一处来，怒道："你怎么让他死了？成事不足，败事有余！"琦善连忙道："大人，你看这件事，要不把咱家的姑奶奶抓起来审一审？"穆彰阿大怒，骂道："混账！"琦善一愣，站在那里看着他，要走也不敢走。穆彰阿道："你走！"琦善答应一声，转身就走。穆彰阿站在那里，看着两只金镯，良久，才怒声自语道："原来是你，想要我的命！"

4

道光三十年正月的一天，京城通山西的官道上，一匹快马在狂奔。虽然马已跑得通身是水，但骑在马身上的宿藻仍在拼命打马，想让它跑得更快些。到了平舒村头，宿藻没有进村，却抄近路直奔村外草庐。人还未到，声音就先到了："哥——"隽藻听得真切，急忙从草庐里赶出来，远远地看他道："六弟，你回来了！"玉环、菊花、世长也相继从草庐中走出。宿藻滚鞍下马，急道："哥，皇上口谕！"隽藻一惊，急忙跪下。宿藻流泪道："哥，皇上口谕，着前户部尚书、军机处行走祁隽藻即行赴阙，与朕相见，不得有误！哥，皇上……皇上他急着要见你。"众人扶隽藻站起，看他的脸一下变得煞白，急道："六弟快说，出了什么事？"宿藻大声哽咽起来，道："皇上他……他快不中用了。"隽藻只听了这么一句，那眼圈就红了，变了脸色，大声对众家人说道："你们听好了，我不回家了，现在就上路，你们回去套了车去追我！宿藻，把你的马给我！"他一把抢过缰绳，翻身上马，纵马就朝官道上奔去。世长见了大喊道："爹，你等一等！马车马上就能套好。"隽藻回头，大声哭道："不，我走了！晚了我就见不到皇上了！"话音未落，他飞马上了官道，飞奔而去。还是玉环见过世面，急对众人道："还不回去套车？快追上去呀！"

道光此时躺在养心殿内，一口一口喘气。奕訢率肃顺、翁心存跪于榻前。道光吃力地招一下手，让奕訢过来。奕訢膝行至前，哭道："皇阿玛——"道光的声音十分微弱："祁隽藻……祁隽藻到了哪里？"奕訢答道："回皇阿玛的话，祁隽藻之弟祁宿藻已奉皇阿玛口谕去了山西寿阳，祁隽藻来朝，也就是这一两天了。"道光又问："林则徐和邓廷桢这会儿都在哪里？"奕訢又回道："奉皇阿玛旨意，林则徐、邓廷桢已经蒙赦离开新疆，现分别在云贵总督和陕甘总督任上当差。"道光点头道："这就好。穆彰阿误朕！他在哪儿？"奕訢低声道："奉皇阿玛密旨，儿臣已令载元、瑞华带兵将穆彰阿等人的宅第团团包围，穆彰阿现戴罪在家，听候发落。"

道光闭着眼睛，喘息了一下，道："肃顺……让肃顺过来。"肃顺膝行至前，哭道："皇上，奴才在这里！"道光的声音已经像游丝一样纤弱："肃顺，朕的日子到头了，这些年朕一直将你留在身边，不重用你，也不让载元、瑞华入军机处，就是为了今天。朕死以后，你和载元瑞华要扶助奕訢，和祁隽藻同心同德，守住祖宗的基业，让大清有中……中兴之日！"肃顺连连叩头，流泪道："皇上，奴才今天才知道皇上爱奴才兄弟之深！皇上这些年把奴才留在身边，是要保护奴才兄弟！"

道光又道："翁心存呢？"翁心存上前叩头，流泪道："圣上，臣回来了，臣在这里。"道光的眼角又有泪水流出，道："翁心存，祁隽藻离开朝廷后，朕也让你走了，那是为了成全你的节操。今天你能回来就好。还有李鸿藻、彭蕴章、黄爵滋，都要让他们回来。翁心存，祁隽藻是你的恩师，等他回来了，万一朕等不及，你告诉他，这些年里，朕没有一天忘记过他！"翁心存忍不住痛哭起来，道："皇上，祁大人一定也不会忘了皇上……"道光的声音越来越微弱了：

"他忘不了朕，是因为他忘不了天下人。你们看他写的那本《马首农言》，连穆彰阿都说是一本农书，只有朕看出来了，书中字字都是忧国之心。朕当初允准他辞官回乡，正是要保护他，让他能活到今天，从头帮助新皇收拾大清满目疮痍的天下。"翁心存流泪道："圣上的旨意，臣记下了。"

道光转头看奕䜣，又道："朕这一朝，用错了你皇爷爷留给朕的一个人，听信了他的误国之言！这些年朕所以任他为所欲为，一直留着他不除，一是不想悖逆你皇爷爷的遗旨，二也是为了把他留给你治罪。都是因为他当初一力主降，暗中操纵大局，让我泱泱大国打输了鸦片之战，致使洋人的势力和洋人的鸦片一起在我大清长驱直入。时至今日，大清国势江河日下，危机四伏，天下人提起穆彰阿，恨不能食其肉而寝其皮。朕死之后，你第一个要用的人就是祁隽藻，第一个要除的人就是穆彰阿，第一件要做的事就是禁绝鸦片，你做了这三件大事，天下人都会拍手称快，你在万民心中马上就会成为一代明君！"奕䜣心中大悟，哭道："皇阿玛，原来皇阿玛这些年不杀穆彰阿，就是为了儿臣今日——"道光大口喘了半响，方才有力气说出下面的话来："朕一生做了许多错事，给你留下的是一个随时可能大乱的天下，可朕还是给你留下了一颗穆彰阿的人头可用，还给你留下了祁隽藻、林则徐和邓廷桢，如果还有第二次鸦片之战，这三个人，你还可以用！"奕䜣哭道："皇阿玛！不要再说了，儿臣都知道了！"道光微微摇头道："人之将死，其言也善，朕还是要把话说完……朕做了这么多年皇上，要死了才明白祁隽藻当初给我看的那本《唐末文选》上的话是对的。不是因为你生在皇家，皇阿玛让你做了皇上，你就是皇上了！如果你不能善待天下苍生，你就不是他们心目中的皇上，而是他们的仇敌！天下所有人都会恨你，天天想着怎么将你从皇位上拉下来，踩在脚底下……老百姓心中有自己的标准，谁赢得了他们的心，谁能让他们过上养生送死无憾的日子，谁就是他们的皇上、他们的救星、他们的菩萨，他们就拥戴你！"说了这么久的话，他已经很累了，疲惫地闭上眼睛。奕䜣吓坏了，流泪大叫："皇阿玛，你不能走，你走了，儿臣怎么办？大清的江山怎么办？天下怎么办？"道光又睁开了眼，虚弱地吩咐道："内事交给肃顺三兄弟，外事交给祁隽藻。真要再打一场鸦片之战，从头起用林则徐和邓廷桢。"他突然又想坐起身，用尽力气大叫道，"祁隽藻，朕等不到你了！"终于没能坐起来，头软软地低了下去，慢慢地闭上了眼睛。奕䜣悲声大叫："皇阿玛——"殿内顿时哭声动地："皇上——"

翁心存第一个平静下来，站起身道："大家先别只顾得哭，咱们先拜了新君！"虽然已知新皇是谁，但众人还是遵照大清旧制，去太和殿"正大光明"后取了密匣，捧出道光遗诏。翁心存当众宣诏完毕，道："四阿哥请就皇上之位！"奕詝泪眼蒙眬地爬起来。翁心存道："各位臣工，快拜新皇！"众臣转身立时跪拜下去："臣叩见皇上，吾皇万岁万岁万万岁！"奕詝含泪道："众卿平身！"奕詝就此继位，改元咸丰，成为清朝历史上第九位皇帝。

这天晚上，在养心殿一旁的一间偏殿里，载元、瑞华、肃顺一起给咸丰叩头："奴才见过皇上！"咸丰泪痕未干，问道："肃顺，该做的事，你们都做了？"肃顺道："奉皇上密旨，数日之前，京城就已秘密戒严，各营军马也掌控在我们手中。穆彰阿、琦善、阿鲁图等人的住宅已被监视，皇上不用担心他们还能翻起什么大浪！"咸丰点头，下旨道："肃顺，听朕旨意，从今日起，载元、瑞华、肃顺同在军机处行走！"肃顺三兄弟心中大喜，这是他们多年的愿望，急忙叩头："谢皇上隆恩！"咸丰又流泪道："肃顺，先皇临终的遗旨你都亲耳听到了，将来朝廷里的事，都是你们三兄弟的！"肃顺满眼含泪道："奴才兄弟受先皇和皇上如此厚恩，敢不竭尽全力，报效皇上！"咸丰忽然打了一个哈欠，道："祁隽藻还没有到！肃顺，替朕拟旨，穆彰阿、琦善、阿鲁图等人，欺瞒先皇，误国害民，贪赃枉法，着革职戴罪！"

载元听到"戴罪"二字，心中一动，穆彰阿当国二十年，他们兄弟一直潜伏爪牙忍受，现在终于有了机会，怎么能再留给政敌机会，急回头对肃顺道："肃顺，你不是有一件和穆彰阿有关的大案，要密报给皇上吗？"肃顺立即就明白了，对咸丰叩头道："启奏皇上，数年之前，我大清与英人就鸦片贸易大开战端的时候，先皇曾差奴才去过苏浙闽三省，密察穆彰阿勾结地方大员，走私鸦片，开私种鸦片之禁，牟取重利一案。当时奴才回奏皇上，情况属实，证据确凿。只因当时先皇要用穆彰阿维持大局，将此事按下，没有深治穆彰阿的大罪。现在皇上既要奉先皇遗旨查办此人，何不将案情公告天下，也算师出有名！"咸丰闻言吃了一惊，点点头道："很好！就照你说的那样拟旨，公告天下！"

眼看着咸丰又打了一个哈欠，转身要走，载元又急道："皇上，奴才还有一件与穆彰阿有关的案子要奏明。数年之前，先皇的四弟诺敏，就是二十多年前自动脱离皇室的那位四贝勒诺敏，曾为一件事要叩见先皇，穆彰阿心如蛇蝎，竟然不看他是我爱新觉罗家的骨肉，密令肃顺将他杀死！"咸丰吃了一惊，大叫："肃顺，竟有这事？"肃顺叩头道："千真万确。那时奴才想到诺敏虽脱籍为民，到底是皇家骨肉，便从死囚中选了一人替代，放了诺敏远逃。诺敏至今生死不明。"咸丰登时大怒："穆彰阿前朝老臣，朕初登大宝，本想为他留点儿体面，没想到此人竟如此大恶，那就说不得了！肃顺拟旨，穆彰阿着即革职拿问，诸罪并问，家产抄没入公！"三人心中大喜，叩头应声如雷："喳！"

咸丰一时又想起道光遗命，道："载元，你速去拟旨！鸦片荼毒天下，已非一日，朕要重申禁烟之旨，各地官府一体施行，不得有误！"载元犹豫了一下，道："皇上，这件事……"咸丰转脸盯着他，面现不悦："怎么？"肃顺暗暗碰了一下载元，载元急忙改口道："皇上圣明，奴才马上就去拟旨，颁示天下！"咸丰道："这就对了，好好办你的差去吧。"三人叩头要走，翁心存忽然走了进来禀报："启奏皇上，祁大人到了。"咸丰急道："快让他进来，朕要见他……"想了一下又道，"不，还是先引他到殡宫里去，让他哭一哭先皇！"说到这里，他再也忍不住，又大大地打了一个哈欠。

5

翁心存引导隽藻入了宫门，进了殡宫。隽藻朝上面一看，众人只听他悲怆地叫了一声："皇上，臣来迟了！"便"哇"的一声吐出一口血，晕倒在地。一众守灵的大臣急忙站起，都来扶他。翁心存、李鸿藻、彭蕴章大叫："恩师，你快醒醒！"隽藻睁开眼来，伏地大哭："圣上，你怎么就走了！祁隽藻一接到圣上的口谕就来了，日夜兼程，可你还是走了！"他一时大放悲声，哭声动地。

在殡宫后的一间配殿里，咸丰正在用膳，懿嫔一旁服侍。听到外头骤然哭声大起，咸丰放下了筷子，皱眉道："过去瞧瞧，谁这么哭？"懿嫔去了一趟，扒着门缝瞅了一眼，回来笑了一笑道："回皇上话，就是那个先皇念念不忘的祁隽藻！"咸丰听了道："先皇的话果然不错。当初先皇曾经说过，他和祁隽藻其实不像君臣，竟是朋友。"懿嫔不悦，脱口而出："先皇糊涂，这个祁隽藻也该杀！"咸丰严厉地看她一眼，懿嫔急忙跪下，道："臣妾是说，'普天之下，莫非王土；率土之滨，莫非王臣'，这个祁隽藻，竟然让先皇认为他是个朋友，不是该杀吗？"咸丰喝道："你住口！祖宗制度，后宫嫔妃，不得议论大臣，干预朝政，违者处死！进宫时没人交代你吗？"那懿嫔并不十分害怕，伏地不起，笑一笑道："臣妾该死。不过皇上，祁隽藻现在还是一介平民，不是朝廷大臣。"咸丰想想有理，道："起来吧，念你是初犯，下回一定不饶。打发个人去听听，这个祁隽藻在先皇灵前都哭些什么。"懿嫔道："这还要皇上吩咐？臣妾方才已经交代他们了！"咸丰略显意外地看她一眼，觉得这个平日自己不是很在意的懿嫔竟有些与众不同。

此时就有一太监匆匆入内，跪奏道："奴才见过皇上。"一边说，一边偷眼觑着懿嫔。懿嫔冷冷道："看我干什么？听到了什么，给皇上说呀！"太监就道："皇上饶了奴才的狗命，奴才才敢回明了。"咸丰瞪他一眼，道："你们捣什么鬼呢？好了，朕不责罚你，说吧！"太监这才战战兢兢奏道："奴才方才听祁隽藻在大行皇帝灵前哭道，先皇本来可以成为尧舜之君，却因为当初的一念之差，不但没能成为尧舜之君，却成了大清的罪人、天下的罪人！"咸丰霍地站起，怒道："什么？反了他了！这个祁隽藻可恶！"太监吓得立马噤声。咸丰又看他，怒道："说呀，还有什么，都说出来！"太监哆哆嗦嗦道："祁隽藻还说，他观先皇一生所为，虽然不是尧舜之君，但也不是桀纣。先皇本来有一颗尧舜之心……祁隽藻还说，其实大清的天下到了今天这个地步，并不是皇上一个人的罪过，天下也是天下人的天下，所以天下人都有责任，包括他自己——"咸丰怒色稍霁，道："这话听起来还不错。继续说，怎么又哑巴了？"太监害怕地望着咸丰，吞吞吐吐道："皇上，下面的话有天无日，奴才不敢再说了。"咸丰踢了他一脚道："往下说！"太监道："祁隽藻说，他入朝做官之初，就对先皇说过，大清是有国无君，有君无臣，现在看来，他的话还是不幸言中了。先皇在世时，他因为鸦片之战，朝廷与英人签了《江宁条约》，一怒而去，实实错了！他也是朝廷大员，不该在那时置先皇于不顾，置天下安危于不顾，他自己就是有君无臣中的那个臣……他还说，这次回朝，他就不走了，一定不会让大清有君无臣！……皇上，祁隽藻还说，他有一肚子的话要跟先皇说，可是先皇听不到了！就那一会儿，祁隽藻就哭晕过去三回！"咸丰听了默然，眼中悄悄闪出泪花。懿嫔专注地看他，目光中尽是大不以为然之意。咸丰略一沉吟，吩咐道："朕让他哭的，这膳也进不下去了。传旨，明日早朝，朕要见祁隽藻，听他讲平治天下的良策。"

这天黄昏，载元家的内客厅里，肃顺三兄弟重又聚在一处。肃顺喜气洋洋道："有句话叫作'守得云开见月明'，我们兄弟到底有了今天。"瑞华迫不及待地对肃顺道："我看好了穆彰阿那所大院子，老六，抄家的时候，不要下手太狠。"载元却仍旧一副心事重重的样子，道："你们先不要得意，祁隽藻来了，咱们以后的日子，还不知道好不好过呢。"肃顺哼了一声道："有句古话讲得好，卧榻之侧，岂容他人酣睡！老穆当国这么多年，竟不能早早将此人了断，也算无能。"载元看他，点头道："祁隽藻一定得死，但不是现在。新皇登基，穆彰阿被废，祁隽藻还朝，朝廷重发禁绝鸦片的诏令，这几件事里头，唯独祁隽藻还朝这一件事，对天下安危影响最大。"瑞华又听不明白了，道："你什么意思？你也未免太长他人威风，灭自己志气！"肃顺却听明白了，道："老二的意思是，他要是能帮朝廷稳住了天下，再杀他也不迟；若他做不到这一点，也就毁了他的什么天地民心的名声，天下人就会对他失望，那时杀不杀他，也无所谓了，不过还是要杀。"载元看了瑞华一眼，教训道："还是老六说得透彻，就这么着。事不宜迟，我们现在就分头去办穆彰阿等人的案子。"

6

肃顺带领一众人马，来到穆家。刚刚走进前廊，就见穆彰阿去了冠戴，一身囚衣，站立在廊阶之上，看到肃顺，拱手大笑："六爷果然来了！"肃顺见状，也只好拱一拱手道："穆大人，肃顺奉旨办差，得罪了。"穆彰阿仍在大笑，道："穆家的一草一木，皆是几朝皇上所赐，就连穆彰阿的一身一命，也是朝廷的，新皇要拿去，就拿去好了。只是穆彰阿两朝老臣，求六爷启奏皇上，是否可以不进刑部大牢受辱，将穆彰阿置于我那乡下的别业中圈禁起来，也就是了。"肃顺稍作沉吟，道："肃顺多年来承蒙大人关照，这件事无须奏明皇上，肃顺自己就可以做主。"穆彰阿微微一笑，再次拱手道："谢了。"薛管家匆匆走过来，对肃顺跪下，流泪道："六爷，奴才多年来一直在我们家老爷身边侍候惯了，求六爷允准奴才与老爷一起去到乡下别业，侍候老爷。"穆彰阿听了他的话，眼中含泪，感慨道："穆彰阿为官一世，恩养了多少人，到了今日，就连琦善也对我落井下石，没想到你一个奴才，竟有与主子同死的心，难得，难得！"肃顺听了这话，看薛管家一眼，点头允诺。穆彰阿眼中闪出泪光，大笑道："好了，话说完了，咱们走了吧！"边说边朝大门外走。肃顺一挥手："抄！"众兵丁听得这一声，立即如狼似虎地扑进内宅。穆彰阿忽然回头，道："六爷，新皇即位，废掉穆彰阿，必让祁隽藻还朝。祁隽藻一旦还朝，新皇必对他言听计从，天下之事从此在祁隽藻的掌握之中，六爷兄弟的日子也不会很好过吧？"说完，转身大笑而去。肃顺却呆呆地站在那里，回头望着他，变了脸色。

此时刑部大牢内，载元、瑞华兄弟正与琦善相见。见载元、瑞华二人又来见他，琦善明白他们还想从他这儿多知道些什么，立即搜肠刮肚，想再讲出点儿什么新鲜的来，却又一时想不到穆彰阿还有什么隐匿的财产，忽然就想起一个人来，忙谄媚地言道："两位王爷，奴才这会儿又想起来了，穆彰阿还有一个胞妹，本名佛库伦，自己起了一个汉名叫作含黛。这个含黛，当年曾是被先皇下旨杀了的两江总督保胜的福晋，保胜被斩，家产本应抄没充公，可由于穆彰阿一力保护，含黛将保胜的大部分家产隐瞒不报，占为己有，那日子过的，仍然像一品命妇似的！"载元看一眼瑞华一眼，问他道："琦善，此话当真？"琦善谄笑道："王爷要是能放奴才出去，奴才这就带人去抄了她家。两位王爷不知，这个含黛与穆彰阿虽是兄妹，其实是仇人，她甚至还指使刺客……"他的声音低了下来，凑过来对载元、瑞华耳语。瑞华哈哈大笑道："既然这样，那就不用顾忌什么了。来人！给琦善去掉刑具，让他去办差。"狱官答应着，走进来为琦善除去刑具。琦善趴下连连磕头，哭道："奴才琦善给两位王爷磕头，王爷救了奴才，从今天起，奴才就不是人了，奴才就是两位王爷家的狗！"瑞华听了不怿，道："来人，把他带走，去抄没犯官保胜隐没的家产！"一军校闻声赶来，对琦善道："走吧！"琦善急急地随他而去。载元远远地看着他，半晌不语。瑞华道："老二，你觉得这个人怎么样？"载元皱了眉头，道："办完了这趟差事，远远地将他打发到边疆台站上去效力。这种人，连老穆都被他玩死了，怎能让他待在我们身边。"瑞华这时忽然起了一点恻隐之心，道："哎，我说，咱们还是不要把事情办得太绝情了，老穆这个妹子的私产到底是不是犯官保胜的家产，咱们是不是得找个人问问？"载元听了，叫了一声："来人！"一军校马上过来道："王爷！"载元想了一想，道："去见六爷，让他问一声穆彰阿，他妹子佛库伦现有的私宅及产业是否都是当年犯官保胜的家产？"军校答应一声跑走。瑞华看载元，道："哎，你糊涂吧，你让人去问穆彰阿，会问出实话来？"载元哼了一声，冷笑道："真没想到连穆彰阿的亲妹子都成了他的仇人，我今天还真想知道了，到了今天，穆彰阿在他妹子的事情上会是个什么嘴脸！"二人从刑部大牢里走回去，载元刚刚进了府门，方才那军校就赶了回来，禀报道："王爷，方才六爷已经查问了穆彰阿。穆彰阿对六爷说：'老夫记不太清了，随你们的便吧。'"载元道："后来呢？"军校回答："后来六爷还有意提醒他，说道：'大人可要想好了，你妹子佛库伦的私产若是保胜的家产，也是要抄没入官的。'没想到穆彰阿听了以后哈哈大笑，道：'六爷，你还什么也不知道呢，穆彰阿早就没有妹子了，哪里还顾得上她的家产！'"载元听了，冷笑道："既是这样，那就抄了吧！"

当夜间一队官兵就打着火把，冲进了含黛的家。倪二上前拦阻，被军校拿下。一时间晴儿扶着含黛走出来，看着满院的官兵，回身抱住含黛，哭道："夫人，你快说话呀！这可怎么办呀？"含黛平静地问道："你们是什么人？"军校上前道："回夫人的话，我们是五城兵马司的，奉上司的令，特来抄没犯官保胜隐匿的家产！"含黛满目泪花，忽然又大笑道："好，来得好！"晴儿大惊："夫人，你不是疯了吧？"含黛仰天叹道："天哪，含黛本来觉得这一辈子已经没什么活头了，没想到还要再被抄一次家，做一回囚徒！真是造化弄人，实实让含黛觉得这一辈子太好玩了！含黛的劫难原来还没了……好吧，该来的一起来吧！"她突然大怒，冲那些兵丁大喊，"你们这些抄家抄红了眼的人，干吗还不动手？抄呀！"军校一愣，道："快，动手！"众兵丁拥进内室。军校又对含黛道："夫人隐匿犯官的家产，请跟我们走！"含黛大笑不止，道："含黛一生，做过贵族家的格格、封疆大吏的夫人、犯官的遗孀，进过江宁府的大牢，就是还没坐过天牢，你们这么做，眼见着是要成全含黛！要捆上吗？请！"

7

隽藻在宫里哭得惊天动地，终于又一次晕倒，被人送回祁家东华门外的旧官寓。玉环带着菊花、世长，刚刚大致地打扫了这久无人住的旧房。到了晚间，李鸿藻、翁心存、彭蕴章一起来拜望隽藻，宿藻一旁侍立。隽藻道："原来你们三人都回来了，太好了，眼下正是朝廷用人之际……都是什么时候回来的？"李鸿藻道："恩师，我和彭蕴章是昨天回来的，翁心存回来已经多日了。"彭蕴章道："恩师，黄爵滋大人也要从外任上回京，大约今晚就到。"隽藻点头振奋言道："好，都回来了好！这些年，你们或者置身草野，或者远斥边远州县，天下的事情到底怎么样了，快跟我说说！"李鸿藻忧虑重重道："恩师，我们三人今天来，一是为了拜见恩师，二是为了要说说这个天下之事。恩师不在朝廷这些年，天下事已经被弄到了不可收拾的地步。"隽藻急道："真是如此，那你们快说说！"翁心存看了李鸿藻、彭蕴章一眼道："我先说。首先是鸦片长驱直入，数年之间，中国已如恩师当初所言，成了鸦片之国，多少中等之家为之毁业败产，小民百姓失去最后一块糊口之田！"彭蕴章跟着道："恩师离开朝廷这些年，吏治败坏到了令人发指的程度，穆彰阿恣意妄为，当年恩师养育的草野之士全被赶出官场，他自己的门生故吏奴才下人充斥天下省道府县。南方素来是天下粮仓，膏腴之地，竟成了朝中显贵争求外放之处，这些人不知民间疾苦，一旦去了，一意搜刮民脂民膏，敲骨吸髓，兼并土地，无所不用其极。"李鸿藻补充道："还有赋税。自从道光二十二年，朝廷与英人签署《江宁条约》，割地赔银子，以后从朝廷到各地官府，年年以缴赔款银子为名，向百姓增加税赋，贪官污吏借机搜刮百姓，花样翻新，百姓卖儿卖女，也交不上这些苛捐杂税，只好携家带口，扔下田地房屋，逃往他乡，成为流民，为匪为盗。学生的家乡，这些年间，就是那些中等富户，倾家荡产者也日有所闻。恩师想想，连这样的人家都活不下去了，天下大乱，不是迫在眉睫了吗？"隽藻紧皱眉头叹道："我在山西老家，也想过会这样，却想不到竟如此严重！鸿藻、心存、蕴章，你们以为，这天下还有救吗？"翁心存道："天下人皆仰望着恩师，恩师若能挺身而出，力挽狂澜，天下或许有救！"李鸿藻急切言道："而且要快！大清的天下就像个随时都可能被引爆的火药桶，它未被点燃的时候，一切还好办，一旦被点燃，就不好救了！"隽藻毅然道："你们心里想什么我都知道了，今晚我要好好想一想，明天早朝上，关于如何救天下，我有话对皇上讲。"

李鸿藻等人走后，隽藻回到书房里一边咳嗽，一边奋笔疾书。玉环端着一碗汤走进来，心疼道："老爷，你的身子早就大不如前了，再这么熬夜，有个好歹，可怎么办？"隽藻也不看她，只道："恩师张观藜先生说的那场大劫难真的就要来了，天下人都要死了，我还要这个身子干什么！"在大门外送走客人的宿藻走进来，看他道："明天早朝，五哥即便要讲救天下之策，也要先等等，看皇上有没有用五哥来救天下的打算。"隽藻盯了他一眼，想了想道："我明白了，他们是要劝我等等，看皇上会给我一个什么官做。说吧，他们觉得皇上给我一个什么官，我才能够救天下？"宿藻道："大家觉得，五哥此次还朝，只有做武英殿大学士兼领班军机大臣，才可以救得了天下。"隽藻摇头："大清祖制，是不会让一个汉人做领班军机大臣的，他们连这个也不知道？"宿藻道："他们当然知道，可是天下糜烂到这种地步，非五哥出山不能救天下，皇上若是真心用五哥平治天下，为什么不能开一个先例？"隽藻责备道："糊涂！他们糊涂，你也糊涂！现在是千钧一发之际，若是阻止不了天下大乱，我就是当了这个首相又有什么用。刚才李鸿藻说，如今大清的皇上犹如坐在一个火药桶上，他只说对了一半，其实我们大家也一样是坐在这个火药桶上，耽搁一日，这只火药桶就可能被点燃，那时天下万万人都将死于大难。你连这个也想不到，还在朝廷里做什么官，救什么天下！"他又咳嗽起来。玉环轻轻地帮他捶背，找出一件衣服帮他披上，道："老爷，你又生什么气，六弟不过是白替你操心。"隽藻口中不停地咳嗽，手里的笔却一直没有停下来。宿藻叹了口气，转身走出。

夜深了，隽藻仍独自坐在书房里，苦思救天下之策。忽然"嘭——"的一声，一支飞镖打在门上。隽藻一惊，起身走出，用力从门上拔下飞镖，朝远处看去。两条黑影从院墙上一闪而逝。隽藻从镖尖上取下信，打开一看，点点头道："妙真，果然是你！"面对空茫的夜色，他想大声喊两句，却也没有年轻时的力气了，只自语道，"妙真，我知道你一直在等，你等急了，我也等急了。可是你我两家的事情再大，也没有救天下的事情大。祁隽藻今天刚刚回到朝中，只能先救天下。"

第三十四章

挽狂澜老臣论新政　说深忌巨贼藏祸心

1

这是隽藻回京后第一次上早朝，四更时分，他就早早起来，梳洗穿戴，由世长赶车，前往午门外等候。寅时三刻，宫门大开，雪地之上，但见众臣皆一身缟素，鱼贯而入，宫内自太和殿起，也蒙了丧幛，天上地下，一片惨白。隽藻见了，忍不住就想哭泣。只听净鞭响起三声，众臣入殿，列班站定，咸丰上殿，端坐于龙椅之上，众臣一齐跪拜山呼："吾皇万岁万岁万万岁！"隽藻虽是老臣，却是一介布衣，并没有官衔，只能随班拜于众臣之后。咸丰初登大宝，还不太习惯，刻意起身，矜持言道："众卿平身！"众臣起立。咸丰朝下面睃了一下众臣，开口问道："祁隽藻在哪里？"隽藻匆匆趋前跪拜，道："祁隽藻叩见皇上。"咸丰一脸庄重之色，殷勤道："祁隽藻，你是先朝的老臣，先皇弃绝万民之际，请你还朝。你多年置身草野，所谓旁观者清，如今天下扰扰，人心思乱，朕初揽大政，如履薄冰，你有什么良策，今天都对朕讲出来。"隽藻大声恭谨奏道："臣祁隽藻谢圣上！臣以为今日大清，外有强寇，内有大患，正是存亡危急之秋。臣还朝以来，不断有人问到天下今日有救还是无救，臣对他们说，天下有救！"咸丰点头道："你以为天下有救，必有救天下的良策，快讲！"隽藻趋前一步，高声言道："圣上，天下是什么？天下就是天下生民！臣以为圣上登极之初，就能想到救天下，圣上果然是尧舜之君！"咸丰一惊，道："祁隽藻，朕初承大位，还不敢自称是尧舜之君。只有你我君臣平治了四海，让天下太平，万民安乐，那时朕才敢称是尧舜之君！"隽藻道："圣上虽然还不是尧舜之君，但登基之初就想到要救天下万民，圣上就已经有了尧舜之心。圣上有了尧舜之心，就会在天下行尧舜之政。臣为天下万民谢圣上！"他叩头在地。他上来的这一番话与过去那个抗颜直谏的祁隽藻大为不同，众臣包括李、翁、彭、黄心中都吃了一惊，许多人则私下交头接耳议论起来。咸丰也被他这番话弄得有点儿头晕，摆摆手道："肃静！"议论声停息。咸丰道："祁隽藻，你要说朕有尧舜之心，朕身为一国之君，也不敢过谦。总之救天下才是今日朝廷的急务。你有什么办法，就直说。"隽藻这才朗声言道："圣上，臣以为圣上欲救天下，必先救天下生民之命，而欲救天下生民之命，必先救天下生民之心。"咸丰一惊，道："此话怎讲？"隽藻道："孟子有言，尧舜得天下，得天下之心；桀纣失天下，失天下之心。臣以为自鸦片之战后，朝廷历年来只做了一件事。"咸丰紧张起来："什么事？"隽藻声音不大，却像一个炸雷似的震动了殿上每个人的心："朝廷做的这件事是，用无所不用其极的苛政，荼毒天下百姓，让他们困苦至极，不能活命，只能生出一颗造反之心，起而为乱！"

众臣相顾大惊，议论蜂起，肃顺三兄弟等更是立马对他怒目相向。一满臣急忙上前跪奏，大声嚷嚷起来："圣上，祁隽藻这是什么话！这不是诋毁先皇吗？"咸丰微微变了脸色，望着隽藻，要说什么，隽藻已经接着说下去："圣上，今日天下人人欲反，是天下万民之心不再认皇上为自己的皇上，不再认官府为自己的官府。天下万民所以会如此，自然与朝廷和官府的作为密切相关。只有先救万民必反之心，天下才会不乱，一场大难才会避免！"咸丰过去听说过此人秉性质直，说话口不择言，想了一想，耐着性子道："祁隽藻，你认为如何才能让天下百姓重新认可朝廷和官府，不再想着造反？"隽藻道："圣上，臣以为要让天下民心重归于朝廷，朝廷必须马上做四件大事，刻不容缓！"咸丰来了精神，道："快说，哪四件大事？"隽藻跪直身子言道："第一件大事，道光二十二年，朝廷与英人签订《江宁条约》，让鸦片烟纵横中国，不唯让中国大伤元气，而且让民心为之一变。据臣所知，圣上已将先皇禁绝鸦片的遗诏颁示天下，令各地官府百姓一体施行。但臣以为，鸦片之害已非一日，中外烟商与各地官府狼狈为奸也为时日久，圣上今日一旦禁烟，各地官员定会阳奉阴违，我行我素。臣以为皇上要彻底禁烟，必痛下霹雳手段，不惜矫枉过正，方能令天下官员和中外烟商不敢再为所欲为。"此言一出，殿内原来的议论声顿息。

咸丰沉吟了一下，道："好吧，往下说。"隽藻道："第二件事，臣以为自道光二十二年以后，朝廷内外贤人远去，奸佞塞路，一二大臣结党营私，非私人不用；地方官员，附于私门，以搜刮民脂民膏兼并土地为务，不是民之父母，竟是民之盗贼！臣以为圣上要救天下民心，必大力整饬吏治，任用贤臣，惩办贪官，以救民命！"咸丰听了不语。隽藻继续道："尤其是大江之南，近十年来，被弄得十室九空，千村薜荔，万户萧疏。圣上，臣有一句话，不得不讲，天下若有大乱，必从南方始！"他的话再次引起殿内众人轰然喧哗，一片议论。咸丰心烦，又急道："肃静！祁隽藻，怎么，大江之南，真的被他们闹到了这种地步？"李鸿藻听了急忙上前跪下道："圣上，祁大人所言不虚，臣回朝之前，曾在江南游历，各地乱萌已起，臣可以为证！"咸丰脸色越发难看，道："祁隽藻，你……你接着说。"隽藻道："臣以为要制止今日天下之乱，必从制止江南之乱始！而要制止江南之乱，必从整饬江南数省的吏治始。当务之急，是要将自道光二十二年以来被朝廷弃之不用的草野之士重新召回。这当然还不够用，朝廷还要立即从各地简拔廉正清明的官员，赶在大乱之前，火速派往江南各省，取代那些劣迹斑斑的大小贪官，倾听百姓疾苦，查办贪官害民的罪行，就地处置，让百姓亲眼看到朝廷明白他们的困苦，圣上一心要救他们的性命。圣上若能这样做，江南民困可解，民愤可平，民心可回！"

咸丰越听，心烦越甚，却仍旧耐着性子道："第三件呢？你不是说有四件大事吗？"他早觉疲倦，支持不住，只好回头在御座上坐下。隽藻道："圣上，自道光二十二年中英议和之后，上有朝廷为战争赔款增加百姓赋税，下有贪官污吏如狼似虎盘剥小民，天下人不堪命，不死于沟壑，即成为盗贼！朝廷当务之急，是诏告天下，全部蠲免道光二十二年以来的欠赋，让天下千万流民可以放心回归本土，不再只有铤而走险一条路可走。"

咸丰悄悄背过身去打了个哈欠，回头问："好像还有一件吧，第四件呢？"隽藻神情凝重，叩头在地，道："这第四件大事，臣以为乃是拯救民心、安定天下最要紧的一件事！"咸丰不觉又打了一个哈欠，道："那是一件什么事？"隽藻道："圣上，臣三十年来，一直以为，今日大清之困，在于土地兼并，天下人十之七八没有土地可以耕种，十之一二却拥有天下十之七八的土地。大清以农立国，土地是天下人立命的根本，没有土地，十之七八的人都会成为佃农，其中十之三四者会成为流民。大清现有人口四万万，十之三四就是一万万多流民。天下流动着一万万多流民，不能活命，大清的天下如何安定，天下怎么可能不危机四伏？！"咸丰听了，心不觉为之一震，一个哈欠打了一半停止，回头道："那……你认为朕该怎么办，才能让天下人都有土地？"隽藻道："臣在过去三十年间，一直上书嘉庆仁宗皇帝、道光宣宗皇帝，提议在天下废除土地兼并，重新平均地权，让天下百姓都有地种。孟子讲有恒产者方才有恒心，老百姓有了土地就有了衣食，百姓有了衣食，哪个还会去造反？臣以为圣上若想彻底解天下之危，就要从现在起，考虑在天下重新废除兼并、平均地权的大事！"

肃顺站在一旁，早已忍无可忍，这时急上前跪奏道："皇上，祁隽藻所言，断不可行！"咸丰回头看他一眼，又吃了一惊，道："肃顺，你认为这件事不可行？"肃顺道："奴才回皇上的话，大清开国已有二百余年，天下土地早就各有了名分。祁隽藻要平均地权，天下必然大乱！"咸丰听了，觉得有理，回头望着隽藻，怒道："祁隽藻，肃顺说得对，天下土地都有名分，你要平均地权，无异是让天下即刻大乱！"隽藻不为所动，高声言道："臣有一个办法，只要圣上决然行之，天下必不会大乱！万民必然归心于圣上！"咸丰道："什么办法？讲一讲看。"隽藻道："天下拥有土地最多的是圣上。圣上若能以天下万民之心为心，以天下百姓之命为命，率先效法古代尧舜之君，下诏将皇家用不着的围场、猎苑、私田任百姓垦耕，同时下诏令所有皇亲国戚、大小官员、天下豪富之家，除留下自己可以耕种的土地之外，其余大量土地由朝廷低价赎买，分给无地百姓，天下平均地权之事，就能成功！"话音未落，朝臣中立即响起一片喧哗，咸丰面前，随即跪倒了一大片大臣，齐声嚷嚷道："皇上，此事决不可行！我们的土地是先皇赐的，为什么要给他们？我们就是死，也不交出土地！"咸丰举手示意他们肃静，回头看着隽藻，讥讽道："祁隽藻，你自个儿以为，你刚才说的这个办法行得通吗？"隽藻闭上眼睛，坦然言道："行不通。"咸丰不觉大怒，道："行不通你还要讲，岂不是戏弄朕躬！"隽藻仍闭目言道："臣刚才说行不通，是说圣上不是尧舜之君，不想行尧舜之政，救天下万民，就行不通！圣上若是尧舜之君，视天下之民如同赤子，此事就行得通！"瑞华早就忍耐不住，听了这话，立刻上前跪奏，挑唆道："皇上，祁隽藻大胆，今天竟敢在朝会上骂皇上是桀纣！"咸丰怒起，看他道："瑞华，你说什么，祁隽藻骂朕是桀纣？"瑞华道："他虽然没有说出口，可以奴才对此人的了解，他刚才的话就是这个意思。"咸丰已经气得浑身发抖，转眼望着隽藻，道："祁隽藻，你……你刚才的话是这个意思吗？"隽藻睁开眼来，平静言道："三十年来，臣屡次三番在两位先皇面前口出狂言，认为皇上乃天下之君，不做尧舜，就是桀纣，两位先皇念臣一片忠君爱民之心，几次欲杀臣却又赦了臣不死。可是今天臣不这么认为了，圣上即便不是尧舜，也不是桀纣。"咸丰一时间又羞又恼，面对这样一个天下闻名的骨鲠之臣，竟不知该如何是好："你你你……到底想说什么？"隽藻突然落泪，悲愤言道："臣以为两位先皇将臣留给圣上，不是要臣接着骂圣上，而是要臣为圣上出谋划策，平定天下之乱！"所有的人一时间都被他话中的悲痛所震撼，朝会上一片寂静。

咸丰默然，半晌才让自己平静一些，回头言道："祁隽藻，如果……如果你方才的办法朕一时半会儿还不能下决心施行，你还有办法救朕的天下吗？"隽藻拭泪，叩头答道："有！"众人又一次吃惊地望着他。只见隽藻从袖中取出一件东西，高举过顶："圣上请看臣带来的这张图！"咸丰示意太监接过来打开。众臣睁大眼睛朝前瞅，议论声再次大起："这是什么呀？"肃顺三兄弟已经明白了是怎么回事，不觉眉头紧皱。咸丰围着那张图看了半天，仍然不得要领，回头道："肃静！祁隽藻，这是一张什么图？"隽藻不觉爬起来，趋前大声指点道："圣上，这是一张吉林垦荒图。多年以前，臣曾向两位先皇上言，请求朝廷开放吉林垦荒之禁，让天下无地之民前去垦耕。有一位不愿说出姓名的义人，用十五年的时光前往吉林实地察看，才画出了这张图。圣上从这张图上一定可以看出，吉林万万亩未垦之地，足可以容纳天下一万万多无地之民。圣上，臣以为朝廷若能开放吉林垦荒之禁，既可让关内没有生路的流民找到活路，从而制止一场迫在眉睫的天下大乱，又可因多辟土地而得到田赋，将来垦荒之民还可成为戍边之兵，为大清永保吉林之地不受外人觊觎。圣上就是不能马上下决心平均关内地权,至少可以做这件既能安定天下又能富国强兵的大事。圣上,这件大事已被两位先皇耽搁了三十年,圣上要救天下万民,一定要立即下旨办这件事,再也不能迟疑。"

咸丰回头看了看肃顺三兄弟,载元向咸丰使了一个眼色。咸丰会意,忽然又打了一个大大的哈欠。隽藻见了,心中明白了怎么回事,不觉大惊。咸丰忙掩饰道:"啊,祁隽藻,你把今天的话写一个折子,给朕奏上来。你讲的都是大事,朕要好好想想。"隽藻将折子从袖中取出,双手高举过顶,大声言道:"回皇上的话,臣的折子已经写好,请皇上御览!"咸丰示意太监收下,又忍不住打了一个大大的哈欠,急忙高声言道:"退朝!"

2

早朝后,载元、瑞华、肃顺接到咸丰旨意,坐了三乘大轿,赶往圆明园的畅春园来看咸丰。三人在一偏殿内苦苦等了一会儿,也没听见咸丰召见。瑞华就有些忍不住了,回头看一眼载元,载元知道他想说什么,低声道:"耐心等着。我估计,皇上这会儿一定正在过烟瘾呢。他撑了这一早上不容易,我们就多等一会儿吧。"

载元想得不错,咸丰此时正在一间寝殿内抽鸦片,懿嫔一旁侍候。咸丰头几口抽得过猛,不觉咳嗽起来,想了想,又将烟枪放下,不抽了。懿嫔诧异地问道:"皇上今日怎么了?这才几口?"咸丰道:"朕已下诏,令天下禁烟,朕也不能再抽这烟了,朕身为一国之君,要做天下表率。"懿嫔不以为然道:"皇上一身兼天下之重,自然非那些凡夫小民可比,抽几口烟也就抽了。再说皇上怎么能把约束天下臣民的规矩加在自己头上呢,那皇上不也成了平民百姓了?"咸丰听了勃然大怒,道:"你这个人坏!教唆朕抽鸦片!来人,将懿嫔拉下去,打四十!"两太监进来,将懿嫔架出。懿嫔大叫:"皇上——"咸丰想了想道:"算了,她已经怀了龙种,关她几个时辰,让她长长记性。"随侍太监应声道:"喳!"咸丰这时才回头问回身边传事的太监:"载元兄弟三个还等着吗?让他们进来。"传事太监应声而去。

只过了不大一会儿,载元、瑞华、肃顺就鱼贯而入,跪倒咸丰面前。咸丰站在鸟笼旁边逗自己最喜爱的那只黄鸟,头也不回道:"载元,早朝上祁隽藻说到开放吉林垦荒之禁,你给朕递眼色,有什么不能公开说的话吗?"载元道:"回皇上话,奴才以为,今日早朝上祁隽藻说的四件大事,尤其是开放吉林垦荒之禁,万万不可行!"咸丰吃了一惊,回头正色问道:"为什么?"肃顺抢上来道："皇上，奴才听说，积三十年之久，两位先皇尤其是宣宗成皇帝在许多事情上对祁寯藻都言听计从，唯独对于此事，直到驾崩之际也没有答应。"咸丰道："你们知道为什么吗？"肃顺刚要开口，载元马上抢上去答道："奴才们不知道。不过奴才以为，两位先皇三十年都不答应这件事，一定有它的道理。"咸丰皱着眉头想了半天，又回头问："连你们都不知道，那还有人知道吗？"肃顺忽然想起一个人来，道："有一个。"咸丰急道："谁？"肃顺叩头道："奴才不敢讲。"咸丰看他，道："朕想起来了，穆彰阿！"肃顺自知失言，伏地不语。咸丰想了想道："这件事朕知道了。还有一件事朕想听听你们的。穆彰阿祸国殃民，已经革职问罪，先皇临终遗言，内用肃顺三兄弟，外用祁寯藻，现在祁寯藻回朝来了，你们看朕该给他个什么差事？"这话这三兄弟同时一惊，瑞华嘴快，最先试探道："皇上打算给他个什么差事？"咸丰道："天下乱成这个样子，平息大乱是头一件事。先皇遗旨将天下事托付给他，朕打算来个轻省的，干脆开一个我朝的先例，让他做领班军机大臣，你们以为如何？"载元听了，脱口急出："皇上不可！"咸丰看他，道："为何不可？"载元自觉失态，急忙掩饰道："奴才回皇上的话，奴才是说，自有大清以来，从没有过一个汉人做首相，皇上登基之初，就做出这样有违祖制的事，奴才怕会在朝野内外引起议论。"咸丰道："世人都说做皇上好，朕刚做了几天皇上，就觉得不胜其烦。那你们说，祁寯藻不能做领班军机大臣，谁能做领班军机大臣？"载元、瑞华、肃顺三人本来以为咸丰一定会将领班军机大臣之任交给自己，至少会是他们三人中的一个，就连瑞华都有这样的想法，此时听他的话音，明显不是这个意思，不觉大为失望，互视一眼，伏地不语。咸丰等了一会儿，见他们不说话，不悦地看着他们道："你们怎么不说话？朕果真不用祁寯藻，那就只好从军机处外头找人来做这个领班军机大臣了！"载元听了，急忙大声道："皇上，奴才举荐一人，可做领班军机大臣。"瑞华、肃顺吃了一惊，回头看他。咸丰也望着载元，道："谁？"载元道："军机处行走赛尚阿，可做领班军机大臣。"咸丰皱起眉头道："赛尚阿？……他行吗？"载元此时越发急切，道："皇上，赛尚阿第一是我们旗人，当年先皇简拔他入军机处，自然是认可了他有协助皇上治国之才。其次此人还有一桩好处，他做军机大臣多年，虽未能帮先皇早日铲除穆彰阿，却也能不与穆彰阿同流合污，实在难得！"咸丰紧皱的眉头并没有舒展开，想了想道："嗯，这件事朕要想想。你们跪安吧。"三人听了，又磕了一个头退出，口称："吾皇万岁万岁万万岁！"

三人刚刚走出园门，瑞华就回头冲载元怒道："老二，你怎么能举荐赛尚阿做领班军机大臣，他是个什么东西！"载元面色铁青，只是不语，径直往前走。肃顺看他今日神情大异，心中顿时大悟，对瑞华道："老二为了等这个领班军机大臣之位，已经等了三十余年，以前是穆彰阿秉政，现在好不容易穆彰阿败了，皇上却根本不考虑让我们家的人尤其是他接这个缺。要是我猜得不错，老二之所以举荐这个赛尚阿，不是因为他行，而是因为知道他肯定不行。难道你真要皇上从军机处以外再简拔一个能和我们分庭抗礼的首相吗？"瑞华听到这时才开了窍，但仍然又沮丧又愤怒。载元这时回过头来，低声喝道："快走，别在这儿讲！"三人这才分别上轿离去。

畅春园内，咸丰依旧站在那里给黄鸟喂食，心神却十分不宁。随侍太监来奏："懿嫔有话，托奴才启奏皇上。"咸丰已经想不起刚才的事了，问道："对了，这半天怎么不见她了，她去哪儿了？"随侍太监道："回皇上话，懿嫔方才获罪，皇上罚她闭门思过，皇上怎么忘了？"咸丰道："啊对，有这事。她都被关起来了，还有什么话要说？"随侍太监道："懿嫔说，皇上退朝之后，还要召肃顺三兄弟进园子，一定是要商议大事。懿嫔启奏皇上，皇上若真要为自己挑选领班军机大臣，万万不可用这三兄弟中的任何一个！"咸丰又生气道："这个懿嫔，越发不成体统！如此大政，哪有她说话的份儿！先皇将载元三兄弟留给朕，朕又让他们一起进了军机处，现在朕再让他们中间的一个做领班军机大臣，朕这个皇上还做不做？朕糊涂了吗？"随侍太监笑了，道："懿嫔也是这么说的，懿嫔还说，皇上不让肃顺兄弟中的一个做领班军机大臣，自然也不能让祁隽藻担任此职，因为他是汉人，心里只有天下百姓，没有皇上，跟咱们不一心！"咸丰皱眉道："不让肃顺三兄弟做，也不让祁隽藻做，朕总得将这么多国家大事交代给一个人牵头去做，总不能让朕天天连戏也看不成吧？"随侍太监道："真是巧了，懿嫔也是这么讲的！她还说，皇上虽然不能让肃顺三兄弟中的一个做领班军机大臣，可也不能得罪他们。皇上可以让他们推荐一个人做领班军机大臣，这样既不会让他们再像穆彰阿当年那样独揽朝政，又给足了他们面子，以后要用他们，也好办。"咸丰不禁大为诧异，道："这个懿嫔，她居然什么都知道！她知道肃顺他们推荐了谁做首相？"随侍太监道："懿嫔说了，如果肃顺三兄弟荐举赛尚阿做领班军机大臣，皇上可以顺水推舟，就用这个赛尚阿。"咸丰不觉大怒道："住口！真是胡说！她以为大清再没有人了吗？这个懿嫔，竟然干预起朝廷中领班军机大臣的任用！你去传旨，将她打入御膳房洗菜，别上来侍候了！"随侍太监吓得变了脸色，浑身发抖："喳！"

3

但咸丰已经离不开这个懿嫔了。当天夜里，他回到养心殿，望着龙案上那一堆一堆没有批阅的折子，内心烦躁不安，下意识地问随侍太监："懿嫔现在哪里？叫她来侍候。"随侍太监道："回皇上的话，懿嫔现在御膳房洗菜，奴才这就去传旨！"不一会儿，懿嫔走进来跪下请安："臣妾给皇上叩头。"见咸丰不语，她又柔声笑道，"皇上这么晚了唤臣妾来，一定是遇到难事了。皇上有什么事就跟臣妾说好了。"咸丰被她看穿了心思，不觉有些羞恼，道："混账！你以为你自己就那么机灵，连朕也不如你？还想去御膳房洗菜？"懿嫔不接他的话茬，嫣然一笑道："臣妾以为，皇上要找一个人做首相，替皇上领导众臣平治天下，祁隽藻最合适，好像朝廷大臣里头，老百姓最认他；可这样办了，肃顺三兄弟一定心中不平，朝中的满臣也会群起而攻之，那样皇上就是用了他，也过不成清静日子。"咸丰听她说得有理，不觉道："嗯，说下去！"

懿嫔跪直身子道："臣妾白天已经给皇上出过主意，请皇上让肃顺三兄弟给皇上举荐一个首相，臣妾猜也猜得到，他们只会举荐一个他们认为很无能的人。"咸丰点头道："他们举荐了赛尚阿。"懿嫔这时自己站了起来，偎坐在咸丰身边，笑道："臣妾说过，你就该大大地给他们一个顺水人情，让赛尚阿做领班军机大臣。"咸丰脱口道："胡说！万一赛尚阿做不好呢？不就误了国家大事？"懿嫔道："如果赛尚阿做得好，那是皇上圣明；如果他做不好，那是肃顺三兄弟举荐失察，再将他拿下去，用一个自己喜欢的人，肃顺三兄弟这时就不好再说什么了。肃顺三兄弟同在军机，是皇上和朝廷的心腹大患，皇上正好用这种办法挫折他们，让他们明白，皇上虽然不喜欢天天上朝听政，也不喜欢没完没了地看折子，但皇上也不会那么容易成为他们手中的玩物。"咸丰听着不顺，大怒道："说什么呢，大胆！来人，拉下去！"两侍卫闻声进来，将懿嫔架走。随侍太监问："皇上，怎么处置懿嫔？"咸丰想了想道："让她回御膳房洗菜！……别让她离朕太远，朕还有使唤她的时候呢！"随侍太监应声退出。

咸丰想了想，叫了一声："传翁心存！"外面答应一声，翁心存立即进殿："圣上！"咸丰道："拟旨。赛尚阿着加封武英殿大学士，充领班军机大臣；祁隽藻着加封体仁阁大学士，充上书房总师傅，在军机处行走，位在赛尚阿之后，众军机大臣之前。明日早朝宣旨。"翁心存听了，面露失望之色，却也只能答道："臣领旨！"

4

肃顺三兄弟气急败坏地聚集在怡王府后堂，再商大计。载元沉沉言道："现在这个局面，是皇上虽明里没有罢用我们弟兄，实际上已将我们弃用。……皇上身边一定出了能人！"瑞华睁大了眼睛，道："过去宫中都私下里称皇上是有名的四傻子，他身后会有什么能人？谁会在皇上背后给我们下绊子？祁隽藻？要不是赛尚阿？"载元摇头道："祁隽藻倒不一定会十分在意做不做首相；赛尚阿庸碌之辈，又胆小，也不敢在背后对我们下绊子。皇上背后这个人到底是谁，我一下子还真想不出来。"他心情沉重，满脸的忧虑之色，一时又道，"先皇在世时，穆彰阿在朝中大权独揽，让我们弟兄没有出头之日，现在新皇登基，穆彰阿被废，朝中只有一个祁隽藻，一个赛尚阿，再加上隐在皇上身后的那个人，我们居然就对付不了了！……老三、老六，现在看来，有个人我们不服还真不行！"瑞华问："你说谁？"载元道："穆彰阿！"肃顺吃惊地看着他。载元道："所谓此一时也，彼一时也，当初穆彰阿是我们的敌人，我们只有将他除掉，才有接掌大政的希望；现在穆彰阿身为罪囚，已经不是我们的对手了，我们此时何不去见见他，让他帮我们出出主意，或者还有挽回败局的希望。你们以为如何？"瑞华踌躇道："我们这回对老穆下手那么狠，他一定对我们恨之入骨，听说我们大败，他只会看我们的笑话，还会帮我们出主意？"载元摇头道："你不懂得穆彰阿。我敢断定，就是今天，他最恨的也不是我们，而是皇上，其次是祁隽藻。只要能让皇上和祁隽藻不如意，我们今天叫他做什么，他都会答应。再说了，今天我们去求他帮忙，是给他面子，眼下连他的命都攥在我们手中，他敢不答应！"

经过抄家的穆家别业，此时已变成一座荒宅。偌大的上房内空空如也，光线阴暗，被圈禁在这里的穆彰阿皓首牛衣，正自哈哈大笑。薛管家诧异地望着他，道："老爷笑什么？"穆彰阿道："我笑肃顺三兄弟，竟然对付不了一个只喜欢听戏、聚财、女人、鸦片烟的皇上！……大清国真是无人了！"薛管家道："皇上用赛尚阿做首相，这也太荒唐了吧？"穆彰阿断然道："不，皇上这一招很高明！所谓进可攻退可守，游刃有余。肃顺兄弟败在自视甚高，小瞧了皇上！……事情也怪得很，要不就是咱们这个新皇上突然变聪明了，要不就是皇上身边出了能人！"一军校突然闯进来，叉手道："禀穆大人，怡亲王载元、郑亲王瑞华和军机大臣肃顺前来探视，已经到了门外！"穆彰阿和薛管家匆匆相视一眼，心中一动，道："请！"

话音刚落，载元、瑞华、肃顺已经走了进来。穆彰阿挺直身板站着，目光炯炯，直视着面前三人，也不言语。倒是载元先拱了拱手，道："载元兄弟见过穆相！"穆彰阿久久望着他们，突然大笑。三人吃惊地望着他，载元冷笑道："老穆是天下第一聪明人，一定早就猜到了我们弟兄三人的来意。"穆彰阿止住笑声，傲然道："三位爷何等样人，穆彰阿得势之时，三位爷隐形敛迹，韬光养晦，终于等到了时来运转进入军机之时，穆彰阿今日一待死之囚，势败途穷，哪里还猜得出三位爷的来意！"肃顺见二人话不投机，一躬到地，道："穆大人，肃顺这里有礼！今日来是想求教于大人，事到如今，肃顺兄弟怎样才能挽狂澜于既倒，让皇上不行祁隽藻之政，而将朝政归于我们旗人。"穆彰阿复又大笑，道："六爷还是如此爽快！穆彰阿有一句话，不知中听不中听，今日穆彰阿跟你们谈无用，你们若能安排穆彰阿与皇上一见，老夫自然有办法让皇上不行祁隽藻之政，将朝政归于三位爷。"三人听了，不觉一惊，相互瞧了一眼。瑞华愤然言道："老穆，皇上已将你视为国贼，他怎么会见你？这件事未免也太难为我们了。"穆彰阿就冷了脸，道："这就是你们的事情了，若我大清不该亡，你们就能让老夫见到皇上。"载元不置可否，道："老穆保重，我们去了。"

三人回到怡王府，站在一起生气。瑞华气哼哼地言道："老穆给我们来这一手！我说老二，他要见皇上，不会想着东山再起吧？"载元冷笑道："皇上登基后做的几件事情中，只有将穆彰阿革职拿问这一件没有引起非议，反让天下人心大快。皇上不会为了穆彰阿一个人出尔反尔，打自己的嘴巴子，失掉天下人心。"肃顺听了道："要是没这个顾虑，我倒觉得，可以让皇上与他一见。"瑞华还是反对，道："为什么？万一他见了皇上，胡说八道，皇上又多疑，会不会认为我们私下和穆彰阿勾结，图谋不轨——"载元举手打断他道："就是有这种顾虑，我们也顾不得了！不过我觉得老穆不会。他就是为了保命，也不会在皇上面前胡说八道。他倒真有可能照他说的那样去做。"瑞华松了一口气道："可是怎么能设个法儿，让皇上见一见老穆？"肃顺沉吟多时，突然道："我有办法。我现在就去见驾，就说我刚从江南买来一名戏子，不敢先于皇上领受，特请皇上出宫听一听。皇上是天下第一戏痴，见我说得真切，必随我悄悄出宫，那时我们三人就将他引至郊外，跟老穆一见。"

5

这日上午，几辆马车出了京城，向郊外悄悄驶来。其中一辆车里坐着咸丰，一时出了深宫，忍不住内心欢喜，拨开车帘，左顾右盼。入了穆家荒宅的大门，大门迅即关上，肃顺、载元、瑞华先从前后的马车中下来，走近咸丰乘坐的那辆普通马车，躬身叉手道："皇上，到了。"咸丰下得车来，抬头一看面前的荒宅，不觉大惊失色，怒道："你们三个捣什么鬼？这是什么地方？"三兄弟急忙跪下，放声大哭。咸丰被他们搞糊涂了，问："哎，你们哭什么？"载元道："请皇上恕罪，为了祖宗留下的江山社稷，奴才今天想请皇上见一个人！"咸丰惊惧道："什么？你们将朕骗至这荒郊野外，要朕见谁？不行，肃顺，快把朕送回去！"穆彰阿此时从上房走出，立于台阶之上，远远地望着咸丰，并不跪拜，大声道："皇上，他们是要皇上见一见老奴穆彰阿！"咸丰转脸一看是他，大怒道："怎么是你？"穆彰阿大笑，道："皇上虽然视老奴如贼寇，老奴也自知死期不远，不过作为旗人的子孙，老奴有几句话还是想向皇上说出来，所谓人之将死，其言也善，皇上一定不要错过了这个机会。皇上请！"说到这里，他闪在一旁，俯伏在地。肃顺兄弟一起跪请道："请皇上到里面说话。"咸丰无奈，只得按捺住惶恐之心，走进上房，回头对跟着他走进来的穆彰阿道："你快说，说完了朕还要回去处分军国重事呢！"穆彰阿神态镇静，从容言道："皇上此时就是在处分军国重事，皇上如果不听完老奴之言，大清就将不再是我旗人的天下，就将成为一个汉人的天下！"咸丰闻言大惊："此人是谁？"穆彰阿道："祁寯藻！"咸丰惊诧道："怎么，难道祁寯藻会谋反？"穆彰阿道："古人云，得人心者得天下。祁寯藻眼下还没有得到全天下的民心，但他距离得到全天下的民心已经为时不远！皇上一旦让他得到了全天下的民心，天下就是他的了！"咸丰不觉怒起，道："危言耸听！穆彰阿，你身为罪囚，今天还要对朕讲这样的话，该当何罪。"穆彰阿大笑，道："皇上，老奴闻听，祁寯藻还朝之后，奏请皇上做四件大事，一是禁绝鸦片，二是整饬吏治，三是减轻赋敛，最后也是最大的一件事则是平均地权，开放吉林垦荒之禁……老奴所说不错吧？"咸丰反问道："朕欲平治天下，难道这四件大事，不是当务之急？"穆彰阿脸上的笑容骤落，道："皇上，老奴以为，这四件大事，哪怕皇上认真做了一件，天下就将不再是我旗人的天下。"

咸丰勃然作色："穆彰阿，你说不出道理来，朕今日就让你死无葬身之地！"穆彰阿平静地看他，并无畏惧，道："先说第一件。自我大清与英人签署《江宁条约》以来，洋人的鸦片在中国横行，到了今日，中外有多少人靠鸦片为生，就是朝廷，也因此多得了多少赋税。今日皇上突然下旨禁烟，就是要断这些人的财路，也是断朝廷的财路。皇上若认真去做，中外鸦片之战必将再起，天下官员与烟商必将群起抗命，那时外有强寇，内有乱臣，皇上真有力量应付？"咸丰听了变色，道："穆彰阿，正因为当年你和琦善一味怯战，又暧昧不明，才使我堂堂大清在前次鸦片之战中失地赔款，一败涂地！"穆彰阿大笑道："皇上所言不差！穆彰阿确是暧昧不明，但穆彰阿所以主和不主战，根本之意却不在此战的胜负！"咸丰心头一震，道："穆彰阿，此话怎讲？"穆彰阿道："皇上，当时大清的天下大势与今日十分相像，如果大清战败，则天下仍归旗人，朝廷不过是割地赔款罢了；如果大清战胜，则天下民心必归于林则徐、邓廷桢、祁隽藻等几位汉人，那时他们挟战胜之威，又深得军心民心，一定会入主朝廷，掌管天下权柄。一旦如此，谁又能保证大变不会生于宫墙之内！"

咸丰的心被他这番话震动不小，忙道："那……第二件大事呢，为什么也不能做？"穆彰阿道："大清的天下是我旗人先辈百战之后打下来的。自古前人马上取天下，为的就是后世子孙能有其地而食其利。皇上，被祁隽藻称作贪官污吏者，多是我旗人的子孙、大清的主人，也是我大清的长城！皇上若不让他们再做这块土地的主人，天下不乱，旗人就已经自乱，旗人自乱，皇上还与什么人一起坚守祖宗的江山！"咸丰听了，陷入长长的思考，穆彰阿知道自己的话起了作用，也不打扰他。

等了一会儿，咸丰才重新回过头来看他道："说第三件事。今日天下民困财乏，万民欲反，朝廷减轻赋敛，与民休息，这件事难道也不能做？"穆彰阿冷笑一声道："这件事皇上尽可以做，做了这件事，必使天下百姓称颂圣上为尧舜之君，但老奴以为，即便皇上下了此诏，天下赋敛也不会减轻。道理很简单，天下官员若不能得赋敛之利，谁又愿意与朝廷一起守天下？这件事皇上说说也就罢了！"

咸丰心中越来越急，道："那第四件事呢？朕就是不能平均地权，但为天下无地之民开放吉林垦荒之禁，缓解关内人口的压力，让造反之民变成垦荒之民，这件事难道也不能做？对了，朕听说当年就是你的几句话，打动了两位先皇的心，让两位先皇三十年间从来不准有人再提起此事。除了那句'吉林乃我大清龙兴之地，不可动了龙脉'的老话，还有朕不知道的吗？"穆彰阿道："有。不过皇上，这话老奴只能跟皇上一个人讲。"咸丰看看肃顺三兄弟，道："你们出去。"三人虽不愿走，却也只好退到室外。瑞华一脸怒气，道："这个老穆，到了这种时候，还要捣什么鬼？"

上房内，穆彰阿突然向咸丰跪下，流泪道："六百年前，我们旗人的先辈，那时还称作女真人，就曾经入主过中原！一百二十年后，蒙古人崛起于北方，越过长城，将我们女真人的大金国都城从北京城一直赶到黄河以南。天兴二年，蒙古大军攻破汴京，大金将亡，皇室宗亲聚族而议，决定离弃中原，回归吉林之地，于是分为三路北上，其中一路历尽艰辛，辗转几十年，方回到了吉林之地，但当时却已被蒙古人和契丹人所占。后来我女真人为了重夺这块祖宗发祥之地，竟用去了将近五百年的时光。"咸丰听了心中大颤，厉声道："穆彰阿大胆，你敢说我大清有一天也会——"穆彰阿大声哭道："皇上英明睿智，我大清的今日，自然不像当年的大金国一样面临国破家亡之患，但若皇上听信祁隽藻之言，开放了吉林垦荒之禁，大清国就真会有不测之祸，我旗人的子孙将来定会死无葬身之地！"咸丰大悟，额上不觉沁出汗来，板着脸道："穆彰阿，今日天下，危若累卵，若不开放吉林垦荒之禁，天下流民走投无路，必将揭竿而起，大清就将亡国，这是燃眉之急，也是心腹大患，你替朕想过吗？"穆彰阿流泪大声道："即便如此，大清失了中原，只要有吉林在，我旗人的子孙仍可退回祖宗龙兴之地休养生息，厉兵秣马，南下再争中原，可一旦将吉林之地拱手让给中原无地之民，旗人就将永远失去这块根本土地！皇上，老奴还有一句话，皇上可能不愿听。"他膝行至咸丰面前，抱住咸丰的腿用力摇晃，声泪俱下："皇上，先皇在位三十年，不愿开放垦荒之禁，根本原因就在于这是一件天大的好事。但首倡此议的却不是先皇，也不是我们旗人中的一员，天下人尽知首倡此议的是一个汉人，名叫祁寯藻。若此事由此人倡之，此人成之，这个祁寯藻就会得到天下民心。老奴求皇上想一想，如果天下民心都归于祁寯藻，倘若他乘时而起，天下还会是我大清的天下吗？先皇三十年不开这个禁，就是出于这个忌讳。"咸丰变色，转身就走。穆彰阿大叫道："老臣还有最后一句话没讲！我满人入主中原二百余年，中原汉人一直没忘国破家亡之恨，一旦天下人起而拥戴祁寯藻，以今日我满人之力，又怎能平息得了？大乱一起，吉林之地又不属我，我旗人就是想退回吉林祖宗龙兴之地，也不能了，皇上若真的犯下如此大错，就是我太祖皇帝最不孝的子孙，是将我旗人举族陷于死亡之地的罪人！皇上三思！"他俯伏在地，大哭不止。咸丰心中惊惧不已，怒不可遏，回头看他。穆彰阿头也不抬地哭道："老奴知道，说出了这些话，就是一个死罪，现在皇上可以让人把老奴拉到菜市口，开刀问斩了。"咸丰浑身发抖，想说什么却说不出来，拉开屋门，转身大步走了出去。

见咸丰匆匆走出，神情大变，肃顺三兄弟急忙迎上去，道："皇上。"咸丰喝道："快，送朕回宫！"肃顺、瑞华看看载元，载元点头。肃顺侍候咸丰上车启行。这时一个侍卫悄悄地走来，将偷听到的话告诉三人。瑞华生气地对载元道："这个穆彰阿，一个人跟皇上说了半天，只听他劝皇上不行祁寯藻之政，也没听他劝皇上换掉赛尚阿呀？"载元想了想，也泄气道："我们可能又失算了，费尽心机主演了这一出戏，却让老穆赢了个满堂彩，我们都成了龙套。走！"三人上车，即刻离去。

跪在上房内的穆彰阿抬头看门外庭院里已空无一人，慢慢爬起，旁若无人地掸一下膝上的土，一时间目光冷峻而又充满杀机，突然间，他又哈哈大笑起来。

6

咸丰匆匆走进养心殿，随侍太监过来帮他更衣。翁心存这时进殿奏道："启奏圣上，体仁阁大学士、军机处行走祁隽藻求见！"咸丰心神未定，烦躁地摆一下手："祁隽藻？朕今天累了，不想见任何人！你知道他要来说什么吗？"翁心存道："祁大人说，上次他在朝会中说的那四件大事，尤其是开放吉林垦荒之禁，一天都不能再拖了！"咸丰一边脱衣一边没好气道："出去见他，传朕口谕，让他回去，有折子就留下，朕歇一歇会看的。"翁心存看他一眼，无奈离去。他到底忍不住，赶上懿嫔进来侍候，就把当日发生的事一五一十讲给她听。懿嫔一边跪着给咸丰捶腿，一边问道："皇上打算怎么办？"咸丰叹道："一边是祁隽藻，一边是穆彰阿，两边的话朕觉得都有道理。"懿嫔道："皇上若以为穆彰阿的话有道理，这开放吉林垦荒之禁的事，不办就是了。"咸丰道："朕自然知道穆彰阿的话有道理，但若是朕不答应祁隽藻，这个人一定会愤而离开朝廷。万一民心也跟着他离开了朝廷，天下会不会就此大乱？！"懿嫔温柔地一笑，道："臣妾明白了，皇上是既不想让祁隽藻离开朝廷，又不愿行祁隽藻之政……就是这样，臣妾也有办法。"咸丰急道："你快说！"懿嫔道："臣妾听说，祖宗以来凡遇这等大事，必交中外大臣详议，皇上干吗不也这么做一做？"咸丰越发烦躁道："朕讨厌的就是这个。一件屁大的事让朝廷里的大臣议过了，又交给各地的封疆大吏去议，议来议去，没有一件事能议出个结果来。"懿嫔笑道："皇上要的不就是这个？皇上这么做了，第一祁隽藻不好马上离开朝廷，第二又能确保此议不会成功，祁隽藻之政不能行于天下。皇上倒可以脱个空儿，多看看戏，保养保养身子。"咸丰一怔，望着她笑道："这个办法朕倒没想到，你小小年纪，居然是个女张良！来人！"

翁心存进殿，道："皇上——"咸丰道："传朕旨意，懿嫔从即日起晋升为懿妃，让礼部准备册封之事！"懿嫔马上磕头："臣妾谢主隆恩！"翁心存又禀报道："圣上，军机大臣祁隽藻求见。"咸丰不耐烦道："朕今日不见，有事让他明天朝会上说吧。"翁心存不动。懿妃道："皇上怕什么，见就见呗。翁心存，替皇上把祁隽藻唤进来吧。"咸丰生气，怒道："懿妃！"懿妃又匆匆跪下。咸丰道："你也太无法无天了，这里谁是皇上！"懿妃连忙道："臣妾有罪，请皇上治罪！"声音里却听不出一丝害怕之意。咸丰不理她，转脸道："翁心存，出去告诉祁隽藻，他在上次朝会上说了那四件大事，朕一直都在斟酌，明日早朝，朕就将这四件大事交由朝中大臣详议，然后照祖宗成例，再交由各地封疆大吏提出看法，一旦大家都认为此事可行，朕就断然下旨，行四项新政，包括开放吉林垦荒之禁。"翁心存大惊道："怎么，皇上还要将此事交由朝中大臣和各地封疆大吏详议？"咸丰道："正是。你在朝廷日子也不短了，自然知道规矩。"翁心存"扑通"一声跪下，大声道："圣上，今日天下民心思乱，大难之起，或在朝朝暮暮之间！拖延不决，只会令万民绝望，大乱之日，或者就要来临！"懿妃喝道："翁心存，你大胆！居然敢说天下就要大乱！"翁心存失望道："圣上若能行祁大人讲的四件大事，则臣必留下陪伴圣上，平治天下，若圣上不能行祁大人讲的四件大事，臣请圣上马上治臣的罪，放臣还乡。"咸丰听了生气，道："翁心存，你是祁隽藻的学生，这一套是跟祁隽藻学的吧？来人，将他拖下去！"肃顺带人进殿。翁心存自己爬起，面无惧色道："圣上，翁心存去了！"他转身随肃顺等人退去。懿妃脸上悄然泛起一丝杀气，打牙缝里挤出一句话："这个翁心存，也该杀！"

翁心存说走就走，第二天就写了折子，辞官归里。出城到了十里长亭，怅然回首，却见三匹马飞奔而来，马上有人高喊："心存慢行！"定睛一看，却是李鸿藻、彭蕴章陪隽藻飞马而来。翁心存连忙下马，众人已赶至近前，李、彭扶隽藻下马。隽藻颤声言道："心存，你就是要走，也该告老夫一声，为什么要这样一声不响地走？"翁心存不忍说出真相，深鞠一躬道："恩师，学生家中，母亲病重，方寸已乱，来不及辞别恩师和诸位大人，请恩师和诸位大人保重。"他也不想说别的，再次拱手上马离去。隽藻望着他远去，忽然神情大变，"哇"地吐出一口血，身子一软，就要倒下。众人急忙上前来扶住："大人！"

这时黄爵滋也飞马赶来。隽藻吃力地骑在马上，抬头看他。黄爵滋也不下马，拱手道："祁大人，诸位大人，大事不好，圣上方才让人传旨，祁大人所讲的四件大事，皇上已经交付朝中大臣详议，然后再交付各省大员讨论。圣上还说，近来圣躬违和，朝会就免了！"隽藻一句话也不说，突然又吐出一口血来！

7

玉环乘车从京城街市上走过，忽见前方一片喧闹。只见街边搭了一座高台，台上站着一群被抄没的犯官之家的下人。一军校正在叫卖："快来买快来买，便宜得很哪，一个大活人只卖十两银子！"玉环朝那些被卖的下人望去，意外地看到了一个人，心抖了起来，急对赶车的世长叫道："快停下，她怎么也站在那里！"世长将车停下，回头看着母亲。玉环又道："真的是晴儿！保夫人家一定出了大事！"她急忙下车，朝前挤进围观的人群。晴儿站在台上，也一眼瞅见了她，大声哭叫道："祁夫人！"玉环颤声道："你真的是保夫人家的晴儿？"晴儿哀声道："祁夫人，我就是晴儿，夫人快救我！"玉环眼泪都急下来了，问："晴儿，你怎么在这儿？出了什么事？"那军校走上来道："你买不买？不买就不要站在这里！"玉环马上道："我买，多少银子？"军校道："十两！"玉环回头对世长道："快回去，你知道娘放银子的地方，把它们都拿来！"世长听了，急忙赶车回家去拿银子。

当天晴儿就到了祁家，世长端过水来，晴儿接过，一番痛饮。世长又赶紧拿来了馒头，晴儿大口吃着，口中说道："饿死我了！"玉环心中着急，不等她吃完，就含泪问道："晴儿快说，保夫人她怎么样了？"晴儿一口馍含在嘴里，欲说话，却咽不下去，放声痛哭起来。玉环帮她捶着背，问道："保夫人她到底怎么样了？"晴儿哭道："夫人是穆大人的妹子，又是犯官保胜的福晋，朝廷说她犯了隐匿保大人家产的罪，这会儿还关在天牢里呢！"玉环惊诧道："我听说她和穆大人恩断义绝多少年了，这回怎么还会株连到她？……不，我这会儿要去天牢里看她，我马上就去！世长，快套车！"

菊花突然从内室走出，目光迅速与晴儿一碰，随即闪开。晴儿忽然认出了她，大惊失色。菊花倒显得非常平静。玉环此时心中只有含黛，抹泪道："菊花，你先来认认，这是晴儿，是我跟你说过的保夫人跟前的人，现在保夫人下了大狱，晴儿无家可归，以后她就是咱们家的人了。"菊花目视晴儿，突然说道："我是菊花，也是这个家收留的人。你来了，不要见外。"晴儿目光闪了两闪，低下头去，施礼道："晴儿见过菊花小姐。"菊花淡淡地道："我不是小姐，这个家和别人家不一样，没有小姐，也没有丫头，我们都是一样的，是老爷太太的亲人。"晴儿听了心头一震，明白了她想说的意思，急道："晴儿知道了。"玉环见她们之间相敬如宾，心中觉得宽慰，道："看你们这么着，好像早就认识一样，我心里喜欢。菊花，我和晴儿世长去看保夫人，你留下看家，等老爷回来，先不要把保夫人的事说给他听。"菊花这里就点头道："知道了。"

含黛已困在天牢里多日，面容憔悴，已全然没了往日的神采。玉环引晴儿走来。晴儿一见含黛，早就哭倒在地，叫道："夫人！"含黛抬头一看，先是一惊，跟着看到了她身后的玉环，瞬间就变了颜色。玉环急走过来，扑上牢栅，含泪言道："保夫人，曹玉环刚刚才从晴儿这里知道夫人遭了大祸，曹玉环来迟了！"含黛此时却不愿见她，眼睛只望着晴儿道："晴儿，他们没有卖了你？你怎么能到了这里？"晴儿落泪道："夫人，是祁夫人救了晴儿，今天晴儿被带到街市上出卖，祁夫人把我买出来了，晴儿这才能见到夫人！呜呜呜……"含黛极力忍住心中的悲痛，转过脸去再问："你出来了，你男人倪二呢？他是死是活？"晴儿哭道："自那一天抄家，跟夫人分了手，晴儿就再没有见过倪二了，不知道他这会儿是生是死！"含黛努力抑制住内心的悲伤，对晴儿言道："你今天能来太好了，有件事我一直没想明白，究竟是什么人，要在穆彰阿势败的时候落井下石，捎带着把我也弄到了这必死之地。要是你男人倪二还活着，今生今世你见不到他也就罢了，要是见到了，你就替我求他，不管三年五年，十年二十年，含黛是死是活，都要帮我弄清楚这件事，到底是谁害了我！你能答应我吗？"晴儿叩头道："夫人交代的话，晴儿终生也不敢忘！"

含黛这才转向玉环，道："祁夫人，含黛今日活到这种地步，没想到你还念着旧情，来这儿看我。虽然如此，含黛也不想对你表示感激。你要是想知道为什么，我可以告诉你。直到今日，除了这个最后将含黛送进天牢里的人，你丈夫祁隽藻仍然是将含黛害得最惨的人，是含黛一辈子的仇人！"玉环将带来的食物和衣服一一取出，从牢栅下放进囚室，一边低头言道："夫人，这是曹玉环为夫人准备的一些吃的和穿的，祁家家贫，拿不出好东西来探望夫人，夫人将就着用。"含黛故意要激起玉环内心的恨意，冷笑道："曹玉环，你这样做是没用的！你走吧，含黛直到死，也不想见你，不会原谅你和你的男人！"玉环仍然不为所动，避开她的注视道："不管夫人说什么，曹玉环以后还会来的，夫人一天不出狱，曹玉环就来看夫人一天；夫人一年不出狱，玉环就来看夫人一年！别人可以不救夫人，但曹玉环要救！曹玉环就是救不了夫人，也要天天来这里守着夫人，和夫人一起受苦！"她一边说着，一边眼泪就扑簌簌滚落下来。含黛定定地看着她，突然心情一变，大笑道："曹玉环，你真要这么做，我也拦不住你。可你听好了，含黛就是死，也不想让我的仇人救我！想知道为什么吗？"玉环抬头看她，静静言道："夫人，曹玉环想知道。"含黛冷笑道："这一辈子，我们俩心里想的、念的、爱的是同一个男人，可这个男人一直是你的，不是我的。含黛不想让你既赢走了含黛一生想念的人，还要最后再赢走含黛恨你的心！"含黛能说出这样一句话，连晴儿也大吃了一惊，叫道："夫人，你——"玉环却拉了晴儿一下，对含黛道："夫人，我们去了，夫人保重！"含黛觉得自己最后那句话还是击痛了她的心，冷笑道："我也乏了，你们走吧！"晴儿又哭着给含黛磕头，道："夫人多多保重，我和祁夫人走了，明天再来看夫人！"含黛听了却道："慢！你们天天来我也怪烦的，以后三五天来一回就行了，衣服多了我也穿不着，多带点儿吃的就行了！"玉环听了，再次伏地，道："夫人的话曹玉环记住了。夫人保重，我们走了！"含黛又突然高声怒道："走，快走！"她望着玉环和晴儿起身离去，坐在地上哈哈大笑。忽然又不笑了，眼泪却大滴大滴落下来。

玉环回到家，发现隽藻已经躺到了床上，面色蜡黄。李鸿藻、彭蕴章、黄爵滋都在家中陪着他，人人的神情中都有些慌乱。玉环急奔过去，拖着哭腔大声问道："老爷，你怎么了？"菊花一直在隽藻床前伺候，此时急忙让开。隽藻闭着眼睛，大声咳嗽，一时又吐出血来。玉环对宿藻道："老爷又吐血了。六弟，还不快去给老爷请大夫！"宿藻道："已经去请了。"隽藻睁开眼道："鸿藻，蕴章，快替我写折子，天下危急，圣上不能不理朝政，四件大事，一定要力争！朝会也一定要恢复！"李、彭、黄齐声道："知道了，我们马上去写！不仅如此，我们还要联络朝中大臣，一起向皇上上折子！"说着，三人匆匆离去。

李鸿藻、彭蕴章替隽藻写的折子，当天夜里就到了咸丰手中。懿妃见了，冷笑道："皇上，臣妾若猜得不错，那满朝所谓清流之臣一定也会跟着上折子，皇上的龙案上马上就会堆满了折子。"咸丰烦恼道："朕怎么办？"懿妃道："臣妾倒是想代皇上临朝听政，只是不能。过上几日，皇上还是要重开朝会，议论此事。"咸丰又道："重开朝会也没用，一定又是议而不决。"懿妃笑道："正是因为会议而不决，所以皇上才要不停地开朝会，让他们议去。"咸丰大悟，道："这个皇上，原来竟是这么个当法！"当下就传旨，三天后重开朝会，专议祁隽藻所言的四项新政。到了这一日，他早早地抽了几口鸦片，提起精神上朝。众臣山呼已毕，他却没有看见隽藻，不禁首先开口道："祁隽藻要朕上朝议政，他自个儿怎么没来？"宿藻急忙上前奏道："臣祁宿藻启奏圣上，臣兄祁隽藻身染重病，不能上朝。"咸丰暗暗松了一口气，却故作不满道："今日早朝所议何事，你们大家都知道了，祁隽藻没来，你们各位就说说吧。"载元回头，示意一位满臣匆匆上前奏道："奴才启奏皇上，臣以为祁隽藻所说四项新政，有不可行者三，行之不能者四！"咸丰放松地坐下来，道："慢慢说，不要着急。"那满臣道："臣以为吉林乃我大清龙兴之地，山川万里，一草一木，皆有神灵，祁隽藻轻言开放吉林垦荒之地，让天下无地之民前往垦耕，万一动了龙脉，伤了根本，令神灵震怒，降大祸于朝廷，那如何得了？此一不可行。"瑞华看着肃顺、载元，皆面露得意之色。咸丰闭上眼睛，道："说下去。"当日果然朝议纷纷，议而不决。咸丰很满意，道："此是大政，十日后再议。"宿藻下了朝回到家中，将事情告诉隽藻，隽藻又吐了血，挣扎着起身，要去养心殿见咸丰，一边流泪道："皇上怎么不明白呢，不会再有太多时间了！当年恩师说天下大难，不过三五十年，祁隽藻出仕已经三十余年，朝廷再不断然实行新政，恐怕变在朝夕之间！"他终于没能赶到养心殿去，因为咸丰下朝后有旨："十天后再议政，朕有恙在身，谁也不见！"

咸丰不知道，他的好日子已经到头了。就在他对朝中清流之臣实施拖延战术时，一名信使已从长江之南，飞向北京城。两广总督徐广缙给他带来的是一则惊动天下的消息：洪秀全在广西金田村率众起事，号称太平军，已经攻下了好几处州县。咸丰深夜见报，顿时慌乱起来，第二天不到五更就上了朝，对一筹莫展的领班军机大臣赛尚阿等一阵痛斥，气急败坏道："这个洪秀全是什么人？朕以前怎么没从你们那儿听到过他？赛尚阿，你是领班军机大臣，广西出了这个洪秀全，朕却到了今日才知道！天下大乱，天下大乱，祁隽藻天天说天下大乱，没想到这么快就真的天下大乱了！怎么办，你们怎么不说话？快说话！"站在首相之位的赛尚阿面如死灰，茫然无措。咸丰越发烦躁，忽然想起了一个人，叫道："祁隽藻在哪里？他怎么还没有上朝！"宿藻上前跪奏："启奏圣上，祁隽藻病势沉重，是圣上亲自下旨免他上朝的。"咸丰道："国家有难，他就是有病也说不得了，传朕旨意，就是抬也要抬他上殿，朕即刻就要见他！"

第三十五章

无力回天沉浦还乡　请君入瓮宿藻就职

1

宿藻等人用椅子抬着隽藻进殿，隽藻气喘吁吁，伏地叩头，大声言道："臣祁隽藻叩见圣上！"咸丰顾不上问他病情，急问："祁隽藻，前些日子你就说南方要出乱子，现在乱子真的来了，广西洪秀全聚众，公然攻打了好几座州县，这该如此是好？"隽藻喘息方定，急切言道："臣请圣上火速诏示天下，实行四项新政，不唯是为了平息广西之变，更是为了平息天下之变！"肃顺听了，急上前跪奏道："奴才以为，广西之变，不过是洪秀全一伙强匪为乱，这种事代代皆有，不足为奇。奴才请皇上下旨，简派大员，从四川、湖南、广东、云贵各省派出大兵，前往广西会剿，将这些乱匪杀个干净！"咸丰把脸转向赛尚阿，问："赛尚阿，你是首相，到了这种时候，怎么一点儿主意也没有了？"赛尚阿满身冷汗涔涔，硬着头皮上前道："奴才赛尚阿也是这个主意。"隽藻听了，忧愤交加，大声言道："圣上，这个办法万万不可行！"咸丰焦躁起来："为什么不可行？难道这些乱匪不该杀？"隽藻大声道："臣以为被裹挟进广西之变中去的百姓不是匪！"不想这一句话居然像捅翻了马蜂窝，满朝大臣都嚷嚷起来："什么，他们不是匪？"咸丰的脸色也铁青起来："什么，你说他们不是匪？这些人还不是匪，什么人是匪？"

隽藻待吵嚷声稍稍平息，喘息道："圣上，他们和天下亿万生民一样，都是生于天地之间的百姓，是圣上治下的赤子！天下之民，谁不想安居乐业，过此一生，不是被逼到走投无路，无法活命，谁会铤而走险？朝廷是百姓的朝廷，圣上是百姓的圣上，朝廷和圣上不能让天下生民过上小康的日子，却让他们不得不铤而走险，这时又要不分青红皂白派大兵将他们杀死，这哪是尧舜之君的作为，这是桀纣之君才会干的事情！"瑞华哪里听得了这些语言，急跳出来大声喝道："祁隽藻，你这是当面诋毁皇上，好大的胆子！来人，将祁隽藻拉下去砍了！"两名侍卫闻声奔进来，就要架隽藻。黄爵滋等急忙上前愤声奏道："圣上，祁大人忠心为国，天日可鉴，并非有意亵渎圣上！"咸丰背身不语。隽藻又喘息道："圣上若以为祁隽藻方才的话是对的，就照着这话去做；圣上若是也以为祁隽藻在诋毁圣上，就请将祁隽藻杀了！"众臣听他说出这样话来，一时都噤了声，回头紧张地望着咸丰。咸丰许久才回过头来，对侍卫怒喝："放下祁大人！谁让你们进来的？这是早朝，大臣们在议论国事，快给朕滚出去！"两侍卫急忙退出。瑞华气哼哼地退回原位。咸丰耐着性子让自己平静，又道："祁隽藻，你的话好像还没完，接着说吧。"

隽藻又喘息了一阵，道："臣以为，圣上不但要速下明诏，实行四项新政，还要立即下诏，赦免被裹挟进广西之变的百姓，一律不予治罪，凡此次战火所及的州县，全部免赋三年，以安万民之心。同时简派大员前往广西，将那些逼百姓铤而走险的省道府县官吏一体拿问，查明其中罪大恶极者，就地正法，以平民愤。其次，朝廷还要另外简派一批廉吏前往广西，充任各级官府的长吏，清查弊政，纠弹贪官，还给百姓一个清平世界。"咸丰沉吟良久，道："祁隽藻，你刚才说到简派大员，去平息广西之乱，你以为在朝廷和各地大臣中，谁可替朕办好这件大事？"隽藻道："臣举荐一人，可任其事！"咸丰问："谁？"隽藻道："云贵总督林则徐，可由任上直接入广西，帮助皇上平息广西之乱！"肃顺待要反对，载元拉他一把，肃顺吃惊地看了载元一眼，方才忍住不发。咸丰回头不满地望着赛尚阿，道："赛尚阿，你是领班军机大臣，祁隽藻举荐林则徐去平息广西之乱，你以为如何？"赛尚阿拭着额上的汗，支吾道："奴才……奴才以为此事应由皇上裁夺。"咸丰听了，哼了一声，想起道光的遗言，下决心道："先皇临终之际，曾留下遗旨，若天下有事，林则徐、邓廷桢仍然可用，现在邓廷桢死了，林则徐还在。赛尚阿，六百里加急传旨林则徐，着其任钦差大臣，署理广西总督，即刻起程赴任，平息广西之乱。退朝吧！"隽藻一惊，急道："圣上且慢，臣刚才讲到，要马上推行四项新政——"咸丰看不也不看他道："今天朕累了，以后再议。"隽藻还要再喊，他已经走入内宫去了。

2

回到养心殿内，咸丰抽了几口烟，精神复振，却仍旧心慌意乱，坐卧不宁，想了一想，着人把懿妃叫来。懿妃进殿，见咸丰愁眉不展，问道："皇上今天一定在早朝上受了委屈，说出来臣妾听听。"咸丰道："朕看祁隽藻今天的意思，如果不答应他在天下施行四大新政，他一定还会辞官而去。南方洪秀全已经起事，朝中祁隽藻再挂冠而去，这大局谁来支撑？"懿妃嫣然一笑："臣妾以为，皇上今日早朝上已经把事情办得很妥当了！"咸丰诧异地看着她道："什么，朕已经把事情办妥当了？"懿妃道："臣妾听说，今日早朝上，祁隽藻推荐林则徐任钦差大臣署理广西总督，赴广西平息洪秀全之乱，皇上也答应了。现在皇上只要照此下旨，着林则徐立刻赴任，并命他到了广西之后，可以便宜行事，就行了。"咸丰听出些味儿来了："你的意思是——"懿妃笑道："祁隽藻推荐林则徐，皇上答应了；祁隽藻又要推行四项新政，皇上命林则徐到了广西可以便宜行事，也就是答应了。什么都答应了，皇上对祁隽藻言听计从，祁隽藻还有理由离开朝廷吗？如果林则徐到了广西，推行祁隽藻所说的新政，将那儿的乱子平了，岂不是很好？林则徐平了洪秀全，天下再没有了乱子，皇上就不需要再推行什么新政了。既然天下没乱子了，祁隽藻留不留在朝廷里，还那么要紧吗？"咸丰听了，愁眉顿展，笑道："好！来人！"李鸿藻进殿，道："圣上——"咸丰道："李鸿藻，朕在朝会上已让赛尚阿代朕拟旨给云贵总督林则徐，着他即时以钦差大臣署理广西总督的身份前往广西平息洪秀全之乱，现在你再去军机处传朕口谕，林则徐到了广西之后，可以便宜行事，即如祁隽藻所言那四项新政，如果有助于平乱，亦可以施行。"李鸿藻听了大感振奋，躬身言道："臣领旨！"说着就匆匆走了出去。咸丰回头看了懿妃一眼，道："你这一招，说不定还真把祁隽藻给骗了。"

听了李鸿藻所言咸丰给林则徐的旨意，隽藻精神果然为之一振，当日即坐在书房里，一边咳着血，一边挥笔给林则徐写了一封书信。信中言道：

> 祁隽藻拜上林则徐大人：天下已乱，弟一力向皇上举荐大人，前往广西，抚大乱于初萌。祁隽藻深知大人一生心怀天下生民，必能审时度势，以天下生民之命为命，以天下百姓之心为心，大刀阔斧，标本兼治，抚平大乱。据内阁侍读李鸿藻称，圣上已允准大人到了广西，可以便宜行事。上次修书，弟已将向圣上进言之四项新政告知大人，大人既奉王命，即可便宜行之……弟祁隽藻万里叩首，不胜激切仰望之至……

隽藻写完，装进信袋，交给宿藻："快，连圣旨一同交给信使，六百里加急，送给林大人！"

圣旨和这封信发出之后，隽藻天天候在军机处，盼望着广西方向能传来好消息。不想十一月末的一天早上，他刚到军机处，一位军机章京就匆匆上前奏报："祁大人，六百里急报。"隽藻急急地拆开，飞快地看下去：

> ……林则徐临终之际，拜上祁隽藻祁大人：林某受命之日，即星夜赶往广西，不期于半途染病不起。人之生死，譬如草木之荣枯，自然之理，唯是天下大乱之势已成，林则徐不能为国赴死，以救万民，哀哉痛哉。邓公已死，林则徐又死，天下之事，只有托付给祁大人一

人了……

　　隽藻的头"嗡"的一声响，眼前就见有无数金蝴蝶乱飞。身边亲兵见他身子乱摇，急忙上前扶住，叫道："大人！"隽藻睁开眼来，两眼是泪，心如刀割，悲声哭号道："林则徐大人死了，这已经大乱的天下，交给谁人来平治！"他愤然推开面前的案牍，挣扎着抓起一支笔来。那军机章京关切地叫一声："大人！"隽藻毅然道："祁隽藻要奏明皇上，代林大人去平息广西之乱！"

　　得知隽藻上了折子，要亲去广西平乱，肃顺三兄弟当即又躲到载元府中密议。瑞华幸灾乐祸道："祁隽藻要代林则徐前往广西，我以为不妨撺掇皇上答应他。一旦大乱不能平，照祖宗的规矩，他就是个死罪！"载元摇头道："不好。祁隽藻是个奇人，焉知他不能平息了这场大乱？"肃顺想了想也道："老二说得对，祁隽藻一旦去了广西，会做出什么事情来，我们谁也不知道。那时他手中握有兵权，可以号令南方数省，从此就不再是一个手无缚鸡之力的文臣。此人天下民心所向，万一有了异志，大清就完了。"瑞华似乎一下就开了窍，道："这话是有些道理。不过林则徐死了，这去广西平乱的事，应当让谁去呢？"载元突然冷笑道："你们记不记得，当年与英人的鸦片之战开始前，老穆曾经与我们三人商议，一力主败。"肃顺、瑞华交换了一下眼色，齐声问道："你的意思是——？"载元阴沉沉言道："广西大乱已起，皇上心思已乱，如果祁隽藻不能去统兵平乱，剩下的一个人自然是当今首相赛尚阿了，这也是大清开国二百余年来的规矩。"二人听了，点了点头，却仍然没想明白他话中之意。载元又道："我是说，万一赛尚阿败了，接下来做首相的应当是谁？"二人恍然大悟。肃顺急道："绝不会是祁隽藻，他是汉人，何况他也并不在意这个。"瑞华也道："不用说了，这回轮也轮到我们三人中的一位了。"载元冷冷笑道："不错，只要我们兄弟中的一人做了首相，朝廷自然还要发兵去剿灭洪秀全，那时我们也就顺理成章地掌管了天下兵权，翻云覆雨……剩下的话，我就不多说了。"瑞华就说："要是这么说，皇上大概快要让我们进宫商议此事了——"

　　一言未了，就见倪二进来禀报："奴才启禀王爷，宫里来了一位公公传旨，圣上急等着三位爷进宫，有大事商议！"三人相视一眼，哈哈大笑。肃顺还没见过倪二，就问载元："此人是谁，我怎么没有见过？"倪二乖觉，趴下去磕头道："奴才是这府上的王爷不久前在大街上捡来的。求六爷日后栽培奴才！"肃顺听了喜欢，道："你还是很会说话的，既是这样，以后有机会我就栽培你。"倪二叩头离去。瑞华也看着载元道："真的，我也不认识你府上这个新买的奴才。"载元一边换衣服，一边道："这奴才叫倪二，原是我府上的管家老郑在街上买回来给自己做奴才的，后来让他办了一两件事，还算伶俐，老郑看我喜欢，就把他送给我使了。好了，咱们走吧。"正欲出门，载元又看着肃顺，道："对了，老六，咱们这位皇上，好像不怎么待见我，到了那儿，有些话由你来说。"肃顺答应。

三兄弟到了养心殿，只见咸丰神情慌乱，在殿中不停地乱走。三人跪拜已毕，咸丰道："现在林则徐死了，广西的乱子越闹越大，眼看洪秀全就要打出广西，打进湖南，你们说，这这这该怎么办？"肃顺抬头奏道："奴才们听说祁隽藻自告奋勇，上折子求皇上准他代林则徐去平息广西之乱，可有此事？"咸丰道："不错，朕就是为了这个，才让你们进来的。"载元急道："皇上万万不可派祁隽藻领兵出征！祁隽藻有天地民心之誉，心中只有天下百姓，没有皇上和大清，所幸今天他只是一介文臣，手中没有军马。现在洪秀全已经乱起来，万一祁隽藻——"咸丰被说中了心事，作色道："不要说下去了。肃顺，你接着说！"肃顺道："奴才以为皇上这次一定要简派满大臣一名，统领大兵，前往广西剿灭洪秀全。"咸丰生气道："朕何尝不想派一个我们自己人，可是你们说，到了这时，朝中的满大臣又有谁能替朕统率大军，去广西征讨洪秀全？有这样一个人吗？"肃顺道："有！"咸丰问："谁？"载元道："自高宗纯皇帝一朝起，国有大难，率兵征讨者就是当朝首相。赛尚阿既是皇上亲自简拔的领班军机大臣，就理应由他统率大军出征。"咸丰皱起眉头道："赛尚阿？他行吗？"载元看了肃顺一眼，肃顺心领神会，道："皇上，让赛尚阿领兵杀敌，与洪秀全一刀一枪拼杀，他是不行，可他是当今首相，位高权重，朝廷派他前往广西，无非是借重他的威望，总督各省军马前往会剿。奴才以为赛尚阿挂帅出征，朝廷必大胜。"咸丰此时也无主意，只好道："让朕想想。你们下去吧。"

三人刚刚退出，懿妃就从内室走出。咸丰回头道："刚才他们的话，你都听到了？"懿妃道："听到了。"咸丰问："他们三个是什么意思？"懿妃一笑道："借洪秀全作乱的机会，从朝中赶走赛尚阿，由他们兄弟中的一个来做首相。"咸丰点点头道："朕也不是傻子，这一层朕想到了，他们这是给朕下套。朕不会上套的。"懿妃却语出惊人："臣妾以为皇上正好顺水推舟，让赛尚阿挂帅出征。"咸丰惊奇地望着她："这怎么可以？"懿妃道："第一，这洪秀全在南方闹得越来越大，朝廷派一名位高权重的大臣统领天下军马前往清剿势在必行，可这个人又不能是祁隽藻。"咸丰不语。懿妃道："载元虽然居心叵测，但他今天的话不错。如果祁隽藻没有今天这样如日中天的民望，皇上自然可以用他，但他有了这样的民望，皇上再让他统率天下兵马，就不成了。"咸丰点头道："不错，说下去。"懿嫔笑道："皇上，这件事其实有什么难做的？赛尚阿走了，皇上什么也不用做，将领班军机大臣的位子空着就行了。这个位子空着，出征的赛尚阿会以为皇上还为他留着首相的位子，到了南方，一定会竭尽全力，争取早日平定洪秀全之乱，好回来接着做他的首相；肃顺兄弟虽然不高兴，可见这个位子空着，他们会以为皇上只是没拿定主意，所以也不会不好好地为朝廷效力。这就应了一个乡下笑话儿，你在两头驴面前放一把青草，让它们看得见却吃不着，虽然只有一把青草，可是两头驴都会乖乖地跟着你走。"咸丰听了不悦道："你这是胡闹！没有首相，朝中大事由谁来牵头？总不能让朕自个儿费这个心思吧？"懿嫔一笑道："赛尚阿离开朝廷，按照顺序，牵头的自应是名列第二的祁寯藻。你原来不就有过让祁寯藻做领班军机大臣的打算吗？"咸丰心中一动，望着她笑道："哎，你这个主意还正经不赖！朕当初就想让祁寯藻做首相，就怕朝野上下反对，赛尚阿走了，祁寯藻就成了事实上的首相，可他又不是，即便是肃顺兄弟也不好说出别的来。妙！妙！妙！就这么着了！"

3

自洪秀全金田起事，朝中就有一个人一直密切关注着事态的发展，却没有人注意到他，此人就是穆彰阿被废之后为几乎所有人都遗忘了的刑部侍郎胡沅浦。他等了二十年，为的就是这一天。就连他的四弟胡叔纯，也对他道："哥，你当初放弃读书耕田、寄情山水的好日子不过，带着我来到这狼争虎斗的朝廷谋事，二十年间，侍奉皇上和穆大人，其中的滋味，只有我才能够体味。今日果如你当初所言，天下已经大乱，如你仍不出山，平息这场大乱，也就辜负了二十年前你那慷慨出仕的本意。只是眼下穆彰阿已经罪废，你再想靠他之力替皇上重整河山已经不能。"听着胡叔纯的一番话，胡沅浦坐在官寓内的书案前，半晌才开口问道："叔纯，你真以为时机到了，我该愤然出山、收拾天下了吗？"胡叔纯点头："前些天听说皇上任命了林则徐大人去广西平乱，叔纯还以为你出山的日子未到。今天又听说，皇上有意让赛尚阿率兵去广西平乱，叔纯马上想到，天下事将不可收拾，或者就是你出山的时候了。"胡沅浦听了不语。胡叔纯看了着急，道："哥，你到底在想什么？说句话呀！"胡沅浦仍然沉坐不动，半晌道："叔纯，你以为我仍然留在朝廷，真能做成什么大事吗？"胡叔纯听出了一点儿意思，急问："那你是想——"胡沅浦不再说话，持笔在手，文不加点，写出了一篇长长的奏折。胡叔纯看了，吓了一跳，脸也白了，道："哥，你是不是疯了？据说皇上是个只爱听奉承话、听不进逆耳忠言的主儿。就你这折子，一准会惹他龙颜大怒，会不会给你招来杀身之祸？"胡沅浦瞠目言道："叔纯，你刚才自己都说了，天下已经大乱，万万生民的人头就要落地。胡沅浦二十年前既以身许天下，到了这种时候，身家性命就顾不得了。而且，我敢保证，皇上虽会大怒，却杀不了我。叔纯，这个折子不过是我要演出的一场大戏的开场白，你不用为我担心，只管收拾东西，咱们准备还乡。"

次日早朝，咸丰上殿，众臣山呼已毕。只听传旨太监高声言道："赛尚阿听旨！"赛尚阿不知何事，急忙上前跪下，战兢兢言道："奴才接旨！"传旨太监打开圣旨，高声宣读道：

奉天承运皇帝诏曰：武英殿大学士、领班军机大臣赛尚阿，早年曾经军旅，今为国之首相。查广西洪秀全作乱，日甚一日，着赛尚阿为行军都元帅，统领江南六省一切军马，代朕征讨，其领班军机大臣之职仍旧。钦此。

众臣听了这个旨意，几乎无人不惊。赛尚阿浑身冷汗尽出，却又不敢推托，硬着头皮奏道："奴才……奴才领旨谢恩。"隽藻听了，心中大吃一惊。回头看一眼肃顺三兄弟，三人均在此一刻变了脸色。那传旨太监此时又高声言道："祁隽藻接旨！"隽藻急忙上前跪倒："臣祁隽藻接旨！"只听那传旨太监高声言道："传圣上口谕，自赛尚阿领兵出征之日起，军机处一应大小事体，暂着祁隽藻牵头办理，不得有误！"隽藻听了，怔了一怔，叩头道："臣接旨。"载元、肃顺、瑞华听了，不觉勃然大怒。传旨太监又道："圣上口谕，有事早奏，无事退朝！"

隽藻急忙高声奏道："臣祁隽藻有事启奏圣上，朝廷今日令赛尚阿大人领大兵剿杀被逼造反的良民，臣以为万万不可！"咸丰听了生气，道："祁隽藻，你说什么？洪秀全这会儿已经打进了湖南，你还敢说他们不是匪，而是被逼造反的良民？"隽藻亢声言道："臣以为，天下之民即便造反，也是圣上治下的百姓。朝廷对待他们，只能去抚，不能去剿！"咸丰大怒，一拍龙案，手指向他，半晌才憋出一句话来："你……岂有此理！"隽藻心中也不觉动怒，面现愠色，大声道："圣上，臣以为广西金田村星星之火，所以会蔓延扩大，烧遍广西，又烧向湖南，是天下不能活命的百姓太多。天下生民所以不能活命，责任在于朝廷！臣祁隽藻今日再次叩请圣上立即下旨，推行在天下施行四项新政！与此同时，派出大员，晓谕造反的百姓，不唯既往不咎，而且朝廷还要马上简派大批清廉的官吏，去广西查明真相，惩办贪官污吏，还那里的百姓一个清白世界。皇上只有这么做，才能安定天下，不让广西金田村燃起的大火，继续烧遍天下！"咸丰怒道："可是这把大火已经烧起来了，怎么办？"隽藻又道："即便烧起来了，也不能放纵大兵去屠戮无罪之民。圣上若不能依臣言，纵容大兵蹂躏江南，将使更多百姓不能活命，使万千不反之民起而造反，这场已起的大火，将越烧越大，直到不可收拾！"

肃顺此时已经忍无可忍，上前奏道："奴才以为皇上万万不能再听信祁隽藻之言！"瑞华也上前道："皇上，奴才听了多时，再也忍不住了！从古至今，百姓造了反就不再是百姓，而是反贼，有一个就该杀他一个！祁隽藻今天把造反的强贼说成良民，分明是替那伙反贼张目，蛊惑圣听！皇上，奴才现在怀疑祁隽藻说不定就是洪秀全的内应，该抓起来治他的死罪！"听了他的话，殿内登时一片大乱，李鸿藻、彭蕴章、黄爵滋一起出列，趋前跪奏，都要说话。众满臣见状，也上前为肃顺、瑞华帮腔，一时间大家都在讲话，却谁也听不清谁的。咸丰的脑袋又大了，大喝一声："肃静！"众臣听了，这才噤声，各自退回原位。

这时原来一直站在众臣中不发一语的胡沅浦突然出列，上前跪下，双手高高地将折子举过头顶，大声奏道："臣刑部侍郎胡沅浦，有折子奏明圣上！"他嗓音洪亮，余音绕梁，竟一下就把殿内所有人的注意力都吸引到他身上。咸丰有点儿厌恶地看着胡沅浦，冷冷言道："你就是胡沅浦？"胡沅浦道："臣正是胡沅浦！"咸丰讥讽道："朕即位之前，曾听人言，先皇时的首相穆彰阿有一位得意门生，名叫胡沅浦，一定就是你了？"胡沅浦不卑不亢答道："回皇上的话，正是微臣。"咸丰道："你折子上写了什么，就在这里明说，不用回避。"胡沅浦想了一想，一不做二不休，打开手中奏折，朗声念道："臣胡沅浦启奏圣上，臣以为当今广西之乱，乃是天下大变之始，而朝廷之内，从圣上直到在位的大臣，皆依然醉生梦死，不知大厦之将倾——"咸丰听了，当即大怒道："胡沅浦，你说什么？"胡沅浦并不理会，继续大声读道："圣上即位之初，屡有善政，而今即位时间不长，即急于问政，退朝之后，便在内宫与戏子、小丑、内侍为伍，终日嬉戏；朝中所用大臣除祁隽藻一人外，皆庸碌昏聩之辈，不仅不能帮圣上推行新政，救天下大难，反而结党营私，为一己之利，阻挠新政实行，令天下败坏之势不可遏止。臣以为圣上若不能幡然悔悟，实施有为之政，则大清之亡，指日可待！"

胡沅浦的这一道奏折无疑是骤然响起的一个炸雷，将殿上君臣震了个人仰马翻。最初的吃惊之后，包括肃顺三兄弟在内的众满臣纷纷大嚷起来："胡沅浦大胆！竟敢公然诅咒圣朝，诋毁皇上！"咸丰气得面色苍白，话不成句："胡胡胡……沅浦，你你你你说朕是个荒淫无道的昏君，大清一定会亡？"载元厉声言道："启奏皇上，胡沅浦反了，是可忍孰不可忍！"瑞华红着眼吼道："圣上，杀了这个不知天高地厚的汉人！"一时间殿内杀声震耳，气势汹汹："杀了他，杀了他！"一满臣见咸丰不动，扑通一声跪下，除下顶戴，哭道："皇上若不杀此人，朝廷在天下还有什么颜面，皇上在天下还有什么颜面！奴才这官也不要做了！"咸丰听到这里，忍无可忍，不想再忍，一挥手，两名内侍早跑进来，将胡沅浦架起。胡沅浦面不改色，仰天大笑道："好，好！圣上今日果真杀了胡沅浦，就是杀了天下最后一个能救大清之人！"

隽藻见状，变了脸色，疾步上前跪倒，大声奏道："圣上刀下留人！"咸丰愤怒异常，浑身打战，道："祁隽藻，你要为胡沅浦求命？"隽藻大声奏道："回圣上的话，臣今天不为胡沅浦求命，而是为天下万万生民求命！"瑞华大声责问："祁隽藻，你你你什么意思？"隽藻不理他，冲咸丰叩头在地："圣上，臣以为胡沅浦今日之言，乃是出于一片赤诚。圣上登基之初，下诏禁绝鸦片，天下称赞，至于今日，朝廷之政已大不如初，也是天下尽知。"此言一出，殿上又是一片喧哗。咸丰却转过身去，不看隽藻，——实在是欲要辩驳，却说不出话来。隽藻又道，"圣上，孟子有言，'责难于君谓之恭，陈善闭邪谓之敬。'胡沅浦身为大臣，痛感国是日非，奉圣上之命，在朝堂上宣读自己的奏折，其意无非是要恳请圣上深自警悟，毅然推行新政，若如此天下大乱或者还可以遏止。圣上若一怒之下，杀了胡沅浦，朝廷内外将不会再有一人敢向圣上讲真话，进忠言，大清若要不亡国，是无天理！"他的话讲得沉痛，殿内一时间全然不再有了原来的喧哗声。瑞华见状，又急急上来叫嚷："皇上，祁隽藻的话比胡沅浦还要恶毒，把他也杀了！"众满臣听了，也随之掀起新的一轮吵闹："对，把祁隽藻也一块儿杀了，他们是一起的！"李鸿藻、彭蕴章、黄爵滋见状，又一起上前跪奏道："臣等以为，圣上若杀祁大人，则天下绝望，大清必亡，臣等愿与祁大人同死！"瑞华仍不甘心，叫道："皇上，这些人都是一伙的，杀了他们，再派大兵去杀广西的乱民！"

咸丰没有理会瑞华，回头怒气不息地望着胡沅浦，道："胡沅浦，朕看在祁隽藻的面子上，今天就不责罚你了，可朕也不能褒奖你！朕是大清的皇上，天下臣民皆是朕的赤子，你也是朕的大臣，哪有儿子这么跟父亲说话的！实在无礼狂悖至极！退朝！"胡沅浦急忙叫了一声："圣上留步！臣母年近八旬，体弱多病，恐不久于人世。臣请圣上开恩，放臣回乡为母亲侍疾！"咸丰冷笑一声道："胡沅浦，你是说你要弃官回乡？"胡沅浦道："臣在朝廷中不能致君尧舜，惭愧无名，不如回到故乡去为母亲尽孝。"咸丰不愿再看到他，索性一挥手道："你一定要走，朕就准你所奏！退朝！"

隽藻仍在御座前跪着，又大声言道："圣上！今日所议之事还没有结果，不能退朝！大兵过后，玉石俱焚，圣上若一定要派大兵去广西，南方之民将更无活路，天下之乱再不能遏止，圣上要三思！"咸丰哪里还要听他再说话，早离了御座，拂袖而去。隽藻绝望地扑倒在地，大叫："圣上，这是天下兴亡的大机，今日圣上一意孤行，将来后悔就晚了！"肃顺等冷冷地看着他，转身离去。李鸿藻等人上前扶起隽藻，道："恩师，起来吧。"隽藻不起，放声大哭。黄爵滋垂泪劝道："祁大人，这样的皇上，这样的朝廷，不哭也罢。"隽藻哭道："你错了，我哪里是为皇上哭，我是为天下万万要死的生民哭，他们的人头就要落地了！"他大哭不止。李鸿藻等人尽皆垂泪，但还是将他拉了起来。隽藻心中大痛，一口血吐出来，昏厥过去……

4

　　黄昏时分，菊花走进书房，点起灯，猛然看到隽藻一个人静静地坐在那里，一言不发，吃了一惊："老爷，你怎么一个人坐在这里？"隽藻喃喃言道："大清的天下要完了，天下无数人头就要落地。"菊花笑道："老爷，今天上朝回来，你就一直这么坐着，你坐了一天了。"隽藻目光空茫，望着远方的黑暗，忧郁地言道："天下万万人要死了，菊花，我怎么办？我们说不定也要死！"此时晴儿扶玉环走了进来，看着他们。隽藻道："夫人，你也过来，我今天有几句话也要跟你说。祁隽藻为天下万民出仕，眼看万民遭遇大难却不能救，我还该待在朝廷里吗？救天下万民不遭这场大难是我一生的事业，眼看着一生的事业就要付诸流水，我还应当活着吗？！"

　　玉环定定地望着隽藻，脸上扑簌簌滚下了眼泪，却又笑道："无论老爷怎么打算，玉环都跟着老爷。玉环已经跟着老爷一辈子了。"晴儿和菊花听了，心中大惊，晴儿急道："夫人，老爷不过是心里难过，才说了那些话，你怎么不劝劝他，反而——"隽藻和玉环不理她们，只是相望着笑。隽藻将玉环的手拉起，道："我本来可以不入仕的，我们本来可以在平舒村平平静静地过一世，是我毁了你这一辈子。"玉环也笑道："老爷别这么说，老爷这个丈夫是玉环自个儿挑的，就是现在老爷让玉环跟着老爷去死，玉环心里也不会埋怨老爷。老爷，你说吧，你要弃官回家，咱们现在就走；你说你不想活了，玉环现在就陪老爷一起去死。"

　　晴儿听他们俩越说越可怕，"哇"的一声哭出声来，奔了出去。菊花却也平静，道："老爷、夫人，菊花忍不住要说一句：你们……你们今天是不是都疯了？"二人不觉回头看着她。菊花道，"天下若真的要大乱，老爷死了又能怎么样？老爷，菊花怎么就听不明白，眼下不是还没有天下大乱吗？从广西金田村烧起的一把火，连长江还没有烧到，老爷要救万民，仍有许多事情可做。老爷，你就是救不了全天下的百姓，难道救不了长江沿线的百姓吗？退一步说，就是长江以南的百姓你也救不了，不是还有江北的百姓吗？夫人，你今天不能助老爷救天下万万要死的人，却只想和他一起去死，你算什么贤妻？你这种没用的夫人，连菊花也看不上！"说罢，转身离去。

玉环听了她这一番话，心中一怔，隽藻却不觉含泪哈哈大笑起来。玉环不解地看他，道："老爷，你瞧这丫头——"隽藻喟然长叹："想我祁隽藻，读书一生，到了天下兴亡的关头，竟没有这么个女孩子有心胸，有志气！"说罢，他放开玉环的手，起身坐到案前，自语道，"当务之急是要救江南战火没有波及的地方的百姓。我要上折子恳请皇上，马上在全国简拔一批清廉的官员，去往这些地方，替换那些贪官、庸官，推行新政，减轻赋税，稳定大局。只要这些地方的百姓不反，起自广西的大火就难以在整个江南烧起来，朝廷的大兵也没了理由，再开到那里去蹂躏他们！"玉环走过去帮他研墨，突然想起了含黛，不觉叫了一声："老爷——"隽藻的精力此刻全集中在要写的折子上，哪里知道她要说什么。玉环嘴唇动了动，到底没有把话说出来。晴儿端茶进来，与玉环对视一眼。玉环悄悄叹一口气，晴儿知道玉环想说含黛的事，却不能在这个时候说，不觉失望。

隽藻写完折子，宿藻就进来道："哥，有客人来了。"隽藻从书案后站起，但见胡沅浦匆匆进门，给隽藻施礼道："恩师在上，学生来向恩师辞行。"隽藻已经很久不见他上门了，急忙走过来拉他，道："沅浦，快起来！"胡沅浦起身，隽藻又痛心道："沅浦，你真要走？天下大乱之势已成，这个时候朝廷里有多少事需要人去做，你怎么能走？你走了，我也走了，朝廷里这么多大事丢给谁，天下万万生民又丢给谁？这些事情你就没有想过？"胡沅浦神情平静，笑了一笑道："恩师，学生果然猜得不错，虽然恩师倡导的新政不能在天下施行，虽然皇上一意孤行，要派大兵前往广西征剿造反之民，恩师为了天下苍生，仍会忍辱负重，留下与那批权贵周旋。学生辞行之时，想将二十年前就对恩师讲过的一句话再讲给恩师听。恩师听了这句话，就明白学生为什么会在恩师离开朝廷的十年间含垢忍辱地留下来不走，今天恩师已经还朝，胡沅浦却为何要告假还乡。"隽藻热切地望着他道："沅浦你讲，说实话，我还真想再听听你的道理。"胡沅浦道："恩师一定记得，当年恩师身任江西学政，亲往学生家乡，劝学生出仕。学生那时就说过一句话，学生对于天下大势的判断，与恩师不同。恩师出仕之初，以天下为己任，以为今天这场大乱，可以凭恩师和林则徐林大人、邓廷桢邓大人等一干贤臣的努力而避免，恩师三十余年来所做的一切事情，都是为了这个；学生那时就说，天下之乱必不可免，学生若出仕为官，并不是为了阻止这场大难，而是要在大难来临之后，为天下人平息这场大难。学生今日不愿再像恩师一样留在朝中，就是为了这个。"

隽藻吃惊地看着他："沅浦快告诉我，一旦告假还乡，你想做什么？"胡沅浦答道："若朝廷有所作为，战火不至于烧到学生家乡，学生将一心在母亲跟前尽孝；万一朝廷无能，学生将尽起家乡子弟，自为一军，平定天下之乱。"隽藻皱眉，脱口而出："沅浦不可！江南之民，先遭朝廷苛政和贪官污吏之害，鸦片之害，赋敛之害，现在又遭广西之乱和朝廷大兵的蹂躏，你要是再从家乡起兵，是多一害而不是多一利。老子讲兵者凶器也，圣人不得已而用之，又说大兵过后，必有凶年。你回乡在母亲面前尽孝可以，自起大兵去平息大乱则不行！那样只会让更多无辜百姓死亡，这不是救民，而是害民！"胡沅浦情绪激烈起来，道："恩师，这就是学生与恩师所见的不同！恩师以为只要朝廷施行新政，清新吏治，让天下无地之民得到土地，大乱就可平息，学生以为恩师之见，是过于乐观了！在学生今日看来，朝廷避免天下大难的时机已过，这场大火既然已经烧起，除非让它燃遍天下，直到柴尽烟消，大乱就不会停止。恩师三十多年前就说过这是一场劫难，既然是劫难，那就是天意，哪里是以恩师一人之力能够阻止的！"隽藻听了默然，半晌方言道："沅浦的话即便有理，老夫也不能赞同。要是连你一个文弱书生也要起兵杀人，那天下万万千千的无辜百姓的命怎么还能保住？"他心中渐渐恼怒，道，"真要全天下的人都起来厮杀，中华大地上要死的人将超过有史以来的每一次！"胡沅浦不以为然，道："恩师，学生以为，如果有无数生民一定要死在这场大劫难里，那也是无可奈何的事情。中国的天下，不只是今人的天下，也是后人的天下。为了我华夏的后人和将来，胡沅浦一旦起兵，就决不会瞻前顾后，大乱一天不止，平乱就一天不会止！"隽藻不觉怒起，厉声道："住口！沅浦，如果我们连今天这块土地上的百姓也救不了，还谈救什么华夏的后人！如果今天你要救天下只有去杀人，祁隽藻宁可求你不去救这个天下！"胡沅浦慨然言道："恩师的话胡沅浦记下了。胡沅浦追随恩师多年，今日才看清了恩师的心。学生说一句冒犯恩师的话，原来恩师心中只有人命，没有天下！恩师的心肠虽好，却阻拦不了世上人杀人。恩师但知学生一旦起兵要杀人，岂知世上人哪个不杀人？朝廷用苛政杀人，贪官用厚敛杀人，乱兵用刀剑杀人，学生回乡，一旦起兵，不过是用杀人止杀罢了！恩师保重，只要恩师在世，学生与恩师总还有见面之期，那时再论学生与恩师的短长也不迟。恩师，学生告辞！"他又趴下磕了一个头，起身离去。隽藻言犹未尽，叫道："沅浦，站住！"胡沅浦站住，却不回头。隽藻流泪，激烈言道："沅浦，刚才你对老夫说了那么多话，老夫也要送给你几句话：只要你有不惜杀人而起大兵的念头，老夫在朝廷里就不会答应！退一万步说，今天的广西造反之民即便全是强贼，要剿灭他们也是朝廷的事，你一个告假回乡的侍郎可以起一支大兵，别人是不是也可以像你一样。朝廷要是放任天下人都可以自起大兵，横行天下，大清将是什么样子？老百姓还会有丁点儿活路吗？！"说到这里，他悲愤不已，大声咳嗽起来。玉环和菊花听了，一起跑进来扶住他。胡沅浦也不答言，再一次拱手道："看来学生今日与恩师话不投机，学生告辞，恩师多多保重！"一言既出，转身大步走出。隽藻被玉环和菊花扶着坐下，看了一旁的宿藻一眼，怒道："你怎么还愣着？还不快去替我送送沅浦！沅浦走了！一定告诉沅浦，不能随便杀人！所有造反的百姓，原来都是活不下去的良民！"他又吐出血来。宿藻无奈，只好跑出去。书房里，玉环帮隽藻擦去嘴角边的血丝，菊花一下下替他捶背，眼中蓦然涌出泪花。

宿藻赶到大门外，胡沅浦已经上车走远。马车上，胡叔纯一边赶车，一边回头看了看胡沅浦。胡沅浦眼睛望着前方，突然说："明日出城之前，绕一个弯，去穆家别业看一看穆彰阿。"胡叔纯吓了一跳道："哥，天下人皆称穆彰阿是国贼，大哥明日还去看他，就不怕引起物议吗？"胡沅浦淡淡一笑，道："胡沅浦生而有幸，读书时的恩师是江南大儒钱无庸，入仕后又遭遇祁隽藻、穆彰阿两位座师。祁隽藻天下大忠，穆彰阿天下大奸，胡沅浦就要离开朝廷，平天下大乱，临行之际，焉能不见穆彰阿？"胡叔纯听了，心中不觉一动。

5

被囚禁在郊外穆家荒宅内的穆彰阿一直在观察着天下大势和朝中政局。这天早晨，他独自立身室内，望着屋前一棵盘根错节的古柏，沉思良久，忽然脱口道："错了！"前些天他只想到赛尚阿去后，朝中必再用一个旗人做首相，却忘了皇上身后的那个人。他想此人年岁一定不大，聪明之处却不亚于自己。一个皇上原不足虑，但是多了这个人，那天就让他替肃顺兄弟算错了一步棋，不但没能让他们中的一个接替赛尚阿做首相，还让祁隽藻实际上成了大清的首相。不过今天早上他隐隐约约地看出这个人是谁了。他从皇上近来对付天下和朝廷大臣的众多主意里嗅到了一种阴柔狠毒之气。于是断定皇上身后的那个人一定是个女人。想到这里，穆彰阿不觉倒吸了一口凉气。正沉思间，军校进门禀报："大人，刑部侍郎胡沅浦前来辞行！"穆彰阿听了，心中一震，笑道："原来我这些天把他忘了。这个胡沅浦果然不错，老夫到了今日，他仍然敢冒天下之大不肖，前来见我。请进来吧，上房里见。"

胡沅浦一进上房，就向穆彰阿大礼参拜，口称："学生胡沅浦，叩见恩师。"穆彰阿坐着，不以为礼，淡淡一笑道："胡沅浦，穆彰阿今日身为罪因，你还敢来认我这个座师？"胡沅浦恭敬谨慎如同往日，坦白磊落亦如往日，道："恩师在上，胡沅浦已经奏明皇上，告假还乡，临行之际，特来拜别恩师。"穆彰阿微微有些诧异，道："怎么，因为老夫被废，你也受到株连了吗？你起来吧。你真要告假还乡？"胡沅浦起身侍立道："学生回恩师的话，学生此次要告假还乡，与天下之乱有关，与恩师之事无关。学生自以为是天下之器，今日天下大乱已起，正是天下之器用武之时。学生留在朝中无所作为，不如还乡，待机而起！"穆彰阿心中又是一惊，久久地望着他，忽然激动起来："啊，沅浦，老夫没有看错人！老夫坚持认为你是天下大才，大清一旦有事，能用来平治天下的人就是你……今日看来，穆彰阿还真是有知人之明！"胡沅浦淡然一笑道："恩师过奖。恩师心中若还惦念着大清的天下，就请教导学生，回乡之后如何行事，才不负天下和朝廷之望。"穆彰阿听了，不觉哈哈大笑，半晌方道："沅浦以为今日大清的天下还可救吗？"胡沅浦心中吃惊，表面仍旧不动声色："朝廷已派赛尚阿大人率兵平定广西之乱，沅浦以为定会成功。"穆彰阿脸露不屑，笑道："以赛尚阿之才，当今八旗兵之力，不会成功，只会大败！赛尚阿大败后，战火必将由广西、湖南入长江，一二年间，长江两岸，将成为天下最大的战场。"胡沅浦心中又是一惊：此人果真依然对天下事看得极为精准，于是又拱手言道："学生此来，就是想请教恩师，万一天下之事真如恩师所言，学生当如何行事？"穆彰阿久久地看他，突然大笑，慨然言道："世上从来没有不亡之国，长江两岸若起大乱，天下必大乱，大清从此国将不国，四海豪杰纷起。沅浦多年以来就有纵横四海之心、包揽天下之志，若顺天应时，起一支大兵，则大事可图！"胡沅浦心中大惊："恩师，何为……大事？"穆彰阿哈哈一笑："沅浦，老夫所说大事可图，自然说的是一旦天下大乱，豪杰并起，便是世间英雄成王败寇之时。大清二百年的江山，到了今日，已是日薄西山，气息奄奄，与其让洪秀全得了大清的天下，穆彰阿为何不能让我最得意的学生得到大清的天下！好了，我的话说完了，你可以走了。"胡沅浦急忙跪倒在地，道："恩师在上，学生方才从恩师这儿听到的只是一派忠心之论，为的是激励学生挺身报国，没有其他！恩师放心，学生此去江南，除非以身殉国，必使大清不亡！"他磕了几个头，爬起来，转身离去。

穆彰阿望着他的背影出了大门，大笑不止，却泪水直流。胡沅浦走出大门，上车，急急地向胡叔纯道："快走！"胡叔纯忙问："哥，出了什么事？"胡沅浦道："叔纯，现在就是为了逃命，咱们也要星夜赶回江西！"胡叔纯听了，也不再问，快车加鞭，马车飞一样向前驶去。

穆家荒宅内，穆彰阿的笑声停止。薛管家走回来，看他道："老爷，胡沅浦走了？"穆彰阿大声道："走了好！"薛管家低声道："老爷方才一直在用话试探胡沅浦有没有反心？"穆彰阿听了大怒："错！你怎么知道老夫要试探胡沅浦？从皇上将老夫置于死地那一天起，大清就不是穆彰阿的了！老夫所做之事，就是让它快点儿灭亡！"薛管家大惊："老老老爷——"穆彰阿道："老夫今生已经身败名裂，可即使身败名裂，仍能将大清的天下搅一个天翻地覆！皇上，我宁可让胡沅浦得了天下，也不会让你、让祁隽藻和肃顺兄弟得意！"薛管家听了急道："老爷的心思奴才明白，就是将来大清完了，胡沅浦坐了天下，从头论起来，他到底是老爷栽培出来的！老爷能帮胡沅浦坐了天下，老爷今生就没有败，不，老爷就还是最后的赢家！"穆彰阿复又哈哈大笑，回头道："方才是不是肃顺的人又来了？"薛管家道："对。还是上次来过的那个倪二，给老爷送来了一封信。"说着将那封信呈上来。穆彰阿看信毕，沉思良久，大笑道："肃顺兄弟真是饭桶，现在赛尚阿领兵走了，挡在他们前面的只有一个祁隽藻，天下已经大乱，朝廷大兵一出，赛尚阿就会找皇上要一大笔军费银子。只要奏明皇上，让祁隽藻兼管户部，为大军筹措军费，祁隽藻这个代理首相，就做不了几天！"薛管家又不懂了，问："老爷，这又是为什么？"穆彰阿道："祁隽藻一辈子声称要为天下生民立命，现在要他去帮大军筹措军费，是要他代朝廷去搜刮百姓。祁隽藻不这么做，皇上必不会答应；若这样去做，那就是他身败名裂之时。天下百姓已到了食不果腹衣不蔽体的地步，哪里还会任他搜刮，那时天下就不是一处火起，而是四海之内处处火起。一旦如此，祁隽藻就成了造成大清天下大乱的罪人，他不但不会再被天下百姓视为救星，反而会令四海之内人人对他恨之入骨！"薛管家不觉击掌道："妙计！老爷先让祁隽藻成了天下公敌，再借朝廷的手将他治死，最后还会把一个让大清亡国的罪名安到他头上，祁隽藻无论生前死后，就彻底完了！"

穆彰阿想了想，道："告诉肃顺派来的人，让肃顺兄弟再来见我。"薛管家道："老爷，奴才以为老爷有话让肃顺派来的这个人捎回去就行了，肃顺兄弟来得太多，容易让皇上的人察觉。"穆彰阿笑道："肃顺兄弟与老夫暗中来往，皇上已经知道了。老夫正是要皇上知道，今日大清之政，仍在我穆彰阿股掌之中。一旦皇上发觉无论祁隽藻还是肃顺兄弟都不能帮他平治天下，就会回过头来求老夫，将天下之政重新交还老夫。让肃顺兄弟来这里，是要让他们知道，他们今天离了老夫这个罪囚还不行，就是他们想杀老夫，现在也不能够！"薛管家心中大为震动，道："老爷高明！老爷以为，今日大清朝廷和天下百姓之间的死结真的还有解？"穆彰阿道："天地之间，没有不可解的死结，只是看你怎么去解罢了！祁隽藻入朝三十余年，讲了无数的话，只有一句让他说对了，今日天下之患，根子在于人口太多，天下地权不均，这才是最大的死结，才会有今天的大乱。但大乱本身焉知不是解开这道死结的办法！从天下大乱到天下大定，五年也罢，十年也好，无非是天下人起来互相残杀，尸横遍野，血流成河，可那与我穆彰阿何干？这场大乱，不怕杀的人多，就怕杀的人不够多！大乱过后，天下人口若能死亡三分之一，中国就将减少一万万三千万张吃饭的嘴；若是死亡三分之二，天下就只会剩下大清开国初年的一万万人口，而土地却不会减少一亩。那时若有强人，挺身而出，收拾天下，易如反掌！"薛管家歪着脑袋想，半晌道："不过，奴才担心一件事。天下人杀来杀去，估计到了那时也剩不下什么人了，老爷就是有心收拾天下，又能靠谁？"穆彰阿沉吟良久才道："这话我只能告诉你一个人。在我活着的时候，你对谁都不能说出去。万一我活不到那一天，你只能将它诉这个人。这个人就是……胡沅浦！"

见穆彰阿把这话说得沉重悲凉，薛管家连忙跪下了，道："老爷，为什么一定是胡沅浦？"穆彰阿道："还记得当初胡沅浦曾将一本名叫《瀛环志略》的书送给先皇看吗？先皇并没有读完那部书，可是老夫读完了。不但读完了，还明白了胡沅浦为何要向皇上推荐这部书。这部书让胡沅浦比老夫更早地看清了中国人五千年都没看清的一个事实，他比老夫更早地知道了这个世界上，在中国周围，已经强国如林。"薛管家又迷惑了，道："这件事和老爷方才讲的大乱过后收拾天下的事有关吗？"穆彰阿道："关系太大了，老夫简直害怕把它讲出来！天下大乱，中国人自相残杀，五年也好，十年也罢，总会有人尽财穷之时，那时若有一个读过《瀛环志略》、对世界大势了然于胸的人，从国门外引进一两个强国的兵马，帮自己收拾天下，还会有谁能挡得住他坐上龙庭，成为天下之主？！"薛管家骇然道："可是……那时的天下，还会是中国人的天下吗？"穆彰阿听了，大声冷笑道："自古以来，天下就是有力者的天下，如果这位新皇上有力量，天下就是他家的天下；如果他没有力量，天下为什么就不该是外人的天下！"薛管家听了，只呆呆地看着他，面色苍白，再也说不出话来。

6

果不出穆彰阿所料，赛尚阿奉命出征不久，向皇上索要军费银子的折子就到了。咸丰在养心殿召见军机处众大臣商议对策。咸丰着急道："赛尚阿已经到了湖南，兵马未动，粮草先行，你们说，赛尚阿向朕要的这一大笔军费银子如何筹措？自道光二十二年后，国库空虚，入不敷出，朝廷送赛尚阿出征时已经拿出了一大笔银子，现在是没有银子的，这你们都清楚。"肃顺此时已胸有成竹，上前奏道："奴才启奏皇上，掌管天下财富出入是户部的责任；朝廷历来是领班军机大臣兼管户部，祁大人现在是代理首相，理应兼管户部，负起为大军筹措军费银子之责。"咸丰听他讲得在理，看隽藻道："祁隽藻，打仗就是打银子，你现在是代理首相，户部的事你就管起来好了。现在你们都说说，怎么筹措这么一大笔银子？"隽藻正要开口，瑞华却抢过了话头道："皇上说到怎么筹措军费银子，奴才有个主意。朝廷出兵为天下人平息大乱，这军费银子自然要由天下人分担，没有单要朝廷出银子的理。奴才以为皇上下个诏书，将这笔军费银子摊派到各省，再由各省摊派到天下人头上就是了。哪个不缴就是抗旨，抗旨之人，格杀勿论。这笔军费银子不就有了？"隽藻听了心中大急，忙道："圣上，郑王所说之事，绝不能行！自道光二十二年以来，无论是朝廷之政还是鸦片之害，已经闹得天下民穷财尽，人人不能活命！今日天下，无产无业无以为生的流民就达一万万之多，多少人家活命尚且不能，哪里还会有银子！天下百姓没有银子，你就是杀了他们，也还是搜刮不到银子！朝廷这时再兴赋敛，竟不是找他们要银子，而是要天下人的命！臣以为朝廷若行此政，天下人必一起造反。到那时，朝廷要平息的大乱，绝不仅仅是广西湖南两省！"

咸丰脸色顿时变得十分难看，道："祁隽藻，照你这么说，难道这笔军费银子，就不去筹措了吗？"瑞华又道："皇上，要是这个法儿不行，奴才还有一招。奴才问过户部，发现自道光二十二年以来，江南各省欠朝廷的赋税竟有两千万两白银之多！奴才请皇上下旨，勒令江南各省官府限期追讨，至期不能完赋者，是民充军，是官革职，发配广西湖南军前效力。"咸丰眼睛一亮，道："真的？原来江南还欠着朕这么一笔银子，好！"回头对隽藻道，"祁隽藻，这个办法呢？"隽藻摇头道："圣上，江南之地本为天下粮仓，正是因为道光二十二年以来朝廷为了向英人赔款横征暴敛，才使它成了天下流民会聚之地。今日江南遍地干柴，只要一粒火星，就会燃起一场大火。圣上此时不去灭火，反而去追讨欠赋，激起民变，岂不等于自己去点燃这场大火？！"

咸丰心中越发没了主意，不觉大躁："这个……难道就没有一点儿办法了？"肃顺见时机已到，急忙上前奏道："奴才启奏皇上，奴才刚才想到一个办法。"咸丰急道："快说！"肃顺道："奴才以为以中国之大，天下之广，就是穷苦百姓家没有银子，天下富商大贾家却不会没有银子。国有大难，朝廷就应该下旨，从这些人身上弄银子。"咸丰点头道："肃顺，你这个主意好，说说该怎么弄？"肃顺说出三个字来："铸大钱！"咸丰不解，道："铸大钱？"肃顺从容道来："对！今日天下通行的都是当五当十的铜钱，眼下的行情，一般是三千文铜钱换一两银子。朝廷若从现在开始铸当五千的大钱，同时明令禁止当五当十的铜钱流通使用，天下商人和百姓就只能用银子向官府兑换当五千的大钱。奴才想过了，这当五千的大钱可用铁来铸，若铁钱通行天下，朝廷就可以用三千文铁钱换回一两白银，朝廷再下一旨，令民间只能流通铁钱，不得流通白银，这时不只是军费银子有了，天下的银子也将悉数归入朝廷。皇上以为此法可好？"咸丰并不懂得其中的道理，只听天下银子可以尽入朝廷，不觉大喜，回头来看隽藻。隽藻心中早已大惊，不觉怒起，大声叫道："圣上万万不可！若行此法，就是朝廷要将天下之财悉数搜刮净尽！即便是桀纣之世，也没有这样的苛政！"

　　咸丰本有一样毛病，那就是爱钱，刚刚听肃顺说得热闹，隽藻却出来拦住，而且出口便是"桀纣""苛政"，忍不住大怒道："祁隽藻，你说什么？"隽藻大声言道："臣说铁钱之法行于天下之日，就是大清亡国之时！"咸丰见他大怒，亦不觉大怒，道："祁隽藻，这个铁钱之法怎么就会让大清亡国？"隽藻此时恨不能有一百张嘴，才为咸丰道其利害："圣上，小民百姓之家，哪有金银？平常用钱，无非当五当十，一旦天下只能用大钱，不能用小钱，他们如何活命？即便是富商大贾，朝廷行铁钱之法，也将一举将他们累世积攒的财产搜刮净尽，换给他们的却是一堆根本不能在民间流通的废铁。朝廷若这么做，就是公然向天下人抢夺天下所有的财富，天下人都会起而反对。大清不亡，岂有此理！"

　　肃顺不理隽藻，又道："皇上，奴才方才只是说了一个铸大钱之法，现在还要说一个官办银号、商号之法，有了这个，就是天下人都起来反对，大钱也必能通行于世！"咸丰又把头转向他："果真能这样，你就快说！"肃顺道："奴才反复想过，天下商人反对大钱最激烈的手段，无非是统统歇业，令天下百姓没有粮油丝茶盐铁可用。奴才以为这也难不住朝廷，朝廷反可趁机开办官家的商号、钱庄，将由天下商人们经营的买卖全部接管。若这样办，既强制推行了大钱，朝廷又可一举得到天下商业之利！"咸丰听了，拍案叫绝："好！天下最富的是商人，要是你这个官商号办好了，朕就成了天下最大的商人，独一无二的总商人！天下商业之利，就都到了朝廷，好！"他回头再看隽藻，眉头又皱起来。隽藻闭上眼睛，满面怒容，却不再发一言。咸丰不高兴道："祁隽藻，你怎么不说话了？"隽藻睁开眼冷冷道："圣上，臣有一个办法，比肃顺大人的办法更简便，不用费那么大劲，就此将天下之财，悉数归于朝廷！"咸丰吃惊地看着他："你……什么办法？"隽藻道："圣上只要下旨，让绿营兵一家一家地到老百姓家里，把值钱的东西悉数强夺过来，不从的统统杀掉，岂不是比铸大钱、征讨江南欠赋、自开商号更简便易行！只是圣上这样做了，有一桩事情不便。”咸丰面色苍白，一时口吃起来："你你你……什么意思？"隽藻道："圣上若是这么做了，皇上就不再是皇上，而是古往今来最大的一个贼了！不等朝廷把天下人的财产都搜刮完，大清的天下就完了！"肃顺三兄弟听了，大惊失色，一起拥上前抓住隽藻，咆哮道："皇上，祁隽藻公然咒骂皇上，皇上再不杀祁隽藻，臣等也不要这个命了！和他拼了吧！"

咸丰脸色苍白，两眼是泪，望着隽藻，颤声言道："祁隽藻，你还朝以来，朕念你是前朝老臣，一忍再忍，今日你又骂朕是贼，是何道理？若能说出道理，朕就饶你不死，说不出道理，朕就是不做这个皇上，也不能饶你！"隽藻悲愤怒极，冷冷一笑，大声言道："圣上，孟子说，贼仁者谓之贼，贼义者谓之残。残贼之人，谓之一夫。圣上听信肃顺之言，要用种种恶法将天下之财搜刮净尽，是为古往今来最大的不仁；圣上若行这些恶法，必使天下万民揭竿而起，大江南北尽燃战火，无数生民死于非命，是为古往今来最大的不义；圣上不仁不义，不是古往今来最大的贼，又是什么！"载元兄弟听了，目眦尽裂，又大叫道："皇上，不杀他更待何时！"咸丰背身过去，久久伫立不语，半晌才开口说道："你们……放了他。"载元等人迟疑良久，方才松开了祁隽藻。

咸丰回过头去，眼中泪光闪烁，对隽藻道："祁隽藻，朕今日就听听你的，朝廷如何才能弄到这笔银子？"隽藻跪下，大声奏道："圣上，臣以为当今大清朝廷，根本就不需要这样一大笔军费银子！"咸丰一惊，又怒起来："祁隽藻，你要误了朕的军国大事吗？"隽藻神情依旧，又大声道："圣上，臣以为今日朝廷的当务之急，不在于剿杀造反之民，而在于收拾天下民心，让万民不反！万民不反，哪里还需要这样一大笔军费银子？"咸丰激愤道："广西湖南之民已经反了，朕要怎么做，才能使他们不反？"隽藻道："第一，马上推行臣倡议的四项新政，以安天下民心；第二，马上简拔一批清廉的官员，前往江南未反之地，惩办贪官，蠲免赋税，与民更始，将大乱消除在未起之时；第三，广西湖南之乱，两省大员难辞其咎，皇上即刻痛发明诏，派出大员前往两省，将一味巧取豪夺的官吏悉数逮捕审办，一旦查清罪行，就地处决，以平万民之愤，同时公开赦免已反百姓，让其安心归农。圣上，臣以为只要圣上听臣之言，依此而行，则天下民心必不反，即使广西湖南之乱，也会自行平息。臣不才，再次求皇上让臣前往广西、湖南，去抚平这场大乱。"

咸丰心中焦虑，口中言道："祁隽藻，你扯得太远了！朕现说的是军费银子！"隽藻痛心道："圣上怎么还不明白！天下之患，在于万万百姓无法活命，圣上做了上面的三件大事，天下百姓都有了活路，怎么还会造反？这么简单的道理，圣上为何就听不进去？圣上就是一定要筹措军费，也只能取之于国家正赋，不能搜刮天下百姓。"肃顺见咸丰一时无语，急又上前道："皇上，奴才以为，祁寯藻方才的话全是迂腐无用之言。道光二十二年以来，朝廷历年的正赋都收不上来，现在要打仗了，祁寯藻还说什么取之于正赋，不是痴人说梦吗？奴才叩请皇上下旨，先将江南欠赋两千万两追讨回来再说。至于有人作乱，那也不能害怕，剿杀就是了。"寯藻听了，心中大为绝望，站起身来就往外走。咸丰一惊，怒道："祁寯藻，你……要去哪里？"寯藻站住，回头看他，满眼是泪，大声哭道："圣上若一定要在江南各省追讨这笔欠赋，臣今日就离开朝廷！"肃顺兄弟心中窃喜，回头看他，又看咸丰。咸丰颤声道："祁寯藻，你又要走……为什么？"寯藻颤声道："臣……不愿与圣上一起做荼毒天下的贼！"

7

众臣退出养心殿，咸丰怒不可遏，想起方才的情景，不禁觉得自己这个皇上当得窝囊，悲从中来，泪流满面。懿妃从内室走出，见他伤怀，急忙过来帮他拭泪，一边宽慰道："皇上何必悲伤，臣妾以为，祁寯藻和肃顺他们已经帮皇上想出了平定天下大乱的主意。"咸丰听了一惊，回头望她："你说什么？"懿妃笑道："圣上若不听祁寯藻的话，则江南未乱之地必大乱。江南大乱，天下就没办法收拾了，所以除了开放吉林垦荒之禁这件事不能做，其余的事情，皇上都可以答应祁寯藻，在江南实行。"咸丰一怔："都答应他？"懿妃略假思索，又道："还不止这些，肃顺兄弟今日推由祁寯藻兼管户部，臣妾以为皇上也要顺水推舟，就让他去管天下财富所出。祁寯藻不愿搜刮天下百姓，他就应当想出办法，替朝廷弄到足够多的天下正赋。"咸丰道："可朕现在就急要一大笔军费银子。"懿妃悄声道："皇上要军费银子，照着肃顺说的办法，去追讨江南各省的欠赋就是了，只是不要声张，更不能让祁寯藻知道。"咸丰一下来了精神，拉懿妃在自己身边坐下道："快坐下来说说，朕好像有点儿开窍了。不过祁寯藻的话也有道理，如今江南也成了民困财穷之地，就是朕下旨勒令各省追讨欠赋，也可能远水解不了近渴。"懿妃嫣然一笑道："皇上真是古往今来第一等厚德仁义之君！皇上难道忘了'羊毛出在羊身上'这句俗话？皇上想一想，难道当年我们满人百万铁骑入关，也要回头找太宗皇帝要军费银子？"咸丰猛地站起，大悟："你的意思是——"懿妃道："朝廷大军所到之处，也是洪秀全的军马所到之地，朝廷大军不就地取军费，洪秀全也要就地获取。既然如此，为何朝廷大军不先就地得到这笔军费银子？"咸丰听了这话，真如醍醐灌顶，一下就想通了赛尚阿明知朝廷没有银子却专门上折向他要银子的用意，高兴道："你果然明白！这个赛尚阿，连连上折子给朕，竟不是向朕要军费银子，而是想向朕要一个就地自行解决军费的恩赏！这有何难？李鸿藻！"李鸿藻匆匆进殿，道："圣上，臣在。"咸丰看看他，想了想，又改了主意："啊，你去吧，朕没有事了。"李鸿藻满心疑惑，却也只能退去。

懿妃又是一笑。咸丰心情好转过来，笑道："你这个人，又笑什么？"懿妃道："臣妾笑皇上，忽然想起李鸿藻是祁隽藻的学生。"咸丰也无声地大笑，忽然止住，问："朕再问你，肃顺说的那个铸大钱的办法怎么样？朕觉得朝廷终归是缺银子，这个办法，其实真是个弄银子的好主意。"懿妃道："皇上认为是个好主意，自然是个好主意。不过一枚铁钱当五千文，老百姓怎么用？臣妾当年也受过贫苦，知道五千文钱有时足够贫苦农家一年之用。铸钱是为了在民间流通，这么大的钱不能在民间流通，铸了也是白铸。"咸丰问："那你说，铸多大的钱能在民间流通？"懿妃道："现在最大的钱是当十的，臣妾以为民间能流通的钱最大也就是当五十的，当一百的，顶到天上，也不能超过当五百这个坎儿！"咸丰击掌道："好，朕有一天就让他们铸当五百的大钱，让天下人使用，哪怕全天下只有十分之一的银子弄到朝廷里来，朕日后想花钱，就终生不愁了。"

懿妃微微一笑，又道："皇上，其实还有个圈钱的门路，肃顺竟没有想起来。"咸丰一下又来了精神，道："什么主意，快说！"懿妃道："捐官呀。自我大清入关，什么时候朝廷里没了银子用，就下旨令天下有钱人捐官，自然这些人是不愿意的，那就摊派，谁要是不听，就让官府给他小鞋穿，不怕他们不乖乖地拿银子出来给皇上花。"咸丰豁然开朗，不觉大喜道："真是好主意，竟没人想得起来！懿妃，快把肚子里的孩子生下来吧，要是个皇子，朕就让你做皇贵妃！"懿妃急忙下跪："臣妾谢主隆恩！"咸丰发觉自己说漏了嘴，急道："哎，你快起来，朕今天只是说说，不能当真！"懿妃不起，道："自古君无戏言，臣妾哪敢不当真！臣妾谢皇上！"咸丰有点儿气闷，半晌才道："好了，你起来吧！就是当真，也要等你生下皇子之后。来人，让肃顺来见朕。"

肃顺此时刚刚和载元、瑞华一同回到怡王府内，尚未坐定，咸丰的口谕就到了。载元对肃顺道："快去，皇上一定做出了决断！"肃顺走后，他和瑞华一直坐在原处等待。一直等到晚上，肃顺才急急走进来。载元和瑞华迎上来，看他神情有些异样，不觉问道："老六，怎么样？是喜是忧？快讲！"肃顺坐下来喝下一杯凉茶，这才开口："皇上刚才让我替他拟一道密旨，令江南各省火速追讨欠赋，不得有误，这件事要瞒着不让祁隽藻知道；皇上又要我替他拟一道明旨，除了不提开放吉林垦荒之禁，祁隽藻今天讲的其余几件大事全部照准，颁行天下。"瑞华皱眉道:"皇上一边下密诏让江南各省追讨欠赋,一边又下明诏蠲免天下欠赋,这不是自打嘴巴子吗?"载元想了想,大惊道:"不,这恰恰是皇上的高明之处!不对,是皇上身后那个人的高明之处!"瑞华看他,道:"你们总说皇上身后那个人,这个人到底是谁?"载元听了,把目光转向肃顺。肃顺道:"这件事连我也不敢相信,此人很可能是常在皇上身边的一个年轻女人,有人说就是那个刚刚替皇上怀了龙子的懿妃。"瑞华难以置信地叫道:"是她?"载元却早已猜测过可能是此人,道:"果真是她,那她就是挡在我们面前的又一大敌,日后得小心对付。"瑞华道:"瞧你,不过是一个女人罢了。"载元白了他一眼道:"今天不说她,肃顺快说下去。"

肃顺道:"祁隽藻入朝三十多年,一直做学政,主持科举大考,门生遍及天下,这些人现在也是我们的心腹大患。祁隽藻今天要皇上下旨,火速简派一批清廉的官员前往江南各省充任地方官,皇上也答应了。"瑞华听得一头雾水:"我还是不很明白——"载元猛地站起道:"这有什么不明白的!祁隽藻的门生皆以清流自居,老六现在以军机大臣兼管吏部,此次简选廉吏,一定要奉公办事,将朝廷内外祁隽藻的学生,什么李鸿藻、彭蕴章,全部简选进去,让他们悉数前往江南,替我们抵挡洪秀全的军马。这就叫作请君入瓮!"瑞华大悟,一拍脑门:"妙,太妙了!"肃顺一个人呆坐半晌,冷笑道:"我还想到了一个人,祁隽藻的六弟祁宿藻,此人官声不错,也应当前往江南。"

8

夜色渐浓。穆家荒宅内,穆彰阿兀自独立,神情阴郁。薛管家走回来看他。穆彰阿问道:"肃顺真的走了?"薛管家点头:"走了。肃顺给老爷的信上写了什么?"穆彰阿没有回答,只沉沉言道:"老夫一直等天下大乱之日,这个日子真的就要到了。一旦朝廷追讨欠赋的旨意到了江南,就是没有洪秀全,江南之民也将揭竿而起。"薛管家道:"刚才来人替肃顺问老爷,可把祁隽藻的六弟祁宿藻派往何地,老爷为什么一定要派他去六朝故都,江南繁华第一的江宁府去当布政使?江宁府离广西湖南那么远,老爷这么做,不是让他远离战火?"穆彰阿冷笑一声道:"你知道什么?只要皇上允许赛尚阿就地取粮,广西湖南之民一定会起来响应洪秀全。洪秀全一旦饮马长江,你以为他会向何处进军?"薛管家一惊:"老爷,你是说——江宁,一定是江宁!……这就是说,祁宿藻一旦去了江宁,必死无疑!"他呆呆地望着穆彰阿,这一刻他觉得穆彰阿简直就是一个神。穆彰阿笑道:"要说起来,这个宿藻和他的那个养弟祁元白,还是老夫让他们中的举呢！"说到这里，他又哈哈大笑起来。

也是这个夜晚，在城内东华门外祁家书房里，隽藻和宿藻刚刚进行过一场对话。天黑之后，隽藻一个人走进书房，面对着书案上一道空白折子坐着，神情严峻。宿藻这时悄悄进门，默默望他。隽藻也不回头，问道："有事？"宿藻道："对，有事。"菊花本要端茶进来，一只脚进门，见此情景，就站住了。就听宿藻对隽藻言道："今日早朝，圣上让满朝文武举荐可往江南各省任职的官员，五哥此时一定是在做这件事。"隽藻哼了一声，道："不错，你……"宿藻道："五哥有没有想到举荐宿藻？"隽藻看他，一时默默无语。宿藻情绪越来越激动，道："五哥一定以为宿藻入朝后，从没做过地方官，难以胜任……我说得对吗？"这时又听隽藻道："简选天下官声最好的廉吏去江南，是我的主意，我当然也想到过你。第一，你是我的六弟，我今天代理领班军机大臣，不便如此抬举你；第二，你一直在朝廷里做官，不熟悉地方庶务，一旦施政有误，就误了天下大事。"宿藻不觉愤然道："五哥说得虽然有理，但五哥想到没有，天下事也难定得很，万一洪秀全的军马一路势如破竹，打到长江，顺流而东，则整个江南之地，就将成为战场，今日被朝廷派往那里去的官员，就是到了死地！五哥今天身为代理首相，既然要举荐别人去江南必死之地，也应该举荐宿藻一同前去。宿藻去了，或者不能有很大的作为，但至少可让这批去往江南的官员明白，五哥举荐他们时，并无私心。不然，宿藻担心这次无一人愿意去往江南。这就是六弟今晚来见五哥的原因。"隽藻静静地看他，不觉流下泪来。宿藻看了，也不觉流泪。

菊花突然大步走进来，将两杯茶放下，道："老爷、六爷，你们难道没想过，朝廷里有人可以用这个办法，将天下的好官一网打尽吗？"隽藻和宿藻一惊，回头看她。菊花情绪激动，继续道："老爷、六爷，就连菊花也想得到，万一六爷去了江南，朝廷的大兵却挡不住洪秀全的军马，六爷和这批从天下选拔出来的好官就会死无葬身之地！"不等他们回答，就拿起托盘，走了出去。

隽藻望着菊花离去，一时心痛如割，含泪道："母亲去世时，留下遗言，让我照顾你。我今天把你的名字写到这个折子上，万一你在江南有个好歹，五哥有一天到了九泉之下，怎么和母亲相见？"宿藻拭泪，刚强地一笑，道："哥，祁家一门英烈，六弟也是祁家的人，你为什么就不能让六弟也做一个和父亲、和五哥你一样的人，为救天下苍生，不可为也要为之，就是死了，也光大一回祁家的门楣不是。再说了，你怎么知道我去了江南，一定会死？万一我到了江南，广西湖南之乱就平定了呢？也许我还能立下大功，升官晋爵，衣锦荣归呢！"嘴里这么说着，眼泪却也忍不住一粒粒往下掉。隽藻听了，迟疑半晌道：

"你的道理都对。哥没有理由不把你的名字写上。"宿藻听了,急忙跪下叩头道:"谢五哥!"隽藻一把将他拉起,像小时候一样,用手一下一下将他脸上的泪珠抹掉,道:"好了,去准备吧,这批官员,这几天就要走了。"

第二天,满朝官员举荐去往江南各地的廉吏名册就送进了畅春园。咸丰一边喂黄鸟,一边对懿妃道:"你帮朕仔细看一看,要是没什么,就让他们办去。"懿妃的肚子已经很大了,坐着有些不便,倒还是十分认真地看起名册来,忽然她叫了一声:"胡闹,这怎么能行!"咸丰回头看她:"怎么了?"懿妃拿起朱笔,在名册上一下一下抹去了好几个名字。咸丰看了大怒:"你越来越大胆了,竟然代朕批起折子来了!该当何罪?"懿妃急忙跪下:"皇上恕臣妾一时气愤,做错了事。不过皇上,这折子上有几个人万万不可派往江南!"咸丰道:"谁?"懿妃道:"彭蕴章、李鸿藻、黄爵滋……胡沅浦已经回乡,也就罢了,但前面这几个人无论如何也要留下!"咸丰凝神道:"这又是为什么?"懿妃一针见血地奏道:"臣妾以为,嘉庆道光两朝先皇,只做了一件好事,那就是为皇上养育出了一个祁隽藻;祁隽藻入朝廷前后三十余年,也只为圣上做了一件好事,这就是他为朝廷简选养育了一批像他一样的能臣。肃顺兄弟所以将这些人全写进折子,是想一旦江南有事,正好借机将这些人一网打尽。臣妾请圣上细想,一旦祁隽藻老去,这些人又死在江南,皇上将来还能和谁一起守大清的天下?朝中只剩下肃顺兄弟一党,皇上就是想不让他们为所欲为,也不能了!"

咸丰心中大悟,拿起折子看了一下,道:"要是这样,这里头有一个人也要抹去。"懿妃自己站起,笑问:"谁?"咸丰道:"祁隽藻之弟祁宿藻。此人沉稳有大志,朕觉得将来也可以大用。"懿妃一把夺过折子,道:"皇上,折子上的人谁都可以留下,唯独这个人不能!"咸丰惊讶道:"为什么?"懿妃想了想又笑道:"皇上难道看不出来,今日在大清朝廷里,拥有天下官心民心的不是皇上,而是祁隽藻。祁隽藻首倡选派天下廉吏前往江南,皇上却让他的弟弟留下,这不是让他失去天下官心民心吗?祁隽藻失了官心民心,圣上和朝廷不也就失去了天下官心和民心?"咸丰怔了一怔道:"这话听着让朕不舒服,不过有点儿道理。好吧,为了朕的江山社稷,朕就把祁宿藻留在这个名册上。"

懿妃忽然想起了什么,望着咸丰笑道:"皇上,先皇留下遗训,说要皇上外用祁隽藻,内用肃顺兄弟。臣妾以为,应当把先皇的遗训改一改,叫作明用祁隽藻,暗用肃顺兄弟!"咸丰道:"你这又是给朕出的什么主意?"懿妃道:"明用祁隽藻,是因为此人今天以一身系天下之望,皇上既然实际上让他做了首相,又兼管户部,不妨让他考察天下利弊,公开行拨乱反正之政,替朝廷收拾民心;暗用肃顺兄弟,臣妾的意思就是把所有不能让祁隽藻和天下人知道的事情,真正让朝廷得利的事情，譬如铸大钱、开官商号、捐官，都暗中让他们悄悄地办去，办好了皇上得实利，办不好，或者将来事情暴露，招致天下怨声一片，皇上正好让肃顺兄弟去受这天下之谤！"咸丰听了，站在那里沉思起来，忽然回头瞥了懿妃一眼，道："你下去吧。朝中大政，朕自有道理。你说得太多了。"懿妃听了，只好退下。

朝廷选拔的这批廉吏很快就踏上了前往江南之路，宿藻启程时，隽藻带全家人一起去为他送行，直送到百里之外。宿藻趴下给隽藻、玉环磕头，道："五哥、嫂子，这里距京城已有百里之遥，送到这里就行了。哥嫂和全家多多保重，宿藻去了！"玉环含泪将他扶起，从晴儿手中接过一个包袱，递给宿藻，道："六弟，你媳妇去年也殁了，你今天一走，嫂子可就心疼不到你了。这是这几天嫂子和菊花、晴儿连夜赶出来的几套衣裳和十几双鞋，你带上，出了门要知道自个儿心疼自个儿。到了江宁府，赶紧打发人捎个信儿回来，免得你哥和嫂子天天悬着一颗心。"宿藻接过包袱，交给亲兵，回头笑道："嫂子放心，到了江宁府，我脸都不洗，马上写一封平安家书，打发人星夜送回来。"隽藻从菊花手中接过一碗酒，道："六弟，喝了这长行的酒，五哥就不能再送了。你就……走吧。"宿藻接过酒，一饮而尽，笑道："哥，别替我担心，江宁府离广西湖南那么远，洪秀全打不到那儿。就是万一打到了那儿，你知道我从小就机灵得很，我穿上我嫂子给我做的鞋，吱溜一声就跑回来了！"玉环听了，不觉破涕为笑，道："瞧你说的，千里迢迢，哪里这么容易！"隽藻心中难过，却说不出来，只道："好了，去到江南，以天下生民之命为命，你去吧！"宿藻上马，对亲兵："走了！"车马启行，宿藻远去，众人仍在那里望着。菊花突然含泪叫了一声："老爷，六爷回不来了！"隽藻回头看她一眼，要说什么，还没说出，喉头一热，吐出一口血来，身子就向后倒了下去！

第三十六章

固半壁祁隽藻行商　求民命顾挺之赴京

1

送走了宿藻和一批前往江南任职的廉吏，隽藻不顾病体虚弱，再次来到养心殿向咸丰进言："圣上下诏蠲免江南欠赋，简派天下廉吏充任江南各地长官，一新地方之政，又下诏赦免广西湖南造反之民，惩办两省大员，平息民愤，若能再开吉林垦荒之禁，让江南无地流民有所归依，则江南之乱，必能平定。臣今日不为江南忧，倒为江北忧。长江之北，半个中国，旧政未除，新政未行，万民饥寒，若不速行新政，以安民心，则广西湖南之乱，臣不敢说不会复起于江北！"咸丰点头道："朕何尝没想过此事，只是广西湖南之乱未平，朕每日想的只是江南的事，就没有太想江北之事。祁爱卿快讲，朝廷如何行政，才能安定江北，使民不反？"隽藻恳切言道："江北之地，虽与江南之地不同，但是土地兼并，流民会聚，官府盘剥百姓，与江南无有不同。古人有言，民富方能国富，国富方能兵强，要使百姓富庶，首在于政治清明，士农工商，各安其业，而今北半个中国，农不能安其耕，工不能利其事，商不能通南北，苛捐杂税，多如牛毛。就如臣的家乡山西，历来地瘠民贫，于是山西人从明末时开始走南闯北，经商行贾，二百余年后，称为海内最富，为国家贡献的财富，居然占全国商税的三分之一。商人大盛，还带动了粮价上涨，天下农民得利，带动了器具走俏，天下工匠受益。农工商三业一起繁荣，读书人自然就多，山西二百余年来，仅宰相就出了五十余位——"咸丰听得入神，不觉站起道："原来是这样，朕还真是孤陋寡闻！你讲下去。"隽藻痛心道："但自道光二十二年以来，朝廷只知勒索商人，在北到大漠南到海的商路上，处处设卡，收取厘金，商人万里贩卖的货物，竟然不足以应付勒索，以至于巨商大贾，相继失业。商人失业，则天下农工生产的粮食和器具无处贸易，导致工匠和农民破产。农工商失业破产，自然无人读书。圣上想一想，就这一种苛政，带来的便是如此的大祸！天下士农工商皆不能安居乐业，朝廷还能从哪里取得正赋，国家财用怎能不吃紧？"

咸丰想了想道："你的话有些道理，你快说，这种状况怎样才能改善？"隽藻道："圣上若真要安定北方，臣以为也有办法。任用廉吏，推行新政，灭除苛政，兴农通商，奖励工读，便可解北方人民之困。"咸丰顺水推舟道："好，祁爱卿，朕就将这些大事交给你去办。朕相信你一定能帮朕稳定住北半个中国。你打算先做什么？"隽藻道："臣是山西人，臣首先要做的就是取消天下商道上的关卡，废除厘金。臣以为商道一通，百业皆兴，商道不通，百兴皆废。臣请圣上准臣还乡，请歇业的那些大商家重新行商。"咸丰略一沉思，道："这个……朕可以允准。你说到这里，朕还想起来一件事来。前几天直隶、山西、甘肃的官员给朕上折子，说由于盐商不再从长芦和扬州两地贩盐，致使这几省的百姓连盐都吃不上了，甘肃竟出了为抢盐而造反的人。你回到山西，马上让山西的商人都去贩盐，一则可以让北方百姓吃上盐，二来朝廷也可以收到盐税。"隽藻叩头道："臣谢圣上。圣上若能像今天这样体恤天下生民，则天下可救，大清中兴可望！不过就是这样，如果不能抑制土地兼并，开放吉林垦荒之禁，天下大乱包括北方之乱，也不一定能够避免。"一听隽藻说到吉林之地，咸丰立马生起气来，道："那些事太远了，朕会记着你的话的。现在的燃眉之急，是要平定江南，安定北方。"隽藻无奈，只好告退。

回到家里，隽藻立即着手做自己要做的事。他已经打定了主意，首选了天下闻名的四十七家晋商，一一给他们写了信，然后决定亲回山西，一家一家去动员他们重新开业。晋商是天下八大商帮之首，他以为只要他能动员起晋商带个头，天下众商帮皆会响应。天下商路一通，不只是无数靠商路活命的人有了生路，就是普天下的粮农、茶农、丝民、织户、盐户以及各类工匠，都会有了活路。天下人一旦都有了活路，谁还会造反？江南已经乱了，现在他最挂念的是江北半个中国不能再乱！他不止一次地对玉环说道："若江北再乱，天下就不可收拾了，恩师张观藜先生当年说的那场会让天下死亡三分之二的大难，就会变成现实！"

得知隽藻已经定下了回乡的日子，玉环急忙强撑着病体来到书房见隽藻，坐下喘息，言道："老爷就是要走，之前也要帮为妻办一件大事。"隽藻见她说得郑重，忙问："什么大事？"玉环落泪道："老爷，有件事为妻一直没让老爷知道。就在老爷回朝之时，朝廷不但抄了穆彰阿的家，还抄了保夫人的家，至今还将她关在刑部大牢里受苦。"隽藻一惊，不觉站起，急道："保夫人不是早就和穆彰阿断绝了来往了吗，怎么这次又连累到了她？你是怎么知道的？"玉环含泪叫了一声："晴儿进来！"晴儿走进来，"扑通"一声跪下，哭道："老爷，晴儿请老爷救救保夫人！"隽藻瞪大了眼睛："你是——"玉环道："老爷怎么一直没认出来，前些日子被我领回咱们家的这个晴儿，就是从小到大一直跟着保夫人的那个晴儿。"晴儿叩头在地，流泪道："老爷，官府这次去抓保夫人，听说罪名是她藏匿了保大人的家产。可是晴儿知道，保夫人回京后住的是她父母当初留给她的私宅，里面的财产，也都与保胜大人没关系。老爷，是有人陷害保夫人。"玉环也随着她跪下，道："老爷，晴儿来到咱们家，把什么事都说了。

以前我们都以为是保胜在江西救了老爷和我们全家，其实那一次真正救老爷的人还是保夫人！老爷，保夫人是我们祁家的大恩人！老爷今天署理领班军机大臣，要是再不能替保夫人平反冤狱，为妻就不知道去求何人，才能救出保夫人，报她的大恩了！"说着，她和晴儿抱头大哭起来。隽藻悲声叫道："怎么会这样？真是天下何处无冤狱！好吧，这件事我问一问刑部，看是怎么一回事儿。"晴儿磕头到地，哭道："晴儿替保夫人谢老爷！"隽藻当下写了一封信交给一军机章京，吩咐道："把这封信送给怡王爷，现在他兼管刑部，请他查一查是怎么回事。"

<h1 style="text-align:center">2</h1>

怡王府书房内，载元看完隽藻的信，回手交给瑞华、肃顺。肃顺看罢道："没想到这件事祁隽藻也知道了。"载元冷笑道："穆彰阿是她的亲哥哥，却要害死她；祁隽藻是穆彰阿的仇敌，今天却要救她，天下事真是不好说得很哪！老三、老六，这个面子，我们给不给祁隽藻？"肃顺道："这个面子我们干吗要给他？现在穆彰阿对我们有用，我们为什么不给了穆彰阿？"瑞华笑道："你糊涂了！就是他把他妹子送进去的，你就是想给他这个面子，他也不见得会领你的人情呢。"载元道："不然，虽说穆彰阿是个宁可负天下人，却不让天下人负他的大奸，我们放了他妹子他不会领情，可我们偏偏要让他觉得，我们这样做就是为了他，大大地给他一个面子。假若他为这个妹子被放出来而气恼生病，那就是他的事情了。"三兄弟哈哈大笑。瑞华道："哎，我想起来了，你把她人放了，可她的家产皇上已经赏了人了，怎么办？"载元想了一想，向门外叫道："让祁大人那里来的人进来！"

送信来的军机章京急忙进来听候吩咐。载元道："啊，回头告诉祁大人，就说他打发你送来的信本王看了，这个名叫含黛的女犯的案子本王也已经让人查过，此人藏匿犯官保胜家产的罪名属实，但念她是个女人，又生在世代簪缨之家，就不予治罪，今天已经放了。"军机章京听了，答应一声，施礼离去。载元又喊了一声："来人！"倪二马上进门，叉手道："王爷，奴才在。"载元道："倪二，快去刑部大牢，告诉他们，将那个名叫含黛的女犯放了。对了，放她的时候别忘了告诉她，她藏匿犯官家产的罪名属实，但本王念她是个女人，又生在贵族之家，就不治她的罪了，但是家产抄没入官。"倪二听了，心中大惊，急忙答道："奴才知道了，奴才这就去办差。"边说边匆匆走出，一刻也没耽搁，就急急地赶到府门外，直翻身上马，直奔刑部大牢而去。

祁家。隽藻在书房里神情悲凄地站着，玉环和晴儿急急走进来，看一眼躬身退出的军机章京，玉环回头忙问隽藻："老爷，保夫人那边有消息了？"隽藻悲声言道："已经放出去了。"晴儿听了急问："老爷，什么时候？"隽藻道："今天。我写信给怡王爷的时候，已经放了，家产抄没入官。"晴儿趴下就磕头，道了一声："谢老爷！"爬起来就对玉环道，"夫人，我要去见我们家夫人，晴儿现在就走！"玉环拦住她道："慢着！"回身问隽藻，"老爷，朝廷放了保夫人，却抄没了她的家产？"隽藻点头。玉环悲戚道："那保夫人现在不就成了一个无家可归的人了，她出了狱能到哪里去？晴儿，我们快走，把保夫人找回来。"隽藻默默地望着她们，突然道："等一等！"二人回头。隽藻道："带上些银子，万一保夫人不愿意跟你们回来——"玉环深深地看他一眼，跑回内室，取出一包银子。晴儿上前拦住，哭道："夫人、老爷，这些银子，老爷是要带回山西老家修房子的——"玉环回头望着隽藻道："老爷，我们现在不修那房子，也有房子住，保夫人现在却上无片瓦，下无立锥之地。"晴儿"扑通"一声向二人跪下，流泪道："晴儿代我们家夫人给老爷夫人磕头，晴儿谢老爷夫人！"隽藻摆摆手，让她们快走。玉环也掉下泪来，拉起晴儿："快走！"

此时刑部大牢前的一条小街上，倪二正拉着含黛猛跑，一个男人在后面气喘吁吁地追，不是别人，却是无论含黛还是别人都以为早就死掉了的诺敏。只听这诺敏上气不接下气地喊道："保夫人，你站住！"含黛见他跑不动了，也站下身子，回过头去，一边喘息不止，一边放声大笑。诺敏惊奇，抬头问道："你你你……笑什么？"含黛道："含黛笑天下的事，竟是如此有趣！当年是含黛到处追着找贝勒爷，贝勒爷看到含黛就跑，如同见了洪水猛兽；没想到数十年过后，我们两个人的位置颠倒过来了，是你反过来追我，我见了你就跑！"诺敏道："诺敏实实不知道夫人这些天一直都在刑部大牢里受苦，等到诺敏知道信儿，今天赶来看夫人，夫人却被他们放出来了。你不要跑，诺敏想知道，你现在家产被抄没，孑然一身，能到哪里去？"含黛道："要说这北京城中，到处都是含黛的亲戚，可是含黛成了今日的样子，自然谁家都去不得了。含黛从今以后，想学贝勒爷，四海飘零，以乞讨为生，无牵无挂，了却残生。贝勒爷自己就是一个乞丐，难道还有怜香惜玉之心，要从风尘中救出含黛吗？"她一边说着，一边又大笑起来，直到笑出眼泪。

远处响起了车轮声，含黛回头看了一眼，脸色急变，拉一把倪二，叫道："快走！"倪二不明所以，叫了一声："夫人！"跟着她转身跑进一条小胡同。诺敏跺脚大喊："夫人，含黛！"转眼间那辆马车就奔了过来，晴儿一眼认出诺敏，忙叫："停车！"世长停车，晴儿跳下来，急忙下跪道："贝勒爷，这不是诺敏贝勒爷吗？"诺敏也认出了她："你是……晴儿？"晴儿道："对，贝勒爷，我就是晴儿。晴儿方才一眼瞅见贝勒爷前面站着一个人，好像是晴儿的主子。"诺敏想了想，忽然道："啊，你是说保夫人？我也是不经意碰上她的，不过一转眼就不见了，你们快找！"晴儿回头扶玉环下车，哭道："夫人，我们家夫人刚才还在这儿呢，转眼就走了！"她回头找诺敏，诺敏已经不见了。晴儿哭喊道："贝勒爷，贝勒爷怎么也不见了？"玉环心中一动，什么都明白了，道："不好，快找！"

3

含黛被释放的口信当天就传到了郊外的穆家荒宅。薛管家见过载元派去的人，进了上房禀报："怡王爷派人传来口信，说我们家姑奶奶的案子罪名属实，但考虑到她是世代功臣之后，就不治罪了，今天已经放了。"正在闭目安坐的穆彰阿猛地睁开眼，疯一般咆哮起来："放了？为什么要放她！她现在上无片瓦，下无立锥之地，放了她又能到哪儿去！……他们这是精心策划好的，是要老夫的好看！他们是要老夫知道，我穆彰阿的妹子已经成了无家可归的乞丐！这个女人，就是做了乞丐，也不会自尽的，她会像狗一样流浪街头，给老夫丢尽最后一点儿脸面！啊——"他大叫一声，满脸是泪，倒在地上打滚。薛管家正要扶他起来，却又被他一把推开了。过了好久，穆彰阿才一点点儿平静下来，自己站起，阴惨惨地笑道："等着吧，每一个人都不会让你们有好报的！"

京郊有座香火不旺的馒头庵，这天下午，出了城的含黛已经在这里安顿下来。倪二要走，落泪言道："夫人暂时先住在这里，过几天倪二还会再来。"含黛道："你去吧，不过……"倪二看出她还有话说，道："夫人还有什么吩咐？"含黛问："你听到的消息准确不准确，真是祁大人写信给载元，让他从牢里放了我？"倪二瞅左右无人，悄悄言道："夫人，怡王爷兄弟三人一起商量这事的时候，他们的话我都听到了。"含黛眼里悄然涌出泪花，道："倪二，你有一件大喜事。回去赶紧到祁隽藻家里去，方才我望见晴儿和祁夫人，坐在一辆马车上。"倪二大喜道："夫人，晴儿在祁大人家里？"含黛点头道："还有一件事。不知道咱们家那位大小姐是不是还在祁家，你到了祁家，见了晴儿，让她私下里告诉菊花，我……我有事想见一见她。"

已经是黄昏时分，世长仍然赶着车在京城内大街小巷里乱走，玉环和晴儿坐在车上，一人望着一边，还在沿街寻找含黛。倪二离了馒头庵，飞马赶回城内，直奔祁宅。到得门前，就大力用拳头擂起门来。菊花走出来开门，问道："你找谁？"忽然就认出了他来，急道："怎么是你！"倪二两眼是泪，激动道：

"大小姐快说，晴儿在不在这里？"菊花戒备地望他一眼，道："你是来找晴儿的？她不在，和夫人一块儿出去了，这会儿还没回来呢。"倪二恳求道："大小姐，让我进去等一会儿。我找晴儿，都找了两个多月了！"菊花挡在大门口道："不行，你是晴儿的什么人？"倪二哭腔道："我是他男人。"菊花待要说什么，目光突然越过倪二，朝他身后看去。倪二回头。只见世长赶着马车，在门口停下。正要下车的晴儿一眼瞅见倪二，怔了一怔，双腿一软，跌下马车，就朝倪二扑过来。倪二大叫一声，泪水迸溅，迎了上去。晴儿腿一软，就要倒地。倪二奔上前将她抱起。晴儿死死抱住倪二，放声大哭："倪二，你这个该死的，这些日子，你死到哪里去了！……"倪二也泪落如雨，道："晴儿，我也以为，我们夫妻今生今世再也见不上了——"世长扶玉环下车，站在一旁看着这个场面，不禁泪眼模糊。晴儿痛哭了一阵，忽然拉过倪二，道："快跪下，给祁夫人磕头，是夫人救了我！夫人，他就是晴儿的男人倪二！"倪二赶忙给玉环跪下磕头，道："谢夫人收留了小人的媳妇！"一时大家都欢喜不尽。玉环拭着泪，高兴道："今天你们夫妻团聚，是咱们家大喜的日子，快进去见老爷！"只有菊花，听到这里，一声不响，转身走了回去。

　　第二天，倪二赶车来到馒头庵。车帘一挑，菊花从车上跳下来，看看四周荒凉的景色，问道："这什么地方？你到底要我见谁？"倪二道："大小姐进去就知道了。"二人走进庵内，在前殿后殿间穿行，最后来到一所由庵中老尼修禅居住的精舍，只听门"吱呀"一声从里面打开，菊花走了进去。倪二退出。含黛从内室走出，与菊花相见。菊花一怔，目光锋利地看着含黛："原来是你？"含黛平静言道："没想到吧？"菊花道："是没想到。只说是有人要见我，原来是你。说吧，什么事？"含黛道："只想问一问小姐，为什么到了今天，还没有兑现当年的那个承诺？"菊花冷冷言道："夫人说的如果还是当年那个要菊花刺杀祁隽藻的承诺，菊花就要让你失望了！"含黛悄悄松了一口气，转身过去看一盆兰花，又道："后来我又听说，你这些年留在祁家，竟是为了等他们家的一个亲戚，名叫张牧……要等他从新疆回来与你完婚，是这样吗？"菊花心中越来越警惕，直截了当地问："夫人，你到底想知道什么？当年我离开你，离开你那个家，不只是要为父亲报仇，也是因为你对我冷若冰霜，任我流落街头。你以为我小，猜不出你的真意，其实那时我就明白，你是想借我的手，去杀祁大人。菊花一时被仇恨蒙蔽了眼睛，差一点儿害死了他。你当祁大人不知道我是谁？他当时就大致猜到了，直到今天，他都不愿意说破。不但这样，这一家人还给了菊花一个从没有过的家，这个家虽然贫寒，没有锦衣玉食，可菊花却在这个家里找到了和亲人一起生活的温暖。这种温暖，我阿玛活着时没有给过我，你后来到了我们家，更没有给过我。"含黛强忍着心中的剧痛，道："后来他们还给你定了亲，就是那个张牧。快回答我，你这么多年待在祁家，既不走，又不嫁，真的是在等那个张牧？"菊花不想和他谈这件事，道："你问这个干什么，这个与你有什么相干？"含黛回头，脸上不觉流露出一丝关切："菊花，虽然我只是你的后妈，虽然当时我报仇心切，忍心让你去了祁家，可在我心里，你到底是我们家的人，你的终身大事，我怎么能不闻不问！"菊花冷笑道："谢了，可是不必！对了，祁夫人听说你出了狱，无家可归，一直在找你，要把你迎到家里去。没想到你藏在这里。菊花有句话今天想说出来，你能听我的吗？"含黛心中一颤，道："那要看你说的是什么话了。"菊花道："你要是真的不再恨祁大人，要是真的想着让祁家一家的日子过得好，过得平安，就不要让祁夫人找到你。"说罢，转身走出。

含黛急道："你站住！你的话什么意思，我没有听懂！"菊花回头看她，眼里现出了亲情和痛苦："祁夫人身体不好，眼看着有了下世的光景。她是为了感恩，可怜你出了狱无家可归，才到处找你。你当年千方百计要嫁祁大人的事她都知道，也没忘。你要是去了他们家，一定会害死她！你害死了我阿玛，我不想让你再害死了她和祁大人！"含黛心中一惊，变了脸色，道："为什么？我到底是你的亲人，你怎么能——"菊花走了两步，又回头，不客气地打断了她的话："你算我的什么亲人，祁夫人和祁大人一家才是我的亲人！"她索性一不做二不休地把心里话全讲了出来，"夫人，菊花今天干脆全说出来吧。从菊花刺伤了祁大人，祁大人不但没加害菊花，没有将菊花送官，反而在冰天雪地里收留了菊花，菊花的心就变了。菊花就不想再刺杀祁大人，为我阿玛报仇了。这些年我在祁家，吃的是粗茶饭，穿的是粗布衣，却也明白了祁大人这样的官和我阿玛那样的官的不同。阿玛虽是我的阿玛，可他为虎作伥，害国害民，结果害了人又害了己，他生前做了那么多坏事，死有余辜！祁大人一生为民立命，每天都有可能让皇上砍了头，可他仍然志向坚定，清廉自守，九死犹不悔，一人苦苦支撑着天下的局面，要帮全天下的百姓免去一场烧遍大清的大火。这一年多来更是时常吐血，眼看着就不行了！菊花读书不多，可菊花的眼睛是亮的，菊花明白，只有他这样的官，才是天下百姓想要的官；像我阿玛那样的官，虽然他的死让菊花心痛，让我无家可归，可这会儿要是让菊花拿祁大人的命换回我阿玛的命，菊花宁可无家可归，像今天这样寄人篱下！夫人，菊花到了今日所以仍然要留在祁家，一是因为这个家里没有下人，菊花想留下来帮帮祁夫人；二是怕祁夫人哪天有个好歹，照祁大人的品行，他一定不会再娶，那时祁家总要有一个女人来照顾他。什么等张牧从新疆回来，和他成亲，那不过是菊花搪塞祁大人和祁夫人的一个借口。"含黛大惊失色："你小小年纪……你不会是想嫁给祁隽藻吧？"菊花落了泪，又拭去，怒道："夫人，这就是菊花自个儿的事了。祁夫人活一天，菊花就侍候她和祁大人一天，万一哪天祁夫人不在了，菊花就是留在祁大人身边的最后一个女人。菊花不想要什么名分，菊花只想一辈子守着他，报他和祁夫人的救命之恩！夫人要是到了这会儿还惦记着要杀我们家老爷，你就先找人先杀了菊花！杀不了菊花，你就休想杀了他！"她激愤不已，泪流满面，转身大步跑走。含黛面色苍白，无力地跌坐在榻上，泪如涌泉。倪二走进来，担心地看她道："夫人，倪二要走了，还有什么吩咐吗？"含黛猛然站起，道："我不想待在这里了。我想自个儿换个地方，祁家的人，包括晴儿，还有你，我以后都不想再见了！"

深夜，祁宅的下房里还亮着灯。倪二睁着眼睛躺在床上。晴儿翻了一个身，醒来看着他："你怎么还没睡？"倪二道："有件事我不知道该不该跟你说。"晴儿紧张地搂住他道："什么事儿，我们俩才团聚没两天，你可别说出什么事来吓我！"倪二道："那我就不说了。"晴儿道："不，你说。"倪二道："这些天在怡王府里当差，听说了一件事，我都不敢相信。"晴儿害怕起来："到底是什么事，你快说呀！"倪二道："我听知道内情的人说，穆彰阿穆大人被抄家的时候，怡王爷他们本来没想去抄咱们主子的家，是穆大人的亲信琦善撺掇着怡王爷他们抄的。怡王爷本不相信琦善的话，派人去问穆大人，咱们主子的家产是不是穆大人的私产，这时只要穆大人说不是，怡王爷他们就会放过咱们主子。没想到穆大人却说，是不是他也记不清了。"晴儿大惊失色："你胡说！让人抄了咱们主子家的竟是她的亲哥哥？！"倪二一把捂住她的嘴："你小声点儿，就当你没听说过。"

4

隽藻带着李鸿藻、彭蕴章一行人回到山西，第一站就到了寿阳方山寺。隽藻在清风大师灵塔前设了祭，长跪不起，泪流满面，低声叫道："恩师，学生回来了！学生无能，恩师当年说的那场将会燃遍天下的大火，已开始在南方烧起来了！恩师生前对学生的托付，学生至死也不敢忘！望恩师在天之灵，保佑学生回到山西，重新唤回晋商之心，重开商路，带动天下商人以商救农、救工、救民、救国，不唯江南之乱可平，江北万万百姓亦可保住性命，不遭那场大火的荼毒……"太原知府王朝一闻听当朝首相进了山西，急急赶到平舒村恭候，后来又听说他去了方山寺，又忙不迭地赶来，扑下去磕头告罪道："太原知府王朝一，见过首相祁大人！下官得知大人还乡，一直在寿阳平舒村恭候，大人却先到了方山寺祭奠清风大师，下官来迟，请大人恕罪！"隽藻让人将他搀起，道："王大人有所不知，祁隽藻回到寿阳，先来叩见恩师之灵，其中有个缘故。若不是老夫当年执意要出仕，恩师就不会到这里为僧。朝廷今天要重开商路，只要请出恩师登高一呼就行。可惜恩师不在了，山西境内再没有一个振臂一呼应者云集的大商家了——恩师虽然不在了，但恩师生前开办的张家货栈还在，我们先去那里看看。"

宗艾镇内，闻听隽藻到了方山寺祭奠清风大师，早已接到他书信的殷掌柜立马明白了是怎么回事，将二掌柜喊来嘱咐了几句，就要躲出去。刚欲离开，就见大门外有了动静，回头看时，隽藻已经走了进来。二人相对，隽藻先自一躬到地，笑道："大掌柜，久违了！祁隽藻当年离开这里，并没有辞号，于是就自认为仍是这里的马夫，所以没让人通报就进来了，大掌柜见谅！"殷掌柜听了他的话，不觉眼睛湿润，不好再走，只能上前应酬道："大人今日是署理领班军机大臣，殷某连同商号中众人，皆是大人治下的草民。大人今天莅临张家货栈，是我等众人的荣幸。大人不嫌草舍寒陋，就里面请！"众人随他进了大掌柜室，隽藻和殷掌柜落座，其他人侍立。隽藻端起茶，喝了一口，大惊小怪道："哎哟大掌柜，祁某千里迢迢回到寿阳，先去方山寺祭奠恩师，完了家也没回，就到了你这里，居然不给我一碗新茶喝，这也太不近人情了吧？"殷掌柜仍然不笑，起身拱手："大人有所不知，自从道光元年大人入朝为官，东家入方山寺为僧，本号已经名存实亡；延至道光二十二年，鸦片之战，大清战败，商路不通，本号因经营无方，本钱亏损殆尽，就向官府告了歇业。十多年来，草民和店里的伙计皆弃商为农，所以大人今日来到小号，喝不到新茶，就是很自然的事情了。"听了他的话，李鸿藻悄悄看一眼彭蕴章，心想这位大掌柜，明明知道祁大人的来意，大人还没开口，他就先用一番话堵住了大人的嘴。隽藻听了殷掌柜的话，马上接腔道："大掌柜，原来如此。祁某今日正为此事而来。如今天下困顿，四业不兴，国家无税，百姓失业，皇上体恤时艰，一力推行新政，务必今天下四行，士农工商，各安本业。晋商名列天下商帮之冠，商业兴则天下四业皆兴。祁某出京前曾令信使快马来到山西，给我省四十七家巨商大贾每家投递一信，言明祁某代朝廷请各大商家重新疏通天下商路的意思，其中有一封就寄给了大掌柜，大掌柜想必已经接到了这封信。"殷掌柜吃了一惊道："这个……柱儿，见过一封从京城寄来的信吗？"清风大师圆寂后又还俗回到商号的柱儿看着他，支吾道："这个……这个……"隽藻一眼瞅见那封信其实就在案上放着，笑道："大掌柜何必如此，这不是祁某写给殷大掌柜的信？"殷掌柜尴

616

尬道："原来大人说的是它。刚刚收到，还没看呢。大人既然来了，有什么话就请对草民明示好了。"

隽藻也就不再兜圈子，单刀直入道："大掌柜，我就长话短说，祁隽藻这次回到张家货栈，就不打算走了，我想重操旧业，跟殷大掌柜一同去走天下商路！"殷掌柜心中一震，笑道："大人玩笑了。大人今天是什么人，还会与草民一起重走天下商路？何况草民自恩师坐化之后，心灰意冷，再无经商的念头，大人就是真想重走商路，恐怕也得另外寻一家商家了。"隽藻不再言笑，目光深沉，道："殷大掌柜，不瞒你说，我离开京城之前，曾在信中约山西十多家最大的商家今日到此相见，可到了这会儿，还没有一个来的。可见对于重开商路这件事，各家都心存疑虑，避之唯恐不及。重开商路事关天下安危，隽藻既然回来了，不办成这件事，就不会回去，刚才我说过要同你一起去走商路，并不是玩笑，只有隽藻和殷大掌柜一起，起而为天下先，走通了第一条商路，晋商和天下商家才会相信朝廷铲除弊政，推行新政，重振天下四业的主意是拿定了的。祁隽藻不才，肩负了恩师清风大师的托付，要救天下万民不死于一场燃遍天下的大火，只好委屈殷大掌柜和我先去走一趟商路。我还想过了，眼下西北数省缺盐，我要以朝廷中署理领班军机大臣的身份，陪你去走一趟从山西到直隶长芦盐场贩盐的路。"殷掌柜听了，心中不觉大为激动，表面上却依然平静，道："大人为何要选择这样一条盐路？"隽藻言道："自从山西商人不再前往长芦盐场贩盐，西北几省的盐价高过以往十倍，千万百姓在年复一年遭遇天灾人祸之时，还要遭遇无盐之灾。而每年朝廷应从长芦盐场收缴的数百万盐税也收不上来，诸如赈济灾民、修筑海塘、治理黄河之类为民造福的事情也就办不成。殷掌柜，盐路一通，就能做成许多利国救民的大事，你不会再拒绝吧，何况虽然过了许多年，但是隽藻仍然可以给你做个马夫！"殷掌柜站着不动，忽然流出了眼泪，道："我明白，大人一定是知道草民贩盐的商队只要出了宗艾镇，就会遭遇无数关卡的盘剥，所以才要以首相之尊，亲去走这一趟盐路。不过大人，即使是这一趟盐路走得通，大人日后还能次次都陪草民走每一条商路吗？再退一步说，大人就是能陪草民走每一条商路，还能陪天下商人走每一条商路吗？大人如果做不到这个，就是帮草民疏通了一条商路，又有什么意义？"隽藻听了，一揖在地，笑道："谢大掌柜，大掌柜已经答应了隽藻和你一起走这条盐路。这是其一；其二，以今日天下之势论，要做成每一件大事，都不容易。但是事在人为，隽藻以为，只要大掌柜和隽藻一起走通了这天下第一条商路，焉知天下商人不会闻风而动，朝廷自然会为天下商人大力铲除各地的关卡。事情还没有做，大掌柜焉知这能给天下带来大利的大事、好事就做不成呢？"殷掌柜热泪盈眶，道："大人，事不宜迟，容殷某准备两天，后天咱们就出发！"

殷掌柜雷厉风行，商队第三天就从宗艾镇启了程。此事轰动了整个山西，百余名大商家闻讯赶来，为隽藻及殷掌柜送行。一时宗艾镇上人声鼎沸，锣鼓喧天。一位商家领袖率众向隽藻叩头，道："今日我等百家商号前来恭送祁大人，感谢大人亲率商队，重开商路，让晋商和全大清的商业又有了复兴之日！"隽藻慌忙上前扶起道："老人家和诸位快请起！祁隽藻为复兴天下商路，今日先做一商家的马前卒，望各位当仁不让，将我晋商走遍天下行商救民的传统发扬光大！"众商家站起。商家领袖回头招呼道："抬上来！"两个伙计抬了一张桌子过来，桌上摆着笔墨纸砚。隽藻笑道："老人家，这是何意？"商家领袖诚恳言道："祁大人乃当今首相，又是书法大家，大人今日为救天下，不惜重做马夫，令我等晋商惭愧无言。请大人为我等颁赐墨宝，我等也好遵而行之，追随大人和殷掌柜的脚步！"隽藻欣然言道："好！要是大家都有意去重开商路，隽藻就是给大家写上一天、一年，都愿意！"他略一沉吟，挥笔写下四个大字：

以商救民

众人鼓掌喝彩。这幅字马上被人取走。隽藻豪情勃发，挥笔又写了一幅：

以商富国

5

咸丰正在畅春园内看一个江南来的新班子演戏，载元赶来见驾。咸丰不悦，愤愤起身走进勤政殿。早就候在那里的载元急忙跪下奏报："皇上，祁隽藻身为署理首相，回到山西，竟然亲领一个商队，自做马夫，去走一条盐路。一路之上，他把大大小小的厘金卡子全都裁了！州县官出面拦阻，他竟把他们抓起来，送到大牢里问罪！现在山西一省上上下下的官员都来折子询问，这朝廷撤销各地厘金卡子的诏令是不是当真了？那朝廷的损失可就大了去了！"咸丰生气道："这个祁隽藻……"说了一句，觉得不妥，咽了回去，挥手道，"行了，朕知道了。你去吧。"载元无奈，磕了头告退。随侍太监进来禀道："皇上，懿妃娘娘让奴才问皇上，这戏是让他们等着呢，还是让他们撤了？"咸丰拂袖而起，怒道："怎么能撤了？天下的事再大，也不能扫了朕的兴！走，接着看戏！"

夜里，咸丰在养心殿翻看起折子来，越看越生气，一把摔在案上。一时肃顺进殿，道："启奏皇上，翁心存回京销了假，在殿外候旨。"咸丰道："让他进来。"肃顺走出，翁心存进殿，伏地叩头，道："臣翁心存见过圣上！"咸丰心中喜欢，忽然想起了一件事，这欢喜的心情又打了折扣，道："翁心存，你是什么时候回京的？是祁隽藻让你回来的吧？"翁心存道："臣回皇上的话，是臣听说圣上决心在天下实行新政，臣觉得大清圣君在位，中兴有望，再加上母亲的身体已经复原，于是臣自己就回来了。"咸丰想起刚刚看到的一个折子，哼了一声问道："你的恩师祁隽藻，听朕说了一句话，就当真了，居然要撤掉山西商路上所有的厘金卡子！可撤了厘金卡子，朝廷怎么办？朕这个皇上吃什么喝什么？"翁心存叩头，大声道："回皇上的话，臣以为祁大人回到山西，以署理领班军机大臣之尊，亲率商队去疏通商路，是代皇上诏示天下，大清将要中兴，皇上真心要推行新政，其意并不在裁撤几个厘金卡子！"懿妃从内室悄然闪身出来，默默望着这一对君臣。这时就听咸丰道："这又怎么样？"翁心存复大声道："圣上，天下官员和百姓知道了圣上真心推行新政，官员不敢再肆意抵触新政，百姓就会相信皇上有一颗爱民救民之心，天下民心就将归于朝廷。天下民心稳定，则士农工商各业必兴，国家财货必充足，可以收取的正赋必多！皇上万万不可听信山西一省官员的诋毁，就毁了祁大人正在代皇上施行的仁政！"懿妃听了赞道："皇上，翁心存说得好！"咸丰回头看了懿妃一眼，皱了皱眉头，对翁心存道："你下去吧。"翁心存答应一声退出。

　　咸丰回头望着懿妃，不满道："朕说过，朕和臣下商讨国事时你不要出来，你这样做，不是让朕没面子吗？"懿妃道："皇上，臣妾所以急着出来，是怕皇上上了载元他们的当。"咸丰喝道："胡说！载元他们能给朕下什么套？"懿妃道："皇上应当派人秘密地去山西查一查，给朝廷上折子参祁隽藻的，一定是载元兄弟的门生故吏。山西商路上的这些厘卡，一定都控制在这些人手里。祁隽藻裁撤了这些厘卡，是不让他们盘剥百姓，他们焉能不拼死反对？"咸丰道："可是真让祁隽藻裁了这些厘卡，朝廷收不上来银子怎么办？"懿妃不慌不忙，在龙位上坐下，言道："臣妾替皇上算计过了，天下商路不通，四业不旺，留着这些厘卡朝廷也收不到银子。羊毛出在羊身上，你不裁撤这些厘卡，商路上根本就没有商人，譬如羊圈里没有羊，你哪里能得到羊毛？皇上不会舍不得裁掉让载元兄弟发财的机会，而让自己得不到天下的羊毛吧？"咸丰叹了一口气道："这也罢了，不过朕也犯不着再兴师动众地去查这些人。不要忘了，朕在朝廷里，还需要用载元兄弟给朕当差呢！"

　　懿妃笑道："皇上真是仁义之君，心中没有一点儿权术之念。臣妾请皇上派人下去查载元兄弟及其门人的劣迹，正是为了让皇上更好地把载元兄弟掌控在

手中，让他们老老实实地给皇上当差。"咸丰要说什么，还没说出，懿妃又道，
"皇上应当学学先皇用穆彰阿的法子。先皇当年任用穆彰阿做领班军机大臣，
便让肃顺去苏浙闽三省查办穆彰阿走私和私种鸦片的劣迹，隐而不发。穆彰阿
当政前后近十年，看似手握天下权柄，不可一世，但一旦先皇晏驾，皇上登基，
提起他的小辫子轻轻一拽，他就倒了。"咸丰醒悟过来，不觉盯着她看，心中惊
惧。懿妃被看得心中发毛，急忙从龙位上站起，跪在地下。咸丰叹道："亏你是
个女人，你要是个男人，进了朝廷，将来定是曹操、王莽一流人物，连朕的位
子，说不定都会夺了去！"

6

　　直隶山河县境内，一厘金卡子前，县令吴一为带着衙役们跪迎隽藻带领的
商队。道路两旁，张灯结彩，鼓乐齐鸣。柱儿在车上看到，对殷掌柜道："大掌
柜，从盘古到如今，天下商家见过这样的荣耀吗？"殷掌柜笑了笑，也不答话。
隽藻下了骆驼，吴一为急忙上前施礼，口称："卑职山河县县令吴一为，恭迎领
班军机大臣祁大人！"隽藻上前道："贵县是山河县的县令？"吴一为恭敬道：
"卑职正是！"隽藻问："你这儿的厘卡都撤了吗？"吴一为道："朝廷发了明诏，
裁撤天下商道上的厘卡，祁大人又亲带一支商队，由西向东，重走盐路，此事
四海尽知，卑职怎敢不早早地撤了县境内的大小厘卡，早早地赶来恭候！"隽
藻点点头道："吴县令这么做很好。祁隽藻此次就是路过贵县，没什么公事，县
里的事情一定不少，贵县还是请回，让本官和商队自便。"吴一为道："那怎么
可以！大人贵为首相，头一回莅临本县，本县无论如何，也要尽一尽地主之谊。
大人请上轿！"隽藻正色道："真的不必。再说贵县招待本官的一米一菜，皆取
自民间，祁隽藻不去搅扰，百姓也就可以少受一番搅扰之费。"吴一为脸上现出
感动和崇敬的神色，道："卑职一直听说祁大人清廉一世，今日一见，果然如此。
要是这样，卑职只有从命。"说罢，起身吩咐道，"两旁闪开，乐人动乐，山河
县县令吴一为率全县官民，恭送祁大人路经本县！"他重又趴下磕头，众衙役
也跟着趴下，两厢又动起乐来。隽藻正要走，忽然想起什么，回头道："贵县，
说是没公事，有件事本官还是要问一问，朝廷这次推行新政，其中最大的一条
就是蠲免道光二十二年以来百姓的欠赋，你这里做得怎么样？"吴一为连忙道：
"哎呀大人，此事本县也已经勉力推行。本县所有的欠赋，一概都免了，一县
的百姓，都感念朝廷的恩德呢！"隽藻放心了，道："那就好，你去吧！"
　　隽藻正欲上驼，一个衣衫褴褛的妇人突然从围观者中冲出，拦在隽藻驼前，

大声喊道:"青天大老爷,民妇冤枉!"众人一惊,朝她看去。吴一为急对衙役道:"怎么又是她?还不快将这个疯婆子赶开!"衙役上前拉扯民妇。民妇挣扎大叫:"大人,冤枉!"隽藻急叫道:"等等!"吴一为忙爬起来,脸红脖子粗地对隽藻道:"大人,不要理这个疯婆子!山河县这地方,泼妇刁民,实在难以治理,都有了名了!"隽藻看他着急,不动声色道:"这样吧。反正今晚本官也要在贵县客栈中住宿,你就让人把她带到本官的宿处,让本官亲自问问她,看她到底是怎么一个泼妇刁民!"吴一为听了,也只得道:"卑职领命!"

当晚商队在一家路边的野店里留宿。隽藻在一间普通的客房里坐着,县令吴一为一边侍立,神情惶急而又无奈。两个衙役将那民妇押到隽藻面前,喝令:"跪下!"民妇跪下,仍是不住口地痛哭喊冤。隽藻和颜悦色,对那民妇道:"这位老人家,你有什么冤屈,不要怕,说出来本官为你辩理!你要状告何人?"那民妇大声喊道:"大人,民妇听说大人是天下第一清官,又说世上的百姓皆称大人是天地民心,可是民妇要状告的,就是大人你!这样的案子,你敢受理吗?"隽藻一惊道:"怎么,你告的是我?"吴一为借机道:"大人不要理她,她真的是个疯婆子。"隽藻道:"贵县稍等一等。这位老人家,你要状告本官,为何又要到本官面前喊冤?你是山河县的百姓,应当到县衙去喊冤,要县里的太爷代你上奏朝廷,为你辨冤,或者你直接前往京城,到朝廷里去告状才对。"那民妇道:"大人不知,民妇因为没有盘缠,想到京城去告状,也去不了。将状子递到县衙,本县的太爷却说我疯了,将状子扔下来不理。听说大人路过本县,万般无奈,只好到大人跟前喊冤。"吴一为道:"大人真的不必理她,她那状子上写的全是胡言乱语。"隽藻道:"贵县不要焦躁。老人家,你的状子你带来了吗?"民妇道:"民妇带来了,大人请看!"

隽藻接过那状子,一行行看下去,顿时变了脸色。吴一为吓得急忙跪下,道:"大人,是卑职治理无方,以至于让本县出了这种泼妇刁民,请大人治卑职的罪!"隽藻盯着他问:"贵县,我要问你,这民妇状子上写的事都是真的?"吴一为嗫嚅起来:"这个……卑职不敢隐瞒,都是真的。"隽藻大怒:"大胆!来人,将他的顶子去了!"吴一为急叫:"大人,卑职冤枉!"隽藻怒道:"你有何冤枉?皇上为减轻天下生民之困,下诏蠲免天下百姓自道光二十二年以来的欠赋,山河县为何顶着不办,反而加紧追讨,让这位老人家不得不典房卖地,倾家荡产,是何道理?"吴一为不得不实话实说:"大人有所不知,卑职也不想这样,只是不能不如此。此事府台大人亲自交代过,朝廷的旨意是朝廷的旨意,那都是假的,骗天下百姓。山河县的欠赋,一两银子也不能少,还是要追讨。"隽藻怒不可遏,道:"你的话若是真的,此事就与你无关。若有半点儿虚假，你就不但是抗旨不遵，而且是诬陷上司。你可要想好了，现在说实话还来得及！"吴一为汗流浃背，一边磕头一边大声喊道："大人，卑职自幼读的也是圣贤之书，岂不知做人做官之理？此事实在是府台大人逼迫卑职做的。卑职身上就有府台大人的亲笔书信，请大人过目！"他掏出一封书信，呈给隽藻。隽藻看了，又惊又怒，大声道："这个知府，实在可恶！来人！"李鸿藻应声上前："恩师！"隽藻道："你快带人去，将这个知府给我锁起来！我们明天不走了，本官就在这里开庭，审一审这个明目张胆对抗朝廷、搜刮民脂民膏的贼！若事情属实，这个知府就活不了，我要就地将他正法，给天下对朝廷新政阳奉阴违的贼官立一个榜样！"李鸿藻想了一下，低声道："大人，这位府台大人可是——"他对隽藻耳语一番。隽藻想了想，厉声言道："不管他是谁的人，都给我抓起来办了再说！这种事情本地有，天下一定更多，不杀一个，天下官员就不会相信皇上真要蠲免天下百姓的欠赋，天下百姓也就不会相信朝廷真的要施行仁政！"李鸿藻大声道："学生领命！"转身走了出去。

隽藻满脸愧疚地扶起民妇，道："老人家请起，你这个官司打赢了。你告祁隽藻告得对，祁隽藻署理一国首相，竟然不能使皇上救民爱民的旨意施行到民间，既有愧于皇上，也有愧于万民。祁隽藻向你谢罪！"他趴下给民妇磕头。民妇大惊："大人——"众人急忙上前扶起隽藻。民妇激动地问道："大人，你是不是说，我们家不用卖地交欠赋了？"隽藻道："老人家，回去告诉你的乡亲，从今天起，再也不用为了缴朝廷的欠赋而典房卖地了。一旦还有人找你们追讨朝廷欠赋，你们就起来造反！"民妇重又趴下磕头："真是青天大老爷！民妇给你磕头！这下好了，我们一家有救了，我们全村人也不要卖儿卖女了，天下的穷人都有救了！"她站起，又哭又笑，就往外走。

7

隽藻商路杀官的消息传到京城，肃顺三兄弟有苦说不出，大怒不已，重新来到京郊穆家荒宅向穆彰阿讨主意。穆彰阿道："三位爷，祁隽藻有句话，不知你们能不能听进去，这话听起来有点儿大逆不道，不过你们要想赢祁隽藻，也只能如此。"载元道："老穆有话尽可直说，今日这里只有我们几个人，什么话说过就说了。"穆彰阿道："祁隽藻今日做的一切，都是要稳定天下人心，三位爷要在朝廷里推倒他，就要摇动天下人心。"三人大惊。瑞华道："老穆，你这话说得轻巧，天下真要大乱起来，朝廷又如何收场？"穆彰阿大笑不止："三位爷今日问的是如何阻止祁隽藻成功并且赢得天下人心，而不是问天下大乱后如何收拾。若问此事，穆彰阿以为，天下一旦大乱，皇上必会弃祁隽藻不用，而重用三位爷。那时能不能平定天下，就看三位爷的能耐了。三位爷要是一心为皇上好，今天就什么也别做，看着皇上用祁隽藻稳定了天下，再一步步将三位爷从朝廷中挤出去。若不愿意如此，就一定知道该怎么办。"载元突然开口道："老穆，今日若摇动天下，当从何处做起？"穆彰阿笑道："果然还是王爷明白。三位爷以为赛尚阿真能剿平广西湖南之乱吗？若是整个江南大乱，祁隽藻和皇上还能稳得住天下吗？"载元道："明白了。老穆，我们兄弟谢你了。老三，老六，咱们走！"穆彰阿道："罪囚穆彰阿，恭送三位爷！"他怀着报复的快感惺惺作态，一躬到地。

肃顺三兄弟虽讨回了这么个主意，瑞华却还没弄明白，一回到怡王府，就急不可待地问道："哎，老二，你刚才说明白了，你明白了什么？快告诉我！"肃顺代载元答道："穆彰阿是说，只要我们能想办法让南方大乱，祁隽藻和皇上也就一定稳不了北方，那时江南江北全乱了，皇上只能舍弃祁隽藻，放手让我们兄弟替他统率大兵，征讨天下。"载元冷笑道："一旦天下兵权掌控在我们手中，天下也就掌控在我们手中了。"瑞华不觉叹道："这个老穆，原来他早就看出来了，天下大乱，对我们兄弟只有好处，没有害处。"载元阴狠道："只是他这话应当藏在心里，不该说出来。他今天说出了这番话，我们就不能再留他了。"瑞华惊讶道："怎么，你现在就要杀他？"载元道："若不杀他，皇上一旦察觉出了此事，我们就完了。就是皇上不知道，让这个人活在世间，天下什么事都看得那么清楚，对我们也不是一桩好事。穆彰阿虽身败名裂，但仍有一副蛇蝎心肠，他今天能鼓动我们去摇动天下，明天就能鼓动别人也这么做。"瑞华省悟，做了个劈杀的手势："我明白了，嘁！"肃顺阻止道："现在还不行，再等等，我们也许还有用得着他的时候。"载元道："就是不能马上杀他，也要派人加紧看管好他。告诉看守，除非我们三个人有话，别说是人，一只鸟都不能飞进他那院子里去……一旦我们真的摇动了天下，就杀了他！"瑞华道："可是怎么样让南方快点儿大乱起来，我还是没听明白。"肃顺冷冷一笑道："这有何难！以朝廷的名义加紧向江南各省催讨欠赋，一边卡住赛尚阿的军费银子，鼓动大兵抢掠。这样双管齐下，江南大乱，就在眼前！"

此时的南方战场，洪秀全率领的太平军已连破湖南州县，过长沙，攻岳州，进入湖北，一连攻克了汉口和汉阳，正在围攻武昌城。载元接到前方奏报，不敢怠慢，立即赶往畅春园报给咸丰。咸丰看了军中密奏，目瞪口呆："什么？怎么会这样？赛尚阿在哪里？朕让他带的数十万大军在哪里？你们不是屡次告朕，洪秀全只有区区十万乌合之众吗？怎么会这样？！"载元趁机道："皇上，赛尚阿无能，丧师失地，罪不容赦，但眼下最要紧的是赶紧想办法救武昌，将洪秀全堵住，不让他北上中原。"咸丰回头看他，发怒道："赛尚阿是你举荐的，祁隽藻又不在北京城，事情闹成这样，你和瑞华、肃顺该当何罪？！"载元叩头不起，道："奴才该死！奴才以为，江南的事情弄成如此地步，赛尚阿罪无可恕，请皇上下旨，将他拿解回京治罪！如今武昌危急，奴才请皇上下旨给湖广总督官文，令他死守武昌；同时下旨两江总督陆建瀛，令他率领本部军马，溯长江西上，防堵洪秀全；再调河南陕西军马南下，在武胜关一线设防，防止洪秀全北上中原，过黄河打进北京城！"这番话连说带吓，咸丰不觉脸色苍白，一屁股坐在龙椅上，汗流如注，慌乱得话不成句："快……快传朕口谕，让祁隽藻还京！你刚才说的，朕都照准，快下诏，就是让洪秀全顺长江东下，打到江西和江苏去，也不要让他从武昌北上，一路打进北京城来！"

此时隽藻还在商路之上。接到皇上旨意，神情骤变，对殷掌柜道："大掌柜，南方有变，隽藻不能与你将这条商路走到底了。"殷掌柜道："大人快回京，就是大人不在，殷某也一定把这条商路走到底，为天下商人做个榜样。"隽藻也没有多活，当下就昼夜兼程，赶回了北京。进了崇文门，李鸿藻策马上前问道："大人是先回去还是先进宫？"隽藻道："当然是先进宫。"这时世长迎面赶来，道："爹——"隽藻惊讶地看他："世长，怎么是你？"世长大声道："爹，娘让你赶快回家，六叔从江宁来信了。有大事！"隽藻道："不行，我要先进宫见皇上。"世长急道："娘说，爹一定要先回去看看六叔的信再进宫！"李鸿藻也道："恩师，六爷的信说的一定是江南的战局。"隽藻这才一惊道："走！"马车立马飞驰起来。

祁家大门外，玉环、菊花、晴儿一起迎了出来。玉环病骨支离，见到隽藻，只虚弱地说了一句："老爷，你可回来了。"隽藻顾不上问她的身体，急道："六弟的信在哪里？"玉环拿信给他。隽藻就在大门外急急看罢，脸色登时变了形，将信交到李鸿藻手中，怒道："朝廷如此倒行逆施，天下焉能不大乱！"李鸿藻看完信，也大惊失色，道："恩师，皇上是一国之君，怎么能出尔反尔，已经下诏蠲免天下欠赋，为什么又下密旨追讨江南欠赋！"

正在这时，一个破衣烂衫的人风尘仆仆地赶到了祁家门首，看到隽藻和玉环，失声叫道："大……大人！嫂……嫂子！"他已经十分虚弱，眼见得摇摇晃晃，就要倒下。隽藻大叫："你……是谁？"玉环惊呼一声："是不是……挺之？"顾挺之已经说不出话来，"扑通"一声倒在地上。隽藻急道："真是挺之！世长，晴儿，快搀进去！"大家七手八脚地把顾挺之弄进家里，放到床上，将一碗汤水灌进口中，顾挺之才慢慢睁开眼睛，含泪言道："大人、嫂子，顾挺之可见到你们了！"隽藻心知不好，坐下问道："挺之，你怎么来了？这么多年，一点儿你的消息也没有。"顾挺之道："大人、嫂子，我是从湖南长沙来的，是钱大师让我来的。"隽藻急道："那里已经是战场了。快说，你和钱大师怎么到了长沙？长沙这会儿怎么样？洪秀全打到那里没有？"顾挺之道："主持长沙岳麓书院的孙继孔大师，今年春天请钱大师去书院讲学，钱大师带了我去，这样我们就到了长沙。"隽藻道："快说，钱大师怎么样，他为什么让你千里迢迢地到了北京？"顾挺之挣扎着下床，趴下给隽藻磕头，哭道："大人，自从朝廷大军到了湖南，防御洪秀全，湖南百姓的好日子就完了！前些日子朝廷又下旨，令各路大军就地筹饷，这些大兵不去与洪秀全作战，反而明火执仗就地大抢起来！他们见村屠村，见城屠城，烧杀淫掠，无所不为，好好的一个湖南，今日竟成了一个兵匪横行的世界！钱大师打发学生马上启程，到京城来问大人，大人今日贵为首相，这就地取饷的旨意大人到底知道不知道？要是知道，就让学生来问大人，朝廷这样在湖南纵兵大掠，是不是想要湖南一省百姓的命，逼迫湖南全省的百姓都起来造反！钱大师还说，朝廷要是不能马上制止这些大兵，则湖南境内千万百姓，将全都成为洪秀全！"这些事情隽藻一概不知，气得浑身颤抖，大怒道："什么？朝廷竟然下过这样的旨意！挺之，你从长沙到北京城，走了多久？"顾挺之答道："挺之一路昼夜急行，不敢停步，整整走了二十五天，才到了京城。"隽藻道："我明白洪秀全为什么能在这么短的时间里从湖南一路打到湖北了。来人！"一亲兵走进来："大人！"隽藻道："备轿，我要马上进宫见皇上！"顾挺之听了大惊失色，叫道："什么，洪秀全已经打到了湖北？不好！大人、嫂子，顾挺之不能在北京城待了，我要马上回长沙，回岳麓书院！"隽藻一把抓住他，大声含泪言道："挺之，洪秀全已经打到了长江，湖南你回不去了。你现在这个样子，怎么走？"顾挺之反倒平静下来，含泪笑道："不，大人，就是因为这个，挺之才要回去。大人当年不让挺之随嫂子和大人进京，就是要让挺之留在千年学府赣江书院帮助钱老先生，等钱老先生百年之后，接着主持赣江书院，将我中华五千年文明的薪火在民间一代代传下去。眼下湖南已乱，钱大师生死未卜，眼看着江西也要大乱，正是赣江书院存亡危急之秋，挺之怎能留下？大人就是让挺之留下，挺之的心魂也已经回到了湖南，回到了江西。大人、嫂子，你们还是放挺之走吧。"玉环上前扶起他，流泪道："好兄弟，万一你在路上有个三长两短，你哥和我的心疼都疼死了！"她身子摇晃着，就要晕倒。顾挺之急忙上前扶她坐下，强颜欢笑道："嫂子还认挺之做兄弟，挺之这辈子就是死了，也是快活死的！嫂子、哥，你们放心，挺之一介书生，穿的是布衣草鞋，身上没有银子，那些打劫的官兵强盗才不会害我的性命。兄弟给你们磕个头，这就走了。我们后会有期！"他趴下磕头，然后站起来就走。隽藻眼泪涌出，冲他深鞠一躬，大声道："挺之，哥替天下后世的读书人谢你和钱大师！兄弟走吧，哥不留你了。兄弟保重！"

菊花匆匆赶出，手里提着几串钱："夫人，这是家里剩的最后几串钱，给客人做路上的盘缠吧！"晴儿见了，叫了一声："顾爷等一等！"顾挺之听了，站住，回头看她。晴儿转身跑回自己房中，拿来了两锭银子，道："老爷、夫人，这是倪二在怡王府当差得的，晴儿存着它也没用，就让顾爷拿上做盘缠吧！"玉环给晴儿深深施了一礼，哭道："晴儿，谢谢你了。你今天帮了我，没让我的兄弟空着手上路！"她接过两锭银子，走出去塞到顾挺之手里，含泪笑道："挺之，拿着！嫂子今天送你走，能拿出来的就是这么多了。你拿上它，路上别讨着吃，你讨着吃回去，嫂子心里难受。与外人说起来，你哥他再不济，也是当今的署理领班军机大臣哪！"说着，她不禁难过地大哭起来。顾挺之接过银子，看看隽藻、玉环，道："哥，嫂子，挺之这么多年不在这个家里，今天回来，还是看出来了，你们的心没有变。这我就放心了，哥，让朝廷大兵在湖南大掠的人一定不是你，那里发生的事和你丁点儿干系都没有。挺之来这一趟，一定不会白来，哥一定能让朝廷下旨，制止官兵在湖南全境继续烧杀抢劫。挺之谢哥嫂的银子，挺之走了！"他趴下去磕了一个头，转身离去，再没有回头。隽藻一直望着顾挺之远去，突然大声喊道："兄弟，平安回到江西，一定想法给我和你嫂子捎个信儿来，我们心里惦记着你哪！"众人听了，一时泪落如雨。隽藻满眼是泪，回头对李鸿藻大喊："让他们备轿，我要进宫！"

第三十七章

平大难单车赴死地　知将殒遗物托故夫

1

听说隽藻求见，且已到了午门以外，咸丰急得团团乱转。懿妃生了皇子载淳，成了懿贵妃，自然有了另一番气象。见咸丰惶急的样子，她示意奶娘抱着载淳离去，径自对随侍太监道："传皇上口谕，着祁隽藻进殿！"咸丰急道："慢！"懿贵妃冷冷言道："人都来了半日了，又是皇上自个儿下旨让他回来的，今天可以不见，明天可以不见，后天还能不见？"咸丰怒道："朕见了他说什么？那些事他都知道了。都是你们做的好事，让朕无颜见他！"懿贵妃如今已经有了一点儿脾气，冷笑道："这些事情，都是朝廷必行之政，他早晚总是要知道的。"咸丰气极："你现在越来越不像话了，胆敢顶撞起朕来了！什么朝廷必行之政，都是你和肃顺兄弟一起怂恿朕做的！现在闹得湖南全省大乱，洪秀全势如破竹，打到武昌城下，祁隽藻眼下是署理首相，这些事一点儿也不让他知道，他又是那么个人，让他进来，不是又让他当面唾骂朕是桀纣之君吗？"懿贵妃道："祁隽藻若敢那样，就没了人臣之礼，皇上就杀了他，给自己立威，也为天下人臣立一个儆戒！"咸丰大怒，骂道："你昏头了！现在江南大乱已起，北方也不安宁，祁隽藻是天下安危的柱石，朕为祖宗守着这个天下，怎么能少了他？你说出这话，就该死！"懿贵妃不为所动道："皇上在朝廷里留下祁隽藻，是为了用他阻止天下之乱，现在江南已经大乱，随后天下也会大乱，既然天下免不了一场大乱，朝廷留下祁隽藻何用！天下大乱到天下大治，中间无非是一个杀人。祁隽藻一心想的是救人，不是杀人，别说留他在朝廷里，就是让他活在世上，也不需要了。"咸丰气得脸色发白，顿足道："你……今天你这话朕不能听，祁隽藻一定得活着，朕今天还是皇上！你给我滚出去！"

懿贵妃站起往内室走，想了想，又回头嫣然一笑，道："皇上不愿杀祁隽藻，臣妾就再给皇上想个法儿对付他，让皇上轻轻松松过了今天这一关，如何？"咸丰忍不住问道："你还有什么法儿？"懿贵妃道："祁隽藻刚刚回京，急着来见皇上，无非是听说了那些原先没让他知道的事。他若真来向皇上兴师问罪，皇上可以给他来个一问三不知。"咸丰气道："朕是皇上，你要朕在祁隽藻面前装成个傻子，天下事什么也不知道？"懿贵妃淡定从容，答道："皇上永远都是圣明君主，皇上只要告诉祁隽藻，他问你的这些事情，你也刚刚才听说，正要等他回来，代你彻查这些事。"咸丰松了一口气，道："你去吧！"

隽藻很快就进了养心殿，大声跪拜道："臣祁隽藻叩见圣上！"咸丰一脸气愤难平的样，道："你起来吧。祁隽藻，你可回来了！这些人，真是要造反！"隽藻一惊，抬头看他："圣上？"咸丰突然大怒道："你回来得好，马上替朕彻查赛尚阿在湖南纵兵大掠的案子！这件事情朕已经知道两三天了，昨天朕已下旨逮赛尚阿进京治罪！还有江南各省的官员，伪造朝廷的所谓密诏，继续追讨各省百姓的欠赋，这个案子朕也交给你，好好地替朕查办！"隽藻吃惊地望着咸丰："怎么，这些事情圣上都不知道？"咸丰仰天长叹："朕哪里知道！朕一天到晚坐在深宫里，怎么会真正知道天下大事！赛尚阿误朕，江南各省的大员误朕！"隽藻半信半疑地看着他道："既然圣上对上面两件大事一概不知，臣今天就请圣上再发明诏，将真相颁告天下，重申禁绝朝廷大兵在江南各地就地筹饷，同时禁绝江南各省官员继续追讨百姓欠赋！"咸丰不觉支吾起来："这个……"隽藻一见咸丰神情，顿时生疑，大声道："圣上，臣今日来见圣上，本想痛陈肺腑之言，可是现在，臣不想讲了！臣只讲一句话，皇上可以欺臣一次两次，但天下百姓的眼睛是蒙不住的！圣上，臣说句实话，就是圣上现在毅然下诏禁绝这两件害民之政，是不是还来得及制止江南大乱，臣都不敢断言，何况圣上还要犹豫不决。圣上若不速下明诏，痛陈朝廷之过，查办失职的官员，挽回天下民心，则臣以为不但江南大乱不可避免，天下之乱也将无可挽回！"咸丰无奈，回头看他，道："这个……朕就答应了你吧。"

隽藻急急起身欲走，想了想，又回头跪地道："臣还有一句忠言要奏与圣上。"咸丰巴不得他早些离去，不耐烦道："说！"隽藻道："大兵过后，玉石俱焚，锦绣江南，必是一片焦土。臣今日为江南万万生民请命，皇上即便派遣大兵去平乱，也要以万万生民之命为命，围而不攻，阻而不战，以仁义为旗，以宽恕为兵，待民心归顺，大乱自解……圣上，臣其实想说的只有一句话，圣上若是尧舜之君，就会以父母待赤子之心待江南造反之民，少杀人甚至不杀人。臣代江南之民向圣上求命！"咸丰已经压抑多时，闻听此言，勃然而怒道："祁隽藻，你说什么？他们都成了造反的贼了，还是朕的什么赤子？你快走，朕累了！"隽藻仍然不依不饶，大声言道："圣上，江南造反之民原本并不愿造反，是朝廷所行的桀纣之政让他们成了造反之民，圣上今日若真把他们当作贼，是先以桀纣之政逼民造反，然后又以造反之名杀了他们，这样的作为，和桀纣有什么两样！"

此话像利剑一样刺痛了咸丰的心，他不觉大怒，涨红面皮，高声叫道："祁隽藻，你听好了，朕不是先皇，没那么好的脾气！你若是敢像对先皇那样，口口声声骂朕是桀纣，朕也不一定非要把你留在朝廷里！"隽藻也变了脸色，慢慢站起道："圣上若这么说，祁隽藻也有话讲。祁隽藻与先皇有过君子之约，祁隽藻入仕做官，不是为了俸禄，是为了救天下万民。要是做不到这个，祁隽藻不但不要再待在朝廷里，就是祁隽藻的这一条命，不要了也罢！圣上若想要祁隽藻的脑袋，现在就可以拿去，不过圣上杀了祁隽藻，也就在天下后世的笔下，坐定了一个桀纣之君的名分。圣上三思！"说罢，他昂首转身就走。

懿贵妃一闪身就从内室走出，见咸丰正怒不可遏，冲着隽藻的背影大叫："祁隽藻，朕要是不杀你，朕这个皇上就不做了！"沉沉言道："臣妾以为，皇上现在就该想一想，用谁在朝廷里取代祁隽藻了。"咸丰回头怒不可遏地看她，道："怎么，你也撺掇朕现在就杀了祁隽藻？"懿贵妃方才已经坐下，此时霍然站起，一脸寒霜，大声道："祁隽藻身负天下民望，这种人即便不犯错也该杀！古书上说，匹夫无罪，怀璧有罪。身为臣子，居然被百姓视作天地民心，不是早就该杀吗？"咸丰越发恼怒，叫道："胡说！朕杀了祁隽藻，天下一定会反！"懿贵妃哼了一声，不屑道："皇上就是现在不杀他，也要一点点儿消磨他，让他在朝廷里变得可有可无，让天下百姓一点点儿忘掉他，那时就好杀他了……臣妾有个主意，以后朝廷有那容易引起天下公愤的差事，皇上就交给他去办，让他代皇上去受天下之谤，那时皇上再杀他，就是应天时顺民心，是一代圣君的作为。"

咸丰不愿听她的，又没有主意，在殿内团团乱转，不觉又回头问："快说，现在朕该做什么？"懿贵妃道："首先，起用祁隽藻的学生，譬如李鸿藻、翁心存、彭蕴章，以分祁隽藻之权，圣上这样做，无论天下人还是祁隽藻自己都说不出什么来；其次，让祁隽藻总管江南平乱，所有军费，全交给他筹措，只要他也开始勒索天下百姓，他就完了，皇上随时可以抓他一个错，将他杀了，以平民愤，也替自己出了胸中这口恶气。"咸丰沉思良久，不禁脱口而出："时至今日，也只好如此了！"

2

次日早朝，咸丰上殿，待众臣山呼万岁已毕，传旨太监即高声宣旨道：

奉天承运皇帝诏曰：着礼部侍郎李鸿藻、工部侍郎彭蕴章、内阁侍读学士翁心存入军机处学习行走。着肃顺兼管兵部，总理江南平乱军务。着祁隽藻实授领班军机大臣兼管户部，为江南平乱之兵筹措军费。钦此。

皇上一下提拔了三名汉人进入军机处，且都是祁隽藻的门生，这是谁也想不到的，肃顺三兄弟更是惊讶莫名。众满臣马上不满地议论起来。瑞华惊讶地看一眼载元，载元神情严峻，沉默不语。李、翁、彭及肃顺、隽藻及叩头跪拜："臣领旨谢恩！"咸丰没有让他们起来，大声问道："肃顺，江南大乱已起，这平乱的大事，你准备如何筹划？"肃顺想了想，大声言道："奴才回皇上话，今日军机处接报，洪秀全军马已攻下武昌，顺江而下，相继破了九江和安庆，江宁告急。奴才以为朝廷必须立即派遣大兵，在江南江北组建两座大营，对洪秀全形成夹击之势，扼守长江，阻其东下，保护苏浙闽之地。只是这大军的军费，不知从何处筹措，请皇上明示！"咸丰转脸望着隽藻，道："祁隽藻，朕今日不惜违背祖制，破格实授你为领班军机大臣，我大清这万万里锦绣江山社稷的安危，朕就放在你一个人的肩上了。你现在对朕说一说，这南北大营一旦建立，军费银子可从哪里筹措？"隽藻听了，闭目不语。咸丰不悦，大声道："祁隽藻，你怎么不说话？"隽藻突然开目，淡然言道："圣上，臣不说话，是臣的话已经对圣上说完了。臣今天仍然以为，朝廷出兵，意在安民，不在杀戮，即便是江南造反之民，只要放下屠刀，仍是圣上的赤子。若真能如此，则朝廷之兵必被江南百姓视为仁义之师。仁义之师，其意又不在杀戮，所需军费银子必不多，江南百姓必箪食壶浆以迎。若不是这样，朝廷未出师之前，即将江南之民视为匪寇，江南之地视为匪区，大兵未至，先有了大加抢掠之心，那就不是王者之师，而是朝廷派去江南荼毒万民的贼寇。圣上派这么多的贼寇去杀掠江南之民，江南之民不造反不可能，而造反之民也必越杀越多，臣第一不愿看到圣上派出大兵屠戮江南之民而导致战火连年不息，第二不愿为了给这支意在屠戮抢掠为务的大军筹饷而搜刮天下百姓，致使江南无处不反，无人不反。圣上一定要臣这么去做，臣可以死，也决不奉旨！"肃顺听了，转过面目，大声言道："祁隽藻，你说的是什么话？朝廷就是像你说的那样向江南派出仁义之师，也要有军费，难道仁义之师不吃饭吗？"隽藻据理力争，声音一时显得苍老而又高亢："军队要吃饭，百姓更要活命！圣上，除了国家正赋，臣不能用任何办法再去搜刮天下百姓！朝廷今天再去搜刮百姓，不是要他们的钱财，是要他们的命，逼他们揭竿而起！"肃顺把面目转向咸丰，大叫道："皇上，这事奴才不想再和祁隽藻争吵。江南之乱一定要平定，奴才以为朝廷应当下诏，令各省军马自带粮草前往江南！"咸丰又看隽藻。隽藻却又闭上了眼睛不语。咸丰生气道："祁隽藻，你怎么又不说话了？"隽藻睁开眼来，神情凝重，平静道："圣上若下此诏，天下大乱，指日可待！"

载元忽然想到一事，匆匆上前跪奏道："奴才载元启奏皇上，奴才方才刚刚接到前刑部侍郎胡沅浦从家乡写来的折子，请求朝廷准许他在江西老家起一支子弟兵，参与平定江南之乱。"咸丰大出意外，喜道："真的？这个胡沅浦，朕原来以为他是穆彰阿的人，没想到回到江西老家为母亲尽孝，竟然还没忘了为国家出力！你们说说，这样的事情，朝廷应当照准吧？"载元道："皇上，据奴才所知，胡沅浦这支子弟兵，已经练成了，这支兵马不要朝廷的饷银，却甘愿为朝廷效力，奴才以为像胡沅浦这样的忠臣，朝廷应当奖以显爵，委以重任，让其为朝廷独当一面。洪秀全打下武昌之后，湖北巡抚空缺，朝廷不如下旨，授胡沅浦湖北巡抚，令他率领家乡之兵，前往湖北与洪秀全作战。"隽藻神情一变，大叫："圣上万万不可！"咸丰刚刚好起来的心情又被他败坏掉了，怒道："祁隽藻，你今天到了朝会上，这也不可，那也不可！据朕所知，这个胡沅浦，不只是穆彰阿的门生，也是你的学生。胡沅浦起兵平乱，忠心可嘉，让他做一个湖北巡抚，有何不可？"

隽藻大声忧愤言道："圣上，兵者凶器也，圣人不得已而用之。朝廷若以为胡沅浦忠心可嘉，开了这个先例，则普天下的匹夫匹妇，皆可以平乱为名，乘乱自起大兵，那时天下之事又将如何收拾？今日江南，不患兵少，而患兵多，胡沅浦声称他起兵不用朝廷发饷，则他这支大兵必就地取饷，即使他不会纵兵大掠，其军费也必将取自于江南之民。圣上不但不制止他，还要赏给他一个湖北巡抚，天下豪杰必会以胡沅浦为法，群起而效之。臣问圣上，朝廷还有多少巡抚之位可以安置他们？江南之民还有多少脂膏，可以供这些自起的大兵榨取？何况这些私起的军马，只认自己的统帅，不认朝廷，心中更没有天下生民。即便大乱平息，朝廷又如何处置这些军马？朝廷若处置不了这些私人拥有的军马，国家将来必陷入唐末藩镇割据的局面，国家大政将不再出自朝廷而是出自将帅。"咸丰心中大震，想了想道："肃顺代朕拟旨，胡沅浦可以侍郎之身，起兵参与平乱，湖北巡抚就算了。……退朝！"

3

这日清晨，一匹快马冲破浓雾，穿过崇文门，直向宫中驰去。一份有关江南战事的军报再次被急急送进养心殿，咸丰看了，顿时大惊失色，想了想，马上令李鸿藻也读一读，然后送往祁宅。李鸿藻读了军报，眼泪立马滴了下来，悲戚之余，也只好急忙前往祁宅。好在出东华门不远就是祁家，李鸿藻匆匆来到敲门，世长出来开门，李鸿藻两眼是泪，也不多话，只让他快领自己去见恩师。隽藻此时正在书房里闭目沉思，李鸿藻进来，满眼含泪，突然跪下，将一封信高高举过头顶，哽咽道："恩师，皇上让学生把这封江南军报呈送给恩师。

恩师一定要节哀！"隽藻心中一沉，颤抖着双手接过，没看完信纸就从手中落下，泪水涌出，放声大哭。玉环等人匆匆跑进来，惶急地叫道："老爷——"隽藻直着一双泪眼望她，哭道："江宁府失守！两江总督陆建瀛战死！六弟他……他……他本来可以随守军撤离，但为了等最后一批百姓出城，和他们一起走，没有走出来，城破之前，为保护百姓，吐血而死！"玉环听了，双目一闭，牙关紧咬，身子摇晃一下，一头栽了下去。菊花晴儿上前扶住，又用手掐玉环的人中穴，流泪大叫："夫人——！"世长此时也扑过来，抱住玉环哭喊道："娘！"玉环慢慢睁开眼，悲呼道："六弟——"一家人顿时哭成一片。玉环推开众人，疯一样冲向隽藻，哭喊道："都是你，都是你狠心让六弟去了江南，是你害死了他！六弟的尸首在哪里？你赶快去找呀，我们不能让他一个人孤零零地躺在江南！"世长跪下紧紧搂住玉环，哭道："母亲，江宁府已经陷落，你到哪儿去找六叔的尸身去呀！"玉环却不理会，两只手抓住隽藻，拼命地摇晃，哭喊道："母亲把六弟交给我们照管，你却把他送到了死地！你对得起谁？"菊花和晴儿上前将她拉开，架出屋去，扶隽藻坐下。隽藻回头看看世长，强忍住悲痛喊道："世长，快去找人，为你六叔搭灵棚，我要为你六叔守灵！"

灵棚很快便在院中搭好，棚内高高供着宿藻的灵位，两旁是玉环请来的僧道各一班在诵经。一连两日，赶到祁家来吊丧的人络绎不绝，他们中不仅有满朝文武，还有一般的百姓。世长一直代替孝子跪在灵前，一一向来宾磕头谢孝。到了第三日拂晓，所有的人都去了，只有隽藻一个人依旧闭目坐在灵堂前。世长引李鸿藻、翁心存、彭蕴章走进来，向他们指一指隽藻，落下泪来道："三位大人，我爹从我六叔的死讯传来，到这会儿，还是一口水没喝，谁也劝不动他，他谁也不理。"三人焦虑地互看一眼，走上前去，叫道："恩师，恩师！"隽藻不理，也不睁眼。翁心存言道："恩师，学生们今天不是劝你来了，我们来是有另外的事情。"隽藻仍不睁眼，哑声言道："真有事就说。"翁心存拉一拉彭蕴章："你说吧。"彭蕴章突然落泪，道："恩师，昨天……昨天晚上，黄爵滋黄大人，也病逝了。"隽藻猛地睁开眼，大惊道："什么？黄大人他怎么也——"李鸿藻痛心道："黄大人自先皇晏驾前奉旨还京候补，一直没有受到朝廷任用，这一年多病势日重，却不让我们告诉恩师，昨天夜里他……他去了，临行之际，仍在喊恩师的名字！"隽藻哭道："黄大人最后说了些什么？"彭蕴章道："黄大人说，恩师一定要保重，这个节骨眼上，一定要挺住，不要轻言弃绝天下！"隽藻沉默半晌，流泪自语道："天下大难方起，林大人、邓大人、黄大人就先后去了，留下一个祁隽藻，我可怎么办？……啊，我知道了。虽然有孝在身，可我也还是要去送一送黄大人。你们去吧，我没有事。"

4

京师东南，直望五千里，茫茫东海烟波之上，耸出了一座荒岛，岛的四周皆是悬崖峭壁，波涛涌来，浪花飞溅，远远望去，不见海岛，只是浪花，因此取名为浪花岛。浪花岛远距大陆，人迹罕至，但最近十三年间，这里却成了一个人的栖身之地，此人不是别人，正是当年师傅被姚一镖等人设计毒死后离开隽藻回头去救妙真的江一鸣。十三年前，江一鸣在皖南一条深山谷中，一夫当关，舍命挡住灾民会的追杀，让妙真脱险而去，自己却因为久战力疲，被姚一镖等人俘获。依着灾民会众人的意思，原是要杀的。靠宅心仁厚的薛长老的百般周旋，说动了姚一镖，将他留了下来，用一只小船送到这座荒岛之上囚禁起来，指望有一天他能回心转意，加入灾民会。江一鸣被孤单单地放在这浪花岛上，一晃就是一十三年。

这一日，被海风大大改变了容貌的江一鸣照旧坐在水边垂钓，像每日一样。薛长老乘着一叶扁舟上了岛，江一鸣看他一眼，并不起来。薛长老自己走过来，拱手道："江大侠好安乐！"江一鸣头也不回道："薛长老今日来到这浪花岛上，是否奉了姚大侠之命，要结果江一鸣的性命？"薛长老道："江大侠何出此言？姚大哥一直在等你悔过自新，加入本会，为天下灾民出力。这一晃十三年过去了，如果你真心悔过，这次就有一个机会，可以离开这里，回到大陆，帮助本会，建立大功！若无心悔过嘛——"江一鸣回头望薛长老，笑道："若无心悔过，薛长老此次前来，就可奉会首之令，砍了江一鸣的头，是吗？"薛长老道："你我江湖上的兄弟，薛某本不该如此，但是姚大哥之令，在下不敢违抗。"江一鸣想了想，道："江一鸣悔过。"薛长老大喜："真的？"江一鸣道："大丈夫一言，驷马难追！"薛长老脸上现出一丝难色，道："虽然在下不好不信江大侠的话，但你最好写下一份悔过自新的文书，让我带回去交给姚大哥收存，方敢带你离开这浪花岛！"江一鸣笑了笑道："这有何难，我写！"他将手中的钓竿一扔，站起身往岛上那间茅屋走去。

薛长老远远地望着他，突然开口道："江大侠，你还一句话也没问天下出了什么事，姚大哥为什么要请你出山？"江一鸣站住，头也不回头，答道："灾民会的规矩，不是不该问者不问吗？"薛长老想了想道："我告诉你吧，本会自嘉庆十八年遭遇重挫，用了三十余年，力图东山再起。现今天下已乱，南方洪秀全已攻克江宁，在那里定都，号称太平天国。朝廷为了平息此乱，倾一国之力前往江南，大江之北，兵力空虚，正是我会建树大功之时。"江一鸣不觉一惊，猛回头看他。薛长老又道："早在去年年末，姚大哥就考虑到我会势单力薄，欲听从几位长老的提议，渡江南下与太平军会合，然后借一支大军北上，将这漫天的造反之火，烧遍江北大地，那时朝廷首尾不能相顾，大清必亡。只是因为不知道洪秀全那里会如何待我，所以踌躇着没有行动。不料天遂人愿，就在今年年初，黄河夺淮入海这段河道再次决口，将豫皖苏三省九府八十一县之地变成了一片汪洋，一时间仅在本会的发祥地淮南府，就聚积了上百万的灾民。姚长老和几位长老于是改变决心，准备就地鼓动百万灾民起事，与江南的太平军遥相呼应，互为倚重，则大清可灭，江北可定，那时我灾民会就是江北之主，与洪秀全分庭抗礼，划江而治！"

江一鸣不觉神情大变，急道："江一鸣多问一句，薛大侠这里有在下当年的主人冯妙真小姐和山西寿阳平舒村祁隽藻祁大人的消息吗？"薛长老嘱咐道："江大侠有所不知，冯妙真自十三年前由大侠相助，逃离了我会众人的视线，自此隐匿不出，音信杳然。至于祁隽藻，他自道光弃世、咸丰登基之时重回朝廷，现在已经是当朝首相。姚大哥和我会上下对此人恨之入骨。江大侠一旦回到大陆，见了本会中人，一定不要轻易提起祁隽藻这个名字。"

5

灾民会在淮南府黄泛区活动的消息早有人密报朝廷。早朝之上，咸丰张皇失措，对众臣言道："他他他们想干什么？长江一线已经让洪秀全占去，天下军马，大抵已用在江南，淮南上百万灾民要是再被灾民会鼓动起来作乱，如何得了？"隽藻伏在众臣之中，一言不发。咸丰频频看他，他就是不抬头。咸丰愤然把目光转向载元等人，道："你们快说，这件事该怎么办？"载元道："奴才以为，淮南若乱，黄河必不保，黄河不保，京城必不保！朝廷不能再像上次广西之乱初起时那样犹豫不决，以至于坐失扑灭乍萌之患的良机。奴才以为朝廷应当马上下密诏，调集重兵，前往淮南，将这场乱子扑灭在未起之际。"咸丰焦躁道："天下军马全都集中去了江南，朕手里哪里还有军马？再说了，上百万灾民全部起来造反，那就是上百万大军，朝廷哪里有这么多兵，可以一举平定上百万灾民之乱？"众臣听了，皆不敢言语。

瑞华此时忽生一计，道："皇上，奴才以为，要平淮南之乱，也不是什么难事。朝廷在关内没有军马可调，可以下旨给内外蒙古的王公，调各路蒙古大军勤王。"咸丰又向隽藻看去，隽藻仍是低头趴着，一言不发。咸丰大怒，拍案怒道："祁隽藻，瑞华此议如何？今天早朝之上，你就一直不开口到底吗？"隽藻这才开口答道："启奏圣上，朝廷若从内外蒙古调兵入中原，屠杀淮南上百万灾民，亡国之事，转眼就会现于圣上眼前。事情到了这里还不会结束，即便大清亡国，天下之乱仍不会停止，大江南北，已起的各路大兵仍会互相残杀，争城夺地，要为天下之王。那时国土分裂，万万生民死于战火，而一直对我虎视眈眈的西方各国，必然乘虚而入。中华之地，将不复我有！别说小民百姓，就连皇家的列祖列宗，也将失去祭享，不能血食！"肃顺兄弟闻言大怒，道："皇上，祁隽藻又要反！"咸丰气得脸色铁青，道："祁隽藻，你到底说话了！朕也不愿调内外蒙古的大军来中原勤王，可是不派大军平息淮南之乱，一旦上百万乱民蜂拥北上，北京城就保不住了！你今天要是能说出一个办法，能够平息这场未起之乱，无论你说了什么，朕都不计较，若是不能，朕留你又有何用！"众臣一时皆鸦雀无声，朝会的气氛显得剑拔弩张。

　　隽藻就在此时突然大声言道："圣上，臣请旨去平息淮南之乱。"听了此言，众臣一时回头吃惊地朝他望去。咸丰也吃了一惊，他此时正没主意，忽然感动起来，叫道："好！祁隽藻，你是先皇留给朕的老臣，朕就知道到了我大清生死存亡之际，你一定不会撇下朕什么事也不做的。你说吧，你要去平定淮南之乱，要带多少军马，要多少人陪伴你前往，朕什么都听你的！"隽藻道："臣不要军马，也不要朝中大臣相陪，臣一人一马一车，前往淮南。"众臣中又不由自主发出一阵惊呼。咸丰眼中忽然闪出泪光，哽咽道："祁隽藻，虽然你忠心可嘉，可是你一人一马一车，去了淮南，怎么能平息了那里上百万灾民之乱？朕若是真答应了你，就是眼睁睁地看着你如同一只羊，进了群狼之口。虽然天下军马都去了江南，朕在京城各处的御林军还有数万，朕为了大清的江山社稷，可以置自己的安危于不顾，让他们随你出征！"载元听了大惊道："皇上不可，御林军绝对不能轻易离开北京！"隽藻平静异常，又道："启奏圣上，臣主意已定，如果一定要臣带领千军万马前往淮南，臣就请圣上另选高明；若是一定要臣前去，那就听臣的主意，不派军马，只给臣一个钦差大臣的头衔，让臣到了淮南，可以便宜行事，号令豫皖苏三省的官员，让他们一切听臣的调遣。"

　　咸丰心中感动，又觉得这件事太荒唐，根本不可能成功，一时拿不定主意，转脸看了看肃顺兄弟。载元奏道："奴才启奏皇上，祁大人乃天下大才，既然祁大人胸有成竹，皇上不妨答应祁大人所请，令他用自己的办法，替皇上平息淮南之乱。如事情不成，皇上再派遣御林军前往平乱，也未为晚。"咸丰心中一动，立马明白了载元之意，却仍迟疑未决。李鸿藻、翁心存、彭蕴章三人相视一眼，一起上前跪奏："圣上，臣等求圣上恩准，随祁大人一起前往淮南平息灾民之乱！"咸丰见这三个人也没有反对隽藻的主意，心中顿觉宽慰，回望隽藻，不觉大声流泪言道："祁爱卿，当年唐太宗李世民有诗道，'疾风知劲草，板荡识诚臣。'今日朕果然见到了疾风中的劲草，天下板荡时的诚臣！你一定要这样去平乱，也许真有平乱的办法，朕不能拦你！李鸿藻、翁心存、彭蕴章都是你的学生，他们愿与你一同去淮南，你是不是带他们去，自己说了算。"隽藻看也不看李鸿藻等人，依旧平静言道："回圣上的话，臣说过臣要一人一马一车前往淮南，什么人都不带。"咸丰默立良久，心中的感动在增加，道："祁隽藻，朕明白你的心，此去淮南，你生死难卜，不想让别人和你一起死。有臣如此，朕还有何求！朕特授你为钦差大臣，总领江北各省军政一切事务，只要能代朕平息大乱，诸事有先斩后奏之权。出京之日，朕要亲自出宣武门相送！"隽藻听了，叩头在地，大声道："皇上如此信任老臣，则不仅淮南之乱可平，江北万万生民之命，也有救了！老臣代江北万民谢皇上！老臣临行之前，还有一件事求皇上！"咸丰一惊："讲！"隽藻旧事重提："今日天下大乱，四海汹汹，皆因一件事而起。圣上若能答应老臣，在老臣启程前诏告天下，抑制土地兼并，同时为天下无地之民开放吉林垦荒之禁，则不但江北之乱可以制止，江南之乱也可以平息！"载元、肃顺等听了，心中一紧，回头朝咸丰望去。就见咸丰勃然变色，用不容置疑的口吻言道："祁隽藻，抑止天下土地兼并，现在天下已乱，就是朕答应了你，此时也不能行。至于开放吉林垦荒之禁，先皇没有答应你，朕也不能答应你。以后不要再提这件事了！"李鸿藻等人都担心地望着隽藻，怕他又会因此事与皇上争辩起来，但是让他们略感意外的是，隽藻听了咸丰这话，只是再次叩头在地，说道："圣上，臣全明白了。"就再没了言语。咸丰终于松了一口气，道："退朝！"

6

载元兄弟再次来到京郊穆家荒宅时，穆彰阿正一人坐在荒废的池塘边钓鱼。他凭脚步声听到了三人的到来，却不回头。载元让瑞华、肃顺远远站住，自己走过去，拱手言道："穆大人请了！"穆彰阿不动，小声言道："怡王稍待，有一条大鱼和老夫斗了半晌，老夫快要钓到它了。"载元无奈，心中焦急，却也只能站着等。半晌，穆彰阿抬起钓竿，发现又是一个空，失望道："又让它跑了。看来要做成一件大事，没有耐心不成。"载元心中着急，上前言道："穆大人，让载元帮你钓。"穆彰阿看他，将钓竿拿过来。载元扯过钓丝，去看钓钩，大惊失色道："原来穆大人像当年垂钓渭水的姜太公，用的是直钩！"穆彰阿看着他道："王爷难道不知，天下最会钓鱼的，用的都是直钩。"载元用手将钓钩捏弯，挂上饵，抛进池塘，不以为然道："穆大人，用直钩钓鱼，哪里真能钓到鱼！"穆彰阿冷笑道："王爷，天下之大，什么鱼没有？真正的钓徒，那些大圣大哲，求的不是鱼，而是奇遇！"载元一惊回头，道："大人这话入了玄妙一流，载元愿听其详。"穆彰阿哈哈大笑，道："天下最大的钓徒，用直钩吊不来一条小鱼，却可能钓来天下最大的鱼，这就是叫奇遇；而天下最大的鱼，等的也是自己的奇遇，这种奇遇，就是天下最大的钓徒抛下来的直钩，天下最大的鱼的奇遇非天下最大的直钩不吞！"正说话，池塘中波翻浪涌，载元吊到了那条大鱼，将它高高挑上岸来。薛管家见了，从远处匆匆赶过来，帮载元拿住大鱼。载元看一眼穆彰阿，道："老穆，在载元看来，要想钓天下最大的鱼，还是用弯钩！"穆彰阿气恼不堪，将薛管家放到袋中的大鱼取出，重新"扑通"一声，扔进池塘。只见那鱼在水里一晃，早已潜入深水。载元颜色微变，回头看他。穆彰阿冷笑道："王爷，要是用弯钩钓上鱼来，这钓鱼还有什么乐趣。请吧！"

他领肃顺三兄弟走进内室，道："三位爷请坐，有话请讲。"肃顺躬身拱手道："穆大人，坐就不必了，淮南上百万灾民会聚，灾民会在其中酝酿起事，这件事大人肯定已经知道了。今天早朝之上，祁隽藻自告奋勇，前往淮南平乱——"穆彰阿举手道："六爷打住，让老穆猜一猜。祁隽藻前往淮南，要带多少军马？"瑞华抢上来，道："老穆，正是这一点让我们迷惑。淮南有上百万要造反的灾民，祁隽藻却告诉皇上，他要一人一马一车，前往淮南。"穆彰阿大笑："果然不出老夫所料！老夫与祁隽藻斗了半生，今日才知，天下可与老夫相提并论者也就是一个祁隽藻了！三位爷，皇上是不是准了？"

这话颇是伤人，等于当面将肃顺兄弟视若无物。载元脸上发烧，强自按住心中愤恨，道："不错。眼下皇上手中只有几万御林军可供差遣，若将他们悉数派出，京城空虚，万一洪秀全派一支兵马打过长江，北京城将无兵可守。"穆彰阿冷冷一笑，道："三位爷上次来过后短短数月，已经摇动了天下。现江南已经大乱，淮南又有上百万灾民，将要起事，三十多年来剿而不净的灾民会也趁机作乱，北方之乱，指日可待。穆彰阿恭喜三位爷，天下权柄移入三位爷之手，已经为时不远！"三人一怔，心情顿时为之一爽。瑞华道："老穆，我们来是想请你帮我们算一算，祁隽藻一人一马一车前往淮南平乱，他到底是怎么想的？数十万朝廷大军去了广西和湖南，都没有挡住洪秀全十万之众，他一个人去了淮南，真能平息得了那里的灾民之乱？要是他不能，他这样做到底是为什么？他总不会就是去找死吧？"穆彰阿又是冷冷一笑，道："祁隽藻入仕以来，所行之事，皆是阳谋，没有阴谋，三位爷怀疑他这么做暗藏阴谋，就是不知此人了。"这句话倒是中肯之论，肃顺三兄弟松了一口气，互视一眼。瑞华道："要这么说，祁隽藻不是天下第一的大傻瓜吗？他一个人去淮南，去与上百万没吃没喝、无家可归、一心想造反的乱民周旋，不是找死吗？"穆彰阿变色喝道："王爷要是这么想，就小看了祁隽藻！他若真是答应皇上，带兵前去淮南，老夫倒不担心什么，现在他坚决不带兵，一人一马一车前去，老夫倒真要担心了。万一他真的平定了这场大乱，三位爷为摇动天下所做的一切，都会被他化解。天下大乱，三位爷才有机会，天下不乱，三位爷哪里还能得到大清的权柄！"

载元陡然变了脸色，道："穆相是说——"穆彰阿谁也不看，轻蔑地言道："剩下的话就不要说了吧。祁隽藻并非等闲之辈，此去淮南，我们怎么知道这不是他一生的最后一搏？祁隽藻若成功，天下大乱就将半道而止，万万要地种、要饭吃的无用百姓就不能被清除，大清还会有那么多人口，只是天下人从此将视祁隽藻为救星和恩人，天下权柄就将归于这个人！三位爷，这样的前景，你们愿意看到吗？"瑞华倒吸一口凉气，骇然道："老穆，你是说祁隽藻想推翻大清，自个儿做皇上？"穆彰阿断然道："错，祁隽藻并不想当皇上，此人并没有这样的野心，但是万一天下人一定要拥戴他坐天下呢？三位爷，老夫宁愿天下大乱，万民皆死，国土沦落外人之手，也不愿看到祁隽藻成就了他一生的事业，不愿意！"他最后的话说得歇斯底里，几近疯狂。载元看他片刻，老辣地言道："老穆，你说些什么，我们都没有听懂，打扰了，我们兄弟告退。"穆彰阿坐着不动，泪水盈眶，仍自呼呼作喘。载元招呼了一下瑞华和肃顺，三人转身离去。穆彰阿见他们走远，冲着门外就啐了一口，叫道："呸，什么没听懂！一帮蠢才，祁隽藻成功了，穆彰阿一定不愿再生！穆彰阿自己就会为自个儿，也为你们这帮蠢才羞愧至死！……"

载元兄弟回到怡王府，肃顺脸色立马变得阴沉起来，道："老二，老三，今日大清朝廷之中，赛尚阿已经革职问罪，李鸿藻、翁心存、彭蕴章尚不成气候，能和我们兄弟争夺天下权柄的就是一个祁隽藻。皇上所以还能视我们兄弟如无物，也正因为朝中有这么一个人。祁隽藻今天要一人一马一车前往淮南，天下人皆以为凶多吉少，他一准会死于乱民之手，这是一个绝好的机会！"载元击掌道："派出刺客，待他到了淮南，将他一刀杀死，嫁祸于乱民和灾民会，然后请旨出动大兵去剿灭这些乱民，为祁隽藻报仇！那时天下不乱，再不可能！妙，太妙了！"

7

夜已经很深了，隽藻仍一个人端坐在书房里沉思。晴儿和菊花扶玉环走进来，一边坐下。见隽藻神情悲凄凝重，非比往日，玉环让二人退下，回头道："老爷，我来了，有什么要紧的话，你就说吧。"隽藻突然站起，在玉环面前跪倒下去。玉环大惊，不觉站起，流泪道："老爷这一辈子，从没对玉环行过如此大礼，今日突然行这样的大礼，一定有大事要说。老爷请起来讲。"隽藻不起，道："祁隽藻今日早朝领了圣旨，要去淮南平定大乱。现在江南已乱，江北再乱，天下将不可收拾，万万人头就要落地。为解此大难，祁隽藻只能斗胆去做一件事情。祁隽藻做了此事，就会犯下滔天大罪，以至于可能让祁氏一门遭遇满门抄斩的大祸。祁隽藻出仕之日，已蒙母亲和族人给了一个出族的文书，即使祁隽藻出事，也不会再连累到族中之人。今日我再给夫人磕一个头，请夫人答应我一件事！"玉环此时明白家中将有大变发生，刚强地言道："什么事情，老爷请说！"隽藻道："我要给你一纸休书，让夫人带世长离开我，从此祁隽藻与夫人，不再是夫妻，只是路人！"玉环落下泪来，却不惊讶："老爷真要休了玉环？"隽藻道："正是。"他规规矩矩地磕下头去，起身道，"好了，头我也磕了，话我也说了，你不要哭，我不喜欢。"玉环拭去眼泪，道："老爷要去救天下万民，害怕连累玉环和世长，才要给玉环一张休书，是吗？"隽藻点头道："你这么说并不错，却没有全懂我的心。我这样做，更是为了成全自己。"玉环道："老爷错了，老爷要去受难，若是老爷有个三长两短，玉环和世长还能活在世上？老爷若是为别的要休玉环，玉环不敢多言，可为了这件事，玉环不答应！老爷尽管去做自己的大事，万一真犯下弥天大祸，玉环和世长甘愿与老爷一同上刑场受戮，我们一家三口，一起上路！"

隽藻突然怒起，道："你怎么不听我的话！女人生在世上，在家从父，出嫁从夫，夫死从子！祁隽藻做了这么个官，一生既不能在父母面前尽孝，又不能让妻子安居，还连累着害死了自己的兄弟，今天我只想一个人去做一件大事，不想连累你们！你想跟祁隽藻一起去死，那也得看我愿不愿意！世长是祁家的根，难道你想连累孩子跟我一起去死？好了，此刻祁隽藻还是你的丈夫，我意已决，你不要多言！"他将已经写好的休书推给玉环，道："这个给你，里面都写明了，祁隽藻和你们母子，永远断绝亲属关系，你可收好了。从这会儿起，我和你们就没什么关系了！世长进来！"

世长哭着扑进来，跪下大哭："爹！"隽藻看着他道："哭什么！听着，明天一大早，护送你母亲，还有菊花、晴儿回山西寿阳老家。"世长哭道："爹，你真的不要母亲和儿子了？"隽藻恨道："起来，你也不小了，怎么还这么不懂事？从现在起，我将你母亲托付给你了。你不好好想想回到寿阳老家怎么奉养你的母亲，却在这里哭！祁隽藻这会儿跟你们谁都没干系了，你我也不是父子！快起来，走！"世长上前抱住他的腿哭道："爹，我和娘走了，爹怎么办？"隽藻一脚将他踢翻，怒道："我哪里要你管，快走！"

玉环上前扶起世长，她心中痛极，脸上却格外平静，道："老爷今天一定要休掉玉环，弃绝世长，玉环和世长也不敢不从。可玉环想让老爷知道，即使老爷不认我们了，玉环一生一世也都是老爷的妻，世长一生一世也都是老爷的儿。世长，听你爹的话，收拾车马，明天一大早，咱们就出京。"世长大叫："娘，我不要——"玉环怒道："你这孩子，难道看不出来，咱们走了，是成全你爹！快去！"

8

翌日清晨，宣武门外，旌旗猎猎，号角声动，文武百官及御林军列队在官道两旁，等候皇上驾到，为隽藻一人一车一马出征淮南送行。官道正中，一辆马车孤零零地停着，只有一个老兵手执马缰立在车旁，马车上别无他物，只树着一面杏黄旗，上书"钦差大臣祁"五个大字。随着城门内外一阵喧嚷，咸丰驾到，众臣齐齐拜倒在地，口称："吾皇万岁万岁万万岁！"銮舆落地，隽藻便疾步上前，匍匐在地，大声言道："臣祁隽藻恭迎圣上！"咸丰下舆，走上前来，亲自弯腰将隽藻挽身，眼中泪光浮动，道："祁爱卿平身。今日祁爱卿代朕远行，平定大难，朕答应了要来送行，不能食言。内侍，拿酒来，朕为祁爱卿壮行！"随侍太监端酒过来，咸丰端杯，隽藻跪接，连饮三杯，道："圣了，酒够了。谢圣上今日亲送臣远赴淮南。臣临行之时，涕泣不知所言，望圣上保重！臣去了，一定不负圣上和天下万民之所望，将淮南之乱，设法平定，江北之地，不至于再起大乱。圣上请回宫，臣也要去了！"

此时肃顺三兄弟也跪拜于送行的官员之中，瑞华抬头，嫉妒地对肃顺、载元低声道："这个祁隽藻，今天可真够风光的！"肃顺和载元不语，相互看了一眼，肃顺点头，载元会意，冲着隽藻冷冷一笑。官道中央，咸丰却没有马上离去，他望着周围，发现远行之时，隽藻身边没有一个祁家的亲人前往送行，诧异道："祁爱卿今日远行，为何不见家里人来送行啊？"隽藻仍在地上趴着，平静大声言道："臣回圣上的话，臣有重要的事情差点儿忘了奏于圣上，从今日起，臣家中已经无人！"咸丰一惊，道："这是为何？"隽藻答道："回圣上话，臣在朝不能阻止天下之乱，算不上一个好臣子；在家不能让夫人孩子过上丰衣足食的日子，反年复一年让他们跟着臣受怕担惊，算不上一个好丈夫、好父亲。臣痛定思痛，深感羞愧，昨日已写下一纸文书，与家中所有人都割绝了亲属关系，所以臣此去淮南，心中倒也干净。"咸丰听了，不觉一笑道："你这个祁隽藻，事情做得够绝的，家里人不好你尽可以教导，怎么能这么做！"隽藻道："圣人有言，先齐家而后可以平天下，现在臣已经齐了家，剩下的事情就是去淮南替圣上平天下了。臣叩请圣上回銮，天不早了，臣要启程！"咸丰心中忽然想到了什么，大大地起了感动，道："好吧。祁爱卿上车，朕要望着你远行！"

隽藻听了，也不客气，爬起身来，匆匆走回去上了车，便令老兵赶车。咸丰原地站着，望着隽藻乘车远去，他是个近视眼，望不见隽藻离去后的行迹，回头问随侍太监："朕今日亲出宣武门送祁隽藻出征，他是不是十分感动，一步三回头地望朕？"随侍太监伸着脑袋朝前看，不小心说了实话："皇上，祁隽藻上车以后，好像没怎么回头！"咸丰不悦道："胡说！回宫！"转身走入銮驾。随侍太监急忙高喊："皇上有旨，起驾还宫！"銮驾起动，大队人马开始返城。

京郊西山脚下，有一座梅花庵，隐映在林木溪流之间，倒也幽僻清静。这日一大早，世长赶车驶来，停在庵外。晴儿扶着玉环下车，玉环朝庵中看了一眼，问晴儿道："倪二说的真是这里？"晴儿点头。玉环听了，提起一个包袱，向庵内走去。晴儿要扶她一起走进去，玉环止住她，回头道："你们在外头等着，我想一个人进去。"晴儿点头，看她走向庵门，庵内林木深处一间静室内，含黛正背身而立。老尼引着玉环进来道："夫人，祁夫人到。"含黛不语。玉环趴下行礼道："民妇曹玉环见过夫人。"含黛仍旧不理。老尼望着含黛道："夫人，祁夫人今天要出门远行，有要紧的事跟夫人讲，老尼不敢不带她来见。"含黛听了，摆摆手。老尼退出，顺便掩上屋门。

含黛回过身来，看着玉环，淡淡道："曹玉环，你起来吧，不要这样，如今含黛一不是格格，二不是夫人，只是寄居在这里的一个食客。原来你是要远行？你我非亲非故，就是远行，也与含黛无涉，巴巴地来这里一趟与我作别。"玉环起身，道："曹玉环今日远行前，来见夫人，是想让夫人看一样东西。"她放下手中的包袱，取出那张休书。含黛接过休书来看，吃了一惊，微微变色道："怎么，祁隽藻到底还是把你休了？"玉环点点头，泪水在眼窝里打转，却没有流下来。含黛忽然泪水盈眶，道："曹玉环，就是祁隽藻把你休了，也与含黛无关。你为什么要到我这里来，打扰我这颗平静的心？把你的休书拿走，我不想见它！"玉环言道："夫人难道不想知道，我夫祁隽藻和玉环过了大半生，老都老了，为何突然又给了玉环一纸休书？"含黛不回头道："你今天来，竟是为了这个。那你就说，说完了就走！"玉环道："夫人可知，我夫祁隽藻昨日为玉环写下这张休书，又断绝了与我儿世长的父子之亲，今天早上已经一人一马一车前往淮南，为天下平定大乱去了！"含黛心中大惊，愣了半晌才道："祁隽藻

642

要去做什么事，和含黛什么相干，你也要来告诉我。"玉环虚弱地坐下来，道："曹玉环今日来见夫人，其一是想告诉夫人，我夫祁隽藻今日一去，有可能身死淮南，再也回不来了；其二是想了结今生的一块心病。曹玉环当年救夫人心切，对夫人许过诺言，只要夫人能救出我夫祁隽藻，我就离开他，将他让给夫人，可是因为玉环后来的一念之差，自食其言，以至于终生都觉得欠了夫人的良心之债。今天我夫祁隽藻已经休了玉环，玉环突然觉得，自己不用再为这件事对夫人怀有负疚之心了。玉环和夫人之间的情债，可以一笔勾销了。"

含黛闻言，心中再也不能平静，却仍旧强令自己平静，道："曹玉环，原来你今日来，竟是为了这些陈谷子烂芝麻的往事，你真是太可笑了，这些事情，含黛早就把它忘得一干二净！"玉环道："夫人且慢发怒，玉环今日前来，尚有一件事相求。由于我夫已经去了淮南，玉环和我儿世长已不能再滞留在京城，可晴儿姑娘却不能离开京城，我不能让她再和倪二分开，晴儿姑娘本来就是夫人的人，玉环想求夫人开恩，让晴儿回到夫人身边侍候。"含黛此时已两眼是泪，道："曹玉环，你的话要是说完了，可以走了。晴儿愿意留下，就留下好了。至于别的，你就当没说过好了。你今天来到含黛这里，用你们家的那些事，搅乱了含黛早已平静的心，既是这样，含黛也有一句话要说给你。你以为自己今天像含黛一样成了弃妇，含黛和你的恩怨就一笔勾销了？那不会！为了含黛一生所受的苦痛，我什么都不会忘掉，什么人都不想原谅！"她背过身去，泪水涌出。玉环眼中也涌出泪花，不觉站起，声音激烈起来："夫人，为什么？就连曹玉环和我夫祁隽藻的死，也不能让你不再恨我们吗？我，你，还有我丈夫祁隽藻，我们三个人都老了，我和他很快就要死了，你还不能忘记这一生的恨吗？"含黛颤声道："曹玉环，你也是个女人，你一定要我说出今天的心情，那我就说。含黛这些天已经不恨你了，可今天你拿来了这张休书，又让含黛心中起了恨！我恨你，恨祁隽藻，更恨你这张休书！"玉环道："夫人，玉环不明白。"含黛拼命地克制着自己，道："为什么到了这会儿，祁隽藻才给你这张休书？！为什么你老都老了，他还要给你这张休书？！含黛到了今日，已经成了世上的一个废人，你还要含黛知道这件事，又有什么用！让晴儿进来吧，你可以走了。"玉环拭泪，道："夫人，也许玉环错了，玉环不该再来打扰夫人，可玉环就要死了，死前要是不能求得夫人的原谅，玉环怎么能平静地去死？"她不想再说下去了，回头朝屋外叫道，"晴儿进来！"

晴儿托着一个包袱进门，望着含黛低声叫道："夫人！"玉环要走，忽然又转过身来，道："保夫人，曹玉环要走了，除了要将晴儿托付给夫人以外，还有一个人，玉环还想托付给夫人。我知道这有点儿过分，可是我走之前，要是不把这话说出来，玉环可能会死不瞑目！夫人，我夫祁隽藻已经去了淮南，曹玉环马上也要随他而去，万一他能活着回来，曹玉环就什么也不说了，万一他死在淮南，我和世长就为他收尸。只是我怕出了意外，万一我夫活着回到京城，曹玉环却死在途中，将来就没有人照顾他了。想来想去，玉环只能来求夫人，将我夫祁隽藻托付给夫人。"她接过那个包袱，打开给含黛看，"夫人，这是祁家的传家之宝，一套凤冠霞帔，只有做了祁家媳妇且丈夫中了进士的人，才有资格穿它。先前曹玉环虽然得到了它，却没机会穿它，现在我把它留给夫人。万一事情真的像玉环方才说的那样，夫人就带着它去见我们家老爷，让老爷知道玉环的心。以后老爷的饮食起居，玉环就托付给夫人了！"说到这里，她突然再一次趴下去，给含黛磕头，将手中的包袱高高举起，又道："夫人，今生今世，我们可能再也见不着了。就是夫人心里仍然恨着玉环，玉环也还要替自己和我夫祁隽藻叩谢夫人的大恩。玉环今生报不了夫人的大恩，只好来生再报了！夫人请接过它去，玉环的心意，都在这里面了。"含黛泪落如雨，哽咽出声，却伸不出手来。玉环慢慢站起，将包袱放在案上，不再说话，转身自顾自地离去。晴儿跟玉环走出庵门，"扑通"一声跪下，哭着大声喊道："晴儿送夫人，晴儿谢夫人的救命之恩！夫人一路保重！"

玉环走出庵门，世长扶她上车，回头蓦自向庵里望去，玉环急叫道："快走，晴儿留在这里了！"世长赶车上了官道，回头问道："娘，咱们真回山西？"玉环道："不，娘昨晚说要回山西，是因为娘要先把你菊花姨送到山西老家去安置好，没想到她今天一大早神不知鬼不觉地就走了，连个招呼也没打，现在晴儿也安置下了，我们娘儿俩还回山西干吗？"世长问："娘，那我们去哪儿？"玉环道："跟你爹去淮南！这天地之间，只有我们是他的亲人，万一他真的在那里为天下百姓殉了难，娘和你就为他办理后事，然后我们一家子再一起回山西。"世长大叫起来："娘，你说什么！我爹他到了淮南一定会死？"玉环平静言道："从你六叔死在江宁府那天起，你爹的心肠就变了，这次他要是再不能阻止淮南灾民造反，他就一定会死在那里！孩子，你爹一定还没走远，咱们就远远地跟在他身后走。"世长泪流满面，道："娘，世长现在什么都明白了。我爹今日去淮南，是要成就他一生那颗为天下生民立命的心；母亲去淮南，是要为我爹尽亲人之道；世长是爹娘的儿子，爹娘要遂各自的心愿，世长不能拦你们，可世长的心是爹娘给的，爹娘今天有一颗什么样的心，世长也就有一颗什么样的心。娘，咱们走着！"

第三十八章

强开禁地投狱请戮　得偿夙愿视死如生

1

　　梅花庵内，含黛还没从激动中平静下来，老尼就走进来道："夫人，诺敏贝勒爷来了，见还是不见？"含黛道："他怎么又来了！我说过多少次了，含黛现在寄身佛家清净之地，活得很好，不要人可怜……不，请贝勒爷进来！"老尼吃了一惊，答应一声出门。不一会儿，诺敏走进来，拱手道："诺敏见过夫人……怎么，出什么大事了？"含黛泪水涌出，道："难道贝勒爷不知道今天早上，祁隽藻就要离开北京，一人一车一马，前往淮南平乱吗？"诺敏惊异道："什么，祁大人一人一车一马去了淮南？"晴儿哭道："贝勒爷，祁大人一纸休书休了夫人，又和世长少爷断绝了父子之亲，自己往淮南去了！"诺敏想了一想，猛然醒悟，道："哎哟！夫人，我要走了！"含黛急忙叫道："贝勒爷等一等！"诺敏回头。含黛忽然跪下，流泪道："我知道贝勒爷这么急着要走是要去哪里，你一定是要去淮南追随祁隽藻！贝勒爷，祁隽藻若是死了，支撑我大清天下的最后一根擎天柱就倒了。贝勒爷若是去了淮南，救得了祁隽藻，不但救了大清，也是救了含黛！"她叩头在地，泪如雨下。诺敏默默看她，有顷，忽然大笑，朗声言道："夫人请起，诺敏遵命就是。诺敏一直以为自己今生是个废物，没想到居然还能为大清祖宗的江山、为夫人做这么大的事情！诺敏走了，夫人保重！"

　　这天早上，于宣武门外拜别了咸丰之后，隽藻的马车就上了通往南方的官道。刚刚行到第一个十字路口，只见菊花突然从路旁走出，臂弯里挽着一个包袱，站到路中央，张开双臂喊道："停一停！"隽藻看到她，急忙下车，吃惊地问："菊花，你怎么在这里，你没有跟你嫂子回山西？"菊花不回答他的话，只皱眉埋怨道："老爷，菊花在这里等了老爷好几个时辰了，你怎么让我等这么久！"说着就往车上爬。隽藻忽然明白了她的心思，一把将她扯住，怒道："你要干什么？"菊花索性坐上车沿大哭。隽藻一把将她扯下来，大怒道："你这个不听话的女子！自从那年你回山西在我母亲跟前认了女儿，祁隽藻一直将你看成我最小的妹子！还有张牧，你一直等了他这么些年……男女授受不亲，你要是一个人跟我去了淮南，你一世的脸面、名节还要不要？我一世的名节还要不要！"菊花不理他，又一跳上了马车，拭泪道："以前老爷和夫人一直问菊花的身世，菊花不愿说，今天菊花不想瞒你：菊花的生身父亲，就是今天的河道总督那尔萨！我早早地让倪二把我送到这里来等老爷，就是想让老爷带我去淮南找我的生身父亲。"隽藻听了大惊，脱口而出："胡说，你是保胜的女儿！"菊花脸色剧变，落泪道："老爷原来早就知道我是谁。你知道我是保胜的女儿，为什么还要收留我？"隽藻一时语塞："我收留你是因为——"菊花不让他继续说下去，伏在车栏上痛哭："既然老爷知道我是保胜的女儿，还收留了我，就一定知道菊花这些年的心思。十四年了，菊花所以要留在祁家，并不是要等待张牧，菊花要等的人只有一个，那就是老爷！哪怕能单独侍候老爷一天，菊花这十四年的痴心也没有落空！"她忽然从包袱里拿出一把剪刀，指着喉咙道，"老爷，菊花今天跑出来的时候，已经没脸了，老爷一定要赶菊花下车，菊花就死给老爷看！反正菊花早就认定了，这一辈子，生是老爷的人，死是老爷的鬼！"老兵一哆嗦，悄声对隽藻道："大人，小人看还是暂时——"隽藻想了想，不再说要菊花下车的事，上车，气恼地对老兵道："走！"

　　当朝首相要一人一车一马去淮南平乱的消息早就传到了京南第一大镇保定府。这天料得隽藻要到，知府早早地就带一群僚佐在城外官道上候着。隽藻的车一到，知府赶紧上前行礼。隽藻下车，立时变了脸："来人！"知府赶紧从地上爬起来道："大人！"隽藻一指从车里探出头来的菊花："把她给我捆起来！"知府吃了一惊："大人！"菊花大叫："老爷，你——！"隽藻道："这位府台，此一女子是本官的妹子，瞒着我和夫人从京城里私逃出来，本官现在把她交给你，请尊夫人替我好生看管，本官不回京，你就不能放她回京！"知府迟疑了一下道："大人，这个——"隽藻厉声道："快去办差！"知府见他是认真的，不敢怠慢，忙让人从车上将菊花"请"下来。隽藻不再停留，回到车上，马上让老兵赶车前行。菊花望着隽藻的背影，含泪大声叫道："老爷你好狠的心！你可以捆住菊花的手，可以让人把菊花关起来，可你关不住菊花的心！"隽藻对老兵怒道："快走！"没行多远，隽藻又对老兵道："把那面钦差大臣的旗子拔了。"老兵疑惑道："大人——？"隽藻道："插着它走路太麻烦，从今儿起，咱们要日夜兼程，不能再让这些地方官打扰我们。"

2

　　这日夜里，河南与直隶两省交界处的一处野店内，妙真一身江湖打扮，正在靠窗假寐，同样打扮的暖儿一旁相陪。万籁俱寂之中，二人忽听房顶上响起一声响动，虽然不大，却早让二人惊醒。妙真猛地睁开眼睛，急奔至门后。暖儿此时也持剑在手，靠近了这间客房唯一的土窗，二人向外面望去，只见夜色之中，一个夜行人从房脊上轻轻一纵身，双脚落地。妙真与暖儿相视一眼，几乎要叫出声来："江大哥！十三年了，他还活着！"

正要开门，忽见又有两个黑衣人，从房顶上翻落院中，一前一后将江一鸣夹在中间。江一鸣欲再逃已不成，只好就地应战，一时只见三人刀来剑往，刃锋相格，铿锵有声。暖儿一见，就要开门冲出去。妙真一把拉住她，示意她继续观察动静，待机出击。原来那江一鸣利用姚一镖急切想劝诱他加入灾民会之机，谎称要悔改前非，写了悔过书，骗过灾民会众人，离了浪花岛，一上大陆，转眼不见。姚一镖大怒，急派吴、陈二长老一路追杀，定要除掉江一鸣，以免他向外界尤其是泄露了江北灾民会就要举事的秘密。吴、陈二长老此番从淮南一路追到这黄河之北，由于奉了姚一镖的必杀令，今夜这一番拼杀，二人对江一鸣就再不留情，真可谓是招招夺命，步步追魂。在浪花岛上被囚十三年后，江一鸣也已经不再年轻，以一人敌灾民会两虎，渐觉左支右绌。妙真看三人之后，再没有别人，又眼见江一鸣渐渐力亏，悄悄扯了暖儿，二人同时猛地拉开两扇房门，跳将出去，两柄长剑带着尖啸之音，疾如闪电，杀向吴、陈。吴、陈二人听得背后风响，知道不好，立即一个平地拔葱，跃上房顶，身后衣衫早被剑锋划破。顾不得弄清来者是何方高手，急忙逃逸。江一鸣在星光下睁大眼睛，悲喜交集，不觉含泪叫道："小姐，是你们——"妙真"嘘"了一声道："快走！"三人闪身进屋。片刻工夫，已携着简单的行装，束身从窗口逸出，越墙而去。

仓皇中一直走了半夜，到了清晨，估计已是百里之外，三人才在一山坡密林中停顿下来，稍作歇息。江一鸣这时才向妙真翻身拜倒，泣诉十三年来的遭遇："……就这样，我骗了他们，想一路奔京城而去，不想在这里又被他们追杀，更没想到会与小姐相遇。不是小姐相救，我命休矣！小姐，这十三年里，你在哪里藏身，是怎么活下来的？"妙真泪眼婆娑地望着他答道："总之一言难尽罢了。江大哥，你逃出灾民会之后，有何打算？"江一鸣道："我本来就是去京城寻找小姐。十三年前，我接到小姐求救的信息，离开祁大人时，他让我一定要设法代他找到小姐，递话给小姐，说他已经离开朝廷，答应小姐的事情一时已不能办成，请小姐一定要有耐心，不要去点燃那场烧遍天下的大火。虽然过了十三年，我的这个使命还没有完成，想到只要我们冯家的冤案还没有昭雪，小姐就一定会留在北方，不会离开祁大人太远，一定藏匿在京郊的一个地方。没有想到竟在这里与小姐相遇……小姐快告诉江一鸣，你和暖儿怎么到了这里？"

妙真忍不住落泪言道："十三年间，灾民会的人一直都在找我，他们还是想把我控制在他们手中，利用我在天下灾民中的影响，号令天下。实在不行就将我杀死，然后栽赃给朝廷，以此鼓动天下灾民造反。我和暖儿只好隐姓埋名，入了京郊深山中的一家尼庵，以带发修行为名藏身。后来——"妙真哽咽着说不下去，暖儿接口道："十几天前小姐忽然听说祁大人要离开京城，一人一马一车前往淮南平乱，就说此事不好，他这次不死于淮南乱民之手，也会死于朝中奸党的暗杀，就带着暖儿，一路暗中跟随，一直来到了这河南直隶交界之地。途中果然遇到了几拨杀手，都被我和小姐杀退了去。"江一鸣吃了一惊道："原来祁大人又回到朝中来了！为什么他要一人一车一马去淮南平乱？淮南地面上，现在已聚集了上百万的灾民，姚一镖他们正在那里酝酿起事，祁大人去到那里，就是不被朝廷中的奸党杀死，也会被灾民会的人杀死。不然祁大人到了淮南，一定不会让他们鼓动灾民造反成功。"妙真将泪眼避向一边，哽咽道："江大哥，妙真不管他要做什么天下大事，妙真想的只是让他活下去，直到有一天履行他对妙真许下的诺言，让冯祁两家冤案的真相大白于天下，还已经沉冤三十多年的人一个清白，还妙真一个公正！妙真今生今世活在人间，不就是为了这个吗？"江一鸣猛地一拍脑门，道："小姐，江一鸣差一点儿忘了，十三年前祁大人在江宁府已经找到了一个证人，此人证实，咱们家老爷和祁家老爷两个人的冤案全由朝中那几位一心想进入军机处掌控天下权柄的人一手造成。"妙真大喜道："江大哥，果真如此！你为什么不早说？既然他已经找到了证人，为什么至今还不能让朝廷为我们冯祁两家蒙冤而死的人昭雪，向当年害死他们的人报仇雪恨？"江一鸣道："小姐，十三年前江一鸣离开祁大人去寻找小姐时，就想把这件事告诉小姐，可当时只在皖南大山里与小姐那样见了一面，什么都来不及说，就被迫与小姐天各一方了。小姐，江一鸣知道，那一天祁大人从江宁府回到京城，当即就把那个证人的证词呈送给了道光皇上，据说道光皇上也让人去查，却不了了之。"妙真不解，流泪问道："为什么？既然有了证人和证词……"江一鸣道："小姐，江一鸣以为事情没这么简单，被牵扯到这两个案子里的嫌疑人全是皇亲国戚、当朝重臣，而证人却是个第二天就因犯下重罪被皇上下旨砍了头的罪囚，而且，他还是唯一的一个证人。小姐，祁大人说得对，他要有耐心，小姐也要有耐心。"妙真眼里流出眼泪，道："妙真已经等了三十多年，只怕我等不到那一天了。"江一鸣急道："小姐，一定不要灰心，只要祁大人活着，这两桩冤案就总有真相大白、水落石出之时。现在要紧的是一定要保住祁大人。"妙真点头，又流泪道："现在无论他能不能最后实现自己的誓言，我们也都要保住他不死……因为只有让他活在人间，妙真心中才会一直保持着那个给我们冯家洗雪沉冤的希望。江大哥，暖儿，咱们继续朝前走。跟隽藻一起去淮南……"

3

数月之后，在淮南通京城的官道上，一匹瘦马拉着一辆自制的囚车，吱吱呀呀地行走在黄昏之中。如血残阳放射出的最后一缕光线，在长长的土道上把囚车的影子拉得长而又长。赶车的还是那个老兵，囚车里坐着的则是从淮南回京的隽藻。只几个月工夫，隽藻须发皆已全白，仿佛一下就进入了风烛残年。那老兵也更老了，且驼着背，一脸风霜，回头对闭着眼睛坐在囚车中的隽藻道："大人，我先给你放出来，把枷也打开，咱们离京城还远着呢，等到了京城，你再坐进去，把枷戴上，你说好不好？"隽藻并不睁眼，只道："不好。"老兵不再言语，继续赶车行走。

早有一名朝廷信使将隽藻还京的消息飞报朝廷。养心殿里，咸丰怒不可遏，来回乱走。肃顺兄弟急急走进来，跪下叩头，道："奴才载元、瑞华、肃顺叩见皇上！"懿贵妃在旁边冷眼相看，也不回避。咸丰眼泪都快要下来，急问："事情都查实了？"载元沉着脸答道："奴才回皇上的话，事情都查实了。祁隽藻到了淮南，以领班军机大臣之名假传圣旨，说朝廷已经答应他的请求，决定开放吉林垦荒之禁。"咸丰浑身瘫软，坐到龙椅之上，喃喃自语："他他他……竟如此大胆！"瑞华咬牙切齿，道："皇上，祁隽藻胆大妄为，在淮南擅杀二品大员、河道总督那尔萨，并扣压江南运往京城的贡米，发放给乱民，还将那尔萨家中抄出的银子给乱民们做前往吉林垦荒的路费，他他他……砍他十次头，都抵不了他的罪！"肃顺又道："这里面还有一个人，做了祁隽藻的帮凶。没有这个人，祁隽藻就动员不了这么多灾民北上吉林。"咸丰转过脸来看他，怒问："他是谁？谁又成了祁隽藻的帮凶！"肃顺低头道："奴才不敢说！"咸丰气恼已极，道："无论是谁，都照实了说，朕饶不了他！"肃顺偷觑他一眼，吞吞吐吐道："这个人就是……就是先皇的四弟、皇上的亲叔叔诺敏。"咸丰讶然，道："他，怎么是他！不是说他早就死了吗？"瑞华道："不，诺敏没有死。当年穆彰阿要杀他，是奴才兄弟保护了他，以后他混迹市井，以图自保，没想到他居然和祁隽藻混到了一起。"载元这时也阴沉沉插言道："为了帮祁隽藻带淮南几十万灾民前往吉林垦荒，诺敏还拿出了仁宗皇帝给他的免死铁券，沿途的地方官见了铁券，谁也不敢拦阻他们。诺敏还逼迫沿途各州县官员拿出官帑，接济这些北上吉林的灾民。"

咸丰顿时暴跳如雷，连连喊道："反了反了反了！祁隽藻现在哪里？这些北上的灾民又到了什么地方？"肃顺道："祁隽藻自知犯下了滔天大罪，在淮南送走了北上的灾民，坐进一辆囚车，要回京自投刑部大牢，向皇上领罪，听说已经过了黄河。"载元也道："那些北去吉林的灾民早几天就过了黄河，现在已到了直隶境内。"咸丰大叫："怎么，他们居然已经进了直隶境内，快派兵去挡住他们，不能让他们继续北上！还有，赶快派人把祁隽藻押进京城，朕要亲自审他的大罪！"三人一时惶恐不语。咸丰怒道："你们怎么了？对了，还有祁隽藻的家人，都给朕抓起来，朕要一起杀！"瑞华翻翻眼皮看看他，道："皇上，你杀不了祁寯藻的家人了。为了让淮南灾民相信朝廷开放吉林垦荒之禁的事情是真的，祁寯藻的夫人和儿子也跟诺敏一起，陪伴灾民们走上了去吉林垦荒之路。"咸丰气得七窍生烟："朕要你们去把祁寯藻抓起来，再派兵堵住淮南灾民，不能让他们出了山海关！"肃顺吞吞吐吐道："皇上，奴才们也想过这么做，可京城内外，满打满算只有两万兵马，去吉林垦荒的灾民却有几十万，一旦朝廷出兵，奴才们怕不但不能成功，反而会激起民变。况且现在他们已经虽到了直隶境内，距离京城，也不过数日的路程。"咸丰眼睛直直地望着他们，大叫一声，向后倒去。懿贵妃忙起身喊道："快来人！"众人七手八脚将咸丰唤醒。咸丰满眼是泪，惶急下令道："赶快关城门，京城戒严！"

肃顺三兄弟领旨匆匆离去。咸丰含泪叫道："这个祁寯藻，朕一定要杀他！朕不杀他，就不做这个皇上了！"懿贵妃过来侍候。咸丰可怜巴巴地看着她道："你不是朕的女张良吗？到了这种时候，你怎么也没主意了？祁寯藻冒天下之大不韪，把差事给朕办成这个样子，朕到底该怎么办才是？"懿贵妃想了一想，平静言道："皇上，臣妾以为，这会儿皇上可以什么事都不做。"咸丰大惊："你说什么？"懿贵妃道："臣妾请问皇上，以朝廷今日之兵，能挡住这些去往吉林的灾民吗？"咸丰摇头。懿贵妃道："臣妾再问皇上，皇上真的甘心让出吉林之地，任关内无地百姓随意开垦耕种吗？"咸丰叫道："不，那是我们满人的祖业——"懿贵妃道："皇上虽然不甘心，此时却也没有办法挡住不让这些灾民前往吉林垦荒了。所以臣妾以为，皇上此时最好睁一只眼闭一只眼，什么事也不做。"

咸丰愣愣地看着她："你……朕什么事也不做，还是什么皇上？"懿贵妃冷冷言道："皇上什么事也不做，就是做了大事。皇上对已经发生的事一言不发，天下官员就会明白祁寯藻做的事朝廷是没有答应的，开放吉林垦荒的事仍然是朝廷不允许的，即使这批灾民到了吉林，仍然属于违禁垦荒，将来朝廷腾出手来，仍可以将他们从那里驱逐出来。"咸丰失望地看着她，道："你说梦话呢！几十万灾民到了吉林，开荒种地，落户为家，繁衍子女，全国的无地之地都会起而响应，二十年间，那里就将会有几百万上千万的人口；朝廷今天挡不住他们，以后就再也不可能驱逐他们出吉林之地了。"懿贵妃道："即便真像皇上说的这样，祁寯藻做的这件事，也已经帮皇上平息了江北之乱。臣妾还以为，他做的这件事，甚至也帮助皇上部分平息了江南之乱。臣妾私下里要为此事恭喜皇上！"

咸丰吃惊地看着她，半晌才问："你这话是什么意思，这个祁寯藻，做了一件震动天下的事，给朕这么大的一个没脸，他还为朕立了一件盖世之功了？"懿贵妃冷笑一声道："皇上不让江北灾民前往吉林垦荒，是想让他们起而造反，从而使江北大乱？"咸丰忽然有所省悟，含糊道："这个……"懿贵妃道："刚才皇上说只要不挡住淮南灾民前往吉林，天下灾民都会纷纷起来仿效，如果天下的无地之民都能被吸引到吉林去垦荒，江南的洪秀全还从哪里得到兵？皇上，祁隽藻也许没想到，他虽然只是代皇上开放吉林垦荒之禁，对于朝廷平息江南之乱，却会起到釜底抽薪的作用。"咸丰听了，心中豁然开朗，微微点头道："你说得虽然有理，可祁隽藻假传朕的旨意，私开吉林垦荒之禁，还不向朕请旨就擅杀大臣，截扣江南贡米，犯下了种种大罪，朕真能饶过他？"懿贵妃一时声色俱厉，大声道："皇上当然不能饶了他！皇上饶了此人，朝廷的权威、皇上的权威在天下人心中就将荡然无存！为了大清的天下，以前皇上一直忍着，为的是将祁隽藻留在朝廷里，可是今天，他做了这么多事情以后，臣妾要劝皇上，此人可以不留了！"咸丰久久站着，不再说话。

十几日过后，一天黄昏，随侍太监匆匆进殿禀报："启奏皇上，刑部来人说，领班军机大臣祁隽藻已经到了京城，没有回家，直接去了刑部大牢，上表向皇上请死！"他将隽藻的一份折子高高呈上来。咸丰接过折子看罢，沉默有顷，看看懿贵妃，道："祁隽藻已经自投刑部大牢，朕要杀他，易如反掌！"懿贵妃目露凶光，冷冷道："皇上可以先让祁隽藻在刑部大牢里待一阵子，等淮南灾民和天下无地之民到达吉林以后再杀！"咸丰想了想道："有理，就这么办！"

4

瑞华走进怡王府的内书房，就放声大哭起来。肃顺气恼道："老三，你哭什么，不就是一个奴才那尔萨吗？你哭一回也就够了！"瑞华号啕道："我哪里是哭那尔萨，我是哭我那几百万两银子，今天我的人才从淮南回来，告诉我说，我那几百万两银子也让祁隽藻劫走了，他给去往吉林的灾民打发的盘缠银子用的就是我的这笔银子！那尔萨这个不中用的东西，我叫他早点儿运过来，他心贪，不愿意，结果自己让祁隽藻砍了头不说，连我的银子也弄丢了。没有了银子，我拿什么修我的园子？"载元喝道："你住嘴！老六，祁隽藻自己将自己送进了刑部大牢，皇上的意思也很明白，这个人一定得杀。祁隽藻此人，从此可以忽略不计，但是皇上身边那个人，我们却不能不防！"肃顺皱眉道："原来这些日子躲在皇上身后的那个人是她！祁隽藻一死，皇上在朝廷里能倚仗的汉臣无非是李鸿藻、翁心存、彭蕴章几个，但皇上对他们并不信任，日后真正可忧的，倒是这个懿贵妃。"载元点头道："祁隽藻已是个要死的人，以后我们要从皇上身边除去的，就是这个懿贵妃！"肃顺提醒道："还有穆彰阿，再留着他，就是个祸害了，他对我们的事情知道得太多！他的死期到了！"

山海关前的古道之上，世长身穿重孝，赶着车前行。车上放置的是玉环的灵柩。路很长，也很寂寞，世长一路上仍在跟母亲说话，眼里含满了泪水："娘，咱们今天已经过了山海关，就不进北京了，我们直接回山西，儿子送你老人家入土以后，再回京城去见父亲，给父亲送行。"他这些话像是说给玉环的，更像是说给自己的。"娘啊，你不用担心诺敏贝勒爷他们，淮南的灾民已经过了山海关，到了关外，就没有事情了，他们距离吉林之地，已经不远了……"

自进了天牢，隽藻就一直在囚室里闭目而坐，形同槁木，心如死灰。他一人一车一马平息了淮南之乱，然后自乘囚车，回到京城后又自投天牢，此事轰动了整个北京城，也传到了京郊西山脚下的梅花庵内。含黛听了，两眼是泪，心中大急，晴儿又哭倒在她面前，道："夫人，祁夫人已经过世了，世长少爷已经拉着她的灵柩回山西了。眼下祁大人在京城里，连一个能到天牢里看看他，给他送一口热饭的亲人也没有了。"含黛听了，当天就急急地带着晴儿，提着食盒，进了天牢。看守天牢的人早换了一批，不认识她们，问她们是祁家的什么人，晴儿正欲回答，含黛道："犯官祁隽藻的夫人。"晴儿听了大惊，也不敢声张。那狱官听了，不觉滴泪言道："祁大人以一人一身，平定了江北之乱，我等所以还能过安定的日子，都受祁大人之赐。夫人请进。"含黛和晴儿来到隽藻囚室。晴儿一见隽藻，无比心酸，扑下去就叫道："老爷！"隽藻并不睁眼。晴儿颤声道："老爷，是晴儿来了，你睁开眼看一看，保夫人也来看你了！"隽藻睁开一只眼，看见含黛，又看看晴儿，无动于衷地闭上。含黛倒也平静，道："大人，不是含黛一定要来，是大人的夫人尾随大人去淮南之前，特意将大人日后回京的日子托付给了含黛。大人的夫人若还活着，含黛自然不该来，可大人的夫人既已去世，含黛不来，就辜负了夫人的嘱托了。"她让晴儿将带来的衣物和饭食放进牢栅，道："大人在牢里一天，含黛就要来一天，大人哪一天被朝廷问了斩，含黛就去刑场帮大人收尸。"隽藻听了，仍然不睁眼，也不言语。含黛站起，对晴儿道："走吧，咱们明日再来。"晴儿听了，只好收住泪水，和含黛一起离去。走了几步回头，发现隽藻仍然没有睁开眼睛。

以后含黛果然每日都来，有时和晴儿一起，有时自己一个人来。狱官也不拦她。这一日含黛和晴儿又到了隽藻的囚室外，一边将食物送进去，一边道："大人的公子昨天派人捎信过来，祁夫人的灵柩已经平安回到山西，入了土。世长这孩子是个孝子，把他母亲的事办得十分圆满。"隽藻仍不说话，两行清泪却在这时无声地流淌下来。含黛道："还有一件事。菊花被保定知府王知兴送回京城来了。菊花在那里得了伤寒，病得很重，已经没几天了。这孩子在祁家过了这么多年，没有杀了大人，却被大人的恩情所化，改了心性，一心要等到夫人去世后嫁给大人。现在她要死了，怕没有那一天了。她让我带好来求大人，请大人在她死前好歹给她一个名分，让她死前为了大人，在头上能盘起一个发髻，死后也能在祁家墓地里，有一块葬身的地方。”隽藻听了，泪如泉涌，猛然睁开眼睛，大叫一声：“不！”含黛也不惊讶，叹息一声道：“含黛都来了好几回了，大人一句话也不跟含黛说，今天大人终于开口说话。大人快告诉含黛，菊花的事怎么办？只要大人答应帮菊花把头发盘起来，她就是死，心里头也知足了。”隽藻已经重新闭上了眼睛，缓声道：“菊花不是祁家的人，菊花守在祁家，是为了等她的女婿张牧。为她盘起头发的人，也应当是张牧。”

晴儿在一旁听到这里，突然哭出了一声。隽藻听见了，觉得不对，睁开眼睛看她，吃惊道：“晴儿，张牧他怎么了？”晴儿再也忍不住，大声哽咽起来，道：“老爷你还什么也不知道呢，张牧……张公子已经在新疆过世了！他的灵柩都由大人的四哥成藻老爷拉回山西了！张公子在新疆写完了《大清西域地理志》，积劳成疾，没有缓过来，就……”隽藻大叫一声：“张牧，好兄弟——”话没出口，就吐出一口血。晴儿大惊：“大人，你又吐血了！”隽藻坐在那里，也不回答，仍然闭着眼睛，只是泪流不止。含黛耐心坐在那里等他半日，等他终于平静下来，才道：“大人，菊花的事情你还没给我个回话呢。菊花这孩子就要死了，大人你眼看着也要被朝廷杀头，难道你就这么铁石心肠，临死也不愿让这个可怜的丫头实现她一生最大的一桩心愿吗？”隽藻睁开泪眼，呆呆地望着含黛，忽然凄惨地笑出声来。晴儿惊恐地望着他：“老爷，你——”隽藻久久才道：“祁隽藻自以为能为天下人做的事都做完了，没想到还有这么多事用得着我。保夫人，你回去，帮她盘上头发吧。要我答应她，我做不到，张牧兄弟虽然死了，可他仍是我今生今世最好的兄弟！”说着，又流下泪来，重新闭上眼睛，再不开口。含黛绝望，起身对晴儿道：“走吧！”

过了一些日子，一日夜间，含黛一个人提着食盒走进天牢。狱卒在后面小声喊道：“快点儿出来啊，我们都知道了，你不是他的夫人，你到底算是他什么人？今天放你进去，明天你就不能来了啊！”含黛也不答，来到隽藻囚室前，见隽藻仍旧闭目而坐。含黛将食盒里的东西一一取出，放进囚室。隽藻仍不睁眼。含黛忽然落下泪来，道：“大人，菊花去了。菊花是笑着去的，上次我和晴儿回去，听说大人答应帮她盘上头，她的精神一下就好起来了……她让含黛和晴儿扶她起来，穿上了多年前就做好的嫁衣，让我代你帮她盘上头，打扮成了一个新嫁娘的模样……三天后她就去了，她是带着笑容心满意足地去的……她要走了，又睁开眼，说她谢谢大人，她生不能成为大人家的人，死了到底成了大人家的鬼。"隽藻猛地睁开眼，听她说话，又猛然闭上，任凭眼泪汩汩地往下流。

含黛哽咽道："昨天我让晴儿陪着倪二，拉上菊花的灵柩去了山西。曹玉环有了她的归宿，就连菊花，也算是有了一个归宿。大人在人世间对女人欠下的感情债，就剩下含黛的没还了。"隽藻听了心中一震，却仍旧闭目不语。含黛自顾自地说下去："含黛这辈子一直想嫁给大人，却一直没有如愿；后来又想过要杀大人，也没有如愿。到了今天，大人犯下了弥天大罪，不用含黛杀你了，皇上自然会替含黛杀你，含黛的心倒软了。眼看着你要死了，含黛倒遇上了一个圆梦的机会。大人请看，大人的夫人过世前，亲手交给了含黛什么？"隽藻不觉睁眼，见她从身后取过一个包袱，打开，里面竟是祁家祖传的那套凤冠霞帔！隽藻的眼睛打开一下又迅速闭上，脸上的肌肉却微微颤抖起来。含黛含泪笑道："大人反正是出不了这个大牢了，到了这时，大人为什么不能也给含黛一句话，让含黛也能在死前满足一下呢？"她说得平静。隽藻却仍旧不语，也不睁眼。含黛继续道："大人那天说过，你为天下人做的事都做完了，没想到还有人需要你。你现在多做一件，就是多救一个人，就是让这个人的一生没有白活！这个人本来认为自己的一生黑暗无边，可你现在只要给她一句话，她的一生就不一样了，整个一生就有了结果，有了光明，所有暗无天日的日子就都过去了，她这一生为了自己爱的那个人，不管遭遇了多少的苦痛，都得到了回报，她就没有白活，人生的路上就不再全是荆棘和陷阱，而是鲜花和阳光！大人，含黛也是天下人中的一个，你能救天下人，为什么就不能也救救含黛呢？"她向隽藻跪下，俯伏在地。隽藻不睁眼，但泪水却再次急涌而出。

含黛抬头看他，惊喜交集，连连说道："大人答应含黛了！大人一定是答应了，不然大人就不会流泪！大人，从这会儿起，你就是含黛的丈夫了，含黛就是你的妻子了！"隽藻还是不语，泪却越流越多。含黛眼中欢喜的泪水越流越多，道："老爷不要说话，老爷什么话也不要说！只要老爷不说话，含黛就知道老爷是答应了！祁隽藻一辈子都是个顶天立地的男人，答应人的事从来不会反悔！老爷，含黛给你磕头，含黛谢老爷了！"她在隽藻面前跪正了，深深地磕下一个头去。隽藻还是闭着眼睛，不说话，只是流泪。含黛笑道："老爷吃点儿东西吧。从今天起，含黛再来看老爷，就有了名分了。万一老爷大难不死，出了这天牢，含黛就穿上这凤冠霞帔，和老爷真真地做一回夫妻……老爷甭哭，老爷吃东西吧。"

5

隽藻回到京城之日，李鸿藻、翁心存、彭蕴章恰恰被咸丰分别派去了山西、陕西和甘肃。听到了隽藻的消息，办完了各自的差事，就急急地赶了回来，当日就一起前来天牢探望隽藻。三个人到得囚室外，见隽藻形容枯瘦，白发苍苍，闭目不语，不觉泪落如雨，一起趴下磕头道："恩师受苦了！"隽藻看了他们一眼又闭上，微微发怒道："你们不在朝廷里办理天下大事，到我这里来干什么？你们想让皇上把你们都当作祁隽藻一党杀了吗？"翁心存道："恩师，我们三人早就被人看成是恩师一党了。我们今天来，一是看望恩师，二是想告诉恩师，现在满朝文武，都上折子给皇上，要保大人不死，还有京城的百姓，天天在宫门外跪求皇上，赦大人无罪！"隽藻睁开眼道："你们快回去，告诉满朝大臣，不要再上折子，还有京城的百姓，也不要再为祁隽藻求情！老夫一生能做的事全做完了，以后天下的事就是你们的了。快走，以后也不要再来！"翁心存道："恩师执意要我们走，学生不敢不从命，只是还想问问恩师，有什么私事没完，学生们可以帮着恩师去办。"隽藻想了想，忽然睁开眼道："倒还真有一件事。不过这不能算是私事，它仍然算是公事。道光二十二年，鸦片之战打响，老夫在江宁府奉旨诛杀两江总督保胜，保胜临刑前写下了证词，声称当年朝廷认定前淮南道台冯叔阳是江北灾民会的大头领，指使会众袭击皇宫，这个案子是有人蓄意制造的假案，目的是阻止冯叔阳进入军机处。另外一案是先父祁韵士的宝泉局亏铜案，据保胜说也是有人嫁祸。这两个案子，先皇在世时让人查过，后来不了了之。祁隽藻死后，希望朝廷继续彻查这两个案子，还死者一个清白，生者一个公道！"翁心存、李鸿藻、彭蕴章拭泪道："恩师的教诲学生们都记住了。恩师保重，学生们去了！"隽藻闭上眼睛，不再说话。

三人走出天牢，翁心存道："两位大人留步，翁心存有话要说！"李鸿藻、彭蕴章站住脚步。翁心存道："两位大人以为，仅靠我们三人加上满朝大臣，能保恩师不死吗？"李鸿藻、彭蕴章低下头，忍不住落泪，道："恐怕不能！"翁心存道："恩师早就想到了，所以他才不让我们三个人来看他，以免我们被牵扯到他的案子里。不过我们也不能看着恩师这么死。恩师死了，天下就少了一根擎天之柱！翁某方才忽然想起一个人来，觉得这个人说不定能救恩师。"李鸿藻、彭蕴章急问："谁？"翁心存轻声道："胡沅浦！"李鸿藻看了彭蕴章一眼，面上顿起不屑："胡沅浦？"翁心存点点头道："恩师已经帮朝廷平息了江北之乱，眼下朝廷一心要对付的是江南之乱，而要平定江南之乱，眼下无论皇上还是满朝大臣，都看得清楚，朝廷眼下能倚仗的人只有胡沅浦和他的那支越战越强的子弟兵。皇上昨天还说过，让胡沅浦近日进京陛见，以示荣宠，我们不妨促成此事，等胡沅浦进京，让他出面保恩师出狱。那时皇上为了天下大局，就是再想杀恩师，也不能不给胡沅浦一个面子。"这样一说，李鸿藻也觉得有几分道理，看看彭蕴章。彭蕴章道："不管行不行，咱们现在死马当成活马医。心存，你回去赶快写信，六百里加急送给沅浦，让他快快进京，来救恩师的命。"他想了想又道，"还有恩师讲的那两个旧案，咱们三人也联名写一个折子，呈送皇上，有这两个旧案扯着，皇上就不太好马上杀掉恩师，说不定就能拖到沅浦进京之时。"李、翁道："好！"

三人联名的折子第二天就被呈送到了养心殿。咸丰看了，把折子递给懿贵妃："你也看看，朕还以为他们是联名为祁隽藻求命，不料说的却是三十多前的两桩旧案。"懿贵妃看了又看，忽然回头，做大喜状，道："皇上，好事！"咸丰皱眉道："什么好事？！这两个案子，朕早就听说过，先皇当年也让人查过，据说与载元兄弟有涉，但最后还不是不了了之？李鸿藻、翁心存、彭蕴章这些人是祁隽藻一党，他们这个时候重提这两桩旧案，是何居心？"懿贵妃笑道："他们无非是想用这两桩旧案将皇上杀祁隽藻的时间向后拖一拖。不过即便真是如此，臣妾也以为这两桩案子皇上还是要查。"咸丰不解地看着她："为什么？万一查出真是冤案，朕真的还要为两个已经死去三十多年的汉人，严惩载元兄弟？载元兄弟虽然不好，却也是先皇为朕留下来的，将他们赶出了朝廷，那朝廷里就会成为祁隽藻一党的天下。"懿贵妃冷笑道："臣妾只是说去查，并没有说查清之后，皇上一定要处罚载元和瑞华。皇上为什么不能将查出来的结果秘而不宣，哪天看载元兄弟不顺眼了，再跟他们算这笔账？"咸丰一惊，道："有道理！哎，这件事朕交给你找人去办怎么样？"懿贵妃笑了一笑道："臣妾领旨！"消息很快传到了肃顺兄弟耳朵里，三人不觉惊惶起来。载元道："穆彰阿真是活到头了！皇上要懿贵妃找人查那两个旧案，一定会去找穆彰阿问个究竟。她这不是要我们的命，是要穆彰阿的命！"

果然当日就有一个军校，快马离开京城，进了京郊穆家荒宅，将一壶鸩酒放置到了穆彰阿面前，然后一拱手，立于穆彰阿身旁。穆彰阿见了生疑，回头问道："这壶毒酒真是郑王爷让你送给老夫的？"军校道："王爷让奴才禀明大人，酒是皇上赐给大人的，请大人今天天黑前一定将它饮下去，王爷也好回宫复命。"穆彰阿站在那里看那酒，半晌平静言道："知道了，你下去吧。老夫有个毛病，外人站在旁边，再好的酒也喝不下去。"军校道："奴才遵命。大人，郑王爷还要奴才转告大人一件事，大人的胞妹佛库伦，就要嫁给被皇上关在刑部大牢里的祁隽藻了。"穆彰阿大惊，额上的青筋立马一根根暴凸起来，大怒道："你说什么？佛库伦不是死了吗，怎么她还活着？"军校道："王爷说，大人的胞妹不但活着，而且活得很好，现在她虽然还没有嫁给祁隽藻，却以祁隽藻女人的名分天天出入刑部大牢。王爷还让奴才告诉大人，眼下全北京城的达官贵人，都知道大人的妹子要嫁给祁隽藻了。"穆彰阿目眦尽裂，大声吼叫道："滚，给我滚！"军校笑了一下，正欲离去。穆彰阿举起那壶酒要摔，军校回头道："大人，王爷说了，大人若摔了这壶酒，就让奴才再送一壶。"穆彰阿愣了愣，放下酒壶，道："滚！"军校离去，穆彰阿站在那里，不觉泪流满面。薛管家一旁哭道："老爷——"穆彰阿突然含泪大笑起来，对薛管家道："去告诉他们，穆彰阿临死前，见不到我们家的姑奶奶佛库伦，我就不喝这酒！"薛管家迟疑道："老爷——"穆彰阿大怒："快去！"

6

穆彰阿临死之前要见含黛，让瑞华深感意外，想了想对军校道："这也没什么，答应他吧，让人去找。"

穆家荒宅内，穆彰阿盘腿坐着。薛管家进来禀报："老爷，他们已经让人去请姑奶奶了。"穆彰阿面色沉静，道："老薛，我的日子到了，可是你还要活在这个世上，最后一件事，老夫只能托付给你了。"薛管家跪下，哽咽道："老爷一辈子待奴才恩重如山，老爷有什么托付，只要奴才不死，一定替老爷办到。"穆彰阿亲手拉他起来，道："老薛，天下所有的人都以为穆彰阿败了，载元兄弟以为只要杀了穆彰阿灭口，他们当年制造的那两起冤案就将永世石沉大海。他们错了，穆彰阿就是死了，也还有力量继续摇动天下，让大清朝廷灭亡，让载元兄弟灭亡！穆彰阿就是死了，也要报仇！"薛管家抬起泪眼看他，哭道："大人，你——"穆彰阿拿过一封信交给他，道："我这里有两封信，这第一封，你要留给马上就到京陛见的胡沅浦。本来老夫还想和沅浦见最后一面，但是载元他们已经等不及了。老夫死后，你一定想办法活下去，把这封信亲手交到沅浦手中，还不能让外人尤其是肃顺兄弟知道。"薛管家跪下，接过信道："老爷放心，只要奴才不死，一定替老爷办到！"穆彰阿又拿出另一封信道："这里还有一封信，你要替我藏好了，等我死后，想办法交给皇上。老夫本不想替已经冤死的冯叔阳和祁韵士作证，可到了这会儿，我更想借皇上的手，替我杀了载元兄弟报仇雪恨！"薛管家惊异地望着他："老爷——"穆彰阿大笑道："以前只有保胜一个人为祁隽藻作证，那是孤证，现在有了老夫的这封信，载元兄弟设计冤杀大臣的案子就成了铁案。他们不会想到，一个死了的穆彰阿，也还能回手杀了他们！"薛管家接信道："老爷，奴才明白了。"穆彰阿点点头，看着他离去，含泪大声言道："好了，好了，穆彰阿该做的事都做完了，只剩下最后一件了。"

当天中午，果然军校引含黛走了进来。穆彰阿马上站起来道："佛库伦，你真的来了！"含黛冷冷地望着他，道："含黛本来不愿来，可是郑王派去的人告诉含黛，说你有要紧的事一定要见含黛。含黛看在一母同胞的份上，还是来了。"穆彰阿脸上也看不出悲喜，道："来了就好，坐吧。"含黛坐下。穆彰阿斟出两杯酒，望着含黛，道："好妹妹，穆彰阿活了一世，落到今天这个地步，才知道天下最亲的人还是自己一母同胞的亲妹妹。妹妹看哥哥今天还活在人间，可是哥哥自己也不知道，哪天世上就没有我了。虽然妹妹一生恨我，甚至找过刺客杀我，穆彰阿也恨过妹妹，妹妹今天落到这个地步，我也是下了拳脚的……可是今天我再后悔也晚了。哥哥今天请妹妹来见我最后一面，就是想把这些话说出来，让妹妹明白，哥哥后悔自己一生中做的很多事情。要是还有来世，哥哥愿意给妹妹当牛做马，赎我今生的大罪。"含黛目不转睛地望着他，一声不语。穆彰阿端起自己面前的一杯酒，道："妹妹，今天哥哥备了一壶酒，请妹妹喝一杯，就算哥哥向妹妹赔罪了。妹妹喝了哥哥这杯酒，不要再记恨哥哥！妹妹请！"他向含黛举杯示意，一仰脖将杯中酒喝了下去。

　　含黛眼里忽然涌出泪花，端起酒杯道："哥，若你刚才的话是真的，妹妹就喝了哥哥这杯酒。喝了哥哥这杯酒，妹妹也有一件喜事要告诉哥哥。"穆彰阿道："是吗？要是这样，妹妹快喝，喝了这一杯，哥哥还要为妹妹的喜事再请妹妹喝一杯。"含黛举杯欲饮，又放下来，道："哥哥，既是这样，妹妹就先对哥哥说了妹妹的喜事，再喝哥哥这杯酒。哥哥——"穆彰阿道："不，妹妹还是先喝了这酒，再说妹妹自个儿的喜事。"他起身端起含黛的酒杯，递过来，逼着她喝。含黛变了脸色，站起来道："哥，你今天让含黛喝的这酒，不会是鸩酒吧？"穆彰阿心中一惊，哈哈一笑，放下含黛的酒杯，给自己又斟上一杯，一仰脖喝下去，笑道："妹妹说得不错，今天哥哥请妹妹喝的，确实是鸩酒！瞧，即便是鸩酒，哥哥我也喝了两杯了，你看着，哥哥再饮一杯！"他又斟了一杯，自己饮下，复又哈哈大笑。

　　含黛久久与他对视，端起酒杯，一仰脖喝了下去。穆彰阿又给她斟了一杯，道："妹妹还能再喝一杯吗？"含黛已经明白真是鸩酒，盯着穆彰阿，不觉泪出，道："含黛已经喝了一杯，再喝一杯，又有何妨？哥，告诉含黛，为何一定要让含黛喝这毒酒？哥哥自己要死，为什么要让含黛和你一起死？"穆彰阿为她斟酒，也流下了眼泪，道："因为哥不想让你活着为穆家丢人现眼，真的嫁给祁隽藻！哥就是死，也不能让自己的妹子为一个将死的祁隽藻玷污了祖宗！喝吧！"含黛一不做二不休，又饮了那杯酒，含泪笑道："哥，你今天让妹子来，是想让妹子和你一起死！哥，妹子这一辈子，还是没斗过你，最后还是死在了你手里。

不过妹子就是死了，今天佩服的人也不是你。"穆彰阿盯了她半晌，道："你佩服什么人，能告诉哥吗？你不说也不要紧，哥知道，你佩服的人是祁隽藻！"含黛含泪笑道："你错了，妹妹临死之际告诉你，我佩服的人是含黛自己！"穆彰阿不禁变色，怒道："你——"含黛望着他道："含黛所以不佩服你，是因为在妹子看来，你的一生是失败的。你想做成的事情，没有一件是成功的，你信任过的人，没有一个人不背叛你，到了最后，你甚至不能不自己喝下毒酒害死自己！你的妹子可不一样，我所以佩服自己，是你妹子一生想要的都是自己的所爱，虽然最后也要死，可我到底成功了。我爱祁大人，爱到今天，我以为我没有指望了，可是他……他到底给了我一个名分。到了这一天，我才明白，他也并不是铁石心肠，他虽然从来没说过爱你妹子，但他心里，是有你妹子的！他这个人，一身浩然正气，可是到了今天我才明白，他并不是不爱你妹子，他心里一直都是暗暗地爱着你妹子的！"穆彰阿勃然变色，狂怒地大吼："你……你给我住口！"

一丝血迹顺着含黛嘴角慢慢溢出。她始终面带微笑，平静地向后缓缓倒了下去。穆彰阿的眼泪流出来，他大叫一声："不！"站起来要扑过去，却也向后摇晃了一下，轰然倒地。

7

胡沅浦带着亲兵走进穆家荒宅，迎候他的只有薛管家一个人了。这是一个夜晚，见了胡沅浦，薛管家不禁大声痛哭，伏地不起，道："胡大人，不，胡大帅，你可来了！"他从袖笼里取出那封信，双手高举，呈了上去。胡沅浦接过信速速看完，陡然变了脸色，急急将信放在烛火上烧掉，厉声道："老薛，给我记好了，你从来没有看过这封信，穆大人也从来没有留下过这封信！"一言既出，也不停留，转身带着胡叔纯匆匆离开，回到了皇上特意为他在京城新建的府邸，一头扎进密室。

胡叔纯神情紧张地看着他，问道："大哥，穆彰阿死前在信上写了什么？"胡沅浦沉默半晌，才回头看着他，低声言道："穆彰阿告诉我，大清气数已尽，太平天国众首领也难成大事。能成就大事，与天下豪杰争夺皇位的，只有我和我带出的这支子弟兵。穆彰阿要我学元末的朱元璋，趁着江南大乱，群雄纷起，由江西顺江而下，直取江宁府，然后行朱元璋的三策，高筑墙，广积粮，不称王，坐观天下豪强互相残杀，暗中招兵买马，积聚银粮，一旦太平军和朝廷两败俱伤，天下豪强消折殆尽，就出兵一举平定江南，然后派出数支大军，渡江北定中原，抚平京师，将大清皇帝赶出长城以外，定鼎南京，南面称孤，恢复中华帝国！"胡叔纯骇然，道："穆彰阿自个儿就是旗人，为什么要给大哥出这样的主意？"胡沅浦道："因为……穆彰阿在信上说，我不这么做，就一定会有别人乘势而起；即便我能控制江南，帮朝廷平定天下，以现在这个皇上的心胸，他们也会重演兔死狗烹的老戏，那时我们一家一百四十余口，就将死无葬身之地！"胡叔纯低声叫道："大哥，咱……怎么办？"胡沅浦冷笑一声，沉吟道："朝廷就是要杀胡沅浦，离那一天还远呢！走，跟我去刑部大牢，见祁大人！"

天牢内，隽藻仍如老僧入定，独自枯坐。胡沅浦拜倒在地，大声言道："学生胡沅浦，见过恩师！恩师不惜一死，强行代朝廷开放吉林垦荒之禁，让天下无地之民有了活路，不唯平了江北之乱，也让学生看到了江南之乱平定之日为时不远！恩师救了天下人，自己却身陷囹圄，学生今天才从恩师身上，明白了孟子说的志士杀身成仁的真义！"隽藻不睁眼，淡淡言道："事情都过去了，你起来。"胡沅浦不起，回头看众人，众人知趣，悄然离去。胡沅浦这才低声道："学生再给恩师磕一个头，请恩师告诉学生，学生该如何做，才能既帮朝廷最后平定江南之乱，又能保一家一百四十余口人不死。"隽藻心中陡然激动，却仍不睁眼，道："沅浦以为江南大乱一定能平？"胡沅浦道："学生以为，虽然战事仍会有反复，但数年之内，江南之乱必平！"隽藻问道："你有什么理由，说江南之乱几年内一定能平？"胡沅浦道："学生只讲一件事恩师就明白了。天下人皆以为大清朝廷昏庸不堪，可是从大清入关至今，近二百年，皇宫里所有女人加起来也不过百名，有名分的后妃不过几十位，就是当今皇上，号称贪色，宫中有名分的后妃加起来也不过十八人。可是洪秀全定都江宁之后，马上广采江南美女，充填后宫，现在没有名分的不算，光是有名分受封爵的女人，就有一千多人！"

隽藻大惊，睁开眼久久地望着胡沅浦，道："你就是从这一件事上，看出太平天国必不能成功？"胡沅浦也望着隽藻，道："恩师，难道从这一件事上，还看不出天下的归属？"隽藻长长呼出一口气，平静下来，重新闭上眼睛，静静言道："沅浦，江南之乱被平定之日，就是朝廷元气耗尽、天下英雄被一一剪灭之时，那时只有你的子弟兵一支独大，可以横行天下，并吞八荒。如果有人劝你一统天下，南面称尊，你会不会那样做？"胡沅浦大惊，叩头道："恩师——"隽藻道："沅浦不要惊慌。等到江南大乱终于被你平定之时，大清朝廷也会成为一个空壳子，只要你用小手指头轻轻一推，这个维持了二百余年的帝国就会倒掉。到了那时，如果你不乘机定鼎江南，一统天下，反而有可能因为功高震主遭遇韩信之祸，一家一百四十余口性命不保……老夫想要知道的是，那时你胡沅浦仍能不去争夺皇位吗？"胡沅浦沉吟半晌，道："请恩师告诉学生，恩师要学生这样，究竟为了什么？多少年来，大清的天下实际上是靠林则徐林大人、王鼎王大人和恩师几个人的力量在支撑，近几年则差不多全靠恩师一人之力在支撑。恩师今天却被囚在这里，等待被朝廷诛杀。恩师的今天，就是胡沅浦的明天！为了天下人，沅浦什么都可以去做，可为了这么一个朝廷，沅浦真的应当牺牲自己再加上一家一百四十余口的性命吗？！"隽藻点头道："我明白了，已经有人给沅浦出过主意了，是不是？"胡沅浦不答。

隽藻忧愤道："一旦沅浦扫平天下，定鼎南京，派大军北争中原，就是江南战火未熄，中原大战又将再起的时候！沅浦，老夫听说今日江南，大乱未平，百姓死亡的人数就高达五千余万！将来中原大乱再起，群雄纷争，何年何月才能平息，又会有多少人死于非命？沅浦读过徐继畬的《瀛环志略》，难道不明白，大清之外，又有西方列强，自鸦片之战后一直对我虎视眈眈。沅浦北上中原争夺皇位之时，就是中国人自相残杀之时，也必是列强乘虚而入、屠杀华夏之时。老夫担心到了那时，中华大地血流不止，百姓死亡殆尽，沅浦不但救不了天下人，保不住胡氏一门一百四十余口的性命，就连我们脚下这块祖宗埋骨的土地，也将不复为我有！沅浦你想一想，是你做皇帝、保住一家一百四十余口要紧，还是替天下万万生民留住性命和这块祖宗埋骨的土地要紧！……"胡沅浦陷入沉思，久久才叩头言道："恩师本可以率领江北百万之民乘时而起，与朝廷和江南的洪秀全一争天下，却宁可自投天牢，伏首待戮，就是因为这些？"隽藻不再说话。胡沅浦又磕了一个头，道："恩师，学生领教。学生去了！"他站起来，转身欲走。

隽藻睁开眼叫道："沅浦留步！"胡沅浦回头看他。隽藻忽然翻身冲他跪下。胡沅浦大惊，疾步上前道："恩师快请起，这是何意？"隽藻道："沅浦这一走，你我二人就不一定还能见得上了。老夫行将就戮，有一件私事，想托付沅浦。"胡沅浦急忙重新跪下，去扶隽藻起来，道："恩师快请起，有事交给沅浦做就是了，沅浦无不从命！"隽藻道："为国家之事，老夫不会跪你，可这是我祁家的私事，老夫要求人，焉能不跪！"胡沅浦不知说啥好："恩师——"隽藻道："沅浦收复江宁之后，一定代我找一找我六弟宿藻的尸身！我们兄弟活着不能再相见，但愿死后还能相聚！"胡沅浦的泪水滚滚而下，扶起隽藻道："恩师请起！恩师一生为天下人鞠躬尽瘁，死而后已。胡沅浦和恩师相识多年，恩师与沅浦说起私事，这还是头一次。恩师放心，一旦沅浦打下江宁府，一定帮恩师找回六爷的尸骨！"隽藻爬起，重新坐好，闭目道："沅浦可以去了。"

次日拂晓，李鸿藻、翁心存、彭蕴章早早地到了午门之外，等候胡沅浦到来。须臾，胡沅浦的大轿来到，看见这三个人，急忙下轿，拱手为礼，道："列位大人，莫非有话要与胡沅浦说？"彭蕴章急切言道："方才听人说，大人晚上去拜见了恩师？"胡沅浦道："正是。胡沅浦这就进宫，求皇上为恩师留下一条命。除此之外，列位还想知道什么？"李鸿藻松了一口气，想了一想，又单刀直入道："胡大人，今日天下汹汹，大难未了，大人今日以一身当天下之重，我们想知道恩师和胡大人都说了些什么，或者胡大人都和恩师说了什么。"胡沅浦微微一笑道："诸位想知道的就是这个？"翁心存道："不唯我们三人想知道这个，今日天下无人不想知道这个！"胡沅浦哈哈一笑，道："诸位大人，恩师只对胡沅浦说了一句话，他要胡沅浦做古今天下第一完人！"彭蕴章不解道："胡大人这话何意？"李鸿藻上前一步拦住他，道："若李鸿藻没有想错，大人方才是说，恩师虽然身在囹圄，仍然没能忘却天下。只是这古今天下第一完人，大人愿意做吗？"胡沅浦意味深长地反问道："三位果然是祁大人的学生！这古今天下第一完人，是那么好做的吗？"说到这里，他略一拱手，转身就走。翁心存叫道："胡大人留步！请大人把话说清楚，这古今第一完人到底是什么人，大人做还是不做？"胡沅浦回身笑道："三位大人就不能先饶了胡沅浦？虽然恩师让胡沅浦做这古今天下第一完人，可胡沅浦知道，自己就是不惜粉身碎骨，捎带着一家一百四十余口死无葬身之地，也不一定就能做到。虽然做不到，可胡沅浦却也不敢违背师命。三位大人，胡某这回总算说清楚了吧？"李、翁、彭三人听了，一时热泪盈眶，恭敬躬身拱手道："胡大人请！"胡沅浦略一拱手，大步向宫门走去。

第三十九章

杀养弟隽藻解官字　行大钱懿妃弄权谋

1

　　养心殿内，胡沅浦趋步上前，叩拜咸丰："臣胡沅浦叩见圣上。吾皇万岁万岁万万岁！"咸丰望着他道："胡爱卿平身。"胡沅浦伏地不起，大声奏道："臣胡沅浦冒死启奏圣上，臣以一家大小一百四十余口性命保祁隽藻一命，恳请圣上为了大清天下复归太平，赦免祁隽藻死罪！"咸丰怒道："胡沅浦，你千里迢迢来到京城，朕本欲听你讲讲如何平定天下之乱，你怎么开口就说起了祁隽藻！"胡沅浦道："臣请皇上赦免祁隽藻，就是在说如何平定天下之乱。圣上若杀祁隽藻，则大清朝廷必将令天下失望，朝廷一旦民心丧尽，则天下万民必反，以臣胡沅浦一人之力，如何能平定这天下之乱！"咸丰气不打一处来，喝道："祁隽藻假传圣旨，私开吉林垦荒之禁，又擅杀大臣，截留江南给朝廷的贡米，罪不容恕，天下尽知，朕怎么能赦免于他！"胡沅浦取下顶戴，双手高举过顶道："圣上不能赦免祁隽藻，臣胡沅浦请圣上开恩，免了臣总督江南六省一切军务的差事，让臣回江西老家种地。"咸丰大怒，道："胡沅浦，你这是在要挟朕吗？"胡沅浦道："臣岂敢？臣今天所以要辞官，是因为臣知道，圣上杀祁隽藻大人之日，就是天下人与朝廷、与在江南统领的大军离心解体之时！"咸丰心中不服，怒道："何以见得？"胡沅浦道："时下天下尽知，祁隽藻大人已奉圣旨，开放吉林垦荒之禁，容纳天下无地之民。天下流民听此消息，皆以为这是圣上无上的恩德，一家大小活命有望，人人感激涕零，家家跃跃欲试。若圣上因此事杀了祁大人，必令天下千千万万流民重新陷于绝望，铤而走险以求活命。天下千千万万流民铤而走险，是圣上将千千万万兵马资助于洪秀全，洪秀全若得了这千千万万兵马之援，臣区区几十万兵马，如何能战而胜之？臣不能战而胜之，天下焉能平定？臣与其那时因不能为圣上建立大功而身首异处，一家一百四十余口死无葬身之地，不如今天就辞了这个差事！"

　　懿贵妃走出来，暗中扯一下咸丰。咸丰醒悟，掉转话头道："胡沅浦，朕问你，谁告诉你朕要杀祁隽藻？"胡沅浦急忙磕头道："臣替天下万民谢圣上！圣上不杀祁大人，则不但江南之乱必能平定，大清中兴也指日可待！"咸丰生气地看着他，有顷，道："好吧，你起来说话！"胡沅浦高声言道："臣谢圣上！"

　　待此次见面结束，胡沅浦叩拜离去，咸丰仍旧怒不可遏，道："这个胡沅浦，可恶！"懿贵妃冷冷一笑道："祁隽藻该杀！胡沅浦更该杀！只是现在不是杀胡沅浦的时候，为了大清的天下，皇上就先放祁隽藻一马好了。不过……"咸丰转脸望她道："你又想出了什么主意？"懿贵妃恨恨言道："祁隽藻一定不能再待在朝廷里！不但不能让他待在朝廷里，还得让他身败名裂，失去民心，那时才能让他离开朝廷。"咸丰问："你有办法做到这个？"懿贵妃冷笑道："皇上今天就下旨赦免祁隽藻，不但赦免他，还要让他官复原职，继续做大清的首相，兼领户部，帮皇上弄胡沅浦平定江南之乱需要的大批军费银子。"咸丰皱眉道："你这个办法用过一次了，好像不灵。朕现在就知道祁隽藻不会为了军费银子帮朕去搜刮天下。"懿贵妃道："皇上，臣妾昨天替皇上看折子，其中有一个案子，是陕甘总督那宁奏劾陕西巡抚文良、布政使僧保贪墨不法，文良和僧保又反劾那宁贪墨。这三人都是皇亲国戚，不可以随便处置，皇上不妨让祁隽藻去西安、兰州两地查办这个案子。"咸丰凝神道："你什么意思？"懿贵妃道："如果祁隽藻不帮皇上向天下人摊派银子，皇上就把他支出朝廷，不让他参与此事；皇上如果觉得公开摊派会引起天下大乱，不妨换一个别的法子，让别人去做这件事。"咸丰急问："什么法子？"懿贵妃道："肃顺当初讲过的那个铸大钱之法。"咸丰喜道："对，朕昨天还在想这件事呢！"懿贵妃道："等祁隽藻离开京城，皇上就让肃顺悄悄地去铸大钱，等大钱铸好了，皇上就下诏，逼令天下使用大钱，同时还要向外面透出风去，说这个法子是首相兼领户部的祁隽藻为了筹措军费向皇上提议的。陕甘两地距京城数千里之遥，等祁隽藻知道此事，生米已经做成了熟饭，那时天下万民必将一起痛恨祁隽藻，只要皇上不替他辩白，他就是有一百张嘴也说不清楚。等他回到朝廷，朝廷已经有了军费银子，皇上再不容分说，将一个搜刮天下的罪名安到他头上，将他赶出朝廷，天下人必回头称颂皇上英明。这样一来，皇上不但赶走了祁隽藻，出了一口恶气，还让这个人就此身败名裂，再不能与皇上争夺天下民心。"咸丰道："好！朕不但要为江南的军马筹措军费，还想接着修圆明园呢。不过，朕也不会用尽天下的银子，到了适当的时候，朕会恢复小钱的流通，朕也不能让天下人不过日子呀！"懿贵妃笑道："皇上圣明，既然如此，臣妾也要给皇上要点儿银子，也盖一所园子，早晚好侍奉皇上。"咸丰变脸："那不行，这个例不能开，你去吧。来人，叫肃顺来。"

2

隽藻突然被赦免，并立即被派往陕甘两省查处大案。在养心殿里，隽藻叩头谢恩，泣请咸丰允准他途中还乡一趟，给玉环上祭。半个月后，他拖着老迈的身躯，带着不多几个随从，回到了寿阳平舒村，站在自家门首。这是道光驾崩他重回朝廷多年后第一次回到故乡，他发现祁家老宅里的大部分房子都全塌了，小部分塌了屋顶，墙还在，房梁和屋顶的檩条一根根裸露出来，只有小偏院的几间房孤零零地戳在那里。身穿重孝的世长和世长媳妇听到外面车马声响，匆匆从这小偏院里跑出，趴下就磕头，哭道："爹，儿子世长和媳妇给你磕头，你老人家到底回来了！"隽藻道："你们起来，不要惊动村里人，我去陕甘两省办案，路过这里，回来看看你们，也想到你母亲坟上看一看。"世长夫妻拭泪，强作欢颜道："爹，快进家。如今这小偏院就是咱家了。"隽藻眼中浮出泪花，惭愧道："你爹不如你爷爷，让你们住这样的房子。媳妇，爹对不住你们。"世长媳妇急拭去眼中涌出的泪花，笑道："爹，你老人家可甭这么说。一国的首相，家里住着冬不避风夏不避雨的草房子，这是爹的荣耀，也是儿子、媳妇的荣耀。你老人家别挂念我们，我们在家过得挺好的，倒是你老人家一个人在京城，我们心里——"隽藻进了屋坐下，对亲兵道："把那包银子放下吧。"亲兵将手中的银包放下，退了出去。隽藻内疚地望着儿子儿媳，道："自从道光元年咱家这房子让地震震塌了，爹和你娘一直想把它再修起来，可三十多年了，总也攒不出这笔银子。这是爹今年的俸禄，到了这会儿朝廷才发出来，眼下我一个人在京城用不了多少，留下二十两银子过日子，剩下的全拿回来了，你们就赶在冬天到来前把房子修修，要不你们怎么过冬啊。"

世长突然拍了一下脑袋，看一眼媳妇，回头笑道："爹，有件大事，儿子差点儿忘了，你等等。"他跑进里屋，抱出一个包袱。隽藻问："这是什么？"世长将包袱打开："爹，你看，这就是张牧表叔帮爷爷整理完毕的《大清西域地理志》的稿子！爹，儿子这些天一直在琢磨，到哪里能弄出一笔银子，把它刻出来，正好爹拿回了这笔银子。爹，房子咱不修了，咱先把爷爷和张牧表叔的这部书刻出来好不好？"隽藻听了，颤巍巍站起，用手去抚摸那部《大清西域地理志》的稿本，不觉老泪纵横。世长媳妇担心道："爹，你老人家切切不要太伤心——"隽藻道："爹真是老糊涂了，竟把这件大事也给忘了！你张牧表叔用了十二年的时间，在新疆帮你爷爷整理完了这部《大清西域地理志》，他就是为这本书呕心沥血死的！这不是一部书，是你爷爷和你张牧表叔两个人一生的心血。世长，你能替爹想到先把书刻出来，让它流传于世，爹高兴！可这么一来，咱家这房子又修不成了。"世长笑道："爹，这没事的，家里就你儿子和媳妇两个人，好歹冬天总得去。"他看一眼自己的媳妇，回头犹豫地笑道，"爹，要说修房子，咱家现在就有银子。"隽藻惊讶地睁开眼："有银子，哪来的？"

世长一笑，小声道："爹，要说这事我不该说，你媳妇也不让儿子说。爹从淮南回京城，被关进刑部大牢，前后好几个月，我元白叔那里一点儿消息也没有。儿子听人说，他不但不想法救父亲，还四处表白自个儿不是祁家的人，只是祁家的养子。爹现在没事儿了，还是领班军机大臣，前两天他突然打发人从延安府捎回来二百两银子，还写了一封信，说自己不能回来，这银子是替我娘办丧事用的，等他什么时候能够告假，就回来给我娘吊丧。"隽藻闭着眼睛，不高兴道："你想说什么？"世长道："爹，儿子不过是白在这儿想。我元白叔一个延安府的知府，一年的俸禄才八十两银子，延安府又是天下有名的穷地方，自从他娶了我那个出身皇亲国戚的婶子，家里开销又大，怎么能一出手就拿回来二百两银子，这差不多是他两年半的俸禄了！"隽藻怒道："你想什么呢？你爹被关在朝廷大狱里那会儿，你元白叔不和我们家来往，那是他要自保，这一点儿子事情，你还不懂吗？……靠他的俸禄，自然是攒不起这二百两银子，可你婶子的娘家是世代皇亲，这银子就不能是她从娘家给她的嫁妆里拿出来的？"世长听了赔笑道："爹，是儿子胡说八道，你甭生气，我也知道，元白叔是爹教养大的，怎么会有别的事。"隽藻起身道："走吧，引我去看看你母亲，看完她，爹还要去平定县河上村，去祭一祭你张牧表叔。"世长心中仍是不踏实，问道："爹，那元白叔的这笔银子，我要不就用它把房子修起来？"隽藻想了想道："不，你元白叔说得不错，他到底不能算是咱祁家的人，他的心意咱们领了，银子这次我去陕西，给他捎回去，他家里现在的开销比咱们大。"

玉环的墓在村外祁家老坟地里，离祁韵士和刘氏的合葬墓不远，虽是暮秋，那墓上竟也已经生出点点碧绿的草芽。世长走在前面为父亲引路，到得墓前，又急急地赶过来跪下，点上纸趴到一边叩头在地，给隽藻让开道儿。隽藻站在玉环墓前，看着那坟和墓碑，心中在哭，眼里却流不出泪来，只喃喃言道："哎，我回来了，来看看你，给你烧纸来了。"他趴下去给玉环磕了一个头，又去给玉环点纸，嘴里说道："这纸据说到了阴间可都是钱哪，你要是泉下有知，就快来捡吧！"世长听了他的话大哭道："娘，爹到底回来了！爹他老人家来给你上祭来了！娘啊，爹从来没有想过不认咱们母子俩，爹还是世长的爹，你也还是世长的娘，咱们还是完完整整的一家人！"隽藻觉得眼泪要流出来，等了半晌，那眼睛也只是润湿了，还是没有泪珠滴下来。他说："你瞧，我本来想哭哭你，可是人老了，连泪也没有了。这没有泪，你可让我怎么哭你一场呢！"一边说一边转过脸去，望着不远处的两座新坟，吃了一惊，问道："那是谁的坟？世长，咱家的坟地里，怎么埋上了别人家的坟？"世长抬头，泪汪汪地答道："爹，那不是别人的坟，那是我菊花姨和含黛二娘的坟。"隽藻大惊道："怎么是她们俩的坟？"世长道："爹，这事儿子还没跟你禀告呢。菊花姨的灵柩运回来以后，照爹的吩咐，儿子想运到平定和张牧表叔的坟合葬，可我三姑她死活不愿意。

669

自从你让张牧表叔去了新疆，我三姑她就不再跟我们家来往了……我三姑说我菊花姨来历不明，要是让她和我张牧表叔合葬，是辱没了他们张家，辱没了我张牧表叔。儿子只好又拉回来，自作主张，埋在咱们家的坟地里了。"隽藻又问："那，保夫人的坟又是怎么回事？"世长叩头在地："爹千万恕儿子的罪！我含黛二娘的灵柩是一个名叫倪二的大叔送回来的。这个倪二大叔说，我含黛二娘生前曾对他说过，万一她等不到和爹成亲那天就死了，一定将她送回到山西来。我含黛二娘说，爹答应过跟她成亲的，万一她死了，也不愿意和她那个贪官丈夫保胜合葬。倪二还带回来母亲当初交给含黛二娘的凤冠霞帔，作为证物，说父亲和含黛二娘的事正是母亲生前安排下的。儿子……儿子自个儿也知道这件事，就大着胆子替爹做了回主，将我含黛二娘也埋到了咱家的坟地里！"

隽藻久久地望着那两座新坟，心中惨伤，半晌，站起叹息道："你也起来，咱们也去给她们俩烧几张纸。"世长赶紧爬起来，提起上祭的篮子跟上去。隽藻来到菊花、含黛墓前，看着世长焚纸，用手抚摸那两块墓碑，道："菊花，好妹子，张家不要你，你就回咱家来，你是在母亲跟前认过干女儿的，从此以后，你就算是我们祁家没有嫁出去就早早夭亡了的姑奶奶吧！"又转向含黛的墓碑，喃喃言道，"保夫人，不……我还是叫你含黛格格吧……含黛格格，你们……你们这又是何必呢！你们这么多人，都是为祁隽藻死的，我心里都知道，我都明白……可是我不明白，你们为什么要这样？祁隽藻这个人，当不起你们一辈子这样待我呀！"说到这里，他的眼里终于涌出了泪花，嘴里又吐出一口血来。世长见了大叫："爹——"隽藻趴在地上，给菊花和含黛一人磕了一个头，目光已经转向长天之外，他抓住世长，慢慢挣扎起身道："走吧。"世长扶着他，提着空空的篮子，一步三回头地离去。

翌日，隽藻带着世长，坐了半日的车，来到平定县河底镇的河上村。没有进村，就到了张牧的墓前。隽藻看那坟墓前后，一片被霜打过的疯长的枯草间，竟已稀稀疏疏长出了指头粗细的荆条和蒲柳。这墓分明没人照顾，才经过了一年的雨水，有的地方墓木就已拱出土来。昨日在玉环、含黛和菊花坟前一直哭不出泪的隽藻，不想到了这里，一见张牧的墓和他身后的凄凉，那眼泪就如断线的珠子般滚落下来。世长帮隽藻在墓前焚纸，大声道："表叔，我是世长，我爹他来给你烧纸了！"隽藻在张牧墓碑前洒酒，大声哭道："张牧，好兄弟，十二年不见，五哥今天就哭你两声吧……只是我就是想哭，也哭不出大声了！……我好久没喝过酒了，一喝心口就痛……可是今天，哥要敬你几杯酒，黄泉之下，你就听哥哥说几句话吧！你我兄弟，生在读书之家，是你我的大幸，也是你我的不幸！读书人一生三件事，立德，立功，立言，虽然你我生逢乱世，可你从小就胸有大志，鄙视利禄功名，一心要为当代后世立言。你做到了，你用一生之力帮先父完成了《大清西域地理志》，只要这块土地上还有中国人活着，他们凭这部书，就能知道这个有众多民族共同生活的大家庭的历史，知道她曾经的疆域和先辈的胸怀，先父和你做的是一件永世长存的大事！五哥活了快六十岁，若问我心中暗自佩服的人，你是其中一个！你不像我，你要做到的，你做到了，而我要做到的，却没有做到。"他一杯杯在张穆墓前奠酒，又道，"不过你也不要以为我灰心了，我灰心过，前些天待在天牢里，我也曾身同槁木，心如死灰，可现在又不一样了，只要祁寯藻不死，就还要做下去。不是我一定要做下去，是不能不做下去，不能啊！……"

3

转眼半年过去，寯藻一直在陕甘两省奔波，查办那件大案，转眼就到了第二年的暮春，竟也没查出两省官员犯案的证据。终于要离开了，陕西巡抚文良率一帮大小官员，亲送寯藻到西安城外，恭敬欢喜言道："祁大人自去年秋天来到陕甘两省，奔波劳碌，终于帮本官以及本官的属下洗清了罪名，下官及属下不胜感激。大人要去陕北，下官不能奉陪，大人多多保重，延安府那边，下官已经打发人知会了，令弟会前出二百里迎接大人。"寯藻拱手道："各位大人请回，祁寯藻办完了差事，只是想在回京的途中，顺便见一见我的养弟，然后就从那里回京复命。目今天下乱纷纷的，就西北这地方还算安静。祁寯藻要走了，留几句给各位大人，各位大人切切要以天下生民之命为重，行尧舜之政，安民爱民，只要万民不反，就是有功于朝廷，有功于天下了！请回吧，我们后会有期！"看着寯藻的车马远去了，文良等人才长长地吐出一口气，回头相顾一笑。

已经得到文良知会的元白早早就带人上路，前往二百里外去迎接寯藻，已经走了一大段路，忽然想起了一件天大的事情，骇出一身冷汗，匆匆下轿，找人换了一匹马，急急奔回延安府衙，下马后直冲内客厅，对打扮得珠光宝气的媳妇道："哎呀我的夫人，出门的时候有件事情被我忘了个一干二净。夫人赶紧让人把家里值钱的摆设都收起来藏好，男女用人身上的绸缎衣服也全都换了！就连夫人，也要穿得朴素些，总之我五哥来到，要让他看到我们家过的日子很苦，越苦越好！"元白媳妇看他惶急的样子，哼了一声，立起好看的眉毛道："你什么意思呀？你这个五哥就算是个首相，可也不能管到别人怎么过日子吧！"元白哪里顾得上与她细说，急道："我没工夫跟你扯，我得赶到二百里外去接他，总之这次你听我的，以后家里的事，我还一如既往都听你的就是了！"元白媳妇听了，只得道："好吧好吧，真是可笑！"元白这才放了心，转身跑出去。

这元白媳妇虽是个富贵出身，办事倒也利索，等元白迎了隽藻回来，后衙里果然变了样子，十分简朴。隽藻打量着屋里的光景，道："啊，元白，这里就是你的内衙呀？"元白笑道："对呀五哥，这就是兄弟的内衙。来人，上茶！请夫人出来！"一个穿着土布衣衫的丫环捧过茶来。元白接过，亲自捧给隽藻："五哥喝茶。"隽藻坐下，呷一口茶，点点头道："元白，这茶不错呀，好茶！"元白心中一惊，急忙笑着掩饰，道："五哥，这茶好吗？我还真不知道！这些年瞧你兄弟这个官当的，哪地方苦，朝廷里那些忌恨五哥的人就把兄弟我发配到哪里。自从中了进士，元白在甘南那种地方当县令，一当就是八九年，好不容易转任知府，又把元白弄到陕北这地方来。你兄弟在这里任职三年，别的好处没有捞着，风沙可是吃了不少。你看我这鼻子眼里，哪里不藏着沙子！"隽藻却高兴，道："这不好吗？无论是甘南还是陕北，多年没出大乱子，可见民风淳朴，到这种地方做父母官，只要勤政爱民，没有做不成好官的。你在这种没有油水的地方做官，我也放心！"

正说着，元白媳妇已经一身荆钗布裙走出内室。元白回头看她这副打扮，竟差点儿没认出来，急忙笑着说道："哎哟，你快来，见过五哥！五哥，这就是你的弟媳妇！"元白媳妇上前见礼，道："弟媳拜见祁大人。"隽藻起身道："原来是弟妹。弟妹快起来，自己一家子人，不要多礼。"元白媳妇并不愿意与隽藻亲热，脸上不见一丝热情，回头对元白道："老爷，给祁大人接风的宴席已经摆好了，二位请吧！"说完就转身走掉。元白脸上挂不住，回头看看隽藻，尴尬道："哥，她就这样，出身权贵之家，长成一身的毛病……"一边说着，一边渐渐就恢复了童年的天真快活，"五哥到元白这里来一趟不容易，请，元白请你喝延安府的烧刀子！"隽藻站起，正色道："不要这么说弟妹，人家和我们不一样，出身豪门，娇生惯养长大，能嫁到我们这样的平民之家，跟你到延安府来受苦，已经很好了……对了，亲兵在哪里？"亲兵抱着银包走进来。元白一下就认出了那包银子，心中一惊道："哥，你这是……？"隽藻道："五哥这次来，一是多年不见你和弟妹，心里想念，顺道来看一看你们；二是上次你打发人送了二百两银子到家里，给你嫂子吊丧。哥想着，你的俸禄也不多，家里的日子也不宽裕，这银子放在家里用不着，我就又把它带回来了。"元白听了急道："五哥，你怎么能这样！嫂子去世，兄弟不在跟前，不是当年嫂子在咱家门前把我抱进家，元白这条命是不是还活在人间，现在都不知道。嫂子去了，我不过就是想表示一点儿哀悼的心情，可你——"一边说着，他的眼里就涌出了泪花。

隽藻上前，用手帮元白拭去泪花，动情道："兄弟，你不要多心。你也知道，眼下咱家里的人口不像以前那么多了，这银子放在家里确实用不着，这是一；第二，哥还有别的意思。延安这地方苦，将这二百两银子放在兄弟这里，哥就不会担心你会因为没银子用出错。哥说的是心里话，兄弟你不会多心吧？"元白掩饰地笑道："哥，你要这么说，这银子我就……"隽藻道："兄弟，咱们虽不是一母同胞，可咱是一家人哪，你的银子，我的银子，都是咱自己家的银子。让人收进去吧，别放在这儿招贼。"元白拭泪道："可是家里我嫂子的事——"隽藻道："家里你嫂子的事都办完了。行了，正经话都说完了，走，五哥喝你的酒去！"元白的一颗心放松下来，笑道："五哥，这边请！"边说边前面引路，带隽藻走出了客厅，走向饭厅。元白媳妇方才一直在帐幕后面偷听他们说话，此时一闪身走出来，看着案上的银子，冷笑道："这年头，人命都没有银子贵重，五两银子就能买一个大活人，给他他还不要！来呀，把银子给我抱进去！"一个丫环答应着进来，将银包抱走。

次日，隽藻谢绝元白的再三挽留，启程回京，元白送到城外，隽藻要就此分别，元白不舍，坚持要送出两百里外，隽藻无奈，只得同意。兄弟俩也不坐轿，就同乘着一辆车，一边说话，一边行路，同时放眼观赏沿途的风光。隽藻看着路边绿油油的庄稼道："元白，今年延安府这地方的庄稼不错！"元白随口道："可不是不错。五哥，你说这事情也真是邪了。延安府这地方过去年年大旱，常常一整年也见不到一场透雨，你兄弟来这里做知府三年，陕西和甘肃两省年年风调雨顺，去年还发了洪水，今年又——"说到此处，他突然意识到了什么，急刹住口，面色顿时苍白。隽藻转脸望他，心中极为震惊，大声道："元白，你再说一遍，过去三年，陕西甘肃没有发生大面积的旱灾！"元白自知失言，一时不知如何挽回，道："五哥——"隽藻变色，大声喝道："停车！"下得车来，元白面色惨白，"扑通"一声跪下，大声道："五哥，我说错话了，刚才我是胡说八道！过去三年，陕甘两省年年大旱，颗粒无收！"隽藻发起怒来："你起来！无论是陕甘总督那宁，还是陕西巡抚文良、陕西布政使僧保，都异口同声说三年以来，陕甘两地连年大旱，颗粒无收，光是为了赈济灾民，就用去了公帑两千多万两，难道这件事是假的？"元白膝行向前，抱住隽藻的腿，惶恐地哀求："五哥，你兄弟刚才什么话也没说，你也什么都没听见，这就是救了兄弟的命了！"隽藻愈加震怒："这么说事情都是真的了？你也掺和在里头了？"元白绝望地大叫一声，道："五哥——"隽藻喝道："来人，将他押起来，跟我一起重回西安府！"众随从军校过来，将元白扯起。元白浑身瘫软，不能直立。隽藻不再望他，浑身打战，下令："把他弄到车上，顶子摘下来！走！"

隽藻日夜兼程赶回西安府，在陕西巡抚衙门就地升堂，陕西巡抚文良被带进来，却一脸冷笑，立而不跪。隽藻大怒，道："文良，见了本官，为何不跪？"文良哼了一声，道："大人，文良有话要跟大人一个人说，说了再跪无妨！"隽藻道："这是公堂，本官代圣上审案，只有公理，没有私情，你要有话，就在这里说！"文良哈哈大笑，道："请问大人，延安府知府祁元白，是不是大人的养弟？"隽藻道："这事天下人尽知，你不是明知故问吗？"文良笑道："文良若是当众说出些和元白知府有涉的话，大人不觉得不合适吗？"隽藻一摔惊堂木道："文良，本官奉旨秉公办案，即便是元白有罪，也绝不轻饶，你说吧！"文良见威胁不成，面色急变，大声道："大人，那文良可就说了。陕甘两省省道府县四级官员一体谎报连年旱灾，贪污公帑两千万之巨，不但元白知府参与其间，而且这个主意最初就是他在甘南做知县时想出来的！元白知府虽然只是个知府，却是此案的主谋！"隽藻听了，如同一个炸雷在头顶上响起，不觉颤声道："你有什么证据？"文良冷笑一声，道："大人可以再审陕甘两省的官员，如果文良的话有半点儿虚假，你可拿走我的人头！"隽藻变色，想了一想，喝道："带下去！"文良大声冷笑，被众衙役带走。隽藻站在那里，浑身颤抖。亲兵担心，上前扶他道："大人，你怎么了？"隽藻挥挥手怒道："没……没什么，把陕西布政使僧保带上来！"

当天下午，西安府大牢内，元白神情沮丧，瘫坐在囚室角落处。忽见狱内一阵喧嚷，狱卒引着隽藻和亲兵来到。元白猛扑到牢栅前，大声喊道："五哥，大人，你到底来了，快救元白！"隽藻走进囚室，回头对亲兵言道："你在外面看着，谁也不要让他进来！"亲兵答应，带狱卒远远离去。元白就"扑通"一声在隽藻面前跪下，大声哭道："五哥来了就好了，五哥来了元白的命就有救了！"隽藻直视着他的眼睛，厉声问道："你说实话。陕甘两省省道府县四级官员一体谎报旱灾，贪污公帑，你也在其中？"元白声嘶力竭喊道："不，这里头没我什么事儿，没有！"隽藻指着他，浑身打战，道："你不但也在其中，这个主意就是你在甘南任知县最后一年替陕甘总督那宁出的，当时你在甘南做知县，就是这么干的，被那宁查出，你就帮他出了这么个主意……你是这起大案的始作俑者和主谋！"元白听到这里，也不再辩，只连连叩头于地，哭道："五哥，我也是不得已呀！如今的官场，无官不贪，不贪你就没有银子，没有银子上司就不待见你，你的官就做不好，任满了就不能转任——"隽藻气得七窍生烟："住口，原来都是真的！我本来还以为今晚上你会亲口告诉我，这都是假的，是别人栽赃陷害你！对了，你一个知府三年内贪污的公帑就达二百万两！是这个数吗，还是比这还多？"眼看哀求无效，元白不再哭喊，反倒疯一般大笑起来，道："不错，是这个数，那又怎么样！跟我们总督大人比，跟两省的巡抚布政使道台相比，我元白只是条小鱼！你一个钦差大臣，当朝首相，今天拿住的不过是一条小鱼，是你自己亲自养大、从小教给他念书写文章、亲同骨肉的兄弟！你现在就把元白拉出去杀了吧！你杀了元白，好让天下人看一看，你祁隽藻多能干，多公正廉明！你来到陕甘两省查办大案，别的大鱼你一条没逮着，只杀了自个儿的兄弟！"隽藻听了，骤然落泪。

元白以为此计得逞，继续在囚室里乱转，狂舞着双手，大声喊道："古往今来，天下的宰相没有一个像你这样的，穷得连家里的房子塌了都盖不起来！你知道别人都在私下里说你什么吗？他们说你大忠似奸！你就是真的一生心系天下，为天地立心，为万民立命，为往圣继绝学，为万世开太平，天底下也不会真有一个老百姓会说你好！反正你是个官，你就要挨骂，既然这样，我们这些官为什么就不能趁着在任的时候，给自己和自己的子孙谋一个百年的富贵，为什么不能？"隽藻"啪"地一巴掌打在他脸上，怒不可遏地骂道："无耻！"他转身走出。元白陡然变色，死的恐惧一下就攫住了他的心，他"扑通"一声跪下去，抱住隽藻的腿，哭喊道："五哥，你不能走，你一走元白就死定了！我混账，我辱没了祁家的家门，愧对五哥！可我也没法子呀，你那个弟媳妇，是她欲壑难填！我要是弄不到好多银子，她就不会跟我好好过日子！她要是把我闪下了，我在朝廷里的靠山就没了。我……我我要是丢了老婆再丢了官，就只能回山西寿阳过咱家那样的苦日子，我不愿意！"隽藻不禁泪下，回头哽咽道："什么也甭说了，你好好在这里待着吧……"元白松开手，绝望地看着他离去。

4

隽藻当日就写了折子，从西安府六百里加急将陕甘两省贪墨大案已查明的实情奏报朝廷。两日后这个折子就到了咸丰手中，他看了折子，急急举手叫道："懿妃快来！"懿贵妃走过来，纠正他道："皇上，是懿贵妃！"咸丰道："好，懿贵妃！你快来看看祁隽藻从西安府六百里加急送来的折子。他在陕甘两省真查出了大案，连他那个养弟也在里头！"懿贵妃接过折子看了一遍，咸丰则走来走去，一会儿兴奋异常，一会儿又眉头紧蹙，他不大能判断此事是好是坏。懿贵妃这时已将折子放下，看着他道："皇上，祁隽藻是要请皇上明示这案子他该如何处置。皇上打算怎么答复他？"咸丰踌躇言道："这个案子，有点儿像乾隆四十六年的甘肃米案，那次也是甘肃省道府县四级官员通同作案，贪冒赈灾巨款，案发后，乾隆高宗皇帝一怒将涉案的陕甘总督勒尔谨赐死，前布政使王亶望、兰州知府蒋全迪处斩，现任布政使王廷赞处绞刑，其余贪污赃银过万两的官员处死者多达五十六人。按说这次陕甘两省的案子与乾隆爷办的这个案子相比有过之而无不及，可是朕真要一次杀掉这么多官员吗？"懿贵妃道："皇上，以臣妾之见，所有涉案的官员全杀，一个也不留！"咸丰一惊，道："都杀？！不能，陕甘总督那宁是朕的九姑的额驸，陕西巡抚文良与皇太后有姨表之亲，两个人虽然相互视若仇敌，可都是皇亲国戚，朕怎么能杀？"懿贵妃道："不杀这些人，皇上只能从他们那里追讨回赃银两千万两，可要是杀了他们，加上抄家，皇上就还能再得到两千万两。不但江南的军费马上有了着落，就连皇上修圆明园的银子也都有了。还有——"咸丰听了不悦，道："还有什么？"懿贵妃道："皇上是不是真想从朝廷里赶走祁寯藻？"咸丰看着她道："你……"懿贵妃道："皇上不杀这些巨贪，怎么下旨杀祁寯藻的养弟延安知府祁元白？不杀这个祁元白，天下人怎么会知道就连祁寯藻自己的弟弟，也是个巨贪。皇上，祁元白被杀之日，就是祁寯藻身败名裂的开始！"咸丰久久望她，突然转身过去，沉默不语。懿贵妃看着他，有顷又道："皇上怎么啦，臣妾的话说错了吗？"咸丰回头，一字一字对她道："祁寯藻的兄弟因贪污被杀，祁寯藻的名声就会被玷污，朕再顺水推舟将他赶出朝廷……这叫一石二鸟，既赶走了祁寯藻，又毁了他的天下之名。只是……朕现在想起来，祁寯藻这个人毕竟为朝廷做过一些好事，上次他来辞行，朕就觉得他会不久于人世，再给他来这么一下子，说不定他会死的。"懿贵妃笑道："圣上，祁寯藻死了，他帮皇上出主意铸大钱搜刮天下的罪名就更没法洗清了。皇上不觉得这样更好？"

咸丰仍在犹豫，又烦恼道："你提到铸大钱，也不知道肃顺干得怎么样了，要是铸好了，就赶快诏令天下停用旧钱，只用新钱。这件事肃顺做得也太慢了，得催一催他，朕都有点儿等不及了！"懿贵妃忽然道："还有一件事。穆彰阿临死前呈送给皇上的遗书，皇上看了吗？"咸丰道："朕还要看吗？自从朕知道当年保胜死前写下的证词，就知道载元、瑞华兄弟三十多前年陷害冯叔阳、祁韵士的事情是真。可是今天，你觉得朕真能对载元、肃顺兄弟下手吗？不过你方才的话也不是全没道理，为了大清的江山社稷，和那加起来总共四千万两银子，朕就顾不了他祁寯藻了！"懿贵妃望着他笑，道："皇上果然圣明！"

寯藻在陕西巡抚衙门接到咸丰谕旨，从头看下去，突然泪如泉涌，呕血不止。亲兵见了大惊，道："大人，你怎么了？"寯藻哭道："皇上的旨意到了，元白……元白立斩不赦！"他大口喘息，好半日才直立起来，虚弱地吩咐道："去……去准备一点儿酒菜，我要去西安府大牢里，送送我的兄弟。"亲兵答应，也忍不住流泪，道："大人稍等片刻，小人去去就来。"见亲兵离开，寯藻关上屋门，又忍不住痛哭起来。

忽听一声门响，一阵冷风卷进来。隽藻吃惊抬头，只见一个人影闪身进门，随手将门闩插上。隽藻惊异地抬起头，看了她良久，才大声道："你……是妙真？"妙真一脸惨白，"嗖"的一声抽出一把匕首，上前一步，直指隽藻心窝，大声喝令道："祁隽藻，快写封信给西安府大牢，放了元白！不然今天就是你的死期！"隽藻呆呆地看着她，又落泪道："妙真，真的是你！你来得太好了……我都怕你不知道元白的事情，来不了，今生今世再也见不着元白了！你来了，我也可以放心了！"妙真满眼是泪，颤声道："少废话！祁隽藻，当年冯妙真走投无路，将我兄弟元白放到你家门口，是指望你和你们全家帮我把他养大……真没想到，你母亲，还有你们夫妻亲手养大了他，今日你却要亲手杀他！你是不是忘了，元白是我们冯家的最后一条根！……什么话也甭说了，你不写信也行，今天夜里就陪我走一遭，让我从西安府大狱里将元白带走！若说半个不字，我就先杀了你，再杀进西安府大牢，去救元白！"隽藻听她的话，呆呆地站在半晌，不觉大哭道："妙真，妙真，你要是觉得杀了我就能救走元白，你就杀了我吧！元白死了，我这个做哥哥的第一个就不想再活了！你杀了我，也许能杀进西安府大牢，与元白见最后一面，可你一定也知道，西安府大牢如今关了那么多朝廷钦犯，戒备森严，你就是进去了，也不一定出得来，更不用说带走元白！"妙真泪落如雨，大声道："隽藻，自从三十多年前，你答应我科举入仕，一定要为冯祁两家洗清沉冤，冯妙真就把你的话当了真，一生都在保护你，舍生忘死地救你，等待着你实现自己的诺言。就是去年你到淮南府平息灾民之乱，不是我和江一鸣江大哥暗中死命相助，你也早让朝廷和灾民会派来的人杀了。元白不顾你的劝阻，一意科举入仕，是为了什么，妙真知道；元白做官以后，冯妙真所以不愿意马上来到他身边，和他团聚，就是一直相信有一天你真能为冯祁两家洗雪了冤案，不然冯妙真就是见了元白，也不能给他一个清白的家世，一个清白的父亲和姐姐，那样反会扰乱了他的心，害了他，毁了他今天的好日子！可是你，不但辜负了冯妙真一生的等待，今天还要亲手杀掉天底下冯妙真唯一的弟弟，冯妙真在世间的最后一个亲人！好了，什么也不说了，今天晚上你面前只有两条路，一条是写封信或者亲自陪我去死牢里救出元白，另一条就是死！"

　　隽藻痛惜地望着妙真，道："你不让我杀元白，是因为他是你的兄弟，你的骨肉，可我杀的每一个贪官，他们也都有父母妻子，也是他人的骨肉。如果我可以不杀你的兄弟，你的骨肉，我还有什么理由去杀别人的亲人，别人的骨肉！……不，祁隽藻今天奉旨杀的不是你的骨肉，而是祸国殃民的贼，要是连这样的贼都可以不杀，你冯妙真又有什么道理恨天下所有的贪官，恨当年那些一手制造了冯祁两家冤案的人，恨不能将他们斩尽杀绝？这公平吗？你要说这样公平，那你就杀了我，做你想做的事情好了！"妙真手一抖，又将匕首指住隽藻的喉咙，流泪喝道："祁隽藻，你给我住口！"隽藻老泪纵横，突然从书案后走出，趴在妙真面前哭道："妙真，你今晚来得正好，你杀了我吧，我真的求你！你今晚杀了我，明天我就不用亲自去刑场，眼睁睁地看着刽子手杀了我亲手养大的兄弟了！元白是你的亲弟弟，可是三十年来，他也是祁家的人，是祁隽藻的亲人，祁隽藻的兄弟！我这做哥哥的要亲手杀自己的弟弟，你倒跟我说说，世界上还有比这更惨更重的惩罚吗？你说！"妙真的手一直在抖，此时眼泪大串大串滚落，跺脚道："你——"

隽藻喘息着言道："实话告诉你，杀了元白，祁隽藻估计也活不了几天了，我辜负了母亲，没有在她老人家去世后好好地教导元白，更没有好好地照顾他，以致他落个今天的下场！元白死了，祁隽藻也一定会心痛至死。反正是个死，你为什么还不动手！你动手呀！你现在动了手，我就可以早早地在奈何桥上，等着我的兄弟了！"说到这里，他又大口大口地呕出血来。妙真看着他的样子，泪水直流，却不收回匕首，伤心地恳求道："隽藻，元白在世上只有两个最亲的人，一个是你，一个是我。妙真今日到这儿找你，自然是因为只靠我自己的力量，不能劫狱救走元白。事到如今，为了救元白，我情愿跟你做个交易。我为了等你实现自己的诺言，多少次救了你的命，只要你今天能让我带元白远走高飞，冯妙真发誓从此再也不逼你履行自己的诺言，为我父亲平反昭雪了。你想想，你的心一辈子都被这件事压着，现在只要帮我做了这么一件小事，你就可以卸下你心中的这块巨石了。从今以后，冯妙真再也不会逼你去查清我父亲的冤案了。你放心，我一定和你好好配合，咱们合计出一个办法，不让人怀疑元白是从你手中跑掉的。隽藻，你就答应了吧，妙真今天以死去的爹娘的名义，求你了！"她丢下手中的匕首，趴下去连连磕头，不觉失声大哭。

暖儿忽然闪进门来，提醒道："小姐，时候不早了！"妙真止住哭声，站起道："祁隽藻，妙真已经求了你多时，你到底还要我怎么样，才能放了元白？"隽藻挣扎着起身，拭去泪水，望着她道："妙真，不是祁隽藻不愿放走元白，是我不能。祁隽藻今天要是放走了元白，天下公道何在？祁隽藻入朝为官，一辈子九死一生，不就是要为天下求个公道吗？我要是连这么一个公道都守不住，我做官又是为了什么？"妙真浑身发抖，颤声道："你——"她拾起匕首，再度指向隽藻喉头，那手却因激动而不住地颤抖。隽藻仰起头，闭上眼睛，道："妙真，你动手吧。我活到今天，真的活得太累了，已经不想活了。"妙真绝望，伤心大叫："祁隽藻，你以为我真的不会杀你吗？"隽藻突然睁开眼，大怒道："冯妙真，你干吗还不动手？祁隽藻早就活得不耐烦了！就因为我出仕做了这个官，亲弟弟宿藻被我害死了，现在皇上又要我亲自杀掉我的另一个弟弟，你以为我还真想活在这个世界吗？"妙真泪水直流，手一直在抖，猛地收了匕首，大哭连声，转身向外奔去。

隽藻追了出去，站在门前喊道："妙真，你别走！江一鸣江大哥在哪里？"已经到了院地中的妙真回头含泪喊道："江大哥死了！为了救你，他在淮南府一个人力敌灾民会的四位长老，他杀死了他们，自己也重伤而死！若不是他，你怎么能从淮南活着回到北京？！"隽藻悲愤交加，大哭失声："江大哥，江一鸣，你为什么也要为祁隽藻去死！妙真，江大哥的墓在哪里，我要去祭他一祭！"妙真转身上房，暖儿跟她离去，转眼二人就不见踪影。隽藻心疼如割，倒在地上，大声哭叫："妙真别走！你为什么也不能给我一个不杀元白的理由，你走了，让我怎么办？你真的要让我明天去刑场亲手杀了元白？！"他一声声地痛哭，惊天动地。

5

夜幕沉沉，西安府大牢幽暗深邃，隽藻在狱卒引领下，跌跌撞撞地向大牢深处走去，亲兵提着一个食盒，跟在他的身后。再一次来到元白囚室前，隽藻示意狱卒开了门，然后从亲兵手中接过那个食盒，无言地让他们离去。囚室内，元白一个人坐着，也不起身，冷冷地望着他。隽藻也不言语，动手打开食盒，将食物一一摆开，又拿出一瓶酒，摆下两只酒杯。元白已知自己必死，不再恐惧，自己抢上来，抓过酒壶斟酒，一杯杯痛饮。隽藻见了，也不惊讶，静静地坐着，看他大口喝酒，大块吃肉。元白将壶中酒饮净，隽藻又从食盒中取出一瓶酒，小心地倒进酒壶，重又放到元白面前。元白吃了一惊，突然停住吃喝，看着隽藻道："五哥，一定是朝廷的谕旨下了，你这是来给兄弟送行的。告诉元白，这一案的官员都是怎么处置的？"隽藻进来后一直努力抑制着内心的悲伤，平静言道："陕甘两省涉案的一百多员省道府县四级官员，旗人赐死，汉人斩首。"元白笑，一粒粒吃花生仁，道："哥，真没想到，你收养兄弟一场，兄弟还没来得及报答你一天，就要与五哥这样永诀了。"隽藻闻言，突然红了眼睛，半晌一颗波翻浪涌的心才重新平静下来，道："元白，哥这些天夜夜都睡不着，想来想去，是哥在你小时候，没给你把一个字的意思讲清楚。今天晚上哥想和你一起在这间囚室里头过，虽然晚了点儿，可还是想把这个字的意思教给兄弟。元白，你还愿意学吗？"元白冷冷一笑道："哥，是个什么字？"隽藻道："官。"

元白不觉哈哈大笑，道："哥，元白从小在五哥眼前读书，后来又做了这么多年的官，这个官字，兄弟焉能不懂？"隽藻摇头道："兄弟错了。这个官字，仔细想来，不但兄弟你不懂，天下千千万万做官的人，都不一定懂。就连五哥，也是在你出事以后，痛定思痛，才猛然醒悟，原来这个官字，我一辈子也不能说就真的懂了！"元白道："这倒有点儿意思。哥，夜很长，你就说说这个字，让兄弟也明白明白，虽然有点儿晚了。"隽藻道："兄弟，有句古话说得好，养不教，父之过。你从小没父母，我是你的五哥，教导你是我的责任，可我没有尽到这个责任。兄弟，这两天我翻了些古书，查这个官字的来历，才知道这个官字，居然是从尧舜那个时候就有了。"元白又笑，冷眼看他道："哈哈，这么说还真是个古字了。"隽藻不在意他脸上的讥讽，道："古语说，尧舜官天下，这个官是公有的意思，是说尧舜的天下是天下万民的，尧舜不是天下万民之主，而是天下万民共有的官长！古语又说，官者管也，这个管字，是官字上头加一个竹字头，是说尧舜治理天下的时候，茅檐不剪，土阶不修，住的是草屋，门前的台阶是土砌的，日子和老百姓完全一样。只有这样，官才能变成管，才能去代替上天去治理天下万民。一旦你把这个竹字头去掉，你变得不像个老百姓了，虽然你还是个官，却不是管了，你也就失去了管理天下万民的资格和理由。"元白心中起了些惊奇，面上仍在冷笑，道："五哥，你还甭说，这里头还真有点儿意思。"

隽藻又道："还有哪，官字加个人字旁，就是个牛倌马倌的倌，最好的时候是个新郎官，那也还只是个百姓。这里还隐藏着一点儿别的意思，它是说，只要这个官还是个人，那就一定不能忘记自己是个百姓。"元白又是哈哈一笑，道："哥，说下去，你还真越说越有意思了！"隽藻再道："和官字沾点儿边的字还有个绾字，官上加上绞丝旁，绾的意思是缠绕，一个官与丝帛有了瓜葛，手脚就被捆住了，就不是竹子头那个管了；官字加上食字旁，成了馆舍的馆，官员在那里吃喝，也不是竹字头的管了；官字加水字旁是涫字，也不再是官，而是一锅沸腾的水；官字加上木字，十分不好，既不是管，也不是官，那是装死人的棺材。"元白仍然玩世不恭，道："哥，你读书那么多，就没有发现一个带金字旁的官？"隽藻抬头看他，认真道："元白，为了这个，我还真查过，有一个带金字旁的官，不过古人视铜铁为金，不是指今天的金银和财产，因此这个金字旁的官指的只是古人车轴两端的护铁。古人以贝字表示金银财产，我一直想找一个和这个贝字沾边的字，说服自己，官员多贪污些金银也是有道理的，可是没有，倒是发现了一个与贝字有关的字，这个字就是贼！"

元白变色，大声叫道："哥！"隽藻道："兄弟，这个贼字不是哥造的，你看他左边是贝，右边是戎，戎就是动武，就是抢夺，抢夺别的人的金银财产，这样的人是什么呢？这样的人叫作贼！"元白忽然泪如雨下，头触地不起，大声哭道："哥，你别说了！"隽藻流泪，大声痛苦道："兄弟，还有一个和官字有关的字哥还没有讲呢！你讲你现在，就是那个字的形象呢！"他一边说，一边伸手从元白头上拿去一根乱草，眼泪不觉又流了下来，道"兄弟呀，官字头上加上草，就是一个菅字，有一句话叫作草菅人命，就是说把人命看得比菅这种草还轻贱，可见这个菅草的命多么低贱。你现在就是这样，你不好好做官，贪图别人的金银，做了贼，你这个官就进了死牢，头上顶着一根草，你的命就连菅草也不如了，兄弟，菅草尚且可以活着，你明天却连命也保不住了！"元白大哭失声道："五哥，你为什么到了现在才给我讲这个官字的意思呀，你为什么不早一点儿告诉我呀？我现在就是明白了，也太晚了呀！"兄弟二人抱在一起，放声大哭。元白又道："五哥，古人云，'朝闻道，夕死可矣。'你教导了我一生，是兄弟我对不起你！元白欠你的情分，只能下世再还了！若人还有来世，元白愿意与五哥再做兄弟，五哥到了今天，到底让元白懂得了什么是官、怎么做官的道理。元白就是死，也要叩谢五哥的大恩！……元白死后，想回咱家，和爹娘、嫂子，将来还有五哥你，葬身在一处，永世也不用再分开！……"

6

这年初夏，病势沉沉的隽藻在世长夫妻的护送下，重新回到了京城。李鸿藻、翁心存、彭蕴章三人聚集在军机处，焦急地商议起来。彭蕴章忧心忡忡道："恩师病成这样，怎么去跟他说这件大事？现在朝野上下，到处都在议论，说这个铸大钱搜刮天下的主意，是恩师帮皇上出的。他身为首相又兼管户部，用别的法子帮皇上筹不到军费银子，就想到了这么个主意。恩师一定要站出来，在天下人面前把自己洗刷干净。"翁心存道："据我所知，皇上所以执意要在天下推行大钱，一是为了搜刮天下财富，二也是为了以此毁掉恩师天地民心的名声，将他赶出朝廷，以报恩师在淮南代朝廷强行开放吉林垦荒之怨！"李鸿藻仰天长叹，道："真要如此，则天下事不可为也！我们三人和恩师一起离开好了。"

三人来到祁家，在隽藻榻前拜倒在地。隽藻面色蜡黄，急令世长将三位搀起。听了他们的话，也不激动，只是闭目言道："离开西安府前，我已经写好了一份折子，无论朝廷行不行这大钱之政，我都要辞官。你们来了，正好帮我把折子呈送皇上。"三人齐声吃惊叫道："恩师怎么能辞官，恩师离开了朝廷，天下事怎么办，朝廷泼在恩师身上的污名如何洗刷？"隽藻生气道："如今天下人都说这行大钱之政是我向皇上出的主意，老夫若再留在朝廷里，岂不成了天下人的祸害？你们不让我离开朝廷，是想让我继续留下来祸害天下？"三人醒悟，道："只是恩师一去，天下万民还有谁可以指望！"隽藻闭目，不再说话。三人见他如此，只好带上隽藻的奏折，伤心离去。隽藻躺着，紧闭着的眼睛忽然睁开，突然流出激愤的泪水。

李鸿藻等走出院门，心情悲痛，不觉流泪，站在那里不走。翁心存忽然拭去泪水，大声对李、彭道："我们三个真是无用！我们今天也进了军机处，成了朝廷重臣，可我们为什么就没有想过像恩师一样将天下事一肩挑起来？我们这样做军机大臣，有什么面目自称是祁隽藻的学生？"李鸿藻被警醒，大声言道："心存说得对，心存、蕴章，我们一起去见皇上！"彭蕴章热血沸腾，道："走，皇上一定要行这大钱之政，就先杀了我们好了！不然，这大钱之政，就绝对不能行之于天下！"三人分别上轿，直奔宫中，进了养心殿，一齐跪倒在咸丰面前，高声言道："臣等叩见圣上，这里有体仁阁大学士、领班军机大臣祁隽藻的辞官折子一道，臣等特意来奏明圣上！"咸丰佯作大惊，道："怎么，祁隽藻要辞官？这个这个……这是怎么了他！"翁心存大声道："臣翁心存启奏圣上，祁大人所以辞官，全是因为圣上一意孤行，要在天下推行大钱。祁大人以为，圣上诏书一下，不但江南大乱不能平，江北各省也必将重新大乱，大清天下将不可收拾。祁大人身为首相，不能匡正圣上的缺失，惭愧莫名，无颜再立于朝堂之上，只能求圣上放他回归草野！"

咸丰又气又怒，在殿中大步走来走去，道："什么？祁隽藻身为首相，难道不明白朕这么做也是不得已？他身为首相，又兼领户部，为江南大军筹措军费银子本该是他的差事，现在朕要的军费银子他筹不到，朕想出这么个法子来，他却要以辞官来要挟朕，真是不可理喻！你们三个是朕一手简拔起来的，在这件事情上是怎么想的？你们不会也和他一个鼻孔出气吧？"彭蕴章热血上涌，脱口大声道："圣上简拔臣等进入军机，其意旨在助圣上行尧舜之政，而今天下沸腾，大乱不息，百姓水深火热，圣上不体恤万民疾苦，却一味盘算着如何搜刮天下财富。臣以为圣上这样做，是自毁天下，千秋万代之后，圣上必被后世骂为桀纣之君！"咸丰勃然变色，怒喝道："放肆！彭蕴章，你刚才骂朕什么？你你你真是胆大包天！来人！"侍卫进门，咸丰喝道："将彭蕴章给朕拉出去！"李鸿藻抬头喊道："慢！圣上如果今天因为彭蕴章一句话就杀了他，圣上就真的成了桀纣之君！"咸丰气得浑身打战："反了反了，李鸿藻，你你你也敢骂朕是桀纣之君！把他也拉出去！"

翁心存在一旁哈哈大笑起来。咸丰大惊，回头怒视他道："翁心存，你笑什么？你放肆！"翁心存毫无惧色，自己爬起来道："圣上，臣今日所以大笑，是忽然想到当年臣侍奉先皇时，也就在这个地方，亲耳听到祁隽藻大人骂过先皇为桀纣之君，先皇事后不但没有杀祁大人，反倒让臣传旨给众人，说祁大人是大清第一忠臣，谁敢对他有所不敬，先皇就要灭他的九族。臣恭喜圣上，今日也在这里，听到了忠臣当面骂圣上为桀纣之君！"咸丰一时语塞，说不出话来，只道："翁心存，你你你——"翁心存今天也豁了出去，大声激烈言道："如果圣上认为谁在这里骂了圣上一句桀纣之君，他就该被处死，翁心存也请圣上下旨，将臣和李鸿藻、彭蕴章一起推出午门斩首，并诏告天下，让天下人都知道，这三个人是因为反对皇上行大钱之政，当面骂皇上为桀纣之君，才被皇上砍了头的。圣上下旨吧，还犹豫什么！"咸丰脸色惨白，他被翁心存笑得毛骨悚然，有点儿怯他了，语无伦次道："翁心存，你你你你……不要逼朕，朕知道先皇对你恩宠有加，可是朕……朕也是一国之君，容不得你们当面咒骂！快来人，把他们三个都给我打入死牢！"

众侍卫刚刚把李、翁、彭架出，懿贵妃就从内室走了出来，愤然言道："皇上方才为何不把这三个大胆狂徒直接推出午门斩了，还留他们一条命干什么？"咸丰发恨声道："李鸿藻、翁心存、彭蕴章……真真可恶！朕一个祁隽藻还没有赶走，身边又冒出了三个祁隽藻！"懿贵妃道："都是祁隽藻在先皇那时开了先例，胆敢当面骂先皇为桀纣。这三个人真是祁隽藻的学生！皇上打算怎么处置他们？"咸丰怒气渐平，沉思起来。懿贵妃却来了气，道："皇上是不是也想学先皇当年，挨了祁隽藻的骂，将他关一阵子又放出来，没有让祁隽藻懂规矩，反让他一辈子气焰嚣张？"咸丰听了勃然大怒，将一腔郁闷之气都朝她发泄出来："你想说什么？难道你想让朕真的把李鸿藻、翁心存、彭蕴章都杀了？你这是出的什么主意！有清以来，列祖列宗中还没有一个人一天之内杀掉三位军机大臣！这样的事你也撺掇着朕去做？"懿贵妃道："皇上，臣妾以为自古以来，君臣之间，不是东风压倒西风，就是西风压倒东风。大清今日正值国乱民疑之时，皇上若不借这个机会，以霹雳手段将这些大臣弹压一番，将来皇上的东风，如何能够压倒他们的西风！"

咸丰不满地看着她，道："今日朕若听你的话，连杀三位军机大臣，再赶走祁隽藻，天下一定震动，再推行大钱之政，为朕赢下一个搜刮天下的恶名，万一大局不稳，朕又该怎么办？"懿贵妃愈来愈怒，道："皇上身为一国之君，难道从来就没想过拿大清天下与祁隽藻这些人赌一把吗？皇上身为天下之主，如果连一件让自己高兴的事情都不能做，这个皇上就是做下去又有什么意思！皇上要在天下推行大钱，赶祁隽藻出朝廷，报他擅开吉林垦荒之禁的仇，今天又说要严惩李鸿藻、翁心存、彭蕴章，这样几件事皇上说过要做，就是错了，

皇上也要做下去，而且让天下人知道，皇上就是皇上，皇上的每一句话说出去
都不可能更改！天下到底是我爱新觉罗家的天下！天下如果大乱，就让它大乱
好了！平定江南之乱的事，皇上已经交给了胡沅浦，江北若乱，皇上若不放心
肃顺兄弟，何不让僧格林沁率蒙古兵去征剿。天下既然要乱，就让它乱到底，
天下的乱民杀得越多越好。还有，祁隽藻这个人，皇上也不要留着了，随便找
一个借口，和李鸿藻翁心存彭蕴章一起杀了算了。"咸丰勃然大怒，骂道："就
这会儿，祁隽藻也是大清的天地民心，你让朕找什么样的借口，能骗过天下人
的眼睛？"懿贵妃道："皇上错了，皇上要杀祁隽藻，正是要让天下人知道，皇
上没有理由，就是想杀他，杀就杀了！皇上杀了祁隽藻，天下人心目中从此不
但不会再有祁隽藻，也不会再有别人，只有皇上！"

7

　　咸丰的六弟奕䜣自咸丰登基以来，一直被闲置不用，这日突然被召见，心
中惶惑不安。叩拜完毕，咸丰背手踱步，神情忧郁。奕䜣小心翼翼地问道："皇
上今日突然唤臣弟进来，有什么要事，就下旨吧。"咸丰回身，眼中泪花闪闪，
道："六弟，朕登基以来，一直不让你与闻朝政，你不怨恨朕吧？"奕䜣大惊，
战战兢兢道："皇上何出此言？皇上与奕䜣一母同胞，皇上登基后不让奕䜣与
闻朝政，正是要帮臣弟免祸。臣弟就是再愚昧，难道连这一层意思也看不出来
吗？臣弟谢皇上！"咸丰宽慰地点点头："你懂得这个就好。朕这些年来一直让
你优游林下，不入朝廷，还有一层深意，就是想让你为朕留下来，直到朕遇到
难处，再起用你承担大事。"奕䜣问道："臣弟斗胆，敢问皇上今日遇到了什么
大事？"咸丰忧心忡忡道："六弟，朕虽然每天看不见你，可朕知道，你是个多
闻多见的人，朝廷里的事你都知道。眼下朕就有了难处。祁隽藻在淮南代朝廷
强行开放吉林垦荒之禁之后，一定得离开朝廷，不然天下人自此就只知有此人，
而不知有朝廷；李鸿藻、翁心存、彭蕴章三人当面骂朕是桀纣，朕为了颜面，
也要严惩，不能再留他们在朝廷里。他们走了，朕身边就只剩下两拨人，一拨
是肃顺兄弟，狼子野心，一直在排除异己，试图将朕玩弄于股掌之中；另一拨
虽然只有一个人，而且是一个女人，却同样刚愎暴戾，野心勃勃，渐渐地也要
通过掌控朕来掌控天下，后宫之中，只有她为朕生下了皇子，万一朕有一天弃
绝天下，她就有挟持幼帝君临天下的机会。六弟，他们都是朕的心腹大患，可
眼下朕又不能不倚重他们与天下人周旋。朕思来想去，只有请你出山，接替祁
隽藻做领班军机大臣，总揽天下大政，朕才可以放心。你以为如何？"奕䜣听

了，急忙重新跪倒在地，道："圣上万万不可，圣上吓死臣弟了！"

咸丰失望道："难道连你也要抛弃朕，不愿帮朕？"奕䜣惶恐言道："臣弟不是这个意思。臣弟久不在朝廷当差，名望能力一时半会儿都难以服众，就是圣上一意要臣弟做了首相，肃顺兄弟和懿贵妃一定视臣弟为眼中钉，臣弟就是想帮皇上，事情也一定办不好。所以以臣弟的愚见，皇上倒不如干脆让肃顺兄弟中的一个暂且署理首相，帮皇上处理朝政，而让懿贵妃继续躲在皇上身后与他们角力，皇上则可以高居二者之上，掌控大局。至于臣弟，只要皇上吩咐，藏身幕后悄悄为皇上出力，也是一样的。"咸丰沉吟半晌，道："这样也好。朕的身子一天不如一天，你今天不出山，将来万一朕闭了眼，肃顺兄弟和懿贵妃必然激烈争斗，那时为了幼主，你一定要应时而动，帮朕平定朝中之乱。"奕䜣恭谨垂泪言道："臣弟领旨！"

咸丰又试探地问："懿贵妃要朕杀了祁隽藻等人立威，肃顺兄弟也上折子要朕重重治他们的罪，六弟以为，这件事朕该如何处置？"奕䜣不假思索地答道："据臣弟所知，祁隽藻已经以年老体衰为名上了辞官的折子，皇上何不给他一个体面，干脆让他致仕？这样做既让他离开了朝廷，也让天下人感念皇上体恤两朝老臣，绝对不会想到皇上是因为他强开吉林垦荒之禁而惩罚他。这样难道不好？"咸丰想了想又问："李鸿藻、翁心存、彭蕴章三人又该如何处置？"奕䜣道："臣弟为大清的江山社稷求皇上一定饶了他们的性命。祁隽藻走了，将来皇上要平治天下，还要起用他们替朝廷收回天下民心。"咸丰赞赏地点点头道："六弟见识果然不凡！朕今天就只听你的，让祁隽藻致仕，将李鸿藻、翁心存、彭蕴章革去军机大臣，贬去边远省份做地方官，以示惩戒！"

这一日，隽藻正在家中养病，随侍太监前来宣旨道：

　　奉天承运皇帝诏曰：祁隽藻两朝老臣，虽有过失，理应惩办，但居官尚属恭勤，多年略有微劳，特准其致仕，给半俸，颐养天年，以尽君臣之义。钦此。

隽藻叩拜接旨，半天爬不起来。随侍太监上前扶他，和气言道："祁大人请起，咱家临来的时候，皇上特意要咱家问祁大人，致仕之后，大人是离开京城回山西老家呢，还是继续留在京城养老？"世长急忙道："请公公代家父启奏圣上，家父和我们一家愿意马上回山西老家。"隽藻闭着眼睛道："公公不要听他的话，祁隽藻家里的房子三十多年前被一场地震震塌，到现在还没钱重修，致仕之后，祁隽藻不能还乡，只能留在京城养老。"世长诧异地看他，急道：

"爹——"随侍太监看看世长，又看看隽藻，笑道："你瞧你这个祁大人，在朝为官三十多年，首相都当了多少年，要致仕了，连家里的房子也没有给自个儿修好。罢了，咱家回宫交差。告辞告辞。"

世长将隽藻扶起，不解地问："皇上不让爹辞官，却让爹致仕，明摆着是想让爹永远离开朝廷，再也不要回来，爹怎么……"隽藻道："我北京城里住惯了，不想回山西。再说了，你有银子修咱家的房子吗？"世长叹气，道："爹，可是——"隽藻道："你要是不想和我一起留在这儿，你带上你媳妇回去就是了。我一个人留在这里。"世长看他，想了想，忽然笑道："算了，爹留在这里，儿子怎么能一个人回去？罢罢罢，我明白了，你哪是真的不想与闻天下大事了，你是想你留在京城，离皇上近，哪天朝廷遇上了大事，皇上又想到了你，你立马就能去见他。"隽藻听了，也不反驳，坐下来闭上眼睛，如同禅僧入定一般。世长轻手轻脚地走出，随手掩上门。屋里立即布满了黑暗，隽藻渐渐睁开眼睛。这双眼睛虽然苍老，却依然坚定倔强、明亮有力。

致仕之后的日子飞快地流淌。隽藻每日就在那张椅子上坐着，从早到晚，极少站起来走动，头上的白发也日渐稀少，显得更加凌乱了。他的眼睛要么就是闭着，要么就是怔怔地望着前方。没有人知道他在想什么。世长和世长媳妇见他如此，也不轻易打扰。

一日，世长走进来，小心地叫了他一声。隽藻不看他，只道："又有什么事，说吧！"世长道："朝廷在天下推行大钱失败了。"隽藻不语。世长道："大钱最小的面值也是五百文的，面值太大，再加上是铁铸的，质量很差，用手一掰就碎，民间根本不接受，推行不开。所以皇上今天终于下旨，废了大钱，仍行过去的铜钱。"隽藻像没听见似的，一声不吭。世长道："爹，你一直没有上折子反对行大钱之政，是早就知道，这个办法行不通？"隽藻不答，闭着眼睛道："你还有什么事？"世长道："啊，胡沅浦胡大人从江南来信说，他在江宁府外寻到了我六叔的遗体，已经帮我们运往山西老家。胡大人还说，安葬我六叔的事他也知会了山西地方大员，他们会办好的。胡大人信上还说了一句话，儿子不懂。胡大人说：爹万万不可离开京城！"隽藻的眼睛忽然睁开，过了一会儿又闭上，道："沅浦信上真是说，我万万不可离开京城？"世长道："对。"隽藻又不说话了。

世长久久地看着他道："爹，还有一件事，儿子本不想告诉你，可是——"隽藻不耐烦道："有事就说，没事就给我出去！"世长赶紧道："爹，自从朝廷在天下推行大钱，江北安徽、山东、陕西几省爆发了捻军之乱，他们与江南的太平军遥相呼应，朝廷这一年多一直派僧格林沁亲王统率大军在山东河北一带征剿，今天儿子听到消息，僧王半个月前在山东阵亡！"隽藻猛地睁开眼睛，急道："什么！江北还是乱起来了？朝廷又派了大军去杀那些被逼得不能活命的百姓？"他想了一想，越发激动，道，"你你你快去套车，我要进宫面见皇上！自从我在淮南强行开放吉林垦荒之禁，江北大批无地之民前往东北，人口本已空虚，现在朝廷又派大军去杀江北之人，洋人一定会乘机由北方打进中国！快走！"世长急拦住他道："爹，哪里有洋人哪？你现在已经致仕了，就是去了，皇上会听你的吗？"隽藻怒道："胡说！洋人一直在那儿等着呢，你以为他们睡着了？没有！鸦片之战后他们一直守在我们国门口呢，看着中国人自相残杀。以前中国人还只是在江南自己人杀自己人，现在又在北方杀起来，洋人当然要动手了！朝廷要是不赶快想办法应付，大清真的完了！你套不套车，你不套车，我自个儿走到宫里去！"说着，起身就朝门外走去。世长急得大叫："爹，你等等，我给你套车去！"

第四十章

天下士终成天下志　有情人总归有情天

1

　　隽藻的话没几年就成了现实。咸丰十年，深秋时节，万木凋零，北京城陷入一片萧索，紫禁城神武门外，咸丰带着众后妃及军马匆匆逃出宫门。懿贵妃抱着六岁的皇子载淳坐在车里，那载淳受到惊吓，哭个不住。载元、瑞华、肃顺赶来，在咸丰车前叩头痛哭："皇上，奴才们赶来护驾了！"咸丰看着他们，又恨又急道："祁隽藻前几年就对朕讲过，洋人会从北方打进来，要提防洋人。朕当时也对你们讲过，你们都不信，说他老了，胡说八道，你们看看，现在怎么样！"肃顺兄弟低头道："奴才们糊涂，请皇上责罚！"咸丰气极："这个时候责罚你们又有什么用？"回头对一太监道，"你好像去过祁隽藻的家，英法联军就要打进北京城了，快去对祁隽藻传朕的旨意，让他马上出城，跟朕一起去热河，走晚了就来不及了！"那太监应声而去。肃顺兄弟相互使个眼色。载元道："跟皇上走！"三人上马，随咸丰车驾一同逃去。

　　京城大街上已乱成一锅粥，官民纷纷外逃，车马塞道，哭声动地。黄昏时分，祁家大门外，一辆马车也已套好，世长媳妇往车上装了东西，回头对世长道："爹呢？快去请爹出来，城里能走的人都走了。"世长叹了口气，又从大门口跑进院中。只见祁家旧书房内，隽藻依然拄着拐杖，一个人在黑暗中独坐，眼角挂着一滴冷泪，神情悲愤。世长推门进来，急道："爹，城里头都走空了，外头盛传英国兵和法国兵都到了圆明园，一眨眼的工夫就要进城，再不走就走不了了，你还真想亲眼看看这些杀人不眨眼的洋鬼子呀！"隽藻眼也不睁，怒道："我说过我不走，就不走！你们要走赶快走，别理我！你是皇上吗？连皇上叫我走我都不走，我干吗要跟你们走？我就留在北京城里，看洋鬼子进城！你们走！"世长媳妇也疾步走回来，看着隽藻和世长道："爹，你们怎么——"世长索性也坐下来道："爹，你老人家不走，那就是没事儿，我们也不走，就坐在家里陪你，我和你媳妇儿也想见见洋鬼子长啥样儿呢！"隽藻听了，仍旧一言不发。

　　世长媳妇忽然惊叫一声："爹，你看，这是哪里着火了？"隽藻猛地睁开眼睛，朝外看去，只见远处冒起滚滚浓烟，又见大火冲天而起，火苗子越蹿越高。隽藻悲声大号："圆明园，那儿是圆明园！走，快走！英法联军烧了我们的圆明园，我们去救火！"世长急忙拉住他："爹，你是不是气糊涂了！真要是洋鬼子烧了圆明园，我们去了也救不了！"隽藻一把推开他们，蹒跚着朝外奔去。世长媳妇看着世长，急道："还愣着干啥？快去赶车，跟着爹走哇！"

夜色之中的圆明园已经烈焰冲天，枪声零乱。白发苍苍的隽藻一个人蹒跚在大火之间，老泪纵横，大声悲呼："苍天啊！我早就说过，朝廷与天下人为敌，洋人一定会乘虚而入，为什么没有一个人听啊！皇上，你在哪里？你将你自己的京城、将天下万民扔给洋人，你自个儿走了，你要把天下人扔给谁呀！你扔下天下人不管，你还算他们的什么皇上啊！你自己逃走，还要祁隽藻跟你一起逃走，祁隽藻老了，不能拿起武器保卫自己的国家，已够可耻了，再跟着你跑，祁隽藻还算个中国人吗？什么叫国将不国，这就是国将不国！什么叫玉石俱焚，这就是玉石俱焚哪……"他头一晕，栽倒在地上。

大火中，世长和世长媳妇一路呼喊着寻找过来。隽藻一定要来圆明园，夫妻二人不能阻止，只好一同前来，到了这里，一转眼父亲就不见了。二人到处乱找，终于看见他倒在远处大火之间，急急跑过来，将他扶起。世长大声流泪喊道："爹，爹，你快醒醒！咱们快回山西老家！"隽藻醒来，挣扎着不肯离去："不，你们走，我不走，圆明园完了！这可是万园之园呀！我一生要救天下人，现在我连个圆明园也保不住，我还活个什么劲儿，让这把火也把我烧了吧！"世长对媳妇道："快架起爹走！"夫妻二人连拉带扯将隽藻架出火海。在他们身后，大火仍在燃烧。隽藻挣扎着扭回头去，大火映亮了他眼中血红的泪水……

2

半个月后，隽藻回到了故乡，由于家中无房可住，他来到方山，将儿子媳妇寄居在寺内僧院内，自己则在山顶清风大师的灵塔前搭了一个草庐，每日一心礼佛，不见宾客，不问世事。

眨眼就是一年。自去年英法联军打进京城，咸丰仓皇逃往热河，气病交加，于这一年的八月驾崩，年仅七岁的载淳即位做了新皇，年号祺祥，懿贵妃成了慈禧太后，朝中顾命大臣以肃顺兄弟为首，两位太后尤其是慈禧太后以及皇上的六叔奕訢却实际掌管了朝政，慈禧太后和肃顺兄弟势同冰火，不能相容。此时就有一人认为大清政局不日必有大变，再次从关外回到京城，又千里迢迢来到山西寿阳，不顾已出家在方山寺号称一空禅师的殷掌柜的阻拦，执意要见隽藻。一空问他姓名，此人双手一拱道："爱新觉罗·诺敏。"一家听了大惊，他过去听说过这个名字，急引他去到山顶，将隽藻的居处指给他看，让他自个儿走去。

山顶林间，清风大师灵塔前，一间草庐之内，隽藻正闭目诵经。诺敏沿小路走来，到了近前，深施一礼，道："祁大人请了。"隽藻一惊，睁开眼又闭上，诵经声停而复起。诺敏拉过一只蒲团，在隽藻对面坐下，道："大人，诺敏所以要万里迢迢回到关内来见大人，是受数百万前往吉林垦荒的百姓之托，来谢大人的救命之恩。大人当初为了救天下无地之民，不避死生，强开吉林垦荒之禁，今日难道就不想知道这些无地之民到了吉林以后的事情吗？"隽藻停止诵经，微微睁开眼睛望着诺敏，神情如同看一个陌生人，然后又闭上，接着诵经。诺敏眼中流出泪水，道："大人，自从数年前大人强开吉林垦荒之禁，全国各地前往吉林去的无地之民已经有了数百万，他们垦荒，盖房，过上了有地的日子。千万里荒原也就此有了主人！"隽藻不再诵经，却也没有睁开眼睛。诺敏继续道："虽然黑龙江、乌苏里江之外的地方，关内的移民还不多，但南至浑河，北至三江平原，关内的移民都真正成了土地的主人。大人不但让中原的无地之民得到了吉林之地，还让这块土地世世代代不会再脱离大清、属于他人，大人为后人做下的事情，比替今人做下的事情还多，大人功德无量！"他深深叩下头去。

隽藻突然睁开眼，开口说话："阿弥陀佛。施主一定说完了自己想说的话，那就请吧！"诺敏急切言道："大人，上次诺敏来山西见大人，大人一心要做隐士；今日诺敏又来见大人，大人又要一心向佛！大人难道不想知道三江之外的吉林之地，现在就要属于谁了吗？"隽藻平静言道："皇上不做尧舜之君，天下官员不做官而做贼，官逼民反，天下人自相残杀，三江之外的土地一定会属于外人，这件事祁隽藻足不出户就能想到。祁隽藻年少时误入迷途，以为以一己之力可以救天下，今日垂垂老矣，才知不过是一场痴梦。今日大梦已醒，始知世间之事，无论有无，皆是一空，了了未了，未了已了，未了在人，了了在己。施主请回，让祁隽藻在这碧水青山之间，身化清风，心如明月，万念俱息，与佛同在，了却今生，再生净土！"说到这里，他又闭上了眼睛。

诺敏心中不觉大为绝望，愤然起身言道："大人即便真的一心向佛，诺敏也还有话要讲，今日诺敏不把心里话讲完是不会走的！虽然此次英法联军趁我天下大乱之时打进北京，列强也纷纷下手，瓜分我土地，奴役我人民，多少人以为中华必亡，诺敏却以为大清或者会亡，可中华不会亡！大人要问诺敏的理由，现在诺敏就讲给大人听！诺敏这次带领江北灾民，由中原前往吉林，一年之后，又从吉林走回中原，是诺敏这双脚告诉诺敏，中华太大，中华的土地辽阔无边。诺敏读过徐继畲先生的《瀛环志略》，知道西方列强，不过是些蕞尔小国，它们就是全张大了嘴巴，也吞不下中华这块土地！他们就是用尽了他们所有的枪弹，也杀不尽中华之人！所以大人，虽然中华的国运到了谷底，中华之人到了最水深火热的年代，中华仍然不会亡！大清或者会亡，但大人若以为中华必亡，中华再也没有了希望，大人就大错特错了！"隽藻嘴唇动了动，欲说还休，仍然闭着眼睛。诺敏重新跪下，叩头在地，情绪激烈，大声言道："诺敏说中华不会亡，还因为大人还在，大人虽然致仕，但大人今日仍然是天下万民之望！大人不要忘了，大人出仕三十余年，替两朝皇上简拔了多少人才，只要这些人才还在，中华就不会亡！"隽藻听了，依旧闭目不语。

诺敏焦虑道："大人，目前朝廷的情况你肯定知道。肃顺兄弟贪婪寡恩，灭亡之日屈指可待。大清政局大变之日，就是天下人翘首仰望大人重新出山之时。到了那时，大人真的能置天下万民之望于不顾吗？"隽藻还是闭目默默不语。诺敏气极，爬起来跺一跺脚，哭了一声，转身就走，走不了几步又回头，大声言道："祁大人，你若铁了心遁迹空门，就该离清风大师的灵塔远一点儿。诺敏听说，大人出仕之初，清风大师曾送给大人八个字，叫作'出生入死，有去无回'。大人今天活得好好的，天下万民却活在水深火热之中，大人今天就不觉得有愧于恩师的托付吗？连诺敏都知道，清风大师将天下万民的命托付给了你，可你活了一辈子，空负了一个天地民心的虚名儿，却什么也没有做到！"他转身下山，不再回头。隽藻睁开老眼，默默望着他的背影远去，眼里蓦然涌出泪花，随即又闭上眼睛，重新诵经。

3

热河到京城的官道上白茫茫一片，护送咸丰梓宫还京的队伍前不见头，后不见尾。梓宫后面跟着慈安、慈禧两太后的车。两太后在车上并肩而坐，慈禧怀中多了一个七岁的小皇上。慈禧虽然一身丧衣，脸上却并无特别的悲戚，倒是显得目光冷峻，镇定从容。梓宫还京之前，她已秘密下令奕䜣周密部署，趁着咸丰梓宫还京之机，出其不意地解决肃顺兄弟。事情进展得超乎寻常地顺利，梓宫十一月初一启行，次日即由两宫太后下旨，解除载元、瑞华、肃顺等顾命八大臣之职，初三日又下旨令恭亲王奕䜣为议政王，领首相之任。肃顺三兄弟虽知慈禧心机深重，阴险毒辣，却万万没有料想她的手段会如此凌厉，尚没弄明白是怎么回事，一夜之间就成了阶下之囚。十一月初七，两宫太后传旨，改祺祥年号为同治。初八，诏杀肃顺，令载元、瑞华兄弟自裁。是日，肃顺三兄弟被推上囚车，立于站笼之内，在京城游街示众，两旁围观的百姓人山人海，见天下大奸得诛，人人拍手称快。慈禧此举，震动了大清国朝野，即使是初任首相的恭亲王奕䜣，也对这位当年的懿贵妃、今日的慈禧太后心怀惊恐战栗之心，无论大事小事都要赶到宫内征求两位皇太后——其实是听慈禧太后的示下。

这一日奕䜣又来到了坤宁宫，叩拜两位太后，口称："奕䜣跪见两宫太后。"

慈禧首先开口言道:"六爷不要这么客气,什么事呀?"奕䜣道:"奉太后懿旨,奕䜣已代皇上拟旨,着前军机大臣李鸿藻、翁心存、彭蕴章回京,重回军机处行走。现在他们三个人都回来了,要进来叩见皇上和两宫太后。"慈禧点头道:"这件事你办得好!还有呢?"奕䜣又奏道:"奉两宫太后懿旨,奕䜣已代皇上拟旨,着奉天户部侍郎倭仁进京,授文渊阁大学士,入军机处行走。现在倭仁也到京了。"慈禧道:"这件事你也办得好!倭仁是蒙古正红旗人,学问也好,现在军机处里这么多汉人,不进来几个旗人和蒙古人不好,你说是吗,姐姐?"到了这里,她才想起问一句咸丰的皇后、今日的慈安太后。由于当年慈安是妻,是皇后,慈禧是妾,是贵妃,所以虽然慈禧的儿子做了皇上,但就两宫太后的地位而论,慈安仍在慈禧之上。这时就听慈安言道:"妹妹说好就是好,我哪里懂这些事情,朝廷里的大事,你和六爷商量着办就是了。"

奕䜣心中斟酌了一下,又道:"奕䜣还有一件大事启奏两宫太后,两宫太后诛杀肃顺奸党、推行新政,天下万民无不欢欣鼓舞,翘首仰望一个人重回朝廷主持大政。"慈安听了,来了兴致,问道:"六爷,你说的这个人是谁?"慈禧面色微愠:"六爷说的一定是祁隽藻,是不是?"奕䜣叩头道:"太后圣明!祁隽藻三朝老臣,入仕三十多年,一直被视为天下民望!奕䜣以为大清政局大变之后,首在安定天下民心,朝廷要安定天下民心,必起用老臣,老臣之中,一人还朝即能助朝廷稳定天下的,就是这个祁隽藻!"慈禧哼了一声问:"六爷,除了一个祁隽藻,天下就再没人了吗?"奕䜣低头不语。慈安这时插嘴道:"六爷,祁隽藻这个人我倒也听过,当年他办的那些事情里头,至少有一件我觉得不错!"慈禧转头不悦道:"原来姐姐也知道祁隽藻。姐姐,妹妹倒是想知道了,祁隽藻在朝时办的哪一件事,让姐姐觉得不错?"慈安迟疑了一下,有点儿犹豫,但还是把话说了出来:"就是……就是他不顾大臣们的反对,一力主张开放吉林垦荒之禁。现在看起来,他当时若不这么做,北半个中国就安定不下来。他是个为大清立过大功的人。妹妹,你是觉得他不行?"慈禧心中恼怒,却又不好发作,只道:"姐姐,我也不是说这个人就不能用,只是当年先皇就说过他老了,让他致仕,现在难道我们非得用他不可吗?"

奕䜣知道她不愿重新起用祁隽藻,沉吟了一下又道:"奕䜣还有一事启奏两宫太后!"慈禧生气道:"说!"奕䜣道:"内阁大学士、总理江南六省军马一切事务胡沅浦,也上折子请朝廷让祁隽藻出山。胡沅浦说,若朝廷能请祁隽藻出山,则江南之乱,定能一鼓而定!"慈禧沉下脸来道:"胡沅浦混账!他想怎么样,逼我们孤儿寡母吗?!"奕䜣小心地看着慈禧,大了一下胆子道:"两宫太后,有件事奕䜣不敢说,可又不能不说!"慈禧不满,突然说道:"六爷,如今你还有什么不敢说的话吗？"慈安听了不顺耳，又怕奕䜣在这个时候撂了挑子，连忙和颜悦色言道："妹妹，六爷有话，就让他说嘛！六爷，你说。"奕䜣只好接着说道："两宫太后不知道听说没有，前朝首相穆彰阿临死之际，曾为胡沅浦出谋划策，要他学元朝末年的朱元璋，由江西直下江宁府，高筑墙，广积粮，缓称王，待天下英雄消磨殆尽，便乘机而起，一统江南，然后率大军北上中原，推翻大清，南面称孤。正是祁隽藻，于淮南强开吉林垦荒之禁之后，虽身陷囹圄，朝夕将死，仍然要胡沅浦答应将来不学朱元璋，要他忠于朝廷，做古今天下第一完人！如果朝廷连这个为大清立下盖世之功的老臣也容不下，天下人又怎么能容得下大清朝廷？"慈安听了，十分不安，看看慈禧。慈禧含怒不语，听奕䜣继续说下去："奕䜣还有一句话请问太后，如果祁隽藻不还朝，将来胡沅浦在江南坐大，又有谁能替皇上和两宫太后挟制住此人，让他不学朱元璋，坐拥江南，与朝廷争天下？"

慈禧不觉拍案而起，怒道："这个穆彰阿可恶！"慈安心慌起来，连忙道："妹妹，虽然眼下皇上的年号叫同治，可是我这个太后，对于朝廷大政，却不是很懂，也从没插过嘴，但这一回，我想说一句。六爷方才说得对，眼下皇上年幼，我们两个又是女人，正是所谓主幼臣疑、天下大危之时，朝廷里确实需要一个能维系天下民心的老臣帮你我和皇上稳定大局。六爷，我看这事就不要议了，你下去马上替皇上拟旨，请祁隽藻还朝！"奕䜣听了，见慈禧半日没有说话，急忙答应道："奕䜣领旨，奕䜣这就办去！奕䜣告退！"慈禧这时又叫道："慢！"奕䜣停住脚步，回头望她。慈禧道："祁隽藻一定要用，但是怎么用，还朝之后，还要斟酌。"奕䜣又看了一眼慈安。慈安道："六爷去吧。"奕䜣叩头，转身离去。慈禧见了，心中暗暗恨道："两宫太后，两宫太后，我看这两宫太后，也被你们喊到时候了！"

奕䜣虽请准了懿旨，却又犯了难。他把翁心存叫到自己府上，直嚼牙花子："我说翁大人，听说祁隽藻回到山西，一心入佛，不愿还朝，这是不是真的？先皇当年受肃顺兄弟蛊惑，忠奸不分，早早地让他致仕，这固然不妥，不过如今新皇登基，肃顺兄弟也让太后除掉了，他怎么还不愿意还朝呢？这里头是不是有别的原因？"翁心存听了，眼里涌出泪花，道："恩师为天下万民求命，一生九死，上下求索，至今不悔，今天却不愿还朝，臣以为根本在于朝廷能否在他还朝之后行救民之政，做救民之事，不然，祁大人不会还朝！"奕䜣想了想道："翁大人，两宫太后和皇上既要请祁隽藻还朝，自然会信任他，倚重他的清望，重整破碎的河山。这次干脆就委屈翁大人到山西走一趟，代皇上和两宫太后向祁隽藻宣旨，请他还朝。如何？"翁心存听了，忽然跪下，道："王爷，臣去山西之前，有一事要求王爷！"奕䜣道："说吧，什么事？你我同在军机处办差，不要跪下，快起来！我明白，一定是祁隽藻的事，不然你一定不会如此，你说吧，只要能让祁隽藻还朝，本王都都都……答应你！"翁心存泣道："咸丰三年，祁大人在淮南替朝廷强开吉林垦荒之禁，回京后自投刑部大牢待死，臣去牢中看他，问他还有什么未了之事，祁大人说，还真有一件事，虽然与他自己有关，却仍是天下之事！"奕䜣猛然想起来，道："你这一说我还真想起来了，你说的一定是冯叔阳和祁韵士两案。这两件案子都是冤案，由载元兄弟当年一手造成。这两个案子父皇曾让已故左都御史黄爵滋查过，所以没有为冯叔阳、祁韵士翻案，是因为当时朝中穆彰阿势力太大，父皇欲为先皇除之，必须倚重肃顺兄弟，还因为当时只有前两江总督保胜死前的一份证词，朝廷不能因为这样一份孤证就杀了两个铁帽子王爷。没想到穆彰阿临死前也写了一份证词，这样载元、瑞华的罪名就被坐实了。眼下载元、瑞华已除，翁心存，你是不是想说，朝廷今天要是能公开为冯叔阳祁韵士平反昭雪，祁隽藻就会重新出山？"翁心存含泪道："王爷，朝廷若是这么做了，就是向天下人显示正大至公之心，不但不会伤朝廷的面子，反会为朝廷赢回天下人心！"奕䜣也感慨道："古话说，前王之弊政，后王之福政也。本王这就去见两宫太后，冯叔阳、祁韵士两案，也确实到了可以大白于天下的时候了。"翁心存感激涕零，又叩头道："臣翁心存谢王爷，王爷圣明！两宫太后若答应了王爷的请求，臣请王爷让人将平反两案的诏书公示天下，让万民得知，最好在臣赶到山西之前，这个消息就能传到祁大人耳中！"

4

京郊大兴县南门外，一方告示贴在城墙之上，引来众多围观的人指点和议论。一身农妇打扮的妙真和暖儿也挤了过来，看那告示。一个秀才模样的男子正向周围的人讲解："朝廷为四十多年前的两个案子平反，一个是前淮南道道台冯叔阳大人，一个是前户部郎中祁韵士大人，这两个人，都是嘉庆一朝的名臣，受了朝中权贵陷害，沉冤多年，现在朝廷终于认错，为他们平反昭雪了！"暖儿大惊，回头叫道："小……小姐！"妙真听了，神情急变，突然泪如涌泉，转身拨开人群，飞奔起来。暖儿喊了一声，急追上去。那妙真直跑到有一里之外，走进山林之中，才手扶着一棵大树，忍不住放声大哭起来。暖儿赶来，两个人抱在一起痛哭。暖儿道："小姐，已经四十余年了，老天到底睁眼了，朝廷还是……还是给了老爷一个清白！祁大人一直都让小姐耐心等着，小姐为了等这个，等了整整一辈子，可到底还是等到了！……"

半个月后，山西寿阳方山寺，清风大师灵塔前的草庵里，翁心存在隽藻面前伏地不起。隽藻端坐在蒲团上，望着远方，问："心存，你觉得我就是重新出山，真能救得了天下人吗？"翁心存激动地抬起头，大声言道："恩师何出此言，恩师这一生，不就是为救天下人九死一生的一生吗？不就是明知不可为也要为的一生吗？今日朝廷大奸已除，两宫太后和恭亲王爷朝夕盼望恩师回朝，行尧舜之政，平治天下，正是恩师实现一生志向的时候，恩师一定不能推辞，上负朝廷之望，下负万民之心！"隽藻摇头，眼中落泪，道："心存，祁隽藻还乡一年多，天天在恩师清风大师灵塔前面壁悔过，终于发现恩师当年不让我出仕是对的，错的是我！心存，什么叫国破家亡，生灵涂炭，现在就是！我当年为救天下人，违背恩师教诲，坚决要求出仕，可我做成了什么？我这一生，什么都没做成！今天我都老成这个样子了，不留在方山寺为恩师守灵塔，忏悔一生的罪愆，还要回到朝廷里做官，享受百姓的脂膏，我……还有一点儿人心吗我？"翁心存听了，急流泪道："恩师千万别这么说！没有恩师当年为救天下人毅然出仕，一生九死，今天遭遇大难的就不只是江南数省之民，整个大清国都会陷入大乱；没有恩师毅然出仕，今日天下数百万无地之民就得不到吉林之地；没有恩师三十多年来一力为天下养育和简拔人才，学生自己也不会置身朝廷，为天下人求命……恩师不是没有救得了天下人，恩师三十多年来，已经救了天下人！"

见隽藻仍然不语，翁心存又劝道："恩师学贯古今，自然知道世事盛衰变易之理。古人讲穷则思变，中国人今天穷途末路，国将不国，焉知不是大变的前夜，由穷转通的门阶？恩师一生为天下万民求命，怎么能坐视中国失去这个机会？"隽藻听了这话，睁开眼睛道："你快起来坐着，给我讲讲，我还能为今天的中国做什么事情？"翁心存振奋起来，爬起坐到他的面前言道："第一，大人重新出山，可以帮助朝廷稳定天下人心，天下人心稳定，多少大事才可以去做。第二，今天江南之乱未平，朝廷对胡沅浦已经心存猜忌，胡沅浦近日接连上折子请大人出山，其意有二：一是有大人在朝，胡沅浦一家一百四十余口的性命就有了保障；二是大人在朝，两宫太后和朝廷也会觉得有大人挟制，胡沅浦即使平定了江南之乱，也不敢拥兵自重，背叛朝廷。朝廷和胡沅浦一旦觉得有大人可以依恃，则江南指日可定。大人，当初你要沅浦做古今第一完人，可你今天不入朝，一旦沅浦平定了江南之乱，谁又能阻止朝廷不做兔死狗烹之事！"

隽藻默然，久久地望着天边的流云，半晌才道："心存，还有一件事。朝廷为冯祁两家平反昭雪后，有没有一个女子，自称是冯叔阳的女儿，名叫妙真，去朝廷里自诉，要求旌表自己的父亲，让朝廷撤销对她的通缉，归还和补偿四十多年她们一家人失去的一切？"翁心存茫然道："这个好像没有。"隽藻忽然流出泪来。

次日，隽藻最后一次在清风大师灵塔前上祭。一空禅师、已是知客僧的柱儿、翁心存、世长一旁侍立。隽藻默默叩完头，起身对翁心存道："好了，咱们走吧。"世长上前扶起隽藻，拾级而下。一空禅师原地伫立。柱儿道："大师，祁大人真的走了！"一空道："祁大人这次离开，不会再回来了，方山寺送送他吧！"柱儿泪水涌出，飞快地跑下去，跑进寺内。翁心存、世长扶隽藻走出山门，忽听身后，山上山下，钟声齐鸣。隽藻回过头去，讷讷言道："不值得这样，不值得为祁隽藻这样。"三人下山，上车辘辘行去，钟声依然在群山之中久久回荡。

5

隽藻回到京城，重新住回旧宅，等了数日，却迟迟不见两宫太后召见。奕䜣再次进入坤宁宫，在慈安慈禧两太后前叩头道："奕䜣启奏两宫太后，祁隽藻已经回京，正在等候圣命。请两宫太后早下懿旨，让祁隽藻入朝理事！"慈禧坐在那里，绷着一张脸，不发一语。慈安不安地看看奕䜣，又看看慈禧，道："六爷，妹妹，你们觉得，祁隽藻回来了，该让他当一个什么差？"奕䜣道："奕䜣回太后，祁隽藻天下名臣，德高望重，先皇一朝就官拜首相，此次朝廷起用他还朝，万民额手称庆，以为天下太平就此可致。为彰显新朝用人唯贤之大气象，奕䜣自愿解去领班军机大臣之职，由祁隽藻接任，以应天时，以顺民心！"慈安没有主意，看看慈禧，慈禧还是不语。奕䜣心中火起，索性一口气把心中话说完："眼下国家百废待举，亟待祁隽藻这样的老臣拨乱反正。奕䜣以为，朝廷既然起用祁隽藻，就要放手让他革除积弊，一新大政。无论两宫太后，还是皇亲贵胄，都不要横加掣肘。朝廷若能如此，则我大清中兴有望！"他伏地不起，等候两宫太后其实是慈禧发话。慈安又看看慈禧，道："妹妹，六爷的话听起来好像没错，咱们既然用了人家，就要相信人家，不要在中间掣肘。"慈禧早已变了脸色，脱口道："六爷糊涂！"

慈安和奕䜣一惊，不约而同地看她。慈禧沉沉言道："如今大清朝廷，内有李鸿藻、翁心存、彭蕴章执掌机要，外有胡沅浦手握重兵，这些人皆是祁隽藻一党。姐姐，你和我是两个深宫里的女人，皇上年幼，六爷多年优游林下，就是今天做了首相，也难说真正掌控了天下之权。再让祁隽藻做了首相，万一大事有变，我们这些人将死无葬身之地！"慈安顿时脸色大变，没了主意。奕䜣情绪一时激动，脱口言道："奕䜣启奏两宫太后，祁隽藻乃大清第一贤臣，一生之心在为天下万民立命，让他做首相，只会稳定天下，致君尧舜，使民小康。

奕䜣不以为祁隽藻当政，大清真有不测之祸！"慈禧听了，心中大恶，冷笑道："听说六爷近来着了风寒，两腿疼痛，不便走路，今天来见我们姐妹，还是让人抬来的。姐姐，六爷这些日子太辛苦，不妨让六爷回去将息几个月，你觉得怎样？"奕䜣一惊，脸色急变。慈安道："妹妹，你们说的话我越发不懂。六爷要是真病了，自然应当回去养着，可六爷是领班军机大臣，他走了，这朝中的大事谁来办呢？"慈禧心中早有盘算，道："这个姐姐不用担心，倭仁不是来了吗？六爷就是病了，仍是领班军机大臣。六爷，你的病要养多长时间，就养多长时间，朝廷的事就先让倭仁代你操办，就是倭仁不能办，不是还有我嘛！"奕䜣听了，知道她已经下了决心，要将自己赶出朝廷，干脆顺水推舟，叩头言道："谢太后卸去了奕䜣肩上的重担。奕䜣不只是两条腿不能行走，奕䜣浑身上下都有大病，请太后开恩，准奕䜣辞去领班军机大臣之职！"

慈安为难地看看慈禧，道："妹妹，你看这个——"慈禧冷冷一笑，道："姐姐，六爷这是要撂担子，六爷真的以为朝廷没有他，我们姐妹和皇上就治不了天下了！"奕䜣大惊，浑身发抖，不住地叩头道："奕䜣知罪。奕䜣领旨，回去养病。谢两宫太后，奕䜣告退。"慈禧看他惶恐的样子，笑了一笑，道："六爷回去养病，什么药你那儿没有，就到宫里来取。至于领班军机大臣一职，只要六爷还挂着名儿，别人就不会有非分之想，这就算六爷为皇上和我们姐妹分忧了吧！"奕䜣不敢仰视，道："喳！"慈禧不再看他，只一心喝茶，口中道："去吧！"奕䜣叩头，急急转身退出。慈禧又轻轻道："六爷回来！"声音虽然不高，在奕䜣听来却如闻惊雷，连忙回身，重新战战兢兢跪下。

慈禧轻松吹去茶碗里的泡沫，道："六爷，听说有个叫诺敏的旗人，在外头到处胡说，什么他是先皇的四叔，仁宗皇帝的皇子。此人听说与祁隽藻走得很近，这样的疯子，为什么还不抓起来，任他在外头招摇撞骗？"奕䜣一惊，连忙道："奕䜣回太后，据奕䜣听知，此人确是仁宗皇帝的第四子，宣宗皇帝的四弟，先皇和奕䜣的四叔！"慈禧怒喝道："他果真是皇族，你就更该管一管了！堂堂爱新觉罗的子孙，像他这样混迹市井，形同浮浪，祖宗颜面何在！六爷兼领宗人府，还不该早早地把他圈禁起来？！"奕䜣迟疑起来："这个……"慈禧冷笑道："六爷是不是觉得难办，还要皇上和我们姐妹自己找人去办吗？！"奕䜣慌忙应道："奕䜣领旨，奕䜣马上就去办！"慈禧看他慌慌张张地离去，不觉冷笑。

这时就有随侍太监进来禀报："启奏两宫太后，倭仁在外头等候多时了。"慈禧吩咐道："让他进来。"倭仁进得坤宁宫，俯伏在地，不敢仰视，道："奴才倭仁，叩见两宫太后。"慈禧道："倭仁，本宫和本宫的姐姐商量过了，六王爷病重不能理事，由你署理领班军机大臣。"倭仁吓了一跳，忙叩头道："奴才倭仁谢两宫太后和皇上天高地厚之恩，只是奴才德薄才浅，不能服众。两宫太后还是另请高明吧！"慈禧轻轻一拍案，指着他叱道："倭仁，你这个狗奴才！你是旗人中的大儒，你不暂时署理首相，难道让本宫将首相之位交给那个叫祁隽藻的汉人吗？"倭仁愣了愣，问："祁隽藻乃天下之望，奴才想知道，太后让奴才署理领班军机大臣，这祁隽藻如何安置？"慈禧不耐烦道："倭仁，你是蒙古旗人，要给旗人争气。祁隽藻老了，行动不便，朝廷让他还朝，是要向天下人表示皇上礼敬老臣之意，并不打算让他问政，不过我们姐妹也会给他安排一个位置。皇上今年七岁，也到了入上书房读书的年纪，天下人皆说祁隽藻是当今天下第一大儒，好像在道光朝就做过皇上身边的侍读，又是咸丰朝的上书房总师傅，民间传说他是什么两代帝王之师。这一次他还朝，还让他进上书房，充任教皇上念书的师傅，这样他就是三代帝师了。皇上和我们姐妹对他的尊宠，大约也够了吧！"倭仁额头汗出，一边拭一边道："太后圣明。祁隽藻一代文宗，让他出任上书房总师傅，教皇上读书，天下一定深感欢慰，说太后给皇上找到了最好的老师！"慈禧冷冷言道："你错了。上书房总师傅由你这个署理领班军机大臣兼任，另外再给皇上请三位师傅。排名顺序依次是李鸿藻、祁隽藻、彭蕴章。倭仁，你是我们旗人中的大儒，我们姐妹希望真正教皇上读书的人是你！"倭仁摸不透慈禧的心思，只觉汗如雨下，越拭越多，道："太后，奴才学问浅薄，难堪大用。再说了，李鸿藻乃是祁隽藻的学生，将祁隽藻排在自己的学生之后，奴才以为祁隽藻可能不奉诏！"慈禧看着他，微微叹道："倭仁，你这个人太老实了，我们姐妹不过是给皇上请几个老师，教他读些不能不读的书，至于将来怎么当皇上，本宫自会教他，哪里需要别处去请师傅！将祁隽藻排在你和李鸿藻之后，是本宫体恤他年老体弱，不让他过于操劳，不过是让他挂个名。至于别的，你就甭想了，下去拟旨吧！"倭仁看看慈安，慈安一言不发。倭仁马上叩头道："奴才领旨谢恩！"

6

隽藻回京之后，一直在家中待着，足不出户，同时嘱咐家中大白天也大门紧闭，不见外客。这一日，世长推开书房的门进来，道："爹，李鸿藻李大人、翁心存翁大人、彭蕴章彭大人都来了，他们一定要见爹！"隽藻眼皮也不抬，道："我不是说过了，回京之后，朝廷的旨意没下，我谁也不见！"世长道："爹，朝廷的旨意就要下了，六王爷赋闲，倭仁署理首相，李鸿藻、翁心存、彭蕴章三位大人都进军机。倭仁任上书房总师傅，教皇上念书，排位第一，其次还有三位师傅，分别是李鸿藻大人、你和彭蕴章大人。爹，朝廷这次并不打算让你再进军机。"隽藻听了无语。世长又道："三位大人说，现在这种安排，朝廷摆明了是不想用爹，至于让爹在上书房四位师傅中位列自己的学生之后，简直就是羞辱爹！三位大人认为朝廷这样出尔反尔，爹应辞官不做，立马还乡。爹这样做了，他们三个人也打算辞官回乡，终生再不还朝！"隽藻仍是不语。世长看着他，想了想又道："对了，还有一件事呢。诺敏贝勒爷听说被圈禁起来了。这么个与世无争、一心只想为大清中兴出力的人，西太后也下了旨，要将他圈禁到死呢！"隽藻沉默半晌，忽然开目言道："套车，我要去谢两宫太后！你爹老了老了，居然又得到了一个亲自教导皇上，使他从小明白要做尧舜之君的机会！太好了！"世长叫道："爹，你让我套什么车呢，圣旨还没到呢！"正在说话，外面就响起传旨太监的声音："圣旨到，祁隽藻接旨！"隽藻听了，流出泪来，急忙颤巍巍站起，对世长说："你看，这圣旨不是到了吗？我去接旨，你快去套车，快去！"世长叹一口气，赌气出门。

　　隽藻接了旨，一刻也没有停，就乘车进宫谢恩。到了坤宁宫，他颤颤巍巍地叩拜在地，口称："臣祁隽藻叩见两宫太后，吾皇万岁万岁万万岁！"慈安要说什么，慈禧抢上来问道："祁隽藻，本宫和本宫的姐姐念你年迈多病，不想让你过于操劳，让你充任上书房师傅，你愿意吗？"隽藻忙大声答道："臣谢太后隆恩。臣能蒙两宫太后恩宠，出任上书房师傅，侍候皇上读书，深感荣宠之至！"慈禧又道："祁隽藻，皇上还小，你做了皇上的师傅，打算教他一些什么文章呀？"隽藻道："臣蒙太后隆恩充任上书房师傅，自然要请皇上读圣贤之书，将来成为一位万民称颂的尧舜之君！"慈禧冷笑一声道："祁隽藻，本宫倒要请教，这尧舜之君是个什么样儿呀，他们与天下众生有什么不同？"隽藻道："臣回太后的话，臣以为尧舜之君与天下众生的不同之处只有一点，那就是天下众生皆有善恶爱憎，可以成为孔孟那样的圣人，也可以成为盗跖那样的恶人。尧舜之君不同，就像是孟子说的那样，尧舜之君，唯有仁义二字而已。"慈禧又是冷冷一笑，道："仁义二字，又当如何解释？"隽藻慢慢抬起头来，望着慈禧，道："太后问得好。这话当年宣宗皇帝问过臣，文宗皇帝也问过臣，今日太后又问到臣，臣以为太后有这一问，已经有了仁义之心。太后，孟子说，要明白仁义二字，记住八个字就可以了——己所不欲，勿施于人。"慈禧听着，只觉得逆耳，不愿再听下去，道："皇上年幼，你们四个人以倭仁为首，轮流上值，每天也不要过于逼他。皇上念书的日子长着呢，你跪安吧。"隽藻道："臣祁隽藻领旨谢恩。臣今日还有一件大事要启奏太后。"慈禧皱了皱眉头道："你还有什么事呀？"隽藻捧过一部《瀛环志略》，道："臣今天要向太后举荐一个人和一本书。此人名叫徐继畬，乃是前漳州道道台，这本《瀛环志略》就是他写的。太后读了徐继畬这部书，若以为此言不差，可将此人召至朝廷，辅佐皇上，认清今日中国面临五千年不遇之变局，从而参照西方列强之法，施行新政，富国强兵，则天下可以救，大清可以中兴，不然朝廷即使平定了江南之乱，将来仍有可能遭遇难言之祸！"慈禧默默看他半晌，才对内侍道："接过来吧。"内侍走来，从隽藻手中接过那书，隽藻叩头谢恩而去。

慈禧一直望着这个蹒跚而去的背影，直到望不见，才站起来冷冷一笑，想了一想，着人召倭仁进殿，道："倭仁，这里有一本书，是祁隽藻推荐的，你拿去翻翻，看里头有没有一点儿意思。祁隽藻说江南大乱平定之后，朝廷还有不测之祸，还说看了这部书就会明白，你看过后进来给我们讲一讲，徐继畬是个什么人，这部书里到底讲了些什么，能让祁隽藻说出那样的话来。祁隽藻虽然老迈，但这话还是让本宫听着惊心。"待倭仁答应着接过那部书，诺诺退出，慈安才终于开口问道："妹妹，听先皇说，祁隽藻年轻时口无遮拦，敢当面骂宣宗皇帝是桀纣；就是先皇，他也当面骂过。没见他以前，我还以为他是个多么凶的人呢，怎么今天一见，他竟然如此恭顺，从头到尾，对妹妹甚至不敢抬头仰视一次。是他的性情大变了，还是过去人们说他的话是错的？"慈禧笑道："姐姐，一个当面骂宣宗皇帝是桀纣的人其实不可怕，可怕的是今天这样一个人，他明知道你羞辱了他，却还要赶过来谢恩，连吐到他脸上的唾沫都不擦一擦。"慈安听了不满，看着她道："我倒觉得祁隽藻这个人心眼儿不错，将皇上交给这样的人教导，我放心，不知妹妹是怎么想的。"说完此话，也没等慈禧回答，她就站起身，由人扶着走了出去。慈禧一时气得脸色发紫，喝道："来人！"随侍太监应声进门，慈禧道："哪天祁隽藻当值，给皇上讲书，我要去听，不能白让他教坏了皇上！"

7

两天之后，是隽藻第一次进宫当值的日子。这天他寅时一刻就起了身，梳洗完毕，将要带的书籍文具包好，坐上车，早早赶到午门外候着。卯时三刻，宫门大开，一太监引他进了宫，辗转穿过几道宫门，才走进了供皇上念书的上书房。七岁的同治皇上已经端坐在上书房一把小小的龙椅之上。隽藻急忙趋前趴下叩头，口称："臣祁隽藻叩见皇上，吾皇万岁万岁万万岁！"同治回头看一眼一旁侍立随时教他礼仪的内侍。内侍道："皇上下旨呀，让祁师傅平身。赐座。"同治听了道："祁师傅平身，赐座。"隽藻道："臣谢皇上。"他要起身，却半天没能起得来。同治又看内侍。内侍道："皇上应当下旨，让奴才搀祁师傅起来。"同治生气道："这种事情还要朕下旨，你看见了还不该马上去做？"内侍急道："喳！"他跑过去扶起祁隽藻，又搬过凳子，扶隽藻坐下。隽藻再道："臣祁隽藻谢座。"同治这时站起，看内侍，道："照祖宗的规矩，朕也该起来向祁师傅作一个揖，算是尽了师生之礼。"内侍听了高兴道："皇上圣明。"同治离座，站立。隽藻一见，急忙站起。同治向隽藻鞠了一躬。隽藻再次跪下叩拜："臣谢皇上。皇上既然全了君臣师生之礼，祁隽藻就要给皇上讲书了。"同治归座，又看内侍。内侍道："皇上应当下旨，祁师傅请。"同治回头道："祁师傅请。"隽藻爬起，就要开课，慈禧悄悄带人走进上书房，在一道帘幕之后悄悄坐下，示意众人不要声张。

同治坐着，隽藻站着，就听隽藻问道："臣祁隽藻请问皇上，以前都读过什么书？"同治道："朕从五岁发蒙，书已读了两年，今年原本说要开始读'四书五经'。不过朕听说祁师傅当年给两位先皇都讲过，怎么才能做一个好皇上。读经之前，祁师傅也能先给朕讲一讲这个吗？"隽藻听了高兴道："臣祁隽藻领旨。臣今日第一天侍候皇上读书，皇上就让臣讲一讲如何做一个好皇上，可知皇上天纵圣明，生来便有一颗尧舜之心。皇上，臣以为古往今来最好的皇上，就是尧舜。"同治饶有兴趣地问："那你跟朕说说，尧舜是什么样的皇上呢？"隽藻道："皇上要想知道尧舜是什么样的皇上，就必先知道什么是皇上，天下万民为什么需要皇上。"同治瞪大一双眼睛道："对，这个事情朕到这会儿也不明白，快给朕说说！"隽藻道："天地生人，其来也远。当初世上并没有皇上，人们为了私利相互争夺，相互厮杀，天下没有公义。后来聪明人发现这样不行，应当有一个人出面主持天下公义，约束众人的行为，这样就有了君王，有了皇上。认真说起来，皇上就是天下人公推出来为天下人主持公道，管理和造福天下人的官，是天下最大的官！"同治听了兴奋，又问："那什么是官呢？"隽藻用手指比划着说道："官者管也，它的职责在于管理天下，让天下人都过上丰衣足食的好日子，而他自己，却要头戴竹笠，心系天下，与民同甘共苦，老百姓不能吃的苦他要吃，老百姓不能受的委屈他也要受。同时他又应当是天下百姓的楷模，天下最大的好事，老百姓可以不去做，皇上却一定要去做，天下最小的坏事，老百姓可以去做，皇上却一定不能做！百姓心里可以有善恶，皇上心里却只能有仁义。他还必须特别能忍受委屈，天不下雨，地里的庄稼死了，老百姓不骂自己，却会怨恨皇上；发了大水，老百姓无家可归，他不怪自己没有早一点儿修堤坝防洪，却会骂皇上没有把天下治理好，让他受这样的罪。"同治听着，脸色一点点儿黯淡下来。隽藻道："皇上和平常人还有最大一点不同。平民百姓可以做圣人，也可以做强盗，但是皇上一旦做了皇上，就只能做尧舜之君，不然天下人就会认为你是桀纣！一旦天下人皆认为你是桀纣，他们就认为自己有理由造你的反，把你从皇位上拉下来，打翻在地！这不为别的，仅仅因为你没有让他们过上好日子，你是他们的皇上！"

同治听到这里，"哇——"的一声大哭，起身就朝门外跑。慈禧此时从帘幕后走出，同治见了，回头扑进她的怀中，大哭不止。慈禧抚慰道："皇上别怕，母后在这儿呢！"隽藻大惊，看是慈禧，连忙俯伏在地，口称："臣祁隽藻给太后请安！"慈禧也不理他，一点点儿把同治脸上的泪珠拭净，又一把把同治抱回到龙椅上坐下。同治却拉住她的衣服不撒手，连声哭叫道："母后别走，载淳害怕！载淳不当这个皇上了！"慈禧怒道："胡说！皇上，母后现在告诉你什么叫皇上。皇上就是上天的儿子，是上天派下来管治天下万民的，所以叫作天子！皇上既是天子，就是天下之主。有两句话皇上一定要记住，第一句是'普天之下，莫非王土；率土之滨，莫非王臣'，就是说，天下的土地和百姓都是你的。第二句是'顺我者昌，逆我者亡'，天下的土地和百姓既然都是皇上的，皇上就是他们的主子，天下人就都是你的奴才，你要他们死，他们就不能活！"同治又被吓住了，止住哭声，怔怔地看她，又回头看隽藻。隽藻仍在地上趴着，听到这里，一口血"哇"的一声从喉咙里喷出来。慈禧慢慢地回过头去，平静地看了他一眼，道："祁师傅身体这么不好，以后就不要再来当值了，回去好好将息吧！"随侍太监会意，向服侍同治的内侍一使眼色，二人走过去扶起隽藻。隽藻已经不能睁眼，只是大口大口地喘气。慈禧叫道："来人，好好地把祁师傅送家去！"

数日过后，倭仁来到上书房，向慈禧跪奏道："奴才启奏太后，祁隽藻之子祁世长接连代父亲上折子，请求二次致仕，请太后恩准。"慈禧闭着眼睛，一脸怒气，也不作答，过了好一会儿，睁开眼睛来，见倭仁还跪着，这才开口言道："祁隽藻仍是皇上的师傅，不过是病了，本宫让他回去养病。他不能离开朝廷。"

祁家，越发显得苍老的隽藻目光凝滞地坐在那里。世长走进来道："爹，方才倭仁打发人来，说慈禧皇太后不准父亲致仕。"隽藻吃惊地抬起头，怒道："你替我上折子要求致仕了，这是什么时候的事？我怎么不知道！"世长眼泪溢出激愤的泪花，道："那天爹被他们从宫里抬回来，人事不省，儿子就代爹写了请求致仕的折子。爹，你老人家还朝后，皇太后只让你充任上书房师傅，现在这个差事也给免了，明摆着朝廷不想再用爹了，留在朝廷里，爹又做不成什么天下大事，我们还不回家，待在这里干什么呀！"隽藻顿时发怒："你懂得什么天下之事！皇太后只是让我回来养病，并没有说让我解官回乡！要走你走，我不走！"世长看他道："爹，这回儿子实在猜不透爹的心了，说实话，儿子如今也猜不透慈禧皇太后的心，她不用父亲，为什么又不愿放了父亲！"隽藻闭上眼睛，不再说话。

当日，一封书信从京城发出，几日过后，它已经到了长江南岸官军大营，内阁大学士、总理江南六省兵马一切事务的胡沉浦将这封信反复看了几遍，立在那里沉思不语。胡叔纯上前问道："哥，李鸿藻大人信上都写了什么？"胡沉浦沉沉言道："慈禧皇太后既不让恩师入上书房教皇上念书，又不准他二次致仕。他们竟然都看不明白为什么会是这样！"胡叔纯看他，问道："大哥以为这是为什么。"胡沉浦不回答，猛然回头，盯着他道："叔纯，立即发兵江宁府！无论是皇太后，还是恩师，都在京城等候我们的消息！"胡叔纯心中一惊，道："大哥，难道太后——"胡沉浦点头道："对！太后留祁大人在朝，不让他二次致仕，更不让他还乡，是要拿他做人质，挟制胡沉浦不反；祁大人自己留在朝廷里不走，则是为了以自己的命保我们胡家上下一百四十余口的性命不死！"

8

光阴荏苒，一晃又是两年。这一日，一匹快马穿过崇文门，驶上内城的街道。信差一边纵马疾驰，一边忍不住大喊："江南大捷，胡大人打下了江宁府，江南之乱平定了！"

这一日隽藻仍然在祁宅内室的黑暗中默坐。门突然"咣当"一声被推开，世长冲进来，用变了调的激动声音喊道："爹，出大事了！胡沉浦胡大人打下了江宁府，江南之乱平定，胡大人同时上折子，请求皇上解除其内阁大学士、总理江南六省兵马一切事务之职！朝廷决定将胡大人的军马分解给属下众将，让其出任两江总督，专理民政！"隽藻的眼睛忽然睁开，默无一语。世长兴奋地看着他道："爹，你早就知道会有这一天？你这两年留在朝廷里不走，一直等的就是这一天吧！"隽藻还是不说话。世长媳妇跑进来道："爹，朝廷里来人了！"隽藻听了，急对世长道："一定是朝廷里有了圣旨，快替我迎一下。"一家人正在说着，传旨太监已经进了院门，高声宣道："祁隽藻接旨！"世长急忙搀扶着父亲颤巍巍站起，伏地叩首道："臣祁隽藻接旨。"那太监展开圣旨，高声宣道：

奉天承运皇帝诏曰：祁隽藻积年有疾，不能在朝廷中当差，朕体恤老臣，准其致仕，给双俸养其天年。钦此。

世长惊异地看着父亲。隽藻叩头谢恩已毕，让世长接过圣旨，扶他起来。传旨太监上前恭敬道："祁大人到底致仕了。咱家恭喜祁大人，咱家告退。"世长将他送出大门，回头望着父亲，豁然开朗道："爹，原来皇太后不让爹致仕，一直留爹在朝廷里，就是为了这一天！你老人家不让我替你上折子求致仕，也是为了这个，是不是？"隽藻不说话，眼睛直直地盯着前面，忽然又"哇"的一声吐出血来，向前倒去。世长连忙扶住，大喊："快来人！"

隽藻这一病就是半年有余。大病初愈，他又回到原来的地方闭目独坐，目光呆滞地望着远方，世长媳妇不时要过来看一眼，不知道他是醒着还是睡着。这天世长出了一趟门，回来兴奋地告诉父亲："爹，朝廷到底要睁开眼看世界了，皇上下旨，起用徐继畬大人，让他以三品京堂的职衔管理朝廷新设的同文馆，为朝廷培养通商和外交人才。还有好消息呢，朝廷近期要派遣一批世家子弟前往西方各国留学。中国真的要变了！"隽藻听了不语，也不睁眼。世长继续道："爹，挺之叔从南昌来信说，钱老先生过世以后，他和钱老先生的诸位学生在江南大乱过后，一力恢复学术，养育士子，南昌的赣江书院，长沙的岳麓书院，都已经恢复了！"隽藻睁开眼，点点头，道："好！"接着又闭上了眼睛。世长媳妇见他睡着，悄悄将世长拉出门外，不解地问："我说江南都平定了，就连徐继畬大人也被朝廷起用了。爹到了这会儿还不离开京城，他老人家到底还在等什么呢？"世长一脸茫然地站着，摇摇头道："你还甭说，我还真不知道。"

再过了一段时日，隽藻的行为就变得有些古怪起来。这天，他忽然一反常态，独自一个人在内室翻箱倒柜，找起一件什么东西来。找了半天找不到，急得大叫："我的东西呢？来人哪！"世长和世长媳妇跑进来，吃惊地看他，道："爹——"隽藻这时才发现，自己要找的那个包袱就在脚底下，他无声地将它捡起来，放在案上，坐下来打开，里面是那套很有些年头了的凤冠霞帔。世长媳妇怔怔地看着世长，世长怔怔地看着父亲，都不知道父亲要做什么。隽藻也不理他们，一个人拿起凤冠霞帔，认真地看着，两只手在上面摩挲。世长拉了一下媳妇，二人悄悄走出，让父亲一个人沉浸在自己的回忆里。又过了一会儿，隽藻又去翻其他的柜子，从一个柜子里，他又找出了两盏已经褪了颜色的并蒂莲花灯。世长和世长媳妇听到动静，又走回来，远远地默默地看着他，也不知该说什么。隽藻这时回头吩咐道："去，把它们弄好了，找蜡烛点上，今儿不是元宵节吗？挂起来！"世长媳妇道："爹，今儿不是元宵——"世长一把捂住她的嘴，急急走过来，将灯笼取走。

夜里，隽藻独自坐在书房里，望着那两盏已经点燃的并蒂莲花灯，忽然又想起了什么，叫道："不对，不对，还有一件东西！"他又踉踉跄跄地走回内室，翻了好一阵子，找到了一只香囊，珍宝似的抓在手里，不时在鼻子前嗅一下，讷讷自语道："找到了，找到了，没有丢，我知道没有丢。几十年了，我一直都藏着呢，没有丢……"

夜色深广，笼罩着帝王之都，也笼罩着京郊的林中草舍，已经是山中老妪打扮的妙真摸索着将油灯点亮。同样苍老的暖儿也一身山中贫妇的打扮，站在她身后。她分明刚刚出门回来，将挎在胳膊弯里的一只篮子放下。妙真没有回头，问她："你说什么，他一直都没走？"暖儿道："没有。现在就连祁大人的公子，都不知道他为什么还不走。要说他不管是为天下人还是为朝廷，能做的事都做了。"妙真听了，一颗苍老的心就像是被电击了一般，打了一个寒战，颤声道："我知道……我知道他在等谁……他在等我！"暖儿大惊，看她道："小姐，祁大人在等你，为什么？"妙真激动不已，连声道："他在等我到朝廷里去，他要帮我从朝廷那儿领回我们冯家应当得的补偿。"暖儿问："可是小姐，朝廷宣布为老爷平反这么久了，你却没有去。你为什么不去向朝廷要求咱们家该得到的补偿呢？"妙真落泪，叹道："不需要了。你知道一个人为了救你，救你的心，一辈子都没有放弃，最后把他年轻时答应要为你做的事都做到了……这就够了，就是没有补偿，就是朝廷最后还是没能给我爹平反，我也觉得够了。"暖儿眼中溢出泪花，道："小姐，可你要是一直待在这里不去见他，祁大人真的可能一直等下去。你就忍心看他一直等到——"妙真久久站在那里，按捺不住心中的激动，道："你去安排吧。我不能去北京城里见他，可我能在这里见他。"

一个凄清苍凉的深秋的黄昏。京郊一条寂静的官道上，驶来一辆马车。赶车的是世长。为马车带路的是倪二。马车缓缓进了林子，远远地就停下来。世长扶隽藻下车。隽藻看倪二，问道："这是什么地方？你们让我来见谁？"世长和倪二不回答，眼里却已溢出了泪花。隽藻抬头向前方看去，只见前方林中一座孤零零的茅舍前，高高地悬挂起来两盏大红的并蒂莲花灯。隽藻心中一震，呼吸就急促起来，双目明亮，一把推开世长，大步向前奔去。两盏大红的灯笼之下，妙真静静地站着，等待着，望着蹒跚奔来的隽藻，眼里涌出泪花，激动地迎了上去。这一时刻，无论是他，还是她，每个人心中，除了对方，什么都不存在了。

经过了四十余年的分别，这一对饱经患难的恋人，终于又重新走到了一起。妙真本来只想迎上来，没想伸出手去。她想她已经老了呀，已经是老太婆了，不能再像少女时那样，那样就太丑了吧。但是隽藻已经跌跌绊绊奔过来，每一步都像要倒下去的样子，让她心中大急，不能不急急地上前，伸出手去扶住他。

隽藻一下就死死地抓住了她的两只手，抓得那么紧，像是再也不愿意分开一样。这手是那么有力，让她欢喜，又让她心酸，于是她就没有再抽出来。这时她仍然在想，世长在看着呢，背后暖儿一定也在看着他们，他们不能这样。可这时隽藻见了她，要说什么，没有说出口，却突然吐出一大口血来。妙真见了大惊，不觉紧紧地将他抱住，叫道："隽藻——！"隽藻已经站不住了，他的身子软软的，除了那两只仍然要死死抓住妙真的手，整个身子沉沉地向下坠去。他的两只眼睛望着妙真，还要把那句他想说没有说出的话讲出来，可是他已经讲不出来了。

正在向地上倒下去的隽藻觉得自己还是把那句话说出来了。从第一眼望见妙真，她的形象在他的眼前就变化了，时光飞快地倒流，他无限欢喜地发现自己今天见到的竟是重新幻化成了少女的妙真，是那个十七岁的他在祁冯两家的小花园的门口热烈地拉手拥抱过的妙真，那个几十年间永远像一朵鲜花一样开放在他心里的妙真。他似乎已经听到那个清纯的声音在埋怨他："你到底来了，让我在这里等了你这么久！"隽藻的嘴唇翕动着，他也仿佛听到了年轻时的自己在说："妙真，你真的一直在等我？"他的身子继续朝地面坠去，这一点他是感觉到了的，可他同时也欢喜地听到了妙真深情的回答："我真的一直在等你！"隽藻还想说什么，却说不出来，但他还是听到了她那歌唱一般的话语："隽藻，你今天来见我，有什么话想说就快说。叫别人看见就不好了！"隽藻真的觉得自己说不出话来了，眼睛直盯着妙真，口在打战，突然，他分明听到了自己那苍老悲凉的声音："我一直在等你，我一生都在等你……我一直没有忘记当年我对你说过的话，我一辈子都是你的……"可是不知为什么，他听到的却是一个苍老悲凉的声音："我没有做成我想做的大事。江南一场大难，还是死了一万万三千万人！"他说出了这句话，马上就从妙真深情的眼里读出了宽慰之言："不，你还是做成了你想做的大事，你救了天下人，没有让四万万人死掉三分之二！你救了江北一万万三千万人的命！……你还救了妙真，你救了妙真的心，你没有让妙真去点燃那场燃遍天下的大火，变成一个连自己都痛恨的人……"他听到了这些话，睁大眼睛望着面前的这个重回妙龄的美如天仙的女子，他还想把一句话说出来，却已经说不出来了："妙真，你真漂亮……无论活到多久，你都还是那么漂亮，祁隽藻的心一直爱着你……"他有些遗憾，知道自己最后还是没有把这句话说出来。他的口微微张开，久久没能闭上。他非常非常不愿意没说出这句话来就死……

（全书终）

图书在版编目（CIP）数据

天地民心 / 朱秀海 著 . -- 北京：作家出版社，2018 .7
ISBN 978-7-5063-9909-8

Ⅰ . ①天… Ⅱ . ①朱… Ⅲ . 长篇小说 – 中国 – 当代
Ⅳ . ①I247.5

中国版本图书馆CIP数据核字（2018）第029280号

天地民心

作　　者：朱秀海
责任编辑：罗静文　苏红雨
装帧设计：意匠文化·丁奔亮
出版发行：作家出版社
社　　址：北京农展馆南里10号　　　　邮　　编：100125
电话传真：86-10-65930756（出版发行部）
　　　　　86-10-65004079（总编室）
　　　　　86-10-65015116（邮购部）
E-mail:zuojia@zuojia.net.cn
http://www.haozuojia.com（作家在线）
印　　刷：三河市紫恒印装有限公司
成品尺寸：170×240
字　　数：911千
印　　张：45
版　　次：2018年7月第1版
印　　次：2018年7月第1次印刷
ISBN　978-7-5063-9909-8
定　　价：68.00元